रंगभूमि

रंगभूमि

प्रेमचंद

वाणी प्रकाशन

पेपरबैक पहला संस्करण : 2018
पेपरबैक दूसरा संस्करण : 2023

वाणी प्रकाशन

4695, 21-ए, दरियागंज, नयी दिल्ली-110 002

फ़ोन : +91 11 23273167 फ़ैक्स : +91 11 23275710

शाखाएँ

अशोक राजपथ, पटना-800 004, बिहार

कॉफ़ी हाउस कैम्पस, महात्मा गांधी मार्ग, इलाहाबाद-211 001, उत्तर प्रदेश

महात्मा गांधी अन्तरराष्ट्रीय हिन्दी विश्वविद्यालय, वर्धा-442 001, महाराष्ट्र

36/ए, शेक्सपियर सरणी, रानी बिरला गर्ल्स कॉलेज के पास, कोलकाता-700 017, प. बंगाल

www.vaniprakashan.com
marketing@vaniprakashan.in
sales@vaniprakashan.in

RANGBHOOMI
by Premchand

ISBN : 978-93-88434-12-6
Novel

मूल्य : ₹ 395

आर. टेक ऑफ़सेट प्रिंटर्स, दिल्ली-110 032 में मुद्रित

वाणी प्रकाशन का लोगो मक़बूल फ़िदा हुसेन की कूची से

एक

शहर अमीरों के रहने और क्रय-विक्रय का स्थान है। उसके बाहर की भूमि उनके मनोरंजन और विनोद की जगह है। उसके मध्य भाग में उनके लड़कों की पाठशालाएँ और उनके मुक़दमेबाजी के अखाड़े होते हैं, जहाँ न्याय के बहाने ग़रीबों का गला घोंटा जाता है। शहर के आसपास ग़रीबों की बस्तियाँ होती हैं। बनारस में पाँड़ेपुर ऐसी ही बस्ती है। वहाँ न शहरी दीपकों की ज्योति पहुँचती है, न शहरी छिड़काव के छींटे, न शहरी जल-स्रोतों का प्रवाह। सड़क के किनारे छोटे-छोटे बनियों और हलवाइयों की दूकानें हैं, और उनके पीछे कई इक्केवाले, गाड़ीवान, ग्वाले और मज़दूर रहते हैं। दो-चार घर बिगड़े सफ़ेदपोशों के भी हैं, जिन्हें उनकी हीनावस्था ने शहर से निर्वासित कर दिया है। इन्हीं में एक ग़रीब और अंधा चमार रहता है, जिसे लोग सूरदास कहते हैं। भारतवर्ष में अंधे आदमियों के लिए न नाम की ज़रूरत होती है, न काम की। सूरदास उनका बना-बनाया नाम है, और भीख माँगना बना-बनाया काम है। उनके गुण और स्वभाव भी जगत्-प्रसिद्ध हैं—गाने-बजाने में विशेष रुचि, हृदय में विशेष अनुराग अध्यात्म और भक्ति में विशेष प्रेम, उनके स्वाभाविक लक्षण हैं। बाह्य दृष्टि बंद और अंतर्दृष्टि खुली हुई।

सूरदास एक बहुत ही क्षीणकाय, दुर्बल और सरल व्यक्ति था। उसे दैव ने कदाचित् भीख माँगने ही के लिए बनाया था। वह नित्यप्रति लाठी टेकता हुआ पक्की सड़क पर आ बैठता और राहगीरों की जान की खैर मनाता। 'दाता ! भगवान् तुम्हारा कल्यान करें—' यही उसकी टेक थी, और इसी को वह बार-बार दुहराता था। कदाचित् वह इसे लोगों की दया-प्रेरणा का मंत्र समझता था। पैदल चलनेवालों को वह अपनी जगह पर बैठे-बैठे दुआएँ देता था। लेकिन जब कोई इक्का आ निकलता, तो वह उसके पीछे दौड़ने लगता, और बग्घियों के साथ तो उसके पैरों में पर लग जाते थे। किन्तु हवागाड़ियों को वह अपनी शुभेच्छाओं से परे समझता था। अनुभव ने उसे शिक्षा दी थी कि हवागाड़ियाँ किसी की बातें नहीं सुनतीं। प्रातःकाल से संध्या तक उसका समय शुभकामनाओं ही में कटता था। यहाँ तक कि माघ-पूस की बदली और वायु तथा जेठ-बैसाख की लू-लपट में भी उसे नाग़ा न होता था।

कार्तिक का महीना था। वायु में सुखद शीतलता आ गयी थी। संध्या हो चुकी थी। सूरदास अपनी जगह पर मूर्तिवत् बैठा हुआ किसी इक्के या बग्घी के आशाप्रद शब्द पर कान लगाये था। सड़क के दोनों ओर पेड़ लगे हुए थे। गाड़ीवानों ने उसके नीचे गाड़ियाँ ढील दीं। उनके पछाहीं बैल टाट के टुकड़ों पर खली और भूसा खाने लगे। गाड़ीवानों ने भी उपले जला दिये। कोई चादर पर आटा गूँधता था, कोई गोल-गोल बाटियाँ बनाकर उपलों पर सेंकता था।

किसी को बरतनों की ज़रूरत न थी। सालन के लिए घुइएँ का भुरता काफ़ी था। और

इस दरिद्रता पर भी उन्हें कुछ चिंता नहीं थी, बैठे बाटियाँ सेंकते और गाते थे। बैलों के गले में बँधी हुई घंटियाँ मजीरों का काम दे रही थीं। गनेस गाड़ीवान ने सूरदास से पूछा—क्यों भगत, ब्याह करोगे ?

सूरदास ने गर्दन हिलाकर कहा—कहीं है डौल ?

गनेस—हाँ, है क्यों नहीं। एक गाँव में एक सुरिया है, तुम्हारी ही जात-बिरादरी की है, कहो तो बातचीत पक्की करूँ ? तुम्हारी बरात में दो दिन मज़े से बाटियाँ लगें।

सूरदास—कोई जगह बताते, जहाँ धन मिले, और इस भिखमंगी से पीछा छूटे। अभी अपने ही पेट की चिन्ता है, तब एक अंधी की और चिन्ता हो जायेगी। ऐसी बेड़ी पैर में नहीं डालता। बेड़ी ही है, तो सोने की तो हो।

गनेस—लाख रुपये की मेहरिया न पा जाओगे। रात को तुम्हारे पैर दबायेगी, सिर में तेल डालेगी, तो एक बार फिर जवान हो जाओगे। ये हड्डियाँ न दिखायी देंगी।

सूरदास—तो रोटियों का सहारा भी जाता रहेगा। ये हड्डियाँ देखकर ही तो लोगों को दया आ जाती है। मोटे आदमियों को भीख कौन देता है ? उलटे और ताने मिलते हैं।

गनेस—अजी नहीं, वह तुम्हारी सेवा भी करेगी और तुम्हें भोजन भी देगी। बेचन साह के यहाँ तेलहन झाड़ेगी तो चार आने रोज पायेगी।

सूरदास—तब तो और भी दुर्गति होगी। घरवाली की कमाई खाकर किसी को मुँह दिखाने लायक भी न रहूँगा।

सहसा एक फ़िटन आती हुई सुनायी दी। सूरदास लाठी टेककर उठ खड़ा हुआ। यही उसकी कमाई का समय था। इसी समय शहर के रईस और महाजन हवा खाने आते थे। फ़िटन ज्यों ही सामने आयी, सूरदास उसके पीछे 'दाता ! भगवान् तुम्हारा कल्यान करें' कहता हुआ दौड़ा।

फ़िटन में सामने की गद्दी पर मि. जॉन सेवक और उनकी पत्नी मिसेज़ जॉन सेवक बैठी हुई थीं। दूसरी गद्दी पर उनका जवान लड़का प्रभु सेवक और छोटी बहन सोफ़िया सेवक थी। जॉन सेवक दुहरे बदन के गोरे-चिट्टे आदमी थे। बुढ़ापे में भी चेहरा लाल था। सिर और दाढ़ी के बाल खिचड़ी हो गये थे। पहनावा अँगरेज़ी था, जो उन पर खूब खिलता था। मुख आकृति से ग़रूर और आत्मविश्वास झलकता था। मिसेज़ सेवक को काल-गति ने अधिक सताया था। चेहरे पर झुर्रियाँ पड़ गयी थीं, और उससे हृदय की संकीर्णता टपकती थी, जिसे सुनहरी ऐनक भी न छिपा सकती थी। प्रभु सेवक की मसें भीग रही थीं, छरहरा डील, एकहरा बदन, निस्तेज मुख, आँखों पर ऐनक, चेहरे पर गंभीरता और विचार का गाढ़ा रंग नज़र आता था। आँखों से करुणा की ज्योति-सी निकली पड़ती थी। वह प्रकृति-सौंदर्य का आनन्द उठाता हुआ जान पड़ता था। मिस सोफ़िया बड़ी-बड़ी रसीली आँखोंवाली, लज्जाशील युवती थी। देह अति कोमल, मानो पंचभूतों की जगह पुष्पों से उसकी सृष्टि हुई हो। रूप अति सौम्य, मानो लज्ज़ा और विनय मूर्तिमान हो गये हों। सिर से पाँव तक चेतना ही चेतना थी, जड़ का कहीं आभास तक न था।

सूरदास फ़िटन के पीछे दौड़ता चला आता था। इतनी दूर तक और इतने वेग से कोई मँजा हुआ खिलाड़ी भी न दौड़ सकता था। मिसेज़ सेवक ने नाक सिकोड़कर कहा—इस दुष्ट की

चींख ने तो कान के परदे फाड़ डाले। क्या यह दौड़ता ही चला जायेगा ?

मि. जॉन सेवक बोले—इस देश के सिर से यह बला न-जाने कब टलेगी ? जिस देश में भीख माँगना लज्जा की बात न हो, यहाँ तक कि सर्वश्रेष्ठ जातियाँ भी जिसे अपनी जीवन-वृत्ति बना लें, जहाँ महात्माओं का एकमात्र यही आधार हो, उसके उद्धार में अभी शताब्दियों की देर है।

प्रभु सेवक—यहाँ यह प्रथा प्राचीन काल से चली आती है। वैदिक काल में राजों के लड़के भी गुरुकुलों में विद्या-लाभ करते समय भीख माँगकर अपना और अपने गुरु का पालन करते थे। ज्ञानियों और ऋषियों के लिए भी यह कोई अपमान की बात न थी, किन्तु वे लोग माया-मोह से मुक्त रहकर ज्ञान-प्राप्ति के लिए दया का आश्रय लेते थे। उस प्रथा का अब अनुचित व्यवहार किया जा रहा है। मैंने यहाँ तक सुना है कि कितने ही ब्राह्मण, जो ज़मींदार हैं, घर से खाली हाथ मुकदमे लड़ने चलते हैं, दिन-भर कन्या के विवाह के बहाने या किसी संबंधी की मृत्यु का हीला करके भीख माँगते हैं, शाम को नाज बेचकर पैसे खड़े कर लेते हैं, पैसे जल्द रुपये बन जाते हैं, और अंत में कचहरी के कर्मचारियों और वकीलों की जेब में चले जाते हैं।

मिसेज़ सेवक—साईस, इस अंधे से कह दो, भाग जाय, पैसे नहीं हैं।

सोफ़िया—नहीं मामा, पैसे हों तो दे दीजिए। बेचारा आधे मील से दौड़ा आ रहा है, निराश हो जायेगा। उसकी आत्मा को कितना दुःख होगा।

माँ—तो उससे किसने दौड़ने को कहा था ? उसके पैरों में दर्द हो तो हो।

सोफ़िया—नहीं, अच्छी मामा, कुछ दे दीजिए, बेचारा कितना हाँफ रहा है।

प्रभु सेवक ने जेब से केस निकाला; किन्तु ताँबे या निकिल का कोई टुकड़ा न निकला, और चाँदी का कोई सिक्का देने में माँ के नाराज़ होने का भय था। बहन से बोले—सोफ़ी, खेद है पैसे नहीं निकले। साईस, अंधे से कह दो, धीरे-धीरे गोदाम तक चला आये; वहाँ शायद पैसे मिल जायँ।

किंतु सूरदास को इतना संतोष कहाँ ? जानता था, गोदाम पर कोई भी मेरे लिए खड़ा न रहेगा; कहीं गाड़ी आगे बढ़ गयी, तो इतनी मेहनत बेकार हो जायेगी। गाड़ी का पीछा न छोड़ा, पूरे एक मील तक दौड़ता चला गया। यहाँ तक कि गोदाम आ गया और फ़िटन रुकी। सब लोग उतर पड़े। सूरदास भी एक किनारे खड़ा हो गया, जैसे वृक्षों के बीच में ठूँठ खड़ा हो। हाँफते-हाँफते बेदम हो रहा था।

मि. जॉन सेवक ने यहाँ चमड़े की आढ़त खोल रखी थी। ताहिर अली नाम का एक व्यक्ति उसका गुमाश्ता था। बरामदे में बैठा हुआ था। साहब को देखते ही उसने उठकर सलाम किया।

जॉन सेवक ने पूछा—कहिए खाँ साहब, चमड़े की आमदनी कैसी है ?

ताहिर—हुजूर, अभी जैसी होनी चाहिए, वैसी तो नहीं है; मगर उम्मीद है कि आगे अच्छी होगी।

जॉन सेवक—कुछ दौड़-धूप कीजिए, एक जगह बैठे रहने से काम न चलेगा। आसपास के देहातों में चक्कर लगाया कीजिए। मेरा इरादा है कि म्युनिसिपैलिटी के चेयरमैन साहब से मिलकर यहाँ एक शराब और ताड़ी की दूकान खुलवा दूँ। तब आसपास के चमार यहाँ रोज़ आयँगे,

और आपको उनसे मेल-जोल करने का मौका मिलेगा। आजकल इन छोटी-छोटी चालों के बग़ैर काम नहीं चलता। मुझी को देखिए, ऐसा शायद ही कोई दिन जाता होगा, जिस दिन शहर के दो-चार धनी-मानी पुरुषों से मेरी मुलाक़ात न होती हो। दस हज़ार की भी एक पॉलिसी मिल गयी, तो कई दिनों की दौड़धूप ठिकाने लग जाती है।

ताहिर—हुज़ूर, मुझे खुद फ़िक्र है। क्या जानता नहीं हूँ कि मालिक को चार पैसे का नफ़ा न होगा, तो वह यह काम करेगा ही क्यों ? मगर हुजूर ने मेरी जो तनख्वाह मुक़र्रर की है, उसमें गुज़ारा नहीं होता। बीस रुपये का तो ग़ल्ला भी काफ़ी नहीं होता, और सब ज़रूरतें अलग। अभी आपसे कुछ कहने की हिम्मत तो नहीं पड़ती; मगर आपसे न कहूँ, तो किससे कहूँ ?

जॉन सेवक—कुछ दिन काम कीजिए, तरक़्क़ी होगी न। कहाँ है आपका हिसाब-किताब, लाइए, देखूँ।

यह कहते हुए जॉन सेवक बरामदे में एक टूटे हुए मोढ़े पर बैठ गये। मिसेज़ सेवक कुर्सी पर बैठीं। ताहिरअली ने हिसाब की बही सामने लाकर रख दी। साहब उसकी जाँच करने लगे। दो-चार पन्ने उलट-पलटकर देखने के बाद नाक सिकोड़कर बोले— अभी आपको हिसाब-किताब लिखने का सलीक़ा नहीं है, उस पर आप कहते हैं, तरक़्क़ी कर दीजिए। हिसाब बिलकुल आईना होना चाहिए; यहाँ तो कुछ पता नहीं चलता कि आपने कितना माल खरीदा, और कितना माल रवाना किया। खरीदार को प्रति खाता एक आना दस्तूरी मिलती है, वह कहीं दर्ज ही नहीं है।

ताहिर—क्या उसे भी दर्ज कर दूँ ?

जॉन सेवक—क्यों, वह मेरी आमदनी नहीं है ?

ताहिर—मैंने तो समझा कि वह मेरा हक़ है।

जॉन सेवक—हरगिज़ नहीं, मैं आप पर ग़बन का मामला चला सकता हूँ। (त्योरियाँ बदलकर) मुलाज़िमों का हक़ है ? खूब ? आपका हक़ तनख्वाह, इसके सिवा आपको कोई हक़ नहीं है।

ताहिर—हुजूर, अब आइंदा ऐसी ग़लती न होगी।

जॉन सेवक—अब तक आपने इस मद में ज़ो रक़म वसूल की है, वह आमदनी में दिखाइए। हिसाब-किताब के मामले में मैं ज़रा भी रियायत नहीं करता।

ताहिर—हुजूर, बहुत छोटी रक़म होगी।

जॉन सेवक—कुछ मुज़ायका नहीं, एक ही पाई सही; वह सब आपको भरनी पड़ेगी। अभी वह रक़म छोटी है, कुछ दिनों में उसकी तादाद सैकड़ों तक पहुँच जायेगी। उस रक़म से मैं यहाँ एक संडे-स्कूल खोलना चाहता हूँ। समझ गये ? मेम साहब की यह बड़ी अभिलाषा है। अच्छा चलिए, वह ज़मीन कहाँ है, जिसका आपने ज़िक्र किया था ?

गोदाम के पीछे की ओर एक विस्तृत मैदान था। यहाँ आसपास के जानवर चरने आया करते थे। जॉन सेवक यह ज़मीन लेकर यहाँ सिगरेट बनाने का एक कारखाना खोलना चाहते थे। प्रभु सेवक को इसी व्यवसाय की शिक्षा प्राप्त करने के लिए अमेरिका भेजा था। जॉन सेवक के साथ प्रभु सेवक और उनकी माता भी ज़मीन देखने चलीं। पिता और पुत्र ने मिलकर ज़मीन का विस्तार नापा। कहाँ कारखाना होगा, कहाँ गोदाम, कहाँ दफ़्तर, कहाँ मैनेजर का बँगला, कहाँ श्रमजीवियों के कमरे, कहाँ कोयला रखने की जगह और कहाँ से पानी आयेगा, इन विषयों

पर दोनों आदमियों में देर तक बातें होती रहीं। अंत में मिस्टर सेवक ने ताहिरअली से पूछा—यह किसकी ज़मीन है ?

ताहिर—हुज़ूर, यह तो ठीक नहीं मालूम, अभी चलकर यहाँ किसी से पूछ लूँगा, शायद नायकराम पण्डा की हो।

साहब—आप उससे यह ज़मीन कितने में दिला सकते हैं ?

ताहिर—मुझे तो इसमें भी शक है कि वह इसे बेचेगा भी।

जॉन सेवक—अजी, बेचेगा उसका बाप, उसकी क्या हस्ती है ? रुपये के सत्तरह आने दीजिए, और आसमान के तारे मँगवा लीजिए। आप उसे मेरे पास भेज दीजिए, मैं उससे बातें कर लूँगा।

प्रभु सेवक—मुझे तो भय है कि यहाँ कच्चा माल मिलने में कठिनाई होगी। इधर लोग तंबाकू की खेती कम करते हैं।

जॉन सेवक—कच्चा माल पैदा करना तुम्हारा काम होगा। किसान को ऊख या जौ-गेहूँ से कोई प्रेम नहीं होता। वह जिस ज़िन्स के पैदा करने में अपना लाभ देखेगा वही पैदा करेगा। इसकी कोई चिंता नहीं है। खाँ साहब, आप उस पण्डे को मेरे पास कल ज़रूर भेज दीजिएगा।

ताहिर—बहुत खूब, उसे कहूँगा।

जॉन सेवक—कहूँगा नहीं, उसे भेज दीजिएगा। अगर आपसे इतना भी न हो सका, तो मैं समझूँगा, आपको सौदा पटाने का ज़रा भी ज्ञान नहीं।

मिसेज़ सेवक—(अँगरेज़ी में) तुम्हें इस जगह पर कोई अनुभवी आदमी रखना चाहिए था।

जॉन सेवक—(अँगरेज़ी में) नहीं, मैं अनुभवी आदमियों से डरता हूँ। वे अपने अनुभव से अपना फ़ायदा सोचते हैं, तुम्हें फ़ायदा नहीं पहुँचाते। मैं ऐसे आदमियों से कोसों दूर रहता हूँ।

ये बातें करते हुए तीनों आदमी फ़िटन के पास गये। पीछे-पीछे ताहिरअली भी थे। यहाँ सोफ़िया खड़ी सूरदास से बातें कर रही थी। प्रभु सेवक को देखते ही बोली—'प्रभु, यह अंधा तो कोई ज्ञानी पुरुष जान पड़ता है, पूरा फ़िलॉसफ़र है।'

मिसेज़ सेवक—तू जहाँ जाती है, वहीं तुझे कोई-न-कोई ज्ञानी आदमी मिल जाता है। क्यों रे अंधे, तू भीख क्यों माँगता है ? कोई काम क्यों नहीं करता ?

सोफ़िया—(अँगरेज़ी में) मामा, यह अंधा निरा गँवार नहीं है।

सूरदास को सोफ़िया से सम्मान पाने के बाद ये अपमानपूर्ण शब्द बहुत बुरे मालूम हुए। अपना आदर करनेवाले के सामने अपना अपमान कई गुना असह्य हो जाता है। सिर उठाकर बोला—भगवान् ने जन्म दिया है, भगवान् की चाकरी करता हूँ। किसी दूसरे की ताबेदारी नहीं हो सकती।

मिसेज़ सेवक—तेरे भगवान् ने तुझे अंधा क्यों बना दिया ? इसलिए कि तू भीख माँगता फिरे ? तेरा भगवान् बड़ा अन्यायी है।

सोफ़िया—(अँगरेज़ी में) मामा, आप इसका अनादर क्यों कर रही हैं, मुझे शर्म आती है।

सूरदास—भगवान् अन्यायी नहीं है, मेरे पूर्व-जन्म की कमाई ही ऐसी थी। जैसे कर्म किये हैं, वैसे फल भोग रहा हूँ। यह सब भगवान् की लीला है। वह बड़ा खिलाड़ी है। घरौंदे बनाता-बिगाड़ता रहता है। उसे किसी से बैर नहीं। वह क्यों किसी पर अन्याय करने लगा ?

सोफ़िया—मैं अगर अंधी होती, तो खुदा को कभी माफ़ न करती।

सूरदास—मिस साहब, अपने पाप सबको आप भोगने पड़ते हैं, भगवान् का इसमें कोई दोष नहीं।

सोफ़िया—मामा, यह रहस्य मेरी समझ में नहीं आता। अगर प्रभु ईसू ने अपने रुधिर से हमारे पापों का प्रायश्चित कर दिया, तो फिर ईसाई समान दशा में क्यों नहीं हैं ? अन्य मतावलंबियों की भाँति हमारी जाति में अमीर-ग़रीब, अच्छे-बुरे, लँगड़े-लूले, सभी तरह के लोग मौजूद हैं। इसका क्या कारण है ?

मिसेज़ सेवक ने अभी कोई उत्तर न दिया था कि सूरदास बोल उठा—मिस साहब, अपने पापों का प्रायश्चित हमें आप करना पड़ता है। अगर आज मालूम हो जाय कि किसी ने हमारे पापों का भार अपने सिर ले लिया, तो संसार में अंधेर मच जाय।

मिसेज़ सेवक—सोफ़ी, बड़े अफ़सोस की बात है कि इतनी मोटी-सी बात तेरी समझ में नहीं आती, हालाँकि रेवरेंड पिम ने स्वयं कई बार तेरी शंका का समाधान किया है।

प्रभु सेवक—(सूरदास से) तुम्हारे विचार में हम लोगों को वैरागी हो जाना चाहिए। क्यों ?

सूरदास—हाँ, जब तक हम वैरागी न होंगे, दुःख से नहीं बच सकते।

जॉन सेवक—शरीर में भभूत मलकर भीख माँगना स्वयं सबसे बड़ा दुःख है; यह हमें दुःखों से क्योंकर मुक्त कर सकता है ?

सूरदास—साहब, वैरागी होने के लिए भभूत लगाने और भीख माँगने की ज़रूरत नहीं। हमारे महात्माओं ने तो भभूत लगाने और जटा बढ़ाने को पाखण्ड बताया है। वैराग तो मन से होता है। संसार में रहे, पर संसार का होकर न रहे। इसी को वैराग कहते हैं।

मिसेज़ सेवक—हिन्दुओं ने ये बातें यूनान के Stoics से सीखी हैं; किंतु यह नहीं समझते कि इनका व्यवहार में लाना कितना कठिन है। यह हो ही नहीं सकता कि आदमी पर दुःख-सुख का असर न पड़े। इसी अंधे को अगर इस वक़्त पैसे न मिलें, तो दिल में हज़ारों गालियाँ देगा।

जॉन सेवक—हाँ, इसे कुछ मत दो, देखो क्या कहता है। अगर ज़रा भी भुनभुनाया, तो हंटर से बातें करूँगा। सारा वैराग भूल जायेगा। माँगता है भीख, धेले-धेले के लिए मीलों कुत्तों की तरह दौड़ता है, उस पर दावा यह है कि वैरागी हूँ। (कोचवान से) गाड़ी फेरो, क्लब होते हुए बँगले चलो।

सोफ़िया—मामा, कुछ तो ज़रूर दे दो, बेचारा आशा लगाकर इतनी दूर दौड़ा आया था।

प्रभु सेवक—ओहो, मुझे तो पैसे भुनाने की याद ही न रही।

जॉन सेवक—हरगिज़ नहीं, कुछ मत दो, मैं इसे वैराग का सबक़ देना चाहता हूँ।

गाड़ी चली। सूरदास निराशा की मूर्ति बना हुआ अंधी आँखों से गाड़ी की तरफ़ ताकता रहा, मानो उसे अब भी विश्वास न होता था कि कोई इतना निर्दयी हो सकता है। वह उपचेतना की दशा में कई क़दम गाड़ी के पीछे-पीछे चला। सहसा सोफ़िया न कहा—सूरदास, खेद है, मेरे पास इस समय पैसे नहीं हैं। फिर कभी आऊँगी, तो तुम्हें इतना निराश ने होना पड़ेगा।

अंधे सूक्ष्मदर्शी होते हैं। सूरदास स्थिति को भली भाँति समझ गया। हृदय को क्लेश तो हुआ, पर बेपरवाही से बोला—मिस साहब, इसकी क्या चिन्ता ? भगवान् तुम्हारा कल्याण करें।

तुम्हारी दया चाहिए, मेरे लिए यही बहुत है।

सोफ़िया ने माँ से कहा—मामा, देखा आपने, इसका मन ज़रा भी मैला नहीं हुआ।

प्रभु सेवक—हाँ, दुखी तो नहीं मालूम होता।

जॉन सेवक—उसके दिल से पूछो।

मिसेज़ सेवक—गालियाँ दे रहा होगा।

गाड़ी अभी धीरे-धीरे चल रही थी। इतने में ताहिरअली ने पुकारा—हुजूर, यह ज़मीन पण्डा की नहीं, सूरदास की है। यह कह रहे हैं।

साहब ने गाड़ी रुकवा दी, लज्जित नेत्रों से मिसेज़ सेवक को देखा, गाड़ी से उतरकर सूरदास के पास आये, और नम्र भाव से बोले—क्यों सूरदास, यह ज़मीन तुम्हारी है ?

सूरदास—हाँ हुजूर, मेरी ही है। बाप-दादों की इतनी ही तो निशानी बच रही है।

जॉन सेवक—तब तो मेरा काम बन गया। मैं चिन्ता में था कि न-जाने कौन इसका मालिक है। उससे सौदा पटेगा भी या नहीं। जब तुम्हारी है, तो फिर कोई चिन्ता नहीं। तुम-जैसे त्यागी और सज्जन आदमी से ज़्यादा झंझट न करना पड़ेगा। जब तुम्हारे पास इतनी ज़मीन है, तो तुमने यह भेस क्यों बना रखा है ?

सूरदास—क्या करूँ हुजूर, भगवान् की जो इच्छा है, वह कर रहा हूँ।

जॉन सेवक—तो अब तुम्हारी विपत्ति कट जायेगी। बस, यह ज़मीन मुझे दे दो। उपकार का उपकार, और लाभ का लाभ। मैं तुम्हें मुँह-माँगा दाम दूँगा।

सूरदास—सरकार, पुरुखों की यही निशानी है, बेचकर उन्हें कौन मुँह दिखाऊँगा ?

जॉन सेवक—यहीं सड़क पर एक कुआँ बनवा दूँगा। तुम्हारे पुरुखों का नाम चलता रहेगा।

सूरदास—साहब, इस ज़मीन से मुहल्लेवालों का बड़ा उपकार होता है। कहीं एक अंगुल-भर चरी नहीं है। आसपास से सब ढोर यहीं चरने आते हैं। बेच दूँगा, तो ढोरों के लिए कोई ठिकाना न रह जायेगा।

जॉन सेवक—कितने रुपये साल चराई के पाते हो ?

सूरदास—कुछ नहीं, मुझे भगवान् खाने-भर को यों ही दे देते हैं, तो किसी से चराई क्या लूँ ? किसी का और कुछ उपकार नहीं कर सकता, तो इतना ही सही।

जॉन सेवक—(आश्चर्य से) तुमने इतनी ज़मीन यों ही चराई के लिए छोड़ रखी है ? सोफ़िया सत्य कहती थी कि तुम त्याग की मूर्ति हो। मैंने बड़ों-बड़ों में इतना त्याग नहीं देखा। तुम धन्य हो। लेकिन जब पशुओं पर इतनी दया करते हो, तो मनुष्यों को कैसे निराश करोगे ? मैं यह ज़मीन लिये बिना तुम्हारा गला न छोड़ूँगा।

सूरदास—सरकार, यह जमीन मेरी है जरूर, लेकिन जब तक मुहल्लेवालों से पूछ न लूँ, कुछ कह नहीं सकता। आप इसे लेकर क्या करेंगे ?

जॉन सेवक—यहाँ एक कारखाना खोलूँगा, जिससे देश और जाति की उन्नति होगी, ग़रीबों का उपकार होगा, हज़ारों आदमियों की रोटियाँ चलेंगी। इसका यश भी तुम्हीं को होगा।

सूरदास—हुजूर, मुहल्लेवालों से पूछे बिना मैं कुछ नहीं कह सकता।

जॉन सेवक—अच्छी बात है, पूछ लो। मैं फिर तुमसे मिलूँगा। इतना समझ रखो कि मेरे

साथ सौदा करने में तुम्हें घाटा न होगा। तुम जिस तरह खुश होगे, उसी तरह खुश करूँगा। यह लो (जेब से पाँच रुपये निकालकर), मैंने तुम्हें मामूली भिखारी समझ लिया था, उस अपमान को क्षमा करो।

सूरदास—हुजूर, मैं रुपये लेकर क्या करूँगा ? धर्म के नाते दो-चार पैसे दे दीजिए, तो आपका कल्याण मनाऊँगा। और किसी नाते से मैं रुपये न लूँगा।

जॉन सेवक—तुम्हें दो-चार पैसे क्या दूँ ? इसे ले लो, धर्मार्थ ही समझो।

सूरदास—नहीं साहब, धरम में आपका स्वार्थ मिल गया है, अब यह धरम नहीं रहा।

जॉन सेवक ने बहुत आग्रह किया, किंतु सूरदास ने रुपये नहीं लिये। तब वह हारकर गाड़ी पर जा बैठे।

मिसेज़ सेवक ने पूछा—क्या बातें हुईं ?

जॉन सेवक—है तो भिखारी, पर बड़ा घमंडी है। पाँच रुपये देता था, न लिये।

मिसेज़ सेवक—है कुछ आशा ?

जॉन सेवक—जितना आसान समझता था, उतना आसान नहीं है।

गाड़ी तेज़ हो गयी।

दो

सूरदास लाठी टेकता हुआ धीरे-धीरे घर चला। रास्ते में चलते-चलते सोचने लगा—यह है बड़े आदमियों की स्वार्थपरता। पहले कैसे हेकड़ी दिखाते थे, मुझे कुत्ते से भी नीचा समझा; लेकिन ज्यों ही मालूम हुआ कि जमीन मेरी है, कैसी लल्लो-चप्पो करने लगे। इन्हें मैं अपनी जमीन दिये देता हूँ। पाँच रुपये दिखाते थे, मानो मैंने रुपये देखे ही नहीं। पाँच तो क्या, पाँच सौ भी दें, तो भी जमीन न दूँगा। मुहल्लेवालों को कौन मुँह दिखाऊँगा। इनके कारखाने के लिए बेचारी गउएँ मारी-मारी फिरें ? ईसाइयों को तनिक भी दया-धरम का विचार नहीं होता। बस, सबको ईसाई ही बनाते फिरते हैं। कुछ नहीं देना था, तो पहले ही दुत्कार देते। मील-भर दौड़ाकर कह दिया, चल हट। इन सबों में मालूम होता है, उसी लड़की का स्वभाव अच्छा है। उसी में दया-धर्म है। बुढ़िया तो पूरी करकसा है, सीधे मुँह बात ही नहीं करती। इतना घमंड ! जैसे यही विक्टोरिया हैं। राम-राम, थक गया। अभी तक दम फूल रहा है। ऐसा आज तक कभी न हुआ था कि इतना दौड़ाकर किसी ने कोरा जवाब दे दिया हो। भगवान् की यही इच्छा होगी। मन, इतना दुखी न हो। माँगना तुम्हारा काम है, देना दूसरों का काम है। अपना धन है, कोई नहीं देता, तो तुम्हें बुरा क्यों लगता है ? लोगों से कह दूँ कि साहब जमीन माँगते थे ? नहीं, सब घबरा जायँगे। मैंने जवाब दे दिया, अब दूसरों से कहने का परोजन ही क्या ?

यह सोचता हुआ वह अपने द्वार पर आया। बहुत ही सामान्य झोपड़ी थी। द्वार पर एक नीम का वृक्ष था। किवाड़ों की जगह बाँस की टहनियों की एक टट्टी लगी हुई थी। टट्टी हटायी। कमर से पैसों की छोटी-सी पोटली निकाली, जो आज दिन-भर की कमाई थी। तब झोपड़ी की

छान टटोलकर एक थैली निकाली, जो उसके जीवन का सर्वस्व थी। उसमें पैसों की पोटली बहुत धीरे से रखी कि किसी के कानों में भनक भी न पड़े। फिर थैली को छान में छिपाकर वह पड़ोस के एक घर से आग माँग लाया। पेड़ों के नीचे कुछ सूखी टहनियाँ जमाकर रखी थीं, उनसे चूल्हा जलाया। झोपड़ी में हलका-सा अस्थिर प्रकाश हुआ। कैसी विडंबना थी ! कितना नैराश्य-पूर्ण दारिद्र्य था ! न खाट, न बिस्तर; न बरतन, न भाँड़े। एक कोने में एक मिट्टी का घड़ा था, जिसकी आयु का कुछ अनुमान उस पर जमी हुई काई से हो सकता था। चूल्हे के पास हाँडी थी। एक पुराना, चलनी की भाँति छिद्रों से भरा हुआ तवा, एक छोटी-सी कठौती और एक लोटा। बस, यही उस घर की सारी संपत्ति थी। मानव-लालसाओं का कितना संक्षिप्त स्वरूप ! सूरदास ने आज जितना नाज पाया था, वह ज्यों-का-त्यों हाँडी में डाल दिया। कुछ जौ थे, कुछ गेहूँ, कुछ मटर, कुछ चने, थोड़ी-सी जुआर और मुट्ठी भर चावल। ऊपर से थोड़ा-सा नमक डाल दिया। किसकी रसना ने ऐसी खिचड़ी का मज़ा चखा है ? उसमें संतोष की मिठास थी, जिससे मीठी संसार में कोई वस्तु नहीं । हाँडी को चूल्हे पर चढ़ाकर वह घर से निकला, द्वार पर टट्टी लगायी और सड़क पर जाकर एक बनिये की दूकान से थोड़ा-सा आटा और एक पैसे का गुड़ लाया। आटे को कठौती में गूँधा और तब आध घंटे तक चूल्हे के सामने खिचड़ी का मधुर आलाप सुनता रहा। उस धुँधले प्रकाश में उसका दुर्बल शरीर और उसका जीर्ण वस्त्र मनुष्य के जीवन-प्रेम का उपहास कर रहा था।

हाँडी में कई बार उबाल आये, कई बार आग बुझी। बार-बार चूल्हा फूँकते-फूँकते सूरदास की आँखों से पानी बहने लगता था। आँखें चाहे देख न सकें, पर रो सकती हैं। यहाँ तक कि वह षट्रस युक्त अवलेह तैयार हुआ। उसने उसे उतारकर नीचे रखा। तब तवा चढ़ाया और हाथों से रोटियाँ बनाकर सेंकने लगा। कितना ठीक अंदाज था। रोटियाँ सब समान थीं—न छोटी, न बड़ी; न सेवर, न जली हुई। तवे से उतार-उतारकर रोटियों को चूल्हे में खिलाता था, और ज़मीन पर रखता जाता था। जब रोटियाँ बन गयीं तो उसने द्वार पर खड़े होकर ज़ोर से पुकारा—'मिट्ठू, आओ बेटा, खाना तैयार है।' किंतु जब मिट्ठू न आया, तो उसने फिर द्वार पर टट्टी लगायी, और नायकराम के बरामदे में जाकर 'मिट्ठू-मिट्ठू' पुकारने लगा। मिट्ठू वहीं पड़ा सो रहा था, आवाज़ सुनकर चौंका। बारह-तेरह वर्ष का सुन्दर हँसमुख बालक था। भरा हुआ शरीर, सुडौल हाथ-पाँव। यह सूरदास के भाई का लड़का था। माँ-बाप दोनों प्लेग में मर चुके थे। तीन साल से उसके पालन-पोषण का भार सूरदास ही पर था। वह इस बालक को प्राणों से भी प्यारा समझता था। आप चाहे फ़ाक़े करे, पर मिट्ठू को तीन बार अवश्य खिलाता था। आप मटर चबाकर रह जाता था, पर उसे शकर और रोटी, कभी घी और नमक के साथ रोटियाँ खिलाता था। अगर कोई भिक्षा में मिठाई या गुड़ दे देता, तो उसे बड़े यत्न से अँगोछे के कोने में बाँध लेता और मिट्ठू को ही देता था। सबसे कहता, यह कमाई बुढ़ापे के लिए कर रहा हूँ। अभी तो हाथ-पैर चलते हैं, माँग खाता हूँ; जब उठ-बैठ न सकूँगा, तो लोटा-भर पानी कौन देगा ? मिट्ठू को सोते पाकर गोद में उठा लिया, और झोपड़ी के द्वार पर उतारा। तब द्वार खोला, लड़के का मुँह धुलवाया, और उसके सामने गुड़ और रोटियाँ रख दीं। मिट्ठू ने रोटियाँ देखीं, तो ठुनककर बोला—मैं रोटी ओर गुड़ न खाऊँगा। यह कहकर उठ खड़ा हुआ।

सूरदास—बेटा, बहुत अच्छा गुड़ है, खाओ तो। देखो, कैसी नरम-नरम रोटियाँ हैं। गेहूँ की हैं।

मिट्ठू—मैं न खाऊँगा।

सूरदास—तो क्या खाओगे बेटा ? इतनी रात गये और क्या मिलेगा ?

मिट्ठू—मैं तो दूध-रोटी खाऊँगा।

सूरदास—बेटा, इस जून खा लो। सबेरे मैं दूध ला दूँगा।

मिट्ठू रोने लगा। सूरदास उसे बहलाकर हार गया, तो अपने भाग्य को रोता हुआ उठा, लकड़ी सँभाली और टटोलता हुआ बजरंगी अहीर के घर आया, जो उसके झोपड़े के पास ही था। बजरंगी खाट पर बैठा नारियल पी रहा था। उसकी स्त्री जमुनी खाना पकाती थी। आँगन में तीन भैंसें और चार-पाँच गायें चरनी पर बँधी हुई चारा खा रही थीं। बजरंगी ने कहा—कैसे चले सूरे ? आज बग्घी पर कौन लोग बैठे तुमसे बातें कर रहे थे ?

सूरदास—वही गोदाम के साहब थे।

बजरंगी—तुम तो बहुत दूर तक गाड़ी के पीछे दौड़े, कुछ हाथ लगा ?

सूरदास—पत्थर हाथ लगा ! ईसाइयों में भी कहीं दया-धर्म होता है। मेरी वही ज़मीन लेने को कहते थे।

बजरंगी—गोदाम के पीछेवाली न ?

सूरदास—हाँ वही, बहुत लालच देते रहे, पर मैंने हामी नहीं भरी।

सूरदास ने सोचा था, अभी किसी से यह बात न कहूँगा, पर इस समय दूध लेने के लिए खुशामद ज़रूरी थी। अपना त्याग दिखाकर सुर्खरू बनना चाहता था।

बजरंगी—तुम हामी भरते, तो यहाँ कौन उसे छोड़े देता था। तीन-चार गाँवों के बीच में वही तो जमीन है। वह निकल जायेगी, तो हमारी गायें और भैंसें कहाँ जायँगी ?

जमुनी—मैं तो इन्हीं के द्वार पर सबको बाँध आती।

सूरदास—मेरी जान निकल जाय, तब तो बेचूँ ही नहीं, हजार-पाँच सौ की क्या गिनती। भौजी, एक घूँट दूध हो तो दे दो। मिठुआ खाने बैठा है। रोटी और गुड़ छूता ही नहीं, बस दूध-दूध की रट लगाये हुए है। जो चीज घर में नहीं होती, उसी के लिए जिद करता है। दूध न पायेगा तो बिना खाये ही सो रहेगा।

बज़रंगी—ले जाओ, दूध का कौन अकाल है। अभी दुहा है। घीसू की माँ, एक कुल्हिया दूध दे दे सूरे को।

जमुनी—जरा बैठ जाओ सूरे, हाथ खाली हो, तो दूँ।

बजरंगी—वहाँ मिठुआ खाने बैठा है, तैं कहती है, हाथ खाली हो तो दूँ। तुझसे न उठा जाय, तो मैं आऊँ।

जमुनी जानती थी कि यह बुद्धू दास उठेंगे, तो पाव के बदले आध सेर दे डालेंगे। चटपट रसोई से निकल आयी। एक कुल्हिया में आधा पानी लिया, ऊपर से दूध डालकर सूरदास के पास आयी और विषाक्त हितैषिता से बोली—यह लो, लौंडे की जीभ तुमने ऐसी बिगाड़ दी है कि बिना दूध के कौर नहीं उठाता। बाप जीता था, तो भर-पेट चने भी न मिलते थे, अब

दूध के बिना खाने ही नहीं उठता।

सूरदास—क्या करूँ भाभी, रोने लगता है, तो तरस आता है।

जमुनी—अभी इस तरह पाल-पोस रहे हो कि एक दिन काम आयेगा, मगर देख लेना, जो चुल्लू-भर पानी को भी पूछे। मेरी बात गाँठ बाँध लो। पराया लड़का कभी अपना नहीं होता। हाथ-पाँव हुए, और तुम्हें दुत्कारकर अलग हो जायेगा। तुम अपने लिए साँप पाल रहे हो।

सूरदास—जो कुछ मेरा धरम है, किये देता हूँ। आदमी होगा, तो कहाँ तक जस न मानेगा। हाँ, अपनी तकदीर ही खोटी हुई, तो कोई क्या करेगा। अपने ही लड़के क्या बड़े होकर मुँह नहीं फेर लेते ?

जमुनी—क्यों नहीं कह देते, मेरी भैंसें चरा लाया करे। जवान तो हुआ, क्या जनमभर नन्हाँ ही बना रहेगा ? घीसू ही का जोड़ी-पारी तो है। मेरी बात गाँठ बाँध लो। अभी से किसी काम में न लगाया, तो खिलाड़ी हो जायेगा। फिर किसी काम में उसका जी न लगेगा। सारी उमर तुम्हारे ही सिर फुलौरियाँ खाता रहेगा।

सूरदास ने इसका कुछ जवाब न दिया। दूध की कुल्हिया ली, और लाठी से टटोलता हुआ घर चला। मिट्ठू जमीन पर सो रहा था। उसे फिर उठाया, और दूध में रोटियाँ भिगोकर उसे अपने हाथ से खिलाने लगा। मिट्ठू नींद से गिरा पड़ता था, पर कौर सामने आते ही उसका मुँह आप-ही-आप खुल जाता। जब वह सारी रोटियाँ खा चुका, तो सूरदास ने उसे चटाई पर लिटा दिया, और हाँडी से अपनी पँचमेल खिचड़ी निकालकर खायी। पेट न भरा, तो हाँडी धोकर पी गया। तब फिर मिट्ठू को गोद में उठाकर बाहर आया, द्वार पर टट्टी लगायी और मंदिर की ओर चला।

यह मंदिर ठाकुरजी का था, बस्ती के दूसरे सिरे पर। ऊँची कुरसी थी। मंदिर के चारों तरफ़ तीन-चार गज़ का चौड़ा चबूतरा था। यही मुहल्ले की चौपाल थी। सारे दिन दस-पाँच आदमी यहाँ लेटे या बैठे रहते थे। एक पक्का कुआँ भी था, जिस पर जगधर नाम का एक खोमचेवाला बैठा करता था। तेल की मिठाइयाँ, मूँगफली, रामदाने के लड्डू आदि रखता था। राहगीर आते, उससे मिठाइयाँ लेते, पानी निकालकर पीते और अपनी राह चले जाते। मंदिर के पुजारी का नाम दयागिरि था, जो इसी मंदिर के समीप एक कुटिया में रहते थे। सगुण ईश्वर के उपासक थे, भजन-कीर्तन को मुक्ति का मार्ग समझते थे और निर्वाण को ढ़ोंग कहते थे। शहर के पुराने रईस कुँअर भरतसिंह के यहाँ मासिक वृत्ति बँधी हुई थी। इसी से ठाकुरजी का भोग लगता था। बस्ती से भी कुछ-न-कुछ मिल ही जाता था। निःस्पृह आदमी था, लोभ छू भी नहीं गया था, सन्तोष और धीरज का पुतला था। सारे दिन भगवत्-भजन में मग्न रहता था। मंदिर में एक छोटी-सी संगत थी। आठ-नौ बजे रात को, दिन भर के काम-धन्धे से निवृत्त होकर, कुछ भक्तजन जमा हो जाते थे, और घंटे-दो घंटे भजन गाकर चले जाते थे। ठाकुरदीन ढोलक बजाने में निपुण था, बजरंगी करताल बजाता था, जगधर को तँबूरे में कमाल था, नायकराम और दयागिरि सारंगी बजाते थे। मजीरेवालों की संख्या घटती-बढ़ती रहती थी। जो और कुछ न कर सकता, मजीरा ही बजाता था। सूरदास इस संगत का प्राण था। वह ढोल, मजीरे, करताल, सारंगी, तँबूरा सभी में समान रूप से अभ्यस्त था, और गाने में तो आसपास के कई मुहल्लों में उसका

जवाब न था। ठुमरी-गजल से उसे रुचि न थी। कबीर, मीरा, दादू, कमाल, पलटू आदि सन्तों के भजन गाता था। उस समय उसका नेत्रहीन मुख अति आनन्द से प्रफुल्लित हो जाता था। गाते-गाते मस्त हो जाता, तन-बदन की सुध न रहती। सारी चिन्ताएँ, सारे क्लेश भक्ति-सागर में विलीन हो जाते थे।

सूरदास मिट्ठू को लिये पहुँचा, तो संगत बैठ चुकी थी। सभासद आ गये थे, केवल सभापति की कमी थी। उसे देखते ही नायकराम ने कहा—तुमने बड़ी देर कर दी, आध घण्टे से तुम्हारी राह देख रहे हैं। यह लौंडा बेतरह तुम्हारे गले पड़ा है। क्यों नहीं इसे हमारे ही घर से कुछ माँगकर खिला दिया करते।

दयागिरि—यहाँ चला आया करे, तो ठाकुरजी के प्रसाद ही से पेट भर जाय।

सूरदास—तुम्हीं लोगों का दिया खाता है या और किसी का ? मैं तो बनाने-भर को हूँ।

जगधर—लड़कों को इतना सिर चढ़ाना अच्छा नहीं। गोद में लादे फिरते हो, जैसे नन्हाँ-सा बालक हो। मेरा विद्याधर इससे दो साल छोटा है। मैं उसे कभी गोद में लेकर नहीं फिरता।

सूरदास—बिना माँ-बाप के लड़के हठी हो जाते हैं। हाँ, क्या होगा ?

दयागिरि—पहले रामायण की एक चौपाई हो जाय।

लोगों ने अपने-अपने साज़ सँभाले। सुर मिला और आध घण्टे तक रामायण हुई।

नायकराम—वाह सूरदास, वाह ! अब तुम्हारे ही दम का जलूसा है।

बजरंगी—मेरी तो कोई दोनों आँखें ले ले, और यह हुनर मुझे दे दे, तो मैं खुशी से बदल लूँ।

जगधर—अभी भैरो नहीं आया, उसके बिना रंग नहीं जमता।

बजरंगी—ताड़ी बेचता होगा। पैसे का लोभ बुरा होता है। घर में एक मेहरिया है और एक बुढ़िया माँ। मुदा रात-दिन हाय-हाय पड़ी रहती है। काम करने को तो दिन है ही, भला रात को तो भगवान् का भजन हो जाय।

जगधर—सूरे का दम उखड़ जाता है, उसका दम नहीं उखड़ता।

बजरंगी—तुम अपना खोंचा बेचो, तुम्हें क्या मालूम, दम किसे कहते हैं। सूरदास जितना दम बाँधते हैं, उतना दूसरा बाँधे, तो कलेजा फट जाय। हँसी-खेल नहीं है।

जगधर—अच्छा भैया, सूरदास के बराबर दुनिया में कोई दम नहीं बाँध सकता। दोनों खुश हुए।

सूरदास—भैया, इसमें झगड़ा काहे का ? मैं कब कहता हूँ कि मुझे गाना आता है। तुम लोगों का हुकुम पाकर, जैसा भला-बुरा बनता है, सुना देता हूँ।

इतने में भैरो भी आकर बैठ गया। बजरंगी ने व्यंग्य करके कहा—क्या अब कोई ताड़ी पीनेवाला नहीं था ? इतनी जल्दी क्यों दूकान बढ़ा दी ?

ठाकुरदीन—मालूम नहीं, हाथ-पैर भी धोये हैं या वहाँ से सीधे ठाकुरजी के मंदिर में चले आये। अब सफाई तो कहीं रह ही नहीं गयी।

भैरो—क्या मेरी देह में ताड़ी पुती हुई है ?

ठाकुरदीन—भगवान् के दरबार में इस तरह न आना चाहिए। जात चाहे ऊँची हो या नीची;

पर सफाई चाहिए जरूर।

भैरो–तुम यहाँ नित्य नहाकर आते हो ?

ठाकुरदीन–पान बेचना कोई नीच काम नहीं है।

भैरो–जैसे पान, वैसे ताड़ी। पान बेचना कोई ऊँचा काम नहीं है।

ठाकुरदीन–पान भगवान् के भोग के साथ रखा जाता है। बड़े-बड़े जनेऊधारी, मेरे हाथ का पान खाते हैं। तुम्हारे हाथ का तो कोई पानी नहीं पीता।

नायकराम–ठाकुरदीन, यह बात तो तुमने बड़ी खरी कही। सच तो है, पासी से कोई घड़ा तक नहीं छुआता।

भैरो–हमारी दूकान पर एक दिन आकर बैठ जाओ, तो दिखा दूँ, कैसे-कैसे धर्मात्मा और तिलकधारी आते हैं। जोगी-जती लोगों को भी किसी ने पान खाते देखा है ? ताड़ी, गाँजा, चरस पीते चाहे जब देख लो। एक-से-एक महात्मा आकर खुशामद करते हैं।

नायकराम–ठाकुरदीन, अब इसका जवाब दो। भैरो पढ़ा-लिखा होता, तो वकीलों के कान काटता।

भैरो–मैं तो बात सच्ची कहता हूँ, जैसे ताड़ी वैसे पान, बल्कि परात की ताड़ी को तो लोग दवा की तरह पीते हैं।

जगधर–यारो, दो-एक भजन होने दो। मान क्यों नहीं जाते ठाकुरदीन ? तुम्हीं हारे, भैरो जीता, चलो छुट्टी हुई।

नायकराम–वाह, हार क्यों मान लें। सासतरार्थ है कि दिल्लगी। हाँ, ठाकुरदीन कोई जवाब सोच निकालो।

ठाकुरदीन–मेरी दूकान पर खड़े हो जाओ, जी खुश हो जाता है। केवड़े और गुलाब की सुगन्ध उड़ती है ! इसकी दूकान पर कोई खड़ा हो जाय, तो बदबू के मारे नाक फटने लगती है। खड़ा नहीं रहा जाता। परनाले में भी इतनी दुर्गन्ध नहीं होती।

बजरंगी–मुझे जो घंटे-भर के लिए राज मिल जाता, तो सबसे पहले शहर-भर की ताड़ी की दूकानों में आग लगवा देता।

नायकराम–अब बताओ भैरो, इसका जवाब दो। दुर्गन्ध तो सचमुच उड़ती है, है कोई जवाब?

भैरो–जवाब एक नहीं, सैकड़ों हैं। पान सड़ जाता है, तो कोई मिट्टी के मोल भी नहीं पूछता। यहाँ ताड़ी जितनी ही सड़ती है, उतना ही उसका मोल बढ़ता है। सिरका बन जाता है, तो रुपये बोतल बिकता है, और बड़े-बड़े जनेऊधारी लोग खाते हैं।

नायकराम–क्या बात कही है कि जी खुश हो गया। मेरा अख्तियार होता, तो इसी घड़ी तुमको वकालत की सनद दे देता। ठाकुरदीन, अब हार मान जाओ, भैरो से पेश न पा सकोगे।

जगधर–भैरो, तुम चुप क्यों नहीं हो जाते ? पंडाजी को तो जानते हो, दूसरों को लड़ाकर तमाशा देखना इनका काम है। इतना कह देने में कौन-सी मरजादा घटी जाती है कि बाबा, तुम जीते और मैं हारा।

भैरो–क्यों इतना कह दूँ ? बात करने में किसी से कम हूँ क्या ?

जगधर–तो ठाकुरदीन, तुम्हीं चुप हो जाओ।

ठाकुरदीन—हाँ जी, चुप न हो जाऊँगा, तो क्या करूँगा। यहाँ आये थे कि कुछ भजन-कीर्तन होगा, सो व्यर्थ का झगड़ा करने लगे। पंडाजी को क्या, इन्हें तो बेहाथ-पैर हिलाये इमिर्तियाँ और लड्डू खाने को मिलते हैं, इन्हें इसी तरह की दिल्लगी सूझती है। यहाँ तो पहर रात से उठकर फिर चक्की में जुतना है।

जगधर—मेरी तो अबकी भगवान् से भेंट होगी, तो कहूँगा, किसी पंडे के घर जनम देना।

नायकराम—भैया, मुझ पर हाथ न उठाओ, दुबला-पतला आदमी हूँ। मैं तो चाहता हूँ, जलपान के लिए तुम्हारे ही खोंचे से मिठाइयाँ लिया करूँ, मगर उस पर इतनी मक्खियाँ उड़ती हैं, ऊपर इतना मैल जमा रहता है कि खाने को जी नहीं चाहता।

जगधर—(चिढ़कर) तुम्हारे न लेने से मेरी मिठाइयाँ सड़ तो नहीं जातीं कि भूखों मरता हूँ? दिन-भर में रुपया-बीस आने पैसे बना ही लेता हूँ। जिसे सेंत-मेंत में रसगुल्ले मिल जायँ, वह मेरी मिठाइयाँ क्यों लेगा ?

ठाकुरदीन—पंडाजी की आमदनी का कोई ठिकाना नहीं है, जितना रोज मिल जाय, थोड़ा ही है; ऊपर से भोजन घाते में। कोई आँख का अंधा, गाँठ का पूरा फँस गया, तो हाथी-घोड़े जगह-जमीन, सब दे दिया। ऐसा भागवान और कौन होगा ?

दयागिरि—कहीं नहीं ठाकुरदीन, अपनी मेहनत की कमाई सबसे अच्छी। पंडों को यात्रियों के पीछे दौड़ते नहीं देखा है।

नायकराम—बाबा, अगर कोई कमाई पसीने की है, तो वह हमारी कमाई है। हमारी कमाई का हाल बजरंगी से पूछो।

बजरंगी—औरों की कमाई पसीने की होती होगी, तुम्हारी कमाई तो खून की है। और लोग पसीना बहाते हैं, तुम खून बहाते हो। एक-एक जजमान के पीछे लोहू की नदी बह जाती है। जो लोग खोंचा सामने रखकर दिन-भर मक्खी मारा करते हैं, वे क्या जानें, तुम्हारी कमाई कैसी होती है ? एक दिन मोरचा थामना पड़े, तो भागने को जगह न मिले।

जगधर—चलो भी, आये हो मुँहदेखी कहने, सेर-भर दूध ढाई सेर बनाते हो, उस पर भगवान् के भगत हो।

बजरंगी—अगर कोई माई का लाल मेरे दूध में एक बूँद पानी निकाल दे, तो उसकी टाँग की राह निकल जाऊँ। यहाँ दूध में पानी मिलाना गऊ-हत्या समझते हैं। तुम्हारी तरह नहीं कि तेल की मिठाई को घी की कहकर बेचें, और भोले-भाले बच्चों को ठगें।

जगधर—अच्छा भाई, तुम जीते, मैं हारा। तुम सच्चे; तुम्हारा दूध सच्चा। बस, हम खराब, हमारी मिठाइयाँ खराब। चलो छुट्टी हुई।

बजरंगी—मेरे मिजाज को तुम नहीं जानते, चेता देता हूँ। सच कहकर कोई सौ जूते मार ले, लेकिन झूठी बात सुनकर मेरे बदन में आग लग जाती है।

भैरो—बजरंगी, बहुत बढ़-बढ़कर बातें न करो, अपने मुँह मियाँ-मिट्ठू बनने से कुछ नहीं होता है। बस, मुँह न खुलवाओ, मैंने भी तुम्हारे यहाँ का दूध पिया है। उससे तो मेरी ताड़ी ही अच्छी।

ठाकुरदीन—भाई, मुँह से जो चाहे ईमानदार बन ले; पर अब दूध सपना हो गया। सारा दूध

जल जाता है, मलाई का नाम नहीं। दूध जब मिलता था, तब मिलता था, एक आँच में अंगुल-भर मोटी मलाई पड़ जाती थी।

दयागिरि–बच्चा, अभी अच्छा-बुरा कुछ मिल तो जाता है। वे दिन आ रहे हैं कि दूध आँखों में आँजने को भी न मिलेगा।

भैरो–हाल तो यह है कि घरवाली सेर के तीन सेर बनाती है, उस पर दावा यह कि हम सच्चा माल बेचते हैं। सच्चा माल बेचो, तो दिवाला निकल जाय। यह ठाट एक दिन न चले।

बजरंगी–पसीने की कमाई खानेवालों का दिवाला नहीं निकलता; दिवाला उनका निकलता है, जो दूसरों की कमाई खा-खाकर मोटे पड़ते हैं। भाग को सराहो कि शहर में हो; किसी गाँव में होते, तो मुँह में मक्खियाँ आतीं-जातीं। मैं तो उन सबों को पापी समझता हूँ, जो औने-पौने करके, इधर का सौदा उधर बेचकर अपना पेट पालते हैं। सच्ची कमाई उन्हीं की है, जो छाती फाड़कर धरती से धन निकालते हैं।

बजरंगी ने बात तो कही, लेकिन लज्जित हुआ। इस लपेट में वहाँ के सभी आदमी आ जाते थे। वह भैरो, जगधर और ठाकुरदीन को लक्ष्य करना चाहता था, पर सूरदास, नायकराम, दयागिरि, सभी पापियों की श्रेणी में आ गये।

नायकराम–तब तो भैया, तुम हमें भी ले बीते। एक पापी तो मैं ही हूँ कि सारे दिन मटरगस्ती करता हूँ, और वह भोजन करता हूँ कि बड़ों-बड़ों को मयस्सर न हो।

ठाकुरदीन–दूसरा पापी मैं हूँ कि शौक की चीज बेचकर रोटियाँ कमाता हूँ। संसार में तमोली न रहें, तो किसका नुकसान होगा ?

जगधर–तीसरा पापी मैं हूँ कि दिन-भर औन-पौन करता रहता हूँ। सेव और खुर्मा खाने को न मिलें, तो कोई मर न जायेगा।

भैरो–तुमसे बड़ा पापी मैं हूँ कि सबको नसा खिलाकर अपना पेट पालता हूँ। सच पूछो, तो इससे बुरा कोई काम नहीं। आठों पहर नशेबाजों का साथ, उन्हीं की बातें सुनना, उन्हीं के बीच रहना। यह भी कोई जिन्दगी है।

दयागिरि–क्यों बजरंगी, साधू-संत तो सबसे बड़े पापी होंगे कि वे कुछ नहीं करते ?

बजरंगी–नहीं बाबा, भगवान् के भजन से बढ़कर और कौन उद्यम होगा ? राम-नाम की खेती सब कामों से बढ़कर है।

नायकराम–तों यहाँ अकेले बजरंगी पुन्यात्मा है, और सब-के-सब पापी हैं ?

बजरंगी–सच पूछो, तो सबसे बड़ा पापी मैं हूँ कि गउओं का पेट काटकर, उनके बछड़ों को भूखा मारकर अपना पेट पालता हूँ।

सूरदास–भाई, खेती सबसे उत्तम है, बान उससे मद्धिम हैं; बस इतना ही फरक है। बान को पाप क्यों कहते हो, और क्यों पापी बनते हो ? हाँ, सेवा निरघिन है, और चाहो तो उसे पाप कहो। अब तक तो तुम्हारे ऊपर भगवान् की दया है, अपना-अपना काम करते हो; मगर ऐसे बुरे दिन आ रहे हैं, जब तुम्हें सेवा और टहल करके पेट पालना पड़ेगा, जब तुम अपने नौकर नहीं, पराये के नौकर हो जाओगे, तब तुममें नीति-धरम का निसान भी न रहेगा।

सूरदास ने ये बातें बड़े गंभीर भाव से कहीं, जैसे कोई ऋषि भविष्यवाणी कर रहा हो। सब

सन्नाटे में आ गये। ठाकुरदीन ने चिंतित होकर पूछा—क्यों सूरे, कोई विपत आनेवाली है क्या? मुझे तो तुम्हारी बातें सुनकर डर लग रहा है। कोई नयी मुसीबत तो नहीं आ रही है ?

सूरदास—हाँ, लच्छन तो दिखायी देते हैं, चमड़े के गोदामवाला साहब यहाँ एक तमाकू का कारखाना खोलने जा रहा है। मेरी जमीन माँग रहा है। कारखाने का खुलना ही हमारे ऊपर विपत का आना है।

ठाकुरदीन—तो जब जानते ही हो, तो क्यों अपनी जमीन देते हो ?

सूरदास—मेरे देने पर थोड़े ही है भाई। मैं दूँ, तो भी जमीन निकल जायेगी; न दूँ, तो भी निकल जायेगी। रुपयेवाले सब कुछ कर सकते हैं।

बजरंगी—साहब रुपये वाले होंगे, अपने घर के होंगे। हमारी जमीन क्या खाकर ले लेंगे ? माथे गिर जायेंगे, माथे। ठट्ठा नहीं है।

अभी ये ही बातें हो रहीं थीं कि सैयद ताहिरअली आकर खड़े हो गए, और नायकराम से बोले—पण्डाजी, मुझे आपसे कुछ कहना है, ज़रा इधर चले आइए।

बजरंगी—उसी जमीन के बारे में कुछ बातचीत करनी है न? वह जमीन न बिकेगी।

ताहिर—मैं तुमसे थोड़े ही पूछता हूँ। तुम उस जमीन के मालिक-मुख़्तार नहीं हो।

बजरंगी—कह तो दिया, वह जमीन न बिकेगी, मालिक-मुख़्तार कोई हो।

ताहिर—आइए पण्डाजी, आइए इन्हें बकने दीजिए।

नायकराम—आपको जो कुछ कहना हो कहिए; ये सब लोग अपने ही हैं, किसी से परदा नहीं है। सुनेंगे, तो सब सुनेंगे, और जो बात यहाँ तय होगी, सबकी सलाह से होगी। कहिए, क्या कहते हैं?

ताहिर—उसी जमीन के बारे में बातचीत करनी थी।

नायकराम—तो उस जमीन का मालिक तो आपके सामने बैठा हुआ है। जो कुछ कहना है, उसी से क्यों नहीं कहते? मुझे बीच में दलाली नहीं खानी है। जब सूरदास ने साहब के सामने इनकार कर दिया, तो फिर कौन-सी बात बाकी रह गयी?

बजरंगी—इन्होंने सोचा होगा कि पण्डाजी को बीच में डालकर काम निकाल लेंगे। साहब से कह देना, यहाँ साहबी न चलेगी।

ताहिर—तुम अहीर हो न, तभी इतने गर्म हो रहे हो। अभी साहब को जानतें नहीं हो, तभी बढ-बढ़कर बातें कर रहे हो। जिस वक़्त साहब ज़मीन लेने पर आ जाएँगे, ले ही लेंगे, तुम्हारे रोके न रुकेंगे। जानते हो, शहर के हाकिमों से उनका कितना रब्त-जब्त है? उनकी लड़की की मंगनी हाकिम-जिला से होने वाली है। उनकी बात को कौन टाल सकता है? सीधे से, रज़ामंदी के साथ दे दोगे, तो अच्छे दाम पा जाओगे; शरारत करोगे, तो ज़मीन भी निकल जायगी, कौड़ी भी हाथ न लगेगी। रेलों के मालिक क्या ज़मीन अपने साथ लाये थे? हमारी ही ज़मीन तो ली है? क्या उसी क़ायदे से यह जमीन नहीं निकल सकती?

बजरंगी—तुम्हें भी कुछ तय-करायी मिलनेवाली होगी, तभी इतनी खैरखाही कर रहे हो।

जगधर—उनसे जो कुछ मिलनेवाला हो, वह हमीं से ले लीजिए, और उनसे कह दीजिए, जमीन न मिलेगी। आप लोग झाँसेबाज हैं, ऐसा झाँसा दीजिए कि साहब की अकिल गुम

हो जाय।

ताहिर–खैरख्वाही रुपये के लालच से नहीं है। अपने मालिक की आँख बचाकर एक कौड़ी भी लेना हराम समझता हूँ। खैरख्वाही इसलिए करता हूँ कि उनका नमक खाता हूँ।

जगधर–अच्छा साहब, भूल हुई, माफ कीजिए। मैंने तो संसार के चलन की बात कही थी।

ताहिर–तो सूरदास, मैं साहब से जाकर क्या कह दूँ?

सूरदास–बस, यही कह दीजिए कि जमीन न बिकेगी।

ताहिर–मैं फिर कहता हूँ, धोखा खाओगे। साहब ज़मीन लेकर ही छोड़ेंगे।

सूरदास–मेरे जीते-जी तो जमीन न मिलेगी। हाँ, मर जाऊँ तो भले ही मिल जाय।

ताहिर अली चले गये, तो भैरो बोला–दुनिया अपना ही फायदा देखती है। अपना कल्याण हो, दूसरे जियें या मरें। बजरंगी, तुम्हारी तो गायें चरती हैं, इसलिए तुम्हारी भलाई इसी में है कि जमीन बनी रहे। मेरी कौन गाय चरती है? कारखाना खुला, तो मेरी बिक्री चौगुनी हो जायगी। यह बात तुम्हारे ध्यान में क्यों नहीं आयी? तुम सबकी तरफ से वकालत करने वाले कौन हो? सूरे की जमीन है, वह बेचे या रखे, तुम कौन होते हो, बीच में कूदने वाले?

नायकराम–हाँ बजरंगी जब तुमसे कोई वास्ता-सरोकार नहीं, तो तुम कौन होते हो बीच में कूदने वाले? बोलो, भैरो को जवाब दो।

बजरंगी–वास्ता-सरोकार कैसे नहीं? दस गाँवो और मुहल्लों के जानवर यहाँ चरने आते हैं, वे कहाँ जायँगे? साहब के घर कि भैरो के? इन्हें तो अपनी दूकान की हाय-हाय पड़ी हुई है। किसी के घर सेंध क्यों नहीं मारते? जल्दी से धनवान हो जाओगे।

भैरो–सेंध मारो तुम; यहां दूध में पानी नहीं मिलाते।

दयागिरि–भैरो, तुम सचमुच बड़े झगड़ालू हो। जब तुम्हें प्रिय वचन बोलना नहीं आता, तो चुप क्यों नहीं रहते? बहुत बातें करना बुद्धिमानी का लक्षण नहीं, मूर्खता का लक्षण है।

भैरो–ठाकुरजी के भोग के बहाने से रोज छाछ पा जाते हो न? बजरंगी की जय क्यों न मनाओगे!

नायकराम–पट्ठा बात बेलाग करता है कि एक बार सुनकर फिर किसी की जबान नहीं खुलती।

ठाकुरदीन–अब भजन-भाव हो चुका। ढोल-मजीरा उठाकर रख दो।

दयागिरि–तुम कल से यहाँ न आया करो, भैरो।

भैरो–क्यों न आया करें? मन्दिर तुम्हारा बनवाया नहीं है। मन्दिर भगवान् का है। तुम किसी को भगवान् के दरबार में आने से रोक दोगे?

नायकराम–लो बाबाजी, और लोगे, अभी पेट भरा कि नहीं?

जगधर–बाबाजी, तुम्हीं गम खा जाओ, इससे साधू-सन्तों की महिमा नहीं घटती। भैरो, साधू-सन्तों की बात का तुम्हें बुरा न मानना चाहिए।

भैरो–तुम खुशामद करो, क्योंकि खुशामद की रोटियाँ खाते हो। यहाँ किसी के दबैल नहीं हैं।

बजरंगी–ले अब चुप ही रह ना भैरो, बहुत हो चुका। छोटा मुँह, बड़ी बात।

नायकराम–तो भैरो को धमकाते क्या हो? क्या कोई भगोड़ा समझ लिया है? तुमने जब

दंगल मारे थे, तब मारे थे, अब तुम वही नहीं हो। आजकल भैरो की दुहाई है।

भैरो नायकराम के व्यंग्य-हास्य पर झल्लाया नहीं, हँस पड़ा। व्यंग्य में विष नहीं था, रस था। संखिया मरकर रस हो जाती है।

भैरो का हँसना था कि लोगों ने अपने-अपने साज़ सँभाले, और भजन होने लगा। सूरदास की सुरीली तान आकाश-मण्डल में यों नृत्य करती हुई मालूम होती थी, जैसे प्रकाश-ज्योति जल के अन्तस्तल में नृत्य करती है :

झीनी-झीनी बीनी चदरिया।
काहे कै ताना, काहै कै भरनी, कौन तार से बीनी चदरिया?
इंगला-पिंगला ताना-भरनी, सुखमन तार से बीनी चदरिया।
आठ कँवल-दल-चरखा डोले, पाँच तत्त, गुन तीनी चदरिया;
साईं को सियत मास दस लागैं, ठोक-ठोक कै बीनी चदरिया;
सो चादर सुर चर-मुनि ओढ़ैं, ओढ़िकै मैली कीनी चदरिया;
दास कबीर जतन से ओढ़ी, ज्यों-की-त्यों धर दीनी चदरिया।

बातों में रात अधिक जा चुकी थी। ग्यारह का घंटा सुनायी दिया। लोगों ने ढोलक-मंजीरे समेट दिये। सभा विसर्जित हुई। सूरदास ने मिट्ठू को फिर गोद में उठाया, और अपनी झोपड़ी में लाकर टाट पर सुला दिया। आप जमीन पर लेट रहा।

तीन

मि. जॉन सेवक का बँगला सिगरा में था। उनके पिता मि. ईश्वर सेवक ने सेना-विभाग में पेंशन पाने के बाद वहीं मकान बनवा लिया था, और अब तक उसके स्वामी थे। इसके आगे उनके पुरखों का पता नहीं चलता, और न हमें उसकी खोज करने की विशेष जरूरत है। हाँ, इतनी बात अवश्य निश्चित है कि प्रभु ईसा की शरण जाने का गौरव ईश्वर सेवक को नहीं, उनके पिता को था। ईश्वर सेवक को अब भी अपना बाल्य जीवन कुछ-कुछ याद आता था, जब वह अपनी माता के साथ गंगास्नान को जाया करते थे। माता की दाह-क्रिया की स्मृति भी अभी न भूली थी। माता के देहान्त के बाद उन्हें याद आता था कि मेरे घर में कई सैनिक घुस आये थे, और मेरे पिता को पकड़कर ले गये थे। इसके बाद स्मृति विशृंखल हो जाती थी। हाँ, उनके गोरे रंग और आकृति से यह सहज ही अनुमान किया जा सकता था कि वह उच्चवंशीय थे, और कदाचित् इसी सूबे में उनका पूर्व-निवास भी था।

यह बँगला उस ज़माने में बना था, जब सिगरा में भूमि का इतना आदर न था। अहाते में फूल-पत्तियों की जगह शाक-भाजी और फलों के वृक्ष थे। यहां तक कि गमलों में भी सुरुचि की अपेक्षा उपयोगिता पर अधिक ध्यान दिया गया था। बेलें परवल, कद्दू, कुँदरू, सेम आदि की थीं, जिनसे बँगले की शोभा होती थी और फल भी मिलता था। एक किनारै खपरैल का बरामदा था, जिसमें गाय-भैंस पली हुई थीं। दूसरी ओर अस्तबल था। मोटर का शौक़ न बाप

को था, न बेटे को। फ़िटन रखने में किफायत भी थी और आराम भी। ईश्वर सेवक को तो मोटरों से चिढ़ थी। उनके शोर से उनकी शान्ति में विघ्न पड़ता था। फ़िटन का घोड़ा अहाते में एक लंबी रस्सी से बाँधकर छोड़ दिया जाता था। अस्तबल से बाग़ के लिए खाद निकल आती थी, और केवल एक साईस से काम चल जाता। ईश्वर सेवक गृह-प्रबंध में निपुण थे, और गृह-कार्यों में उनका उत्साह लेश-मात्र भी कम न हुआ था। उनकी आराम-कुर्सी बंगले के सायबान में पड़ी रहती थी। उस पर वह सुबह से शाम तक बैठे जॉन सेवक की फ़िज़ूलखर्ची और घर की बरबादी का रोना रोया करते थे। वह अब भी नियमित रूप से पुत्र को घंटे-दो घंटे उपदेश दिया करते थे, और शायद इसी उपदेश का फल था कि जॉन सेवक का धन और मान दिनों-दिन बढ़ता जाता था। 'किफ़ायत' उनके जीवन का मूल तत्त्व था, और इसका उल्लंघन उन्हें असह्य था। वह अपने घर में धन का अपव्यय नहीं देख सकते थे, चाहे वह किसी मेहमान ही का धन क्यों न हो। धर्मानुरागी इतने थे कि बिला नाग़ा दोनों वक्त गिरजाघर जाते। उनकी अपनी अलग सवारी थी। एक आदमी इस तामजान को खींचकर गिरजाघर के द्वार तक पहुँचा आया करता था। वहाँ पहुँचकर ईश्वर सेवक उसे तुरंत घर लौटा देते थे। गिरजा के अहाते में तामजान की रक्षा के लिए किसी आदमी के बैठे रहने की जरूरत न थी। घर आकर वह आदमी और कोई काम कर सकता था। बहुधा उसे लौटाते समय वह काम भी बतलाया करते थे। दो घंटे बाद वह आदमी जाकर उन्हें खींच लाता था। लौटती बार वह यथासाध्य खाली हाथ न लौटते थे, कभी दो-चार पपीते मिल जाते, कभी नारंगियाँ, कभी सेर-आध सेर मकोय। पादरी उनका बहुत सम्मान करता था। उनकी सारी उम्मत (अनुयायियों की मण्डली) में इतना वयोवृद्ध और दूसरा आदमी न था, उस पर धर्म का इतना प्रेमी! वह उसके धर्मोपदेशों को जितनी तन्मयता से सुनते थे और जितनी भक्ति से कीर्तन में भाग लेते थे, वह आदर्श कही जा सकती थी।

प्रातःकाल था। लोग जलपान करके या छोटी हाज़िरी खाकर, मेज़ पर से उठे थे। मि. जॉन सेवक ने गाड़ी तैयार करने का हुक्म दिया। ईश्वर सेवक ने अपनी कुरसी पर बैठे-बैठे चाय का एक प्याला पिया था, और झुँझला रहे थे कि इसमें शकर क्यों इतनी झोंक दी गयी है। शकर कोई नियामत नहीं कि पेट फाड़कर खायी जाय, एक तो मुश्किल से पचती है, दूसरे इतनी महँगी। इसकी आधी शकर चाय को मज़ेदार बनाने के लिए काफ़ी थी। अंदाज़ से काम करना चाहिए था, शकर कोई पेट भरने की चीज़ नहीं है। सैकड़ों बार कह चुका हूँ, पर मेरी कौन सुनता है। मुझे तो सबने कुत्ता समझ लिया है। उसके भूँकने की कौन परवा करता है?

मिसेज सेवक ने धर्मानुराग और मितव्यतिता का पाठ भली भाँति अभ्यस्त किया था। लज्जित होकर बोली—पापा, क्षमा कीजिए। आज सोफी ने शकर ज़्यादा डाल दी थी। कल से आपको यह शिकायत न रहेगी, मगर करूँ क्या, यहाँ तो हल्की चाय किसी को अच्छी ही नहीं लगती।

ईश्वर सेवक ने उदासीन भाव से कहा—मुझे क्या करना है, कुछ क़यामत तक तो बैठा रहूँगा नहीं, मगर घर के बरबाद होने के ये ही लक्षण हैं। ईसू, मुझे अपने दामन में छुपा।

मिसेज़ सेवक—मैं अपनी भूल स्वीकार करती हूँ। मुझे अंदाज़ से शकर निकाल देनी चाहिए थी।

ईश्वर सेवक—अरे, तो आज यह कोई नयी बात थोड़े ही है। रोज़ तो यही रोना रहता है। जॉन समझता है, मैं घर का मालिक हूँ, रुपये कमाता हूँ, खर्च क्यों न करूँ? मगर धन कमाना एक बात है, उसका सद्व्यय करना दूसरी बात। होशियार आदमी उसे कहते हैं, जो धन का उचित उपयोग करे। इधर से लाकर उधर खर्च कर दिया, तो क्या फ़ायदा? इससे तो न लाना ही अच्छा। समझाता ही रहा; पर इतनी ऊँची रास का घोड़ा ले लिया। इसकी क्या जरूरत थी? तुम्हें घुड़दौड़ नहीं करना है। एक टट्टू से काम चल सकता था। यही न कि औरों के घोड़े आगे निकल जाते, तो इसमें तुम्हारी क्या शेख़ी मारी जाती थी। कहीं दूर जाना नहीं पड़ता। टट्टू होता, छः सेर की जगह दो सेर दाना खाता। आख़िर चार सेर दाना व्यर्थ ही जाता है न? मगर मेरी कौन सुनता है? ईसू, मुझे अपने दामन में छुपा। सोफ़ी, यहाँ आ बेटी, कलामे-पाक सुना।

सोफ़िया प्रभु सेवक के कमरे में बैठी हुई उनसे मसीह के इस कथन पर शंका कर रही थी कि ग़रीबों के लिए आसमान की बादशाहत है, और अमीरों का स्वर्ग में जाना उतना ही असम्भव है, जितना ऊँट का सुई की नोक में जाना। उसके मन में शंका हो रही थी, क्या दरिद्र होना स्वयं कोई गुण है, और धनी होना स्वयं कोई अवगुण? उसकी बुद्धि इस कथन की सार्थकता को ग्रहण न कर सकती थी। क्या मसीह ने केवल अपने भक्तों को खुश करने के लिए ही धन की इतनी निन्दा की है? इतिहास बतला रहा है कि पहले केवल दीन, दुखी, दरिद्र और समाज के पतित जनता ने ही मसीह के दामन में पनाह ली। इसीलिए तो उन्होंने धन की इतनी अवहेलना नहीं की? कितने ही गरीब ऐसे हैं, जो सिर से पाँव तक अधर्म और अविचार में डूबे हुए हैं। शायद उनकी दुष्टता ही उनकी दरिद्रता का कारण है। क्या केवल दरिद्रता उनके सब पापों का प्रायश्चित कर देगी? कितने ही धनी हैं, जिनके हृदय आइने की भाँति निर्मल हैं। क्या उनका वैभव उनके सारे सत्कर्मों को मिटा देगा?

सोफिया सत्यासत्य के निरूपण में सदैव रत रहती थी। धर्मतत्त्वों को बुद्धि की कसौटी पर कसना उसका स्वाभाविक गुण था, और जब तक तर्क-बुद्धि स्वीकार न करे, वह केवल धर्म-ग्रंथों के आधार पर किसी सिद्धांत को न मान सकती थी। जब उसके मन में कोई शंका होती, तो वह प्रभु सेवक की सहायता से उसके निवारण की चेष्टा किया करती।

सोफिया—मैं इस विषय पर बड़ी देर से ग़ौर कर रही हूँ; पर कुछ समझ में नहीं आता। प्रभु मसीह ने दरिद्रता को इतना महत्त्व क्यों दिया और धन-वैभव को क्यों निषिद्ध बतलाया?

प्रभु सेवक—जाकर मसीह से पूछो।

सोफ़िया—तुम क्या समझते हो?

प्रभु सेवक—मैं कुछ नहीं समझता, और न कुछ समझना ही चाहता हूँ। भोजन, निद्रा और विनोद, ये ही मनुष्य-जीवन के तीन तत्व हैं। इसके सिवा सब गोरखधन्धा है। मैं धर्म को बुद्धि से बिलकुल अलग समझता हूँ। धर्म को तोलने के लिए बुद्धि उतनी ही अनुपयुक्त है, जितना बैंगन तोलने के लिए सुनार का काँटा। धर्म धर्म है, बुद्धि बुद्धि। या तो धर्म का प्रकाश इतना तेजोमय है कि बुद्धि की आँखें चौंधिया जाती हैं या इतना घोर अंधकार है कि बुद्धि को कुछ नज़र ही नहीं आता; इन झगडों में व्यर्थ सिर खपाती हो। सुना, आज पापा चलते-चलते क्या

कह गये?

सोफ़िया—नहीं, मेरा ध्यान उधर न था।

प्रभु सेवक—यही कि मशीनों के लिए शीघ्र आर्डर दे दो। उस ज़मीन को लेने का इन्होंने निश्चय कर लिया। उसका मौका बहुत पसंद आया। चाहते हैं कि जल्द-से-जल्द बुनियाद पड़ जाय, लेकिन मेरा जी इस काम से घबराता है। मैंने यह व्यवसाय सीखा तो; पर सच पूछो, तो मेरा दिल वहाँ भी न लगता था। अपना समय दर्शन, साहित्य, काव्य की सैर में काटता था। वहाँ के बड़े-बड़े विद्वानों और साहित्य-सेवियों से वार्तालाप करने में जो आनन्द मिलता था, वह कारखाने में कहाँ नसीब था? सच पूछो, तो मैं इसीलिए वहाँ गया ही था। अब घोर संकट में पड़ा हुआ हूँ। अगर इस काम में हाथ नहीं लगाता, तो पापा को दुःख होगा, वह समझेंगे कि मेरे हज़ारों रुपये पानी में गिर गए। शायद मेरी सूरत से घृणा करने लगें। काम शुरू करता हूँ, तो यह भय होता है कि कहीं मेरी बेदिली से लाभ के बदले हानि न हो। मुझे इस क़ाम में ज़रा भी उत्साह नहीं। मुझे तो रहने को एक झोपड़ी चाहिए और दर्शन तथा साहित्य का एक अच्छा-सा पुस्तकालय। और किसी वस्तु की इच्छा नहीं रखता। यह लो, दादा को तुम्हारी याद आ गयी। जाओ, नहीं तो वह यहाँ आ पहुँचेंगे और व्यर्थ की बकवास से घंटों समय नष्ट कर देंगे।

सोफ़िया—यह विपत्ति मेरे सिर बुरी पड़ी है। जहाँ पढ़ने कुछ बैठी कि इनका बुलावा पहुँचा। आजकल 'उत्पत्ति' की कथा पढ़वा रहे हैं। मुझे एक-एक शब्द पर शंका होती है। कुछ बोलूँ, तो बिगड़ जायँ। विलकुल बेगार करनी पड़ती है।

मिसेज़ सेवक बेटी को बुलाने आ रही थीं। अंतिम शब्द उनके कानों में पड़ गये। तिलमिला गयीं। आकर बोलीं—बेशक, ईश्वर-ग्रंथ पढ़ना बेगार है, मसीह का नाम लेना पाप है, तुझे तो उस भिखारी अंधे की बातों में आनन्द आता है, हिन्दुओं के गपोड़े पढ़ने में तेरा जी लगता है; ईश्वर-वाक्य तो तेरे लिए जहर है। खुदा जाने, तेरे दिमाग़ में यह ख़ब्त कहाँ से समा गया है। जब देखती हूँ, तुझे अपने पवित्र धर्म की निन्दा ही करते देखती हूँ। तू अपने मन में भले ही समझ ले कि ईश्वर-वाक्य कपोल-कल्पना है, लेकिन अंधे की आँखों में अगर सूर्य का प्रकाश न पहुँचे, तो सूर्य का दोष नहीं, अंधे की आँखों का ही दोष है! आज तीन-चौथाई दुनिया जिस महात्मा के नाम पर जान देती है, जिस महान् आत्मा की अमृत-वाणी आज सारी दुनिया को जीवन प्रदान कर रही है, उससे यदि तेरा मन विमुख हो रहा है, तो यह तेरा दुर्भाग्य है और तेरी दुर्बुद्धि है। खुदा तेरे हाल पर रहम करे।

सोफ़िया—महात्मा ईसा के प्रति कभी मेरे मुँह से कोई अनुचित शब्द नहीं निकला। मैं उन्हें धर्म, त्याग और सद्विचार का अवतार समझती हूँ। लेकिन उनके प्रति श्रद्धा रखने का यह आशय नहीं है कि भक्तों ने उनके उपदेशों में जो असंगत बातें भर दी हैं या उनके नाम से जो विभूतियाँ प्रसिद्ध कर रखी हैं, उन पर भी ईमान लाऊँ! और, यह अनर्थ कुछ प्रभु मसीह ही के साथ नहीं किया गया, संसार के सभी महात्माओं के साथ यही अनर्थ किया गया है।

मिसेज सेवक—तुझे ईश्वर-ग्रंथ के प्रत्येक शब्द पर ईमान लाना पड़ेगा, वरना तू अपनी गणना प्रभु मसीह के भक्तों में नहीं कर सकती।

सोफ़िया—तो मैं मजबूर होकर अपने को उनकी उम्मत से बाहर समझूँगी; क्योंकि बाइबिल के प्रत्येक शब्द पर ईमान लाना मेरे लिए असंभव है।

मिसेज सेवक—तू विधर्मिणी और भ्रष्टा है। प्रभु मसीह तुझे कभी क्षमा न करेंगे।

सोफ़िया—अगर धार्मिक संकीर्णता से दूर रहने के कारण ये नाम दिये जाते हैं, तो मुझे स्वीकार करने में कोई आपत्ति नहीं है।

मिसेज सेवक से अब ज़ब्त न हो सका। अभी तक उन्होंने कातिल वार न किया था। मातृस्नेह हाथों को रोके हुए था। लेकिन सोफ़िया के वितंडावाद ने अब उनके धैर्य का अंत कर दिया। बोलीं—प्रभु मसीह से विमुख होने वाले के लिए इस घर में जगह नहीं है।

प्रभु सेवक—मामा, आप घोर अन्याय कर रही हैं। सोफिया यह कब कहती है कि मुझे प्रभु मसीह पर विश्वास नहीं है?

मिसेज़ सेवक—हाँ, वह यही कह रही है, तुम्हारी समझ का फेर है। ईश्वर-ग्रंथ पर ईमान न लाने का और क्या अर्थ हो सकता है? इसे प्रभु मसीह के अलौकिक कृत्यों पर अविश्वास और उनके नैतिक उपदेशों पर शंका है। यह उनके प्रायश्चित के तत्त्व को नहीं मानती, उनके पवित्र आदेशों को स्वीकार नहीं करती।

प्रभु सेवक—मैंने इसे मसीह के आदेशों का उल्लंघन करते कभी नहीं देखा।

सोफ़िया—धार्मिक विषयों में मैं अपनी विवेक-बुद्धि के सिवा और किसी के आदेशों को नहीं मानती।

मिसेज़ सेवक—मैं तुझे अपनी संतान नहीं समझती, और तेरी सूरत नहीं देखना चाहती.

यह कहकर सोफ़िया के कमरे में घुस गयीं, और उसकी मेज पर से बौद्ध-धर्म और वेदांत के कई ग्रंथ उठाकर बाहर बरामदे में फेंक दिये। उसी आवेश में उन्हें पैरों से कुचला और जाकर ईश्वर सेवक से बोलीं—पापा, आप सोफ़ी को नाहक बुला रहे हैं, वह प्रभु मसीह की निन्दा कर रही है।

मि. ईश्वर सेवक ऐसे चौंके, मानो देह पर आग की चिनगारी गिर पड़ी हो, और अपनी ज्योतिविहीन आँखों को फाड़कर बोले—क्या कहा, सोफी प्रभु मसीह की निन्दा कर रही है। सोफ़ी?

मिसेज़ सेवक—हाँ-हाँ, सोफ़ी। कहती है, मुझे उनकी विभूतियों पर, उनके उपदेशों और आदेशों पर विश्वास नहीं है।

ईश्वर सेवक—(ठंडी साँस खींचकर) प्रभु मसीह, मुझे अपने दामन में छुपा, अपनी भटकती हुई भेड़ों को सच्चे मार्ग पर ला। कहाँ है सोफ़ी? मुझे उसके पास ले चलो, मेरे हाथ पकड़कर उठाओ। खुदा, मेरी बेटी के हृदय को अपनी ज्योति से जगा। मैं उसके पैरों पर गिरूँगा, उसकी मिन्नतें करूँगा; उसे दीनता से समझाऊँगा। मुझे उसके पास तो ले चलो।

मिसेज सेवक—मैं सब कुछ करके हार गयी। उस पर खुदा की लानत है। मैं उसका मुँह नहीं देखना चाहती।

ईश्वर सेवक—ऐसी बातें न करो। वह मेरे खून का खून, मेरी जान की जान, मेरे प्राणों का प्राण है। मैं उसे कलेजे से लगाऊँगा। प्रभु मसीह ने विधर्मियों को छाती से लगाया था, कुकर्मियों

को अपने दामन में शरण दी थी, वह मेरी सोफ़िया पर अवश्य दया करेंगे। ईसू, मुझे अपने दामन में छुपा।

जब मिसेज सेवक ने अब भी सहारा न दिया, तो ईश्वर सेवक लकड़ी के सहारे उठे और लाठी टेकते हुए सोफ़िया के कमरे में द्वार पर आकर बोले— बेटी सोफ़ी, कहाँ है? इधर आ बेटी, तुझे गले से लगाऊँ। मेरा मसीह खुदा का दुलारा बेटा था, दीनों का सहायक, निर्बलों का रक्षक, दरिद्रों का मित्र, डूबतों का सहारा, पापियों का उद्धारक, दुखियों का पार लगाने वाला। बेटी, ऐसा और कौन-सा नबी है, जिसका दामन इतना चौड़ा हो, जिसकी गोद में संसार के सारे पापों, सारी बुराइयों के लिए स्थान हो? वही एक ऐसा नबी है, जिसने दुरात्माओं को, अधर्मियों को, पापियों को मुक्ति की शुभ सूचना दी, नहीं तो हम-जैसे मलिनात्माओं के लिए मुक्ति कहाँ थी? हमें उबारनेवाला कौन था?

यह कहकर उन्होंने सोफी को हृदय से लगा लिया। माता के कठोर शब्दों ने उसके निर्बल क्रोध को जाग्रत कर दिया था। अपने कमरे में आकर रो रही थी, बार-बार मन उद्विग्न हो उठता था। सोचती थी, अभी इसी क्षण, इस घर से निकल जाऊँ। क्या इस अनन्त संसार में मेरे लिए जगह नहीं है? मैं परिश्रम कर सकती हूँ, अपना भार आप सँभाल सकती हूँ। आत्मस्वातंत्र्य का खून करके अगर जीवन की चिंताओं से निवृत्ति हुई, तो क्या? मेरी आत्मा इतनी तुच्छ वस्तु नहीं है कि उदर पालने के लिए उसकी हत्या कर दी जाय। प्रभु सेवक को अपनी बहन से सहानुभूति थी। धर्म पर उन्हें उससे कहीं कम श्रद्धा थी। किन्तु वह अपने स्वतंत्र विचारों को अपने मन में संचित रखते थे। गिरजा चले जाते थे, पारिवारिक प्रार्थनाओं में भाग लेते थे; यहाँ तक कि धार्मिक भजन भी गा लेते थे। वह धर्म को गंभीर विचार के क्षेत्र से बाहर समझते थे। वह गिरजा उसी भाव से जाते थे, जैसे थिएटर देखने जाते। पहले अपने कमरे से झाँककर देखा कि कहीं मामा तो नहीं देख रही हैं; नहीं तो मुझ पर वज्र-प्रहार होने लगेंगे। तब चुपके से सोफ़िया के पास आये और बोले—सोफ़ी, क्यों नादान बनती हो? साँप के मुँह में उँगली डालना कौन-सी बुद्धिमानी है? अपने मन में जो विचार रखो, जिन बातों को जी चाहे, मानो; जिनको जी न चाहे, न मानो; इस तरह ढिंढोरा पीटने से क्या फ़ायदा? समाज में नक्कू बनने की क्या जरूरत? कौन तुम्हारे दिल के अंदर देखने जाता है।

सोफ़िया ने भाई की अवहेलना का दृष्टि से देखकर कहा— धर्म के विषय में मैं कर्म को वचन के अनुरूप ही रखना चाहती हूँ। चाहती हूँ, दोनों से एक स्वर निकले। धर्म का स्वाँग भरना मेरी क्षमता से बाहर है। आत्मा के लिए मैं संसार के सारे दुःख झेलने को तैयार हूँ। अगर मेरे लिए इस घर में स्थान नहीं है, तो ईश्वर का बनाया हुआ विस्तृत संसार तो है! कहीं भी अपना निर्वाह कर सकती हूँ। मैं सारी विडम्बनाएँ सह लूँगी, लोक-निन्दा की मुझे चिंता नहीं है; मगर अपनी ही नज़रों में गिरकर मैं जिंदा नहीं रह सकती। अगर यही मान लूँ कि मेरे लिए चारों तरफ से द्वार बन्द है, तो भी मैं आत्मा को बेचने की अपेक्षा भूखों मर जाना कहीं अच्छा समझती हूँ।

प्रभु सेवक—दुनिया उससे कहीं तंग है, जितना तुम समझती हो।

सोफिया—कब्र के लिए तो जगह निकल ही आयेगी।

सहसा ईश्वर सेवक ने जाकर उसे छाती से लगा लिया, और अपने भक्ति-गद्गद नेत्र-जल से उसके संतप्त हृदय को शान्त करने लगे। सोफ़िया को उनकी श्रद्धालुता पर दया आ गयी। कौन ऐसा निर्दय प्राणी है, जो भोले-भाले बालक के कठघोड़े का उपहास करके उसका दिल दुखाये, उसके मधुर स्वप्न को विशृंखल कर दे?

सोफिया ने कहा—दादा, आप आकर इस कुर्सी पर बैठ जायँ, खड़े-खड़े आपको तकलीफ होती है।

ईश्वर सेवक—जब तक तू अपने मुख से न कहेगी कि मैं प्रभु मसीह पर विश्वास करती हूँ, तब तक मैं तेरे द्वार पर, यों ही भिखारियों की भाँति खड़ा रहूँगा।

सोफ़िया—दादा, मैंने यह कभी नहीं कहा कि मैं प्रभु ईसू पर ईमान नहीं रखती, या मुझे उन पर श्रद्धा नहीं है। मैं उन्हें महान् आदर्श पुरुष और क्षमा तथा दया का अवतार समझती हूँ और समझती रहूँगी।

ईश्वर सेवक ने सोफ़िया के कपोलों का चुंबन करके कहा—बस, मेरा चित्त शांत हो गया। ईसू तुझे अपने दामन में लें। मैं बैठता हूँ, मुझे ईश्वर-वाक्य सुना, कानों को प्रभु मसीह की वाणी से पवित्र कर।

सोफ़िया इनकार न कर सकी। 'उत्पत्ति' का एक परिच्छेद खोलकर पढ़ने लगी। ईश्वर सेवक आँखें बंद करके कुर्सी पर बैठ गये और तन्मय होकर सुनने लगे। मिसेज सेवक ने यह दृश्य देखा और विजयगर्व से मुस्कराती हुई चली गयीं।

यह समस्या तो हल हो गयी; पर ईश्वर सेवक के मरहम से उसके अंतःकरण का नासूर न अच्छा हो सकता था। आये-दिन उसके मन में धार्मिक शंकाएँ उठती रहती थीं और दिन-प्रतिदिन उसे अपने घर में रहना दुस्सह होता जाता था। शनैः-शनैः प्रभु सेवक की सहानुभूति भी क्षीण होने लगी। मि. जॉन सेवक को अपने व्यावसायिक कामों से इतना अवकाश ही न मिलता था कि उसके मानसिक विप्लव का निवारण करते। मिसेज सेवक पूर्ण निरंकुशता से उस पर शासन करती थीं। सोफ़िया के लिए सबसे कठिन परीक्षा का समय वह होता था, जब वह ईश्वर सेवक को बाइबिल पढ़कर सुनाती थी। इस परीक्षा से बचने के लिए वह नित्य बहाने ढूँढती रहती थी। अतः अपने कृत्रिम जीवन से उसे घृणा होती जाती थी। उसे बार-बार प्रबल अंतःप्रेरणा होती कि घर छोड़कर कहीं चली जाऊँ और स्वाधीन होकर सत्यासत्य की विवेचना करूँ; पर इच्छा-व्यवहार-क्षेत्र में पैर रखते हुए संकोच से विवश हो जाती थी। पहले प्रभु सेवक से अपनी शंकाएँ प्रकट करके वह शांत-चित्त हो जाया करती थी; पर ज्यों-ज्यों उनकी उदासीनता बढ़ने लगी; सोफ़िया के हृदय से भी उनके प्रति प्रेम और आदर उठने लगा। उसे धारणा होने लगी कि इनका मन केवल भोग और विलास का दास है, जिसे सिद्धान्तों से कोई लगाव नहीं। यहाँ तक कि उनकी काव्य-रचनाएँ भी, जिन्हें वह पहले बड़े शौक से सुना करती थी, अब उसे कृत्रिम भावों से परिपूर्ण मालूम होतीं। वह वहुधा टाल दिया करती कि मेरे सिर में दर्द है, सुनने को जी नहीं चाहता। अपने मन में कहती, इन्हें उन सद्भावों और पवित्र आवेगों को व्यक्त करने का क्या अधिकार है, जिनका आधार आत्म-दर्शन और अनुभव पर न हो।

एक दिन जव घर से सव प्राणी गिरजाघर जाने लगे, तो सोफिया ने सिर-दर्द का बहाना

किया। अब तक वह शंकाओं के होते हुए भी रविवार को गिरजाघर चली जाया करती थी। प्रभु सेवक उसका मनोभाव ताड़ गये, बोले—सोफ़ी? गिरजा जाने में तुम्हें क्या आपत्ति है? वहाँ जाकर आध घंटे चुपचाप बैठे रहना कोई ऐसा मुश्किल काम नहीं।

प्रभु सेवक बड़े शौक से गिरजा जाया करते थे, वहाँ उन्हें बनाव और दिखाव, पाखंड और ढकोसलों की दार्शनिक मीमांसा करने और व्यंग्योक्तियों के लिए सामग्री जमा करने का अवसर मिलता था। सोफ़िया के लिए आराधना विनोद की वस्तु नहीं, शांति और तृप्ति की वस्तु थी। बोली—तुम्हारे लिए आसान हो, मेरे लिए मुश्किल ही है।

प्रभु सेवक— क्यों अपनी जान बवाल में डालती हो? अम्माँ का स्वभाव तो जानती हो।

सोफ़िया— मैं तुमसे परामर्श नहीं चाहती, अपने कामों की ज़िम्मेदारी अपने ऊपर लेने को तैयार हूँ।

मिसेज सेवक ने आकर पूछा—सोफ़ी, क्या सिर में दर्द इतना है कि गिरजे तक नहीं चल सकतीं?

सोफ़िया— जा क्यों नहीं सकती; पर जाना नहीं चाहती।

मिसेज सेवक—क्यों?

सोफ़िया—मेरी इच्छा। मैंने गिरजा जाने की प्रतिज्ञा नहीं की है।

मिसेज़ सेवक—क्या तू चाहती है कि हम कहीं मुँह दिखाने के लायक न रहें?

सोफ़िया—हरगिज़ नहीं, मैं सिर्फ़ इतना ही चाहती हूँ कि आप मुझे चर्च जाने के लिए मजबूर न करें।

ईश्वर सेवक पहले ही अपने तामजान पर बैठकर चल दिए थे। जॉन सेवक ने आकर केवल इतना पूछा—क्या बहुत ज्यादा दर्द है? मैं उधर से कोई दवा लेता आऊँगा, ज़रा पढ़ना कम कर दो और रोज़ घूमने जाया करो।

यह कहकर वह प्रभु सेवक के साथ फ़िटन पर आ बैठे। लेकिन मिसेज़ सेवक इतनी आसानी से उसका गला छोड़ने वाली न थीं। बोलीं—तुझे ईसू के नाम से इतनी घृणा है?

सोफ़िया—मैं हृदय से उनकी श्रद्धा करती हूँ।

माँ—तू झूठ बोलती है।

सोफ़िया—अगर दिल में श्रद्धा न होती, तो ज़बान से कदापि न कहती।

माँ—तू प्रभु मसीह को अपना मुक्तिदाता समझती है ? तुझे यह विश्वास है कि वही तेरा उद्धार करेंगे?

सोफ़िया—कदापि नहीं। मेरा विश्वास है कि मेरी मुक्ति, अगर मुक्ति हो सकती है; तो मेरे कर्मों से होगी।

माँ—तेरे कर्मों से तेरे मुँह में कालिख लगेगी, मुक्ति न होगी।

यह कहकर मिसेज़ सेवक फ़िटन पर जा बैठीं। संध्या हो गयी थी। सड़क पर ईसाइयों के दल-के-दल कोई ओवरकोट पहने, कोई माघ की ठंड से सिकुड़े हुए, खुश-खुश गिरजे चले जा रहे थे, पर सोफ़िया को सूर्य की मलिन ज्योति भी असह्य हो रही थी, वह एक ठंडी साँस खींचकर बैठ गयी। 'तेरे कर्मों से तेरे मुँह में कालिख लगेगी'— ये शब्द उसके अंतःकरण को भाले के

समान बेधने लगे। सोचने लगी—मेरी स्वार्थ-सेवा का यही उचित दण्ड है। मैं भी केवल रोटियों के लिए अपनी आत्मा की हत्या कर रही हूँ, अपमान और अनादर के झोंके सह रही हूँ। इस घर में कोन मेरा हितैषी है? कौन है, जो मेरे मरने की खबर पाकर आँसू की चार बूँदें गिरा दे? शायद मेरे मरने से लोगों को खुशी होगी। मैं इनकी नज़रों में इतनी गिर गयी हूँ। ऐसे जीवन पर धिक्कार है। मैंने देखे हैं हिंदू-घरानों में भिन्न-भिन्न मतों के प्राणी कितने प्रेम से रहते हैं। बाप सनातन-धर्मावलंबी है, तो बेटा आर्य समाजी। पति ब्रह्मसमाज में है, तो स्त्री पाषाण-पूजकों में। सब अपने-अपने धर्म का पालन करते हैं। कोई किसी से नहीं बोलता। हमारे यहाँ आत्मा कुचली जाती है। फिर भी यह दावा है कि हमारी शिक्षा और सभ्यता विचार-स्वातंत्र्य के पोषक हैं। हैं तो हमारे यहाँ भी उदार विचारों के लोग, प्रभु सेवक ही उनकी एक मिसाल है, पर इनकी उदारता यथार्थ में विवेकशून्यता है। ऐसे उदार प्राणियों से तो अनुदार ही अच्छे। इनमें कुछ विश्वास तो है, निरे बहुरूपिये तो नहीं हैं। आख़िर मामा अपने दिल में क्या समझती हैं कि बात-बात पर वाग्बाणों से छेदने लगती हैं? उनके दिल में यही विचार होगा कि इसे कहीं और ठिकाना नहीं है, कोई इसका पूछने वाला नहीं है। मैं इन्हें दिखा दूँगी कि मैं अपने पैरों पर खड़ी हो सकती हूँ। अब इस घर में रहना नरकवास के समान है। इस बेहयाई की रोटियाँ खाने से भूखों मर जाना अच्छा है। बला से लोग हँसेंगे, आज़ाद तो हो जाऊँगी। किसी के ताने-मेहने तो न सुनने पड़ेंगे।

सोफ़िया उठी, और मन में कोई स्थान निश्चित किये बिना ही अहाते से बाहर निकल आयी। उस घर की वायु उसे दूर्षित मालूम होती थी। वह आगे बढ़ती जाती थी; पर दिल में लगातार प्रश्न हो रहा था, कहाँ जाऊँ? जब वह घनी आबादी में पहुँची, तो शोहदों ने उस पर इधर-उधर से आवाज़ें कसनी शुरू कीं। किन्तु वह शर्म से सिर नीचा करने के बदले उन आवाजों और कुवासनामयी दृष्टियों का जवाब घृणायुक्त नेत्रों से देती चली जाती थी, जैसे कोई सवेग जल-धारा पत्थरों को ठुकराती हुई आगे बढ़ती चली जाय। यहाँ तक कि वह उस खुली हुई सड़क पर आ गयी, जो दशाश्वमेध घाट की ओर जाती है।

उसके जी में आया, ज़रा दरिया की सैर करती चलूँ। कदाचित् किसी सज्जन से भेंट हो जाय। जब तक दो-चार आदमियों से परिचय न हो, और वे मेरा हाल न जानें, मुझसे कौन सहानुभूति प्रकट करेगा? कौन मेरे हृदय की बात जानता है? ऐसे सदय प्राणी सौभाग्य ही से मिलते हैं। जब अपने माता-पिता अपने शत्रु हो रहे हैं, तो दूसरों से भलाई की क्या आशा?

वह इसी नैराश्य की दशा में चली जा रही थी कि सहसा उसे एक विशाल प्रासाद देख पड़ा, जिसके सामने बहुत चौड़ा हरा मैदान था। अन्दर जाने के लिए एक ऊँचा फाटक था, जिसके ऊपर एक सुनहरा गुम्बद बना था। इस गुम्बद में नौबत बज रही थी, फाटक से भवन तक सुर्खी की एक रविश थी, जिसके दोनों ओर बेलें और गुलाब की क्यारियाँ थीं। हरी-हरी घास पर बैठे कितने ही नर-नारी माघ की शीतल वायु का आनन्द ले रहे थे। कोई लेटा हुआ था, कोई तकियेदार चौकियों पर बैठा सिगार पी रहा था।

सोफ़िया ने शहर में ऐसा रमणीक स्थान न देखा था। उसे आश्चर्य हुआ कि शहर के मध्य भाग में भी ऐसे मनोरम स्थान मौजूद हैं। वह एक चौकी पर बैठ गयी और सोचने लगी—अब

लोग चर्च से आ गये होंगे। मुझे घर में न देखकर चौंकेंगे तो ज़रूर; पर समझेंगे, कहीं घूमने गयी होगी। अगर रात-भर यहीं बैठी रहूँ, तो भी वहाँ किसी को चिन्ता न होगी, आराम से खा-पीकर सोयेंगे। हाँ, दादा को अवश्य दुःख होगा, वह भी केवल इसीलिए कि उन्हें बाइबिल पढ़कर सुनानेवाला कोई नहीं। मामा तो दिल में खुश होंगी कि अच्छा हुआ, आँखों से दूर हो गयी। मेरा किसी से परिचय नहीं। इसी से कहा है, सबसे मिलते रहना चाहिए, न जाने कब किससे काम पड़ जाय। मुझे बरसों रहते हो गये और किसी से राह-रस्म न पैदा की। मेरे साथ नैनीताल में यहाँ से किसी रईस की लड़की पढ़ती थी, भला-सा नाम था। हाँ, इन्दु। कितना कोमल स्वभाव था! बात-बात से प्रेम टपका पड़ता था। हम दोनों गले में बाँहें डाले टहलती थीं। वहाँ कोई बालिका इतनी सुन्दर और ऐसी सुशील न थी। मेरे और उसके विचारों में कितना सादृश्य था। कहीं उसका पता मिल जाता, तो दस-पाँच दिन उसी के यहाँ मेहमान हो जाती। उसके पिता का अच्छा-सा नाम था। हाँ, कुँवर भरतसिंह। पहले यह बात ध्यान में न आयी, नहीं तो एक कार्ड लिखकर डाल देती। मुझे भूल तो क्या गयी होगी, इतनी निष्ठुर तो न मालूम होती थी। कम-से-कम मानव-चरित्र का तो अनुभव हो जाएगा।

मजबूरी में हमें उन लोगों की याद आती है, जिनकी सूरत भी विस्मृत हो चुकी होती है। विदेश में हमें अपने मुहल्ले का नाई या कहार भी मिल जाय, तो हम उसके गले मिल जाते हैं, चाहे देश में उससे कभी सीधे मुँह बात भी न की हो।

सोफ़िया सोच रही थी कि किसी से कुँवर भरतसिंह का पता पूछूँ, इतने में भवन में सामनेवाले पक्के चबूतरे पर फ़र्श बिछ गया। कई आदमी सितार, बेला, मृदंग ले, आ बैठे, और इन साज़ों के साथ स्वर मिलाकर कई नवयुवक एक स्वर से गाने लगे :

शान्ति-समर में कभी भूलकर धैर्य नहीं खोना होगा;
वज्र-प्रहार भले सिर पर हो, नहीं किन्तु रोना होगा।
अरि से बदला लेने का मन-बीज नहीं बोना होगा;
घर में कान तूल देकर फिर तुझे नहीं सोना होगा।
देश-दाग़ को रुधिर वारि से हर्षित हो धोना होगा;
देश-कार्य की सारी गठरी सिर पर रख ढोना होगा।
आँखें लाल, भवें टेढ़ी कर, क्रोध नहीं करना होगा;
बलि-वेदी पर तुझे हर्ष से चढ़कर कट मरना होगा।
नश्वर है नर-देह-मौत से कभी नहीं डरना होगा;
सत्य-मार्ग को छोड़ स्वार्थ-पथ पैर नहीं धरना होगा।
होगी निश्चय जीत धर्म की यही भाव भरना होगा।
मातृभूमि के लिए जगत में जीना औ' मरना होगा।

संगीत में न लालित्य था, न माधुर्य; पर वह शक्ति, वह जागृति भरी हुई थी, जो सामूहिक संगीत का गुण है, आत्मसमर्पण और उत्कर्ष का पवित्र संदेश विराट आकाश में, नील गगन में और सोफ़िया के अशांत हृदय में गूँजने लगा। वह अब तक धार्मिक विवेचन ही में रत रहती थी। राष्ट्रीय संदेश सुनने का अवसर उसे कभी न मिला था। उसके रोम-रोम से वही ध्वनि,

दीपक-से ज्योति के समान निकलने लगी—

'मातृभूमि के लिए जगत में जीना औ' मरना होगा।'

उसके मन में एक तरंग उठी कि मैं भी जाकर गानेवालों के साथ गाने लगती। भाँति-भाँति के उद्‌गार उठने लगे—मैं किसी दूसरे देश में जाकर भारत का आर्त्तनाद सुनाती। यहीं खड़ी होकर कह दूँ, मैं अपने को भारत-सेवा के लिए समर्पित करती हूँ। अपने जीवन के उद्देश्य पर एक व्याख्यान देती—हम भाग्य के दुखड़े रोने के लिए, अपनी अवनत दशा पर आँसू बहाने के लिए नहीं बनाये गये हैं।

समा बँधा हुआ था, सोफ़िया के हृदय की आँखों के सामने इन्हीं भावों के चित्र नृत्य करते हुए मालूम होते थे।

अभी संगीत की ध्वनि गूँज ही रही थी अकस्मात् उसी अहाते के अन्दर एक खपरैल के मकान में आग लग गयी। जब तक लोग उधर दौड़े, अग्नि की ज्वाला प्रचंड हो गयी। सारा मैदान जगमगा उठा। वृक्ष और पौधे प्रदीप्त प्रकाश के सागर में नहा उठे। गानेवालों ने तुरन्त अपने-अपने साज़ वहीं छोड़े; धोतियाँ ऊपर उठायीं, आस्तीनें चढ़ायीं और आग बुझाने दौड़े। भवन से और भी कितने ही युवक निकल पड़े। कोई कुएँ से पानी लाने दौड़ा, कोई आग के मुँह में घुसकर अन्दर की चीजें निकाल-निकालकर बाहर फेंकने लगा। लेकिन कहीं वह उतावलापन, वह घबराहट, वह भगदड़, वह कुहराम, वह 'दौड़ो-दौड़ो' का शोर, वह स्वयं कुछ न करके दूसरों को हुक्म देने का गुल न था, जो ऐसी दैवी आपदाओं के समय साधारणतः हुआ करता है। सभी आदमी ऐसे सुचारु और सुव्यवस्थित रूप से अपना-अपना काम कर रहे थे कि एक बूँद पानी भी व्यर्थ न गिरने पाता था, और अग्नि का वेग प्रतिक्षण घटता जाता था। लोग इतनी निर्भयता से आग में कूदते थे, मानो वह जलकुंड है।

अभी अग्नि का वेग पूर्णतः शांत न हुआ था कि दूसरी तरफ़ से आवाज़ आयी—'दौड़ो-दौड़ो, आदमी डूब रहा है।' भवन के दूसरी ओर एक पक्की बावली थी, जिसके किनारे झाड़ियाँ लगी हुई थीं, तट पर एक छोटी-सी नौका खूँटी से बँधी हुई पड़ी थी। आवाज़ सुनते ही आग बुझानेवाले दल से कई आदमी निकलकर बावली की तरफ़ लपके, और डूबनेवाले को बचाने के लिए पानी में कूद पड़े। उनके कूदने की आवाज़ 'धम! धम!' सोफ़िया के कानों में आयी। ईश्वर का यह कैसा प्रकोप कि एक ही साथ दोनों प्रधान तत्त्वों में विप्लव! और एक ही स्थान पर! वह उठकर बावली की ओर जाना ही चाहती थी कि अचानक उसने एक आदमी को पानी का डोल लिये फ़िसलकर ज़मीन पर गिरते देखा। चारों ओर अग्नि शांत हो गई थी; पर जहाँ वह आदमी गिरा था, वहाँ अब तक बड़े वेग से धधक रही थी। अग्नि-ज्वाला विकराल मुँह खोले उस अभागे मनुष्य की तरफ लपकी। आग की लपटें उसे निगल जातीं; पर सोफ़िया विद्युत-गति से ज्वाला की तरफ़ दौड़ी और उस आदमी को खींचकर बाहर निकाल लायी। यह सब कुछ क्षण-मात्र में हो गया। अभागे की जान बच गयी; लेकिन सोफ़िया का कोमल गात आग की लपट से झुलस गया। वह ज्वालाओं के घेरे से बाहर आते ही अचेत होकर ज़मीन पर गिर पड़ी।

सोफ़िया ने तीन दिन तक आँखें न खोलीं। मन न जाने किन लोकों में भ्रमण किया करता था। कभी अद्‌भुत, कभी भायवह दृश्य दिखायी देते। कभी ईसा की सौम्य मूर्ति आँखों के सामने

आ जाती, कभी किसी विदुषी महिला के चंद्रमुख के दर्शन होते, जिन्हें यह सेंट मेरी समझती।

चौथे दिन प्रातःकाल उसने आँखें खोलीं, तो अपने को एक सजे हुए कमरे में पाया। गुलाब और चंदन की सुगन्ध आ रही थी। उसके सामने कुरसी पर वही महिला बैठी हुई थी, जिन्हें उसने सुषुप्तावस्था में सेंट मेरी समझा था, और सिरहाने की ओर एक वृद्ध पुरुष बैठे थे, जिनकी आँखों से दया टपकी पड़ती थी। इन्हीं को कदाचित् उसने, अर्द्ध चेतना की दशा में ईसा समझा था। स्वप्न की रचना स्मृतियों की पुनरावृत्ति-मात्र होती है।

सोफ़िया ने क्षीण स्वर में पूछा—मैं कहाँ हूँ? मामा कहाँ हैं?

वृद्ध पुरुष ने कहा—तुम कुँवर भरतसिंह के घर में हो। तुम्हारे सामने रानी साहिबा बैठी हुई हैं, तुम्हारा जी अब कैसा है?

सोफ़िया—अच्छी हूँ, प्यास लगी है। मामा कहाँ है, पापा कहाँ हैं, आप कौन हैं?

रानी—यह डाक्टर गांगुली हैं, तीन दिन से तुम्हारी दवा कर रहे हैं। तुम्हारे पापा-मामा कौन हैं?

सोफ़िया—पापा का नाम मि. जॉन सेवक है। हमारा बँगला सिगरा में है।

डॉक्टर—अच्छा, तुम मि. जॉन सेवक की बेटी हो? हम उसे जानता है; अभी बुलाता है।

रानी—किसी को अभी भेज दूँ?

सोफ़िया—कोई जल्दी नहीं है, आ जायँगे। मैंने जिस आदमी को पकड़कर खींचा था, उसकी क्या दशा हुई?

रानी—बेटी वह ईश्वर की कृपा से बहुत अच्छी तरह है। उसे ज़रा भी आँच नहीं लगी। वह मेरा बेटा विनय है। अभी आता होगा। तुम्हीं ने तो उसके प्राण बचाये। अगर तुम दौड़कर न पहुँच जातीं, तो आज न जाने क्या होता। मैं तुम्हारे ऋण से कभी मुक्त नहीं हो सकती। तुम मेरे कुल की रक्षा करनेवाली देवी हो।

सोफ़िया—जिस घर में आग लगी थी, उसके आदमी सब बच गये?

रानी—बेटी, यह तो केवल अभिनय था। विनय ने यहाँ एक सेवा-समिति बना रखी है। जब शहर में कोई मेला होता है, या कहीं से किसी दुर्घटना का समाचार आता है, तो समिति वहाँ पहुँकर सेवा-सहायता करती है। उस दिन समिति की परीक्षा के लिए कुँवर साहब ने वह अभिनय किया था।

डाक्टर—कुँवर साहब देवता है, कितने गरीब लोगों की रक्षा करता है। यह समिति, अभी थोड़े दिन हुए, बंगाल गयी थी। यहाँ सूर्य-ग्रहण का स्नान होने वाला है। लाखों यात्री दूर-दूर से आयेंगे। उसके लिए यह सब तैयारी हो रही है।

इतने में एक युवती रमणी आकर खड़ी हो गयी। उसके मुख से उज्ज्वल दीपक के समान प्रकाश की रश्मियाँ छिटक रही थीं। गले में मोतियों के हार के सिवा उसके शरीर पर कोई आभूषण न था। उषा की शुभ्र छटा मूर्तिमान हो गयी थी।

सोफ़िया ने उसे एक क्षण-भर देखा, तब बोली—इंदु, तुम यहाँ कहाँ? आज कितने दिनों के बाद तुम्हें देखा है?

इंदु चौंक पड़ी। तीन दिन से बराबर सोफ़िया को देख रही थी, खयाल आता था कि इसे

कहीं देखा है; पर कहाँ देखा है, यह याद न आती थी। उसकी बातें सुनते ही स्मृति जाग्रत हो गयी, आँखें चमक उठीं, गुलाब खिल गया। बोली—ओहो! सोफ़ी, तुम हो?

दोनों सखियाँ गले मिल गयीं। यह वही इंदु थी, जो सोफ़िया के साथ नैनीताल में पढ़ती थी। सोफ़िया को आशा न थी कि इंदु इतने प्रेम से मिलेगी। इंदु कभी पिछली बातें याद करके रोती, कभी हँसती, कभी गले मिल जाती। अपनी माँ से उसका गुणानुवाद करने लगी। माँ उसका प्रेम देखकर फूली न समाती। अंत में सोफ़िया ने झेंपते हुए कहा—इंदु, ईश्वर के लिए अब मेरी और ज़्यादा तारीफ़ न करो, नहीं तो मैं तुमसे न बोलूँगी। इतने दिनों तक कभी एक ख़त भी न लिखा, मुँह-देखे का प्रेम करती हो।

रानी—नहीं बेटी सोफ़ी, इंदु मुझसे कई बार तुम्हारी चर्चा कर चुकी है। यहाँ किसी से हँसकर बोलती तक नहीं। तुम्हारे सिवा मैंने इसे किसी की तारीफ़ करते नहीं सुना।

इंदु—बहन, तुम्हारी शिकायत वाजिब है, पर करूँ क्या, मुझे ख़त नहीं लिखना आता। एक तो बड़ी भूल यह हुई कि तुम्हारा पता नहीं पूछा, और अगर पता मालूम भी होता, तो भी मैं खत न लिख सकती। मुझे डर लगता है कि कहीं तुम हँसने न लगो। मेरा पत्र कभी समाप्त ही न होता, और न जाने क्या-क्या लिख जाती।

कुँवर साहब को मालूम हुआ कि सोफ़िया बातें कर रही है, तो वह भी उसे धन्यवाद देने के लिए आये। पूरे छः फ़ीट के मनुष्य थे, बड़ी-बड़ी आँखें, लम्बे बाल, लम्बी दाढ़ी, मोटे कपड़े का एक नीचा कुरता पहने हुए थे। सोफ़िया ने ऐसा तेजस्वी स्वरूप कभी न देखा था। उसने अपने मन में ऋषियों की जो कल्पना कर रखी थी, वह बिलकुल ऐसी ही थी। इस विशाल शरीर में बैठी हुई विशाल आत्मा को वह दोनों नेत्रों से ताक रही थी। सोफ़ी ने सम्मान भाव से उठना चाहा; पर कुँवर साहब मधुर, सरल स्वर में बोले—बेटी, लेटी रहो, तुम्हें उठने में कष्ट होगा। लो, मैं बैठ जाता हूँ, तुम्हारे पापा से मेरा परिचय है, पर क्या मालूम था कि तुम मि. सेवक की बेटी हो। मैंने उन्हें बुलाया है, लेकिन मैं कहे देता हूँ, मैं अभी तुम्हें न जाने दूँगा। यह कमरा अब तुम्हारा है, और यहाँ से चले जाने पर भी तुम्हें एक बार नित्य यहाँ आना पड़ेगा। (रानी से) जाह्नवी, यहाँ प्यानो मँगवाकर रख दो। आज मिस सोहराबजी को बुलवाकर सोफ़िया का एक तैल चित्र खिंचवाओ। सोहराबजी ज़्यादा कुशल है; पर मैं नहीं चाहता कि सोफ़िया को उनके सामने बैठना पड़े। वह चित्र हमें याद दिलाता रहेगा कि किसने महान् संकट के अवसर पर हमारी रक्षा की।

रानी—कुछ नाज भी दान करा दूँ?

यह कहकर रानी ने डाक्टर गांगुली की ओर देखकर आँखें मटकायीं। कुँवर साहब तुरंत बोले—फिर वही ढकोसले! इस ज़माने में जो दरिद्र है, उसे दरिद्र होना चाहिए, जो भूखों मरता है, उसे भूखों मरना चाहिए; जब घंटे-दो घंटे की मेहनत से खाने-भर को मिल सकता है, तो कोई सबब नहीं कि क्यों कोई आदमी भूखों मरे। दान ने हमारी जाति में जितने आलसी पैदा कर दिये हैं, उतने सब देशों ने मिलकर भी न पैदा किये होंगे। दान का इतना महत्त्व क्यों रखा गया, यह मेरी समझ में नहीं आता।

रानी—ऋषियो ने भूल की कि तुमसे सलाह न ले ली।

कुँवर–हाँ, मैं होता, तो साफ़ कह देता–आप लोग यह आलस्य, कुकर्म और अनर्थ का बीज बो रहे हैं। दान आलस्य का मूल है और आलस्य सब पापों का मूल है। इसलिए दान ही सब पापों का मूल है, कम से कम पोषक तो अवश्य ही है। दान नहीं, अगर जी चाहता हो तो मित्रों को एक भोज दे दो।

डाक्टर गांगुली–सोफ़िया तुम राजा साहब का बात सुनता है? तुम्हारा प्रभु मसीह तो दान को सबसे बढ़कर महत्त्व देता है, तुम कुँवर साहब से कुछ नहीं कहता?

सोफ़िया ने इंदु की ओर देखा, और मुसकिराकर आँखें नीची कर लीं, मानो कह रही थी कि मैं इनका आदर करती हूँ, नहीं तो जवाब देने में असमर्थ नहीं हूँ।

सोफ़िया मन ही मन इन प्राणियों के पारस्परिक प्रेम की तुलना अपने घर वालों से कर रही थी। आपस में कितनी मुहब्बत है। माँ-बाप दोनों इंदु पर प्राण देते हैं। एक मैं अभागिनी हूँ कि कोई मुँह भी नहीं देखना चाहता। चार दिन यहाँ पड़े हो गये, किसी ने खबर तक न ली। किसी ने खोज ही न की होगी। अम्माँ ने तो समझा होगा, कहीं डूब मरी। मन में प्रसन्न हो रही होंगी कि अच्छा हुआ, सिर से बला टली। मैं ऐसे सहृदय प्राणियों में रहने योग्य नहीं हूँ। मेरी इनसे क्या बराबरी।

यद्यपि यहाँ किसी के व्यवहार में दया की झलक भी न थी, लेकिन सोफ़िया को उन्हें अपना इतना आदर-सत्कार करते देखकर अपनी दीनावस्था पर ग्लानि होती थी। इंदु से भी शिष्टाचार करने लगी। इंदु उसे प्रेम से 'तुम' कहती थी; पर वह उसे 'आप' कहकर संबोधित करती थी।

कुँवर साहब कह गये थे, मैंने मि. सेवक को सूचना दे दी है, वह आते ही होंगे। सोफ़िया को अब यह भय होने लगा कि कहीं वह आ न रहे हों। आते-ही-आते मुझे अपने साथ चलने को कहेंगे। मेरे सिर फिर वही विपत्ति पड़ेगी। इंदु से अपनी विपत्ति कथा कहूँ, तो शायद उसे मुझसे कुछ सहानुभूति हो। वह नौकरानी यहाँ व्यर्थ ही बैठी हुई है। इंदु आयी भी, तो उससे कैसे बातें करूँगी। पापा के आने के पहले एक बार इंदु से एकांत में मिलने का मौक़ा मिल जाता, तो अच्छा होता। क्या करूँ, इंदु को बुला भेजूँ ? न जाने क्या करने लगी। प्यानो बजाऊँ, तो शायद सुनकर आये।

उधर इंदु भी सोफ़िया से कितनी ही बातें करना चाहती थी। रानीजी के सामने उसे दिल की बातें करने का अवसर न मिला था। डर रही थी कि सोफ़िया के पिता उसे लेते गये, तो मैं फिर अकेली हो जाऊँगी। डाक्टर गांगुली ने कहा था कि इन्हें ज़्यादा बातें मत करने देना, आज और आराम से सो लें, तो फिर कोई चिंता न रहेगी। इसलिए वह आने का इरादा करके भी रह जाती थी। आख़िर नौ बजते-बजते वह अधीर हो गयी। आकर नौकरानी को अपना कमरा साफ़ करने के बहाने से हटा दिया और सोफ़िया के सिरहाने बैठकर बोली–क्यों बहन, बहुत कमज़ोरी तो नहीं मालूम होती ?

सोफ़िया–बिलकुल नहीं। मुझे तो मालूम होता है कि मैं चंगी हो गयी।

इंदु–तुम्हारे पापा कहीं तुम्हें अपने साथ ले गये, तो मेरे प्राण निकल जायेंगे। तुम भी उनकी राह देख रही हो। उनके आते ही खुश होकर चली जाओगी, और शायद फिर कभी याद न करोगी।

यह कहते-कहते इंदु की आँखें सजल हो गयीं। मनोभावों के अनुचित आवेश को हम बहुधा मुस्कराहट से छिपाते हैं। इंदु की आँखों में आँसू भरे हुए थे, पर वह मुस्करा रही थी।

सोफ़िया बोली—आप मुझे भूल सकती हैं, पर मैं आपको कैसे भूलूँगी ?

वह अपने दिल का दर्द सुनाने ही जा रही थी कि संकोच ने आकर ज़बान बन्द कर दी, बात फेरकर बोली—मैं कभी-कभी आपसे मिलने आया करूँगी।

इंदु—मैं तुम्हें यहाँ से अभी पन्द्रह दिन तक न जाने दूँगी। धर्म बाधक न होता, तो कभी न जाने देती। अम्माँजी तुम्हें अपनी बहू बनाकर छोड़तीं। तुम्हारे ऊपर बेतरह रीझ गयी हैं। जहाँ बैठती हैं, तुम्हारी ही चर्चा करती हैं। विनय भी तुम्हारे हाथों बिका हुआ-सा जान पड़ता है। तुम चली जाओगी, तो सबसे ज़्यादा दुख उसी को होगा। एक बात भेद की तुमसे कहती हूँ। अम्माँजी तुम्हें कोई चीज़ तोहफ़ा समझकर दें, तो इनकार मत करना, नहीं तो उन्हें बहुत दुख होगा।

इस प्रेममय आग्रह ने संकोच का लंगर उखाड़ दिया। जो अपने घर में नित्य कटु शब्द सुनने का आदी हो, उसके लिए उतनी मधुर सहानुभूति काफ़ी से ज़्यादा थी। अब सोफ़ी को इंदु से अपने मनोभावों को गुप्त रखना मैत्री के नियमों के विरुद्ध प्रतीत हुआ। करुण स्वर में बोली—इंदु, मेरा वश चलता तो कभी रानी के चरणों को न छोड़ती, पर अपना क्या क़ाबू है ? यह स्नेह और कहाँ मिलेगा।

इंदु यह भाव न समझ सकी। अपनी स्वाभाविक सरलता से बोली—कहीं विवाह की बातचीत हो रही है क्या ?

उसकी समझ में विवाह के सिवा लड़कियों के इतना दुखी होने का कोई कारण न था।

सोफ़िया—मैंने तो इरादा कर लिया है कि विवाह न करूँगी।

इंदु—क्यों ?

सोफ़िया—इसलिए कि विवाह से मुझे अपनी धार्मिक स्वाधीनता त्याग देनी पड़ेगी। धर्म विचार-स्वतन्त्रता का गला घोंट देता है। मैं अपनी आत्मा को किसी मत के हाथ नहीं बेचना चाहती। मुझे ऐसा ईसाई पुरुष मिलने की आशा नहीं जिसका हृदय इतना उदार हो कि वह मेरी धार्मिक शंकाओं को दरगुज़र कर सके। मैं परिस्थिति से विवश होकर ईसा को खुदा का बेटा और अपना मुक्तिदाता नहीं मान सकती, विवश होकर गिरजाघर में ईश्वर की प्रार्थना करने नहीं जाना चाहती। मैं ईसा को ईश्वर नहीं मान सकती।

इंदु—मैं तो समझती थी, तुम्हारे यहाँ से हम लोगों के यहाँ कहीं ज़्यादा आज़ादी है; जहाँ चाहो, अकेली जा सकती हो। हमारा तो घर से निकलना मुश्किल है।

सोफ़िया—लेकिन इतनी धार्मिक संकीर्णता तो नहीं है?

इंदु—नहीं, कोई किसी को पूजा-पाठ के लिए मजबूर नहीं करता। बाबूजी नित्य गंगास्नान करते हैं, घण्टों शिव की अराधना करते हैं। अम्माँजी कभी भूलकर भी स्नान करने नहीं जातीं, न किसी देवता की पूजा करती हैं; पर बाबूजी कभी आग्रह नहीं करते। भक्ति तो अपने विश्वास और मनोवृत्ति पर ही निर्भर है। हम भाई बहन के विचारों में आकाश-पाताल का अन्तर है। मैं कृष्ण की उपासिका हूँ, विनय ईश्वर के अस्तित्व को भी स्वीकार नहीं करता; पर बाबूजी

हम लोगों से कभी कुछ नहीं कहते, और न हम भाई-बहन में कभी इस विषय पर वाद-विवाद होता है।

सोफ़िया–हमारी स्वाधीनता लौकिक और इसीलिए मिथ्या है। आपकी स्वाधीनता मानसिक और इसलिए सत्य है। असली स्वाधीनता वही है, जो विचार के प्रवाह में बाधक न हो।

इंदु–तुम गिरजे में कभी नहीं जातीं?

सोफ़िया–पहले दुराग्रह-वश जाती थी, अब की नहीं गयी। इस पर घर के लोग बहुत नाराज़ हुए। बुरी तरह तिरस्कार किया गया।

इंदु ने प्रेममयी सरलता से कहा–वे लोग नाराज़ हुए होंगे, तो तुम बहुत रोयी होगी। इन प्यारी आँखों से आँसू बहे होंगे। मुझसे किसी का रोना नहीं देखा जाता।

सोफ़िया–पहले रोया करती थी, अब परवा नहीं करती।

इंदु–मुझे तो कभी कोई कुछ कह देता है, तो हृदय पर तीर सा लगता है। दिन-दिन भर रोती रह जाती हूँ। आँसू ही नहीं थमते। वह बात बार-बार हृदय में चुभा करती है। सच पूछो, तो मुझे किसी के क्रोध पर रोना नहीं आता, रोना आता है अपने ऊपर कि मैंने उन्हें क्यों नाराज़ किया, क्यों मुझसे ऐसी भूल हुई।

सोफ़िया को भ्रम हुआ कि इंदु मुझे अपनी क्षमाशीलता से लज्जित करना चाहती है, माथे पर शिकन पड़ गयी। बोली–मेरी जगह पर आप होतीं, तो ऐसा न कहतीं। आख़िर क्या आप अपने धार्मिक विचारों को छोड़ बैठतीं ?

इंदु–यह तो नहीं कह सकती कि क्या करती; पर घर वालों को प्रसन्न रखने की चेष्टा किया करती।

सोफ़िया–आपकी माताजी अगर आपको ज़बरदस्ती कृष्ण की उपासना करने से रोकें, तो आप मान जायेंगी ?

इंदु–हाँ, मैं तो मान जाऊँगी। अम्मा को नाराज़ न करूँगी। कृष्ण तो अंतर्यामी हैं, उन्हें प्रसन्न रखने के लिए उपासना की ज़रूरत नहीं। उपासना तो केवल अपने मन के संतोष के लिए है।

सोफ़िया–(आश्चर्य से) आपको ज़रा भी मानसिक पीड़ा न होगी ?

इंदु–अवश्य होगी; पर उनकी खातिर मैं सह लूँगी।

सोफ़िया–अच्छा, अगर वह आपकी इच्छा के विरुद्ध आपका विवाह करना चाहें तो ?

इंदु–(लजाते हुए) वह समस्या तो हल हो चुकी। माँ-बाप ने जिससे उचित समझा, कर दिया। मैंने ज़बान तक नहीं खोली।

सोफ़िया–अरे, यह कब ?

इंदु–इसे तो दो साल हो गये। (आँखें नीची करके) अगर मेरा अपना वश होता, तो उन्हें कभी न वरती, चाहे कुँवारी ही रहती। मेरे स्वामी मुझसे प्रेम करते हैं, धन की कोई कमी नहीं। पर मैं उनके हृदय के केवल चतुर्थांश की अधिकारिणी हूँ, उसके तीन भाग सार्वजनिक कामों में भेंट होते हैं। एक के बदले चौथाई पाकर कौन संतुष्ट हो सकता है ? मुझे तो बाजरे की पूरी, बिस्कुट के चौथाई हिस्से से कहीं अच्छी मालूम होती है। क्षुधा तो तृप्त हो जाती है, जो

भोजन का यथार्थ उद्देश्य है।

सोफ़िया—आपकी धार्मिक स्वाधीनता में तो बाधा नहीं डालते ?

इंदु—नहीं। उन्हें इतना अवकाश कहाँ ?

सोफ़िया—तब तो मैं आपको मुबारकबाद दूँगी।

इंदु—अगर किसी क़ैदी को बधाई देना उचित हो, तो शौक़ से दो।

सोफ़िया—बेड़ी प्रेम की हो तो ?

इंदु—ऐसा होता, तो मैं तुमसे बधाई देने को आग्रह करती। मैं बँध गयी, वह मुक्त हैं। मुझे यहाँ आये तीन महीने होने आते हैं; पर तीन बार से ज़्यादा नहीं आये; और वह भी एक-एक घंटे के लिए। इसी शहर में रहते हैं, दस मिनट में मोटर आ सकती है; पर इतनी फुर्सत किसे है। हाँ, पत्रों से अपनी मुलाक़ात का काम निकालना चाहते हैं, और वे पत्र भी क्या होते हैं, आदि से अंत तक अपने दुखड़ों से भरे हुए। आज यह काम है, कल वह काम है; इनसे मिलने जाना है, उनका स्वागत करना है। म्युनिसिपैलिटी के प्रधान क्या हो गये, राज्य मिल गया। जब देखो, वही धुन सुवार ! और सब कामों के लिए फुर्सत है। अगर फुर्सत नहीं है, तो सिर्फ़ यहाँ आने की। मैं तुम्हें चेताये देती हूँ, किसी देश-सेवक से विवाह न करना, नहीं तो पछताओगी। तुम उसके अवकाश के समय की मनोरंजन-सामग्री मात्र रहोगी।

सोफ़िया—मैं तो पहले ही अपना मन स्थिर कर चुकी; सबसे अलग-ही-अलग रहना चाहती हूँ, जहाँ मेरी स्वाधीनता में बाधा डालनेवाला कोई न हो। मैं सत्पथ पर रहूँगी, या कुपथ पर चलूँगी, यह ज़िम्मेवारी भी अपने ही सिर लेना चाहती हूँ। मैं बालिग़ हूँ और अपना नफ़ा-नुक़सान देख सकती हूँ। आजन्म किसी की रक्षा में नहीं रहना चाहती; क्योंकि रक्षा का कार्य पराधीनता के सिवा और कुछ नहीं।

इंदु—क्या तुम अपने मामा और पापा के अधीन नहीं रहना चाहतीं ?

सोफ़िया—न, पराधीनता में प्रकार का नहीं, केवल मात्राओं का अंतर है।

इंदु—तो मेरे ही घर क्यों नहीं रहतीं ? मैं इसे अपना सौभाग्य समझूँगी, और अम्माँजी तो तुम्हें आँखों की पुतली बनाकर रखेंगी। मैं चली जाती हूँ, तो वह अकेले घबराया करती हैं। तुम्हें पा जायँ, तो फिर गला न छोड़ें। कहो तो अम्मा से कहूँ ? यहाँ तुम्हारी स्वाधीनता में कोई दखल न देगा। बोलो, कहूँ जाकर अम्माँ से ?

सोफ़िया—नहीं, अभी भूलकर भी नहीं। आपकी अम्माँजी को जब मालूम होगा कि इसके माँ-बाप इसकी बात नहीं पूछते, मैं उनकी आँखों से भी गिर जाऊँगी। जिसकी अपने घर में इज़्ज़त नहीं, उसकी बाहर भी इज़्ज़त नहीं होती।

इंदु—नहीं सोफ़ी, अम्माँजी का स्वभाव बिलकुल निराला है। जिस बात से तुम्हें अपने निरादर का भय है, वही बात अम्माँजी के आदर की वस्तु है। वह स्वयं अपनी माँ से किसी बात पर नाराज़ हो गयी थीं, तब से मैके नहीं गयीं। नानी मर गयीं, पर अम्माँ ने उन्हें क्षमा नहीं किया। सैकड़ों बुलावे आये; पर उन्हें देखने तक न गयीं उन्हें ज्यों ही यह बात मालूम होगी, तुम्हारी दूनी इज़्ज़त करने लगेंगी।

सोफ़ी ने आँखों में आँसू भरकर कहा—बहन, मेरी लाज अब आप ही के हाथ में है।

इंदु ने उसका सिर अपनी जाँघ पर रखकर कहा—वह मुझे अपनी लाज से कम प्रिय नहीं है।

उधर मि. जॉन सेवक को कुँवर साहब का पत्र मिला, तो जाकर स्त्री से बोले—देखा, मैं कहता न था कि सोफ़ी पर कोई संकट आ पड़ा। यह देखो, कुँवर भरतसिंह का पत्र है। तीन दिनों से उनके घर पड़ी हुई है। उनके एक झोपड़े में आग लग गयी थी, वह भी उसे बुझाने लगी। वहीं लपट में आ गयी।

मिसेज़ सेवक—ये सब बहाने हैं। मुझे उसकी किसी बात पर विश्वास नहीं रहा। जिसका दिल ख़ुदा से फिर गया, उसे झूठ बोलने का क्या डर ? यहाँ से बिगड़कर गयी थी, समझा होगा, घर से निकलते ही फूलों की सेज बिछी हुई मिलेगी। जब कहीं शरण न मिली, तो यह पत्र लिखवा दिया। अब आटे-दाल का भाव मालूम होगा। यह भी संभव है, ख़ुदा ने उसके अविचार का यह दंड दिया हो।

मि. जॉन सेवक—चुप भी रहो, तुम्हारी निर्दयता पर मुझे आश्चर्य होता है। मैंने तुम-जैसी कठोर-हृदया स्त्री नहीं देखी।

मिसेज़ सेवक—मैं तो नहीं जाती। तुम्हें जाना हो, तो जाओ।

जॉन सेवक—मुझे तो देख रही हो, मरने की फुरसत नहीं है। उसी पाँड़ेपुरवाली ज़मीन के विषय में बातचीत कर रहा हूँ। ऐसे मूज़ी से पाला पड़ा है कि किसी तरह चंगुल में नहीं आता। देहातियों को जो लोग सरल कहते हैं, बड़ी भूल करते हैं। इनसे ज़्यादा चालाक आदमी मिलना मुश्किल है। तुम्हें इस वक़्त कोई काम नहीं है, मोटर मँगवाये देता हूँ, शान से चली जाओ, और उसे अपने साथ लेती आओ।

ईश्वर सेवक वहीं आराम-कुरसी पर आँखें बंद किये ईश्वर-भजन में मग्न बैठे थे। जैसे बहरा आदमी मतलब की बात सुनते ही सचेत हो जाता है, मोटरकार का ज़िक्र सुनते ही ध्यान टूट गया। बोले—मोटरकार की क्या ज़रूरत है ? क्या दस-पाँच रुपये काट रहे हैं। यों उड़ाने से तो क़ारूँ का ख़ज़ाना भी क़ाफी न होगा। क्या गाड़ी पर न जाने से शान में फ़र्क़ आ जायेगा? तुम्हारी मोटर देखकर कुँवर साहब रोब में न आयँगे, उन्हें ख़ुदा ने बहुतेरी मोटरें दी हैं। प्रभु, दास को अपनी शरण में लो, अब देर न करो, मेरी सोफ़ी बेचारी वहाँ बेगानों में पड़ी हुई है, न जाने इतने दिन किस तरह काटे होंगे। ख़ुदा उसे सच्चा रास्ता दिखाये। मेरी आँखें उसे ढूँढ़ रही हैं। वहाँ उस बेचारी का कौन पुछत्तर होगा, अमीरों के घर में ग़रीबों का कहाँ गुज़र।

जॉन सेवक—अच्छा ही हुआ। यहाँ होती, तो रोज़ाना डाक्टर की फ़ीस न देनी पड़ती ?

ईश्वर सेवक—डाक्टर का क्या काम था। ईश्वर की दया से मैं खुद थोड़ी-बहुत डाक्टरी कर लेता हूँ। घरवालों का स्नेह डाक्टर की दवाओं से कहीं ज़्यादा लाभदायक होता है। मैं अपनी बच्ची को गोद में लेकर कलामे-पाक सुनाता, उसके लिए ख़ुदा से दुआ माँगता।

मिसेज़ सेवक—तो आप ही चले जाइए।

ईश्वर सेवक—सिर और आँखों से, मेरा ताँगा मँगवा दो। हम सबों को चलना चाहिए। भूले-भटके को प्रेम ही सन्मार्ग पर लाता है। मैं भी चलता हूँ। अमीरों के सामने दीन बनना पड़ता है। उनसे बराबरी का दावा नहीं किया जाता।

जॉन सेवक—मुझे अभी साथ न ले जाइए, मैं किसी दूसरे अवसर पर जाऊँगा। इस वक़्त वहाँ शिष्टाचार के सिवा और कोई काम न होगा। मैं उन्हें धन्यवाद दूँगा, वह मुझे धन्यवाद देंगे। मैं इस परिचय को दैवी प्रेरणा समझता हूँ। इतमीनान से मिलूँगा। कुँवर साहब का शहर में बड़ा दबाव है। म्युनिसिपैलिटी के प्रधान उनके दामाद हैं। उनकी सहायता से मुझे पाँड़ेपुरवाली ज़मीन बड़ी आसानी से मिल जायेगी। संभव है, वह कुछ हिस्से भी ख़रीद लें। मगर आज इन बातों का मौक़ा नहीं है।

ईश्वर सेवक—मुझे तुम्हारी बुद्धि पर हँसी आती है। जिस आदमी से राह—रस्म पैदा करके तुम्हारे इतने काम निकल सकते हैं, उससे मिलने में भी तुम्हें इतना संकोच ? तुम्हारा समय इतना बहुमूल्य है कि आध घण्टे के लिए भी वहाँ नहीं जा सकते ? पहली ही मुलाक़ात में सारी बातें तय कर लेना चाहते हो ? ऐसा सुनहरा अवसर पाकर भी तुम्हें उससे फ़ायदा उठाना नहीं आता ?

जॉन सेवक—ख़ैर, आपका अनुरोध है, तो मैं ही चला जाऊँगा। मैं एक ज़रूरी काम कर रहा था, फिर कर लूँगा। आपको कष्ट करने की ज़रूरत नहीं। (स्त्री से) तुम तो चल रही हो ?

मिसेज़ सेवक—मुझे नाहक़ ले चलते हो; मगर ख़ैर, चलो।

भोजन के बाद चलना निश्चित हुआ। अँगरेजी प्रथा के अनुसार यहाँ दिन का भोजन एक बजे होता था। बीच का समय तैयारियों में कटा। मिसेज़ सेवक ने अपने आभूषण निकाले, जिनसे वृद्धावस्था ने भी उन्हें विरक्त नहीं किया था। अपना अच्छे-से-अच्छा गाउन और ब्लाउज निकाला। इतना श्रृंगार वह अपनी बरस-गाँठ के सिवा ओर किसी उत्सव में न करती थीं। उद्देश्य था सोफ़िया को जलाना, उसे दिखाना कि तेरे चले आने से मैं रो-रोकर मरी नहीं जा रही हूँ। कोचवान को गाड़ी धोकर साफ़ करने का हुक्म दिया गया। प्रभु सेवक को भी साथ ले चलने की राय हुई। लेकिन जॉन सेवक ने जाकर उसके कमरे में देखा, तो उसका पता न था। उसकी मेज़ पर एक दर्शन-ग्रंथ खुला पड़ा था। मालूम होता था, पढ़ते-पढ़ते उठकर कहीं चला गया है। वास्तव में यह ग्रंथ तीन दिनों से इसी भाँति खुला पड़ा था। प्रभु सेवक को उसे बंद करके रख देने का भी अवकाश न था। वह प्रातःकाल से दो घड़ी रात तक शहर का चक्कर लगाया करता। केवल दो बार भोजन करने घर पर आता था। ऐसा कोई स्कूल न था, जहाँ उसने सोफ़ी को न ढूँढा हो। कोई जान-पहचान का आदमी, कोई मित्र ऐसा न था, जिसके घर जाकर उसने तलाश न की हो। दिन-भर की दौड़-धूप के बाद रात को निराश होकर लौट आता, और चारपाई पर लेटकर घंटों सोचता और रोता। कहाँ चली गयी ? पुलिस के दफ़्तर में दिन-भर में दस-दस बार जाता और पूछता, कुछ पता चला ? समाचार-पत्रों में भी सूचना दे रखी थी। वहाँ भी रोज कई बार जाकर दरियाफ़्त करता। उसे विश्वास होता जाता था कि सोफ़ी हमसे सदा के लिए बिदा हो गयी। आज भी, रोज़ की भाँति, एक बजे थका-माँदा, उदास और निराश लौटकर आया, तो जॉन सेवक ने शुभ सूचना दी—सोफ़िया का पता मिल गया।

प्रभु सेवक का चेहरा खिल उठा। बोला—सच। कहाँ है ? क्या उसका कोई पत्र आया है।

जॉन सेवक—कुँवर भरतसिंह के मकान पर है। आओ, खाना खा लो। तुम्हें भी वहाँ

चलना है।

प्रभु सेवक—मैं तो लौटकर खाना खाऊँगा। भूख गायब हो गयी। है तो अच्छी तरह ?

मिसेज़ सेवक—हाँ, हाँ, बहुत अच्छी तरह है। खुदा ने यहाँ से रूठकर जाने की सज़ा दे दी।

प्रभु सेवक—मामा, खुदा ने आपका दिल न जाने किस पत्थर का बनाया है। क्या घर से आप ही रूठकर चली गयी थी? आप ही ने उसे निकाला, और अब भी आपको उस पर ज़रा भी दया नहीं आती ?

मिसेज़ सेवक—गुमराहों पर दया करना पाप है।

प्रभु सेवक—अगर सोफ़ी गुमराह है, तो ईसाइयों में एक सौ में निन्यानवे आदमी गुमराह हैं। वह धर्म का स्वाँग नहीं दिखाना चाहती, यही उसमें दोष है; नहीं तो प्रभु मसीह से जितनी श्रद्धा उसे है, उतनी उनको भी न होगी, जो ईसा पर जान देते हैं।

मिसेज़ सेवक—ख़ैर, मालूम हो गया कि तुम उसकी वकालत खूब कर सकते हो। मुझे इन दलीलों को सुनने की फुरसत नहीं।

यह कहकर मिसेज़ सेवक वहाँ से चली गयीं। भोजन का समय आया। लोग मेज़ पर बैठे। प्रभु सेवक बहुत आग्रह करने पर भी न गया। तीनों आदमी फ़िटन पर बैठे, तो ईश्वर सेवक ने चलते-चलते जॉन सेवक से कहा—सोफ़ी को ज़रूर साथ लाना, और इस अवसर को हाथ से न जाने देना। प्रभु मसीह तुम्हें सुबुद्धि दें, सफल-मनोरथ करें।

थोड़ी देर में फ़िटन कुँवर साहब के मकान पर पहुँच गयी। कुँवर साहब ने बड़े तपाक से उनका स्वागत किया। मिसेज़ सेवक ने मन में सोच रक्खा था, मैं सोफ़िया से एक शब्द भी न बोलूँगी; दूर से खड़ी देखती रहूँगी। लेकिन जब सोफ़िया के कमरे में पहुँची और उसका मुरझाया हुआ चेहरा देखा, तो शोक से कलेजा मसोस उठा। मातृस्नेह उबल पड़ा। अधीर होकर उससे लिपट गयीं। आँखों से आँसू बहने लगे। इस प्रवाह में सोफ़िया का मनोमालिन्य बह गया। उसने दोनों हाथ माता की गर्दन में डाल दिये और कई मिनट तक दोनों प्रेम का स्वर्गीय आनंद उठाती रहीं। जॉन सेवक ने सोफ़िया का माथा चूमा; किन्तु प्रभु सेवक आँखों में आँसू-भरे उसके सामने खड़ा रहा। आलिंगन करते हुए उसे भय होता था कि कहीं हृदय फट न जाय। ऐसे अवसरों पर उसके भाव और भाषा, दोनों ही शिथिल हो जाते थे।

जब जॉन सेवक सोफ़ी को देखकर कुँवर साहब के साथ बाहर चले गये, तो मिसेज़ सेवक बोलीं—तुझे उस दिन क्या सूझी कि यहाँ चली आयी ? यहाँ अजनबियों में पड़े-पड़े तेरी तबीयत घबराती रही होगी। ये लोग अपने धन के घमंड में तेरी बात भी न पूछते होंगे।

सोफ़िया—नहीं मामा, यह बात नहीं है। घमंड तो यहाँ किसी में छू भी नहीं गया है। सभी सहृदयता और विनय के पुतले हैं। यहाँ तक कि नौकर-चाकर भी इशारों पर काम करते हैं। मुझे आज चौथे दिन होश आया है। पर इन लोगों ने इतने प्रेम से सेवा-शुश्रूषा न की होती, तो शायद मुझे हफ़्तों बिस्तर पर पड़े रहना पड़ता। मैं अपने घर में भी ज़्यादा-से-ज़्यादा इतने ही आराम से रहती।

मिसेज़ सेवक—तुमने अपनी जान जोखिम में डाली थी, तो क्या ये लोग इतना भी करने से रहे ?

सोफ़िया—नहीं मामा, ये लोग अत्यन्त सुशील और सज्जन हैं। खुद रानीजी प्रायः मेरे पास बैठी पंखा झलती रहती हैं। कुँवर साहब दिन में कई बार आकर देख जाते हैं, और इंदु से तो मेरा बहनापा-सा हो गया है। यही लड़की है, जो मेरे साथ नैनीताल में पढ़ा करती थी।

मिसेज़ सेवक—(चिढ़कर) तुझे दूसरों में सब गुण-ही-गुण नज़र आते हैं। अवगुण सब घर वालों ही के हिस्से आ पड़े हैं। यहाँ तक कि दूसरे धर्म भी अपने धर्म से अच्छे हैं।

प्रभु सेवक—मामा, आप तो ज़रा-ज़रा सी बात पर तिनक उठती हैं। अगर कोई अपने साथ अच्छा बरताव करे, तो क्या उसका एहसान न माना जाय ? कृतघ्नता से बुरा कोई दूषण नहीं है।

मिसेज़ सेवक—यह आज कोई नयी बात थोड़े ही है। घर वालों की निन्दा तो इसकी आदत हो गयी है। यह मुझे जताना चाहती है कि ये लोग इसके साथ मुझसे ज़्यादा प्रेम करते हैं। देखूँ, यहाँ से जाती है, तो कौन-सा तोहफ़ा दे देते हैं। कहाँ हैं तेरी रानी साहब ? मैं भी उन्हें धन्यवाद दे दूँ। उनसे आज्ञा ले लो और घर चलो। पापा अकेले घबरा रहे होंगे।

सोफ़िया—वह तो तुमसे मिलने को बहुत उत्सुक थीं। कब की आ गयी होतीं, पर कदाचित् हमारे बीच में बिना बुलाये आना अनुचित समझती होंगी।

प्रभु सेवक—मामा, अभी सोफ़ी को यहाँ दो-चार दिन और आराम से पड़ी रहने दीजिए अभी इसे उठने में कष्ट होगा। देखिए, कितनी दुर्बल हो गयी है।

सोफ़िया—रानीजी भी यही कहती थीं कि अभी मैं तुम्हें न जाने दूँगी।

मिसेज़ सेवक—यह क्यों नहीं कहती कि तेरा ही जी यहाँ से जाने को नहीं चाहता। वहाँ तुझे इतना प्यार कौन करेगा।

सोफ़िया—नहीं मामा, आप मेरे साथ अन्याय कर रही हैं। मैं अब यहाँ एक दिन भी और नहीं रहना चाहती। इन लोगों को मैं अब और कष्ट न दूँगी। मगर एक बात मुझे मालूम हो जानी चाहिए। मुझ पर फिर तो अत्याचार न किया जायेगा ? मेरी धार्मिक स्वतन्त्रता में फिर तो कोई बाधा न डाली जायेगी

प्रभु सेवक—सोफ़ी, तुम व्यर्थ इन बातों की क्यों चर्चा करती हो ? तुम्हारे साथ कौन-सा अत्याचार किया जाता है ? ज़रा-सी बात का बतंगड़ बनाती हो।

मिसेज़ सेवक—नहीं, तूने यह बात पूछ ली, बहुत अच्छा किया। मैं भी मुग़ालते में नहीं रखना चाहती। मेरे घर में प्रभु मसीह के द्रोहियों के लिए जगह नहीं है।

प्रभु सेवक—आप नाहक़ उससे उलझती हैं। समझ लीजिए, कोई पगली बक रही है।

मिसेज़ सेवक—क्या करूँ, मैंने तुम्हारी तरह दर्शन नहीं पढ़ा। यथार्थ को स्वप्न नहीं समझ सकती। यह गुण तो तत्त्वज्ञानियों ही में हो सकता है। यह मत समझो कि मुझे अपनी संतान से प्रेम नहीं है। खुदा जानता है, मैंने तुम्हारी ख़ातिर क्या-क्या कष्ट नहीं झेले। उस समय तुम्हारे पापा एक दफ़्तर में क्लर्क थे। घर का सारा काम-काज मुझी को करना पड़ता था। बाज़ार जाती, खाना पकाती, झाड़ू लगाती; तुम दोनों ही बचपन में कमज़ोर थे, नित्य एक-न-एक रोग लगा ही रहता था। घर के कामों से ज़रा फुरसत मिलती तो डाक्टरों के पास जाती। बहुधा तुम्हें गोद में लिये-ही-लिये रातें कट जातीं। इतने आत्मसमर्पण से पाली हुई संतान को जब ईश्वर

से विमुख होते देखती हूँ, तो मैं दुःख और क्रोध से बावली हो जाती हूँ। तुम्हें मैं सच्चा, ईमान का पक्का, मसीह का भक्त बनाना चाहती थी। इसके विरूद्ध जब तुम्हें ईसू से मुँह मोड़ते देखती हूँ; उनके उपदेश, उनके जीवन और उनके अलौकिक कृत्यों पर शंका करते पाती हूँ, तो मेरे हृदय के टुकड़े हो जाते हैं, और यही इच्छा होती है कि इसकी सूरत न देखूँ। मुझे अपना मसीह सारे संसार से, संतान से, यहाँ तक कि अपनी जान से भी प्यारा है।

सोफ़िया—आपको ईसू इतना प्यारा है, तो मुझ भी अपनी आत्मा, अपना ईमान उससे कम प्यारा नहीं है। मैं उस पर किसी प्रकार का अत्याचार नहीं सह सकती।

मिसेज़ सेवक—खुदा तुझे इस अभक्ति की सज़ा देगा। मेरी उससे यही प्रार्थना है कि वह फिर मुझे तेरी सूरत न दिखाये।

यह कहकर मिसेज़ सेवक कमरे के बाहर निकल आयीं। रानी और इंदु उधर से आ रही थीं। द्वार पर उनसे भेंट हो गयी। रानीजी मिसेज़ सेवक के गले लिपट गयीं। और कृतज्ञतापूर्ण शब्दों का दरिया बहा दिया। मिसेज़ सेवक को इस साधु प्रेम में बनावट की बू आयी। लेकिन रानी को मानव-चरित्र का ज्ञान न था। इंदु से बोलीं—देख, मिस सोफ़िया से कह दे, अभी जाने की तैयारी न करे। मिसेज़ सेवक, आप मेरी ख़ातिर से सोफ़िया को अभी दो-चार दिन यहाँ और रहने दें, मैं आपसे सविनय अनुरोध करती हूँ। अभी मेरा मन उसकी बातों से तृप्त नहीं हुआ, और न उसकी कुछ सेवा ही कर सकी। मैं आपसे वादा करती हूँ, मैं स्वयं उसे आपके पास पहुँचा दूँगी। जब तक वह यहाँ रहेगी, आपसे दिन में एक बार भेंट तो होती ही रहेगी। धन्य हैं आप, जो ऐसी सुशील लड़की पायी। दया और विवेक की मूर्ति है। आत्मत्याग तो इसमें कूट-कूटकर भरा हुआ है।

मिसेज़ सेवक—मैं इसे अपने साथ चलने के लिए मजबूर नहीं करती। आप जितने दिन चाहें, शौक़ से रखें।

रानी—बस-बस, मैं इतना ही चाहती थी। आपने मुझे मोल ले लिया। आपसे ऐसी ही आशा भी थी। आप इतनी सुशीला न होतीं, तो लड़की में ये गुण कहाँ से आते ? एक मेरी इंदु है कि बातें करने का भी ढंग नहीं जानती। एक बड़ी रियासत की रानी है; पर इतना भी नहीं जानती कि मेरी वार्षिक आय कितनी है। लाखों के गहने संदूक में पड़े हुए हैं, उन्हें छूती तक नहीं। हाँ, सैर करने को कह दीजिए, तो दिन-भर घूमा करे। क्यों इंदु, झूठ कहती हूँ ?

इंदु—तो क्या करूँ, मन-भर सोना लादे बैठी रहूँ ? मुझे तो इस तरह अपनी देह को जकड़ना अच्छा नहीं लगता।

रानी—सुनी आपने इसकी बातें ? गहनों से इसकी देह जकड़ जाती है। आइए, अब आपको अपने घर की सैर कराऊँ। इंदु, चाय बनाने को कह दे।

मिसेज़ सेवक—मिस्टर सेवक बाहर खड़े मेरा इंतज़ार कर रहे होंगे। देर होगी।

रानी—वाह, इतनी जल्दी। कम-से-कम आज यहाँ भोजन तो कर ही लीजिएगा। लंच करके हवा खाने चलें, फिर लौटकर कुछ देर गप-शप करें। डिनर के बाद मेरी मोटर आपको घर पहुँचा देगी।

मिसेज़ सेवक इन्कार न कर सकीं। रानी ने उनका हाथ पकड़ लिया, और अपने राजभवन

की सैर कराने लगीं। आध घंटे तक मिसेज़ सेवक मानो इंद्र-लोक की सैर करती रहीं। भवन क्या था, आमोद, विलास, रसज्ञता और वैभव का क्रीड़ास्थल था। संगमरमर के फ़र्श पर बहुमूल्य क़ालीन बिछे हुए थे। चलते समय उनके पैर धँस जाते थे। दीवारों पर मनोहर पच्चीकारी; कमरों की दीवारों में बड़े-बड़े आदम क़द आईने; गुलकारी इतनी सुंदर कि आँखें मुग्ध हो जायँ; शीशे की अमूल्य-अलभ्य वस्तुएँ, प्राचीन चित्रकारों की विभूतियाँ; चीनी के विलक्षण गुलदान; जापान, चीन, यूनान और ईरान की कला-निपुणता के उत्तम नमूने; सोने के गमले; लखनऊ की बोलती हुई मूर्तियाँ; इटली के बने हुए हाथी-दाँत के पलंग; लकड़ी के नफ़ीस ताक; दीवारगीरें; किश्तियाँ; आँखों को लुभानेवाली, पिंजड़ों में चहकती हुई भाँति-भाँति की चिड़ियाँ; आँगन में संगमरमर का हौज़ और उसके किनारे संगमरमर की अप्सराएँ—मिसेज़ सेवक ने इन सारी वस्तुओं में से किसी की प्रशंसा नहीं की, कहीं भी विस्मय या आनन्द का एक शब्द भी मुँह से न निकला। उन्हें आनन्द के बदले ईर्ष्या हो रही थी। ईर्ष्या में गुणग्राहकता नहीं होती। वह सोच रही थीं—एक यह भाग्यवान् हैं कि ईश्वर ने इन्हें भोग-विलास और आमोद-प्रमोद की इतनी सामग्रियाँ प्रदान कर रखी हैं। एक अभागिनी मैं हूँ कि एक झोंपड़े में पड़ी हुई दिन काट रही हूँ। सजावट और बनावट का जिक्र ही क्या, आवश्यक वस्तुएँ भी काफ़ी नहीं। इस पर तुर्रा यह कि हम प्रातः से संध्या तक छाती फाड़कर काम करती हैं, यहाँ कोई तिनका तक नहीं। उठाता। लेकिन इसका क्या शोक ? आसमान की बादशाहत में तो अमीरों का हिस्सा नहीं वह तो हमारी मीरास होगी। अमीर लोग कुत्तों की भाँति दुतकारे जायँगे, कोई झाँकने तक न पायेगा।

इस विचार से उन्हें कुछ तसल्ली हुई। ईर्ष्या की व्यापकता ही साम्यवाद की सर्वप्रियता का कारण है। रानी साहब को आश्चर्य हो रहा था कि इन्हें मेरी कोई चीज़ पसंद न आयी, किसी वस्तु का बखान न किया। मैंने एक-एक चित्र और एक-एक प्याले के लिए हज़ारों ख़र्च किये हैं। ऐसी चीज़ें यहाँ और किसके पास हैं। अब अलभ्य हैं, लाखों में भी न मिलेंगी। कुछ नहीं, बन रही हैं, या इतना गुण-ज्ञान ही नहीं है कि इनकी क़द्र कर सकें।

इतने पर भी रानीजी को निराशा नहीं हुई। उन्हें अपना बाग़ दिखाने लगीं। भाँति-भाँति के फूल और पौदे दिखाये। माली बड़ा चतुर था। प्रत्येक पौदे का गुण और इतिहास बतलाता जाता—कहाँ से आया कब आया, किस तरह लगाया गया, कैसे उसकी रक्षा की जाती है; पर मिसेज़ सेवक का मुँह अब भी न खुला। यहाँ तक कि अंत में उसने एक ऐसी नन्हीं-सी जड़ी दिखायी, जो जेरुशलम से लायी गयी थी। कुँवर साहब उसे स्वयं बड़ी सावधानी से लाये थे, और उसमें एक-एक पत्ती निकलना उनके लिए एक-एक शुभ संवाद से कम न था। मिसेज़ सेवक ने तुरंत उस गमले को उठा लिया, उसे आँखों से लगाया और पत्तियों को चूमा। बोलीं—मेरा सौभाग्य है कि इस दुर्लभ वस्तु के दर्शन हुए।

रानी ने कहा—कुँवर साहब स्वयं इसका बड़ा आदर करते हैं। अगर यह आज सूख जाय, तो दो दिन तक उन्हें भोजन अच्छा न लगेगा।

इतने में चाय तैयार हुई। मिसेज़ सेवक लंच पर बैठीं। रानीजी को चाय से रुचि न थी। विनय और इंदु के बारे में बातें करने लगीं। विनय के आचार-विचार, सेवा-भक्ति और परोपकार-प्रेम की सराहना की, यहाँ तक कि मिसेज़ सेवक का जी उकता गया। इसके जवाब

में वह अपनी संतानों का बखान न कर सकती थीं।

उधर मि. जॉन सेवक और कुँवर साहब दीवानखाने में बैठे लंच कर रहे थे। चाय और अंडों से कुँवर साहब को रुचि न थी। विनय भी इन दोनों वस्तुओं को त्याज्य समझते थे। जॉन सेवक उन मनुष्यों में थे, जिनका व्यक्तित्व शीघ्र ही दूसरों को आकर्षित कर लेता है। उनकी बातें इतनी विचारपूर्ण होती थीं कि दूसरे अपनी बातें भूलकर उन्हीं को सुनने लगते थे। और यह बात न थी कि उनका भाषण, शब्दाडंबर-मात्र होता हो। अनुभवशील, और मानव-चरित्र के बड़े अच्छे ज्ञाता थे। ईश्वरप्रदत्त प्रतिभा थी, जिसके बिना किसी सभा में सम्मान नहीं प्राप्त हो सकता। इस समय वह भारत की औद्योगिक और व्यावसायिक दुर्बलता पर अपने विचार प्रकट कर रहे थे। अवसर पाकर उन साधनों का भी उल्लेख करते जाते थे, जो इस कुदशा-निवारण के लिए उन्होंने सोच रखे थे। अंत में बोले—हमारी जाति का उद्धार कला-कौशल और उद्योग की उन्नति में है। इस सिगरेट के कारखाने से कम-से-कम एक हजार आदमियों के जीवन की समस्या हल हो जायगी और खेती के सिर से उनका बोझ टल जायगा। जितनी जमीन को एक आदमी अच्छी तरह जोत-बो सकता है, उसमें घर-भर का लगा रहना व्यर्थ है। मेरा कारखाना ऐसे बेकारों को अपनी रोटी कमाने का अवसर देगा।

कुँवर साहब—लेकिन जिन खेतों में इस वक़्त नाज बोया जाता है, उन्हीं खेतों में तंबाकू बोयी जाने लगेगी। फल यह होगा कि नाज और महँगा हो जायेगा।

जॉन सेवक—मेरी समझ में तंबाकू की खेती का असर जूट, सन, तिलहन और अफ़ीम पर पड़ेगा। निर्यात जिंस कुछ कम हो जायगी। गल्ले पर इसका कोई असर नहीं पड़ सकता। फिर हम उस ज़मीन को भी जोत में लाने का प्रयास करेंगे, जो अभी तक परती पड़ी हुई है।

कुँवर साहब—लेकिन तंबाकू कोई अच्छी चीज़ तो नहीं। इसकी गणना मादक वस्तुओं में है और स्वास्थ्य पर इसका बुरा असर पड़ता है।

जॉन सेवक—(हँसकर) ये सब डाक्टरों की कोरी कल्पनाएँ हैं, जिन पर गंभीर विचार करना हास्यापद है। डाक्टरों के आदेशानुसार हम जीवन व्यतीत करना चाहें, तो जीवन का अंत ही हो जाय। दूध में सिल के कीड़े रहते हैं, घी में चरबी की मात्रा अधिक है, चाय और कहवा उत्तेजक हैं, यहाँ तक कि साँस लेने से भी कीटाणु शरीर में प्रवेश कर जाते हैं। उनके सिद्धांतों के अनुसार संसार कीटों से भरा हुआ है, जो हमारा प्राण लेने पर तुले हुए हैं। व्यवसायी लोग इन गोरखधंधों में नहीं पड़ते; उनका लक्ष्य केवल वर्तमान परिस्थितियों पर रहता है। हम देखते हैं कि इस देश में विदेश से करोड़ों रुपये के सिगरेट और सिगार आते हैं। हमारा कर्तव्य है कि इस धन-प्रभाव को विदेश जाने से रोकें। इसके बगैर हमारा आर्थिक जीवन कभी पनप नहीं सकता।

यह कहकर उन्होंने कुँवर साहब को गर्वपूर्ण नेत्रों से देखा। कुँवर साहब की शंकाएँ बहुत कुछ निवृत्त हो चुकी थीं। प्रायः वादी को निरुत्तर होते देखकर हम दिलेर हो जाते हैं। बच्चा भी भागते हुए कुत्ते पर निर्भय होकर पत्थर फेंकता है।

जॉन सेवक निःशंक होकर बोले—मैंने इन सब पहलुओं पर विचार करके ही यह मत स्थिर किया, और आपके इस दास को (प्रभु सेवक की ओर इशारा करके) इस व्यवसाय का वैज्ञानिक

ज्ञान प्राप्त करने के लिए अमेरिका भेजा। मेरी कम्पनी के अधिकांश हिस्से बिक चुके हैं पर अभी रुपए नहीं वसूल हुए। इस प्रांत में अभी सम्मिलित व्यवसाय करने का दस्तूर नहीं। लोगों में विश्वास नहीं। इसलिए मैंने दस प्रति सैकड़े वसूल करके काम शुरू कर देने का निश्चय किया है। साल-दो-साल में जब आशातीत सफलता होगी और वार्षिक लाभ होने लगेगा, तो पूँजी आप-ही-आप दौड़ी आयेगी। छत पर बैठा हुआ कबूतर 'आ-आ' की आवाज़ सुनकर सशंक हो जाता है और जमीन पर नहीं उतरता; पर थोड़ा-सा दान बखेर दीजिए, तो तुरंत उतर आता है। मुझे पूरा विश्वास है कि पहले ही साल हमें 25 प्रति सैकड़े लाभ होगा। यह प्रॉस्पेक्टस है, इसे ग़ौर से देखिए। मैंने लाभ का अनुमान करने में बड़ी सावधानी से काम लिया है; बढ़ भले ही जाय, कम नहीं हो सकता।

कुँवर साहब—पहले ही साल 25 प्रति सैकड़े!

जॉन सेवक—जी हाँ, बड़ी आसानी से। आपसे मैं हिस्से लेने के लिए विनय करता, पर जब तक एक साल का लाभ दिखा न दूँ, आग्रह नहीं कर सकता। हाँ, इतना अवश्य निवेदन करूँगा कि उस दशा में संभव है, हिस्से बराबर पर न मिल सकें। 100 रु. के हिस्से शायद 200 रु. पर मिलें।

कुँवर साहब—मुझे अब एक ही शंका और है। यदि इस व्यवसाय में इतना लाभ हो सकता है, तो अब तक ऐसी और कम्पनियाँ क्यों न खुलीं?

जॉन सेवक—(हँसकर) इसलिए कि अभी तक शिक्षित समाज में व्यवसाय-बुद्धि पैदा नहीं हुई। लोगों की नस-नस में गुलामी समायी हुई है। क़ानून और सरकारी नौकरी के सिवा और किसी ओर निगाह जाती ही नहीं। दो-चार कम्पनियाँ खुलीं भी, किन्तु उन्हें विशेषज्ञों के परामर्श और अनुभव के लाभ उठाने का अवसर न मिला। अगर मिला भी, तो बड़ा महँगा पड़ा। मशीनरी मँगाने में एक के दो देने पड़े, प्रबन्ध अच्छा न हो सका। विवश होकर कम्पनियों को कारबार बंद करना पड़ा। यहाँ प्रायः सभी कम्पनियों का यही हाल है। डाइरेक्टरों की थैलियाँ भरी जाती हैं, हिस्से बेचने और विज्ञापन देने में लाखों रुपए उड़ा दिए जाते हैं, बड़ी उदारता से दलालों का आदर-सत्कार किया जाता है, इमारतों में पूँजी का बड़ा भाग ख़र्च कर दिया जाता है, मैनेजर भी बहु-वेतन भोगी रखा जाता है। परिणाम क्या होता है? डाइरेक्टर अपनी जेब भरते हैं, मैनेजर अपना पुरस्कार भोगता है, दलाल अपनी दलाली लेता है; मतलब यह कि सारी पूँजी ऊपर-ऊपर उड़ जाती है। मेरा सिद्धांत है, कम-से-कम खर्च और ज़्यादा से ज़्यादा नफ़ा। मैंने एक कोड़ी दलाली नहीं दी, विज्ञापनों की मद उड़ा दी। यहाँ तक कि मैनेजर के लिए भी केवल 500 रुपया ही वेतन देना निश्चित किया है, हालाँकि किसी दूसरे कारख़ाने में एक हज़ार सहज ही में मिल जाते। उस पर घर का आदमी। डाइरेक्टरों के बारे में भी मेरा यही निश्चय है कि सफ़र-खर्च के सिवा और कुछ न दिया जाय।

कुँवर साहब सांसारिक पुरुष न थे। उनका अधिकांश समय धर्म-ग्रंथों के पढ़ने में लगता था। वह किसी ऐसे काम में शरीक न होना चाहते थे, जो उनकी धार्मिक एकाग्रता में बाधक हो। धूर्तों ने उन्हें मानव-चरित्र का छिद्रान्वेषी बना दिया था। उन्हें किसी पर विश्वास न आता था। पाठशालाओं और अनाथालयों के चन्दे देते हुए वह बहुत डरते रहते थे और बहुधा इस

विषय में औचित्य की सीमा से बाहर निकल जाते थे—सुपात्रों को भी उनसे निराश होना पड़ता था। पर संयमशीलता जहाँ इतनी सशंक रहती है, वहाँ लाभ का विश्वास होने पर उचित से अधिक निःशंक भी हो जाती है। मिस्टर जॉन सेवक का भाषण व्यावसायिक ज्ञान से परिपूर्ण था; पर कुँवर साहब पर इससे ज्यादा प्रभाव उनके व्यक्तित्व का पड़ा। उनकी दृष्टि में जॉन सेवक अब केवल धन के उपासक न थे, वरन हितैषी मित्र थे। ऐसा आदमी उन्हें मुग़ालता न दे सकता था। बोले—जब आप इतनी किफायत से काम करेंगे, तो आपका उद्योग अवश्य सफल होगा, इसमें कोई संदेह नहीं। आपको शायद अभी मालूम न हो, मैंने यहाँ एक सेवा-समिति खोल रखी है। कुछ दिनों से यही ख़ब्त सवार है। उसमें इस समय लगभग एक सौ स्वयंसेवक हैं। मेले-ठेलों में जनता की रक्षा और सेवा करना उसका काम है। मैं चाहता हूँ कि उसे आर्थिक कठिनाइयों से सदा के लिए मुक्त कर दूँ। हमारे देश की संस्थाएँ बहुधा धनाभाव के कारण अल्पायु होती हैं। मैं इस संस्था को सुदृढ करना चाहता हूँ और मेरी यह हार्दिक अभिलाषा है कि इससे देश का कुछ कल्याण हो। मैं किसी से इस काम में सहायता नहीं लेना चाहता। उसके निर्विघ्न संचालन के लिए एक स्थायी कोष की व्यवस्था कर देना चाहता हूँ। मैं आपको अपना मित्र और हितचिंतक समझकर पूछता हूँ, क्या आपके कारख़ाने में हिस्से ले लेने से मेरा उद्देश्य पूरा हो सकता है? आपके अनुमान में कितने रुपए लगाने से एक हज़ार की मासिक आमदनी हो सकती है?

जॉन सेवक की व्यावसायिक लोलुपता ने अभी उनकी सद्भावनाओं को शिथिल नहीं किया था। कुँवर साहब ने उनकी राय पर फ़ैसला छोड़कर उन्हें दुविधा में डाल दिया। अगर उन्हें पहले से मालूम होता कि यह समस्या सामने आवेगी, तो नफ़े का तख़मीना बताने में ज्यादा सावधान हो जाते। ग़ैरों से चालें चलना क्षम्य समझा जाता है; लेकिन ऐसे स्वार्थ के भक्त कम मिलेंगे, जो मित्रों से दग़ा करें। सरल प्राणियों के सामने कपट भी लज्जित हो जाता है।

जॉन सेवक ऐसा उत्तर देना चाहते थे, जो स्वार्थ और आत्मा, दोनों ही को स्वीकार हो। बोले—कम्पनी की जो स्थिति है, वह मैंने आपके सामने खोलकर रख दी है। संचालन-विधि भी आप से बतला चुका हूँ। मैंने सफलता के सभी साधनों पर निगाह रखी है। इस पर भी संभव है मुझसे भूलें हो गयी हों, और सबसे बड़ी बात तो यह है कि मनुष्य विधाता के हाथों का खिलौना मात्र है। उसके सारे अनुमान, सारी बुद्धिमत्ता, सारी शुभ-चिंताएँ नैसर्गिक शक्तियों के अधीन हैं। तंबाकू की उपज बढ़ाने के लिए किसानों को पेशगी रुपए देने ही पड़ेंगे। एक रात का पाला कम्पनी के लिए घातक हो सकता है। जले हुए सिगरेट का टुकड़ा कारखाने को खाक में मिला सकता है। हाँ, मेरी परिमित बुद्धि की दौड़ जहाँ तक है, मैंने कोई बात बढ़ाकर नहीं कही है। आकस्मिक बाधाओं को देखते हुए आप लाभ के अनुमान में कुछ और कमी कर सकते हैं।

कुँवर साहब—आखिर कहाँ तक?

जॉन सेवक—20 रुपये सैकड़े समझिए।

कुँवर साहब—और पहले वर्ष?

जॉन सेवक—कम-से-कम 15 रुपये प्रति सैकड़े।

कुँवर साहब—मैं पहले वर्ष 10 रुपये और उसके बाद 15 रुपये प्रति सैकड़े पर संतुष्ट हो जाऊँगा।

जॉन सेवक—तो फिर मैं आपसे यही कहूँगा कि हिस्से लेने में बिलंब न करें। खुदा ने चाहा, तो आपको कभी निराशा न होगी।

सौ-सौ रुपये के हिस्से थे। कुँवर साहब ने 500 हिस्से लेने का वादा किया और बोले—कल पहली किस्त के दस हजार रुपये बैंक द्वारा आपके पास भेज दूँगा।

जॉन सेवक की ऊँची-से-ऊँची उड़ान भी यहाँ तक न पहुँची थी; पर वह इस सफलता पर प्रसन्न न हुए। उनकी आत्मा अब भी उनका तिरस्कार कर रही थी कि तुमने एक सरल-हृदय सज्जन पुरुष को धोखा दिया। तुमने देश की व्यावसायिक उन्नति के लिए नहीं, अपने स्वार्थ के लिए यह प्रयत्न किया है। देश के सेवक बनकर तुम अपनी पाँचों उँगलियाँ घी में रखना चाहते हो। तुम्हारा मनोवांछित उद्देश्य यही है कि नफ़े का बड़ा भाग किसी-न-किसी हीले से आप हज़्म करो। तुमने इस लोकोक्ति को प्रमाणित कर दिया कि कि 'बनिया मारे जान, चोर मारे अनजान।'

अगर कुँवर साहब के सहयोग से जनता में कम्पनी की साख जम जाने का विश्वास न होता, तो मिस्टर जॉन सेवक साफ़ कह देते कि कम्पनी इतने हिस्से आपको नहीं दे सकती। एक परोपकारी संस्था के धन को किसी भी संदिग्ध व्यवसाय में लगाकर उसके अस्तित्व को ख़तरे में डालना स्वार्थपरता के लिए भी कड़वा ग्रास था; मगर धन का देवता आत्मा का बलिदान पाए बिना प्रसन्न नहीं होता। हाँ, इतना अवश्य हुआ कि अब तक वह निजी स्वार्थ के लिए स्वाँग भर रहे थे, उनकी नीयत साफ़ नहीं थी, लाभ को भिन्न-भिन्न नामों से अपने ही हाथ में रखना चाहते थे। अब उन्होंने निःस्पृह होकर नेकनीयती का व्यवहार करने का निश्चय किया। बोले—मैं कम्पनी के संस्थापक की हैसियत से इस सहायता के लिए हृदय से आपका अनुगृहीत हूँ। खुदा ने चाहा, तो आपको आज के फैसले पर कभी पछताना न पड़ेगा। अब मैं आपसे एक और प्रार्थना करता हूँ। आपकी कृपा ने मुझे धृष्ट बना दिया है। मैंने कारख़ाने के लिए जो जमीन पसंद की है, वह पाँडेपुर के आगे पक्की सड़क पर स्थित है। रेल का स्टेशन वहाँ से निकट है और आसपास बहुत से गाँव हैं। रक़बा दस बीघे का है। ज़मीन परती पड़ी हुई है। हाँ बस्ती के जानवर उसमें चरने आया करते हैं। उसका मालिक एक अंधा फ़कीर है। अगर आप उधर कभी हवा खाने गये होंगे, तो आपने उस अंधे को अवश्य देखा होगा।

कुँवर साहब—हाँ-हाँ, अभी तो कल ही गया था, वही अंधा है न, काला-काला दुबला-दुतला, जो सवारियों के पीछे दौड़ा करता है?

जॉन सेवक—जी हाँ, वही-वही। वह जमीन उसी की है; किंतु वह उसे किसी दाम पर नहीं छोड़ना चाहता। मैं उसे पाँच हजार तक देता था; पर राजी न हुआ। वह कुछ झक्की-सा है। कहता है, मैं यहाँ धर्मशाला, मंदिर और तालाब बनाऊँगा। दिन-भर भीख माँगकर तो गुजर करता है, उस पर इरादे इतने लंबे हैं। कदाचित् मुहल्लेवालों के भय से उससे कोई मामला करने का साहस नहीं होता। मैं एक निजी मामले में सरकार से सहायता लेना उचित नहीं समझता; पर ऐसी दशा में मुझे इसके सिवा दूसरा कोई उपाय भी नहीं सूझता। और, फिर यह बिलकुल

निजी बात भी नहीं है। म्युनिसिपैलिटी और सरकार दोनों ही को इस कारखाने से हजारों रुपए साल की आमदनी होगी, हजारों शिक्षित और अशिक्षित मनुष्यों का उपकार होगा। इस पहलू से देखिए, तो यह सार्वजनिक काम है, और इसमें सरकार से सहायता लेने में मैं औचित्य का उल्लंघन नहीं करता। आप अगर ज़रा तवज्जह करें, तो बड़ी आसानी से काम निकल जाय।

कुँवर साहब—मेरा उस फकीर पर कुछ दबाब नहीं है, और होता भी, तो मैं उससे काम न लेता।

जॉन सेवक—आप राजा साहब चतारी...

कुँवर साहब—नहीं, मैं उनसे कुछ नहीं कह सकता। वह मेरे दामाद हैं, और इस विषय में मेरा उनसे कहना नीति-विरुद्ध है। क्या वह आपके हिस्सेदार नहीं हैं?

जॉन सेवक—जी नहीं, वह स्वयं अतुल संपत्ति के स्वामी होकर भी धनियों की उपेक्षा करते हैं। उनका विचार है कि कल-कारखाने पूंजीवालों का प्रभुत्व बढ़ाकर जनता का अपकार करते हैं। इन्हीं विचारों ने तो उन्हें यहाँ प्रधान बना दिया।

कुँवर साहब—यह तो अपना-अपना सिद्धांत है। हम द्वैध जीवन व्यतीत कर रहे हैं, और मेरा विचार यह है कि जनतावाद के प्रेमी उच्च श्रेणी में जितने मिलेंगे, उतने निम्न श्रेणी में न मिल सकेंगे। खैर, आप उनसे मिलकर देखिए तो। क्या कहूँ, शहर के आसपास मेरी एक एकड़ ज़मीन भी नहीं है, नहीं तो आपको यह कठिनाई न होती। मेरे योग्य और जो काम हो, उसके लिए हाजिर हूँ।

जॉन सेवक—जी नहीं, मैं आपको और कष्ट देना नहीं चाहता, मैं स्वयं उनसे मिलकर तय कर लूँगा।

कुँवर साहब—अभी तो मिस सोफिया पूर्ण स्वस्थ होने तक यहीं रहेंगी न? आपको तो इसमें कोई आपत्ति नहीं है?

जॉन सेवक इस विषय में सिर्फ दो-चार बातें करके यहाँ से विदा हुए। मिसेज सेवक फिटन पर पहले ही से आ बैठी थीं। प्रभु सेवक विनय के साथ बाग में टहल रहे थे। विनय ने आकर जॉन सेवक से हाथ मिलाया। प्रभु सेवक उनसे कल फिर मिलने का वादा करके पिता के साथ चले। रास्ते में बातें होने लगीं।

जॉन सेवक—आज एक मुलाकात में जितना काम हुआ, उतना महीनों की दौड़-धूप से भी न हुआ था। कुँवर साहब बड़े सज्जन आदमी हैं। 50 हजार के हिस्से ले लिये। ऐसे ही दो-चार भले आदमी और मिल जायँ, तो बेड़ा पार है।

प्रभु सेवक—इस घर के सभी प्राणी दया और धर्म के पुतले हैं। मैंने विनयसिंह जैसा काव्य-मर्मज्ञ नहीं देखा। मुझसे तो इनसे प्रेम हो गया।

जॉन सेवक—कुछ काम की बातचीत भी की?

प्रभु सेवक—जी नहीं, आपके नजदीक जो काम की बातचीत है, उन्हें उसमें जरा भी रुचि नहीं। वह सेवा का व्रत ले चुके हैं, और इतनी देर तक अपनी समिति की ही चर्चा करते रहे।

जॉन सेवक—क्या तुम्हें आशा है कि तुम्हारा यह परिचय चतारी के राजा साहब पर भी कुछ असर डाल सकता है? विनयसिंह राजा साहब से हमारा कुछ काम निकलवा सकते हैं।

प्रभु सेवक—उनसे कहे कौन, मुझमें तो इतनी हिम्मत नहीं। उन्हें आप स्वदेशानुरागी संन्यासी समझिए। मुझसे अपनी समिति में आने के लिए उन्होंने बहुत आग्रह किया है।

जॉन सेवक—शरीक हो गये न?

प्रभु सेवक—जी नहीं, कह आया हूँ कि सोचकर उत्तर दूँगा। बिना सोचे-समझे इतना कठिन व्रत क्यों कर धारण कर लेता।

जॉन सेवक—मगर सोचने-समझने में महीनों न लगा देना। दो-चार दिन में आकर नाम लिखा लेना। तब तुम्हें उनसे कुछ काम की बात करने का अधिकार हो जायगा। (स्त्री से) तुम्हारी रानी जी से कैसी निभी?

मिसेज़ सेवक—मुझे तो उनसे घृणा हो गयी। मैंने किसी में इतना घमंड नहीं देखा।

प्रभु सेवक—मामा, आप उनके साथ घोर अन्याय कर रही हैं।

मिसेज़ सेवक—तुम्हारे लिए देवी होंगी, मेरे लिए तो नहीं हैं।

जॉन सेवक—यह तो मैं पहले ही समझ गया था कि तुम्हारी उनसे न पटेगी। काम की बातें न तुम्हें आती हैं, न उन्हें। तुम्हारा काम तो दूसरों में ऐब निकालना है। सोफ़ी को क्यों नहीं लायीं?

मिसेज सेवक—वह आये भी तो, या जबरन घसीट लाती?

जॉन सेवक—आयी नहीं या रानी ने आने नहीं दिया?

प्रभु सेवक—वह तो आने को तैयार थी, किंतु इसी शर्त पर कि मुझ पर कोई धार्मिक अत्याचार न किया जाय।

जॉन सेवक—इन्हें यह शर्त क्यों मंजूर होने लगी!

मिसेज़ सेवक—हाँ, इस शर्त पर मैं उसे नहीं ला सकती। वह मेरे घर रहेगी, तो मेरी बात माननी पड़ेगी।

जॉन सेवक—तुम दोनों में एक को भी बुद्धि से सरोकार नहीं। तुम सिड़ी हो, वह जिद्दी है। उसे मना-मनूकर जल्द लाना चाहिए।

प्रभु सेवक—अगर मामा अपनी बात पर अड़ी रहेंगी, तो शायद वह फिर घर न जाय।

जॉन सेवक—आखिर जायगी कहाँ?

प्रभु सेवक—उसे कहीं जाने की जरूरत ही नहीं। रानी उस पर जान देती हैं।

जॉन सेवक—यह बेल मुँढ़े चढ़ने की नहीं है। दो में से एक को दबना पड़ेगा।

लोग घर पहुँचे, तो गाड़ी की आहट पाते ही ईश्वर सेवक ने बड़ी स्नेहमयी उत्सुकता से पूछा—सोफ़ी आ गयी न? आ, तुझे गले लगा लूँ। ईसू तुझे अपने दामन में ले।

जॉन सेवक—पापा, वह अभी यहाँ आने योग्य नहीं है। बहुत अशक्त हो गयी है। दो-चार दिन बाद आवेगी।

ईश्वर सेवक—ग़ज़ब खुदा का। उसकी यह दशा है, और तुम सब उसे उसके हाल पर छोड़ आये। क्या तुम लोगों में ज़रा भी मानापमान का विचार नहीं रहा। बिलकुल खून सफेद हो गया?

मिसेज़ सेवक—आप जाकर उसकी खुशामद कीजिएगा, तो आवेगी। मेरे कहने से तो नहीं

आयी। बच्ची तो नहीं कि गोद में उठा लाती?

जॉन सेवक–पापा, वहाँ वह बहुत आराम से है। राजा और रानी, दोनों ही उसके साथ प्रेम करते हैं। सच पूछिए तो रानी ही ने उसे नहीं छोड़ा।

ईश्वर सेवक–कुँवर साहब से कुछ काम की बातचीत भी हुई?

जॉन सेवक–जी हाँ, मुबारक हो। 50 हजार की गोटी हाथ लगी।

ईश्वर सेवक–शुक्र है, शुक्र है, ईसू, मुझ पर अपना साया कर। यह कहकर वह फिर आराम-कुर्सी पर बैठ गये।

चार

चंचल-प्रकृति बालकों के लिए अंधे विनोद की वस्तु हुआ करते हैं। सूरदास को उनकी निर्दय बाल-क्रीड़ाओं से इतना कष्ट होता था कि वह मुँह-अँधेरे घर से निकल पड़ता और चिराग जलने के बाद लौटता। जिस दिन उसे जाने में देर होती, उस दिन विपत्ति में पड़ जाता था। सड़क पर, राहगीरों के सामने, उसे कोई शंका न होती थी; किन्तु बस्ती की गलियों में पग-पग पर किसी दुर्घटना की शंका बनी रहती थी। कोई उसकी लाठी छीनकर भागता; कोई कहता–सूरदास, सामने गड्डा है, बायीं तरफ़ हो जाओ। सूरदास बायें घूमता, तो गड्ढे में गिर पड़ता, मगर बजरंगी का लड़का घीसू इतना दुष्ट था कि सूरदास को छेड़ने के लिए घड़ी-भर रात रहते ही उठ पड़ता। उसकी लाठी छीनकर भागने में उसे बड़ा आनन्द मिलता था।

एक दिन सूर्योदय के पहले सूरदास घर से चले, तो घीसू एक तंग गली में छिपा हुआ खड़ा था। सूरदास को वहाँ पहुँचते ही कुछ शंका हुई। वह खड़ा होकर आहट लेने लगा। घीसू अब हँसी को न रोक सका। झपटकर सूरे का डंडा पकड़ लिया। सूरदास डंडे को मजबूत पकड़े हुए था। घीसू ने पूरी शक्ति से खींचा। हाथ फिसल गया, अपने ही जोर में गिर पड़ा। सिर में चोट लगी, खून निकल आया। उसने खून देखा, तो चीखता-चिल्लाता घर पहुँचा। बजरंगी ने पूछा, क्यों रोता है रे? क्या हुआ? घीसू ने उसे कुछ जबाब न दिया। लड़के खूब जानते हैं कि किस न्यायशाला में उनकी जीत होगी। आकर माँ से बोला–सूरदास ने मुझे ढकेल दिया। माँ ने सिर की चोट देखी, तो आँखों में खून उतर आया। लड़के का हाथ पकड़े हुए आकर बजरंगी के सामने खड़ी हो गयी और बोली–अब इस अन्धे की सामत आ गयी है। लड़के को ऐसा ढकेला कि लहूलुहान हो गया। उसकी इतनी हिम्मत। रुपए का घमंड उतार दूँगी।

बजरंगी ने शांत भाव से कहा–इसी ने कुछ छेड़ा होगा। वह बेचारा तो इससे आप अपनी जान छिपाता फिरता है।

जमुनी–इसी ने छेड़ा था, तो भी क्या उसे इतनी बेदर्दी से ढकेलना चाहिए था कि सिर फूट जाय! अन्धों को सभी लड़के छेड़ते हैं; पर वे सबसे लठियाँव नहीं करते फिरते।

इतने में सूरदास भी आकर खड़ा हो गया। मुख पर ग्लानि छायी हुई थी। जमुनी लपककर उसके सामने आयी और बिजली की तरह कड़ककर बोली–क्यों सूरे, साँझ होते ही रोज लुटिया

लेकर दूध के लिए सिर पर सवार हो जाते हो और अभी घिसुआ ने जरा लाठी पकड़ ली, तो उसे इतनी जोर से धक्का दिया कि सिर फूट गया। जिस पत्तल में खाते हो, उसी में छेद करते हो। क्यों रुपये का घमण्ड हो गया है क्या?

सूरदास—भगवान जानते हैं, जो मैंने घीसू को पहचाना हो। समझा, कोई लौंडा होगा, लाठी को मजबूत पकड़े रहा। घीसू का हाथ फिसल गया, गिर पड़ा। मुझे मालूम होता कि घीसू है, तो लाठी उसे दे देता। इतने दिन हो गये, लेकिन कोई कह दे कि मैंने किसी लड़के को झूठमूठ मारा है। तुम्हारा ही दिया खाता हूँ, तुम्हारे ही लड़के को मारूँगा?

जमुनी—नहीं, अब तुम्हें घमंड हुआ है। भीख माँगते हो, फिर भी लाज नहीं आती, सबकी बराबरी करने को मरते हो। आज मैं लहू का घूँट पीकर रह गयी; नहीं तो जिन हाथों से तुमने उसे ढकेला है, उसमें लूका लगा देती।

बजरंगी जमुनी को मना कर रहा था, और लोग भी समझा रहे थे, लेकिन वह किसी की न सुनती थी। सूरदास अपराधियों की भाँति सिर झुकाये यह वाग्बाण सह रहा था। मुँह से एक शब्द भी न निकलता था।

भैरो ताड़ी उतारने जा रहा था, रुक गया, और सूरदास पर दो-चार छींटे उड़ा दिये—जमाना ही ऐसा है, सब रोजगारों से अच्छा भीख माँगना। अभी चार दिन पहले घर में भूँजी भाँग न थी, अब चार पैसे के आदमी हो गये हैं। पैसे होते हैं, तभी घमंड होता है; नहीं क्या घमंड करेंगे हम और तुम, जिसकी एक रुपया कमाई है, तो दो खर्च है?

जगधर औरों से तो भीगी बिल्ली बना रहता था, सूरदास को धिक्कारने के लिए वह भी निकल पड़ा। सूरदास पछता रहा था कि मैंने लाठी क्यों न छोड़ दी, कौन कहे कि दूसरी लकड़ी न मिलती। जगधर और भैरो के कटु वाक्य सुन-सुनकर वह और भी दुखी हो रहा था। अपनी दीनता पर रोना आता था। सहसा मिठुआ भी आ पहुँचा। वह भी शरारत का पुतला था, घींसू से भी दो अंगुल बढ़ा हुआ। जगधर को देखते ही यह सरस-पद गा-गाकर चिढ़ाने लगा—

लालू का लाल मुँह, जगधर का काला,
जगधर तो हो गया लालू का साला।

भैरो को भी उसने एक स्वरचित पद सुनाया :

भैरो, भैरो, ताड़ी बेच,
या बीबी की साड़ी बेच।

चिढ़नेवाले चिढ़ते क्यों हैं, इसकी मीमांसा तो मनोविज्ञान के पंडित ही कर सकते हैं। हमने साधारणतः लोगों को प्रेम और भक्ति के भाव ही से चिढ़ते देखा है। कोई राम या कृष्ण के नामों से इसलिए चिढ़ता है कि लोग उसे चिढ़ाने ही के बहाने से ईश्वर का नाम लें। कोई इसलिए चिढ़ता है कि बाल-वृन्द उसे घेरे रहे। कोई बैंगन या मछली से इसलिए चिढ़ता है कि लोग इन अखाद्य वस्तुओं के प्रति घृणा करें। सारांश यह कि चिढ़ना एक दार्शनिक क्रिया है। इसका उद्देश्य केवल सत्-शिक्षा है। लेकिन भैरो और जगधर में यह भक्तिमयी उदारता कहाँ ? वे बाल-विनोद का रस लेना क्या जानें ? दोनों झल्ला उठे। जगधर मिठुआ को गालियाँ देने लगा; लेकिन भैरो को गालियाँ देने से संतोष न हुआ। उसने लपककर उसे पकड़ लिया। दो-तीन

तमाचे ज़ोर-ज़ोर से मारे और बड़ी निठुरता से उसके कान पकड़कर खींचने लगा। मिठुआ बिलबिला उठा। सूरदास अब तक दीन भाव से सिर झुकाये खड़ा था। मिठुआ का रोना सुनते ही उसकी त्योरियाँ बदल गयीं। चेहरा तमतमा उठा। सिर उठाकर फूटी हुई आँखों से ताकता हुआ बोला—भैरो, भला चाहते हो, तो उसे छोड़ दो, नहीं तो ठीक न होगा। उसने तुम्हें कौन-सी ऐसी गोली मार दी थी कि उसकी जान लिये लेते हो। क्या समझते हो कि उसके सिर पर कोई है ही नहीं ! जब तक मैं जीता हूँ, कोई उसे तिरछी निगाह से नहीं देख सकता। दिलावरी तो जब देखता कि किसी बड़े आदमी से हाथ मिलाते। इस बालक को पीट लिया, तो कौन-सी बड़ी बहादुरी दिखायी !

भैरो—मार की इतनी अखर है, तो इसे रोकते क्यों नहीं ? हमको चिढ़ायेगा, तो हम पीटेंगे—एक बार नहीं, हजार बार; तुमको जो करना हो, कर लो।

जगधर—लड़के को डाँटना तो दूर, ऊपर से और सह देते हो। तुम्हारा दुलारा होगा, दूसरे क्यों....

सूरदास—चुप भी रहो, आये हो वहाँ से न्याव करने। लड़कों को तो यह बान ही होती है; पर कोई उन्हें मार नहीं डालता। तुम्हीं लोगों को अगर किसी दूसरे लड़के ने चिढ़ाया होता, तो मुँह तक न खोलते। देखता तो हूँ, जिधर से निकलते हो, लड़के तालियाँ बजाकर चिढ़ाते हैं; पर आँखें बन्द किये अपनी राह चले जाते हो। जानते हो न कि जिन लड़कों के माँ-बाप हैं, उन्हें मारेंगे, तो वे आँखें निकाल लेंगे। केले के लिए ठीकरा भी तेज़ होता है।

भैरो—दूसरे लड़कों की और उसकी बराबरी है ? दरोगाजी की गालियाँ खाते हैं, तो क्या डोमड़ों की गालियाँ भी खायें ? अभी तो दो ही तमाचे लगाये हैं, फिर चिढ़ाये, तो उठाकर पटक दूँगा, मरे या जिये।

सूरदास—(मिट्ठू का हाथ पकड़कर) मिठुआ, चिढ़ा तो, देखूँ यह क्या करते हैं। आज जो कुछ होना होगा, यहीं हो जायगा।

लेकिन मिठुआ के गालों में अभी तक जलन हो रही थी, मुँह भी सूज गया था, सिसकियाँ बंद न होती थीं। भैरो का रौद्र रूप देखा, तो रहे-सहे होश भी उड़ गये। जब बहुत बढ़ावे देने पर भी उसका मुँह न खुला, तो सूरदास ने झुँझलाकर कहा—अच्छा, मैं ही चिढ़ाता हूँ, देखूँ मेरा क्या बना लेते हो !

यह कहकर उसने लाठी मज़बूत पकड़ ली, और बार-बार उसी पद की रट लगाने लगा मानो कोई बालक अपना सबक़ याद कर रहा हो—

भैरो, भैरो, ताड़ी बेच,
या बीबी की साड़ी बेच।

एक ही साँस में उसने कई बार यही रट लगायी। भैरो कहाँ तो क्रोध से उन्मत्त हो रहा था, कहाँ सूरदास का यह बाल-हठ देखकर हँस पड़ा। और लोग भी हँसने लगे। अब सूरदास को ज्ञात हुआ कि मैं कितना दीन और बेकस हूँ। मेरे क्रोध का यह सम्मान है ! मैं सबल होता, तो मेरा क्रोध देखकर ये लोग थर-थर काँपने लगते; नहीं तो खड़े-खड़े हँस रहे हैं, समझते हैं कि हमारा कर ही क्या सकता है। भगवान् ने इतना अपंग न बना दिया होता, तो क्यों यह

दुर्गत होती। यह सोचकर हठात् उसे रोना आ गया। बहुत ज़ब्त करने पर भी आँसू न रुक सके।

बजरंगी ने भैरो और जगधर दोनों को धिक्कारा—क्या अंधे से हेकड़ी जताते हो ! सरम नहीं आती ? एक तो लड़के का तमाचों से मुँह लाल कर दिया, उस पर और गरजते हो। वह भी तो लड़का ही है, गरीब का है, तो क्या ? जितना लाड़-प्यार उसका होता है, उतना भले घरों के लड़कों का भी नहीं होता है। जैसे और सब लड़के चिढ़ाते हैं, वह भी चिढ़ाता है। इसमें इतना बिगड़ने की क्या बात है। (जमुनी की ओर देखकर) यह सब तेरे कारण हुआ। अपने लौंडे को डाँटती नहीं, बेचारे अंधे पर गुस्सा उतारने चली है !

जमुनी सूरदास का रोना देखकर सहम गयी थी ! जानती थी, दीन की हाय कितनी मोटी होती है। लज्जित होकर बोली—मैं क्या जानती थी कि जरा-सी बात का इतना बखेड़ा हो जायेगा। आ बेटा मिट्ठू, चल, बछवा पकड़ ले, तो दूध दुहूँ।

दुलारे लड़के तिनके की मार भी नहीं सह सकते। मिट्ठू दूध की पुचकार से भी शांत न हुआ, तो जमुनी ने आकर उसके आँसू पोछे और गोद में उठाकर घर में ले गयी। उसे क्रोध जल्द आता था; पर जल्द ही पिघल भी जाती थी।

मिट्ठू तो उधर गया, भैरो और जगधर भी अपनी-अपनी राह चले; पर सूरदास सड़क की ओर न गया। अपनी झोपड़ी में जाकर अपनी बेकसी पर रोने लगा। अपने अंधेपन पर आज उसे जितना दुःख हो रहा था, उतना और कभी न हुआ था। सोचा, मेरी यह दुर्गत इसीलिए न है कि अंधा हूँ, भीख माँगता हूँ। मसक्कत की कमाई खाता होता, तो मैं भी गरदन उठाकर न चलता, मेरा भी आदर-मान न होता; क्यों चिउँटी की भाँति पैरों के नीचे मसला जाता ! आज भगवान् ने अपंग न बना दिया होता, तो क्या दोनों आदमी लड़के को मारकर हँसते हुए चले जाते, एक-एक की गरदन मरोड़ देता। बजरंगी से क्यों नहीं कोई बोलता ! घिसुआ ने भैरो की ताड़ी का मटका फोड़ दिया था, कई रुपये का नुकसान हुआ; लेकिन भैरो ने चूँ तक न की। जगधर का उसके मारे घर से निकलना मुश्किल है। अभी दस-ही-पाँच दिनों की बात है, उसका खोंचा उलट दिया था। जगधर ने चूँ तक न की। जानते हैं न कि जरा भी गरम हुए कि बजरंगी ने गरदन पकड़ी। न जाने उस जनम में ऐसे कौन-से अपराध किये थे, जिसकी यह सजा मिल रही है। लेकिन भीख न माँगूँ, तो खाऊँ क्या। और फिर जिंदगी पेट ही पालने के लिए थोड़े ही है। कुछ आगे के लिए भी तो करना है। नहीं, इस जनम में तो अंधा हूँ ही, उस ज़नम में इससे भी बड़ी दुर्दसा होगी। पितरों का रिन सिर पर सवार है, गयाजी में उनका सराध न किया, तो वे भी क्या समझेंगे कि मेरे बंस में कोई है ! मेरे साथ तो कुल का अंत ही है। मैं यह रिन न चुकाऊँगा, तो और कौन लड़का बैठा हुआ है, जो चुका देगा ? कौन उद्दम करूँ ? किसी बड़े आदमी के घर पंखा खींच सकता हूँ, लेकिन यह काम भी तो साल में चार ही महीने रहता है, बाकी महीने क्या करूँगा ? सुनता हूँ अंधे कुर्सी, मोढ़े, दरी, टाट बुन सकते हैं, पर यह काम किससे सीखूँ ? कुछ भी हो, अब भीख न माँगूँगा।

चारों ओर से निराश होकर सूरदास के मन में विचार आया कि इस जमीन को क्यों न बेच दूँ। इसके सिवा अब मुझे और कोई सहारा नहीं है। कहाँ तक बाप-दादों के नाम को रोऊँ !

साहब उसे लेने को मुँह फैलाये हुए हैं। दाम भी अच्छा दे रहे हैं। उन्हीं को दे दूँ। चार-पाँच हजार बहुत होते हैं। अपने घर सेठ की तरह बैठा हुआ चैन की बंसी बजाऊँगा। चार आदमी घेरे रहेंगे, मुहल्ले में अपना मान होने लगेगा। ये ही लोग, जो आज मुझ पर रोब जमा रहे हैं, मेरा मुँह जोहेंगे, मेरी खुसामद करेंगे। यही न होगा, मुहल्ले की गउएँ मारी-मारी फिरेंगी; फिरें, इसको मैं क्या करूँ ? जब तक निभ सका, निभाया। अब नहीं निभता, तो क्या करूँ ? जिनकी गायें चरती हैं, कौन मेरी बात पूछते हैं ? आज कोई मेरी पीठ पर खड़ा हो जाता, तो भैरो मुझे रुलाकर यों मूँछों पर ताव देता हुआ न चला जाता। जब इतना भी नहीं है, तो मुझे क्या पड़ी है कि दूसरों के लिए मरूँ ? जी से जहान है; जब आबरू ही न रही, तो जीने पर धिक्कार है।

मन में यह विचार स्थिर करके सूरदास अपनी झोपड़ी से निकला और लाठी टेकता हुआ गोदाम की तरफ़ चला। गोदाम के सामने पहुँचा, तो दयागिर से भेंट हो गयी। उन्होंने पूछा—इधर कहाँ चले सूरदास ? तुम्हारी जगह तो पीछे छूट गयी।

सूरदास—जरा इन्हीं मियाँ साहब से कुछ बातचीत करनी है।

दयागिर—क्या इसी जमीन के बारे में ?

सूरदास—हाँ, मेरा विचार है कि यह जमीन बेचकर कहीं तीर्थयात्रा करने चला जाऊँ। इस मुहल्ले में अब निबाह नहीं है।

दयागिर—सुना, आज भैरो तुम्हें मारने की धमकी दे रहा था।

सूरदास—मैं तरह न दे जाता, तो उसने मार ही दिया था। सारा मुहल्ला बैठा हँसता रहा, किसी की जबान न खुली कि अंधे-अपाहिज आदमी पर यह कुन्याव क्यों करते हो। तो जब मेरा कोई हितू नहीं है, तो मैं क्यों दूसरों के लिए मरूँ ?

दयागिर—नहीं सूरे, मैं तुम्हें जमीन बेचने की सलाह न दूँगा। धर्म का फल इस जीवन में नहीं मिलता। हमें आँखें बन्द करके नारायन पर भरोसा रखते हुए धर्म-मार्ग पर चलते रहना चाहिए। सच पूछो, तो आज भगवान् ने तुम्हारे धर्म की परीक्षा की है। संकट ही में धीरज और धर्म की परीक्षा होती है। देखो, गुसाईंजी ने कहा है :

आपति-काल परखिये चारी; धीरज, धर्म, मित्र अरू नारी।'

जमीन पड़ी है, पड़ी रहने दो। गउएँ चरती हैं, यह कितना बड़ा पुण्य है। कौन जानता है, कोई दानी, धर्मात्मा आदमी मिल जाय, और धर्मशाला, कुआँ, मंदिर बनवा दे, तो मरने पर भी तुम्हारा नाम अमर हो जायगा। रही तीर्थ-यात्रा, उसके लिए रुपये की जरूरत नहीं। साधु-संत जन्म-भर यही किया करते हैं; पर घर से रुपयों की थैली बाँधकर नहीं चलते। मैं भी शिवरात्रि के बाद बद्रीनारायण जाने वाला हूँ। हमारा-तुम्हारा साथ हो जायगा। रास्ते में तुम्हारी एक कौड़ी न खर्च होगी, इसका मेरा जिम्मा है।

सूरदास—नहीं बाबा, अब यह कुन्याव नहीं सहा जाता। भाग्य में धर्म करना नहीं लिखा हुआ है, तो कैसे धर्म करूँगा। जरा इन लोगों को भी तो मालूम हो जाय कि सूरे भी कुछ है।

दयागिर—सूरे, आँखें बन्द होने पर भी कुछ नहीं सूझता। यह अहंकार है, इसे मिटाओ, नहीं तो यह जन्म भी नष्ट हो जायगा। यही अहंकार वश पापों का मूल है—

'मैं अरू मोर तोर तैं माया, जेहि वश कीन्हें जीव निकाया'

न यहाँ तुम हो, न तुम्हारी भूमि; न तुम्हारा कोई मित्र है, न शत्रु; जहाँ देखो, भगवान्-ही-भगवान् है—

'ज्ञान-मान जहँ एकौ नाहीं, देखत ब्रह्म रूप सब माहीं।'

इन झगड़ों में न पड़ो।

सूरदास—बाबाजी, जब तक भगवान् की दया न होगी, भक्ति और बैराग किसी पर मन न जमेगा। इस घड़ी मेरा हृदय रो रहा है, उसमें उपदेस और ज्ञान की बातें नहीं पहुँच सकतीं। गीली लकड़ी खराद पर नहीं चढ़ती।

दयागिर—पछताओगे और क्या।

यह कहकर दयागिर अपनी राह चले गये। वह नित्य गंगा-स्नान को जाया करते थे।

उनके जाने के बाद सूरदास ने अपने मन में कहा—यह भी मुझी को ज्ञान का उपदेस करते हैं। दीनों पर उपदेस का भी दाँव चलता है, मोटों की कोई उपदेस नहीं करता। वहाँ तो जाकर ठकुरसुहाती करने लगते हैं। मुझे ज्ञान सिखाने चले हैं। दोनों जून भोजन मिल जाता है न! एक दिन न मिले, तो सारा ज्ञान निकल जाय।

वेग से चलती हुई गाड़ी रुकावटों को फाँद जाती है। सूरदास समझाने से और भी ज़िद पकड़ गया। सीधे गोदाम के बरामदे में जाकर रुका। इस समय वहाँ बहुत-से चमार जमा थे। खालों की ख़रीद हो रही थी। चौधरी ने कहा—आओ, सूरदास, कैसे चले?

सूरदास इतने आदमियों के सामने अपनी इच्छा न प्रकट कर सका। संकोच ने उसकी ज़बान बन्द कर दी। बोला—कुछ नहीं, ऐसे ही चला आया।

ताहिर—साहब इनसे पीछे वाली ज़मीन माँगते हैं, मुँह-माँगे दाम देने को तैयार हैं! पर यह किसी तरह राज़ी नहीं होते। उन्होंने खुद समझाया, मैंने कितनी मिन्नत की; लेकिन इनके दिल में कोई बात जमती ही नहीं।

लज्जा अत्यन्त निर्लज्ज होती है। अंतिम काल में भी जब हम समझते हैं कि उसकी उलटी साँसें चल रही हैं, वह सहसा चैतन्य हो जाती है, और पहले से भी अधिक कर्तव्यशील हो जाती है। हम दुरवस्था में पड़कर किसी मित्र से सहायता की याचना करने को घर से निकलते हैं; लेकिन मित्र से आँखें चार होते ही लज्जा हमारे सामने आकर खड़ी हो जाती है और हम इधर-उधर की बातें करके लौट आते हैं। यहाँ तक कि हम एक शब्द भी ऐसा मुँह से नहीं निकलने देते, जिसका भाव हमारी अंतर्वेदना का द्योतक हो।

ताहिरअली की बातें सुनते ही सूरदास की लज्जा ठट्ठा मारती हुई बाहर निकल आयी। बोला—मियाँ साहब, वह जमीन तो बाप-दादों की निसानी है, भला मैं उसे बय या पट्टा कैसे कर सकता हूँ? मैंने उसे धरम काज के लिए संकल्प कर दिया है।

ताहिर—धरम काज बिना, रुपये के कैसे होगा? जब रुपये मिलेंगे, तभी तो तीरथ करोगे, साधु-संतों की सेवा करोगे; मंदिर-कुआँ बनवाओगे?

चौधरी—सूरे, इस बखत अच्छे दाम मिलेंगे। हमारी सलाह तो यही है कि दे दो, तुम्हारा कोई उपकार तो उससे होता नहीं।

सूरदास—मुहल्ले-भर की गउएँ चरती हैं, क्या इससे पुन्न नहीं होता? गऊ की सेवा से बढ़

कर और कौन पुन्न का काम है?

ताहिर—अपना पेट पालने के लिए तो भीख माँगते फिरते हो, चले हो दूसरों के साथ पुन्न करने। जिनकी गायें चरती हैं, वे तो तुम्हारी बात भी नहीं पूछते, एहसान मानना तो दूर रहा। इसी धरम के पीछे तुम्हारी यह दशा हो रही है, नहीं तो ठोकरें न खाते फिरते।

ताहिर अली खुद बड़े दीनदार आदमी थे, पर अन्य धर्मों की अवहेलना करने में उन्हें संकोच न होता था। वास्तव में वह इस्लाम के सिवा और किसी धर्म को धर्म ही नहीं समझते थे।

सूरदास ने उत्तेजित होकर कहा—मियाँ साहब, धरम एहसान के लिए नहीं किया जाता। नेकी करके दरिया में डाल देना चाहिए।

ताहिर—पछताओगे और क्या। साहब से जो कुछ कहोगे, वही करेंगे। तुम्हारे लिए घर बनवा देंगे, महावर गुज़ारा देंगे, मिठुआ को किसी मदरसे में पढ़ने को भेज देंगे, उसे नौकर रखा देंगे, तुम्हारी आँखों की दवा करा देंगे, मुमकिन है, सूझने लगे। आदमी बन जाओगे, नहीं तो धक्के खाते रहोगे।

सूरदास पर और किसी प्रलोभन का असर तो न हुआ; हाँ, दृष्टि-लाभ की संभावना ने ज़रा नरम कर दिया। बोला—क्या जनम से अंधों की दवा भी हो सकती है ?

ताहिर—तुम जनम के अन्धे हो क्या ? तब तो मजबूरी है। लेकिन वह तुम्हारे आराम के इतने सामान जमा कर देंगे कि तुम्हें आँखों की ज़रूरत ही न रहेगी।

सूरदास— साहब, बड़ी नामूसी होगी। लोग चारों ओर से धिक्कारने लगेंगे।

चौधरी— तुम्हारी जायदाद है, बय करो, चाहे पट्टा लिखो, किसी दूसरे को दखल देने की क्या मजाज़ है!

सूरदास— बाप-दादों का नाम तो नहीं डुबाया जाता।

मूर्खों के पास युक्तियाँ नहीं होतीं, युक्तियों का उत्तर वे हठ से देते हैं। युक्ति कायल हो सकती है, नरम हो सकती है, भ्रांत हो सकती है; हठ को कौन क़ायल करेगा ?

सूरदास की ज़िद से ताहिर अली को क्रोध आ गया। बोले—तुम्हारी तक़दीर में भीख माँगना लिखा है, तो कोई क्या कर सकता है। इन बड़े आदमियों से अभी पाला नहीं पड़ा है। अभी तुम्हारी खुशामद कर रहे हैं, मुआवज़ा देने पर तैयार हैं; लेकिन तुम्हारा मिज़ाज नहीं मिलता, और वही जब क़ानूनी दाँव-पेंच खेल कर ज़मीन पर क़ब्ज़ा कर लेंगे, दो-चार सौ रुपये बरायनाम मुआवज़ा दे देंगे, तो सीधे हो जाओगे। मुहल्ले वालों पर भूले बैठे हो। पर देख लेना, जो कोई पास भी फटके। साहब यह ज़मीन लेंगे ज़रूर, चाहे खुशी से दो, चाहे रोकर दो।

सूरदास ने गर्व से उत्तर दिया— खाँ साहब, अगर जमीन जायगी, तो इसके साथ मेरी जान भी जायगी।

यह कहकर उसने लकड़ी सँभाली और अपने अड्डे पर आ बैठा।

उधर दयागिर ने जाकर नायकराम से यह समाचार कहा। बजरंगी भी बैठा था। यह खबर सुनते ही दोनों के होश उड़ गये। सूरदास के बल पर दोनों उछलते रहे, उस दिन ताहिर अली से कैसी बातें कीं, और आज सूरदास ही ने धोखा दिया। बजरंगी ने चिंतित होकर कहा— अब क्या करना होगा पण्डाजी, बताओ?

नायकराम– करना क्या होगा, जैसा किया है, वैसा भोगना होगा। जाकर अपनी घरवाली से पूछो। उसी ने आज आग लगायी थी। जानते तो हो कि सूरे मिठुआ पर जान देता है, फिर क्यों भैरो की मरम्मत नहीं की। मैं होता, तो कभी भैरो को दो-चार खरी-खोटी सुनाये बिना न जाने देता, और नहीं तो दिखावे के लिए सही। उस बेचारे को भी मालूम हो जाता कि मेरी पीठ पर है कोई। आज उसे बड़ा रंज हुआ है, नहीं तो जमीन बेचने का उसको कभी ध्यान ही न आया था।

बजरंगी–अरे, तो अब कोई उपाय निकालोगे या बैठकर पिछली बातों के नाम को रोयें।

नायकराम– उपाय यही है कि आज सूरे आये, तो चलकर उसके पैरों पर गिरो, उसे दिलासा दो, जैसे राजी हो, वैसे राजी करो, दादा-भैया करो, मान जाये तो अच्छा, नहीं तो साहब से लड़ने के लिए तैयार हो जाओ, उनका कब्जा न होने दो, जो कोई जमीन के पास आये, मारकर भगा दो। मैंने तो यही सोच रखा है। आज सूरे को अपने हाथ से बना के दूधिया पिलाऊँगा और मिठुआ को भर-पेट मिठाइयाँ खिलाऊँगा। जब न मानेगा, तो देखी जायगी।

बजरंगी– जरा मियाँ साहब के पास क्यों नहीं चले चलते? सूरदास ने उनसे न जाने क्या-क्या बातें की हों। कहीं लिखा-पढ़ी कराने को कह आया हो, तो फिर चाहे कितनी ही आरजू-बिनती करोगे, कभी अपनी बात न पलटेगा।

नायकराम– मैं उस मुंशी के द्वार पर न जाऊँगा। उसका मिजाज और भी आसमान पर चढ़ जायगा।

बजरंगी– नहीं पण्डाजी, मेरी खातिर से जरा चले चलो।

नायकराम आखिर राजी हुए। दोनों आदमी ताहिर अली के पास पहुँचे। वहाँ इस वक़्त सन्नाटा था। ख़रीद का काम हो चुका था। चमार चले गये थे। ताहिर अली अकेले बैठे हुए हिसाब-किताब लिख रहे थे। मीज़ान में कुछ फ़र्क पड़ता था। बार-बार जोड़ते थे। पर भूल पर निगाह न पहुँचती थी। सहसा नायकराम ने कहा– कहिये मुंसीजी, आज सूरे से क्या बातचीत हुई?

ताहिर– अहा, आइए पण्डाजी, मुआफ़ कीजिएगा, मैं ज़रा मीज़ान लगाने में मसरूफ़ था, इस मोढ़े पर बैठिए। सूरे से कोई बात तय न होगी। उसकी तो शामतें आयी हैं। आज तो धमकी देकर गया है कि ज़मीन के साथ मेरी जान भी जायेगी। ग़रीब आदमी है, मुझे उस पर तरस आता है। आख़िर यही होगा कि साहब किसी क़ानून की रू से ज़मीन पर क़ाबिज हो जायँगे। कुछ मुआवज़ा मिला तो मिला, नहीं तो उसकी भी उम्मीद नहीं।

नायकराम– जब सूरे राजी नहीं है, तो साहब क्या खाके यह जमीन ले लेंगे। देख बजरंगी हुई न वही बात, सूरे ऐसा कच्चा आदमी नहीं है।

ताहिर– साहब को अभी आप जानते नहीं हैं।

नायकराम– मैं साहब और साहब के बाप, दोनों को अच्छी तरह जानता हूँ। हाकिमों की खुशामद ही बदौलत आज बड़े आदमी बने फिरते हैं।

ताहिर– खुशामद ही का तो आजकल ज़माना है। वह अब इस ज़मीन को लिये बग़ैर न मानेंगे।

नायकराम– तो इधर भी यही तय है कि जमीन पर किसी का कब्जा न होने देंगे, चाहे

जान रहे या जाय। इसके लिए मर मिटेंगे। हमारे हजारों जात्री आते हैं। इसी खेत में सबको टिका देता हूँ। जमीन निकल गयी, तो क्या जात्रियों को अपने सिर पर ठहराऊँगा? आप साहब से कह दीजिएगा, यहाँ उनकी दाल न गलेगी। यहाँ भी कुछ दम रखते हैं। बारहों मास खुले-खजाने जुआ खेलते हैं। एक-एक दिन में हजारों के वारे-न्यारे हो जाते हैं। थानेदार से लेकर सुपरीडंट तक जानते हैं, पर मजाल क्या कि कोई दौड़ लेकर आये। खून तक छिपा डाले हैं।

ताहिर– तो आप ये सब बातें मुझसे क्यों कहते हैं, क्या मैं जानता नहीं हूँ? आपने सैयद रज़ाअली थानेदार का नाम तो सुना ही होगा, मैं उन्हीं का लड़का हूँ। यहाँ कौन पण्डा है, जिसे मैं नहीं जानता।

नायकराम– लीजिए घर ही बैद, तो मरिए क्यों? फिर तो आप अपने घर ही के आदमी हैं। दरोगाजी की तरह भला क्या कोई अफसर होगा। कहते थे, बेटा जो चाहे करो, लेकिन मेरे पंजे में न आना। मेरे द्वार पर फड़ जमती थी, वह कुर्सी पर बैठे देखा करते थे। बिलकुल घराँव हो गया था। कोई बात बनी-बिगड़ी, जाके सारी कथा सुना देता था। पीठ पर हाथ फेरकर कहते– बस जाओ, अब हम देख लेंगे। ऐसे आदमी अब कहाँ? सतजुगी लोग थे। आप तो अपने भाई ही ठहरे, साहब को धता क्यों नहीं बताते? आपको भगवान ने बिद्या-बुद्धि दी है, बीसों बहाने निकाल सकते हैं। बरसात में पानी जमता है, दीमक बहुत है, लोनी लगेगी, ऐसे ही और कितने बहाने हैं।

ताहिर– पण्डाजी, जब आपसे भाईचारा हो गया, तो क्या परदा है। साहब पल्ले सिरे का घाघ है। हाकिमों से उसका बड़ा मेल-जोल है। मुफ़्त में ज़मीन ले लेगा। सूरे को तो चाहे सौ-दो सौ मिल भी रहें, मेरा इनाम-इकराम गायब हो जाएगा। आप सूरे से मुआमला तय करा दीजिए, तो उसका भी फ़ायदा हो, मेरा भी फ़ायदा हो और आपका भी फ़ायदा हो।

नायकराम–आपको वहाँ जो इनाम-अकराम मिलने वाला हो, वह हमीं लोगों से ले लीजिए। इसी बहाने कुछ आपकी खिदमत करेंगे। मैं तो दरोगाजी को जैसा समझता था, वैसा ही आपको समझता हूँ।

ताहिर– मुआज़ल्लाह, पण्डाजी, ऐसी बात न कहिए। मैं मालिक की निगाह बचाकर एक कौड़ी लेना भी हराम समझता हूँ। वह अपनी खुशी से जो कुछ दे देंगे, हाथ फैलाकर ले लूँगा; पर उनसे छिपाकर नहीं। खुदा उस रास्ते से बचाये। वालिद ने इतना कमाया, पर मरते वक़्त घर में एक कौड़ी कफ़न को भी न थी।

नायकराम– अरे यार, मैं तुम्हें रुसवत थोड़े ही देने को कहता हूँ। जब हमारा-आपका भाईचारा हो गया, तो हमारा काम आपसे निकलेगा, आपका काम हमसे। यह कोई रुसवत नहीं है।

ताहिर– नहीं पण्डाजी, खुदा मेरी नीयत को पाक रखे, मुझसे नमकहरामी न होगी। मैं जिस हाल में हूँ उसी में खुश हूँ। जब उसके करम की निगाह होगी, तो मेरी भलाई की कोई सूरत निकल ही आयेगी।

नायकराम– सुनते हो बजरंगी, दरोगाजी की बातें। चलो, चुपके से घर बैठो, जो कुछ आगे आयगी, देखी जायगी। अब तो साहब ही से निबटना है।

बजरंगी के विचार में नायकराम ने उतनी भिन्नत-समाजत न की थी, जितनी करनी चाहिए

थी। आये थे अपना काम निकालने कि हेकड़ी दिखाने। दीनता से जो काम निकल जाता है, वह डींग मारने से नहीं निकलता। नायकराम ने तो लाठी कंधे पर रखी, और चले। बजरंगी ने कहा—मैं जरा गोरुओं को देखने जाता हूँ, उधर से होता हुआ आऊँगा। यों बड़ा अक्खड़ आदमी था, नाक पर मक्खी न बैठने देता। सारा मुहल्ला उसके क्रोध से काँपता था, लेकिन क़ानूनी कार्रवाइयों से डरता था। पुलिस और अदालत के नाम ही से उसके प्राण सूख जाते थे। नायकराम को नित्य ही अदालत से काम रहता था, वह इस विषय में अभ्यस्त थे। बजरंगी को अपनी ज़िन्दगी में कभी गवाही देने की भी नौबत न आयी थी। नायकराम के चले आने के बाद ताहिरअली भी घर चले गये; पर बजरंगी वहीं आसपांस टहलता रहा कि वह बाहर निकलें, तो अपना दुखड़ा सुनाऊँ।

ताहिरअली के पिता पुलिस-विभाग में कांस्टेबिल से थानेदारी के पद तक पहुँचे थे। मरते समय कोई जायदाद तो न छोड़ी, यहाँ तक कि उनकी अंतिम क्रिया क़र्ज से की गयी; लेकिन ताहिर अली के सिर पर दो विधवाओं और उनकी सन्तानों का भार छोड़ गये। उन्होंने तीन शादियाँ की थीं। पहली स्त्री से ताहिरअली थे, दूसरी से माहिरअली और ज़ाहिरअली, और तीसरी से जाबिरअली। ताहिरअली धैर्यशील और विवेकी मनुष्य थे। पिता का देहांत होने पर साल-भर तक तो रोज़गार की तलाश में मारे-मारे फिरे। फिर कहीं मवेशीख़ाने की मुहर्रिरी मिल गयी, कहीं किसी दवा बेचने वाले के एजेंट हो गये, कहीं चुंगी-घर के मुंशी का पद मिल गया। इधर कुछ समय से मिस्टर जॉन सेवक के यहाँ स्थायी रूप से नौकर हो गये थे। उनके आचार-विचार अपने पिता से बिलकुल निराले थे। रोज़ा-नमाज़ के पाबन्द और नीयत के साफ़ थे। हराम की कमाई से कोसों भागते थे। उनकी माँ तो मर चुकी थीं; पर दोनों विमाताएँ जीवित थीं। विवाह भी हो चुका था; स्त्री के अतिरिक्त एक लड़का था— साबिरअली, और एक लड़की—नसीमा। इतना बड़ा कुटुम्ब था और 30 रुपये मासिक आय! इस महँगी के समय में, जबकि इससे पँचगनुी आमदनी में भी सुचारु रूप से निर्वाह नहीं होता, उनको बहुत कष्ट झेलने पड़ते थे; पर नीयत खोटी न होती थी। ईश्वर-भीरुता उनके चरित्र का प्रधान गुण थी। घर में पहुँचे, तो माहिरअली बैठा पढ़ रहा था, जाहिर और जाबिर मिठाई के लिए रो रहे थे, और साबिर आँगन में उछल-उछलकर बाजरे की रोटियाँ खा रहा था। ताहिरअली तख्त पर बैठ गये और दोनों छोटे भाइयों को गोद में उठाकर चुप कराने लगे। उनकी बड़ी विमाता ने, जिसका नाम ज़ैनब था, द्वार पर खड़ी होकर नायकराम और बजरंगी की बातें सुनी थीं। बजरंगी दस ही पाँच कदम चला था कि माहिरअली ने पुकारा— सुनो जी, ओ आदमी, ज़रा यहाँ आना, तुम्हें अम्माँ बुला रही हैं।

बजरंगी लौट पड़ा, कुछ आस बँधी। आकर फिर बरामदे में खड़ा हो गया। ज़ैनब टाट के परदे की आड़ में खड़ी थीं, पूछा— क्या बात थी जी?

बजरंगी— वही जमीन की बातचीत थी। साहब इसे लेने कहते हैं। हमारा गुजर-बसर इसी जमीन से होता है! मुंसीजी से कह रहा हूँ, किसी तरह इस झगड़े को मिटा दीजिए। नजर-नियाज देने को भी तैयार हूँ, मुदा मुंसीजी सुनते ही नहीं।

ज़ैनब—सुनेंगे क्यों नहीं, सुनेंगे नहीं तो ग़रीबों की हाय किस पर पड़ेगी? तुम भी तो गँवार आदमी हो, उनसे क्या कहने गये? ऐसी बातें मरदों से कहने की थोड़ी ही होती हैं। हमसे कहते,

हम तय करा देते।

जाबिर की माँ का नाम था रक़िया। वह भी आकर खड़ी हो गयीं। दोनों महिलाएँ साये की तरह साथ-साथ रहती थीं। दोनों के भाव एक, दिल एक, विचार एक, सौतिन का जलापा नाम को न था। बहनों का-सा प्रेम था। बोली— और क्या, भला ऐसी बातें मरदों से की जाती हैं?

बजरंगी—माताजी, मैं गँवार आदमी, इसका हाल क्या जानूँ। अब आप ही तय करा दीजिए। गरीब आदमी हूँ, बाल बच्चे जियेंगे।

ज़ैनब—सच-सच कहना, यह मुआमला दब जाय, तो कहाँ तक दोगे?

बजरंगी— बेगम साहब, 50 रुपए तक देने को तैयार हूँ।

ज़ैनब— तुम भी तो ग़ज़ब करते हो, 50 रुपये ही में इतना बड़ा काम निकालना चाहते हो?

रक़िया— (धीरे से), बहन, कहीं बिदक न जाय।

बजरंगी—क्या करूँ, बेगम साहब, गरीब आदमी हूँ। लड़कों को दूध-दही जो कुछ हुकुम होगा, खिलाता रहूँगा; लेकिन नगद तो इससे ज्यादा मेरा किया न होगा।

रकिया—अच्छा, तो रुपयों का इन्तजाम करो। खुदा ने चाहा, तो सब तय हो जायगा।

ज़ैनब—(धीरे से) रक़िया, तुम्हारी जल्दबाजी से मैं आजिज़ हूँ।

बजरंगी— माँजी, यह काम हो गया, तो सारा मुहल्ला आपका जस गायेगा।

ज़ैनब—मगर तुम तो 50 रुपये से आगे बढ़ने का नाम ही नहीं लेते। इतने तो साहब ही दे देंगे, फिर गुनाह बेलज्ज़त क्यों किया जाय।

बजरंगी—माँजी, आपसे बाहर थोड़े ही हूँ। दस-पाँच रुपये और जुटा दूँगा।

ज़ैनब—तो कब तक रुपए आ जायेंगे?

बजरंगी—बस, दो दिन की मोहलत मिल जाय। तब तक मुंसीजी से कह दीजिए साहब से कहें-सुनें।

ज़ैनब— वाह महतो, तुम तो बड़े होशियार निकले। सेंत ही में काम निकालना चाहते हो। पहले रुपये लाओ, फिर तुम्हारा काम न हो, तो हमारा ज़िम्मा।

बजरंगी दूसरे दिन आने का वादा करके खुश-खुश चला गया, तो ज़ैनब ने रक़िया से कहा—तुम बेसब्र हो जाती हो। अभी चमारों से दो पैसे फ़ी खाल लेने पर तैयार हो गयीं। मैं दो आने लेती, और वे खुशी से देते। यही अहीर पूरे सौ गिनकर जाता। बेसब्री से ग़रज़मंद चौकन्ना हो जाता है। समझता है, शायद हमको बेवकूफ़ बना रही हैं, जितनी ही देर लगाओ, जितना ही बेरुख़ी से काम लो, उतना ही एतबार बढ़ता है।

रक़िया—क्या करूँ बहन, मैं डरती हूँ कि कहीं बहुत सख़्ती से निशाना ख़ता न कर जाय।

ज़ैनब— वह अहीर रुपये ज़रूर लायेगा। ताहिर को आज ही से भरना शुरू कर दो। बस, अज़ाब का ख़ौफ़ दिलाना चाहिए। उन्हें हत्थे चढ़ाने का यही ढंग है।

रक़िया—और कहीं साहब न मानें, तो?

ज़ैनब—तो कौन हमारे ऊपर कोई नालिश करने जाता है।

ताहिरअली खाना खाकर लेटे थे कि ज़ैनब ने जाकर कहा— साहब दूसरों की ज़मीन क्यों लिये लेते हैं? बेचारे रोते फिरते हैं।

ताहिर—मुफ़्त थोड़े ही लेना चाहते हैं! उसका माकूल मुआवज़ा देने पर तैयार हैं।

ज़ैनब—यह तो ग़रीबों पर ज़ुल्म है।

रक़िया— ज़ुल्म ही नहीं है, अज़ाब है। भैया, तुम साहब से साफ़-साफ़ कह दो, मुझे इस अज़ाब में न डालिए। ख़ुदा ने मेरे आगे भी बाल-बच्चे दिये हैं; न जाने कैसी पड़े कैसी न पड़े; मैं यह अज़ाब सिर पर न लूँगा।

ज़ैनब—गँवार तो हैं ही, तुम्हारे ही सिर हो जायँ। तुम्हें साफ़ कह देना चाहिए कि मैं मुहल्ले वालों से दुश्मनी न मोल लूँगा, जान-जोखिम की बात है।

रक़िया—जान-जोखिम तो है ही, ये गँवार किसी के नहीं होते।

ताहिर—क्या आपने भी कुछ अफ़वाह सुनी है?

रक़िया—हाँ, ये सब चमार आपस में बातें करते जा रहे थे कि साहब ने ज़मीन ली, तो ख़ून की नदी बह जायगी। मैंने तो जब से सुना है, होश उड़े हुए हैं।

ज़ैनब—होश उड़ने की बात ही है।

ताहिर—मुझे ये सब नाहक़ बदनाम कर रहे हैं। मैं लेने में, न देने में। साहब ने उस अंधे से ज़मीन की निस्बत बातचीत करने का हुक्म दिया था। मैंने हुक्म की तामील की, जो मेरा फ़र्ज था; लेकिन ये अहमक़ यही समझ रहे हैं कि मैंने ही साहब को इस ज़मीन की ख़रीदारी पर आमादा किया है; हालाँकि खुदा जानता है, मैंने कभी उनसे इसका ज़िक्र ही नहीं किया।

ज़ैनब—मुझे बदनामी का ख़ौफ तो नहीं है; हाँ, खुदा के क़हर से डरती हूँ। बेकसों की आह क्यों सिर पर लो?

ताहिर—मेरे ऊपर क्यों अज़ाब पड़ने लगा?

ज़ैनब—और किसके ऊपर पड़ेगा बेटा? यहाँ तो तुम्हीं हो, साहब तो नहीं बैठे हैं। वह तो भुस में आग लगाकर दूर से तमाशा देखेंगे, आयी-गयी तो तुम्हारे सिर जायगी। इस पर क़ब्ज़ा तुम्हें करना पड़ेगा। मुक़दमे चलेंगे, तो पैरवी तुम्हें करनी पड़ेगी। ना भैया, मैं इस आग में नहीं कूदना चाहती।

रक़िया—मेरे मैके में एक कारिन्दे ने किसी काश्तकार की ज़मीन निकाल ली थी। दूसरे ही दिन जवान बेटा उठ गया। किया उसने ज़मींदार ही के हुक्म से, मगर बला आयी उस ग़रीब के सिर। दौलत वालों पर अज़ाब भी नहीं पड़ता। उसका वार भी ग़रीबों पर ही पड़ता है। हमारे बच्चे रोज़ ही नज़र और आसेब की चपेट में आते रहते हैं; पर आज तक कभी नहीं सुना कि किसी अँगरेज़ के बच्चे को नज़र लगी हो। उन पर बलैयात का असर ही नहीं होता।

यह पते की बात थी। ताहिरअली को भी इसका तजुर्बा था। उनके घर के सभी बच्चे गण्डों और तावीज़ों से मढ़े हुए थे, उस पर भी आये दिन झाड़-फूँक और राई-नोन की ज़रूरत पड़ा ही करती थी।

धर्म का मुख्य स्तंभ भय है। अनिष्ट की शंका को दूर दीजिए, फिर तीर्थ-यात्रा, पूजा-पाठ, स्नान-ध्यान, रोज़ा-नमाज़ किसी का निशान भी न रहेगा। मसजिदें ख़ाली नज़र आयँगी, और मंदिर वीरान!

ताहिरअली को भय ने परास्त कर दिया। स्वामिभक्ति और कर्तव्य-पालन का भाव ईश्वरीय कोप का प्रतिकार न कर सका।

पाँच

चतारी के राजा महेन्द्रकुमार सिंह यौवनावस्था ही में अपनी कार्य-दक्षता और वंश प्रतिष्ठा के कारण म्युनिसिपैलिटी के प्रधान निर्वाचित हो गये थे। विचारशीलता उनके चरित्र का दिव्य गुण थी। रईसों की विलास-लोलुपता और सम्मान-प्रेम का उनके स्वभाव में लेश भी न था। बहुत ही सादे वस्त्र पहनते, ठाठ-बाट से घृणा थी और व्यसन तो उन्हें छू तक न गया था। घुड़दौड़, सिनेमा, थिएटर, राग-रंग, सैर और शिकार, शतरंज या ताशबाज़ी से उन्हें कोई प्रयोजन न था। हाँ, अगर कुछ प्रेम था, तो उद्यान-सेवा से। वह नित्य घंटे-दो घंटे अपनी वाटिका में काम किया करते थे। बस शेष समय नगर के निरीक्षण और नगर-संस्था के संचालन में व्यतीत करते थे। राज्याधिकारियों से वह बिला ज़रूरत बहुत कम मिलते थे। उनके प्रधानत्व में शहर के केवल उन्हीं भागों को सबसे अधिक महत्व न दिया जाता था, जहाँ हाकिमों के बँगले थे; नगर की अँधेरी गलियों और दुर्गन्धमय परनालों की सफ़ाई सुविस्तृत सड़कों और सुरम्य विनोद-स्थानों की सफ़ाई से कम आवश्यक न समझी जाती थी। इसी कारण हुक्काम उनसे खिंचे रहते थे, उन्हें दंभी और अभिमानी समझते थे। किंतु नगर के छोटे से छोटे मनुष्य को भी उनसे अभिमान या अविनय की शिकायत न थी। हर समय हर एक प्राणी से प्रसन्न-मुख मिलते थे। नियमों का उल्लंघन करने के लिए उन्हें जनता पर जुर्माना करने या अभियोग चलाने की बहुत कम ज़रूरत पड़ती थी। उनका प्रभाव और सद्भाव कठोर नीति को दबाये रखता था। वह अत्यंत मितभाषी थे। वृद्धावस्था में मौन विचार-प्रौढ़ता का द्योतक होता है, और युवावस्था में विचार-दारिद्र्य का; लेकिन राजा साहब का वाक्-संयम इस धारणा को असत्य सिद्ध करता था। उनके मुँह से जो बात निकलती थी, विवेक और विचार से परिष्कृत होती थी। एक ऐश्वर्यशाली ताल्लुक़ेदार होने पर भी उनकी प्रवृत्ति साम्यवाद की ओर थी। संभव है, यह उनके राजनीतिक सिद्धान्तों का फल हो; क्योंकि उनकी शिक्षा, उनका प्रभुत्व, उनकी परिस्थिति, उनका स्वार्थ, सब इस प्रवृत्ति के प्रतिकूल था; पर संयम और अभ्यास ने अब इसे उनके विचार-क्षेत्र से निकालकर उनके स्वभाव के अन्तर्गत कर दिया था। नगर के निर्वाचन-क्षेत्रों के परिमार्जन में उन्होंने प्रमुख भाग लिया था, इसलिए शहर के अन्य रईस उनसे सावधान रहते थे; उनके विचार में राजा साहब का जनतावाद केवल उनकी अधिकार-रक्षा का साधन था। वह चिरकाल तक इस सम्मान्य पद का उपभोग करने के लिए यह आवरण धारण किए हुए थे। पत्रों में भी कभी-कभी इस पर टीकाएँ होती रहती थीं, किन्तु राजा साहब इनका प्रतिवाद करने में अपनी बुद्धि और समय का अपव्यय न करते थे। यशस्वी बनना उनके जीवन का मुख्य उद्देश्य था। पर वह खूब जानते थे कि इस महान पद पर पहुँचने के लिए सेवा— और निःस्वार्थ सेवा— के सिवा और कोई मार्ग नहीं है।

प्रातःकाल था। राजा साहब स्नान-ध्यान से निवृत्त होकर नगर का निरीक्षण करने जा ही रहे थे कि इतने में मिस्टर जॉन सेवक का मुलाक़ाती कार्ड पहुँचा। जॉन सेवक का राज्याधिकारियों से ज़्यादा मेल-जोल था, उनकी सिगरेट कम्पनी के हिस्सेदार भी अधिकांश अधिकारी लोग थे। राजा साहब ने कम्पनी की नियमावली देखी थी; पर जॉन सेवक से उनकी कभी भेंट न हुई

थी। दोनों को एक दूसरे पर वह अविश्वास था, जिसका आधार अफ़वाहों पर होता है। राजा साहब उन्हें खुशामदी और समय-सेवी समझते थे। जॉन सेवक को वह एक रहस्य प्रतीत होते थे। किन्तु राजा साहब कल इन्दु से मिलने गये थे। वहाँ सोफ़िया से उनकी भेंट हो गयी थी। जॉन सेवक की कुछ चर्चा आ गयी थी। उस समय से मि. सेवक के विषय में उनकी धारणा बहुत कुछ परिवर्तित हो गयी थी। कार्ड पाते ही बाहर निकल आये और जॉन सेवक से हाथ मिलाकर अपने दीवानख़ाने में ले गये। जॉन सेवक को वह किसी योगी की कुटी-सा मालूम हुआ, जहाँ अलंकार और सजावट का नाम भी न था। चंद कुर्सियों और एक मेज़ के सिवा वहाँ और कोई सामान न था। हाँ, काग़ज़ों और समाचार-पत्रों का एक ढेर मेज़ पर तितर-बितर पड़ा हुआ था।

हम किसी से मिलते ही अपनी सूक्ष्म बुद्धि से जान जाते हैं कि हमारे विषय में उसके क्या भाव हैं। मि. सेवक को एक क्षण तक मुँह खोलने का साहस न हुआ, कोई समयोचित भूमिका न सूझती थी। एक पृथ्वी से और दूसरा आकाश से इस अगम्य सागर को पार करने की सहायता माँग रहा था। राजा साहब को भूमिका तो सूझ गयी थी— सोफी के देवापम त्याग और सेवा की प्रशंसा से बढ़ कर और कौन-सी भूमिका होती—किन्तु कतिपय मनुष्यों को अपनी प्रशंसा सुनने से जितना संकोच होता है, उतना ही किसी दूसरे की प्रशंसा करने से होता है। जॉन सेवक में यह संकोच न था। वह निन्दा और प्रशंसा दोनों ही के करने में समान रूप से कुशल थे। बोले—आपके दर्शनों की बहुत दिनों से इच्छा थी; लेकिन परिचय न होने के कारण न आ सकता था। और, साफ़ बात तो यह है कि (मुसकराकर) आपके विषय में अधिकारियों के मुख से ऐसी-ऐसी बातें सुनता था, जो इस इच्छा को व्यक्त न होने देती थीं। लेकिन आपने निर्वाचन-क्षेत्रों को सुगम बनाने में जिस विशुद्ध देश-प्रेम का परिचय दिया है, उसने हाकिमों के मिथ्याक्षेपों की क़लई खोल दी है।

अधिकारीवर्ग के मिथ्याक्षेपों की चर्चा करके जॉन सेवक ने अपने वाक्-चातुर्य को सिद्ध कर दिया। राजा साहब की सहानुभूति प्राप्त करने के लिए इससे सुलभ और कोई उपाय न था। राजा साहब को अधिकारियों से यही शिकायत थी, इसी के कारण उन्हें अपने कार्यों के संपादन में कठिनाई पड़ती थी, विलम्ब होता था, बाधाएँ उपस्थित होती थीं। बोले यह मेरा दुर्भाग्य है कि हुक्काम मुझ पर इतना अविश्वास करते हैं। मेरा अगर कोई अपराध है, तो इतना ही कि मैं जनता के लिए भी स्वास्थ्य और सुविधाओं को उतना ही आवश्यक समझता हूँ, जितना हुक्काम और रईसों के लिए।

मिस्टर सेवक— महाशय, इन लोगों के दिमाग़ की कुछ न पूछिए। संसार इनके उपभोग के लिए है। और किसी को इसमें जीवित रहने का भी अधिकार नहीं है। जो प्राणी इनके द्वार पर अपना मस्तक न घिसे, वह अपवादी है, अशिष्ट है, राजद्रोही है; और जिस प्राणी में राष्ट्रीयता का लेश-मात्र भी आभास हो—विशेषतः वह, जो यहाँ के कला-कौशल और व्यवसाय को पुनर्जीवित करना चाहता हो, दंडनीय है। राष्ट्र-सेवा इनकी दृष्टि में सबसे अधम पाप है। आपने मेरे सिगरेट के कारख़ाने की नियमावली तो देखी होगी?

महेन्द्र—जी हाँ, देखी थी।

जॉन सेवक—नियमावली का निकलना कहिए कि एक सिरे से अधिकारी वर्ग की निगाहें मुझसे फिर गयीं। मैं उनका कृपा-भाजन था, कितने ही अधिकारियों से मेरी मैत्री थी। किन्तु उसी दिन से मैं उनकी बिरादरी से टाट-बाहर कर दिया गया, मेरा हुक़्क़ा-पानी बंद हो गया। उनकी देखा-देखी हिन्दुस्तानी हुक्काम और रईसों ने भी आनाकानी शुरू की। अब मैं उन लोगों की दृष्टि में शैतान से भी ज़्यादा भयंकर हूँ।

इतनी लंबी भूमिका के बाद जॉन सेवक अपने मतलब पर आये। बहुत सकुचाते हुए अपना उद्देश्य प्रकट किया। राजा साहब मानव-चरित्र के ज्ञाता थे, बने हुए तिलकधारियों को खूब पहचानते थे। उन्हें मुग़ालता देना आसान न था। किन्तु समस्या ऐसी आ पड़ी थी कि उन्हें अपनी धर्म-रक्षा के हेतु अविचार की शरण लेनी पड़ी। किसी दूसरे अवसर पर वह इस प्रस्ताव की ओर आँख उठाकर भी न देखते। एक दीन-दुर्बल अंधे की भूमि को, जो उसके जीवन का एकमात्र आधार हो, उसके क़ब्ज़े से निकालकर एक व्यवसायी को दे देना उनके सिद्धान्त के विरुद्ध था। पर आज पहली बार उन्हें अपने नियम को ताक़ पर रखना पड़ा। यह जानते हुए कि मिस सोफ़िया ने उनके एक निकटतम संबंधी की प्राण-रक्षा की है, यह जानते हुए कि जॉन सेवक के साथ सद्व्यवहार करना कुँवर भरतसिंह को एक भारी ऋण से मुक्त कर देगा, वह इस प्रस्ताव की अवहेलना न कर सकते थे। कृतज्ञता हमसे वह सब कुछ करा लेती है, जो नियम की दृष्टि में त्याज्य है। यह वह चक्की है, जो हमारे सिद्धान्तों और नियमों को कुचल डालती है। आदमी जितना ही निःस्पृह होता है, उपकार का बोझ उसे उतना ही असह्य होता है। राजा साहब ने इस मामले को जॉन सेवक के इच्छानुसार तय कर देने का वचन दिया, और मिस्टर सेवक अपनी सफलता पर फूले हुए घर आए।

स्त्री ने पूछा—क्या तय कर आये?

जॉन सेवक—वही, जो तय करने गया था।

स्त्री—शुक्र है, मुझे आशा न थी।

जॉन सेवक—यह सब सोफ़ी के एहसान की बरकत है। नहीं तो यह महाशय सीधे मुँह बात करने वाले न थे। यह उसी के आत्मसमर्पण की शक्ति है, जिसने महेन्द्रकुमारसिंह जैसे अभिमानी और बेमुरौवत आदमी को नीचा दिखा दिया। ऐसे तपाक से मिले, मानो मैं उनका पुराना दोस्त हूँ। यह असाध्य कार्य था, और इस सफलता के लिए मैं सोफ़ी का आभारी हूँ।

मिसेज़ सेवक— (क्रुद्ध होकर) तो तुम जाकर उसे लिवा लाओ, मैंने तो मना नहीं किया है। मुझे ऐसी बातें क्यों बार-बार सुनाते हो? मैं तो अगर प्यासों मरती भी रहूँगी, तो उससे पानी न माँगूँगी। मुझे लल्लो-चप्पो नहीं आती। जो मन में है, वही मुख में है। अगर वह खुदा से मुँह फेरकर अपनी टेक पर दृढ़ रह सकती है, तो मैं अपने ईमान पर दृढ़ रहते हुए क्यों उसकी खुशामद करूँ।

प्रभु सेवक नित्य एक बार सोफ़िया से मिलने जाया करता था। कुँवर साहब और विनय, दोनों ही की विनयशीलता और शालीनता ने उसे मंत्र-मुग्ध कर दिया था। कुँवर साहब गुणज्ञ थे। उन्होंने पहले ही दिन, एक ही निगाह में ताड़ लिया कि वह साधारण बुद्धि का युवक नहीं है। उन पर शीघ्र ही प्रकट हो गया कि इसकी स्वाभाविक रुचि साहित्य और दर्शन की ओर

है। वाणिज्य और व्यापार से इसे उतनी ही भक्ति है, जितनी विनय को ज़मींदारी से। इसलिए वह प्रभु सेवक से प्रायः साहित्य और काव्य आदि विषयों पर वार्तालाप किया करते थे। वह उसकी प्रवृत्तियों को राष्ट्रीयता के भावों से अलंकृत कर देना चाहते थे। प्रभु सेवक को भी ज्ञात हो गया कि यह महाशय काव्य-कला के मर्मज्ञ हैं। इनसे उसे वह स्नेह हो गया था, जो कवियों को रसिक जनों से हुआ करता है। उसने इन्हें अपनी कई काव्य-रचनाएँ सुनायी थीं, और उनकी उदार अभ्यर्थनाओं से उस पर एक नशा-सा छाया रहता था। वह हर वक़्त रचना-विचार में निमग्न रहता। वह शंका और नैराश्य, जो प्रायः नवीन साहित्य-सेवियों को अपनी रचनाओं के प्रचार और सम्मान के विषय में हुआ करता है, कुँवर साहब के प्रोत्साहन के कारण विश्वास और उत्साह के रूप में परिवर्तित हो गया था। वही प्रभु सेवक, जो पहले हफ्तों क़लम न उठाता था, अब एक-एक दिन में कई कविताएँ रच डालता। उसके भावोद्‌गारों में सरिता के-से प्रवाह और बाहुल्य का आविर्भाव हो गया था। इस समय वह बैठा हुआ कुछ लिख रहा था। जॉन सेवक को आते देखकर वहाँ– आया कि देखूँ, क्या ख़बर लाये हैं। ज़मीन के मिलने में जो कठिनाइयाँ उपस्थित हो गयी थीं, उनसे उसे आशा हो गयी थी कि कदाचित कुछ दिनों तक इस बन्धन में न फँसना पड़े। जॉन सेवक की सफलता ने वह आशा भंग कर दी। मन की इस दशा में माता के अंतिम शब्द उसे बहुत अप्रिय मालूम हुए। बोला–मामा, अगर आपका विचार है कि सोफ़ी वहाँ निरादर और अपमान सह रही है, और उकता कर स्वयं चली आवेगी, तो आप बड़ी भूल कर रही हैं। सोफी अगर वहाँ बरसों रहे, तो भी वे लोग उसका गला न छोड़ेंगे। मैंने इतने उदार और शीलवान प्राणी ही नहीं देखे। हाँ, सोफ़ी का आत्माभिमान इसे स्वीकार न करेगा कि वह चिरकाल तक उनके आतिथ्य और सज्जनता का उपभोग करे। इन दो सप्ताहों में वह जितनी क्षीण हो गयी है, उतनी महीनों बीमार रहकर भी न हो सकती थी। उसे संसार के सब सुख प्राप्त हैं, किन्तु जैसे कोई शीतप्रधान देश का पौधा उष्ण देश में आकर अनेको यत्न करने पर भी दिन-दिन सूखता जाता है, वैसी ही दशा उसकी भी हो गयी है। उसे रात-दिन यही चिंता व्याप्त रहती है कि कहाँ जाऊँ, क्या करूँ? अगर आपने जल्द उसे वहाँ से बुला न लिया, तो आपको पछताना पड़ेगा। वह आजकल बौद्ध और जैन-ग्रंथों को देखा करती है, और मुझे आश्चर्य न होगा, अगर वह हमसे सदा के लिए छूट जाय।

जॉन सेवक– तुम तो रोज़ वहाँ जाते हो, क्यों अपने साथ नहीं लाते?

मिसेज़ सेवक– मुझे इसकी चिंता नहीं है। प्रभु मसीह का द्रोही मेरे यहाँ आश्रय नहीं पा सकता।

प्रभु सेवक–गिरजे न जाना ही अगर प्रभु मसीह का द्रोही बनना है, तो लीजिए आज से मैं भी गिरजे न जाऊँगा। निकाल दीजिए मुझे भी घर से।

मिसेज़ सेवक–(रोकर) तो यहाँ मेरा ही क्या रखा है। अगर मैं ही विष की गाँठ हूँ, तो मैं मुँह में कालिख लगाकर क्यों न निकल जाऊँ। तुम और सोफ़ी आराम से रहो, मेरा भी खुदा मालिक है।

जॉन सेवक–प्रभु, तुम मेरे सामने अपनी माँ का निरादर नहीं कर सकते।

प्रभु सेवक–खुदा न करे, कि मैं अपनी माँ का निरादर करूँ। लेकिन मैं दिखावे के धर्म

के लिए अपनी आत्मा पर यह अत्याचार न होने दूँगा। आप लोगों की नाराज़ी के खौफ़ से अब तक मैंने इस विषय में कभी मुँह नहीं खोला। लेकिन जब देखता हूँ कि और किसी बात में तो धर्म की परवा नहीं की जाती, और सारा धर्मानुराग दिखावे के धर्म पर ही किया जा रहा है, तो मुझे संदेह होने लगता है कि इसका तात्पर्य कुछ और तो नहीं!

जॉन सेवक—तुमने किस बात में मुझे धर्म के विरुद्ध आचरण करते देखा?

प्रभु सेवक—सैकड़ों ही बातें हैं, एक हो तो कहूँ।

जॉन सेवक—नहीं, एक ही बतलाओ।

प्रभु सेवक—उस बेकस अंधे की ज़मीन पर क़ब्जा करने के लिए आप जिन साधनों का उपयोग कर रहे हैं, क्या वे धर्मसंगत हैं? धर्म का अंत वहीं हो गया, जब उसने कह दिया कि मैं अपनी ज़मीन किसी तरह न दूँगा। अब क़ानूनी विधानों से, कूटनीति से, धमकियों से अपना मतलब निकालना आपको धर्मसंगत मालूम होता हो; पर मुझे तो वह सर्वथा अधर्म और अन्याय ही प्रतीत होता है।

जॉन सेवक—तुम इस वक़्त अपने होश में नहीं हो, मैं तुमसे वाद-विवाद नहीं करना चाहता। पहले जाकर शांत हो जाओ, फिर मैं तुम्हें इसका उत्तर दूँगा।

प्रभु सेवक क्रोध से भरा हुआ अपने कमरे में आया और सोचने लगा कि क्या करूँ। यहाँ तक उसका सत्याग्रह शब्दों ही तक सीमित था, अब उसके क्रियात्मक होने का अवसर आ गया, पर क्रियात्मक शक्ति का उसके चरित्र में एकमात्र अभाव था। इस उद्विग्न दशा में वह कभी एक कोट पहनता कभी उसे उतारकर दूसरा पहनता, कभी कमरे के बाहर चला जाता. कभी अंदर आ जाता। सहसा जॉन सेवक आकर बैठ गये, और गंभीर भाव से बोले—प्रभु, आज तुम्हारा आवेश देखकर मुझे जितना दुख हुआ है, उससे कहीं अधिक चिंता हुई है। मुझे अब तक तुम्हारी व्यावहारिक बुद्धि पर विश्वास था; पर अब वह विश्वास उठ गया। मुझे निश्चय था कि तुम जीवन और धर्म के सम्बन्ध को भली भाँति समझते हो; पर अब ज्ञात हुआ कि सोफ़ी और अपनी माता की भाँति तुम भी भ्रम में पड़े हुए हो। क्या तुम समझते हो कि मैं और मुझ-जैसे और हज़ारों आदमी, जो नित्य गिरजे आते हैं, भजन गाते हैं, आँखें बन्द करके ईश-प्रार्थना करते हैं, धर्मानुराग में डूबे हुए हैं? कदापि नहीं। अगर अब तक तुम्हें नहीं मालूम है, तो अब मालूम हो जाना चाहिए कि धर्म केवल स्वार्थ-संगठन है। संभव है, तुम्हें ईसा पर विश्वास हो, शायद तुम उन्हें खुदा का बेटा या कम से कम महात्मा समझते हो, पर मुझे तो यह भी विश्वास नहीं है। मेरे हृदय में उनके प्रति उतनी ही श्रद्धा है, जितनी किसी मामूली फ़कीर के प्रति। उसी प्रकार फ़कीर भी दान और क्षमा की महिमा गाता फिरता है, परलोक के सुखों का राग गाया करता है। वह भी उतना ही त्यागी, उतना ही दीन, उतना ही, धर्मरत है। लेकिन इतना अविश्वास होने पर भी मैं रविवार को सौ काम छोड़कर गिरजे अवश्य जाता हूँ। न जाने से अपने समाज में अपमान होगा, उसका मेरे व्यवसाय पर बुरा असर पड़ेगा। फिर अपने ही घर में अशांति फैल जायेगी। मैं केवल तुम्हारी माता के ख़ातिर से अपने ऊपर यह अत्याचार करता हूँ, और तुमसे भी मेरा यही अनुरोध है कि व्यर्थ का दुराग्रह न करो। तुम्हारी माता क्रोध के योग्य नहीं, दया के योग्य हैं। बोलो, तुम्हें कुछ कहना है?

प्रभु सेवक—जी नहीं।

जॉन सेवक—अब तो फिर इतनी उच्छृंखलता न करोगे?

प्रभु सेवक ने मुसकराकर कहा—जी नहीं।

छह

धर्मभीरुता में जहाँ अनेक गुण हैं, वहाँ एक अवगुण भी है; वह सरल होती है। पाखंडियों का दाँव उस पर सहज ही में चल जाता है। धर्मभीरु प्राणी तार्किक नहीं होता। उसकी विवेचना-शक्ति शिथिल हो जाती है। तााहिरअली ने जब से अपनी दोनों विमाताओं की बातें सुनी थीं, उनके हृदय में घोर अशांति हो रही थी। बार-बार खुदा से दुआ माँगते थे, नीति-ग्रन्थों से अपनी शंका का समाधान करने की चेष्टा करते थे। दिन तो किसी तरह गुज़रा, सन्ध्या होते ही वह मि. जॉन सेवक के पास पहुँचे और बड़े विनीत शब्दों में बोले—हुजूर की खिदमत में इस वक्त एक खास अर्ज करने के लिए हाजिर हुआ हूँ। इर्शाद हो तो कहूँ।

जॉन सेवक—हाँ-हाँ कहिए, कोई नयी बात है क्या?

ताहिर—हुजूर उस अन्धे की जमीन लेने का खयाल छोड़ दें, तो बहुत ही मुनासिब हो। हजारों दिक्कतें हैं। अकेला सूरदास ही नहीं, सारा मुहल्ला लड़ने पर तुला हुआ है। ख़ासकर नायकराम पण्डा बहुत बिगड़ा हुआ है। वह बड़ा खौफ़नाक आदमी है। जाने कितनी बार फ़ौजदारियाँ कर चुका है। अगर ये सब दिक्कतें किसी तरह दूर भी हो जायँ, तो भी मैं आपसे यही अर्ज़ करूँगा कि इसके बजाय किसी दूसरी ज़मीन की फिक्र कीजिए।

जॉन सेवक—यह क्यों?

ताहिर—हुजूर, यह अज़ाब का काम है। सैकड़ो आदमियों का काम उस जमीन से निकलता है, सबकी गायें वहीं चरती हैं, बरातें ठहरती हैं, प्लेग के दिनों मे लोग वहीं झोंपड़े डालते हैं। वह जमीन निकल गयी, तो सारी आबादी को तकलीफ होगी, और लोग दिल में हमें सैकड़ो बद्दुआएँ देंगे। इसका अज़ाब जरूर पड़ेगा।

जॉन सेवक—(हँसकर) अज़ाब तो मेरी गरदन पर पड़ेगा न? मैं उसका बोझ उठा सकता हूँ।

ताहिर—हुजूर, मैं भी तो आप ही के दामन से लगा हुआ हूँ। मैं उस अजाब से कब बच सकता हूँ? बल्कि मुहल्ले वाले मुझी को बाग़ी समझते हैं। हुज़ूर तो यहाँ तशरीफ रखते हैं, मैं तो आठों पहर उनकी आँखों के सामने रहूँगा, नित्य उनकी नजरों में खटकता रहूँगा, औरतें भी राह चलते दो गालियाँ सुना दिया करेंगी। बाल-बच्चों वाला आदमी हूँ; खुदा जाने क्या पड़े, क्या न पड़े। आखिर शहर के करीब और ज़मीनें भी तो मिल सकती हैं।

धर्मभीरुता जड़वादियों की दृष्टि में हास्यास्पद बन जाती है। विशेषतः एक जवान आदमी में तो वह अक्षम्य समझी जाती है। जॉन सेवक ने कृत्रिम क्रोध धारण करके कहा—मेरे भी तो बाल-बच्चे हैं। जब मैं नहीं डरता, तो आप क्यों डरते हैं? क्या आप समझते हैं कि मुझे अपने

बाल-बच्चे प्यारे नहीं, या मैं खुदा से नहीं डरता?

ताहिर—आप साहबे-एक़बाल हैं, आपको अज़ाब का खौफ नहीं। एक़बाल वालों से अज़ाब भी काँपता है। खुदा का कहर गरीबों पर ही गिरता है।

जॉन सेवक—इस नये धर्म-सिद्धान्त के जन्मदाता शायद आप ही होंगे; क्योंकि मैंने आज तक कभी नहीं सुना कि ऐश्वर्य से ईश्वरीय कोप भी डरता है। बल्कि हमारे धर्म-ग्रन्थों में तो धनिकों के लिए स्वर्ग का द्वार ही बंद कर दिया गया है।

ताहिर—हुजूर, मुझे इस झगड़े से दूर रखें, तो अच्छा हो।

जॉन सेवक—आज़ आपको इस झगड़े से दूर रखूँ, कल आपको यह शंका हो कि पशु-हत्या से खुदा नाराज होता है, आप मुझे खालों की खरीद से दूर रखें, तो मैं आपको किन-किन बातों से दूर रखूँगा, और कहाँ-कहाँ ईश्वर के कोप से आपकी रक्षा करूँगा? इससे तो कहीं अच्छा यही है कि आपको अपने ही से दूर रखूँ। मेरे यहाँ रहकर आपको ईश्वरीय कोप का सामना करना पड़ेगा।

मिसेज सेवक—जब आपको ईश्वरीय कोप का इतना भय है, तो आपसे हमारे यहाँ काम नहीं हो सकता।

ताहिर—मुझे हुजूर की खिदमत से इनकार थोड़े ही है, मैं तो सिर्फ.....

मिसेज सेवक—आपको हमारी प्रत्येक आज्ञा का पालन करना पड़ेगा, चाहे उससे आपका खुदा खुश हो या नाखुश। हम अपने कामों में आपके खुदा को हस्तक्षेप न करने देंगे।

ताहिरअली हताश हो गये। मन को समझाने लगे—ईश्वर दयालु है, क्या वह देखता नहीं कि मैं कैसी बेड़ियों में जकड़ा हुआ हूँ। मेरा इसमें क्या वश है? अगर स्वामी की आज्ञाओं को न मानूँ, तो कुटुम्ब का पालन क्यों कर हो। बरसों मारे-मारे फिरने के बाद तो यह ठिकाने की नौकरी हाथ आयी है। इसे छोड़ दूँ, तो फिर उसी तरह ठोकरें खानी पड़ेंगी। अभी कुछ और नहीं है, तो रोटी-दाल का सहारा तो है। गृहचिंता आत्मचिंतन की घातिका है।

ताहिरअली को निरुत्तर होना पड़ा। बेचारे अपने स्त्री के सारे गहने बेचकर खा चुके थे। अब एक छल्ला भी न था। माहिरअली अँगरेजी पढ़ता था। उसके लिए अच्छे कपड़े बनवाने पड़ते, प्रतिमास फ़ीस देनी पड़ती। जाबिरअली और जाहिरअली उर्दू मदरसे में पढ़ते थे; किन्तु उनकी माता नित्य जान खाया करती थीं कि इन्हें भी अँगरेज़ी मदरसे में दाख़िल करा दो, उर्दू पढ़ाकर क्या चपरासगिरी करानी है? अँगरेज़ी थोड़ी भी आ जायगी, तो किसी न किसी दफ़्तर में घुस ही जायँगे। भाइयों के लालन-पालन पर उनकी आवश्यकताएँ ठोकर खाती रहती थीं। पाजामें में इतने पैबन्द लग जाते थे कि कपड़े का यथार्थ रूप छिप जाता था। नये जूते तो शायद इन पाँच बरसों में उन्हें नसीब ही नहीं हुए। माहिरअली के पुराने जूतों पर संतोष करना पड़ता था। सौभाग्य से माहिरअली के पाँव बड़े थे। यथासाध्य वह भाइयों को कोई कष्ट न होने देते थे। लेकिन कभी हाथ तंग रहने के कारण उनके लिए नये कपड़े न बनवा सकते, या फ़ीस देने में देर हो जाती, या नाश्ता न मिल सकता, या मदरसे में जलपान करने के लिए पैसे न मिलते, तो दोनों माताएँ व्यंग्यों और कटूक्तियों से उनका हृदय छेद डालती थीं। बेकारी के दिनों में वह बहुधा, अपना बोझ हलका करने के लिए, स्त्री और बच्चों को मैके पहुँचा दिया

करते थे। उपहास से बचने के ख़याल से एक-आध महीने के लिए बुला लेते, और फिर किसी न किसी बहाने से विदा कर देते। जब से मि. जॉन सेवक की शरण आये थे, एक प्रकार से उनके सुदिन आ गये थे; कल की चिंता सिर पर सवार न रहती थी। माहिरअली की उम्र प्रदंह से अधिक हो गयी थी। अब सारी आशाएँ उसी पर अवलंबित थीं। सोचते, जब माहिर मैट्रिक पास हो जायगा, तो साहब से सिफ़ारिश कराके पुलिस में भरती करा दूँगा। पचास रुपये से क्या कम वेतन मिलेगा! हम दोनों भाइयों की आय मिलाकर 80 रुपये हो जायेगी। तब जीवन का कुछ आनंद मिलेगा। तब तक ज़ाहिरअली भी हाथ-पैर सँभाल लेगा, फिर चैन ही चैन है। बस, तीन-चार साल की और तकलीफ़ है। स्त्री से बहुधा झगड़ा हो जाता। वह कहा करती—ये भाई-बंद एक भी काम न आयेंगे। ज्यों ही अवसर मिला, पर झाड़कर निकल जायेंगे, तुम खड़े ताकते रह जाओगे। ताहिरअली इन बातों पर स्त्री से रूठ जाते। उसे घर में आग लगाने वाली, विष की गाँठ कहकर रुलाते।

आशाओं और चिंताओं से इतना दबा हुआ व्यक्ति मिसेज़ सेवक के कटु वाक्यों का क्या उत्तर देता! स्वामी के कोप ने ईश्वर के कोप को परास्त कर दिया। व्यथित कंठ से बोले—हुज़ूर का नमक खाता हूँ, आपकी मरज़ी मेरे लिए खुदा के हुक्म का दरजा रखती है। किताबों में आक़ा को खुश करने का वही सबाब लिखा है, जो खुदा को खुश रखने का है। हुज़ूर की नमकहरामी करके खुदा को क्या मुँह दिखाऊँगा।

जॉन सेवक—हाँ, अब आप आये सीधे रास्ते पर। जाइए, अपना काम कीजिए। धर्म और व्यापार को एक तराजू में तौलना मूर्खता है। धर्म धर्म है, व्यापार व्यापार; परस्पर कोई संबंध नहीं। संसार में जीवित रहने के लिए किसी व्यापार की ज़रूरत है, धर्म की नहीं। धर्म तो व्यापार का शृंगार है। वह धनाधीशों ही को शोभा देता है। खुदा आपको समाई दे, अवकाश मिले, घर में फ़ालतू रुपये हों, तो नमाज़ पढ़िए, हज कीजिए, मसज़िद बनवाइए, कुएँ खुदवाइए। तब मज़हब है, खाली पेट खुदा का नाम लेना पाप है।

ताहिरअली ने झुककर सलाम किया और घर लौट आये।

सात

संध्या हो गयी थी। किन्तु फागुन लगने पर भी सर्दी के मारे हाथ-पाँव अकड़ते थे। ठंडी हवा के झोंके शरीर की हड्डियों में चुभे जाते थे। जाड़ा, इंद्र की मदद पाकर, फिर अपनी बिखरी हुई शक्तियों का संचय कर रहा था और प्राणपण से समय-चक्र को पलट देना चाहता था। बादल भी थे, बूँदें भी थीं, ठंडी हवा भी थी, कुहरा भी था। इतनी विभिन्न शक्तियों के मुक़ाबिले में ऋतुराज की एक न चलती थी। लोग लिहाफ़ में यों मुँह छिपाये हुए थे, जैसे चूहे बिलों में से झाँकते हैं। दुकानदार अँगीठियों के सामने बैठे हाथ सेंकते थे। पैसों के सौदे नहीं, मुरौवत के सौदे बेचते थे। राह चलते लोग अलाव पर यों गिरते थे, मानो दीपक पर पतंग गिरते हों। बड़े घरों की स्त्रियाँ मनाती थीं—मिसराइन न आये, तो आज भोजन बनायें, चूल्हे के सामने बैठने

का अवसर मिले। चाय की दुकानों पर जमघट रहता था। ठाकुरदीन के पान छबड़ी में पड़े सड़ रहे थे; पर उसकी हिम्मत न पड़ती थी कि उन्हें फेरे ! सूरदास अपनी जगह पर तो आ बैठा था; पर इधर-उधर से सूखी टहनियाँ बटोरकर जला ली थीं और हाथ सेंक रहा था। सवारियाँ आज कहाँ ! हाँ, कोई इक्का-दुक्का मुसाफ़िर निकल जाता था, तो बैठे-बैठे उसका कल्याण मना लेता था। ज़ब से सैयद ताहिरअली ने उसे धमकियाँ दी थीं, ज़मीन के निकल जाने की शंका उसके हृदय पर छायी रहती थी। सोचता—क्या इसी दिन के लिए, मैंने इस जमीन का इतना जतन किया था ? मेरे दिन सदा यों ही थोड़े ही रहेंगे, कभी तो लच्छमी प्रसन्न होंगी! अंधों की आँखें न खुलें; पर भाग खुल सकता है। कौन जाने, कोई दानी मिल जाय, या मेरे ही हाथ में धीरे-धीरे कुछ रुपये इकट्ठे हो जायँ, बनते देर नहीं लगती। यही अभिलाखा थी कि यहाँ एक कुआँ और एक-छोटा-सा मंदिर बनवा देता, मरने के पीछे अपनी कुछ निशानी रहती। नहीं तो कौन जानेगा कि अन्धा कौन था। पिसनहारी ने कुआँ खुदवाया था, आज तक उसका नाम चला जाता है। झक्कड़ साईं ने बावली बनवायी थी, आज तक झक्कड़ की बावली मशहूर है। जमीन निकल गयी, तो नाम डूब जायगा। कुछ रुपये मिले भी, तो किस काम के ?

नायकराम उसे ढाढ़स देता रहता था— तुम कुछ चिंता मत करो, कौन माँ का बेटा है, जो मेरे रहते तुम्हारी जमीन निकाल ले। लहू की नदी बहा दूँगा। उस किरंटे की क्या मजाल, गोदाम में आग लगा दूँगा, इधर का रास्ता छुड़ा दूँगा। वह है किस गुमान में! बस तुम हामी न भरना।

किन्तु इन शब्दों से जो तस्कीन होती थी, वह भैसे और जगधर की ईर्ष्यापूर्ण वितंडाओं से मिट जाती थी, और वह एक लंबी साँस खींचकर रह जाता था।

वह इन्हीं विचारों में मग्न था कि नायकराम कंधे पर लट्ठ रखे, एक अँगोछा कंधे पर डाले, पान के बीड़े मुँह में भरे, आकर खड़ा हो गया और बोला— सूरदास, बैठे टापते ही रहोगे? साँझ हो गयी, हवा खाने वाले अब इस ठंड में न निकलेंगे। खाने-भर को मिल गया कि नहीं?

सूरदास—कहाँ महाराज, आज तो एक भागवान से भी भेंट न हुई।

नायकराम—जो भाग्य में था, मिल गया। चलो, घर चलें। बहुत ठंड लगती हो, तो मेरा यह अंगोछा कंधे पर डाल लो। मैं तो इधर आया था कि कहीं साहब मिल जायँ, तो दो-दो बातें कर लूँ। फिर एक बार उनकी और हमारी भी हो जाय।

सूरदास चलने को उठा ही था कि सहसा एक गाड़ी की आहट मिली। रुक गया। आस बँधी। एक क्षण में फ़िटन आ पहुँची। सूरदास ने आगे बढ़कर कहा—दाता, भगवान तुम्हारा कल्याण करें, अंधे की खबर लीजिए।

फ़िटन रुक गयी, और चतारी के राजा साहब उतर पड़े। नायकराम उनका पण्डा था। साल में दो-चार सौ रुपये उनकी रियासत से पाता था। उन्हें आशीर्वाद देकर बोला—सरकार का इधर कैसे आना हुआ? आज तो बड़ी ठंड हैं।

राजा साहब—यही सूरदास है, जिसकी ज़मीन आगे पड़ती है? आओ, तुम दोनों आदमी मेरे साथ बैठ जाओ, मैं ज़रा उस ज़मीन को देखना चाहता हूँ।

नायकराम—सरकार चलें, हम दोनों पीछे-पीछे आते हैं।

राजा साहब—अजी आकर बैठ जाओ, तुम्हें आने में देर होगी, और मैंने अभी सन्ध्या नहीं

की है।

सूरदास—पण्डाजी, तुम बैठ जाओ, मैं दौड़ता हुआ चलूँगा, गाड़ी के साथ-ही-साथ पहुँचूँगा।

राजा साहब—नहीं-नहीं, तुम्हारे बैठने में कोई हरज नहीं है, तुम इस समय भिखारी सूरदास नहीं, जमींदार सूरदास हो।

नायकराम—बैठो सूरे, बैठो। हमारे सरकार साक्षात् देवरूप हैं।

सूरदास—पण्डाजी, मैं....

राजा साहब—पण्डाजी, तुम इनका हाथ पकड़कर बिठा दो, यों न बैठेंगे।

नायकराम ने सूरदास को गोद में उठाकर गद्दी पर बैठा दिया, आप भी बैठे, और फ़िटन चली। सूरदास को अपने जीवन में फ़िटन पर बैठने का यह पहला ही अवसर था। ऐसा जान पड़ता था कि मैं उड़ा जा रहा हूँ। तीन-चार मिनट में जब गोदाम पर गाड़ी रुक गयी और राजा साहब उतर पड़े, तो सूरदास को आश्चर्य हुआ कि इतनी जल्द क्यों कर आ गये।

राजा साहब—ज़मीन तो बड़े मौक़े की है।

सूरदास—सरकार, बाप-दादों की निसानी है।

सूरदास के मन में भाँति-भाँति की शंकाएँ उठ रही थीं—क्या साहब ने इनको यह ज़मीन देखने के लिए भेजा है? सुना है, यह बड़े धर्मात्मा पुरुष हैं, तो इन्होंने साहब को समझा क्यों न दिया? बड़े आदमी सब एक होते हैं, चाहे हिन्दू हों या तुर्क; तभी तो मेरा इतना आदर कर रहे हैं, जैसे बकरे की गरदन काटने के पहले उसे भर-पेट दाना खिला देते हैं। लेकिन मैं इनकी बातों में आने वाला नहीं हूँ।

राजा साहब—असामियों के साथ बन्दोबस्त है?

नायकराम—नहीं सरकार, ऐसे ही परती पड़ी रहती है, सारे मुहल्ले की गौएँ यहीं चरने आती हैं। उठा दी जाय, तो 200 रुपये से कम नफ़ा न हो; पर यह कहता है, जब भगवान मुझे यों ही खाने-भर को देते हैं, तो इसे क्यों उठाऊँ।

राजा साहब—अच्छा, तो सूरदास दान लेता ही नहीं, देता भी है। ऐसे प्राणियों के दर्शनों ही से पुण्य होता है।

नायकराम की निगाह में सूरदास का इतना आदर कभी न हुआ था। बोले—हुजूर, उस जनम का कोई बड़ा भारी महात्मा है।

राजा साहब—उस जन्म का नहीं, इस जन्म का महात्मा है।

सच्चा दानी प्रसिद्धि का अभिलाषी नहीं होता। सूरदास को अपने त्याग और दान के महत्व का ज्ञान ही न था। शायद होता, तो स्वभाव में इतनी सरल दीनता न रहती, अपनी प्रशंसा कानों को मधुर लगती है। सभ्य दृष्टि में दान का यही सर्वोत्तम पुरस्कार है। सूरदास का दान पृथ्वी या आकाश का दान था, जिसे स्तुति या कीर्ति की चिन्ता नहीं होती। उसे राजा साहब की उदारता में कपट की गन्ध आ रही थी। वह यह जानने के लिए विकल हो रहा था कि राजा साहब का इन बातों से अभिप्राय क्या है।

नायकराम राजा साहब को खुश करने के लिए सूरदास का गुणानुवाद करने लगे धर्मावतार, इतने पर भी इन्हें चैन नहीं है। यहाँ धर्मशाला, मन्दिर और कुआँ बनवाने का विचार

कर रहे हैं।

राजा साहब—वाह, तब तो बात ही बन गयी। क्यों सूरदास, तुम इस ज़मीन में से 9 बीघे मिस्टर जॉन सेवक को दे दो। उनसे जो रुपये मिलें, उन्हें धर्म-कार्य में लगा दो। इस तरह तुम्हारी अभिलाषा भी पूरी हो जायगी और साहब का काम भी निकल जाएगा। दूसरों से इतने अच्छे दाम न मिलेंगे। बोलो, कितने रुपये दिला दूँ?

नायकराम सूरदास को मौन देखकर डरे कि कहीं यह इनकार कर बैठा, तो मेरी बात गयी! बोले—सूरे, हमारे मालिक को जानते हो न, चतारी के महाराज हैं, इसी दरबार से हमारी परवरिस होती है। मिनिसपलटी के सबसे बड़े हाकिम हैं। आपके हुक्म बिना कोई अपने द्वार पर खूँटा भी नहीं गाड़ सकता। चाहें, तो सब इक्के वालों को पकड़वा लें, सारे शहर का पानी बंद कर दें।

सूरदास—जब आपका इतना बड़ा अखतियार है, तो साहब को कोई दूसरी जमीन क्यों नहीं दिला देते?

राजा साहब—ऐसे अच्छे मौक़े पर शहर में दूसरी ज़मीन मिलनी मुश्किल है। लेकिन तुम्हें इसके देने में क्या आपत्ति है? इस तरह न जाने कितने दिनों में तुम्हारी मनोकामनाएँ पूरी होंगी। यह तो बहुत अच्छा अवसर हाथ आया, रुपये लेकर धर्म-कार्य में लगा दो।

सूरदास—महाराज, मैं खुशी से जमीन न बेचूँगा।

नायकराम—सूरे, कुछ भंग तो नहीं खा गये हो? कुछ खयाल है, किससे बातें कर रहे हो।

सूरदास—पण्डाजी, सब खियाल हैं, आँखें नहीं है, तो क्या अक्किल भी नहीं हैं! प्र जब मेरी चीज है ही नहीं, तो मैं उसका बेचने वाला कौन होता हूँ?

राजा साहब—यह जमीन तो तुम्हारी ही है?

सूरदास—नहीं, सरकार, मेरी नहीं, मेरे बाप-दादों की है। मेरी चीज वही है, जो मैंने अपने बाँह-बल से पैदा की हो। यह जमीन मुझे धरोहर मिली है, मैं इसका मालिक नहीं हूँ।

राजा साहब—सूरदास, तुम्हारी यह बात मेरे मन में बैठ गयी। अगर और ज़मींदारों के दिल में ऐसे ही भाव होते, तो आज सैकड़ों घर यों तबाह न होते। केवल भोग-विलास के लिए लोग बड़ी-बड़ी रियासतें बरबाद कर देते हैं। पण्डाजी, मैंने सभा में यही प्रस्ताव पेश किया है कि ज़मींदारों को अपनी जायदाद बेचने का अधिकार न रहे, लेकिन जो जायदाद धर्म-कार्य के लिए बेची जाय, उसे मैं बेचना नहीं कहता।

सूरदास—धरमावतार, मेरा तो इस जमीन के साथ इतना ही नाता है कि जब तक जिऊँ, इसकी रक्षा करूँ, और मरूँ, तो इसे ज्यों-का-त्यों छोड़ जाऊँ।

राजा साहब—लेकिन यह तो सोचो कि तुम अपनी ज़मीन का एक भाग केवल इसलिए दूसरे को दे रहे हो कि मंदिर आदि बनवाने के लिए रुपये मिल जायँ।

नायकराम—बोलो सूरे, महाराज की बात का क्या जवाब देते हो?

सूरदास—मैं सरकार की बातों का जवाब देने जोग हूँ कि जवाब दूँ? लेकिन इतना तो सरकार जानते ही हैं कि लोग उँगली पकड़ते-पकड़ते पहुँचा पकड़ लेते हैं। साहब पहले तो, न बोलेंगे, फिर धीरे-धीरे हाता बना लेंगे, कोई मंदिर में जाने न पायगा, उनसे कौन रोज-रोज लड़ाई करेगा।

नायकराम—दीनबंधु, सूरदास ने यह बात पक्की कही, बड़े आदमियों से कौन लड़ता फिरेगा?

राजा साहब—साहब क्या करेंगे, क्या तुम्हारा मंदिर खोदकर फेंक देंगे?

नायकराम—बोलो सूरे, अब क्या कहते हो?

सूरदास—सरकार, गरीब की घरवाली गाँव-भर की भावज होती है। साहब किरस्तान हैं, धरमशाले में तमाकू का गोदाम बनायेंगे, मंदिर में उनके मजूर सोयेंगे, कुएँ पर उनके मजूरों का अड्डा होगा, बहू-बेटियाँ पानी भरने न जा सकेंगी। साहब न करेंगे, साहब के लड़के करेंगे। मेरे बाप-दादों का नाम डूब जाएगा। सरकार, मुझे इस दलदल में न फँसाइए।

नायकराम—धरमावतार, सूरदास की बात मेरे मन में भी बैठती है। थोड़े दिनों में मंदिर, धरमशाला, कुआँ, सब साहब का हो जायगा, इसमें सन्देह नहीं।

राजा साहब—अच्छा, यह भी माना; लेकिन ज़रा यह भी तो सोचो कि इस कारख़ाने से लोगों को क्या फ़ायदा होगा। हज़ारों मज़दूर, मिस्त्री बाबू, मुन्शी, लुहार, बढ़ई आकर आबाद हो जाएँगे, एक अच्छी बस्ती हो जायगी, बनियों की नयी-नयी दूकानें खुल जायँगे, आसपास के किसानों को अपनी शाक-भाजी लेकर शहर न जाना पड़ेगा, यहीं खरे दाम मिल जायँगे। कुँजड़े, खटिक, ग्वाले, धोबी, दरज़ी, सभी को लाभ होगा। क्या तुम इस पुण्य के भागी न बनोगे?

नायकराम—अब बोलो सूरे, अब तो कुछ नहीं कहना है? हमारे सरकार की भलमंसी है कि तुमसे इतनी दलील कर रहे हैं। दूसरा हाकिम होता तो एक हुकुमनामे में सारी जमीन तुम्हारे हाथ से निकल जाती।

सूरदास—भैया, इसीलिए न लोग चाहते हैं कि हाकिम धरमात्मा हो, नहीं तो क्या देखते नहीं हैं, कि हाकिम लोग बिना डामफूल सूअर के बात नहीं करते। उनके सामने खड़े होने का तो हियाव ही नहीं होता, बातें कौन करता। इसीलिए तो मानते हैं कि हमारे राजों-महराजों का राज होता, जो हमारा दुःख-दर्द सुनते। सरकार बहुत ठीक कहते हैं, मुहल्ले की रौनक जरूर बढ़ जायगी, रोजगारी लोगों को फायदा भी खूब होगा। लेकिन जहाँ यह रौनक बढ़ेगी, वहाँ ताड़ी-शराब का भी तो परचार बढ़ जायगा, कसबियाँ भी तो आकर बस जायँगी, परदेशी आदमी हमारी बहू-बेटियों को घूरेंगे, कितना अधरम होगा। दिहात के किसान अपना काम छोड़कर मजूरी के लालच से दौड़ेंगे, यहाँ बुरी-बुरी बातें सीखेंगे और अपने बुरे आचरन अपने गाँव में फैलायेंगे। दिहातों की लड़कियाँ, बहुएँ मजूरी करने आयँगी और यहाँ पैसे के लोभ में अपना धरम बिगाड़ेंगी। यही रौनक शहरों में है। वही रौनक यहाँ हो जायगी। भगवान न करें, यहाँ वह रौनक हो। सरकार, मुझे इस कुकरम और अधरम से बचायें। यह सारा पाप मेरे सिर पड़ेगा।

नायकराम—दीनबंधु, सूरदास बहुत पक्की बात कहता है। कलकत्ता, बंबई, अहमदाबाद, कानपुर, आपके अकबाल से सभी जगह घूम आया हूँ, जजमान लोग बुलाते रहते हैं। जहाँ-जहाँ कल-कारखाने हैं, वहाँ यही हाल देखा है।

राजा साहब—क्या ये बुराइयाँ तीर्थस्थानों में नहीं हैं?

सूरदास—सरकार, उनका सुधार भी तो बड़े आदमियों ही के हाथ में है, जहाँ बुरी बातें पहले ही से हैं, वहाँ से हटाने के बदले उन्हें और फैलाना तो उचित नहीं है।

राजा साहब—ठीक कहते हो सूरदास, बहुत ठीक कहते हो। तुम जीते, मैं हार गया। तुम्हारी

बातों से चित्त प्रसन्न हो गया। कभी शहर आना तो मेरे यहाँ अवश्य आना। जिस वक़्त मैंने साहब से इस ज़मीन को तय करा देने का वादा किया था, ये बातें मेरे ध्यान में न आयी थीं। अब तुम निश्चिन्त हो जाओ, मैं साहब से कह दूँगा, सूरदास अपनी ज़मीन नहीं देता। नायकराम, देखो, सूरदास को किसी बात की तकलीफ़ न होने पाये, अब मैं चलता हूँ। यह लो सूरदास, यह तुम्हारी इतनी दूर आने की मजूरी है।

यह कहकर उन्होंने एक रुपया सूरदास के हाथ में रखा और चल दिये। नायकराम ने कहा—सूरदास, आज राजा साहब भी तुम्हारी खोपड़ी को मान गये।

आठ

सोफ़िया को इंदु के साथ रहते चार महीने गुज़र गये। अपने घर और घर वालों की याद आते ही उसके हृदय में एक ज्वाला-सी प्रज्वलित हो जाती थी। प्रभु सेवक नित्यप्रति उससे एक बार मिलने आता; पर कभी उससे घर का कुशल-समाचार न पूछती। वह कभी हवा खाने भी न जाती कि कहीं मामा से साक्षात न हो जाय। यद्यपि इंदु ने उसकी परिस्थिति को सबसे गुप्त रखा था; पर अनुमान से सभी प्राणी उसकी यथार्थ दशा से परिचित हो गये थे। इसलिए प्रत्येक प्राणी को यह खयाल रहता था कि कोई ऐसी बात न होने पावे, जो उसे अप्रिय प्रतीत हो। इंदु को तो उससे इतना प्रेम हो गया था कि अधिकतर उसी के पास बैठी रहती। उसकी संगति में इंदु को भी धर्म और दर्शन के ग्रन्थों से रुचि होने लगी।

घर टपकता हो, तो उसकी मरम्मत की जाती है; गिर जाय, तो उसे छोड़ दिया जाता है। सोफ़ी को जब ज्ञात हुआ कि इन लोगों को मेरी सब बातें मालूम हो गयीं तो उसने परदा रखने की चेष्टा करनी छोड़ दी; धर्म-ग्रन्थों के अध्ययन में डूब गयी। पुरानी कुदूरतें दिल से मिटने लगीं। माता के कठोर वाक्य-बाणों का घाव भरने लगा। वह संकीर्णता, जो व्यक्तिगत भावों और चिन्ताओं को अनुचित महत्व दे देती है, इस सेवा और सद्व्यवहार के क्षेत्र में आकर तुच्छ जान पड़ने लगी। मन ने कहा, यह मामा का दोष नहीं, उनकी धार्मिक अनुदारता का दोष है; उनका विचारक्षेत्र परिमित है, उनमें विचार-स्वातन्त्र्य का सम्मान करने की क्षमता ही नहीं, मैं व्यर्थ ही उनसे रुष्ट हो रही हूँ। यही एक काँटा था, जो उसके अन्तस्तल में सदैव खटकता रहता था। जब वह निकल गया, तो चित्त शांत हो गया। उसका जीवन धर्म-ग्रंथों के अवलोकन और धर्म-सिद्धान्तों के मनन तथा चिन्तन में व्यतीत होने लगा। अनुराग अन्तर्वेदना की सबसे उत्तम औषधि है।

किन्तु इस मनन और अवलोकन से उसका चित्त शांत होता हो, यह बात न थी। नाना प्रकार की शंकाएँ नित्य उपस्थित होती रहती थीं—जीवन का उद्देश्य क्या है? प्रत्येक धर्म में इसके विविध उत्तर मिलते थे; पर एक भी ऐसा नहीं मिला जो मन में बैठ जाय। ये विभूतियाँ क्या हैं, क्या केवल भक्तों की कपोल-कल्पनाएँ हैं? सबसे जटिल समस्या यह थी कि उपासना का उद्देश्य क्या है, ईश्वर क्यों मनुष्यों से अपनी उपासना करने का अनुरोध करता है, इससे

उसका क्या अभिप्राय है? क्या वह अपनी ही सृष्टि से अपनी स्तुति सुनकर प्रसन्न होता है? वह इन प्रश्नों की मीमांसा में इतनी तल्लीन रहती कि कई-कई दिन कमरे के बाहर न निकलती, खाने-पीने की सुधि न रहती, यहाँ तक कि कभी-कभी इंदु का आना उसे बुरा मालूम होता।

एक दिन प्रातःकाल वह कोई धर्मग्रंथ पढ़ रही थी कि इंदु आकर बैठ गयी। उसका मुख उदास था। सोफ़िया उसकी ओर आकृष्ट न हुई, पूर्ववत पुस्तक देखने में मग्न रही। इंदु बोली—सोफ़ी, अब यहाँ दो-चार दिन की और मेहमान हूँ, मुझे भूल तो न जाओगी?

सोफ़ी ने बिना सिर उठाये ही कहा—हाँ।

इंदु—तुम्हारा मन तो अपनी किताबों में बहल जायगा, मेरी याद भी न आयेगी; पर मुझसे तुम्हारे बिना एक दिन भी न रहा जायगा।

सोफ़ी ने किताब की तरफ़ देखते हुए कहा—हाँ।

इंदु— फिर न जाने कब भेंट हो। सारे दिन अकेले पड़े-पड़े बिसूरा करूँगी।

सोफ़ी ने किताब का पन्ना उलटकर कहा—हाँ।

इंदु से सोफ़िया की निष्ठुरता अब न सही गयी। किसी और समय वह रुष्ट होकर चली जाती, अथवा उसे स्वाध्याय में मग्न देखकर कमरे में पाँव ही न रखती; किन्तु इस समय उसका कोमल हृदय वियोग-व्यथा से भरा हुआ था, उसमें मान का स्थान न था, रोकर बोली—बहन, ईश्वर के लिए ज़रा पुस्तक बंद कर दो; चली जाऊँगी, तो फिर खूब पढ़ना। वहाँ से तुम्हें छेड़ने न आऊँगी।

सोफ़ी ने इंदु की ओर देखा, मानो समाधि टूटी। उसकी आँखों में आँसू थे, मुख उतरा हुआ, सिर के बाल बिखरे हुए। बोली—अरे! इंदु, बात क्या है? रोती क्यों हो?

इंदु—तुम अपनी किताब देखो, तुम्हें किसी के रोने-धोने की क्या परवा है। ईश्वर ने न जाने क्यों मुझे तुझ-सा हृदय नहीं दिया।

सोफ़िया—बहन, क्षमा करना, मैं एक बड़ी उलझन में पड़ी हुई थी। अभी तक वह गुत्थी नहीं सुलझी। मैं मूर्तिपूजा को सर्वथा मिथ्या समझती थी। मेरा विचार था कि ऋषियों ने केवल मूर्खों की आध्यात्मिक शांति के लिए यह व्यवस्था कर दी है; लेकिन इस ग्रन्थ में मूर्तिपूजा का समर्थन ऐसी विद्वत्तापूर्ण युक्तियों से किया गया है कि आज से मैं मूर्ति-पूजा की क़ायल हो गयी। लेखक ने इसे वैज्ञानिक सिद्धान्तों से सिद्ध किया है, यहाँ तक कि मूर्तियों का आकार-प्रकार भी वैज्ञानिक नियमों ही के आधार पर अवलंबित बतलाया है।

इंदु—मेरे लिए बुलावा आ गया। तीसरे दिन चली जाऊँगी?

सोफ़िया—यह तो तुमने बुरी ख़बर सुनायी, फिर मैं यहाँ कैसे रहूँगी?

इस वाक्य में सहानुभूति नहीं, केवल स्वहित था। किंतु इंदु ने इसका आशय यह समझा कि सोफ़ी को मेरा वियोग असह्य होगा। बोली—तुम्हारा जी तो किताबों में बहल जायगा। हाँ, मैं तुम्हारी याद में तड़पा करूँगी। सच कहती हूँ, तुम्हारी सूरत एक क्षण के लिए भी चित्त से न उतरेगी, यह मोहिनी मूर्ति आँखों के सामने फ़िरा करेगी। बहन, अगर तुम्हें बुरा न लगे, तो एक याचना करूँ। क्या यह संभव नहीं हो सकता कि तुम भी कुछ दिन मेरे साथ रहो? तुम्हारे

सत्संग में मेरा जीवन सार्थक हो जायगा। मैं इसके लिए तुम्हारी सदैव अनुगृहीत रहूँगी।

सोफ़िया—तुम्हारे प्रेम के बंधन में बँधी हुई हूँ, जहाँ चाहो, ले चलो। चाहूँ तो जाऊँगी, न चाहूँ तो जाऊँगी; मगर यह तो बताओ, तुमने राजा साहब से भी पूछ लिया है?

इंदु—यह ऐसी कौन-सी बात है, जिसके लिए उनकी अनुमति लेनी पड़े। मुझसे बराबर कहते रहते हैं कि तुम्हारे लिए एक लेडी की ज़रूरत है, अकेले तुम्हारा जी घबराता होगा। यह प्रस्ताव सुनकर फूले न समायेंगे।

रानी जाह्नवी तो इंदु की बिदाई की तैयारियाँ कर रही थीं, और इंदु सोफ़िया के लिए लेस और कपड़े आदि ला-लाकर रखती थी। भाँति-भाँति के कपड़ों से कई संदूक भर दिये। वह ऐसे ठाठ से ले जाना चाहती थी कि घर की लौंडियाँ-बाँदियाँ उसका उचित आदर करें। प्रभु सेवक को सोफ़ी का इंदु के साथ जाना अच्छा न लगता था। उसे अब भी आशा थी कि मामा का क्रोध शांत हो जाएगा। और वह सोफ़ी को गले लगायेंगी। सोफ़ी के जाने से वैमनस्य का बढ़ जाना निश्चित था। उसने सोफ़ी को समझाया; किंतु वह इंदु का निमंत्रण अस्वीकार न करना चाहती थी। उसने प्रण कर लिया था कि अब घर न जाऊँगी।

तीसरे दिन राजा महेन्द्रकुमार इंदु को विदा कराने आये, तो इंदु ने और बातों के साथ सोफ़ी को साथ ले चलने का ज़िक्र छेड़ दिया। बोली—मेरा जी वहाँ अकेले घबराया करता है, मिस सोफ़िया के रहने से मेरा जी बहल जायगा।

महेन्द्र—क्या मिस सेवक अभी तक यहीं हैं?

इंदु—बात यह है कि उनके धार्मिक विचार स्वतंत्र हैं, और उनके घर वाले उनके विचारों की स्वतंत्रता सहन नहीं कर सकते। इसी कारण वह अपने घर नहीं जाना चाहतीं।

महेन्द्र—लेकिन यह तो सोचो, उनके मेरे घर में रहने से मेरी कितनी बदनामी होगी। मि. सेवक को यह बात बुरी लगेगी, और यह नितांत अनुचित है कि मैं उनकी लड़की को उनकी मरज़ी के बग़ैर अपने घर में रखूँ। सरासर बदनामी होगी।

इंदु—मुझे तो इसमें बदनामी की कोई बात नहीं नज़र आती। क्या सहेली अपनी सहेली के यहाँ मेहमान नहीं होती? सोफ़ी का स्वभाव भी तो ऐसा उच्छृंखल नहीं है कि वह इधर-उधर घूमने लगेगी।

महेन्द्र—वह देवी सही; लेकिन ऐसे कितने ही कारण हैं कि मैं उनका तुम्हारे साथ जाना अनुचित समझता हूँ। तुममें यह बड़ा दोष है कि कोई काम करने से पहले उसके औचित्य का विचार करतीं। क्या तुम्हारे विचार में कुल-मर्यादा की अवहेलना करना कोई बुराई नहीं? उनके घर वाले यही तो चाहते हैं कि वह प्रकट रूप से अपने धर्म के नियमों का पालन करें। अगर वह इतना भी नहीं कर सकतीं, तो मैं यही कहूँगा कि उनका विचार-स्वातंत्र्य औचित्य की सीमा से बहुत आगे बढ़ गया है।

इंदु—किन्तु मैं उनसे वादा कर चुकी हूँ। कई दिन से मैं इन्हीं तैयारियों में व्यस्त हूँ। यहाँ अम्मा से आज्ञा ले चुकी हूँ। घर के सभी प्राणी, नौकर-चाकर जानते हैं कि वह मेरे साथ जा रही हैं। ऐसी दशा में अगर मैं उन्हें न ले गयी, तो लोग अपने मन में क्या कहेंगे? सोचिए इसमें मेरी कितनी हेठी होगी। मैं किसी को मुँह दिखाने लायक न रहूँगी।

महेंद्र—बदनामी से बचने के लिए सब कुछ किया जा सकता है। तुम्हें मिस सेवक से कहते शर्म आती हो, तो मैं कह दूँ। वह इतनी नादान नहीं हैं कि इतनी मोटी-सी बात न समझें।

इंदु—मुझे उनके साथ रहते-रहते उनसे इतना प्रेम हो गया है कि उनसे एक दिन भी अलग रहना मेरे लिए असाध्य-सा जान पड़ता है। इसकी तो खैर परवा नहीं; जानती हूँ कभी-न-कभी उनसे वियोग होगा ही; इस समय मुझे सबसे बड़ी चिन्ता अपनी बात खोने की है। लोग कहेंगे, बात कहकर पलट गयी। सोफ़ी ने पहले साफ़ इनकार कर दिया था। मेरे बहुत कहने-सुनने पर राज़ी हुई थी। आप मेरी ख़ातिर से अब की मेरी प्रार्थना स्वीकार कीजिए, फिर मैं आपसे पूछे बग़ैर कोई काम न करूँगी।

महेन्द्रकुमार किसी तरह राज़ी न हुए। इंदु रोयी, अनुनय-विनय की, पैरों पड़ी; वे सभी मन्त्र फूँके, जो कभी निष्फल ही न होते; पर पति का पाषाण-हृदय न पसीजा; उन्हें अपना नाम संसार की सब वस्तुओं से प्रिय था।

जब महेन्द्रकुमार बाहर चले गये, तो इंदु बहुत देर तक शोकावस्था में बैठी रही। बार-बार यही ख़याल आता—सोफ़ी अपने मन में क्या कहेगी। मैंने उससे कह रखा है कि मेरे स्वामी मेरी कोई बात नहीं टालते। अब वह समझेगी, वह इसकी बात भी नहीं पूछते। बात भी ऐसी ही है, इन्हें मेरी क्या परवा है? बातें ऐसी करेंगे, मानो इनसे उदार संसार में कोई प्राणी न होगा, पर वह सब कोरी बकवास है। इन्हें तो यही मंजूर है कि यह दिन-भर अकेली बैठी अपने नाम को रोया करे। दिल में जलते होंगे कि सोफ़ी के साथ इसके दिन भी आराम से गुज़रेंगे। मुझे क़ैदियों की भाँति रखना चाहते हैं। इन्हें ज़िद करना आता है, तो मैं भी क्या ज़िद नहीं कर सकती? मैं भी कहे देती हूँ आप सोफ़ी को न चलने देंगे, तो मैं भी न जाऊँगी। मेरा कर ही क्या सकते हैं, कुछ नहीं। दिल में डरते हैं कि सोफ़ी के जाने से घर का ख़र्च बढ़ जायगा। स्वभाव के कृपण तो हैं ही। उस कृपणता को छिपाने के लिए बदनामी का बहाना निकाला है। दुखी आत्मा दूसरों की नेकनीयती पर सन्देह करने लगती है।

सन्ध्या-समय जब जाह्नवी सैर करने चलीं, तो इंदु ने उनसे यह समाचार कहा, और आग्रह किया कि तुम महेन्द्र को समझाकर सोफ़ी को ले चलने पर राज़ी कर दो। जाह्नवी ने कहा—तुम्हीं क्यों नहीं मान जातीं?

इंदु—अम्माँ, मैं सच्चे हृदय से कह रही हूँ, मैं ज़िद नहीं करती। अगर मैंने पहले ही सोफ़िया से न कह दिया होता, तो मुझे ज़रा भी दुःख न होता, पर सारी तैयारियाँ करके अब उसे न ले जाऊँ, तो वह अपने दिल में क्या कहेगी। मैं उसे मुँह नहीं दिखा सकती। यह इतनी छोटी-सी बात है कि अगर मेरा ज़रा भी ख़याल होता, तो वह इन्कार न करते। ऐसी दशा में आप क्योंकर आशा कर सकती हैं कि मैं उनकी प्रत्येक आज्ञा शिरोधार्य करूँ?

जाह्नवी—वह तुम्हारे स्वामी हैं, उनकी सभी बातें तुम्हें माननी पड़ेंगी।

इंदु— चाहे वह मेरी ज़रा-ज़रा सी बातें भी न मानें?

जाह्नवी—हाँ, उन्हें इसका अख़्तियार है। मुझे लज्जा आती है कि मेरे उपदेशों का तुम्हारे ऊपर जरा भी असर नहीं हुआ। मैं तुम्हें पति-परायण सती देखना चाहती हूँ, जिससे अपने पुरुष की आज्ञा या इच्छा के सामने अपने मानापमान का ज़रा भी विचार नहीं होता। अगर वह तुम्हें

सिर के बल चलने को कहें, तो भी तुम्हारा धर्म है कि सिर के बल चलो। तुम इतने ही में घबरा गयीं?

इंदु—आप मुझसे वह करने को कहती हैं जो मेरे लिए असंभव है।

जाह्नवी—चुप रहो, मैं तुम्हारे मुँह से ऐसी बातें नहीं सुन सकती। मुझे भय हो रहा है कि कहीं सोफ़ी के विचार-स्वातंत्र्य का जादू तुम्हारे ऊपर भी तो नहीं चल गया!

इंदु ने इसका कुछ उत्तर न दिया। भय होता था कि मेरे मुँह से कोई ऐसा शब्द न निकल पड़े, जिससे अम्माँ के मन में यह संदेह और भी जम जाय, तो बेचारी सोफ़ी का यहाँ रहना ही कठिन हो जाय। वह रास्ते-भर मौन धारण किये बैठी रही। जब गाड़ी फिर मकान पर पहुँची, और वह उतरकर अपने कमरे की ओर चली, तो जाह्नवी ने कहा—बेटी, मैं तुमसे हाथ जोड़कर कहती हूँ, महेन्द्र से इस विषय में अब एक शब्द भी न कहना, नहीं तो मुझे बहुत दुःख होगा।

इंदु ने माता को मर्माहत भाव से देखा और अपने कमरे में चली गयी। सौभाग्य से महेन्द्रकुमार भोजन करके सीधे बाहर चले गये, नहीं तो इंदु के लिए अपने उद्गारों का रोकना अत्यन्त कठिन हो जाता। उसके मन में रह-रहकर इच्छा होती थी कि चलकर सोफ़िया से क्षमा माँगूँ, साफ़-साफ़ कह दूँ—बहन, मेरा कुछ बस नहीं है। मैं कहने को रानी हूँ, वास्तव में मुझे उतनी स्वाधीनता भी नहीं है, जितनी मेरे घर की महरियों को है। लेकिन यह सोचकर रह जाती थी कि पति-निंदा मेरी धर्म-मर्यादा के प्रतिकूल है। मैं सोफ़ी की निगाहों से गिर जाऊँगी। वह समझेगी, इसमें ज़रा भी आत्माभिमान नहीं है।

नौ बजे विनयसिंह उससे मिलने आये। वह मानसिक अशांति की दशा में बैठी हुई अपने संदूकों में से सोफी के लिए खरीदे हुए कपड़े निकाल रही थी और सोच रही थी कि इन्हें उनके पास कैसे भेजूँ। खुद जाने का साहस न होता था। विनयसिंह को देखकर बोली—क्यों विनय, अगर तुम्हारी स्त्री अपनी किसी सहेली को कुछ दिनों के लिए अपने साथ रखना चाहे, तो तुम उसे मना कर दोगे, या खुश होगे?

विनय—मेरे सामने यह समस्या कभी आयेगी ही नहीं, इसलिए मैं इसकी कल्पना करके अपने मस्तिक को कष्ट नहीं देना चाहता।

इंदु—यह समस्या तो पहले ही उपस्थित हो चुकी है।

विनय—बहन, मुझे तुम्हारी बातों से डर लग रहा है।

इंदु—इसीलिए कि तुम अपने को धोखा दे रहे हो; लेकिन वास्तव में तुम उससे बहुत गहरे पानी में हो, जितना तुम समझते हो। क्या तुम समझते हो कि तुम्हारा कई-कई दिनों तक घर में न आना, नित्य सेवा-समिति के कामों में व्यस्त रहना, मिस सोफ़िया की ओर आँख उठाकर न देखना, उसके साये से भागना, उस अन्तर्द्वन्द्व को छिपा सकता है, जो तुम्हारे हृदय-तल में विकराल रूप से छिड़ा हुआ है? लेकिन याद रखना, इस द्वन्द्व की एक झंकार भी न सुनायी दे, नहीं तो अनर्थ हो जायगा। सोफ़िया तुम्हारा इतना सम्मान करती है, जितना कोई सती अपने पुरुष का भी न करती होगी। वह तुम्हारी भक्ति करती है। तुम्हारे संयम, त्याग और सेवा ने उसे मोहित कर लिया है। लेकिन अगर मुझे धोखा नहीं हुआ है तो उसकी भक्ति में प्रणय का लेश भी नहीं है। यद्यपि तुम्हें सलाह देना व्यर्थ है, क्योंकि तुम इस मार्ग की कठिनाइयों को

खूब जानते हो, तथापि मैं तुमसे यही अनुरोध करती हूँ कि तुम कुछ दिनों के लिए कहीं चले जाओ। तब तक कदाचित सोफ़ी भी अपने लिए कोई-न-कोई रास्ता ढूँढ़ निकालेगी। संभव है, इस समय सचेत हो जाने से दो जीवनों का सर्वनाश होने से बच जाय।

विनय—बहन, जब तुम सब कुछ जानती हो ही, तो तुमसे क्या छिपाऊँ। अब मैं सचेत नहीं हो सकता। इन चार-पाँच महीनों में मैंने जो मानसिक ताप सहन किया है, उसे मेरा हृदय ही जानता है। मेरी बुद्धि भ्रष्ट हो गयी है, मैं आँखें खोकर गढ़े में गिर रहा हूँ, जान-बूझकर विष का प्याला पी रहा हूँ। कोई बाधा, कोई कठिनाई, कोई शंका अब मुझे सर्वनाश से नहीं बचा सकती। हाँ, इसका मैं तुम्हें विश्वास दिलाता हूँ कि इस आग की एक चिनगारी या एक लपट भी सोफ़ी तक न पहुँचेगी। मेरा सारा शरीर भस्म हो जाय, हड्डियाँ तक राख हो जायँ; पर सोफ़ी को उस ज्वाला की झलक तक न दिखायी देगी। मैंने भी यही निश्चय किया है कि जितनी जल्दी हो सके, मैं यहाँ से चला जाऊँ— अपनी रक्षा के लिए नहीं, सोफ़ी की रक्षा के लिए। आह! इससे तो यह कहीं अच्छा था कि सोफ़ी ने मुझे उसी आग में जल जाने दिया होता; मेरा परदा ढका रह जाता। अगर अम्माँ को यह बात मालूम हो गयी, तो उनकी क्या दशा होगी। इसकी कल्पना ही से मेरे रोयें खड़े हो जाते हैं। बस, अब मेरे लिए मुँह में कालिख लगाकर कहीं डूब मरने के सिवा और कोई उपाय नहीं है।

यह कहकर विनयसिंह सहसा बाहर चले गये। इंदु 'बैठो-बैठो' कहती रह गयी। वह इस समय आवेश में उससे बहुत ज़्यादा कह गये थे, जितना वह कहना चाहते थे। और देर तक बैठते, तो न जाने और क्या-क्या कह जाते। इंदु की दशा उस प्राणी की-सी थी, जिसके पैर बँधे हों और सामने उसका घर जल रहा हो। वह देख रही थी, यह आग सारे घर को जला देगी; विनय के ऊँचे-ऊँचे मंसूबे, माता की बड़ी-बड़ी अभिलाषाएँ, पिता के बड़े-बड़े अनुष्ठान, सब विध्वंस हो जायँगे। वह इन्हीं शोकमय विचारों में पड़ी सारी रात करवटें बदलती रही। प्रातः काल उठी, तो द्वार पर उसके लिए पालकी तैयार खड़ी थी। वह माता के गले से लिपटकर रोयी, पिता के चरणों को आँसुओं से धोया और घर से चली। रास्ते में सोफ़ी का कमरा पड़ता था। इंदु ने उस कमरे की ओर ताका भी नहीं। सोफ़ी उठकर द्वार पर आयी, और आँखों में आँसू भरे हुए उससे हाथ मिलाया। इंदु ने जल्दी से हाथ छुड़ा लिया और आगे बढ़ गयी।

नौ

सोफ़िया इस समय उस अवस्था में थी, जब एक साधारण हँसी की बात, एक साधारण आँखों का इशारा, किसी का उसे देखकर मुस्करा देना, किसी महरी का उसकी आज्ञा का पालन करने में एक क्षण विलंब करना, ऐसी हजारों बातें, जो नित्य घरों में होती हैं और जिनकी कोई परवा भी नहीं करता, उसका दिल दुखाने के लिए काफ़ी हो सकती थीं। चोट खाये हुए अंग को मामूली-सी ठेस भी असह्य हो जाती है। फिर इंदु का बिना उससे कुछ कहे-सुने चला जाना क्यों न दुःखजनक होता। इंदु तो चली गयी; पर वह बहुत देर तक अपने कमरे के द्वार पर मूर्ति की भाँति खड़ी

सोचती रही—यह तिरस्कार क्यों? मैंने ऐसा कौन-सा अपराध किया है, जिसका मुझे यह दंड मिला है? अगर उसे यह मंजूर न था कि मुझे साथ ले जाती, तो साफ़-साफ़ कह देने में क्या आपत्ति थी? मैंने उसके साथ चलने के लिए आग्रह तो किया न था! क्या मैं इतना नहीं जानती कि विपत्ति में कोई किसी का साथी नहीं होता? वह रानी है, उसकी इतनी की कृपा क्या कम थी कि मेरे साथ हँस-बोल लिया करती थी! मैं उसकी सहेली बनने के योग्य कब थी; क्या मुझे इतनी समझ भी न थी। लेकिन इस तरह आँखें फेर लेना कौन-सी भलमनसी है! राजा साहब ने न माना होगा, यह केवल बहाना है। राजा साहब इतनी-सी बात को कभी अस्वीकार नहीं कर सकते। इंदु ने खुद ही सोचा होगा—वहाँ बड़े-बड़े आदमी मिलने आवेंगे, उनसे इसका परिचय क्यों कर कराऊँगी; कदाचित यह शंका हुई हो कि कहीं इसके सामने मेरा रंग फीका न पड़ जाय। बस, यही बात है, अगर मैं मूर्खा, रूप-गुणविहीना होती, तो वह मुझे जरूर साथ ले जाती; मेरी हीनता से उसका रंग और चमक उठता। मेरा दुर्भाग्य !

वह अभी द्वार पर खड़ी ही थी कि जाह्नवी बेटी को बिदा करके लौटीं और सोफ़ी के कमरे में आकर बोलीं—बेटी, मेरा अपराध क्षमा करो, मैंने ही तुम्हें रोक लिया। इंदु को बुरा लगा, पर करूँ क्या, वह तो गयी ही तुम भी चली जातीं, तो मेरा दिन कैसे कटता? विनय भी राजपूताना जाने को तैयार बैठे हैं, मेरी तो मौत हो जाती। तुम्हारे रहने से मेरा दिल बहलता रहेगा। सच कहती हूँ बेटी, तुमने मुझ पर कोई मोहिनी-मंत्र फूँक दिया है।

सोफ़िया—आपकी शालीनता है, जो ऐसा कहती हैं। मुझे खेद यही है, इंदु ने जाते समय मुझसे हाथ भी न मिलाया।

जाह्नवी—केवल लज्जावश बेटी, केवल लज्जावश। मैं तुमसे सत्य कहती हूँ, ऐसी सरला बालिका संसार में न होगी। तुझे रोककर मैंने उस पर घोर अन्याय किया है। मेरी बच्ची का वहाँ ज़रा भी जी नहीं लगता; महीने-भर रह जाती है, तो स्वास्थ्य बिगड़ जाता है। इतनी बड़ी रिसायत है, महेन्द्र सारा बोझ उसी के सिर डाल देते हैं। उन्हें तो म्युनिसिपैलिटी ही से फुरसत नहीं मिलती। बेचारी आय-व्यय का हिसाब लिखते-लिखते घबरा जाती है, उस पर एक-एक पैसे का हिसाब! महेन्द्र को हिसाब रखने की धुन है। ज़रा-सा भी फ़र्क पड़ा, तो उसके सिर हो जाते हैं। इंदु को अधिकार है, जितना चाहे खर्च करे; पर हिसाब ज़रूर लिखे। राजा साहब किसी की रू-रियासत नहीं करते। कोई नौकर एक पैसा भी खा जाय तो उसे निकाल देते हैं; चाहे उसने उनकी सेवा में अपना जीवन बिता दिया हो। मैं इंदु को कभी कड़ी निगाह से भी नहीं देखती, चाहे घी का घड़ा लुढ़का दे! वहाँ ज़रा-ज़रा-सी बात पर राजा साहब की घुड़कियाँ सुननी पड़ती हैं। बच्ची से बात नहीं सही जाती। जवाब तो देती नहीं—और यही हिंदू स्त्री का धर्म है—पर रोने लगती है। वह दया की मूर्ति है। कोई उसका सर्वस्व खा जाय; लेकिन ज्यों ही उसके सामने आकर रोया, बस उसका दिल पिघला। सोफ़ी भगवान् ने मुझे दो बच्चे दिये, और दोनों ही को देखकर हृदय शीतल हो जाता है। इंदु जितनी ही कोमल प्रकृति और सरल हृदया है, विनय उतना ही धैर्यशील और साहसी है। थकना तो जानता ही नहीं। मालूम होता है, दूसरों की सेवा करने के लिए ही उसका जन्म हुआ है। घर में किसी टहलनी को भी कोई शिकायत हुई, और सब काम छोड़कर उसकी दवा-दारू करने लगा। एक बार मुझे ज्वर आने लगा था—इस लड़के ने

तीन महीने तक द्वार का मुँह नहीं देखा। नित्य मेरे पास बैठा रहता, कभी पंखा झलता, कभी पाँव सहलाता, कभी रामायण और महाभारत पढ़कर सुनाता। कितना कहती, बेटा जाओ, घूमो-फिरो; आखिर ये लौंडियाँ-बाँदियाँ किस दिन काम आयँगी, डॉक्टर रोज़ आते ही हैं; तुम क्यों मेरे साथ सती होते हो; पर किसी तरह न जाता। अब कुछ दिनों से सेवा-समिति का आयोजन कर रहा है। कुँवर साहब को जो सेवा-समिति से इतना प्रेम है, वह विनय ही के सत्संग का फल है, नहीं तो आज से तीन साल पहले इनका-सा विलासी सारे नगर में न था। दिन में दो बार हजामत बनती थी। दरजनों धोबी और दरज़ी कपड़े धोने और सीने के लिए नौकर थे। पेरिस से एक कुशल धोबी कपड़े सँवारने के लिए आया था। कश्मीर और इटली के बावरची खाना पकाते थे। तसवीरों का इतना व्यसन था कि कई बार अच्छे चित्र लेने के लिए इटली तक की यात्रा की। तुम उन दिनों मंसूरी रही होगी। सैर करने निकलते, तो सशस्त्र सवारों का एक दल साथ चलता। शिकार खेलने की लत थी, महीनों शिकार खेलते रहते। कभी कश्मीर, कभी बीकानेर, कभी नेपाल, केवल शिकार खेलने जाते। विनय ने उनकी काया ही पलट दी। जन्म का विरागी है। पूर्व-जन्म में अवश्य कोई ऋषि रहा होगा।

सोफ़ी—आपके दिल में सेवा और भक्ति के इतने ऊँचे भाव कैसे जाग्रत हुए? यहाँ तो प्रायः रानियाँ अपने भोग-विलास में ही मग्न रहती हैं?

जाह्नवी—बेटी? यह डाक्टर गांगुली के सदुपदेश का फल है। जब इंदु दो साल की थी, तो मैं बीमार पड़ी। डाक्टर गांगुली मेरी दवा करने के लिए आये। हृदय का रोग था, जी घबराया करता मानो किसी ने उच्चाटन-मन्त्र मार दिया हो। डाक्टर महोदय ने मुझे महाभारत पढ़कर सुनाना शुरू किया। उसमें मेरा ऐसा जी लगा कि कभी-कभी आधी रात तक बैठी पढ़ा करती। थक जाती तो डाक्टर साहब से पढ़वाकर सुनती। फिर तो वीरतापूर्ण कथाओं के पढ़ने का मुझे ऐसा चस्का लगा कि राजपूतों की ऐसी कोई कथा नहीं, जो मैंने न पढ़ी हो। उसी समय से मेरे मन में जातिप्रेम का भाव अंकुरित हुआ। एक नयी अभिलाषा उत्पन्न हुई—मेरी कोख से भी कोई ऐसा पुत्र जन्म लेता, जो अभिमन्यु, दुर्गादास और प्रताप की भाँति जाति का मस्तक ऊँचा करता। मैंने व्रत किया कि पुत्र हुआ, तो उसे देश और जाति के हित के लिए समर्पित कर दूँगी। मैं उन दिनों तपस्विनी की भाँति ज़मीन पर सोती, केवल एक बार रूखा भोजन करती, अपने बरतन तक अपने हाथ से धोती थी। एक वे देवियाँ थीं, जो जाति की मर्यादा रखने के लिए प्राण तक दे देती थीं; एक मैं अभागिनी हूँ कि लोक-परलोक की सब चिन्ताएँ छोड़कर केवल विषय-वासनाओं में लिप्त हूँ। मुझे जाति की इस अधोगति को देखकर अपनी विलासिता पर लज्जा आती थी। ईश्वर ने मेरी सुन ली। तीसरे साल विनय का जन्म हुआ। मैंने बाल्यावस्था ही से उसे कठिनाइयों का अभ्यास कराना शुरू किया। न कभी गद्दों पर सुलाती, न कभी महरियों और दाइयों की गोद में जाने देती, न कभी मेवे खाने देती। दस वर्ष की अवस्था तक केवल धार्मिक कथाओं द्वारा उसकी शिक्षा हुई। इसके बाद मैंने उसे डाक्टर गांगुली के साथ छोड़ दिया। मुझे उन्हीं पर पूरा विश्वास था और मुझे इसका गर्व है कि विनय की शिक्षा-दीक्षा का भार जिस पुरुष पर रखा, वह इसके सर्वथा योग्य था। विनय पृथ्वी के अधिकांश प्रान्तों का पर्यटन कर चुका है। संस्कृत और भारतीय भाषाओं के अतिरिक्त योरप की प्रधान भाषाओं

का उसे अच्छा ज्ञान है। संगीत का उसे इतना अभ्यास है कि अच्छे-अच्छे कलावंत उसके सामने मुँह खोलने का साहस नहीं कर सकते। नित्य कंबल बिछाकर ज़मीन पर सोता है और कंबल ही ओढ़ता है। पैदल चलने में कई बार इनाम पा चुका है। जलपान के लिए मुट्ठी-भर चने, भोजन के लिए रोटी और साग, बस इसके सिवा संसार के और सभी भोज्य पदार्थ उसके लिए वर्जित-से हैं। बेटी, मैं तुझसे कहाँ तक कहूँ, पूरा त्यागी है। उसके त्याग का सबसे उत्तम फल यह हुआ कि उसके पिता को भी त्यागी बनना पड़ा। जवान बेटे के सामने बूढ़ा बाप कैसे विलास का दास बना रह सकता! मैं समझती हूँ कि विषय-भोग से उनका मन तृप्त हो गया, और बहुत अच्छा हुआ। त्यागी पुत्र का भोगी पिता, एक अत्यन्त हास्यास्पद दृश्य होता। वह मुक्त हृदय से विनय के सत्कार्यों में भाग लेते हैं और मैं कह सकती हूँ कि उनके अनुराग के बग़ैर विनय को कभी इतनी सफलता न प्राप्त होती। समिति में इस समय एक सौ नवयुवक हैं, जिनमें कितने ही संपन्न घरानों के हैं। कुँवर साहब की इच्छा है कि समिति के सदस्यों की पूर्ण संख्या पाँच सौ तक बढ़ा दी जाय। डाक्टर गांगुली इस वृद्धावस्था में भी अदम्य उत्साह से समिति का संचालन करते हैं। वही इसके अध्यक्ष हैं। जब व्यवस्थापक सभा के काम से अवकाश मिलता है, तो नित्य दो-ढाई घंटे युवकों को शरीर-विज्ञान-संबंधी व्याख्यान देते हैं। पाठ्यक्रम तीन वर्षों में समाप्त हो जाता है; तब सेवा-कार्य आरम्भ होता है। अब की बीस युवक उत्तीर्ण होंगे, और यह निश्चय किया गया है कि वे दो साल भारत का भ्रमण करें; पर शर्त यह है कि उनके साथ एक लुटिया, डोर, धोती और कंबल के सिवा और सफ़र का सामान न हो। यहाँ तक कि खर्च के लिए रुपये भी न रखे जायँ। इससे कई लाभ होंगे—युवकों को कठिनाइयों का अभ्यास होगा, देश की यथार्थ दशा का ज्ञान होगा, दृष्टि-क्षेत्र विस्तीर्ण हो जायगा, और सबसे बड़ी बात यह है कि चरित्र बलवान् होगा; धैर्य, साहस, उद्योग, संकल्प आदि गुणों की वृद्धि होगी। विनय इन लोगों के साथ जा रहा है, और मैं गर्व से फूली नहीं समाती कि मेरा पुत्र जाति-हित के लिए यह आयोजन कर रहा है; और तुमसे सच कहती हूँ, अगर कोई ऐसा अवसर आ पड़े कि जाति-रक्षा के लिए उसे प्राण भी देना पड़े, तो मुझे ज़रा भी शोक न होगा। शोक तब होगा, जब मैं उसे ऐश्वर्य के सामने सिर झुकाते या कर्तव्य के क्षेत्र में पीछे हटते देखूँगी। ईश्वर न करे, मैं वह दिन देखने के लिए जीवित रहूँ। मैं नहीं कह सकती कि उस वक़्त मेरे चित्त की क्या दशा होगी। शायद मैं विनय के रक्त की प्यासी हो जाऊँ; शायद इन निर्बल हाथों में इतनी शक्ति आ जाय कि मैं उसका गला घोट दूँ।

यह कहते-कहते रानी के मुख पर एक विचित्र तेजस्विता की झलक दिखायी देने लगी, अश्रुपूर्ण नेत्रों में आत्मगौरव की लालिमा प्रस्फुटित होने लगी। सोफ़िया आश्चर्य से रानी का मुँह ताकने लगी। इस कोमल काया में इतना अनुरक्त और परिष्कृत हृदय छिपा हुआ है, इसकी वह कल्पना भी न कर सकती थी।

एक क्षण में रानी ने फिर कहा—बेटी, मैं आवेश में तुमसे अपने दिल की कितनी ही बातें कह गयी; पर क्या करूँ, तुम्हारे मुख पर ऐसी मधुर सरलता है, जो मेरे मन को आकर्षित करती है। इतने दिनों में मैंने तुम्हें खूब पहचान लिया। तुम सोफ़ी नहीं, तुम स्त्री के रूप में विनय हो। कुँवर साहब तो तुम्हारे ऊपर मोहित हो गये हैं। घर में आते हैं, तो तुम्हारी चर्चा ज़रूर

करते हैं। यदि धार्मिक बाधा न होती, तो मुसकिराकर उन्होंने मिस्टर सेवक के पास विनय के विवाह का संदेशा कभी का भेज दिया होता!

सोफ़ी का चेहरा शर्म से लाल हो गया, लंबी-लंबी पलकें नीचे को झुक गयीं और अधरों पर एक अति सूक्ष्म, शांत, मृदुल मुस्कान की छटा दिखायी दी। उसने दोनों हाथों से मुँह छिपा लिया और बोली—आप मुझे गालियाँ दे रही हैं, मैं भाग जाऊँगी।

रानी—अच्छा, शर्माओ मत। लो, यह चर्चा ही न करूँगी। मेरा तुमसे यही अनुरोध है कि अब तुम्हें यहाँ किसी बात का संकोच न करना चाहिए। इंदु तुम्हारी सहेली थी, तुम्हारे स्वभाव से परिचित थी, तुम्हारी आवश्यकताओं को समझती थी। मुझमें इतनी बुद्धि नहीं है। तुम इस घर को अपना घर समझो, जिस चीज़ की ज़रूरत हो, निस्संकोच भाव से कह दो। अपनी इच्छा के अनुसार भोजन बनवा लो। जब सैर करने को जी चाहे, गाड़ी तैयार करा लो। किसी नौकर को कहीं भेजना चाहो, भेज दो; मुझसे कुछ पूछने की ज़रूरत नहीं। मुझसे कुछ कहना हो, तुरंत चली आओ; पहले से सूचना देने का काम नहीं। यह कमरा अगर पसन्द न हो, तो मेरे बगल वाले कमरे में चलो, जिसमें इंदु रहती थी। वहाँ जब मेरा जी चाहेगा, तुमसे बातें कर लिया करूँगी। जब अवकाश हो, मुझे इधर-उधर के समाचार सुना देना। बस, यह समझो कि तुम मेरी प्राइवेट सेक्रेटरी हो।

यह कहकर जाह्नवी चली गयी। सोफ़ी का हृदय हलका हो गया। उसे बड़ी चिंता हो रही थी कि इंदु के चले जाने पर यहाँ मैं कैसे रहूँगी, कौन मेरी बात पूछेगा, बिन-बुलाये मेहमान की भाँति पड़ी रहूँगी। यह चिंता शांत हो गयी।

उस दिन से उसका और भी आदर-सत्कार होने लगा। लौंडियाँ उसका मुँह जोहती रहतीं, बार-बार आकर पूछ जाती—मिस साहब, कोई काम तो नहीं है? कोचवान दोनों जून पूछ जाता—हुक्म हो तो गाड़ी तैयार करूँ। रानीजी भी दिन में एक बार ज़रूर आ बैठतीं। सोफ़ी को अब मालूम हुआ कि उनका हृदय स्त्री-जाति के प्रति सदिच्छाओं से कितना परिपूर्ण था। उन्हें भारत की देवियों को ईंट और पत्थर के सामने सिर झुकाते देखकर हार्दिक वेदना होती थी। वह उनके जड़वाद को, उनके मिथ्यावाद को, उनके स्वार्थवाद को भारत की अधोगति का मुख्य कारण समझती थीं। इन विषयों पर सोफ़ी से घंटों बातें किया करतीं।

इस कृपा और स्नेह ने धीरे-धीरे सोफ़ी के दिल से विरानेपन के भावों को मिटाना शुरू किया। उसके आचार-विचार में परिवर्तन होने लगा। लौंडियों से कुछ कहते हुए अब झेंप न होती, भवन के किसी भाग में जाते हुए अब संकोच न होता; किंतु चिंताएँ ज्यों-ज्यों घटती थीं, विलासप्रियता बढ़ती थी। उसके अवकाश की मात्रा में वृद्धि होने लगी। विनोद से रुचि होने लगी। कभी-कभी प्राचीन कवियों के चित्रों को देखती, कभी बाग की सैर करने चली जाती, कभी प्यानो पर जा बैठती; यहाँ तक कि कभी-कभी जाह्नवी के साथ शतरंज भी खेलने लगी। वस्त्राभूषण से अब वह उदासीनता न रही। गाउन के बदले रेशमी साड़ियाँ पहनने लगी। रानीजी के आग्रह से कभी-कभी पान भी खा लेती। कंघी-चोटी से प्रेम हुआ। चिंता त्यागमूलक होती है। निश्चिंतता का आमोद-विनोद से मेल है।

एक दिन तीसरे पहर वह अपने कमरे में बैठी हुई कुछ पढ़ रही थी। गरमी इतनी सख़्त

थी कि बिजली के पंखे और ख़स की टट्टियों के होते हुए भी शरीर से पसीना निकल रहा था। बाहर लू से देह झुलसी जाती थी। सहसा प्रभु सेवक आकर बोले—सोफ़ी ज़रा चलकर एक झगड़े का निर्णय कर दो। मैंने एक कविता लिखी है, विनयसिंह को उसके विषय में कई शंकाएँ हैं। मैं कुछ कहता हूँ, वह कुछ कहते हैं; फ़ैसला तुम्हारे ऊपर छोड़ा गया है। ज़रा चलो।

सोफ़ी—मैं काव्य संबंधी विवाद का क्या निर्णय करूँगी, पिंगल का अक्षर तक नहीं जानती, अलंकारों का लेश-मात्र भी ज्ञान नहीं; मुझे व्यर्थ ले जाते हो।

प्रभु सेवक—उस झगड़े का निर्णय करने के लिए पिंगल जानने की ज़रूरत नहीं। मेरे और उनके आदर्श में विरोध है। चलो तो।

सोफ़ी आँगन में निकली, तो ज्वाला-सी देह में लगी। जल्दी-जल्दी पग उठाते हुए विनय के कमरे में आयी, जो राजभवन के दूसरे भाग में था। आज तक वह यहाँ कभी न आयी थी। कमरे में कोई सामान न था। केवल एक कंबल बिछा हुआ था और ज़मीन पर ही दस-पाँच पुस्तकें रखी हुई थीं। न पंखा, न खस की टट्टी, न परदे, न तस्वीरें। पछुआ सीधे कमरे में आती थी। कमरे की दीवारें जलते तवे की भाँति तप रही थीं। वहीं विनय कंबल पर सिर झुकाये बैठे हुए थे। सोफ़ी को देखते ही वह उठ खड़े हुए और उसके लिए कुर्सी लाने दौड़े।

सोफ़ी—कहाँ जा रहे हैं?

प्रभु सेवक—(मुस्कराकर तुम्हारे) लिए कुर्सी लाने।

सोफ़ी—वह कुर्सी लायेंगे और मैं बैठूँगी। कितनी भद्दी बात है।

प्रभु सेवक—मैं रोकता भी, तो वह न मानते।

सोफ़ी—इस कमरे में इनसे कैसे रहा जाता है?

प्रभु सेवक—पूरे योगी हैं। मैं तो प्रेम-वश चला आता हूँ।

इतने में विनय ने एक गद्देदार कुर्सी लाकर सोफ़ी के लिए रख दी। सोफ़ी संकोच और लज्जा से गड़ी जाती थी। विनय की ऐसी दशा हो रही थी, मानो पानी में भीग रहे हैं। सोफ़ी मन में कहती थी—कैसा आदर्श जीवन है। विनय मन में कहते थे—कितना अनुपम सौंदर्य है! दोनों अपनी-अपनी जगह खड़े रहे। आखिर विनय को एक उक्ति सूझी। प्रभु सेवक की ओर देखकर बोले—हम और तुम वादी हैं; खड़े रह सकते हैं; पर न्यायाधीश का तो उच्च स्थान पर बैठना ही उचित है।

सोफ़ी ने प्रभु सेवक की ओर ताकते हुए उत्तर दिया—खेल में बालक अपने को भूल नहीं जाता।

अंत में तीनों प्राणी कंबल पर बैठे। प्रभु सेवक ने अपनी कविता पढ़ सुनायी। कविता माधुर्य में डूबी हुई, उच्च और पवित्र भावों से परिपूर्ण थी। कवि ने प्रसादगुण कूट-कूटकर भर दिया था। विषय था—एक माता का अपनी पुत्री को आशीर्वाद। पुत्री ससुराल जा रही है; माता उसे गले लगाकर आशीर्वाद देती है—पुत्री, तू पति-परायणा हो, तेरी गोद फले, उसमें फूल के-से कोमल बच्चे खेलें, उनकी मधुर हास्य-ध्वनि से तेरा घर और आँगन गूँजे। तुझ पर लक्ष्मी की कृपा हो। तू पत्थर भी छुए, तो कंचन हो जाय, तेरा पति तुझ पर उसी भाँति अपने प्रेम की छाया रखे, जैसे छप्पर दीवार को अपनी छाया में रखता है।

कवि ने इन्हीं भावों के अंतर्गत दांपत्य जीवन का ऐसा सुललित चित्र खींचा था कि उसमें प्रकाश, पुष्प और प्रेम का आधिक्य था; कहीं वे अँधेरी घाटियाँ न थीं, जिनमें हम गिर पड़ते हैं; कहीं वे काँटे न थे, जो हमारे पैरों में चुभते हैं; कहीं वह विकार न था, जो हमें मार्ग से विचलित कर देता है। कविता समाप्त करके प्रभु सेवक ने विनयसिंह से कहा—अब आपको इसके विषय में जो कुछ कहना हो, कहिए।

विनयसिंह ने सकुचाते हुए उत्तर दिया—मुझे जो कुछ कहना था, कह चुका।

प्रभु सेवक—फिर से कहिए।

विनयसिंह—बार-बार वही बातें क्या कहूँ।

प्रभु सेवक—मैं आपके कथन का भावार्थ कर दूँ?

विनयसिंह—मेरे मन में एक बात आयी, कह दी; आप व्यर्थ उसे इतना बढ़ा रहे हैं।

प्रभु सेवक—आखिर आप उन भावों को सोफ़ी के सामने प्रकट करते क्यों शर्माते हैं?

विनयसिंह—शर्माता नहीं हूँ, लेकिन आपसे मेरा कोई विवाद नहीं है। आपको मानव-जीवन का यह आदर्श सर्वोत्तम प्रतीत होता है, मुझे वह अपनी वर्तमान अवस्था के प्रतिकूल जान पड़ता है। इसमें झगड़े की कोई बात नहीं है।

प्रभु सेवक—(हँसकर) हाँ, यही तो मैं आपसे कहलाना चाहता हूँ कि आप उसे वर्तमान अवस्था के प्रतिकूल क्यों समझते हैं? क्या आपके विचार में दाम्पत्य जीवन सर्वथा निंद्य है? और, क्या संसार के समस्त प्राणियों को संन्यास धारण कर लेना चाहिए?

विनयसिंह—यह मेरा आशय कदापि नहीं कि संसार के समस्त प्राणियों को संन्यास धारण कर लेना चाहिए; मेरा आशय केवल यह था कि दाम्पत्य जीवन स्वार्थपरता का पोषक है। इसके लिए प्रमाण की आवश्यकता नहीं, और इस अधोगति की दशा में, जबकि स्वार्थ हमारी नसों में कूट-कूटकर भरा हुआ है, जबकि हम बिना स्वार्थ के काई काम या कोई बात नहीं करते, यहाँ तक कि माता-पुत्र-सम्बन्ध में—गुरु-शिष्य-सम्बन्ध में—पत्नी-पुरुष-सम्बन्ध में स्वार्थ का प्राधान्य हो गया है, किसी उच्च कोटि के कवि के लिए दाम्पत्य जीवन की सराहना करना—उसकी तारीफ़ों के पुल बाँधना—शोभा नहीं देता। हम दाम्पत्य सुख के दास हो रहे हैं। हमने इसी को अपने जीवन का लक्ष्य समझ रखा है। इस समय हमें ऐसे व्रतधारियों की, त्यागियों की, परमार्थ-सेवियों की आवश्यकता है, जो जाति के उद्धार के लिए अपने प्राण तक दे दें। हमारे कविजनों को इन्हीं उच्च और पवित्र भावों को उत्तेजित करना चाहिए। हमारे देश में जनसंख्या ज़रूरत से ज़्यादा हो गयी है। हमारी जननी संतान-वृद्धि के भार को अब नहीं सँभाल सकती। विद्यालयों में, सड़कों पर, गलियों में इतने बालक दिखायी देते हैं कि समझ में नहीं आता, ये क्या करेंगे। हमारे देश में इतनी उपज भी नहीं होती कि सबके लिए एक बार इच्छापूर्ण भोजन भी प्राप्त हो। भोजन का अभाव ही हमारे नैतिक और आर्थिक पतन का मुख्य कारण है। आपकी कविता सर्वथा असामयिक है। मेरे विचार में इससे समाज का उपकार नहीं हो सकता। इस समय हमारे कवियों का कर्तव्य है त्याग का महत्व दिखाना, ब्रह्मचर्य में अनुराग उत्पन्न करना, आत्मनिग्रह का उपदेश करना। दाम्पत्य तो दासत्व का मूल है और यह समय उसके गुण-गान के लिए अनुकूल नहीं है।

प्रभु सेवक—आपको जो कुछ कहना था, कह चुके?

विनयसिंह—अभी बहुत कुछ कहा जा सकता है। पर इस समय इतना ही काफ़ी है।

प्रभु सेवक—मैं आपसे पहले ही कह चुका हूँ कि बलिदान और त्याग के आदर्श की मैं निंदा नहीं करता। वह मनुष्य के लिए सबसे ऊँचा स्थान है; और वह धन्य है, जो उसे प्राप्त कर ले। किन्तु जिस प्रकार कुछ व्रतधारियों के निर्जल और निराहार रहने से अन्न और जल की उपयोगिता में बाधा नहीं पड़ती, उसी प्रकार दो-चार योगियों के त्याग से दाम्पत्य जीवन त्याज्य नहीं हो जाता। दाम्पत्य मनुष्य के सामाजिक जीवन का मूल है। उसका त्याग कर दीजिए बस, हमारे सामाजिक संगठन का शीराज़ा बिखर जायगा, और हमारी दशा पशुओं के समान हो जायगी। गार्हस्थ्य को ऋषियों ने सर्वोच्च धर्म कहा है; और अगर शांत हृदय से विचार कीजिए तो विदित हो जायगा कि ऋषियों का यह कथन अत्युक्ति-मात्र नहीं है। दया, सहानुभूति, सहिष्णुता, उपकार, त्याग आदि देवोचित गुणों के विकास के जैसे सुयोग गार्हस्थ्य जीवन में प्राप्त होते हैं, और किसी अवस्था में नहीं मिल सकते। मुझे तो यहाँ तक कहने में संकोच नहीं है कि मनुष्य के लिए यही एक ऐसी व्यवस्था है, जो स्वाभाविक कही जा सकती है। जिन कृत्यों ने मानव-जाति का मुख उज्ज्वल कर दिया है, उनका श्रेय योगियों को नहीं, दाम्पत्य-सुख-भोगियों को है। हरिश्चन्द्र योगी नहीं थे, रामचन्द्र योगी नहीं थे, कृष्ण त्यागी नहीं थे, नेपोलियन त्यागी नहीं था, नेलसन योगी नहीं था। धर्म और विज्ञान के क्षेत्र में त्यागियों ने अवश्य कीर्ति-लाभ की है; लेकिन कर्मक्षेत्र में यश का सेहरा भोगियों ही के सिर बँधा है। इतिहास में ऐसा एक भी प्रमाण नहीं मिलता कि किसी जाति का उद्धार त्यागियों द्वारा हुआ हो। आज भी हिन्दुस्तान में 10 लाख से अधिक त्यागी बसते हैं; पर कौन कह सकता है कि उनसे समाज का कुछ उपकार हो रहा है। संभव है, अप्रत्यक्ष रूप से होता हो; पर प्रत्यक्ष रूप से नहीं होता। फिर यह आशा क्योंकर की जा सकती है कि दाम्पत्य जीवन की अवहेलना से जाति का विशेष उपकार होगा ? हाँ, अगर अविचार को आप उपकार कहें, तो अवश्य उपकार होगा।

यह कथन समाप्त करके प्रभु सेवक ने सोफ़िया से कहा—तुमने दोनों वादियों के कथन सुन लिये, तुम इस समय न्याय के आसन पर हो, सत्यासत्य का निर्णय करो।

सोफ़ी—इसका निर्णय तो तुम आप ही कर सकते हो। तुम्हारी समझ में संगीत तो बहुत अच्छी चीज़ है ?

प्रभु सेवक—अवश्य।

सोफ़ी—लेकिन, अगर किसी के घर में आग लगी हुई हो, तो उसके निवासियों को गाते-बजाते देखकर तुम उन्हें क्या कहोगे ?

प्रभु सेवक—मूर्ख कहूँगा, और क्या।

सोफ़ी—क्यों, गाना तो कोई बुरी चीज़ नहीं ?

प्रभु सेवक—तो यह साफ़-साफ़ क्यों नहीं कहतीं कि तुमने इन्हें डिग्री दे दी ? मैं पहले ही समझ रहा था कि तुम इन्हीं की तरफ़ झुकोगी।

सोफ़ी—अगर यह भय था, तो तुमने मुझे निर्णायक क्यों बनाया था ? तुम्हारी कविता उच्च कोटि की है। मैं इसे सर्वांग-सुन्दर कहने को तैयार हूँ। लेकिन तुम्हारा कर्तव्य है कि अपनी

इस अलौकिक शक्ति को स्वदेश-बंधुओं के हित में लगाओ। अवनति की दशा में शृंगार और प्रेम का राग अलापने की ज़रूरत नहीं होती, इसे तुम भी स्वीकार करोगे। सामान्य कवियों के लिए कोई बंधन नहीं है—उन पर कोई उत्तरदायित्व नहीं है। लेकिन तुम्हें ईश्वर ने जितनी ही महत्त्वपूर्ण शक्ति प्रदान की है, उतना ही उत्तरदायित्व भी तुम्हारे ऊपर ज़्यादा है।

जब सोफ़िया चली गयी, तो विनय ने प्रभु सेवक से कहा—मैं इस निर्णय को पहले ही से जानता था। तुम लज्जित तो न हुए होगे ?

प्रभु सेवक—उसने तुम्हारी मुरौवत की है।

विनयसिंह—भाई, तुम बड़े अन्यायी हो। इतने युक्तिपूर्ण निर्णय पर भी उनके सिर इलज़ाम लगा ही दिया। मैं तो उनकी विचारशीलता का पहले ही से क़ायल था, आज से भक्त हो गया। इस निर्णय ने मेरे भाग्य का निर्णय कर दिया। प्रभु, मुझे स्वप्न में भी यह आशा न थी कि मैं इतनी आसानी से लालसा का दास हो जाऊँगा। मैं मार्ग से विचलित हो गया, मेरा संयम कपटी मित्र की भाँति परीक्षा के पहले ही अवसर पर मेरा साथ छोड़ गया। मैं भली भाँति जानता हूँ कि मैं आकाश के तारे तोड़ने जा रहा हूँ—वह फल खाने जा रहा हूँ, जो मेरे लिए वर्जित है। खूब जानता हूँ प्रभु, कि मैं अपने जीवन को नैराश्य की वेदी पर बलिदान कर रहा हूँ। अपनी पूज्य माता के हृदय पर कुठाराघात कर रहा हूँ, अपनी मर्यादा की नौका को कलंक के सागर में डुबो रहा हूँ, अपनी महत्वाकांक्षाओं को विसर्जित कर रहा हूँ; पर मेरा अंतःकरण इसके लिए मेरा तिरस्कार नहीं करता। सोफ़िया मेरी किसी तरह नहीं हो सकती; पर मैं उसका हो गया, और आजीवन उसी का रहूँगा।

प्रभु सेवक—विनय, अगर सोफ़ी को यह बात मालूम हो गयी, तो यह यहाँ एक क्षण भी न रहेगी; कहीं वह आत्महत्या न कर ले। ईश्वर के लिए यह अनर्थ न करो।

विनयसिंह—नहीं प्रभु, मैं बहुत जल्द यहाँ से चला जाऊँगा, और फिर कभी न आऊँगा। मेरा हृदय जलकर भस्म हो जाय; पर सोफ़ी को आँच भी न लगने पावेगी। मैं दूर देश में बैठा हुआ इस विद्या, विवेक और पवित्रता की देवी की उपासना किया करूँगा। मैं तुमसे सत्य कहता हूँ, मेरे प्रेम में वासना का लेश भी नहीं हे। मेरे जीवन को सार्थक बनाने के लिए यह अनुराग ही काफ़ी है। यह मत समझो कि मैं सेवा-धर्म का त्याग कर रहा हूँ। नहीं, ऐसा न होगा, मैं अब भी सेवा-मार्ग का अनुगामी रहूँगा; अंतर केवल इतना होगा कि निराकार की जगह साकार की, अदृश्य की जगह दृश्यमान की भक्ति करूँगा।

सहसा जाह्नवी ने आकर कहा—विनय, ज़रा इंदु के पास चले जाओ, कई दिन से उसका समाचार नहीं मिला। मुझे शंका हो रही है, कहीं बीमार तो नहीं हो गयी। ख़त भेजने में इतना विलंब तो कभी न करती थी।

विनय तैयार हो गये। कुरता पहना, हाथ में सोटा लिया और चल दिये। प्रभु सेवक सोफ़ी के पास आकर बैठ गये और सोचने लगे—विनयसिंह की बातें इससे कहूँ या न कहूँ। सोफ़ी ने उन्हें चिंतित देखकर पूछा—कुँवर साहब कुछ कहते थे ?

प्रभु सेवक—उस विषय में तो कुछ नहीं कहते थे; पर तुम्हारे विषय में ऐसे भाव प्रकट किये, जिनकी संभावना मेरी कल्पना में भी न आ सकती थी।

सोफ़ी ने क्षण-भर ज़मीन की ओर ताकने के बाद कहा—मैं समझती हूँ, पहले ही समझ जाना चाहिए था; पर मैं इससे चिंतित नहीं हूँ। यह भावना मेरे हृदय में उसी दिन अंकुरित हुई, जब यहाँ आने के चौथे दिन बाद मैंने आँखें खोलीं, और उस अर्द्धचेतना की दशा में एक देव-मूर्ति को सामने खड़े अपनी ओर वात्सल्य-दृष्टि से देखते हुए पाया। वह दृष्टि और वह मूर्ति आज तक मेरे हृदय पर अंकित है और सदैव अंकित रहेगी।

प्रभु सेवक—सोफ़ी, तुम्हें यह कहते हुए लज्जा नहीं आती ?

सोफ़िया—नहीं, लज्जा नहीं आती। लज्जा की बात ही नहीं है। वह मुझे अपने प्रेम के योग्य समझते हैं, यह मेरे लिए गौरव की बात है। ऐसे साधु-प्रकृति, ऐसे त्यागमूर्ति, ऐसे सदुत्साही पुरुष की प्रेम-पात्री बनने में कोई लज्जा नहीं। अगर प्रेम-प्रसाद पाकर किसी युवती को गर्व होना चाहिए, तो वह युवती मैं हूँ। यही वरदान था, जिसके लिए मैं इतने दिनों तक शांत भाव से धैर्य धारण किए हुए मन में तप कर रही थी। वह वरदान आज मुझे मिल गया है, तो यह मेरे लिए लज्जा की बात नहीं, आनन्द की बात है।

प्रभु सेवक—धर्म-विरोध के होते हुए भी ?

सोफ़िया—यह विचार उन लोगों के लिए है, जिनके प्रेम वासनाओं से युक्त होते हैं। प्रेम और वासना में उतना ही अंतर है, जितना कंचन और काँच में। प्रेम की सीमा भक्ति से मिलती है, और उनमें केवल मात्रा का भेद है। भक्ति में सम्मान का और प्रेम में सेवाभाव का आधिक्य होता है। प्रेम के लिए धर्म की विभिन्नता कोई बंधन नहीं है। ऐसी बाधाएँ उस मनोभाव के लिए हैं, जिसका अंत विवाह है, उस प्रेम के लिए नहीं, जिसका अंत बलिदान है।

प्रभु सेवक—मैंने तुम्हें जता दिया, यहाँ से चलने के लिए तैयार रहो।

सोफ़िया—मगर घर पर किसी से इसकी चर्चा करने की ज़रूरत नहीं।

प्रभु सेवक—इससे निश्ंचित रहो।

सोफ़िया—कुछ निश्चय हुआ, यहाँ से उनके जाने का कब इरादा है ?

प्रभु सेवक—तैयारियाँ हो रही हैं। रानीजी को यह बात मालूम हुई, तो विनय के लिए कुशल नहीं। मुझे आश्चर्य न होगा, अगर मामा से इसकी शिकायत करें।

सोफ़िया ने गर्व से सिर उठाकर कहा—प्रभु, कैसी बच्चों की-सी बातें करते हो ? प्रेम अभय का मन्त्र है। प्रेम का उपासक संसार की समस्त चिंताओं और बाधाओं से मुक्त हो जाता है।

प्रभु सेवक चले गये, तो सोफ़िया ने किताब बंद कर दी और बाग़ में आकर हरी घास पर लेट गयी। उसे आज लहराते हुए फूलों में, मंद-मंद चलने वाली वायु में, वृक्षों पर चहकने वाली चिड़ियों के कलरव में, आकाश पर छायी हुई लालिमा में एक विचित्र शोभा, एक अकथनीय सुषमा, एक अलौकिक छटा का अनुभव हो रहा था। वह प्रेम-रत्न पा गयी थी।

उस दिन के बाद एक सप्ताह हो गया, पर विनयसिंह ने राजपूताने को प्रस्थान न किया। वह किसी-न-किसी हीले से दिन टालते जाते थे। कोई तैयारी न करनी थी, फिर भी तैयारियाँ पूरी न होती थीं। अब विनय और सोफ़िया, दोनों ही को विदित होने लगा कि प्रेम को, जब वह स्त्री और पुरुष में हो, वासना से निर्लिप्त रखना उतना आसान नहीं है, जितना उन्होंने समझा था। सोफ़ी एक किताब बग़ल में दबाकर प्रातःकाल बाग़ में जा बैठती। शाम को भी

कहीं और सैर करने न जाकर वहीं आ जाती। विनय भी उससे कुछ दूर पर लिखते-पढ़ते, कुत्ते से खेलते या किसी मित्र से बातें करते अवश्य दिखायी देते। दोनों एक दूसरे की ओर दबी आँखों से देख लेते थे; पर संकोचवश कोई बातचीत करने में अग्रसर न होता था। दोनों ही लज्जाशील थे; पर दोनों इस मौन भाषा का आशय समझते थे। पहले इस भाषा का ज्ञान न था। दोनों के मन में एक ही उत्कंठा, एक ही विकलता, एक ही तड़प, एक ही ज्वाला थी। मौन भाषा से उन्हें तस्कीन न होती; पर किसी को वार्तालाप करने का साहस न होता। दोनों अपने-अपने मन में प्रेम-वार्ता की नयी-नयी उक्तियाँ सोचकर आते और यहाँ आकर भूल जाते। दोनों ही व्रतधारी, दोनों ही आदर्शवादी थे; किंतु एक का धर्मग्रन्थों की ओर ताकने को जी न चाहता था, दूसरा समिति को अपने निर्धारित विषय पर व्याख्यान देने का अवसर भी न पाता था। दोनों ही के लिए प्रेम-रत्न प्रेम-मद सिद्ध हो रहा था।

एक दिन, रात को, भोजन करने के बाद सोफ़िया रानी जाह्नवी के पास बैठी हुई कोई समाचार-पत्र पढ़कर सुना रही थी कि विनयसिंह आकर बैठ गये। सोफ़ी की विचित्र दशा हो गयी, पढ़ते-पढ़ते भूल जाती कि कहाँ तक पढ़ चुकी हूँ, और पढ़ी हुई पंक्तियों को फिर पढ़ने लगती, वह भी अटक-अटक कर, शब्दों पर आँखें न जमतीं। वह भूल जाना चाहती थी कि कमरे में रानी के अतिरिक्त कोई और बैठा हुआ है, पर बिना विनय की ओर देखे ही उसे दिव्य ज्ञान-सा हो जाता था कि अब वह मेरी और ताक रहे हैं, और तत्क्षण उसका मन अस्थिर हो जाता। जाह्नवी ने कई बार टोका—सोती तो नहीं हो ? क्या बात है, रुक क्यों जाती हो ? आज तुझे क्या हो गया है बेटी ? सहसा उनकी दृष्टि विनयसिंह की ओर फिरी—उसी समय जब वह प्रेमातुर नेत्रों से उसकी ओर ताक रहे थे। जाह्नवी का विकसित, शांत मुख-मंडल तमतमा उठा, मानो बाग़ में आग लग गयी। अग्निमय नेत्रों से विनय की ओर देखकर बोलीं—तुम कब जा रहे हो ?

विनयसिंह—बहुत जल्द।

जाह्नवी—मैं बहुत जल्द का आशय यह समझती हूँ कि तुम कल प्रातःकाल ही प्रस्थान करोगे।

विनयसिंह—अभी साथ जाने वाले कई सेवक बाहर गये हुए हैं।

जाह्नवी—कोई चिंता नहीं। वे पीछे चले जायँगे, तुम्हें कल प्रस्थान करना होगा।

विनयसिंह—जैसी आज्ञा।

जाह्नवी—अभी जाकर सब आदमियों को सूचना दे दो। मैं चाहती हूँ कि तुम स्टेशन पर सूर्य के दर्शन करो।

विनय—इंदु से मिलने जाना है।

जाह्नवी—कोई ज़रूरत नहीं। मिलने-भेंटने की प्रथा स्त्रियों के लिए है, पुरुषों के लिए नहीं, जाओ।

विनय को फिर कुछ कहने की हिम्मत न हुई, आहिस्ता से उठे और चले गये।

सोफ़ी ने साहस करके कहा—आजकल तो राजपूताने में आग बरसती होगी !

जाह्नवी ने निश्चयात्मक भाव से कहा—कर्तव्य कभी आग और पानी की परवा नहीं करता। जाओ, तुम भी सो रहो, सबेरे उठना है।

सोफ़ी सारी रात बैठी रही। विनय से एक बार मिलने के लिए उसका हृदय तड़फड़ा रहा था—आह ! वह कल चले जायँगे, और मैं उनसे विदा भी न हो सकूँगी। वह बार-बार खिड़की से झाँकती कि कहीं विनय की आहट मिल जाय। छत पर चढ़कर देखा; अंधकार छाया हुआ था, तारागण उसकी आतुरता पर हँस रहे थे। उसके जी में कई बार प्रबल आवेग हुआ कि छत पर से नीचे बाग़ में कूद पड़ूँ, उनके कमरे में जाऊँ और कहूँ—मैं तुम्हारी हूँ ! आह ! अगर सम्प्रदाय ने हमारे और उनके बीच में बाधा न खड़ी कर दी होती, तो वह इतने चिंतित क्यों होते, मुझको इतना संकोच क्यों होता, रानी मेरी अवहेलना क्यों करतीं ? अगर मैं राजपूतनी होती तो रानी सहर्ष मुझे स्वीकार करतीं, पर मैं ईसा की अनुचरी होने के कारण त्याज्य हूँ। ईसा और कृष्ण में कितनी समानता है; पर उनके अनुचरों में कितनी विभिन्नता ! कैसा अनर्थ है ! कौन कह सकता है कि साम्प्रदायिक भेदों ने हमारी आत्माओं पर कितना अत्याचार किया है।

ज्यों-ज्यों रात बीतती थी, सोफ़ी का दिल नैराश्य से बैठा जाता—हाय, मैं यों ही बैठी रहूँगी और सबेरा हो जायगा, विनय चले जायँगे। कोई ऐसा भी तो नहीं, जिसके हाथों एक पत्र लिखकर भेज दूँ। मेरे ही कारण तो उन्हें यह दण्ड मिल रहा है। माता का हृदय भी निर्दय होता है। मैं समझी थी, मैं ही अभागिनी हूँ; पर अब मालूम हुआ, ऐसी माताएँ और भी हैं !

तब वह छत पर से उतरी और अपने कमरे में जाकर लेट रही। नैराश्य ने निद्रा की शरण ली; पर चिन्ता की निद्रा क्षुधावस्था का विनोद है—शान्ति-विहीन और नीरस। ज़रा ही देर सोयी थी कि चौंककर उठ बैठी। सूर्य का प्रकाश कमरे में फैल गया था, और विनयसिंह अपने बीसों साथियों के साथ स्टेशन जाने को तैयार खड़े थे। बाग़ में हज़ारों आदमियों की भीड़ लगी हुई थी।

वह तुरन्त बाग़ में आ पहुँची और भीड़ को हटाती हुई यात्रियों के सम्मुख आकर खड़ी हो गयी। राष्ट्रीय गान हो रहा था, यात्री नंगे सिर, नंगे पैर, एक-एक कुरता पहने, हाथ में लकड़ी लिये, गरदनों में एक-एक थैली लटकाये चलने को तैयार थे। सब-के-सब प्रसन्न-वदन, उल्लास से भरे हुए, जातीयता के गर्व से उन्मत्त थे, जिनको देखकर दर्शकों के मन गौरवान्वित हो रहे थे। एक क्षण में रानी जाह्नवी आयीं और यात्रियों के मस्तक पर केसर के तिलक लगाये। तब कुँवर भरतसिंह ने आकर उनके गलों में हार पहनाये। इसके बाद डॉक्टर गांगुली ने चुने हुए शब्दों में उन्हें उपदेश दिया। उपदेश सुनकर यात्री लोग प्रस्थित हुए। जयजयकार की ध्वनि सहस्र-सहस्र कण्ठों से निकलकर वायुमण्डल को प्रतिध्वनित करने लगी। स्त्रियों और पुरुषों का एक समूह उनके पीछे-पीछे चला। सोफ़िया चित्रवत खड़ी यह दृश्य देख रही थी। उसके हृदय में बार-बार उत्कंठा होती थी, मैं भी इन्हीं यात्रियों के साथ चली जाऊँ और अपने दुःखित बन्धुओं की सेवा करूँ। उसकी आँखें विनयसिंह की ओर लगी हुई थीं। एकाएक विनयसिंह की आँखें उसकी ओर फ़िरीं; उनमें कितना नैराश्य था, कितनी मर्म-वेदना, कितनी विवशता, कितनी विनय ! वह सब यात्रियों के पीछे चल रहे थे, बहुत धीरे-धीरे, मानो पैरों में बेड़ी पड़ी हुई हो। सोफ़िया उपचेतना की अवस्था में यात्रियों के पीछे-पीछे चली, और उसी दशा में सड़क पर आ पहुँची; फिर चौराहा मिला, इसके बाद किसी राजा का विशाल भवन मिला; पर अभी

तक सोफ़ी को ख़बर न हुई कि मैं इनके साथ चली आ रही हूँ। उसे इस समय विनयसिंह के सिवा और कोई नज़र ही न आता था। कोई प्रबल आकर्षण उसे खींचे लिये जाता था। यहाँ तक कि वह स्टेशन के समीप के चौराहे पर पहुँच गयी। अचानक उसके कानों में प्रभु सेवक की आवाज आयी, जो बड़े वेग से फ़िटन दौड़ाये चले आते थे।

प्रभु सेवक ने पूछा—सोफ़ी, तुम कहाँ जा रही हो ? जूते तक नहीं, केवल स्लीपर पहने हो !

सोफ़िया पर घड़ों पानी पड़ गया—आह ! मैं इस वेश में कहाँ चली आयी ! मुझे सुधि ही न रही। लजाती हुई बोली—कहीं तो नहीं !

प्रभु सेवक—क्या इन लोगों के साथ स्टेशन तक जाओगी ? आओ, गाड़ी पर बैठ जाओ। मैं भी वहीं चलता हूँ। मुझे तो अभी-अभी मालूम हुआ कि ये लोग जा रहे हैं, जल्दी से गाड़ी तैयार कराके आ पहुँचा, नहीं तो मुलाक़ात भी न होती।

सोफ़ी—मैं इतनी दूर निकल आयी, और ज़रा भी ख़याल न आया कि कहाँ जा रही हूँ।

प्रभु सेवक—आकर बैठ न जाओ। इतनी दूर आयी हो, तो स्टेशन तक और चली चलो।

सोफ़ी—मैं स्टेशन न आऊँगी। यहीं से लौट जाऊँगी।

प्रभु सेवक—मैं स्टेशन से लौटता हुआ आऊँगा। आज तुम्हें मेरे साथ घर चलना होगा।

सोफ़ी—मैं वहाँ न जाऊँगी।

प्रभु सेवक—बड़े पापा बहुत नाराज़ होंगे। आज उन्होंने तुम्हें बहुत आग्रह करके बुलाया है।

सोफ़ी—जब तक मामा मुझे खुद आकर न ले जायँगी, उस घर में क़दम न रखूँगी।

यह कहकर सोफ़ी लौट पड़ी, और प्रभु सेवक स्टेशन की तरफ़ चल दिये।

स्टेशन पर पहुँचकर विनय ने चारों तरफ़ आँखें फाड़-फाड़कर देखा, सोफ़ी न थी।

प्रभु सेवक ने उसके कान में कहा—धर्मशाले तक यों ही रात के कपड़े पहने चली आयी थी, वहाँ से लौट गयी। जाकर ख़त ज़रूर लिखिएगा, वरना वह राजपूताने जा पहुँचेगी।

विनय ने गद्‌गद कण्ठ से कहा—केवल देह लेकर जा रहा हूँ, हृदय यहीं छोड़े जाता हूँ।

दस

बालकों पर प्रेम की भाँति द्वेष का असर भी अधिक होता है। जब से मिठुआ और घीसू को मालूम हुआ था कि ताहिरअली हमारा मैदान ज़बरदस्ती ले रहे हैं, तब से दोनों उन्हें अपना दुश्मन समझते थे। चतारी के राजा साहब और सूरदास में जो बातें हुई थीं, उनकी उन दोनों को ख़बर न थी। सूरदास को स्वयं शंका थी कि यद्यपि राजा साहब ने आश्वासन दिया है, पर शीघ्र ही यह समस्या फिर उपस्थित होगी। जॉन सेवक साहब इतनी आसानी से गला छोड़ने वाले नहीं हैं। बजरंगी, नायकराम आदि भी इसी प्रकार की बातें करते रहते थे। मिठुआ और घीसू इन बातों को बड़े प्रेम से सुनते, और उनकी द्वेषाग्नि और भी प्रचंड होती थी। घीसू जब भैंसें लेकर मैदान जाता तो ज़ोर-ज़ोर से पुकारता—देखें, कौन हमारी जमीन लेता है, उठाकर ऐसा पटकूँ

कि वह भी याद करे। दोनों टाँगें तोड़ दूँगा। कुछ खेल समझ लिया है ! वह ज़रा था भी कड़े दम, कुश्ती लड़ता था। बजरंगी खुद भी जवानी में अच्छा पहलवान था। घीसू को वह शहर के पहलवानों की नाक बना देता चाहता था, जिससे पंजाबी पहलवानों को भी ताल ठोकने की हिम्मत न पड़े, दूर-दूर जाकर दंगल मारे, लोग कहें—'यह बजरंगी का बेटा है।' अभी से घीसू को अखाड़े भेजता था। घीसू अपने घमंड में समझता था कि मुझे जो पेंच मालूम हैं, उनसे जिसे चाहूँ, गिरा दूँ। मिठुआ कुश्ती तो न लड़ता था; पर कभी-कभी अखाड़े की तरफ़ जा बैठता था। उसे अपनी पहलवानी की डींग मारने के लिए इतना ही काफ़ी था। दोनों जब ताहिरअली को कहीं देखते, तो सुना-सुनाकर कहते—दुस्मन जाता है, उसका मुँह काला ! मिठुआ कहता—जै संकर, काँटा लगे न कंकर, दुस्मन को तंग कर। घीसू कहता—बम भोला, बैरी के पेट में गोला, उससे कुछ न जाय बोला !

ताहिरअली इन छोकरों की छिछोरी बातें सुनते और अनसुनी कर जाते। लड़कों के मुँह क्या लगें। सोचते—कहीं ये सब गालियाँ दे बैठें, तो इनका क्या बना लूँगा। वे दोनों समझते, डर के मारे नहीं बोलते, और भी शेर हो जाते। घीसू मिठुआ पर उन पेंचों का अभ्यास करता, जिनसे वह ताहिरअली को पटकेगा। पहले यह हाथ पकड़ा, फिर अपनी तरफ़ खींचा, तब वह हाथ गर्दन में डाल दिया और अड़ंगी लगायी, बस चित। मिठुआ फ़ौरन गिर पड़ता था, और उसे इस पेंच के अद्भुत प्रभाव का विश्वास हो जाता था।

एक दिन दोनों ने सलाह की—चलकर मियाँजी के लड़कों की ख़बर लेनी चाहिए। मैदान में जाकर ज़ाहिर और जाबिर को खेलने के लिए बुलाया, और खूब चपतें लगायीं। जाबिर छोटा था, उसे मिठुआ ने दाबा। ज़ाहिर और घीसू का जोड़ था; लेकिन घीसू अखाड़ा देखे हुए था, कुछ दाँव-पेंच जानता ही था, आन-की-आन में ज़ाहिर को दबा बैठा। मिठुआ ने जाबिर के चुटकियाँ काटनी शुरू कीं। बेचारा रोने लगा। घीसू ने ज़ाहिर को कई घिस्से दिये, वह भी चौंधियाँ गया; जब देखा कि यह तो मार ही डालेगा, तो उसने भी फ़रियाद मचायी। इन दोनों का रोना सुनकर नन्हा सा साबिर एक पतली-सी टहनी लिये, अकड़ता हुआ पीड़ितों की सहायता करने आया, और घीसू को टहनी से मारने लगा। जब इस शस्त्र-प्रहार का घीसू पर कुछ असर न हुआ, तो उसने ज़्यादा चोट करने वाला बाण निकाला—घीसू पर थूकने लगा। घीसू ने ज़ाहिर को छोड़ दिया, और साबिर के दो-तीन तमाचे लगाये। ज़ाहिर मौका पाकर फिर उठा, और अबकी ज़्यादा सावधान होकर घीसू से चिमट गया। दोनों में मल्ल-युद्ध होने लगा। आख़िर घीसू ने उसे फिर पटका और मुश्कें चढ़ा दीं। ज़ाहिर को अब रोने के सिवा कोई उपाय न सूझा, जो निर्बलों का अंतिम आधार है। तीनों की आर्तध्वनि माहिरअली के कान में पहुँची। वह इस समय स्कूल जाने को तैयार थे। तुरन्त किताबें पटक दीं और मैदान की तरफ़ दौड़े। देखा, तो जाबिर और ज़ाहिर नीचे पड़े हाय-हाय कर रहे हैं और साबिर अलग बिलबिला रहा है ! कुलीनता का रक्त खौल उठा; मैं सैयद, पुलिस के अफ़सर का बेटा, चुंगी के मुहर्रिर का भाई, अँगरेजी के आठवें दरजे का विद्यार्थी ! यह मूर्ख, उजड्ड अहीर का लौंडा, इसकी इतनी मजाल कि मेरे भाइयों को नीचा दिखाये ! घीसू को एक ठोकर लगायी और मिठुआ को कई तमाचे। मिठुआ तो रोने लगा; किंतु घीसू चिमड़ा था। ज़ाहिर को छोड़कर उठा, हौसले बढ़े हुए थे, दो मोरचे जीत चुका

था, ताल ठोककर माहिरअली से भी लिपट गया। माहिर का सफ़ेद पाजामा मैला हो गया, आज ही जूते में रोग़न लगाया था, उस पर गर्द पड़ गयी; सँवारे हुए बाल बिखर गये, क्रोधोन्मत्त होकर घीसू को इतनी ज़ोर से धक्का दिया कि वह दो क़दम पर जा गिरा। साबिर, ज़ाहिर, जाबिर, सब हँसने लगे। लड़कों की चोट प्रतिकार के साथ ही ग़ायब हो जाती है। घीसू इनको हँसते देखकर और भी झुँझलाया; फिर उठा और माहिर अली से लिपट गया। माहिर ने उसका टेंटुआ पकड़ा और ज़ोर से दबाने लगे। घीसू ने समझा, अब मरा, यह बिना मारे न छोड़ेगा। मरता क्या न करता, माहिर के हाथ में दाँत जमा दिये; तीन दाँत गड़ गये, खून बहने लगा। माहिर चिल्ला उठे, उसका गला छोड़कर अपना हाथ छुड़ाने का यत्न करने लगे; मगर घीसू किसी भाँति न छोड़ता था। खून बहते देखकर तीनों भाइयों ने फिर रोना शुरू किया। ज़ैनब और रक़िया यह हंगामा सुनकर दरवाज़े पर आ गयीं। देखा तो समरभूमि रक्त से प्लावित हो रही है, गालियाँ देती हुई ताहिरअली के पास आयीं। ज़ैनब ने तिरस्कार भाव से कहा—तुम यहाँ बैठे खालें नोच रहे हो, कुछ दीन-दुनिया की भी ख़बर है ! वहाँ वह अहीर का लौंडा हमारे लड़कों का खून-खच्चर किये डालता है। मुए को पकड़ पाती, तो खून ही चूस लेती।

रकिया—मुआ आदमी है कि देव-बच्चा है ! माहिर के हाथ में इतनी ज़ोर से दाँत काटा है कि खून के फ़ौवारे निकल रहे हैं। कोई दूसरा मर्द होता, तो इसी बात पर मुए को जीता गाड़ देता।

ज़ैनब—कोई अपना होता, तो इस वक़्त मूड़ीकाटे को कच्चा ही चबा जाता।

ताहिरअली घबराकर मैदान की ओर दौड़े। माहिर के कपड़े खून से तर देखे, तो जामे से बाहर हो गये। घीसू के दोनों कान पकड़कर ज़ोर से हिलाये और तमाचे-पर-तमाचे लगाने शुरू किये। मिठुआ ने देखा, अब पिटने की बारी आयी; मैदान हमारे हाथ से गया, गालियाँ देता हुआ भागा; इधर घीसू ने भी गालियाँ देनी शुरू कीं। शहर के लौंडे गाली की कला में सिद्धहस्त होते हैं। घीसू नयी-नयी अछूती गालियाँ दे रहा था और ताहिरअली गालियों का जवाब तमाचों से दे रहे थे। मिठुआ ने जाकर इस संग्राम की सूचना बजरंगी को दी—सब लोग मिलकर घीसू को मार रहे हैं, उसके मुँह से लहू निकल रहा है। वह भैंसें चरा रहा था, बस तीनों लड़के आकर भैंसों को भगाने लगे। घीसू ने मना किया, तो सबों ने मिलकर मारा, और बड़े मियाँ भी निकलकर मार रहे हैं। बजरंगी यह ख़बर सुनते ही आग हो गया। उसने ताहिरअली की माताओं को 50 रुपये दिये थे और उस ज़मीन को अपनी समझे बैठा था। लाठी उठायी और दौड़ा। देखा, तो ताहिरअली घीसू के हाथ-पाँव बँधवा रहे हैं। पागल हो गया, बोला—बस, मुंशीजी, भला चाहते हो, तो हट जाओ; नहीं तो सारी सेखी भुला दूँगा, यहाँ जेहल का डर नहीं है, साल-दो-साल वहीं काट आऊँगा, लेकिन तुम्हें किसी काम का न रखूँगा। जमीन तुम्हारे बाप की नहीं है। इसीलिए तुम्हें 50 रुपये दिये हैं। क्या वे हराम के रुपये थे ? बस, हट ही जाओ, नहीं तो कच्चा चबा जाऊँगा; मेरा नाम बजरंगी है।

ताहिरअली ने अभी कुछ जवाब न दिया था कि घीसू ने बाप को देखते ही ज़ोर से छलाँग मारी और एक पत्थर उठाकर ताहिरअली की तरफ़ फेंका। वह सिर नीचा न कर लें तो माथा फट जाय। जब तक घीसू दूसरा पत्थर उठाये, उन्होंने लपककर उसका हाथ पकड़ा और इतनी

ज़ोर से ऐंठा कि वह 'आह मरा ! आह मरा !' कहता हुआ ज़मीन पर गिर पड़ा। अब बजरंगी आपे से बाहर हो गया। झपटकर ऐसी लाठी मारी कि ताहिरअली तिलमिलाकर गिर पड़े। कई चमार, जो अब तक इसे लड़कों का झगड़ा समझकर चुपचाप बैठे थे, ताहिरअली को गिरते देखकर दौड़े और बजरंगी को पकड़ लिया। समर-क्षेत्र में सन्नाटा छा गया। हाँ, ज़ैनब और रक़िया द्वार पर खड़े शब्द-बाण चलाती जाती थीं—मूड़ीकाटे ने ग़जब कर दिया, इस पर खुदा का क़हर गिरे, दूसरा दिन देखना नसीब न हो, इसकी मैयत उठे, कोई दौड़कर साहब के पास क्यों जाकर इत्तिला नहीं करता ! अरे-अरे चमारो, बैठे मुँह क्या ताकते हो, जाकर साहब को ख़बर क्यों नहीं देते; कहना—अभी चलिए। साथ लाना, कहना—पुलिस लेते चलिए, यहाँ जान देने नहीं आये हैं।

बजरंगी ने ताहिरअली को गिरते देखा, तो सँभल गया, दूसरा हाथ न चलाया। घीसू का हाथ पकड़ा और घर चला गया। यहाँ घर में कुहराम मचा। दो चमार जॉन सेवक के बँगले की तरफ़ गये। ताहिरअली को लोगों ने उठाया और चारपाई पर लादकर कमरे में लाये। कंधे पर लाठी पड़ी थी, शायद हड्डी टूट गयी थी। अभी तक बेहोश थे। चमारों ने तुरंत हल्दी पीसी और उसे गुड़-चूने में मिलाकर उनके कंधे में लगाया। एक आदमी लपक कर रेंड़ के पत्ते तोड़ लाया, दो आदमी बैठकर सेंकने लगे। ज़ैनब और रक़िया तो माहिरअली की मरहम-पट्टी करने लगीं, बेचारी कुल्सूम दरवाज़े पर खड़ी रो रही थी। पति की ओर उससे ताका भी न जाता था। गिरने से उनके सिर में चोट आ गयी थी। लहू बहकर माथे पर जम गया था। बालों में लटें पड़ गयी थीं, मानो किसी चित्रकार के ब्रुश में रंग सुख गया हो। हृदय में शूल उठ रहा था; पर पति के मुख की ओर ताकते ही उसे मुर्च्छा-सी आने लगती थी, दूर खड़ी थी; यह विचार भी मन में उठ रहा था कि ये सब आदमी अपने दिल में क्या कहते होंगे। इसे पति के प्रति ज़रा भी प्रेम नहीं, खड़ी तमाशा देख रही है। क्या करूँ, उनका चेहरा न जाने कैसा हो गया है ! वही चेहरा, जिसकी कभी बलाएँ ली जाती थीं, मरने के बाद भयावह हो जाता है, उसकी ओर दृष्टिपात करने के लिए कलेजे को मज़बूत करना पड़ता है। जीवन की भाँति मृत्यु का भी सबसे विशिष्ट आलोक मुख ही पर पड़ता है। ताहिरअली की दिन-भर सेंक-बाँध हुई। चमारों ने इस तरह दौड़-धूप की, मानो उनका कोई अपना इष्ट मित्र है। क्रियात्मक सहानुभूति ग्राम-निवासियों का विशेष गुण है। रात को भी कई चमार उनके पास बैठे सेंकते-बाँधते रहे। ज़ैनब और रक़िया बार-बार कुल्सूम को ताने देतीं—बहन, तुम्हारा दिल भी ग़ज़ब का है। शौहर का वहाँ बुरा हाल हो रहा है और तुम यहाँ मज़े से बैठी हो। हमारे मियाँ के सिर में ज़रा-सा दर्द होता था, तो हमारी जान नाखून में समा जाती थी। आजकल की औरतों का कलेजा सचमुच पत्थर का होता है। कुल्सूम का हृदय इन बाणों से बिंध जाता था; पर यह कहने का साहस न होता था कि तुम्हीं दोनों क्यों नहीं चली जातीं ? आख़िर तुम भी तो उन्हीं की कमाई खाती हो, और मुझसे अधिक। किन्तु इतना कहती, तो बचकर कहाँ जाती, दोनों उसके गले पड़ जातीं। सारी रात जागती रही। बार-बार द्वार पर जाकर आहट ले आती थी। किसी भाँति रात कटी। प्रातःकाल ताहिरअली की आँखें खुलीं; दर्द से अब भी कराह रहे थे; पर अब अवस्था उतनी शोचनीय न थी। तकिये के सहारे बैठ गये। कुल्सूम ने उन्हें चमारों से बातें करते सुना। उसे

ऐसा जान पड़ा कि इनका स्वर कुछ विकृत हो गया है। चमारों ने ज्यों ही उन्हें होश में देखा, समझ गये कि अब हमारी ज़रूरत नहीं रही, अब घर वालों की सेवा-सुश्रूषा का अवसर आ गया। एक-एक करके बिदा हो गये। अब कुल्सूम ने चित्त को सावधान किया और पति के पास आ बैठी। ताहिरअली ने उसे देखा, तो क्षीण स्वर में बोले—खुदा ने मुझे नमकहरामी की सज़ा दी है। जिनके लिए अपने आक़ा का बुरा चेता, वही अपने दुश्मन हो गये।

कुल्सूम—तुम यह नौकरी छोड़ क्यों नहीं देते ? जब तक ज़मीन का मुआमला तय न हो जायगा, एक-न-एक झगड़ा-बखेड़ा रोज़ होता रहेगा, लोगों से दुश्मनी बढ़ती जायगी। यहाँ जान थोड़े ही देनी है। खुदा ने जैसे इतने दिन रोज़ी दी, वैसे ही फिर देगा। जान तो सलामत रहेगी।

ताहिर—जान तो सलामत रहेगी, पर गुज़र क्योंकर होगा, कौन इतना दिये देता है ? देखती हो कि अच्छे-अच्छे पढ़े-लिखे आदमी मारे-मारे फिरते हैं।

कुल्सूम—न इतना मिलेगा, न सही; इसका आधा तो मिलेगा ! दोनों वक़्त न खायँगे, एक ही वक़्त सही; जान तो आफ़त में न रहेगी।

ताहिर—तुम एक वक़्त खाकर खुश रहोगी, घर में और लोग भी तो हैं, उनके दुखड़े रोज़ कौन सुनेगा ? मुझे अपनी जान से दुश्मनी थोड़े ही है; पर मजबूर हूँ। खुदा को जो मंजूर होगा, वह पेश आयेगा।

कुल्सूम—घर के लोगों के पीछे क्या जान दे दोगे ?

ताहिर—कैसी बातें करती हो, आख़िर वे लोग कोई ग़ैर तो नहीं हैं ? अपने ही भाई हैं, अपनी माँए हैं। उनकी परवरिश मेरे सिवा और कौन करेगा ?

कुल्सूम—तुम समझते होगे, वे तुम्हारे मोहताज हैं; मगर उन्हें तुम्हारी रत्ती-भर भी परवा नहीं। सोचती हैं, जब तक मुफ़्त का मिले, अपने ख़जाने में क्यों हाथ लगायें। मेरे बच्चे पैसे-पैसे को तरसते हैं और वहाँ मिठाइयों की हाँड़ियाँ आती हैं, उनके लड़के मज़े से खाते हैं। देखती हूँ और आँखें बन्द कर लेती हूँ।

ताहिर—मेरा जो फ़र्ज़ है, उसे पूरा करता हूँ। अगर उनके पास रुपये हैं, तो इसका मुझे क्यों अफ़सोस हो, वे शौक़ से खायें, आराम से रहें। तुम्हारी बातों से हसद की बू आती है। खुदा के लिए मुझसे ऐसी बातें न किया करो।

कुल्सूम—पछताओगे; जब समझाती हूँ, मुझ ही पर नाराज़ होते हो; लेकिन देख लेना, कोई बात न पूछेगा।

ताहिर—यह सब तुम्हारी नियत का क़सूर है।

कुल्सूम—हाँ, औरत हूँ, मुझे अक़्ल कहाँ ! पड़े तो हो, किसी ने झाँका तक नहीं। क़लक़ होती, तो यों चैन से न बैठी रहतीं।

ताहिरअली ने करवट ली, तो कन्धे में असह्य वेदना हुई। 'आह-आह' करके चिल्ला उठे। माथे पर पसीना आ गया। कुल्सूम घबराकर बोली—किसी को भेजकर डॉक्टर को क्यों नहीं बुला लेते ? कहीं हड्डी पर ज़रब न आ गया हो।

ताहिर—हाँ, मुझे भी ऐसा ही खौफ़ होता है, मगर डॉक्टर को बुलाऊँ तो उसकी फ़ीस के रुपये कहाँ से आवेंगे ?

कुल्सूम—तनख्वाह तो अभी मिली थी, क्या इतनी जल्द ख़र्च हो गयी ?

ताहिर—ख़र्च तो नहीं हो गयी, लेकिन फ़ीस की गुंजाइश नहीं है। अबकी माहिर की तीन महीने की फ़ीस देनी होगी। 12 रुपये तो फ़ीस ही के निकल जायँगे, सिर्फ 18 रुपये बचेंगे! अभी तो पूरा महीना पड़ा हुआ है। क्या फ़ाक़े करेंगे ?

कुल्सूम—जब देखो, माहिर की फ़ीस का तकाज़ा सिर पर सवार रहता है। अभी दस दिन हुए, फ़ीस दी नहीं गयी ?

ताहिर—दस दिन नहीं हुए, एक महीना हो गया।

कुल्सूम—फ़ीस अबकी न दी जायगी। डाक्टर की फ़ीस उनकी फ़ीस से ज़रूरी है। वह पढ़कर रुपये कमायँगे, तो मेरा घर न भरेंगे। मुझे तो तुम्हारी ही ज़ात का भरोसा है।

ताहिर—(बात बदलकर) इन मूज़ियों की जब तक अच्छी तरह तंबीह न हो जायगी, शरारत से बाज़ न आयँगे।

कुल्सूम—सारी शरारत इसी माहिर की थी। लड़कों में लड़ाई-झगड़ा होता ही रहता है। यह वहाँ न जाता तो क्यों मुआमला इतना तूल खींचता ? इस पर जो अहीर के लौंडे ने ज़रा दाँत काट लिया, तो तुम भन्ना उठे।

ताहिर—मुझे तो खून के छींटे देखते ही जैसे सिर पर भूत सवार हो गया।

इतने में घीसू की माँ जमुनी आ पहुँची। ज़ैनब ने उसे देखते ही तुरत बुला लिया और डाँटकर कहा—मालूम होता है, तेरी शामत आ गयी है।

जमुनी—बेगम साहब, सामत नहीं आयी हैं, बुरे दिन आये हैं, और क्या कहूँ। मैं कल दही बेचकर लौटी, तो यह हाल सुना। सीधे आपकी खिदमत में दौड़ी; पर यहाँ बहुत-से आदमी जमा थे, लाज के मारे लौट गयी। आज दही बेचने नहीं गयी। बहुत डरते-डरते आयी हूँ। जो कुछ भूल-चूक हुई, उसे माफ कीजिए, नहीं तो उजड़ जायँगे, कहीं ठिकाना नहीं है।

ज़ैनब—अब हमारे किये कुछ नहीं हो सकता। साहब बिना मुकदमा चलाये न मानेंगे, और वह न चलायँगे, तो हम चलायँगे। हम कोई धुनिये-जुलाहे हैं ? यों सबसे दबते फिरें, तो इज़्ज़त कैसे रहे ? मियाँ के बाप थानेदार थे; सारा इलाक़ा नाम से काँपता था, बड़े-बड़े रईस हाथ बाँधे सामने खड़े रहते थे। उनकी औलाद क्या ऐसी गयी-गुज़री हो गयी कि छोटे-छोटे आदमी बेइज़्ज़ती करें। तेरे लौंडे ने माहिर को इतनी ज़ोर से दाँत काटा कि लहूलुहान हो गया; पट्टी बाँधे पड़ा है। तेरे शौहर ने आकर लड़के को डाँट दिया होता, तो बिगड़ी बात बन जाती। लेकिन उसने तो आते-ही-आते लाठी का वार कर दिया। हम शरीफ़ लोग हैं, इतनी रिआयत नहीं कर सकते।

रक़िया—जब पुलिस आकर मारते-मारते कचूमर निकाल देगी, तब होश आयेगा; नज़र-नियाज़ देनी पड़ेगी, वह अलग। तब आटे-दाल का भाव मालूम होगा।

जमुनी को अपने पति के हिस्से का व्यावहारिक ज्ञान भी मिला था। इन धमकियों से भयभीत न होकर बोली—बेगम साहब, यहाँ इतने रुपये कहाँ धरे हैं, दूध-पानी करके दस-पाँच रुपये बटोरे हैं। वहीं तक अपनी दौड़ है। इस रोज़गार में अब क्या रखा है ! रुपये का तीन पसेरी तो भूसा मिलता है। एक रुपये में एक भैंस का पेट नहीं भरता। उस पर खली, बिनौला, भूसी,

चोकर सभी कुछ चाहिए। किसी तरह दिन काट रहे हैं। आपके बाल-बच्चों को साल-छः महीने दूध पिला दूँगी।

ज़ैनब समझ गयी कि यह अहीरन कच्ची गोटी नहीं खेली है। इसके लिए किसी दूसरे ही मंत्र का प्रयोग करना पड़ेगा। नाक सिकोड़कर बोली—तू अपना दूध अपने घर रख, यहाँ दूध-घी के ऐसे भूखे नहीं हैं। यह ज़मीन अपनी हुई जाती है; जितने जानवर चाहूँगी, पाल लूँगी। मगर तुझसे कहे देती हूँ कि तू कल से घर में न बैठने पायेगी। पुलिस की रपट तो साहब के हाथ में है; पर हमें भी खुदा ने ऐसा इल्म दिया है कि जहाँ एक नक़्श लिखकर दम किया कि ज़िन्नात अपना काम करने लगे। जब हमारे मियाँ ज़िन्दा थे, तो एक बार पुलिस के एक बड़े अँगरेज़ हाकिम से कुछ हुज्जत हो गयी। बोला—हम तुमको निकाल देंगे। मियाँ ने कहा, हमें निकाल दोगे, तो तुम भी आराम से न बैठोगे। मियाँ ने आकर मुझसे कहा। मैंने उसी रात को सुलेमानी नक़्श लिखकर दम किया, उसकी मेम साहब का पूरा हमल गिर गया। दौड़ा हुआ आया, खुशामदें कीं, पैरों पर गिरा, मियाँ से क़सूर मुआफ़ कराया, तब मेम की जान बची। क्यों रक़िया, तुम्हें याद है न ?

रक़िया—याद क्यों नहीं है, मैंने ही तो दुआ पढ़ी थी। साहब रात को दरवाज़े पर पुकारता था।

ज़ैनब—हम अपनी तरफ़ से किसी की बुराई नहीं चाहते; लेकिन जब जान पर आ बनती है, तो सबक़ भी ऐसा दे देते हैं कि ज़िंदगी भर न भूले। अभी अपने पीर से कह दें, तो खुदा जाने क्या ग़ज़ब ढाये। तुम्हें याद है रक़िया, एक अहीर ने उन्हें दूध में पानी मिलाकर दिया था, उनकी ज़बान से इतना ही निकला—जा, तुझसे खुदा समझे। अहीर ने घर आकर देखा, तो उसकी 200 रु. की भैंस मर गयी थी।

जमुनी ने ये बातें सुनीं, तो होश उड़ गये। अन्य स्त्रियों की भाँति वह भी थाना, पुलिस, कचहरी और दरबार की अपेक्षा भूत-पिशाचों से ज़्यादा डरी रहती थी। पास-पड़ोस में पिशाच-लीला देखने के अवसर आये दिन मिलते ही रहते थे। मुल्लाओं के यंत्र-मंत्र कहीं ज्यादा लागू होते हैं, यह भी जानती थी। ज़ैनब बेगम ने उसकी पिशाच-भीरूता को लक्षित करके अपनी विषय-चातुरी का परिचय दिया। जमुनी भयभीत होकर बोली—नहीं बेगम साहब, आपको भी भगवान् ने बाल-बच्चे दिये हैं, ऐसा जुलुम न कीजिएगा, नहीं तो मर जाऊँगी।

ज़ैनब—यह भी न करें, वह भी न करें, तो इज़्ज़त कैसे रहे ? कल को तेरा अहीर फिर लट्ठ लेकर आ पहुँचे तो ? खुदा ने चाहा, तो अब वह लट्ठ उठाने लायक रह ही न जायगा।

जमुनी थरथराकर पैरों पर गिर पड़ी और बोली—बीबी, जो हुकुम हो, उसके लिए हाज़िर हूँ।

ज़ैनब ने चोट-पर-चोट लगायी और जमुनी के बहुत रोने-गिड़गिड़ाने पर 25 रुपये लेकर ज़िन्नात से उसे अभयदान दिया। घर गयी, रुपये लाकर दिये और पैरों पर गिरी; मगर बजरंगी से यह बात न कही। वह चली तो ज़ैनब ने हँसकर कहा—खुदा देता है तो छप्पर फाड़कर देता है। इसका तो सान-गुमान भी न था। तुम बेसब्र हो जाती हो, नहीं तो मैंने कुछ-न-कुछ और ऐंठा होता। सवार को चाहिए कि बाग हमेशा कड़ी रखे।

सहसा साबिर ने आकर ज़ैनब से कहा—आपको अब्बा बुलाते हैं। ज़ैनब वहाँ गयी, तो ताहिरअली को पड़े कराहते देखा। कुल्सूम से बोली—बीवी, ग़ज़ब का तुम्हारा जिगर है। अरे भले आदमी, जाकर ज़रा मूँग की दलिया पका दे। ग़रीब ने रात को कुछ नहीं खाया, इस वक़्त भी मुँह में कुछ न जायगा, तो क्या हाल होगा ?

ताहिर—नहीं, मेरा कुछ खाने को जी नहीं चाहता। आपको इसलिए तकलीफ़ दी है कि अगर आपके पास कुछ रुपये हों, तो मुझे कर्ज़ के तौर पर दे दीजिए। मेरे कंधों में बड़ा दर्द है, शायद हड्डी टूट गयी है, डाक्टर को दिखाना चाहता हूँ; मगर उसकी फ़ीस के लिए रुपयों की ज़रूरत है।

ज़ैनब—बेटा, भला सोचो तो, मेरे पास रुपये कहाँ से आयँगे, तुम्हारे सिर की क़सम खाकर कहती हूँ। मगर तुम डाक्टर को बुलाओ ही क्यों ? तुम्हें सीधे साहब के यहाँ जाना चाहिए। यह हंगामा उन्हीं की बदौलत तो हुआ है, नहीं तो यहाँ हमसे किसी से क्या ग़रज थी। एक इक्का मँगवा लो और साहब के यहाँ चले जाओ। वह एक रुक़्क़ा लिख देंगे, तो सरकारी शफ़ाख़ाने में ख़ासी तरह इलाज हो जायगा। तुम्हीं सोचो, हमारी हैसियत डाक्टर बुलाने की है ?

ताहिरअली के दिल में यह बात बैठ गयी। माता को धन्यवाद दिया। सोचा, न जाने यही बात मेरी समझ में क्यों नहीं आयी। इक्का मँगवाया, लाठी के सहारे बड़ी मुश्किल से उस पर सवार हुए और साहब के बँगले पर पहुँचे।

मिस्टर सेवक, राजा महेन्द्रकुमार से मिलने के बाद, कंपनी के हिस्से बेचने के लिए बाहर चले गये थे और उन्हें लौटे हुए आज तीन दिन हो गये थे। कल वह राजा साहब से फिर मिले थे; मगर जब उनका फ़ैसला सुना, तो बहुत निराश हुए। बहुत देर तक बैठे तर्क-वितर्क करते रहे; लेकिन राजा साहब ने कोई संतोषजनक उत्तर न दिया। निराश होकर आये और मिसेज़ सेवक से सारा वृत्तांत कह सुनाया।

मिसेज़ सेवक को हिन्दुस्तानियों से चिढ़ थी। यद्यपि इसी देश के अन्न-जल से उनकी सृष्टि हुई थी, पर अपने विचार में हज़रत ईसा की शरण में आकर, वह हिन्दुस्तानियों के अवगुणों से मुक्त हो चुकी थीं। उनके विचार में यहाँ के आदमियों को खुदा ने सज्जनता, सहृदयता, उदारता, शालीनता आदि दिव्य गुणों से संपूर्णतः वंचित रक्खा है। वह योरपीय सभ्यता की भक्त थीं और आहार-व्यवहार में उसी का अनुसरण करती थीं; खान-पान, वेश-भूषा, रहन-सहन, सब अँगरेज़ी थी; मजबूरी केवल अपने साँवले रंग से थी। साबुन के निरंतर प्रयोग और अन्य रासायनिक पदार्थों का व्यवहार करने पर भी मनोकामना न पूरी होती थी। उनके जीवन की एकमात्र यही अभिलाषा थी कि हम ईसाइयों की श्रेणी से निकलकर अँगरेज़ों में जा मिलें, हमें लोग साहब समझें, हमारा रब्त-ज़ब्त अँगरेज़ों से हो, हमारे लड़कों की शादियाँ ऐंग्लो-इंडियन या कम-से-कम उच्च श्रेणी के यूरेशियन लोगों से हों। सोफ़ी की शिक्षा-दीक्षा अँगरेज़ी ढंग पर हुई थी; किन्तु वह माता के बहुत आग्रह करने पर भी अँगरेज़ी दावतों और पार्टियों में न शरीक होती थी, और नाच से तो उसे घृणा ही थी।

किन्तु मिसेज़ सेवक इन अवसरों को हाथ से न जाने देती थीं, यों काम न चलता तो विशेष प्रयत्न करके निमंत्रण-पत्र मँगवाती थीं। अगर स्वयं उनके मकान पर दावतें और पार्टियाँ बहुत

कम होती थीं, तो इसका कारण ईश्वर सेवक की कृपणता थी।

यह समाचार सुनकर मिसेज़ सेवक बोलीं—देख ली हिन्दुस्तानियों की सज्जनता? फूले न समाते थे। अब तो मालूम हुआ कि ये लोग कितने कुटिल और विश्वासघातक हैं! एक अंधे भिखारी के सामने तुम्हारी यह इज़्ज़त है! पक्षपात तो इन लोगों की घुट्टी में पड़ा हुआ है, और यह उन बड़े-बड़े आदमियों का हाल है, जो अपनी जाति के नेता समझे जाते हैं, जिनकी उदारता पर लोगों को गर्व है। मैंने मिस्टर क्लार्क से एक बार यह चर्चा की थी। उन्होंने तहसीलदारों को हुक्म दे दिया कि अपने-अपने इलाक़े में तम्बाकू की पैदावार बढ़ाओ। यह सोफ़ी के आग में कूदने का पुरस्कार है! ज़रा-सा म्युनिसिपैलिटी का अख़्तियार क्या मिल गया, सबों के दिमाग़ फिर गये। मिस्टर क्लार्क कहते थे कि अगर राजा साहब ज़मीन का मुआमला न तय करेंगे, तो मैं ज़ाब्ते से उसे आपको दिला दूँगा।

मिस्टर जोज़फ़ क्लार्क ज़िला के हाकिम थे। अभी थोड़े ही दिनों से यहाँ आये थे। मिसेज़ सेवक ने उनसे रब्त-ज़ब्त पैदा कर लिया था। वास्तव में उन्होंने क्लार्क को सोफ़ी के लिए चुना था। दो-एक बार उन्हें अपने घर बुला भी चुकी थीं। गृह-निर्वासन से पहले दो-तीन बार सोफ़ी से उनकी मुलाक़ात भी हो चुकी थी; किन्तु वह उनकी ओर विशेष आकृष्ट न हुई थी। तो भी मिसेज़ सेवक इस विषय में अभी निराश न हुई थीं। क्लार्क से कहती रहती थीं—सोफ़ी मेहमानी करने गयी है। इसी प्रकार अवसर पाकर उनकी प्रेमाग्नि को भड़काती रहती थी।

जॉन सेवक ने लज्जित होकर कहा—मैं क्या जानता था, यह महाशय भी दग़ा देंगे। यहाँ उनकी बड़ी ख्याति है, अपने वचन के पक्के समझे जाते हैं। खैर, कोई मुज़ायक़ा नहीं। अब कोई दूसरा उपाय सोचना पड़ेगा।

मिसेज़ सेवक—मैं मिस्टर क्लार्क से कहूँगी। पादरी साहब से भी सिफ़ारिश कराऊँगी।

जॉन सेवक—मिस्टर क्लार्क को म्युनिसिपैलिटी के मुआमलों में हस्तक्षेप करने का अधिकार नहीं है।

जॉन सेवक इसी चिन्ता में पड़े हुए थे कि इस हंगामे की ख़बर मिली। सन्नाटे में आ गये। पुलिस को रिपोर्ट की। दूसरे दिन गोदाम जाने का विचार कर ही रहे थे कि ताहिरअली लाठी टेकते हुए आ पहुँचे। आते-आते एक कुरसी पर बैठ गये। इक्के के हचकोलों ने अधमुआ-सा कर दिया था।

मिसेज़ सेवक ने अँगरेज़ी में कहा—कैसी सूरत बना ली है, मानो विपत्ति का पहाड़ टूट पड़ा है!

जॉन सेवक—कहिए मुंशीजी, मालूम होता है, आपको बहुत चोट आयी। मुझे इसका बड़ा दुख है।

ताहिर—हुजूर, कुछ न पूछिए, कंबख़्तों ने मार डालने में कोई कसर नहीं छोड़ी थी।

जॉन सेवक—और इन्हीं दुष्टों की आप मुझसे सिफ़ारिश कर रहे थे।

ताहिर—हुजूर, अपनी ख़ता की बहुत सज़ा पा चुका। मुझे ऐसा मालूम होता है कि मेरी गरदन की हड्डी पर ज़रब आ गया है।

जॉन सेवक—यह आपकी भूल है। हड्डी टूट जाना कोई मामूली बात नहीं है। आप यहाँ तक

किसी तरह न आ सकते थे। चोट ज़रूर आयी है, मगर दो-चार रोज मालिश कर लेने से आराम हो जायगा। आख़िर यह मारपीट हुई क्यों ?

ताहिर—हुजूर, यह सब उसी शैतान बजरंगी अहीर की हरकत है।

जॉन सेवक—मगर चोट खा जाने ही से आप निरपराध नहीं हो सकते। मैं इसे आपकी नादानी और असावधानी समझता हूँ। आप ऐसे आदमियों से उलझे ही क्यों ? आपको मालूम है, इसमें मेरी कितनी बदनामी है ?

ताहिर—मेरी तरफ़ से तो कोई ज्यादती नहीं हुई।

जॉन सेवक—ज़रूर हुई, वरना देहातों के आदमी किसी से छेड़कर लड़ने नहीं आते। आपको इस तरह रहना चाहिए कि लोगों पर आपका रोब रहे। यह नहीं कि छोटे-छोटे आदमियों को आपसे मार-पीट करने की हिम्मत हो।

मिसेज़ सेवक—कुछ नहीं, यह सब इनकी कमज़ोरी है। कोई राह चलते किसी को नहीं मारता।

ईश्वर सेवक कुरसी पर पड़े-पड़े बोले—खुदा के बेटे, मुझे अपने साये में ले, सच्चे दिल से उसकी बन्दगी न करने की यही सज़ा है।

ताहिरअली को ये बातें घाव पर नमक के समान लगीं। ऐसा क्रोध आया कि इसी वक़्त कह दूँ, जहन्नुम में जाय तुम्हारी नौकरी; पर जॉन सेवक को उनकी दुरवस्था से लाभ उठाने की एक युक्ति सूझ गयी। फ़िटन तैयार करायी और ताहिरअली को लिये हुए राजा महेन्द्रकुमार के मकान पर जा पहुँचे। राजा साहब शहर का गश्त लगाकर मकान पर पहुँचे ही थे कि जॉन सेवक का कार्ड पहुँचा। झुँझलाये, लेकिन शील आ गया, बाहर निकल आये। मिस्टर सेवक ने कहा—क्षमा कीजिएगा, आपको कुसमय कष्ट हुआ, किन्तु पाँड़ेपुर वालों ने इतना उपद्रव मचा रखा है कि मेरी समझ में नहीं आता, आपके सिवा किसका दामन पकड़ूँ। कल सबों ने मिलकर गोदाम पर धावा कर दिया। शायद आग लगा देना चाहते थे, पर आग तो न लगा सके; हाँ, यह मेरे एजेंट हैं, सब-के-सब इन पर टूट पड़े। इनको और इनके भाइयों को मारते-मारते बेदम कर दिया। इतने पर भी उन्हें तस्कीन न हुई, ज़नाने मकान में घुस गये; और अगर स्त्रियाँ अन्दर से द्वार न बन्द कर लें तो उनकी आबरू बिगड़ने में कोई सन्देह न था। इनके तो ऐसी चोटें लगी हैं कि शायद महीनों चलने-फिरने लायक़ न हों, कंधे की हड्डी टूट गयी है।

महेन्द्रकुमार सिंह स्त्रियों का बड़ा सम्मान करते थे। उनका अपमान होते देखकर तैश में आ जाते थे। रौद्र रूप धारण करके बोले—सब ज़नाने में घुस गये ?

जॉन सेवक—किवाड़ तोड़ना चाहते थे, मगर चमारों ने धमकाया तो हट गये।

महेन्द्रकुमार—कमीने ! स्त्रियों पर अत्याचार करना चाहते थे !

जॉन सेवक—यही तो इस ड्रामा का सबसे लज्जास्पद अंश है।

महेन्द्र—कुमार लज्जास्पद नहीं महाशय, घृणास्पद कहिए।

जॉन सेवक—अब यह बेचारे कहते हैं कि या तो मेरा इस्तीफ़ा लीजिए, या गोदाम की रक्षा के लिए चौकीदारों का प्रबन्ध कीजिए। स्त्रियाँ इतनी भयभीत हो गयी हैं कि वहाँ एक क्षण भी नहीं रहना चाहतीं। यह सारा उपद्रव उसी अंधे की बदौलत हो रहा है।

महेन्द्र कुमार—मुझे तो वह बहुत गरीब, सीधा-सा आदमी मालूम होता है; मगर है छँटा हुआ।

उसी की दीनता पर तरस खाकर मैंने निश्चय किया था कि आपके लिए कोई दूसरी ज़मीन तलाश करूँ। लेकिन जब उन लोगों ने शरारत पर कमर बाँधी है और आपको ज़बरदस्ती वहाँ से हटाना चाहते हैं, तो इसका उन्हें अवश्य दंड मिलेगा।

जॉन सेवक—बस, यही बात है, वे लोग मुझे वहाँ से निकाल देना चाहते हैं। अगर रिआयत की गयी, तो मेरे गोदाम में ज़रूर आग लग जायगी।

महेन्द्रकुमार—मैं खूब समझ रहा हूँ। यों मैं स्वयं जनवादी हूँ और उस नीति का हृदय से समर्थन करता हूँ; पर जनवाद के नाम पर देश में जो अशांति फैली हुई है, उसका मैं घोर विरोधी हूँ। ऐसे जनवाद से तो धनवाद, एकवाद, सभी वाद अच्छे हैं। आप निश्चिंत रहिए।

इसी भाँति कुछ देर और बातें करके राजा साहब को खूब भरकर जॉन सेवक विदा हुए। रास्ते में ताहिरअली सोचने लगे—साहब को मेरी दुर्गति से अपना स्वार्थ सिद्ध करने में ज़रा भी संकोच नहीं हुआ। क्या ऐसे धनी-मानी, विशिष्ट, विचारशील विद्वान प्राणी भी इतने स्वार्थ-भक्त होते हैं !

जॉन सेवक अनुमान से उनके मन के भाव ताड़ गये। बोले—आप सोच रहे होंगे, मैंने बातों में इतना रंग क्यों भरा, केवल घटना का यथार्थ वृत्तांत क्यों न कह सुनाया; किंतु सोचिए, बिना रंग भरे मुझे यह फल प्राप्त हो सकता ? संसार में किसी काम का अच्छा या बुरा होना उसकी सफलता पर निर्भर है। एक व्यक्ति राजसत्ता का विरोध करता है। यदि अधिकारियों ने उसका दमन कर दिया, तो वह राजद्रोही कहा जाता है, और प्राणदंड पाता है। यदि उसका उद्देश्य पूरा हो गया, तो वह अपनी जाति का उद्धारकर्ता और विजयी समझा जाता है, उसके स्मारक बनाये जाते हैं। सफलता में दोषों को मिटाने की विलक्षण शक्ति है। आप जानते हैं, दो साल पहले मुस्तफ़ा कमाल क्या था ? बाग़ी, देश उसके खून का प्यासा था। आज वह अपनी जाति का प्राण है। क्यों ? इसीलिए कि वह सफल-मनोरथ हुआ। लेनिन कई साल पहले प्राणभय से अमेरिका भागा था, आज वह प्रधान है। इसीलिए कि उसका विद्रोह सफल हुआ। मैंने राजा साहब को स्वपक्षी बना लिया, फिर रंग भरने का दोष कहाँ रहा ?

इतन में फ़िटन बँगले पर आ पहुँची। ईश्वर सेवक ने आते ही आते पूछा—कहो, क्या कर आये ?

जॉन सेवक ने गर्व से कहा—राजा को अपना मुरीद बना आया। थोड़ा-सा रंग तो ज़रूर भरना पड़ा, पर उसका असर बहुत अच्छा हुआ।

ईश्वर सेवक—खुदा, मुझ पर दया-दृष्टि कर। बेटा, रंग मिलाये बग़ैर भी दुनिया का कोई काम चलता है ? सफलता का यही मूल-मंत्र है, और व्यवसाय की सफलता के लिए तो यह सर्वथा अनिवार्य है। आपके पास अच्छी-से-अच्छी वस्तु है; जब तक आप स्तुति नहीं करते, कोई ग्राहक खड़ा ही नहीं होता। अपनी अच्छी वस्तु को अमूल्य, दुर्लभ, अनुपम कहना बुरा नहीं। अपनी औषधि को आप सुधा-तुल्य, रामबाण, अक्सीर, ऋषि-प्रदत्त, संजीवनी, जो चाहें, कह सकते हैं, इसमें कोई बुराई नहीं। किसी उपदेशक से पूछो, किसी वकील से पूछो, किसी लेखक से पूछो, सभी एक स्वर से कहेंगे कि रंग और सफलता समानार्थक हैं। यह भ्रम है कि चित्रकार ही को रंगों की ज़रूरत होती है। अब तो तुम्हें निश्चय हो गया कि वह ज़मीन मिल

जायगी ?

जॉन सेवक—जी हाँ, अब कोई सन्देह नहीं है।

यह कहकर उन्होंने प्रभु सेवक को पुकारा और तिरस्कार करके बोले—बैठे-बैठे क्या कर रहे हो ? ज़रा पाँड़ेपुर क्यों नहीं चले जाते ? अगर तुम्हारा यही हाल रहा, तो मैं कहाँ तक तुम्हारी मदद करता फिरूँगा।

प्रभु सेवक—मुझे जाने में कोई आपत्ति नहीं; पर इस समय मुझे सोफ़ी के पास जाना है।

जॉन सेवक—पाँड़ेपुर से लौटते हुए सोफ़ी के पास बहुत आसानी से जा सकते हो।

प्रभु सेवक—मैं सोफ़ी से मिलना ज़्यादा ज़रूरी समझता हूँ।

जॉन सेवक—तुम्हारे रोज़-रोज़ मिलने से क्या फ़ायदा, जब तुम आज तक उसे घर लाने में सफल नहीं हो सके ?

प्रभु सेवक के मुँह से ये शब्द निकलते-निकलते रह गये— मामा ने जो आग लगा दी है, वह मेरे बुझाये नहीं बुझ सकी। तुरन्त अपने कमरे में आये, कपड़े पहने और उसी वक़्त ताहिरअली के साथ पाँड़ेपुर चलने को तैयार हो गये। ग्यारह बज चुके थे, ज़मीन से आग की लपट निकल रही थी, दोपहर का भोजन तैयार था, मेज़ लगा दी गयी थी; किन्तु प्रभु सेवक माता और पिता के बहुत आग्रह करने पर भी भोजन पर न बैठे। ताहिरअली खुदा से दुआ कर रहे थे कि किसी तरह दोपहरी यहीं कट जाय, पंखे के नीचे टट्टियों से छनकर आने वाली शीतल वायु ने उनकी पीड़ा को बहुत शान्त कर दिया था; किन्तु प्रभु सेवक के हठ ने उन्हें यह आनन्द न उठाने दिया।

ग्यारह

भैरों पासी अपनी माँ का सपूत बेटा था। यथासाध्य उसे आराम से रखने की चेष्टा करता रहता था। इस भय से कि कहीं बहू सास को भूखा न रखे, वह उसकी थाली अपने सामने परसा लिया करता था और उसे अपने साथ ही बिठाकर खिलाता था। बुढ़िया तम्बाकू पीती थी। उसके वास्ते एक सुन्दर, पीतल से मढ़ा हुआ नारियल लाया था। आप चाहे ज़मीन पर सोये, पर उसे खाट पर सुलाता। कहता, इसने न जाने कितने कष्ट झेलकर मुझे पाला-पोसा है; मैं इससे जीते-जी कभी उरिन नहीं हो सकता। अगर माँ का सिर भी दर्द करता तो बेचैन हो जाता, ओझे-सयाने बुला लाता। बुढ़िया को गहने-कपड़े का भी शौक़ था। पति के राज में जो सुख न पाये थे, वे बेटे के राज में भोगना चाहती थी। भैरो ने उसके लिए हाथों के कड़े, गले की हँसली और ऐसी कई चीज़ें बनवा दी थीं। पहनने के लिए मोटे कपड़ों की जगह कोई रंगीन छींट लाया करता था। अपनी स्त्री को ताकीद करता रहता था कि अम्माँ को कोई तकलीफ़ न होने पाये। इस तरह बुढ़िया का मन बढ़ गया था। ज़रा-सी कोई बात इच्छा के विरुद्ध होती, तो रूठ जाती और बहू को आड़े हाथों लेती। बहू का नाम सुभागी था। बुढ़िया ने उसका नाम अभागी रख छोड़ा था। बहू ने ज़रा चिलम भरने में देर की, चारपाई बिछाना भूल गयी, या मुँह से निकलते

ही उसका पैर दबाने या सिर की जुएँ निकालने न आ पहुँची, तो बुढ़िया उसके सिर हो जाती। उसके बाप और भाइयों के मुँह में कालिख लगाती, सबों की दाढ़ियाँ जलाती, और उसे गालियों ही से संतोष न होता, ज्योंही भैरो दूकान से आता, एक-एक की सौ-सौ लगाती। भैरो सुनते ही जल उठता, कभी जली-कटी बातों से और कभी डण्डे से स्त्री की ख़बर लेता। जगधर से उसकी गहरी मित्रता थी। यद्यपि भैरो का घर बस्ती के पश्चिम सिरे पर था, और जगधर का घर पूर्व सिरे पर, किन्तु जगधर की यहाँ बहुत आमदरफ़्त थी। यहाँ मुफ़्त में ताड़ी पीने को मिल जाती थी, जिसे मोल लेने के लिए उसके पास पैसे न थे। उसके घर में खाने वाले बहुत थे, कमाने वाला अकेला वही था। पाँच लड़कियाँ थीं, एक लड़का और स्त्री। खोंचे की बिक्री में इतना लाभ कहाँ कि इतने पेट भरे और ताड़ी-शराब भी पिये ! वह भैरो की हाँ-में-हाँ मिलाया करता था। इसलिए सुभागी उससे जलती थी।

दो-तीन साल पहले की बात है, एक दिन, रात के समय, भैरो और जगधर बैठे हुए ताड़ी पी रहे थे। जाड़ों के दिन थे। बुढ़िया खा-पीकर, अँगीठी सामने रखकर, आग ताप रही थी। भैरो ने सुभागी से कहा—थोड़े-से मटर भून ला। नमक, मिर्च, प्याज़ भी लेती आना। ताड़ी के लिए चिखने की ज़रूरत थी। सुभागी ने मटर तो भूने, लेकिन प्याज़ घर में न था। हिम्मत न पड़ी कि कह दे—प्याज नहीं है। दौड़ी हुई कुँजड़े की दूकान पर गयी। कुँजड़ा दूकान बन्द कर चुका था। सुभागी ने बहुत चिरौरी की, पर उसने दूकान न खोली। विवश होकर उसने भुने हुए मटर लाकर भैरो के सामने रख दिये। भैरो ने प्याज़ न देखा, तो तेवर बदले। बोला—क्या मुझे बैल समझती है कि भुने हुए मटर लाकर रख दिये, प्याज क्यों नहीं लायी ?

सुभागी ने कहा—प्याज घर में नहीं है, तो क्या मैं प्याज हो जाऊँ ?

जगधर—प्याज के बिना मटर क्या अच्छे लगेंगे ?

बुढ़िया—प्याज तो अभी कल ही धेले का आया था। घर में कोई चीज तो बचती नहीं। न जाने इस चुड़ैल का पेट है या भाड़।

सुभागी—मुझसे कसम ले लो, जो प्याज हाथ से भी छुआ हो। ऐसी जीभ होती, तो इस घर में एक दिन भी निबाह न होता।

भैरो—प्याज नहीं था, तो लायी क्यों नहीं ?

जगधर—जो चीज घर में न रहे, उसकी फिकर रखनी चाहिए।

सुभागी—मैं क्या जानती थी कि आज आधी रात को प्याज की धुन सवार होगी।

भैरो ताड़ी के नशे में था। नशे में भी क्रोध का-सा गुण है, निर्बलों ही पर उतरता है। डंडा पास ही धरा था, उठाकर एक डंडा सुभागी को मारा। उसके हाथ की सब चूड़ियाँ टूट गयीं। घर से भागी। भैरो पीछे दौड़ा। सुभागी एक दूकान की आड़ में छिंप गयी। भैरो ने बहुत ढूँढा, जब उसे न पाया तो घर जाकर किवाड़ बन्द कर लिये और फिर रात भर खबर न ली। सुभागी ने सोचा, इस वक़्त जाऊँगी तो प्राण न बचेंगे। पर रात-भर रहूँगी कहाँ ? बजरंगी के घर गयी। उसने कहा—ना, बाबा, मैं यह रोग नहीं पालता। खोटा आदमी है, कौन उससे रार मोल ले ! ठाकुरदीन के द्वार बन्द थे। सूरदास बैठा खाना पका रहा था। उसकी झोपड़ी में घुस गयी और बोली—सूरे, आज रात-भर मुझे पड़ रहने दो, मारे डालता है, अभी जाऊँगी, तो एक हड्डी भी

न बचेगी।

सूरदास ने कहा—आओ, लेट रहो, भोरे चली जाना, अभी नसे में होगा।

दूसरे दिन जब भैरो को यह बात मालूम हुई, तो सूरदास से गाली-गलौज की और मारने की धमकी दी। सुभागी उसी दिन से सूरदास पर स्नेह करने लगी। जब अवकाश पाती, तो उसके पास आ बैठती, कभी-कभी उसके घर में झाड़ू लगा जाती, कभी घर वालों की आँख बचाकर उसे कुछ दे जाती, मिठुआ को अपने घर बुला ले जाती और उसे गुड़-चबेना खाने को देती।

भैरो ने कई बार उसे सूरदास के घर से निकलते देखा। जगधर ने दोनों को बातें करते हुए पाया। भैरो के मन में सन्देह हो गया कि ज़रूर इन दोनों में कुछ साठ-गाँठ है, तभी से वह सूरदास से खार खाता था। उससे छेड़कर लड़ता। नायकराम के भय से उसकी मरम्मत न कर सकता था। सुभागी पर उसका अत्याचार दिनोंदिन बढ़ता जाता था और जगधर, शांत स्वभाव होने पर भी, भैरो का पक्ष लिया करता था।

जिस दिन बजरंगी और ताहिरअली में झगड़ा हुआ था, उसी दिन भैरो और सूरदास में भी संग्राम छिड़ गया। बुढ़िया ने दोपहर को नहाया था। सुभागी उसकी धोती छाँटना भूल गयी। गरमी के दिन थे ही, रात को 9 बजे बुढ़िया को फिर गरमी मालूम हुई। गरमियों के दिन में दो बार स्नान करती थी, जाड़ों में दो महीने में एक बार ! जब वह नहाकर धोती माँगने लगी, तो सुभागी को याद आयी। काटो तो बदन में लहू नहीं। हाथ जोड़कर बोली—अम्माँ, आज धोती धोने की याद नहीं रही। तुम जरा देर मेरी धोती पहन लो, तो मैं उसे छाँटकर अभी सुखाये देती हूँ।

बुढ़िया इतनी क्षमाशील न थी, हज़ारों गालियाँ सुनायीं और गीली धोती पहने बैठी रही। इतने में भैरो दूकान से आया और सुभागी से बोला—जल्दी खाना ला, आज संगत होने वाली है। आओ अम्माँ, तुम भी खा लो।

बुढ़िया बोली—नहाकर गीली धोती पहने बैठी हूँ। अब अपने हाथों धोती धो लिया करूँगी।

भैरो—क्या इसने धोती नहीं धोयी ?

बुढ़िया—वह अब मेरी धोती क्यों धोने लगी ! घर की मालकिन है। यही क्या कम है कि एक रोटी खाने को दे देती है।

सुभागी ने बहुत कुछ उज्र किया; किन्तु भैरो ने एक न सुनी, डण्डा लेकर मारने दौड़ा। सुभागी भागी और आकर सूरदास के घर में घुस गयी। पीछे-पीछे भैरो भी वहीं पहुँचा। झोपड़े में घुसा और चाहता था कि सुभागी का हाथ पकड़कर खींच ले कि सूरदास उठकर खड़ा हो गया और बोला—क्या बात है भैरो, इसे क्यों मार रहे हो ?

भैरो गर्म होकर बोला—द्वार पर से हट जाओ, नहीं तो पहले तुम्हारी हड्डियाँ तोड़ूँगा, सारा बगुलाभगतपन निकल जायगा। बहुत दिनों से तुम्हारा रंग देख रहा हूँ, आज सारी कसर निकाल लूँगा।

सूरदास—मेरा क्या छैलापन तुमने देखा ? बस, यही न कि मैंने सुभागी को घर से निकाल नहीं दिया ?

भैरो—बस, अब चुप ही रहना। ऐसे पापी न होते, तो भगवान् ने आँखें क्यों फोड़ दी होतीं। भला चाहते हो, तो सामने से हट जाओ।

सूरदास—मेरे घर में तुम उसे न मारने पाओगे; यहाँ से चली जाय, तो जितना चाहे मार लेना।

भैरो—हटता है सामने से कि नहीं ?

सूरदास—मैं अपने घर यह उपद्रव न मचाने दूँगा।

भैरो ने क्रोध में आकर सूरदास को धक्का दिया। बेचारा बेलाग खड़ा था, गिर पड़ा, पर फिर उठा और भैरो की कमर पकड़कर बोला—अब चुपके से चले जाओ, नहीं तो अच्छा न होगा।

सूरदास था तो दुबला-पतला, पर उसकी हड्डियाँ लोहे की थीं। बादल-बूँदी, सरदी-गरमी झेलते-झेलते उसके अंग ठोस हो गये थे। भैरो को ऐसा ज्ञात होने लगा, मानो कोई लोहे का शिकंजा है। कितना ही ज़ोर मारता, पर शिकंजा ज़रा भी ढीला न होता था। सुभागी ने मौक़ा पाया, तो भागी। अब भैरो ज़ोर-ज़ोर से गालियाँ देने लगा। मुहल्ले वाले यह शोर सुनकर आ पहुँचे। नायकराम ने मज़ाक करके कहा—क्यों सूरे, अच्छी सूरत देखकर आँखें खुल जाती हैं क्या ? मुहल्ले ही में ?

सूरदास—पण्डाजी, तुम्हें दिल्लगी सूझी है और यहाँ मुँह में कालिख लगायी जा रही है। अंधा था, अपाहिज था, भिखारी था, नीच था, पर चोरी-बदमाशी के इलजाम से तो बचा हुआ था! आज वह इलजाम भी लग गया।

बजरंगी—आदमी जैसा आप होता है, वैसा ही दूसरों को समझता है।

भैरो—तुम कहाँ के बड़े साधू हो। अभी आज ही लाठी चलाकर आये हो। मैं दो साल से देख रहा हूँ, मेरी घरवाली इससे आकर अकेले में घंटों बातें करती है। जगधर ने भी उसे यहाँ से रात को आते-जाते देखा है। आज ही, अभी, उसके पीछे यह मुझसे लड़ने को तैयार था।

नायकराम—सुभा होने की बात ही है। अंधा आदमी देवता थोड़े ही होता है, और फिर देवता लोग भी तो काम के तीर से नहीं बचे। सूरदास तो फिर भी आदमी है, और अभी उमर ही क्या है ?

ठाकुरदीन—महाराज, क्यों अंधे के पीछे पड़े हुए हो। चलो, कुछ भजन-भाव हो।

नायकराम—तुम्हें भजन-भाव सूझता है, यहाँ एक भले आदमी की इज्जत का मुआमला आ पड़ा है। भैरो, हमारी एक बात मानो, तो कहें। तुम सुभागी को मारते बहुत हो, इससे उसका मन तुमसे नहीं मिलता। अभी दूसरे दिन बारी आती है, अब महीने में दो बार से ज्यादा न आने पाये।

भैरो देख रहा था कि मुझे लोग बना रहे हैं। तिनककर बोला—अपनी मेहरिया है, मारते-पीटते हैं, तो किसी का साझा है ? जो घोड़ी पर कभी सवार ही नहीं हुआ, वह दूसरों को सवार होना क्या सिखायेगा ? वह क्या जाने, औरत कैसे काबू में रहती है ?

यह व्यंग्य नायकराम पर था, जिसका अभी तक विवाह नहीं हुआ था। घर में धन था, यजमानों की बदौलत किसी बात की चिंता न थी, किंतु न जाने क्यों अभी तक उसका विवाह नहीं हुआ

था। वह हज़ार-पाँच सौ रुपये से ग़म खाने को तैयार था; पर कहीं शिप्पा न जमता था। भैरो ने समझा था, नायकराम दिल में कट जायँगे; मगर वह छँटा हुआ शहरी गुंडा ऐसे व्यंग्यों को कब ध्यान में लाता था। बोला—कहो बजरंगी इसका कुछ जवाब दो, औरत कैसे बस में रहती है ?

बजरंगी—मार-पीट से नन्हा-सा लड़का तो बस में आता ही नहीं, औरत क्या बस में आयेगी।

भैरो—बस में आये औरत का बाप, औरत किस खेत की मूली है ! मार से भूत भागता है।

बजरंगी—तो औरत भी भाग जायगी, लेकिन काबू में न आयगी।

नायकराम—बहुत अच्छी कही बजरंगी, बहुत पक्की कही, वाह-वाह ! मार से भूत भागता है, तो औरत भी भाग जायगी। अब तो कट गयी तुम्हारी बात ?

भैरो—बात क्या कट जायगी, दिल्लगी है ? चूने को जितना ही कूटो, उतना ही चिमटता है।

जगधर—ये सब कहने की बातें हैं। औरत अपने मन से बस में आती है, और किसी तरह नहीं।

नायकराम—क्यों बजरंगी, नहीं है कोई जवाब ?

ठाकुरदीन—पण्डाजी, तुम दोनों को लड़ाकर तभी दम लोगे; बिचारे अपाहिज आदमी के पीछे पड़े हो।

नायकराम—तुम सूरदास को क्या समझते हो, यह देखने ही में इतने दुबले हैं। अभी हाथ मिलाओ, तो मालूम हो। भैरो, अगर इन्हें पछाड़ दो, तो पाँच रुपये इनाम दूँ।

भैरो—निकल जाओगे !

नायकराम—निकलने वाले को कुछ कहता हूँ। यह देखो, ठाकुरदीन के हाथ में रखे देता हूँ।

जगधर—क्या ताकते हो भैरो, ले पड़ो।

सूरदास—मैं नहीं लड़ता।

नायकराम—सूरदास, देखो, नाम-हँसाई मत कराओ। मर्द होकर लड़ने से डरते हो ? हार ही जाओगे या और कुछ।

सूरदास—लेकिन भाई, मैं पेंच-पाच नहीं जानता। पीछे से यह न कहना, हाथ क्यों पकड़ा। मैं जैसे चाहूँगा, वैसे लड़ूँ।

जगधर—हाँ-हाँ, तुम जैसे चाहना, वैसे लड़ना।

सूरदास—अच्छा तो आओ, कौन आता है !

नायकराम—अन्धे आदमी का जीवट देखना। चलो भैरो, आओ मैदान में।

भैरो—अन्धे से क्या लड़ूँ !

नायकराम—बस, इसी पर इतना अकड़ते थे ?

जगधर—निकल आओ भैरो, एक झपट्टे में तो मार लोगे !

भैरो—तुम्हीं क्यों नहीं लड़ जाते, तुम्हीं इनाम ले लेना।

जगधर को रुपयों की नित्य चिन्ता रहती थी। परिवार बड़ा होने के कारण किसी तरह चूल न बैठती थी, घर में एक-न-एक चीज़ घटी ही रहती थी। धनोपार्जन के किसी उपाय को हाथ से न छोड़ना चाहता था। बोला—क्यों सूरे, हमसे लड़ोगे ?

सूरदास—तुम्हीं आ जाओ, कोई सही।

जगधर—क्यों पण्डाजी, इनाम दोगे न ?

नायकराम—इनाम तो भैरो के लिए था, लेकिन कोई हरज नहीं ! हाँ, सर्त यह है कि एक ही झपट्टे में गिरा दो।

जगधर ने धोती ऊपर चढ़ा ली और सूरदास से लिपट गया। सूरदास ने उसकी एक टाँग पकड़ ली और इतने ज़ोर से खींचा कि जगधर धम से गिर पड़ा। चारों तरफ़ से तालियाँ बजने लगीं।

बजरंगी बोला—वाह, सूरदास, वाह ! नायकराम ने दौड़कर उसकी पीठ ठोंकी।

भैरो—मुझे तो कहते थे, एक ही झपट्टे में गिरा दोगे, तुम कैसे गिर गये ?

जगधर—सूरे ने टाँग पकड़ ली, नहीं तो क्या गिरा लेते। वह अड़ंगा मारता कि चारों खाने चित गिरते।

नायकराम—अच्छा, तो एक बाजी और हो जाय।

जगधर—हाँ-हाँ, अबकी देखना।

दोनों योद्धाओं में फिर मल्ल-युद्ध होने लगा। सूरदास ने अब की जगधर का हाथ पकड़कर इतने ज़ोर से ऐंठा कि वह 'आह ! आह !' करता हुआ ज़मीन पर बैठ गया। सूरदास ने तुरंत उसका हाथ छोड़ दिया और गरदन पकड़कर दोनों हाथों से ऐसा दबोचा कि जगधर की आँखें निकल आयीं; नायकराम ने दौड़कर सूरदास को हटा लिया। बजरंगी ने जगधर को उठाकर बैठाया और हवा करने लगा।

भैरो ने बिगड़कर कहा—यह कोई कुस्ती है कि जहाँ पकड़ पाया, वहीं धर दबाया। यह तो गँवारों की लड़ाई है, कुस्ती थोड़े ही है।

नायकराम—यह बात तो पहले ही तय हो चुकी थी।

जगधर सँभलकर उठ बैठा और चुपके से सरक गया। भैरो भी उसके पीछे चलता हुआ। उनके जाने के बाद यहाँ खूब क़हक़हे उड़े, और सूरदास की खूब पीठ ठोंकी गयी। सबको आश्चर्य हो रहा था कि सूरदास-जैसा दुर्बल आदमी जगधर-जैसे मोटे-ताज़े आदमी को कैसे दबा बैठा। ठाकुरदीन यंत्र-मंत्र का कायल था। बोला—सूरे को किसी देवता का इष्ट है। हमें भी बताओ सूरे, कौन-सा मंत्र जगाया था ?

सूरदास—सौ मंत्रों का मंत्र हिम्मत है। ये रुपये जगधर को दे देना, नहीं तो मेरी कुसल नहीं है ?

ठाकुरदीन—रुपये क्यों दे दूँ, कोई लूट है ? तुमने बाजी मारी है, तुमको मिलेंगे।

नायकराम—अच्छा सूरदास, ईमान से बता दो, सुभागी को किस मंत्र से बस में किया ? अब तो यहाँ सब लोग अपने ही हैं, कोई दूसरा नहीं है। मैं भी कहीं कंपा लगाऊँ।

सूरदास ने करुण स्वर में कहा—पण्डाजी, अगर तुम भी मुझसे ऐसी बातें करोगे, तो मैं मुँह

में कालिख लगाकर कहीं निकल जाऊँगा। मैं परायी स्त्री को अपनी माता, बेटी, बहन समझता हूँ। जिस दिन मेरा मन इतना चंचल हो जायगा, तुम मुझे जीता न देखोगे। यह कहकर सूरदास फूट-फूटकर रोने लगा। ज़रा देर में आवाज़ सँभालकर बोला—भैरो रोज उसे मारता है। बिचारी कभी-कभी मेरे पास आकर बैठ जाती है। मेरा अपराध इतना ही है कि मैं उसे दुतकार नहीं देता। इसके लिए चाहे कोई मुझे बदनाम करे, चाहे जो इलजाम लगाये, मेरा जो धरम था, वह मैंने किया। बदनामी के डर से जो आदमी धरम से मुँह फेर ले, वह आदमी नहीं है।

बजरंगी—तुम्हें हट जाना था, उसकी औरत थी, मारता चाहे पीटता, तुमसे मतलब ?

सूरदास—भैया, आँखों देखकर रहा नहीं जाता, यह तो संसार का व्यवहार है; पर इतनी-सी बात पर कोई बड़ा कलंक तो नहीं लगा देता। मैं तुमसे सच कहता हूँ, आज मुझे जितना दुःख हो रहा है, उतना दादा के मरने पर भी न हुआ था। मैं अपाहिज, दूसरों के टुकड़े खाने वाला और मुझ पर यह कलंक ! (रोने लगा)

नायकराम—तो रोत क्यों हो भले आदमी, अंधे हो तो क्या मर्द नहीं हो ? मुझे तो कोई यह कलंक लगाता, तो और खुस होता। ये हजारों आदमी जो तड़के गंगा-स्नान करने जाते हैं, वहाँ नजरबाजी के सिवा और क्या करते हैं ! मंदिरों में इसके सिवा और क्या होता है ! मेले-ठेलों में भी यही बहार रहती है। यही तो मरदों के काम हैं। अब सरकार के राज में लाठी-तलवार का तो कहीं नाम नहीं रहा, सारी मनुसई इसी नजरबाजी में रह गयी है। इसकी क्या चिन्ता! चलो भगवान का भजन हो, यह सब दुख दूर हो जायगा।

बजरंगी को चिंता लगी हुई थी—आज की मार-पीट का न जाने क्या फल हो ? कल पुलिस द्वार पर आ जायगी। गुस्सा हराम होता है। नायकराम ने आश्वासन दिया—भले आदमी, पुलिस से क्या डरते हो ? कहो, थानेदार को बुलाकर नचाऊँ, कहो इसपेक्टर को बुलाकर चपतियाऊँ। निश्चिंत बैठे रहो, कुछ न होने पायगा। तुम्हारा बाल भी बाँका हो जाय, तो मेरा जिम्मा।

तीनों आदमी यहाँ से चले। दयागिरि पहले ही से इनकी राह देख रहे थे। कई गाड़ीवान और बनिये भी आ बैठे थे। ज़रा देर में भजन की तानें उठने लगीं। सूरदास अपनी चिन्ताओं को भूल गया, मस्त होकर गाने लगा। कभी भक्ति से विह्वल होकर नाचता, उछलने-कूदने लगता, कभी रोता, कभी हँसता। सभा विसर्जित हुई तो सभी प्राणी प्रसन्न थे, सबके हृदय निर्मल हो गये थे, मलिनता मिट गयी थी, मानो किसी रमणीक स्थान की सैर करके आये हों। सूरदास तो मन्दिर के चबूतरे ही पर लेटा, और लोग अपने-अपने घर गये। किंतु थोड़ी ही देर बाद सूरदास को फिर उन्हीं चिंताओं ने आ घेरा—मैं क्या जानता था कि भैरो के मन में मेरी ओर से इतना मैल है, नहीं तो सुभागी को अपने झोपड़े में आने ही क्यों देता। जो सुनेगा, वही मुझ पर थूकेगा। लोगों को ऐसी बातों पर कितनी जल्द विश्वास आ जाता है। मुहल्ले में कोई अपने दरवाजे पर खड़ा न होने देगा। ऊँह ! भगवान् तो सबके मन की बात जानते हैं। आदमी का धरम है कि किसी को दुःख में देखे, तो उसे तसल्ली दे। अगर अपना धरम पालने में भी कलंक लगता है, तो लगे, बला से। इसके लिए कहाँ तक रोऊँ ? कभी-न-कभी तो लोगों को मेरे मन का हाल मालूम ही हो जायगा।

किन्तु जगधर और भैरो दोनों के मन में ईर्ष्या का फोड़ा पक रहा था। जगधर कहता था—मैंने

तो समझा था, सहज में पाँच रुपये मिल जायँगे, नहीं तो क्या कुत्ते ने काटा था कि उससे भिड़ने जाता ? आदमी काहे को है, लोहा है।

भैरो—मैं उसकी ताकत की परिच्छा कर चुका हूँ। ठाकुरदीन सच कहता है, उसे किसी देवता का इष्ट है।

जगधर—इष्ट-विष्ट कुछ नहीं है, यह सब बेफिकरी है। हम-तुम गृहस्ती के जंजाल में फँसे हुए हैं, नोन-तेल-लकड़ी की चिन्ता सिर पर सवार रहती है, घाटे-नफे के फेर में पड़े रहते हैं। उसे कौन चिंता है ? मजे से जो कुछ मिल जाता है, खाता है और मीठी नींद सोता है। हमको-तुमको रोटी-दाल भी दोनों जून नसीब नहीं होती है। उसे क्या कमी है, किसी ने चावल दिये, कहीं मिठाई पा गया, घी-दूध बजरंगी के घर से मिल ही जाता है। बल तो खाने से होता है।

भैरो—नहीं, यह बात नहीं। नसा खाने से बल का नास हो जाता है।

जगधर—कैसी उलटी बातें करते हो; ऐसा होता, तो फौज में गोरों को बरांडी क्यों पिलायी जाती ? अँगरेज सभी सराब पीते हैं, तो क्या कमजोर होते हैं ?

भैरो—आज सुभागी आती है, तो गला दबा देता हूँ।

जगधर—किसी के घर छिपी बैठी होगी।

भैरो—अंधे ने मेरी आबरू बिगाड़ दी। बिरादरी में यह बात फैलेगी, तो हुक्का बंद हो जायगा, भात देना पड़ जायगा।

जगधर—तुम्हीं तो ढिंढोरा पीट रहे हो। यह नहीं, पटकनी खायी थी, तो चुपके से घर चले आते। सुभागी घर आती तो उससे समझते। तुम लगे वहीं दुहाई देने।

भैरो—इस अंधे को मैं ऐसा कपटी न समझता था, नहीं तो अब तक कभी उसका मजा चखा चुका होता। अब उस चुड़ैल को घर न रखूँगा। चमार के हाथों यह बेआबरूई !

जगधर—अब इससे बड़ी और क्या बदनामी होगी, गला काटने का काम है।

भैरो—बस, यही मन में आता है कि चलकर एक गँड़ासा मारकर काम तमाम कर दूँ। लेकिन नहीं, मैं उसे खेला-खेलाकर मारूँगा। सुभागी का दोस नहीं। सारा तूफान इसी ऐबी अंधे का खड़ा किया हुआ है।

जगधर—दोस दोनों का है।

भैरो—लेकिन छेड़छाड़ तो पहले मर्द ही करता है। उससे तो अब मुझे कोई वास्ता नहीं रहा, जहाँ चाहे जाय, जैसे चाहे रहे। मुझे तो अब इसी अंधे से भुगतना है। सूरत से कैसा गरीब मालूम होता है, जैसे कुछ जानता ही नहीं, और मन में इतना कपट भरा हुआ है। भीख माँगते दिन जाते हैं, उस पर भी अभागे की आँखें नहीं खुलतीं। जगधर, इसने मेरा सिर नीचा कर दिया। मैं दूसरों पर हँसा करता था, अब जमाना मुझ पर हँसेगा। मुझे सबसे बड़ा मलाल तो यह है कि अभागिन गयी भी, तो चमार के साथ गयी। अगर किसी ऐसे आदमी के साथ जाती, जो जात-पाँत में, देखने-सुनने में, धन-दौलत में मुझसे बढ़कर होता, तो मुझे इतना रंज न होता। जो सुनेगा, अपने मन में यही कहेगा कि मैं इस अंधे से भी गया-बीता हूँ।

जगधर—औरतों का सुभाव कुछ समझ में नहीं आता; नहीं तो, कहाँ तुम और कहाँ वह अंधा। मुँह पर मक्खियाँ भिनका करती हैं, मालूम होता है, जूते खाकर आया है।

भैरो—और बेहया कितना बड़ा है ! भीख माँगता है, अन्धा है; पर जब देखो हँसता ही रहता है। मैंने उसे कभी रोते ही नहीं देखा।

जगधर—घर में रुपये गड़े हैं; रोये उसकी बला। भीख तो दिखाने को माँगता है।

भैरो—अब रोयेगा। ऐसा रुलाऊँगा कि छठी का दूध याद आ जायगा।

यों बातें करते हुए दोनों अपने-अपने घर गये। रात के दो बजे होंगे कि अकस्मात सूरदास की झोपड़ी से ज्वाला उठी। लोग अपने-अपने द्वारों पर सो रहे थे। निद्रावस्था में भी उपचेतना जागती रहती है। दम-के-दम में सैकड़ों आदमी जमा हो गये। आसमान पर लाली छायी हुई थी, ज्वालाएँ लपक-लपक कर आकाश की ओर दौड़ने लगीं। कभी उनका आकार किसी मंदिर के स्वर्ण-कलश का-सा हो जाता था, कभी वे वायु के झोंको से यों कंपित होने लगती थीं, मानो जल में चाँद का प्रतिबिंब है। आग बुझाने का प्रयत्न किया जा रहा था; पर झोपड़े की आग, ईर्ष्या की आग की भाँति कभी नहीं बुझती। कोई पानी ला रहा था, कोई यों ही शोर मचा रहा था; किंतु अधिकांश लोग चुपचाप खड़े नैराश्यपूर्ण दृष्टि से अग्निदाह को देख रहे थे, मानो किसी मित्र की चिताग्नि है।

सहसा सूरदास दौड़ा हुआ आया और चुपचाप ज्वाला के प्रकाश में खड़ा हो गया।

बजरंगी ने पूछा—यह कैसे लगी सूरे, चूल्हे में तो आग नहीं छोड़ दी थी ?

सूरदास—झोपड़े में जाने का कोई रास्ता नहीं है ?

बजरंगी—अब तो अंदर-बाहर सब एक हो गया है। दीवारें जल रही हैं।

सूरदास—किसी तरह नहीं जा सकता ?

बजरंगी—कैसे जाओगे ? देखते नहीं हो, यहाँ तक लपटें आ रही हैं।

जगधर—सूरे, क्या आज चूल्हा ठंडा नहीं किया था ?

नायकराम—चूल्हा ठंडा किया होता, तो दुसमनों का कलेजा कैसे ठंडा होता।

जगधर—पण्डाजी, मेरा लड़का काम न आये, अगर मुझे कुछ भी मालूम हो। तुम मुझ पर नाहक सुभा करते हो।

नायकराम—मैं जानता हूँ, जिसने लगायी है। बिगाड़ न दूँ, तो कहना।

ठाकुरदीन—तुम क्या बिगाड़ोगे, भगवान आप ही बिगाड़ देंगे। इसी तरह जब मेरे घर में चोरी हुई थी, तो सब स्वाहा हो गया था।

जगधर—जिसके मन में इतनी खुटाई हो, भगवान उसका सत्यानास कर दें।

सूरदास—अब तो लपट नहीं आती।

बजरंगी—हाँ, फूस जल गया, अब धरन जल रही है।

सूरदास—अब तो अंदर जा सकता हूँ ?

नायकराम—अंदर तो जा सकते हो; पर बाहर नहीं निकल सकते। अब चलो आराम से सो रहो; जो होना था, हो गया। पछताने से क्या होगा ?

सूरदास—हाँ, सो रहूँगा, जल्दी क्या है।

थोड़ी देर में रही-सही आग भी बुझ गयी। कुशल यह हुई कि और किसी के घर में आग न लगी। सब लोग इस दुर्घटना पर आलोचनाएँ करते हुए बिदा हुए। सन्नाटा छा गया। किंतु

सूरदास अब भी वहीं बैठा हुआ था। उसे झोपड़े के जल जाने का दुःख न था, बरतन आदि के जल जाने का भी दुःख न था, दुःख था उस पोटली का, जो उसकी उम्र-भर की कमाई थी, जो उसके जीवन की सारी आशाओं का आधार थी, जो उसकी सारी यातनाओं और याचनाओं का निष्कर्ष थी। इस छोटी-सी पोटली में उसका, उसके पितरों का और उसके नामलेवा का उद्धार संचित था। यही उसके लोक और परलोक, उसकी दीन-दुनिया का आशा-दीपक थी। उसने सोचा पोटली के साथ रुपये थोड़े ही जल गये होंगे ? अगर रुपये पिघल भी गये होंगे, तो चाँदी कहाँ जायगी ? क्या जानता था कि आज यह विपत्ति आने वाली है, नहीं तो यहीं न सोता ! पहले तो कोई झोपड़ी के पास आता ही न; और अगर आग लगाता भी, तो पोटली को पहले ही निकाल लेता। सच तो यों है कि मुझे यहाँ रुपये रखने ही न चाहिए थे। पर रखता कहाँ ? मुहल्ले में ऐसा कौन है, जिसे रखने को देता ? हाय ! पूरे पाँच सौ रुपये थे, कुछ पैसे ऊपर हो गये थे। क्या इसी दिन के लिए पैसे-पैसे बटोर रहा था ? खा लिया होता, तो कुछ तस्कीन होती। क्या सोचता था और क्या हुआ ! गया जाकर पितरों को पिंडा देने का इरादा किया था। अब उनसे कैसे गला छूटेगा ? सोचता था, कहीं मिठुआ की सगाई ठहर जाय, तो कर डालूँ। बहू घर में आ जाय, तो एक रोटी खाने को मिले ! अपने हाथों ठोंक-ठोंक कर खाते एक जुग बीत गया। बड़ी भूल हुई। चाहिए था कि जैसे-जैसे हाथ में रुपये आते, एक-एक काम पूरा करता जाता। बहुत पाँव फैलाने का यही फल है !

उस समय तक राख ठंडी हो चुकी थी। सूरदास अटकल से द्वार की ओर से झोपड़े में घुसा; पर दो-तीन पग के बाद एकाएक पाँव भूभल में पड़ गया। ऊपर राख थी लेकिन नीचे आग। तुरंत पाँव खींच लिया और अपनी लकड़ी से राख को उलटने-पलटने लगा, जिससे नीचे की आग भी जल्द राख हो जाय। आध घंटे में उसने सारी राख नीचे से ऊपर कर दी, और तब फिर डरते-डरते राख में पैर रखा। राख गरम थी, पर असह्य न थी। उसने उसी जगह की सीध में राख को टटोलना शुरू किया, जहाँ छप्पर में पोटली रखी थी। उसका दिल धड़क रहा था। उसे विश्वास था कि रुपये मिलें या न लें, पर चाँदी तो कहीं गयी ही नहीं। सहसा वह उछल पड़ा, कोई भारी चीज़ हाथ लगी। उठा लिया; पर टटोलकर देखा, तो मालूम हुआ ईंट का टुकड़ा है। फिर टटोलने लगा, जैसे कोई आदमी पानी में मछलियाँ टटोले। कोई चीज़ हाथ न लगी। तब तो उसने नैराश्य की उतावली और अधीरता के साथ सारी राख छान डाली। एक-एक मुट्ठी राख हाथ में लेकर देखी। लोटा मिला, तवा मिला, किंतु पोटली न मिली। उसका वह पैर, जो अब तक सीढ़ी पर था, फिसल गया और अब वह अथाह गहराई में जा पड़ा। उसके मुख से सहसा एक चीख निकल आयी। वह वहीं राख पर बैठ गया। और बिलख-बिलखकर रोने लगा। यह फूस की राख न थी, उसकी अभिलाषाओं की राख थी। अपनी बेबसी का इतना दुःख उसे कभी न हुआ था।

तड़का हो गया, सूरदास अब राख के ढेर को बटोरकर एक जगह एकत्र कर रहा था। आशा से ज़्यादा दीर्घजीवी और कोई वस्तु नहीं होती।

उसी समय ज़गधर आकर बोला—सूरे, सच कहना, तुम्हें मुझ पर तो सुभा नहीं है ?

सूरे को शुबहा तो था, पर उसने इसे छिपाकर कहा—तुम्हारे ऊपर क्यों सुभा करूँगा ? तुमसे

मेरी कौन-सी अदावत थी ?

जगधर—मुहल्ले वाले तुम्हें भड़कायेंगे, पर मैं भगवान से कहता हूँ, मैं इस बारे में कुछ नहीं जानता।

सूरदास—अब तो जो कुछ होना था, हो चुका। कौन जाने, किसी ने लगा दी, या किसी की चिलम से उड़कर लग गयी ? यह भी तो हो सकता है कि चूल्हे में आग रह गयी हो। बिन जाने-बूझे किस पर सुभा करूँ ?

जगधर—इसी से तुम्हें चिता दिया कि कहीं सुभे में मैं भी न मारा जाऊँ।

सूरदास—तुम्हारी तरफ से मेरा दिल साफ है।

जगधर को भैरो की बातों से अब यह विश्वास हो गया कि उसी की शरारत है। उसने सूरदास को रूलाने की बात कही थी। उस धमकी को इस तरह पूरा किया। वह वहाँ से सीधे भैरो के पास गया। वह चुपचाप बैठा नारियल पी रहा था, पर मुख से चिंता और घबराहट झलक रही थी। जगधर को देखते ही बोला—कुछ सुना, लोग क्या बातचीत कर रहे हैं ?

जगधर—सब लोग तुम्हारे ऊपर सुभा करते हैं। नायकराम की धमकी तो तुमने अपने कानों से सुनी।

भैरो—यहाँ ऐसी धमकियों की परवा नहीं है। सबूत क्या है कि मैंने लगायी ?

जगधर—सच कहो, तुम्हीं ने लगायी ?

भैरो—हाँ, चुपके से एक दियासलाई लगा दी।

जगधर—मैं कुछ-कुछ पहले ही समझ गया था; पर यह तुमने बुरा किया। झोपड़ी जलाने से क्या मिला ? दो-चार दिन में फिर दूसरी झोपड़ी तैयार हो जायगी।

भैरो—कुछ हो, दिल की आग तो ठण्डी हो गयी ! यह देखो !

यह कहकर उसने एक थैली दिखायी, जिसका रंग धुएँ से काला हो गया था। जगधर ने उत्सुक होकर पूछा—इसमें क्या है ? अरे ! इसमें तो रुपये भरे हुए हैं।

भैरो—यह सुभागी को बहका ले जाने का जरीबाना है।

जगधर—सच बताओ, ये रुपये कहाँ मिले ?

भैरो—उसी झोपड़े में। बड़े जतन से धरन की आड़ में रखे हुए थे। पाजी रोज राहगीरों को ठग-ठगकर पैसे लाता था, और इसी थैली में रखता था। मैंने गिने हैं। पाँच सौ से ऊपर हैं। न जाने कैसे इतने रुपये जमा हो गये ! बचा को इन्हीं रुपयों की गरमी थी। अब गरमी निकल गयी। अब देखूँ किस बल पर उछलते हैं। बिंरादरी को भोज-भात देने का सामान हो गया। नहीं तो इस बखत इतने रुपये कहाँ मिलते ? आजकल तो देखते ही हो, बल्लमटेरों के मारे बिकरी कितनी मंदी है।

जगधर—मेरी तो सलाह है कि रुपये उसे लौटा दो। बड़ी मसक्कत की कमाई है। हजम न होगी।

जगधर दिल का खोटा आदमी नहीं था; पर इस समय उसने यह सलाह उसे नेकनीयती से नहीं, हसद से दी थी। उसे यह असह्य था कि भैरों के हाथ इतने रुपये लग जायँ। भैरो आधे रुपये उसे देता, तो शायद उसे तस्कीन हो जाती; पर भैरो से यह आशा न की जा सकती

थी। बेपरवाही से बोला—मुझे अच्छी तरह हजम हो जायगी। हाथ में आये हुए रुपये को नहीं लौटा सकता। उसने तो भीख ही माँगकर जमा किये हैं, गेहूँ तो नहीं तौला था।

जगधर—पुलिस सब खा जायगी।

भैरो—सूरे पुलिस में न जायगा। रो-धोकर चुप हो रहेगा।

जगधर—गरीब की हाय बड़ी जानलेवा होती है।

भैरो—वह गरीब है ! अंधा होने से ही गरीब हो गया ? जो आदमी दूसरों की औरतों पर डोरे डाले, जिसके पास सैकड़ों रुपये जमा हों, जो दूसरों को रुपये उधार देता हो, वह गरीब है ? गरीब जो कहो, तो हम-तुम हैं। घर में ढूँढ आओ, एक पूरा रुपया न निकलेगा। ऐसे पापियों को गरीब नहीं कहते। अब भी मेरे दिल का काँटा नहीं निकला। जब तक उसे रोते न देखूँगा, यह काँटा न निकलेगा। जिसने मेरी आबरू बिगाड़ दी, उसके साथ जो चाहे करूँ, मुझे पाप नहीं लग सकता।

जगधर का मन आज खोंचा लेकर गलियों का चक्कर लगाने में न लगा। छाती पर साँप लोट रहा था—इसे दम-के-दम में इतने रुपये मिल गये, अब मौज उड़ायेगा। तकदीर इस तरह खुलती है। यहाँ कभी पड़ा हुआ पैसा भी न मिला। पाप-पुन्न की कोई बात नहीं। मैं ही कौन दिन-भर पुन्न किया करता हूँ ? दमड़ी-छदाम-कौड़ियों के लिए टेनी मारता हूँ। बाट खोटे रखता हूँ, तेल की मिठाई को घी की कहकर बेचता हूँ। ईमान गँवाने पर भी हाथ कुछ नहीं लगता। जानता हूँ, यह बुरा काम है; पर बाल-बच्चों को पालना भी तो जरूरी है। इसने ईमान खोया, तो कुछ लेकर खोया, गुनाह बेलज्जत नहीं रहा। अब दो-तीन दूकानों का और ठेका ले लेगा। ऐसा ही कोई माल मेरे हाथ भी पड़ जाता, तो जिंदगानी सुफल हो जाती।

जगधर के मन में ईर्ष्या का अंकुर जमा। वह भैरो के घर से लौटा तो देखा कि सूरदास राख को बटोरकर उसे आटे की भाँति गूँध रहा है। सारा शरीर भस्म से ढका हुआ है और पसीने की धारें निकल रही हैं। बोला—सूरे क्या ढूँढते हो ?

सूरदास—कुछ नहीं। यहाँ रखा ही क्या था ! यही लोटा-तवा देख रहा था।

जगधर—और वह थैली किसकी है, जो भैरो के पास है ?

सूरदास चौंका। क्या इसीलिए भैरो आया था ? जरूर यही बात है। घर में आग लगाने के पहले रुपये निकाल लिये होंगे।

लेकिन अंधे भिखारी के लिए दरिद्रता इतनी लज्जा की बात नहीं है, जितना धन। सूरदास जगधर से अपनी आर्थिक हानि को गुप्त रखना चाहता था। वह गया करना चाहता था, मिठुआ का ब्याह करना चाहता था, कुआँ बनवाना चाहता था; किंतु इस ढंग से कि लोगों को आश्चर्य हो कि इसके पास रुपये कहाँ से आये, लोग यही समझें कि भगवान् दीन जनों की सहायता करते हैं। भिखारियों के लिए धन-संचय पाप-संचय से कम अपमान की बात नहीं है। बोला—मेरे पास थैली-वैली कहाँ ? होगी किसी की। थैली होती, तो भीख माँगता ?

जगधर—मुझसे उड़ते हो ? भैरो मुझसे स्वयं कह रहा था कि झोपड़े में धरन के ऊपर यह थैली मिली। पाँच सौ रुपये से कुछ बेसी हैं।

सूरदास—वह तुमसे हँसी करता होगा। साढ़े पाँच रुपये तो कभी जुड़े ही नहीं, साढ़े पाँच

सौ कहाँ से आते !

इतने में सुभागी वहाँ आ पहुँची। रात-भर मंदिर के पिछवाड़े अमरूद के बाग में छिपी बैठी थी। वह जानती थी, आग भैरो ने लगायी है। भैरो ने उस पर जो कलंक लगाया था, उसकी उसे विशेष चिंता न थी, क्योंकि वह जानती थी किसी को इस पर विश्वास न आयेगा। लेकिन मेरे कारण सूरदास का यों सर्वनाश हो जाय, इसका उसे बड़ा दुःख था। वह इस समय उसको तस्कीन देने आयी थी। जगधर को वहाँ खड़े देखा, तो झिझकी। भय हुआ, कहीं यह मुझे पकड़ न ले। जगधर को वह भैरो ही का दूसरा अवतार समझती थी। उसने प्रण कर लिया था कि अब भैरो के धर न जाऊँगी, अलग रहूँगी और मेहनत-मजूरी करके जीवन का निर्वाह करूँगी। यहाँ कौन लड़के रो रहे हैं, एक मेरा ही पेट उसे भारी है न ? अब अकेले ठोंके और खाय, और बुढ़िया के चरण धो-धोकर पिये, मुझसे तो यह नहीं हो सकता। इतने दिन हुए, इसने कभी अपने मन से धेले का सेंदुर भी न दिया होगा, तो मैं क्यों उसके लिए मरूँ ?

वह पीछे लौटा ही चाहती थी कि जगधर ने पुकारा—सुभागी, कहाँ जाती है ? देखी अपने खसम की करतूत, बेचारे सूरदास को कहीं का न रखा।

सुभागी ने समझा, मुझे झाँसा दे रहा है। मेरे पेट की थाह लेने के लिए यह जाल फेंका है। व्यंग्य से बोली—उसके गुरू तो तुम्हीं हो, तुम्हीं ने मंत्र दिया होगा।

जगधर—हाँ, यही मेरा काम है, चोरी-डाका न सिखाऊँ, तो रोटियाँ क्योंकर चलें !

सुभागी ने फिर व्यंग्य किया—रात ताड़ी पीने को नहीं मिली क्या ?

जगधर—ताड़ी के बदले क्या अपना ईमान बेच दूँगा ? जब तक समझता था, भला आदमी है, साथ बैठता था, हँसता-बोलता था, ताड़ी भी पी लेता था, कुछ ताड़ी के लालच से नहीं जाता था (क्या कहना है, आप ऐसे धर्मात्मा तो हैं !) लेकिन आज से कभी उसके पास बैठते देखना, तो कान पकड़ लेना। जो आदमी दूसरों के घर में आग लगाये, गरीबों के रुपये चुरा ले जाय, वह अगर मेरा बेटा भी हो तो उसकी सूरत न देखूँ। सूरदास ने न जाने कितने जतन से पाँच सौ रुपये बटोरे थे। वह सब उड़ा ले गया। कहता हूँ, लौटा दो, तो लड़ने पर तैयार होता है।

सूरदास—फिर वही रट लगाये जाते हो। कह दिया कि मेरे पास रुपये नहीं थे, कहीं और जगह से मार लाया होगा। मेरे पास पाँच सौ रुपये होते, तो चैन की बंसी न बजाता, दूसरों के सामने हाथ क्यों पसारता ?

जगधर—सूरे, अगर तुम भरी गंगा में कहो कि मेरे रुपये नहीं हैं, तो मैं न मानूँगा। मैंने अपनी आँखों से वह थैली देखी है। भैरो ने अपने मुँह से कहा है कि यह थैली झोपड़े में धरन के ऊपर मिली। तुम्हारी बात कैसे मान लूँ ?

सुभागी—तुमने थैली देखी है ?

जगधर—हाँ, देखी नहीं तो क्या झूठ बोल रहा हूँ ?

सुभागी—सूरदास, सच-सच बता दो, रुपये तुम्हारे हैं !

सूरदास—पागल हो गयी है क्या ? इनकी बातों में आ जाती है ! भला मेरे पास रुपये कहाँ से आते ?

जगधर—इनसे पूछ, रुपये न थे, तो इस घड़ी राख बटोरकर क्या ढूँढ़ रहे थे ?

सुभागी ने सूरदास के चेहरे की तरफ़ अन्वेषण की दृष्टि से देखा। उसकी उस बीमार की-सी दशा थी, जो अपने प्रियजनों की तस्कीन के लिए अपनी असह्य वेदना को छिपाने का असफल प्रयत्न कर रहा हो। जगधर के निकट आकर बोली—रुपये जरूर थे, इसका चेहरा कहे देता है।

जगधर—मैंने थैली अपनी आँखों से देखी है।

सुभागी—अब चाहे वह मुझे मारे या निकाले, पर रहूँगी उसी के घर। कहाँ-कहाँ थैली को छिपायेगा ? कभी तो मेरे हाथ लगेगी। मेरे ही कारण इस पर यह बिपत पड़ी है। मैंने ही उजाड़ा है, मैं ही बसाऊँगी। जब तक इसके रुपये न दिला दूँगी, मुझे चैन न आयगा।

यह कहकर वह सूरदास से बोली—तो अब रहोगे कहाँ ?

सूरदास ने यह बात न सुनी। वह सोच रहा था—रुपये मैंने ही तो कमाये थे, क्या फिर नहीं कमा सकता ? यही न होगा, जो काम इस साल होता, वह कुछ दिनों के बाद होगा। मेरे रुपये थे ही नहीं, शायद उस जन्म में मैंने भैरो के रुपये चुराये होंगे। यह उसी का दण्ड मिला है। मगर बिचारी सुभागी का अब क्या हाल होगा ? भैरो उसे अपने घर में कभी न रखेगा। बिचारी कहाँ मारी-मारी फिरेगी ! यह कलंक भी मेरे सिर लगना था। कहीं का न हुआ। धन गया, घर गया, आबरू गयी; जो जमीन बच रही है, वह भी न जाने जायगी या बचेगी। अन्धापन ही क्या थोड़ी बिपत थी कि नित ही एक-न-एक चपत पड़ती रहती है। जिसके जी में आता है, चार खोटी-खरी सुना देता है।

इन दुःखजनक विचारों से मर्माहत-सा होकर वह रोने लगा। सुभागी जगधर के साथ भैरो के घर की ओर चली जा रही थी और यहाँ सूरदास अकेला बैठा हुआ रो रहा था।

सहसा वह चौंक पड़ा। किसी ओर से आवाज़ आयी—तुम खेल में रोते हो !

मिठुआ घीसू के घर से रोता चला आता था, शायद घीसू ने मारा था। इस पर घीसू उसे चिढ़ा रहा था—खेल में रोते हो !

सूरदास कहाँ तो नैराश्य, ग्लानि, चिंता और क्षोभ के अपार जल में गोते खा रहा था, कहाँ यह चेतावनी सुनते ही उसे ऐसा मालूम हुआ, किसी ने उसका हाथ पकड़कर किनारे पर खड़ा कर दिया। वाह ! मैं तो खेल में रोता हूँ। कितनी बुरी बात है ! लड़के भी खेल में रोना बुरा समझते हैं, रोने वाले को चिढ़ाते हैं और मैं खेल में रोता हूँ ! सच्चे खिलाड़ी कभी रोते नहीं, बाजी-पर-बाजी हारते हैं, चोट-पर-चोट खाते हैं, धक्के-पर-धक्के सहते हैं; पर मैदान में डटे रहते हैं, उनकी त्योरियों पर बल नहीं पड़ते। हिम्मत उनका साथ नहीं छोड़ती, दिल पर मालिन्य के छींटे भी नहीं आते, न किसी से जलते हैं, न चिढ़ते हैं। खेल में रोना कैसा ? खेल हँसने के लिए, दिल बहलाने के लिए है, रोने के लिए नहीं।

सूरदास उठ खड़ा हुआ, और विजय-गर्व की तरंग में राख के ढेर को दोनों हाथों से उड़ाने लगा।

आवेग में हम उद्दिष्ट स्थान से आगे निकल जाते हैं। वह संयम कहाँ है, जो शत्रु पर विजय पाने के बाद तलवार को म्यान में कर ले ?

एक क्षण में मिठुआ, घीसू और मुहल्ले के बीसों लड़के आकर इस भस्म-स्तूप के चारों ओर जमा हो गये और मारे प्रश्नों के सूरदास को परेशान कर दिया। उसे राख फेंकते देखकर सबों को खेल हाथ आया। राख की वर्षा होने लगी। दम-के-दम में सारी राख बिखर गयी, भूमि पर केवल काला निशान रह गया।

मिठुआ ने पूछा—दादा, अब हम रहेंगे कहाँ ?

सूरदास—दूसरा घर बनायेंगे।

मिठुआ—और कोई फिर आग लगा दे ?

सूरदास—तो फिर बनायेंगे।

मिठुआ—और फिर लगा दे ?

सूरदास—तो हम भी फिर बनायेंगे।

मिठुआ—और कोई हजार बार लगा दे ?

सूरदास—तो हम हजार बार बनायेंगे।

बालकों को संख्याओं से विशेष रुचि होती है। मिठुआ ने फिर पूछा—और जो कोई सौ लाख बार लगा दे ?

सूरदास ने उसी बालोचित सरलता से उत्तर दिया—तो हम भी सौ लाख बार बनायेंगे।

जब वहाँ राख की एक चुटकी भी न रही, तो सब लड़के किसी दूसरे खेल की तलाश में दौड़े। दिन अच्छी तरह निकल आया था। सूरदास ने भी लकड़ी सँभाली और सड़क की तरफ चला। उधर जगधर यहाँ से नायकराम के पास गया; और वहाँ भी यह वृत्तांत सुनाया। पण्डा ने कहा—मैं भैरो के बाप से रुपये वसूल करूँगा, जाता कहाँ है, उसकी हड्डियों से रुपये निकालकर दम लूँगा, अंधा अपने मुँह से चाहे कुछ कहे या न कहे।

जगधर वहाँ से बजरंगी, दयागिरि, ठाकुरदीन आदि मुहल्ले के सब छोटे-बड़े आदमियों से मिला और यह कथा सुनायी। आवश्यकतानुसार यथार्थ घटना में नमक-मिर्च भी लगाता जाता था। सारा मुहल्ला भैरो का दुश्मन हो गया।

सूरदास तो सड़क के किनारे राहगीरों की जय मना रहा था, यहाँ मुहल्ले वालों ने उसकी झोपड़ी बसानी शुरू की। किसी ने फूस दिया, किसी ने बाँस दिये, किसी ने धरन दी, कई आदमी झोपड़ी बनाने में लग गये। जगधर ही इस संगठन का प्रधान मंत्री था। अपने जीवन में शायद ही उसने इतना सदुत्साह दिखाया हो। ईर्ष्या में तम-ही-तम नहीं होता, कुछ सत् भी होता है। संध्या तक झोपड़ी तैयार हो गयी, पहले से कहीं ज़्यादा बड़ी और पायेदार। जमुनी ने मिट्टी के दो घड़े और दो-तीन हाँड़ियाँ लाकर रख दीं। एक चूल्हा भी बना दिया। सबने गुट कर रखा था कि सूरदास को झोपड़े के बनने की ज़रा भी खबर न हो। जब वह शाम को आये, तो घर देखकर चकित हो जाय, और पूछने लगे, किसने बनायी, तब सब लोग कहें, आप-ही-आप तैयार हो गया।

बारह

प्रभु सेवक ताहिरअली के साथ चले, तो पिता पर झल्लाये हुए थे—यह मुझे कोल्हू का बैल बनाना चाहते हैं। आठों पहर तम्बाकू ही के नशे में डूबा पड़ा रहूँ, अधिकारियों की चौखट पर मस्तक रगड़ूँ, हिस्से बेचता फिरूँ, पत्रों में विज्ञापन छपवाऊँ, बस सिगरेट की डिबिया बन जाऊँ। यह मुझसे नहीं हो सकता। मैं धन कमाने की कल नहीं हूँ, मनुष्य हूँ, धन-लिप्सा अभी तक मेरे भावों को कुचल नहीं पायी है। अगर मैं अपनी ईश्वरदत्त रचना-शक्ति से काम न लूँ, तो यह मेरी कृतघ्नता होगी। प्रकृति ने मुझे धनोपार्जन के लिए बनाया ही नहीं; नहीं तो वह मुझे इन भावों से क्यों भूषित करती। कहते तो हैं कि अब मुझे धन की क्या चिन्ता, थोड़े दिनों का मेहमान हूँ, मानो ये सब तैयारियाँ मेरे लिए हो रही हैं। लेकिन अभी कह दूँ कि आप मेरे लिए यह कष्ट न उठाइए, मैं जिस दशा में हूँ, उसी में प्रसन्न हूँ, तो कुहराम मच जाय ! अच्छी विपत्ति गले पड़ी, जाकर देहातियों पर रोब जमाइए, उन्हें धमकाइए, उनको गालियाँ सुनाइए। क्यों ? उन सबों ने कोई नयी बात नहीं की है। कोई उनकी जायदाद पर ज़बरदस्ती हाथ बढ़ायेगा, तो वे लड़ने पर उतारू हो ही जायँगे। अपने स्वत्वों की रक्षा करने का उनके पास और साधन ही क्या है ? मेरे मकान पर आज कोई अधिकार करना चाहे, तो मैं कभी चुपचाप न बैठूँगा। धैर्य तो नैराश्य की अंतिम अवस्था का नाम है। जब तक हम निरूपाय नहीं हो जाते, धैर्य की शरण नहीं लेते। इन मियाँजी को भी ज़रा-सी चोट आ गयी, तो फ़रियाद लेकर पहुँचे। खुशामदी है, चापलूसी से अपना विश्वास जमाना चाहता है। आपको भी ग़रीबों पर रोब जमाने की धुन सवार होगी। मिलकर नहीं रहते बनता। पापा की भी यही इच्छा है। खुदा करे, सब-के-सब बिगड़ खड़े हों, गोदाम में आग लगा दें और इन महाशय की ऐसी खबर लें कि यहाँ से भागते ही बने। ताहिरअली से सरोष होकर बोले—क्या बात हुई कि सब-के-सब बिगड़ खड़े हुए ?

ताहिर—हुजूर, बिलकुल बेसबब। मैं तो खुद ही इन सबों से जान बचाता रहता हूँ।

प्रभु सेवक—किसी कार्य के लिए कारण का होना आवश्यक है; पर आज मालूम हुआ कि वह भी दार्शनिक रहस्य है, क्यों ?

ताहिर—(बात न समझकर) जी हाँ, और क्या।

प्रभु सेवक—जी हाँ, और क्या के क्या मानी ? क्या आप बात भी नहीं समझते, या बहरेपन का रोग है ? मैं कहता हूँ, बिना चिनगारी के आग नहीं लग सकती; आप फ़रमाते हैं, जी हाँ, और क्या। आपने कहाँ तक शिक्षा पायी है ?

ताहिर—(कातर स्वर से) हुजूर, मिडिल तक तालीम पायी थी, पर बदकिस्मती से पास न हो सका। मगर जो काम मैं कर सकता हूँ, वह मिडिल पास कर दे, तो जो जुर्माना कहिए, दूँ। बहुत दिनों तक चुंगी में मुंशी रह चुका हूँ।

प्रभु सेवक—तो फिर आपके पाण्डित्य और विद्वत्ता पर किसे शंका हो सकती है। आपके कथन के आधार पर मुझे मान लेना चाहिए कि आप शांत बैठे हुए पुस्तकावलोकन में मग्न थे, या संभवतः ईश्वर-भजन में तन्मय हो रहे थे, और विद्रोहियों का एक सशस्त्र दल पहुँचकर आप पर हमले करने लगा।

ताहिर—हुज़ूर तो खुद ही चल रहे हैं, मैं क्या अर्ज़ करूँ, तहक़ीक़ात कर लीजिएगा।

प्रभु सेवक—सूर्य को सिद्ध करने के लिए दीपक की ज़रूरत नहीं होती। देहाती लोग प्रायः बड़े शांतिप्रिय होते हैं। जब तक उन्हें भड़काया न जाय, लड़ाई-दंगा नहीं करते। आपकी तरह उन्हें ईश्वर-भजन से रोटियाँ नहीं मिलतीं। सारे दिन सिर खपाते हैं, तब रोटियाँ नसीब होती हैं। आश्चर्य है कि आपके सिर पर जो कुछ गुज़री, उसके कारण भी नहीं बता सकते। इसका आशय इसके सिवा और क्या हो सकता है कि या तो आपको खुदा ने बहुत मोटी बुद्धि दी है, या आप अपना रोब जमाने के लिए लोगों पर अनुचित दबाव डालते हैं।

ताहिर—हुज़ूर, झगड़ा लड़कों से शुरू हुआ। मुहल्ले के कई लड़के मेरे लड़कों को मार रहे थे। मैंने जाकर उन सबों की गोशमाली कर दी। बस, इतनी ज़रा-सी बात पर लोग चढ़ आये।

प्रभु सेवक—धन्य हैं, आपके साथ भगवान् ने उतना अन्याय नहीं किया है, जितना मैं समझता था। आपके लड़कों में और मुहल्ले के लड़कों में मार-पीट हो रही थी। आपने अपने लड़कों के रोने की आवाज़ सुनी और आपका खून उबलने लगा। देहातियों के लड़कों की इतनी हिम्मत कि आपके लड़कों को मारें! खुदा का ग़जब! आपकी शराफ़त यह अत्याचार न सह सकी। आपने औचित्य, दूरदर्शिता और सहज बुद्धि को समेटकर ताक़ पर रख दिया और उन दुस्साहसी लड़कों को मारने दौड़े। तो अगर आप-जैसे सभ्य पुरुष को बाल-संग्राम में हस्तक्षेप करते देखकर और लोग भी आपका अनुसरण करें, तो आपको शिकायत न होनी चाहिए। आपको दुनिया में इतने दिनों तक रहने के बाद यह अनुभव हो जाना चाहिए था कि लड़कों के बीच में बूढ़ों को न पड़ना चाहिए। इसका नतीजा बुरा होता है। अगर आप इस अनुभव से वंचित थे, तो आपको इस पाठ के लिए प्रसन्न होना चाहिए, जिससे आपको एक परमावश्यक और महत्त्वपूर्ण ज्ञान प्राप्त हुआ। इसके लिए फ़रियाद करने की ज़रूरत न थी।

फ़िटन उड़ी जाती थी और उसके साथ ताहिरअली के होश भी उड़े जाते थे—मैं समझता था, इन हज़रत में ज़्यादा इंसानियत होगी; पर देखता हूँ तो यह अपने बाप से भी दो अँगुल ऊँचे हैं। न हारी मानते हैं, न जीती। ये ताने बर्दाश्त नहीं हो सकते। कुछ मुफ़्त में तनख्वाह नहीं देते। काम करता हूँ, मज़दूरी लेता हूँ। तानों-ही-तानों में मुझे कमीना, अहमक़, जाहिल, सब कुछ बना डाला। अभी उम्र में मुझसे कितने छोटे हैं! माहिर से दो-चार साल बड़े होंगे; मगर मुझे इस तरह आड़े हाथों ले रहे हैं, गोया मैं नादान बच्चा हूँ! दौलत ज़्यादा होने से क्या अक़्ल भी ज़्यादा हो जाती है? चैन से ज़िंदगी बसर होती है, जभी ये बातें सूझ रही हैं। रोटियों के लिए ठोकरें खानी पड़तीं, तो मालूम होता, तजुर्बा क्या चीज़ है। आक़ा कोई बात एतराज़ के लायक़ देखे, तो उसे समझाने का हक़ है, इसकी मुझे शिकायत नहीं; पर जो कुछ कहो, नरमी और हमदर्दी के साथ। यह नहीं है कि ज़हर उगलने लगो, कलेजे को चलनी बना डालो।

यही बातें हो रही थीं कि पाँड़ेपुर आ पहुँचा। सूरदास आज बहुत प्रसन्न चित्त नज़र आता था। और दिन सवारियों के निकल जाने के बाद दौड़ता था। आज आगे ही से उनका स्वागत किया, फ़िटन देखते ही दौड़ा। प्रभु सेवक ने फ़िटन रोक दी और कर्कश स्वर में बोले—क्यों सूरदास, माँगते हो भीख, बनते हो साधु और काम करते हो बदमाशों का? मुझसे फ़ौजदारी करने का हौसला हुआ है।

सूरदास—कैसी फौजदारी हुजूर ? मैं अंधा-अपाहिज आदमी भला क्या फौजदारी करूँगा।

प्रभु सेवक—तुम्हीं ने तो मुहल्ले वालों को साथ लेकर मेरे मुंशीजी पर हमला किया था और गोदाम में आग लगाने को तैयार थे ?

सूरदास—सरकार, भगवान से कहता हूँ, मैं नहीं था। आप लोगों का मँगता हूँ, जान-माल का कल्यान मनाता हूँ, मैं क्या फौजदारी करूँगा ?

प्रभु सेवक—क्यों मुंशीजी, यही अगुआ था न ?

ताहिर—नहीं हुजूर, इशारा इसी का था, पर यह वहाँ न था।

प्रभु सेवक—मैं इन चालों को खूब समझता हूँ। तुम जानते होगे, इन धमकियों से ये लोग डर जायँगे, मगर एक-एक से चक्की न पिसवायी, तो कहना कि कोई कहता था। साहब को तुमने क्या समझा है ! अगर हाकिमों से झूठों भी कह दें, तो सारा मुहल्ला बँध जाय। मैं तुम्हें जताये देता हूँ।

फ़िटन आगे बढ़ी, तो जगधर मिला। खोंचा हथेली पर रखे, एक हाथ से मक्खियाँ उड़ाता चला जाता था। प्रभु सेवक को देखते ही सलाम करके खड़ा हो गया। प्रभु सेवक ने पूछा—तुम भी कल फ़ौजदारी करने वालों में थे ?

जगधर—सरकार, मैं टके का आदमी क्या खाके फौजदारी करूँगा, और बिचारे सूरदास की क्या मजाल है कि सरकार के सामने अकड़ दिखाये। अपनी ही बिपत में पड़ा हुआ है। किसी ने रात को बिचारे की झोपड़ी में आग लगा दी। बरतन-भाँड़ा सब जल गया। न जाने किस-किस जतन से कुछ रुपये जुटाये थे; वे भी लुट गये। गरीब ने सारी रात रो-रोकर काटी है। आज हम लोगों ने उसका झोपड़ा बनाया है। अभी छुट्टी मिली है, तो खोंचा लेकर निकला हूँ। हुकुम हो, तो कुछ खिलाऊँ। कचालू खूब चटपटे हैं।

प्रभु सेवक का जी ललचा गया। खोंचा उतारने को कहा और कचालू, दही-बड़े, फुलौड़ियाँ खाने लगे। भूख लगी हुई थी। ये चीज़ें बहुत प्रिय लगीं। कहा—सूरदास ने तो यह बात मुझसे न कही ?

जगधर—वह कभी न कहेगा। कोई गला भी काट ले, तो सिकायत न करेगा।

प्रभु सेवक—तब तो वास्तव में कोई महापुरुष है। कुछ पता न चला, किसने झोपड़े में आग लगायी थी ?

जगधर—सब मालूम हो गया, हजूर, पर क्या किया जाय। कितना कहा गया कि उस पर थाने में रपट कर दे, मुदा कहता है, कौन किसी को फँसाये ! जो कुछ भाग में लिखा था, वह हुआ। हजूर, सारी करतूत इसी भैरो ताड़ी वाले की है।

प्रभु सेवक—कैसे मालूम हुआ ? किसी ने उसे आग लगाते देखा ?

जगधर—हुजूर, वह खुद मुझसे कह रहा था। रुपयों की थैली लाकर दिखायी। इससे बढ़कर और क्या सबूत होगा ?

प्रभु सेवक—भैरो के मुँह पर कहोगे ?

जगधर—नहीं सरकार, खून हो जायगा।

सहसा भैरो सिर पर ताड़ी का घड़ा रखे आता हुआ दिखायी दिया। जगधर ने तुरंत खोंचा

उठाया और बिना पैसे लिये क़दम बढ़ाता हुआ दूसरी तरफ़ चल दिया। भैरो ने समीप आकर सलाम किया। प्रभु सेवक ने आँखें दिखाकर पूछा—तू ही भैरो ताड़ी वाला है न ?

भैरो—(काँपते हुए) हाँ हजूर, मेरा ही नाम भैरो है।

प्रभु सेवक—तू यहाँ लोगों के घरों में आग लगाता फिरता है ?

भैरो—हजूर, जवानी की कसम खाता हूँ, किसी ने हजूर से झूठ कह दिया है।

प्रभु सेवक—तू कल मेरे गोदाम पर फ़ौजदारी करने में शरीक था ?

भैरो—हजूर का ताबेदार हूँ, आपसे फौजदारी करूँगा ? मुंसीजी से पूछिए, झूठ कहता हूँ या सच। सरकार, न जाने क्यों सारा मोहल्ला मुझसे दुश्मनी करता है। अपने घर में एक रोटी खाता हूँ, वह भी लोगों से नहीं देखा जाता। यह जो अंधा है, हजूर, एक ही बदमास है। दूसरों की बहू-बेटियों पर बुरी निगाह रखता है। माँग-माँगकर रुपये जोड़ लिये हैं, लेन-देन करता है। सारा मोहल्ला उसके कहने में है। उसी के चेले बजरंगी ने फौजदारी की है। मालमस्त है, गायें-भैंसें लगती हैं, पानी मिला-मिलाकर दूध बेचता है। उसके सिवा किसका गुरदा है कि हजूर से फौजदारी करे !

प्रभु सेवक—अच्छा ! इस अंधे के पास रुपये भी हैं ?

भैरो—हजूर, बिना रुपये के इतनी गरमी और कैसे होगी ! जब पेट भरता है, तभी तो बहू-बेटियों पर निगाह डालने की सूझती है।

प्रभु सेवक—बेकार क्या बकता है, अंधा आदमी क्या बुरी निगाह डालेगा ? मैंने तो सुना है, वह बहुत सीधा सादा आदमी है।

भैरो—आपका कुत्ता आपको थोड़े ही काटता है, आप तो उसकी पीठ सुहलाते हैं; पर जिन्हें काटने दौड़ता है, वे तो उसे इतना सीधा न समझेंगे।

इतने में भैरो की दूकान आ गयी। कई गाहक उसकी राह देख रहे थे। वह अपनी दूकान में चला गया। तब प्रभु सेवक ने ताहिरअली से कहा—आप कहते हैं, सारा मुहल्ला मिलकर मुझे मारने आया था। मुझे इस पर विश्वास नहीं आता। जहाँ लोगों में इतना बैर-विरोध है, वहाँ इतना एका होना असम्भव है। दो आदमी मिले, दोनों एक-दूसरे के दुश्मन। अगर आपकी जगह कोई दूसरा आदमी होता, तो इस वैमनस्य से मनमाना फ़ायदा उठाता। उन्हें आपस में लड़ाकर दूर से तमाशा देखता। मुझ तो इन आदमियों पर क्रोध के बदले दया आती है।

बजरंगी का घर मिला। तीसरा पहर हो गया था। वह भैंसों की नाँद में पानी डाल रहा था। फ़िटन पर ताहिरअली के साथ प्रभु सेवक को बैठे देखा, तो समझ गया—मियाँजी अपने मालिक को लेकर रोब जमाने आये हैं। जानते हैं, इस तरह मैं दब जाऊँगा। साहब अमीर होंगे, अपने घर के होंगे। मुझे कायल कर दें तो अभी जो जुरमाना लगा दें, वह देने को तैयार हूँ; लेकिन जब मेरा कोई कसूर नहीं, कसूर सोलहों आने मियाँ ही का है, तो मैं क्यों दबूँ ? न्याय से दबा लें, पद से दबा लें, लेकिन भबकी से दबने वाले कोई और होंगे।

ताहिरअली ने इशारा किया, यही बजरंगी है। प्रभु सेवक ने बनावटी क्रोध धारण करके कहा—क्यों बे, कल के हंगामे में तू भी शरीक था ?

बजरंगी—सरीक किसके साथ था ? मैं अकेला था।

प्रभु सेवक—तेरे साथ सूरदास और मुहल्ले के और लोग न थे ? झूठ बोलता है !

बजरंगी—झूठ नहीं बोलता, किसी का दबैल नहीं हूँ। मेरे साथ न सूरदास था और न मोहल्ले का कोई दूसरा आदमी। मैं अकेला था।

घीसू ने हाँक लगायी—पादड़ी ! पादड़ी !

मिठुआ बोला—पादड़ी आया, पादड़ी आया !

दोनों अपने हमजोलियों को यह आनंद-समाचार सुनाने दौड़े, पादड़ी गायेगा, तसवीरें दिखायेगा, किताबें देगा, मिठाइयाँ और पैसे बाँटेगा। लड़कों ने सुना, तो वे भी इस लूट का माल बँटाने दौड़े। एक क्षण में वहाँ बीसों बालक जमा हो गये। शहर के दूरवर्ती मोहल्लों में अँगरेज़ी वस्त्रधारी पुरुष पादड़ी का पर्याय है। नायकराम भंग पीकर बैठे हुए थे, पादड़ी का नाम सुनते ही उठे, उनकी बेसुरी तानों में उन्हें विशेष आनन्द मिलता था। ठाकुरदीन ने भी दूकान छोड़ दी, उन्हें पादड़ियों से धार्मिक वाद-विवाद करने की लत थी। अपना धर्मज्ञान प्रकट करने के ऐसे सुन्दर अवसर पाकर न छोड़ते थे। दयागिरि भी आ पहुँचे, पर जब लोग फिटन के पास पहुँचे, तो भेद खुला। प्रभु सेवक बजरंगी से कह रहे थे—तुम्हारी शामत न आये, नहीं तो साहब तुम्हें तबाह कर देंगे। किसी काम के न रहोगे। तुम्हारी इतनी मजाल !

बजरंगी इसका जवाब देना ही चाहता था कि नायकराम ने आगे बढ़कर कहा—उस पर आप क्यों बिगड़ते हैं, फौजदारी मैंने की है, जो कहना हो, मुझसे कहिए।

प्रभु सेवक ने विस्मित होकर पूछा—तुम्हारा क्या नाम है ?

नायकराम को कुछ तो राजा महेन्द्रकुमार के आश्वासन, कुछ विजया की तरंग और कुछ अपनी शक्ति के ज्ञान ने उच्छृंखल बना दिया था। लाठी सीधी करता हुआ बोला—लट्ठमार पाँड़े!

इस जवाब में हेकड़ी की जगह हास्य का आधिक्य था। प्रभु सेवक का बनावटी क्रोध हवा हो गया। हँसकर बोल—तब तो यहाँ ठहरने में कुशल नहीं है, कहीं बिल खोदना चाहिए।

नायकराम अक्खड़ आदमी था। प्रभु सेवक के मनोभाव न समझ सका। भ्रम हुआ—यह मेरी हँसी उड़ा रहे हैं, मानो कह रहे हैं कि तुम्हारी बकवास से क्या होता है, हम जमीन लेंगे और जरूर लेंगे। तिनककर बोला—आप हँसते क्या हैं, क्या समझ रखा है कि अंधे की जमीन सहज ही में मिल जायगी ? इस धोखे में न रहिएगा।

प्रभु सेवक को भी अब क्रोध आया। पहले उन्होंने समझा था, नायकराम दिल्लगी कर रहा है। अब मालूम हुआ कि वह सचमुच लड़ने पर तैयार है। बोले—इस धोखे में नहीं हूँ, कठिनाइयों को खूब जानता हूँ। अब तक भरोसा था कि समझौते से सारी बातें तय हो जायँगी, इसीलिए आया था। लेकिन तुम्हारी इच्छा कुछ और हो, तो वही सही। अब तक मैं तुम्हें निर्बल समझता था, और निर्बलों पर अपनी शक्ति का प्रयोग न करना चाहता था। पर आज जाना कि तुम हेकड़ हो, तुम्हें अपने बल का घमण्ड है। इसलिए अब हम तुम्हें भी अपने हाथ दिखायें, तो कोई अन्याय नहीं है।

इन शब्दों में नेकनीयती झलक रही थी। ठाकुरदीन ने कहा—हजूर, पण्डाजी की बातों का खियाल न करें। इनकी आदत ही ऐसी है, जो कुछ मुँह में आया, बक डालते हैं। हम लोग आपके ताबेदार हैं।

नायकराम—आप दूसरों के बल पर कूदते होंगे, यहाँ अपने हाथों के बल का भरोसा करते हैं। आप लोगों के दिल में जो अरमान हों, निकाल डालिए। फिर न कहना कि धोखे में वार किया। (धीरे से) एक ही हाथ में सारी किरस्तानी निकल जायगी।

प्रभु सेवक—क्या कहा, ज़रा ज़ोर से क्यों नहीं कहते ?

नायकराम—(कुछ डरकर) कह तो रहा हूँ, जो अरमान हो, निकाल डालिए।

प्रभु सेवक—नहीं, तुमने कुछ और कहा है।

नायकराम—जो कुछ कहा है, वही फिर कह रहा हूँ। किसी का डर नहीं है।

प्रभु सेवक—तुमने गाली दी है।

यह कहते हुए प्रभु सेवक फ़िटन से नीचे उतर पड़े, नेत्रों से ज्वाला-सी निकलने लगी, नथुने फड़कने लगे, सारा शरीर थरथराने लगा, एड़ियाँ ऐसी उछल रही थीं मानो किसी उबलती हुई हाँड़ी का ढकना है। आकृति विकृत हो गयी थी। उनके हाथ में केवल एक पतली-सी छड़ी थी। फ़िटन से उतरते ही वह झपटकर नायकराम के कल्ले पर पहुँच गये, उसके हाथ से लाठी छीनकर फेंक दी; और ताबड़तोड़ कई बेंत लगाये। नायकराम दोनों हाथों से वारों को रोकता पीछे हटता जाता था। ऐसा जान पड़ता था कि वह अपने होश में नहीं है। वह यह जानता था कि भद्र पुरुष मार खाकर चाहे चुप रह जायँ, गाली नहीं सह सकते। कुछ तो पश्चात्ताप, कुछ आघात की अविलंबिता और कुछ परिणाम के भय ने उसे वार करने का अवकाश ही न दिया। इन अविरल प्रहारों से वह चौंधिया-सा गया। इसमें कोई सन्देह नहीं कि प्रभु सेवक उसके जोड़ के न थे; किन्तु उसमें वह सत्साहस, वह न्याय-पक्ष का विश्वास न था जो संख्या और शस्त्र तथा बल की परवा नहीं करता।

और लोग भी हतबुद्धि-से खड़े रहे; किसी ने बीच-बचाव तक न किया। बजरंगी नायकराम के पसीने की जगह खून बहाने वालों में था। दोनों साथ खेले और एक ही अखाड़े में लड़े थे। ठाकुरदीन और कुछ न कर सकता था, तो प्रभु सेवक के सामने खड़ा हो सकता था; किन्तु दोनों-के-दोनों गुमसुम-से ताकते रहे। यह सब कुछ पल मारने में हो गया। प्रभु सेवक अभी तक बेंत चलाते ही जाते थे। जब छड़ी से कोई असर न होते देखा, तो ठोकर चलानी शुरू की। यह चोट कारगर हुई। दो-ही-तीन ठोकरें पड़ी थीं कि नायकराम जाँघ में चोट खाकर गिर पड़ा। उसके गिरते ही बजरंगी ने दौड़कर प्रभु सेवक को हटा दिया और बोला—बस साहब, बस, अब इसी में कुशल है कि आप चले जाइए, नहीं तो खून हो जायगा।

प्रभु सेवक—हमको कोई चरकटा समझ लिया है बदमाश, खून पी जाऊँगा, गाली देता है!

बजरंगी—बस, अब बहुत न बढ़िए, यह उसी गाली का फल है कि आप यों खड़े हैं; नहीं तो अब तक न जाने क्या हो गया होता।

प्रभु सेवक क्रोधोन्माद से निकलकर विचार के क्षेत्र में पहुँच चुके थे। आकर फ़िटन पर बैठ गये और घोड़े को चाबुक मारा, घोड़ा हवा हो गया।

बजरंगी ने जाकर नायकराम को उठाया। घुटनों में बहुत चोट आयी थी, खड़ा न हुआ जाता था। मालूम होता था, हड्डी टूट गयी है। बजरंगी का कंधा पकड़कर धीरे-धीरे लँगड़ाते हुए घर चले।

ठाकुरदीन ने कहा—नायकराम, भला मानो या बुरा, भूल तुम्हारी थी। ये लोग गाली नहीं बर्दाश्त कर सकते।

नायकराम—अरे, तो मैंने गाली कब दी थी भाई, मैंने तो यही कहा था कि एक ही हाथ में किरस्तानी निकल जायगी। बस, इसी पर बिगड़ गया।

जमुनी अपने द्वार पर खड़े-खड़े यह तमाशा देख रही थी। आकर बजरंगी को कोसने लगी—खड़े मुँह ताकते रहे, और वह लौंडा मार-पीटकर चला गया, सारी पहलवानी धरी रह गयी।

बजरंगी—मैं तो जैसे घबरा गया।

जमुनी—चुप भी रहो। लाज नहीं आती। एक लौंडा आकर सबको पछाड़ गया। यह तुम लोगों के घमण्ड की सजा है।

ठाकुरदीन—बहुत सच कहती हो जमुना, यह कौतुक देखकर यही कहना पड़ता है कि भगवान को हमारे गरूर की सजा देनी थी, नहीं तो क्या ऐसे-ऐसे जोधा कठपुतलियों की भाँति खड़े रहते ! भगवान किसी का घमण्ड नहीं रखते।

नायकराम—यही बात होगी भाई, मैं अपने घमण्ड में किसी को कुछ न समझता था।

ये बातें करते हुए लोग नायकराम के घर आये। किसी ने आग बनायी, कोई हल्दी पीसने लगा। थोड़ी देर में मुहल्ले के और लोग आकर जमा हो गये। सबको आश्चर्य होता था कि नायकराम-जैसा फेकैत और लठैत कैसे मुँह की खा गया। कहाँ सैकड़ों के बीच से बेदाग निकल आता था, कहाँ एक लौंडे ने लथेड़ डाला। भगवान की मरजी है।

जगधर हल्दी का लेप करता हुआ बोला—यह सारी आग भैरो की लगायी हुई है। उसने रास्ते ही में साहब के कान भर दिये थे। मैंने तो देखा, उसकी जेब में पिस्तौल भी था।

नायकराम—पिस्तौल और बन्दूक सब देखूँगा, अब तो लाग पड़ गयी।

ठाकुरदीन—कोई अनुष्ठान करवा दिया जाय।

जगधर—अनुष्ठान का किरस्तानों पर कुछ बस नहीं चलता।

नायकराम—इसी बीच बाजार में फिटन रोककर मारूँगा, फिर कहीं मुँह दिखाने लायक न रहेगा। अब मन में यही ठन गयी है।

सहसा भैरो आकर खड़ा हो गया। नायकराम ने ताना दिया—तुम्हें तो बड़ी खुशी हुई होगी भैरो !

भैरो—क्यों भैया ?

नायकराम—मुझ पर मार न पड़ी है !

भैरो—क्या मैं तुम्हारा दुसमन हूँ भैया ? मैंने तो अभी दूकान पर सुना। होस उड़ गये। साहब देखने में तो बहुत सीधा-सादा मालूम होता था। मुझसे हँस-हँसकर बातें कीं, यहाँ आकर न जाने कौन भूत उस पर सवार हो गया।

नायकराम—उसका भूत मैं उतार दूँगा, अच्छी तरह उतार दूँगा, जरा खड़ा तो होने दो। हाँ, यहाँ जो कुछ राय हो, उसकी खबर वहाँ न होने पाये, नहीं तो चौकन्ना हो जायगा।

बजरंगी—यहाँ हमारा ऐसा कौन बैरी बैठा हुआ है ?

जगधर—यह न कहो, घर का भेदी लंका दाहे। कौन जाने, कोई आदमी साबासी लूटने के

लिए, इनाम लेने के लिए, सुर्खरू बनने के लिए, वहाँ सारी बातें लगा आये !

भैरो—मुझी पर सक कर रहे हो न ? तो मैं इतना नीच नहीं हूँ कि घर का भेद दूसरों से खोलता फिरूँ। इस तरह चार आदमी एक जगह रहते हैं, तो आपस में खटपट होती ही है; लेकिन इतना कमीना नहीं हूँ कि भभीखन की भाँति अपने भाई के घर में आग लगवा दूँ। क्या इतना नहीं जानता कि मरने-जीने में, बिपत-संपत में मुहल्ले के लोग ही काम आते हैं ? कभी किसी के साथ बिस्वासघात किया है ? पण्डाजी ही कह दें, कभी उनकी बात दुलखी है ? उनकी आड़ न होती, तो पुलिस ने अब तक मुझे कब का लदवा दिया होता, नहीं तो रजिस्टर में नाम तक नहीं है।

नायकराम—भैरो, तुमने अवसर पड़ने पर कभी साथ नहीं छोड़ा, इतना तो मानना ही पड़ेगा।

भैरो—पण्डाजी, तुम्हारा हुक्म हो, तो आग में कूद पड़ूँ।

इतने में सूरदास भी आ पहुँचा। सोचता आता था, आज कहाँ खाना बनाऊँगा। इसकी क्या चिंता है; बस, नीम के पेड़ के नीचे बाटियाँ लगाऊँगा। गरमी के तो दिन हैं, कौन पानी बरस रहा है। ज्यों ही बजरंगी के द्वार पर पहुँचा कि जमुनी ने आज का सारा वृत्तांत कह सुनाया। होश उड़ गये। उपले-ईंधन की सुधि न रही। सीधे नायकराम के यहाँ पहुँचा। बजरंगी ने कहा—आओ सूरे, बड़ी देर लगायी, क्या अभी चले आते हो ? आज तो यहाँ बड़ा गोलमाल हो गया।

सूरदास—हाँ, जमुनी ने अभी मुझसे कहा। मैं तो सुनते ही ठक रह गया।

बजरंगी—होनहार थी, और क्या। है तो लौंडा, पर हिम्मत का पक्का है। जब तक हम लोग हाँ-हाँ करें, तब तक फिटन पर से कूद ही तो पड़ा और लगा हाथ-पर-हाथ चलाने।

सूरदास—तुम लोगों ने पकड़ भी न लिया ?

बजरंगी—सुनते तो हो, जब तक दौड़ें, तब तक तो उसने हाथ चला ही दिया।

सूरदास—बड़े आदमी गाली सुनकर आपे से बाहर हो जाते हैं।

जगधर—जब बीच बाजार में बेभाव की पड़ेंगी, तब रोयेंगे। अभी तो फूले न समाते होंगे।

बजरंगी—जब चौक में निकलै, तो गाड़ी रोककर जूतों से मारै।

सूरदास—अरे, अब जो हो गया, सो हो गया, उसकी आबरू बिगाड़ने से क्या मिलेगा ?

नायकराम—तो क्या मैं यों ही छोड़ दूँगा ! एक-एक बेंत के बदले अगर सौ-सौ जूते न लगाऊँ तो मेरा नाम नायकराम नहीं। यह चोट मेरे बदन पर नहीं, मेरे कलेजे पर लगी है। बड़ों-बड़ों का सिर नीचा कर चुका हूँ, इन्हें मिटाते क्या देर लगती है ! (चुटकी बजाकर) इस तरह उड़ा दूँगा !

सूरदास—बैर बढ़ाने से कुछ फायदा न होगा। तुम्हारा तो कुछ न बिगड़ेगा, लेकिन मुहल्ले के सब आदमी बँध जायँगे।

नायकराम—कैसी पागलों की-सी बातें करते हो। मैं कोई धुनिया-चमार हूँ कि इतनी बेइज्जती कराके चुप हो जाऊँ ? तुम लोग सूरदास को कायल क्यों नहीं करते जी ? क्या चुप होके बैठ रहूँ ? बोलो बजरंगी, तुम लोग भी डर रहे हो कि वह किरस्तान सारे मुहल्ले को पीसकर पी जायगा ?

बजरंगी—औरों की तो मैं नहीं कहता, लेकिन मेरा बस चले, तो उसके हाथ-पैर तोड़ दूँ, चाहे जेहल ही क्यों न काटना पड़े। यह तुम्हारी ही बेइज्जती नहीं है, मुहल्ले भर के मुँह में कालिख लग गयी है।

भैरो—तुमने मेरे मुँह से बात छीन ली। क्या कहूँ, उस बरक्त मैं न था, नहीं तो हड्डी तोड़ डालता।

जगधर—पण्डाजी, मुँह-देखी नहीं कहता, तुम चाहे दूसरों के कहने-सुनने में आ जाओ, लेकिन मैं बिना उसकी मरम्मत किये न मानूँगा।

इस पर कई आदमियों ने कहा—मुखिया की इज्जत गयी, तो सबकी गयी। वही तो किरस्तान हैं, जो गली-गली ईसा मसीह के गीत गाते फिरते हैं। डोमड़ा, चमार, जो गिरजा में जाकर खाना खा ले, वही किरस्तान हो जाता है। वही बाद को कोट-पतलून पहनकर साहब बन जाते हैं।

ठाकुरदीन—मेरी तो सलाह यही है कि कोई अनुष्ठान करा दिया जाय।

नायकराम—अब बताओ सूरे, तुम्हारी बात मानूँ या इतने आदमियों की ? तुम्हें यह डर होगा कि कहीं मेरी जमीन पर आँच न आ जाय, तो इससे तुम निश्चिंत रहो। राजा साहब ने जो बात कह दी, उसे पत्थर की लकीर समझो। साहब सिर रगड़कर मर जायँ, तो भी अब जमीन नहीं पा सकते।

सूरदास—जमीन की मुझे चिंता नहीं है। मरूँगा, तो सिर पर लाद थोड़े ही ले जाऊँगा। पर अंत में यह सारा पाप मेरे ही सिर पड़ेगा। मैं ही तो इस सारे तूफान की जड़ हूँ, मेरे ही कारन तो यह रगड़-झगड़ मची हुई है, नहीं तो साहब को तुमसे कौन दुसमनी थी।

नायकराम—यारो, सूरे को समझाओ।

जगधर—सूरे, सोचो, हम लोगों की कितनी बेआबरूई हुई है !

सूरदास—आबरू को बनाने-बिगाड़ने वाला आदमी नहीं है, भगवान् है। उन्हीं की निगाह में आबरू बनी रहनी चाहिए। आदमियों की निगाह में आबरू की परख कहाँ है। जब सूद खाने वाला बनिया और घूस लेने वाला हाकिम और झूठ बोलने वाला गवाह बेआबरू नहीं समझा जाता, लोग उसका आदर-मान करते हैं, तो यहाँ सच्ची आबरू की कदर करने वाला कोई है ही नहीं।

बजरंगी—तुमसे कुछ मतलब नहीं, हम लोग जो चाहेंगे, करेंगे।

सूरदास—अगर मेरी बात न मानोगे, तो मैं जाके साहब से सारा माजरा कह सुनाऊँगा।

नायकराम—अगर तुमने उधर पैर रखा, तो याद रखना, वहीं खोदकर गाड़ दूँगा। तुम्हें अन्धा-अपाहिज समझकर तुम्हारी मुरौवत करता हूँ, नहीं तो तुम हो किस खेत की मूली ! क्या तुम्हारे कहने से अपनी इज्जत गँवा दूँ, बाप-दादों के मुँह में कालिख लगवा दूँ ! बड़े आये हो वहाँ से ज्ञानी बनके। तुम भीख माँगते हो, तुम्हें अपनी इज्जत की फिकिर न हो, यहाँ तो आज तक पीठ में धूल नहीं लगी।

सूरदास ने इसका कुछ जवाब न दिया। चुपके से उठा और मंदिर के चबूतरे पर जाकर लेट गया। मिठुआ प्रसाद के इंतजार में वहीं बैठा हुआ था। उसे पैसे निकालकर दिये कि सत्तू-गुड़ लाकर खा ले। मिठुआ खुश होकर बनिये की दूकान की ओर दौड़ा। बच्चों को सत्तू और चबेना

रोटियों से अधिक प्रिय होता है।

सूरदास के चले जाने के बाद कुछ देर तक लोग सन्नाटे में बैठे रहे। उसके विरोध ने उन्हें संशय में डाल दिया था। उसकी स्पष्टवादिता से सब लोग डरते थे। यह भी मालूम था कि वह जो कुछ कहता है, उसे पूरा कर दिखाता है। इसलिए आवश्यक था कि पहले सूरदास से निबट लिया जाय। उसे कायल करना मुश्किल था। धमकी से भी कोई काम न निकल सकता था। नायकराम ने उस पर लगे हुए कलंक का समर्थन करके उसे परास्त करने का निश्चय किया। बोला—मालूम होता है, उन लोगों ने अंधे को फोड़ लिया है।

भैरो—मुझे भी यही संदेह होता है।

जगधर—सूरदास फूटने वाला आदमी नहीं है।

बजरंगी—कभी नहीं।

ठाकुरदीन—ऐसा स्वभाव तो नहीं है, पर कौन जाने। किसी की नहीं चलायी जाती। मेरे ही घर चोरी हुई, तो क्या बाहर के चोर थे ? पड़ोसियों ही की करतूत थी। पूरे एक हजार का माल उठ गया। और वही लोग, जिन्होंने माल उड़ाया, अब तक मेरे मित्र बने हुए हैं। आदमी का मन छिन-भर में क्या से क्या हो जाता है !

नायकराम—शायद जमीन का मामला करने पर राजी हो गया हो; पर साहब ने इधर आँख उठाकर भी देखा, तो बँगले में आग लगा दूँगा। (मुसकिराकर) भैरो मेरी मदद करेंगे ही।

भैरो—पण्डाजी, तुम लोग मेरे ऊपर सुभा करते हो, पर मैं जवानी की कसम खाता हूँ, जो उसके झोपड़े के पास भी गया होऊँ। जगधर मेरे यहाँ आते-जाते हैं, इन्हीं से ईमान से पूछिए।

नायकराम—जो आदमी किसी की बहू-बेटी पर बुरी निगाह करे, उसके घर में आग लगाना बुरा नहीं। मुझे पहले तो विश्वास नहीं आता था; पर आज उसके मिजाज का रंग बदला हुआ है।

बजरंगी—पण्डाजी, सूरे को तुम आज 30 बरसों से देख रहे हो। ऐसी बात न कहो।

जगधर—सूरे में और चाहे जितनी बुराइयाँ हों, यह बुराई नहीं है।

भैरो—मुझे भी ऐसा जान पड़ता है कि हमने हक-नाहक उस पर कलंक लगाया। सुभागी आज सबेरे आकर मेरे पैरों पर गिर पड़ी और तब से घर से बाहर नहीं निकली। सारे दिन अम्माँ की सेवा-टहल करती रही।

यहाँ तो ये बातें होती रहीं कि प्रभु सेवक का सत्कार क्योंकर किया जायगा। उसी के कार्यक्रम का निश्चय होता रहा। उधर प्रभु सेवक घर चले, तो आज के कृत्य पर उन्हें वह संतोष तो न था, जो सत्कार्य का सबसे बड़ा इनाम है पर इसमें संदेह नहीं कि उनकी आत्मा शांत थी।

कोई भला आदमी अपशब्दों को सहन नहीं कर सकता, और न करना ही चाहिए। अगर कोई गालियाँ खाकर चुप रहे, तो इसका अर्थ यही है कि वह पुरुषार्थहीन है, उसमें आत्माभिमान नहीं। गालियाँ खाकर भी जिसके खून में जोश न आये, वह जड़ है, पशु है, मृतक है।

प्रभु सेवक को खेद यह था कि मैंने यह नौबत आने ही क्यों दी। मुझे उनसे मैत्री करनी चाहिए थी। उन लोगों को ताहिरअली के गले मिलाना चाहिए था; पर यह समय-सेवा किससे सीखूँ ? उँह ! ये चालें वह चलें, जिसे फैलने की अभिलाषा हो, यहाँ तो सिमटकर रहना चाहते हैं। पापा सुनते ही झल्ला उठेंगे। सारा इलज़ाम मेरे ही सिर मढ़ेंगे। मैं ही बुद्धिहीन, विचारहीन,

अनुभवहीन प्राणी हूँ ! अवश्य हूँ। जिसे संसार में रहकर सांसारिकता का ज्ञान न हो, वह मन्दबुद्धि है। पापा बिगड़ेंगे, मैं शांत भाव से उनका क्रोध सह लूँगा। अगर वह मुझसे निराश होकर यह कारखाना खोलने का विचार त्याग दें, तो मैं मुँह-माँगी मुराद पा जाऊँ।

किंतु प्रभु सेवक को कितना आश्चर्य हुआ, जब सारा वृत्तांत सुनकर भी जॉन सेवक के मुख पर क्रोध का कोई लक्षण न दिखायी दिया; यह मौन व्यंग्य और तिरस्कार से कहीं ज़्यादा दुस्सह था। प्रभु सेवक चाहते थे कि पापा मेरी खूब तंबीह करें, जिसमें मुझे अपनी सफ़ाई देने का अवसर मिले, मैं सिद्ध कर दूँ कि इस दुर्घटना का ज़िम्मेदार मैं नहीं हूँ। मेरी जगह कोई दूसरा आदमी होता, तो उसके सिर भी यही विपत्ति पड़ती। उन्होंने दो-एक बार पिता के क्रोध को उकसाने की चेष्टा की; किंतु जॉन सेवक ने केवल एक बार उन्हें तीव्र दृष्टि से देखा, और उठकर चले गये। किसी कवि की यशेच्छा श्रोताओं के मौन पर इतनी मर्माहत न हुई होगी।

मिस्टर जॉन सेवक छलके हुए दूध पर आँसू न बहाते थे। प्रभु सेवक के कार्य की तीव्र आलोचना करना व्यर्थ था। वह जानते थे कि इसमें आत्मसम्मान कूट-कूटकर भरा हुआ है। उन्होंने स्वयं इस भाव का पोषण किया था। सोचने लगे—इस गुत्थी को कैसे सुलझाऊँ ? नायकराम मुहल्ले का मुखिया है। सारा मुहल्ला इसके इशारों का गुलाम है। सूरदास तो केवल स्वर भरने के लिए है। और, नायकराम मुखिया ही नहीं, शहर का मशहूर गुंडा भी है। बड़ी कुशल हुई कि प्रभु सेवक वहाँ से जीता-जागता लौट आया। राजा साहब बड़ी मुश्किलों से सीध हुए थे! नायकराम उनके पास ज़रूर फ़रियाद करेगा; अबकी हमारी ज़्यादती साबित होगी। राजा साहब को पूँजी वालों से यों ही चिढ़ है, यह कथा सुनते ही जामे से बाहर हो जायँगे। फिर किसी तरह उनका मुँह सीधा न होगा। सारी रात जॉन सेवक इसी उधेड़बुन में पड़े रहे। एकाएक उन्हें एक बात सूझी। चेहरे पर मुस्कराहट की झलक दिखायी दी। संभव है, यह चाल सीधी पड़ जाय, तो फिर बिगड़ा हुआ काम सँवर जाय। सुबह को हाज़िरी खाने के बाद फ़िटन तैयार करायी और पाँड़ेपुर चल दिये।

नायकराम ने पैरों में पट्टियाँ बाँध ली थीं, शरीर में हल्दी की मालिश कराये हुए थे, एक डोली मँगवा रखी थी और राजा महेन्द्रकुमार के पास जाने को तैयार थे। अभी मुहूर्त में दो-चार पल की कसर थी। बजरंगी और जगधर साथ जाने वाले थे। सहसा फ़िटन पहुँची, तो लोग चकित हो गये। एक क्षण में सारा मुहल्ला आकर जमा हो गया, आज क्या होगा ?

जॉन सेवक नायकराम के पास जाकर बोले—आप ही का नाम नायकराम पाँड़े है न ? मैं आपसे कल की बातों के लिए क्षमा माँगने आया हूँ। लड़के ने ज्यों ही मुझसे यह समाचार कहा, मैंने उसको खूब डाँटा, और रात ज़्यादा न हो गयी होती, तो मैं उसी वक़्त आपके पास आया होता। लड़का कुमार्गी और मूर्ख है। कितना ही चाहता हूँ कि उसमें ज़रा आदमीयत आ जाये पर ऐसी उलटी समझ है कि किसी बात पर ध्यान ही नहीं देता। विद्या पढ़ने के लिए विलायत भेजा, वहाँ से भी पास हो आया; पर सज्जनता न आयी। उसकी नादानी का इससे बढ़कर और क्या सबूत होगा कि इतने आदमियों के बीच में वह आपसे बेअदबी कर बैठा। अगर कोई आदमी शेर पर पत्थर फेंके, तो उसकी वीरता नहीं, उसका अभिमान भी नहीं, उसकी बुद्धिहीनता है। ऐसा प्राणी दया के योग्य है; क्योंकि जल्द या देर में वह शेर के मुँह का ग्रास बन जायगा। इस

लौंडे की ठीक यही दशा है। आपने मुरौवत न की होती, क्षमा से न काम लिया होता, तो न जाने क्या हो जाता। जब आपने इतनी दया की है, तो दिल से मलाल भी निकाल डालिए।

नायकराम चारपाई पर लेट गये, मानो खड़े रहने में कष्ट हो रहा है, और बोले—साहब, दिल से मलाल तो न निकलेगा, चाहे जान निकल जाय। इसे चाहे हम लोगों की मुरौवत कहिए, चाहे उनकी तकदीर कहिए कि वह यहाँ से बेदाग चले गये; लेकिन मलाल तो दिल में बना हुआ है। वह तभी निकलेगा, जब या तो मैं न रहूँगा या वह न रहेंगे। रही भलमनसी, भगवान् ने चाहा तो जल्द ही सीख जायँगे। बस, एक बार हमारे हाथ में फिर पड़ जाने दीजिए। हमने बड़े-बड़ों को भलामानुस बना दिया, उनकी क्या हस्ती है।

जॉन सेवक—अगर आप इतनी आसानी से उसे भलमनसी सिखा सकें, तो कहिए आप ही के पास भेज दूँ; मैं तो सब कुछ करके हार गया।

नायकराम—बोलो भाई बजरंगी, साहब की बातों का जवाब दो, मुझसे तो बोला नहीं जाता, रात कराह-कराहकर काटी है। साहब कहते हैं, माफ कर दो, दिल में मलाल न रखो। मैं तो यह सब व्यवहार नहीं जानता। यहाँ तो ईंट का जवाब पत्थर से देना सीखा है।

बजरंगी—साहब लोगों का यही दस्तूर है। पहले तो मारते हैं, और जब देखते हैं कि अब हमारे ऊपर भी मार पड़ा चाहती है, तो चट कहते हैं, माफ कर दो; यह नहीं सोचते कि जिसने मार खायी है, उसे बिना मारे कैसे तस्कीन होगी।

जॉन सेवक—तुम्हारा यह कहना ठीक है, लेकिन यह समझ लो कि क्षमा बदले के भय से नहीं माँगी जाती। भय से आदमी छिप जाता है, दूसरों की मदद माँगने दौड़ता है, क्षमा नहीं माँगता। क्षमा आदमी उसी वक़्त माँगता है, जब उसे अपने अन्याय और बुराई का विश्वास हो जाता है, और जब उसकी आत्मा उसे लज्जित करने लगती है। प्रभु सेवक से तुम माफ़ी माँगने को कहो, तो कभी न राज़ी होगा। तुम उसकी गरदन पर तलवार चलाकर भी उसके मुँह से क्षमा-याचना का एक शब्द नहीं निकलवा सकते। अगर विश्वास न हो, तो इसकी परीक्षा कर लो। इसका कारण यही है कि वह समझता है, मैंने कोई ज़्यादती नहीं की। वह कहता है, मुझे उन लोगों ने गालियाँ दीं। लेकिन मैं इसे किसी तरह नहीं मान सकता कि आपने उसे गालियाँ दी होंगी। शरीफ़ आदमी न गालियाँ देता है, न गालियाँ सुनता है। मैं जो क्षमा माँग रहा हूँ, वह इसलिए कि मुझे यहाँ सरासर उसकी ज़्यादती मालूम होती है। मैं उसके दुर्व्यवहार पर लज्जित हूँ, और मुझे इसका दुःख है कि मैंने उसे यहाँ क्यों आने दिया। सच पूछिए, तो अब मुझे यही पछतावा हो रहा है कि मैंने इस ज़मीन को लेने की बात ही क्यों उठायी। आप लोगों ने मेरे गुमाश्ते को मारा, मैंने पुलिस में रपट तक न की। मैंने निश्चय कर लिया कि अब इस ज़मीन का नाम न लूँगा। मैं आप लोगों को कष्ट नहीं देना चाहता, आपको उजाड़कर अपना घर नहीं बनाना चाहता। अगर तुम लोग खुशी से दोगे तो लूँगा, नहीं तो छोड़ दूँगा। किसी का दिल दुखाना सबसे बड़ा अधर्म कहा गया है। जब तक आप लोग मुझे क्षमा न करेंगे, मेरी आत्मा को शांति न मिलेगी।

उद्दंडता सरलता का केवल उग्र रूप है। साहब के मधुर वाक्यों ने नायकराम का क्रोध शांत कर दिया। कोई दूसरा आदमी इतनी ही आसानी से उसे साहब की गरदन पर तलवार चलाने

के लिए उत्तेजित कर सकता था; सम्भव था, प्रभु सेवक को देखकर उसके सिर पर फिर खून सवार हो जाता; पर इस समय साहब की बातों ने उसे मंत्रमुग्ध-सा कर दिया। बोला—कहो बजरंगी, क्या कहते हो ?

बजरंगी—कहना क्या है, जो अपने सामने मस्तक नवाये, उसके सामने मस्तक नवाना ही पड़ता है। साहब यह भी तो कहते हैं कि अब हम जमीन से कोई सरोकार न रखेंगे, तो हमारे और इनके बीच में झगड़ा ही क्या रहा ?

जगधर—हाँ, झगड़े का मिट जाना ही अच्छा है। बैर-विरोध से किसी का भला नहीं होता।

भैरो—छोटे साहब को चाहिए कि आकर पण्डाजी से खता माफ करावें। अब वह कोई बालक नहीं हैं कि आप उनकी ओर से सिफारिस करें। बालक होते, तो दूसरी बात थी, तब हम लोग आप ही को उलाहना देते। वह पढ़े-लिखे आदमी हैं, मूँछ-दाढ़ी निकल आयी है। उन्हें खुद आकर पण्डाजी से कहना-सुनना चाहिए।

नायकराम—हाँ, यह बात पक्की है। जब तक वह थूककर न चाटेंगे, मेरे दिल से मलाल न निकलेगा।

जॉन सेवक—तो तुम समझते हो कि दाढ़ी-मूँछ आ जाने से बुद्धि भी आ जाती है ? क्या ऐसे आदमी नहीं देखे हैं, जिनके बाल पक गये हैं, दाँत टूट गये हैं, और अभी तक अक़्ल नहीं आयी ? प्रभु सेवक अगर बुद्धू न होता, तो वह इतने आदमियों के बीच में और पण्डाजी-जैसे पहलवान पर हाथ न उठाता। उसे तुम कितना ही दबाओ, पर मुआफ़ी न माँगेगा। रही ज़मीन की बात, अगर तुम लोगों की मरज़ी है कि मैं इस मुआमले को दबा रहने दूँ, तो यही सही। पर शायद अभी तक तुम लोगों ने इस समस्या पर विचार नहीं किया, नहीं तो कभी विरोध न करते। बतलाइए पण्डाजी, आपको क्या शंका है ?

नायकराम—भैरो, इसका जवाब दो। अब तो साहब ने तुमको कायल कर दिया !

भैरो—कायल क्या कर दिया, साहब यही कहते हैं न कि छोटे साहब को अक्कल नहीं है। तो वह कुएँ में क्यों नहीं कूद पड़ते, अपने दाँतों से अपना हाथ क्यों नहीं काट लेते ? ऐसे आदमियों को कोई कैसे पागल समझ ले ?

जॉन सेवक—जो आदमी यह न समझे कि किस मौक़े पर कौन काम करना चाहिए, किस मौक़े पर कौन बात करनी चाहिए, वह पागल नहीं तो और क्या है ?

नायकराम—साहब, उन्हें मैं पागल तो किसी तरह न मानूँगा। हाँ, आपका मुँह देखके उनसे बैर न बढ़ाऊँगा। आपकी नम्रता ने मेरा सिर झुका दिया है। सच कहता हूँ, आपकी भलमनसी और सराफत ने मेरा गुस्सा ठण्डा कर दिया, नहीं तो मेरे दिल में न जाने कितना गुबार भरा हुआ था। अगर आप थोड़ी देर और न आते, तो आज शाम तक छोटे साहब अस्पताल में होते। आज तक कभी मेरी पीठ में धूल नहीं लगी। जिंदगी में पहली बार मेरा इतना अपमान हुआ और पहली बार मैंने क्षमा करना भी सीखा। यह आपकी बुद्धि की बरकत है। मैं आपकी खोपड़ी को मान गया। अब साहब की दूसरी बात का जवाब दो बजरंगी।

बजरंगी—उसमें अब काहे का सवाल-जवाब। साहब ने तो कह दिया कि मैं उसका नाम न लूँगा। बस, झगड़ा मिट गया।

जॉन सेवक—लेकिन अगर उस ज़मीन के मेरे हाथ में आने से तुम्हारा सोलहों आ· हो, तो भी तुम हमें न लेने दोगे ?

बजरंगी—हमारा फायदा क्या होगा, हम तो मिट्टी में मिल जायँगे।

जॉन सेवक—मैं तो दिखा दूँगा कि यह तुम्हारा भ्रम है। बतलाओ, तुम्हें क्या एतराज़ है ?

बजरंगी—पंडाजी के हजारों जात्री आते हैं, वे सब इसी मैदान में ठहरते हैं। दस-दस, बीस-बीस दिन पड़े रहते हैं, वहीं खाना बनाते हैं, वहीं सोते भी हैं। सहर के धरमसालों में देहात के लोगों को आराम कहाँ ? यह जमीन न रहे, तो कोई जात्री यहाँ झाँकने भी न आये।

जॉन सेवक—जात्रियों के लिए, सड़क के किनारे, खपरैल के मकान बनवा दिये जायँ, तो कैसा ?

बजरंगी—इतने मकान कौन बनवायेगा ?

जॉन सेवक—इसका मेरा ज़िम्मा। मैं वचन देता हूँ कि यहाँ धर्मशाला बनवा दूँगा।

बजरंगी—मेरी और मुहल्ले के दूसरे आदमियों की गायें-भैंसें कहाँ चरेंगी ?

जॉन सेवक—अहाते में घास चराने का तुम्हें अख्तियार रहेगा। फिर, अभी तुम्हें अपना सारा दूध लेकर शहर जाना पड़ता है। हलवाई तुमसे दूध लेकर मलाई, मक्खन, दही बनाता है, और तुमसे कहीं ज़्यादा सुखी है। यह नफ़ा उसे तुम्हारे ही दूध से तो होता है ! तुम अभी यहाँ मलाई-मक्खन बनाओ, तो लेगा कौन ? जब यहाँ कारखाना खुल जायगा, तो हज़ारों आदमियों की बस्ती हो ज़ायगी, तुम दूध की मलाई बेचोगे, दूध अलग बिकेगा। इस तरह तुम्हें दोहरा नफ़ा होगा। तुम्हारे उपले घर बैठे बिक जायँगे। तुम्हें तो कारखाना खुलने से सब नफ़ा-ही-नफ़ा है।

नायकराम—आता है समझ में न बजरंगी ?

बजरंगी—समझ में क्यों नहीं आता, लेकिन एक मैं दूध की मलाई बना लूँगा, और लोग भी तो हैं, दूध खाने के लिए जानवर पाले हुए हैं ! उन्हें तो मुस्किल पड़ेगी।

ठाकुरदीन—मेरी ही एक गाय है। चोरों का बस चलता, तो इसे भी ले गये होते। दिन-भर वह चरती है। साँझ-सबेरे दूध दुहकर छोड़ देता हूँ। धेले का भी चारा नहीं लेना पड़ता। तब तो आठ आने रोज का भूसा भी पूरा न पड़ेगा।

जॉन सेवक—तुम्हारी पान की दूकान है न ? अभी तुम दस-बारह आने पैसे कमाते होगे। तब तुम्हारी बिक्री चौगुनी हो जायगी। इधर की कमी उधर पूरी हो जायगी। मज़दूरों को पैसे की पकड़ नहीं होती; काम से ज़रा फुरसत मिली कि कोई पान पर गिरा, कोई सिगरेट पर दौड़ा। खोंचे वाले की खासी बिक्री होगी, और शराब-ताड़ी का तो पूछना ही क्या, चाहो तो पानी को शराब बनाकर बेचो। गाड़ी वालों की मज़दूरी बढ़ जायगी। यही मोहल्ला चौक की भाँति गुलज़ार हो जायगा। तुम्हारे लड़के अभी शहर पढ़ने जाते हैं, तब यहीं मदरसा खुल जायगा।

जगधर—क्या यहाँ मदरसा भी खुलेगा ?

जॉन सेवक—हाँ, कारखाने के आदमियों के लड़के आखिर पढ़ने कहाँ जायँगे ? अँगरेज़ी भी पढ़ायी जायगी।

जगधर—फीस कुछ कम ली जायगी ?

जॉन सेवक—फ़ीस बिलकुल ही न ली जायगी, कम-ज़्यादा कैसी !

जगधर—तब तो बड़ा आराम हो जायगा।

नायकराम—जिसका माल है, उसे क्या मिलेगा ?

जॉन सेवक—जो तुम लोग तय कर दो। मैं तुम्हीं को पंच मानता हूँ। बस, उसे राज़ी करना तुम्हारा काम है।

नायकराम—वह राजी ही है। आपने बात-ही-बात में सबको राजी कर लिया, नहीं तो यहाँ लोग मन में न जाने क्या-क्या समझे बैठे थे। सच है, विद्या बड़ी चीज है।

भैरो—वहाँ ताड़ी की दूकान के लिए कुछ देना तो न पड़ेगा ?

नायकराम—कोई और खड़ा हो गया, तो चढ़ा-ऊपरी होगी ही।

जॉन सेवक—नहीं, तुम्हारा हक़ सबसे बढ़कर समझा जायगा।

नायकराम—तो फिर तुम्हारी चाँदी है भैरो !

जॉन सेवक—तो अब मैं चलूँ पंडाजी, अब आपके दिल में मलाल तो नहीं है ?

नायकराम—अब कुछ कहलाइए न, आपका-सा भलामानुस आदमी कम देखा।

जॉन सेवक चले गये तो बजरंगी ने कहा—कहीं सूरे राजी न हुए, तो ?

नायकराम—हम तो राजी करेंगे ! चार हजार रुपये दिलाने चाहिए। अब इसी समझौते में कुसल है। जमीन रह नहीं सकती। यह आदमी इतना चतुर है कि इससे हम लोग पेस नहीं पा सकते। यों निकल जायगी तो हमारे साथ यह सलूक कौन करेगा ? सेंत में जस मिलता हो, तो छोड़ना न चाहिए।

जॉन सेवक घर पहुँचे, तो डिनर तैयार था, प्रभु सेवक ने पूछा—आप कहाँ गये थे ? जॉन सेवक ने रूमाल से मुँह पोंछते हुए कहा—हरएक काम करने को तमीज़ चाहिए। कविता रच लेना दूसरी बात है, काम कर दिखाना दूसरी बात। तुम एक काम करने गये, मोहल्ले-भर से लड़ाई ठानकर चले आये। जिस समय मैं पहुँचा हूँ, सारे आदमी नायकराम के द्वार पर जमा थे। वह डोली में बैठकर शायद राजा महेन्द्रसिंह के पास जाने को तैयार था। मुझे सबों ने यों देखा जैसे फाड़ खायँगे। लेकिन मैंने कुछ इस तरह धैर्य और विनय से काम लिया, उन्हें दलीलों और चिकनी-चुपड़ी बातों से ऐसा ढर्रे पर लाया कि जब चला, तो सब मेरा गुणानुवाद कर रहे थे। जमीन का मुआमला भी तय हो गया। उसके मिलने में अब कोई बाधा नहीं है।

प्रभु सेवक—पहले तो सब उस ज़मीन के लिए मरने-मारने पर तैयार थे।

जॉन सेवक—और कुछ कसर थी, तो वह तुमने जाकर पूरी कर दी। लेकिन याद रखो, ऐसे विषयों में सदैव मार्मिक अवसर पर निगाह रखनी चाहिए। यही सफलता का मूल-मन्त्र है। शिकारी जानता है, किस वक़्त हिरन पर निशाना मारना चाहिए। वकील जानता है, अदालत पर कब उसकी युक्तियों का सबसे अधिक प्रभाव पड़ सकता है। एक महीना नहीं, एक दिन पहले, मेरी बातों का इन आदमियों पर ज़रा भी असर न होता। कल तुम्हारी उद्दंडता ने वह अवसर प्रस्तुत कर दिया। मैं क्षमाप्रार्थी बनकर उनके सामने गया। मुझे दबकर, झुककर, दीनता से, नम्रता से अपनी समस्या को उनके सम्मुख उपस्थित करने का अवसर मिला। यदि उनकी ज़्यादती होती, तो मेरी ओर से भी कड़ाई की जाती। उस दशा में दबना नीति और आचरण के विरुद्ध होता। ज़्यादती हमारी ओर से हुई, बस यही मेरी जीत थी।

ईश्वर सेवक बोले—ईश्वर, इस पापी को अपनी शरण में ले। बर्फ़ आजकल बहुत महँगी हो गयी है, फिर समझ में नहीं आता, क्यों इतनी निर्दयता से खर्च की जाती है। सुराही का पानी काफ़ी ठण्डा होता है।

जॉन सेवक—पापा, क्षमा कीजिए, बिना बर्फ़ के प्यास ही नहीं बुझती।

ईश्वर सेवक—खुदा ने चाहा बेटा, तो उस ज़मीन का मुआमला तय हो जायगा। आज तुमने बड़ी चतुरता से काम किया।

मिसेज़ सेवक—मुझे इन हिन्दुस्तानियों पर विश्वास नहीं आता। दग़ाबाज़ी कोई इनसे सीख ले। अभी सब-के-सब हाँ-हाँ कर रहे हैं, मौक़ा पड़ने पर सब निकल जायँगे। महेन्द्रसिंह ने नहीं धोखा दिया ? यह जाति ही हमारी दुश्मन है। इनका वश चले, तो एक ईसाई भी मुल्क में न रहने पाये।

प्रभु सेवक—मामा, यह आपका अन्याय है। पहले हिन्दुस्तानियों को ईसाइयों से कितना ही द्वेष रहा हो, किन्तु अब हालत बदल गयी है। हम खुद अँगरेज़ों की नक़ल करके उन्हें चिढ़ाते हैं। प्रत्येक अवसर पर अँगरेज़ों की सहायता से उन्हें दबाने की चेष्टा करते हैं। किन्तु यह हमारी राजनीतिक भ्रांति है। हमारा उद्धार देशवासियों से भ्रातृभाव रखने में है, उन पर रोब जमाने में नहीं। आखिर हम भी तो इसी जननी की संतान हैं। यह असंभव है कि गोरी जातियाँ केवल धर्म के नाते हमारे साथ भाईचारे का व्यवहार करें। अमेरिका के हबशी ईसाई हैं, लेकिन अमेरिका के गोरे उनके साथ कितना पाशविक और अत्याचारपूर्ण बर्ताव करते हैं। हमारी मुक्ति भारतवासियों के साथ है।

मिसेज़ सेवक—खुदा वह दिन न लाये कि हम इन विधर्मियों की दोस्ती को अपने उद्धार का साधन बनायें। हम शासनाधिकारियों के सहधर्मी हैं। हमारा धर्म, हमारी रीति-नीति, हमारा आहार-व्यवहार अँगरेज़ों के अनुकूल है। हम और वे एक कलीसा में, एक परमात्मा के सामने, सिर झुकाते हैं। हम इस देश में शासक बनकर रहना चाहते हैं, शासित बनकर नहीं। तुम्हें शायद कुँवर भरतसिंह ने यह उपदेश दिया है। कुछ दिन और उनकी सोहबत रही, तो शायद तुम भी ईसू से विमुख हो जाओ।

प्रभु सेवक—मुझे तो ईसाइयों में जागृति के विशेष लक्षण नहीं दिखायी देते।

जॉन सेवक—प्रभु सेवक, तुमने बड़ा गहन विषय छेड़ दिया। मेरे विचार में हमारा कल्याण अँगरेज़ों के साथ मेल-जोल करने में है। अँगरेज़ इस समय भारतवासियों की संयुक्त शक्ति से चिंतित हो रहे हैं। हम अँगरेज़ों से मैत्री करके उन पर अपनी राजभक्ति का सिक्का जमा सकते हैं, और मनमाने स्वत्व प्राप्त कर सकते हैं। खेद यही है कि हमारी जाति ने अभी तक राजनीतिक क्षेत्र में पग ही नहीं रखा। यद्यपि देश में हम अन्य जातियों से शिक्षा में कहीं आगे बढ़े हुए हैं; पर अब तक राजनीति पर हमारा कोई प्रभाव नहीं है। हिन्दुस्तानियों से मिलकर हम गुम हो जायँगे, खो जायँगे। उनसे पृथक रहकर विशेष अधिकार और विशेष सम्मान प्राप्त कर सकते हैं।

ये ही बातें हो रही थीं कि एक चपरासी ने आकर एक खत दिया। यह ज़िलाधीश मिस्टर क्लार्क का खत था। उनके यहाँ विलायत से कई मेहमान आये हुए थे। क्लार्क ने उनके सम्मान

में एक डिनर दिया था, और मिसेज़ सेवक तथा मिस सोफ़िया सेवक को उसमें सम्मिलित होने के लिए निमंत्रित किया था। साथ ही मिसेज़ सेवक से विशेष अनुरोध भी किया था कि सोफ़िया को एक सप्ताह के लिए अवश्य बुला लीज़िए।

चपरासी के चले जाने के बाद मिसेज़ सेवक ने कहा—सोफ़ी के लिए यह स्वर्ण-संयोग है।

जॉन सेवक—हाँ, है तो; पर वह आयेगी कैसे ?

मिसेज़ सेवक—उसके पास यह पत्र भेज दूँ ?

जॉन सेवक—सोफ़ी इसे खोलकर देखेगी भी नहीं। उसे जाकर लिवा क्यों नहीं लातीं ?

मिसेज़ सेवक—वह तो आती ही नहीं।

जॉन सेवक—तुमने कभी बुलाया ही नहीं, आती क्योंकर ?

मिसेज़ सेवक—वह आने के लिए कैसी शर्त लगाती है !

जॉन सेवक—अगर उसकी भलाई चाहती हो, तो अपनी शर्तों को तोड़ दो।

मिसेज़ सेवक—वह गिरजा न जाय, तो भी ज़बान न खोलूँ ?

जॉन सेवक—हज़ारों ईसाई कभी गिरजा नहीं जाते, और अँगरेज़ तो बहुत कम आते हैं।

मिसेज़ सेवक—प्रभु मसीह की निंदा करे, तो भी चुप रहूँ ?

जॉन सेवक—वह मसीह की निंदा नहीं करती और न कर सकती है। जिसे ईश्वर ने ज़रा भी बुद्धि दी है, वह प्रभु मसीह का सच्चे दिल से सम्मान करेगा। हिंदू तक ईसू का नाम आदर के साथ लेते हैं। अगर सोफ़ी मसीह को अपना मुक्तिदाता, ईश्वर का बेटा या ईश्वर नहीं समझती, तो उस पर जब्र क्यों किया जाय ? कितने ही ईसाइयों को इस विषय में शंकाएँ हैं, चाहे वे उन्हें भयवश प्रकट न करें। मेरे विचार में अगर कोई प्राणी अच्छे कर्म करता है और शुद्ध विचार रखता है, तो वह मसीह के उस भक्त से कहीं श्रेष्ठ है, जो मसीह का नाम तो जपता है, पर नीयत का खराब है।

ईश्वर सेवक—या खुदा, इस खानदान पर अपना साया फैला। बेटा, ऐसी बातें ज़बान से न निकालो। मसीह का दास कभी सन्मार्ग से नहीं फिर सकता। उस पर प्रभु मसीह की दयादृष्टि रहती है।

जॉन सेवक—(स्त्री से) तुम कल सुबह चली जाओ, रानी से भेंट भी हो जायगी और सोफ़ी को भी लेती आओगी।

मिसेज़ सेवक—अब जाना ही पड़ेगा। जी तो नहीं चाहता; पर जाऊँगी। उसी की टेक रहे!

सूरदास संध्या समय घर आया, और सब समाचार सुने, तो नायकराम से बोला—तुमने मेरी जमीन साहब को दे दी ?

नायकराम—मैंने क्यों दी ? मुझसे वास्ता ?

सूरदास—मैं तो तुम्हीं को सब कुछ समझता था और तुम्हारे ही बल पर कूदता था, पर आज तुमने भी साथ छोड़ दिया। अच्छी बात है। मेरी भूल थी कि तुम्हारे बल पर फूला हुआ था। यह उसी की सजा है। अब न्याय के बल पर लड़ूँगा, भगवान् ही का भरोसा करूँगा।

नायकराम—बजरंगी, जरा भैरो को बुला लो, इन्हें सब बातें समझा दे। मैं इनसे कहाँ तक मगज लगाऊँ।

बजरंगी—भैरो को क्यों बुला लूँ, क्या मैं इतना भी नहीं कर सकता। भैरो को इतना सिर चढ़ा दिया, इसी से तो उसे घमंड हो गया है।

यह कहकर बजरंगी ने जॉन सेवक की सारी आयोजनाएँ कुछ बढ़ा-घटाकर बयान कर दीं और बोला—बताओ, जब कारखाने से सबका फायदा, है, तो हम साहब से क्यों लड़ें ?

सूरदास—तुम्हें बिस्वास हो गया कि सबका फायदा होगा ?

बजरंगी—हाँ, हो गया। मानने लायक बात होती है तो मानी ही जाती है।

सूरदास—कल तो तुम लोग जमीन के पीछे जान देने पर तैयार थे, मुझ पर संदेह कर रहे थे कि मैंने साहब से मेल कर लिया, आज साहब के एक ही चकमे में पानी हो गये ?

बजरंगी—अब तक किसी ने ये सब बातें इतनी सफाई से न समझायी थीं। कारखाने से सारे मुहल्ले का, सारे सहर का फायदा है। मजूरों की मजूरी बढ़ेगी, दूकानदारों की बिक्री बढ़ेगी। तो अब हमें तो झगड़ा नहीं है। तुमको भी हम यही सलाह देते हैं कि अच्छे दाम मिल रहे हैं, जमीन दे डालो। यों न दोगे, तो जाबते से ले ली जायगी। इससे क्या फायदा ?

सूरदास—अधर्म और अविचार कितना बढ़ जायगा, यह भी मालूम है ?

बजरंगी—धन से तो अधर्म होता ही है, पर धन को कोई छोड़ नहीं देता।

सूरदास—तो अब तुम लोग मेरा साथ न दोगे ? मत दो। जिधर न्याय है, उधर किसी की मदद की इतनी जरूरत भी नहीं है। मेरी चीज है, बाप-दादों की कमाई है, किसी दूसरे का उस पर कोई अख्तियार नहीं है। अगर जमीन गयी, तो उसके साथ मेरी जान भी जायगी।

यह कहकर सूरदास उठ खड़ा हुआ और अपने झोपड़े के द्वार पर आकर नीम के नीचे लेट रहा।

तेरह

विनयसिंह के जाने के बाद सोफ़िया को ऐसा प्रतीत होने लगा कि रानी जाह्नवी मुझसे कुछ खिंची हुई हैं। वह अब उसे पुस्तकें तथा पत्र पढ़ने या चिट्ठियाँ लिखने के लिए बहुत कम बुलातीं; उसके आचार-व्यवहार को संदिग्ध दृष्टि से देखतीं। यद्यपि अपनी बदगुमानी को वह यथासाध्य प्रकट न होने देतीं, पर सोफ़ी को ऐसा ख़याल होता कि मुझ पर अविश्वास किया जा रहा है। वह जब कभी बाग़ में सैर करने चली जाती या कहीं घूमने निकल जाती, तो लौटने पर उसे ऐसा मालूम होता कि मेरी किताबें उलट-पलट दी गयी हैं। वह बदगुमानी उस वक़्त और भी असह्य हो जाती, जब डाकिये के आने पर रानीजी स्वयं उसके हाथ से पत्र आदि लेतीं और बड़े ध्यान से देखतीं कि सोफ़िया का कोई पत्र तो नहीं है। कई बार सोफ़िया को अपने पत्रों के लिफ़ाफ़े फटे हुए मिले। वह इस कूटनीति का रहस्य खूब समझती थी। यह रोक-थाम केवल इसलिए है कि मेरे और विनयसिंह के बीच में पत्र-व्यवहार न होने पाये। पहले रानीजी सोफ़िया से विनय और इंदु की चर्चा अक्सर किया करतीं। अब भूलकर भी विनय का नाम न लेतीं।

यह प्रेम की पहली परीक्षा थी।

किन्तु आश्चर्य यह था कि सोफ़िया में अब वह आत्माभिमान न था, जो नाक पर मक्खी न बैठने देता था। वह अब अत्यन्त सहनशील हो गयी थी। रानीजी से द्वेष करने के बदले वह उनकी संशय-निवृत्ति के लिए अवसर खोजा करती थी। उसे रानीजी का बर्ताव सर्वथा न्यायसंगत मालूम होता था। वह सोचती—इनकी परम अभिलाषा है कि विनय का जीवन आदर्श हो और मैं उनके आत्मसंयम में बाधक न बनूँ। मैं इन्हें कैसे समझाऊँ कि आपकी अभिलाषा को मेरे हाथों ज़रा-सा भी झोंका न लगेगा। मैं तो स्वयं अपना जीवन एक ऐसे उद्देश्य पर समर्पित कर चुकी हूँ, जिसके लिए वह काफ़ी नहीं। मैं स्वयं किसी इच्छा को अपने उद्देश्य-मार्ग का काँटा न बनाऊँगी। लेकिन उसे यह अवसर न मिलता था। जो बातें ज़बान पर नहीं आ सकतीं, उनके लिए कभी अवसर नहीं मिलता।

सोफ़ी को बहुधा अपने मन की चंचलता पर खेद होता। वह मन को इधर से हटाने के लिए पुस्तकावलोकन में मग्न हो जाना चाहती; लेकिन जब पुस्तक सामने खुली रहती और मन कहीं और जा पहुँचता, तो वह झुँझलाकर पुस्तक बन्द कर देती और सोचती—यह मेरी क्या दशा है ! क्या माया यह कपट-रूप धारण करके मुझे सन्मार्ग से विचलित करना चाहती है ? मैं जानकर क्यों अनजान बनी जाती हूँ ?

तब वह प्रतिज्ञा करती कि मैं इस काँटे को हृदय से निकाल डालूँगी। लेकिन प्रेम-ग्रस्त प्राणियों की प्रतिज्ञा कायर की समर-लालसा है, जो द्वन्द्वी की ललकार सुनते ही विलुप्त हो जाती है। सोफ़िया विनय को तो भूल जाना चाहती थी; पर इसके साथ ही शंकित रहती थी कि कहीं वह मुझे भूल न जायँ। जब कई दिनों तक उनका समाचार नहीं मिला, तो उसने समझा—मुझे भूल गये, ज़रूर भूल गये। मुझे उनका पता मालूम होता, तो कदाचित् रोज़ एक पत्र लिखती, दिन में कई-कई पत्र भेजती; पर उन्हें एक पत्र लिखने का भी अवकाश नहीं ! वह मुझे भूल जाने का उद्योग कर रहे हैं। अच्छा ही है। वह एक क्रिश्चियन स्त्री से क्यों प्रेम करने लगे ? उनके लिए क्या एक-से-एक परम सुन्दरी, सुशिक्षिता, प्रेमपरायणा राजकुमारियाँ नहीं हैं ?

एक दिन इन भावनाओं ने उसे इतना व्याकुल किया कि वह रानी के कमरे में जाकर विनय के पत्रों को पढ़ने लगी और एक क्षण में जितने पत्र मिले, सब पढ़ डाले। देखूँ, मेरी ओर कोई संकेत है या नहीं; कोई वाक्य ऐसा है, जिसमें से प्रेम की सुगन्ध आये ? किन्तु ऐसा शब्द एक भी न मिला, जिससे वह खींच-तानकर भी कोई गुप्त आशय निकाल सकती। हाँ, उस पहाड़ी देश में जिन कठिनाइयों का सामना करना पड़ता था, उनका विस्तार से उल्लेख किया गया था। युवावस्था को अतिशयोक्ति से प्रेम है। हम बाधाओं पर विजय पाकर नहीं, उनकी विशद व्याख्या करके अपना महत्त्व बढ़ाना चाहते हैं। अगर सामान्य ज्वर है, तो वह सन्निपात कहा जाता है। एक दिन पहाड़ों में चलना पड़ा, तो वह नित्य पहाड़ों से सिर टकराना कहा जाता है। विनयसिंह के पत्र ऐसी ही वीर-कथाओं से भरे हुए थे। सोफ़िया यह हाल पढ़कर विकल हो गयी। वह इतनी विपत्ति झेल रहे हैं, और मैं यहाँ आराम से पड़ी हूँ ! वह इसी उद्वेग में अपने कमरे में आयी और विनय को एक लम्बा पत्र लिखा, जिसका एक-एक शब्द प्रेम में डूबा हुआ था। अन्त में उसने बड़े प्रेम-विनीत शब्दों में प्रार्थना की कि मुझे अपने पास आने की

आज्ञा दीजिए, मैं अब यहाँ नहीं रह सकती। उसकी शैली अज्ञात रूप से कवित्वमय हो गयी। पत्र समाप्त करके वह उसी वक़्त पास ही के लेटरबक्स में डाल आयी।

पत्र डाल आने के बाद जब उसका उद्वेग शान्त हुआ, तो उसे विचार आया कि मेरा रानीजी के कमरे में छिपकर जाना और पत्रों को पढ़ना किसी तरह उचित न था। वह सारे दिन इसी चिंता में पड़ी रही। बार-बार अपने को धिक्कारती। ईश्वर ! मैं कितनी अभागिनी हूँ ! मैंने अपना जीवन सच्चे धर्म की जिज्ञासा पर अर्पण कर दिया था, बरसों से सत्य की मीमांसा में रत हूँ; पर वासना की पहली ही ठोकर में नीचे गिर पड़ी। मैं क्यों इतनी दुर्बल हो गयी हूँ ? क्या मेरा पवित्र उद्देश्य वासनाओं के भँवर में पड़कर डूब जायगा ? मेरी आदत इतनी बुरी हो जायगी कि मैं किसी की वस्तुओं की चोरी करूँगी, इसकी मैंने कभी कल्पना भी न की थी। जिनका मुझ पर इतना विश्वास, इतना भरोसा, इतना प्रेम, इतना आदर है, उन्हीं के साथ मेरा यह विश्वासघात! अगर अभी यह दशा है, तो भगवान् ही जाने, आगे चलकर क्या दशा होगी। इससे तो यह कहीं अच्छा है कि जीवन का अंत हो जाय ! आह ! वह पत्र, जो मैं अभी छोड़ आयी हूँ, वापस मिल जाता, तो मैं फाड़ डालती।

वह इसी चिंता और ग्लानि में बैठी हुई थी कि रानीजी कमरे में आयीं। सोफ़िया उठ खड़ी हुई और अपनी आँखें छिपाने के लिए ज़मीन की ओर ताकने लगी। किन्तु आँसू पी जाना आसान नहीं है। रानी ने कठोर स्वर में पूछा—सोफ़ी, क्यों रोती हो।

जब हम अपनी भूल पर लज्जित होते हैं, तो यथार्थ बात आप-ही-आप हमारे मुँह से निकल पड़ती है। सोफ़ी हिचकती हुई बोली—जी, कुछ नहीं.....मुझसे एक अपराध हो गया है, आपसे क्षमा माँगती हूँ।

रानी ने और भी तीव्र स्वर में पूछा—क्या बात है ?

सोफ़ी—आज जब आप सैर करने गयी थीं, तो मैं आपके कमरे में चली गयी थी।

रानी—क्या काम था ?

सोफ़ी लज्जा से आरक्त होकर बोली—मैंने आपकी कोई चीज़ नहीं छुई।

रानी—मैं तुम्हें इतना नीच नहीं समझती।

सोफ़ी--एक पत्र देखना था।

रानी—विनयसिंह का ?

सोफ़िया ने सिर झुका लिया। वह अपनी दृष्टि में स्वयं इतनी पतित हो गयी थी कि जी चाहता था, ज़मीन फट जाती और मैं उसमें समा जाती। रानी ने तिरस्कार के भाव से कहा—सोफ़ी, तुम मुझे कृतघ्न समझोगी, मगर मैंने तुम्हें अपने घर में रखकर बड़ी भूल की। ऐसी भूल मैंने कभी न की थी। मैं न जानती थी कि तुम आस्तीन का साँप बनोगी। इससे बहुत अच्छा होता कि विनय उसी दिन आग में जल गया होता। तब मुझे इतना दुःख न होता। मैं तुम्हारे आचरण को पहले न समझी। मेरी आँखों पर परदा पड़ा था। तुम जानती हो, मैंने क्यों विनय को इतनी जल्द यहाँ से भगा दिया ? तुम्हारे कारण, तुम्हारे प्रेमाघातों से बचाने के लिए। लेकिन अब भी तुम भाग्य की भाँति उसका दामन नहीं छोड़तीं। आखिर तुम उससे क्या चाहती हो ? तुम्हें मालूम है, तुमसे उसका विवाह नहीं हो सकता। अगर मैं हैसियत और कुल-मर्यादा का विचार

न करूँ, तो भी तुम्हारे और हमारे बीच में धर्म की दीवार खड़ी है। इस प्रेम का फल इसके सिवा और क्या होगा कि तुम अपने साथ उसे भी ले डूबोगी और मेरी चिरसंचित अभिलाषाओं को मिट्टी में मिला दोगी ? मैं विनय को ऐसा मनुष्य बनाना चाहती हूँ, जिस पर समाज को गर्व हो, जिसके हृदय में अनुराग हो, साहस हो, धैर्य हो, जो संकटों के सामने मुँह न मोड़े, जो सेवा के हेतु सदैव सिर को हथेली पर लिये रहे, जिसमें विलासिता का लेश भी न हो, जो धर्म पर अपने को मिटा दे। मैं उसे सपूत बेटा, निश्छल मित्र और निःस्वार्थ सेवक बनाना चाहती हूँ। मुझे उसके विवाह की लालसा नहीं, अपने पोतों को गोद में खेलाने की अभिलाषा नहीं। देश में आत्मसेवी पुरुषों और संतान-सेवी माताओं का अभाव नहीं है। धरती उनके बोझ से दबी जाती है। मैं अपने बेटे को सच्चा राजपूत बनाना चाहती हूँ। आज वह किसी की रक्षा के निमित्त अपने प्राण दे दे, तो मुझसे अधिक भाग्यवती माता संसार में न होगी। तुम मेरे इस स्वर्ण-स्वप्न को विच्छिन्न कर रही हो। मैं तुमसे सत्य कहती हूँ सोफ़ी, अगर तुम्हारे उपकार के बोझ से दबी न होती, तो तुम्हें इस दशा में विष देकर मार्ग से हटा देना अपना कर्तव्य समझती। मैं राजपूतनी हूँ, मरना भी जानती हूँ और मारना भी जानती हूँ। इसके पहले कि तुम्हें विनय से पत्र-व्यवहार करते देखूँ, मैं तुम्हारा गला घोंट दूँगी। मैं तुमसे भिक्षा माँगती हूँ, विनय को अपने प्रेम-पाश में फँसाने की चेष्टा न करो, नहीं तो इसका फल बुरा होगा। तुम्हें ईश्वर ने बुद्धि दी है, विवेक दिया है। विवेक से काम लो। मेरे कुल का सर्वनाश न करो।

सोफ़ी ने रोते हुए कहा—मुझे आज्ञा दीजिए, आज चली जाऊँ।

रानी कुछ नर्म होकर बोलीं—मैं तुम्हें जाने को नहीं कहती। तुम मेरे सिर और आँखों पर रहो, (लज्जित होकर) मेरे मुँह से इस समय जो कटु शब्द निकले हैं, उनके लिए क्षमा करो। वृद्धावस्था बड़ी अविनयशील होती है। यह तुम्हारा घर है। शौक़ से रहो। विनय अब शायद फिर न आयगा। हाँ, वह शेर का सामना कर सकता है; पर मेरे क्रोध का सामना नहीं कर सकता। वह वन-वन की पत्तियाँ तोड़ेगा, पर घर न आयेगा। अगर तुम्हें उससे प्रेम है, तो अपने को उसके हित के लिए बलिदान करने को तैयार हो जाओ। अब उसकी जीवन-रक्षा का केवल एक ही उपाय है। जानती हो वह क्या है ?

सोफ़ी ने सिर हिलाकर कहा—नहीं।

रानी—जानना चाहती हो ?

सोफ़ी ने सिर हिलाकर कहा—हाँ।

रानी—आत्मसमर्पण के लिए तैयार हो ?

सोफ़ी ने फिर सिर हिलाकर कहा—हाँ।

रानी—तो तुम किसी सुयोग्य पुरुष से विवाह कर लो। विनय को दिखा दो कि तुम उसे भूल गयीं, तुम्हें उसकी चिंता नहीं है। यही नैराश्य उसको बचा सकता है। हो सकता है कि यह नैराश्य उसे जीवन से विरक्त कर दे, वह ज्ञान-लाभ का आश्रय ले, जो नैराश्य का एकमात्र शरणस्थल है, पर संभावना होने पर भी इस उपाय के सिवा दूसरा अवलंब नहीं है। स्वीकार करती हो ?

सोफ़ी रानी के पैरों पर गिर पड़ी और रोती हुई बोली—उनके हित के लिए......कर सकती हूँ।

रानी ने सोफ़ी को उठाकर गले लगा लिया और करुण स्वर में बोलीं—मैं जानती हूँ, तुम उसके लिए सब कुछ कर सकती हो। ईश्वर तुम्हें इस प्रतिज्ञा को पूरा करने का बल प्रदान करें।

यह कहकर जाह्नवी वहाँ से चली गयीं। सोफ़ी एक कोच पर बैठ गयी और दोनों हाथों से मुँह छिपाकर फूट-फूट कर रोने लगी। उसका रोम-रोम ग्लानि से पीड़ित हो रहा था। उसे जाह्नवी पर क्रोध न था। उसे उन पर असीम श्रद्धा हो रही थी। कितना उच्च और पवित्र उद्देश्य है! वास्तव में मैं ही दूध की मक्खी हूँ, मुझी को निकल जाना चाहिए। लेकिन रानी का अंतिम आदेश उसके लिए सबसे कड़वा ग्रास था। वह योगिनी बन सकती थी; पर प्रेम को कलंकित करने की कल्पना ही से उसे घृणा होती थी। उसकी दशा उस रोगी की-सी थी, जो किसी बाग़ में सैर करने जाय और फल तोड़ने के अपराध में पकड़ लिया जाय। विनय के त्याग ने उसे उनका भक्त बना दिया। भक्ति ने शीघ्र ही प्रेम का रूप धारण किया और अब वही प्रेम उसे बलात् नारकी अंधकार की ओर खींचे लिये जाता था। अगर वह हाथ-पैर छुड़ाती है, तो भय है—वह इसके आगे कुछ न मोच सकी। विचार-शक्ति शिथिल हो गयी। अंत में सारी चिंताएँ सारी ग्लानि, सारा नैराश्य, सारी विडंबना एक ठंडी साँस में विलीन हो गयी।

शाम हो गयी थी। सोफ़िया मन-मारे उदास बैठी बाग़ की तरफ़ टकटकी लगाये ताक रही थी, मानो कोई विधवा पति-शोक में मग्न हो। सहसा प्रभु सेवक ने कमरे में प्रवेश किया।

सोफ़िया ने प्रभु सेवक से कोई बात नहीं की। चुपचाप अपनी जगह पर मूर्तिवत बैठी रही। वह उस दशा को पहुँच गयी थी, जब सहानुभूति से भी अरुचि हो जाती है। नैराश्य की अंतिम अवस्था विरक्ति होती है।

लेकिन प्रभु सेवक अपनी नयी रचना सुनाने के लिए इतने उत्सुक हो रहे थे कि सोफ़ी के चेहरे की ओर उनका ध्यान ही न गया। आते-ही-आते बोले—सोफ़ी, देखो, मैंने आज रात को यह कविता लिखी है। ज़रा ध्यान देकर सुनना। मैंने अभी कुँवर साहब को सुनायी है। उन्हें बहुत आनंद आया।

यह कहकर प्रभु सेवक ने मधुर स्वर में अपनी कविता सुनानी शुरू की। कवि ने मृत्युलोक के एक दुःखी प्राणी के हृदय के वे भाव व्यक्त किये थे, जो तारागण को देखकर उठे थे। वह एक-एक चरण झूम-झूमकर पढ़ते थे, और उसे दो-दो, तीन-तीन बार दुहराते थे; किंतु सोफ़िया ने एक बार भी दाद न दी, मानो वह काव्य-रस-शून्य हो गयी थी। जब पूरी कविता समाप्त हो गयी, तो प्रभु सेवक ने पूछा—इसके विषय में तुम्हारा क्या विचार है ?

सोफ़िया ने कहा—अच्छी तो है।

प्रभु सेवक—मेरी सूक्तियों पर तुमने ध्यान नहीं दिया। तारागण की आज तक किसी कवि ने देवात्माओं से उपमा नहीं दी है। मुझे तो विश्वास है कि इस कविता के प्रकाशित होते ही कवि-समाज में इलचल मच जायगी।

सोफ़िया—मुझे तो याद आता है कि शेली और वर्ड्सवर्थ इस उपमा को पहले ही बाँध चुके हैं। यहाँ के कवियों ने भी कुछ ऐसा ही वर्णन किया है। कदाचित् ह्यूगो की एक कविता का शीर्षक भी यही है। संभव है, तुम्हारी कल्पना उन कवियों से लड़ गयी हो।

प्रभु सेवक—मैंने काव्य-साहित्य तुमसे बहुत ज़्यादा देखा है; पर मुझे कहीं यह उपमा नहीं दिखायी दी।

सोफ़िया—खैर, हो सकता है, मुझी को याद न होगा। कविता बुरी नहीं है।

प्रभु सेवक—अगर कोई दूसरा कवि यह चमत्कार दिखा दे, तो उसकी गुलामी करूँ।

सोफ़िया—तो मैं कहूँगी, तुम्हारी निगाह में अपनी स्वाधीनता का मूल्य बहुत ज़्यादा नहीं है।

प्रभु सेवक—तो मैं भी यही कहूँगा कि कवित्व के रसास्वादन के लिए अभी तुम्हें बहुत अभ्यास करने की ज़रूरत है।

सोफ़िया—मुझे अपने जीवन में इससे अधिक महत्व के काम करने हैं। आजकल घर के क्या समाचार हैं ?

प्रभु सेवक—वही पुरानी दशा चली जाती है। मैं तो आजिज़ आ गया हूँ। पापा का अपने कारख़ाने की धुन लगी हुई है, और मुझे उस काम से घृणा है। पापा और मामा, दोनों हरदम भुनभुनाते रहते हैं। किसी का मुँह ही नहीं सीधा होता। कहीं ठिकाना नहीं मिलता, नहीं तो इस माया के घोंसले में एक दिन भी न रहता। कहाँ जाऊँ, कुछ समझ में नहीं आता।

सोफ़िया—बड़े आश्चर्य की बात है कि इतने गुणी और विद्वान् होकर भी तुम्हें अपने निर्वाह का कोई उपाय नहीं सूझता। क्या कल्पना के संसार में आत्मसम्मान का कोई स्थान नहीं है?

प्रभु सेवक—सोफ़ी, मैं और सब कुछ कर सकता हूँ, पर गृह-चिंता का बोझ नहीं उठा सकता। मैं निर्द्वन्द्व, निश्चिन्त, निर्लिप्त रहना चाहता हूँ। एक सुरम्य उपवन में, किसी सघन वृक्ष के नीचे, पक्षियों का मधुर कलरव सुनता हुआ काव्य-चिंतन में मग्न पड़ा रहूँ, यही मेरे जीवन का आदर्श है।

सोफ़िया—तुम्हारी ज़िंदगी इसी भाँति स्वप्न देखने में गुज़रेगी।

प्रभु सेवक—कुछ हो, चिंता से तो मुक्त हूँ, स्वच्छन्द तो हूँ।

सोफ़िया—जहाँ आत्मा और सिद्धान्तों की हत्या होती हो, वहाँ से स्वच्छन्दता कोसों भागती है। मैं इसे स्वच्छन्दता नहीं कहती, यह निर्लज्जता है। माता-पिता की निर्दयता कम पीड़ाजनक नहीं होती, बल्कि दूसरों का अत्याचार इतना असह्य नहीं होता, जितना माता-पिता का।

प्रभु सेवक—उँह, देखा जायगा, सिर पर जो आ जायगी, झेल लूँगा, मरने के पहले ही क्यों रोऊँ।

यह कहकर प्रभु सेवक ने पाँड़ेपुर की घटना बयान की, और इतनी डींगें मारीं कि सोफ़ी चिढ़कर बोली—रहने भी दो, एक गँवार को पीट लिया, तो कौन-सा बड़ा काम किया। अपनी कविताओं में तो अहिंसा के देवता बन जाते हो, वहाँ ज़रा-सी बात पर इतने जामे से बाहर हो गये !

प्रभु सेवक—गाली सह लेता ?

सोफ़िया—जब तुम मारने वाले को मारोगे, गाली देने वाले को भी मारोगे, तो अहिंसा का निर्वाह कब करोगे ? राह चलते तो किसी को कोई नहीं मारता। वास्तव में किसी युवक को उपदेश करने का अधिकार नहीं है, चाहे उसकी कवित्व-शक्ति कितनी ही विलक्षण हो। उपदेश करना सिद्ध पुरुषों ही का काम है। यह नहीं कि जिसे ज़रा तुकबंदी आ गयी, वह लगा शांति, सन्तोष और अहिंसा का पाठ पढ़ाने। जो बात दूसरों को सिखलाना चाहते हो, वह पहले स्वयं

सीख लो।

प्रभु सेवक—ठीक यही बात विनय ने भी अपने पत्र में लिखी हैं। लो, याद आ गया। यह तुम्हारा पत्र है। मुझे याद ही न रही थी। यह प्रसंग न आ जाता, तो जेब में रक्खे ही लौट जाता।

यह कहकर प्रभु सेवक ने एक लिफ़ाफ़ा निकालकर सोफ़िया के हाथ में रख दिया।

सोफ़िया ने पूछा—आजकल कहाँ हैं ?

प्रभु सेवक—उदयपुर के पहाड़ी प्रांतों में घूम रहे हैं। मेरे नाम जो पत्र आया है, उसमें तो उन्होंने साफ़ लिखा है कि मैं इस सेवा-कार्य के लिए सर्वथा अयोग्य हूँ। मुझमें उतनी सहनशीलता नहीं, जितनी होनी चाहिए। युवावस्था अनुभव-लाभ का समय है। अवस्था प्रौढ़ हो जाने पर ही सार्वजनिक कार्यों में सम्मिलित होना चाहिए। किसी युवक को सेवा-कार्य करने को भेजना वैसा ही हे, जैसे किसी बच्चे वैद्य को रोगियों के कष्टनिवारण के लिए भेजना।

प्रभु सेवक चले गये, तो सोफ़िया सोचने लगी—यह पत्र पढ़ूँ या न पढ़ूँ ? विनय इसे रानीजी से गुप्त रखना चाहते हैं, नहीं तो यहीं के पते से न भेजते ? मैंने अभी रानीजी को वचन दिया है, उनसे पत्र-व्यवहार न करूँगी। इस पत्र को खोलना उचित नहीं। रानी जी को दिखा दूँ। इससे उनके मन में मुझ पर जो संदेह है, वह दूर हो जायगा। मगर न जाने क्या बातें लिखी हैं। संभव है, कोई ऐसी बात हो, जो रानी के क्रोध को और भी उत्तेजित कर दे। नहीं, इस पत्र को गुप्त ही रखना चाहिए। रानी को दिखाना मुनासिब नहीं।

उसने फिर सोचा—पढ़ने से क्या फ़ायदा, न जाने मेरे चित्त की क्या दशा हो। मुझे अब अपने ऊपर विश्वास नहीं रहा। अब इस प्रेमांकुर को जड़ से उखाड़ना ही है, तो उसे क्यों सींचूँ ? इस पत्र को रानी के हवाले कर देना ही उचित है।

सोफ़िया ने और ज़्यादा सोच-विचार न किया। शंका हुई, कहीं मैं विचलित न हो जाऊँ। चलनी में पानी नहीं ठहरता।

उसने उसी वक़्त वह पत्र ले जाकर रानी को दे दिया। उन्होंने पूछा—किसका पत्र है ? यह तो विनय की लिखावट जान पड़ती है। तुम्हारे नाम आया है न ? तुमने लिफ़ाफ़ा खोला नहीं ?

सोफ़िया—जी नहीं।

रानी ने प्रसन्न होकर कहा—मैं तुम्हें आज्ञा देती हूँ, पढ़ो। तुमने अपना वचन पालन किया। इससे मैं बहुत खुश हुई।

सोफ़िया—मुझे क्षमा कीजिए।

रानी—मैं खुशी से कहती हूँ, पढ़ो; देखो, क्या लिखते हैं ?

सोफ़िया—जी नहीं।

रानी ने पत्र ज्यों-का-त्यों सन्दूक़ में बन्द कर दिया। खुद भी नहीं पढ़ा। कारण, यह नीति-विरुद्ध था। तब सोफ़िया से बोली—बेटी, अब मेरी तुमसे एक और याचना है। विनय को एक पत्र लिखो, और उसमें स्पष्ट लिख दो, हमारा और तुम्हारा कल्याण इसी में है कि हममें केवल भाई और बहन का सम्बन्ध रहे। तुम्हारे पत्र से यह प्रकट होना चाहिए कि तुम उनके प्रेम की अपेक्षा उनके जातीय भावों की ज़्यादा क़द्र करती हो। तम्हारा यह पत्र मेरे और उनके पिता के हज़ारों

उपदेशों से अधिक प्रभावशाली होगा। मुझे विश्वास है, तुम्हारा पत्र पाते ही उनकी चेष्टाएँ बदल जायँगी और वह कर्तव्य-मार्ग पर सुदृढ़ हो जायँगे। मैं इस कृपा के लिए जीवन-पर्यन्त तुम्हारी आभारी रहूँगी।

सोफ़ी ने कातर स्वर में कहा—आपकी आज्ञा पालन करूँगी।

रानी—नहीं, केवल मेरी आज्ञा पालन करना काफ़ी नहीं है। अगर उससे यह भासित हुआ कि किसी की प्रेरणा से लिखा गया है, तो उसका असर जाता रहेगा।

सोफ़िया—आपको पत्र लिखकर दिखा दूँ ?

रानी—नहीं, तुम्हीं भेज देना।

सोफ़िया जब वहाँ से आकर पत्र लिखने बैठी, तो उसे सूझता ही न था कि क्या लिखूँ। सोचने लगी—वह मुझे निर्मम समझेंगे; अगर लिख दूँ, मैंने तुम्हारा पत्र पढ़ा ही नहीं, तो उन्हें कितना दुःख होगा ! कैसे कहूँ कि मैं तुमसे प्रेम नहीं करती ?

वह मेज़ पर से उठ खड़ी हुई और निश्चय किया, कल लिखूँगी। एक किताब पढ़ने लगी। भोजन का समय हो गया। नौ बज गये। अभी वह मुँह-हाथ धोकर बैठी ही थी कि उसने रानी को द्वार से अन्दर की ओर झाँकते देखा। समझी, किसी काम से जा रही होंगी, फिर किताब देखने लगी। पन्द्रह मिनट भी न गुज़रे थे कि रानी फिर दूसरी तरफ़ से लौटीं, और कमरे में झाँका।

सोफ़ी को उनका यों मँडलाना बहुत नागवार मालूम हुआ। उसने समझा—यह मुझे बिल्कुल काठ की पुतली बनाना चाहती हैं। बस, इनके इशारों पर नाचा करूँ। इतना तो नहीं हो सका कि जब मैंने बन्द लिफ़ाफ़ा उनके हाथ में रख दिया, तो मुझे ख़त पढ़कर सुना देतीं। आख़िर मैं लिखूँ क्या ? नहीं मालूम, उन्होंने अपने ख़त में क्या लिखा है ? सहसा उसे ध्यान आया कि कहीं मेरा पत्र उपदेश के रूप में न हो जाय। वह इसे पढ़कर शायद मुझसे चिढ़ जायँ। अपने प्रेमियों से हम उपदेश और शिक्षा की बातें नहीं, प्रेम और परितोष की बातें सुनना चाहते हैं। बड़ी कुशल हुई, नहीं तो वह मेरा उपदेश पत्र पढ़कर न जाने दिल में क्या समझते। उन्हें खयाल होता, गिरजा में उपदेश सुनते-सुनते इसकी प्रेम-भावनाएँ निर्जीव हो गयी हैं। अगर वह मुझे ऐसा पत्र लिखते, तो मुझे कितना बुरा मालूम होता ! आह ! मैंने बड़ा धोखा खाया। पहले मैंने समझा था, उनसे केवल आध्यात्मिक प्रेम करूँगी। अब विदित हो रहा है कि आध्यात्मिक प्रेम या भक्ति केवल धर्म-जगत ही की वस्तु है। स्त्री और पुरुष में पवित्र प्रेम होना असंभव है। प्रेम पहले उँगली पकड़कर तुरत ही पहुँचा पकड़ता है। यह भी जानती हूँ कि यह प्रेम मुझे ज्ञान के ऊँचे आदर्श से गिरा रहा है। हमें जीवन इसलिए प्रदान किया गया है कि सद्विचारों और सत्कार्यों से उसे उन्नत करें और एक दिन अनन्त ज्योति में विलीन हो जायँ। यह भी जानती हूँ कि जीव नश्वर है, अनित्य है और संसार के सुख भी अनित्य और नश्वर हैं। यह सब जानते हुए भी पतंग की भाँति दीपक पर गिर रही हूँ। इसीलिए तो कि प्रेम में वह विस्मृति है, जो संयम, ज्ञान और धारणा पर परदा डाल देती है। भक्तजन भी, जो आध्यात्मिक आनन्द भोगते रहते हैं, वासनाओं से मुक्त नहीं हो सकते। जिसे कोई बलात् खींच लिये जाता हो, उससे कहना कि तू मत जा, कितना बड़ा अन्याय है !

पीड़ित प्राणियों के लिए रात एक कठिन तपस्या है। ज्यों-ज्यों रात गुज़रती थी, सोफ़ी की उद्विग्नता बढ़ती जाती थी। आधी रात तक मनोभावों से निरन्तर संग्राम करने के बाद अन्त को उसने विवश होकर हृदय के द्वार प्रेम-क्रीड़ाओं के लिए उन्मुक्त कर दिये, जैसे किसी रंगशाला का व्यवस्थापक दर्शकों की रेल-पेल से तंग आकर शाला का पट सर्वसाधारण के लिए खोल देता है। बाहर का शोर भीतर के मधुर स्वर प्रवाह में बाधक होता है। सोफ़ी ने अपने को प्रेम-कल्पनाओं की गोद में डाल दिया। अबाध रूप से उनका आनन्द उठाने लगी :

'क्यों विनय, तुम मेरे लिए क्या-क्या मुसीबतें झेलोगे ? अपमान, अनादर, द्वेष, माता-पिता का विरोध, तुम मेरे लिए यह सब विपत्ति सह लोगे ? लेकिन धर्म ? वह देखो, तुम्हारा मुख उदास हो गया। तुम सब कुछ करोगे; पर धर्म नहीं छोड़ सकते। मेरी भी यही दशा है। मैं तुम्हारे साथ उपवास कर सकती हूँ; तिरस्कार, अपमान, निंदा, सब कुछ भोग सकती हूँ, पर धर्म को कैसे त्याग दूँ ? ईसा का दामन कैसे छोड़ दूँ ? ईसाइयत की मुझे परवा नहीं, यह केवल स्वार्थों का संघटन है; लेकिन उस पवित्र आत्मा से क्योंकर मुँह मोड़ूँ, जो क्षमा और दया का अवतार थी ? क्या यह सम्भव नहीं कि मैं ईसा के दामन से लिपटी रहकर भी अपनी प्रेमाकांक्षाओं को तृप्त करूँ ? हिंदू-धर्म की उदार छाया में किसके लिए शरण नहीं ? आस्तिक भी हिंदू है, नास्तिक भी हिंदू हैं, तैंतीस करोड़ देवताओं को मानने वाला भी हिंदू है। जहाँ महावीर के भक्तों के लिए स्थान है, बुद्धदेव के भक्तों के लिए स्थान है, वहाँ क्या ईसू के भक्त के लिए स्थान नहीं है? तुमने मुझे अपने प्रेम का निमंत्रण दिया है, मैं उसे अस्वीकार क्यों करूँ ? मैं भी तुम्हारे साथ सेवा-कार्य में रत हो जाऊँगी, तुम्हारे साथ वनों में विचरूँगी, झोपड़ी में रहूँगी।

आह, मुझसे बड़ी भूल हुई। मैंने नाहक़ वह पत्र रानीजी को दे दिया। मेरा पत्र था, मुझे उसके पढ़ने का पूरा अधिकार था। मेरे और उनके बीच प्रेम का नाता है, जो संसार के और सभी सम्बन्धों से पवित्र और श्रेष्ठ है। मैं इस विषय में अपने अधिकार को त्यागकर विनय के साथ अन्याय कर रही हूँ। नहीं, मैं उनसे दग़ा कर रही हूँ। मैं प्रेम को कलंकित कर रही हूँ। उनके मनोभावों का उपहास कर रही हूँ। यदि वह मेरा पत्र बिना पढ़े ही फाड़कर फेंक देते, तो मुझे इतना दुःख होता कि उन्हें कभी क्षमा न करती। क्या करूँ ? जाकर रानीजी से वह पत्र माँग लूँ ? उसे देने में उन्हें कोई आपत्ति नहीं हो सकती। मन में चाहे कितना ही बुरा मानें, पर मेरी अमानत मुझे अवश्य दे देंगी। वह मेरी मामा की भाँति अनुदार नहीं हैं। मगर मैं उनसे माँगूँ क्यों ? वह मेरी चीज़ है, किसी अन्य प्राणी का उस पर कोई दावा नहीं। अपनी चीज़ ले लेने के लिए मैं किसी दूसरे का एहसान क्यों उठाऊँ ?

ग्यारह बज रहे थे। भवन में चारों तरफ सन्नाटा छाया हुआ था। नौकर-चाकर सब सो गये थे। सोफ़िया ने खिड़की से बाहर बाग़ की ओर देखा। ऐसा मालूम होता था कि आकाश से दूध की वर्षा हो रही है। चाँदनी खूब छिटकी हुई थी। संगमरमर की दोनों परियाँ, जो हौज़ के किनारे खड़ी थीं, उसे निःस्वर संगीत की प्रकाशमयी प्रतिमाओं-सी प्रतीत होती थीं, जिससे सारी प्रकृति उल्लसित हो रही थी।

सोफ़िया के हृदय में प्रबल उत्कंठा हुई कि इसी क्षण चलकर अपना पत्र लाऊँ। वह दृढ़ संकल्प करके अपने कमरे से निकली, और निर्भय होकर रानीजी के दीवानख़ाने की ओर चली।

वह अपने हृदय को बार-बार समझा रही थी—मुझे भय किसका है, अपनी चीज़ लेने जा रही हूँ; कोई पूछे, तो उससे साफ़-साफ़ कह सकती हूँ। विनयसिंह का नाम लेना कोई पाप नहीं है।

किन्तु निरन्तर यह आश्वासन मिलने पर भी उसके क़दम इतनी सावधानी से उठते थे कि बरामदे के पक्के फ़र्श पर भी कोई आहट न होती थी। उसकी मुखाकृति से वह अशांति झलक रही थी, जो आंतरिक दुश्चिन्ता का चिह्न है। वह सहमी हुई आँखों से दाहिने-बायें, आगे-पीछे, ताकती जाती थी। ज़रा-सा भी कोई खटका होता, तो उसके पाँव स्वतः रुक जाते थे, और वह बरामदे के खंभों की आड़ में छिप जाती थी। रास्ते में कई कमरे थे। यद्यपि उनमें अँधेरा था, रोशनी गुल हो चुकी थी, तो भी वह दरवाज़ों पर एक क्षण के लिए रुक जाती थी, कि कोई उनमें बैठा न हो। सहसा एक टेरियर कुत्ता, जिसे रानीजी बहुत प्यार करती थीं, सामने से आता हुआ दिखायी दिया। सोफ़ी के रोयें खड़े हो गये। इसने ज़रा भी मुँह खोला, और सारे घर में हलचल हुई। कुत्ते ने उसकी ओर सशंक नेत्रों से देखा, और अपने निर्णय की सूचना देना ही चाहता था कि सोफ़िया ने धीरे से उसका नाम लिया, और उसे गोद में उठाकर उसकी पीठ सहलाने लगी। कुत्ता दुम हिलाने लगा, लेकिन अपनी राह जाने के बदले वह सोफ़िया के साथ हो लिया। कदाचित् उसकी पशु-चेतना ताड़ रही थी कि कुछ दाल में काला ज़रूर है। इस प्रकार पाँच कमरों के बाद रानीजी का दीवानख़ाना मिला। उसके द्वार खुले हुए थे, लेकिन अन्दर अँधेरा था। कमरे में बिजली के बटन लगे हुए थे। उँगलियों की एक अति सूक्ष्म गति से कमरे में प्रकाश हो सकता था। लेकिन इस समय बटन का दबाना उसे बारूद के ढेर में दियासलाई लगाने से कम भयकारक न था। प्रकाश से वह कभी इतनी भयभीत न हुई थी। मुश्किल तो यह थी कि प्रकाश के बग़ैर वह सफल मनोरथ भी न हो सकती थी। यही अमृत भी था, और विष भी। उसे क्रोध आ रहा था कि किवाड़ों में शीशे क्यों लगे हुए हैं ? परदे हैं, वे भी इतने बारीक कि आदमी का मुँह दिखायी देता है। घर न हुआ, कोई सजी हुई दूकान हुई। बिलकुल अँगरेज़ी नक़ल है। और, रोशनी ठंडी करने की ज़रूरत ही क्या थी ? इससे तो कोई बहुत बड़ी किफ़ायत नहीं हो जाती।

हम जब किसी तंग सड़क पर चलते हैं, तो हमें सवारियों का आना-जाना बहुत ही कष्टदायक जान पड़ता है। जी चाहता है कि इन रास्तों पर सवारियों के आने की रोक होनी चाहिए। हमारा अख्तियार होता, तो इन सड़कों पर कोई सवारी न आने देते, विशेषतः मोटरों को। लेकिन उन्हीं सड़कों पर जब हम किसी सवारी पर बैठकर निकलते हैं, तो पग-पग पर पथिकों को हटाने के लिए रुकने पर झुँझलाते हैं कि ये सब पटरी पर क्यों नहीं चलते, ख्वामख्वाह बीच में धँसे पड़ते हैं। कठिनाइयों में पड़कर परिस्थिति पर क्रुद्ध होना मानव-स्वभाव है।

सोफ़िया कई मिनट तक बिजली के बटन के पास खड़ी रही। बटन दबाने की हिम्मत न पड़ती थी। सारे आँगन में प्रकाश फैल जायगा, लोग चौंक पड़ेंगे। अँधेरे में सोता हुआ मनुष्य भी उजाला फैलते ही जाग पड़ता है। विवश होकर उसने मेज़ को टटोलना शुरू किया। दावत लुढ़क गयी, स्याही मेज़ पर फैल गयी और उसके कपड़ों पर दाग़ पड़ गये। उसे विश्वास था कि रानी ने पत्र अपने हैंडबैग में रखा होगा। ज़रूरी चिट्ठियाँ उसी में रखती थीं। बड़ी मुश्किल से उसे बैग मिला। वह उसमें से एक-एक पत्र निकालकर अँधेरे में देखने लगी। लिफ़ाफ़े अधिकांश

एक ही आकार के थे, निगाहें कुछ काम न कर सकीं। आख़िर इस तरह मनोरथ पूरा न होते देखकर उसने हैंडबैग उठा लिया और कमरे से बाहर निकली। सोचा, मेरे कमरे में अभी तक रोशनी है, वहाँ वह पत्र सहज ही में मिल जायगा। इसे लाकर फिर यहीं रख दूँगी। लेकिन लौटती बार वह इतनी सावधानी से पाँव न उठा सकी। आती बार वह पग-पग पर इधर-उधर देखती हुई आयी थी। अब बड़े वेग से चली जा रही थी, इधर-उधर देखने की फुरसत न थी। ख़ाली हाथ उज्र की गुंजाइश थी। रँगे हुए हाथों के लिए कोई उज्र, कोई बहाना नहीं है।

अपने कमरे में पहुँचते ही सोफ़िया ने द्वार बन्द कर दिया और परदे डाल दिये। गरमी के मारे सारी देह पसीने से तर थी, हाथ इस तरह काँप रहे थे, मानो लक़वा गिर गया हो। वह चिट्ठियों को निकाल-निकालकर देखने लगी। और, पत्रों को केवल देखना ही न था, उन्हें अपनी जगह सावधानी से रखना भी था। पत्रों का एक दफ़्तर सामने था, बरसों की चिट्ठियाँ वहाँ निर्वाण सुख भोग रही थीं। सोफ़िया को उनकी तलाशी लेते घंटों गुज़र गये, दफ़्तर समाप्त होने को आ गया; पर वह चीज़ न मिली। उसे अब कुछ-कुछ निराशा होने लगी; यहाँ तक कि अंतिम पत्र भी उलट-पलटकर रख दिया गया। तब सोफ़िया ने एक लम्बी साँस ली। उसकी दशा उस मनुष्य की-सी थी, जो किसी मेले में अपने खोये हुए बन्धु को ढूँढ़ता हो; वह चारों ओर आँखें फाड़-फाड़कर देखता है, उसका नाम लेकर ज़ोर-ज़ोर से पुकारता है, उसे भ्रम होता है; वह खड़ा है, लपककर उसके पास जाता है और लज्जित होकर लौट आता है। अन्त को वह निराश होकर ज़मीन पर बैठ जाता और रोने लगता है।

सोफ़िया भी रोने लगी। वह पत्र कहाँ गया ? रानी ने तो उसे मेरे सामने ही इसी बैग में रख दिया था ? उनके और सभी पत्र यहाँ मौजूद हैं। क्या उसे कहीं और रख दिया ? मगर आशा उस घास की भाँति है, जो ग्रीष्म के ताप से जल जाती है; भूमि पर उसका निशान तक नहीं रहता, धरती ऐसी उज्ज्वल हो जाती है, जैसे टकसाल का नया रुपया; लेकिन पावस की बूँद पड़ते ही फिर जली हुई जड़ें पनपने लगती हैं और उसी शुष्क स्थल पर हरियाली लहराने लगती है।

सोफ़िया की आशा फिर हरी हुई। कहीं मैं कोई पत्र छोड़ तो नहीं गयी। उसने दुबारा पत्रों को पढ़ना शुरू किया और ज़्यादा ध्यान देकर। एक-एक लिफ़ाफ़े को खोलकर देखने लगी कि कहीं रानी ने उसे किसी दूसरे लिफ़ाफ़े में रख दिया हो। जब देखा कि इस तरह तो सारी रात गुज़र जायगी, तो उन्हीं लिफाफों को खोलने लगी, जो भारी मालूम होते थे। अन्त को यह शंका भी मिट गयी। उस लिफ़ाफ़े का कहीं पता न था। अब आशा की जड़ें भी सूख गयीं, पावस की बूँद न मिली।

सोफ़िया चारपाई पर लेट गयी, मानो थक गयी हो। सफलता में अनन्त सजीवता होती है, विफलता में असह्य अशक्ति। आशा मद है, निराश मद का उतार। नशे में हम मैदान की तरफ़ दौड़ते हैं, सचेत होकर हम घर में विश्राम करते हैं। आशा जड़ की ओर ले जाती है, निराशा चैतन्य की ओर। आशा आँखें बन्द कर देती है, निराशा आँखें खोल देती है। आशा सुलाने वाली थपकी है, निराशा जगाने वाला चाबुक।

सोफ़िया को इस वक़्त अपनी नैतिक दुर्बलता पर क्रोध आ रहा था—मैंने व्यर्थ ही अपनी आत्मा के सिर यह अपराध मढ़ा। क्या मैं रानी से अपना पत्र न माँग सकती थी ? उन्हें उसके

देने में ज़रा भी विलम्ब न होता। फिर मैंने वह पत्र उन्हें दिया ही क्यों ? रानीजी को कहीं मेरा यह कपट-व्यवहार मालूम हो गया; और अवश्य ही मालूम हो जायगा, तो वह मुझे अपने मन में क्या समझेंगी ? कदाचित मुझसे नीच और निकृष्ट कोई प्राणी न होगा।

सहसा सोफ़िया के कानों में झाड़ू लगने की आवाज़ आयी। वह चौंकी, क्या सबेरा हो गया? परदा उठाकर द्वार खोला, तो दिन निकल आया था। उसकी आँखों में अँधेरा छा गया। उसने बड़ी कातर दृष्टि से हैंडबैग की ओर देखा और मूर्ति के समान खड़ी रह गयी। बुद्धि शिथिल हो गयी। अपनी दशा और अपने कृत्य पर उसे ऐसा क्रोध आ रहा था कि गरदन पर छुरी फेर लूँ। कौन-सा मुँह दिखाऊँगी ? रानी बहुत तड़के उठती हैं, मुझे अवश्य ही देख लेंगी। किन्तु अब और हो ही क्या सकता है ? भगवन् ! तुम दीनों के आधार-स्तंभ हो, अब लाज तुम्हारे हाथ है। ईश्वर करे, अभी रानी न उठी हों। उसकी इस प्रार्थना में कितनी दीनता, कितनी विवशता, कितनी व्यथा, कितनी श्रद्धा और कितनी लज्जा थी ! कदाचित इतने शुद्ध हृदय से उसने कभी प्रार्थना न की होगी !

अब एक क्षण भी विलम्ब करने का अवसर न था। उसने बैग उठा लिया और बाहर निकली। आत्म-गौरव कभी इतना पद-दलित न हुआ होगा। उसके मुँह में कालिख लगी होती, तो भी शायद वह इस भाँति आँखें चुराती हुई न जाती ! कोई भद्र पुरुष अपराधी के रूप में बेड़ियाँ पहने जाता हुआ भी इतना लज्जित न होगा ! जब वह दीवानख़ाने के द्वार पर पहुँची, तो उसका हृदय यों धड़कने लगा, मानो कोई हथौड़ा चला रहा हो। वह ज़रा देर ठिठकी, कमरे में झाँककर देखा, रानी बैठी हुई थीं। सोफ़िया की इस समय जो दशा हुई, उसकी केवल कल्पना ही की जा सकती है। वह गड़ गयी, कट गयी, सिर पर बिजली गिर पड़ती, नीचे की भूमि फट जाती, तो भी कदाचित वह इस महान् संकट के सामने उसे पुष्प-वर्षा या जल-विहार के समान सुखद प्रतीत होती। उसने ज़मीन की ओर ताकते हुए हैंडबैग चुपके से ले जाकर मेज़ पर रख दिया। रानी ने उसकी ओर उस दृष्टि से देखा, जो अंतस्तल पर शर के समान लगती है। उसमें अपमान भरा हुआ था; क्रोध न था, दया न थी, ज्वाला न थी; तिरस्कार था—विशुद्ध, सजीव और सशब्द।

सोफ़िया लौटना ही चाहती थी कि रानी ने पूछा—क्या विनय का पत्र ढूँढ़ रही थीं ?

सोफ़िया अवाक रह गयी। मालूम हुआ, किसी ने कलेजे में बर्छी मार दी।

रानी ने फिर कहा—उसे मैंने अलग रख दिया है, मँगवा दूँ ?

सोफ़िया ने उत्तर न दिया। उसके सिर में चक्कर-सा आने लगा। मालूम हुआ, कमरा घूम रहा है।

रानी ने तीसरा बाण चलाया—क्या यही तत्य की मीमांसा है ?

सोफ़िया मूर्च्छित होकर फ़र्श पर गिर पड़ी।

चौदह

सोफ़िया को होश आया तो वह अपने कमरे में चारपाई पर पड़ी हुई थी। उसके क़ानों में रानी

के अंतिम शब्द गूँज रहे थे—क्या यही सत्य की मीमांसा है ? वह अपने को इस समय इतनी नीच समझ रही थी कि घर का मेहतर भी उसे गालियाँ देता, तो शायद सिर न उठाती। वह वासना के हाथों में इतनी परास्त हो चुकी थी कि अब उसे अपने सँभलने की कोई आश न दिखायी देती थी। उसे भय होता था कि मेरा मन मुझको वह सब कुछ करा सकता है, जिसकी कल्पना-मात्र से मनुष्य का सिर लज्जा से झुक जाता है। मैं दूसरों पर कितना हँसती थी, अपनी धार्मिक प्रवृत्ति पर कितना अभिमान करती थी, मैं पुनर्जन्म और मुक्ति, पुरुष और प्रकृति जैसे गहन विषयों पर विचार करती थी, और दूसरों को इच्छा तथा स्वार्थ का दास समझकर उनका अनादर करती थी। मैं समझती थी, परमात्मा के समीप पहुँच गयी हूँ, संसार की उपेक्षा करके अपने को जीवनमुक्त समझ रही थी; पर आज मेरी सद्‌भक्ति का परदाफ़ाश हो गया। आह! विनय को ये बातें मालूम होंगी, तो वह अपने मन में क्या समझेंगे ? कदाचित मैं उनकी निगाहों में इतनी गिर जाऊँगी कि वह मुझसे बोलना भी पसंद न करें। मैं अभागिनी हूँ, मैंने उन्हें बदनाम किया, अपने कुल को कलंकित किया, अपनी आत्मा की हत्या की, अपने आश्रयदाताओं की उदारता को कलुषित किया। मेरे कारण धर्म भी बदनाम हो गया, नहीं तो क्या आज मुझसे यह पूछा जाता—क्या यही सत्य की मीमांसा है ?

उसने सिरहाने की ओर देखा। अलमारियों पर धर्म-ग्रन्थ सजे हुए रखे थे। उन ग्रन्थों की ओर ताकने की उसकी हिम्मत न पड़ी। यही मेरे स्वाध्याय का फल है ! मैं सत्य की मीमांसा करने चली थी और इस बुरी तरह गिरी कि अब उठना कठिन है !

सामने दीवार पर बुद्ध भगवान् का चित्र लटक रहा था। उनके मुख पर कितना तेज़ था। सोफ़िया की आँखें झुक गयीं। उनकी ओर ताकते हुए उसे लज्जा आती थी। बुद्ध के अमरत्व का उसे कभी इतना पूर्ण विश्वास न हुआ था। अन्धकार में लकड़ी का कुंदा भी सजीव हो जाता है। सोफ़ी के हृदय पर ऐसा ही अन्धकार छाया हुआ था।

अभी नौ बजे का समय था, पर सोफ़िया को भ्रम हो रहा था कि संध्या हो रही है। वह सोचती थी—क्या मैं सारे दिन सोती रह गयी, किसी ने मुझे जगाया भी नहीं ! कोई क्यों जगाने लगा ? यहाँ अब मेरी परवा किसे है, और क्यों हो ! मैं कुलक्षणा हूँ, मेरी ज़ात से किसी का उपकार न होगा, जहाँ रहूँगी, वहीं आग लगाऊँगी। मैंने बुरी साइत में इस घर में पाँव रखे थे। मेरे हाथों यह घर वीरान हो जायगा, मैं विनय को अपने साथ डुबो दूँगी, माता का शाप अवश्य पड़ेगा। भगवन्, आज मेरे मन में ऐसे विचार क्यों आ रहे हैं ?

सहसा मिसेज़ सेवक कमरे में दाख़िल हुईं। उन्हें देखते ही सोफ़िया को अपने हृदय में एक जलोद्‌गार-सा उठता हुआ जान पड़ा। वह दौड़कर माता के गले से लिपट गयी। यहीं अब उसका अंतिम आश्रय था। यहीं अब उसे वह सहानुभूति मिल सकती थी, जिसके बिना उसका जीना दूभर था; यहीं अब उसे वह विश्राम, वह शांति, वह छाया मिल सकती थी, जिसके लिए उसकी संतप्त आत्मा तड़प रही थी। माता की गोद के सिवा यह सुख-स्वर्ग और कहाँ है ? माता के सिवा कौन उसे छाती से लगा सकता है, कौन उसके दिल पर मरहम रख सकता है ? माँ के कटु शब्द और उसका निष्ठुर व्यवहार, सब कुछ इस सुख-लालसा के आवेग में विलुप्त हो गया। उसे ऐसा जान पड़ा, ईश्वर ने मेरी दीनता पर तरस खाकर मामा को यहाँ भेजा है। माता

की गोद में अपना व्यथित मस्तक रखकर एक बार फिर उसे उस बल और धैर्य का अनुभव हुआ, जिसकी याद अभी तक दिल से न मिटी थी। वह फूट-फूट कर रोने लगी। लेकिन माता की आँखों में आँसू न थे। वह तो मिस्टर क्लार्क के निमन्त्रण का सुख-सम्वाद सुनाने के लिए अधीर हो रही थीं। ज्यों ही सोफ़िया के आँसू थमे, मिसेज़ सेवक ने कहा—आज तुम्हें मेरे साथ चलना होगा। मिस्टर क्लार्क ने तुम्हें अपने यहाँ निमन्त्रित किया है।

सोफ़िया ने कुछ उत्तर न दिया। उसे माता की यह बात भद्दी मालूम हुई।

मिसेज़ सेवक ने फिर कहा—जब से तुम यहाँ आयी हो, वह कई बार तुम्हारा कुशल-समाचार पूछ चुके हैं। जब मिलते हैं, तुम्हारी चर्चा ज़रूर करते हैं। ऐसा सज्जन सिविलियन मैंने नहीं देखा। उनका विवाह किसी अँगरेज़ के ख़ानदान में हो सकता है, और यह तुम्हारा सौभाग्य है कि वह अभी तक तुम्हें याद करते हैं।

सोफ़िया ने घृणा से मुँह फेर लिया। माता की सम्मान-लोलुपता असह्य थी। न मुहब्बत की बातें हैं, न आश्वासन के शब्द, न ममता के उद्‍गार। कदाचित प्रभु मसीह ने भी निमंत्रित किया होता, तो वह इतनी प्रसन्न न होतीं।

मिसेज़ सेवक बोलीं—अब तुम्हें इनकार न करना चाहिए। विलंब से प्रेम ठंडा हो जाता है और फिर उस पर कोई चोट नहीं पड़ सकती। ऐसा स्वर्ण-सुयोग फिर न हाथ आयेगा। एक विद्वान ने कहा है—प्रत्येक प्राणी को जीवन में केवल एक बार अपने भाग्य की परीक्षा का अवसर मिलता है, और वही भविष्य का निर्णय कर देता है। तुम्हारे जीवन में यह वही अवसर है। इसे छोड़ दिया, तो फिर हमेशा पछताओगी।

सोफ़िया ने व्यथित होकर कहा—अगर मिस्टर क्लार्क ने मुझे निमंत्रित न किया होता, तो शायद आप मुझे याद भी न करतीं ?

मिसेज़ सेवक ने अवरुद्ध कंठ से कहा—मेरे मन में जो कुछ है, वह तो ईश्वर ही जानता है; पर ऐसा कोई दिन नहीं जाता कि मैं तुम्हारे और प्रभु के लिए ईश्वर से प्रार्थना न करती होऊँ। यह उन्हीं प्रार्थनाओं का शुभ फल है कि तुम्हें यह अवसर मिला है।

यह कहकर मिसेज़ सेवक ज़ाह्नवी से मिलने गयीं। रानी ने उनका विशेष आदर न किया। अपनी जगह पर बैठे-बैठे बोलीं—आपके दर्शन तो बहुत दिनों के बाद हुए।

मिसेज़ सेवक ने सूखी हँसी हँसकर कहा—अभी मेरी वापसी की मुलाक़ात आपके ज़िम्मे बाकी है।

रानी—आप मुझसे मिलने आयीं ही कब ? पहले भी सोफ़िया से मिलने आयी थीं, और आज भी। मैं तो आज आपको एक ख़त लिखने वाली थी, अगर बुरा न मानिए, तो एक बात पूछूँ?

मिसेज़ सेवक—पूछिए, बुरा क्यों मानूँगी।

रानी—मिस सोफ़िया की उम्र तो ज़्यादा हो गयी, आपने उसकी शादी की कोई फ़िक्र की या नहीं ? अब तो उसका जितनी जल्द विवाह हो जाय, उतना ही अच्छा। आप लोगों में लड़कियाँ बहुत सयानी होने पर ब्याही जाती हैं।

मिसेज़ सेवक—इसकी शादी कब की हो गयी होती, कई अँगरेज़ बेतरह पीछे पड़े, लेकिन यह राज़ी ही नहीं होती। इसे धर्म-ग्रन्थों से इतनी रुचि है कि विवाह को जंजाल समझती है।

आजकल ज़िलाधीश मिस्टर क्लार्क के पैग़ाम आ रहे हैं। देखूँ, अब भी राज़ी होती है या नहीं। आज मैं उसे ले जाने ही के इरादे से आयी हूँ। मैं हिन्दुस्तानी ईसाइयों से नाते नहीं जोड़ना चाहती। उनका रहन-सहन मुझे पसन्द नहीं है, और सोफ़ी जैसी सुशिक्षिता लड़की के लिए कोई अँगरेज़ पति मिलने में कोई कठिनाई नहीं हो सकती।

जाह्नवी—मेरे विचार मे विवाह सदैव अपने स्वजातियों में करना चाहिए। योरपियन लोग हिन्दुस्तानी ईसाइयों का बहुत आदर नहीं करते, और अनमेल विवाहों का परिणाम अच्छा नहीं होता।

मिसेज़ सेवक—(गर्व के साथ) ऐसा कोई योरपियन नहीं है, जो मेरे ख़ानदान में विवाह करना मर्यादा के विरुद्ध समझे। हम और वे एक हैं। हम और वे एक ही खुदा को मानते हैं, एक ही गिरजा में प्रार्थना करते हैं और एक ही नबी के अनुचर हैं। हमारा और उनका रहन-सहन, खान-पीन, रीति-व्यवहार एक है। यहाँ अँगरेज़ों के समाज में, क्लब में, दावतों में हमारा एक-सा सम्मान होता है। अभी तीन-चार दिन हुए, लड़कियों को इनाम देने का जलसा था। मिस्टर क्लार्क ने खुद मुझे उस जलसे का प्रधान बनाया और मैंने ही इनाम बाँटे। किसी हिन्दू या मुसलमान लेडी को यह सम्मान न प्राप्त हो सकता था।

रानी—हिन्दू या मुसलमान, जिन्हें कुछ भी अपने जातीय गौरव का ख़याल है, अँगरेज़ों के साथ मिलना-जुलना अपने लिए सम्मान की बात नहीं समझते। यहाँ तक कि हिन्दुओं में जो लोग अँगरेज़ों से खान-पान रखते हैं, उन्हें लोग अपमान की दृष्टि से देखते हैं, शादी-विवाह का तो कहना ही क्या ! राजनीतिक प्रभुत्व की बात और है। डाकुओं का एक दल विद्वानों की एक सभा को बहुत आसानी से परास्त कर सकता है। लेकिन इससे विद्वानों का महत्त्व कुछ कम नहीं होता। प्रत्येक हिन्दू जानता है कि मसीह बौद्ध काल में यहाँ आये थे, यहीं उनकी शिक्षा हुई थी और जो ज्ञान उन्होंने यहाँ प्राप्त किया, उसी का पश्चिम में प्रचार किया। फिर कैसे हो सकता है कि हिन्दू अँगरेज़ों को श्रेष्ठ समझें ?

दोनों महिलाओं में इसी तरह नोक-झोंक होती रही। दोनों एक दूसरे को नीचा दिखाना चाहती थीं; दोनों एक दूसरे के मनोभावों को समझती थीं। कृतज्ञता या धन्यवाद के शब्द किसी के मुँह से न निकले। यहाँ तक कि जब मिसेज़ सेवक विदा होने लगीं, तो रानी जाह्नवी उनको पहुँचाने के लिए कमरे के द्वार तक भी न आईं। अपनी जगह पर बैठे-बैठे हाथ बढ़ा दिया और अभी मिसेज़ सेवक कमरे ही में थीं कि अपना समाचार-पत्र पढ़ने लगीं।

मिसेज़ सेवक सोफ़िया के पास आयीं, तो वह तैयार थी। किताबों के गट्ठर बँधे हुए थे। कई दासियाँ इधर-उधर इनाम के लालच में खड़ी थीं। मन में प्रसन्न थीं, किसी तरह यह बला टली। सोफ़िया बहुत उदास थी। इस घर को छोड़ते हुए उसे दुःख हो रहा था। उसे अपने उद्दिष्ट स्थान का पता न था। उसे कुछ न मालूम था कि तक़दीर कहाँ ले जायेगी, क्या-क्या विपत्तियाँ झेलनी पड़ेंगी, जीवन-नौका किस घाट लगेगी। उसे ऐसा मालूम हो रहा था कि विनयसिंह से फिर मुलाक़ात न होगी, उनसे सदा के लिए बिछुड़ रही हूँ। रानी की अपमान-भरी बातें, उनकी भर्त्सना और अपनी भ्रांति सब कुछ भूल गयी। हृदय के एक-एक तार से यही ध्वनि निकल रही थी—अब विनय से फिर भेंट न होगी।

मिसेज़ सेवक बोलीं—कुँवर साहब से भी मिल लूँ।

सोफ़िया डर रही थी कि कहीं मामा को रात की घटना की खबर न मिल जाय, कुँवर साहब कहीं दिल्लगी-ही-दिल्लगी में कह न डालें। बोली—उनसे मिलने में देर होगी, फिर मिल लीजिएगा।

मिसेज सेवक—फिर किसे इतनी फुरसत है!

दोनों कुँवर साहब के दीवानख़ाने में पहुँचीं। यहाँ इस वक़्त स्वयंसेवकों की भीड़ लगी हुई थी। गढ़वाल प्रांत में दुर्भिक्ष का प्रकोप था। न अन्न था, न जल। जानवर मरे जाते थे, पर मनुष्यों को मौत भी न आती थी; एड़ियाँ रगड़ते थे, सिसकते थे। यहाँ से पचास स्वयंसेवकों का एक दल, पीड़ितों का कष्ट निवारण करने के लिए जाने वाला था। कुँवर साहब इस वक़्त उन लोगों को छाँट रहे थे; उन्हें ज़रूरी बातें समझा रहे थे। डाक्टर गांगुली ने इस वृद्धावस्था में भी इस दल का नेतृत्व स्वीकार कर लिया था। दोनों आदमी इतने व्यस्त थे कि मिसेज़ सेवक की ओर किसी ने ध्यान न दिया। आख़िर वह स्वयं बोलीं—डॉक्टर साहब, आपका कब जाने का विचार है ?

कुँवर साहब ने मिसेज़ सेवक की तरफ़ देखा और बड़े तपाक़ से आगे बढ़कर हाथ मिलाया, कुशल-समाचार पूछा और ले जाकर एक कुर्सी पर बैठा दिया। सोफ़िया माँ के पीछे जाकर खड़ी हो गयी।

कुँवर साहब—ये लोग गढ़वाल जा रहे हैं। आपने पत्रों में देखा होगा, वहाँ लोगों पर कितना घोर संकट पड़ा हुआ है।

मिसेज़ सेवक—खुदा इन लोगों का उद्योग सफल करे। इनके त्याग की जितनी प्रशंसा की जाय, कम है। मैं देखती हूँ, यहाँ इनकी ख़ासी तादाद है।

कुँवर साहब—मुझे इतनी आशा न थी, विनय की बातों पर विश्वास न होता था, सोचता था, इतने वालंटियर कहाँ मिलेंगे। सभी को नवयुवकों के निरुत्साह का रोना रोते हुए देखता था, इनमें जोश नहीं है, त्याग नहीं है, जान नहीं है, सब अपने स्वार्थ-चिंतन में मतवाले हो रहे हैं। कितनी ही सेवा-समितियाँ स्थापित हुईं पर एक भी पनप न सकी। लेकिन अब मुझे अनुभव हो रहा है कि लोगों को हमारे नवयुवकों के विषय में कितना भ्रम हुआ था। अब तक तीन सौ नाम दर्ज हो चुके हैं। कुछ लोगों ने आजीवन सेवा-धर्म पालन करने का व्रत लिया है। इनमें कई आदमी तो हज़ारों रुपये माहवार की आय पर लात मारकर आये हैं। इन लोगों का सत्साहस देखकर मैं बहुत आशावादी हो गया हूँ।

मिसेज़ सेवक—मिस्टर क्लार्क कल आपकी बहुत प्रशंसा कर रहे थे। ईश्वर ने चाहा, तो आप शीघ्र ही सी. आई. ई. होंगे और मुझे आपको बधाई देने का अवसर मिलेगा।

कुँवर साहब—(लजाते हुए) मैं इस सम्मान के योग्य नहीं हूँ। मिस्टर क्लार्क मुझे इस योग्य समझते हैं, तो वह उनकी कृपा दृष्टि है। मिस सेवक, तैयार रहना, कल तीन बजे के मेल से ये लोग सिधारेंगे। प्रभु ने भी आने का वादा किया है।

मिसेज़ सेवक—सोफ़ी तो आज घर जा रही है (मुसकराकर) शायद आपको जल्द ही इसका कन्यादान देना पड़े। (धीरे से) मिस्टर क्लार्क जाल फैला रहे हैं।

सोफ़िया शर्म से गड़ गयी। उसे अपनी माता के ओछेपन पर क्रोध आ रहा था—इन सब

बातों का ढिंढोरा पीटने की क्या ज़रूरत है ? क्या यह समझती हैं कि मि. क्लार्क का नाम लेने से कुँवर साहब रोब में आ जायँगे ?

कुँवर साहब—बड़ी खुशी की बात है। सोफ़ी, देखो, हम लोगों को और विशेषतः अपने ग़रीब भाइयों को न भूल न जाना। तुम्हें परमात्मा ने जितनी सहृदयता प्रदान की है, वैसा ही अच्छा अवसर भी मिल रहा है। हमारी शुभेच्छाएँ सदैव तुम्हारे साथ रहेंगी। तुम्हारे एहसान से हमारी गरदन सदा दबी रहेगी। कभी-कभी हम लोगों को याद करती रहना। मुझे पहले न मालूम था, नहीं तो आज इन्दु को अवश्य बुला भेजता। ख़ैर, देश की दशा तुम्हें मालूम है। मिस्टर क्लार्क बहुत ही होनहार आदमी हैं। एक दिन ज़रूर यह इस देश के किसी प्रांत के विधाता होंगे। मैं विश्वास के साथ यह भविष्यवाणी कर सकता हूँ। उस वक़्त तुम अपने प्रभाव, योग्यता और अधिकार से देश को बहुत कुछ लाभ पहुँचा सकोगी। तुमने अपने स्वदेशवासियों की दशा देखी है, उनकी दरिद्रता का तुम्हें पूर्ण अनुभव है। इस अनुभव का उनकी सेवा और सुधार में सद्व्यय करना।

सोफ़िया मारे शर्म के कुछ बोल न सकी। उसकी माँ ने कहा—आप रानीजी को ज़रूर साथ लाइएगा। मैं कार्ड भेजूँगी।

कुँवर साहब—नहीं मिसेज़ सेवक, मुझे क्षमा कीजिएगा। मुझे खेद है कि मैं उस उत्सव में सम्मिलित न हो सकूँगा। मैंने व्रत कर लिया है कि राज्याधिकारियों से कोई संपर्क न रखूँगा। हाकिमों की कृपा-दृष्टि, ज्ञात या अज्ञात रूप से, हम लोगों को आत्मसेवी और निरंकुश बना देती है। मैं अपने को इस परीक्षा में नहीं डालना चाहता; क्योंकि मुझे अपने ऊपर विश्वास नहीं है। मैं अपनी जाति में राजा और प्रजा तथा छोटे और बड़े का विभेद नहीं करना चाहता। हम सब प्रजा हैं, राजा है वह भी प्रजा है, रंक है वह भी प्रजा है। झूठे अधिकार के गर्व से अपने सिर को नहीं फिराना चाहता।

मिसेज़ सेवक—खुदा ने आपको राजा बनाया है। राजों ही के साथ तो राजा का मेल हो सकता है। अँगरेज़ लोग बाबुओं को मुँह नहीं लगाते, क्योंकि इससे यहाँ के राजों का अपमान होता है।

डॉ. गांगुली—मिसेज़ सेवक, यह बहुत दिनों तक राजा रह चुका है, अब इसका जी भर गया है। मैं इसका बचपन का साथी हूँ। हम दोनों साथ-साथ पढ़ते थे। देखने में यह मुझसे छोटा मालूम होता हैं, पर कई साल बड़ा है।

मिसेज़ सेवक— (हँसकर) डॉक्टर के लिए यह तो कोई गर्व की बात नहीं है।

डॉ. गांगुली—हम दूसरों का दवा करना जानता है, अपना दवा करना नहीं जानता। कुँवर साहब उसी बखत से Pessimist है। उसी Pessimism ने इसकी शिक्षा में बाधा डाली। अब भी इसका वही हाल है। हाँ, अब थोड़ा फेरफार हो गया है। पहले कर्म से भी निराशावादी था और वचन से भी। अब इसके वचन और कर्म में सादृश्य नहीं है। वचन से तो अब भी pessimist है; पर काम वह करता है, जिसे कोई पक्का Optimist ही कर सकता है।

कुँवर साहब—गांगुली, तुम मेरे साथ अन्याय कर रहे हो। मुझमें आशावादिता के गुण ही नहीं हैं। आशावादी परमात्मा का भक्त होता है, पक्का ज्ञानी, पूर्ण ऋषि। उसे चारों ओर परमात्मा

की ही ज्योति दिखायी देती है। इसी से उसे भविष्य पर अविश्वास नहीं होता। मैं आदि से भोग-विलास का दास रहा हूँ; वह दिव्य ज्ञान न प्राप्त कर सका, जो आशावादिता की कुंजी है। मेरे लिए Pessimism के सिवा और कोई मार्ग नहीं है। मिसेज़ सेवक, डॉक्टर महोदय के जीवन का सार है—आत्मोत्सर्ग। इन पर जितनी विपत्तियाँ पड़ीं, वे किसी ऋषि को भी नास्तिक बना देतीं। जिस प्राणी के सात बेटे जवान हो-होकर दग़ा दे जायँ, पर वह अपने कर्त्तव्य-मार्ग से ज़रा भी विचलित न हो, ऐसा उदाहरण बिरला ही कहीं मिलेगा। इनकी हिम्मत तो टूटना जानती ही नहीं, आपदाओं की चोटें इन्हें और भी ठोस बना देती हैं। मैं साहसहीन, पौरुषहीन प्राणी हूँ। मुझे यक़ीन नहीं आता कि कोई शासक जाति शासितों के साथ न्याय और साम्य का व्यवहार कर सकती है। मानव-चरित्र को मैं किसी देश में, किसी काल में, इतना निष्काम नहीं पाता। जिस राष्ट्र ने एक बार अपनी स्वाधीनता खो दी, वह फिर उस पद को नहीं पा सकता। दासता ही उसकी तक़दीर हो जाती है। किन्तु हमारे डॉक्टर बाबू मानव-चरित्र को इतना स्वार्थी नहीं समझते। इनका मत है कि हिंसक पशुओं के हृदय में भी अनंत ज्योति की किरणें विद्यमान रहती हैं, केवल परदे को हटाने की ज़रूरत है। मैं अँगरेज़ों की तरफ़ से निराश हो गया हूँ, इन्हें विश्वास है कि भारत का उद्धार अँगरेज़-जाति ही के द्वारा होगा।

मिसेज़ सेवक—(रुखाई से) तो क्या आप यह नहीं मानते कि अँगरेज़ों ने भारत के लिए जो कुछ किया है, वह शायद ही किसी जाति ने किसी जाति या देश के साथ किया हो ?

कुँवर साहब—नहीं, मैं नहीं यह मानता।

मिसेज़ सेवक—(आश्चर्य से) शिक्षा का इतना प्रचार और भी किसी काल में हुआ था ?

कुँवर साहब—मैं उसे शिक्षा ही नहीं कहता, जो मनुष्य को स्वार्थ का पुतला बना दे।

मिसेज़ सेवक—रेल, तार, जहाज, डाक, ये सब विभूतियाँ अँगरेज़ों ही के साथ आयीं !

कुँवर साहब—अँगरेज़ों के बग़ैर भी आ सकती थीं, और अगर आयी भी हैं तो अधिकतर अँगरेज़ों ही के लाभ के लिए।

मिसेज़ सेवक—ऐसा न्याय-विधान पहले कभी न था।

कुँवर साहब—ठीक है, ऐसा न्याय-विधान कहाँ था, जो अन्याय को न्याय और असत्य को सत्य सिद्ध कर दे ! यह न्याय नहीं, न्याय का गोरखधंधा है।

सहसा रानी जाह्नवी कमरे में आयीं। सोफ़िया का चेहरा उन्हें देखते ही सूख गया। वह कमरे के बाहर निकल आयी, रानी के सामने खड़ी न रह सकी। मिसेज़ सेवक को भी शंका हुई कि कहीं चलते-चलते रानी से फिर न विवाद हो जाय। वह भी बाहर चली आयीं। कुँवर साहब ने दोनों को फ़िटन पर सवार कराया। सोफ़िया ने सजल नेत्रों से कर जोड़कर कुँवरजी को प्रणाम किया। फ़िटन चली। आकाश पर काली घटा छायी हुई थी, फ़िटन सड़क पर तेज़ी से दौड़ी चली जाती थी और सोफ़िया बैठी रो रही थी। उसकी दशा उस बालक की-सी थी, जो रोटी खाता हुआ मिठाई वाले की आवाज़ सुनकर उसके पीछे दौड़े, ठोकर खाकर गिर पड़े, पैसा हाथ से निकल जाय और वह रोता हुआ घर लौट आवे।

पंद्रह

राजा महेन्द्रकुमार सिंह यद्यपि सिद्धांत के विषय में अधिकारियों से जौ-भर भी न दबते थे; पर गौण विषयों में वह अनायास उनसे विरोध करना व्यर्थ ही नहीं, जाति के लिए अनुपयुक्त भी समझते थे। उन्हें शांत नीति पर जितना विश्वास था, उतना उग्र नीति पर न था, विशेषतः इसलिए कि वह वर्तमान परिस्थिति में जो कुछ सेवा कर सकते थे, वह शासकों के विश्वासपात्र होकर ही कर सकते थे। अतएव कभी-कभी उन्हें विवश होकर ऐसी नीति का अवलंबन करना पड़ता था, जिससे उग्र नीति के अनुयायियों को उन पर उँगली उठाने का अवसर मिलता था। उनमें यदि कोई कमज़ोरी थी, तो यह कि वह सम्मान-लोलुप मनुष्य थे; और ऐसे अन्य मनुष्यों की भाँति वह बहुधा औचित्य की दृष्टि से नहीं, ख्यातिलाभ की दृष्टि से अपने आचरण का निश्चय करते थे। पहले उन्होंने न्याय-पक्ष लेकर जॉन सेवक को सूरदास की ज़मीन दिलाने से इनकार कर दिया था; पर अब उन्हें इसके विरुद्ध आचरण करने के लिए बाध्य होना पड़ रहा था। अपने सहवर्गियों को समझाने के लिए तो पाँड़ेपुर वालों का ताहिरअली के घर में घुसने पर उद्यत होना ही काफ़ी था; पर यथार्थ में जॉन सेवक और मिस्टर क्लार्क की पारस्परिक मैत्री ने ही उन्हें अपना फ़ैसला पलट देने को प्रेरित किया था। पर अभी तक उन्होंने बोर्ड में इस प्रस्ताव को उपस्थित न किया था। यह शंका होती थी कि कहीं लोग मुझे एक धनी व्यापारी के साथ पक्षपात करने का दोषी न ठहराने लगें। उनकी आदत थी कि बोर्ड में प्रस्ताव रखने से पहले वह इन्दु से, और इन्दु न होती, तो अपने किसी इष्ट-मित्र से परामर्श कर लिया करते थे; उनके सामने अपना पक्ष-समर्थन करके, उनकी शंकाओं का समाधान करने का प्रयास करके, अपना इतमीनान कर लेते थे। यद्यपि उनके निश्चय में इस तर्कयुद्ध से कोई अन्तर न पड़ता, वह अपने पक्ष पर स्थिर रहते; पर घंटे-दो घंटे विचार-विनिमय से उनको बड़ा आश्वासन मिलता था।

तीसरे पहर का समय था। समिति के सेवक गढ़वाल जाने के लिए स्टेशन पर जमा हो रहे थे। इन्दु ने गाड़ी तैयार करने का हुक्म दिया। यद्यपि बादल घिरा हुआ था और प्रतिक्षण गगन श्याम वर्ण हुआ जाता था, किन्तु सेवकों को विदा करने के लिए स्टेशन पर जाना ज़रूरी था। जाह्नवी ने उसे बहुत आग्रह करके बुलाया था। वह जाने को तैयार ही थी कि राजा साहब अंदर आये और इंदु को कहीं जाने को तैयार देखकर बोले—कहाँ जाती हो, बादल घिरा हुआ है।

इंदु—समिति के लोग गढ़वाल जा रहे हैं। उन्हें बिदा करने स्टेशन जा रही हूँ। अम्माँजी ने बुलाया भी है।

राजा—पानी अवश्य बरसेगा।

इंदु—परदा डाल दूँगी; और भीग भी गयी, तो क्या ? आख़िर वे भी तो आदमी ही हैं, जो लोक-सेवा के लिए इतनी दूर जा रहे हैं।

राजा—न जाओ, तो कोई हरज है ? स्टेशन पर भीड़ बहुत होगी।

इंदु—हरज क्या होगा, मैं जाऊँ या न जाऊँ; वे लोग तो जायँगे ही, पर दिल नहीं मानता। वे लोग घर-बार छोड़कर जा रहे हैं, न जाने क्या-क्या कष्ट उठायँगे, न जाने कब लौटेंगे, मुझसे

इतना भी न हो कि उन्हें विदा कर आऊँ ? आप भी क्यों नहीं चलते ?

राजा—(विस्मित होकर) मैं ?

इंदु—हाँ-हाँ, आपके जाने में कोई हरज़ है ?

राजा—मैं ऐसी संस्थाओं में सम्मिलित नहीं होता !

इंदु—कैसी संस्थाओं में ?

राजा—ऐसी ही संस्थाओं में !

इंदु—क्या सेवा-समितियों से सहानुभूति रखना भी आपत्तिजनक है ? मैं तो समझती हूँ, ऐसे शुभ कार्यों में भाग लेना किसी के लिए भी लज्जा या आपत्ति की बात नहीं हो सकती।

राजा—तुम्हारी समझ में और मेरी समझ में बड़ा अन्तर है। यदि मैं बोर्ड का प्रधान न होता, यदि मैं शासन का एक अंग न होता, अगर मैं एक रियासत का स्वामी न होता, तो स्वच्छन्दता से प्रत्येक सार्वजनिक कार्य में भाग लेता। वर्तमान स्थिति में मेरा किसी संस्था में भाग लेना इस बात का प्रमाण समझा जायगा कि राज्याधिकारियों को उससे सहानुभूति है। मैं यह भ्रान्ति नहीं फैलाना चाहता। सेवा समिति युवकों का दल है, और यद्यपि इस समय उसने सेवा का आदर्श अपने सामने रखा है और वह सेवापथ पर ही चलने की इच्छा रखती है; पर अनुभव ने सिद्ध कर दिया है कि सेवा और उपकार बहुधा ऐसे रूप धारण कर लेते हैं, जिन्हें कोई शासन स्वीकार नहीं कर सकता और प्रत्यक्ष या अप्रत्यक्ष रूप से उसे उसका मूलोच्छेद करने के प्रयत्न करने पड़ते हैं। मैं इतना बड़ा उत्तरदायित्व अपने सिर नहीं लेना चाहता।

इंदु—तो आप इस पद को त्याग क्यों नहीं देते ? अपनी स्वाधीनता का क्यों बलिदान करते हैं?

राजा—केवल इसलिए कि मुझे विश्वास है कि नगर का प्रबन्ध जितनी सुन्दरता से मैं कर सकता हूँ, और कोई नहीं कर सकता। नगरसेवा का ऐसा अच्छा और दुर्लभ अवसर पाकर मैं अपनी स्वच्छन्दता की ज़रा भी परवा नहीं करता। मैं एक राज्य का अधीश हूँ और स्वभावतः मेरी सहानुभूति सरकार के साथ है। जनवाद और साम्यवाद को सम्पत्ति से वैर है। मैं उस समय तक साम्यवादियों का साथ न दूँगा, जब तक मन में यह निश्चय न कर लूँ कि अपनी सम्पत्ति त्याग दूँगा। मैं वचन से साम्यवाद का अनुयायी बनकर कर्म से उसका विरोधी नहीं बनना चाहता। कर्म और वचन में इतना घोर विरोध मेरे लिए असह्य है। मैं उन लोगों को धूर्त और पाखंडी समझता हूँ, जो अपनी सम्पत्ति को भोगते हुए साम्य की दुहाई देते फिरते हैं। मेरी समझ में नहीं आता कि साम्यदेव के पुजारी बनकर वह किस मुँह से विशाल प्रासादों में रहते हैं, मोटर-बोटों में जल-क्रीड़ा करते हैं और संसार के सुखों का दिल खोलकर उपभोग करते हैं। अपने कमरे से फ़र्श हटा देना और सादे वस्त्र पहन लेना ही साम्यवाद नहीं है। यह निर्लज्ज धूर्तता है, खुला हुआ पाखंड है। अपनी भोजनशाला के बचे-खुचे टुकड़ों को ग़रीबों के सामने फेंक देना साम्यवाद को मुँह चिढ़ाना, उसे बदनाम करना है।

यह कटाक्ष कुँवर साहब पर था। इंदु समझ गयी। त्योरियाँ बदल गयीं, किन्तु उसने ज़ब्त किया और इस अप्रिय प्रसंग को समाप्त करने के लिए बोली—मुझे देर हो रही है, तीन बजने वाले हैं, साढ़े तीन पर गाड़ी छूटती है, अम्माँजी से मुलाक़ात हो जायगी, विनय का कुशल-समाचार भी मिल जायगा। एक पंथ दो काज होगा।

राजा साहब—जिन कारणों से मेरा जाना अनुचित है, उन्हीं कारणों से तुम्हारा जाना भी अनुचित है। तुम जाओ या मैं जाऊँ, एक ही बात है।

इंदु उसी पाँव अपने कमरे में लौट आयी और सोचने लगी—यह अन्याय नहीं, तो और क्या है ? घोर अत्याचार ! कहने को तो मैं रानी हूँ, लेकिन इतना अख्तियार भी नहीं कि घर से बाहर जा सकूँ। मुझसे तो लौंडियाँ ही अच्छी हैं। चित्त बहुत खिन्न हुआ, आँखें सजल हो गयीं। घंटी बजायी और लौंडी से कहा—गाड़ी खुलवा दो, मैं स्टेशन न जाऊँगी।

महेन्द्रकुमार भी उसके पीछे-पीछे कमरे में जाकर बोले—कहीं सैर क्यों नहीं कर आतीं ?

इंदु—नहीं, बादल घिरा हुआ है, भीग जाऊँगी।

राजा साहब—क्या नाराज़ हो गयीं ?

इंदु—नाराज़ क्यों हूँ ? आपके हुक्म की लौंडी हूँ। आपने कहा, मत जाओ, न जाऊँगी।

राजा साहब—मैं तुम्हें विवश नहीं करना चाहता। यदि मेरी शंकाओं को जान लेने के बाद भी तुम्हें वहाँ जाने में कोई आपत्ति नहीं दिखलायी पड़ती, तो शौक़ से जाओ। मेरा उद्देश्य केवल तुम्हारी सद्बुद्धि को प्रेरित करना था। मैं न्याय के बल से रोकना चाहता हूँ, आज्ञा के बल से नहीं। बोलो, अगर तुम्हारे जाने से मेरी बदनामी हो, तो तुम जाना चाहोगी ?

यह चिड़िया के पर काटकर उसे उड़ाना था। इंदु ने उड़ने की चेष्टा ही न की। इस प्रश्न का केवल एक ही उत्तर हो सकता था—कदापि नहीं, यह मेरे धर्म के प्रतिकूल है। किंतु इंदु को अपनी परवशता इतनी अखर रही थी कि उसने इस प्रश्न को सुना ही नहीं, या सुना भी, तो उस पर ध्यान न दिया। उसे ऐसा जान पड़ा, यह मेरे जले पर नमक छिड़क रहे हैं। अम्माँ अपने मन में क्या कहेंगी ? मैंने बुलाया, और नहीं आयी ! क्या दौलत की हवा लगी ? कैसे क्षमा-याचना करूँ ? यदि लिखूँ, अस्वस्थ हूँ, तो वह एक क्षण में यहाँ आ पहुँचेंगी और मुझे लज्जित होना पड़ेगा। आह ! अब तक तो वहाँ पहुँच गयी होती। प्रभु सेवक ने बड़ी प्रभावशाली कविता लिखी होगी। दादाजी का उपदेश भी मार्के का होगा। एक-एक शब्द अनुराग और प्रेम में डूबा होगा। सेवक-दल वर्दी पहने कितना सुन्दर लगता होगा।

इन कल्पनाओं ने इंदु को इतना उत्सुक किया कि वह दुराग्रह करने को उद्यत हो गयी। मैं तो जाऊँगी। बदनामी नहीं, पत्थर होगी। ये सब मुझे रोक रखने के बहाने हैं। तुम डरते हो डरो, अपने कर्मों के फल भोगो; मैं क्यों डरूँ ? मन में यह निश्चय करके उसने निश्चयात्मक रूप से कहा—आपने मुझे जाने की आज्ञा दे दी है, मैं जाती हूँ।

राजा ने भग्न हृदय होकर कहा—तुम्हारी इच्छा, जाना चाहती हो, शौक़ से जाओ।

इंदु चली गयी, तो राजा साहब सोचने लगे—स्त्रियाँ कितनी निष्ठुर, कितनी स्वच्छंदताप्रिय, कितनी मानशील होती हैं ! चली जा रही है, मानो मैं कुछ हूँ ही नहीं। इसकी ज़रा भी चिंता नहीं कि हुक्काम के कानों तक यह बात पहुँचेगी तो वह मुझे क्या कहेंगे। समाचार-पत्रों के संवाददाता यह वृत्तांत अवश्य ही लिखेंगे, और उपस्थित महिलाओं में चतारी की रानी का नाम मोटे अक्षरों में लिखा हुआ नज़र आयेगा। मैं जानता कि इतना हठ करेगी, तो मना ही क्यों करता, खुद भी साथ जाता। एक तरफ़ बदनाम होता, तो दूसरी ओर बखान होता। अब तो दोनों ओर से गया। इधर भी बुरा बना, उधर भी बुरा बना। आज मालूम हुआ कि स्त्रियों के

सामने कोरी साफ़गोई नहीं चलती, वे लल्लो-चप्पो ही से राज़ी रहती हैं।

इंदु स्टेशन की तरफ़ चली; पर ज्यों-ज्यों आगे बढ़ती थी, उसका दिल एक बोझ से दबा जाता था। मैदान में जिसे हम विजय कहते हैं, घर में उसी का नाम अभिनयशीलता, निष्ठुरता और अभद्रता है। इंदु को इस विजय पर गर्व न था। अपने हठ का खेद था। सोचती जाती थी—वह मुझे अपने मन में कितनी अभिमानिनी समझ रहे होंगे। समझते होंगे, जब यह ज़रा-ज़रा-सी बातों में यों आँखें फेर लेती है, ज़रा-ज़रा-से मतभेद में यों लड़ने पर उतारू हो जाती है, तो किसी कठिन अवसर पर इससे सहानुभूति की क्या आशा की जा सकती है ! अम्माँजी यह हाल सुनेंगी, तो मुझी को बुरा कहेंगी। निस्संदेह मुझसे भूल हुई। लौट चलूँ और उनसे अपने अपराध क्षमा कराऊँ। मेरे सिर पर न जाने क्यों भूत सवार हो जाता है। अनायास ही उलझ पड़ी ! भगवान् मुझे कब इतनी बुद्धि होगी कि उनकी इच्छा के सामने सिर झुकाना सीखूँगी ?

इंदु ने बाहर की तरफ़ सिर निकालकर देखा, स्टेशन का सिगनल नज़र आ रहा था। नर-नारियों के समूह स्टेशन की ओर दौड़े चले जा रहे थे। सवारियों का ताँता लगा हुआ था। उसने कोचवान से कहा—गाड़ी फेर दो, मैं स्टेशन न जाऊँगी, घर की तरफ़ चलो।

कोचवान से कहा—सरकार अब तो आ गये; वह देखिए, कई आदमी मुझे इशारा कर रहे हैं कि घोड़ों को बढ़ाओ, गाड़ी पहचानते हैं।

इंदु—कुछ परवा नहीं, फ़ौरन घोड़े फेर दो।

कोचवान—क्या सरकार की तबियत कुछ ख़राब हो गयी क्या ?

इंदु—बक-बक मत करो, गाड़ी लौटा ले चलो।

कोचवान ने गाड़ी फेर दी। इंदु ने एक लंबी साँस ली और सोचने लगी—सब लोग मेरा इतज़ार कर रहे होंगे; गाड़ी देखते ही पहचान गये थे। अम्माँ कितनी खुश हुई होंगी; पर गाड़ी लौटते देखकर उन्हें और अन्य सब आदमियों को कितना विस्मय हुआ होगा ! कोचवान से कहा—ज़रा पीछे फिरकर देखो, कोई आ तो नहीं रहा है ?

कोचवान—हुजूर, कोई गाड़ी आ तो रही है।

इंदु—घोड़ों को तेज़ कर दो, चौगाम छोड़ दो।

कोचवान—हुजूर, गाड़ी नहीं, मोटर है, साफ़ मोटर है।

इंदु—घोड़ों को चाबुक लगाओ।

कोचवान—हुजूर, यह तो अपनी ही मोटर मालूम होती है, हींगनसिंह चला रहे हैं। खूब पहचान गया, अपनी ही मोटर है।

इंदु—पागल हो, अपनी मोटर यहाँ क्यों आने लगी ?

कोचवान—हुजूर, अपनी मोटर न हो, तो जो चोर की सज़ा, वह मेरी। साफ़ नज़र आ रही है, वही रंग है। ऐसी मोटर इस शहर में दूसरी है ही नहीं।

इंदु—ज़रा ग़ौर से देखो।

कोचवान—क्या देखूँ हुजूर, वह आ पहुँची, सरकार बैठे हैं।

इंदु—ख्वाब तो नहीं देख रहा है।

कोचवान—लीजिए, हुजूर, यह बराबर आ गयी।

इंदु ने घबराकर बाहर देखा, तो सचमुच अपनी ही मोटर थी। गाड़ी के बराबर आकर वह रुक गयी और राजा साहब उतर पड़े। कोचवान ने गाड़ी रोक दी। इंदु चकित होकर बोली—आप कब आ गये ?

राजा—तुम्हारे आने के पाँच मिनट बाद मैं भी चल पड़ा।

इंदु—रास्ते में तो कहीं नहीं दिखायी दिए !

राजा—लाइन की तरफ़ से आया हूँ। इधर की सड़क ख़राब है। मैंने समझा, ज़रा चक्कर तो पड़ेगा, मगर जल्द पहुँचूँगा। तुम स्टेशन के सामने से कैसे लौट आयीं ? क्या बात है ? तबियत तो अच्छी है ? मैं तो घबरा गया। आओ, मोटर पर बैठ जाओ। स्टेशन पर गाड़ी आ गयी है, दस मिनट में छूट जायगी। लोग उत्सुक हो रहे हैं।

इंदु—अब मैं न जाऊँगी। आप तो पहुँच ही गये थे।

राजा—तुम्हें चलना पड़ेगा।

इंदु—मुझे मजबूर न कीजिए, मैं न जाऊँगी।

राजा—पहले तो तुम यहाँ आने के लिए इतनी उत्सुक थीं, अब क्यों इनकार कर रही हो ?

इंदु—आपकी इच्छा के विरुद्ध आयी थी। आपने मेरे कारण अपने नियम का उल्लंघन किया है, तो मैं किस मुँह से वहाँ जा सकती हूँ ? आपने मुझे सदा के लिए शालीनता का सबक़ दे दिया।

राजा—मैं उन लोगों से तुम्हें लाने का वादा कर आया हूँ। तुम न चलोगी, तो मुझे कितना लज्जित होना पड़ेगा।

इंदु—आप व्यर्थ इतना आग्रह कर रहे हैं। आपको मुझसे नाराज़ होने का यह अंतिम अवसर था। अब फिर इतना दुस्साहस न करूँगी।

राजा—एंजिन सीटी दे रहा है।

इंदु—ईश्वर के लिए मुझे जाने दीजिये।

राजा ने निराश होकर कहा—जैसी तुम्हारी इच्छा ! मालूम होता है, हमारे और तुम्हारे ग्रहों में कोई मौलिक विरोध है, जो पग-पग पर अपना फल दिखाता रहता है।

यह कहकर वह मोटर पर सवार हो गये, और बड़े वेग से स्टेशन की तरफ़ चले। बग्घी भी आगे बढ़ी। कोचवान ने पूछा—हुजूर गयीं क्यों नहीं ? सरकार बुरा मान गये।

इंदु ने इसका कुछ जवाब न दिया। वह सोच रही थी—क्या मुझसे फिर भूल हुई ? क्या मेरा जाना उचित था ? क्या वह शुद्ध हृदय से मेरे जाने के लिए आग्रह कर रहे थे या एक थप्पड़ लगाकर दूसरा थप्पड़ लगाना चाहते थे ? ईश्वर ही जानें। वही अन्तर्यामी हैं, मैं किसी के दिल की बात क्या जानूँ !

गाड़ी धीरे-धीरे आगे बढ़ती जाती थी। आकाश पर छाये हुए बादल फटते जाते थे; पर इंदु के हृदय पर छायी हुई घटा प्रतिक्षण और भी घनी होती जाती थी—आह ! क्या वस्तुतः हमारे ग्रहों में कोई मौलिक विरोध है, जो पग-पग पर मेरी आकांक्षाओं को दलित करता रहता है ? मैं कितना चाहती हूँ कि उनकी इच्छा के विरुद्ध एक क़दम भी न चलूँ; किन्तु यह प्रकृति-विरोध हमेशा नीचा दिखाता है। अगर वह शुद्ध मन से अनुरोध कर रहे थे, तो मेरा इनकार सर्वथा

असंगत था। आह ! उन्हें मेरे हाथों फिर कष्ट पहुँचा। उन्होंने अपनी स्वाभाविक सज्जनता से मेरा अपराध क्षमा किया और मेरा मान रखने के लिए अपने सिद्धांत की परवा न की। समझे होंगे, अकेली जायगी, तो लोग ख़याल करेंगे, पति की इच्छा के विरुद्ध आयी है, नहीं तो क्या वह भी न आते ? मुझे इस अपमान से बचाने के लिए उन्होंने अपने ऊपर इतना अत्याचार किया। मेरी जड़ता से वह कितने हताश हुए हैं, नहीं तो उनके मुँह से यह वाक्य कदापि न निकलता। मैं सचमुच अभागिनी हूँ।

इन्हीं विषादमय विचारों में डूबी हुई वह चन्द्रभवन पहुँची और गाड़ी से उतरकर सीधे राजा साहब के दीवानख़ाने में जा बैठी। आँखें चुरा रही थी कि किसी नौकर-चाकर से सामना न हो जाय। उसे ऐसा जान पड़ता था कि मेरे मुख पर कोई दाग़ लगा हुआ है। जी चाहता था, राजा साहब आते-ही-आते मुझ पर बिगड़ने लगें, मुझे खूब आड़े हाथों लें, हृदय को तानों से चलनी कर दें, यही उनकी शुद्ध-हृदयता का प्रमाण होगा। यदि वह आकर मुझसे मीठी-मीठी बातें करने लगें, तो समझ जाऊँगी, मेरी तरफ़ से उनका दिल साफ़ नहीं है, यह सब केवल शिष्टाचार है। वह इस समय पति की कठोरता की इच्छुक थी। गरमियों में किसान वर्षा का नहीं, ताप का भूखा होता है।

इंदु को बहुत देर तक न बैठना पड़ा। पाँच बजते-बजते राजा साहब आ पहुँचे। इंदु का हृदय धक-धक करने लगा। वह उठकर द्वार पर खड़ी हो गयी। राजा साहब उसे देखते ही बड़े मधुर स्वर से बोले—तुमने आज जातीय उद्‌गारों का एक अपूर्व दृश्य देखने का अवसर खो दिया। बड़ा ही मनोहर दृश्य था। कई हज़ार मनुष्यों ने जब यात्रियों पर पुष्प-वर्षा की, तो सारी भूमि फूलों से ढक गयी। सेवकों का राष्ट्रीय गान इतना भावमय, इतना प्रभावोत्पादक था कि दर्शक-वृन्द मुग्ध हो गये। मेरा हृदय जातीय गौरव से उछला पड़ता था। बार-बार यही खेद होता है कि तुम न हुईं। यही समझ लो कि मैं उस आनन्द हो प्रकट नहीं कर सकता। मेरे मन में सेवा-समिति के विषय में जितनी शंकाएँ थीं, वे सब शांत हो गयीं। यही जी चाहता था कि मैं भी सब कुछ छोड़-छाड़कर इस दल के साथ चला जाता। डॉक्टर गांगुली को अब तक मैं निरा बकवादी समझता था। आज मैं उनका उत्साह और साहस देखकर दंग रह गया। तुमसे बड़ी भूल हुई। तुम्हारी माताजी बार-बार पछताती थीं।

इंदु को जिस बात की शंका थी, वह पूरी हो गयी। सोचा—यह सब कपटलीला है। इनका दिल साफ़ नहीं है। यह मुझे बेवकूफ़ समझते हैं और बेवकूफ़ बनाना चाहते हैं। इन मीठी बातों की आड़ में कितनी कटुता छिपी हुई है। चिढ़कर बोली—मैं जाती, तो आपको ज़रूर बुरा मालूम होता।

राजा—(हँसकर) केवल इसलिए कि मैंने तुम्हें जाने से रोका था ? अगर मुझे बुरा मालूम होता, तो मैं खुद क्यों जाता ?

इंदु—मालूम नहीं, आप क्या समझकर गये। शायद मुझे लज्जित करना चाहते होंगे।

राजा—इंदु, इतना अविश्वास मत करो। सच कहता हूँ, मुझे तुम्हारे जाने का ज़रा भी मलाल न होता। मैं यह स्वीकार करता हूँ कि पहले मुझे तुम्हारी ज़िद बुरी लगी; किंतु जब मैंने विचार किया, तो मुझे अपना आचरण सर्वथा अन्यायपूर्ण प्रतीत हुआ। मुझे ज्ञात हुआ कि तुम्हारी स्वेच्छा

को इतना दबा देना सर्वथा अनुचित है। अपने इसी अन्याय का प्रायश्चित्त करने के लिए मैं स्टेशन गया। तुम्हारी यह बात मेरे मन में बैठ गयी कि हुक्काम का विश्वासपात्र बने रहने के लिए अपनी स्वाधीनता का बलिदान क्यों करते हो, नेकनाम रहना अच्छी बात है, किन्तु नेकनामी के लिए सच्ची बातों में दबना अपनी आत्मा की हत्या करना है। अब तो तुम्हें मेरी बातों का विश्वास आया ?

इंदु—आपकी दलीलों का जवाब नहीं दे सकती; लेकिन मैं आपसे प्रार्थना करती हूँ कि जब मुझसे कोई भूल हो जाए, तो आप मुझे दंड दिया करें, मुझे खूब धिक्कारा करें। अपराध और दंड में कारण और कार्य का सम्बन्ध है, और यही मेरी समझ में आता है। अपराधी के सिर पर तेल चुपड़ते मैंने किसी को नहीं देखा। मुझे यह अस्वाभाविक जान पड़ता है। इससे मेरे मन में भाँति-भाँति की शंकाएँ उठने लगती हैं।

राजा—देवी रूठती हैं, तो लोग उन्हें मनाते हैं। इसमें अस्वाभाविकता क्या है ?

दोनों में देर तक सवाल-जवाब होता रहा। महेन्द्र बहेलिए की भाँति दाना दिखाकर चिड़िया फँसाना चाहते थे और चिड़िया सशंक होकर उड़ जाती थी। कपट से कपट ही पैदा होता है। वह इंदु को आश्वासित न कर सके। तब वह उसकी व्यथा को शांत करने का भार समय पर छोड़कर एक पत्र पढ़ने लगे और इंदु दिल पर बोझ रखे हुए अंदर चली गयी।

दूसरे दिन राजा साहब ने दैनिक पत्र खोला, तो उसमें सेवकों की यात्रा का वृत्तांत बड़े विस्तार से प्रकाशित हुआ था। इसी प्रसंग में लेखक ने राजा साहब की उपस्थिति पर भी टीका की थी।

'इस अवसर पर म्युनिसिपैलिटी के प्रधान राजा महेन्द्रकुमार सिंह का मौजूद होना बड़े महत्त्व की बात है। आश्चर्य है कि राजा साहब-जैसे विवेकशील पुरुष ने वहाँ जाना क्यों आवश्यक समझा ? राजा साहब अपने व्यक्तित्व को अपने पद से पृथक नहीं कर सकते और उनकी उपस्थिति सरकार को उलझन में डालने का कारण हो सकती है। अनुभव ने यह बात सिद्ध कर दी है कि सेवा-समितियाँ चाहे कितनी शुभेच्छाओं से भी गर्भित हों, पर कालांतर में वे विद्रोह और अशांति का केन्द्र बन जाती हैं। क्या राजा साहब इसका ज़िम्मा ले सकते हैं कि यह समिति आगे चलकर अपनी पूर्ववर्ती संस्थाओं का अनुसरण न करेगी ?'

राजा साहब ने पत्र बंद करके रख दिया और विचार में मग्न हो गये। उनके मुँह से बेअख्तियार निकल गया—वही हुआ जिसका मुझे डर था। आज क्लब जाते-ही-जाते मुझ पर चारों ओर से संदेहात्मक दृष्टि पड़ने लगेगी। कल ही कमिश्नर साहब से मिलने जाना है, उन्होंने पूछा तो क्या कहूँगा ? इस दुष्ट संपादक ने मुझे बुरा चरका दिया। पुलिस वालों की भाँति इस समुदाय में भी मुरौवत नहीं होती, ज़रा भी रिआयत नहीं करते। मैं इसका मुँह बन्द रखने के लिए, इसे प्रसन्न रखने के लिए कितने यत्न किया करता हूँ; आवश्यक और अनावश्यक विज्ञापन छपवाकर इसकी मुट्ठियाँ गरम करता रहता हूँ; जब कोई दावत या उत्सव होता है, तो सबसे पहले इसे निमन्त्रण भेजता हूँ; यहाँ तक कि गत वर्ष म्युनिसिपैलिटी से इसे पुरस्कार भी दिला दिया था। इन सब ख़ातिरदारियों का यह उपहार है ! कुत्ते की दुम को सौ वर्षों तक गाड़ रखो, तो भी टेढ़ी-की-टेढ़ी। अब अपनी मान-रक्षा क्योंकर करूँ ? इसके पास जाना तो उचित नहीं। क्या

कोई बहाना सोचूँ ?

राजा साहब बड़ी देर तक इसी पेसोपेश में पड़े रहे। कोई ऐसी बात सोच निकालना चाहते थे, जिससे हुक्काम की निगाहों में आबरू बनी रहे, साथ ही जनता के सामने भी आँखें नीची न करनी पड़ें; पर बुद्धि कुछ काम न करती थी। कई बार इच्छा हुई कि चलकर इंदु से इस समस्या को हल करने में मदद लूँ, पर यह समझकर कि कहीं वह कह दे कि 'हुक्काम नाराज़ होते हैं, तो होने दो, तुम्हें उनसे क्या सरोकार; अगर वे तुम्हें दबाएँ, तो तुरंत त्याग-पत्र भेज दो', तो फिर मेरे लिए निकलने का कोई रास्ता न रहेगा, उससे कुछ कहने की हिम्मत न पड़ी।

वह सारी रात इसी चिंता में डूबे रहे। इंदु भी कुछ गुमसुम थी। प्रातःकाल दो-चार मित्र आ गये और उसी लेख की चर्चा की। एक साहब बोले—मैं कमिश्नर से मिलने गया था, तो वह उसी लेख को पढ़ रहा था और रह-रहकर ज़मीन पर पैर पटकता था।

राजा साहब के होश और भी उड़ गये। झट उन्हें एक उपाय सूझ गया। मोटर तैयार करायी और कमिश्नर के बँगले पर जा पहुँचे। यों तो यह महाशय राजा साहब का कार्ड पाते ही बुला लिया करते थे, आज अरदली से कहा—साहब एक ज़रूरी काम कर रहे हैं, मेम साहब बैठी हैं, आप एक घंटा ठहरें।

राजा साहब समझ गये कि लक्षण अच्छे नहीं हैं। बैठकर एक अँगरेज़ी पत्रिका के चित्र देखने लगे—वाह, कितने साफ़ और सुन्दर चित्र हैं ! हमारी पत्रिकाओं में कितने भद्दे चित्र होते हैं, व्यर्थ ही क़ाग़ज़ लीप-पोतकर ख़राब किया जाता है। किसी ने बहुत किया, तो बिहारीलाल के भावों को लेकर एक सुन्दरी का चित्र बनवा दिया और उसके नीचे उसी भाव का दोहा लिख दिया; किसी ने पद्माकर के कवित्त को चित्रित किया। बस, इसके आगे किसी की अक्ल नहीं दौड़ती।

किसी तरह एक घंटा गुज़रा और साहब ने बुलाया। राजा साहब अंदर गये, तो साहब की त्योरियाँ चढ़ी हुई देखीं। एक घंटे के इंतज़ार से झुँझला गये थे, खड़े-खड़े बोले—आपको अवकाश हो, तो मैं कुछ कहूँ, नहीं तो फिर कभी आऊँगा।

कमिश्नर साहब ने रुखाई से पूछा—मैं पहले आपसे यह पूछना चाहता हूँ कि इस पत्र ने आपके विषय में जो आलोचना की है, वह आपकी नज़र से गुज़री है ?

राजा साहब—जी हाँ, देख चुका हूँ।

कमिश्नर—आप इसका कोई जवाब देना चाहते हैं ?

राजा साहब—मैं इसकी कोई ज़रूरत नहीं समझता; अगर इतनी-सी बात पर मुझ पर अविश्वास किया जा सकता है और मेरी बरसों की वफ़ादारी का कुछ विचार नहीं किया जाता, तो मुझे विवश होकर अपना पद-त्याग करना पड़ेगा। अगर आप वहाँ जाते, तो क्या इस पत्र को इतना साहस होता कि आपके विषय में यही आलोचना करता ? हरगिज़ नहीं। यह मेरे भारतवासी होने का दंड है। जब तक मुझ पर ऐसी द्वेषपूर्ण टीका-टिप्पणी होती रहेगी, मैं नहीं समझ सकता कि अपने कर्त्तव्य का कैसे पालन कर सकूँगा।

कमिश्नर ने कुछ नरम होकर कहा—गवर्नमेंट के हरएक कर्मचारी का धर्म है कि किसी को अपने ऊपर ऐसे इलज़ाम लगाने का अवसर न दे।

राजा साहब—मैं जानता हूँ आप लोगों को यह किसी तरह भूल नहीं सकता कि मैं भारतवासी हूँ, इसी प्रकार मेरे बोर्ड के सहयोगियों के लिए यह भूल जाना असम्भव है कि मैं शासन का एक अंग हूँ। आप जानते हैं कि मैं बोर्ड में मिस्टर जॉन सेवक को पाँड़ेपुर की ज़मीन दिलाने का प्रस्ताव करने वाला हूँ; लेकिन जब तक मैं अपने आचरण से यह सिद्ध न कर दूँगा कि मैंने स्वतः बग़ैर किसी दबाव के, केवल प्रजा के हित के लिए यह प्रस्ताव उपस्थित किया है, उसकी स्वीकृति की कोई आशा नहीं है। यही कारण है, जो मुझे कल स्टेशन पर ले गया था।

कमिश्नर की बाँछें खिल गयीं। हँस-हँसकर बातें बनाने लगा।

राजा साहब—ऐसी दशा में क्या आप समझते हैं, मेरा जवाब देना जरूरी है ?

कमिश्नर—नहीं-नहीं, कभी नहीं।

राजा साहब—मुझे आपसे पूरी सहायता मिलनी चाहिए।

कमिश्नर—मैं यथाशक्ति आपकी सहायता करूँगा।

राजा साहब—बोर्ड ने मंजूर भी कर लिया, तो मुहल्ले वालों की तरफ़ से फ़साद की आशंका है।

कमिश्नर—कुछ परवा नहीं, मैं सुपरिंटेंडेंट-पुलिस को ताकीद कर दूँगा कि वह आपकी मदद करते रहें।

राजा साहब यहाँ से चले, तो ऐसा मालूम होता था, मानो आकाश पर चल रहे हों। यहाँ से वह मि. क्लार्क के पास गये और वहाँ भी इसी नीति से काम लिया। दोपहर को घर आये। उनके हृदय में यह ख़याल खटक रहा था कि इस बहाने से मेरा काम तो निकल गया; लेकिन मैं सूरदास के साथ कहीं ऐसी ज़्यादती तो नहीं कर रहा हूँ कि अन्त में मुझे नगरवासियों के सामने लज्जित होना पड़े ? इसी विषय में बातचीत करने के लिए वह इंदु के पास आये और बोले—तुम कोई ज़रूरी काम तो नहीं कर रही हो ? मुझे एक बात में तुमसे कुछ सलाह करनी है ?

इंदु डरी कि कहीं सलाह करते-करते वाद-विवाद न होने लगे। बोली—काम तो कुछ नहीं कर रही हूँ; लेकिन मैं आपको कोई सलाह देने के योग्य नहीं हूँ। परमात्मा ने मुझे इतनी बुद्धि ही नहीं दी। मुझे तो उन्होंने केवल खाने, सोने और आपको दिक़ करने के लिए बनाया है।

राजा साहब—तुम्हारे दिक़ करने ही में तो मज़ा मिलता है। बतलाओ, सूरदास की ज़मीन के बारे में तुम्हारी क्या राय है ? तुम मेरी जगह होतीं तो क्या करतीं ?

इंदु—आख़िर आपने क्या निश्चय किया ?

राजा साहब—पहले तुम बताओ, तो फिर मैं बताऊँगा।

इंदु—मेरी राय में तो सूरदास से उसके बाप-दादों की जायदाद छीन लेना अन्याय होगा।

राजा साहब—तुम्हें मालूम है कि सूरदास को इस जायदाद से कोई लाभ नहीं होता, केवल इधर-उधर के ढोर चरा करते हैं ?

इंदु—उसे यह इतमीनान तो है कि ज़मीन मेरी है। मुहल्ले वाले उसका एहसान तो मानते ही होंगे ? उसकी धर्म-प्रवृत्ति इस पुण्य कार्य से संतुष्ट होती होगी।

राजा साहब—लेकिन मैं नगर के मुख्य व्यवस्थापक की हैसियत से एक व्यक्ति के यथार्थ

या कल्पित हित के लिए नगर का हज़ारों रुपये का नुकसान तो नहीं करा सकता ? कारख़ाना खुलने से हज़ारों मनुष्यों की जीविका चलेगी, नगर की आय में वृद्धि होगी, सबसे बड़ी बात यह कि उस अमित धन का एक भाग देश में रह जायगा, जो सिगरेट के लिए अन्य देशों को देना पड़ता है।

इंदु ने राजा साहब के मुँह की ओर तीव्र दृष्टि से देखा। सोचा—इनका अभिप्राय क्या है? पूँजीपतियों से तो इन्हें विशेष प्रेम नहीं है। यह तो सलाह नहीं, बहस है। क्या अधिकारियों के दबाव से इन्होंने ज़मीन को मिस्टर सेवक के अधिकार में देने का फ़ैसला कर लिया है और मुझसे अपने निश्चय का अनुमोदन कराना चाहते हैं ? इनके भाव से तो कुछ ऐसा ही प्रकट हो रहा है। बोली—इस दृष्टिकोण से तो यही न्यायसंगत है कि सूरदास से वह ज़मीन छीन ली जाय।

राजा साहब—भाई, इतनी जल्द पहलू बदलने की सनद नहीं। अपनी उसी युक्ति पर स्थिर रहो। मैं केवल सलाह नहीं चाहता, मैं यह देखना चाहता हूँ कि तुम इस विषय में क्या-क्या शंकाएँ कर सकती हो; और मैं उनका संतोषजनक उत्तर दे सकता हूँ या नहीं ? मुझे जो कुछ करना था, कर चुका; अब तुमसे तर्क करके अपना इतमीनान करना चाहता हूँ।

इंदु—अगर मेरे मुँह से कोई अप्रिय शब्द निकल जाय, तो आप नाराज़ तो न होंगे ?

राजा साहब—इसकी परवा न करो, जातीय सेवा का दूसरा नाम बेहयाई है। अगर ज़रा-ज़रा-सी बात पर नाराज़ होने लगें, तो हमें पागलख़ाने जाना पड़े।

इंदु—यदि एक व्यक्ति के हित के लिए आप नगर का अहित नहीं करना चाहते, तो क्या सूरदास ही ऐसा व्यक्ति है, जिसके पास दस बीघे ज़मीन हो ? ऐसे लोग भी तो नगर में हैं, जिनके पास इससे कहीं ज़्यादा ज़मीन है। कितने ही ऐसे बँगले हैं, जिनका घेरा दस बीघे से अधिक है। हमारे बँगले का क्षेत्र पन्द्रह बीघे से कम न होगा। मि. सेवक के बँगले का भी पाँच बीघे से कम घेर नहीं है और दादाजी का भवन तो पूरा एक गाँव है। आप इनमें से कोई ज़मीन इस कारख़ाने के लिए ले सकते हैं। सूरदास की ज़मीन में तो मोहल्ले के ढोर चरते हैं। अधिक नहीं, तो एक मोहल्ले का फ़ायदा तो होता ही है। इन हातों से तो एक व्यक्ति के सिवा और किसी का कुछ फ़ायदा नहीं होता, यहाँ तक कि कोई उनमें सैर भी नहीं कर सकता, एक फूल या पत्ती भी नहीं तोड़ सकता। अगर कोई जानवर अन्दर चला जाय, तो उसे तुरन्त गोली मार दी जाय।

राजा साहब—(मुसकिराकर) बड़े मार्के की युक्ति है। क़ायल हो गया। मेरे पास इसका कोई जवाब नहीं है। लेकिन शायद तुम्हें मालूम नहीं कि उस अन्धे को तुम जितना दीन और असहाय समझती हो, उतना नहीं है। सारा मोहल्ला उसकी हिमायत करने पर तैयार है; यहाँ तक कि लोग मि. सेवक के गुमाश्ते के घर में घुस गये, उनके भाइयों को मारा, आग लगा दी, स्त्रियों तक की बेइज़्ज़ती की।

इंदु—मेरे विचार में तो यह इस बात का एक और प्रमाण है कि उस ज़मीन को छोड़ दिया जाय। उस पर क़ब्ज़ा करने से ऐसी घटनाएँ कम न होंगी, बढ़ेंगी। मुझे तो भय है, कहीं ख़ून-ख़राबा न हो जाय।

राजा साहब—जो लोग स्त्रियों की बेइज़्ज़ती कर सकते हैं, वे दया के योग्य नहीं।

इंदु—जिन लोगों की ज़मीन आप छीन लेंगे, वे आपके पाँव न सहलायेंगे।

राजा साहब—आश्चर्य है, तुम स्त्रियों के अपमान को मामूली बात समझ रही हो।

इंदु—फ़ौज के गोरे, रेल के कर्मचारी नित्य हमारी बहनों का अपमान करते रहते हैं, उनसे तो कोई नहीं बोलता। इसीलिए कि आप उनका कुछ बिगाड़ नहीं सकते। अगर लोगों ने उपद्रव किया है, तो अपराधियों पर मुक़दमा दायर कीजिए, उन्हें दण्ड दिलाइए। उनकी जायदाद क्यों ज़ब्त करते हैं।

राजा साहब—तुम जानती हो, मि. सेवक की यहाँ के अधिकारियों से कितनी राह-रस्म है। मिस्टर क्लार्क तो उसके द्वार के दरबान बने हुए हैं। अगर मैं उनकी इतनी सेवा न कर सका, तो हुक्काम का विश्वास मुझ पर से उठ जायगा।

इंदु ने चिन्तित स्वर में कहा—मैं नहीं जानती थी कि प्रधान की दशा इतनी शोचनीय होती है।

राजा साहब—अब तो मालूम हो गया। बतलाओ, अब मुझे क्या करना चाहिए ?

इंदु—पद-त्याग।

राजा साहब—मेरे पद-त्याग से ज़मीन बच सकेगी ?

इंदु—आप दोष-पाप से तो मुक्त हो जायँगे !

राजा साहब—ऐसी गौण बातों के लिए पद-त्याग हास्यजनक है।

इंदु को अपने पति के प्रधान होने का बड़ा गर्व था। इस पद को वह बहुत श्रेष्ठ और आदरणीय समझती थी। उसका ख़्याल था कि यहाँ राजा साहब पूर्ण रूप से स्वतन्त्र हैं, बोर्ड उनके अधीन है, जो चाहते हैं, करते हैं; पर अब विदित हुआ कि उसे कितना भ्रम था। उसका गर्व चूर-चूर हो गया। उसे आज ज्ञात हुआ कि प्रधान केवल राज्याधिकारियों के हाथों का खिलौना है। उनकी इच्छा से जो चाहे करे, उनकी इच्छा के प्रतिकूल कुछ नहीं कर सकता। वह संख्या का शून्य है, जिसका मूल्य केवल दूसरी संख्याओं के सहयोग पर निर्भर है। राजा साहब की पद-लोलुपता उसे कुठाराघात के समान लगी। बोली—उपहास इतना निंद्य नहीं है, जितना अन्याय। मेरी समझ में नहीं आता कि आपने इस पद की कठिनाइयों को जानते हुए भी क्यों इसे स्वीकार किया। अगर आप न्याय-विचार से सूरदास की ज़मीन का अपहरण करते, तो मुझे आपसे कोई शिकायत न होती; लेकिन केवल अधिकारियों के भय से या बदनामी से बचने के लिए न्याय-पथ से मुँह फेरना अत्यन्त अपमानजनक है। आपको नगरवासियों और विशेषतः दीनजनों के स्वत्व की रक्षा करनी चाहिए। अगर हुक्काम किसी पर अत्याचार करें, तो आपको उचित है कि दुखियों की हिमायत करें, निजी हानि-लाभ की चिंता न करके हुक्काम का विरोध करें, सारे नगर में—सारे देश में—तहलका मचा दें, चाहें इसके लिए पद-त्याग ही नहीं, किसी बड़ी-से-बड़ी विपत्ति का सामना करना पड़े। मैं राजनीति के सिद्धान्तों से परिचित नहीं हूँ, पर आपका जो मानवी धर्म है, वह आपसे कह रही हूँ। मैं आपको सचेत किये देती हूँ कि आपने अगर हुक्काम के दबाव से सूरदास की ज़मीन ली, तो मैं चुपचाप बैठी न रह सकूँगी। स्त्री हूँ तो क्या; पर दिखा दूँगी कि सबल-से-सबल प्राणी भी किसी दीन को आसानी से पैरों-तले नहीं कुचल सकता।

यह कहते-कहते इंदु रुक गयी। उसे ध्यान आ गया कि मैं आवेश में आकर औचित्य की सीमा से बाहर होती जाती हूँ। राजा साहब इतने लज्जित हुए कि बोलने को शब्द न मिलते थे। अन्त में शरमाते हुए बोले—तुम्हें मालूम नहीं कि राष्ट्र के सेवकों को कैसी-कैसी मुसीबतें झेलनी पड़ती हैं। अगर वे अपने कर्त्तव्य का निर्भय होकर पालन करने लगें, तो जितनी सेवा वे अब कर सकते हैं, उतनी भी न कर सकें। मि. क्लार्क और मि. सेवक में विशेष घनिष्ठता हो जाने के कारण परिस्थिति बिलकुल बदल गयी है। मिस सेवक जब से तुम्हारे घर से गयी हैं, मि. क्लार्क नित्य ही उन्हीं के पास बैठे रहते हैं, इजलास पर नहीं जाते, कोई सरकारी काम नहीं करते, किसी से मिलते तक नहीं, मिस सेवक ने उन पर मोहिनी-मंत्र-सा डाल दिया है। दोनों साथ-साथ सैर करने जाते हैं, साथ-साथ थिएटर देखने जाते हैं। मेरा अनुमान है कि मिस सेवक ने वचन दे दिया है।

इंदु—इतनी जल्द ! अभी उसे हमारे यहाँ से गये एक सप्ताह से ज़्यादा न हुआ होगा।

राजा साहब—मिसेज़ सेवक ने पहले ही से सब कुछ पक्का कर रखा था। मिस सेवक के वहाँ जाते ही प्रेम-क्रीड़ा शुरू हो गयी।

इंदु ने अब तक सोफ़िया को एक साधारण ईसाई की लड़की समझ रखा था। यद्यपि वह उससे बहन का-सा बर्ताव करती थी, उसकी योग्यता का आदर करती थी, उससे प्रेम करती थी, किन्तु दिल में उसे अपने से नीचा समझती थी। पर मि. क्लार्क से उसके विवाह की बात ने उसके हृद्गत भावों को आंदोलित कर दिया। सोचने लगी—मि. क्लार्क से विवाह हो जाने के बाद जब सोफ़िया मिसेज़ क्लार्क बनकर मुझसे मिलेगी, तो अपने मन में मुझे तुच्छ समझेगी; उसके व्यवहार में, बातों में, शिष्टाचार में बनावटी नम्रता की झलक होगी, वह मेरे सामने जितना ही झुकेगी, उतना ही मेरा सिर नीचा करेगी। यह अपमान मेरे सहे न सहा जायगा। मैं उससे नीची बनकर नहीं रह सकती। इस अभागे क्लार्क को क्या कोई योरपियन लेडी न मिलती थी कि सोफ़िया पर गिर पड़ा ! कुल का नीचा होगा, कोई अँगरेज़ उससे अपनी लड़की का विवाह करने पर राज़ी न होता होगा। विनय इसी छिछोरी स्त्री पर जान देता है। ईश्वर ही जाने, अब उस बेचारे की क्या दशा होगी। कुलटा है, और क्या। जाति और कुल का प्रभाव कहाँ जायगा? सुन्दरी है, सशिक्षित है, चतुर है, विचारशील है, सब कुछ सही; पर है तो ईसाइन। बाप ने लोगों को ठग-ठगकर कुछ धन और सम्मान प्राप्त कर लिया है। इससे क्या होता है। मैं तो अब भी उससे वही पहले का-सा बर्ताव करूँगी। जब तक वह स्वयं आगे न बढ़ेगी, हाथ न बढ़ाऊँगी। लेकिन मैं चाहे जो कुछ करूँ, उस पर चाहे कितना ही बड़प्पन जताऊँ, उसके मन में यह अभिमान तो अवश्य ही होगा कि मेरी एक कड़ी निगाह इसके पति के सम्मान और अधिकार को ख़ाक में मिला सकती है। सम्भव है, वह अब और भी विनीत भाव से पेश आवे। अपने सामर्थ्य का ज्ञान हमें शीलवान बना देता है। मेरा उससे मान करना, तनना, हँसी मालूम होगी। उसकी नम्रता से तो उसका ओछापन ही अच्छा। ईश्वर करे, वह मुझसे सीधे मुँह बात न करे, तब देखने वाले उसे मन में धिक्कारेंगे इसी में अब मेरी लाज रह सकती है; पर वह इतनी अविचारशील कहाँ है !

अन्त में इंदु ने निश्चय किया—मैं सोफ़िया से मिलूँगी ही नहीं। मैं अपने रानी होने का अभिमान

तो उससे कर ही नहीं सकती। हाँ, एक ज़ाति-सेवक की पत्नी बनकर, अपने कुल-गौरव का गर्व दिखाकर उसकी उपेक्षा कर सकती हूँ।

ये सब बातें एक क्षण में इंदु के मन में आ गयीं। बोली—मैं आपको कभी दबने की सलाह न दूँगी।

राजा साहब—और यदि दबना पड़े ?

इंदु—तो अपने को अभागिनी समझूँगी।

राजा साहब—यहाँ तक तो कोई हानि नहीं; पर कोई आन्दोलन तो न उठाओगी ? यह इसलिए पूछता हूँ कि तुमने अभी मुझे यह धमकी दी है।

इंदु—मैं चुपचाप न बैठूँगी। आप दबें, मैं क्यों दबूँ ?

राजा साहब—चाहे मेरी कितनी ही बदनामी हो जाय ?

इंदु—मैं इसे बदनामी नहीं समझती।

राजा साहब—फिर सोच लो। यह मानी हुई बात है कि वह ज़मीन मि. सेवक को अवश्य मिलेगी, मैं रोकना भी चाहूँ, तो रोक नहीं सकता, और यह भी मानी हुई बात है कि इस विषय में तुम्हें मौनव्रत का पालन करना पड़ेगा।

राजा साहब अपने सार्वजनिक जीवन में अपनी सहिष्णुता और मृदु व्यवहार के लिए प्रसिद्ध थे; पर निजी व्यवहारों में वह इतने क्षमाशील न थे। इंदु का चेहरा तमतमा उठा, तेज़ होकर बोली—अगर आपको अपना सम्मान प्यारा है, तो मुझे भी अपना धर्म प्यारा है।

राजा साहब गुस्से के मारे वहाँ से उठकर चले गये और इंदु अकेली रह गयी।

सात-आठ दिनों तक दोनों के मुँह में दही जमा रहा। राजा साहब कभी घर में आ जाते, तो दो-चार बातें करके यों भागते, जैसे पानी में भीग रहे हों। न वह बैठते, न इंदु उन्हें बैठने को कहती। उन्हें यह दुःख था कि इसे मेरी ज़रा भी परवा नहीं है। पग-पग पर मेरा रास्ता रोकती है। मैं अपना पद त्याग दूँ, तब इसे तस्कीन होगी। इसकी यही इच्छा है कि सदा के लिए दुनिया से मुँह मोड़ लूँ, संसार से नाता तोड़ लूँ, घर में बैठा-बैठा राम-नाम भजा करूँ, हुक्काम से मिलना-जुलना छोड़ दूँ, उनकी आँखों में गिर जाऊँ पतित हो जाऊँ। मेरे जीवन की सारी अभिलाषाएँ और कामनाएँ इसके सामने तुच्छ हैं, दिल में मेरी सम्मान-भक्ति पर हँसती है। शायद मुझे नीच, स्वार्थी और आत्मसेवी समझती है। इतने दिनों तक मेरे साथ रहकर भी इसे मुझसे प्रेम नहीं हुआ, मुझसे मन नहीं मिला। पत्नी पति की हितचिंतक होती है, यह नहीं कि उसके कामों का मज़ाक उड़ाए, उसकी निन्दा करे। इसने साफ़ कह दिया है कि मैं चुपचाप न बैठूँगी। न जाने क्या करने का इरादा है। अगर समाचारपत्रों में एक छोटा-सा पत्र भी लिख देगी, तो मेरा काम तमाम हो जायगा, कहीं का न रहूँगा, डूब मरने का समय होगा। देखूँ, यह नाव कैसे पार लगती है।

इधर इंदु को दुःख था कि ईश्वर ने इन्हें सब कुछ दिया है, यह हाकिमों से क्यों इतना दबते हैं, क्यों इतनी ठकुरसुहाती करते हैं, अपने सिद्धान्तों पर स्थिर क्यों नहीं रहते, उन्हें क्यों स्वार्थ के नीचे रखते हैं, जाति-सेवा का स्वाँग क्यों भरते हैं ? वह भी कोई आदमी है, जिसने मानापमान के पीछे धर्म और न्याय का बलिदान कर दिया हो ? एक वे योद्धा थे, जो बादशाहों के सामने

सिर न झुकाते थे, अपने वचन पर, अपनी मर्यादा पर मर मिटते थे। आख़िर लोग इन्हें क्या कहते होंगे। संसार को धोखा देना आसान नहीं। इन्हें चाहे भ्रम हो कि लोग मुझे जाति का सच्चा भक्त समझते हैं; पर यथार्थ में सभी इन्हें पहचानते हैं। सब मन में कहते होंगे, कितना बना हुआ आदमी है।

शनैः शनैः उसके विचारों में परिवर्तन होने लगा—यह उनका क़सूर नहीं है, मेरा क़सूर है। मैं क्यों उन्हें अपने आदर्श के अनुसार बनाना चाहती हूँ ? आजकल प्रायः इसी स्वभाव के पुरुष होते हैं। उन्हें संसार चाहे कुछ कहे, चाहे कुछ समझे, पर उनके घरों में तो कोई मीन-मेख नहीं निकालता। स्त्री का कर्त्तव्य है कि अपने पुरुष की सहगामिनी बने। पर प्रश्न यह है, क्या स्त्री का अपने पुरुष से पृथक कोई अस्तित्व नहीं है ? इसे तो बुद्धि स्वीकार नहीं करती। दोनों अपने कर्मानुसार पाप-पुण्य के अधिकारी होते हैं। वास्तव में यह हमारे भाग्य का दोष है, अन्यथा हमारे विचारों में क्यों इतना भेद होता ? कितना चाहती हूँ कि आपस में कोई अंतर न होने पाए, कितना बचाती हूँ, पर आये दिन कोई-न-कोई विघ्न उपस्थित हो ही जाता है। अभी एक घाव नहीं भरने पाया था कि दूसरा चरका लगा। क्या मेरा सारा जीवन यों ही बीतेगा ? हम जीवन में शांति की इच्छा रखते हैं, प्रेम और मैत्री के लिए जान देते हैं। जिसके सिर पर नित्य नंगी तलवार लटकती हो, उसे शांति कहाँ ? अंधेर तो यह है कि मुझे चुप भी नहीं रहने दिया जाता। कितना कहती थी कि मुझे इस बहस में न घसीटिए, इन काँटों में न दौड़ाइए, पर न माना। अब तो मेरे पैरों में काँटे चुभ गये, दर्द से कराहती हूँ, तो कानों पर उँगली रखते हैं। मुझे रोने की स्वाधीनता भी नहीं। 'जबरा मारे और रोने न दे' आठ दिन गुज़र गये, बात भी नहीं पूछी कि मरती हो या जीती। बिलकुल उसी तरह पड़ी हूँ, जैसे कोई सराय हो। इससे तो कहीं अच्छा था कि मर जाती। सुख गया, आराम गया, पल्ले क्या पड़ा, रोना और झींकना। जब यही दशा है, तो कब तक निभेगी, बकरे की माँ कब तक ख़ैर मनायेगी। दोनों के दिल एक दूसरे से फिर जायँगे, कोई किसी की सूरत भी न देखना चाहेगा।

शाम हो गयी थी। इंदु का चित्त बहुत घबरा रहा था। उसने सोचा, ज़रा अम्माँ जी के पास चलूँ कि सहसा राजा साहब सामने आकर खड़े हो गये। मुख निष्प्रभ हो रहा था, मानो घर में आग लगी हुई हो। भय-कंपित स्वर में बोले—इंदु, मिस्टर क्लार्क मिलने आये हैं। अवश्य उसी ज़मीन के सम्बन्ध में कुछ बातचीत करेंगे। अब मुझे क्या सलाह देती हो ? मैं एक काग़ज लाने का बहाना करके चला आया हूँ।

यह कहकर उन्होंने बड़े कातर नेत्रों इंदु की ओर देखा, मानो सारे संसार की विपत्ति उन्हीं के सिर आ पड़ी हो, मानो कोई देहाती किसान पुलिस के पंजे में फँस गया हो। ज़रा साँस लेकर फिर बोले—अगर मैंने इनसे विरोध किया, तो मुश्किल में फँस जाऊँगा। तुम्हें मालूम नहीं, इन अँगरेज़ हुक्काम के कितने अधिकार होते हैं। यों चाहूँ, तो इसे नौकर रख लूँ, मगर इसकी एक शिकायत में मेरी सारी आबरू ख़ाक में मिल जायगी। ऊपर वाले हाकिम इसके ख़िलाफ़ मेरी एक भी न सुनेंगे। रईसों को इतनी स्वतंत्रता भी नहीं, जो एक साधारण किसान को है। हम सब इनके हाथों के खिलौने हैं; जब चाहें, ज़मीन पर पटककर चूर-चूर कर दें। मैं इसकी बात दुलख नहीं सकता। मुझ पर दया करो, मुझ पर दया करो।

इंदु ने क्षमा-भाव से देखकर कहा—मुझसे आप क्या करने को कहते हैं ?

राजा साहब—यही कि या तो मौन रहकर इस अत्याचार का तमाशा देखो, या मुझे अपने हाथों से थोड़ी-सी संखिया दे दो।

राजा साहब की इस कापुरुषता और विवशता, उनके भय-विकृत मुखमंडल, दयनीय दीनता तथा क्षमा-प्रार्थना पर इंदु करुणार्द्र हो गयी—इस करुणा में सहानुभूति न थी, सम्मान न था। यह वह दया थी, जो भिखारी को देखकर किसी उदार प्राणी के हृदय में उत्पन्न होती है। सोचा—हा! इस भय का भी कोई ठिकाना है ! बच्चे हौआ से भी इतना न डरते होंगे। मान लिया, क्लार्क नाराज़ ही हो गया, तो क्या करेगा ? पद से वंचित नहीं कर सकता, यह उसके सामर्थ्य के बाहर है; रियासत ज़ब्त नहीं करा सकता, हाहाकार मच जायगा। अधिक-से-अधिक इतना कर सकता है कि अफ़सरों को शिकायत लिख भेजे। पर इस समय इनसे तर्क करना व्यर्थ है। इनके होश-हवास ठिकाने नहीं हैं। बोली—अगर आप समझते हैं कि क्लार्क की अप्रसन्नता आपके लिए दुस्सह है, तो जिस बात से वह प्रसन्न हो, वही कीजिए। मैं वादा करती हूँ कि आपके बीच में मुँह न खोलूँगी। जाइए, साहब को देर हो रही होगी, कहीं इसी बात पर न नाराज़ हो जायँ !

राजा साहब इस व्यंग्य से दिल में ऐंठकर रह गये। नन्हा-सा मुँह निकल आया। चुपके से उठे और चले गये, वैसे ही, जैसे कोई ग़रज का बावला असामी महाजन के इनकार से निराश होकर उठे। इंदु के आश्वासन से उन्हें संतोष न हुआ। सोचने लगे—मैं इसकी नज़रों में गिर गया। बदनामी से इतना डरता था, पर घर ही में मुँह दिखाने लायक़ न रहा।

राजा साहब के जाते ही इंदु ने एक लम्बी साँस ली और फ़र्श पर लेट गयी। उसके मुँह से सहसा ये शब्द निकले—इनका हृदय से कैसे सम्मान करूँ ? इन्हें अपना उपास्य देव कैसे समझूँ ? नहीं जानती, इस अभक्ति के लिए क्या दंड मिलेगा। मैं अपने पति की पूजा करना चाहती हूँ; पर दिल पर मेरा क़ाबू नहीं ! भगवन् ! तुम मुझे इस कठिन परीक्षा में क्यों डाल रहे हो ?

सोलह

अरावली की पहाड़ियों में एक वट-वृक्ष के नीचे विनयसिंह बैठे हुए हैं। पावस ने उस जन-शून्य, कठोर, निष्प्रभ, पाषाणमय स्थान को प्रेम, प्रमोद और शोभा से मंडित कर दिया है, मानो कोई उजड़ा हुआ घर आबाद हो गया हो। किन्तु विनय की दृष्टि इस प्राकृतिक सौंदर्य की ओर नहीं; वह चिन्ता की उस दशा में हैं, जब आँखें खुली रहती हैं और कुछ नहीं सूझता; कान खुले रहते हैं और कुछ सुनायी नहीं देता; वाह्य चेतना शून्य हो गयी है। उनका मुख निस्तेज हो गया है, शरीर इतना दुर्बल कि पसलियों की एक-एक हड्डी गिनी जा सकती है।

हमारी अभिलाषाएँ ही जीवन का स्रोत हैं; उन्हीं पर तुषारपात हो जाय, तो जीवन का प्रवाह क्यों न शिथिल हो जाय !

उनके अंतस्तल में निरंतर भीषण संग्राम होता रहता है। सेवा-मार्ग उनका ध्येय था। प्रेम के काँटे उसमें बाधक हो रहे थे। उन्हें अपने मार्ग से हटाने के लिए वह सदैव यत्न करते रहते हैं। कभी-कभी वह आत्मग्लानि से विकल होकर सोचते हैं, सोफ़ी ने मुझे उस अग्नि-कुंड से निकाला ही क्यों। बाहर की आग केवल देह का नाश करती है, जो स्वयं नश्वर है, भीतर की आग अनंत आत्मा का सर्वनाश कर देती है।

विनय को यहाँ आये कई महीने हो गये; पर उनके चित्त की अशांति समय के साथ बढ़ती ही जाती है। वह आने को तो यहाँ लज्जावश आ गये थे; पर एक-एक घड़ी एक-एक युग के समान बीत रही है। पहले उन्होंने यहाँ के कष्टों को खूब बढ़ा-चढ़ाकर अपनी माता को पत्र लिखे। उन्हें विश्वास था कि अम्माँजी मुझे बुला लेंगी। पर वह मनोरथ पूरा न हुआ। इतने ही में सोफ़िया का पत्र मिल गया, जिसने उनके धैर्य के टिमटिमाते हुए दीपक को बुझा दिया। अब उनके चारों ओर अँधेरा था। वह इस अँधेरे में चारों ओर टटोलते फिरते थे और कहीं राह न पाते थे। अब उनके जीवन का कोई लक्ष्य नहीं है, कोई निश्चित मार्ग नहीं है, बेमाँझी की नाव है, जिसे एकमात्र तरंगों की दया का ही भरोसा है।

किन्तु इस चिंता और ग्लानि की दशा में भी वह यथासाध्य अपने कर्त्तव्य का पालन करते जाते हैं। जसवंतनगर के प्रांत में एक बच्चा भी नहीं है, जो उन्हें न पहचानता हो। देहात के लोग उनके इतने भक्त हो गये हैं कि ज्यों ही वह किसी गाँव में जा पहुँचते हैं, सारा गाँव उनके दर्शनों के लिए एकत्र हो जाता है। उन्होंने उन्हें अपनी मदद आप करना सिखाया है। इस प्रांत के लोग अब वन्य जंतुओं को भगाने के लिए पुलिस के यहाँ नहीं दौड़े जाते, स्वयं संगठित होकर उन्हें भगाते हैं; ज़रा-ज़रा-सी बात पर अदालतों के द्वार नहीं खटखटाने जाते, पंचायतों में समझौता कर लेते हैं; जहाँ कभी कुएँ न थे, वहाँ अब पक्के कुएँ तैयार हो गये हैं; सफ़ाई की ओर भी लोग ध्यान देने लगे हैं, दरवाज़ों पर कूड़े-करकट के ढेर नहीं जमा किए जाते। सारांश यह कि प्रत्येक व्यक्ति अब केवल अपने ही लिए नहीं, दूसरों के लिए भी है; वह अब अपने को प्रतिद्वंद्वियों से घिरा हुआ नहीं, मित्रों और सहयोगियों से घिरा हुआ समझता है। सामूहिक जीवन का फिर पुनरुद्धार होने लगा है।

विनय को चिकित्सा का भी अच्छा ज्ञान है। उनके हाथों सैकड़ों रोगी आरोग्य-लाभ कर चुके हैं। कितने ही घर, जो परस्पर के कलह से बिगड़ गये थे, फिर आबाद हो गये हैं। ऐसी अवस्था में उनका जितना सेवा-सत्कार करने के लिए लोग तत्पर रहते हैं, उसका अनुमान करना कठिन नहीं; पर सेवकों के भाग्य में सुख कहाँ ? विनय को रूखी रोटियों और वृक्ष की छाया के अतिरिक्त और किसी वस्तु से प्रयोजन नहीं। इस त्याग और विरक्ति ने उन्हें उस प्रांत में सर्वमान्य और सर्वप्रिय बना दिया है।

किंतु ज्यों-ज्यों उनमें प्रजा की भक्ति होती जा रही है, प्रजा पर उनका प्रभाव बढ़ता जाता है, राज्य के अधिकारी वर्ग उनसे बदगुमान होते जाते हैं। उनके विचार में प्रजा दिन-दिन सरकश होती जाती है। दारोग़ाजी की मुट्ठियाँ अब गर्म नहीं होतीं, कामदार और अन्य कर्मचारियों के यहाँ मुकदमे नहीं आते, कुछ हत्थे नहीं चढ़ता; यह प्रजा में विद्रोहात्मक भाव के लक्षण नहीं, तो क्या है ? यही विद्रोह के अंकुर हैं, इन्हें उखाड़ देने ही में कुशल है।

जसवंतनगर से दरबार को नित्य नयी-नयी सूचनाएँ—कुछ यथार्थ, कुछ कल्पित—भेजी जाती हैं, और विनयसिंह को ज़ाब्ते के शिकंजे में खींचने का आयोजन किया जाता है। दरबार ने इन सूचनाओं से आशंकित होकर कई गुप्तचरों को विनय के आचार-विचार की टोह लगाने के लिए तैनात कर दिया है; पर उनकी निस्पृह सेवा किसी को उन पर आघात करने का अवसर नहीं देती।

विनय के पाँव में बेवाय फटी थी; चलने में कष्ट होता था। बरगद के नीचे ठंडी-ठंडी हवा जो लगी, तो बैठे-बैठे सो गये। आँख खुली, तो दोपहर ढल चुकी थी। झपटकर उठ बैठे, लकड़ी सँभाली और आगे बढ़े। आज उन्होंने जसवंतनगर में विश्राम करने का विचार किया था। दिन भागा चला जाता था। तीसरे पहर के बाद सूर्य की गति तीव्र हो जाती है। संध्या होती जाती थी और अभी जसवंतनगर का कहीं पता न था। इधर बेवाय के कारण एक-एक क़दम उठाना दुस्सह था। हैरान थे कि क्या करूँ ? किसी किसान का झोपड़ा भी नज़र न आता था कि वहीं रात काटें। पहाड़ों में सूर्यास्त ही से हिंसक पशुओं की आवाज़ें सुनायी देने लगती हैं। इसी हैसबैस में पड़े हुए थे कि सहसा उन्हें दूर से एक आदमी आता हुआ दिखायी दिया। उसे देखकर वह इतने प्रसन्न हुए कि अपनी राह छोड़कर कई क़दम उसकी तरफ चले। समीप आया, तो मालूम हुआ कि डाकिया है। वह विनय को पहचानता था। सलाम करके बोला—इस चाल से तो आप आधी रात तक भी जसवंतनगर न पहुँचेंगे।

विनय—पैर में बेवाय फट गयी है, चलते नहीं बनता। तुम खूब मिले। मैं बहुत घबरा रहा था कि अकेले कैसे जाऊँगा। अब एक से दो हो गये, कोई चिंता नहीं है। मेरा भी कोई पत्र है ?

डाकिये ने विनयसिंह के हाथ में एक पत्र रख दिया। रानीजी का पत्र था। यद्यपि अँधेरा हो रहा था, पर विनय इतने उत्सुक हुए कि तुरंत लिफ़ाफ़ा खोलकर पत्र पढ़ने लगे। एक क्षण में उन्होंने पत्र समाप्त कर दिया और तब एक ठंडी साँस भरकर लिफ़ाफ़े में रख दिया। उनके सिर में ऐसा चक्कर आया कि गिरने का भय हुआ। ज़मीन पर बैठ गये। डाकिये ने घबराकर पूछा—क्या कोई बुरा समाचार है ? आपका चेहरा पीला पड़ गया है।

विनय—नहीं, कोई ऐसी ख़बर नहीं। पैरों में दर्द हो रहा है, शायद मैं आगे न जा सकूँगा।

डाकिया—यहाँ इस बीहड़ में अकेले पड़े रहिएगा ?

विनय—डर क्या है।

डाकिया—इधर जानवर बहुत हैं, अभी कल एक गाय उठा ले गये।

विनय—मुझे जानवर भी न पूछेंगे। तुम जाओ, मुझे यहीं छोड़ दो।

डाकिया—यह नहीं हो सकता, मैं भी यहीं पड़ रहूँगा।

विनय—तुम मेरे लिए क्यों अपनी जान संकट में डालते हो ? चले जाओ, घड़ी रात गये तक पहुँच जाओगे।

डाकिया—मैं तो तभी जाऊँगा, जब आप भी चलेंगे। मेरी जान की कौन हस्ती है। अपना पेट पालने के सिवा और क्या करता हूँ। आपके दम से तो हज़ारों का भला होता है। जब आपको अपनी चिंता नहीं है, तो मुझे अपनी क्या चिंता है।

विनय—भाई, मैं तो मजबूर हूँ। चला ही नहीं जाता।

डाकिया—मैं आपको कंधे पर बैठाकर ले चलूँगा; पर यहाँ न छोड़ूँगा।

विनय—भाई, तुम बहुत दिक़ कर रहे हो। चलो, लेकिन मैं धीरे-धीरे चलूँगा। तुम न होते, तो आज मैं यहीं पड़ रहता।

डाकिया—आप न होते, तो मेरी जान की कुशल न थी। यह न समझिए कि मैं केवल आपकी ख़ातिर इतनी ज़िद कर रहा हूँ, मैं इतना पुण्यात्मा नहीं हूँ। अपनी रक्षा के लिए आपको साथ लिये चलता हूँ। (धीरे से) मेरे पास इस वक़्त ढाई सौ रुपये हैं। दोपहर को एक जगह सो गया, बस देर हो गयी। आप मेरे भाग्य से मिल गये, नहीं तो डाकुओं से जान न बचती।

विनय—यह तो बड़े ज़ोख़िम की बात है। तुम्हारे पास कोई हथियार है ?

डाकिया—मेरे हथियार आप हैं। आपके साथ मुझे कोई खटका नहीं है। आपको देखकर किसी डाकू की मजाल नहीं कि मुझ पर हाथ उठा सके। आपने डकैतों को भी बस में कर लिया है।

सहसा घोड़ों की टाप की आवाज़ कान में आयी। डाकिये ने घबराकर पीछे देखा। पाँच सवार भाले उठाए, घोड़े बढ़ाए चले आते थे। उसके होश उड़ गये, काटो तो बदन में लहू नहीं। बोला—लीजिए, सब आ ही पहुँचे। इन सबों के मारे इधर रास्ता चलना कठिन हो गया है। बड़े हत्यारे हैं। सरकारी नौकरों को तो छोड़ना ही नहीं जानते। अब आप ही बचायें, तो मेरी जान बच सकती है।

इतने में पाँचों सवार सिर पर आ पहुँचे। उनमें से एक ने पुकारा—अबे, ओ डाकिये, इधर आ, तेरे थैले में क्या है ?

विनयसिंह ज़मीन पर बैठे हुए थे। लकड़ी टेककर उठे कि इतने में एक सवार ने डाकिये पर भाले का वार किया। डाकिया सेना में रह चुका था। वार को थैले पर रोका। भाला थैले के आरपार हो गया। वह दूसरा वार करने वाला ही था कि विनय सामने आकर बोले—भाइयो, यह क्या अंधेर करते हो ! क्या थोड़े-से रुपयों के लिए एक ग़रीब की जान ले लोगे ?

सवार—जान इतनी प्यारी है, तो रुपये क्यों नहीं देता ?

विनय—जान भी प्यारी है और रुपये भी प्यारे हैं। दो में से एक भी नहीं दे सकता।

सवार—तो दोनों ही देने पड़ेंगे।

विनय—तो पहले मेरा काम तमाम कर दो। जब तक़ मैं हूँ, तुम्हारा मनोरथ न पूरा होगा।

सवार—हम साधु-संतों पर हाथ नहीं उठाते। सामने से हट जाओ।

विनय—जब तक मेरी हड्डियाँ तुम्हारे घोड़ों के पैरों-तले न रौंदी जायँगी, मैं सामने से न हटूँगा।

सवार—हम कहते हैं, सामने से हट जाओ। क्यों हमारे सिर हत्या का पाप लगाते हो ?

विनय—मेरा जो धर्म है, वह मैं करता हूँ; तुम्हारा जो धर्म हो, वह तुम करो। गरदन झुकाये हुए हूँ।

दूसरा सवार—तुम कौन हो ?

तीसरा सवार—बेधा हुआ है, मार दो एक हाथ, गिर पड़े, प्रायश्चित्त कर लेंगे।

पहला सवार—आख़िर तुम हो कौन ?

विनय—मैं कोई हूँ, तुम्हें इससे मतलब ?

दूसरा सवार—तुम तो इधर के रहने वाले नहीं जान पड़ते। क्यों बे डाकिये, यह कौन हैं?

डाकिया—यह तो नहीं जानता, पर इनका नाम है विनयसिंह। धर्मात्मा और परोपकारी आदमी हैं। कई महीनों से इस इलाक़े में ठहरे हुए हैं।

विनय का नाम सुनते ही पाँचों सवार घोड़ों पर से कूद पड़े और विनय के सामने हाथ बाँधकर खड़े हो गये। सरदार ने कहा—महाराज, हमारा अपराध क्षमा कीजिए। हमने आपका नाम सुना हैं। आज आपके दर्शन पाकर हमारा जीवन सफल हो गया। इस इलाक़े में आपका यश घर-घर गाया जा रहा है। मेरा लड़का घोड़े से गिर पड़ा था। पसली की हड्डी टूट गयी थी। जीने की कोई आशा न थी। आप ही के साथ के एक महाराज हैं इन्द्रदत्त। उन्होंने आकर लड़के को देखा, तो तुरंत मरहम-पट्टी की और एक महीने तक रोज़ आकर उसकी दवा-दारू करते रहे। लड़का चंगा हो गया। मैं तो प्राण भी दे दूँ, तो आपसे उऋण नहीं हो सकता। अब हम पापियों का उद्धार कीजिए। हमें आज्ञा दीजिए कि आपके चरणों की रज माथे पर लगायें। हम तो इस योग्य भी नहीं हैं।

विनय ने मुसकिराकर कहा—अब तो डाकिये की जान न लोगे ? तुमसे हमें डर लगता है।

सरदार—महाराज, हमें अब लज्जित न कीजिए। हमारा अपराध क्षमा कीजिए। डाकिया महाशय, तुम आज किसी भले आदमी का मुँह देखकर उठे थे, नहीं तो अब तक तुम्हारा प्राण-पखेरू आकाश में उड़ता होता। मेरा नाम सुना है न ? वीरपालसिंह मैं ही हूँ, जिसने राज्य के नौकरों को नेस्तनाबूद करने का प्रण कर लिया है।

विनय—राज्य के नौकरों पर इतना अत्याचार क्यों करते हो ?

वीरपाल—महाराज, आप तो कई महीनों से इस इलाके में हैं, क्या आपको इन लोगों की करतूतें मालूम नहीं हैं ? ये लोग प्रजा को दोनों हाथों से लूट रहे हैं। इनमें न दया है, न धर्म। हैं हमारे ही भाई-बंद, पर हमारी ही गरदन पर छुरी चलाते हैं। किसी ने ज़रा साफ़ कपड़े पहने, और ये लोग उसके सिर हुए। जिसे घूस न दीजिए, वही आपका दुश्मन है। चोरी कीजिए, डाके डालिए, घरों में आग लगाइए, ग़रीबों का गला काटिए, कोई आपसे न बोलेगा। बस, कर्मचारियों की मुट्ठियाँ गर्म करते रहिए। दिन-दहाड़े खून कीजिए, पर पुलिस की पूजा कर दीजिए, आप बेदाग़ छूट जायँगे, आपके बदले कोई बेक़सूर फाँसी पर लटका दिया जायगा। कोई फ़रियाद नहीं सुनता। कौन सुने, सभी एक ही थैली के चट्टे-बट्टे हैं। यही समझ लीजिए कि हिंसक जन्तुओं का एक ग़ोल है, सब-के-सब मिलकर शिकार करते हैं और मिल-जुलकर खाते हैं। राजा है, वह काठ का उल्लू। उसे विलायत में जाकर विद्वानों के सामने बड़े-बड़े व्याख्यान देने की धुन है। मैंने यह किया और वह किया, बस डींगें मारना उसका काम है। या तो विलायत की सैर करेगा, या यहाँ अँगरेज़ों के साथ शिकार खेलेगा, सारे दिन उन्हीं की जूतियाँ सीधी करेगा। इसके सिवा उसे कोई काम नहीं। प्रजा जिये या मरे, उसकी बला से। बस, कुशल इसी में है कि कर्मचारी जिस कल बैठाएँ उसी कल बैठिए, शिकायत न कीजिए, ज़बान न हिलाइए, रोइए, तो मुँह बन्द करके। हमने लाचार होकर इस हत्या-मार्ग पर पग रखा है। किसी तरह तो इन दुष्टों की आँखें खुलें। इन्हें मालूम हो कि हमें भी दंड देने वाला कोई है। ये पशु से

मनुष्य हो जायँ।

विनय—मुझे यहाँ की स्थिति का कुछ ज्ञान तो था; पर यह न मालूम था कि दशा इतनी शोचनीय है। मैं अब स्वयं राजा साहब से मिलूँगा और यह सारा वृत्तांत उनसे कहूँगा।

वीरपाल—महाराज, कहीं ऐसी भूल भी न कीजिएगा, नहीं तो लेने के देने पड़ जायँगे। यह अंधेर-नगरी है। राजा में इतना ही विवेक होता, तो राज्य की यह दशा ही क्यों होती ? वह उलटे आप ही के सिर हो जायगा।

विनय—इसकी चिन्ता नहीं। सन्तोष तो हो जायगा कि मैंने अपने कर्त्तव्य का पालन किया! मुझे तुमसे भी कुछ कहना है। तुम्हारा यह विचार कि इन हत्याकांडों से अधिकारीवर्ग प्रजापरायण हो जायेगा, मेरी समझ में निर्मूल और भ्रमपूर्ण है। रोग का अन्त करने के लिए रोगी का अन्त कर देना न बुद्धि-संगत है, न न्याय-संगत। आग आग से शान्त नहीं होती, पानी से शान्त होती है।

वीरपाल—महाराज, हम आपसे तर्क तो नहीं कर सकते; पर इतना जानते हैं कि विष विष से ही शान्त होता है। जब मनुष्य दुष्टता की चरम सीमा पर पहुँच जाता है, जब उसमें दया और धर्म लुप्त हो जाता है, जब उसके मनुष्यत्व का सर्वनाश हो जाता है, जब वह पशुओं के-से आचरण करने लगता है, जब उसमें आत्मा की ज्योति मलिन हो जाती है, तब उसके लिए केवल एक ही उपाय शेष रह जाता है और वह है प्राणदंड। व्याघ्र-जैसे हिंसक पशु सेवा से वशीभूत हो सकते हैं; पर स्वार्थ को कोई दैविक शक्ति परास्त नहीं कर सकती।

विनय—ऐसी शक्ति है तो। हाँ, केवल उसका उचित उपयोग करना चाहिए।

विनय ने अभी बात भी न पूरी की थी कि अकस्मात किसी तरफ़ से बन्दूक़ की आवाज़ कानों में आयी। सवारों ने चौंककर एक-दूसरे की तरफ़ देखा और एक तरफ़ घोड़े छोड़ दिये। दम-के-दम में घोड़े पहाड़ों में जाकर ग़ायब हो गये। विनय की समझ में कुछ न आया कि बन्दूक़ की आवाज़ कहाँ से आयी और पाँचों सवार क्यों भागे। डाकिये से पूछा—ये सब किधर जा रहे हैं ?

डाकिया—बन्दूक़ की आवाज़ ने किसी शिकार की ख़बर दी होगी, उसी तरफ़ गये हैं। आज किसी सरकारी नौकर की जान पर ज़रूर बनेगी।

विनय—अगर यहाँ के कर्मचारियों का यही हाल है, जैसा इन्होंने बयान किया तो मुझे बहुत जल्द महाराज की सेवा में जाना पड़ेगा।

डाकिया—महाराज, अब आपसे क्या परदा है; सचमुच यही हाल है। हम लोग तो टके के मुलाज़िम ठहरे, चार पैसे ऊपर से न कमायें तो बाल-बच्चों को कैसे पालें; तलब है, वह साल-साल भर तक नहीं मिलती, लेकिन यहाँ तो जितने ही ऊँचे ओहदे पर है, उसका पेट भी उतना ही बड़ा है।

दस बजते-बजते दोनों आदमी जसवंतनगर पहुँच गये। विनय बस्ती के बाहर ही एक वृक्ष के नीचे बैठ गये और डाकिये से जाने को कहा। डाकिये ने उनसे अपने घर चलने का बहुत आग्रह किया। जब वह किसी तरह न राज़ी हुए, तो अपने घर से उनके वास्ते भोजन बनवा लाया। भोजन के उपरांत दोनों आदमी उसी जगह लेटे। डाकिया उन्हें अकेला छोड़कर घर न

आया। वह तो थका था, लेटते ही सो गया, पर विनय को नींद कहाँ ! रानीजी के पत्र का एक-एक शब्द उनके हृदय में काँटे के समान चुभ रहा था। रानी ने लिखा था—तुमने मेरे साथ, और अपने बन्धुओं के साथ दग़ा की है। मैं तुम्हें कभी क्षमा न करूँगी। तुमने मेरी अभिलाषाओं को मिट्टी में मिला दिया। तुम इतनी आसानी से इंद्रियों के दास हो जाओगे, इसकी मुझे लेश-मात्र भी आशंका न थी। तुम्हारा वहाँ रहना व्यर्थ है, घर लौट आओ और विवाह करके आनन्द से भोग-विलास करो। जाति-सेवा के लिए जिस आचरण की आवश्यकता है, जिस मनोबल की आवश्यकता है, वह तुमने नहीं पाया और न पा सकोगे। युवावस्था में हम लोग अपनी योग्यताओं की बहुत कल्पनाएँ कर लेते हैं। तुम भी उसी भ्रांति में पड़ गये। मैं तुम्हें बुरा नहीं कहती। तुम शौक़ से लौट आओ, संसार में सभी अपने-अपने स्वार्थ में रत हैं, तुम भी स्वार्थ-चिंतन में मग्न हो जाओ। हाँ, अब मुझे तुम्हारे ऊपर वह घमंड न होगा, जिस पर मैं फूली हुई थी। तुम्हारे पिताजी को अभी यह वृत्तांत मालूम नहीं है। वह सुनेंगे, तो न जाने उनकी क्या दशा होगी। किन्तु यह बात अगर तुम्हें अभी नहीं मालूम है, तो मैं बताये देती हूँ कि अब तुम्हें अपनी प्रेम-क्रीड़ा के लिए कोई दूसरा क्षेत्र ढूँढ़ना पड़ेगा; क्योंकि मिस सोफ़िया की मँगनी मि. क्लार्क से हो गयी है और दो-चार दिन में विवाह भी होने वाला है। यह इसीलिए लिखती हूँ कि तुम्हें सोफ़िया के विषय में कोई भ्रम न रहे और विदित हो जाय कि जिसके लिए तुमने अपने जीवन की और अपने माता-पिता की अभिलाषाओं का खून किया, उसकी दृष्टि में तुम क्या हो !

विनय के मन में ऐसा उद्वेग हुआ कि इस वक़्त सोफ़िया सामने आ जाती, तो उसे धिक्कारता—यही मेरे अनन्त हृदयानुराग का उपहार है ? तुम्हारे ऊपर मुझे कितना विश्वास था, पर अब ज्ञात हुआ कि वह तुम्हारी प्रेमक्रीड़ा मात्र थी। तुम मेरे लिए आकाश की देवी थीं। मैंने तुम्हें एक स्वर्गीय आलोक, दिव्य ज्योति समझ रखा था। आह ! मैं अपना धर्म तक तुम्हारे चरणों पर निछावर करने को तैयार था। क्या इसीलिए तुमने मुझे ज्वालाओं के मुख से निकाला था ? ख़ैर, जो हुआ, अच्छा हुआ। ईश्वर ने मेरे धर्म की रक्षा की, यह व्यथा भी शांत ही हो जायेगी। मैं तुम्हें व्यर्थ ही कोस रहा हूँ। तुमने वही किया, जो इस परिस्थिति में अन्य स्त्रियाँ करतीं। मुझे दुःख इसीलिए हो रहा है कि मैं तुमसे कुछ और ही आशाएँ रखता था। यह मेरी भूल थी। मैं जानता हूँ कि मैं तुम्हारे योग्य नहीं था। मुझमें वे गुण कहाँ हैं, जिनका तुम आदर कर सकतीं; पर यह भी जानता हूँ कि मेरी जितनी भक्ति तुममें थी और अब भी है, उतनी शायद ही किसी की किसी में हो सकती है। क्लार्क विद्वान, चतुर, योग्य, गुणों का आगार ही क्यों न हो, लेकिन अगर मैंने तुम्हें पहचानने में धोखा नहीं खाया है, तो तुम उसके साथ प्रसन्न न रह सकोगी।

किन्तु इस समय उन्हें इस नैराश्य से कहीं अधिक वेदना इस विचार से हो रही थी कि मैं माताजी की नज़रों में गिर गया—उन्हें कैसे मालूम हुआ ? क्या सोफ़ी ने उन्हें मेरा पत्र तो नहीं दिखा दिया ? अगर उसने ऐसा किया है, तो वह मुझ पर इससे अधिक कठोर आघात न कर सकती थीं। क्या प्रेम निठुर होकर द्वेषात्मक भी हो जाता है ? नहीं, सोफ़ी पर यह संदेह करके मैं उस पर अत्याचार न करूँगा। समझ गया, इंदु की सरलता ने यह आग लगायी है। उसने हँसी-हँसी में अम्माँ जी से कह दिया होगा। न जाने उसे कभी बुद्धि होगी या नहीं। उसकी

तो दिल्लगी हुई, और यहाँ मुझ पर जो बीत रही है, मैं ही जानता हूँ।

यह सोचते-सोचते विनय के मन में प्रत्याघात का विचार उत्पन्न हुआ। नैराश्य में प्रेम भी द्वेष का रूप धारण कर लेता है। उनकी प्रबल इच्छा हुई कि सोफ़िया को एक लम्बा पत्र लिखूँ और उसे जी भरकर धिक्कारूँ। वह इस पत्र की कल्पना करने लगे—त्रियाचरित्र की कथाएँ पुस्तकों में बहुत पढ़ी थीं, पर कभी उन पर विश्वास न आता था। मुझे यह गुमान ही न होता था कि स्त्री, जिसे परमात्मा ने पवित्र, कोमल तथा देवोपम भावों का आगार बनाया है, इतनी निर्दय और इतनी मलिन-हृदय हो सकती है; पर यह तुम्हारा दोष नहीं, यह तुम्हारे धर्म का दोष है, जहाँ प्रेम-व्रत का कोई आदर्श नहीं है। अगर तुमने हिन्दू-धर्म-ग्रन्थों का अध्ययन किया है, तो तुमको एक नहीं, अनेक ऐसी देवियों के दर्शन हुए होंगे, जिन्होंने एक बार प्रेम-व्रत धारण कर लेने के बाद जीवनपर्यंत पर-पुरुष की कल्पना भी नहीं की। हाँ, तुम्हें ऐसी देवियाँ भी मिली होंगी, जिन्होंने प्रेम-व्रत लेकर आजीवन अक्षय वैधव्य का पालन किया। मि. क्लार्क की सहयोगिनी बनकर तुम एक ही छलाँग में विजित से विजेताओं की श्रेणी में पहुँच जाओगी, और बहुत संभव है, इसी गौरव-कामना ने तुम्हें यह वज्राघात करने पर आरूढ़ किया हो; पर तुम्हारी आँखें बहुत जल्द खुलेंगी और तुम्हें ज्ञात होगा कि तुमने अपना सम्मान बढ़ाया नहीं, खो दिया है।

इस भाँति विनय ने दुष्कल्पनाओं की धुन में दिल का खूब गुबार निकाला। अगर इन विषाक्त भावों का एक छींटा भी सोफ़िया पर छिड़क सकता, तो उस विरहिणी की न जाने क्या दशा होती। कदाचित उसकी जान ही पर बन जाती। पर विनयसिंह को स्वयं अपनी क्षुद्रता पर घृणा हुई—मेरे मन में ऐसे कुविचार क्यों आ रहे हैं। उसका परम कोमल हृदय ऐसे निर्दय आघातों को सहन नहीं कर सकता। उसे मुझसे प्रेम था। मेरा मन कहता है कि अब भी उसे मेरे प्रति सहानुभूति है। मगर मेरे ही समान वह भी धर्म, कर्त्तव्य, समाज और प्रथा की बेड़ियों में बँधी हुई है। हो सकता है कि उसके माता-पिता ने उसे मजबूर किया हो और उसने अपने को उनकी इच्छा पर बलिदान कर दिया हो। यह भी हो सकता है कि माताजी ने उसे मेरे प्रेम-मार्ग से हटाने के लिए यह उपाय निकाला हो। वह जितनी ही सहृदय हैं, उतनी ही क्रोधशील भी। मैं बिना जाने-बूझे सोफ़िया पर यह मिथ्या दोषारोपण करके अपनी उच्छृंखलता का परिचय दे रहा हूँ।

इसी उद्विग्न दशा में करवटें बदलते-बदलते विनय की आँखें झपक गयीं। पहाड़ी देशों में रातें बड़ी सुहावनी होती हैं। एक ही झपकी में तड़का हो गया। मालूम नहीं, वह कब तक पड़े सोया करते; लेकिन पानी के झींसे मुँह पर पड़े, तो घबराकर उठ बैठे। बादल घिरे हुए थे और हलकी-हलकी फुहार पड़ रही थी। जसवंतनगर चलने का विचार करके उठे थे कि कई आदमियों को घोड़े भगाये अपनी तरफ़ आते देखा। समझे, शायद वीरपालसिंह और उनके साथी होंगे; पर समीप आये, तो मालूम हुआ कि रियासत की पुलिस के आदमी हैं। डाकिया उनके पास ही सोया हुआ था, पर उसका कहीं पता न था, वह पहले ही उठकर चला गया था।

अफ़सर ने पूछा—तुम्हारा ही नाम विनयसिंह है ?

'जी हाँ।'

'कल रात को तुम्हारे साथ कई आदमियों ने यहाँ पड़ाव डाला था ?'

'जी नहीं, मेरे साथ केवल यहाँ के डाकघर का एक डाकिया था।'

'तुम वीरपालसिंह को जानते हो ?'

'इतना ही जानता हूँ कि वह मुझे रास्ते में मिल गया, वहाँ से कहाँ गया, यह मैं नहीं जानता।'

'तुम्हें यह मालूम था कि वह डाकू है ?'

'उसने यहाँ के राजकर्मचारियों के विषय में इसी शब्द का प्रयोग किया था।'

'इसका आशय मैं यह समझता हूँ कि तुम्हें यह बात मालूम थी।'

'आप इसका जो आशय चाहें, समझें।'

'उसने यहाँ से तीन मील पर सरकारी खज़ाने की गाड़ी लूट ली है और एक सिपाही की हत्या कर डाली है। पुलिस को संदेह है कि यह संगीन वारदात तुम्हारे इशारे से हुई है। इसलिए हम तुम्हें गिरफ़्तार करते हैं।'

'यह मेरे ऊपर घोर अन्याय है। मुझे उस डाके और हत्या की ज़रा भी ख़बर नहीं है।'

'इसका फ़ैसला अदालत से होगा।'

'कम-से-कम मुझे इतना पूछने का अधिकार तो है कि पुलिस को मुझ पर यह संदेह करने का क्या कारण है ?'

'उसी डाकिये का बयान है, जो रात को तुम्हारे साथ यहाँ सोया था।'

विनय ने विस्मित होकर कहा—यह उसी डाकिये का बयान है !

'हाँ, उसने घड़ी रात रहे इसकी सूचना दी। अब आपको विदित हो गया होगा कि रियासत की पुलिस आप-जैसे महाशयों से कितनी सतर्क रहती है।'

मानव-चरित्र कितना दुर्बोध और जटिल है, इसका विनय को जीवन में पहली ही बार अनुभव हुआ। इतनी श्रद्धा और भक्ति की आड़ में इतनी कुटिलता और पैशाचिकता !

दो सिपाहियों ने विनय के हाथों में हथकड़ी डाल दी, उन्हें एक घोड़े पर सवार कराया और जसवंतनगर की ओर चले।

सत्रह

विनयसिंह छह महीनों से कारागार में पड़े हुए हैं। न डाकुओं का कुछ पता मिलता है और न उन पर अभियोग चलाया जाता है। अधिकारियों को अब भी भ्रम है कि इन्हीं के इशारे से डाका पड़ा था। इसीलिए वे उन पर नाना प्रकार के अत्याचार किया करते हैं। जब इस नीति से काम नहीं चलता दिखायी देता, तो प्रलोभन से काम लेते हैं और फिर वही पुरानी नीति ग्रहण करने लगते हैं। विनयसिंह पहले अन्य कैदियों के साथ रखे गये थे, लेकिन जब उन्होंने अपराधियों को उनकी ओर बहुत आकृष्ट होते देखा, तो इस भय से कि कहीं जेल में उपद्रव न हो जाए; उन्हें सबसे अलग एक काल-कोठरी में बंद कर दिया। कोठरी बहुत तंग थी, एक भी खिड़की न थी, दोपहर को अँधेरा छाया रहता था, दुर्गन्ध इतनी कि नाक फटती थी। चौबीस घंटे में केवल एक बार द्वार खुलता, रक्षक भोजन रखकर फिर द्वार बंद कर देता। विनय को कष्ट

सहने की बान पड़ गयी थी, भूख-प्यास सह सकता था, ओढ़न-बिछावन की उसे ज़रूरत न थी, इससे उसे कोई विशेष कष्ट न होता था; पर अंधकार और दुर्गन्ध उसके लिए बिलकुल नयी सज़ा थी। भीतर उसका दम घुटने लगता था। निर्मल, स्वच्छ वायु में साँस लेने के लिए वह तड़प-तड़पकर रह जाता था। ताज़ी हवा कितनी बहुमूल्य होती है, इसका अब उसे प्रत्यक्ष ज्ञान हो रहा था। किन्तु दुर्व्यवहारों को सहते हुए भी वह दुःखी या भग्न-हृदय न होता था। इन कठिन परीक्षाओं ही में उसे जाति का उद्धार दिखायी देता था। वह अपने मन में कहता था—यह कठिन व्रत निष्फल नहीं जा सकता। जब तक हम कठिनाइयाँ झेलना न सीखेंगे, जब तक हम भोग-विलास का परित्याग न करेंगे, हमसे देश का कुछ उपकार नहीं हो सकता। यही विचार उसे धैर्य देता रहता था।

किन्तु जब सोफ़िया की कलुषता की याद आ जाती, तो उसका सारा धैर्य, उत्साह और आत्मोत्सर्ग नैराश्य में विलीन हो जाता था। वह अपने को कितना ही समझाता कि सोफ़िया ने जो कुछ किया, विवश होकर किया होगा; पर इस युक्ति से उसे संतोष न होता था—क्या सोफ़िया स्पष्ट नहीं कह सकती थी कि मैं विवाह नहीं करना चाहती ? विवाह के विषय में माता-पिता की इच्छा हमारे यहाँ निश्चयात्मक है, लेकिन ईसाइयों में स्त्री की इच्छा ही प्रधान समझी जाती है। अगर सोफ़िया को क्लार्क से प्रेम न था, तो क्या वह उन्हें कोरा जवाब न दे सकती थी ? यथार्थ में कोमल जाति का प्रेम-सूत्र भी कोमल होता है, जो ज़रा-से झटके से टूट सकता है। जब सोफ़िया-जैसी विचारशीला, आन पर जान देने वाली, सिद्धांत-प्रिय, उन्नत हृदय युवती यों विचलित हो सकती है, तो दूसरी स्त्रियों से क्या आशा की जा सकती है ? इस जाति पर विश्वास करना ही व्यर्थ है। सोफ़ी ने मुझे सदा के लिए सचेत कर दिया, ऐसा पाठ हृदयंगम करा दिया, जो कभी न भूलेगा। जब सोफ़िया दग़ा कर सकती है, तो ऐसी कौन स्त्री है, जिस पर विश्वास किया जा सके ? आह ! क्या जानता था कि इतना त्याग, इतनी सरलता, इतनी सदाकांक्षा भी अंत में स्वार्थ के सामने सिर झुका देगी। अब जीवन-पर्यंत स्त्री की ओर आँख उठाकर भी न देखूँगा। उससे यों दूर रहूँगा, जैसे काली नागिन से; उससे यों बचकर चलूँगा, जैसे काँटे से। किसी से घृणा करना सज्जनता और औचित्य के विरुद्ध है; मगर अब इस जाति से घृणा करूँगा।

इस नैराश्य, शोक और चिंता में पड़े-पड़े कभी-कभी वह इतना व्यग्र हो जाता कि जी में आता—चलकर उस वज्र-हृदया के सामने दीवार से सिर टकराकर प्राण दे दूँ, जिसमें उसे भी ग्लानि हो। मैं यहाँ अग्निकुंड में जल रहा हूँ, हृदय में फफोले पड़े हुए हैं, वहाँ किसी को ख़बर भी नहीं, आमोद-प्रमोद का आनन्द उठाया जा रहा है। उसकी आँखों के सम्मुख एड़ियाँ रगड़-रगड़कर प्राण देता, तो उसे भी अपनी कुटिलता और निर्दयता पर लज्जा आती। भगवन्, मझे इन दुश्चिंताओं के लिए क्षमा करना। मैं दुखी हूँ, वह भी मेरे सदृश नैराश्य की आग में जलती ! क्लार्क उसके साथ उसी भाँति दग़ा करता, जैसे उसने मेरे साथ की है ! अगर मेरी अहित-कामना में सत्य का कुछ भी अंश है अगर प्रेम-मार्ग से विमुख होने का कुछ भी दंड है, तो एक दिन अवश्य उसे भी शोक और व्यथा के आँसू बहाते देखूँगा। यह असंभव है कि खूने-नाहक रंग न लाये।

लेकिन यह नैराश्य सर्वथा व्यथाकारक ही न था, उसमें आत्मपरिष्कार के अंकुर भी छिपे हुए थे। विनय के हृदय में फिर वह सद्भाव जाग्रत हो गया, जिसे प्रेम की कल्पनाओं ने निर्जीव बना डाला था। नैराश्य ने स्वार्थ का संहार कर दिया।

एक दिन विनयसिंह रात के समय लेटे सोच रहे थे कि न जाने मेरे साथियों पर क्या गुज़री, मेरी ही तरह वे भी तो विपत्ति में नहीं फँस गये, किसी की कुछ ख़बर ही नहीं कि सहसा उन्हें अपने सिरहाने की ओर एक धमाके की आवाज़ सुनायी दी। वह चौंक पड़े, और कान लगाकर सुनने लगे। मालूम हुआ कि कुछ लोग दीवार खोद रहे हैं। दीवार पत्थर की थी; मगर बहुत पुरानी थी। पत्थरों के जोड़ों में लोनी लग गयी थी। पत्थर की सिलें आसानी से अपनी जगह छोड़ती जाती थीं। विनय को आश्चर्य हुआ—ये कौन लोग हैं ? अगर चोर हैं, तो जेल की दीवार तोड़ने से इन्हें क्या मिलेगा ? शायद समझते हैं, जेल के दारोग़ा का यही मकान है। वह इसी हैस-बैस में थे कि अंदर प्रकाश की एक झलक आयी। मालूम हो गया कि चोरों ने अपना काम पूरा कर लिया। सेंध के सामने जाकर बोले—तुम कौन हो ? यह दीवार क्यों खोद रहे हो ?

बाहर से आवाज़ आयी—हम आपके पुराने सेवक हैं। हमारा नाम वीरपालसिंह है।

विनय ने तिरस्कार के भाव से कहा—क्या तुम्हारे लिए किसी ख़ज़ाने की दीवारें नहीं हैं, जो जेल की दीवार खोद रहे हो ? यहाँ से चले जाओ, नहीं तो मैं शोर मचा दूँगा।

वीरपाल—महाराज, हमसे उस दिन बड़ा अपराध हुआ, क्षमा कीजिए। हमें न मालूम था कि केवल एक क्षण हमारे साथ रहने के कारण आपको यह कष्ट भोगना पड़ेगा, नहीं तो हम सरकारी ख़ज़ाना न लूटते। हमको रात-दिन यही चिंता लगी हुई थी कि किसी भाँति आपके दर्शन करें और आपको इस संकट से निकालें। आइए, आपके लिए घोड़ा हाज़िर है।

विनय—मैं अधर्मियों के हाथों अपनी रक्षा नहीं कराना चाहता। अगर तुम समझते हो कि मैं इतना बड़ा अपराध सिर पर रखे हुए जेल से भागकर अपनी जान बचाऊँगा, तो तुम धोखे में हो। मुझे अपनी जान इतनी प्यारी नहीं है।

वीरपाल—अपराधी तो हम हैं, आप तो सर्वथा निरपराध हैं, आपके ऊपर तो अधिकारियों ने यह घोर अन्याय किया है। ऐसी दशा में आपको यहाँ से निकल जाने में कुछ पसोपेश न करना चाहिए।

विनय—जब तक न्यायालय मुझे मुक्त न करे, मैं यहाँ से किसी तरह नहीं जा सकता।

वीरपाल—यहाँ के न्यायालयों से न्याय की आशा रखना चिड़िया से दूध निकालना है। हम सब-के-सब इन्हीं अदालतों के मारे हुए हैं। मैंने कोई अपराध नहीं किया था, मैं अपने गाँव का मुखिया था; किन्तु मेरी सारी ज़ायदाद केवल इसीलिए ज़ब्त कर ली गयी कि मैंने एक असहाय युवती को इलाक़ेदार के हाथों से बचाया था। उसके घर में वृद्धा माता के सिवा और कोई न था। हाल में विधवा हो गयी थी। इलाक़ेदार की कुदृष्टि उस पर पड़ गयी और वह युवती को उसके घर से निकाल ले जाने का प्रयास करने लगा। मुझे टोह मिल गयी। रात को ज्यों ही इलाक़ेदार के आदमियों ने वृद्धा के घर में घुसना चाहा, मैं अपने कई मित्रों को साथ लेकर वहाँ जा पहुँचा और उन दुष्टों को मारकर घर से निकाल दिया। बस, इलाक़ेदार उसी दिन से मेरा जानी दुश्मन हो गया। मुझ पर चोरी का अभियोग लगाकर क़ैद करा दिया। अदालत अंधी

थी। जैसा इलाक़ेदार ने कहा वैसा न्यायाधीश ने किया। ऐसी अदालतों से आप व्यर्थ न्याय की आशा रखते हैं।

विनय—तुम लोग उस दिन मुझसे बातें करते-करते बंदूक़ की आवाज़ सुनकर ऐसे भागे कि मुझे तुम पर अब विश्वास ही नहीं आता।

वीरपाल—महाराज, कुछ न पूछिये, बंदूक की आवाज़ सुनते ही हमें उन्माद-सा हो गया। हमें जब रियासत से कोई बदला लेने का अवसर मिलता है, तो हम अपने को भूल जाते हैं। हमारे ऊपर कोई भूत सवार हो जाता है। रियासत ने हमारा सर्वनाश कर दिया है। हमारे पुरखों ने अपने रक्त से इस राज्य की बुनियाद डाली थी, आज यह राज्य हमारे रक्त का प्यासा हो रहा है। हम आपके पास से भागे, तो थोड़ी ही दूर पर अपने ग़ोल के कई आदमियों को रियासत के सिपाहियों से लड़ते पाया। हम पहुँचते ही सरकारी आदमियों पर टूट पड़े, उनकी बंदूकें छीन लीं। एक आदमी को मार गिराया और रुपयों की थैलियाँ घोड़ों पर लादकर भाग निकले। ज़ब से सुना है कि आप हमारी सहायता करने के संदेह में गिरफ्तार किये गये हैं, तब से इसी दौड़-धूप में हैं कि आपको यहाँ से निकाल ले जायँ। यह जगह आप-जैसे धर्मपरायण, निर्भीक और स्वाधीन पुरुषों के लिए उपयुक्त नहीं है। यहाँ उसी का निबाह है, जो पल्ले दरजे का घाघ, कपटी, पाखंडी और दुरात्मा हो, अपना काम निकालने के लिए बुरे-से बुरा काम करने से भी न हिचके।

विनयसिंह ने बड़े गर्व से उत्तर दिया—अगर तुम्हारी बातें अक्षरशः सत्य हों, तो भी मैं कोई ऐसा काम न करूँगा, जिससे रियासत की बदनामी हो। मुझे अपने भाइयों के साथ से विष का प्याला पीना मंजूर है; पर रोकर उनको संकट में डालना मंजूर नहीं। इस राज्य को हम लोगों ने सदैव गौरव की दृष्टि से देखा है, महाराजा साहब को आज भी हम उसी श्रद्धा की दृष्टि से देखते हैं। वह उन्हीं सांगा और प्रताप के वंशज हैं, जिन्होंने हिन्दू-जाति की रक्षा के लिए अपने प्राणों की आहुति दे दी थी। हम महाराजा को अपना रक्षक, अपना हितैषी, क्षत्रिय-कुल-तिलक समझते हैं। उनके कर्मचारी सब हमारे भाई-बन्द हैं। फिर यहाँ की अदालत पर क्यों न विश्वास करें ? वे हमारे साथ अन्याय भी करें, तो भी हम ज़बान न खोलेंगे। राज्य पर दोषारोपण करके हम अपने को उस महान् वस्तु के अयोग्य सिद्ध करते हैं, जो हमारे जीवन का लक्ष्य और इष्ट है।

'धोखा खाइएगा।'

'इसकी कोई चिन्ता नहीं।'

'मेरे सिर से कलंक कैसे उतरेगा ?'

'अपने सत्कार्यों से।'

वीरपाल समझ गया कि यह अपने सिद्धान्त से विचलित न होंगे। पाँचों आदमी घोड़ों पर सवार हो गये और एक क्षण में हेमन्त के घने कुहरे ने उन्हें अपने परदे में छिपा लिया। घोड़ों की टाप की ध्वनि कुछ देर तक कानों में आती रही, फिर वह भी ग़ायब हो गयी।

अब विनय सोचने लगे—प्रातःकाल जब लोग यह सेंध देखेंगे, तो दिल में क्या ख़याल करेंगे? उन्हें निश्चय हो जायगा कि मैं डाकुओं से मिला हुआ हूँ और गुप्त रीति से भागने की चेष्टा

कर रहा हूँ। लेकिन नहीं, जब देखेंगे कि मैं भागने का अवसर पाकर भी न भागा, तो उनका दिल मेरी तरफ़ से साफ़ हो जायगा। यह सोचते हुए उन्होंने पत्थर के टुकड़े चुन-चुनकर सेंध को बन्द करना शुरू किया। उनके पास केवल एक हलका-सा कम्बल था, और हेमन्त की तुषार-सिक्त वायु इस सूराख़ की राह से सन-सन आ रही थी। खुले मैदान में शायद उन्हें कभी इतनी ठण्ड न लगी थी। हवा सुई की भाँति रोम-रोम में चुभ रही थी। सेंध बन्द करने के बाद वह लेट गये।

प्रातःकाल जेलख़ाने में हलचल मच गयी। नाज़िम, इलाक़ेदार, सभी घटना-स्थल पर पहुँच गये। तहक़ीक़ात होने लगी। विनयसिंह ने सम्पूर्ण वृत्तांत कह सुनाया। अधिकारियों को बड़ी चिन्ता हुई कि कहीं वही डाकू इन्हें निकाल न ले जायँ। उनके हाथों में हथकड़ियाँ और पैरों में बेड़ियाँ डाल दी गयीं। निश्चय हो गया कि इन पर आज ही अभियोग चलाया जाये। सशस्त्र पुलिस उन्हें अदालत की ओर ले चली। हज़ारों आदमियों की भीड़ साथ हो गयी। सब लोग यही कह रहे थे—हुक्काम ऐसे सज्जन, सहृदय और परोपकारी पुरुष पर अभियोग चलाते हैं, बुरा करते हैं। बेचारे ने न जाने किस बुरी साइत में यहाँ क़दम रखे थे। हम तो अभागे हैं ही, अपने पिछले कर्मों का फल भोग रहे हैं; हमें अपने हाल पर छोड़ देते, व्यर्थ इस आग में कूदे। कितने ही लोग रो रहे थे। सबको निश्चय था कि न्यायाधीश इन्हें कड़ी सज़ा देगा। प्रतिक्षण दर्शकों की संख्या बढ़ती जाती थी और पुलिस को भय हो रहा था कि कहीं ये लोग बिगड़ न जायँ। सहसा एक मोटर आयी और शोफ़र ने उतरकर पुलिस अफ़सर को एक पत्र दिया। सब लोग ध्यान से देख रहे थे कि देखें, अब क्या होता है। इतने में विनयसिंह मोटर पर सवार कराये गये और मोटर हवा हो गयी। सब लोग चकित रह गये।

जब मोटर कुछ दूर चली गयी, तो विनय ने शोफ़र से पूछा—मुझे कहाँ लिये जाते हो ? शोफ़र ने कहा—आपको दीवान साहब ने बुलाया है।

विनय ने और कुछ न पूछा। उन्हें उस समय भय के बदले हर्ष हुआ कि दीवान से मिलने का यह अच्छा अवसर मिला। अब उनसे यहाँ की स्थिति पर बातें होंगी। सुना है, विद्वान् आदमी हैं। देखूँ, इस नीति का क्योंकर समर्थन करते हैं।

एकाएक शोफ़र बोला—यह दीवान एक ही पाजी है। दया करना तो जानता ही नहीं। एक दिन बचा को इसी मोटर से ऐसा गिराऊँगा कि हड्डी-पसली का पता न लगेगा।

विनय—ज़रूर गिराओ, ऐसे अत्याचारियों की यही सज़ा है।

शोफ़र ने कुतूहलपूर्ण नेत्रों से विनय को देखा। उसे अपने कानों पर विश्वास न हुआ। विनय के मुँह से ऐसी बात सुनने की उसे आशा न थी। उसने सुना था कि वह देवोपम गुणों के आगार हैं, उनका हृदय पवित्र है। बोला—आपकी भी यही इच्छा है ?

विनय—क्या किया जाय, ऐसे आदमियों पर और किसी बात का तो असर ही नहीं होता।

शोफ़र—अब तक मुझे यही शंका होती थी कि लोग मुझे हत्यारा कहेंगे; लेकिन जब आप-जैसे देव-पुरुष की यह इच्छा है, तो मुझे क्या डर ? बचा बहुत रात को घूमने निकला करते हैं। एक ठोकर में तो काम तमाम हो जायगा।

विनय यह सुनकर ऐसा चौंके, मानो कोई भयंकर स्वप्न देखा हो। उन्हें ज्ञात हुआ कि मैंने

एक द्वेषात्मक भाव का समर्थन करके कितना बड़ा अनर्थ किया। अब उनकी समझ में आया कि विशिष्ट पुरुषों को कितनी सावधानी से मुँह खोलना चाहिए, क्योंकि उनका एक-एक शब्द प्रेरणा-शक्ति से परिपूर्ण रहता है। वह मन में पछता रहे थे कि मेरे मुँह से ऐसी बात निकली ही क्यों, और किसी भाँति कमान से निकले हुए तीर को फेर लाने का उपाय सोच रहे थे कि इतने में दीवान साहब का भवन आ गया। विशाल फाटक पर दो सशस्त्र सिपाही खड़े थे और फाटक से थोड़ी दूर पर पीपल की दो तोंपे रखी हुई थीं। फाटक पर मोटर रुक गयी और दोनों सिपाही विनयसिंह को अन्दर ले चले। दीवान साहब दीवानखाने में विराजमान थे। ख़बर पाते ही विनय को बुला लिया।

दीवान साहब का डील ऊँचा, शरीर सुगठित और वर्ण गौर था। अधेड़ हो जाने पर भी उनकी मुख-श्री किसी खिले हुए फूल के समान थी। तनी हुई मूँछें थीं, सिर पर रंग-बिरंगी, उदयपुरी पगिया, देह पर एक चुस्त शिकारी कोट, नीचे उदयपुरी पाजामा, ऊपर एक भारी ओवरकोट। छाती पर कई तमग़े और सम्मान-सूचक चिह्न शोभा दे रहे थे। उदयपुरी रिसाले के साथ योरपीय महासभर में सम्मिलित हुए थे और वहाँ कई कठिन अवसरों पर अपने असाधारण पुरुषार्थ से सेना-नायकों को चकित कर दिया था। यह उसी सुकीर्ति का फल था कि वह इस पद पर नियुक्त हुए थे। सरदार नीलकंठसिंह नाम था। ऐसा तेजस्वी पुरुष विनयसिंह की निगाहों से कभी न गुज़रा था।

दीवान साहब ने विनय को देखते ही मुसकराकर उन्हें एक कुर्सी पर बैठने का संकेत किया और बोले—ये आभूषण तो आपकी देह पर बहुत शोभा नहीं देते; किन्तु जनता कि दृष्टि में इनका जितना आदर है, उतना मेरे इन तमग़ों और पट्टियों का कदापि नहीं है। यह देखकर मुझे आपसे डाह हो, तो कुछ अनुचित है ?

विनय ने समझा था, दीवान साहब जाते-ही-जाते गरज पड़ेंगे, लाल-पीली आँखें दिखायेंगे। वह उस बर्ताव के लिए तैयार थे ! अब जो दीवान साहब की ये सहृदयतापूर्ण बातें सुनीं, तो संकोच में पड़ गये। उस कठोर उत्तर के लिए यहाँ कोई स्थान न था, जिसे उन्होंने मन में सोच रखा था। बोले—यह तो कोई ऐसी दुर्लभ वस्तु नहीं है, जिसके लिए आपको डाह करना पड़े।

दीवान साहब—(हँसकर) आपके लिए दुर्लभ नहीं है; पर मेरे लिए तो दुर्लभ है। मुझमें वह सत्साहस, सदुत्साह नहीं है, जिसके उपहार-स्वरूप ये सब चीज़ें मिलती हैं। मुझे आज मालूम हुआ कि आप कुँवर भरतसिंह के सुपुत्र हैं। उनसे मेरा पुराना परिचय है। अब वह शायद मुझे भूल गये हों। कुछ तो इस नाते से कि आप मेरे एक पुराने मित्र के बेटे हैं और कुछ इस नाते से कि आपने इस युवावस्था में विषय-वासनाओं को त्यागकर लोक-सेवा का व्रत धारण किया है, मेरे दिल में आपके प्रति विशेष प्रेम और सम्मान है। व्यक्तिगत रूप से मैं आपकी सेवाओं को स्वीकार करता हूँ और इस थोड़े-से समय में आपने रियासत का जो कल्याण किया है, उसके लिए आपका कृतज्ञ हूँ। मुझे खूब मालूम है कि आप निरपराध हैं और डाकुओं से आपका कोई सम्बन्ध नहीं हो सकता। इसका मुझे गुमान तक नहीं है। महाराजा साहब से भी आपके सम्बन्ध में अभी घंटे-भर बातें हुई। वह भी मुक्त कंठ से आपकी प्रशंसा करते हैं। लेकिन परिस्थितियाँ हमें आपसे यह याचना करने के लिए मजबूर कर रही हैं कि बहुत अच्छा हो, अगर आप...

अगर आप प्रजा से अपने को अलग रखें। मुझे आपसे यह कहते हुए बहुत खेद हो रहा है कि अब यह रियासत आपका सत्कार करने का आनंद नहीं उठा सकती।

विनय ने अपने उठते हुए क्रोध को दबाकर कहा—आपने मेरे विषय में जो सद्भाव प्रकट किए हैं, उनके लिए आपका कृतज्ञ हूँ। पर खेद है कि मैं आपकी आज्ञा का पालन नहीं कर सकता। समाज की सेवा करना ही मेरे जीवन का मुख्य उद्देश्य है और समाज से पृथक होकर मैं अपना व्रत भंग करने में असमर्थ हूँ।

दीवान साहब—अगर आपके जीवन का मुख्य उद्देश्य यही है, तो आपको किसी रियासत में आना उचित न था। रियासतों को आप सरकार की हरमसरा समझिए, जहाँ सूर्य के प्रकाश का भी गुज़र नहीं हो सकता। हम सब इस हरमसरा के हब्शी ख़्वाजासरा हैं। हम किसी की प्रेम-रस-पूर्ण दृष्टि को इधर उठने न देंगे, कोई मनचला जवान इधर क़दम रखने का साहस नहीं कर सकता। अगर ऐसा हो, तो हम अपने पद के अयोग्य समझे जायँ। हमारा रसीला बादशाह, इच्छानुसार मनोविनोद के लिए, कभी-कभी यहाँ पदार्पण करता है। हरमसरा के सोये हुए भाग्य उस दिन जग जाते हैं। आप जानते ही हैं, बेगमों की सारी मनोकामनाएँ उनकी छवि-माधुरी, हाव-भाव और बनाव-सिंगार पर निर्भर होती हैं, नहीं तो रसीला बादशाह उनकी ओर आँख उठाकर भी न देखे। हमारे रसीले बादशाह पूर्वीय राग-रस के प्रेमी हैं; उनका हुक्म है कि बेगमों का वस्त्राभूषण पूर्वीय हो, शृंगार पूर्वीय हो, रीति-नीति पूर्वीय हो, उनकी आँखें लज्जापूर्ण हों, पश्चिम की चंचलता उनमें न आने पाये, उनकी गति मरालों की गति की भाँति मंद हो, पश्चिम की ललनाओं की भाँति उछलती-कूदती न चलें, वे ही परिचारिकाएँ हों, वे ही हरम की दारोग़ा, वही हब्शी गुलाम, वही ऊँची चहारदीवारी, जिसके अंदर चिड़िया भी न पर मार सके। आपने इस हरमसरा में घुस आने का दुस्साहस किया है, यह हमारे रसीले बादशाह को एक आँख नहीं भाता, और आप अकेले नहीं हैं, आपके साथ समाज-सेवकों का एक जत्था है। इस जत्थे के सम्बन्ध में भाँति-भाँति की शंकाएँ हो रही हैं। नादिरशाही हुक्म है कि जितनी जल्द हो सके, यह जत्था हरमसरा से दूर हटा दिया जाये। यह देखिए, पोलिटिकल रेज़िडेंट ने आपके सहयोगियों के कृत्यों की गाथा लिख भेजी है। कोई कोटे में कृषकों की सभाएँ बनाता फिरता है; कोई बीकानेर में बेगार की जड़ खोदने पर तत्पर हो रहा है; कोई मारवाड़ में रियासत के उन करों का विरोध कर रहा है, जो परम्परा से वसूल होते चले आये हैं। आप लोग साम्यवाद का डंका बजाते फिरते हैं। आपका कथन है, प्राणि-मात्र को खाने-पहनने और शांति से जीवन व्यतीत करने का समान स्वत्व है। इस हरमसरा में इन सिद्धान्तों और विचारों का प्रचार करके आप हमारी सरकार को बदगुमान कर देंगे, और उसकी आँखें फिर गयीं, तो संसार में हमारा कहीं ठिकाना नहीं है। हम आपको अपने प्रेम-कुंज में आग न लगाने देंगे।

हम अपनी दुर्बलताओं को व्यंग्य की ओट में छिपाते हैं। दीवान साहब ने व्यंग्योक्ति का प्रयोग करके विनय की सहानुभूति प्राप्त करनी चाही थी; पर विनय मनोविज्ञान से इतने अनभिज्ञ न थे, उनकी चाल भाँप गये और बोले—हमारा अनुमान था कि हम अपनी निःस्वार्थ सेवा से आपको अपना हमदर्द बना लेंगे।

दीवान साहब—इसमें आपको पूरी सफलता हुई है। हमको आपसे हार्दिक सहानुभूति है, लेकिन

आप जानते ही हैं कि रेज़िडेंट साहब की इच्छा के विरुद्ध हम तिनका तक नहीं हिला सकते। आप हमारे ऊपर दया कीजिए; हमें इसी दशा में छोड़ दीजिए, हम जैसे पतितों का उद्धार करने में आपको यश के बदले अपयश ही मिलेगा।

विनय—आप रेज़िडेंट के अनुचित हस्तक्षेप का विरोध क्यों नहीं करते ?

दीवान साहब—इसलिए कि हम आपकी भाँति निस्पृह और निःस्वार्थ नहीं हैं। सरकार की रक्षा में हम मनमाने कर वसूल करते हैं, मनमाने क़ानून बनाते हैं, मनमाने दंड लेते हैं, कोई चूँ नहीं कर सकता। यही हमारी कारगुज़ारी समझी जाती है, इसी के उपलक्ष्य में हमको बड़ी-बड़ी उपाधियाँ मिलती हैं; पद की उन्नति होती है। ऐसी दशा में हम उनका विरोध क्यों करें ?

दीवान साहब की इस निर्लज्जता पर झुंझलाकर विनयसिंह ने कहा—इससे तो यह कहीं अच्छा था कि रियासतों का निशान ही न रहता।

दीवान साहब—इसीलिए तो हम आपसे विनय कर रहे हैं कि अब किसी और प्रांत की ओर अपनी दयादृष्टि कीजिए।

विनय—अगर मैं जाने से इनकार करूँ ?

दीवान साहब—तो मुझे बड़े दुःख के साथ आपको उसी न्यायालय के सिपुर्द करना पड़ेगा, जहाँ न्याय का खून होता है।

विनय—निरपराध ?

दीवान साहब—आप पर डाकुओं की सहायता का अपराध लगा हुआ है।

विनय—अभी आपने कहा है कि आपको मेरे विषय में ऐसी शंका नहीं है।

दीवान साहब—वह मेरी निजी राय थी, यह मेरी राजकीय सम्मति है।

विनय—आपको अख्तियार है।

विनयसिंह फिर मोटर पर बैठे, तो सोचने लगे—जहाँ ऐसे-ऐसे निर्लज्ज, अपनी अपकीर्ति पर बग़लें बजाने वाले कर्णधार हैं, उस नौका को ईश्वर ही पार लगाये, तो लगे। चलो, अच्छा ही हुआ। जेल में रहने से माताजी को तो तस्कीन होगी। यहाँ से जान बचाकर भागता, तो वह मुझसे बिलकुल निराश हो जातीं। अब उन्हें मालूम हो जायगा कि उनका पत्र निष्फल नहीं हुआ। चलूँ, अब न्यायालय का स्वाँग भी देख लूँ।

अठारह

सोफ़िया घर आयी, तो उसके आत्मगौरव का पतन हो चुका था; अपनी ही निगाहों में गिर गयी थी। उसे अब न रानी पर क्रोध था, न अपने माता-पिता पर, केवल अपनी आत्मा पर क्रोध था, जिसके हाथों उसकी इतनी दुर्गति हुई थी, जिसने उसे काँटों में उलझा दिया था। उसने निश्चय किया, मन को पैरों से कुचल डालूँगी, उसका निशान मिटा दूँगी। दुविधा में पड़कर वह अपने मन के अपने ऊपर शासन करने का अवसर न देना चाहती थी, उसने सदा के लिए मुँह बंद कर देने का दृढ़ संकल्प कर लिया था। वह जानती थी, मन का मुँह बंद करना नितांत

कठिन है; लेकिन वह चाहती थी, अब अगर मन कर्त्तव्य मार्ग से विचलित हो, तो उसे अपने अनौचित्य पर लज्जा आये; जैसे कोई तिलकधारी वैष्णव शराब की भट्टी में जाते हुए झिझकता है और शर्म से गर्दन नहीं उठा सकता, उसी तरह मन उसका भी संस्कार के बंधनों में पड़कर कुत्सित वासनाओं से झिझके। इस आत्मदान के लिए वह कलुषता और कुटिलता का अपराध सिर पर लेने को तैयार थी; यावज्जीवन नैराश्य और वियोग की आग में जलने के लिए तैयार थी। वह आत्मा से उस अपमान का बदला लेना चाहती थी, जो उसे रानी के हाथों सहना पड़ा था। उसका मन शराब पर टूटता था, वह उसे विष पिलाकर उसकी प्यास बुझाना चाहती थी। उसने निश्चय कर लिया था, अपने को मि. क्लार्क के हाथों में सौंप दूँगी। आत्मदमन का इसके सिवा और कोई साधन न था।

किन्तु उसका आत्मसम्मान कितना ही दलित हो गया हो, वाह्य सम्मान अपने पूर्ण ओज पर था। अपने घर में उसका इतना आदर-सत्कार कभी न हुआ था। मिसेज़ सेवक की आँखों में वह कभी इतनी प्यारी न थी। उनके मुख से उसने कभी इतनी मीठी बातें न सुनी थीं। यहाँ तक कि वह अब उसकी धार्मिक विवेचनाओं से भी सहानुभूति प्रकट करती थीं। ईश्वरोपासना के विषय में भी अब उस पर अत्याचार न किया जाता था। वह अब अपनी इच्छा की स्वामिनी थी, और मिसेज़ सेवक यह देखकर आनंद से फूली न समाती थीं कि सोफ़िया सबसे पहले गिरजाघर पहुँच जाती थी। वह समझती थीं, मि. क्लार्क के सत्संग से यह सुसंस्कार हुआ है।

परंतु सोफिया के सिवा यह और कौन जान सकता है कि उसके दिल पर क्या बीत रही है। उसे नित्य प्रेम का स्वाँग भरना पड़ता था, जिससे उसे मानसिक घृणा होती थी। उसे अपनी इच्छा के विरुद्ध कृत्रिम भावों की नक़ल करनी पड़ती थी। उसे प्रेम और अनुराग के वे शब्द तन्मय होकर सुनने पड़ते थे, जो उसके हृदय पर हथौड़ों की चोटों की भाँति पड़ते थे। उसे उन अनुरक्त चितवनों का लक्ष्य बनना पड़ता था, जिनके सामने वह आँखें बन्द कर लेना चाहती थी। मिस्टर क्लार्क की बातें कभी-कभी इतनी रसमयी हो जाती थीं कि सोफ़ी का जी चाहता था, इस स्वरचित रहस्य को खोल दूँ, इस कृत्रिम जीवन का अन्त कर दूँ; लेकिन इसके साथ ही उसे अपनी आत्मा की व्यथा और जलन में एक ईर्ष्यामय आनन्द का अनुभव होता था। पापी, तेरी यही सज़ा है, तू इसी योग्य है; तूने मुझे जितना अपमानित किया है, उसका तुझे प्रायश्चित्त करना पड़ेगा।

इस भाँति विरहिणी रो-रोकर जीवन के दिन काट रही थी और विडंबना यह थी कि वह व्यथा शांत होती नज़र न आती थी। सोफ़िया अज्ञात रूप से मि. क्लार्क से कुछ खिंची हुई रहती थी; हृदय बहुत दबाने पर भी उनसे न मिलता था। उसका यह खिंचाव क्लार्क की प्रेमाग्नि को और भी उत्तेजित करता रहता था। सोफ़िया इस अवस्था में भी अगर उन्हें मुँह न लगाती थी, तो इसका मुख्य कारण मि. क्लार्क की धार्मिक प्रवृत्ति थी। उसकी निगाह में धार्मिकता से बढ़कर कोई अवगुण न था। वह इसे अनुदारता, द्वेष, अहंकार और संकीर्णता का द्योतक समझती थी। क्लार्क दिल-ही-दिल में समझते थे कि सोफ़िया को मैं अभी नहीं पा सका, और इसीलिए बहुत उत्सुक होने पर भी उन्हें सोफ़िया से प्रस्ताव करने का साहस न होता था। उन्हें यह पूर्ण विश्वास न होता था कि मेरी प्रार्थना स्वीकृत होगी। किन्तु आशा-सूत्र उन्हें सोफ़िया

के दामन से बाँधे हुए था।

इसी प्रकार एक वर्ष से अधिक गुज़र गया और मिसेज़ सेवक को अब संदेह होने लगा कि सोफ़िया कहीं हमें सब्ज़बाग तो नहीं दिखा रही है ? आख़िर एक दिन उन्होंने सोफ़िया से कहा—मेरी समझ में नहीं आता, तू रात-दिन मि. क्लार्क के साथ बैठी-बैठी क्या किया करती है ! क्या बात है ? क्या वह प्रोपोज़ (प्रस्ताव) ही नहीं करते, या तू ही उनसे भागी-भागी फिरती है ?

सोफ़िया शर्म से लाल होकर बोली—वह प्रोपोज़ ही नहीं करना चाहते, तो क्या मैं उनकी ज़बान हो जाऊँ ?

मिसेज़ सेवक—यह तो हो ही नहीं सकता कि स्त्री चाहे और पुरुष प्रस्ताव न करे। वह तो आठों पहर अवसर देखा करता है। तू ही उन्हें फटकने न देती होगी।

सोफ़िया—मामा, ऐसी बातें करके मुझे लज्जित न कीजिए।

मिसेज़ सेवक—क़सूर तुम्हारा है, और अगर तुम दो-चार दिन में मि. क्लार्क को प्रोपोज़ करने का अवसर न दोगी, तो फिर मैं तुम्हें रानी साहबा के पास भेज दूँगी और फिर बुलाने का नाम भी न लूँगी।

सोफ़ी थर्रा गयी। रानी के पास लौटकर जाने से मर जाना कहीं अच्छा था। उसने मन में ठान लिया—आज वह करूँगी, जो आज तक किसी स्त्री ने न किया होगा। साफ़ कह दूँगी, मेरे घर का द्वार मेरे लिए बन्द है। अगर आप मुझे आश्रय देना चाहते हों, तो दीजिए, नहीं तो मैं अपने लिए कोई और रास्ता निकालूँ। मुझसे प्रेम की आशा न रखिए। आप मेरे स्वामी हो सकते हैं, प्रियतम नहीं हो सकते। यह समझकर आप मुझे अंगीकार करते हों, तो कीजिए; वरना फिर मुझे अपनी सूरत न दिखाइयेगा।

संध्या हो गयी थी। माघ का महीना था; उस पर हवा, फिर बादल; सर्दी के मारे हाथ-पाँव अकड़े जाते थे। न कहीं आकाश का पता था, न पृथ्वी का। चारों तरफ़ कुहरा-ही-कुहरा नज़र आता था। रविवार था। ईसाई स्त्रियाँ और पुरुष साफ़-सुथरे कपड़े और मोटे-मोटे ओवरकोट पहने हुए एक-एक करके गिरजाघर में दाख़िल हो रहे थे। एक क्षण में जॉन सेवक, उनकी स्त्री, प्रभु सेवक और ईश्वर सेवक फ़िटन से उतरे। और लोग तो तुरंत अंदर चले गये, केवल सोफ़िया बाहर रह गयी। सहसा प्रभु सेवक ने बाहर आकर पूछा—क्यों सोफ़ी, मिस्टर क्लार्क अंदर गये?

सोफ़िया—हाँ, अभी-अभी गये हैं।

प्रभु सेवक—और तुम ?

सोफ़िया ने दीन भाव से कहा—मैं भी चली जाऊँगी।

प्रभु सेवक—आज तुम बहुत उदास मालूम होती हो।

सोफ़िया की आँखें अश्रुपूर्ण हो गयीं। बोली—हाँ प्रभु, आज मैं बहुत उदास हूँ। आज मेरे जीवन में सबसे महान् संकट का दिन है, क्योंकि आज मैं क्लार्क को प्रोपोज़ करने के लिए मजबूर करूँगी। मेरा नैतिक और मानसिक पतन हो गया। अब मैं अपने सिद्धांतों पर जान देने वाली, अपने ईमान को ईश्वरीय इच्छा समझने वाली, धर्म-तत्वों को तर्क की कसौटी पर परखने वाली सोफ़िया नहीं हूँ। वह सोफ़िया संसार में नहीं है। अब मैं जो कुछ हूँ, वह अपने मुँह से कहते हुए मुझे स्वयं लज्जा आती है।

प्रभु सेवक कवि होते हुए भी उस भावना-शक्ति से वंचित था, जो दूसरों के हृदय में पैठकर उनकी दशा का अनुभव करती है। वह कल्पना-जगत में नित्य विचरता रहता था और ऐहिक सुख-दुःख से अपने को चिंतित बनाना उसे हास्यास्पद जान पड़ता था। ये दुनिया के झमेले हैं, इनमें क्यों सिर खपाएँ, मनुष्य को भोजन करना और मस्त रहना चाहिए। यही शब्द सोफ़िया के मुख से सैकड़ों बार सुन चुका था। झुँझलाकर बोला—तो इसमें रोने-धोने की क्या ज़रूरत है ? अम्माँ से साफ़-साफ़ क्यों नहीं कह देतीं ? उन्होंने तुम्हें मजबूर तो नहीं किया है ?

सोफ़िया ने उसका तिरस्कार करते हुए कहा—प्रभु, ऐसी बातों से दिल न दुखाओ। तुम क्या जानो, मेरे दिल पर क्या गुज़र रही है। अपनी इच्छा से कोई विष का प्याला नहीं पीता। शायद ही कोई ऐसा दिन जाता हो कि मैं तुमसे अपनी सैकड़ों बार की कही हुई कहानी न कहती होऊँ। फिर भी तुम कहते हो, तुम्हें मजबूर किसने किया ? तुम तो कवि हो, तुम इतने भाव-शून्य कैसे हो गये ? मजबूरी के सिवा आज मुझे कौन यहाँ खींच लाया ? आज मेरी यहाँ आने की ज़रा भी इच्छा नहीं थी; पर यहाँ मौजूद हूँ। मैं तुमसे सत्य कहती हूँ, धर्म का रहा-सहा महत्त्व भी मेरे दिल से उठ गया। मूर्खों को यह कहते हुए लज्जा नहीं आती कि मज़हब खुदा की बरकत है। मैं कहती हूँ, वह ईश्वरीय कोप है—दैवी वज्र है, जो मानव जाति के सर्वनाश के लिए अवतरित हुआ है। इसी कोप के कारण आज मैं विष का घूँट पी रही हूँ। रानी जाह्नवी जैसी सहृदय महिला के मुझसे यों आँखें फेर लेने का और क्या कारण था ? मैं उस देव-पुरुष से क्यों छल करती, जिसकी हृदय में आज भी उपासना करती हूँ, और नित्य करती रहूँगी ? अगर यह कारण न होता, तो मुझे अपनी आत्मा को यह निर्दयतापूर्ण दंड देना ही क्यों पड़ता ? मैं इस विषय पर जितना ही विचार करती हूँ, उतना ही धर्म के प्रति अश्रद्धा बढ़ती है। आह ! मेरी निष्ठुरता से विनय को कितना दुःख हुआ होगा, उसकी कल्पना ही से मेरे प्राण सूख जाते हैं। वह देखो, मि. क्लार्क बुला रहे हैं। शायद सरमन (उपदेश) शुरू होने वाला है। चलना पड़ेगा, नहीं तो मामा जीता न छोड़ेंगी।

प्रभु सेवक तो क़दम बढ़ाते हुए जा पहुँचे; सोफ़िया दो-ही-चार क़दम चली थी कि एकाएक उसे सड़क पर किसी के गाने की आहट मिली। उसने सिर उठाकर चहारदीवारी के ऊपर से देखा, एक अंधा आदमी, हाथ में खँजरी लिये, यह गीत गाता हुआ चला जाता है :

भई, क्यों रन से मुँह मोड़ै ?
वीरों का काम है लड़ना, कुछ नाम जगत में करना,
क्यों निज मरजादा छोड़ै ?
भई, क्यों रन से मुँह मोड़ै ?
क्यों जीत की तुझको इच्छा, क्यों हार की तुझको चिंता,
क्यों दुःख से नाता जोड़ै ?
भई, क्यों रन से मुँह मोड़ै ?
तू रंगभूमि में आया, दिखलाने अपनी माया,
क्यों धरम-नीति को तोड़ै ?
भई, क्यों रन से मुँह मोड़ै ?

सोफ़िया ने अंधे को पहचान लियाः सूरदास था। वह इस गीत को कुछ इस तरह मस्त होकर गाता था कि सुनने वालों के दिल पर चोट-सी लगती थी। लोग राह चलते-चलते सुनने को खड़े हो जाते थे। सोफ़िया तल्लीन होकर यह गीत सुनती रही। उसे इस पद में जीवन का संपूर्ण रहस्य कूट-कूटकर भरा हुआ मालूम होता था :

तू रंगभूमि में आया, दिखलाने अपनी माया,
क्यों धरम-नीति को तोड़ै ? भई, क्यों रन से मुँह मोड़ै ?

राग इतना सुरीला, इतना मधुर, इतना उत्साहपूर्ण था, कि एक समाँ-सा छा गया। राग पर खँजरी की ताल और भी आफ़त करती थी। जो सुनता था, सिर धुनता था।

सोफ़िया भूल गयी कि मैं गिरजे में जा रही हूँ, सरमन की ज़रा भी याद न रही। वह बड़ी देर तक फाटक पर खड़ी यह सरमन सुनती रही। यहाँ तक कि सरमन समाप्त हो गया, भक्तजन बाहर निकल कर चले। मि. क्लार्क ने आकर धीरे से सोफ़िया के कन्धे पर हाथ रखा, तो वह चौंक पड़ी।

क्लार्क—लार्ड बिशप का सरमन समाप्त हो गया और तुम अभी तक यहीं खड़ी हो।

सोफ़िया—इतनी जल्द ! मैं ज़रा इस अंधे का गाना सुनने लगी। सरमन कितनी देर हुआ होगा ?

क्लार्क—आध घंटे से कम न हुआ होगा। लार्ड बिशप के सरमन संक्षिप्त होते हैं; पर अत्यन्त मनोहर। मैंने ऐसा दिव्य ज्ञान में डूबा हुआ उपदेश आज तक न सुना था, इंगलैंड में भी नहीं। खेद है, तुम न आयीं।

सोफ़िया—मुझे आश्चर्य होता है कि मैं यहाँ आध घंटे तक खड़ी रही।

इतने में मिस्टर ईश्वर सेवक अपने परिवार के साथ आकर खड़े हो गये। मिसेज़ सेवक ने क्लार्क को मातृस्नेह से देखकर पूछा—क्यों विलियम, सोफ़ी आज के सरमन के विषय में क्या कहती है ?

क्लार्क—यह तो अन्दर गयीं ही नहीं।

मिसेज़ सेवक ने सोफ़िया को अवहेलना की दृष्टि से देखकर कहा—सोफ़ी, यह तुम्हारे लिए शर्म की बात है।

सोफ़ी लज्जित होकर बोली—मामा, मुझसे बड़ा अपराध हुआ। मैं इस अंधे का गाना सुनने के लिए जरा रुक गयी, इतने में सरमन समाप्त हो गया।

ईश्वर सेवक—बेटी, आज का सरमन सुधा-तुल्य था, जिसने आत्मा को तृप्त कर दिया। जिसने नहीं सुना, वह उम्र-भर पछतायेगा। प्रभु, मुझे अपने दामन में छिपा। ऐसा सरमन आज तक न सुना था।

मिसेज़ सेवक—आश्चर्य है कि उस स्वर्गोपम सुधा-वृष्टि के सामने तुम्हें यह ग्रामीण गान अधिक प्रिय मालूम हुआ।

प्रभु सेवक—मामा, यह न कहिए। ग्रामीणों के गाने में कभी-कभी इतना रस होता है, जो बड़े-बड़े कवियों की रचनाओं में भी दुर्लभ है।

मिसेज़ सेवक—अरे, यह तो वही अन्धा है, जिसकी ज़मीन हमने ले ली है। आज यहाँ कैसे

आ पहुँचा ? अभागे ने रुपये न लिये, अब गली-गली भीख माँगता फिरता है।

सहसा सूरदास ने उच्च स्वर से कहा—दुहाई है पंचो, दुहाई। सेवक साहब और राजा साहब ने मेरी जमीन जबरदस्ती छीन ली है। मुझ दुखिया की फरियाद कोई नहीं सुनता। दुहाई है।

दुरबल को न सताइये, जाकी मोटी हाय।
मुई खाल की साँस सों सार भसम ह्वै जाय।।

क्लार्क ने मि. सेवक से पूछा—उसकी ज़मीन तो मुआवज़ा देकर ली गयी थी न ? अब यह कैसा झगड़ा है ?

मि. सेवक—उसने मुआवज़ा नहीं लिया। रुपये खज़ाने में जमा कर दिये गये हैं। बदमाश आदमी है।

एक ईसाई बैरिस्टर ने, जो चतारी के राजा साहब के प्रतियोगी थे, सूरदास से पूछा—क्यों अंधे, कैसी ज़मीन थी ? राजा साहब ने कैसे ले ली ?

सूरदास—हजूर, मेरे बाप-दादों की जमीन है। सेवक साहब वहाँ चुरूट बनाने का कारखाना खोल रहे हैं। उनके कहने से राजा साहब ने वह जमीन मुझसे छीन ली है। दुहाई है सरकार की, दुहाई पंचो, गरीब की कोई नहीं सुनता।

ईसाई बैरिस्टर ने क्लार्क से कहा—मेरे विचार में व्यक्तिगत लाभ के लिए किसी की ज़मीन पर क़ब्ज़ा करना मुनासिब नहीं है।

क्लार्क—बहुत अच्छा मुआवज़ा दिया गया है।

बैरिस्टर—आप किसी को मुआवज़ा लेने के लिए मजबूर नहीं कर सकते, जब तक आप यह न सिद्ध कर दें कि आप ज़मीन को किसी सार्वजनिक कार्य के लिए ले रहे हैं।

काशी आयरन वर्क्स के मालिक मिस्टर जॉन बर्ड ने, जो जॉन सेवक के पुराने प्रतिद्वंद्वी थे, कहा—बैरिस्टर साहब, क्या आपको नहीं मालूम है कि सिगरेट का कारखाना खोलना परम परमार्थ है ? सिगरेट पीने वाले आदमी को स्वर्ग पहुँचने में ज़रा भी दिक़्क़त नहीं होती !

प्रोफ़ेसर चार्ल्स सिमियन, जिन्होंने सिगरेट के विरोध में एक पैंफ़्लेट लिखा था, बोले—अगर सिगरेट के कारख़ाने के लिए सरकार ज़मीन दिला सकती है, तो कोई कारण नहीं है कि चकलों के लिए न दिलाये। सिगरेट के कारख़ाने के लिए ज़मीन पर क़ब्ज़ा करना उस धारा का दुरुपयोग करना है। मैंने अपने पैंफ़्लेट में संसार के बड़े-से-बड़े विद्वानों और डॉक्टरों की सम्मतियाँ लिखी थीं। स्वास्थ्य-नाश का मुख्य कारण सिगरेट का बहुत प्रचार है। खेद है, उस पैंफ़्लेट की जनता ने क़दर न की।

काशी रेलवे यूनियन के मंत्री मिस्टर नीलमणि ने कहा—ये सभी नियम पूँजीपतियों के लाभ के लिए बनाये गये हैं, और पूँजीपतियों ही को यह निश्चय करने का अधिकार दिया गया है कि उन नियमों का कहाँ व्यवहार करें। कुत्ते को खाल की रखवाली सौंपी गयी है। क्यों अन्धे, तेरी ज़मीन कुल कितनी है ?

सूरदास—हजूर, दस बीघे से कुछ ज्यादा ही होगी। सरकार, बाप-दादों की यही निसानी है। पहले राजा साहब मुझसे मोल माँगते थे, जब मैंने न दिया, तो जबरजस्ती ले ली। हजूर, अंधा-अपाहिज हूँ, आपके सिवा किससे फरियाद करूँ ? कोई सुनेगा तो सुनेगा, नहीं

भगवान् तो सुनेंगे !

जॉन सेवक अब वहाँ पल भर भी न ठहर सके। वाद-विवाद हो जाने का भय था और संयोग से उनके सभी प्रतियोगी एकत्र हो गये थे। मिस्टर क्लार्क भी सोफ़िया के साथ अपनी मोटर पर आ बैठे। रास्ते में जॉन सेवक ने कहा—कहीं राजा साहब ने इस अंधे की फ़रियाद सुन ली तो उनके हाथ-पाँव फूल जायँगे।

मिसेज़ सेवक—पाजी आदमी है। इसे पुलिस के हवाले क्यों नहीं करा देते ?

ईश्वर सेवक—नहीं बेटा, ऐसा भूलकर भी न करना; नहीं तो अख़बार वाले इस बात का बतंगड़ बनाकर तुम्हें बदनाम कर देंगे। प्रभु, मेरा मुँह अपने दामन में छिपा और इस दुष्ट की ज़बान बंद कर दे।

मिसेज़ सेवक—दो-चार दिन में आप ही शांत हो जायगा। ठेकेदारों को ठीक कर लिया न?

जॉन सेवक—हाँ, काम तो आजकल में शुरू हो जाने वाला है, मगर इस मूज़ी को चुप करना आसान नहीं है। मुहल्ले वालों को तो मैंने फोड़ लिया, वे सब इसकी मदद न करेंगे; मगर मुझे आशा थी, उधर से सहारा न पाकर इसकी हिम्मत टूट जायगी। वह आशा पूरी न हुई। मालूम होता है, बड़े जीवट का आदमी है, आसानी से क़ाबू में आने वाला नहीं है। राजा साहब का म्युनिसिपल बोर्ड में अब वह ज़ोर नहीं रहा, नहीं तो कोई चिंता न थी। उन्हें पूरे साल-भर तक बोर्ड वालों की खुशामद करनी पड़ी, तब जाकर वह प्रस्ताव मंजूर करा सके। ऐसा न हो, बोर्ड वाले फिर कोई चाल चलें।

इतने में राजा महेन्द्रकुमार की मोटर सामने आकर रुकी। राजा साहब बोले—आपसे खूब मुलाक़ात हुई। मैं आपके बँगले से लौटा आ रहा हूँ। आइए, हम और आप सैर कर आयें। मुझे आपसे कुछ ज़रूरी बातें करनी हैं।

जब जॉन सेवक मोटर पर आ बैठे, तो बातें होने लगीं। राजा साहब ने कहा—आपका सूरदास तो एक ही दुष्ट निकला। कल से सारे शहर में घूम-घूमकर गाता है और हम दोनों को बदनाम करता है। अंधे गाने में कुशल होते ही हैं। उसका स्वर बहुत ही लोचदार है। बात-की-बात में हज़ारों आदमी घेर लेते हैं। जब खूब जमाव हो जाता है, तो वह दुहाई मचाता है और हम दोनों को बदनाम करता है।

जॉन सेवक—अभी चर्च में आ पहुँचा था। बस वही दुहाई देता था। प्रोफ़ेसर सिमियन, मि. नीलमणि आदि महापुरुषों को तो आप जानते ही हैं, उसे और भी उकसा रहे हैं। शायद अभी वहीं खड़ा हो।

महेन्द्रकुमार—मिस्टर क्लार्क से तो कोई बातचीत नहीं हुई ?

जॉन सेवक—थे तो वह भी, उनकी सलाह है कि अंधे को पागलखाने भेज दिया जाय। मैं मना न करता, तो वह उसी वक़्त थानेदार को लिखते।

महेन्द्रकुमार—आपने बहुत अच्छा किया, उन्हें मना कर दिया। उसे पागलख़ाने या जेलख़ाने भेज देना आसान है; लेकिन जनता को यह विश्वास दिलाना कठिन है कि उसके साथ अन्याय नहीं किया गया। मुझे तो उसकी दुहाई-तिहाई की परवा न होती; पर आप जानते हैं, हमारे कितने दुश्मन हैं। अगर उसका यही ढंग रहा, तो दस-पाँच दिनों में हम सारे शहर में नक्कू बन जायेंगे।

जॉन सेवक—अधिकार और बदनामी का तो चोली-दामन का साथ है। इसकी चिंता न क़ीजिए। मुझे तो यह अफ़सोस है कि मैंने मुहल्ले वालों को क़ाबू में लाने के लिए बड़े-बड़े वादे कर लिये। जब अंधे पर किसी का कुछ असर ही न हुआ, तो मेरे वादे बेकार हो गये।

महेन्द्रकुमार—अजी, आपकी तो जीत-ही-जीत है; गया तो मैं। इतनी ज़मीन आपको दस हज़ार से कम में न मिलती। धर्मशाला बनवाने में आपके इतने ही रुपये लगेंगे। मिट्टी तो मेरी ख़राब हुई। शायद जीवन में यह पहला ही अवसर है कि मैं जनता की आँखों में गिरता हुआ नज़र आता हूँ। चलिए ज़रा पाँड़ेपुर तक हो आयें। संभव है, मुहल्ले वालों को समझाने का अब भी कुछ असर हो।

मोटर पाँड़ेपुर की तरफ़ चली। सड़क ख़राब थी; राजा साहब ने इंजीनियर को ताकीद कर दी थी कि सड़क की मरम्मत का प्रबंध किया जाय; पर अभी तक कहीं कंकड़ भी न नज़र आता था। उन्होंने अपनी नोटबुक में लिखा, इसका जवाब तलब किया जाये। चुंगीघर पहुँचे, तो देखा कि चुंगी का मुंशी आराम से चारपाई पर लेटा हुआ है और कई गाड़ियाँ सड़क पर रवन्ने के लिए खड़ी हैं। मुंशीजी ने मन में निश्चय कर लिया है कि गाड़ी पीछे एक रुपया लिये बिना रवन्ना न दूँगा, नहीं तो गाड़ियों को यहीं रात-भर खड़ी रखूँगा। राजा साहब ने ज़ाते-ही-जाते गाड़ी वालों को रवन्ना दिला दिया और मुंशीजी के रजिस्टर पर यह कैफ़ियत लिख दी। पाँड़ेपुर पहुँचे, तो अँधेरा हो चला था। मोटर रुकी। दोनों महाशय उतरकर मंदिर पर आये। नायकराम लुंगी बाँधे हुए भंग घोंट रहे थे, दौड़े हुए आये। बजरंगी नाद में पानी भर रहा था, आकर खड़ा हो गया। सलाम-बंदगी के पश्चात जॉन सेवक ने नायकराम से कहा—अंधा तो बहुत बिगड़ा हुआ है।

नायकराम—सरकार, बिगड़ा तो इतना है कि जिस दिन डौंड़ी पिटी, उस दिन से घर नहीं आया। सारे दिन शहर में घूमता है; भजन गाता है और दुहाई मचाता है।

राजा साहब—तुम लोगों ने उसे कुछ समझाया नहीं ?

नायकराम—दीनबंधु, अपने सामने किसी को कुछ समझता ही नहीं। दूसरा आदमी हो, तो मार-पीट की धमकी से सीधा हो जाय; पर उसे तो डर-भय जैसे छू ही नहीं गया। उसी दिन से घर नहीं आया।

राजा साहब—तुम लोग उसे समझा-बुझाकर यहाँ लाओ। सारा संसार छान आये हो; एक मूर्ख को क़ाबू में नहीं ला सकते ?

नायकराम—सरकार, समझाना-बुझाना तो मैं नहीं जानता, जो हुकुम हो, तो हाथ-पैर तोड़कर बैठा दूँ, आप ही चुप हो जायगा।

राजा साहब—छी,छी, कैसी बातें करते हो। मैं देखता हूँ, यहाँ पानी का नल नहीं है। तुम लोगों को तो बहुत कष्ट होता होगा। मिस्टर सेवक, आप यहाँ नल पहुँचाने का ठेका ले लीजिए।

नायकराम—बड़ी दया है दीनबंधु, नल आ जाय तो क्या कहना है।

राजा साहब—तुम लोगों ने कभी इसके लिए दरख़्वास्त ही नहीं दी।

नायकराम—सरकार, यह बस्ती हद-बाहर है।

राजा साहब—कोई हरज नहीं, नल लगा दिया जायगा।

इतने में ठाकुरदीन ने आकर कहा—सरकार, मेरी भी कुछ खातिरी हो जाये।

यह कहकर उसने चाँदी के वरक़ में लिपटे हुए पान के बीड़े दोनों महानुभावों की सेवा में अर्पित किये। मि. सेवक को, अँगरेज़ी वेश-भूषा रखने पर भी, पान से घृणा न थी, शौक़ से खाया। राजा साहब मुँह में पान रखते हुए बोले—क्या यहाँ लालटेनें नहीं है ? अँधेरे में तो बड़ी तकलीफ़ होती होगी ?

ठाकुरदीन ने नायकराम की ओर मार्मिक दृष्टि से देखा, मानो यह कह रहा है कि मेरे बीड़ों ने यह रंग जमा दिया। बोला—सरकार, हम लोगों की कौन सुनता है ? अब हजूर की निगाह हो गयी है, तो लग ही जायँगी। बस, और कहीं नहीं, इसी मंदिर पर एक लालटेन लगा दी जाय। साधु-महात्मा आते हैं, तो अँधेरे में उन्हें कष्ट होता है। लालटेन से मंदिर की सोभा बढ़ जायगी। सब आपको आसीरबाद देंगे।

राजा साहब—तुम लोग एक प्रार्थना-पत्र भेज दो।

ठाकुरदीन—हजूर के परताप से दो-एक साधु-संत रोज ही आते रहते हैं। अपने से जो कुछ हो सकता है, उनका सेवा-सत्कार करता हूँ, नहीं तो यहाँ और कौन पूछने वाला है ! सरकार, जब से चोरी हो गयी, तब से हिम्मत टूट गयी।

दोनों आदमी मोटर पर बैठने वाले ही थे कि सुभागी एक लाल साड़ी पहने, घूँघट निकाले, आकर ज़रा दूर पर खड़ी हो गयी, मानो कुछ कहना चाहती है। राजा साहब ने पूछा—यह कौन है ? क्या कहना चाहती है ?

नायकराम—सरकार, एक पासिन है। क्या है सुभागी, कुछ कहने आयी है ?

सुभागी—(धीरे से) कोई सुनेगा ?

राजा साहब—हाँ, हाँ, कह, क्या कहती है ?

सुभागी—कुछ नहीं मालिक, यही कहने आयी थी कि सूरदास के साथ बड़ा अन्याय हुआ है। अगर उनकी फरियाद न सुनी गयी, तो वह मर जायँगे।

जॉन सेवक—उनके मर जाने के डर से सरकार अपना काम छोड़ दे ?

सुभागी—हजूर, सरकार का काम परजा को पालना है कि उजाड़ना ? जब से यह जमीन निकल गयी है, बेचारे को न खाने की सुध है, न पीने की। हम गरीब औरतों का तो वही एक आधार है, नहीं तो मुहल्ले के मरद कभी औरतों को जीता न छोड़ते और मरदों की तो मिली-भगत है। मरद चाहे औरत के अंग-अंग, पोर-पोर काट डाले, कोई उसको मने नहीं करता। चोर-चोर मौसेरे भाई हो जाते हैं। वही एक बेचारा था कि हम गरीबों की पीठ पर खड़ा हो जाता था।

भैरो भी आकर खड़ा हो गया था। बोला—हजूर, सूरे न होता, तो यह आपके सामने खड़ी न होती। उसी ने जान पर खेलकर इसकी जान बचायी थी।

राजा साहब—जीवट का आदमी मालूम होता है।

नायकराम—जीवट क्या है सरकार, बस यह समझिए क़ि हत्या के बल जीतता है।

राजा साहब—बस, यह बात तुमने बहुत ठीक कही, हत्या ही के बल जीतता है। चाहूँ, तो आज पकड़वा दूँ; पर सोचता हूँ, अंधा है, उस पर क्या गुस्सा दिखाऊँ। तुम लोग उसके पड़ोसी हो, तुम्हारी बात कुछ-न-कुछ सुनेगा ही। तुम लोग उसे समझाओ। नायकराम, हम तुमसे बहुत

ज़ोर देकर कहे जाते हैं।

एक घंटा रात जा चुकी थी। कुहरा और भी घना हो गया था। दूकानों के दीपकों के चारों तरफ़ कोई मोटा काग़ज-सा पड़ा हुआ जान पड़ता था। दोनों महाशय बिदा हुए; पर दोनों ही चिन्ता में डूबे हुए थे। राजा साहब सोच रहे थे कि देखें, लालटेन और पानी के नल का कुछ असर होता है या नहीं। जॉन सेवक को चिन्ता थी कि कहीं मुझे जीती-जितायी बाज़ी न खोनी पड़े।

उन्नीस

सोफ़िया अपनी चिन्ताओं में ऐसी व्यस्त हो रही थी कि सूरदास को बिलकुल भूल-सी गयी थी। उसकी फ़रियाद सुनकर उसका हृदय काँप उठा। उस दीन प्राणी पर इतना घोर अत्याचार ! उसकी दयालु प्रकृति यह अन्याय न सह सकी। सोचने लगी—सूरदास को इस विपत्ति से क्योंकर मुक्त करूँ ? इसका उद्धार कैसे हो ? अगर पापा से कहूँ तो वह हर्गिज़ न सुनेंगे। उन्हें अपने कारख़ाने की ऐसी धुन सवार है कि वह इस विषय में मेरे मुँह से एक शब्द सुनना भी पसन्द न करेंगे।

बहुत सोच-विचार के बाद उसने निश्चय किया—चलकर इंदु से प्रार्थना करूँ। अगर वह राजा साहब से ज़ोर देकर कहेगी, तो संभव है, राजा साहब मान जायँ। पिता से विरोध करते उसे बड़ा दुःख होता था; पर उसकी धार्मिक दृष्टि में दया का महत्त्व इतना ऊँचा था कि उसके सामने पिता के हानि-लाभ की कोई हस्ती न थी। जानती थी, राजा साहब दीन-वत्सल हैं और उन्होंने सूरदास पर केवल मि. क्लार्क की ख़ातिर से यह वज्राघात किया है। जब उन्हें ज्ञात हो जायगा कि मैं उस काम के लिए उनकी ज़रा भी कृतज्ञ न हूँगी, तो शायद वह अपने निर्णय पर पुनः विचार करने के लिए तैयार हो जायँ। यहाँ ज्यों ही यह बात खुलेगी, सारा घर मेरा दुश्मन हो जायगा; पर इसकी क्या चिन्ता ? इस भय से मैं अपना कर्त्तव्य तो नहीं छोड़ सकती।

इसी हैस-बैस में तीन दिन गुज़र गये। चौथे दिन प्रातःकाल वह इंदु से मिलने चली। सवारी किराये की थी। सोचती जाती थी—ज्यों ही अन्दर क़दम रखूँगी, इंदु दौड़कर गले लिपट जायगी, शिकायत करेगी कि इतने दिनों के बाद क्यों आयी हो। हो सकता है कि आज मुझे आने भी न दे। वह राजा साहब को ज़रूर राज़ी कर लेगी। न जाने पापा ने राजा साहब को कैसे चकमा दिया।

यही सोचते-सोचते वह राजा साहब के मकान पर पहुँच गयी और इंदु को ख़बर दी। उसे विश्वास था कि मुझे लेने के लिए इंदु खुद निकल आयगी, किन्तु 15 मिनट इंतज़ार करने के बाद एक दासी आयी और उसे अंदर ले गयी।

सोफ़िया ने जाकर देखा कि इंदु अपने बैठने के कमरे में दुशाला ओढ़े, अँगीठी के सामने एक कुर्सी पर बैठी हुई है। सोफ़िया ने कमरे में क़दम रखा, तब भी इंदु कुर्सी से न उठी यहाँ तक कि सोफ़िया ने हाथ बढ़ाया, तब भी रूखाई से हाथ बढ़ा देने के सिवा इंदु मुँह से कुछ

न बोली। सोफ़िया ने समझा, इसका जी अच्छा नहीं है। बोली—सिर में दर्द है क्या ?

उसकी समझ ही में न आता था कि बीमारी के सिवा इस निष्ठुरता का और भी कोई कारण हो सकता है।

इंदु ने क्षीण स्वर में कहा—नहीं, अच्छी तो हूँ। इस सर्दी-पाले में तो तुम्हें बड़ा कष्ट हुआ।

सोफ़िया मानशीला स्त्री थी। इंदु की इस निष्ठुरता से उसके दिल पर चोट-सी लगी। पहला विचार तो हुआ कि उलटे पाँव वापस जाऊँ; मगर यह सोचकर कि यह बहुत ही हास्यजनक बात होगी, उसने दुस्साहस करके एक कुर्सी खींची और उस पर बैठ गयी।

'आपसे मिले साल-भर से अधिक हो गया !'

'हाँ, मुझे कहीं आने-जाने की फुरसत कम रहती है। मड़ियाहू की रानी साहब एक महीने में तीन बार आ चुकी हैं, मैं एक बार भी न जा सकी।'

सोफ़िया दिल में हँसती हुई व्यंग्य से बोली—जब रानियों को यह सौभाग्य नहीं प्राप्त होता, तो मैं किस गिनती में हूँ ! क्या कुछ रियासत का काम भी देखना पड़ता है ?

'कुछ नहीं, और सब कुछ। राजा साहब को जातीय कार्यों से अवकाश ही नहीं मिलता, तो घर का कारोबार देखने वाला भी तो कोई चाहिए। मैं भी देखती हूँ कि जब इन्हीं कामों की बदौलत उनका यह सम्मान है, जो बड़े-से-बड़े हाकिमों को भी प्राप्त नहीं है, तो उनसे ज़्यादा छेड़-छाड़ नहीं करती।'

सोफ़िया अभी तक न समझ सकी कि इंदु की अप्रसन्नता का कारण क्या है। बोली—आप बड़ी भाग्यशालिनी हैं कि इस तरह उनके सत्कार्यों में हाथ बँटा सकती हैं। राजा साहब की सुकीर्ति आज सारे शहर में छायी हुई है; लेकिन बुरा न मानिएगा, कभी-कभी वह भी मुँह-देखी कर जाते हैं और बड़ों के आगे छोटों की परवा नहीं करते।

'शायद उनकी यह पहली शिकायत है, जो मेरे कान में आयी है।'

'हाँ, दुर्भाग्यवश यह काम मेरे ही सिर पड़ा। सूरदास को तो आप जानती ही हैं। राजा साहब ने उसकी ज़मीन पापा को दे दी है। बेचारा आजकल गली-गली दुहाई देता फिरता है। पिता के विरुद्ध एक शब्द भी मुँह से निकालना मेरे लिए लज्जास्पद है, यह समझती हूँ। फिर भी यह कहे बिना नहीं रहा जाता कि इस मौक़े पर राजा साहब को एक दीन प्राणी पर ज़्यादा दया करनी थी।'

इंदु ने सोफ़िया को प्रश्नसूचक नेत्रों से देखकर कहा—आजकल पिता से भी अनबन है क्या ?

सोफ़िया ने गर्व से कहा—न्याय और कर्त्तव्य के सामने पिता, पुत्र या पति का पक्षपात न किया जाय, तो कोई लज्जा की बात नहीं है।

'तो तुम्हें पहले अपने पिता ही को सन्मार्ग पर लाना चाहिए था। राजा साहब ने जो कुछ किया, तुम्हारी ख़ातिर किया, और तुम्हीं उन पर इलज़ाम रखती हो ? कितने शोक की बात है। उन्हें मि. सेवक, मि. क्लार्क या संसार के किसी अन्य व्यक्ति से दबने की ज़रूरत नहीं है; किंतु इस अवसर पर उन्होंने तुम्हारे पापा का पक्ष न लिया होता, तो शायद सबसे पहले तुम्हीं उन पर कृतघ्नता का दोषारोपण करतीं। सूरदास पर यह अन्याय इसलिए किया गया कि तुमने एक संकट में विनय की रक्षा की है, और तुम अपने पिता की बेटी हो।'

सोफ़िया ये कठोर शब्द सुनकर तिलमिला गयी। बोली—अगर मैं जानती कि मेरी उस क्षुद्र सेवा का यों प्रतिकार किया जायगा, तो शायद विनयसिंह के समीप न जाती। क्षमा कीजिए, मुझसे भूल हुई कि आपके पास यह शिकायत लेकर आयी। सुना करती थी, अमीरों में स्थिरता नहीं होती। आज इसका प्रमाण मिल गया। लीजिए, जाती हूँ। मगर इतना कहे जाती हूँ कि चाहे पापा मेरा मुँह देखना भी पाप समझें, पर मैं इस विषय में कदापि चुप न बैठूँगी।

इंदु कुछ नरम होकर बोली—आख़िर तुम राजा साहब से क्या चाहती हो ?

'क्या ऐश्वर्य पाकर बुद्धि भी मन्द हो जाती है ?'

'मैं प्यादे से वज़ीर नहीं बनी हूँ।'

'खेद है, आपने अब तक मेरा आशय नहीं समझा।'

'खेद करने से तो बात मेरी समझ में न आयेगी।'

'मैं चाहती हूँ कि सूरदास की ज़मीन उसे लौटा दी जाय।'

'तुम्हें मालूम है, इसमें राजा साहब का कितना अपमान होगा ?'

'अपमान अन्याय से अच्छा है।'

'यह भी जानती हो कि जो कुछ हुआ, तुम्हारे....मि. क्लार्क की प्रेरणा से हुआ है ?'

'यह तो नहीं जानती; क्योंकि इस विषय में मेरी उनसे कभी बातचीत नहीं हुई। लेकिन जानती भी, तो राजा साहब की मान-हानि के विचार से पहले राजा साहब ही से अनुनय-विनय करना उचित समझती। अपनी भूल अपने ही हाथों सुधर जाय, तो यह उससे कहीं अच्छा है कि कोई दूसरा उसे सुधारे।'

इंदु को चोट लगी। समझा, यह मुझे धमकी दे रही है। मि. क्लार्क के अधिकार पर इतना अभिमान ! तनकर बोली—मैं नहीं समझती कि किसी राज्याधिकारी को बोर्ड के फ़ैसले में भी दख़ल देने का मज़ाज है, और चाहे एक दीन अंधे पर अत्याचार ही क्यों न करना पड़े, राजा साहब अपने फ़ैसले को बहाल रखने के लिए कोई बात उठा न रखेंगे। एक राजा का सम्मान एक क्षुद्र न्याय से कहीं ज़्यादा महत्त्व की वस्तु है।

सोफ़िया ने व्यथित होकर कहा—इसी क्षुद्र न्याय के लिए सत्यवादी पुरुषों ने सिर कटवा दिये हैं।

इंदु ने कुर्सी की बाँह पर हाथ पटककर कहा—न्याय का स्वाँग भरने का युग अब नहीं रहा।

सोफ़िया ने कुछ उत्तर न दिया। उठ खड़ी हुई और बोली—इस कष्ट के लिए क्षमा कीजिएगा।

इंदु अँगीठी की आग उकसाने लगी। सोफ़िया की ओर आँख उठाकर भी न देखा।

सोफ़िया यहाँ से चली, तो इंदु के दुर्व्यवहार से उसका कोमल हृदय विदीर्ण हो रहा था। सोचती जाती थी—वह हँसमुख, प्रसन्नचित्त, विनोदशील इंदु कहाँ है ? क्या ऐश्वर्य मानव-प्रकृति को भी दूषित कर देता है ? मैंने तो आज तक कभी इसका दिल दुखाने वाली बात नहीं कही। क्या मैं ही कुछ और हो गयी हूँ, या वही कुछ और हो गयी है ? इसने मुझसे सीधे मुँह बात भी नहीं की। बात करना तो दूर, उलटे और गालियाँ सुनायीं। मैं इस पर कितना विश्वास करती थी ? समझती थी, देवी है। आज इसका यथार्थ स्वरूप दिखायी पड़ा। लेकिन मैं इसके ऐश्वर्य के सामने क्यों सिर झुकाऊँ ? इसने अकारण, निष्प्रयोजन ही मेरा अपमान किया। शायद रानीजी

ने इसके कान भरे हों। लेकिन सज्जनता भी कोई चीज़ है।

सोफ़िया ने उसी क्षण इस अपमान का पूरा, बल्कि पूरे से भी ज़्यादा बदला लेने का निश्चय कर लिया। उसने यह विचार न किया—संभव है, इस समय किसी कारण इसका मन खिन्न रहा हो, अथवा किसी दुर्घटना ने इसे असमंजस में डाल रखा हो। उसने तो सोचा—ऐसी अभद्रता, ऐसी दुर्जनता के लिए दारुण-से-दारुण मानसिक कष्ट, बड़ी-से-बड़ी आर्थिक क्षति, तीव्र-से-तीव्र शारीरिक व्यथा का उग्र भी काफ़ी नहीं। इसने मुझे चुनौती दी है, स्वीकार करती हूँ। इसे अपनी रियासत का घमण्ड है, मैं दिखा दूँगी कि यह सूर्य का स्वयं प्रकाश नहीं, चाँद की पराधीन ज्योति है। इसे मालूम हो जायगा कि राजा और रईस, सब-के-सब शासनाधिकारियों के हाथों के खिलौने हैं, जिन्हें वे अपनी इच्छा के अनुसार बनाते-बिगाड़ते रहते हैं।

दूसरे ही दिन से सोफ़िया ने अपनी कपट-लीला आरम्भ कर दी। मि. क्लार्क से उसका प्रेम बढ़ने लगा। द्वेष के हाथों की कठपुतली बन गयी। अब उनकी प्रेम-मधुर बातें सिर झुकाकर सुनती, उनकी गर्दन में बाँहें डालकर कहती—तुमने प्रेम करना किससे सीखा ? दोनों अब निरन्तर साथ नज़र आते, सोफ़िया दफ़्तर में भी साहब का गला न छोड़ती, बार-बार चिट्ठियाँ लिखती—जल्द आओ, मैं तुम्हारी बाट जोह रही हूँ। और यह सारा प्रेमाभिनय केवल इसलिए था कि इंदु से अपमान का बदला लूँ। न्याय-रक्षा का अब उसे लेश-मात्र ध्यान न था, केवल इंदु का दर्प-मर्दन करना चाहती थी।

एक दिन वह मि. क्लार्क को पाँड़ेपुर की तरफ़ सैर कराने ले गयी। जब मोटर गोदाम के सामने से होकर गुज़री, तो उसने ईंट और कंकड़ के ढेरों की ओर संकेत करके कहा—पापा बड़ी तत्परता से काम कर रहे हैं।

क्लार्क—हाँ, मुस्तैद आदमी हैं। मुझे तो उनकी श्रमशीलता पर डाह होती है।

सोफ़ी—पापा ने धर्म-अधर्म का विचार नहीं किया। कोई माने या न माने, मैं तो यही कहूँगी कि अन्धे के साथ अन्याय हुआ।

क्लार्क—हाँ, अन्याय तो हुआ। मेरी तो बिलकुल इच्छा न थी।

सोफ़ी—तो आपने क्यों अपनी स्वीकृति दी ?

क्लार्क—क्या करता ?

सोफ़ी—अस्वीकार कर देते। साफ़ लिख देना चाहिए था कि इस काम के लिए किसी की ज़मीन नहीं ज़ब्त की जा सकती।

क्लार्क—तुम नाराज़ न हो जातीं ?

सोफ़ी—कदापि नहीं। आपने शायद मुझे अब तक नहीं पहचाना।

क्लार्क—तुम्हारे पापा ज़रूर ही नाराज़ हो जाते।

सोफ़ी—मैं और पापा एक नहीं हैं। मेरे और उनके आचार-व्यवहार में दिशाओं का अन्तर है।

क्लार्क—इतनी बुद्धि होती, तो अब तक तुम्हें कब का पा गया होता। मैं तुम्हारे स्वभाव और विचारों से परिचित न था। समझा, शायद यह अनुमति मेरे लिए हितकर हो।

सोफ़ी—सारांश यह कि मैं ही इस अन्याय की जड़ हूँ। राजा साहब ने मुझे प्रसन्न करने

के लिए बोर्ड में यह प्रस्ताव रखा। आपने भी मुझी को प्रसन्न करने के लिए स्वीकृति प्रदान की। आप लोगों ने मेरी तो मिट्टी ही ख़राब कर दी।

क्लार्क—मेरे सिद्धान्तों से तुम परिचित हो। मैंने अपने ऊपर बहुत जब्र करके यह प्रस्ताव स्वीकार किया है।

सोफ़ी—आपने अपने ऊपर जब्र नहीं किया है, मेरे ऊपर किया है, और आपको इसका प्रायश्चित करना पड़ेगा।

क्लार्क—मैं न जानता था कि तुम इतनी न्यायप्रिय हो।

सोफ़ी—मेरी तारीफ़ करने से इस पाप का प्रायश्चित न होगा।

क्लार्क—मैं अंधे को किसी दूसरे गाँव में इतनी ही ज़मीन दिला दूँगा।

सोफ़िया—क्या उसी की ज़मीन उसे नहीं लौटायी जा सकती ?

क्लार्क—कठिन है।

सोफ़िया—असम्भव तो नहीं है ?

क्लार्क—असम्भव से कुछ ही कम है।

सोफ़िया—तो समझ गयी, असम्भव नहीं है, आपको यह प्रायश्चित करना ही पड़ेगा। कल ही उस प्रस्ताव को मंसूख़ कर दीजिए।

क्लार्क—प्रिय, तुम्हें मालूम नहीं, उसका क्या परिणाम होगा।

सोफ़िया—मुझे इसकी चिन्ता नहीं। पापा को बुरा लगेगा, लगे। राजा साहब का अपमान होगा, हो। मैं किसी के लाभ या सम्मान-रक्षा के लिए अपने ऊपर पाप का भार क्यों लूँ ? क्यों ईश्वरीय दंड की भागिनी बनूँ ? आप लोगों ने मेरी इच्छा के विरुद्ध मेरे सिर पर एक महान् पातक का बोझ रख दिया है। मैं इसे सहन नहीं कर सकती। आपको अंधे की ज़मीन वापस करनी पड़ेगी।

ये बातें हो ही रही थीं कि सैयद ताहिरअली ने सोफ़िया को मोटर पर बैठे जाते देखा, तो तुरंत आकर सामने खड़े हो गये और सलाम किया। सोफ़ी ने मोटर रोक दी और पूछा—कहिए मुंशीजी, इमारत बनने लगी ?

ताहिर—जी हाँ, कल दाग़-बेल पड़ेगी; पर मुझे यह बेल मुढ़े चढ़ती नहीं नज़र आती।

सोफ़िया—क्यों ? क्या कोई वारदात हो गयी ?

ताहिर—हुजूर, जब से इस अंधे ने शहर में आह-फ़रियाद शुरू की है, तब से अजीब मुसीबत का सामना हो गया है। मुहल्ले वाले तो अब नहीं बोलते, लेकिन शहर के शोहदे-लुच्चे रोज़ाना आकर मुझे धमकियाँ देते हैं। कोई घर में आग लगाने को आमादा होता है, कोई लूटने को दौड़ता है, कोई मुझे क़त्ल करने की धमकी देता है। आज सुबह कई सौ आदमी लाठियाँ लिये आ गये और गोदाम को घेर लिया। कुछ लोग सीमेंट और चूने के ढेरों को बखेरने लगे, कई आदमी पत्थर की सिलों को तोड़ने लगे। मैं तनहा क्या कर सकता था ? यहाँ के मज़दूर ख़ौफ़ के मारे जान लेकर भागे। क़यामत का सामना था। मालूम होता था, अब आन-की-आन में महशर बरपा हो जायेगा। दरवाज़ा बंद किये बैठा अल्लाह-अल्लाह कर रहा था कि किसी तरह यह हंगामा फ़रो हो। बारे, दुआ क़बूल हुई। ऐन उसी वक़्त अंधा न जाने किधर से आ निकला

और बिजली की तरह कड़ककर बोला—'तुम लोग यह ऊधम मचाकर मुझे क्यों कलंक लगा रहे हो ? आग लगाने से मेरे दिल की आग न बुझेगी, लहू बहाने से मेरा चित्त शांत न होगा। आप लोगों की दुआ से यह आग और जलन मिटेगी। परमात्मा से कहिए, मेरा दुःख मिटायें। भगवान् से बिनती कीजिये, मेरा संकट हरें। जिन्होंने मुझ पर जुलुम किया है, उनके दिल में दया-धरम जागे, बस मैं आप लोगों से और कुछ नहीं चाहता।' इतना सुनते ही कुछ लोग तो हट गये; मगर कितने ही आदमी बिगड़कर बोले—तुम देवता हो, तो बने रहो; हम देवता नहीं हैं, हम तो जैसे के साथ तैसा करेंगे। उन्हें भी तो ग़रीबों पर जुल्म करने का मज़ा मिल जाय।—यह कहकर वे लोग पत्थरों को उठा-उठाकर पटकने लगे। तब इस अंधे ने वह काम किया, जो औलिया ही कर सकते हैं। हुजूर, मुझे तो कामिल यक़ीन हो गया कि यह कोई फ़रिश्ता है। उसकी बातें अभी तक कानों में गूँज रही हैं। उसकी तसवीर अभी तक आँखों के सामने खिंची हुई है। उसने ज़मीन से एक बड़ा-सा पत्थर का टुकड़ा उठा लिया और उसे अपने माथे के सामने रखकर बोला—अगर तुम लोग अब भी मेरी बिनती न सुनोगे, तो इसी दम इस पत्थर से सिर टकराकर जान दे दूँगा। मुझे मर जाना मंजूर है; पर यह अंधेर नहीं देख सकता। उसके मुँह से इन बातों का निकलना था कि चारों तरफ़ सन्नाटा छा गया। जो जहाँ था, वह वहीं बुत बन गया। ज़रा देर में लोग आहिस्ता-आहिस्ता रुख़सत होने लगे और कोई आध घंटे में सारा मज़मा ग़ायब हो गया। तब सूरदास उठा और लाठी टेकता हुआ जिधर से आया था, उसी तरफ़ चला गया। हजूर, मुझे तो पूरा यक़ीन है कि वह इंसान नहीं, कोई फ़रिश्ता है।

सोफ़ी—उसे किसी से इन दुष्टों के आने की ख़बर मिल गयी होगी।

ताहिर—हुजूर, मेरा तो क़यास है कि उसे इल्म ग़ैब है।

सोफ़ी—(मुसकराकर) आपने पापा को इसकी इत्तिला नहीं दी ?

ताहिर—हुजूर, तब से मौक़ा ही नहीं मिला। खुद बाल-बच्चों को तनहा छोड़कर नहीं जा सकता। आदमी सब पहले ही भाग गये थे। इसी फ़िक्र में खड़ा था कि हुजूर की मोटर नज़र आयी।

क्लार्क—यह अन्धा ज़रूर कोई असाधारण पुरुष है।

सोफ़ी—तुम उससे दो-चार बातें करके देखो। उसके आध्यात्मिक और दार्शनिक विचार सुनकर चकित हो जाओगे। साधु भी है और दार्शनिक भी। कहीं हम उसके विचारों को व्यवहार में ला सकते, तो निश्चय सांसारिक जीवन सुखमय हो जाता। जाहिल है, बिलकुल निरक्षर; लेकिन उसका एक-एक वाक्य विद्वानों के बड़े-बड़े ग्रंथों पर भारी है।

मोटर चली, तो सोफ़ी बोली—आप लोग ऐसे साधुजनों पर भी अन्याय करने से बाज़ नहीं आते, जो अपने शत्रुओं पर एक कंकड़ भी उठाकर नहीं फेंकता। प्रभु मसीह में भी तो यही गुण सर्वप्रधान था।

क्लार्क—प्रिये, अब लज्जित न करो। इसका प्रायश्चित निश्चय होगा।

सोफ़ी—राजा साहब इसका घोर विरोध करेंगे।

क्लार्क—थुह ! उनमें इतना नैतिक साहस नहीं है। वह जो कुछ करते हैं, हमारा रुख़ देखकर करते हैं। इस वजह से उन्हें कभी असफलता नहीं होती। हाँ, उनमें यह विशेष गुण है कि वह

हमारे प्रस्तावों का रूपान्तर करके अपना काम बना लेते हैं और उन्हें जनता के सामने ऐसी चतुरता से उपस्थित करते हैं कि लोगों की दृष्टि में उनका सम्मान बढ़ जाता है। हिन्दुस्तानी रईसों और राजनीतिज्ञों में आत्मविश्वास का बड़ा अभाव होता है। वे हमारी सहायता से वह कर सकते हैं, जो हम नहीं कर सकते; पर हमारी सहायता के बिना कुछ भी नहीं कर सकते।

मोटर सिगरा आ पहुँची। सोफ़िया उतर पड़ी। क्लार्क ने उसे प्रेम की दृष्टि से देखा, हाथ मिलाया और चले गये।

बीस

मि. क्लार्क ने मोटर से उतरते ही अरदली को हुक्म दिया—डिप्टी साहब को फ़ौरन हमारा सलाम दो। नाज़िर, अहलमद और अन्य कर्मचारियों को भी तलब किया गया। सब-के-सब घबराये—यह आज असमय क्यों तलबी हुई, कोई ग़लती तो नहीं पकड़ी गयी ? किसी ने रिश्वत की शिकायत तो नहीं कर दी ? बेचारों के हाथ-पाँव फूल गये।

डिप्टी साहब बिगड़े—मैं कोई साहब का ज़ाती नौकर नहीं हूँ कि जब चाहा, तलब कर लिया। कचहरी के समय के भीतर जितनी बार चाहें, तलब करें; लेकिन यह कौन-सी बात है कि जब जी में आया, सलाम भेज दिया। इरादा किया, न चलूँ; पर इतनी हिम्मत कहाँ कि साफ़-साफ़ इन्कार कर दें। बीमारी का बहाना करना चाहा; मगर अरदली ने कहा—हुज़ूर, इस वक़्त न चलेंगे, तो साहब बहुत नाराज़ होंगे। कोई बहुत ज़रूरी काम है, तभी तो मोटर से उतरते ही आपको सलाम दिया।

आख़िर डिप्टी साहब को मजबूर होकर आना पड़ा। छोटे अमलों ने ज़रा भी चूँ न की, अरदली की सूरत देखते ही हुक़्क़ा छोड़ा, चुपके से कपड़े पहने, बच्चों को दिलासा दिया और हाकिम के हुक्म को अकाल-मृत्यु समझते हुए, गिरते-पड़ते बँगले पर आ पहुँचे। साहब के सामने आते ही डिप्टी साहब का सारा गुस्सा उड़ गया, इशारों पर दौड़ने लगे। मि. क्लार्क ने सूरदास की ज़मीन की मिसिल मँगवायी, उसे बड़े ग़ौर से पढ़वाकर सुना, तब डिप्टी साहब से राजा महेन्द्रकुमार के नाम एक परवाना लिखवाया, जिसका आशय यह था—पाँड़ेपुर में सिगरेट के कारख़ाने के लिए जो ज़मीन ली गयी, वह उस धारा के उद्देश्य के विरुद्ध है, इसलिए मैं अपनी अनुमति वापस लेता हूँ। मुझे इस विषय में धोखा दिया गया है और एक व्यक्तिगत स्वार्थ के लिए क़ानून का दुरुपयोग किया गया है।

डिप्टी साहब ने दबी ज़बान में शंका की—हुज़ूर, अब आपको वह हुक्म मंसूख़ करने का मजाज़ नहीं है; क्योंकि सरकार ने उसका समर्थन कर दिया है।

मिस्टर क्लार्क ने कठोर स्वर में कहा—हमीं सरकार हैं, हमने वह क़ानून बनाया है, हमको सब अख़्तियार है। आप अभी राजा साहब को परवाना लिख दें, कल लोकल गवर्नमेंट को उसकी नक़ल भेज दीजिएगा। ज़िले के मालिक हम हैं, सूबे की सरकार नहीं। यहाँ बलवा हो जायगा तो हमको उसका इंतज़ाम करना पड़ेगा, सूबे की सरकार यहाँ न आयेगी।

अमले थर्रा उठे, डिप्टी साहब को दिल में कोसने लगे—यह क्यों बीच में बोलते हैं। अँगरेज़ है, कहीं गुस्से में आकर मार बैठे, तो उसका क्या ठिकाना। ज़िले का बादशाह है, जो चाहे करे, अपने से क्या मतलब।

डिप्टी साहब की छाती भी धड़कने लगी, फिर ज़बान न खुली। परवाना तैयार हो गया, साहब ने उस पर हस्ताक्षर किया, उसी वक़्त एक अरदली राजा साहब के पास परवाना लेकर पहुँचा। डिप्टी साहब यहाँ से उठे, तो मि. जॉन सेवक को इस हुक्म की सूचना दे दी।

जॉन सेवक भोजन कर रहे थे। यह समाचार सुना, तो भूख ग़ायब हो गयी। बोले—यह मि. क्लार्क को क्या सूझी ?

मिसेज़ सेवक ने सोफ़ी की ओर तीव्र दृष्टि से देखकर पूछा—तूने इनकार तो नहीं कर दिया? ज़रूर कुछ गोलमाल किया है।

सोफ़िया ने सिर झुकाकर कहा—बस, आपका गुस्सा मुझी पर रहता है, जो कुछ करती हूँ, मैं ही करती हूँ।

ईश्वर सेवक—प्रभु मसीह, इस गुनहगार को अपने दामन में छिपा। मैं आख़िर तक मना करता रहा कि बुड्ढे की ज़मीन मत लो; मगर कौन सुनता है। दिल में कहते होंगे, यह तो सठिया गया है, पर यहाँ दुनिया देखे हुए हैं। राजा डरकर क्लार्क के पास आया होगा।

प्रभु सेवक—मेरा भी यही विचार है। राजा साहब ने स्वयं मिस्टर क्लार्क से कहा होगा। आजकल उनका शहर में निकलना मुश्किल हो रहा है। अंधे ने सारे शहर में हलचल मचा दी है।

जॉन सेवक—मैं सोच रहा था, कल शांति-रक्षा के लिए पुलिस के जवान माँगूँगा, इधर यह गुल खिला ! कुछ बुद्धि काम नहीं करती कि क्या बात हो गयी।

प्रभु सेवक—मैं तो समझता हूँ, हमारे लिए इस ज़मीन को छोड़ देना ही बेहतर होगा। आज सूरदास न पहुँच जाता, तो गोदाम की कुशल न थी, हज़ारों रुपये का सामान ख़राब हो जाता। यह उपद्रव शांत होने वाला नहीं है।

जॉन सेवक ने उसकी हँसी उड़ाते हुए कहा—हाँ, बहुत अच्छी बात है, हम सब मिलकर उस अंधे के पास चलें और उसके पैरों पर सिर झुकायें। आज उसके डर से ज़मीन छोड़ दूँ, कल चमड़े की आढ़त तोड़ दूँ, परसों यह बँगला छोड़ दूँ और इसके बाद मुँह छिपाकर यहाँ से कहीं चला जाऊँ। क्यों, यही सलाह है न ? फिर शांति-ही-शांति है, न किसी से लड़ाई, न झगड़ा। यह सलाह तुम्हें मुबारक रहे। संसार शांति-भूमि नहीं, समर-भूमि है। यहाँ वीरों और पुरुषार्थियों की विजय होती है, निर्बल और कायर मारे जाते हैं। मि. क्लार्क और राजा महेन्द्रकुमार की हस्ती ही क्या है, सारी दुनिया भी अब इस ज़मीन को मेरे हाथों से नहीं छीन सकती। मैं सारे शहर में हलचल मचा दूँगा, सारे हिन्दुस्तान को हिला डालूँगा। अधिकारियों की स्वेच्छाचारिता की यह मिसाल देश के सभी पत्रों में उद्धृत की जायेगी, कौंसिलों और सभाओं में एक नहीं, सहस्र-सहस्र कंठों से घोषित की जायगी और उसकी प्रतिध्वनि अँगरेज़ी पार्लियामेंट तक में पहुँचेगी। यह स्वजातीय उद्योग और व्यवसाय का प्रश्न है। इस विषय में समस्त भारत के रोज़गारी, क्या हिन्दुस्तानी और क्या अँगरेज़, मेरे सहायक होंगे, और गवर्नमेंट कोई इतनी निर्बुद्धि नहीं

है कि वह व्यवसायियों की सम्मिलित ध्वनि पर कान बन्द कर ले। यह व्यापार-राज्य का युग है। योरप में बड़े-बड़े शक्तिशाली साम्राज्य पूँजीपतियों के इशारों पर बनते-बिगड़ते रहते हैं, किसी गवर्नमेंट का साहस नहीं है कि उनकी इच्छा का विरोध करे। तुमने मुझे समझा क्या है, मैं वह नरम चारा नहीं हूँ, जिसे क्लार्क और महेन्द्र खा जायँगे।

प्रभु सेवक तो ऐसे सिटपिटाये कि फिर ज़बान न खुली। धीरे से उठकर चले गये। सोफ़िया भी एक क्षण के लिए सन्नाटे में आ गयी। फिर सोचने लगी—अगर पापा ने आन्दोलन किया भी, तो उसका नतीजा कहीं बरसों में निकलेगा, और यही कौन कह सकता है कि क्या नतीजा होगा; अभी से उसकी क्या चिन्ता ? उसके गुलाबी ओठों पर विजय-गर्व की मुस्कराहट दिखायी दी। इस समय वह इंदु के चेहरे का उड़ता हुआ रंग देखने के लिए अपना सब कुछ न्योछावार कर सकती थी—काश, मैं वहाँ मौजूद होती ! देखती तो कि इंदु के चेहरे पर कैसी झेंप है। चाहे सदैव के लिए नाता टूट जाता; पर इतना ज़रूर कहती—देखा अपने राजा साहब का अधिकार और बल ? इसी पर इतना इतराती थीं ? किन्तु क्या मालूम था कि क्लार्क इतनी जल्दी करेंगे।

भोजन करके वह अपने कमरे में गयी और रानी इंदु के मानसिक संताप का कल्पनातीत आनंद उठाने लगी—राजा साहब बदहवास, चेहरे का रंग उड़ा हुआ, आकर इंदु के पास बैठ जायँगे। इंदु देवी लिफ़ाफ़ा देखेंगी, आँखों पर विश्वास न आयेगा; फिर रोशनी तेज़ करके देखेंगी, तब राजा के आँसू पोंछेंगी—आप व्यर्थ इतने खिन्न होते हैं, आप अपनी ओर से शहर में डुग्गी पिटवा दीजिए कि हमने सूरदास की ज़मीन सरकार से लड़कर वापस दिला दी। सारे नगर में आपके न्याय की धूम मच जायेगी। लोग समझेंगे, आपने लोकमत का सम्मान किया है। खुशामदी टट्टू कहीं का ! चाल से विलियम को उल्लू बनाना चाहता था। ऐसी मुँह की खायी है कि याद ही क़रेगा। खैर, आज न सही, कल, परसों, नरसों, कभी तो इंदुदेवी से मुलाक़ात होगी ही। कहाँ तक मुँह छिपायेंगी।

यह सोचते-सोचते सोफ़िया मेज़ पर बैठ गयी और इस वृत्तांत पर एक प्रहसन लिखने लगी। ईर्षा से कल्पना-शक्ति उर्वर हो जाती है। सोफ़िया ने आज तक कभी प्रहसन न लिखा था। किन्तु इस समय ईर्षा के उद्गार में उसने एक घंटे के अंदर चार दृश्यों का एक विनोदपूर्ण ड्रामा लिख डाला। ऐसी-ऐसी चोट करने वाली अन्योक्तियाँ और हृदय में चुटकियाँ लेने वाली फबतियाँ लेखनी से निकलीं कि उसे अपनी प्रतिभा पर स्वयं आश्चर्य होता था। उसे एक बार यह विचार हुआ कि मैं यह क्या बेवकूफ़ी कर रही हूँ। विजय पाकर परास्त शत्रु को मुँह चिढ़ाना परले सिरे की नीचता है, पर ईर्षा ने उसके समाधान के लिए एक युक्ति ढूँढ़ निकाली—ऐसे कपटी, सम्मान-लोलुप, विश्वास-घातक, प्रजा के मित्र बनकर उसकी गर्दन पर तलवार चलाने वाले, चापलूस रईसों की यही सज़ा है, यही उनके सुधार का एकमात्र साधन है। जनता की निगाहों में गिर जाने का भय ही उन्हें सन्मार्ग पर ला सकता है। उपहास का भय न हो, तो वे शेर हो जायँ, अपने सामने किसी को कुछ न समझें।

प्रभु सेवक मीठी नींद सो रहे थे। आधी रात बीत चुकी थी। सहसा सोफ़िया ने आकर जगाया, चौंककर उठ बैठे यह समझकर कि शायद इसके कमरे में चोर घुस आये हैं, द्वार की ओर दौड़े। गोदाम की घटना आँखों के सामने फिर गयी। सोफ़ी ने हँसते हुए उनका हाथ पकड़

लिया और पूछा—कहाँ भागे जाते हो ?

प्रभु सेवक—क्या चोर हैं ? लालटेन जला लूँ ?

सोफ़िया—चोर नहीं है, ज़रा मेरे कमरे में चलो, तुम्हें एक चीज़ सुनाऊँ। अभी लिखी है।

प्रभु सेवक—वाह-वाह ! इतनी-सी बात के लिए नींद ख़राब कर दी। क्या फिर सबेरा न होता, क्या लिखा है ?

सोफ़िया—एक प्रहसन है।

प्रभु सेवक—प्रहसन ! कैसा प्रहसन ? तुमने प्रहसन लिखने का कब से अभ्यास किया ?

सोफ़िया—आज ही। बहुत ज़ब्त किया कि सबेरे सुनाऊँगी; पर न रहा गया।

प्रभु सेवक सोफ़िया के कमरे में आये और एक ही क्षण में दोनों ने ठट्ठे मार-मारकर हँसना शुरू किया। लिखते समय सोफ़िया को जिन वाक्यों पर ज़रा भी हँसी न आयी थी, उन्हीं को पढ़ते समय उससे हँसी रोके न रुकती थी। जब कोई हँसने वाली बात आ जाती, तो सोफ़ी पहले ही से हँस पड़ती, प्रभु सेवक मुँह खोले हुए उसकी ओर ताकता, बात कुछ समझ में न आती, मगर उसकी हँसी पर हँसता, और ज्यों ही बात समझ में आ जाती, हास्य-ध्वनि और भी प्रचंड हो जाती। दोनों के मुख आरक्त हो गये, आँखों से पानी बहने लगा, पेट में बल पड़ गये, यहाँ तक कि जबड़ों में दर्द होने लगा। प्रहसन के समाप्त होते-होते ठट्ठे की जगह खाँसी ने ले ली। ख़ैरियत थी कि दोनों तरफ़ से द्वार बन्द थे, नहीं तो उस निस्तब्धता में सारा बँगला हिल जाता।

प्रभु सेवक—नाम भी खूब रखा, राजा मुछेन्द्रसिंह। महेन्द्र और मुछेन्द्र की तुक मिलती है। पिलपिली साहब के हंटर खाकर मुछेन्द्रसिंह का झुक-झुककर सलाम करना खूब रहा। कहीं राजा साहब ज़हर न खा लें।

सोफ़िया—ऐसा हयादार नहीं है।

प्रभु सेवक—तुम प्रहसन लिखने में निपुण हो।

थोड़ी देर में दोनों अपने-अपने कमरे में सोये। सोफ़िया प्रातःकाल उठी और मि. क्लार्क का इन्तज़ार करने लगी। उसे विश्वास था कि वह आते ही होंगे, उनसे सारी बातें स्पष्ट रूप से मालूम होंगी, अभी तो केवल अफ़वाह सुनी है। संभव है, राजा साहब घबराये हुए उनके पास अपना दुखड़ा रोने के लिए आये हों; लेकिन आठ बज गये और क्लार्क का कहीं पता न था। वह भी तड़के ही आने को तैयार थे; पर आते हुए झेंपते थे कि कहीं सोफ़िया यह न समझे कि इस ज़रा-सी बात का मुझ पर एहसान जताने आये हैं। इससे अधिक भय यह था कि वहाँ लोगों को क्या मुँह दिखाऊँगा, या तो मुझे देखकर लोग दिल-ही-दिल में जलेंगे, या खुल्लमखुल्ला दोषारोपण करेंगे। सबसे ज़्यादा ख़ौफ़ ईश्वर सेवक का था कि कहीं वह दुष्ट, पापी, शैतान, काफ़िर न कह बैठें। वृद्ध आदमी हैं, उनकी बातों का जवाब ही क्या ? इन्हीं कारणों से वह आते हुए हिचकिचाते थे और दिल में मना रहे थे कि सोफ़िया ही इधर आ निकले।

नौ बजे तक क्लार्क का इंतज़ार करने के बाद सोफ़िया अधीर हो उठी। इरादा किया, मैं ही चलूँ कि सहसा मि. जॉन सेवक आकर बैठ गये और सोफ़िया को क्रोधोन्मत नेत्रों से देखकर बोले—सोफ़ी, मुझे तुमसे ऐसी आशा न थी। तुमने मेरे सारे मंसूबे ख़ाक में मिला दिये।

सोफ़िया—मैंने ! मैंने क्या किया ? मैं आपका आशय नहीं समझी।

जॉन सेवक—मेरा आशय यह है कि तुम्हारी ही दुष्प्रेरणा से मि. क्लार्क ने अपना पहला हुक्म रद्द किया है।

सोफ़िया—आपको भ्रम है।

जॉन सेवक—मैंने बिना प्रमाण के आज तक किसी पर दोषारोपण नहीं किया। मैं अभी इंदुदेवी से मिलकर आ रहा हूँ। उन्होंने इसके प्रमाण दिये कि यह तुम्हारी करतूत है।

सोफ़िया—आपको विश्वास है कि इंदु ने मुझ पर जो इलज़ाम रखा है, वह ठीक है ?

जॉन सेवक—उसे असत्य समझने के लिए मेरे पास कोई प्रमाण नहीं है।

सोफ़िया—उसे सत्य समझने के लिए यदि इंदु का वचन काफ़ी है, तो उसे असत्य समझने के लिए मेरा वचन क्यों काफ़ी नहीं है ?

जॉन सेवक—सच्ची बात विश्वासोत्पादक होती है।

सोफ़िया—यह मेरा दुर्भाग्य है कि मैं अपनी बातों में वह नमक-मिर्च नहीं लगा सकती; लेकिन मैं इसका आपको विश्वास दिलाती हूँ कि इंदु ने हमारे और विलियम के बीच में द्वेष डालने के लिए यह स्वाँग रचा है।

जॉन सेवक ने भ्रम में पड़कर कहा—सोफ़ी, मेरी तरफ़ देख। क्या तू सच कह रही है ?

सोफ़िया ने लाख यत्न किये कि पिता की ओर निश्शंक दृष्टि से देखे; किंतु आँखें आप-ही-आप झुक गयीं। मनोवृत्ति वाणी को दूषित कर सकती है; पर अंगों पर उसका ज़ोर नहीं चलता। जिह्वा चाहे निःशब्द हो जाये; पर आँखें बोलने लगती हैं। मिस्टर जॉन सेवक ने उसकी लज्जा-पीड़ित आँखें देखीं और क्षुब्ध होकर बोले—आख़िर तुमने क्या समझकर ये काँटे बोये ?

सोफ़िया—आप मेरे ऊपर घोर अन्याय कर रहे हैं। आपको विलियम ही से इसका स्पष्टीकरण कराना चाहिए। हाँ, इतना अवश्य कहूँगी कि सारे शहर में बदनाम होने की अपेक्षा मैं उस ज़मीन का आपके अधिकार से निकल जाना कहीं अच्छा समझती हूँ।

जॉन सेवक—अच्छा ! तो तुमने मेरी नेकनामी के लिए यह चाल चली है ? तुम्हारा बहुत अनुगृहीत हूँ ! लेकिन यह विचार तुम्हें बहुत देर में हुआ। ईसाई-जाति यहाँ केवल अपने धर्म के कारण इतनी बदनाम है कि उससे ज़्यादा बदनाम होना असंभव है। जनता का बस चले, तो आज हमारे सारे गिरजाघर मिट्टी के ढेर हो जायँ। अँगरेज़ों से लोगों को इतनी चिढ़ नहीं है। वे समझते हैं कि अँगरेज़ों का रहन-सहन और आचार-व्यवहार स्वजातीय है—उनके देश और जाति के अनुकूल है। लेकिन जब कोई हिन्दुस्तानी, चाहे वह किसी मत का हो, अँगरेज़ी आचरण करने लगता है, तो जनता उसे बिलकुल गया-गुज़रा समझ लेती है, वह भलाई या बुराई के बन्धनों से मुक्त हो जाता है; उससे किसी को सत्कार्य की आशा नहीं होती, उसके कुकर्मों पर किसी को आश्चर्य नहीं होता। मैं यह कभी न मानूँगा कि तुमने मेरी सम्मान-रक्षा के लिए यह प्रयास किया है। तुम्हारा उद्देश्य केवल मेरे व्यापारिक लक्ष्यों का सर्वनाश करना है। धार्मिक विवेचनाओं ने तुम्हारी व्यावहारिक बुद्धि को डावाँडोल कर दिया है। तुम्हें इतनी समझ भी नहीं है कि त्याग और परोपकार केवल एक आदर्श है—कवियों के लिए, भक्तों के मनोरंजन के लिए, उपदेशकों की वाणी को अलंकृत करने के लिए। मसीह, बुद्ध और मूसा

के जन्म लेने का समय अब नहीं रहा; धन-ऐश्वर्य निन्दित होने पर भी मानवीय इच्छाओं का स्वर्ग है और रहेगा। खुदा के लिए तुम मुझ पर अपने धर्म-सिद्धान्तों की परीक्षा मत करो। मैं तुमसे नीति और धर्म के पाठ नहीं पढ़ना चाहता। तुम समझती हो, खुदा ने न्याय, सत्य और दया का तुम्हीं को इजारेदार बना दिया है, और संसार में जितने धनीमानी पुरुष हैं, सब-के-सब अन्यायी, स्वेच्छाचारी और निर्दयी हैं; लेकिन ईश्वरीय विधान की क़ायल होकर भी तुम्हारा विचार है कि संसार में असमता और विषमता का कारण केवल मनुष्य की स्वार्थपरायणता है, तो मुझे यही कहना पड़ेगा कि तुमने धर्म-ग्रन्थों का अनुशीलन आँखें बन्द करके किया है, उनका आशय नहीं समझा। तुम्हारे इस दुर्व्यवहार से मुझे जितना दुःख हो रहा है, उसे प्रकट करने के लिए मेरे पास शब्द नहीं हैं, और यद्यपि मैं कोई वली या फ़कीर नहीं हूँ; लेकिन याद रखना, कभी-न-कभी तुम्हें पितृद्रोह का ख़मियाज़ा उठाना पड़ेगा।

अहित-कामना क्रोध की पराकाष्ठा है। 'इसका फल तुम ईश्वर से पाओगे'—यह वाक्य कृपाण और भाले से ज़्यादा घातक होता है। जब हम समझते हैं कि किसी दुष्कर्म का दंड देने के लिए भौतिक शक्ति काफ़ी नहीं है, तब हम आध्यात्मिक दंड का विधान करते हैं। उससे न्यून कोई दंड हमारे सन्तोष के लिए काफ़ी नहीं होता।

जॉन सेवक ये कोसने सुनाकर उठ गये। किन्तु सोफ़िया को इन दुर्वचनों से लेशमात्र भी दुःख न हुआ। उसने यह ऋण भी इंदु ही के खाते में दर्ज किया और उसकी प्रतिहिंसा ने और उग्र रूप धारण किया, उसने निश्चय किया—इस प्रहसन को आज ही प्रकाशित करूँगी। अगर एडीटर ने न छापा, तो स्वयं पुस्तकाकार छपवाऊँगी और मुफ़्त बाँटूँगी। ऐसी कालिख लग जाय कि फिर किसी को मुँह न दिखा सकें।

ईश्वर सेवक ने जॉन सेवक की कठोर बातें सुनीं, तो बहुत नाराज़ हुए। मिसेज़ सेवक को भी यह व्यवहार बुरा लगा। ईश्वर सेवक ने कहा—न जाने तुम्हें अपने हानि-लाभ का ज्ञान कब होगा। बनी हुई बात को निभाना मुश्किल नहीं है। बिगड़ी हुई बात को बनाना मुश्किल है। तुम्हें इस अवसर पर इतने धैर्य और गम्भीरता से काम लेना था कि जितनी क्षति हो चुकी है, उसकी पूर्ति हो जाय। घर का एक कोना गिर पड़े, तो सारा घर गिरा देना बुद्धिमत्ता नहीं है। ज़मीन गयी तो ऐसी कोई तदबीर सोचो कि उस पर फिर तुम्हारा क़ब्ज़ा हो। यह नहीं कि ज़मीन के साथ अपनी मान-मर्यादा भी खो बैठो। जाकर राजा साहब को मि. क्लार्क के फ़ैसले की अपील करने पर तैयार करो और मि. क्लार्क से अपना मेल-जोल बनाये रखो। यह समझ लो कि उनसे तुम्हें कोई नुक़सान ही नहीं पहुँचा। सोफ़ी को बरहम करके तुम क्लार्क को अनायास अपना शत्रु बना रहे हो। हाकिमों तक पहुँच रहेगी, तो ऐसी कितनी ही ज़मीनें मिलेंगी। प्रभु मसीह, मुझे अपने दामन में छिपाओ और यह संकट टालो।

मिसेज़ सेवक—मैं तो इतनी मिन्नतों से उसे यहाँ लायी और तुम सारे किये-धरे-पर पानी फेरे देते हो।

ईश्वर सेवक—प्रभु, मुझे आसमान की बादशाहत दे। अगर यही मान लिया जाय कि सोफ़ी के इशारे से यह बात हुई, तो भी हमें उससे कोई शिकायत न होनी चाहिए, बल्कि मेरे दिल में तो उसका सम्मान और बढ़ गया है, उसे खुदा ने सच्ची रोशनी प्रदान की है, उसमें भक्ति

और विश्वास की बरकत है। उसने जो कुछ किया है, उसकी प्रशंसा न करना न्याय का गला घोंटना है। प्रभु मसीह ने अपने को दीन-दुखी प्राणियों पर बलिदान कर दिया। दुर्भाग्य से हममें उतनी श्रद्धा नहीं है। हमें अपनी स्वार्थपरता पर लज्जित होना चाहिए। सोफ़ी के पवित्र मनोभावों की उपेक्षा करना उचित नहीं। पापी पुरुष किसी साधु को देखकर दिल में शरमाता है, उससे बैर नहीं ठानता।

जॉन सेवक—यह न भक्ति है और न धर्मानुराग, केवल दुराग्रह और द्वेष है।

ईश्वर सेवक ने इसका कुछ जवाब न दिया। अपनी लकड़ी टेकते हुए सोफ़ी के कमरे में आये और बोले—बेटी, मेरे आने से तुम्हारा कोई हरज तो नहीं हुआ ?

सोफ़िया—नहीं-नहीं, आइए, बैठिए।

ईश्वर सेवक—ईसू, इस गुनाहगार को ईमान की रोशनी दे। अभी जॉन सेवक ने तुम्हें बहुत कुछ बुरा-भला कहा है, उन्हें क्षमा करो। बेटी, दुनिया में खुदा की जगह अपना पिता ही होता है, उसकी बातों का बुरा न मानना चाहिए। तुम्हारे ऊपर खुदा का हाथ है, खुदा की बरकत है। तुम्हारे पिता का सारा जीवन स्वार्थ-सेवा में गुज़रा है और वह अभी तक उसका उपासक है। खुदा से दुआ करो कि उसके हृदय का अंधकार ज्ञान की दिव्य ज्योति गे दूर कर दे। जिन लोगों ने हमारे प्रभु मसीह को नाना प्रकार के कष्ट दिये थे, उनके विषय में प्रभु ने कहा था—खुदा, उन्हें मुआफ़ कर। वे नहीं जानते कि हम क्या करते हैं।

सोफ़ी—मैं आपसे सच कहती हूँ, मुझे पापा की बातों का ज़रा भी मलाल नहीं है; लेकिन वह मुझ पर मिथ्या दोष लगाते हैं। इंदु की बातों के सामने मेरी बातों को कुछ समझते ही नहीं।

ईश्वर सेवक—बेटी, यह उनकी भूल है। मगर तुम अपने दिल से उन्हें क्षमा कर दो। सांसारिक प्राणियों की इतनी निंदा की गयी है; पर न्याय से देखो, तो वे कितनी दया के पात्र हैं। आख़िर आदमी जो कुछ करता है, अपने बाल-बच्चों के लिए ही तो करता है—उन्हीं के सुख और शांति के लिए, उन्हीं को संसार की वक्र दृष्टि से बचाने के लिए वह निंदा, अपमान, सब कुछ सहर्ष सह लेता है, यहाँ तक कि अपनी आत्मा और धर्म को भी उन पर अर्पित कर देता है। ऐसी दशा में जब वह देखता है कि जिन लोगों के हित के लिए मैं अपना रक्त और पसीना एक कर रहा हूँ, वे ही मुझसे विरोध कर रहे हैं, तो वह झुंझला जाता है। तब उसे सत्यासत्य का विवेक नहीं रहता। देखो, क्लार्क से भूलकर भी इन बातों का ज़िक्र न करना, नहीं तो आपस में मनोमालिन्य बढ़ेगा। वचन देती हो ?

ईश्वर सेवक जब उठकर चले गये, तो प्रभु सेवक ने आकर पूछा—वह प्रहसन कहाँ भेजा?

सोफ़िया—अभी तो कहीं नहीं भेजा, क्या भेज ही दूँ ?

प्रभु सेवक—ज़रूर-ज़रूर मज़ा आ जायगा, सारे शहर में धूम मच जायगी।

सोफ़िया—ज़रा दो-एक दिन देख लूँ।

प्रभु सेवक—शुभ कार्य में विलंब न होना चाहिए, आज ही भेजो, मैंने भी आज अपनी कथा समाप्त कर दी। सुनाऊँ ?

सोफ़िया—हाँ-हाँ, पढ़ो।

प्रभु सेवक ने अपनी कविता सुनानी शुरू की। एक-एक शब्द करुण रस में सराबोर था।

कथा इतनी दर्दनाक थी कि सोफ़ी की आँखों से आँसू की झड़ी लग गयी। प्रभु सेवक भी रो रहे थे। क्षमा और प्रेम के भाव एक-एक शब्द से उसी भाँति टपक रहे थे, जैसे आँखों से आँसू की बूँदें। कविता समाप्त हो गयी, तो सोफ़ी ने कहा—मैंने कभी अनुमान भी न किया था कि तुम इस रस का आस्वादन इतनी कुशलता से करा सकते हो ! जी चाहता है, तुम्हारी क़लम चूम लूँ। उफ़ ! कितनी अलौकिक क्षमा है। बुरा न मानना, तुम्हारी रचना तुमसे कहीं ऊँची है। ऐसे पवित्र, कोमल और ओजस्वी भाव तुम्हारी क़लम से कैसे निकल आते हैं ?

प्रभु सेवक—उसी तरह, जैसे इतने हास्योत्पादक और गर्वनाशक भाव तुम्हारी क़लम से निकले। तुम्हारी रचना तुमसे कहीं नीची है।

सोफ़ी—मैं क्या, और मेरी रचना क्या। तुम्हारा एक-एक छंद बलि जाने के योग्य है। वास्तव में क्षमा मानवीय भावों में सर्वोपरि है। दया का स्थान इतना ऊँचा नहीं। दया वह दाना है, जो पोली धरती पर उगता है। इसके प्रतिकूल क्षमा वह दाना है, जो काँटों में उगता है। दया वह धारा है, जो समतल भूमि पर बहती है; क्षमा कंकड़ों और चट्टानों में बहने वाली धारा है। दया का मार्ग सीधा और सरल है; क्षमा का मार्ग टेढ़ा और कठिन है। तुम्हारा एक-एक शब्द हृदय में चुभ जाता है। आश्चर्य है, तुममें क्षमा का लेश भी नहीं है !

प्रभु सेवक—सोफ़ी, भावों के सामने आचरण का कोई महत्व नहीं है। कवि का कर्मक्षेत्र सीमित होता है, पर भावक्षेत्र अनंत और अपार है। उस प्राणी को तुच्छ मत समझो, जो त्याग और निवृत्ति का राग अलापता हो, पर स्वयं कौड़ियों पर जान देता हो। संभव है, उसकी वाणी किसी महान् पापी के हृदय में जा पहुँचे।

सोफ़ी—जिसके वचन और कर्म में इतना अंतर हो, उसे किसी और ही नाम से पुकारना चाहिए।

प्रभु सेवक—नहीं सोफ़ी, यह बात नहीं है। कवि के भाव बतलाते हैं कि यदि उसे अवसर मिलता, तो वह क्या कुछ हो सकता था। अगर वह अपने भावों की उच्चता को न प्राप्त कर सका, तो उसका कारण केवल यह है कि परिस्थिति उसके अनुकूल न थी।

भोजन का समय आ गया। इसके बाद सोफ़ी ने ईश्वर सेवक को बाइबिल सुनाना शुरू किया। आज की भाँति विनीत और शिष्ट वह कभी न हुई थी। ईश्वर सेवक की ज्ञान-पिपासा उसकी चेतना को दबा बैठती थी। निद्रावस्था ही उनकी आंतरिक जागृति थी। कुर्सी पर लेटे हुए वह खर्राटे ले-लेकर देव-ग्रंथ का श्रवण करते थे। पर आश्चर्य यह था कि पढ़ने वाला उन्हें निद्रा-मग्न समझकर ज्यों ही चुप हो जाता, वह तुरन्त बोल उठते—हाँ-हाँ, पढ़ो, चुप क्यों हो, मैं सुन रहा हूँ।

सोफ़ी को बाइबिल का पाठ करते-करते संध्या हो गयी, तो उसका गला छूटा। ईश्वर सेवक बाग़ में टहलने चले गये और प्रभु सेवक को सोफ़ी से गपशप करने का मौक़ा मिला।

सोफ़ी—बड़े पापा एक बार पकड़ पाते हैं, तो फिर गला नहीं छोड़ते।

प्रभु सेवक—मुझसे कभी बाइबिल पढ़ने को नहीं कहते। मुझसे तो क्षण-भर भी वहाँ न बैठा जाय। तुम न जाने कैसे बैठी पढ़ती रहती हो।

सोफ़ी—क्या करूँ, उन पर दया आती है।

प्रभु सेवक—बना हुआ है। मतलब की बात पर कभी नहीं चूकता। यह सारी भक्ति केवल दिखाने की है।

सोफ़ी—यह तुम्हारा अन्याय है। उनमें और चाहे कोई गुण न हो, पर प्रभु मसीह पर उनका दृढ़ विश्वास है। चलो, कहीं सैर करने चलते हो ?

प्रभु सेवक—कहाँ चलोगी ? चलो, यहीं हौज़ के किनारे बैठकर कुछ काव्य-चर्चा करें। मुझे तो इससे ज़्यादा आनंद और किसी बात में नहीं मिलता।

सोफ़ी—चलो, पाँड़ेपुर की तरफ़ चलें। कहीं सूरदास मिल गया, तो उसे यह ख़बर सुनायेंगे।

प्रभु सेवक—फूला न समाएगा, उछल पड़ेगा।

सोफ़ी—ज़रा शह पा जाये, तो इस राजा को शहर से भगाकर ही छोड़े।

दोनों ने सड़क पर आकर एक ताँगा किया और पाँड़ेपुर चले। सूर्यास्त हो चुका था। कचहरी के अमले बग़ल में बस्ते दबाये, भीरूता और स्वार्थ की मूर्ति बने चले आते थे। बँगलों में टेनिस हो रहा था। शहर के शोहदे दीन-दुनिया से बेख़बर पान वालों की दूकानों पर जमा थे। बनियों की दूकानों पर मज़दूरों की स्त्रियाँ भोजन की सामग्रियाँ ले रही थीं। ताँगा बरना नदी के पुल पर पहुँचा था कि अकस्मात् आदमियों की एक भीड़ दिखायी दी। सूरदास खंजरी बजाकर गा रहा था। सोफ़ी ने ताँगा रोक दिया और ताँगे वाले से कहा—जाकर उस अंधे को बुला ला।

एक क्षण में सूरदास लाठी टेकता हुआ आया और सिर झुकाकर खड़ा हो गया।

सोफ़ी—मुझे पहचानते हो सूरदास ?

सूरदास—हाँ भला हजूर ही को न पहचानूँगा !

सोफ़ी—तुमने तो हम लोगों को सारे शहर में खूब बदनाम किया।

सूरदास—फरियाद करने के सिवा मेरे पास और कौन बल था ?

सोफ़ी—फ़रियाद का क्या नतीजा निकला ?

सूरदास—मेरी मनोकामना पूरी हो गयी। हाकिमों ने मेरी जमीन मुझे दे दी। ऐसा तो हो ही नहीं सकता कि कोई काम तन-मन से किया जाय, और उसका कुछ फल न निकले। तपस्या से तो भगवान् मिल जाते हैं। बड़े साहब के अरदली ने कल रात ही को मुझे यह हाल सुनाया। आज पाँच बराम्हनों को भोजन कराना है। कल घर चला जाऊँगा।

प्रभु सेवक—मिस साहब ही ने बड़े साहब से कह-सुनकर तुम्हारी ज़मीन दिलवायी है। इनके पिता और राजा साहब दोनों ही इनसे नाराज़ हो गये हैं। इनकी तुम्हारे ऊपर बड़ी दया है।

सोफ़ी—प्रभु, तुम बड़े पेट के हलके हो। यह कहने से क्या फ़ायदा कि मिस साहब ने ज़मीन दिलवायी है ? यह तो कोई बहुत बड़ा काम नहीं है।

सूरदास—साहब, यह तो मैं उसी दिन जान गया था, जब मिस साहब से पहले-पहल बातें हुई थी। मुझे उसी दिन मालूम हो गया था कि इनके चित्त में दया और धरम है। इसका फल भगवान् इनको देंगे।

सोफ़ी—सूरदास, यह मेरी सिफ़ारिश का फल नहीं, तुम्हारी तपस्या का फल है। राजा साहब को तुमने खूब छकाया। अब थोड़ी-सी कसर और है। ऐसा बदनाम कर दो कि शहर में किसी को मुँह न दिखा सकें, इस्तीफ़ा देकर अपने इलाक़े की राह लें।

सूरदास—नहीं मिस साहब, यह खिलाड़ियों की नीति नहीं है। खिलाड़ी जीतकर हारने वाले खिलाड़ी की हँसी नहीं उड़ाता, उससे गले मिलता है और हाथ जोड़कर कहता है—'भैया, अगर हमने खेल में तुमसे कोई अनुचित बात कही हो, या कोई अनुचित ब्यौहार किया हो, तो हमें माफ करना।' इस तरह दोनों खिलाड़ी हँसकर अलग होते हैं, खेल खतम होते ही दोनों मित्र बन जाते हैं, उनमें कोई कपट नहीं रहता। मैं आज राजा साहब के पास गया था और उनके हाथ जोड़ आया। उन्होंने मुझे भोजन कराया। जब चलने लगा तो बोले, मेरा दिल तुम्हारी ओर से साफ है, कोई संका मत करना।

सोफ़िया—ऐसे दिल के साफ़ तो नहीं हैं, मौक़ा पाकर अवश्य दग़ा करेंगे, मैं तुमसे कहे देती हूँ।

सूरदास—नहीं मिस साहब, ऐसा मत कहिए, किसी पर संदेह करने से अपना चित्त मलीन होता है। वह बिदवान हैं, धरमात्मा हैं, कभी दगा नहीं कर सकते। और जो दगा ही करेंगे, तो उन्हीं का धरम जायेगा; मुझे क्या, मैं फिर इसी तरह फरियाद करता रहूँगा। जिस भगवान ने अबकी बार सुना है, वही भगवान फिर सुनेंगे।

प्रभु सेवक—और जो कोई मुआमला खड़ा करके क़ैद करा दिया तो ?

सूरदास—(हँसकर) इसका फल उन्हें भगवान से मिलेगा। मेरा धरम तो यही है कि जब कोई मेरी चीज पर हाथ बढ़ाये, तो उसका हाथ पकड़ लूँ। वह लड़े, तो लड़ूँ और उस चीज के लिए प्रान तक दे दूँ। चीज मेरे हाथ आयेगी इससे मुझे मतलब नहीं; मेरा काम तो लड़ना है, और वह भी धरम की लड़ाई लड़ना। अगर राजा साहब दगा भी करें, तो मैं उनसे दगा न करूँगा।

सोफ़िया—लेकिन मैं तो राजा साहब को इतने सस्ते न छोड़ूँगी।

सूरदास—मिस साहब, आप बिदवान होकर ऐसी बातें करती हैं, इसका मुझे अचरज है। आपके मुँह से ये बातें सोभा नहीं देतीं। नहीं, आप हँसी कर रही हैं। आपसे कभी ऐसा काम नहीं हो सकता।

इतने में किसी ने पुकारा—सूरदास, चलो, ब्राह्मण लोग आ गये हैं।

सूरदास लाठी टेकता हुआ घाट की ओर चला। ताँगा भी चला।

प्रभु सेवक ने कहा—चलोगी मि. क्लार्क की तरफ़ ?

सोफ़िया—नहीं, घर चलो।

रास्ते में कोई बातचीत नहीं हुई। सोफ़िया किसी विचार में मग्न थी। दोनों आदमी सिगरा पहुँचे, तो चिराग़ जल चुके थे। सोफ़ी सीधे अपने कमरे में गयी, मेज़ का ड्राअर खोला, प्रहसन का हस्त-लेख निकाला और टुकड़े-टुकड़े करके ज़मीन पर फेंक दिया।

इक्कीस

सूरदास के आर्तनाद ने महेन्द्रकुमार की ख्याति और प्रतिष्ठा को जड़ से हिला दिया। वह आकाश से बातें करने वाला कीर्ति-भवन क्षण भर में धराशायी हो गया। नगर के लोग उनकी सेवाओं

को भूल-से गये। उनके उद्योग से नगर का कितना उपकार हुआ था, उसकी किसी को याद ही न रही। नगर की नालियाँ और सड़कें, बग़ीचे और गलियाँ, उनके अविश्रान्त प्रयत्नों की कितनी अनुगृहीत थीं। नगर की शिक्षा और स्वास्थ्य को उन्होंने किस हीनावस्था से उठाकर उन्नति के मार्ग पर लगाया था, इसकी ओर कोई ध्यान ही न देता था। देखते-देखते युगांतर हो गया। लोग उनके विषय में आलोचनाएँ करते हुए कहते—अब वह ज़माना नहीं रहा, जब राजे-रईसों के नाम आदर से लिये जाते थे, जनता को स्वयं ही उनमें भक्ति होती थी। वे दिन बिदा हो गये। ऐश्वर्य-भक्ति प्राचीन काल की राज्य-भक्ति ही का एक अंश थी। प्रजा अपने राजा, जागीरदार, यहाँ तक कि अपने ज़मींदार पर सिर कटा देती थी। यह सर्वमान्य नीति-सिद्धांत था कि राजा भोक्ता है, प्रजा भोग्य है। यही सृष्टि का नियम था, लेकिन आज राजा और प्रजा में भोक्ता और भोग्य का संबंध नहीं है, अब सेवक और सेव्य का संबंध है। अब अगर किसी राजा की इज़्ज़त है, तो उसकी सेवा-प्रवृत्ति के कारण। अन्यथा उसकी दशा दाँतों-तले दबी हुई जिह्वा की सी है। प्रजा को कभी उस पर विश्वास नहीं आता। अब जनता उसी का सम्मान करती है, उसी पर न्योछावर होती है, जिसने अपना सर्वस्व प्रजा पर अर्पित कर दिया हो, जो त्याग-धन का धनी हो। जब तक कोई सेवा-मार्ग पर चलना नहीं सीखता, जनता के दिलों में घर नहीं कर पाता।

राजा साहब को अब मालूम हुआ कि प्रसिद्धि श्वेत वस्त्र से सदृश है, जिस पर एक धब्बा भी नहीं छिप सकता। जिस तरफ़ उनकी मोटर निकल जाती, लोग उन पर आवाजें कसते, यहाँ तक कि कभी-कभी तालियाँ भी पड़तीं। बेचारे बड़ी विपत्ति में फँसे हुए थे। ख्याति-लाभ करने चले थे, मर्यादा से भी हाथ धोया। और अवसरों पर इंदु से परामर्श कर लिया करते थे, इससे हृदय को शांति मिलती थी, पर अब वह द्वार भी बंद था। इंदु से सहानुभूति की कोई आशा न थी।

रात के नौ बजे थे। राजा साहब अपने दीवानख़ाने में बैठे हुए इसी समस्या पर विचार कर रहे थे—लोग कितने कृतघ्न होते हैं ! मैंने अपने जीवन के सात वर्ष उनकी निरंतर सेवा में व्यतीत कर दिये, अपना कितना समय, कितना अनुभव, कितना सुख उनकी नज़र किया ! उसका मुझे आज यह उपहार मिल रहा है कि एक अंधा भिखारी मुझे सारे शहर में गालियाँ देता फिरता है और कोई उसकी ज़बान नहीं पकड़ता, बल्कि लोग उसे और भी उकसाते और उत्तेजित करते हैं। इतने सुव्यवस्थित रूप से अपने इलाक़े का प्रबंध करता, तो अब तक निकासी में लाखों रुपये की वृद्धि हो गयी होती। एक दिन वह था कि जिधर से निकल जाता था, लोग खड़े हो-होकर सलाम करते थे, सभाओं में मेरा व्याख्यान सुनने के लिए लोग उत्सुक रहते थे और मुझे अंत में बोलने का अवसर मिलता था; और एक दिन यह है कि मुझ पर तालियाँ पड़ती हैं और मेरा स्वाँग निकालने की तैयारियाँ की जाती हैं। अंधे में फिर भी विवेक है, नहीं तो बनारस के शोहदे दिन-दहाड़े मेरा घर लूट लेते।

सहसा अरदली ने आकर मि. क्लार्क का आज्ञा-पत्र उनके सामने रख दिया। राजा साहब ने चौंककर लिफ़ाफ़ा खोला, तो अवाक् रह गये। विपत्ति-पर-विपत्ति ! रही-सही इज़्ज़त भी ख़ाक में मिल गयी।

चपरासी—हुजूर, कुछ जवाब देंगे ?

राजा साहब—जवाब की ज़रूरत नहीं।

चपरासी—कुछ इनाम नहीं मिला। हुजूर ही.....

राजा साहब ने उसे और कुछ न कहने दिया। जेब से एक रुपया निकालकर फेंक दिया। अरदली चला गया।

राजा साहब सोचने लगे—दुष्ट को इनाम माँगते शर्म भी नहीं आती, मानो मेरे नाम कोई धन्यवाद-पत्र लाये हैं। कुत्ते हैं, और क्या, कुछ न दो, तो काटने दौड़ें, झूठी-सच्ची शिकायतें करें। समझ में नहीं आता, क्लार्क ने क्यों अपना हुक्म मंसूख़ कर दिया। जॉन सेवक से किसी बात पर अनबन हो गयी क्या ? शायद सोफ़िया ने क्लार्क को ठुकरा दिया। चलो, यह भी अच्छा ही हुआ। लोग यह तो कहेंगे ही कि अंधे ने राजा साहब को नीचा दिखा दिया; पर इस दुहाई से तो गला छूटेगा।

उनकी दशा इस समय उस आदमी की-सी थी, जो अपने मुँह-ज़ोर घोड़े के भाग जाने पर खुश हो। अब हड्डियों के टूटने का भय तो नहीं रहा। मैं घाटे में नहीं हूँ। अब रूठी रानी भी प्रसन्न हो जायँगी। इंदु से कहूँगा, मैंने ही मिस्टर क्लार्क से अपना फ़ैसला मंसूख़ करने के लिए कहा है।

वह कई दिन से इंदु से मिलने न गये थे। अंदर जाते हुए डरते थे कि इंदु के तानों का क्या जवाब दूँगा। इंदु भी इस भय से उनके पास न आती थी कि कहीं फिर मेरे मुँह से कोई अप्रिय शब्द न निकल जाय। प्रत्येक दाम्पत्य-कलह के पश्चात जब वह उसके कारणों पर शांत हृदय से विचार करती थी, तो उसे ज्ञात होता था कि मैं ही अपराधिनी हूँ, और अपने दुराग्रह पर उसे हार्दिक दुःख होता था। उसकी माता ने बाल्यावस्था ही से पतिव्रत का बड़ा ऊँचा आदर्श उसके सम्मुख रखा था। उस आदर्श से गिरने पर वह मन-ही-मन कुढ़ती और आपने-आप को धिक्कारती थी—मेरा धर्म उनकी आज्ञा का पालन करना है। मुझे तन-मन से उनकी सेवा करनी चाहिए। मेरा सबसे पहला कर्त्तव्य उनके प्रति है, देश और जाति का स्थान गौण है; पर मेरा दुर्भाग्य बार-बार मुझे कर्त्तव्य-मार्ग से विचलित कर देता है। मैं इस अंधे के पीछे बरबस उनसे उलझ पड़ी। वह विद्वान् हैं, विचारशील हैं। यह मेरी धृष्टता है कि मैं उनकी अगुआई करने का दावा करती हूँ। जब मैं छोटी-छोटी बातों में मानापमान का विचार करती हूँ, तो उनसे कैसे आशा करूँ कि वह प्रत्येक विषय में निष्पक्ष हो जायँ।

कई दिनों तक मन में यह खिचड़ी पकाते रहने के कारण उसे सूरदास से चिढ़ हो गयी। सोचा—इसी अभागे के कारण मैं यह मनस्ताप भोग रही हूँ। इसी ने यह मनोमालिन्य पैदा कराया है। आख़िर उस ज़मीन से मुहल्ले वालों ही का निस्तार होता है न, तो जब उन्हें कोई आपत्ति नहीं है, तो अंधे की क्यों नानी मरती है ! किसी की ज़मीन पर कोई ज़बरदस्ती क्यों अधिकार करे, यह ढकोसला है, और कुछ नहीं। निर्बल जन आदिकाल से ही सताये जाते हैं और सताये जाते रहेंगे। जब यह व्यापक नियम है, तो क्या एक कम, क्या एक ज़्यादा।

इन्हीं दिनों सूरदास ने राजा साहब को शहर में बदनाम करना शुरू किया, तो उसके ममत्व का पलड़ा बड़ी तेज़ी से दूसरी ओर झुका। उसे सूरदास के नाम से चिढ़ हो गयी—यह टके का

आदमी और इसका इतना साहस कि हम लोगों के सिर चढ़े। अगर साम्यवाद का यही अर्थ है, तो ईश्वर हमें इससे बचाये। यह दिनों का फेर है, नहीं तो इसकी क्या मजाल थी कि हमारे ऊपर छींटे उड़ाता।

इंदु दीन जनों पर दया कर सकती थी—दया में प्रभुत्व का भाव अंतर्हित है—न्याय न कर सकती थी, न्याय की भित्ति साम्य पर है। सोचती—यह उस बदमाश को पुलिस के हवाले क्यों नहीं कर देते ? मुझसे तो यह अपमान न सहा जाता। परिणाम चाहे कुछ होता, पर इस समय तो इस बुरी तरह पेश आती कि देखने वालों के रोयें खड़े हो जाते।

वह इन्हीं कुत्सित विचारों में पड़ी हुई थी कि सोफ़िया ने जाकर उसके सामने राजा साहब पर सूरदास के साथ अन्याय करने का अपराध लगाया, खुली हुई धमकी दे गयी। इंदु को इतना क्रोध आया कि सूरदास को पाती, तो उसका मुँह नोच लेती। सोफ़िया के जाने के बाद वह क्रोध में भरी हुई राजा साहब से मिलने आयी; पर बाहर मालूम हुआ कि वह कुछ दिन के लिए इलाक़े पर गये हुए हैं। ये दिन उसने बड़ी बेचैनी में काटे। अफ़सोस हुआ कि गये और मुझसे पूछा भी नहीं !

राजा साहब जब इलाक़े से लौटे, तो उन्हें मि. क्लार्क का परवाना मिला। वह उस पर विचार कर रहे थे कि इंदु उनके पास आयी और बोली—इलाके पर गये और मुझे ख़बर तक न हुई, मानो मैं घर में हूँ ही नहीं।

राजा ने लज्जित होकर कहा—ऐसा ही एक ज़रूरी काम था। एक दिन की भी देर हो जाती, तो इलाके में फ़ौजदारी हो जाती। मुझे अब अनुभव हो रहा है कि ताल्लुक़ेदारों के अपने इलाक़े पर न रहने से प्रजा को कितना कष्ट होता है।

'इलाके में रहते, तो कम-से-कम इतनी बदनामी तो न होती।'

'अच्छा, तुम्हें भी मालूम हो गया। तुम्हारा कहना न मानने में मुझसे बड़ी भूल हुई। इस अंधे ने ऐसी विपत्ति में डाल दिया कि कुछ करते-धरते नहीं बनता। सारे शहर में बदनाम कर रहा है। न जाने शहर वालों को इससे इतनी सहानुभूति कैसे हो गयी। मुझे इसकी ज़रा भी आशंका न थी कि यह शहर वालों को मेरे विरुद्ध खड़ा कर देगा।'

'मैंने तो जब से सुना है कि अंधा तुम्हें बदनाम कर रहा है, तब से ऐसा क्रोध आ रहा है कि वश चले, तो उसे जीता चुनवा दूँ।'

राजा साहब ने प्रसन्न होकर कहा—तो हम दोनों घूम-घामकर एक ही लक्ष्य पर आ पहुँचे।

'इस दुष्ट को ऐसा दंड देना चाहिए कि उम्र-भर याद रहे।'

'मिस्टर क्लार्क ने इसका फ़ैसला खुद ही कर दिया। सूरदास की ज़मीन वापस कर दी गयी।'

इंदु को ऐसा मालूम हुआ कि ज़मीन धँस रही है और मैं उसमें समायी जा रही हूँ। वह दीवार न थाम लेती, तो ज़रूर गिर पड़ती—सोफ़िया ने मुझे यों नीचा दिखाया है। मेरे साथ यह कूट-नीति चली है। हमारी मर्यादा को धूल में मिलाना चाहती है। चाहती है कि मैं उसके क़दम चूमूँ। कदापि नहीं।

उसने राजा साहब से कहा—अब आप क्या करेंगे ?

'कुछ नहीं, करना क्या है। सच पूछो, तो मुझे इसका ज़रा भी दुःख नहीं है। मेरा तो गला

छूट गया।'

'और हेठी कितनी हुई !'

'हेठी ज़रूर हुई; पर इस बदनामी से अच्छी है।'

इंदु का मुख-मण्डल गर्व से तमतमा उठा। बोली—यह बात आपके मुँह से शोभा नहीं देती। यह नेकनामी-बदनामी का प्रश्न नहीं है, अपनी मर्यादा-रक्षा का प्रश्न है। आपकी कुल-मर्यादा पर आघात हुआ है, उसकी रक्षा करना आपका परम धर्म है, चाहे उसके लिए न्याय के सिद्धान्तों की बलि ही क्यों न देनी पड़े। मि. क्लार्क की हस्ती ही क्या है, मैं किसी सम्राट के हाथों भी अपनी मर्यादा की हत्या न होने दूँगी, चाहे इसके लिए मुझे अपना सर्वस्व, यहाँ तक कि प्राण भी देना पड़े। आप तुरंत गवर्नर को मि. क्लार्क के न्याय-विरुद्ध हस्तक्षेप की सूचना दीजिए। हमारे पूर्वजों ने अँगरेज़ों की उस समय प्राण-रक्षा की थी, जब उनकी जानों के लाले पड़े हुए थे। सरकार उन एहसानों को मिटा नहीं सकती। नहीं, आप स्वयं जाकर गवर्नर से मिलिए, उनसे कहिए कि मि. क्लार्क के हस्तक्षेप से मेरा अपमान होगा, मैं जनता की दृष्टि में गिर जाऊँगा और शिक्षित-वर्ग को सरकार में भी लेश-मात्र विश्वास न रहेगा। साबित कर दीजिए कि किसी रईस का अपमान करना दिल्लगी नहीं है।

राजा साहब ने चिंतित स्वर में कहा—मि. क्लार्क से सदा के लिए विरोध हो जायगा। मुझे आशा नहीं है कि उनके मुक़ाबले में गवर्नर मेरा पक्ष ले। तुम इन लोगों को जानती नहीं हो। इनकी अफ़सरी-मातहती दिखाने भर की है, वास्तव में सब एक हैं। एक जो करता है, सब उसका समर्थन करते हैं। व्यर्थ की हैरानी होगी।

'अगर गवर्नर न सुने, तो वाइसराय से अपील कीजिए। विलायत जाकर वहाँ के नेताओं से मिलिए। यह कोई छोटी बात नहीं है, आपके सिर पर एक महान् उत्तरदायित्व का भार आ पड़ा है, इसमें जौ-भर भी दबना आपको सदा के लिए कलंकित कर देगा।'

राज साहब ने एक मिनट तक विचार करके कहा—तुम्हें यहाँ के शिक्षितों का हाल मालूम नहीं है। तुम समझती होगी कि वे मेरी सहायता करेंगे, या कम-से-कम सहानुभूति ही दिखायेंगे; पर जिस दिन मैंने प्रत्यक्ष रूप से मि. क्लार्क की शिकायत की, उसी दिन से लोग मेरे घर आना-जाना छोड़ देंगे। कोई मुँह तक न दिखायेगा। लोग रास्ता कतराकर निकल जायँगे। इतना ही नहीं, गुप्त रूप से क्लार्क से मेरी शिकायतें करेंगे और मुझे हानि पहुँचाने में कोई बात उठा न रखेंगे। हमारे भद्र समाज की नैतिक दुर्बलता अत्यंत लज्जाजनक है। सब-के-सब प्रत्यक्ष या अप्रत्यक्ष रूप से सरकार के आश्रित हैं। जब तक उन्हें मालूम है कि हुक्काम से मेरी मैत्री है, तभी तक मेरा आदर-सत्कार करते हैं। जिस दिन उन्हें मालूम होगा कि ज़िलाधीश की निगाह मुझसे फिर गयी, उसी दिन से मेरे मान-सम्मान की इति समझो। अपने बंधुओं की यही दुर्बलता और कुटिल स्वार्थ-लोलुपता है, जो हमारे निर्भीक. सत्यवादी और हिम्मत के धनी नेताओं को हताश कर देती है।

राजा साहब ने बहुत हीले-हवाले किये, परिस्थिति का बहुत ही दुराशापूर्ण चित्र खींचा, लेकिन इंदु अपने ध्येय से जौ-भर भी न टली। वह उनके हृदय में उस सोये हुए भाव को जगाना चाहती थी, जो कभी प्रताप और साँगा, टीपू और नाना के नाम पर लहालोट हो जाता था। वह जानती

थी कि वह भाव प्रभुत्व-प्रेम की घोर निद्रा में मग्न है, मरा नहीं। बोली—अगर मान लें कि आपकी सारी शंकाएँ पूरी हो जायँ, आपका सम्मान मिट जाय, सारा शहर आपका दुश्मन हो जाय, हुक्काम आपको सन्देह की दृष्टि से देखने लगें, यहाँ तक कि आपके इलाक़े के ज़ब्त होने की नौबत भी आ जाय, तब भी मैं आपसे यही कहती जाऊँगी, अपने स्थान पर अटल रहिए। यही हमारा क्षात्र धर्म है। आज़ ही यह बात समाचार-पत्रों में प्रकाशित हो जायगी और सारी दुनिया नहीं, तो कम-से-कम समस्त भारत आपकी ओर उत्सुक नेत्रों से देखेगा कि आप जातीय गौरव की कितने धैर्य, साहस और त्याग के साथ रक्षा करते हैं। इस संग्राम में हमारी हार भी महान् विजय का स्थान पायेगी; क्योंकि वह पशुबल की नहीं, आत्मबल की लड़ाई है। लेकिन मुझे तो पूर्ण विश्वास है कि आपकी शंकाएँ निर्मूल सिद्ध होंगी। एक कर्मचारी के अन्याय की फ़रियाद सरकार के कानों में पहुँचाकर आप उस सुदृढ़ राजभक्ति का परिचय देंगे, सरकार की न्याय-रीति पर पूर्ण विश्वास की घोषणा करेंगे, जो साम्राज्य का आधार है। बालक माता के सामने रोये, हठ करे, मचले; पर माता की ममता क्षण-मात्र भी कम नहीं होती। मुझे तो निश्चय है कि सरकार अपने न्याय की धाक जमाने के लिए आपका और भी सम्मान करेगी। जातीय आन्दोलन के नेता प्रायः उच्च कोटि की उपाधियों से विभूषित किये जाते हैं, और, कोई कारण नहीं कि आपको भी वही सम्मान न प्राप्त हो।

यह युक्ति राजा साहब को विचारणीय जान पड़ी। बोले—अच्छा, सोचूँगा। इतना कहकर बाहर चले गये।

दूसरे दिन सुबह जॉन सेवक राजा साहब से मिलने आये। उन्होंने भी यही सलाह दी कि इस मुआमले में ज़रा भी न दबना चाहिए। लड़ूँगा तो मैं, आप केवल मेरी पीठ ठोकते जाइएगा। राजा साहब को कुछ ढाढ़स हुआ, एक से दो हुए। सन्ध्या समय वह कुँवर साहब से सलाह लेने गये। उनकी भी यही राय हुई। डॉक्टर गांगुली तार द्वारा बुलाये गये। उन्होंने यहाँ तक ज़ोर दिया कि 'आप चुप भी हो जायँगे, तो मैं व्यवस्थापक सभा में इस विषय को अवश्य उपस्थित करूँगा। सरकार हमारे वाणिज्य-व्यवसाय की ओर इतनी उदासीन नहीं रह सकती। यह न्याय-अन्याय या मानापमान का प्रश्न नहीं है, केवल व्यावसायिक प्रतिस्पर्धा का प्रश्न है।'

राजा साहब इंदु से बोले—लो भाई, तुम्हारी ही सलाह पक्की रही। जान पर खेल रहा हूँ।

इंदु ने उन्हें श्रद्धा की दृष्टि से देखकर कहा—ईश्वर ने चाहा तो आपकी विजय ही होगी।

बाईस

सैयद ताहिर अली को पूरी आशा थी कि जब सिगरेट का कारख़ाना बनना शुरू हो जायगा, तो मेरी कुछ-न-कुछ तरक़्क़ी अवश्य हो जायगी। मि. सेवक ने उन्हें इसका वचन दिया था। इस आशा के सिवा उन्हें अब तक ऋणों को चुकाने का कोई उपाय न नज़र आता था, जो दिनों-दिन बरसात की घास के समान बढ़ते जाते थे। वह स्वयं बड़ी किफ़ायत से रहते थे। ईद के अतिरिक्त कदाचित और कभी दूध उनके कंठ के नीचे न जाता था। मिठाई उनके लिए

हराम थी। पान-तंबाकू का उन्हें शौक़ ही न था। किंतु वह खुद चाहे कितनी ही किफ़ायत करें, घर वालों की ज़रूरतों में काट-कपट करना न्याय-विरुद्ध समझते थे। ज़ैनब और रक़िया अपने लड़कों के लिए दूध लेना आवश्यक समझती थीं। कहतीं—यही तो लड़कों के खाने-पीने की उम्र है। इसी उम्र में तो उनकी हड्डियाँ चौड़ी-चकली होती हैं, दिल और दिमाग़ बढ़ते हैं। इस उम्र में लड़कों को मुक़्व्वी खाना न मिले, तो उनकी सारी ज़िंदगी बरबाद हो जाती है।

लड़कों के विषय में यह कथन सत्य हो या नहीं; पर पान-तंबाकू के विषय में ताहिर अली की विषमताएँ जिस युक्ति का प्रतिपादन करती थीं, उसकी सत्यता स्वयंसिद्ध थी—स्त्रियों का इनके बग़ैर निबाह ही नहीं हो सकता। कोई देखे तो कहे, क्या इनके यहाँ पान तक मयस्सर नहीं ? यही तो अब शराफ़त की एक निशानी रह गयी है; मामाएँ नहीं, खवासें नहीं, तो क्या पान से भी गये। मर्दों को पान की ऐसी ज़रूरत नहीं। उन्हें हाकिमों से मिलना-जुलना पड़ता है, पराई बंदगी करते हैं, उन्हें पान की क्या ज़रूरत।

विपत्ति यह थी कि माहिर और जाबिर तो मिठाइयाँ खाकर ऊपर से दूध पीते और साबिर और नसीमा खड़े मुँह ताका करते। ज़ैनब बेगम कहतीं—इनके गुड़ के बाप कोल्हू ही, खुदा के फ़ज़ल से ज़िंदा हैं। सबको खिलाकर खिलाएँ, तभी खिलाना कहलाये। सब कुछ तो इन्हीं की मुट्ठी में है, जो चाहें खिलाएँ, जैसे चाहें रखें; कोई हाथ पकड़ने वाला है ?

वे दोनों दिन-भर बकरी की तरह पान चबाया करतीं, कुल्सूम को भोजन के पश्चात एक बीड़ा भी मुश्किल से मिलता था। अपनी इन ज़रूरतों के लिए ताहिर अली से पूछने या चादर देखकर पाँव फैलाने की ज़रूरत न थी।

प्रातःकाल था। चमड़े की ख़रीद हो रही थी। सैकड़ों चमार बैठे चिलम पी रहे थे। यही एक समय था, जब ताहिर अली को अपने गौरव का कुछ आनंद मिलता था। इस वक़्त उन्हें अपने महत्त्व का हलका-सा नशा हो जाता था। एक चमार द्वार पर झाड़ू लगाता, एक उनका तख़्त साफ़ करता, एक पानी भरता, किसी को साग-भाजी लाने के लिए बाज़ार भेज देते और किसी से लकड़ी चिराते। इतने आदमियों को अपनी सेवा में तत्पर देखकर उन्हें मालूम होता था कि मैं भी कुछ हूँ। उधर जैनब और रक़िया परदे में बैठी पानदान का ख़र्च वसूल करती। साहब ने ताहिर अली को दस्तूरी लेने से मना किया था, स्त्रियों को पान-पत्ते का ख़र्च लेने का निषेध न किया था। इस आमदनी से दोनों ने अपने-अपने लिए गहने बनवा लिये थे। ताहिर अली इस रक़म का हिसाब लेना छोटी बात समझते थे।

इसी समय जगधर आकर बोला—मुंसीजी, हिसाब कब तक चुकता कीजिएगा? मैं कोई लखपती थोड़े ही हूँ कि रोज मिठाइयाँ देता जाऊँ, चाहे दाम मिलें या न मिलें। आप जैसे दो-चार गाहक और मिल जायँ, तो मेरा दिवाला ही निकल जाये। लाइए, रुपये दिलवाइए, अब हीला-हवाला न कीजिए, गाँव-मुहल्ले की बहुत मुरौवत कर चुका। मेरे सिर भी तो महाजन का लहना-तगादा है। यह देखिए कागद, हिसाब कर दीजिए।

देनदारों के लिए हिसाब का काग़ज यमराज का परवाना है। वे उसकी ओर ताकने का साहस नहीं कर सकते। हिसाब देखने का मतलब है, रुपये अदा करना। देनदार ने हिसाब का चिट्ठा हाथ में लिया और पाने वाले का हृदय आशा से विकसित हुआ। हिसाब का परत हाथ में लेकर

फिर कोई हीला नहीं किया जा सकता। यही कारण है कि देनदारों को ख़ाली हाथ हिसाब देखने का साहस नहीं होता।

ताहिर अली ने बड़ी नम्रता से कहा—भई, हिसाब सब मालूम है, अब बहुत जल्द तुम्हारा बक़ाया साफ़ हो जायगा। दो-चार दिन और सब्र करो।

जगधर—कहाँ तक सबर करूँ साहब? दो-चार दिन करते-करते तो महीनों हो गये। मिठाइयाँ खाते बखत तो मीठी मालूम होती हैं, दाम देते क्यों कड़वा लगता है?

ताहिर—बिरादर, आजकल ज़रा तंग हो गया हूँ, मगर अब जल्द कारख़ाने का काम शुरू होगा, मेरी भी तरक़्क़ी होगी। बस, तुम्हारी एक-एक कौड़ी चुका दूँगा।

जगधर—ना साहब, आज तो मैं रुपये लेकर ही जाऊँगा। महाजन के रुपये न दूँगा, तो आज मुझे छटाँक-भर भी सौदा न मिलेगा। भगवान जानते हैं, जो मेरे घर में टका भी हो। यह समझिए कि आप मेरा नहीं, अपना दे रहे हैं। आपसे झूठ बोलता होऊँ, तो जवानी काम न आये। रात बाल-बच्चे भूखे ही सो रहे। सारे मुहल्ले में सदा लगायी, किसी ने चार आने पैसे न दिये।

चमारों के चौधरी को जगधर पर दया आ गयी। ताहिर अली से बोला—मुंसीजी, मेरा पावना इन्हीं को दे दीजिए, मुझे दो-चार दिन में दे दीजिएगा।

ताहिर—जगधर, मैं खुदा को गवाह करके कहता हूँ, मेरे पास रुपये नहीं हैं, खुदा के लिए दो-चार दिन ठहर जाओ।

जगधर—मुंसीजी, झूठ बोलना गाय खाना है, महाजन के रुपये आज न पहुँचे, तो कहीं का न रहूँगा।

ताहिर अली ने घर में आकर कुल्सूम से कहा—मिठाई वाला सिर पर सवार है, किसी तरह टलता ही नहीं। क्या करूँ, रोकड़ में से दस रुपये निकालकर दे दूँ?

कुल्सूम ने चिढ़कर कहा—जिसके दाम आते हैं, वह सिर पर सवार होगा ही। अम्माँजानों से क्यों नहीं माँगते? मेरे बच्चों को तो मिठाई मिली नहीं; जिन्होंने उचक-उचककर खाया-खिलाया है, वे दाम देने की बेर क्यों भीगी बिल्ली बनी बैठी हुई हैं?

ताहिर—इसी मारे तो मैं तुमसे कोई बात कहता नहीं। रोकड़ से ले लेने में क्या हरज है? तनख़्वाह मिलते ही जमा कर दूँगा।

कुल्सूम—खुदा के लिए कहीं यह ग़ज़ब न करना। रोकड़ को काला साँप समझो। कहीं आज ही साहब रक़म की जाँच करने लगे तो?

ताहिर—अजी नहीं, साहब को इतनी फुरसत कहाँ कि रोकड़ मिलाते रहें।

कुल्सूम—मैं अमानत की रक़म छूने को न कहूँगी। ऐसा ही है, तो नसीमा का तौक़ उतार कर कहीं गिरो रख दो, और तो मेरे किये कुछ नहीं हो सकता।

ताहिर अली को दुःख तो बहुत हुआ, पर करते क्या। नसीमा का तौक़ निकालते थे, और रोते थे। कुल्सूम उसे प्यार करती थी और फुसलाकर कहती थी, तुम्हें नया तौक़ बनवाने जा रहे हैं। नसीमा फूली न समाती थी कि मुझे नया तौक़ मिलेगा।

तौक़ रूमाल में लिये हुए ताहिर अली बाहर निकले, और जगधर को अलग ले जाकर बोले—भई, इसे ले जाओ, कहीं गिरो रखकर अपना काम चलाओ। घर में रुपये नहीं हैं।

जगधर—उधार सौदा बेचना पाप है, पर करूँ क्या, नगद बेचने लगूँ, तो घूमता ही रह जाऊँ।

यह कहकर उसने सकुचाते हुए तौक़ ले लिया और पछताता हुआ चला गया। कोई दूसरा आदमी अपने गाहक को इतना दिक़ करके रुपये न वसूल करता। उसे लड़की पर दया आ ही जाती, जो मुसकराकर कह रही थी, मेरा तौक़ कब बनाकर लाओगे? परंतु जगधर गृहस्थी के असह्य भार के कारण उससे कहीं असज्जन बनने पर मजबूर था, जितना वह वास्तव में था।

जगधर को गये आंध घंटा भी न गुज़रा था कि बजरंगी त्योरियाँ बदले हुए आकर बोला—मुंसीजी, रुपये देने हों, तो दीजिए, नहीं तो कह दीजिए, बाबा, हमसे नहीं हो सकता; बस, हम सबर कर लें। समझ लेंगे कि एक गाय नहीं लगी। रोज-रोज दौड़ाते क्यों हैं?

ताहिर—बिरादर, जैसे इतने दिनों तक सब्र किया है, थोड़े दिन और करो। खुदा ने चाहा, तो अबकी तुम्हारी एक पाई भी न रहेगी।

बजरंगी—ऐसे वादे तो आप बीसों बार कर चुके हैं।

ताहिर—अबकी पक्का वादा करता हूँ।

बजरंगी—तो किस दिन हिसाब कीजिएगा?

ताहिर अली असमंजस में पड़ गये, कौन-सा दिन बतलायें। देनदारों को हिसाब के दिन का उतना ही भय होता है, जितना पापियों को। वे 'दो-चार', 'बहुत जल्द', 'आज-कल में' आदि अनिश्चयात्मक शब्दों की आड़ लिया करते हैं। ऐसे वादे पूरे किये जाने के लिए नहीं, केवल पाने वालों को टालने के लिए किये जाते हैं। ताहिर अली स्वभाव से खरे आदमी थे। तक़ाजों से उन्हें कष्ट होता था। वह तक़ाजों से उतना ही डरते थे, जितना शैतान से। उन्हें दूर से देखते ही उनके प्राण-पखेरू छटपटाने लगते थे। कई मिनट तक सोचते रहे, क्या जवाब दूँ, ख़र्च का यह हाल है, और तरक़्क़ी के लिए कहता हूँ, तो कोरा जवाब मिलता है। आख़िरकार बोले—दिन कौन-सा बताऊँ, चार-छह दिन में जब आ जाओगे, उसी दिन हिसाब हो जाएगा।

बजरंगी—मुंसीजी, मुझसे उड़नघाइयाँ न बताइए। मुझे भी सभी तरह के गाहकों से काम पड़ता है। अगर दस दिन में आऊँगा, तो आप कहेंगे, इतनी देर क्यों की, अब रुपये खर्च हो गये। चार-पाँच दिन में आऊँगा, तो आप कहेंगे, अभी तो रुपये मिले ही नहीं। इसलिए मुझे कोई दिन बता दीजिए, जिसमें मेरा हरज न हो और आपको भी सुभीता हो।

ताहिर—दिन बता देने में मुझे कोई उज्र न होता, लेकिन बात यह है कि मेरी तनख्वाह मिलने की कोई तारिख मुक़र्रर नहीं है; दो-चार दिनों का हेर-फेर हो जाता है। एक हफ़्ते के बाद किसी लड़के को भी भेज दोगे, तो रुपये मिल जायेंगे।

बजरंगी—अच्छी बात है, आप ही का कहना सही। अगर अब की वादाखिलाफी कीजिएगा, तो फिर माँगने न आऊँगा।

बजरंगी चला गया, तो ताहिर अली डींगें मारने लगे—तुम लोग समझते होगे, ये लोग इतनी-इतनी तलब पाते हैं, घर में बटोरकर रखते होंगे, और यहाँ ख़र्च का यह हाल है कि आधा महीना भी नहीं ख़त्म होता और रुपये उड़ जाते हैं। शराफ़त रोग है, और कुछ नहीं।

एक चमार ने कहा—हजूर, बड़े आदमियों का खर्च भी बड़ा होता है। आप ही लोगों की

बदौलत तो गरीबों की गुजर होती है। घोड़े की लात घोड़ा ही सह सकता है।

ताहिर—अजी, सिर्फ़ पान में इतना ख़र्च हो जाता है कि उतने में दो आदमियों का अच्छी तरह गुज़र हो सकता है।

चमार—हज़ूर, देखते नहीं हैं क्या। बड़े आदमियों की बड़ी बात होती है।

ताहिर अली के आँसू अच्छी तरह न पुँछने पाये थे कि सामने से ठाकुरदीन आता हुआ दिखायी दिया। बेचारे पहले ही से कोई बहाना सोचने लगे। इतने में उसने आकर सलाम किया और बोला—मुंसीजी, कारखाने में कब से हाथ लगेगा?

ताहिर—मसाला जमा हो रहा है। अभी इंजीनियर ने नक़्शा नहीं बनाया है, इसी वजह से देर हो रही है।

ठाकुरदीन—इंजीनियर ने भी कुछ लिया होगा? बड़ी बेईमान जात है हजूर, मैंने भी कुछ दिन ठेकेदारी की है; जो कमाता था, इंजीनियरों को खिला देता था। आखिर घबराकर छोड़ बैठा। इंजीनियर के भाई डाक्टर होते हैं। रोगी चाहे मरता हो, पर फीस लिये बिना बात न सुनेंगे। फीस के नाम से रिआयत भी करेंगे, तो गाड़ी के किराये और दवा के दाम में कस लेंगे। (हिसाब का परत दिखाकर) जरा इधर भी एक निगाह हो जाये।

ताहिर—सब मालूम है, तुमने ग़लत थोड़े ही लिखा होगा।

ठाकुरदीन—हजूर, ईमान है, तो सब कुछ है। साथ कोई न जाएगा। तो मुझे क्या हुकुम होता है?

ताहिर—दो-चार दिन की मुहलत दो।

ठाकुरदीन—जैसी आपकी मरजी। हजूर, चोरी हो जाने से लाचार हो गया, नहीं तो दो-चार रुपयों की कौन बात थी। उस चोरी में तबाह हो गया। घर में फूटा लोटा तक न बचा। दाने को मुहताज हो गया हजूर। चोरों को आँखों के सामने भागते देखा, उनके पीछे दौड़ा। पागलखाने तक दौड़ता चला गया। अँधेरी रात थी, ऊँच-खाल कुछ न सूझता था। एक गढ़े में गिर पड़ा। फिर उठा। माल बड़ा प्यारा होता है। लेकिन चोर निकल गये थे। थाने में इत्तला की, थानेदारों की खुसामद की। मुदा गयी हुई लच्छमी कहीं लौटती है। तो कब आऊँ?

ताहिर—तुम्हारे आने की ज़रूरत नहीं, मैं खुद भिजवा दूँगा।

ठाकुरदीन—जैसी आपकी खुसी, मुझे कोई उजर नहीं है। मुझे तगादा करते आप ही सरम आती है। कोई भलामानुस हाथ में पैसे रहते हुए टालमटोल नहीं करता, फौरन निकालकर फेंक देता है। आज जरा पान लेने जाना था, इसीलिए चला आया था। सब न हो सके थोड़ा-बहुत दे दीजिए। किसी तरह काम न चला, तब आपके पास आया। आदमी पहचानता हूँ हजूर, पर मौका ऐसा ही आ पड़ा है।

ठाकुरदीन की विनम्रता और प्रफुल्लित सहृदयता ने ताहिर अली को मुग्ध कर दिया। तुरंत संदूक खोला और पाँच रुपये निकालकर उसके सामने रख दिये। ठाकुरदीन ने रुपये उठाये नहीं, एक क्षण कुछ विचार करता रहा, तब बोला—ये आपके रुपये हैं कि सरकारी रोकड़ के हैं?

ताहिर—तुम ले जाओ, तुम्हें आम खाने से मतलब कि पेड़ गिनने से?

ठाकुरदीन—नहीं मुंसीजी, यह न होगा। अपने रुपये हों, तो दीजिए, मालिक की रोकड़ हो, तो रहने दीजिए, फिर आकर ले जाऊँगा। आपके चार पैसे खाता हूँ, तो आपको आँखों से देखकर गढ़े में न गिरने दूँगा। बुरा मानिए तो मान जाइए, इसकी चिंता नहीं, सफा बात करने के लिए बदनाम हूँ, आपके रुपये यों अलल्ले-लल्ले खर्च होंगे, तो एक दिन आप धोखा खायेंगे। सराफत ठाटबाट बढ़ने में नहीं है, अपनी आबरू बचाने में है।

ताहिर अली ने सजल नयन होकर कहा—रुपये लेते जाओ।

ठाकुरदीन उठ खड़ा हुआ और बोला—जब आपके पास हों, तब देना।

अब तक तो ताहिर अली को कारख़ाने के बनने की उम्मीद थी। इधर आमदनी बढ़ी, उधर मैंने रुपये दिये; लेकिन जब मि. क्लार्क ने अनिश्चित समय तक के लिए कारख़ाने का काम बंद करवा दिया, तब ताहिर अली का अपने लेनदारों को समझाना मुश्किल हो गया। लेनदारों ने ज़्यादा तंग करना शुरू किया। ताहिर अली बहुत चिंतित रहने लगे, बुद्धि कुछ काम न करती थी। कुल्सूम कहती थी—ऊपर का ख़र्च सब बंद कर दिया जाय। दूध, पान और मिठाइयों के बिना आदमी को कोई तकलीफ़ नहीं हो सकती। ऐसे कितने आदमी हैं जिन्हें इस ज़माने में ये चीजें मयस्सर हैं? और की क्या कहूँ, मेरे ही लड़के तरसते हैं। मैं पहले भी समझा चुकी हूँ और अब फिर समझाती हूँ कि जिनके लिए तुम अपना खून और पसीना एक कर रहे हो, वे तुम्हारी बात भी न पूछेंगे। पर निकलते ही साफ़ उड़ न जायँ, तो कहना। अभी से रुख़ देख रही हूँ। औरों को सूद पर रुपये दिये जाते हैं, ज़ेवर बनवाये जाते हैं, लेकिन घर के ख़र्च को कभी कुछ माँगो, तो टका-सा जवाब मिलता है, मेरे पास कहाँ। तुम्हारे ऊपर इन्हें कुछ तो रहम आना चाहिए। आज दूध, मिठाइयाँ बंद कर दो, तो घर में रहना मुश्किल हो जाय।

तीसरा पहर था। ताहिर अली बरामदे में उदास बैठे हुए थे। सहसा भैरो आकर बैठ गया, और बोला—क्यों मुंसीजी, क्या सचमुच अब यहाँ कारखाना न बनेगा?

ताहिर—बनेगा क्यों नहीं, अभी थाड़े दिनों के लिए रुक गया है।

भैरो—मुझे तो बड़ी आसा थी कि कारखाना बन गया, तो मेरा बिकरी-बट्टा बढ़ जाएगा; दूकान पर बिकरी बिलकुल मंदी है। मैं चाहता हूँ कि यहाँ सबेरे थोड़ी देर बैठा करूँ। आप मंजूर कर लें, तो अच्छा हो। मेरी थोड़ी-बहुत बिकरी हो जायगी। आपको भी पान खाने के लिए कुछ नजर कर दिया करूँगा।

किसी और समय ताहिरअली ने भैरो को डाँट बतायी होती। ताड़ी की दूकान खोलने की आज्ञा देना उनके धर्म-विरुद्ध था। पर इस समय रुपये की चिंता ने उन्हें असमंजस में डाल दिया। इससे पहले भी धनाभाव के कारण उनके कर्म और सिद्धांतों में कई बार संग्राम हो चुक था, और प्रत्येक अवसर पर उन्हें सिद्धांतों ही का खून करना पड़ा था। आज फिर वही संग्राम हुआ और फिर सिद्धांतों ने परिस्थितियों के सामने सिर झुका दिया। सोचने लगे—क्या करूँ इसमें मेरा क्या क़सूर? मैं किसी खर्च बेजा के लिए शरा को नहीं तोड़ रहा हूँ, हालात ने मुझे बेबस कर दिया है। कुछ झेंपते हुए बोले—यहाँ ताड़ी की बिकरी न होगी।

भैरो—हजूर, बिकरी तो ताड़ी की महक से होगी। नसेबाजों की ऐसी आदत होती है कि न देखें, तो चाहे बरसों न पियें, पर नसा सामने देखकर उनसे नहीं रहा जाता।

ताहिर—मगर साहब के हुक्म के बग़ैर मैं कैसे इजाज़त दे सकता हूँ?

भैरो—आपकी जैसी मरजी! मेरी समझ में तो साहब से पूछने की जरूरत ही नहीं। मैं कौन यहाँ दूकान रखूँगा। सबेरे एक धड़ा लाऊँगा, घड़ी-भर में बेचकर अपनी राह लूँगा। उन्हें खबर ही न होगी कि यहाँ कोई ताड़ी बेचता है।

ताहिर—नमकहराभी सिखाते हो, क्यों?

भैरो—हजूर, इसमें नमकहरामी काहे की, अपने दाँव-घात पर कौन नहीं लेता?

सौदा पट गया। भैरो एकमुश्त 15 रुपये देने को राज़ी हो गया। जाकर सुभागी से बोला—देख, सौदा कर आया न। तू कहती थी, वह कभी न मानेंगे, इसलाम हैं, उनके यहाँ ताड़ी-सराब मना है, पर मैंने कह न दिया था कि इसलाम हो चाहे बाम्हन हो, धरम-करम किसी में नहीं रह गया। रुपये पर सभी लपक पड़ते हैं। ये मियाँ लोग बाहर ही से उजले कपड़े पहने दिखायी देते हैं। घर में भूनी भाँग नहीं होती। मियाँ ने पहले तो दिखाने के लिए इधर-उधर किया, फिर 15 रुपये में राजी हो गये। पन्द्रह रुपये तो पन्द्रह दिन में सीधे हो जायँगे।

सुभागी पहले घर की मालकिन बनना चाहती थी, इसलिए रोज डंडे खाती थी। अब वह घर-भर की दासी बनकर मालकिन बनी हुई है। रुपये-पैसे उसी के हाथ में रहते हैं। सास, जो उसकी सूरत से जलती थी, दिन में सौ-सौ बार उसे आशीर्वाद देती है। सुभागी चटपट रुपये निकालकर भैरों को दिये। शायद दो बिछुड़े हुए मित्र इस तरह टूटकर गले न मिलते होंगे, जैसे ताहिर अली इन रुपयों पर टूटे। रक़म छोटी थी इसके बदले में उन्हें अपने धर्म की हत्या करनी पड़ी थी। लेनदार अपने-अपने रुपये ले गये। ताहिर अली के सिर का बोझ हलका हुआ, मगर उन्हें बहुत रात तक नींद न आयी। आत्मा की आयु दीर्घ होती है। उसका गला कट जाये, पर प्राण नहीं निकलते।

तेईस

जब तक सूरदास शहर में हाकिमों के अत्याचार की दुहाई देता रहा, उसके मुहल्ले वाले जॉन सेवक के हितैषी होने पर भी उससे सहानुभूति करते रहे। निर्बलों के प्रति स्वभावतः करुणा उत्पन्न हो जाती है। लेकिन सूरदास की विजय होते ही यह सहानुभूति स्पर्धा के रूप में प्रकट हुई। यह शंका पैदा हुई कि सूरदास मन में हम लोगों को तुच्छ समझ रहा होगा। कहता होगा, जब मैंने राजा महेन्द्रकुमार सिंह-जैसों को नीचा दिखा दिया, उनका गर्व चूर-चूर कर दिया, तो ये लोग किस खेत की मूली हैं। सारा मुहल्ला उससे मन-ही-मन ख़ार खाने लगा। केवल एक ठाकुरदीन था, जो अब भी उसके पास आया-जाया करता था। उसे अब यक़ीन हो गया था कि सूरदास को अवश्य किसी देवता का इष्ट है, उसने जरूर कोई मन्त्र सिद्ध किया है, नहीं तो उसकी इतनी कहाँ मजाल कि ऐसे-ऐसे प्रतापी आदमियों का सिर झुका देता। लोग कहते हैं, जन्त्र-मन्त्र सब ढकोसला है। यह कौतुक देखकर भी उनकी आँखें नहीं खुलतीं।

सूरदास के स्वभाव में भी अब कुछ परिवर्तन हुआ। धैर्यशील वह पहले ही से था; पर न्याय

और धर्म के पक्ष में कभी-कभी उसे क्रोध आ जाता था। अब उसमें अग्नि का लेशांश भी न रहा; घूर था, जिस पर सभी कूड़े फेंकते हैं। मुहल्ले वाले राह चलते उसे छेड़ते, आवाज़ें कसते, ताने मारते; पर वह किसी को जवाब न देता। सिर झुकाये भीख माँगने जाता और चुपके से अपनी झोपड़ी में आकर पड़ रहता। हाँ, मिठुआ के मिज़ाज न मिलते थे, किसी से सीधे मुँह बात न करता। कहता, यह कोई न समझे कि अंधा भीख माँगता है, अंधा बड़े-बड़ों की पीठ में धूल लगा देता है। बरबस लोगों को छेड़ता, भले आदमियों से बतबढ़ाव कर बैठता। अपने हमजोलियों से कहता, चाहूँ तो सारे मुहल्ले को बँधवा दूँ। किसानों के खेतों से बेधड़क चने, मटर, मूली, गाजर उखाड़ लाता; अगर कोई टोकता, तो उससे लड़ने को तैयार हो जाता था। सूरदास को नित्य उलहने मिलने लगे। वह अकेले में मिठुआ को समझाता; पर उस पर कुछ असर न होता था। अनर्थ यह था कि सूरदास की नम्रता और सहिष्णुता पर तो किसी की निगाह न जाती थी, मिठुआ की लनतरानियों और दुष्टताओं पर सभी की निगाह पड़ती थी। लोग यहाँ तक कह जाते थे कि सूरदास ने ही उसे सिर चढ़ा लिया है, बछवा खूँटे ही के बल कूदता है। ईर्ष्या बाल-क्रीड़ाओं को भी कपट-नीति समझती है।

आजकल सोफ़िया मि. क्लार्क के साथ सूरदास से अक्सर मिला करती थी। वह नित्य उसे कुछ-न-कुछ देती और उसकी दिलजोई करती। पूछती रहती, मुहल्ले वाले या राजा साहब के आदमी तुम्हें दिक तो नहीं कर रहे हैं? सूरदास जवाब देता, मुझ पर सब लोग दया करते हैं, मुझे किसी से शिकायत नहीं है। मुहल्ले वाले समझते थे, यह बड़े साहब से हम लोगों की शिकायत करता है। अन्योक्तियों द्वारा यह भाव प्रकट भी करते—'सैयाँ भये कोतवाल, अब डर काहे का?' 'प्यादे से फरजी भयो, टेढ़ो-टेढ़ो जाय।' एक बार किसी चोरी के सम्बन्ध में नायकराम के घर में तलाशी हो गयी। नायकराम को संदेह हुआ, सूरदास ने यह तीर मारा है। इसी भाँति एक बार भैरो से आबकारी के दारोग़ा ने जवाब तलब किया। भैरो ने शायद नियम के विरुद्ध आधी रात तक दूकान खुली रखी थी। भैरो का भी शुभा सूरदास ही पर हुआ, इसी ने यह चिनगारी छोड़ी है। इन लोगों के संदेह पर तो सूरदास को बहुत दुःख न हुआ, लेकिन जब सुभागी खुल्लमखुल्ला उसे लांछित करने लगी, तो उसे बहुत दुःख हुआ। उसे विश्वास था कि कम-से-कम सुभागी को मेरी नीयत का हाल मालूम है। उसे मुझको इन लोगों के अन्याय से बचाना चाहिए था, मगर उसका मन भी मुझसे फिर गया।

इस भाँति कई महीने गुज़र गये। एक दिन रात को सूरदास खा-पीकर लेटा हुआ था कि किसी ने आकर चुपके से उसका हाथ पकड़ा। सूरदास चौंका, पर सुभागी की आवाज़ पहचानकर बोला—क्या कहती है?

सुभागी—कुछ नहीं, जरा मड़ैया में चलो, तुमसे कुछ कहना है।

सूरदास उठा और सुभागी के साथ झोपड़े में आकर बोला—कह, क्या कहती है? अब तो तुझे भी मुझसे बैर हो गया है। गालियाँ देती फिरती है, चारों ओर बदनाम कर रही है। बतला, मैंने तेरे साथ कौन-सी बुराई की थी कि तूने मेरी बुराई पर कमर बाँध ली? और लोग मुझे भला-बुरा कहते हैं, मुझे रंज नहीं होता; लेकिन जब तुझे ताने देते सुनता हूँ, तो मुझे रोना आता है, कलेजे में पीड़ा-सी होने लगती है। जिस दिन भैरो की तलबी हुई थी, तूने मुझे कितना कोसा

था। सच बता क्या तुझे भी सक हुआ था कि मैंने ही दारोगाजी से सिकायत की है? क्या तू मुझे इतना नीच समझती है? बता।

सुभागी ने करुणावरुद्ध कंठ से उत्तर दिया—मैं तुम्हारा जितना आदर करती हूँ, उतना और किसी का नहीं। तुम अगर देवता होते, तो भी इतनी ही सिरधा से तुम्हारी पूजा करती।

सूरदास—मैं क्या घमंड करता हूँ? साहब से किसकी सिकायत करता हूँ? जब जमीन निकल गयी थी, तब तो लोग मुझसे न चिढ़ते थे। अब जमीन छूट जाने से क्यों सब-के-सब मेरे दुसमन हो गये हैं? बता, मैं क्या घमंड करता हूँ? मेरी जमीन छूट गयी है, तो कोई बादसाही मिल गयी है कि घमंड करूँगा?

सुभागी—मेरे मन का हाल भगवान जानते होंगे।

सूरदास—तो मुझे क्यों जलाया करती है?

सुभागी—इसलिए।

यह कहकर उसने एक छोटी-सी पोटली सूरदास के हाथ में रख दी। पोटली भारी थी। सूरदास ने उसे टटोला और पहचान गया। यह उसी की पोटली थी, जो चोरी गयी थी। अनुमान से मालूम हुआ कि रुपये भी उतने ही हैं। विस्मित होकर बोला—यह कहाँ मिली?

सुभागी—तुम्हारी मिहनत की कमाई है, तुम्हारे पास आ गयी। अब जतन से रखना।

सूरदास--मैं न रखूँगा। इसे ले जा।

सुभागी—क्यों? अपनी चीज लेने में कोई हरज है?

सूरदास—यह मेरी चीज़ नहीं; भैरो की चीज है। इसी के लिए भैरो ने अपनी आत्मा बेची है: महँगा सौदा लिया है। मैं इसे कैसे ले लूँ?

सुभागी—मैं ये सब बातें नहीं जानती। तुम्हारी चीज है, तुम्हें लेनी पड़ेगी। इसके लिए मैंने अपने घर वालों से छल किया है। इतने दिनों से इसी के लिए माया रच रही हूँ। तुम न लोगे, तो इसे मैं क्या करूँगी?

सूरदास—भैरो को मालूम हो गया, तो तुम्हें जीता न छोड़ेगा।

सुभागी—उन्हें मालूम होने न पायेगा। मैंने इसका उपाय सोच लिया है।

यह कहकर सुभागी चली गयी। सूरदास को और तर्क-वितर्क करने का मौका न मिला। बड़े असमंजस में पड़ा—ये रुपये लूँ या क्या करूँ? यह थैली मेरी है या नहीं? अगर भैरों ने इसे खर्च कर दिया होता तो? क्या चोर के घर चोरी करना पाप नहीं? क्या मैं अपने रुपये के बदले उसके रुपये ले सकता हूँ? सुभागी मुझ पर कितनी दया करती है। वह इसीलिए मुझे ताने दिया करती थी कि यह भेद न खुलने पाये।

वह इसी अधेड़बुन में पड़ा हुआ था कि एकाएक 'चोर-चोर!' का शोर सुनायी दिया। पहली ही नींद थी। लोग ग़ाफिल सो रहे थे। फिर आवाज़ आयी—'चोर-चोर!'

भैरो की आवाज़ थी। सूरदास समझ गया, सुभागी ने यह प्रपंच रचा है। अपने द्वार पर पड़ा रहा। इतने में बजरंगी की आवाज़ सुनायी दी—किधर गया, किधर? यह कहकर वह लाठी लिये अँधेरे में एक तरफ़ दौड़ा। नायकराम भी घर से निकले और 'किधर-किधर' करते हुए दौड़े। रास्ते में बजरंगी से मुठभेड़ हो गयी। दोनों ने एक दूसरे को चोर समझा। दोनों ने वार किया

और दोनों चोट खाकर गिर पड़े। ज़रा देर में बहुत-से आदमी जमा हो गये। ठाकुरदीन ने पूछा—क्या-क्या ले गया? अच्छी तरह देख लेना, कहीं छत में न चिमटा हुआ हो। चोर दीवार से ऐसा चिमट जाते हैं कि दिखायी नहीं देते।

सुभागी—हाय, मैं तो लुट गयी। अभी तो बैठी-बैठी अम्माँ का पाँव दबा रही थी। इतने में न जाने मुआ कहाँ से आ पहुँचा।

भैरो—(चिराग़ से देखकर) सारी जमा-जथा लुट गयी। हाय राम!

सुभागी—हाय, मैंने उसकी परछाईं देखी, तो समझी यही होंगे। जब उसने संदूक पर हाथ बढ़ाया, तो भी समझी यही होंगे।

ठाकुरदीन—खपरैल पर चढ़कर आया होगा। मेरे यहाँ जो चोरी हुई थी, उसमें भी चोर सब खपरैल पर चढ़कर आये थे।

इतने में बजरंगी आया। सिर से रुधिर बह रहा था, बोला—मैंने उसे भागते देखा। लाठी चलायी। उसने भी वार किया। मैं तो चक्कर खाकर गिर पड़ा; पर उस पर भी ऐसा हाथ पड़ा है कि सिर खुल गया होगा।

सहसा नायकराम हाय-हाय करते आये और ज़मीन पर गिर पड़े। सारी देह ख़ून से तर थी।

ठाकुरदीन—पण्डाजी, क्या तुमसे भी उसका सामना हो गया क्या?

नायकराम की निगाह बजरंगी की ओर गयी। बजरंगी ने नायकराम की ओर देखा। नायकराम ने दिल में कहा—पानी का दूध बनाकर बेचते हो; अब यह ढंग निकाला है। बजरंगी ने दिल में कहा—जात्रियों को लूटते हो, अब मुहल्ले वालों ही पर हाथ साफ करने लगे।

नायकराम—हाँ भई, यहीं गली में तो मिला। बड़ा भारी जवान था।

ठाकुरदीन—तभी तो अकेले दो आदमियों को घायल कर गया। मेरे घर में जो चोर पैठे थे, वे सब देव मालूम होते थे। ऐसे डील-डौल के तो आदमी ही नहीं देखे। मालूम होता है, तुम्हारे ऊपर उसका भरपूर हाथ पड़ा।

नायकराम—हाथ मेरा भी भरपूर पड़ा है। मैंने उसे गिरते देखा। सिर जरूर फट गया होगा। जब तक पकड़ूँ, निकल गया।

बजरंगी—हाथ तो मेरा भी ऐसा पड़ा है कि बच्चा को छठी का दूध याद आ गया होगा। चारों खाने चित गिरा था।

ठाकुरदीन—किसी जाने हुए आदमी का काम है। घर के भेदिये बिना कभी चोरी नहीं होती। मेरे यहाँ सबों ने मेरी छोटी लड़की को मिठाई देकर नहीं घर का सारा भेद पूछ लिया था?

बजरंगी—थाने में जरूर रपट करना।

भैरो—रपट ही करके थोड़े ही रह जाऊँगा। बचा से चक्की न पिसवाऊँ, तो कहना। चाहे बिक जाऊँ, पर उन्हें भी पीस डालूँगा। मुझे सब मालूम है।

ठाकुरदीन—माल-का-माल ले गया, दो आदमियों को चुटैल कर गया। इसी से मैं चोरों के नगीचे नहीं गया था। दूर ही से 'लेना-देना' करता रहा। जान सलामत रहे, तो माल फिर आ जाता है।

भैरो को बजरंगी पर शुभा न था, न नायकराम पर; उसे जगधर पर शुभा था। शुभा ही

नहीं, पूरा विश्वास था। जगधर के सिवा किसी को न मालूम था कि रुपये कहाँ रखे हुए हैं। जगधर लठैत भी अच्छा था। वह पड़ोसी होकर भी घटनास्थल पर सबसे पीछे पहुँचा था। ये सब कारण उसके संदेह को पुष्ट करते थे।

यहाँ से लोग चले, तो रास्ते में बातें होने लगीं। ठाकुरदीन ने कहा—कुछ अपनी कमाई के रुपये तो थे नहीं, वही सूरदास के रुपये थे।

नायकराम—पराया माल अपने घर आकर अपना हो जाता है।

ठाकुरदीन—पाप का दंड जरूर भोगना पड़ता है, चाहे जल्दी हो, चाहे देर।

बजरंगी—तुम्हारे चोरों को तो कुछ दंड न मिला।

ठाकुरदीन—मुझे कौन किसी देवता का इष्ट था। सूरदास को इष्ट है। उसकी एक कौड़ी भी किसी को हजम नहीं हो सकती, चाहे कितना ही चूरन खाये। मैं तो बद-बदकर कहता हूँ, अभी उसके घर की तलासी ली जाये, तो सारा माल बरामद हो जाये।

दूसरे दिन मुँह-अँधेरे भैरो ने कोतवाली में इत्तला दी। दोपहर तक दारोग़ाजी तहक़ीक़ात करने आ पहुँचे। जगधर की ख़ानातलाशी हुई, कुछ न निकला। भैरो ने समझा, इसने माल कहीं छिपा दिया। उस दिन से भैरो के सिर एक भूत-सा सवार हो गया। वह सबेरे ही दारोग़ाजी के घर पहुँच जाता, दिन-भर उनकी सेवा-टहल किया करता, चिलम भरता, पैर दबाता, घोड़े के लिए घास छील लाता, थाने के चौकीदारों की खुशामद करता, अपनी दूकान पर बैठा हुआ सारे दिन इसी चोरी की चर्चा किया करता—क्या कहूँ, मुझे कभी ऐसी नींद न आती थी, उस दिन न जाने कैसे सो गया। मगर बँधवा न दूँ, तो नाम नहीं। दारोग़ाजी ताक में हैं। उसमें सब रुपये ही नहीं हैं असरफियाँ भी हैं। जहाँ बिकेंगी, बेचने वाला तुरन्त पकड़ा जायगा।

शनैः-शनैः भैरो को मुहल्ले-भर पर संदेह होने लगा। और, जलते तो लोग उससे पहले ही थे, अब सारा मुहल्ला उसका दुश्मन हो गया। यहाँ तक कि अंत में वह अपने घर वालों ही पर अपना क्रोध उतारने लगा। सुभागी पर फिर मार पड़ने लगी—तूने ही मुझे चौपट किया, तू इतनी बेखबर न होती, तो चोर कैसे घर में घुस आता? मैं तो दिन-भर दौरी-दूकान करता हूँ; थककर सो गया। तू घर में पड़े-पड़े क्या किया करती है? अब जहाँ से बने, मेरे रुपये ला, नहीं तो जीता न छोड़ूँगा। अब तक उसने अपनी माँ का हमेशा अदब किया था, पर अब उसकी भी ले-दे मचाता—तू कहा करती है, मुझे रात को नींद ही नहीं आती, रात भर जागती रहती हूँ। उस दिन तुझे कैसे नींद आ गयी? सारांश यह कि उसके दिल में किसी की इज्ज़त, किसी का विश्वास, किसी का स्नेह न रहा। धन के साथ सद्भाव भी दिल से निकल गये। जगधर को देखकर तो उसकी आँखों में खून उतर आता था। उसे बार-बार छेड़ता कि यह गरम पड़े, तो खबर लूँ; पर जगधर उससे बचता रहता था। वह खुली चोटें करने की अपेक्षा छिपे वार करने में अधिक कुशल था।

एक दिन संध्या समय जगधर ताहिर अली के पास आकर खड़ा हो गया। ताहिर अली ने पूछा—कैसे चले जी?

जगधर—आपसे एक बात कहने आया हूँ। आबकारी के दारोग़ा अभी मुझसे मिले थे। पूछते थे—भैरो गोदाम पर दूकान रखता है कि नहीं? मैंने कहा—साहब, मुझे नहीं मालूम। तब चले

गये, पर आजकल में वह इसकी तहकीकात करने जरूर आयँगे। मैंनें सोचा कहीं आपकी भी सिकायत न कर दें, इसलिए दौड़ा आया।

ताहिर अली ने दूसरे ही दिन भैरो को वहाँ से भगा दिया।

इसके कई दिन बाद एक दिन, रात के समय सूरदास बैठा भोजन बना रहा था कि जगधर ने आकर कहा—क्यों सूरे, तुम्हारी अमानत तो तुम्हें मिल गयी न?

सूरदास ने अज्ञात भाव से कहा—कैसी अमानत?

जगधर—वही रुपये, जो तुम्हारी झोपड़ी से उठ गये थे।

सूरदास—मेरे पास रुपये कहाँ थे?

जगधर—अब मुझसे न उड़ो, रत्ती-रत्ती बात जानता हूँ, और खुश हूँ कि किसी तरह तुम्हारी चीज उस पापी के चंगुल से निकल आयी। सुभागी अपनी बात की पक्की औरत है।

सूरदास—जगधर, मुझे इस झमेले में न घसीटो, गरीब आदमी हूँ। भैरो के कान में जरा भी भनक पड़ गयी, तो मेरी जान तो पीछे लेगा, पहले सुभागी का गला घोंट देगा।

जगधर—मैं उससे कहने थोड़े ही जाता हूँ; पर बात हुई मेरे मन की। बचा ने इतने दिनों तक हलवाई की दूकान पर खूब दादे का फातिहा पढ़ा, धरती पर पाँव ही न रखता था, अब होश ठिकाने आ जायँगे।

सूरदास—तुम नाहक मेरी जान के पीछे पड़े हो।

जगधर—एक बार खिलखिलाकर हँस दो, तो मैं चला जाऊँ। अपनी गयी हुई चीज पाकर लोग फूले नहीं समाते। मैं तुम्हारी जगह होता, तो नाचता-कूदता, गाता-बजाता, थोड़ी देर के लिए पागल हो जाता। इतना हँसता, इतना हँसता कि पेट में बावगोला पड़ जाता; और तुम सोंठ बने बैठे हो! ले, हँसो तो।

सूरदास—इस बखत हँसी नहीं आती।

जगधर—हँसी क्यों न आयगी; मैं तो हँसा दूँगा।

यह कहकर उसने सूरदास को गुदगुदाना शुरू किया। सूरदास विनोदशील आदमी था। ठट्टे मारने लगा। ईर्ष्यामय परिहास का विचित्र दृश्य था। दोनों रंगशाला के नटों की भाँति हँस रहे थे और यह खबर न थी कि इस हँसी का परिणाम क्या होगा। शामत की मारी सुभागी इसी वक़्त बनिये की दूकान से जिन्स लिये आ रही थी। सूरदास के घर से अट्टहास की आकाशभेदी ध्वनि सुनी, तो चकरायी। अंधे कुएँ में पानी कैसा? आकर द्वार पर खड़ी हो गयी और सूरदास से बोली—आज क्या मिल गया है सूरदास—जो फूले नहीं समाते?

सूरदास ने हँसी रोककर कहा—मेरी थैली मिल गयी; चोर के घर में छिछोर पैठा।

सुभागी—तो सब माल अकेले हजम कर जाओगे?

सूरदास—नहीं, तुझे भी एक कंठी ला दूँगा, ठाकुर जी का भजन करना।

सुभागी—अपनी कंठी धर रखो, मुझे एक सोने का कंठा बनवा देना।

सूरदास—तब तो तू धरती पर पाँव ही न रखेगी!

जगधर—इसे चाहे कंठा बनवाना या न बनवाना, इसकी बुढ़िया को एक नथ जरूर बनवा देना। पोपले मुँह पर नथ खूब खिलेगी, जैसे कोई बंदरिया नथ पहने हो।

इस पर तीनों ने ठट्ठा मारा। संयोग से भैरो भी उसी वक़्त थाने से चला आ रहा था। ठट्ठे की आवाज सुनी, तो झोपड़ी के अंदर झाँका, ये आज कैसे गुलछर्रे उड़ रहे हैं। यह तिगड्डम देखा, तो आँखों में खून उतर आया, जैसे किसी ने कलेजे पर गरम लोहा रख दिया हो। क्रोध से उन्मत्त हो उठा। सुभागी को कठोर-से-कठोर, अश्लील-से-अश्लील दुर्वचन कहे, जैसे कोई सूरमा अपनी जान बचाने के लिए अपने शस्त्रों का घातक-से-घातक प्रयोग करे—तू कुलटा है, मेरे दुसमनों के साथ हँसती है, फाहसा कहीं की, टके-टके पर अपनी आबरू बेचती है। खबरदार, जो आज से मेरे घर में कदम रखा, खून चूस लूँगा। अगर अपनी कुशल चाहती है, तो इस अंधे से कह दे, फिर मुझे अपनी सूरत न दिखाये; नहीं तो इसकी और तेरी गरदन एक ही गँड़ासे से काटूँगा। मैं तो इधर-उधर मारा-मारा फिरूँ, और यह कलमुँही यारों के साथ नोक-झोंक करे! पापी अंधे को मौत भी नहीं आती कि मुहल्ला साफ हो जाता, न जाने इसके करम में क्या-क्या दुख भोगना लिखा है। सायद जेहल में चक्की पीसकर मरेगा।

यह कहता हुआ वह चला गया। सुभागी के काटो तो बदन में खून नहीं। मालूम हुआ, सिर पर बिजली गिर पड़ी। जगधर दिल में खुश हो रहा था, जैसे कोई शिकारी हरिन को तड़पते देखकर खुश हो। कैसा बौखला रहा है! लेकिन सूरदास? आह! उसकी वही दशा थी, जो किसी सती की अपना सतीत्व खो देने के पश्चात होती है। तीनों थोड़ी देर तक स्तम्भित खड़े रहे। अंत में जगधर ने कहा—सुभागी, अब तू कहाँ जायगी?

सुभागी ने उसकी ओर विषाक्त नेत्रों से देखकर कहा—अपने घर जाऊँगी! और कहाँ!

जगधर—बिगड़ा हुआ है, प्रान लेकर छोड़ेगा।

सुभागी—चाहे मारे, चाहे जिलाये, घर तो मेरा वही है?

जगधर—कहीं और क्यों नहीं पड़ रहती, गुस्सा उतर जाय तो चली जाना।

सुभागी—तुम्हारे घर चलती हूँ, रहने दोगे?

जगधर—मेरे घर! मुझसे तो वह यों ही जलता है, फिर तो खून ही कर डालेगा।

सुभागी—तुम्हें अपनी जान इतनी प्यारी है, तो दूसरा कौन उससे बैर मोल लेगा?

यह कहकर सुभागी तुरंत अपने घर की ओर चली गयी। सूरदास ने हाँ-नहीं कुछ न कहा। उसके चले जाने के बाद जगधर बोला—सूरे, तुम आज मेरे घर चलकर सो रहो। मुझे डर लग रहा है कि भैरो रात को कोई उपद्रव न मचाये। बदमाश आदमी है, उसका कौन ठिकाना, मार-पीट करने लगे।

सूरदास—भैरो को जितना नादान समझते हो, उतना वह नहीं है। तुमसे कुछ न बोलेगा; हाँ, सुभागी को जी-भर मारेगा।

जगधर—नसे में उसे अपनी सुध-बुध नहीं रहती।

सूरदास—मैं कहता हूँ, तुमसे कुछ न बोलेगा। तुमसे अपने दिल की कोई बात नहीं छिपायी है, तुमसे लड़ाई करने की उसे हिम्मत न पड़ेगी।

जगधर का भय शांत तो न हुआ; पर सूरदास की ओर से निराश होकर चला गया। सूरदास सारी रात जागता रहा। इतने बड़े लांछन के बाद उसे अब यहाँ रहना लज्जाजनक जान पड़ता था। अब मुँह में कालिख लगाकर कहीं निकल जाने के सिवा उसे और उपाय न सूझता था—मैंने

तो कभी किसी की बुराई नहीं की, भगवान् मुझे क्यों यह दंड दे रहे हैं? यह किन पापों का प्रायश्चित करना पड़ रहा है? तीरथ-यात्रा से चाहे यह पाप उतर जाये। कल कहीं चल देना चाहिए। पहले भी भैरो ने मुझ पर यही पाप लगाया था। लेकिन तब सारे मुहल्ले के लोग मुझे मानते थे, उसकी यह बात हँसी में उड़ गयी। उलटे लोगों ने उसी को डाँटा। अबकी तो सारा मुहल्ला मेरा दुसमन है, लोग सहज ही में बिसवास कर लेंगे, मुँह में कालिख लग जायगी। नहीं, अब यहाँ से भाग जाने ही में कुसल है। देवतों की सरन लूँ, वही अब मेरी रच्छा कर सकते हैं। पर बेचारी सुभागी का क्या हाल होगा? भैरो अबकी उसे जरूर छोड़ देगा। इधर मैं भी चला जाऊँगा तो बेचारी कैसे रहेगी? उसके नैहर में भी तो कोई नहीं है। जवान औरत है, मिहनत-मजूरी कर नहीं सकती। न जाने कैसी पड़े, कैसी न पड़े। चलकर एक बार भैरो से अकेले में सारी बातें साफ-साफ कह दूँ। भैरो से मेरी कभी सफाई से बातचीत नहीं हुई। उसके मन में गाँठ पड़ी हुई है। मन में मैल रहने ही से उसे मेरी ओर से ऐसा भरम होता है। जब तक उसका मन साफ न हो जाये, मेरा यहाँ से जाना उचित नहीं। लोग कहेंगे, काम किया था, तभी तो डरकर भागा; न करता, तो डरता क्यों? ये रुपये भी उसे फेर दूँ। मगर जो उसने पूछा कि ये रुपये कहाँ मिले, तो सुभागी का नाम न बताऊँगा, कह दूँगा, मुझे झोपड़ी में रखे हुए मिले। इतना छिपाये बिना सुभागी की जान न बचेगी। लेकिन परदा रखने से सफाई कैसे होगी? छिपाने का काम नहीं है। सब कुछ आदि से अंत तक सच-सच कह दूँगा। तभी उसका मन साफ होगा।

इस विचार से उसे बड़ी शांति मिली, जैसे किसी कवि को उलझी हुई समस्या की पूर्ति से होती है।

वह तड़के ही उठा और जाकर भैरो के दरवाजे पर आवाज़ दी। भैरो सोया हुआ था। सुभागी बैठी रो रही थी। भैरों ने उसके घर पहुँचते ही उसकी यथाविधि ताड़ना की थी। सुभागी ने सूरदास की आवाज़ पहचानी। चौंकी कि यह इतने तड़के कैसे आ गया! कहीं दोनों में लड़ाई न हो जाये। सूरदास कितना बलिष्ठ है, यह बात उससे छिपी न थी। डरी कि सूरदास रात की बातों का बदला लेने न आया हो। यों तो बड़ा सहनशील है, पर आदमी ही है, क्रोध आ गया होगा। झूठा इलजाम सुनकर क्रोध आता ही है। कहीं गुस्से में आकर इन्हें मार न बैठे। पकड़ पायेगा, तो प्रान ही लेकर छोड़ेगा। सुभागी भैरो की मार खाती थी, घर से निकाली जाती थी, लेकिन यह मजाल न थी कि कोई बाहरी आदमी भैरो को कुछ कहकर निकल जाये। उसका मुँह नोच लेती। उसने भैरो को जगाया नहीं, द्वार खोलकर पूछा—क्या है सूरे, क्या कहते हो?

सूरदास के मन में बड़ी प्रबल उत्कंठा हुई कि इससे पूछूँ, रात तुझ पर क्या बीती; लेकिन ज़ब्त कर गया—मुझे इससे वास्ता? उसकी स्त्री है। चाहे मारे, चाहे दुलारे। मैं कौन होता हूँ पूछने वाला। बोला—भैरो क्या अभी सोते हैं? जरा जगा दे, उनसे कुछ बातें करनी हैं।

सुभागी—कौन बात है, मैं भी सुनूँ?

सूरदास—ऐसी ही एक बात है, जरा जगा तो दे।

सुभागी—इस बखत जाओ, फिर कभी आकर कह देना।

सूरदास—दूसरा कौन बखत आयेगा। मैं सड़क पर जा बैठूँगा कि नहीं? बहुत देर न लगेगी।

सुभागी—और कभी तो इतने तड़के न आते थे, आज ऐसी कौन-सी बात है?

सूरदास ने चिढ़कर कहा—उसी से कहूँगा, तुझसे कहने की बात नहीं है।

सुभागी को पूरा विश्वास हो गया कि यह इस समय आपे में नहीं है। ज़रूर मार-पीट करेगा। बोली—मुझे मारा-पीटा थोड़े ही था; बस वहीं जो कुछ कहा-सुना वही कह-सुनकर रह ग ।

सूरदास—चल, तेरे चिल्लाने की आवाज मैंने अपने कानों सुनी।

सुभागी—मारने को धमकाता था; बस, मैं जोर से चिल्लाने लगी।

सूरदास—न मारा होगा। मारता भी, तो मुझे क्या, तू उसकी घरवाली है; जो चाहे करे, तू जाकर उसे भेज दे। मुझे एक बात कहनी है।

जब अब भी सुभागी न गयी, तो सूरदास ने भैरो का नाम लेकर ज़ोर-ज़ोर से पुकारना शुरू किया। कई हाँकों के बाद भैरो की आवाज़ सुनायी दी—कौन है, बैठो, आता हूँ।

सुभागी यह सुनते ही भीतर गयी और बोली—जाते हो, तो एक डंडा लेते जाओ, सूरदास है, कहीं लड़ने न आया हो।

भैरौ—चल बैठ, लड़ाई करने आया है! मुझसे तिरिया-चरित्तर मत खेल।

सुभागी—मुझे उसकी त्योरियाँ बदली हुई मालूम होती हैं, इसी से कहती हूँ।

भैरो—यह क्यों नहीं कहती कि तू उसे चढ़ाकर लायी है। वह तो इतना कीना नहीं रखता। उसके मन में कभी मैल नहीं रहता।

यह कहकर भैरो ने अपनी लाठी उठायी और बाहर आया। अंधा शेर भी हो, तो उसका क्या भय? एक बच्चा भी उसे मार गिरायेगा।

सूरदास ने भैरो से कहा—यहाँ और कोई तो नहीं है? मुझे तुमसे एक भेद की बात कहनी है।

भैरो—कोई नहीं है। कहो, क्या कहते हो?

सूरदास—तुम्हारे चोर का पता मिल गया।

भैरो—सच! जवानी कसम!

सूरदास—हाँ, सच कहता हूँ। वह मेरे पास आकर तुम्हारे रुपये रख गया। और तो कोई चीज नहीं गयी थी?

भैरो—मुझे जलाने आये हो, अभी मन नहीं भरा?

सूरदास—नहीं, भगवान से कहता हूँ, तुम्हारी थैली मेरे घर में ज्यों-की-त्यों पड़ी मिली।

भैरो—बड़ा पागल ही था, फिर चोरी काहे को की थी?

सूरदास—हाँ, पागल था, और क्या।

भैरो—कहाँ है, जरा देखूँ तो।

सूरदास ने थैली कमर से निकालकर भैरो को दिखायी। भैरो ने लपककर थैली ले ली। ज्यों-की-त्यों बंद थीं।

सूरदास—गिन लो, पूरे हैं कि नहीं?

भैरो—हैं, पूरे हैं, सच बताओ, किसने चुराया था?

भैरो को रुपये मिलने की इतनी खुशी न थी, जितनी चोर का नाम जानने की उत्सुकता।

वह देखना चाहता था कि मैंने जिस पर शक किया था, वही है कि कोई और।

सूरदास—नाम जानकर क्या करोगे? तुम्हें अपने माल से मतलब है कि चोर के नाम से?

भैरो—नहीं, तुम्हें कसम है, बता दो, है तो इसी मुहल्ले का न?

सूरदास—हाँ, है तो मुहल्ले ही का; पर नाम न बताऊँगा।

भैरो—जवानी की कसम खाता हूँ, उससे कुछ न कहूँगा।

सूरदास—मैं उसको बचन दे चुका हूँ कि नाम न बताऊँगा। नाम बता दूँ, और तुम अभी दंगा करने लगो, तब?

भैरो—बिसवास मानो, मैं किसी से न बोलूँगा। जो कसम कहो, खा जाऊँ। अगर जबान खोलूँ, तो समझ लेना, इसके असल में फरक है। बात और बाप एक है। अब और कौन कसम लेना चाहते हो?

सूरदास—अगर फिर गये, तो यहीं तुम्हारे द्वार पर सिर पटककर जान दे दूँगा।

भैरो—अपनी जान क्यों दे दोगे, मेरी जान ले लेना; चूँ न करूँगा।

सूरदास—मेरे घर में एक बार चोरी हुई थी, तुम्हें याद है न? चोर को ऐसा सुभा हुआ होगा कि तुमने मेरे रुपये लिये हैं। इसी से उसने तुम्हारे यहाँ चोरी की, और मुझे रुपये लाकर दे दिये। बस, उसने मेरी गरीबी पर दया की, और कुछ नहीं। उससे मेरा और कोई नाता नहीं है।

भैरो—अच्छा, यह सब सुन चुका, नाम तो बताओ।

सूरदास—देखो, तुमने कसम खायी है।

भैरो— हाँ, भाई, कसम से मुकरता थोड़े ही हूँ।

सूरदास—तुम्हारी घरवाली और मेरी बहन सुभागी।

इतना सुनना था कि भैरो जैसे पागल हो गया। घर में दौड़ा हुआ गया और माँ से बोला—अम्माँ, इसी डाइन ने मेरे रुपये चुराये थे। सूरदास अपने मुँह से कह रहा है। इस तरह मेरा घर मूसकर यह चुड़ैल अपने धींगड़ों का घर भरती। उस पर मुझसे उड़ती थी। देख तो, तेरी क्या गत बनाता हूँ। बता, सूरदास झूठ कहता है कि सच?

सुभागी ने सिर झुकाकर कहा—सूरदास झूठ बोलते हैं।

उसके मुँह से बात पूरी न निकलने पायी थी कि भैरो ने लकड़ी खींचकर मारी। वार खाली गया। इससे भैरो का क्रोध और भी बढ़ा। वह सुभागी के पीछे दौड़ा। सुभागी ने एक कोठरी में घुसकर भीतर से द्वार बंद कर लिया। भैरो ने द्वार पीटना शुरू किया। सारे मुहल्ले में हुल्लड़ मच गया, भैरो सुभागी को मारे डालता है। लोग दौड़ पड़े। ठाकुरदीन ने भीतर जाकर पूछा—क्या है भैरो, क्यों किवाड़ तोड़े डालते हो? भले आदमी, कोई घर के आदमी पर इतना गुस्सा करता है!

भैरो—कैसा घर का आदमी जी। ऐसे घर के आदमी का सिर काट लेना चाहिए, जो दूसरों से हँसे। आखिर मैं काना हूँ, कतरा हूँ, लूला हूँ, लँगड़ा हूँ, मुझमें क्या ऐब है, जो यह दूसरों से हँसती है? मैं इसकी नाक काटकर तभी छोड़ूँगा। मेरे घर जो चोरी हुई थी, वह इसी चुड़ैल की करतूत थी। इसी ने रुपये चुराकर सूरदास को दिये थे।

ठाकुरदीन—सूरदास को!

भैरो—हाँ, हाँ, सूरदास को। बाहर तो खड़ा है, पूछते क्यों नहीं? उसने जब देखा कि अब चोरी न पचेगी, तो लाकर सब रुपये मुझे दे गया है।

बजरंगी—अच्छा, तो रुपये सुभागी ने चुराये थे!

लोगों ने भैरो को ठंडा किया और बाहर खींच लाये। यहाँ सूरदास पर टिप्पणियाँ होने लगीं। किसी की हिम्मत न पड़ती थी कि साफ़-साफ़ कहे? सब-के-सब डर रहे थे कि कहीं मेम साहब से शिकायत न कर दे। पर अन्योक्तियों द्वारा सभी अपने मनोविचार प्रकट कर रहे थे। सूरदास को आज मालूम हुआ कि पहले कोई मुझसे डरता न था, पर दिल में सब इज्जत करते थे; अब सब-के-सब मुझसे डरते हैं, पर मेरी सच्ची इज्जत किसी के दिल में नहीं है। उसे इतनी ग्लानि हो रही थी कि आकाश से वज्र गिरे और मैं यहीं जल-भुन जाऊँ।

ठाकुरदीन ने धीरे से कहा—सूरे तो कभी ऐसा न था। आज से नहीं, लड़कपन से देखते हैं।

नायकराम—पहले नहीं था, अब हो गया। अब तो किसी को कुछ समझता ही नहीं।

ठाकुरदीन—प्रभुता पाकर सभी को मद हो जाता है, पर सूरे में तो मुझे कोई ऐसी बात नहीं दिखायी देती।

नायकराम—छिपा रुस्तम है! बजरंगी, मुझे तुम्हारे ऊपर सक था।

बजरंगी—(हँसकर) पण्डाजी, भगवान से कहता हूँ, मुझे तुम्हारे ऊपर सक था।

भैरो—और मुझसे जो सच पूछो, तो जगधर पर सक था।

सूरदास सिर झुकाये चारों ओर से ताने और लताड़ें सुन रहा था। पछता रहा था—मैंने ऐसे कमीने आदमी से यह बात बतायी ही क्यों। मैंने तो समझा था, साफ-साफ कह देने से इसका दिल साफ हो जायगा। उसका यह फल मिला! मेरे मुँह में तो कालिख लग ही गयी, उस बेचारी का न जाने क्या हाल होगा। भगवान अब कहाँ गये, क्या कथा-पुरानों ही में अपने सेवकों को उबारने आते थे, अब क्यों नहीं आकास से कोई दूत आकर कहता कि यह अंधा बेकसूर है।

जब भैरो के द्वार पर यह अभिनय होते हुए आध घंटे से अधिक हो गया, तो सूरदास के धैर्य का प्याला छलक पड़ा। अब मौन बने रहना उसके विचार में कायरता थी, नीचता थी। एक सती पर इतना कलंक थोपा जा रहा है और मैं चुपचाप खड़ा सुनता हूँ। यह महापाप है। वह तनकर खड़ा हो गया और फटी हुई आँखें फाड़कर बोला—यारो, क्यों बिपत के मारे हुए दुखियों पर यह कीचड़ फेंक रहे हो, ये छुरियाँ चला रहे हो? कुछ तो भगवान से डरो। क्या संसार में कहीं इंसाफ नहीं रहा? मैंने तो भलमनसी की कि भैरों के रुपये उसे लौटा दिये। उसका मुझे यह फल मिल रहा है ! सुभागी ने क्यों यह काम किया और क्यों मुझे रुपये दिये, यह मैं न बताऊँगा लेकिन भगवान मेरी इससे भी ज्यादा दुर्गत करें, अगर मैंने सुभागी को अपनी छोटी बहन के सिवा कभी कुछ और समझा हो। मेरा कसूर इतना ही है कि वह रात को मेरी झोपड़ी में आयी थी। उस बखत जगधर वहाँ बैठा था। उससे पूछो कि हम लोगों में कौन-सी बातें हो रही थीं। अब इस मुहल्ले में मुझे-जैसे अंधे-अपाहिज आदमी का निबाह नहीं हो सकता। जाता हूँ; पर इतना कहे जाता हूँ कि सुभागी पर जो कलंक लगायेगा, उसका भला न होगा।

वह सती है, सती को पाप लगाकर कोई सुख की नींद नहीं सो सकता। मेरा कौन कोई रोने वाला बैठा हुआ है; जिसके द्वार पर खड़ा हो जाऊँगा, वही चुटकी-भर आटा दे देगा। अब यहाँ से दाना-पानी उठता है; पर एक दिन आवेगा, जब तुम लोगों को सब बातें मालूम हो जायेंगी, और तब तुम जानोगे कि अंधा निरपराध था।

यह कहकर सूरदास अपनी झोपड़ी की तरफ चला गया।

चौबीस

सूरदास को ज़मीन वापस दिला देने के बाद सोफ़िया फिर मि. क्लार्क से तन गयी। दिन गुज़रते जाते थे और वह मि. क्लार्क से दूरतर होती जाती थी। उसे अब सच्चे अनुराग के लिए अपमान, लज्जा, तिरस्कार सहने की अपेक्षा कृत्रिम प्रेम का स्वाँग भरना कहीं दुस्सह प्रतीत होता था। सोचती थी, मैं जल से बचने के लिए आग में कूद पड़ी। प्रकृति बल-प्रयोग सहन नहीं कर सकती। उसने अपने मन को बलात विनय की ओर से खींचना चाहा था, अब उसका मन बड़े वेग से उनकी ओर दौड़ रहा था। इधर उसने भक्ति के विषय में कई ग्रन्थ पढ़े थे और फलतः उसके विचारों में एक रूपांतर हो गया था। अपमान और लोक-निन्दा का भय उसके दिल से मिटने लगा था। उसके सम्मुख प्रेम का सर्वोच्च आदर्श उपस्थित हो गया था, जहाँ अहंकार की आवाज़ नहीं पहुँचती। त्यागपरायण तपस्वी को सोमरस का स्वाद मिल गया था और उसके नशे में उसे सांसारिक भोग-विलास, मान-प्रतिष्ठा सारहीन जान पड़ती थी। जिन विचारों से प्रेरित होकर उसने विनय से मुँह फेरने और क्लार्क से विवाह करने का निश्चय किया था, वे अब उसे नितांत अस्वाभाविक मालूम होते थे। रानी जाह्नवी से तिरस्कृत होकर अपने मन का दमन करने के लिए उसने अपने ऊपर यह अत्याचार किया था। पर अब उसे नज़र ही न आता था कि मेरे आचरण में कलंक की कौन-सी बात थी, उसमें अनौचित्य कहाँ था। उसकी आत्मा अब उस निश्चय का घोर प्रतिवाद कर रही थी, उसे जघन्य समझ रही थी। उसे आश्चर्य होता था कि मैंने विनय के स्थान पर क्लार्क को प्रतिष्ठित करने का फ़ैसला कैसे किया! मि. क्लार्क में सद्‌गुणों की कमी नहीं, वह सुयोग्य हैं, शीलवान हैं, उदार हैं, सहृदय हैं। वह किसी स्त्री को प्रसन्न रख सकते हैं, जिसे सांसारिक सुख-भोग की लालसा हो। लेकिन उनमें वह त्याग कहाँ, वह सेवा का भाव कहाँ, वह जीवन का उच्चादर्श कहाँ, वह वीर-प्रतिज्ञा कहाँ, वह आत्मसमर्पण कहाँ? उसे अब प्रेमानुराग की कथाएँ और भक्ति-रस-प्रधान काव्य, जीव और आत्मा, आदि और अनादि, पुनर्जन्म और मोक्ष आदि गूढ़ विषयों की व्याख्या से कहीं आकर्षक मालूम होते थे। इसी बीच में उसे कृष्ण का जीवन-चरित्र पढ़ने का अवसर मिला था और उसने उस भक्ति की जड़ हिला दी, जो उसे प्रभु मसीह से थी। वह मन में दोनों महान पुरुषों की तुलना किया करती। मसीह की दया की अपेक्षा उसे कृष्ण के प्रेम से अधिक शान्ति मिलती थी। उसने अब तक गीता ही के कृष्ण को देखा था, और मसीह की दयालुता, सेवाशीलता और पवित्रता के आगे उसे कृष्ण का रहस्यमय जीवन गीता की जटिल दार्शनिक व्याख्याओं

से भी दुर्बोध जान पड़ता था। उसका मस्तिष्क गीता के विचारोत्कर्ष के सामने झुक जाता था, उससे मन में भक्ति का भाव न उत्पन्न होता था। कृष्ण के बाल-जीवन को उसने भक्तों की कपोल-कल्पना समझ रखा था और उस पर विचार करना ही व्यर्थ समझती थी। पर अब ईसा की दया इस बाल-क्रीड़ा के सामने नीरस थी। ईसा की दया में आध्यात्मिकता थी, कृष्ण के प्रेम में भावुकता; ईसा की दया आकाश की भाँति अनन्त थी, कृष्ण का प्रेम एक नवकुसुमित, नवपल्लवित उद्यान की भाँति मनोहर; ईसा की दया जल-प्रवाह की मधुर ध्वनि थी, कृष्ण का प्रेम बंसी की व्याकुल टेर; एक देवता था, दूसरा मनुष्य; एक तपस्वी था, दूसरा कवि; एक में जागृति और आत्मज्ञान था, दूसरे में अनुराग और उन्माद; एक व्यापारी था, हानि-लाभ पर निगाह रखने वाला, दूसरा रसिया था, अपने सर्वस्व को दोनों हाथों से लुटाने वाला; एक संयमी था, दूसरा भोगी। अब सोफ़िया का मन नित्य इसी प्रेम-क्रीड़ा में बसा रहता था, कृष्ण ने उसे मोहित कर लिया था, उसे अपनी बंसी की ध्वनि सुना दी थी।

मिस्टर क्लार्क का लौकिक शिष्टाचार अब उसे हास्यास्पद मालूम होता था। वह जानती थी कि यह सारा प्रेमालाप एक परीक्षा में भी सफल नहीं हो सकता। वह बहुधा उनसे रुखाई करती। वह बाहर से मुस्कराते हुए आकर उसकी बग़ल में कुर्सी खींचकर बैठ जाते, और यह उनकी ओर आँखें उठाकर भी न देखती। यहाँ तक कि कई बार उसने अपनी धार्मिक अश्रद्धा से मिस्टर क्लार्क के धर्मपरायण हृदय को कठोर आघात पहुँचाया। उन्हें सोफ़िया एक रहस्य-सी जान पड़ती थी, जिसका उद्घाटन करने में वह असमर्थ थे। उसका अनुपम सौंदर्य, उसकी हृदयहारिणी छवि, उसकी अद्भुत विचारशीलता उन्हें जितने ज़ोर से अपनी ओर खींचती थी उतनी ही उसकी मानशीलता, विचार-स्वाधीनता और अनम्रता उन्हें भयभीत कर देती थी। उसके सम्मुख बैठे हुए वह अपनी लघुता का अनुभव करते थे, और पग-पग पर उन्हें ज्ञात होता था कि मैं इसके योग्य नहीं हूँ। इसी वजह से इतनी घनिष्ठता होने पर भी उन्हें उसे बचनबद्ध करने का साहस न होता था। मिसेज़ सेवक आग में ईंधन डालती रहती थीं—एक ओर क्लार्क को उकसातीं, दूसरी ओर सोफ़ी को समझातीं—तू समझती है, जीवन में ऐसे अवसर बार-बार आते हैं, यह तेरी ग़लती है। मनुष्य को केवल एक अवसर मिलता है, और वही उसके भाग्य का निर्णय कर देता है।

मि. जॉन सेवक ने भी अपने पिता के आदेशानुसार दोरुख़ी चाल चलनी शुरू की। वह गुप्त रूप से तो राजा महेन्द्रकुमार सिंह की कल घुमाते रहते थे; पर प्रकट रूप से मिस्टर क्लार्क के आदर-सत्कार में कोई बात उठा न रखते थे। रहे मि. ईश्वर सेवक, वह तो समझते थे, खुदा ने सोफ़िया को मिस्टर क्लार्क ही के लिए बनाया है। वह अक्सर उनके यहाँ आते थे और भोजन भी वहीं कर लेते थे। जैसे कोई दलाल ग्राहक को देखकर उसके पीछे-पीछे हो लेता है, और उसे किसी दूसरी दूकान पर बैठने नहीं देता, वैसे ही वह मिस्टर क्लार्क को घेरे रहते थे कि कोई ऊँची दूकान उन्हें आकर्षित न कर लें। मगर इतने शुभेच्छुकों के रहते हुए भी मिस्टर क्लार्क को अपनी सफलता दुर्लभ मालूम होती थी।

सोफ़िया को इन दिनों बनाव-सिंगार का बड़ा व्यसन हो गया था। अब तक उसने माँग-चोटी या वस्त्राभूषण की कभी चिंता न की थी। भोग-विलास से दूर रहना चाहती थी। धर्म-ग्रंथों

की यही शिक्षा थी, शरीर नश्वर है, संसार असार है, जीवन मृग-तृष्णा है, इसके लिए बनाव-सँवार की ज़रूरत नहीं। वास्तविक शृंगार कुछ और ही है, उसी पर निगाह रखनी चाहिए। लेकिन अब तक वह जीवन को इतना तुच्छ न समझती थी। उसका रूप कभी इतने निखार पर न था। उसकी छवि-लालसा कभी इतनी सजग न थी।

संध्या हो चुकी थी। सूर्य की शीतल किरणें, किसी देवता के आशीर्वाद की भाँति, तरु-पुंजों के हृदय को विहसित कर रही थीं। सोफ़िया एक कुंज में खड़ी आप-ही-आप मुस्करा रही थी कि मिस्टर क्लार्क का मोटर आ पहुँचा। वह सोफ़िया को बाग में देखकर सीधे उसके पास आये और एक कृपा-लोलुप दृष्टि से देखकर उसकी ओर हाथ बढ़ा दिया। सोफ़िया ने मुँह फेर लिया, मानो उनके बढ़े हुए हाथ को देखा ही नहीं।

सहसा एक क्षण बाद उसने हास्य-भाव से पूछा—आज कितने अपराधियों को दंड दिया?

मिस्टर क्लार्क झेंप गये। सकुचाते हुए बोले—प्रिये, यह तो रोज़ की बातें हैं, इनकी क्या चर्चा करूँ?

सोफ़ी—तुम यह कैसे निश्चय करते हो कि अमुक अपराधी वास्तव में अपराधी है? इसका तुम्हारे पास कोई यंत्र है?

क्लार्क—गवाह तो रहते हैं।

सोफ़ी—गवाह हमेशा सच्चे होते हैं?

क्लार्क—कदापि नहीं। गवाह अक्सर झूठे और सिखाये हुए होते हैं।

सोफ़ी—और उन्हीं गवाहों के बयान पर फ़ैसला करते हो।

क्लार्क—इसके सिवा और उपाय ही क्या है।

सोफ़ी—तुम्हारी असमर्थता दूसरे की जान क्यों ले? इसलिए कि तुम्हारे वास्ते मोटरकार, बंगला, ख़ानसामे, भाँति-भाँति की शराबें और विनोद के अनेक साधन जुटाये जायँ?

क्लार्क ने हतबुद्धि की भाँति कहा—तो क्या नौकरी से इस्तीफ़ा दे दूँ?

सोफ़िया—जब तुम जानते हो कि वर्तमान शासन-प्रणाली में इतनी त्रुटियाँ हैं, तो तुम उसका एक अंग बनकर निरपराधियों का खून क्यों करते हो?

क्लार्क—प्रिये, मैंने इस विषय पर कभी विचार नहीं किया।

सोफ़िया—और बिना विचार किये ही नित्य न्याय की हत्या किया करते हो। कितने निर्दयी हो!

क्लार्क—हम तो केवल एक कल के पुर्जे हैं, हमें ऐसे विचारों से क्या प्रयोजन?

सोफ़ी—क्या तुम्हें इसका विश्वास है कि तुमने कोई अपराध नहीं किया?

क्लार्क—यह दावा कोई मनुष्य नहीं कर सकता।

सोफ़ी—तो तुम इसलिए दंड से बचे हुए हो कि तुम्हारे अपराध छिपे हुए हैं?

क्लार्क—यह स्वीकार करने को जी तो नहीं चाहता; पर विवश होकर स्वीकार करना पड़ेगा।

सोफ़ी—आश्चर्य है कि स्वयं अपराधी होकर तुम्हें दूसरे अपराधियों को दंड देते हुए ज़रा भी लज्जा नहीं आती!

क्लार्क—सोफ़ी, इसके लिए तुम फिर कभी मेरा तिरस्कार कर लेना। इस समय मुझे एक

महत्त्व के विषय में तुमसे सलाह लेनी है। खूब विचार करके राय देना। राजा महेन्द्रकुमार ने मेरे फ़ैसले की अपील गवर्नर के यहाँ की थी, इसका ज़िक्र तो मैं तुमसे कर ही चुका हूँ। उस वक़्त मैंने समझा था, गवर्नर अपील पर ध्यान न देंगे। एक ज़िले के अफ़सर के ख़िलाफ किसी रईस की मदद करना हमारी प्रथा के प्रतिकूल है, क्योंकि इससे शासन में विघ्न पड़ता है; किन्तु 6-7 महीनों में परिस्थिति कुछ ऐसी हो गयी है, राजा साहब ने अपनी कुल-मर्यादा, दृढ़ संकल्प और तर्क-बुद्धि से इतनी अच्छी तरह काम लिया है कि अब शायद फ़ैसला मेरे ख़िलाफ होगा। काउंसिल में हिन्दुस्तानियों का बहुमत हो जाने के कारण अब गवर्नर का महत्त्व बहुत कम हो गया है। यद्यपि वह काउंसिल के निर्णय को रद्द कर सकते हैं, पर इस अधिकार से वह असाधारण अवसरों पर ही काम ले सकते हैं। अगर राजा साहब की अपील वापस कर दी गयी, तो दूसरे ही दिन देश में कुहराम मच जायेगा और समाचार-पत्रों को विदेशी राज्य के एक नये अत्याचार पर शोर मचाने का वह मौक़ा मिल जायेगा जो वे नित्य ख़ोजते रहते हैं। इसलिए गवर्नर ने मुझसे पूछा है कि यदि राजा साहब के आँसू पोंछे जायें, तो तुम्हें कुछ दुःख तो न होगा? मेरी समझ में नहीं आता, इसका क्या उत्तर दूँ। अभी तक कोई निश्चय नहीं कर सका।

सोफ़ी—क्या इसका निर्णय करना मुश्किल है?

क्लार्क—हाँ, इसलिए मुश्किल है कि जन-सम्मति से राज्य करने की जो व्यवस्था हम लोगों ने खुद की है, उसे पैरों-तले कुचलना बुरा मालूम होता है। राजा कितना ही सबल हो, पर न्याय का गौरव रखने के लिए कभी-कभी राजा को भी सिर झुकाना पड़ता है। मेरे लिए कोई बात नहीं, फ़ैसला मेरे अनुकूल हो या प्रतिकूल, मेरे ऊपर इसका कोई असर नहीं पड़ता; बल्कि प्रजा पर हमारे न्याय की धाक और बैठी जाती है। (मुसकराकर) गवर्नर ने मुझे इस अपराध के लिए दंड भी दिया है। वह मुझे यहाँ से हटा देना चाहते हैं।

सोफ़िया—क्या तुम्हें इतना दबना पड़ेगा?

क्लार्क—हाँ, मैं एक रियासत का पोलिटिकल एजेंट बना दिया जाऊँगा। यह पद बड़े मज़े का है। राजा तो केवल नाम के लिए होता है, सारा अख़्यािर तो एजेंटे ही के हाथों में रहता है। हममें जो बड़े भाग्यशाली होते हैं, उन्हीं को यह पद प्रदान किया जाता है।

सोफ़िया—तब तो तुम बड़े भाग्यशाली हो।

मिस्टर क्लार्क इस व्यंग्य से मन में कटकर रह गये। उन्होंने समझा था सोफ़ी यह समाचार सुनकर फूली न समायेगी, और तब मुझे उससे यह कहने का अवसर मिलेगा कि यहाँ से जाने के पहले हमारा दाम्पत्य-सूत्र में बँध जाना आवश्यक है। 'तब तो तुम बड़े भाग्यशाली हो', इस निर्दय व्यंग्य ने उनकी सारी अभिलाषाओं पर पानी फेर दिया। इस वाक्य में वह निष्ठुरता, वह कटाक्ष, वह उदासीनता भरी हुई थी, जो शिष्टाचार की भी परवा नहीं करती। सोचने लगे—इसकी सम्मति की प्रतिक्षा किये बिना मैंने अपनी इच्छा प्रकट कर दी, कहीं यह तो इसे बुरा नहीं लगा? शायद समझती हो कि अपनी स्वार्थ-कामना से यह इतने प्रसन्न हो रहे हैं, पर उस बेकस अंधे की इन्हें ज़रा भी परवा नहीं कि उस पर क्या गुज़रेगी। अगर यही करना था, तो यह राग ही क्यों छेड़ा था। बोले—यह तो तुम्हारे फैसले पर निर्भर है।

सोफ़ी ने उदासीन भाव से उत्तर दिया—इन विषयों में तुम मुझसे चतुर हो।

क्लार्क—उस अंधे की फ़िक्र है।

सोफ़ी ने निर्दयता से कहा—उस अंधे के खुदा तुम्हीं नहीं हो।

क्लार्क—मैं तुम्हारी सलाह पूछता हूँ और तुम मुझी पर छोड़ती जाती हो।

सोफ़ी—अगर मेरी सलाह से तुम्हारी अहित हो तो?

क्लार्क ने बड़ी वीरता से उत्तर दिया—सोफ़ी, मैं तुम्हें कैसे विश्वास दिलाऊँ कि मैं तुम्हारे लिए सब कुछ कर सकता हूँ।

सोफ़ी—(हँसकर) इसके लिए मैं तुम्हारी बहुत अनुगृहीत हूँ।

इतने में मिसेज़ सेवक वहाँ आ गयीं और क्लार्क से हँस-हँसकर बातें करने लगीं। सोफ़ी ने देखा, अब मिस्टर क्लार्क को बनाने का मौक़ा नहीं रहा, तो अपने कमरे में चली आयी। देखा, तो प्रभु सेवक वहाँ बैठे हैं। सोफ़ी ने कहा—इन हज़रत को अब यहाँ से बोरिया-बँधना सँभालना पड़ेगा। किसी रियासत के एजेंट होंगे।

प्रभु सेवक—(चौंककर) कब?

सोफ़ी—बहुत जल्द। राजा महेन्द्रकुमार इन्हें ले बीते।

प्रभु सेवक—तब तो तुम यहाँ थोड़े ही दिनों की मेहमान हो!

सोफ़ी—मैं इनसे विवाह न करूँगी।

प्रभु सेवक—सच?

सोफ़ी—हाँ, मैं कई दिन से यह फ़ैसला कर चुकी हूँ, पर तुमसे कहने का मौक़ा न मिला।

प्रभु सेवक—क्या डरती थीं कि कहीं मैं शोर न मचा दूँ?

सोफ़ी—बात तो वास्तव में यही थी।

प्रभु सेवक—मेरी समझ में नहीं आता कि तुम मुझ पर इतना अविश्वास क्यों करती हो? जहाँ तक मुझे याद है, मैंने तुम्हारी बात किसी से नहीं कही।

सोफ़ी—क्षमा करना प्रभु। न जाने क्यों मुझे ऊपर तुम्हारे विश्वास नहीं आता। तुममें अभी कुछ ऐसा लड़कपन है, कुछ ऐसे खुले हुए निर्द्वन्द्व मनुष्य हो कि तुमसे कोई बात कहते उसी भाँति डरती हूँ, जैसे कोई आदमी वृक्ष की पतली टहनी पर पैर रखते डरता है।

प्रभु सेवक—अच्छी बात है, यों ही मुझसे डरा करो। वास्तव में कोई बात सुन लेता हूँ, तो मेरे पेट में चूहे दौड़ने लगते हैं और जब तक किसी से कह न लूँ, मुझे चैन ही नहीं आता। ख़ैर, मैं तुम्हें इस फ़ैसले पर बधाई देता हूँ। मैंने तुमसे स्पष्ट तो कभी नहीं कहा; पर कई बार संकेत कर चुका हूँ कि मुझे किसी दशा में क्लार्क को अपना बहनोई बनाना पसंद नहीं है। मुझे न जाने क्यों उनसे चिढ़ है। वह बेचारे मेरा बड़ा आदर करते हैं; पर अपना जी उनसे नहीं मिलता। एक बार मैंने उन्हें अपनी एक कविता सुनायी थी। उसी दिन से मुझे उनसे चिढ़ हो गयी है। बैठे सोंठ की तरह सुनते रहे, मानो मैं किसी दूसरे आदमी से बातें कर रहा हूँ। कविता का ज्ञान ही नहीं। उन्हें देखकर बस यही इच्छा होती है कि खूब बनाऊँ। मैंने कितने ही मनुष्यों को अपनी रचना सुनायी होगी, पर विनय-जैसा मर्मज्ञ और किसी को नहीं पाया। अगर वह कुछ लिखें तो खूब लिखें। उनका रोम-रोम काव्यमय है।

सोफ़ी—तुम इधर कभी कुँवर साहब की तरफ़ नहीं गये थे?

प्रभु सेवक—आज गया था और वहीं से चला आ रहा हूँ। विनयसिंह बड़ी विपत्ति में पड़ गये हैं। उदयपुर के अधिकारियों ने उन्हें जेल में डाल रखा है।

सोफ़िया के मुख पर क्रोध या शोक का कोई चिह्न न दिखायी दिया। उसने यह न पूछा, क्यों गिरफ़्तार हुए? क्या अपराध था? ये सब बातें उसने अनुमान कर लीं। केवल इतना पूछा—रानीजी तो वहाँ नहीं जा रही हैं?

प्रभु सेवक—न ! कुँवर साहब और डाक्टर गांगुली, दोनों जाने तो तैयार हैं; पर रानी किसी को नहीं जाने देतीं। कहती हैं, विनय अपनी मदद आप कर सकता है। उसे किसी की सहायता की ज़रूरत नहीं।

सोफ़िया थोड़ी देर तक गंभीर विचार में स्थिर बैठी रही। विनय की वीर मूर्ति उसकी आँखों के सामने फिर रही थी। सहसा उसने सिर उठाया और निश्चयात्मक भाव से बोली—मैं उदयपुर जाऊँगी।

प्रभु सेवक—वहाँ जाकर क्या करोगी?

सोफ़ी—यह नहीं कह सक़ती कि वहाँ जाकर क्या करूँगी। अगर और कुछ न कर सकूँगी, तो कम-से-कम जेल में रहकर विनय की सेवा तो करूँगी, अपने प्राण तो उन पर निछावर कर दूँगी। मैंने उनके साथ जो छल किया है, चाहे किसी इरादे से किया हो, वह नित्य मेरे हृदय में काँटे की भाँति चुभा करता है। उससे उन्हें जो दुःख हुआ होगा, उसकी कल्पना करते ही मेरा चित्त विकल हो जाता है। मैं अब उस छल का प्रायश्चित करूँगी, किसी और उपाय से नहीं तो अपने प्राणों ही से।

यह कहकर सोफ़िया ने खिड़की से झाँका, तो मि. क्लार्क अभी तक खड़े मिसेज़ सेवक से बातें कर रहे थे। मोटरकार भी खड़ी थी। वह तुरन्त बाहर आकर मि. क्लार्क से बोली—विलियम, आज मामा से बातें करने ही में रात खत्म कर दोगे? मैं सैर करने के लिए तुम्हारा इन्तज़ार कर रही हूँ।

कितनी मंजुल वाणी थी। कितनी मनोहारिणी छवि से, कमल-नेत्रों में मधुर हास्य का कितना जादू भरकर, यह प्रेम-याचना की गयी थी! क्लार्क ने क्षमाप्रार्थी नेत्रों से सोफ़िया को देखा—यह वही सोफ़िया है, जो अभी एक ही क्षण पहले मेरी हँसी उड़ा रही थी। तब जल पर आकाश की श्यामल छाया थी, अब उसी जल में इन्दु की सुनहरी किरणें नृत्य कर रही थीं, उसी लहराते हुए जल की कम्पित, विहसित, चंचल छटा उसकी आँखों में थी। लज्जित होकर बोले—प्रिये, क्षमा करो, मुझे याद ही न रही, बातों में देर हो गयी।

सोफ़िया ने माता को सरल नेत्रों से देखकर कहा—मामा, देखती हो इनकी निष्ठुरता, यह अभी से मुझसे तंग आ गये हैं। मेरी इतनी सुधि न रही कि झूठे ही पूछ लेते, सैर करने चलोगी?

मिसेज़ सेवक—हाँ, विलियम, यह तुम्हारी ज्यादती है। आज सोफ़ी ने तुम्हें रँगे हाथों पकड़ लिया। मैं तुम्हें निर्दोष समझती थी और सारा दोष उसी के सिर रखती थी।

क्लार्क ने कुछ मुसकराकर अपनी झेंप मिटायी और सोफ़िया का हाथ पकड़कर मोटर की तरफ़ चले। पर अब भी उन्हें शंका हो रही थी कि मेरे हाथ में जो नाजुक कलाई है, वह कोई वस्तु है या केवल कल्पना और स्वप्न। रहस्य और भी दुर्भेद्य होता हुआ दिखायी देता था। यह

कोई बन्दर को नचाने वाला मदारी है या बालक, जो बन्दर को दूर से देखकर खुश होता है, उसे मिठाई देता है, पर बन्दर के निकट आते ही भय से चिल्लाने लगता है!

जब मोटर चला, तो सोफ़िया ने कहा—एजेण्ट के अधिकार तो बड़े होते हैं, वह चाहे तो किसी रियासत के भीतरी मुआमलों में भी हस्तक्षेप कर सकता है, क्यों?

क्लार्क ने प्रसन्न होकर कहा—उसका अधिकार सर्वत्र, यहाँ तक कि राजा के महल के अन्दर भी होता है। रियासत का कहना ही क्या, वह राजा के खाने-सोने, आराम करने का समय तक नियत कर सकता है। राजा किससे मिले, किससे दूर रहे, किसका आदर करे, किसकी अवहेलना करे, यह सब बातें एजेंट के अधीन हैं। वह यहाँ तक निश्चित कर सकता है कि राजा की मेज़ पर कौन-कौन-से प्याले आएँगे, राजा के लिए कैसे और कितने कपड़ों की ज़रूरत है, यहाँ तक कि वह राजा के विवाह का भी निश्चय करता है। बस, यों समझो कि वह रियासत का खुदा होता है।

सोफ़िया—तब तो वहाँ सैर-सपाटे का खूब अवकाश मिलेगा। यहाँ की भाँति दिन-भर दफ़्तर में तो न बैठना पड़ेगा?

क्लार्क—वहाँ कैसा दफ़्तर, एजेन्ट का काम दफ्तर में बैठना नहीं है। वह वहाँ बादशाह का स्थानापन्न होता है।

सोफ़िया—अच्छा, जिस रियासत में चाहो, जा सकते हो?

क्लार्क—हाँ, केवल पहले कुछ लिखा-पढ़ी करनी पड़ेगी। तुम कौन-सी रियासत पसन्द करोगी?

सोफ़िया—मुझे तो पहाड़ी देशों से विशेष प्रेम है। पहाड़ों के दामन में बसे हुए गाँव, पहाड़ों की गोद में चरने वाली भेड़ें और पहाड़ों से गिरने वाले जल-प्राप्त, ये सभी दृश्य मुझे काव्यमय प्रतीत होते हैं। मुझे मालूम होता है, वह कोई दूसरा ही जगत है, इससे कहीं शांतिमय और शुभ्र। शैल मेरे लिए एक मधुर स्वप्न है। कौन-कौन सी रियासतें पहाड़ों में हैं?

क्लार्क—भरतपुर, जोधपुर, कश्मीर, उदयपुर,...

सोफ़िया—बस, तुम उदयपुर के लिए लिखो। मैंने इतिहास में उदयपुर की वीरकथाएँ पढ़ी हैं और तभी से मुझे उस देश को देखने की बड़ी लालसा है। वहाँ के राजपूत कितने वीर, कितने स्वाधीनता-प्रेमी, कितने आन पर जान देने वाले होते थे। लिखा है, चित्तौड़ में जितने राजपूतों ने वीर-गति पायी, उनके जनेऊ तौले गये, तो 75 मन निकले। कई हज़ार राजपूत-स्त्रियाँ एक साथ चिता पर बैठकर राख हो गयीं। ऐसे प्रणवीर प्राणी संसार में शायद ही और कहीं हों।

क्लार्क—हाँ, वे वृत्तांत मैंने भी इतिहास में देखे हैं। ऐसी वीर जाति का जितना सम्मान किया जाये, कम है। इसीलिए उदयपुर का राजा हिन्दू राजों में सर्वश्रेष्ठ समझा जाता है। उनकी वीर-कथाओं में अतिशयोक्ति से बहुत काम लिया गया है, फिर भी यह मानना पड़ेगा कि इस देश में इतनी जाँबाज़ और कोई जाति नहीं है।

सोफ़िया—तुम आज ही उदयपुर के लिए लिखो और संभव हो, तो हम लोग एक मास के अन्दर यहाँ से प्रस्थान कर दें।

क्लार्क—लेकिन...कहते हुए डर लगता है...तुम मेरा आशय समझ गयी होगी....यहाँ से चलने के पहले मैं तुमसे वह चिर-सिंचित्....मेरा जीवन...

सोफ़िया ने मुसकिराकर कहा—समझ गयी, उसके प्रकट करने का कष्ट न उठाओ। इतनी मंदबुद्धि नहीं हूँ; लेकिन मेरी निश्चय-शक्ति अत्यन्त शिथिल है, यहाँ तक कि सैर करने के लिए चलने का निश्चय भी मैं घंटों के सोच-विचार के बाद करती हूँ। ऐसे महत्त्व के विषय में, जिसका संबंध जीवन-पर्यन्त रहेगा, मैं इतनी जल्द कोई फैसला नहीं कर सकती। बल्कि साफ़ तो यों है कि अभी तक मैं यही निर्णय नहीं कर सकी कि मुझ-जैसी निर्द्वन्द्व, स्वाधीन-विचार-प्रिय स्त्री दाम्पत्य जीवन के योग्य है भी या नहीं। विलियम, मैं तुमसे हृदय की बात कहती हूँ, गृहिणी-जीवन से मुझे भय मालूम होता है। इसलिए जब तक तुम मेरे स्वभाव से भली भाँति परिचित न हो जाओ, मैं तुम्हारे हृदय में झूठी आशाएँ पैदा करके तुम्हें धोखे में नहीं डालना चाहती। अभी मेरा और तुम्हारा परिचय केवल एक वर्ष का है। अब तक मैं तुम्हारे लिए केवल एक रहस्य हूँ। क्यों, हूँ या नहीं?

क्लार्क—हाँ सोफ़ी! वास्तव में अभी मैं तुम्हें अच्छी तरह नहीं पहचान पाया हूँ।

सोफ़िया—फिर ऐसी दशा में तुम्हीं सोचो, हम दोनों का दाम्पत्य सूत्र में बँध जाना कितनी बड़ी नादानी है। मेरे दिल की जो पूछो, तो मुझे एक सहृदय, सज्जन, विचारशील और सच्चरित्र पुरुष के साथ मित्र बनकर रहना, उसकी स्त्री बनकर रहने से कम आनंददायक नहीं मालूम होता। तुम्हारा क्या विचार है, यह मैं नहीं जानती, लेकिन मैं स्त्री और पुरुष के संबंध को दो हृदयों के सहयोग का सबसे उत्तम रूप नहीं समझती, मैं सहानुभूति और सहवास को वासनामय संबंध से कहीं महत्वपूर्ण समझती हूँ।

क्लार्क—किंतु सामाजिक और धार्मिक प्रथाएँ ऐसे संबंधों को...

सोफ़िया—हाँ, ऐसे संबंध अस्वाभाविक होते हैं। और साधारणतः उन पर आचरण नहीं किया जा सकता। मैं भी इसे सदैव के लिए जीवन का नियम बनाने को प्रस्तुत नहीं हूँ; लेकिन जब तक हम एक दूसरे को अच्छी तरह समझ न लें, जब तक हमारे अन्तःकरण एक दूसरे के सामने आईने न बन जायँ, उस समय तक मैं ऐसे ही संबंध को आवश्यक समझती हूँ।

क्लार्क—मैं तुम्हारी इच्छाओं का दास हूँ। केवल इतना कह सकता हूँ कि तुम्हारे बिना मेरा जीवन वह घर है, जिसमें कोई रहने वाला नहीं; वह दीपक है, जिसमें उजाला नहीं; वह कवित्त है, जिसमें रस नहीं।

सोफ़िया—बस-बस। यह प्रेमियों की भाषा केवल-प्रेम-कथाओं के ही लिए शोभा देती है। यह लो, पाँड़ेपुर आ गये। अँधेरा हो रहा है। सूरदास चला गया होगा। यह हाल सुनेगा, तो उस गरीब़ का दिल टूट जायगा।

क्लार्क—उसके निर्वाह का और कोई प्रबंध कर दूँ?

सोफ़िया—इस भूमि से उसका निर्वाह नहीं होता था—केवल मुहल्ले के जानवर चरा करते थे। वह ग़रीब है, भिखारी है, पर लोभी नहीं। मुझे तो वह कोई साधु मालूम होता है।

कलार्क—अंधे कुशाग्र बुद्धि और धार्मिक होते हैं।

सोफ़िया—मुझे तो उसके प्रति बड़ी श्रद्धा हो गयी है। यह देखो, पापा ने काम शुरू कर दिया। अगर उन्होंने राजा की पीठ न ठोकी होती, तो उन्हें तुम्हारे सम्मुख आने का कदापि साहस न होता।

क्लार्क—तुम्हारे पापा बड़े चतुर आदमी हैं। ऐसे ही प्राणी संसार में सफल होते हैं। कम-से-कम मैं तो यह दोरुखी चाल न चल सकता।

सोफ़िया—देख लेना, दो-ही-चार वर्षों में इस मुहल्ले में कारखाने के मज़दूरों के मकान होंगे, यहाँ का एक मनुष्य भी न रहने पायेगा।

क्लार्क—पहले तो अंधे ने बड़ा शोर-गुल मचाया था। देखें, अब क्या करता है?

सोफ़िया—मुझे तो विश्वास है कि वह चुप होकर कभी न बैठेगा, चाहे इस ज़मीन के पीछे उसकी जान ही क्यों न चली जाये।

क्लार्क—नहीं प्रिये, ऐसा कदापि न होने पायेगा। जिस दिन यह नौबत आयेगी, सबसे पहले सूरदास के लिए मेरे कंठ से जय-ध्वनि निकलेगी, सबसे पहले मेरे हाथ उस पर फूलों की वर्षा करेंगे।

सोफ़िया ने क्लार्क को आज पहली ही बार सम्मानपूर्ण प्रेम की दृष्टि से देखा।

पच्चीस

साल-भर तक राजा महेन्द्रकुमार और मिस्टर क्लार्क में निरंतर चोटें चलती रहीं। पत्र का पृष्ठ रणक्षेत्र था और श्रृंखलित सूरमों की जगह सूरमों से कहीं बलवान दलीलें। मनों स्याही बह गयी, कितनी ही क़लमें काम आयीं। दलीलें कट-कटकर रावण की सेना की भाँति फिर जीवित हो जाती थीं। राजा साहब बार-बार हतोत्साह हो जाते, सरकार से मेरा मुक़ाबला करना चींटी का हाथी से मुक़ाबला करना है। लेकिन मिस्टर जॉन सेवक और उनसे अधिक, इंदु उन्हें ढाढ़स देती रहती थी। शहर के रईसों ने हिम्मत से कम, स्वार्थ-बुद्धि से अधिक, काम लिया। उस विनयपत्र पर, जो डॉक्टर गांगुली ने नगर-निवासियों की ओर से गवर्नर की सेवा में भेजने के लिए लिखा था, हस्ताक्षर करने के समय अधिकांश सज्जन बीमार पड़ गये। ऐसे असाध्य रोग से पीड़ित हो गये कि हाथ में क़लम पकड़ने की भी शक्ति न रही। कोई तीर्थ-यात्रा करने चला गया, कोई किसी परमावश्यक काम से कहीं बाहर रवाना हो गया, जो गिने-गिनाये लोग कोई हीला न कर सके, वे भी हस्ताक्षर करने के बाद मिस्टर क्लार्क से क्षमा-प्रार्थना कर आये—हुज़ूर, न जाने उसमें क्या लिखा था, हमारे सामने तो केवल सादा क़ागज आया था, हमसे यही कहा गया कि यह पानी का महसूल घटाने की दरख़्वास्त है। हमें मालूम होता कि उस सादे पत्र पर पीछे से हुज़ूर की शिकायत लिखी जायेगी, तो हम भूलकर भी क़लम न उठाते—हाँ, जिन महानुभावों ने सिगरेट कंपनी के हिस्से लिये थे, उन्हें विवश होकर हस्ताक्षर करने पड़े। हस्ताक्षर करने वालों की संख्या यद्यपि बहुत न थी; पर डॉक्टर गांगुली को व्यवस्थापक सभा में सरकार से प्रश्न करने के लिए एक बहाना मिल गया। उन्होंने अदम्य उत्साह और धैर्य के साथ प्रश्नों की बाढ़ जारी रखी। सभा में डॉक्टर महोदय का विशेष सम्मान था, कितने ही सदस्यों ने उनके प्रश्नों का समर्थन किया, यहाँ तक कि डॉक्टर गांगुली के एक प्रस्ताव पर अधिकारियों को बहुमत से हार माननी पड़ी। इस प्रस्ताव से लोगों को बड़ी-बड़ी आशाएँ थीं, किन्तु, जब इसका भी

कुछ असर न हुआ, तो जगह-जगह सरकार पर अविश्वास प्रकट करने के लिए सभाएँ होने लगीं। रईसों और ज़मींदारों की तो भय के कारण ज़बान बंद थी; किंतु मध्यम श्रेणी के लोगों ने खुल्लमखुल्ला इस निरंकुशता का विरोध करना शुरू किया। कुँवर भरतसिंह को उनका नेतृत्व प्राप्त हुआ और यह स्पष्ट शब्दों में कहने लगे—अब हमें अपने पैरों पर खड़ा होना चाहिए। हमारा उद्धार अपने ही हाथों होगा। महेन्द्रकुमार भी गुप्त रूप से इस दल को प्रोत्साहित करने लगे। डॉक्टर गांगुली के बहुत कुछ आश्वासन देने पर शासकों पर उन्हें अश्रद्धा हो गयी। निराशा निर्बलता से उत्पन्न होती है, पर उसके गर्भ से शक्ति का जन्म होता है।

रात के नौ बज गये थे। विनयसिंह के कारावास-दंड का समाचार पाकर कुँवर साहब ने अपने हितैषियों को इस स्थिति पर विचार करने के लिए आमंत्रित किया था। डॉक्टर गांगुली, जॉन सेवक, प्रभु सेवक, राजा महेन्द्रकुमार और कई अन्य सज्जन आये हुए थे। इंदु भी राजा साहब के साथ आयी थी और अपनी माता से बातें कर रही थी। कुँवर साहब ने नायकराम को बुला भेजा था और वह कमरे के द्वार पर बैठे हुए तम्बाकू मल रहे थे।

महेन्द्रकुमार बोले—रियासतों पर सरकार का बड़ा दबाव है। वे अपंग हैं और सरकार के इशारे पर चलने के लिए मजबूर हैं।

भरतसिंह ने राजा साहब का खंडन किया—जिससे किसी का उपकार न हो और जिसके अस्तित्व का आधार ही अपकार पर हो, उसका निशान जितनी जल्द मिट जाये, उतना ही अच्छा। विदेशियों के हाथों में अन्याय का यंत्र बनकर जीवित रहने से तो मर जाना ही उत्तम है।

डॉक्टर गांगुली—वहाँ का हाकिम लोग खुद पतित है। डरता है कि रियासत में स्वाधीन बिचारों का प्रचार हो जायगा, तो हम प्रजा को कैसे लूटेगा। राज मसनद लगाकर बैठा रहता है, उसका नौकर-चाकर मनमाना राज करता है।

जॉन सेवक ने पक्षपात-रहित होकर कहा—सरकार किसी रियासत को अन्याय करने के लिए मजबूर नहीं करती। हाँ, चूँकि वे अशक्त हैं, अपनी रक्षा आप नहीं कर सकतीं, इसलिए ऐसे कामों में ज़रूरत से ज़्यादा तत्पर हो जाती हैं, जिनसे सरकार के प्रसन्न होने का उन्हें विश्वास होता है।

भरतसिंह—विनय कितना नम्र, सुशील, सुधीर है, यह आप लोगों से छिपा नहीं। मुझे इसका विश्वास ही नहीं हो सकता कि उसकी ज़ात से किसी का अहित हो सकता है।

प्रभु सेवक कुँवर साहब के मुँह लगे हुए थे। अब तक जॉन सेवक के भय से न बोले थे; पर अब न रहा गया। बोले—क्यों, क्या पुलिस से चोरों का अहित नहीं होता? क्या साधुओं से दुर्जनों का अहित नहीं होता? और फिर गऊ-जैसे पशु की हिंसा करने वाले क्या संसार में नहीं हैं? विनय ने दलित किसानों की सेवा करनी चाही थी, उसी का यह उन्हें उपहार मिला है। प्रजा की सहन-शक्ति की भी कोई सीमा होनी चाहिए और होती है। उसकी अवहेलना करके क़ानून क़ानून ही नहीं रह जाता। उस समय उस क़ानून को भंग करना ही प्रत्येक विचारशील प्राणी का कर्तव्य हो जाता है। अगर आज सरकार का हुक्म हो कि सब लोग मुँह में कालिख लगाकर निकलें, तो इस हुक्म की उपेक्षा करना हमारा धर्म हो जाएगा। उदयपुर के दरबार को कोई अधिकार नहीं है कि वह किसी को रियासत से निकल जाने पर मजबूर करे।

डॉक्टर गांगुली—उदयपुर ऐसा हुक्म दे सकता है। उसको अधिकार है।

प्रभु सेवक—मैं उसे स्वीकार नहीं करता। जिस आज्ञा का आधार केवल पशु-बल हो, उसका पालन करना आवश्यक नहीं। अगर उदयपुर में कोई उत्तरदायित्वपूर्ण सरकार होती और वह बहुमत से यह हुक्म देती, तो दूसरी बात थी, लेकिन जबकि प्रजा ने कभी दरबार से यह इच्छा नहीं की, बल्कि वह विनयसिंह पर जान देती है तो केवल अधिकारियों की स्वेच्छा हमको उनकी आज्ञा का पालन करने के लिए बाध्य नहीं कर सकती।

राजा साहब ने इधर-उधर भीत नेत्रों से देखा कि यहाँ कोई मेरा शत्रु तो नहीं बैठा हुआ है। जॉन सेवक भी त्योरियाँ बदलने लगे।

डॉक्टर गांगुली—हम दरबार में लड़ तो नहीं सकता।

प्रभु सेवक—प्रजा को अपने स्वत्व की रक्षा के लिए उत्तेजित तो कर सकते हैं।

भरतसिंह—इसका परिणाम विद्रोह के सिवा और क्या हो सकता है, और विद्रोह का दमन करने के लिए दरबार सरकार से सहायता लेगा। हज़ारों बेकसों का खून हो जायगा।

प्रभु सेवक—जब तक हम खून से डरते रहेंगे, हमारे स्वत्व भी हमारे पास आने से डरते रहेंगे। उनकी रक्षा भी तो खून ही से होगी। राजनीति का क्षेत्र समर-क्षेत्र से कम भयावह नहीं है। उसमें उतरकर रक्तपात से डरना कापुरुषता है।

जॉन सेवक से अब ज़ब्त न हुआ। बोले—तुम-जैसे भावुक युवकों को ऐसे गहन राजनीतिक विषयों पर कुछ करने के पहले अपने शब्दों को खूब तौल लेना चाहिए। यह अवसर शांति और शीतल विचार से काम लेने का है।

प्रभु सेवक ने दबी ज़बान से कहा, मानो मन में कह रहा है—शीतल विचार कायरता का दूसरा नाम है।

डॉक्टर गांगुली—मेरे विचार में भारतीय सरकार की सेवा में डेपुटेशन जाना चाहिए।

भरतसिंह—सरकार कह देगी, हमें दरबार के आंतरिक विषय में दख़ल देने का अधिकार नहीं।

महेन्द्रकुमार—दरबार ही के पास क्यों न डेपुटेशन भेजा जाय?

जॉन सेवक—हाँ, यही मेरी भी सलाह है। राज्य के विरुद्ध आंदोलन करना राज्य को निर्बल बना देता है और प्रजा को उद्दण्ड। राज्य-प्रभुत्व का प्रत्येक दशा में अक्षुण्ण रहना आवश्यक है, अन्यथा उसका फल वही होगा, जो आज साम्यवाद का व्यापक रूप धारण कर रहा है। संसार ने तीन शताब्दियों तक जनवाद की परीक्षा की और अंत में हताश हो गया। आज समस्त संसार जनवाद के आतंक से पीड़ित है। हमारा परम सौभाग्य है कि वह अग्नि-ज्वाला अभी तक इस देश में नहीं पहुँची, और हमें यत्न करना चाहिए कि उससे भविष्य में भी निश्शंक रहें।

कुँवर भरतसिंह जनवाद के बड़े पक्षपाती थे। अपने सिद्धांत का खंडन होते देखकर बोले—फूस का झोपड़ा बनाकर आप अग्नि-ज्वाला से निश्शंक रह ही नहीं सकते। बहुत संभव है कि ज्वाला के बाहर से न आने पर भी घर ही की एक चिनगारी उड़कर उस पर गिर पड़े। आप झोपड़ा रखिए ही क्यों। जनवाद आदर्श व्यवस्था न हो; पर संसार अभी उससे उत्तम कोई शासन-विधान

नहीं निकाल सका है। खैर, जब यह सिद्ध हो गया कि हम दरबार पर कोई असर नहीं डाल सकते, तो सब्र करने के सिवा और क्या किया जा सकता है। मैं राजनीतिक विषयों से अलग रहना चाहता हूँ, क्योंकि उससे कोई फ़ायदा नहीं। स्वाधीनता का मूल्य रक्त है। जब हममें उसके देने की शक्ति ही नहीं है, तो व्यर्थ में कमर क्यों बाँधें, पैंतरे क्यों बदलें, ताल क्यों ठोंकें? उदासीनता ही में हमारा कल्याण है।

प्रभु सेवक—यह तो बहुत मुश्किल है कि आँखों से अपना घर लुटते देखें और मुँह न खोलें।

भरतसिंह—हाँ, बहुत मुश्किल है, पर अपनी वृत्तियों को साधना पड़ेगा। उसका यही उपाय है कि हम कुल्हाड़ी की बेंट न बनें। बेंट कुल्हाड़ी की मदद न करे, तो कुल्हाड़ी कठोर और तेज़ होने पर भी हमें बहुत हानि नहीं पहुँचा सकती। यह हमारे लिए घोर लज्जा की बात है कि हम शिक्षा, ऐश्वर्य या धन के बल पर शासकों के दाहिने हाथ बनकर प्रजा का गला काटें और इस बात पर गर्व करें कि हम हाकिम हैं।

जॉन सेवक—शिक्षित वर्ग सदैव से राज्य का आश्रित रहा है और रहेगा। राज्य-विमुख होकर वह अपना अस्तित्व नहीं मिटा सकता।

भरतसिंह—यही तो सबसे बड़ी बिपत्ति है। शिक्षित वर्ग जब तक शासकों का आश्रित रहेगा, हम अपने लक्ष्य के जौ भर निकट न पहुँच सकेंगे। उसे अपने लिए थोड़े बहुत थोड़े दिनों के लिए कोई दूसरा ही अवलम्ब खोजना पड़ेगा।

महेन्द्रसिंह बग़लें झाँक रहे थे कि यहाँ से खिसक जाने का कोई मौक़ा मिल जाये। इस वाद-विवाद का अंत करने के इरादे से बोले—तो आप लोगों ने क्या निश्चय किया? दरबार की सेवा में डेपुटेशन भेजा जायेगा?

डॉक्टर गांगुली—हम खुद जाकर विनय को छुड़ा लायगा।

भरतसिंह—अगर वधिक ही से प्राण-याचना करनी है, तो चुप रहना ही अच्छा, कम-से-कम बात तो बनी रहेगी।

डॉक्टर गांगुली—फिर वही Pessimism का बात। हम विनय को समझाकर उसे यहाँ आने पर राजी कर लेगा।

रानी जाह्नवी ने इधर आते हुए इस वाक्य के अंतिम शब्द सुन लिये। गर्वसूचक भाव से बोलीं—नहीं डॉक्टर गांगुली, आप विनय पर यह कृपा न कीजिए। यह उसकी पहली परीक्षा है। इसमें उसको सहायता देना उसके भविष्य को नष्ट करना है। वह न्यायपक्ष पर है, उसे किसी से दबने की ज़रूरत नहीं। अगर उसने प्राण-भय से इस अन्याय को स्वीकार कर लिया, तो सबसे पहले मैं ही उसके माथे पर कालिमा का टीका लगा दूँगी।

रानी के ओजपूर्ण शब्दों ने लोगों को विस्मित कर दिया। ऐसा जान पड़ता था कि कोई देवी आकाश से यह संदेशा सुनाने के लिए उतर आयी है।

एक क्षण के बाद भरतसिंह ने रानी के शब्दों का भावार्थ किया—मेरे ख़याल में अभी विनयसिंह को उसी दशा में छोड़ देना चाहिए। यह उसकी परीक्षा है। मनुष्य बड़े-से-बड़े काम जो कर सकता है, वह यही है कि आत्मरक्षा के लिए मर मिटे। यही मानवीय जीवन का उच्चतम उद्देश्य है। ऐसी ही परीक्षाओं में सफल होकर हमें वह गौरव प्राप्त हो सकता है कि जाति हम पर विश्वास

कर सके।

गांगुली—रानी हमारा देवी हैं। हम उनके सामने कुछ नहीं कह सकता। पर देवी लोगों का बात संसार वालों के व्यवहार के योग्य नहीं हो सकता। हमको पूरा आशा है कि हमारा सरकार जरूर बोलेगा।

रानी—सरकार की न्यायशीलता का एक दृष्टांत तो आपके सामने ही है। अगर अब भी आपको उस पर विश्वास हो, तो मैं यही कहूँगी कि आपको कुछ दिनों किसी औषधि का सेवन करना पड़ेगा।

गांगुली—दो-चार दिन में यह बात मालूम हो जायगा। सरकार को भी तो अपनी नेकनामी-बदनामी का डर है।

महेन्द्रकुमार बहुत देर के बाद बोले—राह देखते-देखते तो आँखें पथरा गयीं। हमारी आशा इतनी चिरंजीवी नहीं।

सहसा टेलीफ़ोन की घंटी बोली। कुँवर साहब ने पूछा—कौन महाशय हैं?

'मैं हूँ प्राणनाथ। मिस्टर क्लार्क का तबादला हो गया।'

'कहाँ?'

'पोलिटिकल विभाग में जा रहे हैं। ग्रेड कम कर दिया गया है।'

डाक्टर गांगुली—अब बोलिए, मेरा बात सच हुआ कि नहीं? आप लोग कहता था, सरकार का नीयत बिगड़ा हुआ है। पर हम कहता था, उसको हमारा बात मानना पड़ेगा।

महेन्द्रकुमार—अजी, प्राणनाथ मसख़रा है, आपसे दिल्लगी कर रहा होगा।

भरतसिंह—नहीं, मुझसे तो उसने कभी दिल्लगी नहीं की।

रानी—सरकार ने इतने नैतिक साहस से शायद पहली ही बार काम लिया है।

गांगुली—अब वह जमाना नहीं है, जब सरकार प्रजा-मत की उपेक्षा कर सकता था। अब काउंसिल का प्रस्ताव उसे मानना पड़ता है।

भरतसिंह— ज़माना तो वही है, और सरकार की नीति में भी कोई विशेष परिवर्तन नहीं हुआ है। इसमें ज़रूर कोई-न-कोई राजनीतिक रहस्य है।

जॉन सेवक—व्यापारी मंडल ने मेरे प्रस्ताव को स्वीकार करके गवर्नमेंट के छक्के छुड़ा दिये।

महेन्द्रकुमार—मेरा डेपुटेशन बड़े मौक़े से पहुँचा था।

गांगुली—मैंने काउंसिल को ऐसा संघटित कर दिया था कि हमको इतना बड़ा मेजॉरिटी कभी नहीं मिला।

इंदु रानी के पीछे खड़ी थी। बोली—विनय-पत्र पर मेरे ही उद्योग से इतने आदमियों के नाम आये थे। मुझे तो विश्वास है, यह उसी की करामात है।

नायकराम अब तक चुपचाप बैठे हुए थे। उनकी समझ में न आता था कि यहाँ क्या बातें हो रही हैं। टेलीफ़ोन की बात उनकी समझ में आयी। अब उन्हें ज्ञात हुआ कि लोग सफलता का सेहरा अपने-अपने सिर बाँध रहे हैं। ऐसे अवसर पर भला वह कब चूकने वाले थे। बोले—सरकार, यहाँ भी गाफिल बैठने वाले नहीं हैं। सिविल सारजंट के कान में यह बात डाल दी थी कि राजा साहब की ओर से पूरा एक हजार लठैत जवान तैयार बैठा हुआ है। उनका

हुक्म बहाल न हुआ, तो खून-खच्चर हो जायगा, शहर में तूफान आ जायगा। उन्होंने लाट साहब से यह बात जरूर ही कही होगी।

महेन्द्रकुमार—मैं तो समझता हूँ, यह तुम्हारी धमकियों ही की करामात है।

नायकराम—धर्मावतार, धमकियाँ कैसी, खून की नदी बह जाती। आपका ऐसा अकबाल है कि चाहूँ, तो एक बार शहर लुटवा दूँ। ये लाल साफे खड़े मुँह ताकते रह जायँ।

प्रभु सेवक ने हास्य-भाव से कहा—सच पूछिए, तो यह उस कविता का फल है, जो मैंने 'हिन्दुस्तान-रिव्यू' में लिखी थी।

रानी—प्रभु, तुमने यह चपत खूब लगायी। डाक्टर गांगुली अपना सिर सुहला रहे हैं। क्यों डॉक्टर, बैठी या नहीं? एक तुच्छ सफलता पर आप लोग इतने फूले नहीं समाते। इसे विजय न समझिए, यह वास्तव में पराजय है, जो आपको अपने अभीष्ट से कोसों दूर हटा देती है, आपके गले में फंदे को और भी मज़बूत कर देती है। बाजे वाले सरदी में बाजे को आग से सेंकते हैं, केवल इसीलिए कि उसमें से कर्ण मधुर स्वर निकले। आप लोग भी सेंके जा रहे हैं, अब चोटों के लिए पीठ मज़बूत कर लीजिए।

यह कहती हुई जाह्नवी अंदर चली गयीं; पर उनके जाते ही इस तिरस्कार का असर भी जाता रहा, लोग फिर वही राग अलापने लगे।

महेन्द्रकुमार—क्लार्क महोदय भी क्या याद करेंगे कि किसी से पाला पड़ा था।

गांगुली—अब इससे कौन इनकार कर सकता है कि ये लोग कितने न्यायप्रिय होते हैं।

जॉन सेवक—अब ज़रा उस अंधे की भी ख़बर लेनी चाहिए।

नायकराम—साहब, उसको हार-जीत का कोई गम नहीं है। उस जमीन की दस गुनी भी मिल जाये, तो भी वह इसी तरह रहेगा।

जॉन सेवक—मैं कल ही से मिल में काम लगा दूँगा। ज़रा मिस्टर क्लार्क को भी देख लूँ।

महेन्द्रकुमार—मैं तो अभिवादन-पत्र न दूँगा। उनकी तरफ़ से कोशिश तो होगी, पर बोर्ड का बहुमत मेरे साथ है।

गांगुली—ऐसा हाकिम लोग को अभिवादन-पत्र देने का काम नहीं।

महेन्द्रकुमार के पेट में चूहे दौड़ रहे थे कि इंदु से भी इस सुख-संवाद पर बातें करूँ। यों तो बहुत ही गंभीर पुरुष थे; पर इस विजय ने बालोचित उल्लास से विह्वल कर दिया था। एक नशा-सा छाया हुआ था। रानी के जाने के ज़रा देर बाद वह विहसित मुख, प्रसन्न चित्त, अज्ञात भाव से अकड़ते, गर्व से मस्तक उठाये अन्दर दाख़िल हुए। इंदु रानी के पास बैठी हुई थी। खड़ी होकर बोली—आख़िर साहब बहादुर को बोरिया-बँधना सँभालना पड़ा न!

महेन्द्रकुमार सिंह रानी के सामने अपना कुत्सित आनन्द न प्रकट कर सके। बोले—हाँ, अब तो टलना ही पड़ेगा।

इंदु—अब कल मैं इन लेडी साहब का कुशल-समाचार पूछूँगी, जो धरती पर पाँव न रखती थीं, अपने आगे किसी को कुछ समझती ही न थीं। बुलाकर दावत करूँ?

महेन्द्रकुमार—कभी न आयेगी, और ज़रूरत ही क्या है!

इंदु—ज़रूरत क्यों नहीं! झेंपेगी तो, सिर तो नीचा हो जायगा। न आयगी, न सही। अम्माँ,

आपने तो देखा है, सोफ़िया पहले कितनी नम्र और मिलनसार थी; लेकिन क्लार्क से विवाह की बातचीत होते ही मिज़ाज आसमान पर चढ़ गया।

रानी ने गंभीर भाव से कहा—बेटी, यह तुम्हारा भ्रम है। सोफ़िया मिस्टर क्लार्क से कभी विवाह न करेगी। अगर मैं आदमियों को कुछ पहचान सकती हूँ तो देख लेना, मेरी बात ठीक उतरती है या नहीं।

इंदु—अम्माँ, क्लार्क से उसकी मँगनी हो गयी है। संभव है, गुप्त रूप से विवाह भी हो गया हो। देखती नहीं हो, दोनों कितने घुले-मिले रहते हैं।

रानी—कितने ही घुले-मिले रहें; पर उनका विवाह न हुआ है, न होगा। मैं अपनी संकीर्णता के कारण सोफ़िया की कितनी ही उपेक्षा करूँ; किंतु वह सती है, इसमें अणुमात्र भी संदेह नहीं। उसे लज्जित करके तुम पछताओगी।

इंदु—अगर वह इतनी उदार है, तो आपके बुलाने से अवश्य आयेगी।

रानी—हाँ, मुझे पूर्ण विश्वास है।

इंदु—तो बुला भेजिये, मुझे दावत का प्रबंध क्यों न करना पड़े।

रानी—तुम यहाँ बुलाकर उसका अपमान करना चाहती हो। मैं तुमसे अपने हृदय की बात कहती हूँ। अगर वह ईसाइन न होती, तो आज के पाँचवें वर्ष मैं उससे विनय का विवाह करती और इसे अपना धन्य भाग समझती।

इंदु को ये बातें कुछ अच्छी न लगीं। उठकर अपने कमरे में चली गयी। एक क्षण में महेन्द्रकुमार भी वहाँ पहुँच गये और दोनों डींगें मारने लगे। कोई लड़का खेल में जीतकर भी इतना उन्मत्त न होता होगा।

उधर दीवानख़ाने से भी सभा उठ गयी। लोग अपने-अपने घर गये। जब एकांत हो गया, तो कुँवर साहब ने नायकराम को बुलाकर कहा—पण्डाजी, तुमसे मैं एक काम लेना चाहता हूँ, करोगे?

नायकराम—सरकार, हुकुम हो, तो सिर देने को हाजिर हैं। ऐसी क्या बात है भला?

कुँवर साहब—देखो, दुनियादारी मत करो। मैं जो काम लेना चाहता हूँ, वह सहज नहीं। बहुत समय, बहुत बुद्धि, बहुत बल व्यय करना पड़ेगा। जान-जोखिम भी है। अगर दिल इतना मज़बूत हो, तो हामी भरो, नहीं साफ़-साफ़ जवाब दे दो, मैं कोई यात्री नहीं कि तुम्हें अपनी धाक बिठाना ज़रूरी हो। मैं तुम्हें जानता हूँ और तुम मुझे जानते हो। इसलिए साफ़ बातचीत होनी चाहिए।

नायकराम—सरकार, आपसे दुनियादारी करके भगवान को क्या मुँह दिखाऊँगा! आपका नमक तो रोम-रोम में सना हुआ है। अगर मेरे काबू की बात होगी, तो पूरी करूँगा, चाहे जान ही पर क्यों न आ बने। आपके हुकुम देने की देर है।

कुँवर—विनय को छुड़ाकर ला सकते हो?

नायकराम—दीनबंधु, अगर प्राण देकर भी ला सकूँगा, तो उठा न रखूँगा।

कुँवर—तुम जानते हो, मैंने तुमसे यह सवाल क्यों किया। मेरे यहाँ सैकड़ों आदमी हैं। खुद डॉक्टर गांगुली जाने को तैयार हैं। महेन्द्र को भेज दूँ, तो वह भी चले जायँगे। लेकिन इन लोगों

के सामने मैं अपनी बात नहीं छेड़ना चाहता। सिर पर यह इलज़ाम नहीं लेना चाहता कि कहते कुछ हैं, और करते कुछ। धर्म संकट में पड़ा हुआ हूँ। पर बेटे की मुहब्बत नहीं मानती। हूँ तो आदमी, काठ का कलेजा तो नहीं है। कैसे सब्र करूँ। उसे बड़े-बड़े अरमानों से पाला है, वही एक ज़िन्दगी का सहारा है। तुम उसे किसी तरह अपने साथ लाओ। उदयपुर के अमले और कर्मचारी देवता नहीं, उन्हें लालच देकर जेल में जा सकते हो, विनयसिंह से मिल सकते हो, अमलों की मदद से उन्हें बाहर ला सकते हो, यह कुछ कठिन नहीं। कठिन है विनय को आने पर राज़ी करना। वह तुम्हारी बुद्धि और चतुरता पर छोड़ता हूँ। अगर तुम मेरी दशा का ज्ञान उन्हें करा सकोगे, तो मुझे विश्वास है, वह आयँगे। बोलो, कर सकते हो यह काम? इसका मेहनताना एक बूढ़े बाप के आशीर्वाद के साथ और जो कुछ चाहोगे, पेश करूँगा।

नायकराम—महाराज, कल चला जाऊँगा। भगवान ने चाहा, तो उन्हें साथ लाऊँगा, नहीं तो फ़िर मुँह न दिखाऊँगा।

कुँवर—नहीं पण्डाजी, जब उन्हें मालूम हो जायगा कि मैं कितना विकल हूँ, तो वह चले आयँगे; वह अपने बाप की जान को सिद्धान्त पर बलिदान न करेंगे। उनके लिए मैंने अपने जीवन की कायापलट कर दी, यह फ़कीरी भेष धारण किया, क्या वह मेरे लिए इतना भी न करेंगे! पण्डाजी, सोचो, जिस आदमी ने हमेशा मखमली बिछौनों पर आराम किया हो, उसे इस काठ के तख़्त पर आराम मिल सकता है? विनय का प्रेम ही वह मन्त्र है, जिसके वश होकर मैं यह कठिन तपस्या कर रहा हूँ। जब विनय ने त्याग का व्रत ले लिया, तो मैं किस मुँह से बुढ़ापे में भोग-विलास में लिप्त रहता? आह! ये सब जाह्नवी के बोये हुए काँटे हैं। उसके आगे मेरी कुछ नहीं चलती। मेरा सुख-स्वर्ग उसी के कारण नरक तुल्य हो रहा है। उसी के कारण मेरा प्यारा विनय मेरे हाथों से निकला जाता है। ऐसा पुत्र-रत्न खोकर यह संसार मेरे लिए नरक हो जायगा। तुम कल जाओगे? मुनीम से जितने रुपये चाहो, ले लो।

नायकराम—आपके अकबाल से किसी बात की कमी नहीं। आपकी दया चाहिए, आपने इतने प्रतापी होकर जो त्याग किया है वह कोई दूसरा करता, तो आँख निकल पड़ती। त्याग करना कोई हँसी है! यहाँ तो घर में भूँजी भाँग नहीं, जात्रियों की सेवा टहल न करें, तो भोजन का ठिकाना भी न हो; पर बूटी की ऐसी चाट पड़ गयी है कि एक दिन न मिले, तो बावला हो जाता हूँ। कोई आपकी तरह क्या खाके त्याग करेगा?

कुँवर—यह तो मानी हुई बात है कि तुम गये, तो विनय को लेकर ही लौटेंगे। अब यह बताओ कि मैं तुम्हें क्या दक्षिणा दूँ? तुम्हारी सबसे बड़ी अभिलाषा क्या है?

नायकराम—सरकार की कृपा बनी रहे, मेरे लिए यह कुछ कम नहीं।

कुँवर—तो इसका आशय यह है कि तुम मेरा काम नहीं करना चाहते?

नायकराम—सरकार, ऐसी बात न कहें। आप मुझे पालते हैं, आपका हुकुम न बजा लाऊँगा तो भगवान को क्या मुँह दिखाऊँगा। और फिर आपका काम कैसा, अपना ही काम है।

कुँवर—नहीं भाई, मैं तुम्हें सेंत में इतना कष्ट नहीं देना चाहता। यह सबसे बड़ा सलूक है, जो तुम मेरे साथ कर रहे हो। मैं भी तुम्हारे साथ वही सलूक करना चाहता हूँ, जिसे तुम सबसे बड़ा समझते हो। तुम्हारे कै लड़के हैं?

नायकराम ने सिर झुकाकर कहा—धर्मावतार, अभी तो ब्याह ही नहीं हुआ।

कुँवर—अरे, यह क्या बात है! आधी उम्र गुज़र गयी और तुम अभी कुँआरे ही बैठे हो!

नायकराम—सरकार, तकदीर के सिवा और क्या कहूँ!

इन शब्दों में इतनी मर्मान्तक वेदना भरी हुई थी कि कुँवर साहब पर नायकराम की चिरसंचित अभिलाषा प्रकट हो गयी। बोले—तो तुम घर में अकेले ही रहते हो?

नायकराम—हाँ, धर्मावतार, भूत की भाँति अकेला ही पड़ा रहता हूँ। आपके अकबाल से दो खंड का मकान है। बाग-बगीचे हैं, गायें-भैंसें हैं; पर रहने वाला कोई नहीं, भोगने वाला कोई नहीं। हमारी बिरादरी में उन्हीं का ब्याह होता है, जो बड़े भाग्यवान होते हैं।

कुँवर—(मुस्कुराकर) तो तुम्हारा विवाह कहीं ठहरा दूँ?

नायकराम—महाराज, ऐसी तकदीर कहाँ!

कुँवर—तक़दीर मैं बना दूँगा, मगर यह कै़द तो नहीं है कि कन्या बहुत ऊँचे कुल की हो?

नायकराम—दीनबंधु, कन्याओं के लिए ऊँचा-नीचा कुल नहीं देखा जाता। कन्या और गऊ तो पवित्र हैं। ब्राह्मण के घर आकर और भी पवित्र हो जाती हैं। फिर जिसने दान लिया संसार-भर का पाप हजम किया, तो फिर औरत की क्या बात है। जिसका ब्याह नहीं हुआ, सरकार, उसकी जिन्दगी दो कौड़ी की।

कुँवर—अच्छी बात है, ईश्वर ने चाहा, तो लौटते ही दूल्हा बनोगे। तुमने पहले कभी चर्चा ही नहीं की।

नायकराम—सरकार, यह बात आपसे क्या कहता। अपने हेलियों-मेलियों के सिवा और किसी से चर्चा नहीं की। कहते लाज आती है। जो सुनेगा, वह समझेगा, इसमें कोई-न-कोई ऐब जरूर है। कई बार लबारियों की बातों में आकर सैकड़ों रुपये गँवाये। अब किसी से नहीं कह सकता। भगवान के आसरे बैठा हूँ।

कुँवर—तो कल किस गाड़ी से जाओगे?

नायकराम—हजूर, डाक से चला जाऊँगा।

कुँवर—ईश्वर करे, जल्द लौटो। मेरी आँखें तुम्हारी ओर रहेंगी। यह लो, खर्च के लिए लेते जाओ।

यह कहकर कुँवर साहब ने मुनीम को बुलाकर उसके कान में कुछ कहा। मुनीम ने नायकराम को अपने साथ आने का इशारा किया और अपनी गद्दी पर बैठाकर बोला—बोलो कितना हमारा, कितना तुम्हारा?

नायकराम—क्या यह भी कोई दक्षिणा है?

मुनीम—रकम तो तुम्हारे हाथ जाती है?

नायकराम—मेरे हाथ में नहीं आती, विनयसिंह के पास भेजी जा रही है। बच्चा मुसीबत में भी मालिक से नमकहरामी करते हो! उनके ऊपर तो बिपत पड़ी है और तुम्हें अपना घर भरने की धुन है। तुम जैसे लालचियों को तो ऐसी जगह मारे, जहाँ पानी न मिले।

मुनीम ने लज्जित होकर नोटों का एक पुलिंदा नायकराम को दे दिया। नायकराम ने गिनकर नोटों को कमर में बाँधा और मुनीम से बोले—मेरी कुछ दक्षिणा दिलवाते हो?

मुनीम—कैसी दक्षिणा?

नायकराम—नगद रुपयों की। नौकरी प्यारी है कि नहीं? जानते हो यहाँ से निकाल दिये जाओगे, तो कहीं भीख न मिलेगी। अगर भला चाहते हो, तो पचास रुपये की गड्डी बायें हाथ से बढ़ा दो, नहीं तो जाकर कुँवर साहब से जड़े देता हूँ। खड़े-खड़े निकाल दिये जाओगे। जानते हो कि नहीं रानीजी को? निकाले भी जाओगे और गर्दन भी नापी जायगी। ऐसी बेभाव की पड़ेगी कि चाँद गंजी हो जायगी।

मुनीम—गुरु, अब यारों ही से यह गीदड़ भभकी! इतने रुपये मिल गये, कौन कुँवर विनयसिंह रसीद लिखे देते हैं।

नायकराम—रुपये लाते हो कि नहीं, बोलो चटपट?

मुनीम—गुरु, तुम तो....

नायकराम—रुपये लाते हो कि नहीं? यहाँ बातों की फुरसत नहीं। चटपट सोचो। मैं चला। याद रखो, कहीं भीख न मिलेगी।

मुनीम—तो यहाँ मेरे पास कहाँ है! यह तो सरकारी रक़म है।

नायकराम—अच्छा तो हैंडनोट लिख दो।

मुनीम—गुरु, ज़रा इधर देखो, ग़रीब आदमी हूँ।

नायकराम—तुम गरीब हो बच्चा! हराम की कौड़ियाँ खाकर मोटे पड़ गये हो, उस पर गरीब बनते हो। लिखो चटपट। कुँवर साहब ज़रा भी मुरौवत न करेंगे। यों ही मुझे इतने रुपये दिला दिये हैं। बस, मेरे कहने-भर की देर है। गबन का मुकदमा चल जायेगा, बेटा, समझे? लाओ, बाप की पूजा करो। तुम-जैसे घाघ रोज थोड़े ही फँसते हैं।

मुनीम ने नायकराम की त्योरियों से भाँप लिया कि यह अब बिना दक्षिणा लिये न छोड़ेगा। चुपके से 25 रुपये निकालकर उसके हाथ में रखे और बोला—पण्डित, अब दया करो, ज़्यादा न सताओ।

नायकराम ने रुपये मुट्ठी में किये और बोले—ले बचा, अब किसी को न सताना, मैं तुम्हारी टोह में रहूँगा।

नायकराम चले गये, तो मुनीम ने मन में कहा—ले जाओ समझ लेंगे, ख़ैरात किया।

कुँवर भरतसिंह उस वक़्त दीवानखाने के द्वार पर खड़े थे। आज वायु की शीतलता में आनन्द न था। गगन-मंडल में चमकते हुए तारागण व्यंग्य-दृष्टि की भाँति हृदय में चुभते थे। सामने, वृक्षों के कुंज में विनय की स्मृति-मूर्ति, श्याम, करुण स्वर की भाँति कम्पित, धुएँ की भाँति असंबद्ध, यों निकलती हुई मालूम हुई, जैसे सन्तप्त हृदय से हाय का ध्वनि निकलती है।

कुँवर साहब कई मिनट तक खड़े रोते रहे। विनय के लिए उनके अन्तःकरण से इस भाँति शुभेच्छाएँ निकल रही थीं, जैसे उषाकाल में बाल-सूर्य की स्निग्ध, मधुर, मन्द शीतल किरणें निकलती हैं।

छब्बीस

अरावली की हरी-भरी झूमती हुई पहाड़ियों के दामन में जसवंतनगर यों शयन कर रहा है, जैसे बालक माता की गोद में। माता के स्तन से दूध की धारें, प्रेमोद्‌गार से विकल, उबलती, मीठे स्वरों में गाती निकलती हैं, और बालक के नन्हे-से मुख में न समाकर नीचे बह जाती हैं। प्रभात की स्वर्ण-किरणों में नहाकर माता का स्नेह-सुन्दर मुख निखर गया है, और बालक भी, अंचल से मुँह निकाल-निकालकर, माता के स्नेह-प्लावित मुख की ओर देखता है, हुमकता है, और मुस्कराता है, पर माता बार-बार उसे अंचल से ढँक लेती है कि कहीं उसे नज़र न लग जाये।

सहसा तोप के छूटने की कर्ण-कटु ध्वनि सुनायी दी। माता का हृदय काँप उठा, बालक गोद से चिमट गया।

फिर वही भयंकर ध्वनि! माँ दहल उठी, बालक सिमट गया।

फिर तो लगातार तोपें छूटने लगीं। माता के मुख पर आशंका के बादल छा गये। आज रियासत के नये पोलिटिकल एजेंट यहाँ आ रहे हैं। उन्हीं के अभिवादन में सलामियाँ उतारी जा रही हैं।

मिस्टर क्लार्क और सोफ़िया को यहाँ आये एक महीना गुज़र गया। जागीरदारों की मुलाक़ातों, दावतों, नज़रानों से इतना अवकाश ही न मिला कि आपस में कुछ बातचीत हो। सोफ़िया बार-बार विनयसिंह का ज़िक्र करना चाहती; पर न तो उसे मौक़ा ही मिलता और न यही सूझता कि कैसे वह ज़िक्र छेड़ूँ। आख़िर जब पूरा महीना ख़त्म हो गया, तो एक दिन उसने क्लार्क से कहा—"इन दावतों का ताँता तो लगा ही रहेगा, और बरसात बीती जा रही है। अब यहाँ जी नहीं लगता, ज़रा पहाड़ी प्रांतों की सैर करनी चाहिए। पहाड़ियों में खूब बहार होगी।" क्लार्क भी सहमत हो गये।

एक सप्ताह से दोनों रियासत की सैर कर रहे हैं। रियासत के दीवान सरदार नीलकंठ राव भी साथ हैं। जहाँ ये लोग पहुँचते हैं, बड़ी धूमधाम से उनका स्वागत होता है, सलामियाँ उतारी जाती हैं, मान-पत्र मिलते हैं, मुख्य-मुख्य स्थानों की सैर करायी जाती है। पाठशालाओं, चिकित्सालयों और अन्य सार्वजनिक संस्थाओं का निरीक्षण किया जाता है। सोफ़िया को जेलखानों के निरीक्षण का बहुत शौक़ है। वह बड़े ध्यान से क़ैदियों को, उनके भोजनालयों को, जेल के नियमों को देखती है, और क़ैदख़ानों के सुधार के लिए कर्मचारियों से विशेष आग्रह करती है। आज तक कभी इन अभागों की ओर किसी एजेंट ने ध्यान न दिया था। उनकी दशा शोचनीय थी, मनुष्यों से ऐसा व्यवहार किया जाता था कि जिसकी कल्पना ही से रोमांच हो आता है। पर सोफ़िया के अविरत प्रयत्न से उनकी दशा सुधरने लगी है। आज जसवंतनगर को मेहमानों की सेवा-सत्कार का सौभाग्य प्राप्त हुआ है, और सारा क़स्बा, अर्थात वहाँ के राजकर्मचारी, पगड़ियाँ बाँधे, इधर-उधर दौड़ते फिरते हैं। किसी के होश-हवास ठिकाने नहीं हैं, जैसे नींद में किसी ने भेड़िये का स्वप्न देखा हो। बाज़ार कर्मचारियों ने सुसज्जित कराये हैं, जेल के क़ैदियों और शहर के चौकीदारों ने कुलियों और मज़दूरों का काम किया है। बस्ती का कोई प्राणी बिना अपना परिचय दिये हुए सड़कों पर नहीं आने पाता। नगर के किसी मनुष्य ने इस स्वागत में भाग नहीं लिया है, और रियासत ने उनकी उदासीनता का यह उत्तर दिया है। सड़कों के दोनों

तरफ़ सशस्त्र सिपाहियों की सफ़ें खड़ी कर दी गयी हैं कि प्रजा की अशांति का कोई चिह्न भी न नज़र आने पाये। सभाएँ करने की मनाही कर दी गयी है।

सन्ध्या हो गयी थी। जुलूस निकला। पैदल और सवार आगे-आगे थे। फ़ौजी बाजे बज रहे थे। सड़कों पर रोशनी हो रही थी, पर मकानों में, छतों पर, अंधकार छाया हुआ था। फूलों की वर्षा हो रही थी, पर छतों से नहीं, सिपाहियों के हाथों से। सोफ़ी सब कुछ समझती थी, पर क्लार्क की आँखों पर परदा-सा पड़ा हुआ था। असीम ऐश्वर्य ने उनकी बुद्धि को भ्रांत कर दिया है। कर्मचारी सब कुछ कर सकते हैं, पर, भक्ति पर उनका बस नहीं होता। नगर में कहीं आनंदोत्साह का चिह्न नहीं है, सियापा-सा छाया हुआ है, न पग-पग पर जय-ध्वनि है, न कोई रमणी आरती उतारने आती है, न कहीं गाना-बजाना है। मानो किसी पुत्र-शोक-मग्न माता के सामने विहार हो रहा हो।

क़स्बे का गश्त करके सोफ़ी, क्लार्क, सरदार नीलकंठ और दो-एक उच्च कर्मचारी तो राजभवन में आकर बैठे, और लोग बिदा हो गये। मेज पर चाय लायी गयी। मि. क्लार्क ने बोतल से शराब उँडेली, तो सरदार साहब, जिन्हें इसकी दुर्गन्ध से घृणा थी, खिसककर सोफ़िया के पास आ बैठे, और बोले—ज़सवंतनगर आपको कैसा पसंद आया?

सोफ़िया—बहुत ही रमणीक स्थान है। पहाड़ियों का दृश्य अत्यन्त मनोहर है। शायद कश्मीर के सिवा ऐसी प्राकृतिक शोभा और कहीं न होगी। नगर की सफ़ाई से चित्त प्रसन्न हो गया। मेरा तो जी चाहता है, यहाँ कुछ दिनों रहूँ।

नीलकंठ डरे। एक-दो दिन तो पुलिस और सेना के बल से नगर को शांत रखा जा सकता है। पर महीने-दो महीने किसी तरह नहीं। असंभव है। कहीं ये लोग यहाँ जम गये, तो नगर की यथार्थ स्थिति अवश्य ही प्रकट हो जायगी। न जाने उसका क्या परिणाम हो। बोले—यहाँ की बाह्य छटा के धोखे में न आइये। ज़लवायु बहुत ख़राब है। आगे आपको इससे कहीं सुन्दर स्थान मिलेंगे।

सोफ़िया—कुछ भी हो, मैं यहाँ दो हफ़्ते अवश्य ठहरूँगी। क्यों विलियम, तुम्हें यहाँ से जाने की कोई जल्दी तो नहीं है?

क्लार्क—तुम यहाँ रहो, तो मैं दफ़्न होने को तैयार हूँ।

सोफ़िया—लीजिए सरदार साहब, विलियम को कोई आपत्ति नहीं है।

सोफ़िया को सरदार साहब को दिक़ करने में मज़ा आ रहा था।

नीलकंठ—फिर भी मैं आपसे यही अर्ज़ करूँगा कि जसवंतनगर बहुत अच्छी जगह नहीं है। जलवायु की विषमता के अतिरिक्त यहाँ की प्रजा में अशांति के बीज अंकुरित हो गये हैं।

सोफ़िया—तब तो हमारा यहाँ रहना और भी आवश्यक है। मैंने किसी रियासत में यह शिकायत नहीं सुनी। गवर्नमेंट ने रियासतों को आंतरिक स्वाधीनता प्रदान कर दी है। लेकिन इसका यह आशय नहीं हैं कि रियासतों में अराजकता के कीटाणुओं को सेए जाने दिया जाये। इसका उत्तरदायित्व अधिकारियों पर है, और गवर्नमेंट को अधिकार है कि वह इस असावधानी का संतोषजनक उत्तर माँगे।

सरदार साहब के हाथ-पाँव फूल गये। सोफ़िया से उन्होंने यह बात निश्शंक होकर कही

थी। उसकी विनयशीलता से उन्होंने समझ लिया था कि मेरी नज़र-भेंट ने अपना काम कर दिखाया। कुछ बेतकल्लुफ़-से हो गये थे। यह फटकार पड़ी, तो आँखें चौंधिया गयीं। कातर स्वर में बोले—मैं आपको विश्वास दिलाता हूँ कि यद्यपि रियासत पर इस स्थिति का उत्तरदायित्व है; पर हमने यथासाध्य इसके रोकने की चेष्टा की और अब भी कर रहे हैं। यह बीज उस दिशा से आया, जिधर से उसके आने की संभावना न थी; या यों कहिए कि विष-बुन्द सुनहरे पात्रों में लाये गये। बनारस के रईस कुँवर भरतसिंह के स्वयंसेवकों ने कुछ ऐसे कौशल से काम लिया कि हमें खबर तक न हुई। डाकुओं से धन की रक्षा की जा सकती है, पर साधुओं से नहीं। सेवकों ने सेवा की आड़ में यहाँ की मूर्ख प्रजा पर ऐसे मंत्र फूँके कि उन मंत्रों के उतारने में रियासत को बड़ी-बड़ी कठिनाइयों का सामना करना पड़ रहा है। विशेषतः कुँवर साहब का पुत्र अत्यन्त कुटिल प्रकृति का युवक है। उसने इस प्रांत में अपने विद्रोहात्मक विचारों का यहाँ तक प्रचार किया कि इसे विद्रोहियों का अखाड़ा बना दिया। उसकी बातों में कुछ ऐसा जादू होता था कि प्रजा प्यासों की भाँति उसकी ओर दौड़ती थी। उसके साधु भेष, उसके सरल, निःस्पृह जीवन, उसकी मृदुल सहृदयता और सबसे अधिक उसके देवोपम स्वरूप ने छोटे-बड़े सभी पर वशीकरण-सा कर दिया था। रियासत को बड़ी चिंता हुई। हम लोगों की नींद हराम हो गयी। प्रतिक्षण विद्रोह की आग के भड़क उठने की आशंका होती थी। यहाँ तक कि हमें सदर से सैनिक सहायता भेजनी पड़ी। विनयसिंह तो किसी तरह गिरफ़्तार हो गया; पर उसके अन्य सहयोगी अभी तक इलाक़े में छिपे हुए प्रजा को उत्तेजित कर रहे हैं। कई बार यहाँ सरकारी ख़जाना लुट चुका है, कई बार विनय को जेल से निकाल ले जाने का दुष्यत्न किया जा चुका है, और कर्मचारियों को नित्य प्राणों की शंका बनी रहती है। मुझे विवश होकर आपसे यह वृत्तांत कहना पड़ा। मैं आपको यहाँ ठहरने की कदापि राय न दूँगा। अब आप स्वयं समझ सकती हैं कि हम लोगों ने जो कुछ किया, उसके सिवा और क्या कर सकते थे।

सोफ़िया ने बड़ी गम्भीर चिन्ता के भाव से कहा—दशा उससे कहीं भयंकर है, जितना मैं समझती थी। इस अवस्था में विलियम का यहाँ से जाना कर्तव्य के विरुद्ध होगा। वह यहाँ गवर्नमेंट के प्रतिनिधि होकर आये हैं, केवल सैर-सपाटे करने के लिए नहीं। क्यों विलियम, तुम्हें यहाँ रहने में कोई आपत्ति तो नहीं है? यहाँ की रिपोर्ट भी तो करनी पड़ेगी।

क्लार्क ने एक चुस्की लेकर कहा—तुम्हारी इच्छा हो, तो मैं नरक में भी स्वर्ग का सुख ले सकता हूँ। रहा रिपोर्ट लिखना, वह तुम्हारा काम है।

नीलकंठ—मेरी आपसे सविनय प्रार्थना है कि रियासत को सँभालने के लिए कुछ और समय दीजिए। अभी रिपोर्ट करना हमारे लिए घातक होगा।

इधर तो यह अभिनय हो रहा था, सोफ़िया प्रभुत्व के सिंहासन पर विराजमान थी, ऐश्वर्य चँवर हिलाता था, अष्टसिद्धि हाथ बाँधे खड़ी थी। उधर विनय अपनी अँधेरी काल कोठरी में म्लान और क्षुब्ध बैठा हुआ नारी जाति की निष्ठुरता और असहृदयता पर रो रहा था। अन्य क़ैदी अपने-अपने कमरे साफ़ कर रहे थे, उन्हें कल नये कंबल और नये कुरते दिये गये थे, जो रियासत के इतिहास में एक नयी घटना थी। जेल के कर्मचारी क़ैदियों को पढ़ा रहे थे—मेम साहब पूछें, तुम्हें क्या शिकायत है, तो सब लोग एक स्वर से कहना, हुजूर के प्रताप से हम

बहुत सुखी हैं, और हुजूर के जान-माल की ख़ैर मनाते हैं। पूछें, क्या चाहते हो, तो कहना हुज़ूर की दिनोंदिन उन्नति हो, इसके सिवा हम कुछ नहीं चाहते। ख़बरदार, जो किसी ने सिर ऊपर उठाया और कोई बात मुँह से निकाली, खाल उधेड़ ली जायगी। क़ैदी फूले न समाते थे। आज मेम साहब की आमद की खुशी में मिठाइयाँ मिलेंगी। एक दिन की छुट्टी होगी। भगवान उन्हें सदा सुखी रखें कि हम अभागों पर इतनी दया करती हैं।

किन्तु विनय के कमरे में अभी तक सफ़ाई नहीं हुई। नया कम्बल पड़ा हुआ है, छुआ तक नहीं गया। कुरता ज्यों-का-त्यों तह किया हुआ रखा है, वह अपना पुराना कुरता ही पहने हुए है। उसके शरीर के एक-एक रोम से, मस्तिष्क के एक-एक अणु से, हृदय की एक-एक गति से यही आवाज़ आ रही है—सोफ़िया! उसके सामने क्यों कर जाऊँगा? उसने सोचना शुरू किया—सोफ़िया यहाँ क्यों आ रही है? क्या मेरा अपमान करना चाहती है? सोफ़ी जो दया और प्रेम की सजीव मूर्ति थी? क्या वह मुझे क्लार्क के सामने बुलाकर पैरों से कुचलना चाहती है? इतनी निर्दयता, और मुझ-जैसे अभागे पर, जो आप ही अपने दिनों को रो रहा है! नहीं वह इतनी वज्रहृदया नहीं है, उसका हृदय इतना कठोर नहीं हो सकता। यह सब मि. क्लार्क की शरारत है, वह मुझे सोफ़ी के सामने लज्जित करना चाहते हैं; पर मैं उन्हें यह अवसर न दूँगा, मैं उनके सामने जाऊँगा ही नहीं, मुझे बलात ले जाये, जिसका जी चाहे। क्यों बहाना करूँ कि मैं बीमार हूँ? साफ़ कह दूँगा, मैं वहाँ नहीं जाता। अगर जेल का यह नियम है, तो हुआ करे; मुझे ऐसे नियम की परवाह नहीं, जो बिलकुल निरर्थक है। सुनता हूँ, दोनों यहाँ एक सप्ताह तक रहना चाहते हैं, क्या प्रजा को पीस ही डालेंगे? अब भी तो मुश्किल से आधे आदमी बच रहे होंगे, सैकड़ों निकाल दिये गये, सैकड़ों जेल में ठूँस दिये गये, क्या इस क़स्बे को बिलकुल मिट्टी में मिला देना चाहते हैं?

सहसा जेल का दारोग़ा आकर कर्कश स्वर में बोला—तुमने कमरे की सफ़ाई नहीं की? अरे! तुमने तो अभी तक कुरता भी नहीं बदला, कम्बल तक नहीं बिछाया। तुम्हें हुक्म मिला या नहीं?

विनय—हुक्म तो मिला, पर मैंने उसका पालन करना आवश्यक नहीं समझा।

दारोग़ा ने और गरम होकर कहा—इसका यही नतीजा होगा कि तुम्हारे साथ भी और क़ैदियों का-सा सलूक किया जाये। हम तुम्हारे साथ अब तक शराफ़त का बर्ताव करते आये हैं, इसलिए कि तुम एक प्रतिष्ठित रईस के लड़के हो, और यहाँ विदेश में आ पड़े हो। पर मैं शरारत नहीं बर्दाश्त कर सकता।

विनय—यह बतलाइए कि मुझे पोलिटिकल एजेंट के सामने तो न जाना पड़ेगा?

दारोग़ा—और यह कम्बल और कुरता किसलिए दिया गया है; कभी और भी किसी ने यहाँ नया कम्बल पाया है? तुम लोगों के तो भाग्य खुल गये।

विनय—अगर आप मुझ पर इतनी रिआयत करें कि मुझे साहब के सामने जाने पर मजबूर न करें, तो मैं आपका हुक्म मानने को तैयार हूँ।

दारोग़ा—कैसी बेसिर-पैर की बातें करते हो जी, मेरा कोई अख़्तियार है? तुन्हें जाना पड़ेगा।

विनय ने बड़ी नम्रता से कहा—मैं आपका यह एहसान कभी न भूलूँगा।

किस दूसरे अवसर पर दारोग़ाजी शायद जामे से बाहर हो जाते, पर आज क़ैदियों को खुश

रखना ज़रूरी था। बोले—मगर भाई, यह रिआयत करनी मेरी शक्ति से बाहर है। मुझ पर न जाने क्या आफ़त आ जाये। सरदार साहब मुझे कच्चा ही खा जायँगे। मेम साहब को जेलों को देखने की धुन है। बड़े साहब तो कर्मचारियों के दुश्मन हैं, मेम साहब उनसे भी बढ़-चढ़कर हैं। सच पूछो तो जो कुछ हैं, वह मेम साहब ही हैं। साहब तो उनके इशारों के गुलाम हैं। कहीं वह बिगड़ गयीं, तो तुम्हारी मियाद तो दूनी हो ही जायगी, हम भी पिस जायँगे।

विनय—मालूम होता है, मेम साहब का बड़ा दबाव है।

दारोग़ा—दबाव! अजी, यह कहो कि मेम साहब ही पोलिटिकल एजेंट हैं। साहब तो केवल हस्ताक्षर करने-भर को हैं। नज़र-भेंट सब मेम साहब के ही हाथों में जाती है।

विनय—आप मेरे साथ इतनी रिआयत कीजिये कि मुझे उनके सामने जाने के लिए मजबूर न कीजिये। इतने क़ैदियों में एक आदमी की कमी जान ही न पड़ेगी। हाँ, अगर वह मुझे नाम लेकर बुलायेंगी, तो मैं चला आऊँगा।

दारोग़ा—सरदार साहब मुझे जीता निगल जायँगे।

विनय—मगर करना आपको यही पड़ेगा। मैं अपनी खुशी से कदापि न जाऊँगा।

दारोग़ा—मैं बुरा आदमी हूँ, मुझे दिक़ मत करो। मैंने इसी जेल में बड़े-बड़ों की गरदनें ढीली कर दी हैं।

विनय—अपने को कोसने का आपको अधिकार हैं; पर आप जानते हैं, मैं जब्र के सामने सिर झुकाने वाला नहीं हूँ।

दारोग़ा—भाई, तुम विचित्र प्राणी हो, उसके हुक्म से सारा शहर खाली कराया जा रहा है, और फिर भी अपनी ज़िद किये जाते हो। लेकिन तुम्हें अपनी जान भारी हो, मुझे अपनी जान भारी नहीं है।

विनय—क्या, शहर ख़ाली कराया जा रहा है? यह क्यों?

दारोग़ा—मेम साहब का हुक्म है, और क्या। जसवंतनगर पर उनका कोप है। जब से उन्होंने यहाँ की वारदातें सुनी हैं, मिज़ाज बिगड़ गया है। उनका बस चले, तो इसे खुदवाकर फेंक दें। हुक्म हुआ है कि एक सप्ताह तक कोई जवान आदमी क़स्बे में न रहने पाये। भय है कि कहीं उपद्रव न हो जाये, सदर से मदद माँगी गयी है।

दारोग़ा ने स्थिति को इतना बढ़ाकर बयान किया, इससे उनका उद्देश्य विनयसिंह पर प्रभाव डालना था, और उनका उद्देश्य पूरा हो गया। विनयसिंह को चिंता हुई कि कहीं मेरी अवज्ञा से क्रुद्ध होकर अधिकारियों ने मुझ पर और भी अत्याचार करने शुरू किये, और जनता को यह ख़बर मिली, तो वह बिगड़ खड़ी होगी और उस दशा में मैं उन हत्याओं के पाप का भागी ठहरूँगा। कौन जाने, मेरे पीछे मेरे सहयोगियों ने लोगों को और भी उभार रखा हो, उनमें उद्दंड प्रकृति के युवकों की कमी नहीं है। नहीं, हालत नाजुक है। मुझे इस वक़्त धैर्य से काम लेना चाहिए। दारोग़ा से पूछा—मेम साहब यहाँ किस वक़्त आयँगी?

दारोग़ा—उनके आने का कोई ठीक समय थोड़े ही है। धोखा देकर किसी ऐसे वक़्त आ पहुँचेगी, जब हम लोग ग़ाफ़िल पड़े होंगे। इसी से तो कहता हूँ कि कमरे की सफ़ाई कर डालो; कपड़े बदल लो; कौन जाने, आज ही आ जायें।

विनय—अच्छी बात है, आप जो कुछ कहते हैं, सब कर लूँगा। अब आप निश्चित हो जायें।

दारोग़ा—सलामी के वक़्त आने से इनकार तो न करोगे?

विनय—जी नहीं; आप मुझे सबसे पहले आँगन में मौजूद पायेंगे।

दारोग़ा—मेरी शिकायत तो न करोगे?

विनय—शिकायत करना मेरी आदत नहीं, इसे आप खूब जानते हैं।

दारोग़ा चला गया। अँधेरा हो चला था। विनय ने अपने कमरे में झाड़ू लगायी, कपड़े बदले, कम्बल बिछा दिया। वह कोई ऐसा काम नहीं करना चाहते थे, जिससे किसी की दृष्टि उनकी ओर आकृष्ट हो; वह अपनी निरपेक्षता से हुक्काम के संदेहों को दूर कर देना चाहते थे। भोजन का समय आ गया, पर मिस्टर क्लार्क ने पदार्पण न किया। अंत में निराश होकर दारोग़ा ने जेल के द्वार बंद कराये और क़ैदियों को विश्राम करने का हुक्म दिया। विनय लेटे, तो सोचने लगे—सोफ़ी का यह रूपांतर क्योंकर हो गया? वही लज्जा और विनय की मूर्ति, वही सेवा और त्याग की प्रतिमा आज निरंकुशता की देवनी बनी हुई है। उसका हृदय कितना कोमल था, कितना दयाशील, उसके मनोभाव कितने उच्च और पवित्र थे। उसका स्वभाव कितना सरल था, उसकी एक-एक दृष्टि हृदय पर कालिदास की एक-एक उपमा की-सी चोट करती थी, उसके मुँह से जो शब्द निकलता था, वह दीपक की ज्योति की भाँति चित्त को आलोकित कर देता था। ऐसा मालूम होता था, केवल पुष्प-सुगंध से उसकी सृष्टि हुई है, कितना निष्कपट, कितना गंभीर, कितना मधुर सौंदर्य था! वही सोफ़ी अब इतनी निर्दय हो गयी है!

चारों ओर सन्नाटा छाया हुआ था, मानो कोई तूफ़ान आने वाला है। आज जेल के आँगन में दारोग़ा के जानवर न बँधे थे, न बरामदों में घास के ढेर थे। आज किसी क़ैदी को जेल-कर्मचारियों के जूठे बरतन नहीं माँजने पड़े, किसी ने सिपाहियों की चप्पी नहीं की। जेल के डॉक्टर की बुढ़िया महरी आज क़ैदियों को गालियाँ नहीं दे रही थी और दफ़्तर में क़ैदियों से मिलने वाले संबंधियों के नज़ारानों का बाँट-बखरा न होता था। कमरों में दीपक थे, दरवाज़े भी खुले रखे गये थे। विनय के मन में प्रश्न उठा, क्यों न भाग चलूँ? मेरे समझाने से कदाचित लोग शान्त हो जायँ। सदर से सेना आ रही है, ज़रा-सी बात पर विप्लव हो सकता है। अगर मैं शांति-स्थापन करने में सफल हुआ, तो वह मेरे इस अपराध का प्रायश्चित होगा। उन्होंने दबी हुई नज़रों से जेल की ऊँची दीवारों को देखा, कमरे से बाहर निकलने की हिम्मत न पड़ी। किसी ने देख लिया तो? लोग यही समझेंगे कि मैं जनता को भड़काने के इरादे से भागने की चेष्टा कर रहा था।

इसी हैस-बैस में रात कट गयी। अभी कर्मचारियों की नींद भी न खुली थी कि मोटरों की आवाज़ ने आगंतुकों की सूचना दी। दारोग़ा, डॉक्टर, वार्डन, चौकीदार हड़बड़ाकर निकल पड़े। पगली घंटी बजी, क़ैदी मैदान में निकल आये, उन्हें क़तारों में खड़े होने का हुक़्म दिया गया, और उसी क्षण सोफ़िया, मिस्टर क्लार्क और सरदार नीलकंठ जेल में दाख़िल हुए।

सोफ़िया ने आते ही क़ैदियों पर निगाह डाली। उस दृष्टि में प्रतीक्षा न थी, उत्सुकता न थी, भय था, विकलता थी, अशांति थी। जिस आकांक्षा ने उसे बरसों रुलाया था, जो उसे यहाँ तक खींच लायी थी, जिसके लिए उसने अपने प्राणप्रिय सिद्धान्तों का बलिदान किया था, उसी

को सामने देखकर वह इस समय कातर हो रही थी, जैसे कोई परदेसी बहुत दिनों के बाद अपने गाँव में आकर अंदर क़दम रखते हुए डरता है कि कहीं कोई अशुभ समाचार कानों में न पड़ जाये। सहसा उसने विनय को सिर झुकाये खड़े देखा। हृदय में प्रेम का एक प्रचंड आवेग हुआ, नेत्रों में अँधेरा छा गया। घर वही था, पर उजड़ा हुआ, घास-पात से ढका हुआ, पहचानना मुश्किल था। वह प्रसन्न मुख कहाँ था, जिस पर कवित्त की सरलता बलि होती थी। वह पुरुषार्थ का-सा विशाल वक्ष कहाँ था। सोफ़ी के मन में अनिवार्य इच्छा हुई कि विनय के पैरों पर गिर पड़ूँ, उसे अश्रु-जल से धोऊँ, उसे गले से लगाऊँ। अकस्मात विनयसिंह मूर्च्छित होकर गिर पड़े, एक आर्तध्वनि थी, जो एक क्षण तक प्रवाहित होकर शोकावेग से निश्शब्द हो गयी। सोफ़ी तुरंत विनय के पास जा पहुँची। चारों तरफ शोर मच गया। जेल का डॉक्टर दौड़ा। दारोग़ा पागलों की भाँति उछल-कूद मचाने लगा—अब नौकरों की ख़ैरियत नहीं। मेम साहब पूछेंगी, इसकी हालत इतनी नाजुक थी, तो इसे चिकित्सालय में क्यों नहीं रखा; बड़ी मुसीबत में फँसा। इस भले आदमी को भी इसी वक़्त बेहोश होना था। कुछ नहीं, इसने दम साधा है, बना हुआ है, मुझे तबाह करने पर तुला हुआ है। बचा, जाने दो मेम साहब को, तो देखना, तुम्हारी ऐसी ख़बर लेता हूँ कि सारी बेहोशी निकल जाये, फिर कभी बेहोश होने का नाम ही न लो। यह आख़िर इसे हो क्या गया, किसी क़ैदी को आज तक यों मूर्च्छित होते नहीं देखा। हाँ, क़िस्सों में लोगों को बात-बात में बेहोश हो जाते पढ़ा है। मिर्गी का रोग होगा और क्या।

दारोग़ा तो अपनी जान की ख़ैर मना रहा था, उधर सरदार साहब मिस्टर क्लार्क से कह रहे थे—यह वही युवक है, जिसने रियासत में ऊधम मचा रखा है। सोफ़ी ने डॉक्टर से घुड़ककर कहा, हट जाओ, और विनय को उठवाकर दफ्तर में लायी। आज वहाँ बहुमूल्य ग़लीचे बिछे हुए थे। चाँदी की कुर्सियाँ थीं, मेज़ पर ज़री का मेज़पोश था, उस पर सुन्दर गुलदस्ते थे। मेज़ पर जलपान की सामग्रियाँ चुनी हुई थीं। तजवीज़ थी कि निरीक्षण के बाद साहब यहाँ नाश्ता करेंगे। सोफ़ी ने विनय को क़ालीन के फ़र्श पर लिटा दिया और सब आदमियों को वहाँ से हट जाने का इशारा किया। उसकी करुणा और दया प्रसिद्ध थी, किसी को आश्चर्य न हुआ। जब कमरे में कोई न रहा तो सोफ़ी ने खिड़कियों पर परदे डाल दिये और विनय का सिर अपनी जाँघ पर रखकर अपना रूमाल उस पर झलने लगी। आँसू की गरम-गरम बूँदें उसकी आँखों से निकल-निकलकर विनय के मुख पर गिरने लगीं। उन जल-बिंदुओं में कितनी प्राणप्रद शक्ति थी! उनमें उसकी समस्त मानसिक और आत्मिक शक्ति भरी हुई थी। एक-एक जल-बिंदु उसके जीवन का एक-एक बिंदु था। विनयसिंह की आँखें खुल गयीं। स्वर्ग का एक पुष्प, अक्षय, अपार, सौरभ में नहाया हुआ, हवा के मृदुल झोंकों से हिलता, सामने विराज रहा था। सौंदर्य की सबसे मनोहर, सबसे मधुर छवि वह है, जब वह सजल शोक से आर्द्र होता है, वही उसका आध्यात्मिक स्वरूप होता है। विनय चौंककर उठे नहीं; यही तो प्रेम-योगियों की सिद्धि है, यही तो उनका स्वर्ग है, यही तो स्वर्ण-साम्राज्य है, यही तो उनकी अभिलाषाओं का अन्त है, इस स्वर्गीय आनन्द में तृप्ति कहाँ। विनय के मन में करुण भावना जाग्रत हुई—काश, इसी भाँति प्रेम-शय्या पर लेटे हुए सदैव के लिए ये आँखें बन्द हो जातीं! सारी आकांक्षाओं का लय हो जाता। मरने के लिए इससे अच्छा और कौन-सा अवसर होगा!

एकाएक उसे याद आ गया, सोफ़ी को स्पर्श करना भी मेरे लिए वर्जित है। उसने तुरंत अपना सिर उसकी जाँघ पर से खींच लिया और अवरुद्ध कंठ से बोला—मिसेज़ क्लार्क, आपने मुझ पर बड़ी दया की, इसके लिए आपका अनुगृहीत हूँ।

सोफ़िया ने तिरस्कार की दृष्टि से देखकर कहा—अनुग्रह गालियों के रूप में नहीं प्रकट किया जाता।

विनय ने विस्मित होकर कहा—ऐसा घोर अपराध मुझसे कभी नहीं हुआ।

सोफ़िया—ख़्वामख़्वाह किसी शख़्स के साथ मेरा सम्बन्ध जोड़ना गाली नहीं तो क्या है?

विनय—मिस्टर क्लार्क?

सोफ़िया—क्लार्क को मैं तुम्हारी जूतियों का तस्मा खोलने के योग्य भी नहीं समझती।

विनय—लेकिन अम्माँजी ने...

सोफ़िया—तुम्हारी अम्माँजी ने झूठ लिखा और तुमने उस पर विश्वास करके मुझ पर घोर अन्याय किया। कोयल आम न पाकर भी निमकौड़ियों पर नहीं गिरती।

इतने में क्लार्क ने आकर पूछा—इस क़ैदी की क्या हालत है? डॉक्टर आ रहा है, वह इसकी दवा करेगा। चलो, देर हो रही है।

सोफ़िया ने रुखाई से कहा—तुम जाओ, मुझे फुरसत नहीं है।

क्लार्क—कितनी देर तक तुम्हारी राह देखूँ?

सोफ़िया—यह मैं नहीं कह सकती। मेरे विचार में एक मनुष्य की सेवा करना सैर करने से कहीं आवश्यक है।

क्लार्क—ख़ैर, मैं थोड़ी देर और ठहरूँगा।

यह कहकर वह बाहर चले गये, तब सोफ़ी ने विनय के माथे से पसीना पोंछते हुए कहा—विनय, मैं डूब रही हूँ, मुझे बचा लो। मैंने रानीजी की शंकाओं को निवृत्त करने के लिए यह स्वाँग रचा था।

विनय ने अविश्वाससूचक भाव से कहा—तुम यहाँ क्लार्क के साथ क्यों आयीं और उनके साथ कैसे रहती हो?

सोफ़िया का मुख-मंडल लज्जा से आरक्त हो गया। बोली—विनय, यह मत पूछो, मगर मैं ईश्वर को साक्षी देकर कहती हूँ, मैंने जो कुछ किया, तुम्हारे लिए किया। तुम्हें इस क़ैद से निकालने के लिए मुझे इसके सिवा और कोई उपाय न सूझा। मैंने क्लार्क को प्रमाद में डाल रखा है, तुम्हारे ही लिए मैंने यह कपट-भेष धारण किया है। अगर तुम इस वक़्त कहो, सोफ़ी, तू मेरे साथ जेल में रह, तो मैं यहाँ आकर तुम्हारे साथ रहूँगी। अगर तुम मेरा हाथ पकड़कर कहो, तू मेरे साथ चल, तो आज ही तुम्हारे साथ चलूँगी। मैंने तुम्हारा दामन पकड़ लिया है, और अब उसे किसी तरह नहीं छोड़ सकती; चाहे तुम ठुकरा ही क्यों न दो। मैंने अपना आत्मसम्मान तक तुम्हें समर्पित कर दिया है। विनय, यह ईश्वरीय विधान है, यह उसी की प्रेरणा है; नहीं तो इतना अपमान और उपहास सहकर तुम मुझे ज़िन्दा न पाते।

विनय ने सोफ़ी के दिल की थाह लेने के लिए कहा—अगर यह ईश्वरीय विधान है, तो उसने हमारे और तुम्हारे बीच में यह दीवार क्यों खड़ी कर दी है?

सोफ़िया—यह दीवार ईश्वर ने नहीं खड़ी की, आदमियों ने खड़ी की है।

विनय—कितनी मज़बूत है!

सोफ़िया—हाँ, मगर दुर्भेद्य नहीं है।

विनय—तुम इसे तोड़ सकोगी?

सोफ़िया—इसी क्षण, तुम्हारी आँखों के एक इशारे पर। कोई समय था, जब मैं उस दीवार को ईश्वरकृत समझती थी और उसका सम्मान करती थी; पर अब उसका यथार्थ स्वरूप देख चुकी। प्रेम इन बाधाओं की परवा नहीं करता, यह दैहिक सम्बन्ध नहीं, आत्मिक सम्बन्ध है।

विनय ने सोफ़ी का हाथ अपने हाथ में लिया और उसकी ओर प्रेम-विह्वल नेत्रों से देखकर बोले—तो आज से तुम मेरी, और मैं तुम्हारा हूँ।

सोफ़ी का मस्तक विनय के हृदय-स्थल पर झुक गया, और नेत्रों से जल-वर्षा होने लगी, जैसे काले बादल धरती पर झुककर एक क्षण में उसे तृप्त कर देते हैं। उसके मुख से एक शब्द भी न निकला, मौन रह गयी। शोक की सीमा कंठावरोध है, पर शुष्क और दाहयुक्त; आनन्द की सीमा भी कंठवरोध है, पर आर्द्र और शीतल। सोफ़ी को अब अपने एक-एक अंग में, नाड़ियों की एक-एक गति में, आन्तरिक शक्ति का अनुभव हो रहा था। नौका ने कर्णधार का सहारा पा लिया था। अब उसका लक्ष्य निश्चित था। वह अब हवा के झोंकों या लहरों के प्रवाह के साथ डावाँडोल न होगी, वरन् सुव्यवस्थित रूप से अपने पथ पर चलेगी।

विनय भी दोनों पर खोले हुए आनंद के आकाश में उड़ रहा था। वहाँ की वायु में सुगंध थी, प्रकाश में प्राण किसी ऐसी वस्तु का अस्तित्व न था, जो देखने में अप्रिय, सुनने में कटु, छूने में कठोर और स्वाद में कड़वी हो। वहाँ के फूलों में काँटे न थे, सूर्य में इतनी उष्णता न थी, ज़मीन पर व्याधियाँ न थीं, वृद्धावस्था न थी, दरिद्रता न थी, चिन्ता न थी, कलह न था, एक व्यापक शांति का साम्राज्य था। सोफ़िया उस साम्राज्य की रानी थी और वह स्वयं उसके प्रेम-सरोवर में विहार कर रहा था। इस सुख-स्वप्न के सामने यह त्याग और तप का जीवन कितना नीरस, कितना निराशाजनक था, यह अँधेरी कोठरी कितनी भयंकर!

सहसा क्लार्क ने फिर आकर कहा—डार्लिंग, अब विलंब न करो, बहुत देर हो रही है, सरदार साहब आग्रह कर रहे हैं। डॉक्टर इस रोगी की ख़बर लेगा।

सोफ़ी उठ खड़ी हुई और विनय की ओर से मुँह फेरकर करुणा-कम्पित स्वर में बोली—घबराना नहीं, मैं कल फिर आऊँगी।

विनय को ऐसा जान पड़ा, मानो नाड़ियों में रक्त सूखा जा रहा है। वह मर्माहत पक्षी की भाँति पड़ा रहा। सोफ़ी द्वार तक आयी, फिर रूमाल लेने के बहाने लौटकर विनय के कान में बोली—मैं कल फिर आऊँगी और तब हम दोनों यहाँ से चले जायँगे। मैं तुम्हारी तरफ़ से सरदार नीलकंठ से कह दूँगी कि वह क्षमा माँगते हैं।

सोफ़ी के चले जाने के बाद भी ये आतुर, उत्सुक, प्रेम में डूबे हुए शब्द किसी मधुर संगीत के अंतिम स्वरों की भाँति विनय के कानों में गूँजते रहे। किन्तु वह शीघ्र ही इहलोक में आने के लिए विवश हुआ। जेल के डॉक्टर ने आकर उसे दफ़्तर ही में एक पलंग पर लिटा दिया और पुष्टिकारक औषधियाँ सेवन करायीं। पलंग पर नर्म बिछौना था, तकिये लगे थे, पंखा झला

जा रहा था, दारोग़ा एक-एक क्षण में कुशल पूछने के लिए आता था, और डॉक्टर तो वहाँ से हटने का नाम ही न लेता था। यहाँ तक कि विनय ने इन सुश्रूषाओं से तंग आकर डॉक्टर से कहा—मैं बिलकुल अच्छा हूँ, आप अब जायें, शाम को आजाइयेगा।

डॉक्टर साहब डरते-डरते बोले—आपको ज़रा नींद आ जाये, तो मैं चला जाऊँ।

विनय ने उन्हें विश्वास दिलाया कि आपके विदा होते ही मुझे नींद आयगी। डॉक्टर अपने अपराधों की क्षमा माँगते हुए चले गये। इसी बहाने से विनय ने दारोग़ा को भी खिसकाया, जो आज शील और दया के पुतले बने हुए थे। उन्होंने समझा था, मेम साहब के चले जाने के बाद इसकी खूब ख़बर लूँगा; पर वह अभिलाषा पूरी न हो सकी। सरदार साहब ने चलते समय जता दिया था कि इनकी सेवा-सत्कार में कोई कसर न रखना, नहीं तो मेम साहब जहन्नुम भेज देंगी।

शांत विचार के लिए एकाग्रता उतनी ही आवश्यक है, जितनी ध्यान के लिए। वायु की गति तराजू के पलड़ों को बराबर नहीं होने देती। विनय को अब विचार हुआ—अम्माँजी को यह हाल मालूम हुआ, तो वह अपने मन में क्या कहेंगी। मुझसे उनकी कितनी मनोकामनाएँ संबद्ध हैं। सोफ़ी के प्रेम-पाश से बचाने के लिए उन्होंने मुझे निर्वासित किया, इसीलिए उन्होंने सोफ़ी को कलंकित किया। उनका हृदय टूट जायगा। दुःख तो पिताजी को भी होगा पर वह मुझे क्षमा कर देंगे; उन्हें मानवीय दुर्बलताओं से सहानुभूति है। अम्माँजी में बुद्धि-ही-बुद्धि है; पिताजी में हृदय और बुद्धि दोनों ही हैं। लेकिन मैं इसे दुर्बलता क्यों कहूँ? मैं कोई ऐसा काम नहीं कर रहा हूँ, जो संसार में किसी ने न किया हो। संसार में ऐसे कितने प्राणी हैं, जिन्होंने अपने को जाति पर होम कर दिया हो? स्वार्थ के साथ जाति का ध्यान रखने वाले महानुभावों ही ने अब तक जो कुछ किया है, किया है। जाति पर मर मिटने वाले तो ऊँगलियों पर गिने जा सकते हैं। फिर जिस जाति के अधिकारियों में न्याय और विवेक नहीं, प्रजा में उत्साह और चेष्टा नहीं, उसके लिए मर मिटना व्यर्थ है। अंधों के आगे रोकर अपना दीदा खोने के सिवा और क्या हाथ आता है?

शनैः-शनैः भावनाओं ने जीवन की सुख-सामग्रियाँ जमा करनी शुरू कीं—चलकर देहात में रहूँगा। वहीं एक छोटा-सा मकान बनवाऊँगा, साफ़, खुला हुआ, हवादार, ज़्यादा टीमटाम की ज़रूरत नहीं। वहीं हम दोनों सबसे अलग शान्ति-निवास करेंगे। आडम्बर बढ़ाने से क्या फ़ायदा। मैं बग़ीचे में काम करूँगा, क्यारियाँ बनाऊँगा, क़लमें लगाऊँगा और सोफ़ी को अपनी दक्षता से चकित कर दूँगा। गुलदस्ते बनाकर उसके सामने पेश करूँगा और हाथ बाँधकर कहूँगा—सरकार, कुछ इनाम मिले। फलों की डालियाँ लगाऊँगा और कहूँगा—रानीजी, कुछ निगाह हो जाये। कभी-कभी सोफ़ी भी पौधों को सींचेगी। मैं तालाब से पानी भर-भर दूँगा। वह लाकर क्यारियों में डालेगी। उसका कोमल गात पसीने से और सुन्दर वस्त्र पानी से भीग जायगा। तब किसी वृक्ष के नीचे उसे बैठाकर पंखा झलूँगा। कभी-कभी किश्ती में सैर करेंगे। देहाती डोंगी होगी, डाँड़े से चलने वाली। मोटरबोट में वह आनन्द कहाँ, वह उल्लास कहाँ! उसका तेज़ी से सिर चकरा जाता है, उसके शोर से कान फट जाते हैं। मैं डोंगी पर डाँड़ा चलाऊँगा, सोफ़िया कमल के फूल तोड़ेगी। हम एक क्षण के लिए अलग न होंगे। कभी-कभी प्रभु सेवक

भी आयँगे। ओह! कितना सुखमय जीवन होगा! कल हम दोनों घर चलेंगे, जहाँ मंगल बाँहें फैलाये हमारा इंतजार कर रहा है।

सोफ़ी और क्लार्क की आज संध्या-समय एक जागीरदार के यहाँ दावत थी। जब मेज़ें सज गयीं और एक हैदराबाद के मदारी ने अपने कौतुक दिखाने शुरू किये, तो सोफ़ी ने मौक़ा पाकर सरदार नीलकंठ से कहा—उस कैदी की दशा मुझे चिंताजनक मालूम होती है। उसके हृदय की गति बहुत मंद हो गयी है। क्यों विलियम, तुमने देखा, उसका मुख कितना पीला पड़ गया था?

क्लार्क ने आज पहली बार आशा के विरुद्ध उत्तर दिया—मूर्च्छा में बहुधा मुख पीला हो जाता है।

सोफ़ी—वही तो मैं भी कह रही थी कि उसकी दशा अच्छी नहीं, नहीं तो मूर्च्छा ही क्यों आती। अच्छा हो कि आप उसे किसी कुशल डॉक्टर के सिपुर्द कर दें। मेरे विचार में अब वह अपने अपराध की काफ़ी सज़ा पा चुका है, उसे मुक्त कर देना उचित होगा।

नीलकंठ—मेम साहब, उसकी सूरत पर न जाइए। आपको ज्ञात नहीं है, यहाँ जनता पर उसका कितना प्रभाव है। वह रियासत में इतनी प्रचंड अशांति उत्पन्न कर देगा कि उसे दमन करना कठिन हो जायगा। बड़ा ही ज़िद्दी है, रियासत से बाहर जाने पर राज़ी ही नहीं होता।

क्लार्क—ऐसे विद्रोही को क़ैद रखना ही अच्छा है।

सोफ़ी ने उत्तेजित होकर कहा—मैं इसे घोर अन्याय समझती हूँ, और मुझे आज पहली बार यह मालूम हुआ कि तुम इतने हृदय-शून्य हो!

क्लार्क—मुझे तुम्हारा-जैसा दयालु हृदय रखने का दावा नहीं है।

सोफ़ी ने क्लार्क के मुख को जिज्ञासा की दृष्टि से देखा। यह गर्व, यह आत्मगौरव कहाँ से आया? तिरस्कार-भाव से बोली—एक मनुष्य का जीवन इतनी तुच्छ वस्तु नहीं है।

क्लार्क—साम्राज्य-रक्षा के सामने एक व्यक्ति के जीवन की कोई हस्ती नहीं। जिस दया से, जिस सहृदयता से किसी दीन प्राणी का पेट भरता है, उससे शारीरिक कष्टों का निवारण होता हो, किसी दुःखी जीव को सांत्वना मिलती हो, उसका मैं क़ायल हूँ, और मुझे गर्व है कि मैं उस सम्पत्ति से वंचित नहीं हूँ; लेकिन जो सहानुभूति साम्राज्य की जड़ खोखली कर दे, विद्रोहियों को सिर उठाने का अवसर दें, प्रजा में अराजकता का प्रचार करे, उसे मैं अदूरदर्शिता ही नहीं, पागलपन समझता हूँ।

सोफ़ी के मुख-मंडल पर एक अमानुषीय तेजस्विता की आभा दिखायी दी। पर उसने ज़ब्त किया। कदाचित इतने धैर्य से उसने कभी काम नहीं लिया था। धर्मपरायणता को सहिष्णुता से वैर है। पर इस समय उसके मुँह से निकला हुआ एक अनर्गल शब्द भी उसके समस्त जीवन का सर्वनाश कर सकता था। नर्म होकर बोली—हाँ, इस विचार-दृष्टि से बेशक वैयक्तिक जीवन का कोई मूल्य नहीं रहता। मेरी निगाह इस पहलू पर न गयी थी। मगर फिर भी इतना कह सकती हूँ कि अगर वह मुक्त कर दिया जाये, तो फिर इस रियासत में क़दम न रखेगा, और मैं यह निश्चय रूप से कह सकती हूँ कि वह अपनी बात का धनी है।

नीलकंठ—क्या आपसे उसने इसका वादा किया है?

सोफ़ी—हाँ, वादा ही समझिए, मैं उसकी ज़मानत कर सकती हूँ।

नीलकंठ—इतना तो मैं भी कह सकता हूँ कि वह अपने वचन से फिर नहीं सकता।

क्लार्क—जब तक उसका लिखित प्रार्थना-पत्र मेरे सामने न आये, मैं इस विषय में कुछ नहीं कर सकता।

नीलकंठ—हाँ, यह तो परमावश्यक ही है।

सोफ़ी—प्रार्थना-पत्र का विषय क्या होगा?

क्लार्क—सबसे पहले वह अपना अपराध स्वीकार करे, और अपनी राजभक्ति का विश्वास दिलाने के बाद हलफ़ लेकर कहे कि इस रियासत में फिर क़दम न रखूँगा। उसके साथ ज़मानत भी होनी चाहिए। तो नक़द रुपये हों या प्रतिष्ठित आदमियों की ज़मानत हो। तुम्हारी ज़मानत का मेरी दृष्टि में कितना ही महत्त्व हो, ज़ाब्ते में उसका कुछ मूल्य नहीं है।

दावत के बाद सोफ़ी राजभवन में आयी, तो सोचने लगी—यह समस्या क्योंकर हल हो? यों तो मैं विनय की मिन्नत-समाजत करूँ, तो वह रियासत से चले जाने पर राज़ी हो जायँगे; लेकिन कदाचित वह लिखित प्रतिज्ञा न करेंगे। अगर किसी भाँति मैंने रो-धोकर उन्हें इस बात पर राज़ी कर लिया, तो यहाँ कौन प्रतिष्ठित आदमी उनकी ज़मानत करेगा? हाँ, उनके घर से नक़द रुपये आ सकते हैं; पर रानी साहब कभी इसे मंजूर न करेंगी। विनय को कितने ही कष्ट सहने पड़े, उन्हें इन पर दया न आयगी। मज़ा तो जब है कि लिखित प्रार्थना-पत्र और ज़मानत की कोई शर्त ही न रहे। वह अवैध रूप से मुक्त कर दिये जायें। इसके सिवा कोई उपाय नहीं है।

राजभवन विद्युत-प्रकाश से ज्योतिर्मय हो रहा था। भवन के बाहर चारों तरफ़ सावन की काली घटा थी, और अथाह अंधकार। उस तिमिर-सागर में प्रकाशमय राजभवन ऐसा मालूम होता था, मानो नीले गगन पर चाँद निकला हो। सोफ़ी अपने सजे हुए कमरे में आईने के सामने बैठी हुई उन सिद्धियों को जगा रही है, जिनकी शक्ति अपार है—आज उसने मुद्दत के बाद बालों में फूल गूँधे हैं, फीरोज़ी रेशम की साड़ी पहनी है, और कलाइयों में कंगन धारण किये हैं। आज पहली बार उसने उन लालित्य-प्रसारिणी कलाओं का प्रयोग किया है, जिनमें स्त्रियाँ निपुण होती हैं। यह मंत्र उन्हीं को आता है कि क्योंकर केशों की एक तड़प, अंचल की एक लहर चित्त को चंचल कर देती है। आज उसने मिस्टर क्लार्क के साम्राज्यवाद को विजय करने का निश्चय किया है, वह आज अपनी सौंदर्य-शक्ति की परीक्षा करेगी।

रिम-झिम बूँदें गिर रही थीं, मानो मौलसिरी के फूल झड़ रहे हों। बूँदों में एक मधुर स्वर था। राजभवन, पर्वत-शिखर के ऊपर, ऐसा मालूम होता था, मानो देवताओं ने आनंदोत्सव की महफ़िल सजायी है। सोफ़िया प्यानो पर बैठ गयी, और एक दिल को मसोसने वाला राग गाने लगी। जैसे ऊषा की स्वर्ण-छटा प्रस्फुटित होते ही प्रकृति के प्रत्येक अंग को सजग कर देती है, उसी भाँति सोफ़ी की पहली ही तान ने हृदय में एक चुटकी-सी ली। मिस्टर क्लार्क आकर एक कोच पर बैठ गये, और तन्मय होकर सुनने लगे, मानो किसी दूसरे ही संसार में पहुँच गये हैं। उन्हें कभी कोई नौका उमड़े हुए सागर में झकोले खाती नज़र आती, जिस पर छोटी-छोटी सुन्दर चिड़ियाँ मँडलाती थीं। कभी किसी अनंत वन में एक भिक्षुक, झोली कंधे पर रखे, लाठी टेकता हुआ नज़र आता। संगीत से कल्पना चित्रमय हो जाती है।

जब तक सोफ़ी गाती रही, मिस्टर क्लार्क बैठे सिर धुनते रहे। जब वह चुप हो गयी, तो उसके पास गये, और उसकी कुर्सी की बाँहों पर हाथ रखकर, और उसके मुँह के पास मुँह

ले जाकर बोले—इन उँगलियों को हृदय में रख लूँगा।

सोफ़ी—हृदय कहाँ है?

क्लार्क ने छाती पर हाथ रखकर कहा—यहाँ तड़प रहा है।

सोफ़ी—शायद हो, मुझे तो विश्वास नहीं आता। मेरा तो ख़याल है, ईश्वर ने तुम्हें हृदय दिया ही नहीं।

क्लार्क—संभव है, ऐसा ही हो। पर ईश्वर ने जो कसर रखी थी, वह तुम्हारे मधुर स्वर ने पूरी कर दी। शायद उसमें सृष्टि करने की भी शक्ति है।

सोफ़ी—अगर मुझमें यह विभूति होती, तो आज मुझे एक अपरिचित व्यक्ति के सामने लज्जित न होना पड़ता।

क्लार्क ने अधीर होकर कहा—क्या मैंने तुम्हें लज्जित किया? मैंने!

सोफ़ी—जी हाँ, आपने! मुझे आज तुम्हारी निर्दयता से जितना दुःख हुआ, उतना शायद और कभी न हुआ था। मुझे बाल्यावस्था से यह शिक्षा दी गयी है कि प्रत्येक जीव पर दया करनी चाहिए, मुझे बताया गया है कि यही मनुष्य का सबसे बड़ा धर्म है। धार्मिक ग्रंथों में भी दया और सहानुभूति ही मनुष्य का विशेष गुण बतलायी गयी है। पर आज विदित हुआ कि निर्दयता का महत्त्व दया से कहीं अधिक है। सबसे बड़ा दुःख मुझे इस बात का है कि अनजान आदमी के सामने मेरा अपमान हुआ।

क्लार्क—ख़ुदा जानता है सोफ़ी, मैं तुम्हारा कितना आदर करता हूँ। हाँ, इसका खेद मुझे अवश्य है कि मैं तुम्हारी उपेक्षा करने के लिए बाध्य हुआ। इसका कारण तुम जानती ही हो। हमारा साम्राज्य तभी तक अजेय रह सकता है, जब तक प्रजा पर हमारा आतंक छाया रहे, जब तक वह हमें अपना हितचिंतक, अपना रक्षक, अपना आश्रय समझती रहे, जब तक हमारे न्याय पर उसका अटल विश्वास हो। जिस दिन प्रजा के दिल से हमारे प्रति विश्वास उठ जायेगा, उसी दिन हमारे साम्राज्य का अंत हो जायेगा। अगर साम्राज्य को रखना ही हमारे जीवन का उद्देश्य है, तो व्यक्तिगत भावों और विचारों का यहाँ कोई महत्त्व नहीं। साम्राज्य के लिए हम बड़े-से-बड़े नुक़सान उठा सकते हैं, बड़ी-से-बड़ी तपस्याएँ कर सकते हैं। हमें अपना राज्य प्राणों से भी प्रिय है, और जिस व्यक्ति से हमें क्षति की लेश-मात्र भी शंका हो, उसे हम कुचल डालना चाहते हैं, उसका नाश कर देना चाहते हैं, उसके साथ किसी भाँति की रियाअत, सहानुभूति यहाँ तक कि न्याय का व्यवहार भी, नहीं कर सकते।

सोफ़ी—अगर तुम्हारा ख़याल है कि मुझे साम्राज्य से इतना प्रेम नहीं, जितना तुम्हें है, और मैं उसके लिए इतने बलिदान नहीं सह सकती, जितने तुम कर सकते हो, तो तुमने मुझे बिलकुल नहीं समझा। मुझे दावा है कि इस विषय में मैं किसी से जौ-भर भी पीछे नहीं हूँ। लेकिन यह बात मेरे अनुमान में भी नहीं आती कि दो प्रेमियों में कभी इतना मतभेद हो सकता है कि सहृदयता और सहिष्णुता के लिए गुंजाइश न रहे, और विशेषतः उस दशा में जबकि दीवार के कानों के अतिरिक्त और कोई कान भी सुन रहा हो। दीवान देश-भक्ति के भावों से शून्य है; उसकी गहराई और उसके विस्तार से ज़रा भी परिचित नहीं। उसने तो यही समझा होगा कि जब इन दोनों में मेरे सम्मुख इतनी तकरार हो सकती है, तो घर पर न

जाने क्या दशा होगी। शायद आज से उसके दिल से मेरा सम्मान उठ गया। उसने औरों से भी यह वृत्तांत कहा होगा। मेरी तो नाक-सी कट गयी। समझते हो, मैं गा रही हूँ। यह गाना नहीं है, रोना है। जब दाम्पत्य के द्वार पर यह दशा हो रही है, जहाँ फूलों से, हर्षनादों से, प्रेमालिंगनों से, मृदुल हास्य से मेरा अभिवादन होना चाहिए था, तो मैं अन्दर क़दम रखने का क्योंकर साहस कर सकती हूँ? तुमने मेरे हृदय के टुकड़े-टुकड़े कर दिये। शायद तुम मुझे sentimental समझ रहे होगे; पर अपने चरित्र को मिटा देना मेरे वश की बात नहीं। मैं अपने को धन्यवाद देती हूँ कि मैंने विवाह के विषय में इतनी दूरदृष्टि से काम लिया।

यह कहते-कहते सोफ़ी की आँखों से टप-टप आँसू गिरने लगे। शोकाभिनय में भी बहुधा यथार्थ शोक की वेदना होने लगती है। मिस्टर क्लार्क खेद और असमर्थता का राग अलापने लगे; पर न उपयुक्त शब्द ही मिलते थे, न विचार। अश्रु-प्रवाह तर्क और शब्द-योजना के लिए निकलने का कोई मार्ग नहीं छोड़ता। बड़ी मुश्किल से उन्होंने कहा—सोफ़ी, मुझे क्षमा करो, वास्तव में मैं न समझता था कि इस ज़रा-सी बात से तुम्हें इतनी मानसिक पीड़ा होगी।

सोफ़ी—इसकी मुझे कोई शिकायत नहीं है। तुम मेरे गुलाम नहीं हो कि मेरे इशारों पर नाचो। मुझमें वे गुण ही नहीं हैं, जो पुरुषों का हृदय खींच लेते हैं, न वह रूप है, न वह छवि है, न वह उद्दीपन-कला। नख़रे करना नहीं जानती, कोप-भवन में बैठना नहीं जानती। दुःख केवल इस बात का है कि उस आदमी ने तो मेरे एक इशारे पर मेरी बात मान ली, और तुम इतना अनुनय-विनय करने पर भी इनकार ही करते जाते हो। वह भी सिद्धांतवादी मनुष्य है; अधिकारियों की यंत्रणाएँ सहीं, अपमान सहा, कारागार की अँधेरी कोठरी में क़ैद होना स्वीकार किया, पर अपने वचन पर सुदृढ़ रहा। इससे कोई मतलब नहीं कि उसकी टेक जा थी या बेजा, वह उसे जा समझता था। वह जिस बात को न्याय समझता था, उससे भय या लोभ या दंड उसे विचलित नहीं कर सके। लेकिन जब मैंने नरमी के साथ उसे समझाया कि तुम्हारी दशा चिंताजनक है, तो उसके मुख से ये करुण शब्द निकले—'मेम साहब, जान की तो परवा नहीं, अपने मित्रों और सहयोगियों की दृष्टि में पतित होकर ज़िंदा रहना श्रेय की बात नहीं; लेकिन आपकी बात नहीं टालना चाहता। आपके शब्दों में कठोरता नहीं, सहृदयता है; और मैं अभी तक भाव-विहीन नहीं हुआ हूँ। मगर तुम्हारे ऊपर मेरा कोई मंत्र न चला। शायद तुम उससे बड़े सिद्धान्तवादी हो, हालाँकि अभी इसकी परीक्षा नहीं हुई। खैर, मैं तुम्हारे सिद्धान्तों से सौतिया डाह नहीं करना चाहती। मेरी सवारी का प्रबन्ध कर दो, मैं कल ही चली जाऊँगी, और फिर अपनी नादानियों से तुम्हारे मार्ग का कंटक बनने न आऊँगी।

मिस्टर क्लार्क ने घोर आत्मवेदना के साथ कहा—डार्लिंग, तुम नहीं जानतीं, यह कितना भयंकर आदमी है। हम क्रांति से, षड्यंत्रों से, संग्राम से इतना नहीं डरते, जितना इस भाँति के धैर्य और धुन से। मैं भी मनुष्य हूँ—सोफी, यद्यपि इस समय मेरे मुँह से यह दावा समयोचित नहीं है, पर कम-से-कम उस पवित्र आत्मा के नाम पर, जिसका मैं एक अत्यंत दीन भक्त हूँ, मुझे यह कहने का अधिकार है—मैं इस युवक का हृदय से सम्मान करता हूँ, उसके दृढ संकल्प की, उसके साहस की, उसकी सत्यवादिता की दिल से प्रशंसा करता हूँ। जानता हूँ कि वह एक ऐश्वर्यशाली पिता का पुत्र है और राजकुमारों की भाँति आनन्द-भोग में मग्न रह सकता

है; पर उसके यही सद्गुण हैं, जिन्होंने उसे इतना अजेय बना रखा है। एक सेना का मुकाबला करना इतना कठिन नहीं है, जितना ऐसे गिने-गिनाये व्रतधारियों का, जिन्हें संसार में कोई भय नहीं है। मेरा जाति-धर्म मेरे हाथ बाँधे हुए है।

सोफ़ी को ज्ञात हो गया कि मेरी धमकी सर्वथा निष्फल नहीं हुई। विवशता का शब्द ज़बान पर, खेद का भाव मन में आया, और अनुमति की पहली मंज़िल पूरी हुई। उसे यह भी ज्ञात हुआ कि इस समय मेरे हाव-भाव का इतना असर नहीं हो सकता, जितना बलपूर्वक आग्रह का। सिद्धान्तवादी मनुष्य हाव-भाव का प्रतिकार करने के लिए अपना दिल मजबूत कर सकता है, वह अपने अंतःकरण के सामने अपनी दुर्बलता को स्वीकार नहीं कर सकता, लेकिन दुराग्रह के मुकाबले में वह निष्क्रिय हो जाता है। तब उसकी एक नहीं चलती। सोफ़ी ने कटाक्ष करते हुए कहा—अगर तुम्हारा जातीय कर्तव्य तुम्हें प्यारा है, तो मुझे भी अपना आत्मसम्मान प्यारा है। स्वदेश की अभी तक किसी ने व्याख्या नहीं की; पर नारियों की मान-रक्षा उसका प्रधान अंग है और होनी चाहिए, इससे तुम इंकार नहीं कर सकते।

यह कहकर वह स्वामिनी-भाव से मेज़ के पास गयी, और एक डाकेट का पत्र निकाला, जिस पर एजेंट आज्ञापत्र लिखा करता था।

क्लार्क—क्या करती हो सोफ़ी? खुदा के लिए ज़िद मत करो।

सोफ़ी—जेल के दारोगा के नाम हुक्म लिखूँगी।

यह कहकर वह टाइपराइटर पर बैठ गयी।

क्लार्क—यह अनर्थ न करो सोफ़ी, गजब हो जायगा।

सोफ़ी—मैं गजब से क्या, प्रलय से भी नहीं डरती।

सोफ़ी ने एक-एक शब्द का उच्चारण करते हुए आज्ञापत्र टाइप किया। उसने एक जगह जान-बूझकर एक अनुपयुक्त शब्द टाइप कर दिया, जिसे एक सरकारी पत्र में न आना चाहिए था। क्लार्क ने टोका—यह शब्द मत रखो।

सोफ़ी—क्यों, धन्यवाद न दूँ?

क्लार्क—आज्ञापत्र में धन्यवाद का क्या ज़िक्र? कोई निजी थोड़े ही है।

सोफ़ी—हाँ, ठीक है, यह शब्द निकाले देती हूँ। नीचे क्या लिखूँ?

क्लार्क—नीचे कुछ लिखने की ज़रूरत नहीं। केवल मेरा हस्ताक्षर होगा।

सोफ़ी ने सम्पूर्ण आज्ञापत्र पढ़कर सुनाया।

क्लार्क—प्रिये, यह तुम बुरा कर रही हो।

सोफ़ी—कोई परवा नहीं, मैं बुरा ही करता चाहती हूँ। हस्ताक्षर भी टाइप कर दूँ? नहीं, (मोहर निकालकर) यह मोहर किये देती हूँ।

क्लार्क—जो चाहे, करो। जब तुम्हें अपनी ज़िद के आगे कुछ बुरा-भला नहीं सूझता, तो मैं क्या कहूँ?

सोफ़ी—कहीं और तो इसकी नक़ल न होगी?

क्लार्क—मैं कुछ नहीं जानता।

यह कहकर मि. क्लार्क अपने शयन-गृह की ओर जाने लगे। सोफ़ी ने कहा—आज इतनी

जल्द नींद आ गयी?

क्लार्क—हाँ, थक गया हूँ, अब सोऊँगा। तुम्हारे इस पत्र से रियासत में तहलका पड़ जायगा।

सोफ़ी—अगर तुम्हें इतना भय है, तो मैं इस पत्र को फाड़े डालती हूँ। इतना नहीं गुदगुदाना चाहती कि हँसी के बदले रोना आ जाय। बैठते हो, या देखो, यह लिफ़ाफ़ा फाड़ती हूँ।

क्लार्क कुर्सी पर उदासीन भाव से बैठ गये, और बोले—लो बैठ गया, क्या कहती हो?

सोफ़ी—कहती कुछ नहीं हूँ, धन्यवाद का गीत सुनते जाओ।

क्लार्क—धन्यवाद की ज़रूरत नहीं।

सोफ़ी ने फिर गाना शुरू किया, और क्लार्क चुपचाप बैठे सुनते रहे। उनके मुख पर करुण प्रेमाकांक्षा झलक रही थी। यह परख और परीक्षा कब तक? इस क्रीड़ा का कोई अन्त भी है? इस आकांक्षा ने उन्हें साम्राज्य की चिन्ता से मुक्त कर दिया—आह! काश, अब भी मालूम हो जाता कि तू इतनी बड़ी भेंट पाकर प्रसन्न हो गयी। सोफ़ी ने उनकी प्रमाग्नि को खूब उद्दीप्त किया, और तब सहसा प्यानो बन्द कर दिया, और बिना कुछ बोले हुए अपने शयनागार में चली गयी। क्लार्क वहीं बैठे रहे, जैसे कोई थका हुआ मुसाफ़िर अकेला किसी वृक्ष के नीचे बैठा हो।

सोफ़ी ने सारी रात भावी जीवन के चित्र खींचने में काटी, पर इच्छानुसार रंग न दे सकी। पहले रंग भरकर उसे ज़रा दूर से देखती, तो विदित होता, धूप की जगह छाँह है, छाँह की जगह धूप, लाल रंग का आधिक्य है, बाग में अस्वाभाविक रमणीयता, पहाड़ों पर ज़रूरत से ज़्यादा हरियाली, नदियों में अलौकिक शांति। फिर ब्रुश लेकर उन त्रुटियों का सुधारने लगती, तो सारा दृश्य ज़रूरत से ज़्यादा नीरस, उदास, और मलिन हो जाता। उसकी धार्मिकता अब अपने जीवन में ईश्वरीय व्यवस्था का रूप देखती थी। अब ईश्वर ही उसका कर्णधार था, वह अपने कर्माकर्म के गुण-दोष से मुक्त थी।

प्रातःकाल वह उठी, तो मि. क्लार्क सो रहे थे। मूसलाधार वर्षा हो रही थी। उसने शोफ़र को बुलाकर मोटर तैयार करने का हुक्म दिया, और एक क्षण में जेल की तरफ़ चली, जैसे कोई बालक पाठशाला से घर की तरफ़ दौड़े।

उसके जेल पहुँचते ही हलचल-सी पड़ गयी। चौकीदार आँखें मलते हुए दौड़-दौड़कर वर्दियाँ पहनने लगे। दारोग़ाजी ने उतावली में उलटी अचकन पहनी, और बेहताशा दौड़े। डॉक्टर साहब नंगे पाँव भागे, याद न आया कि रात को जूते कहाँ रखे थे, और इस समय तलाश करने की फुरसत न थी। विनयसिंह बहुत रात गये सोये थे और अभी तक मीठी नींद के मज़े ले रहे थे। कमरे में जलकणों से भीगी हुई वायु आ रही थी। नर्म ग़लीचा बिछा हुआ था। अभी तक रात का लैंप न बुझा था, मानो विनय की व्यग्रता की साक्षी दे रहा था। सोफ़ी का रूमाल अभी तक विनय के सिरहाने पड़ा हुआ था, और उसमें से मनोहर सुगन्ध उड़ रही थी। दारोग़ा ने जाकर सोफ़ी को सलाम किया, और वह उन्हें लिये विनय के कमरे में आयी। देखा, तो नींद में हैं। रात की मीठी नींद से मुख पुष्प के समान विकसित हो गया है। ओठों पर हलकी-सी मुसकराहट है, मानो फूल पर किरणें चमक रही हों। सोफ़ी को विनय आज तक कभी इतना सुंदर न मालूम हुआ था।

सोफ़ी ने डॉक्टर से पूछा—रात को इसकी कैसी दशा थी?

डॉक्टर—हुज़ूर, कई बार मूर्च्छा आयी; पर मैं एक क्षण के लिए भी यहाँ से न टला। जब इन्हें नींद आ गयी, तो मैं भोजन करने चला गया। अब तो इनकी दशा बहुत अच्छी मालूम होती है।

सोफ़ी—हाँ, मुझे भी ऐसा ही मालूम होता है। आज वह पीलापन नहीं है। मैं अब उससे यह पूछना चाहती हूँ कि इसे किसी दूसरी जेल में क्यों न भिजवा दूँ। यहाँ का जलवायु इसके अनुकूल नहीं है। पर आप लोगों के सामने यह अपने मन की बातें न कहेगा। आप लोग ज़रा बाहर चले जायँ, तो मैं इसे जगाकर पूछ लूँ, और इसका ताप भी देख लूँ। (मुसकराकर) डॉक्टर साहब, मैं भी इस विद्या से परिचित हूँ। नीम हकीम हूँ, पर ख़तरे-जान नहीं।

जब कमरे में एकांत हो गया, तो सोफ़ी ने विनय का सिर उठाकर अपनी जाँघ पर रख लिया, और धीरे-धीरे उसका माथा सुहलाने लगी। विनय की आँखें खुल गयीं। इस तरह झपटकर उठा, जैसे नींद में किसी नदी में फिसल पड़ा हो। स्वप्न का इतना तत्काल फल शायद ही किसी को मिला हो।

सोफ़ी ने मुसकराकर कहा—तुम अभी तक सो रहे हो; मेरी आँखों की तरफ़ देखो, रात-भर नहीं झपकीं।

विनय—संसार का सबसे उज्ज्वल रत्न पाकर भी मीठी नींद न लूँ, तो मुझसे भाग्यहीन और कौन होगा?

सोफ़ी—मैं तो उससे भी उज्ज्वल रत्न पाकर और भी चिंताओं में फँस गयी। अब यह भय है कि कहीं वह हाथ से न निकल जाय। नींद का सुख अभाव में है, जब कोई चिंता नहीं होती। अच्छा अब तैयार हो जाओ।

विनय—किस बात के लिए?

सोफ़ी—भूल गये? इस अंधकार से प्रकाश में आने के लिए, इस काल-कोठरी से बिदा होने के लिए। मैं मोटर लायी हूँ, तुम्हारी मुक्ति का आज्ञापत्र मेरी जेब में है। कोई अपमानसूचक शर्त नहीं है। केवल उदयपुर-राज्य में बिना आज्ञा के न आने की प्रतिज्ञा ली गयी है। आओ, चलें। मैं तुम्हें रेल के स्टेशन तक पहुँचाकर लौट आऊँगी। तुम दिल्ली पहुँचकर मेरा इंतजार करना। एक सप्ताह के अंदर मैं तुमसे दिल्ली में आ मिलूँगी, और फिर विधाता भी हमें अलग न कर सकेगा।

विनयसिंह की दशा उस बालक की-सी थी, जो मिठाइयों के खोंचे को देखता है, पर इस भय से कि अम्माँ मारेंगी, मुँह खोलने का साहस नहीं कर सकता। मिठाइयों का स्वाद याद करके उसकी राल टपकने लगती है। रसगुल्ले कितने रसीले हैं; मालूम होता है, दाँत किसी रसकुंड में फिसल पड़े। अमिर्तियाँ कितनी कुरकुरी हैं, उनमें भी रस भरा होगा। गुलाबजामुन कितनी सोंधी होती है कि खाता ही चला जाय। मिठाइयों से पेट नहीं भर सकता। अम्माँ पैसे न देंगी। होंगे ही नहीं, किससे माँगेंगी, ज़्यादा हठ करूँगा, तो रोने लगेंगी। सजल नेत्र होकर बोला—सोफ़ी, मैं भाग्यहीन आदमी हूँ, मुझे इसी दशा में रहने दो। मेरे साथ अपने जीवन का सर्वनाश न करो। मुझे विधाता ने दुख भोगने ही के लिए बनाया है। मैं इस योग्य नहीं कि

तुम....।

सोफ़ी ने बात काटकर कहा—विनय, मैं विपत्ति ही की भूखी हूँ। अगर तुम सुख-सम्पन्न होते, अगर तुम्हारा जीवन विलासमय होता, अगर तुम वासनाओं के दास होते, तो कदाचित मैं तुम्हारी तरफ़ से मुँह फेर लेती। तुम्हारे सत्साहस और त्याग ही ने मुझे तुम्हारी तरफ़ खींचा है।

विनय—अम्माँजी को तुम जानती हो, वह मुझे कभी क्षमा न करेंगी।

सोफ़ी—तुम्हारे प्रेम का आश्रय पाकर मैं उनके क्रोध को शांत कर लूँगी। जब वह देखेंगी कि मैं तुम्हारे पैरों की ज़ंजीर नहीं, तुम्हारे पीछे उड़ने वाली रज हूँ, तो उनका हृदय पिघल जायगा।

विनय ने सोफ़ी को स्नेह-पूर्ण नेत्रों से देखकर कहा—तुम उनके स्वभाव से परिचित नहीं हो। वह हिन्दू-धर्म पर जान देती हैं।

सोफ़ी—मैं भी हिन्दू-धर्म पर जान देती हूँ। जो आत्मिक शांति मुझे और कहीं न मिली, वह गोपियों की प्रेम-कथा में मिल गयी। वह प्रेम का अवतार, जिसने गोपियों को प्रेम-रस पान कराया, जिसने कुब्जा का डोंगा पार लगाया, जिसने प्रेम के रहस्य दिखाने के लिए ही संसार को अपने चरणों से पवित्र किया, उसी की चेरी बनकर जाऊँगी, तो वह कौन सच्चा हिन्दू है, जो मेरी उपेक्षा करेगा?

विनय ने मुसकराकर कहा—उस छलिया ने तुम पर भी जादू डाल दिया? मेरे विचार में तो कृष्ण की प्रेम-कथा सर्वथा भक्त-कल्पना है।

सोफ़ी—हो सकती है। प्रभु मसीह को भी तो कल्पित कहा जाता है। शेक्सपियर भी तो कल्पना-मात्र है। कौन कह सकता है कि कालिदास की सृष्टि पंचभूतों से हुई है? लेकिन इन पुरुषों के कल्पित होते हुए भी हम उनकी पवित्र कीर्ति के भक्त हैं, और वास्तविक पुरुषों की कीर्ति से अधिक। शायद इसीलिए कि उनकी रचना स्थूल परमाणु से नहीं, सूक्ष्म कल्पना से हुई है। ये व्यक्तियों के नाम हों या न हों, पर आदर्शों के नाम अवश्य हैं। इनमें से प्रत्येक पुरुष मानवी जीवन का एक-एक आदर्श है।

विनय—सोफ़ी मैं तुमसे तर्क में पार न पा सकूँगा; पर मेरा मन कह रहा है कि मैं तुम्हारी सरलहृदयता से अनुचित लाभ उठा रहा हूँ। मैं तुमसे हृदय की बात कहता हूँ सोफ़ी, तुम मेरा यथार्थ रूप नहीं देख रही हो। कहीं उस पर निगाह पड़ जाय, तो तुम मेरी तरह ताकना भी पसन्द न करोगी। तुम मेरे पैरों की जंजीर चाहे न बन सको, पर मेरी दबी हुई आग को जगाने वाली हवा अवश्य बन जाओगी। माताजी ने बहुत सोच-समझकर मुझे यह व्रत दिया है। मुझे भय होता है कि एक बार मैं इस बंधन से मुक्त हुआ, तो वासना मुझे इतने वेग से बहा ले जायगी कि फिर शायद मेरे अस्तित्व का पता ही न चले। सोफ़ी मुझे इस कठिनतम परीक्षा में न डालो। मैं यथार्थ में बहुत दुर्बल-चरित्र, विषयसेवी प्राणी हूँ। तुम्हारी नैतिक विशालता मुझे भयभीत कर रही है। हाँ, मुझ पर इतनी दया अवश्य करो कि आज यहाँ से किसी दूसरी जगह प्रस्थान कर दो।

सोफ़िया—क्या मुझसे इतनी दूर भागना चाहते हो?

विनय—नहीं-नहीं, इसका और ही कारण है। न जाने क्योंकर यह विज्ञप्ति निकल गयी है कि जसवंतनगर एक सप्ताह के लिए ख़ाली कर दिया जाय। कोई जवान आदमी क़स्बे में न

रहने पाये। मैं तो समझता हूँ, सरदार साहब ने तुम्हारी रक्षा के लिए यह व्यवस्था की है; पर लोग तुम्हीं को बदनाम कर रहे हैं।

सोफ़ी और क्लार्क का परस्पर तर्क-विर्तक सुनकर सरदार नीलकंठ ने तत्काल यह हुक्म जारी कर दिया था। उन्हें निश्चय था कि मेम साहब के सामने साहब की एक न चलेगी, और विनय को छोड़ना पड़ेगा। इसलिए पहले ही से शांति-रक्षा का उपाय करना आवश्यक था। सोफ़ी ने विस्मित होकर पूछा—क्या ऐसा हुक्म दिया गया है?

विनय—हाँ, मुझे ख़बर मिली है। कोई चपरासी कहता था।

सोफ़ी—मुझे ज़रा भी ख़बर नहीं। मैं अभी जाकर पता लगाती हूँ, और इस हुक्म को मंसूख़ करा देती हूँ। ऐसी ज़्यादती रियासतों के सिवा और कहीं नहीं हो सकती। यह सब तो हो जायगा, पर तुम्हें अभी मेरे साथ चलना पड़ेगा।

विनय—नहीं सोफ़ी, मुझे क्षमा करो। दूर का सुनहरा दृश्य समीप आकर बालू का मैदान हो जाता है। तुम मेरे लिए आदर्श हो। तुम्हारे प्रेम का आनंद मैं कल्पना ही द्वारा ले सकता हूँ। डरता हूँ कि तुम्हारी दृष्टि में गिर न जाऊँ। अपने को कहाँ तक गुप्त रखूँगा? तुम्हें पाकर फिर मेरा जीवन नीरस हो जायगा, मेरे लिए उद्योग और उपासना की कोई वस्तु न रह जायगी। सोफ़ी मेरे मुँह से न जाने क्या-क्या अनर्गल बातें निकल रही हैं। मुझे स्वयं संदेह हो रहा है कि मैं अपने होश में हूँ या नहीं। भिक्षुक राजसिंहासन पर बैठकर अस्थिरचित्त हो जाय, तो कोई आश्चर्य नहीं। मुझे यहीं पड़ा रहने दो। मेरी तुमसे यही अंतिम प्रार्थना है कि मुझे भूल जाओ।

सोफ़ी—मेरी स्मरण-शक्ति इतनी शिथिल नहीं है।

विनय—कम-से-कम मुझे यहाँ से जाने के लिए विवश न करो, क्योंकि मैंने निश्चय कर लिया है, मैं यहाँ से न जाऊँगा। क़स्बे की दशा देखते हुए मुझे विश्वास नहीं है कि मैं जनता को क़ाबू में रख सकूँगा।

सोफ़ी ने गंभीर भाव से कहा—जैसी तुम्हारी इच्छा। मैं तुम्हें जितना सरल-हृदय समझती थी, तुम उससे कहीं बढ़कर कूटनीतिज्ञ हो। मैं तुम्हारा आशय समझती हूँ, और इसीलिए कहती हूँ, जैसी तुम्हारी इच्छा। पर शायद तुम्हें मालूम नहीं है कि युवती का हृदय बालक के समान होता है। उसे जिस बात के लिए मना करो, उसी तरफ़ लपकेगा। अगर तुम आत्मप्रशंसा करते, अपने कृत्यों की अप्रत्यक्ष रूप से डींग मारते, तो शायद मुझे तुमसे अरुचि हो जाती। अपनी त्रुटियों और दोषों का प्रदर्शन करके तुमने मुझे और भी वशीभूत कर लिया। तुम मुझसे डरते हो, इसलिए तुम्हारे सम्मुख न आऊँगी पर रहूँगी तुम्हारे ही साथ। जहाँ-जहाँ तुम जाओगे, मैं परछाईं की भाँति तुम्हारे साथ रहूँगी। प्रेम एक भावनागत विषय है, भावना ही से उसका पोषण होता है, भावना ही से वह जीवित रहता है, और भावना ही से लुप्त हो जाता है। वह भौतिक वस्तु नहीं है। तुम मेरे हो, यह विश्वास मेरे प्रेम को सजीव और सतृष्ण रखने के लिए काफ़ी है। जिस दिन इस विश्वास की जड़ हिल जायगी, उसी दिन इस जीवन का अन्त हो जायगा। अगर तुमने यही निश्चय किया है कि इस कारागार में रहकर तुम अपने जीवन के उद्देश्य को अधिक सफलता के साथ पूरा कर सकते हो, तो मैं इस फ़ैसले के आगे सिर झुकाती हूँ। इस

विराग ने मेरी दृष्टि में तुम्हारे आदर को कई गुना बढ़ा दिया है। अब जाती हूँ। कल शाम को फिर आऊँगी। मैंने इस आज्ञा-पत्र के लिए जितना त्रिया-चरित्र खेला है, वह तुमसे बता दूँ, तो आश्चर्य करोगे। तुम्हारी एक 'नहीं' ने मेरे सारे प्रयास पर पानी फेर दिया। क्लार्क कहेगा, मैं कहता था, वह राज़ी न होगा, कदाचित व्यंग्य करे, पर कोई चिंता नहीं, कोई बहाना कर दूँगी।

यह कहते-कहते सोफ़ी के सतृष्ण अधर विनयसिंह की तरफ़ झुके, पर वह काई पर फिसलने वाले मनुष्य की भाँति गिरते-गिरते सँभल गयी। धीरे से विनयसिंह का हाथ दबाया, और द्वार की ओर चली; पर बाहर जाकर फिर लौट आयी और अत्यन्त दीन भाव से बोली—विनय, तुमसे एक बात पूछती हूँ। मुझे आशा है कि तुम साफ़-साफ़ बतला दोगे। मैं क्लार्क के साथ यहाँ आयी, उससे कौशल किया, उसे झूठी आशाएँ दिलायीं और अब उसे मुग़ालते में डाले हुए हूँ। तुम इसे अनुचित तो नहीं समझते; तुम्हारी दृष्टि में मैं कलंकिनी तो नहीं हूँ?

विनय के पास इसका एक ही संभावित उत्तर था। सोफ़ी का आचरण उसे आपत्तिजनक प्रतीत होता था। उसे देखते ही उसने इस बात को आश्चर्य के रूप में प्रकट भी किया था। पर इस समय वह इस भाव को प्रकट न कर सका। यह कितना बड़ा अन्याय होता, कितनी घोर निर्दयता! वह जानता था कि सोफ़ी ने जो कुछ किया है, वह एक धार्मिक तत्त्व के अधीन होकर। वह इसे ईश्वरीय प्रेरणा समझ रही है। अगर ऐसा न होता, तो शायद अब तक वह हताश हो गयी होती। ऐसी दशा में कठोर सत्य वज्राघात के समान होता। श्रद्धा-पूर्ण तत्परता से बोले—सोफ़ी, तुम यह प्रश्न करके अपने ऊपर और उससे अधिक मेरे ऊपर अन्याय कर रही हो। मेरे लिए तुमने अब तक त्याग-ही-त्याग किये हैं; सम्मान, समृद्धि, सिद्धान्त एक की भी परवाह नहीं की। संसार में मुझसे बढ़कर कृतघ्न और कौन प्राणी होगा, जो मैं इस अनुराग का निरादर करूँ!

यह कहते-कहते वह रुक गये। सोफ़ी बोली—कुछ और कहना चाहते हो, रुक क्यों गये? यही न कि तुम्हें मेरा क्लार्क के साथ रहना अच्छा नहीं लगता। जिस दिन मुझे निराशा हो जायगी कि मैं मिथ्याचरण से तुम्हारा कुछ उपकार नहीं कर सकती, उसी दिन मैं क्लार्क को पैरों से यों ठुकरा दूँगी। उसके बाद तुम मुझे प्रेमयोगिनी के रूप में देखोगे, जिसके जीवन का एकमात्र उद्देश्य होगा, तुम्हारे ऊपर समर्पित हो जाना।

सत्ताईस

नायकराम मुहल्ले वालों से बिदा होकर उदयपुर रवाना हुए। रेल के मुसाफ़िरों को बहुत जल्द उनसे श्रद्धा हो गयी। किसी को तंबाकू मलकर खिलाते, किसी के बच्चे को गोद में लेकर प्यार करते। जिस मुसाफ़िर को देखते, जगह नहीं मिल रही है, इधर-उधर भटक रहा है, जिस कमरे में जाता है, धक्के खाता है, उसे बुलाकर अपनी बग़ल में बैठा लेते। फिर ज़रा देर में सवालों का ताँता बाँध देते—कहाँ मकान है? कहाँ जाते हो? कितने लड़के हैं? क्या करोबार होता है?

इन प्रश्नों का अन्त इस अनुरोध पर होता कि "मेरा नाम नायकराम पंडा है, जब कभी कासी आओ, मेरा नाम पूछ लो, बच्चा-बच्चा जानता है, दो दिन, चार दिन, महीने-दो महीने, जब तक इच्छा हो, आराम से कासीवास करो; घर-द्वार, नौकर-चाकर, सब हाजिर हैं, घर का-सा आराम पाओगे; वहाँ से चलते समय जो चाहो, दे दो, न हो, न दो, घर आकर भेज दो, इसकी कोई चिन्ता नहीं; यह कभी मत सोचो, अभी रुपये नहीं हैं, फिर चलेंगे। सुभकाज के लिए महूरत नहीं देखा जाता, रेल का किराया लेकर चल खड़े हो, कासी में तो मैं हूँ ही, किसी बात की तकलीफ न होगी, काम पड़ जाय, तो जान लड़ा दें, तीरथ-जात्रा के लिए टालमटोल मत करो, कोई नहीं जानता, कब बड़ी जात्रा करनी पड़ जाय, संसार के झगड़े तो सदा लगे ही रहेंगे।"

दिल्ली पहुँचे, तो कई नये मुसाफिर गाड़ी में आये। आर्य-समाज के किसी उत्सव में जा रहे थे। नायकराम ने उनसे भी वही जिरह शुरू की। यहाँ तक कि एक महाशय गर्म होकर बोले—तुम हमारे बाप-दादे का नाम पूछकर क्या करोगे? हम तुम्हारे फंदे में फँसने वाले नही हैं। यहाँ गंगाजी के क़ायल नहीं, और न काशी ही को स्वर्गपुरी समझते हैं।

नायकराम ज़रा भी हताश नहीं हुए। मुसकराकर बोले—बाबूजी, आप आरिया होकर ऐसा कहते हैं। आरिया लोगों ही ने तो हिन्दू-धरम की लाज रखी, नहीं तो अब तक सारा देस मुसलमान-किरसतान हो गया होता। हिन्दू-धरम के उद्धारक होकर आप कासी को भला कैसे न मानेंगे। उसी नगरी में राजा हरिसचंद की परीच्छा हुई थी, वहीं बुद्ध भगवान ने अपना धरम-चक्र चलाया था, वहीं संकर भगवान ने मंडन मिसिर से सास्त्रार्थ किया था; वहाँ जैनी आते हैं, बौध आते हैं, बैस्नव आते हैं, वह हिन्दुओं की नगरी नहीं है, सारे संसार की नगरी वही है। दूर-दूर के लोग भी जब तक कासी जी के दरसन न कर लें, उनकी जात्रा सुफल नहीं होती। गंगाजी मुकुत देती हैं, पाप काटती हैं, यह सब तो गँवारों को बहलाने की बातें हैं। उनसे कहो कि चलकर उस पवित्र नगरी को देख आओ, जहाँ कदम-कदम पर आरिया-जाति के निसान मिलते हैं, जिसका नाम लेते ही सैकड़ों महात्माओं, रिसियों, मुनियों की याद आ जाती है, तो उनकी समझ में यह बात न आयेगी। पर जथार्थ में बात यही है। कासी का महातम इसीलिए है कि वह आरिया-जाति की जीति-जागती पुरातन है।

इन महाशयों को फिर काशी की निन्दा करने का साहस न हुआ। वे मन में लज्जित हुए और नायकराम के धार्मिक ज्ञान के क़ायल हो गये। हालाँकि नायकराम ने ये थोड़े-से वाक्य ऐसे अवसरों के लिए किसी व्याख्याता के भाषण से चुनकर रट लिये थे।

रेल के स्टेशनों पर वह ज़रूर उतरते, और रेल के कर्मचारियों का परिचय प्राप्त करते। कोई उन्हें पान खिला देता, कोई जल-पान करा देता। सारी यात्रा समाप्त हो गयी; पर वह लेटे तक नहीं, ज़रा भी आँख नहीं झपकी। जहाँ दो मुसाफिरों को लड़ते-झगड़ते देखते, तुरन्त तीसरे बन जाते, और उनमें मेल करा देते। तीसरे दिन वह उदयपुर पहुँच गये, और रियासत के अधिकारियों से मिलते-जुलते, घूमते-घामते जसवन्तनगर में दाख़िल हुए। देखा, मिस्टर क्लार्क का डेरा पड़ा हुआ है। बाहर से आने-जाने वालों की बड़ी जाँच-पड़ताल होती है, नगर का द्वार बन्द-सा है, लेकिन पंडे को कौन रोकता? क़स्बे में पहुँचकर सोचने लगे, बिनयसिंह से क्योंकर मुलाक़ात हो? रात को तो एक धर्मशाले में ठहरे, सबेरा होते ही जेल के दारोग़ा के मकान पर जा पहुँचे।

दारोग़ाजी सोफ़ी को बिदा करके आये थे, और नौकर से बिगड़ रहे थे कि तूने हुक़्क़ा क्यों नहीं भरा, इतने में बरामदे में पण्डाजी की आहट पाकर बाहर निकल आये। उन्हें देखते ही नायकराम ने गंगाजल की शीशी निकाली, और उनके सिर पर जल छिड़क दिया।

दारोग़ाजी ने अन्यमनस्क होकर कहा—कहाँ से आते हो?

नायकराम—महाराज, अस्थान तो परागराज है; पर आ रहा हूँ बड़ी दूर से। इच्छा हुई, इधर भी जजमानों को आसीरबाद देता चलूँ।

दारोग़ाजी का लड़का, जिसकी उम्र अभी चौदह-पन्द्रह वर्ष की थी, निकल आया। नायकराम ने उसे नख से शिख तक बड़े ध्यान से देखा, मानो उसके दर्शनों से हार्दिक आनन्द प्राप्त हो रहा है, और तब दारोग़ाजी से बोले—यह आपके चिरंजीव पुत्र हैं न? पिता-पुत्र की सूरत कैसी मिलती है कि दूर ही से पहचान जाय। छोटे ठाकुर साहब, क्या पढ़ते हो?

लड़के ने कहा—अँगरेज़ी पढ़ता हूँ।

नायकराम—यह तो मैं पहले ही समझ गया था। आजकल तो इसी विद्या का दौरदौरा है, राजबिद्या ठहरी। किस दफे में पढ़ते हो भैया?

दारोग़ा—अभी तो हाल में अँगरेजी शुरू की है, उस पर भी पढ़ने में मन नहीं लगाते, अभी थोड़ी ही पढ़ी है।

लड़के ने समझा, मेरा अपमान हो रहा है। बोला—तुमसे तो ज़्यादा पढ़ा हूँ।

नायकराम—इसकी कोई चिन्ता नहीं, सब आ जायेगा, अभी इनकी औस्था ही क्या है। भगवान की इच्छा होगी, तो कुल का नाम रोसन कर देंगे। आपके घर पर कुछ जगह-जमीन भी है?

दारोग़ा ने अब समझा। बुद्धि बहुत तीक्ष्ण न थी। अकड़कर कुर्सी पर बैठ गये, और बोले—हाँ, चित्तौड़ के इलाक़े में कई गाँव हैं। पुरानी जागीर है। मेरे पिता महाराना के दरबारी थे। हल्दीघाट की लड़ाई में राना प्रताप ने मेरे पूर्वज को यह जागीर दी थी। अब भी मुझे दरबार में कुर्सी मिलती है, और पान-इलायची से सत्कार होता है। कोई कार्य-प्रयोजन होता है, तो महाराना के यहाँ से आदमी आता है। बड़ा लड़का मरा था, तो महाराना ने शोकपत्र भेजा था।

नायकराम—जागीरदारी का क्या कहना! जो जागीरदार, वही राजा; नाम का फरक़ है। असली राजा तो जागीरदार ही होते हैं, राना तो नाम के हैं।

दारोग़ा—बराबर राज्यकुल से आना-जाना लगा रहता है।

नायकराम—अभी इनकी कहीं बातचीत तो नहीं हो रही है?

दारोग़ा—अजी, लोग तो जान खा रहे हैं, रोज़ एक-न-एक जगह से संदेशा आता रहता है; पर मैं सबों को टका-सा जवाब दे देता हूँ। जब तक लड़का पढ़-लिख न ले, तब तक उसका विवाह कर देना नादानी है।

नायकराम—यह आपने पक्की बात कही। जथारथ में ऐसा ही होना चाहिए। बड़े आदमियों की बुद्धि भी बड़ी ही होती है। पर लोक-रीत पर चलना ही पड़ता है। अच्छा, अब आज्ञा दीजिए, कई जगह जाना है। जब तक मैं लौटकर न आऊँ, किसी को जबान न दीजिएगा। ऐसी कन्या आपको न मिलेगी, और न ऐसा उत्तम कुल ही पाइएगा।

दारोग़ा—वाह-वाह! इतनी जल्दी चले जाइएगा? कम-से-कम भोजन तो कर लीजिए। कुछ

हमें भी तो मालूम हो कि आप किस का संदेशा लाये हैं? वह कौन हैं, कहाँ रहते हैं?

नायकराम—सब कुछ मालूम हो जायेगा, पर अभी बताने का हुकम नहीं है।

दारोग़ा ने लड़के से कहा—तिलक, अन्दर जाओ, पंडितजी के लिए पान बनवा लाओ, कुछ नाश्ता भी लेते आना।

यह कहकर तिलक के पीछे-पीछे खुद अन्दर गये, और गृहिणी से बोले—लो, कहीं से तिलक के ब्याह का संदेसा आया है। पान तश्तरी में भेजना। नाश्ते के लिए कुछ नहीं है? वह तो मुझे पहले ही मालूम था! घर में कितनी ही चीज़ आये, दुबारा देखने को नहीं मिलती! न जाने कहाँ के मरभुखे जमा हो गये हैं। अभी कल ही एक क़ैदी के घर से मिठाइयों का पूरा थाल आया था, क्या हो गया?

स्त्री—इन्हीं लड़कों से पूछो, क्या हो गया। मैं तो हाथ से छूने की भी क़सम खाती हूँ। यह कोई संदूक में बंद करके रखने की चीज़ तो है नहीं। जिसका जब जी चाहता है, निकालकर खाता है। कल से किसी ने रोटियों की ओर नहीं ताका।

दारोग़ा—तो आख़िर तुम किस मरज़ की दवा हो? तुमसे इतना भी नहीं हो सकता कि जो चीज़ घर में आये, उसे यत्न से रखो, हिसाब से ख़र्च करो। वह लौंडा कहाँ गया?

स्त्री—तुम्हीं ने तो अभी उसे डाँटा था, बस चला गया। कह गया है कि घड़ी-घड़ी की डाँट-फटकार बरदाश्त नहीं हो सकती।

दारोग़ा—यह और मुसीबत हुई। ये छोटे आदमी दिन-दिन सिर चढ़ते जाते हैं, कोई कहाँ तक इनकी ख़ुशामद करे, अब कौन बाज़ार से मिठाइयाँ लाये? आज तो किसी सिपाही को भी नहीं भेज सकता, न-जाने सिर से कब यह बला टलेगी। तुम्हीं चले जाओ तिलक।

तिलक—शर्बत क्यों नहीं पिला देते?

स्त्री—शकर भी तो नहीं है। चले क्यों नहीं जाते ?

तिलक—हाँ, चले क्यों नहीं जाते! लोग देखेंगे, कहेंगे, हज़रत मिठाई लिये जाते हैं।

दारोग़ा—तो इसमें क्या गाली है, किसी के घर चोरी तो नहीं कर रहे हो। बुरे काम से लजाना चाहिए, अपना काम करने में क्या लाज?

तिलक यों तो लाख सिर पटकने पर भी बाज़ार न जाते, पर इस वक़्त अपने विवाह की ख़ुशी थी, चले गये। दारोग़ाजी ने तश्तरी में पान रखे, और नायकराम के पास लाये।

नायकराम—सरकार, आपके घर पान नहीं खाऊँगा।

दारोग़ा—अजी, अभी क्या हरज है, अभी तो कोई बात भी नहीं हुई।

नायकराम—मेरा मन बैठ गया, तो सब ठीक समझिए।

दारोग़ा—यह तो आपने बुरी पख लगायी। यह बात नहीं हो सकती कि आप हमारे द्वार पर आयें और हम बिना यथेष्ट आदर-सत्कार किये आपको जाने दें। मैं तो मान भी जाऊँगा, पर तिलक की माँ किसी तरह राज़ी न होंगी।

नायकराम—इसी से मैं यह संदेसा लेकर आने से इंकार कर रहा था। जिस भले आदमी के द्वार पर जाइये, वह भोजन और दच्छिना के बगैर गला नहीं छोड़ता। इसी से तो आजकल कुछ लबाड़ियों ने बर खोजने को ब्यौसाय बना लिया है। इससे यह काम करते हुए और भी

संकोच होता है।

दारोग़ा—ऐसे धूर्त यहाँ नित्य ही आया करते हैं, पर मैं तो पानी को भी नहीं पूछता। जैसा मुँह होता है, वैसा बीड़ा मिलता है। यहाँ तो आदमी को एक नज़र देखा, और उसकी नस-नस पहचान गया। आप यों न जाने पायँगे।

नायकराम—मैं जानता कि आप इस तरह पीछे पड़ जायँगे, तो लबाड़ियों ही की-सी बातचीत करता। गला तो छूट जाता।

दारोग़ा—यहाँ ऐसा अनाड़ी नहीं हूँ, उड़ती चिड़िया पहचानता हूँ।

नायकराम डट गये। दोपहर होते-होते बच्चे-बच्चे से उनकी मैत्री हो गयी। दारोग़ाइन ने भी पालागन कहला भेजा। इधर से भी अशीर्वाद दिया गया। दारोग़ा तो दस बजे दफ़्तर चले गये। नायकराम के लिए घर में पूरियाँ-कचोरियाँ, रायता, दही, चटनी, हलुआ बड़ी विधि से बनाया गया। पंडित जी ने भीतर जाकर भोजन किया। स्वामिनी ने स्वयं पंखा झला। फिर तो उन्होंने और भी रंग जमाया। लड़के-लड़कियों के हाथ देखे। दारोग़ाइन ने भी लजाते हुए हाथ दिखाया। पंडितजी ने अपने भाग्यरेखा-ज्ञान का अच्छा परिचय दिया। और भी धाक जम गयी। शाम को दारोग़ाजी दफ़्तर से लौटे, तो पंडितजी शान से मसनद लगाये बैठे हुए थे, और पड़ोस के कई आदमी उन्हें घेरे खड़े थे।

दारोग़ा ने कुर्सी पर लेटकर कहा—यह पद तो इतना ऊँचा नहीं, और न वेतन ही कुछ ऐसा अधिक मिलता है; पर काम इतनी ज़िम्मेदारी का है कि केवल विश्वासपात्रों को ही मिलता है। बड़े-बड़े आदमी किसी-न-किसी अपराध के लिए दंड पाकर आते हैं। अगर चाहूँ, तो उनके घर वालों से एक-एक मुलाकात के लिए हज़ारों रुपये ऐंठ लूँ; लेकिन अपना यह ढंग नहीं। जो सरकार से मिलता है, उसी को बहुत समझता हूँ। किसी भीरु पुरुष का तो यहाँ घड़ी-भर निबाह न हो। एक-से-एक खूनी, डकैत, बदमाश आते रहते हैं, जिनके हज़ारों साथी होते हैं; चाहें तो दिन-दहाड़े जेल को लुटवा लें, पर ऐसे ढंग से उन पर रोब जमाता हूँ कि बदनामी भी न हो, और नुक़सान भी न उठाना पड़े। अब आज-ही-कल देखिए, काशी के कोई करोड़पती राजा हैं महाराजा भरतसिंह, उनका पुत्र राजविद्रोह के अभियोग में फँस गया है। हुक्काम तक इतना आदर करते हैं कि बड़े साहब की मेम साहब दिन में दो-दो बार उसका हाल-चाल पूछने आती हैं, और सरदार नीलकंठ बराबर पत्रों द्वारा उसका कुशल-समाचार पूछते रहते हैं। चाहूँ तो महाराजा भरतसिंह से एक मुलाक़ात के लिए लाखों रुपये उड़ा लूँ; पर यह अपना धर्म नहीं।

नायकराम—अच्छा! क्या राजा भरतसिंह का पुत्र यहीं कैद है?

दारोग़ा—और यहाँ सरकार को किस पर इतना विश्वास है?

नायकराम—आप-जैसे महात्माओं के दरसन दुरलभ हैं। किन्तु बुरा न मानिए, तो कहूँ, बाल-बच्चों का भी ध्यान रखना चाहिए। आदमी घर से चार पैसे कमाने ही के लिए निकलता है।

दारोग़ा—अरे, तो क्या कोई क़सम खायी है, पर किसी का गला नहीं दबाता। चलिए, आपको जेलख़ाने की सैर कराऊँ। बड़ी साफ़-सुथरी जगह है। मेरे यहाँ तो जो कोई मेहमान आता है, उसे वहीं ठहरा देता हूँ। जेल के दारोग़ा की दोस्ती से जेल की हवा खाने के सिवा और क्या मिलेगा?

यह कहकर दारोग़ाजी मुसकराये। वह नायकराम को किसी बहाने से यहाँ से टालना चाहते थे। नौकर भाग गया था, क़ैदियों और चपरासियों से काम लेने का मौक़ा न था। सोचा—अपने हाथ चिलम भरनी पड़ेगी, बिछावन बिछाना पड़ेगा, पानी खींचना पड़ेगा, मर्यादा में बाधा उपस्थित होगी, घर का परदा खुल जायगा। इन्हें वहाँ ठहरा दूँगा, खाना भिजवा दूँगा, परदा ढका रह जायगा।

नायकराम—चलिए, कौन जाने, कभी आपकी सेवा में आना ही पड़े। पहले से ठौर-ठिकाना देख लूँ। महाराजा साहब के लड़के ने कौन कसूर किया था?

दारोग़ा—क़सूर कुछ नहीं था, बस, हाकिमों की ज़िद है। यहाँ देहातों में घूम-घूमकर लोगों को उपदेश करता था, बस हाकिमों को उस पर सन्देह हो गया कि यह राजविद्रोह फैला रहा है। यहाँ लाकर कैद कर दिया। मगर आप तो अभी उसे देखिएगा ही ऐसा गंभीर, शांत, विचारशील आदमी आज तक मैंने नहीं देखा। हाँ, किसी से दबता नहीं। खुशामद करके चाहे कोई पानी भरा ले; पर चाहो कि रोब से उसे दबा लें, तो जौ-भर भी न दबेगा।

नायकराम दिल में खुश थे कि बड़ी अच्छी साइत से चला था कि भगवान आप ही सब द्वार खोले देते हैं। देखूँ, अब विनयसिंह से क्या बात होती है। यों तो वह न जायँगे, पर रानीजी की बीमारी का बहाना करना पड़ेगा। वह राजी हो जायें, यहाँ से निकाल ले जाना तो मेरा काम है। भगवान की इतनी दया हो जाती, तो मेरी मनोकामना पूरी हो जाती, घर बस जाता, जिन्दगी सुफल हो जाती।

अट्ठाईस

सोफ़िया के चले जाने के बाद विनय के विचारस्थल में भाँति-भाँति की शंकाएँ होने लगीं। मन एक भीरु शत्रु है, जो सदैव पीठ के पीछे से वार करता है। जब तक सोफ़ी सामने बैठी थी, उसे सामने आने का साहस न हुआ। सोफ़ी के पीठ फेरते ही उसने ताल ठोकनी शुरू की—न जाने मेरी बातों का सोफ़िया पर क्या असर हुआ? कहीं वह यह तो नहीं समझ गयी कि मैंने जीवन-पर्यन्त के लिए सेवा-व्रत धारण कर लिया है। मैं भी कैसा मंदबुद्धि हूँ, उसको माताजी की अप्रसन्नता का भय दिलाने लगा, जैसे भोले-भाले बच्चों की आदत होती है कि प्रत्येक बात पर अम्माँ से कह देने की धमकी देते हैं। जब वह मेरे लिए इतना आत्मबलिदान कर रही है, यहाँ तक कि धर्म के पवित्र बंधन को भी तोड़ देने पर तैयार है, तो उसके सामने मेरा सेवा-व्रत और कर्तव्य का ढोंग रचना सम्पूर्णतः नीति-विरुद्ध है। मुझे वह मन में कितना निष्ठुर, कितना भीरु, कितना हृदय-शून्य समझ रही होगी! माना कि परोपकार आदर्श जीवन है; लेकिन स्वार्थ भी तो सर्वथा त्याज्य नहीं। बड़े-से-बड़ा जाति-भक्त भी स्वार्थ ही की ओर झुकता है। स्वार्थ का एक भाग मिटा देना जाति-सेवा के लिए काफ़ी है। यही प्राकृतिक नियम है। आह! मैंने अपने पाँव में आप कुल्हाड़ी मारी। वह कितनी गर्वशीला है, फिर भी मेरे लिए उसने क्या-क्या अपमान न सहे। मेरी माता ने उसका जितना अपमान किया, उतना कदाचित उसकी माता ने किया होता, तो वह उसका मुँह न देखती। मुझे आख़िर सूझी क्या! निस्संदेह मैं उसके योग्य

नहीं हूँ, उसकी विशाल मनस्विता मुझे भयभीत करती है; पर क्या मेरी भक्ति मेरी त्रुटियों की पूर्ति नहीं कर सकती? जहाँगीर-जैसा आत्मसेवी, मंद बुद्धि पुरुष अगर नूरजहाँ को प्रसन्न रख सकता है, तो क्या मैं अपने आत्मसमर्पण से, अपने अनुराग से, उसे संतुष्ट नहीं कर सकता? कहीं वह मेरी शिथिलता से अप्रसन्न होकर मुझसे सदा के लिए विरक्त न हो जाय। यदि मेरे सेवा-व्रत, मातृभक्ति, और संकोच का यह परिणाम हुआ, तो यह जीवन दुस्सह हो जायेगा।

आह ! कितना अनुपम सौंदर्य है ! उच्च शिक्षा और विचार से मुख पर कैसी आध्यात्मिक गंभीरता आ गयी है। मालूम होता है, कोई देवी इन्द्रलोक से उतर आयी है, मानो बहिर्जगत से उसका कोई सम्बन्ध ही नहीं, अंतर्जगत ही में विचरती है। विचारशीलता स्वाभाविक सौंदर्य को कितना मधुर बना देती है! विचारोत्कर्ष ही सौंदर्य का वास्तविक शृंगार है। वस्त्राभूषणों से तो उसकी प्राकृतिक शोभा ही नष्ट हो जाती है, वह कृत्रिम और वासनामय हो जाता है। Vulgar शब्द ही इस आशय को व्यक्त कर सकता है। हास्य और मुस्कान में जो अन्तर है, धूप और चाँदनी में जो अन्तर है, संगीत और काव्य में जो अन्तर है, वही अन्तर अलंकृत और परिष्कृत सौंदर्य में है। उसकी मुस्कान कितनी मनोहर है, जैसे वसंत की शीतल वायु, या किसी कवि की अछूती सूझ। यहाँ किसी रूपमयी सुन्दरी से बातें करने लगो, तो चित्त मलिन हो जाता है, या तो शीन-क़ाफ़ ठीक नहीं, या लिंग-भेद का ज्ञान नहीं। सोफ़ी के लिए व्रत, नियम, सिद्धांत की उपेक्षा करना क्षम्य ही नहीं, श्रेयस्कर भी है। यह मेरे लिए जीवन और मरण का प्रश्न है। उसके बग़ैर जीवन एक सूखे वृक्ष की भाँति होगा, जिसे जल की अविरत वर्षा भी पल्लवित नहीं कर सकती। मेरे जीवन की उपयोगिता, सार्थकता ही लुप्त हो जायगी। जीवन रहेगा, पर आनन्दविहिन, प्रेमविहीन, उद्देश्यविहीन!

विनय इन्हीं विचारों में डूबा हुआ था कि दारोग़ाजी आकर बैठ गये, और बोले—मालूम होता है, अब यह बला सिर से जल्द ही टलेगी। एजेंट साहब यहाँ से कूच करने वाले हैं। सरदार साहब ने शहर में डौंड़ी फिरवा दी है कि अब किसी को क़स्बे से बाहर जाने की ज़रूरत नहीं। मालूम होता है, मेम साहब ने यह हुक्म दिया है।

विनय—मेम साहब बड़ी विचारशील महिला हैं।

दारोग़ा—यह बहुत ही अच्छा हुआ, नहीं तो अवश्य उपद्रव हो जाता, और सैकड़ों जानें जातीं। जैसा तुमने कहा, मेम साहब बड़ी विचारशील हैं; हालाँकि उम्र अभी कुछ नहीं।

विनय—आपको खूब मालूम है कि वह कल यहाँ से चली जायँगी?

दारोग़ा—हाँ और क्या, सुनी-सुनायी कहता हूँ? हाकिमों की बातों की घंटे-घंटे टोह लगती रहती है। रसद और बेगार, जो एक सप्ताह के लिए ली जाने वाली थी, बन्द कर दी गयी है।

विनय—यहाँ फिर न आयँगी?

दारोग़ा—तुम तो इतने अधीर हो रहे हो, मानो उन पर आसक्त हो।

विनय ने लज्जित होकर कहा—मुझसे उन्होंने कहा था कि कल तुम्हें देखने आऊँगी।

दारोग़ा—कह दिया होगा, पर अब उनकी तैयारी है। यहाँ तो खुश हैं कि बेदाग़ बच गये, नहीं तो और सभी जगह जेलरों पर जुरमाने किये हैं।

दारोग़ा जी चले गये, तो विनय सोचने लगा—सोफ़िया ने कल आने का वादा किया था।

क्या अपना वादा भूल गयी? अब न आयगी? यदि एक बार आ जाती, तो मैं उसके पैरों पर गिरकर कहता, सोफ़ी, मैं अपने होश में नहीं हूँ। देवी अपने उपासक से इसलिए तो अप्रसन्न नहीं होती, कि वह उसके चरणों को स्पर्श करते हुए भी झिझकता है। यह तो उपासक की अश्रद्धा का नहीं, असीम श्रद्धा का चिह्न है।

ज्यों-ज्यों दिन गुज़रता था, विनय की व्यग्रता बढ़ती जाती थी। मगर अपने मन की व्यथा किससे कहे। उसने सोचा—रात को यहाँ से किसी तरह भागकर सोफ़ी के पास जा पहुँचूँ! हा दुर्दैव, वह मेरी मुक्ति का आज्ञा-पत्र तक लायी थी, उस वक़्त मेरे सिर पर न जाने कौन-सा भूत सवार था।

सूर्यास्त हो रहा था। विनय सिर झुकाये दफ़्तर के सामने टहल रहा था। सहसा उसे ध्यान आया—क्यों न फिर बेहोशी का बहाना करके गिर पड़ूँ। यहाँ सब लोग घबरा जायँगे, और ज़रूर सोफ़ी को मेरी ख़बर मिल जायगी। अगर उसकी मोटर तैयार होगी, तो भी एक बार मुझे देखने आ जायगी। पर यहाँ तो स्वाँग भरना भी नहीं आता। अपने ऊपर खुद ही हँसी आ जायगी। कहीं हँसी रुक न सकी, तो भद्द हो जायगी। लोग समझ जायेंगे, बना हुआ है। काश इतना मूसलाधार पानी बरस जाता कि वह घर के बाहर निकल ही न सकती! पर कदाचित इंद्र को भी मुझसे बैर है, आकाश पर बादल का कहीं नाम नहीं, मानो किसी हत्यारे का दयाहीन हृदय हो। क्लार्क को ही कुछ हो जाता, तो आज उसका जाना रुक जाता।

जब अँधेरा हो गया, तो उसे सोफ़ी पर क्रोध आने लगा—जब आज ही यहाँ से जाना था, तो उसने मुझसे कल आने का वादा ही क्यों किया, मुझसे जान-बूझकर झूठ क्यों बोली? क्या अब कभी मुलाक़ात ही न होगी? तब पूछूँगा। उसे खुद समझ जाना चाहिए था कि यह इस वक़्त अस्थिर चित्त हो रहा है। उससे मेरे चित्त की दशा छिपी नहीं है। वह उस अंतर्द्वन्द्व को जानती है, जो मेरे हृदय में इतना भीषण रूप धारण किये हुए है। एक ओर प्रेम और श्रद्धा है, तो दूसरी ओर अपनी प्रतिज्ञा, माता की अप्रसन्नता का भय और लोक-निंदा की लज्जा। इतने विरुद्ध भावों के समागम से यदि कोई अनर्गल बातें करने लगे, तो इसमें आश्यर्च ही क्या। उसे इस दशा में मुझसे खिन्न न होना चाहिए था। अपनी प्रेममय सहानुभूति से मेरी हृदयाग्नि को शांत करना चाहिए था। अगर उसकी यही इच्छा है कि मैं इसी दशा में घुल-घुलकर मर जाऊँ, तो यही सही। यह हृदय-दाह जीवन के साथ ही शांत होगा। आह ! ये दो दिन कितने आनन्द के दिन थे। रात हो रही है, फिर उसी अँधेरी, दुर्गन्धमय कोठरी में बन्द कर दिया जाऊँगा, कौन पूछेगा कि मरते हो या जीते। इस अंधकार में दीपक की ज्योति दिखायी भी दी, तो जब तक वहाँ पहुँचूँ, नज़रों से ओझल हो गयी।

इतने में दारोग़ाजी फिर आये। पर अब की वह अकेले न थे, उनके साथ एक पंडितजी भी थे। विनयसिंह को ख़याल आया कि मैंने इन पंडितजी को कहीं देखा है; पर याद न आता था, कहाँ देखा है। दारोग़ाजी देर तक खड़े पंडितजी से बातें करते रहे। विनयसिंह से कोई न बोला। विनय ने समझा, मुझे धोखा हुआ, कोई और आदमी होगा।

रात को सब क़ैदी खा-पीकर लेटे। चारों ओर के द्वार बन्द कर दिये गये। विनय थरथरा रहा था कि मुझे भी अपनी कोठरी में जाना पड़ेगा; पर न जाने क्यों उसे वहीं पड़ा रहने

दिया गया।

रोशनी गुल कर दी गयी। चारों ओर सन्नाटा छा गया। विनय उसी उद्विग्न दशा में खड़ा सोच रहा था, कैसे यहाँ से निकलूँ। जानता था कि चारों तरफ़ के द्वार बन्द हैं, न रस्सी है, न कोई यंत्र, न कोई सहायक, न कोई मित्र। तिस पर भी वह प्रतीक्षा-भाव से द्वार पर खड़ा था कि शायद कोई हिकमत सूझ जाय। निराशा में प्रतीक्षा अंधे की लाठी है।

सहसा सामने से एक आदमी आता हुआ दिखायी दिया। विनय ने समझा, कोई चौकीदार होगा। डरा कि मुझे यहाँ खड़े देखकर कहीं उसके दिल में संदेह न हो जाये। धीरे से कमरे की ओर चला। इतना भीरु वह कभी न हुआ था। तोप के सामने खड़ा सिपाही भी बिच्छू को देखकर सशंक हो जाता है।

विनय कमरे में गये ही थे कि पीछे से वह आदमी भी अंदर आ पहुँचा। विनय ने चौंककर पूछा—कौन?

नायकराम बोले—आपका गुलाम हूँ, नायकराम पंडा!

विनय—तुम यहाँ कहाँ? अब याद आया, आज तुम्हीं तो दारोग़ा के साथ पगड़ी बाँधे खड़े थे? ऐसी सूरत बना ली थी कि पहचान ही में न आते थे। तुम यहाँ कैसे आ गये?

नायकराम—आप ही के पास तो आया हूँ।

विनय—झूठे हो, यहाँ कोई यजमानी है क्या?

नायकराम—जजमान कैसे, यहाँ तो मालिक ही हैं।

विनय—कब आये, कब? वहाँ तो सब कुशल है?

नायकराम—हाँ, सब कुसल ही है। कुँअर साहब ने जब से आपका हाल सुना है बहुत घबराये हुए हैं, रानीजी भी बीमार हैं।

विनय—अम्माँजी कब से बीमार हैं?

नायकराम—कोई एक महीना होने आता है। बस, घुली जाती हैं। न कुछ खाती हैं, न पीती हैं, न किसी से बोलती हैं। न जाने कौन रोग है कि किसी बैद, हकीम, डाक्टर की समझ ही में नहीं आता। दूर-दूर से डाक्टर बुलाये गये हैं, पर मरज की थाह किसी को नहीं मिलती। कोई कुछ बताता है, कोई कुछ। कलकत्ते से कोई कबिराज आये हैं; वह कहते हैं, अब यह बच नहीं सकतीं। ऐसी घुल गयी हैं कि देखते डर लगता है। मुझे देखा, तो धीरे से बोलीं—पंडाजी, अब डेरा कूच है। मैं खड़ा-खड़ा रोता रहा।

विनय ने सिसकते हुए कहा—हाय ईश्वर! मुझे माता के चरणों के दर्शन भी न होंगे क्या!

नायकराम—मैंने जब बहुत पूछा, सरकार किसी को देखना चाहती हैं, तो आँखों में आँसू भरकर बोलीं, एक बार विनय को देखना चाहती हूँ, पर भाग्य में देखना बदा नहीं है, न जाने उसका क्या हाल होगा।

विनय इतना रोये कि हिचकियाँ बँध गयीं। जब ज़रा आवाज़ क़ाबू में हुई तो बोले—अम्माँजी को कभी किसी ने रोते नहीं देखा था। अब चित्त व्याकुल हो रहा है। कैसे उनके दर्शन पाऊँगा? भगवान न जाने किन पापों का यह दंड मुझे दे रहे हैं।

नायकराम—मैंने पूछा हुकम हो, तो जाकर उन्हें लिवा लाऊँ। इतना सुना था कि वह जल्दी

से उठकर बैठ गयीं, और मेरा हाथ पकड़कर बोलीं—तुम उसे लिवा लाओगे? नहीं, वह न आयेगा, वह मुझसे रूठा हुआ है। कभी न आयेगा। उसे साथ लाओ, तो तुम्हारा बड़ा उपकार होगा। इतना सुनते ही मैं वहाँ से चल खड़ा हुआ। अब बिलम न कीजिए, कहीं ऐसा न हो कि माता की लालसा मन ही में रह जाये, नहीं तो आपको जन्म-भर पछताना पड़ेगा।

विनय—कैसे चलूँगा ?

नायकराम— इसकी चिन्ता मत कीजिए, ले तो मैं चलूँगा। जब यहाँ तक आ गया, तो यहाँ से निकलना क्या मुश्किल है।

विनय कुछ सोचकर बोले—पंडा, मैं तो चलने को तैयार हूँ; पर भय यही है कि कहीं अम्माजी नाराज़ न हो जायँ, तुम उनके स्वभाव को नहीं जानते।

नायकराम—भैया, इसका कोई भय नहीं। उन्होंने तो कहा है कि जैसे बने, वैसे लाओ। उन्होंने यहाँ तक कहा था कि माफी भी माँगनी पड़े, तो इस औसर पर माँग लेनी चाहिए।

विनय—तो चलो, कैसे चलते हो?

नायकराम—दिवाल फाँदकर निकल जायँगे, यह कौन मुसकिल है!

विनयसिंह को शंका हुई कि कहीं किसी की निगाह पड़ गई तो! सोफ़ी यह सुनेगी, तो क्या कहेगी? सब अधिकारी मुझ पर तालियाँ बजायेंगे। सोफ़ी सोचेगी, बड़े सत्यवादी बनते थे, अब वह सत्यवादिता कहाँ गयी! किसी तरह सोफ़ी को यह ख़बर दी जा सकती, तो वह अवश्य आज्ञा-पत्र भेज देती; पर यह बात नायकराम से कैसे कहूँ?' बोले—पकड़ गये तो?

नायकराम—पकड़ गये तो! पकड़ेगा कौन? यहाँ कच्ची गोली नहीं खेले हैं। सब आदमियों को पहले ही से गाँठ रखा है।

विनय—खूब सोच लो। पकड़ गये, तो फिर किसी तरह छुटकारा न होगा।

नायकराम—पकड़े जाने का तो नाम ही न लो। यह देखो, सामने कई ईंटें दीवाल से मिलाकर रखी हुई हैं। मैंने पहले ही से यह इंतज़ाम कर लिया है। मैं ईंटों पर खड़ा हो जाऊँगा। आप मेरे कंधे पर चढ़कर इस रस्सी को लिये हुए दीवाल पर चढ़ जाइयेगा। रस्सी उस तरफ फेंक दीजियेगा। मैं इसे इधर मजबूत पकड़े रहूँगा, आप उधर धीरे से उतर जाइएगा। फिर वहाँ आप रस्सी को मजबूत पकड़े रहियेगा, मैं भी इधर से चला आऊँगा। रस्सी बड़ी मजबूत है, टूट नहीं सकती। मगर हाँ, छोड़ न दीजियेगा। नहीं तो मेरी हड्डी-पसली टूट जायेगी।

यह कहकर नायकराम रस्सी का पुलिंदा लिये हुए ईंटों के पास जाकर खड़े हो गये। विनय भी धीरे-धीरे चले। सहसा किसी चीज़ के खटकने की आवाज़ आयी। विनय ने चौंककर कहा—भाई, मैं न जाऊँगा। मुझे यहीं पड़ा रहने दो। माताजी के दर्शन करना मेरे भाग्य में नहीं है।

नायकराम—घबराइये मत, कुछ नहीं है।

विनय—मेरे तो पैर थरथरा रहे हैं।

नायकराम—तो इसी जीवट पर चले थे साँप के मुँह में उँगली डालने? जोखिम के समय पद-सम्मान का विचार नहीं रहता।

विनय—तुम मुझे ज़रूर फँसाओगे।

नायकराम—मरद होकर फँसने से इतना डरते हो! फँस ही गये तो कौन चूड़ियाँ मैली हो जायँगी! दुसमन की कैद से भागना लज्जा की बात नहीं है।

यह कहकर वह ईंटों पर खड़ा हो गया, और विनय से बोला—मेरे कंधे पर आ जाओ।

विनय—कहीं तुम गिर पड़े तो?

नायकराम—तुम्हारे-जैसे पाँच सवार हो जायँ, तो लेकर दौड़ूँ। धरम की कमाई में बल होता है।

यह कहकर उसने विनय का हाथ पकड़कर उसे अपने कंधे पर ऐसी आसानी से उठा लिया, मानो कोई बच्चा है।

विनय—कोई आ रहा है।

नायक—आने दो। यह रस्सी कमर में बाँध लो, और दीवाल पकड़कर चढ़ जाओ।

अब विनय ने हिम्मत मज़बूत की। यही निश्चयात्मक अवसर था। सिर्फ एक छलाँग की ज़रूरत थी। ऊपर पहुँच गये, तो बेड़ा पार है; न पहुँच सके, तो अपमान, लज्जा, दंड सब कुछ है। ऊपर स्वर्ग है, नीचे नरक; ऊपर मोक्ष है, नीचे माया-जाल। दीवार पर चढ़ने में हाथों के सिवा और किसी चीज़ से मदद न मिल सकती थी। दुर्बल होने पर भी मज़बूत आदमी थे। छलांग मारी, और बेड़ा पार हो गया; दीवार पर जा पहुँचे, और रस्सी पकड़कर नीचे उतर पड़े। दुर्भाग्यवश पीछे दीवार से मिली हुई गहरी खाई थी, जिसमें बरसात का पानी भरा हुआ था। विनय ने ज्यों ही रस्सी छोड़ी, गर्दन तक पानी में डूब गये। और फिर बड़ी मुश्किल से बाहर निकले। तब रस्सी को पकड़कर नायकराम को इशारा किया। वह मँजा हुआ खिलाड़ी था। एक क्षण में नीचे आ पहुँचा। ऐसा जान पड़ता था कि वह दीवार पर बैठा था, केवल उतरने की देर थी।

विनय—देखना, खाई है!

नायकराम—पहले ही देख चुका हूँ। तुमसे बताने की याद ही न रही।

विनय—तुम इस काम में निपुण हो। मैं कभी न निकल सकता। अब किधर चलोगे?

नायकराम—सबसे पहले तो देवी के मंदिर में चलूँगा, वहाँ से फिर मोटर पर बैठकर इसटेशन की ओर। ईश्वर ने चाहा, तो आज के तीसरे दिन घर पहुँच जायँगे। देवी सहाय न होतीं, तो इतनी जल्दी और इतनी आसानी से यह काम न होता। उन्हीं ने यह संकट हरा। उन्हें अपना खून चढ़ाऊँगा।

अब दोनों आज़ाद थे। विनय को ऐसा मालूम हो रहा था कि मेरे पाँव आप-ही-आप उठे जाते हैं। वे इतने हलके हो गये थे। ज़रा देर में दोनों आदमी सड़क पर आ गये।

विनय—सबेरा होते ही दौड़-धूप शुरू हो जायगी।

नायकराम—तब तक हम लोग यहाँ से सौ कोस पर होंगे।

विनय—घर से भी तो वारंट द्वारा पकड़ मँगा सकते हैं।

नायकराम—वहाँ की चिंता मत करो। वह अपना राज है।

आज सड़क पर बड़ी हलचल थी। सैकड़ों आदमी लालटेनें लिये क़स्बे से छावनी की तरफ़ जा रहे थे। एक ग़ोल इधर से आता था, दूसरा उधर से। प्रायः लोगों के हाथों में लाठियाँ थीं।

विनयसिंह को कुतूहल हुआ, आज यह भीड़-भाड़ कैसी! लोगों पर वह निस्तब्ध तत्परता छायी हुई थी, जो किसी भयंकर उद्वेग की सूचक होती है। किंतु किसी से कुछ पूछ न सकते थे कि कहीं वह पहचान न जाएँ।

नायकराम—देवी के मंदिर तक तो पैदल ही चलना पड़ेगा।

विनय—पहले इन आदमियों से तो पूछो, कहाँ दौड़े जा रहे हैं? मुझे तो ऐसा मालूम हो रहा है कि कहीं कुछ गड़बड़ हो गयी।

नायकराम--होगा, हमें इन बातों से क्या मतलब? चलो, अपनी राह चलें।

विनय—नहीं-नहीं, ज़रा पूछो तो, क्या बात है?

नायकराम ने एक आदमी से पूछा, तो ज्ञात हुआ कि नौ बजे के समय एजेंट साहब अपनी मेम साहब के साथ मोटर पर बैठे हुए बाज़ार की तरफ़ से निकले। मोटर बड़ी तेज़ी से जा रही थी। चौराहे पर पहुँची, तो एक आदमी, जो बायीं ओर से आ रहा था, मोटर के नीचे दब गया। साहब ने आदमी को दबते हुए देखा; पर मोटर को रोका नहीं। यहाँ तक कि कई आदमी मोटर के पीछे दौड़े। बाज़ार के इस सिरे तक आते-आते मोटर को बहुत-से आदमियों ने घेर लिया। साहब ने आदमियों को डाँटा कि अभी हट जाओ। जब लोग न हटे, तो उन्होंने पिस्तौल चला दी। एक आदमी तुरंत गिर पड़ा। अब लोग क्रोधोन्माद की दशा में साहब के बँगले पर जा रहे थे।

विनय ने पूछा—वहाँ जाने की क्या ज़रूरत है?

एक आदमी—जो कुछ होना है, वह हो जायेगा। यही न होगा, मारे जायँगे। मारे तो यों ही जा रहे हैं। एक दिन तो मरना ही है। दस-पाँच आदमी मर गये, तो कौन संसार सुना हो जायगा?

विनय के होश उड़ गये। यक़ीन हो गया कि आज कोई उपद्रव अवश्य होगा। बिगड़ी हुई जनता वह जल-प्रवाह है, जो किसी के रोके नहीं रुकता। ये लोग झल्लाये हुए हैं। इस दशा में इनसे धैर्य और क्षमा की बातें करना व्यर्थ है। कहीं ऐसा न हो कि ये लोग बँगले को घेर लें। सोफ़िया भी वहीं है। कहीं उस पर न आघात कर बैठें। दुरावेश में सौजन्य का नाश हो जाता है। नायकराम से बोले—पंडाजी, ज़रा बँगले तक होते चलें।

नायकराम—किसके बँगले तक?

विनय—पोलिटिकल एजेंट के।

नायकराम—उनके बँगले पर जाकर क्या कीजिएगा? क्या अभी तक परोपकार से जी नहीं भरा? ये जानें, वह जानें, हमसे-आपसे मतलब?

विनय—नहीं, मौक़ा नाजुक है, वहाँ जाना जरूरी है।

नायकराम—नाहक अपनी जान के दुसमन हुए हो। वहाँ कुछ दंगा हो जाये तो! मरद हैं ही, चुपचाप खड़े मुँह तो देखा न जायगा। दो-चार हाथ इधर या उधर चला ही देंगे। बस, धर-पकड़ हो जायगी। इससे क्या फायदा?

विनय—कुछ भी हो, मैं यहाँ यह हंगामा होते देखकर स्टेशन नहीं जा सकता।

नायकराम—रानी जी तिल-तिल पर पूछती होंगी।

विनय—तो यहाँ कौन हमें दो-चार दिन लगे जाते हैं। तुम यहीं ठहरो, मैं अभी आता हूँ।

नायकराम—जब तुम्हें कोई भय नहीं है, तो यहाँ कौन रोने वाला बैठा हुआ है। मैं आगे-आगे चलता हूँ। देखना, मेरा साथ न छोड़ना। यह ले लो, जोखिम का मामला है। मेरे लिए यह लकड़ी काफी है।

यह कहकर नायकराम ने एक दो नली वाली पिस्तौल कमर से निकालकर विनय के हाथ में रख दी। विनय पिस्तौल लिये हुए आगे बढ़े। जब राजभवन के निकट पहुँचे, तो इतनी भीड़ देखी कि एक-एक क़दम चलना मुश्किल हो गया, और भवन से एक गोली के टप्पे पर तो उन्हें विवश होकर रुकना पड़ा। सिर-ही-सिर दिखायी देते थे। राजभवन के सामने एक बिजली की लालटेन जल रही थी, और उसके उज्ज्वल प्रकाश में हिलता, मचलता, रुकता, ठिठकता हुआ जन-प्रवाह इस तरह भवन की ओर चला जा रहा था, मानो उसे निगल जायगा। भवन के सामने, इस प्रवाह को रोकने के लिए, वरदीपोश सिपाहियों की एक क़तार, संगीनें चढ़ाये, चुपचाप खड़ी थी और ऊँचे चबूतरे पर खड़ी होकर सोफ़ी कुछ कह रही थी; पर इस हुल्लड़ में उसकी आवाज़ सुनायी न देती थी। ऐसा मालूम होता था कि किसी विदुषी की मूर्ति है, जो कुछ कहने का संकेत कर रही है।

सहसा सोफ़िया ने दोनों हाथ ऊपर उठाये। चारों ओर सन्नाटा छा गया। सोफ़ी ने उच्च और कम्पित स्वर में कहा—मैं अंतिम बार तुम्हें चेतावनी देती हूँ कि यहाँ से शान्ति के साथ चले जाओ, नहीं तो सैनिकों को विवश होकर गोली चलानी पड़ेगी। एक क्षण के अन्दर यह मैदान साफ़ हो जाना चाहिए।

वीरपाल सिंह ने सामने आकर कहा—प्रजा अब ऐसे अत्याचार नहीं सह सकती।

सोफ़ी—अगर लोग सावधानी से रास्ता चलें, तो ऐसी दुर्घटना क्यों हो!

वीरपाल—मोटर वालों के लिए भी कोई क़ानून है या नहीं?

सोफ़ी—उनके लिए क़ानून बनाना तुम्हारे अधिकार में नहीं है।

वीरपाल—हम क़ानून नहीं बना सकते, पर अपनी प्राण-रक्षा तो कर सकते हैं?

सोफ़ी—तुम विद्रोह करना चाहते हो, और उसके कुफल का भार तुम्हारे सिर पर होगा।

वीरपाल— हम विद्रोही नहीं हैं, मगर यह नहीं हो सकता कि हमारा एक भाई किसी मोटर के नीचे दब जाये, चाहे वह मोटर महाराना ही का क्यों न हो, और हम मुँह न खोलें।

सोफ़ी—वह संयोग था।

वीरपाल—सावधानी उस संयोग को टाल सकती थी। अब हम उस वक़्त तक यहाँ से न जायँगे, जब तक हमें वचन न दिया जायगा कि भविष्य में ऐसी दुर्घटनाओं के लिए अपराधी को उचित दंड मिलेगा, चाहे वह कोई हो।

सोफ़ी—संयोग के लिए कोई वचन नहीं दिया जा सकता। लेकिन...

सोफ़ी कुछ और कहना चाहती थी कि किसी ने एक पत्थर उसकी तरफ़ फेंका, जो उसके सिर में इतनी ज़ोर से लगा कि वह वहीं सिर थामकर बैठ गयी। यदि विनय तत्क्षण किसी ऊँचे स्थान पर खड़े होकर जनता को आश्वासन देते, तो कदाचित उपद्रव न होता, लोग शान्त होकर चले जाते। सोफ़ी का ज़ख़मी हो जाना जनता का क्रोध शांत करने को काफ़ी था। किन्तु जो पत्थर सोफ़ी के सिर में लगा, वही कई गुने आघात के साथ विनय के हृदय में लगा। उसकी

आँखों में खून उतर आया, आपे से बाहर हो गया। भीड़ को बलपूर्वक हटाता, आदमियों को ढकेलता-कुचलता सोफ़ी के बग़ल में जा पहुँचा, पिस्तौल कमर से निकाली, और वीरपाल सिंह पर गोली चला दी। फिर क्या था, सैनिकों को मानो हुक्म मिल गया, उन्होंने बन्दूकें छोड़नी शुरू कीं। कुहराम मच गया, लेकिन फिर भी कई मिनट तक लोग वहीं खड़े गोलियों का जवाब ईंट-पत्थर से देते रहे। दो-चार बन्दूकें इधर से भी चलीं। वीरपाल बाल-बाल बच गया और विनय को निकट होने के कारण पहचान कर बोला—आप भी उन्हीं में हैं!

विनय—हत्यारा!

वीरपाल—परमात्मा हमसे फ़िर गया है।

विनय—तुम्हें एक स्त्री पर हाथ उठाते लज्जा नहीं आती?

चारों तरफ़ से आवाज़ें आने लगीं—विनयसिंह हैं, यह कहाँ से आ गये, यह भी उधर मिल गये, इन्हीं ने तो पिस्तौल छोड़ी है!

—बना हुआ था। घर का भेदी लंका ढाहे।

—शायद शर्त पर छोड़े गये हैं।

—धन की लालसा सिर पर सवार है।

—मार दो एक पत्थर, सिर फट जाये, यह भी हमारा दुश्मन है।

—दग़ाबाज़ है।

—इतना बड़ा आदमी और थोड़े-से धन के लिए ईमान बेच बैठा।

बन्दूकों के सामने निहत्थे लोग कब तक ठहरते। जब कई आदमी अपने पक्ष के लगातार गिरे तो भगदड़ पड़ गयी; कोई इधर भागा, कोई उधर। मगर वीरपालसिंह और उसके साथ के पाँचों सवार, जिनके हाथों में बन्दूकें थीं, राजभवन के पीछे की ओर से विनयसिंह के सिर पर आ पहुँचे। अँधेरे में किसी की निगाह उन पर न पड़ी। विनय ने पीछे की तरफ़ घोड़ों की टाप सुनी, तो चौंके, पिस्तौल चलायी, पर वह ख़ाली थी।

वीरपाल ने व्यंग्य करके कहा—आप तो प्रजा के मित्र बनते थे।

विनय—तुम-जैसे हत्यारों की सहायता करना मेरा नियम नहीं है।

वीरपाल—मगर हम उससे अच्छे हैं, जो प्रजा की गरदन पर अधिकारियों से मिलकर छुरी चलाये!

विनय क्रोधावेश में बाज़ की तरह झपटे कि उसके हाथ से बन्दूक छीन लें, किंतु वीरपाल के एक सहयोगी ने झपटकर विनयसिंह को नीचे गिरा दिया, और दूसरा साथी तलवार लेकर उनकी ओर लपका ही था कि सोफ़ी, जो अब तक चेतनाशून्य दशा में भूमि पर पड़ी हुई थी, चीख़ मारकर उठी, और विनयसिंह से लिपट गयी। तलवार अपने लक्ष्य पर न पहुँचकर सोफ़ी के माथे पर पड़ी। इतने में नायकराम लाठी लिये हुए आ पहुँचा, और लाठियाँ चलाने लगा। दो विद्रोही आहत होकर गिर पड़े। वीरपाल अब तक हतबुद्धि की भाँति खड़ा था। न उसे ज्ञात था कि सोफ़ी को पत्थर किसने मारा; न उसने अपने सहयोगियों ही को विनय पर आघात करने के लिए कहा था। यह सब कुछ उसकी आँखों के सामने, पर उसकी इच्छा के विरुद्ध हो रहा था। पर अब अपने साथियों को गिरते देखकर वह तटस्थ न रह सका। उसने बन्दूक का कुंदा

तौलकर इतनी ज़ोर से नायकराम के सिर में मारा कि उसका सिर फट गया, और एक पल में उसके तीनों साथी अपने आहत साथियों को लेकर भाग निकले। विनयसिंह सँभलकर उठे, तो देखा कि बग़ल में नायकराम खून से तर अचेत पड़ा है और सोफ़ी का कहीं पता नहीं। उसे कौन ले गया, क्यों ले गया, कैसे ले गया, इसकी उन्हें ख़बर न थी।

मैदान में एक आदमी भी न था। दो-चार लाशें अलबत्ता इधर-उधर पड़ी हुई थीं।

मिस्टर क्लार्क कहाँ थे? तूफ़ान उठा और गया, आग लगी और बुझी, पर उनका कहीं पता तक नहीं। वह शराब के नशे में मस्त, दीन-दुनिया से बेख़बर अपने शयनागार में पड़े हुए थे। विद्रोहियों का शोर सुनकर सोफ़ी भवन से बाहर निकल आयी थी। मिस्टर क्लार्क को इसलिए जगाने की चेष्टा न की थी कि उनके आने से रक्तपात का भय था। उसने शांत उपायों से शांति-रक्षा करनी चाही थी, और उसी का यह फल था। वह पहले ही से सतर्क हो जाती, तो कदाचित स्थिति इतनी भयावह न होने पाती।

विनय ने नायकराम को देखा। नाड़ी का पता न था, आँखें पथरा गयी थीं। चिंता, शोक और पश्चाताप से चित्त इतना विकल हुआ कि वह रो पड़े। चिंता थी माता की, उनके दर्शन भी न करने पाया; शोक था सोफ़िया का, न जाने उसे कौन ले गया; पश्चाताप था अपनी क्रोधशीलता पर कि मैं ही इस सारे विद्रोह और रक्तपात का कारण हूँ। अगर मैंने वीरपाल पर पिस्तौल न चलायी होती, तो यह उपद्रव शांत हो जाता।

आकाश पर श्यामल घन घटा छायी हुई थी, पर विनय के हृदयाकाश पर छायी हुई शोक-घटा उससे कहीं घनघोर, अपार और असूझ थी।

उनतीस

मिस्टर विलियम क्लार्क अपने अन्य स्वदेश-बंधुओं की भाँति सुरापन के भक्त थे, पर उसके वशीभूत न थे। वह भारतवासियों की भाँति पीकर छकना न जानते थे। घोड़े पर सवार होना जानते थे, उसे क़ाबू से बाहर न होने देते थे। पर आज सोफ़ी ने जान-बूझकर उन्हें मात्रा से अधिक पिला दी थी, बढ़ावा देती जाती थी—वाह इतनी ही, एक ग्लास तो और लो, अच्छा यह मेरी ख़ातिर से, वाह! अभी तुमने मेरे स्वास्थ्य का प्याला पिया ही नहीं। सोफ़ी ने विनय से कल मिलने का वादा किया था, पर उनकी बातें उसे एक क्षण के लिए भी चैन न लेने देती थीं। वह सोचती थी—विनय ने आज ये नये बहाने क्यों ढूँढ़ निकाले? मैंने उनके लिए धर्म की भी परवा न की, फिर भी वह मुझसे भागने की चेष्टा कर रहे हैं। अब मेरे पास और कौन-सा उपाय है? क्या प्रेम का देवता इतना पाषाण-हृदय है, क्या वह बड़ी-से-बड़ी पूजा पाकर भी प्रसन्न नहीं होता? माता की अप्रसन्नता का इतना भय उन्हें कभी न था। कुछ नहीं, अब उनका प्रेम शिथिल हो गया है। पुरुषों का चित्त चंचल होता है, इसका एक और प्रमाण मिल गया। अपनी अयोग्यता का कथन उनके मुँह से कितना अस्वाभाविक मालूम होता है। वह जो इतने उदार, इतने विरक्त, इतने सत्यवादी, इतने कर्तव्यनिष्ठ हैं, मुझसे कहते हैं, मैं तुम्हारे योग्य नहीं

हूँ ! हाय ! वह क्या जानते हैं कि मैं उनसे कितनी भक्ति रखती हूँ, मैं इस योग्य भी नहीं कि उनके चरण स्पर्श करूँ। कितनी पवित्र आत्मा है, कितने उज्ज्वल विचार, कितना अलौकिक आत्मोत्सर्ग ! नहीं, वह मुझसे दूर रहने ही के लिए ये बहाने कर रहे हैं। उन्हें भय है कि मैं उनके पैरों की जंज़ीर बन जाऊँगी, उन्हें कर्तव्य-मार्ग से हटा दूँगी, उनको आदर्श से विमुख कर दूँगी। मैं उनकी इस शंका का कैसे निवारण करूँ?

दिन-भर इन्हीं विचारों में व्यग्र रहने के बाद संध्या को वह इतनी विकल हुई कि उसने रात ही को विनय से फिर मिलने का निश्चय किया। उसने क्लार्क को शराब पिलाकर इसीलिए अचेत कर दिया था कि उसे किसी प्रकार का संदेह न हो। जेल के अधिकारियों से उसे कोई भय न था। वह इस अवसर को विनय से अनुनय-विनय करने में, उनके प्रेम को जगाने में, उनकी शंकाओं को शांत करने में लगाना चाहती थी; पर उसका यह प्रयास उसी के लिए घातक सिद्ध हुआ। मिस्टर क्लार्क मौक़े पर पहुँच सकते, तो शायद स्थिति इतनी भयंकर न होती, कम-से-कम सोफ़ी को ये दुर्दिन न देखने पड़ते। क्लार्क अपने प्राणों से उसकी रक्षा करते। सोफ़ी ने उनसे दग़ा करके अपना ही सर्वनाश कर लिया। अब वह न जाने कहाँ और किस दशा में थी। प्रायः लोगों का विचार था कि विद्रोहियों ने उसकी हत्या कर डाली, और उसके शब को आभूषणों के लोभ से अपने साथ ले गये। केवल विनयसिंह इस विचार से सहमत न थे। उन्हें विश्वास था कि सोफ़ी अभी ज़िंदा है। विद्रोहियों ने ज़मानत के तौर पर उसे अपने यहाँ कैद कर रखा है, जिसमें संधि की शर्तें तय करने में सुविधा हो। सोफ़ी रियासत को दबाने के लिए उनके हाथों में एक यंत्र के समान थी।

इस दुर्घटना से रियासत में तहलका मच गया। अधिकारी वर्ग आपको डरते थे, प्रजा आपको। अगर रियासत के कर्मचारियों ही तक बात रहती, तो विशेष चिंता की बात न थी; रियासत ख़ून के बदले ख़ून लेकर संतुष्ट हो जाती, ज़्यादा-से-ज़्यादा एक की जगह चार का ख़ून कर डालती; पर सोफ़ी के बीच में पड़ जाने से समस्या जटिल हो गयी थी, मुआमला रियासत के अधिकार-क्षेत्र के बाहर पहुँच गया था, यहाँ तक कि लोगों को भय था, रियासत पर कोई ज़वाल न आ जाये। इसीलिए अपराधियों की पकड़-धकड़ में असाधारण तत्परता से काम लिया जा रहा था। संदेह-मात्र पर लोग फाँस दिये जाते थे, और उनको कठोरतम यातनाएँ दी जाती थीं। साक्षी और प्रमाण की कोई मर्यादा न रह गयी थी। इन अपराधियों के भाग्य-निर्णय के लिए एक अलग न्यायालय खोल दिया गया था। उसमें मँजे हुए प्रजा-द्रोहियों को छाँट-छाँटकर नियुक्त किया गया था। यह अदालत किसी को छोड़ना न जानती थी। किसी अभियुक्त को प्राणदंड देने के लिए एक सिपाही की शहादत काफ़ी थी। सरदार नीलकंठ बिना अन्न-जल, दिन-के-दिन, विद्रोहियों की खोज लगाने में व्यस्त रहते थे। यहाँ तक कि हिज़ हाइनेस महाराजा साहब स्वयं शिमला, दिल्ली, और उदयपुर एक किये हुए थे। पुलिस-कर्मचारियों के नाम रोज़ ताकीदें भेजी जाती थीं। उधर शिमला से भी ताकीदों का ताँता बँधा हुआ था। ताकीदों के बाद धमकियाँ आने लगीं। उसी अनुपात से यहाँ प्रजा पर भी उत्तरोत्तर अत्याचार बढ़ता जाता था। मि. क्लार्क को निश्चय था कि इस विद्रोह में रियासत का हाथ भी अवश्य था। अगर रियासत ने पहले ही से विद्रोहियों का जीवन कठिन कर दिया होता, तो वे कदापि इस भाँति सिर न उठा सकते।

रियासत के बड़े-से-बड़े अधिकारी भी उनके सामने जाते काँपते थे। वह दौरे पर निकलते तो एक अँगरेज़ी रिसाला साथ ले लेते और इलाक़े-के-इलाक़े उजड़वा देते, गाँव-के-गाँव तबाह करवा देते। यहाँ तक कि स्त्रियों पर भी अत्याचार होता था। और सबसे अधिक खेद की बात यह थी कि रियासत और क्लार्क के इन सारे दुष्कृत्यों में विनय भी मनसा-वाचा-कर्मणा सहयोग करते थे। वास्तव में उन पर प्रमाद का रंग छाया हुआ था। सेवा और उपकार के भाव हृदय से सम्पूर्णतः मिट गये थे। सोफ़ी और उसके शत्रुओं का पता लगाने का उद्योग, यही एक काम उनके लिए रह गया था। मुझे दुनिया क्या कहती है, मेरे जीवन का क्या उद्देश्य है, माताजी का क्या हाल हुआ, इन बातों की ओर अब उनका ध्यान ही न जाता था। अब तो वह रियासत के दाहिने हाथ बने हुए थे। अधिकारी समय-समय पर उन्हें और भी उत्तेजित करते रहते थे। विद्रोहियों के दमन में कोई पुलिस का कर्मचारी, रियासत का कोई नौकर इतना हृदयहीन, विचारहीन, न्यायहीन न बन सकता था! उनकी राज-भक्ति का पारावार न था, या यों कहिए कि इस समय वह रियासत के कर्णधार बने हुए थे, यहाँ तक कि सरदार नीलकंठ भी उनसे दबते थे। महाराना साहब को उन पर इतना विश्वास हो गया था कि उनसे सलाह लिये बिना कोई काम न करते। उनके लिए आने-जाने की कोई रोक-टोक न थी और मि. क्लार्क से तो उनकी दाँतकाटी रोटी थी। दोनों एक ही बँगले में रहते थे, और अंतरंग में सरदार साहब की जगह पर विनय की नियुक्ति की चर्चा की जाने लगी थी।

प्रायः साल-भर तक रियासत में यही आपाधापी रही। जब जसवंतनगर विद्रोहियों से पाक हो गया, अर्थात वहाँ कोई जवान आदमी न रहा, तो विनय ने स्वयं सोफ़ी का सुराग़ लगाने के लिए कमर बाँधी। उनकी सहायता के लिए गुप्त पुलिस के कई अनुभवी आदमी तैनात किये गये। चलने की तैयारियाँ होने लगीं। नायकराम अभी तक कमज़ोर थे। उनके बचने की आशा ही न रही थी; पर ज़िंदगी बाक़ी थी, बच गये। उन्होंने विनय को जाने पर तैयार देखा, तो साथ चलने का निश्चय किया। आकर बोले—भैया, मुझे भी साथ ले चलो, मैं यहाँ अकेला न रहूँगा।

विनय—मैं कहीं परदेश थोड़े ही जाता हूँ। सातवें दिन यहाँ आया करूँगा, तुमसे मुलाक़ात हो जायेगी।

सरदार नीलकंठ वहाँ बैठे हुए थे। बोले—अभी तुम जाने के लायक़ नहीं हो।

नायकराम—सरदार साहब, आप भी इन्हीं की-सी कहते हैं। इनके साथ न रहूँगा, तो रानीजी को कौन मुँह दिखाऊँगा!

विनय—तुम यहाँ ज़्यादा आराम से रह सकोगे, तुम्हारे ही भले की कहता हूँ।

नायकराम—सरदार साहब, अब आप ही भैया को समझाइए। आदमी एक घड़ी की नहीं चलाता, एक हफ़्ता तो बहुत है। फिर मोरचा लेना है वीरपालसिंह से, जिसका लोहा मैं भी मानता हूँ। मेरी कई लाठियाँ उसने ऐसी रोक लीं कि एक भी पड़ जाती, तो काम तमाम हो जाता। पक्का फेकैत है। क्या मेरी जान तुम्हारी जान से प्यारी है?

नीलकंठ—हाँ, वीरपाल है तो एक ही शैतान। न जाने कब, किधर से, कितने आदमियों के साथ टूट पड़े। उसके गोइन्दे सारी रिसासत में फैले हुए हैं।

नायकराम—तो ऐसे जोखम में कैसे इनका साथ छोड़ दूँ? मालिक की चाकरी में जान भी निकल जाये, तो क्या गम है, और यह जिन्दगानी है किसलिए!

विनय—भई, बात यह है कि मैं अपने साथ किसी ग़ैर की जान जोखिम में नहीं डालना चाहता।

नायकराम—हाँ, जब आप मुझे गैर समझते हैं, तो दूसरी बात है। हाँ, गैर तो हूँ ही; गैर न होता, तो रानीजी के इसारे पर कैसे यहाँ दौड़ा आता, जेहल में जाकर कैसे बाहर निकाल लाता और साल-भर तक खाट क्यों सेता? सरदार साहब, हजूर ही अब इन्साफ कीजिये। मैं गैर हूँ? जिसके लिए जान हथेली पर लिये फिरता हूँ, वही गैर समझता है!

नीलकंठ—विनयसिंह, यह आपका अन्याय है। आप इन्हें ग़ैर क्यों कहते हैं? अपने हितैषियों को ग़ैर कहने से उन्हें दुःख होता है।

नायकराम—बस, सरदार साहब, हजूर ने लाख रुपये की बात कह दी। पुलिस के आदमी गैर नहीं हैं, और मैं गैर हूँ!

विनय—अगर ग़ैर कहने से तुम्हें दुःख होता है, तो मैं यह शब्द वापस लेता हूँ। मैंने ग़ैर केवल इस विचार से कहा था कि तुम्हारे सम्बन्ध में मुझे घर वालों को जवाब देना पड़ेगा। पुलिस वालों के लिए तो कोई मुझसे जवाब न माँगेगा।

नायकराम—सरदार साहब, अब आप ही इसका जवाब दीजिए। यह मैं कैसे कहूँ कि मुझे कुछ हो गया, तो कुँवर साहब कुछ पूछ-ताँछ न करेंगे, उनका भेजा हुआ आया ही हूँ। भैया को जवाबदेही तो जरूर करनी पड़ेगी।

नीलकंठ—यह माना कि तुम उनके भेजे हुए आये हो; मगर तुम इतने अबोध नहीं हो कि तुम्हारी हानि-लाभ की ज़िम्मेदारी विनयसिंह के सिर हो। तुम अपना अच्छा-बुरा आप सोच सकते हो। क्या कुँवर साहब इतना भी न समझेंगे?

नायकराम—अब कहिये धर्मावतार, अब तो मुझे ले चलना पड़ेगा, सरदार साहब ने मेरी डिग्री कर दी। मैं कोई नाबालिग नहीं हूँ कि सरकार के सामने आपको जवाब देना पड़े।

अंत को विनय ने नायकराम को साथ ले चलना स्वीकार किया, और दो-तीन दिन पश्चात दस आदमियों की एक टोली, भेष बदलकर, सब तरह लैस होकर, टोहिये कुत्तों को साथ लिये, दुर्गम पर्वतों में दाख़िल हुई। पहाड़ों से आग निकल रही थी। बहुधा कोसों तक पानी की एक बूँद न मिलती; रास्ते पथरीले, वृक्षों का पता नहीं, दोपहर को लोग गुफाओं में विश्राम करते थे, रात को बस्ती से अलग किसी चौपाल या मन्दिर में पड़े रहते। दो-दो आदमियों का संग था। चौबीस घंटों में एक बार सब आदमियों को एक स्थान में जमा होना पड़ता था। दूसरे दिन का कार्यक्रम निश्चय करके लोग फिर अलग-अलग हो जाते थे। नायकराम और विनयसिंह की एक जोड़ी थी। नायकराम अभी तक चलने-फिरने में कमज़ोर था, पहाड़ों की चढ़ाई में थककर बैठ जाता, भोजन की मात्रा भी बहुत कम हो गयी थी, दुर्बल इतना हो गया था कि पहचानना कठिन था, किन्तु विनयसिंह पर प्राणों को न्यौछावर करने को तैयार रहता था। यह जानता था कि ग्रामीणों के साथ कैसा व्यवहार करना चाहिए; विविध स्वभाव और श्रेणी के मनुष्यों से परिचित था। जिस गाँव में जा पहुँचता, धूम मच जाती कि काशी के पंडाजी पधारे हैं। भक्तजन जमा हो जाते, नाई-कहार आ पहुँचते, दूध-घी, फल-फूल, शाक-भाजी आदि की रेल-पेल हो जाती,

किसी मंदिर के चबूतरे पर खाट पड़ जाती, बाल-वृद्ध, नर-नारी बेधड़क पंडाजी के पास आते, और यथाशक्ति दक्षिणा देते। पंडाजी बातों-बातों में उनसे गाँव का सारा समाचार पूछ लेते। विनयसिंह को अब ज्ञात हुआ कि नायकराम साथ न होते, तो मुझे कितने कष्ट झेलने पड़ते। वह स्वभाव के मितभाषी, संकोचशील, गंभीर आदमी थे। उनमें वह शासन-बुद्धि न थी, जो जनता पर आतंक जमा लेती है, न वह मधुर वाणी, जो मन को मोहती है। ऐसी दशा में नायकराम का संग उनके लिए दैवी सहायता से कम न था।

रास्ते में कभी-कभी हिंसक जंतुओं से मुठभेड़ हो जाती। ऐसे अवसरों पर नायकराम सीनासिपर हो जाता था। एक दिन चलते-चलते दोपहर हो गया। दूर तक आबादी का कोई निशान न था। धूप की प्रखरता से एक-एक पग चलना मुश्किल था। कोई कुआँ या तालाब भी नजर न आता था। सहसा एक ऊँचा टीकरा दिखायी दिया। नायकराम उस पर चढ़ गया कि शायद ऊपर से कोई गाँव या कुआँ दिखायी दे। उसने शिखर पर पहुँचकर इधर-उधर निगाह दौड़ायी तो दूर पर एक आदमी जाता हुआ दिखायी दिया। उसके हाथ में एक लकड़ी और पीठ पर एक थैली थी। कोई बिना वर्दी का सिपाही मालूम होता था। नायकराम ने उसे कई बार ज़ोर-ज़ोर से पुकारा तो उसने गर्दन फेरकर देखा। नायकराम उसे पहचान गये। यह विनयसिंह के साथ का एक स्वयंसेवक था। उसे इशारे से बुलाया, और टीले से उतरकर उसके पास आये। इस सेवक का नाम इंद्रदत्त था।

इंद्रदत्त ने पूछा—तुम यहाँ कैसे आ फँसे जी? तुम्हारे कुँअर कहाँ हैं?

नायकराम—पहले यह बताओ कि यहाँ कोई गाँव भी है, कहीं दाना-पानी मिल सकता है?

इंद्रदत्त—जिसके राम धनी, उसे कौन कमी! क्या राजदरबार ने भोजन की रसद नहीं लगायी? तेली से ब्याह करके तेल का रोना!

नायकराम—क्या करूँ भाई, बुरा फँस गया हूँ, न रहते बनता है, न जाते।

इंद्रदत्त—उनके साथ तुम भी अपनी मिट्टी ख़राब कर रहे हो। कहाँ हैं आजकल?

नायकराम—क्या करोगे?

इंद्रदत्त—कुछ नहीं, ज़रा मिलना चाहता था।

नायकराम—हैं तो वह भी। यहीं भेंट हो जायगी। थैली में कुछ है?

यों बातें करते हुए दोनों विनयसिंह के पास पहुँचे। विनय ने इंद्रदत्त को देखा, तो शत्रु-भाव से बोला—इंद्रदत्त, तुम कहाँ? घर क्यों नहीं गये?

इंद्रदत्त—आपसे मिलने की बड़ी आकांक्षा थी। आपसे कितनी ही बातें करनी हैं। पहले यह बताइए कि आपने यह चोला क्यों बदला?

नायकराम—पहले तुम अपनी थैली में से कुछ निकालो, फिर बातें होंगी।

विनयसिंह अपनी कायापलट का समर्थन करने के लिए सदैव तत्पर रहते थे। बोले—इसलिए कि मुझे अपनी भूल मालूम हो गयी। मैं पहले समझता था कि प्रजा बड़ी सहनशील और शांतिप्रिय है। अब ज्ञात हुआ कि वह नीच और कुटिल है। उसे ज्यों ही अपनी शक्ति का कुछ ज्ञान हो जाता है, वह उसका दुरुपयोग करने लगती है। जो प्राणी शक्ति का संचार होते ही उन्मत्त हो जाये, उसका अशक्त, दलित रहना ही अच्छा है। गत विद्रोह इसका ज्वलंत प्रमाण है। ऐसी

दशा में मैंने जो कुछ किया, और कर रहा हूँ, वह सर्वथा न्यायसंगत और स्वाभाविक है।

इंद्रदत्त—क्या आपके विचार में प्रजा को चाहिए कि उस पर कितने ही अत्याचार किये जायँ, वह मुँह न खोले?

विनय—हाँ, वर्तमान दशा में यही उसका धर्म है।

इंद्रदत्त—उसके नेताओं को भी यही आदर्श उसके सामने रखना चाहिए?

विनय—अवश्य!

इंद्रदत्त—तो जब आपने जनता को विद्रोह के लिए तैयार देखा, तो उसके सम्मुख खड़े होकर धैर्य और शांति का उपदेश क्यों नहीं दिया?

विनय—व्यर्थ था। उस वक़्त कोई मेरी न सुनता।

इंद्रदत्त—अगर न सुनता, तो क्या आपका यह धर्म नहीं था कि दोनों दलों के बीच में खड़े होकर पहले खुद गोली का निशाना बनते?

विनय—मैं अपने जीवन को इतना तुच्छ नहीं समझता।

इंद्रदत्त—जो जीवन सेवा और परोपकार के लिए समर्पण हो चुका हो, उसके लिए इससे उत्तम और कौन मृत्यु हो सकती थी?

विनय—आग में कूदने का नाम सेवा नहीं है। उसे दमन करना ही सेवा है।

इंद्रदत्त—अगर वह सेवा नहीं है, तो दीन जनता की, अपनी कामुकता पर, आहुति देना भी सेवा नहीं है। बहुत संभव था कि सोफ़िया ने अपनी दलीलों से वीरपालसिंह को निरुत्तर कर दिया होता। किंतु आपने विषय के वशीभूत होकर पिस्तौल का पहला वार किया, और इसलिए इस हत्याकांड का सारा भार आपकी ही गरदन पर है, और जल्द या देर में आपको इसका प्रायश्चित करना पड़ेगा। आप जानते हैं, प्रजा को आपके नाम से कितनी घृणा है? अगर कोई आदमी आपको यहाँ देखकर पहचान जाये, तो उसका पहला काम यह होगा कि आपके ऊपर तीर चलाये। आपने यहाँ की जनता के साथ, अपने सहयोगियों के साथ, अपनी जाति के साथ और सबसे अधिक अपनी पूज्य माता के साथ जो कुटिल विश्वासघात किया है, उसका कलंक कभी आपके माथे से न मिटेगा। कदाचित रानीजी आपको देखें, तो अपने हाथों से आपकी गरदन पर कटार चला दें। आपके जीवन से मुझे यह अनुभव हुआ कि मनुष्य का कितना नैतिक पतन हो सकता है।

विनय ने कुछ नम्र होकर कहा—इंद्रदत्त, अगर तुम समझते हो कि मैंने स्वार्थवश अधिकारियों की सहायता की, तो तुम मुझ पर घोर अन्याय कर रहे हो। प्रजा का साथ देने में जितनी आसानी से यश प्राप्त होता है, उससे कहीं अधिक आसानी से अधिकारियों का साथ देने में अपयश मिलता है। यह मैं जानता था। किंतु सेवक का धर्म यश और अपयश का विचार करना नहीं है, उसका धर्म सन्मार्ग पर चलना है। मैंने सेवा का व्रत धारण किया है, और ईश्वर न करे कि मैं वह दिन देखने के लिए जीवित रहूँ, जब मेरे सेवा-भाव में स्वार्थ का समावेश हो। पर इसका यह आशय नहीं है कि मैं जनता का अनौचित्य देखकर भी उसका समर्थन करूँ। मेरा व्रत मेरे विवेक की हत्या नहीं कर सकता।

इंद्रदत्त—कम-से-कम इतना तो आप मानते ही हैं कि स्वहित के लिए जनता का अहित न

करना चाहिए।

विनय–जो प्राणी इतना भी न माने, वह मनुष्य कहलाने के योग्य नहीं है।

इंद्रदत्त–क्या आपने केवल सोफ़िया के लिए रियासत की समस्त प्रजा को विपत्ति में नहीं डाला और अब भी उसका सर्वनाश करने की धुन में नहीं हैं?

विनय–तुम मुझ पर यह मिथ्या दोषारोपण करते हो। मैं जनता के लिए सत्य से मुँह नहीं मोड़ सकता। सत्य मुझे देश और जाति, दोनों से प्रिय है। जब तक मैं समझता था कि प्रजा सत्य-पक्ष पर है, मैं उसकी रक्षा करता था। जब मुझे विदित हुआ कि उसने सत्य से मुँह मोड़ लिया, मैंने भी उससे मुँह मोड़ लिया। मुझे रियासत के अधिकारियों से कोई आंतरिक विरोध नहीं है। मैं वह आदमी नहीं हूँ कि हुक्काम को न्याय पर देखकर भी अनायास उनसे बैर करूँ, और न मुझसे यही हो सकता है कि प्रजा को विद्रोह और दुराग्रह पर तत्पर देखकर भी उसकी हिमायत करूँ। अगर कोई आदमी मिस सोफ़िया के मोटर के नीचे दब गया, तो यह एक आकस्मिक घटना थी। सोफ़िया ने जान-बूझकर तो उस पर से मोटर को चला नहीं दिया। ऐसी दशा में जनता का उस भाँति उत्तेजित हो जाना इस बात का प्रत्यक्ष प्रमाण था कि वह अधिकारिंगों को बलपूर्वक अपने वश में करना चाहती है। आप सोफ़िया के प्रति मेरे आचरण पर आक्षेप करके मुझ पर ही अन्याय नहीं कर रहे हैं, वरन अपनी आत्मा को भी कलंकित कर रहे हैं।

इंद्रदत्त–ये हज़ारों आदमी निरपराध क्यों मारे गये? क्या यह भी प्रजा ही का क़सूर था?

विनय–यदि आपको अधिकारियों की कठिनाइयों का कुछ अनुभव होता, तो आप मुझसे कदापि यह प्रश्न न करते। इसके लिए आप क्षमा के पात्र हैं। साल-भर पहले जब अधिकारियों से मेरा कोई संबंध न था, कदाचित मैं भी ऐसा ही समझता था। किन्तु अब मुझे अनुभव हुआ है कि उन्हें ऐसे अवसरों पर न्याय का पालन करने में कितनी कठिनाइयाँ झेलनी पड़ती हैं। मैं यह स्वीकार नहीं करता कि अधिकार पाते ही मनुष्य का रूपांतर हो जाता है। मनुष्य स्वभावतः न्यायप्रिय होता है। उसे किसी को बरबस कष्ट देने से आनन्द नहीं मिलता, बल्कि उतना ही दुःख और क्षोभ होता है, जितना किसी प्रजासेवक को। अन्तर केवल इतना ही है कि प्रजासेवक किसी दूसरे पर दोषारोपण करके अपने को संतुष्ट कर लेता है, यहीं उसके कर्तव्य की इतिश्री हो जाती है, अधिकारियों को यह अवसर प्राप्त नहीं होता। वे आप अपने आचरण की सफ़ाई नहीं पेश कर सकते। आपको ख़बर नहीं कि हुक्काम ने अपराधियों को खोज निकालने में कितनी दिक़्क़तें उठायीं। प्रजा अपराधियों को छिपा लेती थी, और राजनीति के किसी सिद्धांत का उस पर कोई असर न होता था। अतएव अपराधियों के साथ निरपराधियों का फँस जाना संभव ही था। फिर आपको मालूम नहीं है कि इस विद्रोह ने रियासत को कितने महान संकट में डाल दिया है। अँगरेज़ी सरकार को संदेह है कि दरबार ने ही यह सारा षड्यंत्र रचा था। अब दरबार का कर्तव्य है कि वह अपने को इस आक्षेप से मुक्त करे, और जब तक मिस सोफ़िया का सुराग़ नहीं मिल जाता, रियासत की स्थिति अत्यंत चिंतामय है। भारतीय होने के नाते मेरा धर्म है कि रियासत के मुख पर से इस कालिमा को मिटा दूँ; चाहे इसके लिए मुझे कितना ही अपमान, कितना ही लांछन, कितना ही कटु वचन क्यों न सहना पड़े, चाहे मेरे प्राण ही क्यों न चले जायँ। जाति-सेवक की अवस्था कोई स्थायी रूप नहीं रखती, परिस्थितियों के अनुसार

उसमें परिवर्तन होता रहता है। कल मैं रियासत का जानी दुश्मन था, आज उसका अनन्य भक्त हूँ और इसके लिए मुझे लेश-मात्र भी लज्जा नहीं।

इंद्रदत्त—ईश्वर ने आपको तर्क-बुद्धि दी है और उससे आप दिन को रात सिद्ध कर सकते हैं; किंतु आपकी कोई उक्ति प्रजा के दिल से इस ख़याल को नहीं दूर कर सकती कि आपने उसके साथ दग़ा की। और इस विश्वासघात की जो यंत्रणा आपको सोफ़िया के हाथों मिलेगी, उससे आपकी आँखें खुल जायँगी।

विनय ने इस भाँति लपककर इंद्रदत्त का हाथ पकड़ लिया, मानो वह भागा जा रहा हो, और बोले—तुम्हें सोफ़िया का पता मालूम है?

इंद्रदत्त—नहीं।

विनय—झूठ बोलते हो!

इंद्रदत्त—हो सकता है।

विनय—तुम्हें बताना पड़ेगा।

इंद्रदत्त—आपको अब मुझसे यह पूछने का अधिकार नहीं रहा। आपका या दरबार का मतलब पूरा करने के लिए मैं दूसरों की जान संकट में नहीं डालना चाहता। आपने एक बार विश्वासघात किया है और फिर कर सकते हैं।

नायकराम—बता देंगे, आप क्यों इतने घबराये जाते हैं! इतना तो बता ही दो भैया इंद्रदत्त, कि मेम साहब कुसल से हैं न?

इंद्रदत्त—हाँ, बहुत कुशल से हैं, और प्रसन्न हैं। कम-से-कम विनयसिंह के लिए कभी विकल नहीं होतीं। सच पूछो, तो उन्हें अब इनके नाम से घृणा हो गयी है।

विनय—इंद्रदत्त, हम और तुम बचपन के मित्र हैं। तुम्हें ज़रूरत पड़े, तो मैं अपने प्राण तक दे दूँ; पर तुम इतनी ज़रा-सी बात बतलाने से इंकार कर रहे हो। यही दोस्ती है?

इंद्रदत्त—दोस्ती के पीछे दूसरों की जान क्यों विपत्ति में डालूँ?

विनय—मैं माता के चरणों की क़सम खाकर कहता हूँ, मैं इसे गुप्त रखूँगा। मैं केवल एक बार सोफ़िया से मिलना चाहता हूँ।

इंद्रदत्त—काठ की हाँड़ी बार-बार नहीं चढ़ती।

विनय—इंद्र, मैं जीवन-पर्यंत तुम्हारा उपकार मानूँगा।

इंद्रदत्त—जी नहीं, बिल्ली बख़्शे; मुरग़ा बाँड़ा ही अच्छा।

विनय—मुझसे जो क़सम चाहे ले, लो।

इंद्रदत्त—जिस बात के बतलाने का मुझे अधिकार नहीं, उसे बताने के लिए आप मुझसे व्यर्थ आग्रह कर रहे हैं।

विनय—तुम पाषाण-हृदय हो।

इंद्रदत्त— मैं उससे भी कठोर हूँ। मुझे जितना चाहिए, कोस लीजिये; पर सोफ़िया के विषय में मुझसे कुछ न पूछिए।

नायकराम—हाँ भैया, बस यही टेक चली जाये। मरदों का यही काम है। दो टूक कह दिया कि जानते हैं, लेकिन बतलायँगे नहीं, चाहे किसी को भला लगे या बुरा।

इंद्रदत्त—अब तो क़लई खुल गयी न ? क्यों कुँवर साहब महाराज, अब तो बढ़-चढ़कर बातें न करोगे?

विनय—इंद्रदत्त, जले पर नमक न छिड़को। जो बात पूछता हूँ, बतला दो; नहीं तो मेरी जान को रोना पड़ेगा। तुम्हारी जितनी ख़शामद कर रहा हूँ, उतनी आज तक किसी की नहीं की थी; पर तुम्हारे ऊपर ज़रा भी असर नहीं होता।

इंद्रदत्त—मैं एक बार कह चुका कि मुझे जिस बात के बतलाने का अधिकार नहीं, वह किसी तरह न बताऊँगा। बस, इस विषय में तुम्हारा आग्रह करना व्यर्थ है। यह लो, अपनी राह जाता हूँ। तुम्हें जहाँ जाना हो, जाओ!

नायकराम—सेठजी, भागो मत मिस, साहब का पता बताये बिना न जाने पाओगे।

इंद्रदत्त—क्या ज़बरदस्ती पूछोगे?

नायकराम—हाँ, जबरदस्ती पूछूँगा। बाम्हन होकर तुमसे भिक्षा माँग रहा हूँ और तुम इंकार करते हो, इसी पर धर्मात्मा, सेवक, चाकर बनते हो। यह समझ लो, बाम्हन भीख लिये बिना द्वार से नहीं जाता; नहीं पाता, तो धरना देकर बैठ जाता है, और फिर ले ही कर उठता है।

इंद्रदत्त—मुझसे यह पंडई चालें न चलो, समझे! ऐसे भीख देने वाले कोई और होंगे।

नायकराम—क्यों बाप-दादों का नाम डुबाते हो भैया? कहता हूँ, यह भीख दिये बिना अब तुम्हारा गला नहीं छूट सकता!

यह कहते हुए नायकराम चट ज़मीन पर बैठ गये, इंद्रदत्त के दोनों पैर पकड़ लिये, उन पर अपना सिर रख दिया और बोले—अब तुम्हारा जो धरम हो, वह करो। मैं मूरख हूँ, गँवार हूँ, पर बाम्हन हूँ। तुम सामरथी पुरुख हो। जैसा उचित समझो, करो।

इंद्रदत्त अब भी न पसीजे, अपने पैरों को छुड़ाकर चले जाने की चेष्टा की, पर उनके मुख से स्पष्ट विदित हो रहा था कि इस समय बड़े असमंजस में पड़े हुए हैं, और इस दीनता की उपेक्षा करते हुए अत्यन्त लज्जित हैं। वह बलिष्ठ पुरुष थे, स्वयंसेवकों में कोई उनका-सा दीर्घकाय युवक न था। नायकराम अभी क़मजोर थे। निकट था कि इंद्रदत्त अपने पैरों को छुड़ाकर निकल जायँ कि नायकराप ने विनय से कहा—भैया, खड़े क्या देखते हो? पकड़ लो इनके पाँव, देखूँ, यह कैसे नहीं बताते।

विनयसिंह कोई स्वार्थ सिद्ध करने के लिए भी किसी की खुशामद करना अनुचित समझते थे, पाँव पर गिरने की बात ही क्या। किसी संत-महात्मा के सामने दीन भाव प्रकट करने से उन्हें संकोच न था, अगर उससे हार्दिक श्रद्धा हो। केवल अपना काम निकालने के लिए उन्होंने सिर झुकाना सीखा ही न था। पर जब उन्होंने नायकराम को इंद्रदत्त के पैरों पर गिरते देखा, तो आत्मसम्मान के लिए कोई स्थान न रहा। सोचा, जब मेरी ख़ातिर नायकराम ब्राह्मण होकर यह अपमान सहन कर रहा है, तो मेरा दूर खड़े शान की लेना मुनासिब नहीं। यद्यपि एक क्षण पहले इंद्रदत्त से उन्होंने अविनयपूर्ण बातें की थीं और उनकी चिरौरी करते हुए लज्जा आती थी, पर सोफ़ी का समाचार भी इसके सिवा अन्य किसी उपाय से मिलता हुआ नहीं नज़र आता था। उन्होंने आत्मसम्मान को भी सोफ़ी पर समर्पण कर दिया। मेरे पास यही एक चीज़ थी, जिसे मैंने अभी तक तेरे हाथ में न दिया था। आज वह भी तेरे हवाले करता हूँ। आत्मा अब

भी सिर न झुकाना चाहती थी, पर कमर झुक गयी। एक पल में उनके हाथ इंद्रदत्त के पैरों के पास जा पहुँचे। इंद्रदत्त ने तुरंत पैर खींच लिये, और विनय को उठाने की चेष्टा करते हुए बोले—विनय, यह क्या अनर्थ करते हो, हैं, हैं!

विनय की दशा उस सेवक की-सी थी, जिसे उसके स्वामी ने थूककर चाटने का दंड दिया हो। अपनी अधोगति पर रोना आ गया।

नायकराम ने इंद्रदत्त से कहा—भैया, मुझे भिच्छुक समझकर दुत्कार सकते थे; लेकिन अब कहो!

इंद्रदत्त संकोच में पड़कर बोले—विनय, क्यों मुझे इतना लज्जित कर रहे हो। मैं वचन दे चुका हूँ कि किसी से यह भेद न बताऊँगा।

नायकराम—तुमसे कोई जबरदस्ती तो नहीं कर रहा है। जो अपना धरम समझो, वह करो, तुम आप बुद्धिमान हो।

इंद्रदत्त ने खिन्न होकर कहा—ज़बरदस्ती नहीं तो और क्या है! ग़रज बावली होती है, पर आज मालूम हुआ कि वह अंधी भी होती है। विनय व्यर्थ ही अपनी आत्मा पर यह अन्याय कर रहे हो। भले आदमी, क्या आत्मगौरव भी घोलकर पी गये? तुम्हें उचित था कि प्राण देकर भी आत्मा की रक्षा करते। अब तुम्हें ज्ञात हुआ होगा कि स्वार्थ-कामना मनुष्य को कितना पतित कर देती है। मैं जानता हूँ, एक वर्ष पहले सारा संसार मिलकर भी तुम्हारा सिर न झुका सकता था, आज तुम्हारा यह नैतिक पतन हो रहा है। अब उठो, मुझे पाप में न डुबाओ।

विनय को इतना क्रोध आया कि इसके पैरों को खींच लूँ, और छाती पर चढ़ बैठूँ। दुष्ट इस दशा में भी डंक मारने से बाज़ नहीं आता। पर यह विचार करके कि अब तो जो कुछ होना था, हो चुका, ग्लानि-भाव से बोले—इंद्रदत्त, तुम मुझे जितना पामर समझते हो, उतना नहीं हूँ; पर सोफ़ी के लिए मैं सब कुछ कर सकता हूँ। मेरा आत्मसम्मान, मेरी बुद्धि, मेरा पौरुष, मेरा धर्म, सब कुछ प्रेम के हवन-कुंड में स्वाहा हो गया। अगर तुम्हें अब भी मुझ पर दया न आये, तो...मेरी कमर से पिस्तौल निकालकर एक निशाने से काम तमाम कर दो।

यह कहते-कहते विनय की आँखों में आँसू भर आये। इंद्रदत्त ने उन्हें उठाकर कंठ से लगा लिया, और करुण भाव से बोले—विनय, क्षमा करो, यद्यपि तुमने जाति का अहित किया है, पर मैं जानता हूँ कि तुमने वही किया, जो कदाचित उस स्थिति में मैं या कोई अन्य प्राणी भी करता। मुझे तुम्हारा तिरस्कार करने का अधिकार नहीं है। तुमने अगर प्रेम के लिए आत्ममर्यादा को तिलांजलि दे दी, तो मैं भी मैत्री और सौजन्य के लिए अपने वचन से विमुख हो जाऊँगा। जो तुम चाहते हो, वह मैं बता दूँगा। पर इससे तुम्हें कोई लाभ न होगा; क्योंकि मिस सोफ़िया की दृष्टि में तुम गिर गये हो, उसे अब तुम्हारे नाम से घृणा होती है। उससे मिलकर तुम्हें दुःख होगा।

नायकराम—भैया, तुम अपनी-सी कर दो, मिस साहब को मनाना-जनाना इनका काम है। आसिक लोग बड़े चलते-पुरजे होते हैं, छँटे हुए सोहदे, देखने ही को सीधे होते हैं। मासूक को चुटकी बजाते अपना कर लेते हैं। जरा आँखों में पानी भरकर देखा, और मासूक पानी हुआ।

इंद्रदत्त—मिस सोफ़िया मुझे कभी क्षमा न करेंगी; लेकिन अब उनका-सा हृदय कहाँ से

लाऊँ। हाँ, एक बात बतला दो। इसका उत्तर पाये बिना मैं कुछ न बता सकूँगा।

विनय–पूछो।

इंद्रदत्त–तुम्हें वहाँ अकेले जाना पड़ेगा। वचन दो कि ख़ुफ़िया पुलिस का कोई आदमी तुम्हारे साथ न होगा।

विनय–इससे तुम निश्चिन्त रहो।

इंद्रदत्त–अगर तुम पुलिस के साथ गये, तो सोफ़िया की लाश के सिवा और कुछ न पाओगे।

विनय–मैं ऐसी मूर्खता करूँगा ही क्यों!

इंद्रदत्त–यह समझ लो कि मैं सोफ़ी का पता बताकर उन लोगों के प्राण तुम्हारे हाथों में रखे देता हूँ, जिनकी खोज में तुमने दाना-पानी हराम कर रखा है।

नायकराम–भैया, चाहे अपनी जान निकल जाये, उन पर कोई रेप न आने पायेगा। लेकिन यह भी बता दो कि वहाँ हम लोगों की जान का जोखम तो नहीं है?

इंद्रदत्त–(विनय से) अगर वे लोग तुमसे बैर साधना चाहते, तो अब तक तुम लोग जीते न रहते। रियासत की समस्त शक्ति भी तुम्हारी रक्षा न कर सकती। उन लोगों को तुम्हारी एक-एक बात की ख़बर मिलती रहती है। यह समझ लो कि तुम्हारी जान उनकी मुट्ठी में है। इतने प्रजाद्रोह के बाद अगर तुम अभी ज़िन्दा हो, तो यह मिस सोफ़िया की कृपा है। अगर मिस सोफ़िया की तुमसे मिलने की इच्छा होती, तो इससे ज़्यादा आसान कोई काम न था, लेकिन उनकी तो यह हालत है कि तुम्हारे नाम ही से चिढ़ती हैं। अगर अब भी उनसे मिलने की अभिलाषा हो तो मेरे साथ आओ।

विनयसिंह को अपनी विचार-परिवर्तक शक्ति पर विश्वास था। इसकी उन्हें लेशमात्र भी शंका न थी कि मुझसे सोफ़ी बातचीत न करेगी; हाँ, खेद इस बात का था कि मैंने सोफ़ी ही के लिए अधिकारियों को जो सहायता दी, उसका यह परिणाम हुआ। काश, मुझे पहले ही मालूम हो जाता कि सोफ़ी मेरी नीति को पसन्द नहीं करती, वह मित्रों के हाथ में है, और सुखी है, तो मैं यह अनीति करता ही क्यों? मुझे प्रजा से कोई बैर तो था नहीं। सोफ़ी पर भी इसकी कुछ-न-कुछ ज़िम्मेदारी है। वह मेरी मनोवृत्तियों को जानती थी। क्या वह एक पत्र भेजकर मुझे अपनी स्थिति की सूचना न दे सकती थी? जब उसने ऐसा नहीं किया, तो उसे अब मुझ पर त्यौरियाँ चढ़ाने का क्या अधिकार है?

यह सोचते वह इंद्रदत्त के पीछे-पीछे चलने लगे। भूख-प्यास हवा हो गयी।

तीस

चलते-चलते संध्या हो गयी। पहाड़ों की संध्या मैदानों की रातों से कहीं भयानक होती है। तीनों आदमी चले जाते थे; किन्तु अभी ठिकाने का पता न था। पहाड़ियों के साये लम्बे हो गये। सूर्य डूबने से पहले ही दिन डूब गया। रास्ता न सुझायी देता था। दोनों आदमी बार-बार इंद्रदत्त से पूछते, अब कितनी दूर है, पर यही जवाब मिलता कि चले आओ, अब पहुँचे जाते हैं। यहाँ तक कि विनयसिंह ने एक बार झुँझलाकर कहा–इंद्रदत्त, अगर तुम हमारे खून के प्यासे हो,

तो साफ़-साफ़ क्यों नहीं कहते? इस भाँति कुढ़ा-कुढ़ाकर क्यों मारते हो। इंद्रदत्त ने इसका भी वही जवाब दिया कि चले आओ, अब दूर नहीं है; हाँ, ज़रा सर्तक रहना, रास्ता दुर्गम है।

विनय को अब बार-बार पछतावा हो रहा था कि इंद्रदत्त के साथ क्यों आया, क्यों न पहले उसके हाथों सोफ़िया को एक पत्र भेज दिया! पत्र का उत्तर मिलने पर जब सोफ़िया की लिपि पहचान लेता, तो निश्चिन्त होकर इधर आता। सोफ़ी इतनी वज्र-हृदया तो है नहीं कि पत्र का उत्तर ही न देती। यह उतावली करने में मुझसे बड़ी भूल हुई। इंद्रदत्त की नीयत अच्छी नहीं मालूम होती। इन शंकाओं से उसका मार्ग और कठिन हो रहा था। लोग ज्यों-ज्यों आगे बढ़ते थे, रास्ता बीहड़ और विषम होता जाता था। कभी टीलों पर चढ़ना पड़ता, और कभी इतना नीचे उतरना पड़ता कि मालूम होता, रसातल को चले जा रहे हैं। कभी दायें-बायें गहरे खड्डों के बीच में एक पतली-सी पगडंडी मिल जाती। आँखें बिलकुल काम न देती थीं, केवल अटकल का सहारा था, जो वास्तव में अंतर्दृष्टि है। विनय पिस्तौल चढ़ाये हुए थे, मन में निश्चय कर लिया था कि ज़रा भी कोई शंका हुई, तो पहला वार इंद्रदत्त पर करूँगा।

सहसा इंद्रदत्त रुक गये, और बोले—लीजिए, आ गये। बस, आप लोग यहीं ठहरिये, मैं जाकर उन लोगों को सूचना दे दूँ।

विनय ने चकित होकर पूछा—यहाँ घर तो कोई नज़र नहीं आता, बस सामने एक वृक्ष है।

इंद्रदत्त—राज्यद्रोहियों के लिए ऐसे ही गुप्त स्थानों की ज़रूरत होती है, जहाँ यमराज के दूत भी न पहुँच सकें।

विनय—भई, यों अकेले छोड़कर मत जाओ। क्यों न यहीं से आवाज़ दो? या चलो, मैं भी चलता हूँ।

इंद्रदत्त—यहाँ से तो शायद शंख की ध्वनि भी न पहुँचे, और दूसरों को ले चलने का मुझे अधिकार नहीं; क्योंकि घर मेरा नहीं है, और दूसरों के घर में मैं आपको क्योंकर ले जा सकता हूँ? इन ग़रीबों के पास यहाँ कोई सेना या दुर्ग नहीं, केवल मार्ग की दुर्गमता ही उनकी रक्षा करती है। मुझे देर न लगेगी।

यह कहकर वह वेग से चला और कई पग चलकर उसी वृक्ष के नीचे अदृश्य हो गया। विनयसिंह कुछ देर तक तो संशय में पड़े हुए उसकी राह देखते रहे, फिर नायकराम से बोले—इस धूर्त ने तो बुरा फँसाया। यहाँ इस निर्जन स्थान पर लाकर खड़ा कर दिया कि बिना मौत ही मर जायें। अभी तक लौटकर नहीं आया।

नायकराम—तुम्हें क्या चिंता, आसिक लोग तो जान हथेली पर लिये ही रहते हैं, मरे तो हम कि सूखे ही पर रहे।

विनय—मैं इसकी नियत को ताड़ गया था।

नायकराम—तो फिर क्यों बिना कान-पूँछ हिलाये चले आये? अपने साथ मुझे भी डुबाया! क्या इस्क में अकिल घनचक्कर हो जाती है?

विनय—आध घंटे तो हुए, अभी तक किसी का पता ही नहीं। यहाँ से भागना भी चाहें, तो कहाँ जायँ! इसने ज़रूर दग़ा की। ज़िन्दगी का यहीं तक साथ था।

नायकराम—आसिक होकर मरने से डरते हो! मरना तो एक दिन है ही, आज ही सही

डर क्या! जब ओखली में सिर दिया, तो मूसलों का क्या गम! मारे, उसका जितना जी चाहे।

विनय—कहीं सचमुच सोफ़िया आ जाये!

नायकराम—फिर क्या कहने, लपककर टाँग लेना, मजा तो जब आये कि तुम हाय-हाय करके रोने लगो, और वह आँचल से तुम्हारे आँसू पोछे।

विनय—भई देखना मैं उसे देखकर रो पड़ूँ, तो हँसना मत। उसे देखते ही दौड़ूँगा और ऐसे ज़ोर से पकड़ूँगा कि छुड़ा न सके।

नायकराम—यह मेरा अँगोछा ले लो, चट उसके पैर बाँध देना।

विनय—तुम हँसी उड़ा रहे हो, और मेरा हृदय धड़क रहा है कि न जाने क्या होने वाला है। आहा! मैं समझ गया! मैं इधर से एक बार गया हूँ। हम जसवन्तनगर के आसपास कहीं हैं। इंद्रदत्त हमको भ्रम में डालने के लिए इतना चक्कर देकर लाया है।

नायकराम—जसवन्तनगर यही हो, तो हमें क्या। हम यहाँ चिल्लायें, तो कौन सुनेगा।

विनय—क्या सचमुच इसने धोखा दिया क्या? मेरा तो जी चाहता है कि यहाँ से किसी ओर को चल दूँ। अगर सोफ़िया ने कठोर बातें कहनी शुरू कीं, तो मेरा दिल फट जायगा। जिसके हित के लिए इतने अधर्म और अकर्म किये, उसकी निर्दयता कैसे सही जायगी? ऐसी ही बातों से संसार से जी खट्टा हो जाता है। जिसके लिए चोर बने, वही पुकारे चोर!

नायकराम—स्त्रियों का यही हाल है।

विनय—हाँ, जो सुना करता था, वह आँखों के आगे आया।

नायकराम—मैं यह अँगोछा बिछाये देता हूँ, पत्थर ठंडा हो गया है, आराम से लेटो। मिस साहब आयें, तो हरिइच्छा, नहीं तो तड़के यहाँ से चल देंगे। कहीं-न-कहीं राह मिल ही जायगी। मैं यह पिस्तौल लिये बैठा हूँ, कोई खटका हुआ तो देखी जायगी। मेरा तो अब यहाँ से जी भर गया; न जाने वह कौन दिन होगा कि फिर घर के दरसन होंगे।

विनय—मेरा तो घर से नाता ही टूट गया। सोफ़िया के साथ जाऊँगा, तो घुसने ही न पाऊँगा; सोफ़िया न मिली तो जाऊँगा ही नहीं। यहीं धूनी रमाऊँगा।

नायकराम—भैया, तुम्हारे सामने बोलना छोटा मुँह बड़ी बात है, पर साथ रहते-रहते ढीठ हो गया हूँ। मुझे तो मिस साहब ऐसी कोई बड़ी अपसरा नहीं मालूम होतीं। यहाँ तो भगवान की दया से नित्य ही ऐसी-ऐसी सूरतें देखने में आती हैं कि मिस साहब उनके सामने पानी भरें। मुखड़ा देखो, तो जैसे हीरा दप-दप कर रहा हो। और, इनके लिए तुम राज-पाट त्यागने पर तैयार हो! सच कहता हूँ, रानीजी को बड़ा कलंक होगा। माँ का दिल दुखाना महापाप है। कुछ हालचाल भी तो नहीं मिला, न जाने चल बसीं कि हैं।

विनय—पंडाजी, मैं सोफ़ी के रूप का उपासक नहीं हूँ। मैं स्वयं नहीं जानता कि उसमें वह कौन-सी बात है, जो मुझे इतना आकर्षित कर रही है। मैं उसके लिए राज-पाट तो क्या, अपना धर्म तक त्याग सकता हूँ। अगर सारा संसार मेरे अधीन होता, तो भी मैं उसे सोफ़िया की भेंट कर देता। अगर आज मुझे मालूम हो जाये कि सोफ़ी इस संसार में नहीं है, तो तुम मुझे जीता न पाओगे। उससे मिलने की आशा ही मेरा जीवन-सूत्र है। उसके चरणों पर प्राण दे देना ही मेरे जीवन की प्रथम और अन्तिम अभिलाषा है।

वृक्ष की ओर लालटेन का प्रकाश दिखायी दिया। दो आदमी आ रहे थे। एक के हाथ में लालटेन थी, दूसरे के हाथ में जाजम। विनय ने दोनों को पहचान लिया। एक तो वीरपालसिंह था, दूसरा उसका साथी। वीरपाल ने समीप आकर लालटेन रख दी, और विनय को प्रणाम करके दोनों चुपचाप जाजम बिछाने लगे। जाजम बिछाकर वीरपाल बोला—आइए, बैठ जाइए, आपके बड़ा कष्ट हुआ। मिस साहब अभी आ रही हैं।

आशा और निराशा की द्विविध तरंगों में विनय का दिल बैठा जाता था। उन्हें लज्जा आ रही थी कि जिन मनुष्यों को मैंने अधिकारियों की मदद से मिटा देने का प्रयत्न किया, अंत में उन्हीं के द्वार का मुझे भिक्षुक बनना पड़ा। मज़ा तो जब आता कि ये सब हथकड़ियाँ पहने हुए मेरे सामने आते, और मैं इन्हें क्षमा प्रदान करता। वास्तव में विजय का सेहरा इन्हीं के सिर रहा। आह ! जिन्हें मैं पामर और हत्यारा समझता था, वही आज मेरे भाग्य के विधाता बने हुए हैं।

जब वे जाजम पर जा बैठे, और नायकराम सजग होकर टहलने लगे, तो वीरपाल ने कहा—कुँअर साहब, मेरा परम सौभाग्य है कि आज आपको अपने सामने अदालत की कुर्सी पर बैठे न देखकर अपने द्वार पर बैठे देख रहा हूँ, नहीं तो उन अभागों के साथ मेरी गरदन पर भी छुरी चल जाती, जिन्होंने मार खाकर रोने के सिवा और कोई अपराध नहीं किया था।

विनय—वीरपालसिंह, उन दुष्कृत्यों की चर्चा करके मुझे लज्जित न करो। अगर उनका कुछ प्रायश्चित हो सकता है, तो मैं करने को तैयार हूँ।

वीरपाल—सच्चे दिल से?

विनय—हाँ, अगर मिस सोफ़िया की तुमने रक्षा की है।

वीरपाल—उन्हें तो आप अभी प्रत्यक्ष देख लेंगे।

विनय—तो मैं भी तुम्हें मुआफ़ कराने का यथासाध्य उद्योग करूँगा।

वीरपाल—आप जानते हैं, मैं मिस साहब को क्यों लाया? इसीलिए कि हम उन्हीं की सेवा और सिफ़ारिश से अपनी रक्षा की आशा रखते थे। हमको आशा थी कि मिस साहब के द्वारा हम प्राणदान पाने में सफल हो जायँगे, पर दुर्भाग्यवश उन्हें हमारे अनुमान से कहीं ज़्यादा गहरा घाव लगा था और उसके भरने में पूरे नौ महीने लग गये। अपने मुँह से क्या कहें, पर जितनी श्रद्धा से हमने उनकी सेवा की, वह हमीं जानते हैं। यही समझ लीजिए कि मुझे छह महीने तक घर से निकलने का मौक़ा न मिला। इतने दिनों तक जसवंतनगर में नर-हत्या और न्याय-हत्या का बाज़ार गर्म था; रोज-रोज की ख़बरें सुनता था, और माथा ठोंककर रह जाता था। मिस साहब को अपनी रक्षा के लिए लाया था। उनके पीछे सारा इलाक़ा तबाह हो गया। ख़ैर, जो कुछ परमात्मा को मंजूर था, हुआ। अब मेरी आपसे यही विनय है कि हमारे ऊपर दया-दृष्टि होनी चाहिए। आपको परमात्मा ने प्रभुता दी है। आपके एक इशारे से हम लोगों की जान बच जायगी।

विनय ने मुक्त हृदय से कहा—मुझे तो पूर्ण विश्वास है कि दरबार तुम्हारे अपराध क्षमा कर देगा। हाँ, तुमको भी यह वचन देना पड़ेगा कि अब से तुम रियासत के प्रति द्रोह-भाव न रखोगे।

वीरपाल—मैं इसकी प्रतिज्ञा लेने को तैयार हूँ। कुँअर साहब, सच तो यह है कि आपने हमें

बिलकुल अशक्त कर दिया। यह आप ही का दमन है, जिसने हमें इतना कमज़ोर बना दिया। जिन-जिन आदमियों पर हमें भरोसा था, वे सब दग़ा दे गये। शत्रु-मित्र में भेद करना कठिन हो गया। प्रत्येक प्राणी अपनी प्राण-रक्षा के लिए, अपने को निर्दोष सिद्ध करने के लिए अथवा अधिकारियों का विश्वासपात्र बनने के लिए हमारी आस्तीन का साँप हो गया। वही मैं हूँ, जिसने जसवंतनगर में सरकारी ख़जाना लूटा था, और वही मैं हूँ कि आज चूहे की भाँति बिल में छिपा हुआ हूँ। प्रतिक्षण यही डर रहता है कि कहीं पुलिस न आ जाय।

विनय—मिस सोफ़िया कभी मुझे याद करती हैं?

वीरपाल—मिस साहब को आपसे जितना प्रेम है, उसकी आप कल्पना भी नहीं कर सकते। (अपने साथी की ओर संकेत करके) इनके आघात से आपको मिस साहब ही ने बचाया था, और मिस साहब ही की ख़ातिर से आप इतने दिनों हमारे हाथों से बचे रहे। हमें आपसे भेंट करने का अवसर न था, पर हमारी बंदूकों को था। मिस साहब आपको याद करके घंटों रोया करती थीं; पर अब उनका हृदय आपसे ऐसा फट गया है कि आपका कोई नाम भी लेता है, तो चिढ़ जाती हैं। वह तो कहती हैं, मुझे ईश्वर ने अपना धर्म परित्याग करने का यह दंड दिया है। पर मेरा विचार है कि अब भी आपके प्रति उनके हृदय में असीम श्रद्धा है। प्रेम की भाँति मान भी घनिष्ठता ही से उत्पन्न होता है। आप उनसे निराश न हूजिएगा। आप राजा हैं, आपके लिए सब कुछ क्षम्य है। धर्म का बंधन तो छोटे आदमियों के लिए है।

सहसा उसी वृक्ष की ओर दूसरी लालटेन का प्रकाश दिखायी दिया। एक वृद्धा लोटा लिये आ रही थी। उसके पीछे सोफ़ी थी—हाथ में एक थाली लिये हुए, जिसमें एक घी का दीपक जल रहा था। वही सोफ़िया थी, वही तेजस्वी सौन्दर्य की प्रतिमा, कांति की मंदता ने उसे एक अवर्णनीय, शुभ्र, आध्यात्मिक लावण्य प्रदान कर दिया था, मानो उसकी सृष्टि पंचभूत के नहीं, निर्मल ज्योत्स्ना के परमाणुओं से हुई हो।

उसे देखते ही विनय के हृदय में ऐसा उद्‌गार उठा कि दौड़कर उसके चरणों में गिर पड़ूँ। सौंदर्य-प्रतिमा मोहित नहीं करती वशीभूत कर लेती है।

बुढ़िया ने लोटा रख दिया, और लालटेन लिये चली गयी। वीरपालसिंह और उसका साथी भी वहाँ से हटकर दूर चले गये। नायकराम भी उन्हीं के साथ हो लिये। अब वह निश्शंक हो गये थे।

विनय ने कहा—सोफ़िया, आज मेरे जीवन का lucky day है, मैं तो निराश हो चला था।

सोफ़िया—मेरा परम सौभाग्य था कि आपके दर्शन हुए। आपके दर्शन बदे थे, नहीं तो मरने में कोई कसर न रह गयी थी।

विनय की आशंकाएँ निर्मूल होती हुई नज़र आयीं। इंद्रदत्त और वीरपाल ने मुझे अनायास ही चिंता में डाल दिया था! सम्मिलन प्रेम को सजग कर देता है। मनोल्लास के प्रवाह में उनकी सरल बुद्धि किसी पुष्पमाला के समान बहती चली जाती थी। इस वाक्य में कितना तीव्र व्यंग्य था, यह उनकी समझ में न आया।

सोफ़ी ने थाल में से दही और चावल निकालकर विनय के मस्तक पर तिलक लगाया, और मुसकराकर बोली—अब आरती करूँगी।

विनय ने गद्‌गद होकर कहा—प्रिये, यह क्या ढकोसला कर रही हो! तुम भी इन रस्मों के जाल में फँस गयीं!

सोफ़ी—वाह! आपका आदर-सत्कार कैसे न करूँ! आप मेरे मुक्तिदाता हैं, मुझे इन डाकुओं और बधिकों के पंजे से छुड़ा रहे हैं, आपका स्वागत कैसे न करूँ! मेरे कारण आपने रियासत में अँधेर मचा दिया, सैकड़ों निरपराधियों का खून कर दिया, कितने ही घरों के चिराग़ गुल कर दिये, माताओं को पुत्र-शोक का मज़ा चखा दिया, रमणियों को वैधव्य की गोद में बैठा दिया, और सबसे बड़ी बात यह कि अपनी आत्मा का, अपने सिद्धान्तों का, अपने जीवन के आदर्श का मटियामेट कर दिया। इतनी कीर्ति-लाभ करने के बाद भी आपका अभिवादन न करूँ? मैं इतनी कृतघ्न नहीं हूँ। अब आप एक तुच्छ सेवक नहीं, रियासत के दाहिने हाथ हैं। राजे-महाराजे आपका सम्मान करते हैं, मैं आपका सम्मान न करूँ?

अब विनय की आँखें खुलीं। व्यंग्य का एक-एक शब्द शर के समान लगा। बोले—सोफ़ी, मैं तुम्हारा वही भक्त और जाति का वही पुराना सेवक हूँ। तुम इस भाँति मेरा उपहास करके मुझ पर अन्याय कर रही हो। संभव है, भ्रम-वश मेरी ज़ात से दूसरों का अहित हुआ हो पर मेरा उद्देश्य केवल तुम्हारी रक्षा करना था।

सोफ़िया ने उत्तेजित होकर कहा—बिलकुल झूठ है, मिथ्या है, कलंक है, यह सब मेरी ख़ातिर नहीं, अपनी ख़ातिर था। इसका उद्देश्य केवल उस नीच निरंकुशता को तृप्त करना था, जो तुम्हारे अन्तःस्थल में सेवा का रूप धारण किये हुए बैठी हुई है। मैंने तुम्हारी प्रभुताशीलता पर अपने को समर्पित नहीं किया था, बल्कि तुम्हारी सेवा, सहानुभूति और देशानुराग पर। मैंने इसलिए तुम्हें अपना उपास्य देव बनाया था कि तुम्हारे जीवन का आदर्श उच्च था, तुममें प्रभु मसीह की दया, भगवान् बुद्ध का विराग और लूथर की सत्यनिष्ठा की झलक थी। क्या दुखियों को सताने वाले, निर्दय, स्वार्थप्रिय अधिकारियों की संसार में कमी थी? तुम्हारे आदर्श ने मुझे तुम्हारे क़दमों पर झुकाया। जब मैं प्राणिमात्र को स्वार्थ में लिप्त देखते-देखते संसार से घृणा करने लगी थी, तुम्हारी निःस्वार्थता ने मुझे अनुरक्त कर लिया। लेकिन कालगति के एक ही पलटे ने तुम्हारा यथार्थ रूप प्रकट कर दिया। मेरा पता लगाने के लिए तुमने धर्माधर्म का विचार भी त्याग दिया। जो प्राणी अपना स्वार्थ सिद्ध करने के लिए इतना अत्याचार कर सकता है, वह घोर-से-घोर कुकर्म भी कर सकता है। तुम अपने आदर्श से उसी समय पतित हुए, जब तुमने उस विद्रोह को शांत करने के लिए शांत उपायों की अपेक्षा क्रूरता और दमन से काम लेना उपयुक्त समझा। शैतान ने पहली बार तुम पर वार किया, और तुम फिर न सँभले, गिरते ही चले गये। ठोकरों-पर-ठोकरें खाते-खाते अब तुम्हारा इतना पतन हो गया है कि तुममें सज्जनता, विवेक और पुरुषार्थ का लेशांश भी शेष नहीं रहा। तुम्हें देखकर मेरा मस्तक आप-ही-आप झुक जाता था। मेरे प्रेम का आधार भक्ति थी। वह आधार जड़ से हिल गया। तुमने मेरे जीवन का सर्वनाश कर दिया। आह! मुझे जितना मुग़ालता हुआ है, उतना किसी को कभी न हुआ होगा! जिस प्राणी के लिए अपने माता-पिता से विमुख हुई, देश छोड़ा, जिस पर अपने चिरसंचित सिद्धांतों का बलिदान किया, जिसके लिए अपमान, अपवाद, अपकार, सब कुछ शिरोधार्य किया, वह इतना स्वार्थभक्त, इतना आत्मसेवी, इतना विवेकहीन निकला। कोई दूसरी स्त्री तुम्हारे इन

गुणों पर मुग्ध हो सकती है, प्रेम के विषय में नारियाँ आदर्श और त्याग का विचार नहीं करतीं। लेकिन मेरी शिक्षा, मेरी संगति, मेरा अध्ययन और सबसे अधिक मेरे मन की प्रवृत्ति ने मुझे इन गुणों का आदर करना नहीं सिखाया। अगर आज तुम रियासत के हाथों पीड़ित, दलित, अपमानित और दंडित होकर मेरे सम्मुख आते, तो मैं तुम्हारे चरणों की रज मस्तक पर लगाती, और अपना धन्यभाग समझती। किन्तु मुझे उस वस्तु से घृणा है, जिसे लोग सफल जीवन कहते हैं। सफल जीवन पर्याय है खुशामद, अत्याचार और धूर्तता का। मैं जिन महात्माओं को संसार में सर्वश्रेष्ठ समझती हूँ, उनके जीवन सफल न थे। सांसारिक दृष्टि से वे लोग साधारण मनुष्यों से भी गये-गुज़रे थे, जिन्होंने कष्ट झेले, निर्वासित हुए, पत्थरों से मारे गये, कोसे गये और अंत में संसार ने उन्हें बिना आँसू की एक बूँद गिराये विदा कर दिया, सुरधाम को भेज दिया। तुम पुलिस का एक दल लेकर मुझे खोजने निकले हो। इसका उद्देश्य यही तो है कि प्रजा पर आतंक जमाया जाये। मेरी दृष्टि में जिस राज्य का अस्तित्व अन्याय पर हो, उसका निशान जितनी जल्द मिट जाये, उतना ही अच्छा। खैर, अब इन बातों से क्या लाभ! तुम्हें अपना सम्मान और प्रभुत्व मुबारक रहे, मैं इसी दशा में संतुष्ट हूँ। जिनके साथ हूँ, वे सहृदय हैं, वे किसी दीन प्राणी की रक्षा प्राणपन से कर सकते हैं, उनमें तुमसे कहीं अधिक सेवा और उपकार के भाव मौजूद हैं।

विनय खिन्न होकर बोले—सोफ़ी, ईश्वर के लिए मुझ पर इतना अन्याय मत करो। अगर मैं प्रभुता और मान-सम्मान का इच्छुक होता, तो मेरी दशा ऐसी हीन न होती। मैंने वही किया, जो मुझे न्यायसंगत जान पड़ा। मैं यथासाध्य एक क्षण के लिए भी न्याय-विमुख नहीं हुआ।

सोफ़ी—यही तो शोक है कि तुम्हें वह बात क्यों न्यायसंगत जान पड़ी, जो न्याय-विरुद्ध थी! इससे तुम्हारी आंतरिक प्रवृत्ति का पता मिलता है। तुम स्वाभावतः स्वार्थसेवी हो। मनुष्यों को सभी पदार्थ एक-से प्रिय नहीं होते। कितने ही ऐसे प्राणी हैं, जो कीर्ति के लिए धन को ठीकरों की भाँति लुटाते हैं। वे अपने को स्वार्थरहित नहीं कह सकते। स्वार्थपरता ऊँचे आदर्श से मेल नहीं खाती। जिसकी मनोवृत्ति इतनी दुर्बल है, उसकी कम-से-कम मैं इज्जत नहीं कर सकती, और इज्जत के बिना प्रेम कलंक का टीका बन जाता है।

विनय उन मनुष्यों में न थे, जिन पर प्रतिकूल दशाओं का कोई असर नहीं होता। उन पर निराशा का शीघ्र ही आधिपत्य हो जाता था। विकल होकर बोले—सोफ़ी, मुझे तुमसे ऐसी आशा न थी। मैंने जो कुछ किया है, न्याय समझकर या परिस्थिति से विवश होकर ही किया है।

सोफ़ी—संसार में जितने अकर्म होते हैं, वे भ्रम या परिस्थिति ही के कारण होते हैं। कोई तीसरा कारण मैंने आज तक नहीं सुना।

विनय—सोफ़ी, अगर मैं जानता कि मेरी ओर से तुम्हारा हृदय इतना कठोर हो गया है, तो तुम्हें मुख न दिखाता।

सोफ़ी—मैं तुम्हारे दर्शनों के लिए बहुत उत्सुक न थी।

विनय—यह मुझे नहीं मालूम था। मगर मान लो, मैंने अन्याय ही किये, तो क्या मुझे तुम्हारे हाथों यह दंड मिलना चाहिए? इसका भय मुझे माताजी से था, तुमसे न था। आह सोफ़ी! इस प्रेम का यों अन्त न होने दो, यों मेरे जीवन का सर्वनाश न करो। उसी प्रेम के नाते, जो कभी तुम्हें मुझसे था, मुझ पर यह अन्याय न करो। यह वेदना मेरे लिए असह्य है। तुम्हें विश्वास

न आयगा, क्योंकि इस समय तुम्हारा हृदय मेरी तरफ़ से पत्थर हो गया है, पर यह आघात मेरे लिए प्राणघातक होगा, और अगर मृत्यु के पश्चात भी कोई जीवन है, तो उस जीवन में भी यही वेदना मेरे हृदय को तड़पाती रहेगी। सोफ़ी, मैं मौत से नहीं डरता, भाले की नोक को हृदय में ले सकता हूँ; पर तुम्हारी यह निष्ठुर दृष्टि, तुम्हारा यह निर्दय आघात मेरे अंतस्तल को छेदे डालता है। इससे तो यह कहीं अच्छा है कि तुम मुझे विष दे दो। मैं उस प्याले को आँखें बंद करके यों पी जाऊँगा, जैसे कोई भक्त चरणामृत पी जाता है। मुझे यह संतोष हो जायगा कि ये प्राण, जो तुम्हें भेंट कर चुका था, तुम्हारे काम आ गये।

ये प्रेम-उच्छृंखल शब्द कदाचित और किसी समय विनय के मुँह से न निकलते, कदाचित इन्हें फिर स्मरण करके उन्हें आश्चर्य होता कि ये वाक्य कैसे मेरे मुख से निकले, पर इस समय भावोद्गार ने उन्हें प्रगल्भ बना दिया था। सोफ़ी उदासीन भाव से सिर झुकाये खड़ी रही। तब बेदरदी से बोली—विनय, मैं तुमसे याचना करती हूँ, ऐसी बातें न करो। मेरे हृदय में तुम्हारे प्रति अभी जो कुछ आदर रह गया है, उसे भी पैरों से न कुचलो; क्योंकि मैं जानती हूँ, ये शब्द तुम्हारे अन्तःकरण से नहीं निकल रहे हैं। इसके विरुद्ध तुम इस समय सोच रहे हो कि क्योंकर इससे इस तिरस्कार का बदला लूँ। मुझे आश्चर्य होगा, अगर सूर्योदय के समय यह स्थान खुफ़िया पुलिस के सिपाहियों का विहार-स्थल न बन जाये, यहाँ के रहने वाले हिरासत में न ले लिये जायें, और उन्हें प्राणदंड न दे दिया जाये। मेरे दंड के लिए तुमने कोई और ही युक्ति सोच रखी होगी। उसके रूप की मैं कल्पना नहीं कर सकती। लेकिन इतना कह सकती हूँ कि अगर मेरी निन्दा करके, मेरे आचरण पर आक्षेप करके, तुम मुझे शारीरिक या मानसिक पीड़ा पहुँचा सकोगे, तो तुम्हें उसमें लेश-मात्र भी विलम्ब न होगा। संभव है, मेरा यह अनुमान अन्यायपूर्ण हो, पर मैं इसे दिल से नहीं निकाल सकती। कोई ऐसी विभूति, कोई ऐसी सिद्धि नहीं है, जो तुम्हें फिर मेरा सम्मान-पात्र बना सके। जिसके हाथ रक्त से रँगे हुए हों, उसके लिए मेरे हृदय में स्थान नहीं है। यह न समझो कि मुझे इन बातों से दुःख नहीं हो रहा है। एक-एक शब्द मेरे हृदय को आरे की भाँति चीरे डालता है। यह भी न समझो कि तुम्हें हृदय से निकालकर मैं फिर किसी दूसरी मूर्ति को यहाँ मर्यादित करूँगी, हालाँकि तुम्हारे मन में यह दुष्कल्पना हो, तो मुझे कुतूहल न होगा। नहीं, यही मेरी प्रथम और अन्तिम प्रेम-प्रदक्षिणा है। अब यह जीवन किसी दूसरे ही मार्ग का अवलंबन करेगा। कौन जाने, ईश्वर ने मुझे कर्तव्य-पथ से विचलित होने का तुम्हारे हाथों यह दंड दिलाया हो। तुम्हारे लिए मैंने वह सब कुछ किया, जो न करना चाहिए था। छल, कपट, कौशल, माया, त्रिया-चरित्र, एक से भी बाज़ नहीं आयी; क्योंकि मेरी सरल दृष्टि में तुम एक दिव्य, निष्काम, पवित्र आत्मा थे। तुम अन्दाजा नहीं कर सकते कि मि. क्लार्क के साथ आने में मुझे कितनी आत्मवेदना सहनी पड़ी। मैंने समझा था, तुम मेरे जीवन-मार्ग के दीपक बनोगे, मेरे जीवन को सुधारोगे, सँवारोगे, सफल बनाओगे। आख़िर मुझमें कौन-सा ऐसा गुण है, जिस पर तुम रीझे हुए हो? अगर सौंदर्य के इच्छुक हो, तो संसार में सौंदर्य का अभाव नहीं, तुम्हें मुझसे कहीं रूपवती कन्या मिल सकती है। अगर मेरे वचन कर्ण-मधुर लगते हैं, तो तुम्हें मुझसे कहीं मृदुभाषिणी स्त्रियाँ मिल सकती हैं। निराश होने की कोई बात नहीं। जल्द या देर में तुम्हें अपनी रुचि और स्वभाव के अनुसार कोई रमणी मिल जायगी, जिसके

साथ तुम अपने ऐश्वर्य और वैभव का आनन्द उठा सकोगे; क्योंकि सेवक बनने की क्षमता तुममें नहीं है, और न हो सकती है। मेरा चित्त तो भूलकर भी प्रणय की ओर आँख उठाकर न देखेगा। मैं अब फिर यह रोग न पालूँगी। तुमने मुझे संसार से विरक्त कर दिया, मेरी भोग-तृष्णा को शान्त कर दिया। धार्मिक ग्रंथों के निरन्तर पढ़ने से जो मार्ग न मिला, वह नैराश्य ने दिखा दिया। इसके लिए मैं तुम्हारी अनुगृहीत हूँ। धर्म और सत्य की सेवा करके कौन-सा रत्न पाया? अधर्म! अब अधर्म की सेवा करूँगी। जानते हो, क्या करूँगी? उन पापियों से खून का बदला लूँगी, जिन्होंने प्रजा की गरदन पर छुरियाँ चलायी हैं। एक-एक को जहन्नुम की आग में झोंक दूँगी, तब मेरी आत्मा तृप्त होगी। जो लोग आज निरपराधियों की हत्या करके सम्मान और कीर्ति का उपभोग कर रहे हैं, उनको नरक के अग्निकुंड में जलाऊँगी, और जब तक अत्याचारियों के इस जत्थे का मूलोच्छेद न कर दूँगी, चैन न लूँगी, चाहे इस अनुष्ठान में मुझे प्राणों ही से क्यों न हाथ धोना पड़े, चाहे रियासत में विप्लव ही क्यों न हो जाये, चाहे रियासत का निशान ही क्यों न मिट जाये? मेरे दिल में यह दुरुत्साह तुम्हीं ने पैदा किया है, और इसका इलज़ाम तुम्हारी ही गरदन पर है। ईसा की क्षमा और दया, बुद्ध के धैर्य और संयम, कृष्ण के प्रेम और वैराग्य की अमर कीर्तियाँ भी अब इस रक्त-पिपासा को नहीं बुझा सकतीं। बरसों का मनन और चिंतन, विचार और स्वाध्याय तुम्हारे कुकर्मों की बदौलत निष्फल हो गया। बस, अब जाओ, मैं जो कुछ करूँगी, वह तुमसे कह चुकी। तुम्हारी जो इच्छा हो, वह तुम भी करो। मैं आज से क्रान्तिकारियों के दल में जाती हूँ, तुम खुफिया पुलिस की शरण लो। जाओ, ईश्वर फिर हमें न मिलाये।

यह कहकर सोफ़ी ने थाल उठा लिया, और चली गयी, जैसे आशा हृदय से निकल जाये। विनय ने एक ठंडी साँस ली, जो आर्त-ध्वनि से कम करुण न थी, और ज़मीन पर बैठ गये, जैसे कोई हतभागिनी विधवा पति की मृत देह उठ जाने के बाद एक आह भरकर बैठ जाये।

तीनों आदमी, जो दूर खड़े थे, आकर विनय के पास खड़े हो गये। नायकराम ने कहा—भैया, आज तो खूब-खूब बातें हुईं! तुमने भी पकड़ पाया, तो इतने दिनों की कसर निकाल ली। आ गयी पंजे में न? वह तो मैंने पहले ही कहा था, आसिक लोग बड़े चकमेबाज होते हैं। पहले तो खूब आरती उतारी, दही-चावल का टीका लगाया। मेम हैं तो क्या, हम लोगों का तौर-तरीका जानती हैं। कब चलना तय हुआ? जल्दी चलो, मेरा भी घर बसे।

विनय के नेत्र सजल थे, पर इस वाक्य पर हँस पड़े। बोले—बस, अब देर नहीं है, घर चिट्ठी लिख दो, तैयारी करें।

नायकराम—भैया, आनन्द तो जब आये कि दोनों बरातें साथ ही निकलें।

विनय—हाँ जी, साथ ही निकलेंगी, पहले तुम्हारी, पीछे मेरी।

नायकराम—ठाकुर, अब सवारी-सिकारी का इंतजाम करो, जिसमें हम लोग कल सवेरे ठंडे-ठंडे निकल जायँ। यहाँ पालकी तो मिल जायगी न?

वीरपाल—सब इन्तजाम हो जायगा। अब भोजन करके आराम कीजिए, देर हो गयी।

विनय—यहाँ से जसवंतनगर कितनी दूर है?

वीरपाल—यह पूछकर क्या कीजिएगा?

विनय—मुझे इसी वक़्त वहाँ पहुँचना चाहिए।

वीरपाल—(सशंक होकर) आप दिन-भर के थके-माँदे हैं, रास्ता ख़राब है।

विनय—कोई चिन्ता नहीं, चला जाऊँगा।

नायकराम—भैया, मिस साहब भी रहेंगी न, रात को कैसे चलोगे?

विनय—तुम तो सनक गये हो, मिस साहब मेरी कौन होती हैं, और मेरे साथ क्यों जाने लगीं। अगर आज मैं मर जाऊँ, तो शायद उनसे ज़्यादा खुशी और किसी को न होगी। तुम्हें थकावट आ गयी हो, तो आराम करो; पर मैं यहाँ एक क्षण भी नहीं ठहर सकता। मुझे काँटों की राह भी यहाँ की सेज से अधिक सुखकर होगी। आप लोगों में से कोई रास्ता दिखा सकता है?

वीरपाल—चलने को तो मैं खुद हाज़िर हूँ, पर रास्ता अत्यन्त भयानक है।

विनय—कोई मुज़ायक़ा नहीं। मुझे इसी वक़्त पहुँचा दीजिए और हो सके, तो आँखों पर पट्टी बाँध दीजिए। मुझे अब अपने ऊपर ज़रा भी विश्वास नहीं रहा।

वीरपाल—भोजन तो कर लीजिए। इतना आतिथ्य तो स्वीकार कीजिए।

विनय—अगर मेरा आतिथ्य करना है, तो मुझे गोली मार दीजिए। इससे बढ़कर आप मेरा आतिथ्य नहीं कर सकते। मैंने आपका जितना अपकार किया है, यदि आपने उसका शतांश भी मेरे साथ किया होता, तो मुझे किसी प्रेरणा की ज़रूरत न पड़ती। मैं पिशाच हूँ, हत्यारा हूँ; पृथ्वी मेरे बोझ से जितनी जल्द हलकी हो जाय, उतना ही अच्छा।

नायकराम—मालूम होता है, मिस साहब सचमुच फिरंट हो गयीं। मगर मैं कहे देता हूँ—दो-ही-चार दिन में तुम्हारे पीछे-पीछे दौड़ती फिरेंगी। आसिक की हाय बुरी होती है।

वीरपाल—कुँअर साहब, मेरा इतना कहना मानिए, अभी न जाइए। मुझे डर है कि कहीं मिस साहब आपके यों चले जाने से घबरा न जायँ। मैं वादा करता हूँ कि कल सूर्योदय तक आप जसवंतनगर पहुँच जायँगे। इस वक़्त कुछ भोजन कर लीजिए।

विनय—मेरे लिए अब यहाँ का पानी भी हराम है। अगर तुम्हें नहीं चलना है, तो न सही; मुझे तुमसे इतनी ख़ातिरदारी कराने का अधिकार नहीं है। मैं अकेला ही चला जाऊँगा।

वीरपाल विवश होकर साथ चलने को तैयार हुआ। नायकराम का भूख के मारे बुरा हाल था; पर क्या करते, विनय को चलते देखकर उठ खड़े हुए। तीनों आदमी रवाना हुए।

आध घंटे तक तीनों आदमी चुपचाप चलते रहे। विनय को सोफ़िया की और सब बातें तो याद न थीं; पर उनकी नीयत पर उसने जो आक्षेप किये थे, और उनके विषय में जो द्वेष-पूर्ण भविष्यवाणी की थी, उसका एक-एक शब्द उनके कानों में गूँज रहा था। सोफ़िया मुझे इतना नीच समझती है। परिस्थिति पर ज़रा भी विचार नहीं करना चाहती, मन की दशा के लिए कोई स्थान नहीं छोड़ती।

सहसा उन्होंने वीरपाल से पूछा—तुम्हारे विचार में मैं आवेश में आकर यह अन्याय कर बैठा, या जैसा मिस सोफ़िया कहती हैं, मैं स्वभाव ही का नीच हूँ?

वीरपाल—कुँअर साहब, मिस सोफ़िया की इस वक़्त की बातों का ज़रा भी बुरा न मानिए। जैसे आप आवेश में विवेकहीन हो गये थे, वैसे ही वह भी आवेश में अनर्गल बातें कर गयी

होंगी। जब आपने सेवा-धर्म और परोपकार के लिए राज्य को त्याग दिया, तो किसका मुँह है, जो आपको स्वार्थी कह सके!

विनय—न जाने इसने इतने कटु शब्द कहाँ सीख लिये! आदमी भिखारी को भी जवाब दे, तो नम्रता से। इसने तो मुझे इस तरह दुत्कारा, मानो कोई कुत्ता हो।

नायकराम—किसी अँगरेज को ब्याहेगी और क्या। यहाँ काले आदमियों के पास क्या धरा है? मुरगी का अंडा कहाँ मिलेगा?

विनय—तुम निरे मूर्ख हो, तुम्हें मुर्ग़ी के अंडे ही की पड़ी है।

नायकराम—एक बात कहता था। तुम्हारे साथ वह आजादी कहाँ? ले जाकर रानी बना दोगे, परदे में बैठा दोगे। घोड़ी पर सवार कराकर सिकार खेलने तो न जाओगे! कमर में हाथ डालकर टमटम पर तो न बैठाओगे! टोपी उतारकर हुरे-हुरे तो न करोगे!

विनय—फिर वही उपज। अरे पोंगा महाराज, सोफ़िया को तुमने क्या समझा है? हमारे धर्म का जितना ज्ञान उसे है, उतना किसी पण्डित को भी न होगा। वह हमारे यहाँ की देवियों से किसी भाँति कम नहीं है। उसे तो किसी राजा के घर जन्म लेना चाहिए था, न जाने ईसाई ख़ानदान में क्यों पैदा हुई। मुझसे मुँह फेरकर वह अब किसी को मुँह नहीं लगा सकती। इसका मुझे उतना ही विश्वास है, जितना अपनी आँखों का। वह अब विवाह ही न करेगी।

वीरपाल—आप बहुत सत्य कहते हैं, वास्तव में देवी हैं।

विनय—सच कहना, कभी मेरी चर्चा भी करती थीं।

वीरपाल—इसके सिवा तो उन्हें और कोई बात ही न थी। घाव गहरा था, अचेत पड़ी रहती थीं, पर चौंक-चौंककर, आपको पुकारने लगतीं। क़हतीं—विनय को बुला दो, उन्हें देखकर तब मरूँगी। कभी-कभी तो दिन-के-दिन आप ही की रट लगाती रह जाती थीं। जब किसी को देखतीं, यही पूछतीं, विनय आये? कहाँ हैं? मेरे सामने लाना। उनके चरण कहाँ हैं? हम लोग उनकी बेकसी देख-देखकर रोने लगते थे। जर्राह ने ऐसी चीर-फाड़ की कि आपसे क्या बताऊँ, याद करके रोयें खड़े हो जाते हैं! उसे देखते ही सूख जाती थीं; लेकिन ज्यों ही कह देते कि आज विनयसिंह के आने की ख़बर है; बस तुरंत दिल मज़बूत करके मरहम-पट्टी करा लेती थीं। जर्राह से कहतीं—जल्दी करो, वह आने वाले हैं; ऐसा न हो, आ जायँ। यह समझिए आपके नाम ने उन्हें मृत्यु के मुख से निकाल लिया...

विनय अवरुद्ध कंठ से बोले—बस करो, अब और कुछ न कहो। यह करुण कथा नहीं सुनी जाती। कलेजा मुँह को आता है।

वीरपाल—एक दिन उसी दशा में आपके पास जाने को तैयार हो गयीं। रो-रोकर कहने लगीं, उन्हें लोगों ने गिरफ़्तार कर लिया है, मैं उन्हें छुड़ाने जा रही हूँ....

विनय—रहने दो वीरपाल, नहीं तो हृदय फट जायगा, उसके टुकड़े हो जायँगे। मुझे ज़रा कहीं लिटा दो, न जाने क्यों जी डूबा जाता है। आह! मुझ-जैसे अभागे का यही उचित दंड है। देवतों से मेरा सुख न देखा गया। इनसे किसी का कभी कल्याण नहीं हुआ। चले चलो, न लेटूँगा। मुझे इसी वक़्त जसवंतनगर पहुँचना है।

फिर लोग चुपचाप चलने लगे। विनय इतने वेग से चल रहे थे, मानो दौड़ रहे हैं। पीड़ित

अंगों में एक विलक्षण स्फूर्ति आ गयी थी। बेचारे नायकराम दौड़ते-दौड़ते हाँफ रहे थे। रात के दो बजे होंगे! वायु में प्राणप्रद शीतलता का समावेश हो गया था। निशा-सुन्दरी प्रौढ़ा हो गयी थी, जब उसकी चंचल छवि माधुर्य का रूप ग्रहण कर लेती है, जब उसकी मायाविनी शक्ति दुर्निवार्य हो जाती है। नायकराम तो कई बार ऊँघकर गिरते-गिरते बच गये। विनय को भी विश्राम करने की इच्छा होने लगी कि वीरपाल बोले—लीजिए, जसवंतनगर पहुँच गये।

विनय—अरे, इतनी जल्द! अभी तो चलते हुए कुल चार घंटे हुए होंगे।

वीरपाल—आज सीधे आये।

विनय—आओ, आज यहाँ के अधिकारियों से तुम्हारी सफ़ाई करा दूँ।

वीरपाल—आपसे सफ़ाई हो गयी, तो अब किसी का ग़म नहीं। अब मुझे यहीं से रुखसत कीजिए।

विनय—एक दिन के लिए तो मेरे मेहमान हो जाइये।

वीरपाल—ईश्वर ने चाहा, तो जल्द ही आपके दर्शन होंगे। मुझ पर कृपा रखिएगा।

विनय—सोफ़िया से मेरा कुछ ज़िक्र न कीजिएगा।

वीरपाल—जब तक वह खुद न छेड़ेंगी, मैं न करूँगा।

विनय—मेरी यह घबराहट, यह बावलापन, इसका ज़िक्र भूलकर भी न कीजिएगा। मैं न जाने क्या-क्या बक रहा हूँ, अपनी भाषा और विचार, एक पर भी मुझे विश्वास नहीं रहा, संज्ञाहीन-सा हो रहा हूँ। आप उनसे इतना ही कह दीजिएगा कि मुझसे कुछ नहीं बोले। इसका वचन दीजिए।

वीरपाल—अगर वह मुझसे कुछ न पूछेंगी, तो मैं कुछ न कहूँगा।

विनय—मेरी ख़ातिर से इतना ज़रूर कह दीजिएगा कि आपका ज़रा भी ज़िक्र न करते थे।

वीरपाल—झूठ तो न बोलूँगा।

विनय—जैसी तुम्हारी इच्छा।

इकतीस

भैरो के घर से लौटकर सूरदास अपनी झोपड़ी में आकर सोचने लगा, क्या करूँ कि सहसा दयागिर आ गये, और बोले—सूरदास, आज तो लोग तुम्हारे ऊपर बहुत गरम हो रहे हैं। कहते हैं, इसे घंमड हो गया है। तुम इस मायाजाल में क्या पड़े हो, क्यों नहीं मेरे साथ कहीं तीर्थ-जात्रा करने चलते?

सूरदास—यही तो मैं भी सोच रहा हूँ। चलो, तो मैं भी निकल पड़ूँ।

दयागिर—हाँ चलो, तब तक मैं मंदिर का कुछ ठिकाना कर लूँ। यहाँ कोई ऐसा नहीं है, जो मेरे पीछे यहाँ दिया-बत्ती तक कर दे, भोग-भाग लगाना तो दूर रहा।

सूरदास—तुम्हें मंदिर से कभी छुट्टी न मिलेगी।

दयागिर—भाई, यह भी नहीं होता कि मंदिर को यों ही निराधार छोड़कर चला जाऊँ, फिर

न जाने कब लौटूँ, तब तक तो यहाँ घास जम जायगी।

सूरदास—तो जब तुम आप ही अभी इस माया में फँसे हुए हो, तो मेरा उद्धार क्या करोगे?

दयागिर—नहीं, अब जल्दी ही चलूँगा। जरा पूजा के लिए फूल लेता आऊँ।

दयागिर चले गये, तो सूरदास फिर सोच में पड़ा—संसार की भी क्या लीला है कि होम करते हाथ जलते हैं। मैं तो नेकी करने गया था, उसका यह फल मिला। मुहल्ले वालों को विश्वास आ गया। बुरी बातें पर लोगों को कितनी जल्द विस्वास आ जाता है। मगर नेकी-बदी कभी छिपी नहीं रहती। कभी-न-कभी तो असली बात मालूम ही हो जायगी। हार-जीत तो जिन्दगानी के साथ लगी हुई है, कभी जीतूँगा, तो कभी हारूँगा, इसकी चिंता ही क्या? अभी कल बड़े-बड़ों से जीता था, आज जीत में भी हार गया। यह तो खेल में हुआ ही करता है। अब बिचारी सुभागी कहाँ जायगी? मुहल्ले वाले तो अब उसे यहाँ रहने न देंगे, और रहेगी किसके आधार पर? कोई अपना तो हो। मैके में भी कोई नहीं है। जवान औरत, अकेली कहीं रह भी नहीं सकती। जमाना ऐसा खराब आया हुआ है, उसकी आबरू कैसे बचेगी? भैरो को कितना चाहती है! समझती थी कि मैं उसे मारने गया हूँ, उसे सावधान रहने के लिए कितना जोर दे रही थी। वह तो इतना प्रेम करती है, और भैरो का कभी मुँह ही सीधा नहीं होता। अभागिनी है और क्या। कोई दूसरा आदमी होता, तो उसके चरन धो-धोकर पीता; पर भैरो को जब देखो, उस पर तलवार ही खींचे रहता है। मैं कहीं चला गया, तो उसका कोई पुछत्तर भी न रहेगा। मुहल्ले के लोग उसकी छीछालेदर होते देखेंगे, और हँसेंगे। कहीं-न-कहीं डूब मरेगी, कहाँ तक संतोष करेगी। इस आँखों वाले अंधे भैरो को तनिक भी खयाल नहीं है कि मैं इसे निकाल दूँगा, तो कहाँ जायगी। कल को मुसलमान या किरिसतान हो जायगी, तो सारे शहर में हलचल पड़ जायगी; पर अभी उसके आदमी को कोई समझाने वाला नहीं है। कहीं भरती वालों के हाथ पड़ गयी, तो पता भी न लगेगा कि कहाँ गयी। सभी लोग जानकर अनजान बनते हैं।

वह यही सोचता-विचारता सड़क की ओर चला था कि सुभागी आकर बोली—सूरे, मैं कहाँ रहूँगी?

सूरदास ने कृत्रिम उदासीनता से कहा—मैं क्या जानूँ, कहाँ रहेगी! अभी तू ही तो भैरो से कह रही थी कि लाठी लेकर जाओ। तू क्या यह समझती थी कि मैं भैरो को मारने गया हूँ?

सुभागी—हाँ सूरे, झूठ क्यों बोलूँ, मुझे यह खटका तो हुआ था।

सूर—जब तेरी समझ में मैं इतना बुरा हूँ, तो फिर मुझसे क्यों बोलती है? अगर वह लाठी लेकर आता, और मुझे मारने लगता, तो तू तमासा देखती और हँसती, क्यों? तुझसे तो भैरो ही अच्छा कि लाठी-लबेद लेकर नहीं आया। जब तूने मुझसे बैर ठान रखा है, तो मैं तुझसे क्यों न बैर ठानूँ?

सुभागी—(रोती हुई) सूरे, तुम भी ऐसा कहोगे, तो यहाँ कौन है, जिसकी आड़ में मैं छिन-भर भी बैठूँगी। उसने अभी मारा है, मगर पेट नहीं भरा, कह रहा है कि जाकर पुलिस में लिखाये देता हूँ। मेरे कपड़े-लत्ते सब बाहर फेंक दिये हैं। इस झोपड़ी के सिवा अब मुझे और कहीं सरन नहीं है।

सूर—मुझे भी अपने साथ मुहल्ले से निकलवायेगी क्या?

सुभागी—तुम जहाँ जाओगे, मैं भी तुम्हारे साथ चलूँगी।

सूर—तब तो तू मुझे कहीं मुँह दिखाने लायक न रखेगी। सब यही कहेंगे कि अंधा उसे बहकाकर ले गया।

सुभागी—तुम तो बदनामी से बच जाओगे, लेकिन मेरी आबरू कैसे बचेगी? है कोई मुहल्ले में ऐसा, जो किसी की इज्जत-आबरू जाते देखे, तो उसकी बाँह पकड़ ले? यहाँ तो एक टुकड़ा रोटी भी माँगूँ, तो न मिले। तुम्हारे सिवा अब मेरा और कोई नहीं है। पहले मैं तुम्हें आदमी समझती थी, अब देवता समझती हूँ। चाहो तो रहने दो; नहीं तो कह दो, कहीं मुँह में कालिख लगाकर डूब मरूँ।

सूरदास ने देर तक चिंता में मग्न रहने के बाद कहा—सुभागी, तू आप समझदार है, जैसा जी में आये, कर। मुझे तेरा खिलाना-पहनाना भारी नहीं है। अभी शहर में इतना मान है कि जिसके द्वार पर खड़ा हो जाऊँगा, वह नाहीं न करेगा। लेकिन मेरा मन कहता है कि तेरे यहाँ रहने से हमारा कल्यान न होगा। हम दोनों ही बदनाम हो जायँगे। मैं तुझे अपनी बहन समझता हूँ, लेकिन अंधा संसार तो किसी की नियत नहीं देखता। अभी तूने देखा, लोग कैसी-कैसी बातें करते रहे? पहले भी गाली उठ चुकी है। जब तू खुल्लमखुल्ला मेरे घर में रहेगी, तब तो अनरथ ही हो जायगा। लोग गरदन काटने पर उतारू हो जायँगे। बता, क्या करूँ?

सुभागी—जो चाहे करो, पर मैं तुम्हें छोड़कर कहीं न जाऊँगी।

सूरदास—यही तेरी मरजी है, तो यही सही। मैं तो सोच रहा था, कहीं चला जाऊँ। न आँखों देखूँगा, न पीर होगी; लेकिन तेरी बिपत देखकर अब जाने की इच्छा नहीं होती। आ, पड़ी रह। जैसी कुछ सिर पर आयगी, देखी जायगी। तुझे मँझधार में छोड़ देने से बदनाम होना अच्छा है।

यह कहकर सूरदास भीख माँगने चला गया। सुभागी झोपड़ी में आ बैठी। देखा, तो उस मुख़्तसर घर की मुख़्तसर गृहस्थी इधर-उधर फैली पड़ी थी। कहीं लुटिया औंधी पड़ी थी, कहीं घड़े लुढ़के हुए थे। महीनों से अंदर सफ़ाई न हुई थी, ज़मीन पर मनों धूल बैठी हुई थी। फूस के छप्पर में मकड़ियों ने जाले लगा लिये थे। एक चिड़िया का घोंसला भी बन गया था। सुभागी सारे दिन झोपड़ी की सफ़ाई करती रही। शाम को वही घर, जो 'बिन घरनी घर भूत का डेरा' को चरितार्थ कर रहा था, साफ़-सुथरा, लिपा-पुता नज़र आता था कि उसे देखकर देवतों का रहने के लिए जी ललचाये। भैरो तो अपनी दूकान पर चला गया था। सुभागी घर जाकर अपनी गठरी उठा लायी। सूरदास संध्या समय लौटा, तो सुभागी ने थोड़ा-सा चबेना उसे जलपान करने को दिया, लुटिया में पानी लाकर रख दिया, और उसे अंचल से हवा करने लगी। सूरदास को अपने जीवन में कभी यह सुख और शांति न नसीब हुई थी। गृहस्थी के दुर्लभ आनन्द का उसे पहली बार अनुभव हुआ। दिन-भर सड़क के किनारे लू और लपट में जलने के बाद यह सुख उसे स्वर्गोपम जान पड़ा। एक क्षण के लिए उसके मन में एक नयी इच्छा अंकुरित हो आयी। सोचने लगा—मैं कितना अभागा हूँ। काश, यह मेरी स्त्री होती, तो कितने आनन्द से जीवन व्यतीत होता! अब तो भैरो ने इसे घर से निकाल ही दिया; मैं रख लूँ, तो इसमें कौन-सी बुराई है! इससे कहूँ कैसे, न जाने अपने दिल में क्या सोचे। मैं अन्धा हूँ, तो क्या आदमी नहीं हूँ।

बुरा तो न मानेगी। मुझसे इसे प्रेम न होता, तो मेरी इतनी सेवा क्यों करती?

मनुष्य-मात्र को, जीव-मात्र को, प्रेम की लालसा रहती है। भोग-लिप्सी प्राणियों में यह वासना का प्रकट रूप है, सरल हृदय, दीन प्राणियों में शांति-भोग का।

सुभागी ने सूरदास की पोटली खोली, तो उसमें गेहूँ का आटा निकला, थोड़ा-सा चावल, कुछ चने और तीन आने पैसे। सुभागी बनिये के यहाँ से दाल लायी, और रोटियाँ बनाकर सूरदास को भोजन करने को बुलाया।

सूरदास–मिठुआ कहाँ है ?

सूभागी–क्या जानूँ, कहीं खेलता होगा। दिन में एक बार पानी पीने आया था, मुझे देखकर चला गया।

सूरदास–तुझसे सरमाता होगा। देख, मैं उसे बुलाये लाता हूँ।

यह कहकर सूरदास बाहर जाकर मिठुआ को पुकारने लगा। मिठुआ और दिन जब जी चाहता था, घर में जाकर दाना निकाल लाता, भुनवाकर खाता; आज सारे दिन भूखों मरा, इस वक़्त मंदिर में प्रसाद के लालच में बैठा हुआ था। आवाज़ सुनते ही दौड़ा। दोनों खाने बैठे। सुभागी ने सूरदास के सामने चावल और रोटियाँ रख दीं, और मिठुआ के सामने सिर्फ़ चावल। आटा बहुत कम था, केवल दो रोटियाँ बन सकी थीं।

सूरदास ने कहा– मिट्ठू, और रोटी लोगे ?

मिट्ठू–मुझे तो रोटी मिली ही नहीं।

सूरदास–तो मुझसे ले लो। मैं चावल ही खा लूँगा।

यह कहकर सूरदास ने दोनों रोटियाँ मिट्ठू को दे दीं। सुभागी क्रुद्ध होकर मिट्ठू से बोली–दिन-भर साँड़ की तरह फिरते हो, कहीं मजूरी क्यों नहीं करते ? इसी चक्की-घर में काम करो, तो पाँच-छह आने रोज मिलें।

सूरदास– अभी वह कौन काम करने लायक है। इसी उमिर में मजूरी करने लगेगा, तो कलेजा टूट जायगा।

सुभागी–मजूरों के लड़कों का कलेजा इतना नरम नहीं होता। सभी तो काम करने जाते हैं, किसी का कलेजा नही टूटता।

सूरदास–जब उसका जी चाहेगा, आप काम करेगा।

सुभागी–जिसे बिना हाथ-पैर हिलाये खाने को मिल जाये, उसकी बला काम करने जाती है।

सूरदास–ऊँह, मुझे कौन किसी रीन-धन का सोच है। माँगकर लाता हूँ, खाता हूँ। जिस दिन पौरुख न चलेगा, उस दिन देखी जायगी। उसकी चिंता अभी से क्यों करूँ ?

सुभागी–मैं इसे काम पर भेजूँगी। देखूँ, कैसे नहीं जाता। यह मुटमरदी है कि अंधा माँगे, और आँखों वाले मुसंडे बैठे खायें। सुनते हो मिट्ठू, कल से काम करना पड़ेगा।

मिट्ठू–तेरे कहने से न जाऊँगा; दादा कहेंगे, तो जाऊँगा।

सुभागी–मूसल की तरह घूमना अच्छा लगता है ? इतना नहीं सूझता कि अन्धा आदमी तो माँगकर लाता है, और मैं चैन से खाता हूँ। जनम-भर कुमार ही बने रहोगे ?

मिट्ठू—तुझसे क्या मतलब, मेरा जी चाहेगा जाऊँगा, न जी चाहेगा न जाऊँगा।

इसी तरह दोनों में देर तक वाद-विवाद हुआ, यहाँ तक कि मिठुआ झल्लाकर चौके पर से उठ गया। सूरदास ने बहुत मनाया, पर वह खाने न बैठा। आख़िर सूरदास भी आधा ही भोजन करके उठ गया।

जब वह लेटा, तो गृहस्थी का एक दूसरा चित्र उसके सामने था। यहाँ न वह शांति थी, न वह सुषमा, न वह मनोल्लास। पहले ही दिन यह कलह आरम्भ हुआ, बिस्मिल्लाह ही ग़लत हुई, तो आगे कौन जाने क्या होगा। उसे सुभागी की यह कठोरता अनुचित प्रतीत होती थी। जब तक मैं कमाने को तैयार हूँ, लड़के पर क्यों गृहस्थी का बोझ डालूँ ? जब मर जाऊँगा, तो उसके सिर पर जैसी पड़ेगी, वैसी झेलेगा।

वह अंकुर, वह नन्हीं-सी आकांक्षा, जो सन्ध्या-समय उसके हृदय में उगी थी, इस ताप के झोंके से जल गयी; अंकुर सूख गया।

सुभागी को नयी चिंता सवार हुई—मिठुआ को काम पर कैसे लगाऊँ ? मैं कुछ उसकी लौंडी तो हूँ नहीं कि उसकी थाली धोऊँ, उसका खाना पकाऊँ, और वह मटरगस करे। मुझे भी कोई बैठाकर न खिलायेगा। मैं खाऊँ ही क्यों ? जब सब काम करेंगे, तो यह क्यों छैला बना घूमेगा !

प्रातःकाल जब वह झोपड़ी से घड़ा लेकर पानी भरने निकली, तो घीसू की माँ ने देखकर छाती पर हाथ रख लिया, और बोली—क्यों री, आज रात तू यहीं रही थी क्या ?

सुभागी ने कहा—हाँ, रही तो फिर !

जमुनी—अपना घर नहीं था ?

सुभागी—अब लात खाने का बूता नहीं है।

जमुनी—तो तू दो-चार सिर कटाकर तब चैन लेगी ? इस अंधे की भी मत मारी गयी है कि जान-बूझकर साँप के मुँह में उँगली देता है। भैरो गला काट लेने वाले आदमी हैं। अब भी कुछ नहीं बिगड़ा, चली जा घर।

सुभागी—उस घर में तो अब पाँव न रखूँगी, चाहे कोई मार ही डाले। सूरे में इतनी दया तो है कि डूबते हुए की बाँह पकड़ ली, और दूसरा यहाँ कौन है ?

जमुनी—जिस घर में कोई मेहरिया नहीं, वहाँ तेरा रहना अच्छा नहीं।

सुभागी—जानती हूँ, पर किसके घर जाऊँ ? तुम्हारे घर आऊँ, रहने दोगी ? जो कुछ करने को कहोगी, करूँगी, गोबर पाथूँगी, भैंसों को घास-चारा दूँगी, पानी डालूँगी, तुम्हारा आटा पीसूँगी। रखोगी ?

जमुनी—ना बाबा, यहाँ कौन बैठे-बिठाये रार मोल ले। अपना खिलाऊँ भी, उस पर बद्दू भी बनूँ।

सुभागी—रोज गाली-मार खाया करूँ ?

जमुनी—अपना मरद है, मारता ही है, तो क्या घर छोड़कर कोई निकल जाता है ?

सुभागी—क्यों बहुत बढ़-बढ़कर बातें करती हो जमुना ! मिल गया है बैल, जिस कल चाहती हो, बैठाती हो। रात-दिन डंडा लिये सिर पर सवार रहता, तो देखती कि कैसे घर में रहती।

अभी उस दिन दूध में पानी मिलाने के लिए मारने उठा था, तो चादर लेकर मैके भागी जाती थी। दूसरों को उपदेस करना सहज है। जब अपने सिर पड़ती है, तो आँखें खुलती हैं।

यह कहती हुई सुभागी कुएँ पर पानी भरने चली गयी। यहाँ भी उसने टीकाकारों को ऐसा ही अक्खड़ जवाब दिया। पानी लाकर बर्तन धोये, चौका लगाया, और सूरदास को सड़क पर पहुँचाने चली गयी। अब तक वह लाठी से टटोलता हुआ अकेले ही चला जाता था। लेकिन सुभागी से यह न देखा गया। अंधा आदमी, कहीं गिर पड़े तो ! लड़के ही दिक़ करते हैं। मैं बैठी ही तो हूँ। उससे फिर किसी ने कुछ न पूछा। यह स्थिर हो गया कि सूरदास ने उसे घर डाल लिया। अब व्यंग्य, निंदा, उपहास की गुंजाइश न थी। हाँ, सूरदास सबकी नज़रों में गिर गया। लोग कहते—रुपये न लौटा देता, तो क्या करता। डरता होगा कि सुभागी एक दिन भैरो से कह ही देगी, मैं पहले ही से क्यों न चौकन्ना हो जाऊँ। मगर सुभागी क्यों अपने घर से रुपये उड़ा ले गयी ? वाह ! इसमें आश्चर्य की कौन-सी बात है ? भैरो उसे रुपये-पैसे नहीं देता, मालकिन तो बुढ़िया है। सोचा होगा, रुपये उड़ा लूँ, मेरे पास कुछ पूँजी तो हो जायगी, अपने पास कहाँ रखती, सूरे को भला आदमी समझकर उसके पास रख आयी हो। या कौन जाने, दोनों में पहले ही से साँठ-गाँठ रही हो। सूरदास ने रुपये उठवा लिये हों, फिर लौटा आया हो कि इस तरह मेरा भरम बना रहेगा। अंधे पेट के बड़े गहरे होते हैं, इन्हें बड़ी दूर की सूझती है।

इस भाँति कई दिनों तक गद्देबाज़ियाँ हुआ कीं।

परंतु लोगों में किसी विषय पर बहुत दिनों तक आलोचना करते रहने की आदत नहीं होती। न उन्हें इतना अवकाश होता है कि इन बातों में सिर खपायें, न इतनी बुद्धि ही कि इन गुत्थियों को सुलझायें। मनुष्य स्वभावतः क्रियाशील होते हैं, उनमें विवेचन-शक्ति कहाँ ? सुभागी से बोलने-चालने, उसके साथ उठने-बैठने में किसी को आपत्ति न रही; न कोई उससे कुछ पूछता, न आवाज़ें कसता। हाँ, सूरदास की मान-प्रतिष्ठा ग़ायब हो गयी। पहले मोहल्ले भर में उसकी धाक थी, लोगों का उसकी हैसियत से कहीं अधिक उस पर विश्वास था। उसका नाम अदब के साथ लिया जाता था। अब उसकी गणना भी सामान्य मनुष्यों में होने लगी, कोई विशेषता न रही।

किन्तु भैरो के हृदय में सदैव यह काँटा खटका करता था। वह किसी भाँति इस सजीव अपमान का बदला लेना चाहता था। दूकान पर बहुत कम जाता। अफ़सरों से शिकायत भी की गयी कि यह ठेकेदार दूकान नहीं खोलता, ताड़ी-सेवियों को निराश होकर जाना पड़ता है। मादक-वस्तु-विभाग के कर्मचारियों ने भैरो को निकाल देने की धमकी भी दी; पर उसने कहा, मुझे दूकान का डर नहीं है, आप लोग जिसे चाहें रख लें। पर वहाँ कोई दूसरा पासी न मिला, और अफ़सरों ने एक दूकान टूट जाने के भय से कोई सख़्ती करनी उचित न समझी।

धीरे-धीरे भैरो को सूरदास ही से नहीं, मोहल्ले-भर से अदावत हो गयी। उसके विचार में मुहल्ले वालों का यह धर्म था कि मेरी हिमायत के लिए खड़े हो जाते, और सूरे को कोई ऐसा दंड देते कि वह आजीवन याद रखता—ऐसे मुहल्ले में कोई क्या रहे, जहाँ न्याय और अन्याय एक ही भाव बिकता है। कुकर्मियों से कोई बोलता ही नहीं। सूरदास अकड़ता हुआ चला जाता

है। यह चुड़ैल आँखों में काजल लगाये फिरा करती है। कोई इन दोनों के मुँह में कालिख नहीं लगाता। ऐसे गाँव में तो आग लगा देनी चाहिए। मगर किसी कारण उसकी क्रियात्मक शक्ति शिथिल पड़ गयी थी। वह मार्ग में सुभागी को देख लेता, तो कतराकर निकल जाता। सूरदास को देखता, तो ओठ चबाकर रह जाता। वार करने की हिम्मत न होती। वह अब कभी मंदिर में भजन गाने न जाता; मेलों-तमाशों से भी उसे अरुचि हो गयी, नशे का चस्का आप-ही-आप छूट गया। अपमान की तीव्र वेदना निरंतर होती रहती। उसने सोचा था, सुभागी मुँह में कालिख लगाकर कहीं निकल जायगी, मेरे कलंक का दाग़ मिट जायगा। मगर वह अभी तक वहाँ उसकी छाती पर मूँग ही नहीं दल रही थी, बल्कि उसी पुरुष के साथ विलास कर रही थी, जो उसका प्रतिद्वंद्वी था। सबसे बढ़कर दुःख उसे इस बात का था कि मोहल्ले के लोग उन दोनों के साथ पहले ही का-सा व्यवहार करते थे, कोई उन्हें न रगेदता था, न लताड़ता था। उसे अपना अपमान सामने बैठा मुँह चिढ़ाता हुआ मालूम होता था। अब उसे गाली-गलौज से तस्कीन न हो सकती थी। वह इस फ़िक्र में था कि इन दोनों का काम तमाम कर दूँ, इस तरह मारूँ कि एड़ियाँ रगड़-रगड़ मरें, पानी की बूँद भी न मिले। लेकिन अकेला आदमी क्या कर सकता है। चारों ओर निगाह दौड़ाता, पर कहीं से सहायता मिलने की आशा न दिखायी देती। मुहल्ले में ऐसे जीवट का कोई आदमी न था। सोचते-सोचते उसे खयाल आया कि अंधे ने चतारी के राजा साहब को बहुत बदनाम किया था। कारख़ाने वाले साहब को भी बदनाम करता फिरता था। इन्हीं लोगों से चलकर फ़रियाद करूँ। अंधे से दिल में तो दोनों ख़ार खाते ही होंगे, छोटे के मुँह लगना अपनी मर्यादा के विरुद्ध समझकर चुप रह गये होंगे। मैं जो सामने खड़ा हो जाऊँगा, तो मेरी आड़ से वे ज़रूर निशाना मारेंगे। बड़े आदमी हैं, वहाँ तक पहुँचना मुश्किल है; लेकिन जो कहीं मेरी पहुँच हो गयी, और उन्होंने मेरी सुन ली, तो फिर इन बचा की ऐसी ख़बर लेंगे कि सारा अंधापन निकल जायगा। अंधेपन के सिवा यहाँ और रखा ही क्या था।

कई दिनों तक वह इसी हैस-बैस में पड़ा रहा कि उन लोगों के पास कैसे पहुँचूँ। जाने की हिम्मत न पड़ती थी। कहीं उल्टे मुझी को मार बैठें, निकलवा दें तो और भी भद्द हो। आख़िर एक दिन दिल मज़बूत करके वह राजा साहब के मकान पर गया, और साईस के द्वार पर जाकर खड़ा हो गया। साईस ने देखा, तो कर्कश कंठ से बोला—कौन हो ! यहाँ क्या उचक्कों की तरह झाँक रहे हो !

भैरो ने बड़ी दीनता से कहा—भैया, डाँटो मत, गरीब-दुखी आदमी हूँ।

साईस—गरीब दुखियारे हो, तो किसी सेठ-साहूकार के घर जाते, यहाँ क्या रखा है।

भैरो—गरीब हूँ, लेकिन भिखमंगा नहीं हूँ। इज्जत-आबरू सभी की होती है। तुम्हारी ही बिरादरी में कोई किसी की बहू-बेटी लेकर निकल जाये, तो क्या उसे पंचाइत यों ही छोड़ देगी ? कुछ-न-कुछ डंड तो देगी ही। पंचाइत न देगी, तो अदालत-कचहरी से तो कुछ होगा।

साईस ज़ात का चमार था, जहाँ ऐसी दुर्घटनाएँ आये-दिन होती रहती हैं, और बिरादरी को उनकी बदौलत नशा-पानी का सामान हाथ आता रहता है। उसके घर में नित्य यही चर्चा रहती थी, और इन बातों में उसे जितनी दिलचस्पी थी, उतनी और किसी बात से न हो सकती थी। बोला—आओ, बैठो, चिलम पियो, कौन भाई हो ?

भैरो—पासी हूँ, यहीं पाँड़ेपुर में रहता हूँ।

वह साईस के पास जा बैठा, और दोनों में सायँ-सायँ बातें होने लगीं, मानो वहाँ कोई कान लगाये उनकी बातें सुन रहा हो। भैरो ने अपना सम्पूर्ण वृत्तांत सुनाया और कमर से एक रुपया निकालकर साईस के हाथ में रखता हुआ बोला—भाई, कोई ऐसी जुगुत निकालो कि राजा साहब के कानों में यह बात पड़ जाये। फिर तो मैं अपना सब हाल आप ही कह लूँगा। तुम्हारी दया से बोलने-चालने में ऐसा बुद्धू नहीं हूँ, दरोगा से तो कभी डरा ही नहीं।

साईस को रौप्य मुद्रा के दर्शन हुए, तो मगन हो गया। आज सबेरे-सबेरे अच्छी बोहनी हुई। बोला—मैं राजा साहब से तुम्हारी इत्तला कराये देता हूँ। बुलाहट होगी, तो चले जाना। राजा साहब को घमंड तो छू ही नहीं गया। मगर देखना, बहुत देर न लगाना, नहीं तो मालिक चिढ़ जायँगे। बस, जो कुछ कहना हो, साफ-साफ कह डालना। बड़े आदमियों को बातचीत करने की फुरसत नहीं रहती। मेरी तरह थोड़े ही हैं कि दिन-भर बैठे गप्पें लड़ाया करें।

यह कहकर वह चला गया। राजा साहब इस वक़्त बाल बनवा रहे थे, जो उनका नित्य का नियम था। साईस ने पहुँचकर सलाम किया।

राजा—क्या कहते हो ? मेरे पास तलब के लिये मत आया करो।

साईस—नहीं हजूर, तलब के लिए नहीं आया था। वह जो सूरदास पाँड़ेपुर में रहता है।

राजा—अच्छा, वह दुष्ट अंधा।

साईस—हाँ हजूर, वह एक औरत को निकाल ले गया है।

राजा—अच्छा ! उसे तो लोग कहते थे, बड़ा भला आदमी है। अब यह स्वाँग रचने लगा।

साईस—हाँ हजूर, उसका आदमी फरियाद करने आया है। हुकुम हो, तो लाऊँ।

राजा साहब ने सिर हिलाकर अनुमति दी, और एक क्षण में भैरो दबकता हुआ आकर खड़ा हो गया।

राजा—तुम्हारी औरत है ?

भैरो—हाँ हजूर, अभी कुछ दिन पहले तो मेरी ही थी।

राजा—पहले से कुछ आमद-रफ़्त थी ?

भैरो—होगी सरकार, मुझे मालूम नहीं।

राजा—लेकर कहाँ चला गया ?

भैरो—कहीं गया नहीं सरकार, अपने घर में है।

राजा—बड़ा ढीठ है। गाँव वाले कुछ नहीं बोलते ?

भैरो—कोई नहीं बोलता हजूर !

राजा—औरत को मारते बहुत हो ?

भैरो—सरकार, औरत से भूल-चूक होती है, तो कौन नहीं मारता ?

राजा—बहुत मारते हो कि कम ?

भैरो—हजूर, क्रोध में यह विचार कहाँ रहता है।

राजा—कैसी औरत है, सुंदर ?

भैरो—हाँ, हजूर, देखने-सुनने में बुरी नहीं है।

राजा—समझ में नहीं आता, सुंदर स्त्री ने अंधे को क्यों पसंद किया। ऐसा तो नहीं हुआ कि तुमने दाल में नमक ज़्यादा हो जाने पर स्त्री को मारकर निकाल दिया हो, और अंधे ने रख लिया हो ?

भैरो—सरकार, औरत मेरे रुपये चुराकर सूरदास को दे आयी। सबेरे सूरदास रुपये लौटा गया। मैंने चकमा देकर पूछा, तो उसने चोर को भी बता दिया। इस बात पर मारता न, तो क्या करता ?

राजा—और कुछ हो, अंधा है दिल का साफ़।

भैरो—हजूर, नीयत का अच्छा नहीं।

यद्यपि महेन्द्रकुमार सिंह बहुत न्यायशील थे, और अपने कुत्सित मनोविचारों को प्रकट करने में बहुत सावधान रहते थे। ख्याति-प्रिय मनुष्य को प्रायः अपनी वाणी पर पूर्ण अधिकार होता है, पर वह सूरदास से इतने जले हुए थे, उसके हाथों इतनी मानसिक यातनाएँ पायी थीं कि इस समय अपने भावों को गुप्त न रख सके। बोले—अजी, उसने मुझे यहाँ इतना बदनाम किया कि घर से बाहर निकलना मुश्किल हो गया। क्लार्क साहब ने ज़रा उसे मुँह क्या लगा लिया कि सिर चढ़ गया। यों मैं किसी ग़रीब को सताना नहीं चाहता; लेकिन यह भी नहीं देख सकता कि वह भले आदमियों के बाल नोचे। इजलास तो मेरा ही है, तुम उस पर दावा कर दो। गवाह मिल जायँगे न ?

भैरो—हजूर, सारा मुहल्ला जानता है।

राजा—सबों को पेश करो। यहाँ लोग उसके भक्त हो गये हैं। समझते हैं, वह कोई ऋषि है। मैं उसकी क़लई खोल देना चाहता हूँ। इतने दिनों के बाद यह अवसर मेरे हाथ आया है। मैंने अगर अब तक किसी से नीचा देखा, तो इसी अंधे से। उस पर न पुलिस का ज़ोर था, न अदालत का। उसकी दीनता और दुर्बलता उसका कवच बनी हुई थी। यह मुक़दमा उसके लिए वह गहरा गड्ढा होगा, जिसमें से वह निकल न सकेगा। मुझे उसकी ओर से शंका थी, पर एक बार जहाँ परदा खुला कि मैं निश्चिंत हुआ। विष के दाँत टूट जाने पर साँप से कौन डरता है ! हो सके, तो जल्दी ही यह मुक़दमा दायर कर दो।

किसी बड़े आदमी को रोते देखकर हमें उससे स्नेह हो जाता है। उसे प्रभुत्व से मंडित देखकर हम थोड़ी देर के लिए भूल जाते हैं कि वह भी मनुष्य है। हम उसे साधारण मानवी दुर्बलताओं से रहित समझते हैं। वह हमारे लिए एक कुतूहल का विषय होता है। हम समझते हैं, वह न जाने क्या खाता होगा, न जाने क्या पीता होगा, न जाने क्या सोचता होगा, उसके दिल में सदैव ऊँचे विचार आते होंगे, छोटी-छोटी बातों की ओर तो उसका ध्यान ही न जाता होगा—कुतूहल का परिष्कृत रूप ही आदर है। भैरो को राजा साहब के सम्मुख जाते हुए भय लगता था, लेकिन अब उसे ज्ञात हुआ कि यह भी हमीं-जैसे मनुष्य हैं। मानो उसे आज एक नयी बात मालूम हुई। ज़रा बेधड़क होकर बोला—हजूर, है तो अंधा, लेकिन बड़ा घमंडी है। अपने आगे तो किसी को समझता ही नहीं। मुहल्ले वाले जरा सूरदास, सूरदास कह देते हैं, तो बस फूल उठता है। समझता है, संसार में जो कुछ हूँ, मैं ही हूँ। हजूर, उसकी ऐसी सजा कर दें कि चक्की पीसते-पीसते दिन जायँ। तब उसकी सेखी किरकिरी होगी।

राजा साहब ने त्यौरी बदली। देखा, यह गँवार अब ज़्यादा बहकने लगा। बोले—अच्छा, अब जाओ।

भैरो दिल में समझ रहा था, मैंने राजा साहब को अपनी मुट्ठी में कर लिया। अगर उसे चले जाने का हुक्म न मिला होता, तो एक क्षण में उसका 'हजूर' 'आप' हो जाता। संध्या तक उसकी बातों का ताँता न टूटता। वह न जाने कितनी झूठी बातें गढ़ता। परनिन्दा का मनुष्य की जिह्वा पर कभी इतना प्रभुत्व नहीं होता, जितना सम्पन्न पुरुषों के सम्मुख। न जाने क्यों हम उनकी कृपा-दृष्टि के इतने अभिलाषी होते हैं। हम ऐसे मनुष्यों पर भी, जिनसे हमारा लेश-मात्र भी वैमनस्य नहीं है, कटाक्ष करने लगते हैं। कोई स्वार्थ की इच्छा न रखते हुए भी हम उनका सम्मान प्राप्त करना चाहते हैं। उनका विश्वासपात्र बनने की हमें एक अनिवार्य आंतरिक प्रेरणा होती है। हमारी वाणी उस समय क़ाबू से बाहर हो जाती है।

भैरो यहाँ से कुछ लज्जित होकर निकला, पर उसे अब इसमें संदेह न था कि मेरी मनोकामना पूरी हो गयी। घर आकर उसने बजरंगी से कहा—तुम्हें गवाही करनी पड़ेगी। निकल न जाना।

बजरंगी—कैसी गवाही ?

भैरो—यही मेरे मामले की। इस अंधे की हेकड़ी अब नहीं देखी जाती। इतने दिनों तक सबर किये बैठा रहा कि अब भी वह सुभागी को निकाल दे, उसका जहाँ जी चाहे, चली जाय, मेरी आँखों के सामने से दूर हो जाय। पर देखता हूँ, तो दिन-दिन उसकी पेंग बढ़ती ही जाती है। अंधा छैला बना जाता है। महीनों देह पर पानी नहीं पड़ता था, अब नित्य स्नान करता है। वह पानी लाती है, उसकी धोती छाँटती है, उसके सिर में तेल मलती है। यह अंधेरं नहीं देखा जाता।

बजरंगी—अंधेर तो है ही, आँखों से देख रहा हूँ। सूरे को इतना छिछोरा न समझता था। पर मैं कहीं गवाही-साखी करने न जाऊँगा।

जमुनी--क्यों, कचहरी में कोई तुम्हारे कान काट लेगा ?

बजरंगी—अपना मन है, नहीं जाते।

जमुनी—अच्छा तुम्हारा मन है ! भैरो, तुम मेरी गवाही लिखा दो। मैं चलकर गवाही दूँगी। साँच को आँच क्या ?

बजरंगी—(हँसकर) तू कचहरी जायगी ?

जमुनी—क्या करूँगी, जब मरदों की वहाँ जाते चूड़ियाँ मैली होती हैं, तो औरत ही जायँगी। किसी तरह उस कसबिन के मुँह में कालिख तो लगे।

बजरंगी—भैरो, बात यह है कि सूरे ने बुराई जरूर की, लेकिन तुम भी तो अनीत ही पर चलते थे। कोई अपने घर के आदमी को इतनी बेदरदी से नहीं मारता। फिर तुमने मारा ही नहीं, मारकर निकाल भी दिया। जब गाय की पगहिया न रहेगी, तो वह दूसरों के खेत में जायगी ही। इसमें उसका क्या दोस ?

जमुनी—तुम इन्हें बकने दो भैरो, मैं तुम्हारी गवाही करूँगी।

बजरंगी—तू सोचती होगी, यह धमकी देने से मैं कचहरी जाऊँगा; यहाँ इतने बुद्धू नहीं हैं। और, सच्ची बात तो यह है कि सूरे लाख बुरा हो, मगर अब भी हम सबों से अच्छा है। रुपयों की थैली लौटा देना कोई छोटी बात नहीं है।

जमुनी—बस चुप रहो, मैं तुम्हें खूब समझती हूँ। तुम भी जाकर चार गाल हँस-बोल आते हो न, क्या इतनी यारी भी न निभाओगे ! सुभागी को सजा हो गयी, तो तुम्हें भी तो नजर लड़ाने को कोई न रहेगा।

बजरंगी यह लांछन सुनकर तिलमिला उठा। जमुनी उसका आसन पहचानती थी। बजरंगी बोला—मुँह में कीड़े पड़ जायँगे।

जमुनी—तो फिर गवाही देते क्यों कोर दबती है ?

बजरंगी—लिखा दो भैरो, मेरा नाम, यह चुड़ैल मुझे जीने न देगी। मैं अगर हारता हूँ, तो इसी से। मेरी पीठ में अगर धूल लगाती है, तो यह। नहीं तो यहाँ कभी किसी से दबकर नहीं चले। जाओ, लिखा दो।

भैरो यहाँ से ठाकुरदीन के पास गया, और वही प्रस्ताव किया। ठाकुरदीन ने कहा—हाँ-हाँ, मैं गवाही करने को तैयार हूँ। मेरा नाम सबसे पहले लिखा दो। अंधे को देखकर मेरी तो अब आँखें फूटती हैं। अब मुझे मालूम हो गया कि उसे जरूर कोई सिद्धि है; नहीं तो क्या सुभागी उसके पीछे यों दौड़ी-दौड़ी फिरती।

भैरो—चक्की पीसेंगे, तो बचा को मालूम होगा।

ठाकुरदीन—ना भैया, उसका अकबाल भारी है, वह कभी चक्की न पीसेगा, वहाँ से भी बेदाग लौट आयेगा। हाँ गवाही देना मेरा धरम है, वह मैं दे दूँगा। जो आदमी सिद्धि से दूसरों का अन-भल करे, उसकी गरदन काट लेनी चाहिए। न ज़ाने क्यों भगवान संसार में चोरों और पापियों को जनम देते हैं। यही समझ लो कि जब से मेरी चोरी हुई, कभी नींद-भर नहीं सोया। नित्य वही चिंता बनी रहती है। यही खटका लगा रहता है कि कहीं फिर न वही नौबत आ जाये। तुम तो एक हिसाब से मजे में रहे कि रुपये सब मिल गये, मैं तो कहीं का न रहा।

भैरो—तो तुम्हारी गवाही पक्की रही ?

ठाकुरदीन—हाँ, एक बार नहीं, सौ बार पक्की। अरे, मेरा बस चलता, तो मैं इसे खोदकर गाड़ देता। यों मुझसे सीधा कोई नहीं है, लेकिन दुष्टों के हक में मुझसे टेढ़ा भी कोई नहीं है। इनको सजा दिलाने के लिए मैं झूठी गवाही देने को भी तैयार हूँ। मुझे तो अचरज होता है कि इस अंधे को क्या हो गया। कहाँ तो धरम-करम का इतना विचार, इतना परोपकार, इतना सदाचार, और कहाँ यह कुकर्म !

भैरो यहाँ से जगधर के पास गया, जो अभी खोंचा बेचकर लौटा था, और धोती लेकर नहाने जा रहा था।

भैरो—तुम भी मेरे गवाह हो न ?

जगधर—तुम हक-नाहक सूरे पर मुकदमा चला रहे हो। सूरा निरपराध है।

भैरो—कसम खाओगे ?

जगधर—हाँ, जो कसम कहो, खा जाऊँ। तुमने सुभागी को अपने घर से निकाल दिया, सूरे ने उसे अपने घर में जगह दे दी। नहीं तो अब तक वह न जाने किस घाट लगी होती। जवान औरत है, सुन्दर है, उसके सैकड़ो गाहक हैं। सूरे ने तो उसके साथ नेकी की कि उसे कहीं बहकने न दिया। अगर तुम फिर उसे घर में लाकर रखना चाहो, और वह उसे आने न दे, तुमसे

लड़ने पर तैयार हो जाये, तब मैं कहूँगा कि उसका कसूर है। मैंने अपने कानों से उसे सुभागी को समझाते सुना है। वह आती ही नहीं, तो बिचारा क्या करे ?

भैरो समझ गया कि यह एक लोटे जल से प्रसन्न हो जाने वाला देवता नहीं, इसे कुछ भेंट करनी पड़ेगी। उसकी लोभी प्रकृति से वह परिचित था।

बोला—भाई, मुआमला इज्जत का है। ऐसी उड़नघाइयाँ न बताओ। पड़ोसी का हक बहुत कुछ होता है; पर मैं तुमसे बाहर नहीं हूँ, जो कुछ दस-बीस कहो, हाजिर है। पर गवाही तुम्हें देनी पड़ेगी।

जगधर—भैरो, मैं बहुत नीच हूँ, लेकिन इतना नीच नहीं कि जान-सुनकर किसी भले आदमी को बेकसूर फँसाऊँ।

भैरो ने बिगड़कर कहा—तो क्या तुम समझते हो कि तुम्हारे ही नाम खुदाई लिख गयी है ? जिस बात को सारा गाँव कहेगा, उसे एक तुम न कहोगे, तो क्या बिगड़ जायगा ? टिड्डी के रोके आँधी नहीं रुक सकती।

जगधर—तो भाई, उसे पीसकर पी जाओ। मैं कब कहता हूँ कि मैं उसे बचा लूँगा। हाँ, मैं उसे पीसने में तुम्हारी मदद न करूँगा।

भैरो तो उधर गया, इधर वही स्वार्थी, लोभी, ईर्षालु, कुटिल जगधर उसके गवाहों को फोड़ने का प्रयत्न करने लगा। उसे सूरदास से इतनी भक्ति न थी, जितनी भैरो से ईर्ष्या। भैरो अगर किसी सत्कार्य में भी उसकी सहायता माँगता, तो भी वह इतनी ही तत्परता से उसकी उपेक्षा करता।

उसने बजरंगी के पास जाकर कहा—क्यों बजरंगी, तुम भी भैरो की गवाही कर रहे हो ?

बजरंगी—हाँ, जाता तो हूँ।

जगधर—तुमने अपनी आँखों कुछ देखा है ?

बजरंगी—कैसी बातें करते हो, रोज ही देखता हूँ, कोई बात छिपी थोड़े ही है।

जगधर—क्या देखते हो ? यही न कि सुभागी सूरदास के झोपड़े में रहती है ? अगर कोई एक अनाथ औरत का पालन करे, तो बुराई है ? अंधे आदमी के जीवट का बखान तो न करोगे कि जो काम किसी से न हो सका, वह उसने कर दिखाया, उलटे उससे और बैर साधते हो। जानते हो, सूरदास उसे घर से निकाल देगा, तो उसकी क्या गत होगी ? मुहल्ले की आबरू पुतलीघर के मजूरों के हाथ बिकेगी। देख लेना। मेरा कहना मानो, गवाही-साखी के फेर में न पड़ो, भलाई के बदले बुराई हो जायगी। भैरो तो सुभागी से इसलिए जल रहा है कि उसने उसके चुराये हुए रुपये सूरदास को क्यों लौटा दिये। बस, सारी जलन इसी की है। हम बिना जाने-बूझे क्यों किसी की बुराई करें ? हाँ, गवाही देने ही जाते हो, तो पहले खूब पता लगा लो कि दोनों कैसे रहते हैं...

बजरंगी—(जमुनी की तरफ इशारा करके) इसी से पूछो, यही अंतरजामी है, इसी ने मुझे मजबूर किया है।

जमुनी—हाँ, किया तो है, क्या अब भी दिल काँप रहा है ?

जगधर—अदालत में जाकर गवाही देना क्या तुमने हँसी समझ ली है ? गंगाजली उठानी

पड़ती है, तुलसी-दल लेना पड़ता है, बेटे के सिर पर हाथ रखना पड़ता है। इसी से बाल-बच्चे वाले डरते हैं कि और कुछ।

जमुनी—सच कहो, ये सब कसमें भी खानी पड़ती हैं ?

जगधर—बिना कसम खाये तो गवाही होती ही नहीं।

जमुनी—तो भैया, बाज आयी ऐसी गवाही से, कान पकड़ती हूँ। चूल्हे में जाय सूरा और भाड़ में जाय भैरो, कोई बुरे दिन काम न आयेगा। तुम रहने दो।

बजरंगी—सूरदास को लड़कपन से देख रहे हैं, ऐसी आदत तो उसमें नहीं थी।

जगधर—न थी, न है, और न होगी। उसकी बड़ाई नहीं करता, पर उसे लाख रुपये भी दो, तो बुराई में हाथ न डालेगा। कोई दूसरा होता, तो गया हुआ धन पाकर चुपके से रख लेता, किसी को कानोकान खबर भी न होती। नहीं तो जाकर सब रुपये दे आया। उसकी सफाई तो इतने ही से हो जाती है।

बजरंगी को तोड़कर जगधर ने ठाकुरदीन को घेरा। पूजा करके भोजन करने जा रहा था। जगधर की आवाज़ सुनकर बोला—बैठो, खाना खाकर आता हूँ।

जगधर—मेरी बात सुन लो, तो खाने बैठो। खाना कहीं भागा नहीं जाता है। तुम भी भैरो की गवाही देने जा रहे हो ?

ठाकुरदीन—हाँ, जाता हूँ। भैरो ने न कहा होता, तो आप ही जाता। मुझसे यह अनीत नहीं देखी जाती। जमाना दूसरा है, नहीं नवाबी होती, तो ऐसे आदमी का सिर काट लिया जाता। किसी की बहू-बेटी को निकाल ले जाना कोई हँसी-ठट्ठा है !

जगधर—जान पड़ता है, देवतों की पूजा करते-करते तुम भी अंतरजामी हो गये हो। पूछता हूँ, किस बात की गवाही दोगे ?

ठाकुरदीन—कोई लुकी-छिपी बात है, सारा देस जानता है।

जगधर—सूरदास बड़ा गबरू जवान है, इसी से सुन्दरी का मन उस पर लोट-पोट हो गया होगा, या उसके घर रुपये-पैसे, गहने-जेवर के ढेर लगे हुए हैं, इसी से औरत लोभ में पड़ गयी होगी। भगवान को देखा नहीं, लेकिन अकल से तो पहचानते हो। आखिर क्या देखकर सुभागी ने भैरो को छोड़ दिया, और सूरे के घर पड़ गयी ?

ठाकुरदीन—कोई किसी के मन की बात क्या जाने, और औरत के मन की बात तो भगवान भी नहीं जानते। देवता लोग तक उससे त्राह-त्राह करते हैं !

जगधर—अच्छा, तो जाओ, मगर यह कहे देता हूँ कि इसका फल भोगना पड़ेगा। किसी गरीब पर झूठा अपराध लगाने से बड़ा दूसरा पाप नहीं होता।

ठाकुरदीन—झूठा अपराध है ?

जगधर—झूठा है, सरासर झूठा; रत्ती-भर भी सच नहीं। बेकस की वह हाय पड़ेगी कि जिंदगानी-भर याद करोगे। जो आदमी अपना गया हुआ धन पाकर लौटा दे, वह इतना नीच नहीं हो सकता।

ठाकुरदीन—(हँसकर) यही तो अंधे की चाल है। कैसी दूर की सूझी है कि जो सुने, चक्कर में आ जाये।

जगधर—मैंने जता दिया, आगे तुम जानो, तुम्हारा काम जाने। रखोगे सुभागी को अपने घर में ? मैं उसे सूरे के घर से लिवाये लाता हूँ, अगर फिर कभी सूरे को उससे बातें करते देखना, तो जो चाहना, करना। रखोगे ?

ठाकुरदीन—मैं क्यों रखने लगा !

जगधर—तो अगर सिवजी ने संसार-भर का बिस माथे चढ़ा लिया, तो क्या बुरा किया ? जिसके लिए कहीं ठिकाना नहीं था, उसे सूरे ने अपने घर में जगह दी। इस नेकी की उसे यह सजा मिलनी चाहिए ? यही न्याय है ? अगर तुम लोगों के दबाव में आकर सूरे ने सुभागी को घर से निकाल दिया और उसकी आबरू बिगड़ी, तो उसका पाप तुम्हारे सिर भी पड़ेगा। याद रखना।

ठाकुरदीन देवभीरू आत्मा था, दुविधा में पड़ गया। जगधर ने आसन पहचाना, इसी ढंग की दो-चार बातें और कीं। आख़िर ठाकुरदीन गवाही देने से इंकार करने लगा। जगधर की ईर्षा किसी साधु के उपदेश का काम कर गयी। संध्या होते-होते भैरो को मालूम हो गया कि मोहल्ले में कोई गवाह न मिलेगा। दाँत पीसकर रह गया। चिराग़ जल रहे थे। बाज़ार की और दूकानें बंद हो रही थीं। ताड़ी की दूकान खोलने का समय आ रहा था। ग्राहक जमा होते जाते थे। बुढ़िया चिखौने के लिए मटर के दालमोट और चटपटे पकौड़े बना रही थी, और भैरो द्वार पर बैठा हुआ जगधर को, मोहल्ले वालों को और सारे संसार को चौपालियाँ सुना रहा था—सब-के-सब नामरदे हैं, आँख के अंधे, जभी तो यह दुरदसा हो रही है। कहते हैं, सूखा क्यों पड़ता है, प्लेग क्यों आता है, हैजा क्यों फैलता है, जहाँ ऐसे-ऐसे बेईमान, पापी, दुष्ट बसेंगे, वहाँ और होगा ही क्या ! भगवान इस देस को गारत क्यों नहीं कर देते, यही अचरज है। खैर, जिंदगानी है, तो हम और जगधर इसी जगह रहते हैं, देखी जायगी।

क्रोध के आवेश में अपनी नेकियाँ बहुत याद आती हैं। भैरो उन उपकारों का वर्णन करने लगा, जो उसने जगधर के साथ किये थे—इसकी घरवाली मर रही थी। किसी ने बता दिया, ताजी ताड़ी पिये, तो बच जाये। मुँह-अँधेरे पेड़ पर चढ़ता था, और ताजी ताड़ी उतारकर उसे पिलाता था। कोई पाँच रुपये भी देता, तो उतने सबेरे पेड़ पर न चढ़ता। मटकों ताड़ी पिला दी होगी। तमाखू पीना होता है, तो यहीं आता है। रुपये-पैसे का काम लगता है, तो मैं ही काम आता हूँ, और मेरे साथ यह घाट ! जमाना ही ऐसा है।

जगधर का घर मिला हुआ था। यह सब सुन रहा था, और मुँह न खोलता था। वह सामने से वार करने में नहीं, पीछे से वार करने में कुशल था।

इतने में मिल का एक मिस्त्री, नीम-आस्तीन पहने, कोयले की भभूत लगाये और कोयले ही का-सा रंग, हाथ में हथौड़ा लिये, चमरौंधा जूता डाटे, आकर बोला—चलते हो दूकान पर कि इसी झंझट में पड़े रहोगे ? देर हो रही है, अभी साहब के बँगले पर जाना है।

भैरो—अजी जाओ, तुम्हें दूकान की पड़ी हुई है; यहाँ ऐसा जी जल रहा है कि गाँव में आग लगा दूँ।

मिस्त्री—क्या है क्या ? किस बात पर बिगड़ रहे हो, मैं भी सुनूँ।

भैरो ने संक्षिप्त रूप से सारी कथा सुना दी, और गाँव वालों की कायरता और असज्जनता

का दुखड़ा रोने लगा।

मिस्त्री–गाँव वालों को मारो गोली। तुम्हें कितने गवाह चाहिए ? जितने गवाह कहो दे दूँ, एक-दो, दस-बीस। भले आदमी, पहले ही क्यों न कहा ? आज ही ठीकठाक किये देता हूँ। बस, सबों को भर-पेट पिला देना।

भैरो की बाछें खिल गयीं। बोला–ताड़ी की कौन बात है, दूकान तुम्हारी है, जितनी चाहो पियो, पर जरा मोतबर गवाह दिलाना।

मिस्त्री–अजी, कहो तो बाबू लोगों को हाजर कर दूँ। बस, ऐसी पिला देना कि सब यहीं से गिरते हुए घर पहुँचें।

भैरो–अजी, कहो तो इतनी पिला दूँ कि दो-चार लाशें उठ जायें।

यों बातें करते हुए दोनों दूकान पहुँचे। वहाँ 20-25 आदमी, जो इसी कारख़ाने के नौकर थे, बड़ी उत्कंठा से भैरो की राह देख रहे थे। भैरो ने तो पहुँचते ही ताड़ी नापनी शुरू की, और इधर मिस्त्री ने गवाहों को तैयार करना शुरू किया। कानों में बातें होने लगीं।

एक–मौक़ा अच्छा है। अंधे के घर से निकलकर जायगी कहाँ। भैरो अब उसे न रखेगा।

दूसरा–आख़िर हमारे दिल-बहलाव का भी तो कोई सामान होना चाहिए।

तीसरा–भगवान ने आप ही भेज दिया। बिल्ली के भागों छींका टूटा।

इधर तो यह मिस्कौट हो रही थी, उधर सुभागी सूरदास से कह रही थी–तुम्हारे ऊपर दावा हो रहा है।

सूरदास ने घबराकर पूछा–कैसा दावा ?

सुभागी–मुझे भगा लाने का। गवाह ठीक किये जा रहे हैं। गाँव का तो कोई आदमी नहीं मिला, लेकिन पुतलीघर के बहुत-से मजूरे तैयार हैं। मुझसे अभी जगधर कह रहे थे, पहले गाँव के सब आदमी गवाही देने जा रहे थे।

सूर–फिर रुक कैसे गये ?

सुभागी–जगधर ने सबको समझा-बुझाकर रोक लिया।

सूर–जगधर बड़ा भलामानुस है, मुझ पर बड़ी दया करता रहता है।

सुभागी–तो अब क्या होगा ?

सूर–दावा करने दे, डरने की कोई बात नहीं। तू यही कह देना कि मैं भैरो के साथ न रहूँगी। कोई कारन पूछे, तो साफ-साफ कह देना, वह मुझे मारता है।

सुभागी–लेकिन इसमें तुम्हारी कितनी बदनामी होगी।

सूर–बदनामी की चिंता नहीं, जब तक वह तुझे रखने को राजी न होगा, मैं तुझे जाने ही न दूँगा।

सुभागी–वह राजी भी होगा, तो उसके घर न जाऊँगी। वह मन का बड़ा मैला आदमी है, इसकी कसर जरूर निकालेगा। तुम्हारे घर से भी चली जाऊँगी।

सूर–मेरे घर से क्यों चली जायगी ? मैं तो तुझे नहीं निकालता।

सुभागी–मेरे कारन तुम्हारी कितनी जगहँसाई होगी। मुहल्ले वालों का तो मुझे कोई डर न था। मैं जानती थी कि किसी को तुम्हारे ऊपर संदेह न होगा, और होगा भी तो छिन-भर

में दूर हो जायगा। लेकिन ये पुतलीघर के उजड्ड मजूरे तुम्हें क्या जानें। भैरो के यहाँ सब-के-सब ताड़ी पीते हैं। वह उन्हें मिलाकर तुम्हारी आबरू बिगाड़ देगा। मैं यहाँ न रहूँगी, तो उसका कलेजा ठंडा हो जायगा। बिस की गाँठ तो मैं हूँ।

सूर—जायगी कहाँ ?

सुभागी—जहाँ उसके मुँह में कालिख लगा सकूँ, जहाँ उसकी छाती पर मूँग दल सकूँ।

सूर—उसके मुँह में कालिख लगेगी, तो मेरे मुँह में पहले ही न लग जायेगी। तू मेरी बहन ही तो है ?

सुभागी—नहीं, मैं तुम्हारी कोई नहीं हूँ। मुझे बहन-बेटी न बनाओ।

सूर—मैं कहे देता हूँ, इस घर से न जाना।

सुभागी—मैं अब तुम्हारे साथ रहकर तुम्हें बदनाम न करूँगी।

सूरदास—मुझे बदनामी कबूल है, लेकिन जब तक यह न मालूम हो जाये कि तू कहाँ जायगी, तब तक मैं तुझे जाने ही न दूँगा।

भैरो ने रात तो किसी तरह काटी। प्रातःकाल कचहरी दौड़ा। वहाँ अभी द्वार बंद थे, मेहतर झाड़ू लगा रहे थे, अतएव वह एक वृक्ष के नीचे ध्यान लगाकर बैठ गया। नौ बजे से अमले, बस्ते बग़ल में दबाये, आने लगे और भैरो दौड़-दौड़कर उन्हें सलाम करने लगा। ग्यारह बजे राजा साहब इजलास पर आये, और भैरो ने मुहर्रिर से लिखाकर अपना इस्तग़ासा दायर कर दिया। संध्या-समय घर आया, तो बफरने लगा—अब देखता हूँ, कौन माई का लाल इनकी हिमायत करता है। दोनों के मुँह में कालिख लगवाकर यहाँ से निकाल न दिया, तो बाप का नहीं !

पाँचवें दिन सूरदास और सुभागी के नाम समन आ गया। तारीख़ पड़ गयी। ज्यों-ज्यों पेशी का दिन निकट आता जाता था, सुभागी के होश उड़े जाते थे। बार-बार सूरदास से उलझती—तुम्हीं यह सब करा रहे हो, अपनी मिट्टी खराब कर रहे हो, और अपने साथ मुझे भी घसीट रहे हो। मुझे चला जाने दिया होता, तो कोई तुमसे क्यों बैर ठानता ? वहाँ भरी कचहरी में जाना, सबके सामने खड़ी होना, मुझे जहर ही-सा लग रहा है। मैं उसका मुँह न देखूँगी, चाहे अदालत मुझे मार ही डाले।

आख़िर पेशी की नियत तिथि आ गयी। मोहल्ले में इस मुक़दमे की इतनी धूम थी कि लोगों ने अपने-अपने काम बन्द कर दिये, और अदालत में जा पहुँचे। मिल के श्रमजीवी सैकड़ों की संख्या में गये। शहर में सूरदास को कितने ही आदमी जान गये थे। उनकी दृष्टि में सूरदास निरपराध था। हज़ारों आदमी कुतूहल-वश अदालत में आये। प्रभु सेवक पहले ही पहुँच चुके थे, इंदु रानी और इंद्रदत्त भी मुकदमा पेश होते-होते आ पहुँचे। अदालत में यों ही क्या कम भीड़ रहती है, और स्त्री का आना तो मंडप में वधू का आना है। अदालत में एक बाज़ार-सा लगा हुआ था। इजलास पर दो महाशय विराजमान थे—एक तो चतारी के राजा साहब; दूसरे एक मुसलमान, जिन्होंने योरपीय महासमर में रँगरूट भरती करने में बड़ा उत्साह दिखाया था। भैरो की तरफ़ से एक वकील भी था।

भैरो का बयान हुआ। गवाहों का बयान हुआ। तब उसके वकील ने उनसे अपना पक्ष-समर्थन करने के लिए जिरह की।

तब सूरदास का बयान हुआ। उसने कहा—मेरे साथ इधर कुछ दिनों से भैरो की घरवाली रहती है। मैं किसी को क्या खिलाऊँ-पिलाऊँगा, पालने वाला भगवान है। वह मेरे घर में रहती है, अगर भैरो उसे रखना चाहे, और वह रहना चाहे, तो आज चली जाये, यही तो मैं चाहता हूँ। इसीलिए मैंने उसे अपने यहाँ रखा है, नहीं तो न जाने कहाँ होती।

भैरो के वकील ने मुसकराकर कहा—सूरदास, तुम बड़े उदार मालूम होते हो; लेकिन युवती सुन्दरियों के प्रति उदारता का कोई महत्त्व नहीं रहता।

सूर—इसी से न यह मुकदमा चला है। मैंने कोई बुराई नहीं की। हाँ, संसार जो चाहे समझे। मैं तो भगवान को जानता हूँ। वही सबकी करनी का देखने वाला है। अगर भैरो उसे अपने घर न रखेगा, और न सरकार कोई ऐसी जगह बतावेगी, जहाँ यह औरत इज्जत-आबरू के साथ रह सके, तो मैं उसे अपने घर से निकलने न दूँगा। वह निकलना भी चाहेगी, तो न जाने दूँगा। इसने तो जब से इस मुकदमे की खबर सुनी है, यही कहा करती है कि मुझे जाने दो, पर मैं उसे जाने नहीं देता।

वकील—साफ़-साफ़ क्यों नहीं कहते कि मैंने उसे रख लिया है।

सूर—हाँ, रख लिया है, जैसे भाई अपनी बहन को रख लेता है, बाप बेटी को रख लेता है। अगर सरकार ने उसे जबरजस्ती मेरे घर से निकाल दिया, तो उसकी आबरू की जिम्मेदारी उसी के सिर होगी।

सुभागी का बयान हुआ—भैरो मुझे बेकसूर मारता है, गालियाँ देता है। मैं उसके साथ न रहूँगी। सूरदास भला आदमी है, इसीलिए उसके पास रहती हूँ। भैरो यह नहीं देख सकता; सूरदास के घर से मुझे निकालना चाहता है।

वकील—तू पहले भी सूरदास के घर आती-जाती थी ?

सुभागी—जभी अपने घर मार खाती थी, तभी जान बचाकर उसके घर भाग जाती थी। वह मेरे आड़े आ जाता था। मेरे कारन उसके घर में आग लगी, मार पड़ी, कौन-कौन-सी दुर्गत नहीं हुई। अदालत की कसर थी, वह भी पूरी हो गयी।

राजा—भैरो, तुम अपनी औरत को रखोगे ?

भैरो—हाँ सरकार, रखूँगा।

राजा—मारोगे तो नहीं ?

भैरो—कुचाल न चलेगी, तो क्यों मारूँगा ?

राजा—सुभागी, तू अपने आदमी के घर क्यों नहीं जाती ? वह तो कह रहा है, न मारूँगा।

सुभागी—उस पर मुझे बिस्वास नहीं है। आज ही मार-मारकर बेहाल कर देगा।

वकील—हुजूर, मुआमला साफ़ है, अब मज़ीद सबूत की ज़रूरत नहीं रही। सूरदास पर जुर्म साबित हो गया।

अदालत ने फ़ैसला सुना दिया—सूरदास पर 200 रुपये जुर्माना और जुर्माना न अदा करे, तो छह महीने की कड़ी कैद। सुभागी पर 100 रुपये जुर्माना, जुर्माना न दे सकने पर तीन महीने की कड़ी कैद। रुपये वसूल हों तो भैरो को दिये जायें।

दर्शकों में इस फ़ैसले पर आलोचनाएँ होने लगीं।

एक—मुझे तो सूरदास बेक़सूर मालूम होता है।

दूसरा—सब राजा साहब की करामात है। सूरदास ने ज़मीन के बारे में उन्हें बदनाम किया था न। यह उसी की कसर निकाली गयी है। ये हमारे यशमान-भोगी लीडरों के कृत्य हैं।

तीसरा—औरत तो चरबाँक नहीं मालूम होती ?

चौथा—भरी अदालत में बातें कर रही है, चरबाँक नहीं है, तो और क्या है ?

पाँचवाँ—वह तो यही कहती है कि मैं भैरो के पास न रहूँगी।

सहसा सूरदास ने उच्च स्वर से कहा—मैं इस फैसले की अपील करूँगा।

वकील—इस फ़ैसले की अपील नहीं हो सकती।

सूरदास—मेरी अपील पंचों से होगी। एक आदमी के कहने से मैं अपराधी नहीं हो सकता, चाहे वह कितना ही बड़ा आदमी हो। हाकिम ने सजा दे दी, सजा काट लूँगा; पर पंचों का फैसला भी सुन लेना चाहता हूँ।

यह कहकर उसने दर्शकों की ओर मुँह फेरा और मर्मस्पशी शब्दों में कहा—दुहाई है, पंचों, आप इतने आदमी जमा हैं। आप लोगों ने भैरो और उसके गवाहों के बयान सुने, मेरा और सुभागी का बयान सुना, हाकिम का फैसला भी सुन लिया। अब आप लोगों से मेरी बिनती है कि क्या आप भी मुझे अपराधी समझते हैं ? क्या आपको बिस्वास आ गया कि मैंने सुभागी को बहकाया और अब अपनी स्त्री बनाकर रखे हुए हूँ ? अगर आपको बिस्वास आ गया है, तो मैं इसी मैदान में सिर झुकाकर बैठता हूँ, आप लोग मुझे पाँच-पाँच लात मारें। अगर मैं लात खाते-खाते मर भी जाऊँ, तो मुझे दुःख न होगा। ऐसे पापी का यही दंड है। कैद से क्या होगा ! और अगर आपकी समझ में मैं बेकसूर हूँ, तो पुकारकर कह दीजिए, हम तुझे निरपराध समझते हैं। फिर मैं कड़ी-से-कड़ी कैद भी हँसकर काट लूँगा।

अदालत के कमरे में सन्नाटा छा गया। राजा साहब, वकील, अमले, दर्शक, सब-के-सब चकित हो गये। किसी को होश न रहा कि इस समय क्या करना चाहिए। सिपाही दर्जनों थे, पर चित्र-लिखित-से खड़े थे। परिस्थिति ने एक विचित्र रूप धारण कर लिया था, जिसकी अदालत के इतिहास में कोई उपमा न थी। शत्रु ने ऐसा छापा मारा था कि उससे प्रतिपक्षी सेना का पूर्व-निश्चित क्रम भंग हो गया।

सबसे पहले राजा साहब सँभले। हुक्म दिया, इसे बाहर ले जाओ। सिपाहियों ने दोनों अभियुक्तों को घेर लिया, और अदालत के बाहर ले चले। हज़ारों दर्शक पीछे-पीछे चले।

कुछ दूर चलकर सूरदास ज़मीन पर बैठ गया और बोला—मैं पंचों का हुकुम सुनकर तभी आगे जाऊँगा।

अदालत के बाहर अदालत की मर्यादा भंग होने का भय न था। कई हज़ार कंठों से ध्वनि उठी—तुम बेक़सूर हो, हम सब तुम्हें बेक़सूर समझते हैं।

इंद्रदत्त—अदालत बेईमान है !

कई हज़ार आवाज़ों ने दुहराया—हाँ, अदालत बेईमान है !

इंद्रदत्त—अदालत नहीं है, दीनों की बलि-वेदी है।

कई हज़ार कंठों से प्रतिध्वनि निकली—अमीरों के हाथ में अत्याचार का यंत्र है !

चौकीदारों ने देखा कि प्रतिक्षण भीड़ बढ़ती और लोग उत्तेजित होते जाते हैं, तो लपककर एक बग्घी वाले को पकड़ा, और दोनों को उसमें बैठाकर ले चले। लोगों ने कुछ दूर तक तो गाड़ी का पीछा किया, उसके बाद अपने-अपने घर लौट गये।

इधर भैरो अपने गवाहों के साथ घर चला, तो राह में अदालत के अरदली ने घेरा। उसे दो रुपये निकालकर दिये। दूकान में पहुँचते ही मटके खुल गये, और ताड़ी के दौर चलने लगे। बुढ़िया पकौड़ियाँ और पूरियाँ पकाने लगी।

एक बोला—भैरो, यह बात ठीक नहीं। तुम भी बैठो, पियो और पिलाओ। हम-तुम बद-बदकर पियें।

दूसरा—आज इतनी पियूँगा कि चाहे यहीं ढेर हो जाऊँ। भैरो, यह कुल्हड़ भर-भर क्या देते हो, हाँडी ही बढ़ा दो।

भैरो—अजी, मटके में मुँह डाल दो, हाँडी-कुल्हड़ की क्या बिसात है ! आज मुद्दई का सिर नीचा हुआ है।

तीसरा—दोनों हिरासत में पड़े रो रहे होंगे। मगर भई, सूरदास को सजा हो गयी तो क्या, वह है बेकसूर।

भैरो—आ गये तुम भी उसके धोखे में। इसी स्वाँग की तो वह रोटी खाता है। देखो, बात-की-बात में कैसा हजारों आदमियों का मन फेर दिया।

चौथा—उसे किसी देवता का इष्ट है।

भैरो—इष्ट तो तब, जब जानें कि जेहल से निकल आये।

पहला—मैं बदकर कहता हूँ, वह कल जरूर जेहल से निकल आयेगा।

दूसरा—बुढ़िया, पकौड़ियाँ ला।

तीसरा—अबे, बहुत न पी, नहीं मर जायगा। है कोई घर पर रोने वाला ?

चौथा—कुछ गाना हो, उतारो ढोल-मँजीरा।

सबों ने ढाले-मजीरा सँभाला, और खड़े होकर गाने लगे—

छत्तीसी, क्या नैना झमकावै।

थोड़ी देर में एक बुड्ढा मिस्त्री उठकर नाचने लगा। बुढ़िया से अब न रहा गया। उसने भी घूँघट निकाल लिया, और नाचने लगी। शुद्रों में नृत्य और गान स्वाभाविक गुण हैं, सीखने की ज़रूरत नहीं। बुड्ढा और बुढ़िया, दोनों अश्लील भाव से कमर हिला-हिला कर थिरकने लगे। उनके अंगों की चपलता आश्चर्यजनक थी।

भैरो—मुहल्ले वाले समझते थे, मुझे गवाह ही न मिलेंगे।

एक—सब गीदड़ हैं, गीदड़।

भैरो—चलो, जरा सबों के मुँह में कालिख लगा आयें।

सब-के-सब चिल्ला उठे—हाँ-हाँ, नाच होता चले।

एक क्षण में जुलूस चला। सब-के-सब नाचते-गाते, ढोल पीटते, ऊलजलूल बकते, हु-हा करते, लड़खड़ाते हुए चले। पहले बजरंगी का घर मिला। यहाँ सब रुक गये, और गाया—

ग्वालिन की गैया हिरानी, तब दूध मिलावै पानी।

रात ज़्यादा भीग चुकी थी, बजरंगी के द्वार बन्द थे। लोग यहाँ से ठाकुरदीन के द्वार पर पहुँचे, और गाया—

तमोलिन के नैना रसीले, यारों से नजर मिलावै।

ठाकुरदीन भोजन कर रहा था, पर डर के मारे बाहर न निकला। जुलूस आगे बढ़ा, तो सूरदास की झोपड़ी मिली।

भैरो बोला—बस, यहीं डट जाओ।

'ढोल ढीली पड़ गयी।'

'सेंको, सेंको। झोपड़े में से फूस ले लो।'

एक आदमी ने थोड़ा-सा फूस निकाला, दूसरे ने और ज़्यादा निकाला, तीसरे ने एक बोझ खींच लिया। फिर क्या था, नशे की सनक मशहूर ही है, एक ने जलता हुआ फूस झोपड़ी पर डाल दिया और बोला—होली है, होली है ! कई आदमियों ने कहा—होली है, होली है !

भैरो—यारो, यह तुम लोगों ने बुरा किया। भाग चलो; नहीं तो धर लिये जाओगे।

भय नशे में भी हमारा पीछा नहीं छोड़ता। सब-के-सब भागे।

इधर ज्वाला प्रचंड हुई, तो मोहल्ले के लोग दौड़ पड़े। लेकिन फूस की आग किसके बस की थी। झोपड़ा जल रहा था, और लोग खड़े दुःख और क्रोध की बातें कर रहे थे।

ठाकुरदीन—मैं तो भोजन पर बैठा, तभी सबों को आते देखा।

बजरंगी—ऐसा जी चाहता है कि जाकर भैरो को मारते-मारते बेदम कर दूँ।

जगधर—जब तक एक दफे अच्छी तरह मार न खा जायगा, इसके सिर से भूत न उतरेगा।

बजरंगी—हाँ, अब यही होगा। घिसुआ, जरा लाठी तो निकाल ला। आज दो-चार खून हो जायँगे, तभी यह आग बुझेगी।

जमुनी—तुम्हें क्या पड़ी है, चलकर लेटो। जो जैसा करेगा, उसका फल आप भगवान से पायगा।

बजरंगी—भगवान चाहे फल दें या न दें, पर मैं तो अब नहीं मानता। जैसे देह में आग लगी हुई है।

जगधर—आग लगने की बात ही है। ऐसे पापी का तो सिर काट लेना भी पाप नहीं है।

ठाकुरदीन—जगधर, आग पर तेल छिड़कना अच्छी बात नहीं है। अगर तुमको भैरो से बैर है, तो आप जाकर उसे क्यों नहीं ललकारते, दूसरों को क्यों उकसाते हो ? यही चाहते हो कि ये दोनों लड़ें-मरें, और मैं तमासा देखूँ। हो बड़े नीच !

जगधर—अगर कोई बात कहना उकसाना है, तो लो, चुप रहूँगा।

ठाकुरदीन—हाँ, चुप रहना ही अच्छा है। तुम भी जाकर सोओ बजरंगी। भगवान् आप पापी को डंड देंगे। उन्होंने तो रावन-जैसे प्रतापी राजा को न छोड़ा, यह किस खेत की मूली है ! यह अँधेर उनसे भी न देखा जायगा।

बजरंगी—मारे घमंड के पागल हो गया है। चलो जगधर, जरा इन सबों से दो-दो बातें कर लें।

जगधर—ना भैया, मुझे साथ न ले जाओ। कौन जाने, वहाँ मार-पीट हो जाये, तो सारा इलजाम मेरे सिर जाये कि इसी ने लड़ा दिया। मैं तो आप झगड़े से कोसों दूर रहता हूँ।

इतने में मिठुआ दौड़ा हुआ आया। बजरंगी ने पूछा—कहाँ सोया था रे ?

मिट्ठू—पण्डाजी के दालान में तो। अरे, यह तो मेरी झोपड़ी जल रही है ! किसने आग लगायी ?

ठाकुरदीन—इतनी देर में जागे हो। सुन नहीं रहे हो, गाना-बजाना हो रहा है ?

मिट्ठू—भैरो ने लगायी है क्या ! अच्छा बचा, समझूँगा।

जब लोग अपने-अपने घर लौट गये, तो मिठुआ धीरे-धीरे भैरो की दूकान की तरफ़ गया। महफ़िल उठ चुकी थी। अँधेरा छाया हुआ था। जाड़े की रात, पत्ता तक न खड़कता था। दूकान के द्वार पर उपले जल रहे थे। ताड़ीखानों में आग कभी नहीं बुझती, पारसी पुरोहित भी इतनी सावधानी से आग की रक्षा न करता होगा। मिठुआ ने एक जलता हुआ उपला उठाया, और दूकान के छप्पर पर फेंक दिया। छप्पर में आग लग गयी, तो मिठुआ बगटुट भागा और पंडाजी के दालान में मुँह ढाँपकर सो रहा, मानो उसे कुछ ख़बर ही नहीं। ज़रा देर में ज्वाला प्रचंड हुई, सारा मोहल्ला आलोकित हो गया, चिड़ियाँ वृक्षों पर से उड़-उड़कर भागने लगीं, पेड़ों की डालें हिलने लगीं, तालाब का पानी सुनहरा हो गया, और बाँसों की गाँठें ज़ोर-ज़ोर से चिटकने लगीं। आध घंटे तक लंकादहन होता रहा, पर यह सारा शोर वन्य-रोदन के सदृश था। दूकान बस्ती से हटकर थी। भैरो नशे में बेसुध पड़ा था, बुढ़िया नाचते-नाचते थक गयी थी। और कौन था, जो इस वक़्त आग बुझाने जाता ? अग्नि ने निर्विघ्न अपना काम समाप्त किया। मटके टूट गये, ताड़ी बह गयी। जब ज़रा आग ठंडी हुई, तो कई कुत्तों ने आकर वहाँ विश्राम किया।

प्रातःकाल भैरो उठा, तो दूकान सामने न दिखायी दी। दूकान और उसके घर के बीच में दो फ़रलांग का अन्तर था, पर कोई वृक्ष न होने के कारण दूकान साफ़ नज़र आती थी। उसे विस्मय हुआ, दूकान कहाँ गयी ! ज़रा और आगे बढ़ा, तो राख का ढेर दिखायी दिया। पाँव-तले से मिट्टी निकल गयी। दौड़ा। दूकान में ताड़ी के सिवा बिक्री के रुपये भी थे। ढोल-मजीरा भी वहीं रखा रहता था। प्रत्येक वस्तु जलकर राख हो गयी। मोहल्ले के लोग उधर तालाब में मुँह-हाथ धोने जाया करते थे। सब आ पहुँचे। दूकान सड़क पर थी। पथिक भी खड़े हो गये। मेला लग गया।

भैरो ने रोकर कहा—मैं तो मिट्टी में मिल गया !

ठाकुरदीन—भगवान की लीला है। उधर वह तमासा दिखाया, इधर यह तमासा दिखाया। धन्य हो महाराज !

बजरंगी—किसी मिस्त्री की सरारत होगी। क्यों भैरो, किसी से अदावत तो नहीं थी ?

भैरो—अदावत सारे मोहल्ले से है, किससे नहीं है। मैं जानता हूँ, जिसकी यह बदमासी है। बँधवा न दिया, तो कहना। अभी एक को लिया है, अब दूसरे की पारी है।

जगधर दूर ही से आनंद ले रहा था। निकट न आया कि कहीं भैरो कुछ कह न बैठे, तो बात बढ़ जाये। ऐसा हार्दिक आनन्द उसे अपने जीवन में कभी न प्राप्त हुआ था।

इतने में मिल के कई मज़दूर आ गये। काला मिस्त्री बोला—भाई, कोई माने या न माने, मैं तो यही कहूँगा कि अंधे को किसी का इष्ट है।

ठाकुरदीन—इष्ट क्यों नहीं है। मैं बराबर यही कहता आता हूँ। उससे जिसने बैर ठाना, उसने

नीचा देखा।

भैरो—उसके इष्ट को मैं जानता हूँ। जरा थानेदार आ जायँ, तो बता दूँ, कौन इष्ट है !

बजरंगी जलकर बोला—अपनी बेर कैसी सूझ रही है ! क्या वह झोपड़ा न था, जिसमें पहले आग लगी? ईंट का जवाब पत्थर मिलता ही है। जो किसी के लिए गढ़ा खोदेगा, उसके लिए कुआँ तैयार है। क्या उस झोपड़े में आग लगाते समय समझे थे कि सूरदास का कोई है ही नहीं ?

भैरो—उसके झोपड़े में मैंने आग लगायी ?

बजरंगी—और किसने लगायी ?

भैरो—झूठे हो !

ठाकुरदीन—भैरो, क्यों सीनेजोरी करते हो ! तुमने लगायी, या तुम्हारे किसी यार ने लगायी, एक ही बात है। भगवान ने उसका बदला चुका दिया, तो रोते क्यों हो ?

भैरो—सब किसी से समझूँगा।

ठाकुरदीन—यहाँ कोई तुम्हारा दबैल नहीं है।

भैरो ओठ चबाता हुआ चला गया। मानव-चरित्र कितना रहस्यमय है ! हम दूसरों का अहित करते हुए ज़रा भी नहीं झिझकते, किन्तु जब दूसरों के हाथों हमें कोई हानि पहुँचती है, तो हमारा खून खौलने लगता है।

बत्तीस

सूरदास के मुक़दमे का फ़ैसला सुनने के बाद इंद्रदत्त चले, तो रास्ते में प्रभु सेवक से मुलाक़ात हो गयी। बातें होने लगीं।

इंद्रदत्त—तुम्हारा क्या विचार है, सूरदास निर्दोष है या नहीं ?

प्रभु सेवक—सर्वथा निर्दोष। मैं तो आज उसकी साधुता का क़ायल हो गया। फ़ैसला सुनाने के वक्त तक मुझे विश्वास था कि अंधे ने ज़रूर इस औरत को बहकाया है, मगर उसके अंतिम शब्दों ने जादू का-सा असर किया। मैं तो इस विषय पर एक कविता लिखने का विचार कर रहा हूँ।

इंद्रदत्त—केवल कविता लिख डालने से काम न चलेगा। राजा साहब की पीठ में धूल लगानी पड़ेगी। उन्हें यह संतोष न होने देना चाहिए कि मैंने अंधे से चक्की पिसवायी। वह समझ रहे होंगे कि अंधा रुपये कहाँ से लायेगा ! दोनों पर 300 रुपये जुर्माना हुआ है, हमें किसी तरह जुर्माना आज ही अदा करना चाहिए। सूरदास जेल से निकले, तो सारे शहर में उसका जुलूस निकालना चाहिए। इसके लिए 200 रुपये की और ज़रूरत होगी। कुल 500 रुपये हों तो काम चल जाये। बोलो, क्या देते हो ?

प्रभु सेवक—जो उचित समझो, लिख दो।

इंद्रदत्त—तुम 50 रुपये बिना किसी कष्ट के दे सकते हो ?

प्रभु सेवक—और तुमने अपने नाम कितना लिखा है ?

इन्द्रदत्त—मेरी हैसियत 10 रुपये से अधिक देने की नहीं। रानी जाह्नवी से 100 रुपये ले लूँगा। कुँअर साहब ज़्यादा नहीं, तो 10 रुपये दे ही देंगे। जो कुछ कमी रह जायगी, वह दूसरों से माँग ली जायगी। संभव है, डाक्टर गांगुली सब रुपये खुद ही दे दें, किसी से कुछ माँगना ही न पड़े।

प्रभु सेवक—सूरदास के मुहल्ले वालों से भी कुछ मिल जायगा।

इंद्रदत्त—उसे सारा शहर जानता है, उसके नाम पर दो-चार हज़ार रुपये मिल सकते हैं; पर इस छोटी-सी रक़म के लिए मैं दूसरों को कष्ट नहीं देना चाहता।

यों बातें करते हुए दोनों आगे बढ़े कि सहसा इंदु अपनी फ़िटन पर आती हुई दिखायी दी। इंद्रदत्त को देखकर रुक गयी और बोली—तुम कब लौटे ? मेरे यहाँ नहीं आये !

इंद्रदत्त—आप आकाश पर हैं, मैं पाताल में हूँ, क्या बातें हों ?

इंदु—आओ, बैठ जाओ, तुमसे बहुत-सी बातें करनी हैं।

इंद्रदत्त फ़िटन पर जा बैठा। प्रभु सेवक ने जेब से 50 रुपये का एक नोट निकाला, और चुपके से इंद्रदत्त के हाथ में रखकर क्लब को चल दिये।

इंद्रदत्त—अपने दोस्तों से भी कहना।

प्रभु सेवक—नहीं भई, मैं इस काम का नहीं हूँ। मुझे माँगना नहीं आता ! कोई देता भी होगा, तो मेरी सूरत देखकर मुट्ठी बन्द कर लेगा।

इंद्रदत्त—(इंदु से) आज तो यहाँ खूब तमाशा हुआ।

इंदु—मुझे तो ड्रामा का-सा आनंद मिला। सूरदास के विषय में तुम्हारा क्या ख़याल है ?

इंद्रदत्त—मुझे तो वह निष्कपट, सच्चा, सरल मनुष्य मालूम होता है।

इंदु—बस बस, यही मेरा भी विचार है। मैं समझती हूँ, उसके साथ अन्याय हुआ। फ़ैसला सुनाते वक़्त तक मैं उसे अपराधी समझती थी, पर उसकी अपील ने मेरे विचार में कायापलट कर दी। मैं अब तक उसे मक्कार, धूर्त, रँगा हुआ सियार समझती थी। उन दिनों उसने हम लोगों को कितना बदनाम किया ! तभी से मुझे उससे घृणा हो गयी थी। मैं उसे मज़ा चखाना चाहती थी। लेकिन आज ज्ञात हुआ कि मैंने उसके चरित्र को समझने में भूल की। वह अपनी धुन का पक्का, निर्भीक, निःस्पृह, सत्यनिष्ठ आदमी है, किसी से दबना नहीं जानता।

इंद्रदत्त—तो इस सहानुभूति को क्रिया के रूप में भी लाइएगा ? हम लोग आपस में चन्दा करके जुर्माना अदा कर देना चाहते हैं। आप भी इस सत-कार्य में योग देंगी ?

इंदु ने मुसकराकर कहा—मैं मौखिक सहानुभूति ही काफ़ी समझती हूँ।

इंद्रदत्त—आप ऐसा करेंगी, तो मेरा यह विचार पुष्ट हो जायेगा कि हमारे रईसों में नैतिक बल नहीं रहा। हमारे राव-रईस हर एक उचित और अनुचित कार्य में अधिकारियों की सहायता करते रहते हैं, इसीलिए जनता का उन पर से विश्वास उठ गया है। वह उन्हें अपना मित्र नहीं, शत्रु समझती है। मैं नहीं चाहता कि आपकी गणना भी उन्हीं रईसों में हो। कम-से-कम मैंने आपको अब तक उन रईसों से अलग समझा है।

इंदु ने गम्भीर भाव से कहा—इंद्रदत्त, मैं ऐसा क्यों कर रही हूँ, इसका कारण तुम जानते

हो। राजा साहब सुनेंगे, तो उन्हें कितना दुःख होगा ! मैं उनसे छिपाकर कोई काम नहीं करना चाहती।

इंद्रदत्त—राजा साहब से इस विषय में अभी मुझसे बातचीत नहीं हुई। लेकिन मुझे विश्वास है कि उनके भाव भी हमीं लोगों-जैसे होंगे। उन्होंने इस वक़्त क़ानूनी फ़ैसला किया है। सच्चा फ़ैसला उनके हृदय ने किया होगा। कदाचित उनकी तरह न्यायपद पर बैठकर मैं भी यही फ़ैसला करता, जो उन्होंने किया है। लेकिन वह मेरे ईमान का फ़ैसला नहीं, केवल क़ानून का विधान होता। मेरी उनसे घनिष्ठता नहीं है, नहीं तो उनसे भी कुछ-न-कुछ ले मरता। उनके लिए भागने का कोई रास्ता नहीं था।

इंदु—सम्भव है, राजा साहब के विषय में तुम्हारा अनुमान सत्य हो। मैं आज उनसे पूछूँगी।

इंद्रदत्त—पूछिए, लेकिन मुझे भय है कि राजा साहब इतनी आसानी से न खुलेंगे।

इंदु—तुम्हें भय है, और मुझे विश्वास है। लेकिन यह जानती हूँ कि हमारे मनोभाव समान दशाओं में एक-से होते हैं; इसलिए आपको इंतज़ार के कष्ट में नहीं डालना चाहती। यह लीजिये, यह मेरी तुच्छ भेंट है।

यह कहकर इंदु ने एक सावरेन निकालकर इंद्रदत्त को दे दिया।

इंद्रदत्त—इसे लेते हुए मुझे शंका होती है।

इंदु—किस बात की ?

इंद्रदत्त—कि कहीं राजा साहब के विचार कुछ और ही हों।

इंदु ने गर्व से सिर उठाकर कहा—इसकी कुछ परवा नहीं।

इंद्रदत्त—हाँ, इस वक़्त आपने रानियों की-सी बात कही। यह सावरेन सूरदास की नैतिक विजय का स्मारक है। आपको अनेक धन्यवाद। अब मुझे आज्ञा दीजिये। अभी बहुत चक्कर लगाना है। जुर्माने के अतिरिक्त और जो कुछ मिल जाय, उसे भी नहीं छोड़ना चाहता।

इंद्रदत्त उतरकर जाना ही चाहते थे कि इंदु ने जेब से दूसरा सावरेन निकालकर कहा—यह लो, शायद इससे तुम्हारे चक्कर में कुछ कमी हो जाये।

इंद्रदत्त ने सावरेन जेब में रखा, और खुश-खुश चले। लेकिन इंदु कुछ चिंतित-सी हो गयी। उसे विचार आया—कहीं राजा साहब वास्तव में सूरदास को अपराधी समझते हों, तो मुझे ज़रूर आड़े हाथों लेंगे। ख़ैर, होगा, मैं इतना दबना भी नहीं चाहती। मेरा कर्त्तव्य है सत्कार्य में उनसे न दबना। अगर कुविचार में पड़कर वह प्रजा पर अत्याचार करने लगें, तो मुझे उनसे मतभेद रखने का पूरा अधिकार है। बुरे कामों में उनसे दबना मनुष्य के पद से गिर जाना है। मैं पहले मनुष्य हूँ; पत्नी, माता, बहिन, बेटी पीछे।

इंदु इन्हीं विचारों में मग्न थी कि मि. जॉन सेवक और उनकी स्त्री मिल गयीं।

जॉन सेवक ने टोप उतारा। मिसेज़ सेवक बोलीं—हम लोग तो आप ही की तरफ़ जा रहे थे। इधर कई दिन से मुलाक़ात न हुई थी। जी लगा हुआ था। अच्छा हुआ राह ही में मिल गयीं।

इंदु—जी नहीं, मैं राह में नहीं मिली। यह देखिये, जाती हूँ, आप जहाँ जाती हैं, वहीं जाइये।

जॉन सेवक—मैं तो हमेशा Compromise पसंद करता हूँ। यह आगे पार्क आता है। आज

बैंड भी होगा, वहीं जा बैठें।

इंदु—compromise पक्षपात-रहित तो नहीं है, लेकिन ख़ैर।

पार्क में तीनों आदमी उतरे, और कुर्सियों पर जा बैठे। इंदु ने पूछा—सोफ़िया का कोई पत्र आया था ?

मिसेज़ सेवक—मैंने तो समझ लिया कि वह मर गयी। मि. क्लार्क जैसा आदमी उसे न मिलेगा। जब तक यहाँ रही, टालमटोल करती रही। वहाँ जाकर विद्रोहियों से मिल बैठी। न जाने उसकी तक़दीर में क्या है। क्लार्क से सम्बन्ध न होने का दुःख मुझे हमेशा रुलाता रहेगा।

जॉन सेवक—मैं तुमसे हज़ार बार कह चुका, वह किसी से विवाह न करेगी। वह दाम्पत्य जीवन के लिए बनायी ही नहीं गयी। वह आदर्शवादिनी है, और आदर्शवादी सदैव आनन्द के स्वप्न ही देखा करता है, उसे आनन्द की प्राप्ति नहीं होती। अगर कभी विवाह करेगी भी, तो कुँवर विनयसिंह से।

मिसेज़ सेवक—तुम मेरे सामने कुँअर विनयसिंह का नाम न लिया करो। क्षमा कीजिएगा रानी इंदु, मुझे ऐसे बेजोड़ और अस्वाभाविक विवाह पसंद नहीं।

जॉन सेवक—पर ऐसे बेजोड़ और अस्वाभाविक विवाह कभी-कभी हो जाते हैं।

मिसेज़ सेवक—मैं तुमसे कहे देती हूँ, और रानी इंदु आप गवाह रहिएगा कि सोफ़ी की शादी कभी विनयसिंह से न होगी।

जॉन सेवक—आपका इस विषय में क्या विचार है रानी इंदु ? दिल की बात कहिएगा।

इंदु—मैं समझती हूँ, लेडी सेवक का अनुमान सत्य है। विनय को सोफ़ी से कितना ही प्रेम हो, पर वह माताजी की इतनी उपेक्षा न करेंगे। माताजी-सी दुखी स्त्री आज संसार में न होगी। ऐसा मालूम होता है, उन्हें जीवन में अब कोई आशा ही नहीं रही। नित्य गुमसुम रहती हैं। अगर किसी ने भूलकर भी विनय का ज़िक्र छेड़ दिया, तो मारे क्रोध के उनकी त्योरियाँ बदल जाती हैं। अपने कमरे से विनय का चित्र उतरवा डाला है। उनके कमरे का द्वार बंद करा दिया है, न कभी आप उसमें जाती हैं, न और किसी को जाने देती हैं, और मिस सोफ़िया का नाम ले लेना तो उन्हें चुटकी काट लेने के बराबर है। पिताजी को भी स्वयंसेवकों की संस्था से अब कोई प्रेम नहीं रहा। जातीय कामों से उन्हें कुछ अरुचि हो गयी है। अहा ! आज बहुत अच्छी साइत में घर से चली थी। वह डॉक्टर गांगुली चले आ रहे हैं। कहिए, डॉक्टअर साहब, शिमले से कब लौटे ?

गांगुली—सरदी पड़ने लगी। अब वहाँ से सब कोई का कूच हो गया। हम तो अभी आपकी माताजी के पास गया। कुँअर विनयसिंह के हाल पर उनको बड़ा दुःख है।

जॉन सेवक—अबकी तो आपने काउंसिल में धूम मचा दी।

गांगुली—हाँ, अगर वहाँ भाषण करना, प्रश्न करना, बहस करना काम है, तो आप हमारा जितना बड़ाई करना चाहता है, करे; पर मैं उसे काम नहीं समझता. यह तो पानी चीरना है। काम उसको कहना चाहिए, जिससे देश और जाति का कुछ उपकार हो। ऐसा तो हमने कोई काम नहीं किया। हमारा तो अब वहाँ मन नहीं लगता। पहले तो सब आदमी एक नहीं होता, और कभी हो भी गया, तो गवर्नमेण्ट हमारा प्रस्ताव खारिज कर देता है। हमारा मेहनत खराब

हो जाता है। यह तो लड़कों का खेल है। हमको नये कानून से बड़ी आशा थी, पर तीन-चार साल उसका अनुभव करके देख लिया कि इससे कुछ नहीं होता। हम जहाँ तब था, वहीं अब भी है। मिलिटरी का खरच बढ़ता जाता है; उस पर कोई शंका करे, तो सरकार बोलता है, आपको ऐसा बात नहीं करना चाहिए। बजट बनाने लगता है, तो हरएक आइटेम में दो-चार लाख ज्यादा लिख देता है। हम काउंसिल में जब बहुत जोर देता है, तो हमारा बात रखने के लिए वही फालतू रुपया निकाल देता है। मेम्बर खुसी के मारे फूल जाता है—हम जीत गया, हम जीत गया। पूछो, तुम क्या जीत गया ? तुम क्या जीतेगा ? तुम्हारे पास जीतने का साधन ही नहीं है, तुम कैसे जीत सकता है ? कभी हमारे बहुत जोर देने पर किफायत किया जाता है, तो हमारे ही भाइयों का नुकसान होता है। जैसे अब की हमने पुलिस-विभाग में पाँच लाख काट दिया। मगर यह कमी बड़े-बड़े हाकिमों के भत्ते या तलब में नहीं किया गया। बिचारा चौकीदार, कान्सटेबल, थानेदार का तलब घटावेगा, जगह तोड़ेगा। इससे अब किफायत का बात कहते हुए भी डर लगता है कि इससे हमारे ही भाइयों का गरदन कटता है। सारा काउंसिल जोर देता रहा कि बंगाल की बाढ़ के सताये हुए आदमियों के सहायतार्थ 20 लाख मंजूर किया जाय; सारा काउंसिल कहता रहा कि मि. क्लार्क का उदयपूर से बदली कर दिया जाये, पर सरकार ने मंजूर नहीं किया। काउंसिल कुछ नहीं कर सकता। एक पत्ती तक नहीं तोड़ सकता। जो आदमी काउंसिल को बना सकता है, वही उसको बिगाड़ भी सकता है। भगवान जिलाता है, तो भगवान ही मारता है। काउंसिल को सरकार बनाता है, और वह सरकार की मुट्ठी में है। जब जाति द्वारा काउंसिल बनेगा, तब उससे देश का कल्यान होगा। यह सब जानता है, पर कुछ न करने से तो कुछ करते रहना अच्छा है। मरना भी मरना है, और खाट पर पड़े रहना भी मरना है; लेकिन एक अवस्था में कोई आशा नहीं रहता, दूसरी अवस्था में कुछ आशा रहता है। बस, इतना ही अंतर है, और कुछ नहीं।

इंदु ने छेड़कर पूछा—जब आप जानते हैं कि वहाँ जाना व्यर्थ है, तो क्यों जाते हैं ? क्या आप बाहर रहकर कुछ नहीं कर सकते ?

गांगुली—(हँसकर) वही तो बात है इंदुरानी, हम खाट पर पड़ा है, हिल नहीं सकता, बात नहीं कर सकता, खा नहीं सकता; लेकिन बाबा, यमराज को देखकर हम तो उठ भागेगा, रोयेगा कि महाराज कुछ दिन और रहने दो। हमारा जिंदगी काउंसिल में गुजर गया, अब हमको कोई दूसरा रास्ता नहीं दिखायी देता।

इंदु—मैं तो ऐसी ज़िंदगी से मर जाना बेहतर समझूँ। कम-से-कम यह तो आशा होगी कि कदाचित आने वाला जीवन इससे अच्छा हो।

गांगुली—(हँसकर) हमको कोई कह दे कि मरकर तुम फिर इसी देस में आयेगा, और फिर काउंसिल में जा सकेगा, तो हम यमराज से बोलेगा—बाबा, जल्दी कर। पर ऐसा तो कहता नहीं।

जॉन सेवक—मेरा विचार है कि नये चुनाव में व्यापार-भवन की ओर से खड़ा हो जाऊँ।

गांगुली—आप किस दल में रहेगा ?

जॉन सेवक—मेरा कोई दल न है और न होगा। मैं इसी विचार और उद्देश्य से जाऊँगा कि स्वदेशी व्यापार की रक्षा कर सकूँ। मैं प्रयत्न करूँगा कि विदेशी वस्तुओं पर बड़ी कठोरता से

कर लगाया जाये, इस नीति का पालन किये बिना हमारा व्यापार कभी सफल न होगा।

गांगुली—इंगलैंड को क्या करेगा ?

जॉन सेवक—उसके साथ भी अन्य देशों का-सा व्यवहार होना चाहिए। मैं इंगलैंड की व्यावसायिक दासता का घोर विरोधी हूँ।

गांगुली—(घड़ी देखकर) बहुत अच्छी बात है, आप खड़ा हो। अभी हमको यहाँ से अकेला जाना पड़ता है तब दो आदमी साथ-साथ जायेगा। अच्छा, अब जाता है। कई आदमियों से मिलना है।

डॉक्टर गांगुली के बाद जॉन सेवक ने भी घर की राह ली। इंदु मकान पर पहुँची, तो राजा साहब बोले—तुम कहाँ रह गयीं ?

इंदु—रास्ते में डॉक्टर गांगुली और मि. जॉन सेवक मिल गये, बातें होने लगीं।

महेन्द्र—गांगुली को साथ क्यों न लायीं ?

इंदु—जल्दी में थे। आज तो इस अंधे ने कमाल कर दिया।

महेन्द्र—एक ही धूर्त है। जो उसके स्वभाव से परिचित न होगा, ज़रूर धोखे में आ गया होगा। अपनी निर्दोषिता सिद्ध करने के लिए इससे उत्तम और कोई ढंग ध्यान ही में नहीं आ सकता। इसे चमत्कार कहना चाहिए। मानना पड़ेगा कि उसे मानव-चरित्र का पूरा ज्ञान है। निरक्षर होकर भी आज उसने कितने ही शिक्षित और विचारशील आदमियों को अपना भक्त बना लिया। यहाँ लोग उसका जुर्माना अदा करने के लिए चंदा जमा कर रहे हैं। सुना है, जुलूस भी निकालना चाहते हैं। पर मेरा दृढ़ विश्वास है कि उसने उस औरत को बहकाया, और मुझे अफ़सोस है कि और कड़ी सज़ा क्यों न दी।

इंदु—तो आपने चंदा भी न दिया होगा ?

महेन्द्र—कभी-कभी तुम बेसिर-पैर की बातें करने लगती हो। चंदा कैसे देता, अपने मुँह में आप ही थप्पड़ मारता।

इंदु—लेकिन मैंने तो दिया है। मुझे....

महेन्द्र—अगर तुमने दिया है, तो बुरा किया है।

इंदु—मुझे यह क्या मालूम था कि....

महेन्द्र—व्यर्थ बातें न बनाओ। अपना नाम गुप्त रखने को तो कह दिया है ?

इंदु—नहीं, मैंने कुछ नहीं कहा।

महेन्द्र—तो तुमसे ज़्यादा बेसमझ आदमी संसार में न होगा। तुमने इंद्रदत्त को रुपये दिये होंगे। इंद्रदत्त यों बहुत विनयशील और सहृदय युवक है, और मैं उसका दिल से आदर करता हूँ। लेकिन इस अवसर पर वह दूसरों से चंदा वसूल करने के लिए तुम्हारा नाम उछालता फिरेगा। ज़रा दिल में सोचो, लोग क्या समझेंगे। शोक है। अगर इस वक़्त मैं दीवार से सिर नहीं टकरा लेता, तो समझ लो कि बड़े धैर्य से काम ले रहा हूँ। तुम्हारे हाथों मुझे सदैव अपमान ही मिला, और तुम्हारा यह कार्य तो मेरे मुख पर कालिमा का वह चिह्न है, जो कभी मिट नहीं सकता।

यह कहकर महेन्द्रकुमार निराश होकर आरामकुर्सी पर लेट गये, और छत की ओर ताकने लगे। उन्होंने दीवार से सिर न टकराने में चाहे असीम धैर्य से काम लिया या न लिया हो, पर

इंदु ने अपने मनोभावों को दबाने में असीम धैर्य से ज़रूर काम लिया। जी में आता था कि कह दूँ, मैं आपकी गुलाम नहीं हूँ, मुझे यह बात संभव ही नहीं मालूम होती कि कोई ऐसा प्राणी भी हो सकता है, जिस पर ऐसी करुण अपील का कुछ असर ही न हो। मगर भय हुआ कि कहीं बात बढ़ न जाये। उसने चाहा कि कमरे से चली जाऊँ और निर्दय प्रारब्ध को, जिसने मेरी शांति में विघ्न डालने का ठेका-सा ले लिया है, पैरों-तले कुचल डालूँ; और दिखा दूँ कि धैर्य और सहनशीलता से प्रारब्ध के कठोरतम आघातों का प्रतिकार किया जा सकता है; किन्तु ज्यों ही वह द्वार की तरफ़ चली कि महेन्द्रकुमार फिर तनकर बैठ गये, और बोले—जाती कहाँ हो, क्या मेरी सूरत से भी घृणा हो गयी ? मैं तुमसे बहुत सफ़ाई से पूछना चाहता हूँ कि तुम इतनी निरंकुशता से क्यों काम करती हो ? मैं तुमसे कितनी बार कह चुका हूँ कि जिन बातों का सम्बन्ध मुझसे हो, वे मुझसे पूछे बिना न की जाया करें। हाँ, अपनी निजी बातों में तुम स्वाधीन हो; मगर तुम्हारे ऊपर मेरी अनुनय-विनय को कोई असर क्यों नहीं होता ? क्या तुमने क़सम खा ली है कि मुझे बदनाम करके, मेरे सम्मान को धूल में मिलाकर, मेरी प्रतिष्ठा को पैरों से कुचलकर तभी दम लोगी ?

इंदु ने गिड़गिड़ाकर कहा—ईश्वर के लिए इस वक़्त मुझे कुछ कहने के लिए विवश न कीजिए। मुझसे भूल हुई या नहीं, इस पर मैं बहस नहीं करना चाहती। मैं माने लेती हूँ कि मुझसे भूल हुई, और ज़रूर हुई। मैं उसका प्रायश्चित करने को तैयार हूँ। अगर अब भी आपका जी न भरा हो, तो लीजिए, बैठी जाती हूँ। आप जितनी देर तक और जो कुछ चाहें, कहें; मैं सिर न उठाऊँगी।

मगर क्रोध अत्यंत कठोर होता है। वह देखना चाहता है कि मेरा एक-एक वाक्य निशाने पर बैठता है या नहीं, वह मौन को सहन नहीं कर सकता। उसकी शक्ति अपार है, ऐसा कोई घातक-से-घातक शस्त्र नहीं है, जिससे बढ़कर काट करने वाले यंत्र उसकी शस्त्रशाला में न हों; लेकिन मौन वह मंत्र है, जिसके आगे उसकी सारी शक्ति विफल हो जाती है। मौन उसके लिए अजेय है। महेन्द्रकुमार चिढ़कर बोले—इसका यह आशय है कि मुझे बकवास का रोग हो गया है और कभी-कभी उसका दौरा हो जाया करता है ?

इंदु—यह आप खुद कहते हैं।

इंदु से भूल हुई कि वह अपने वचन को निभा न सकी। क्रोध को एक चाबुक और मिला। महेन्द्र ने आँखें निकालकर कहा—यह मैं नहीं कहता, तुम कहती हो। आख़िर बात क्या है ? मैं तुमसे जिज्ञासा-भाव से पूछ रहा हूँ कि तुम क्यों बार-बार वे ही काम करती हो, जिनसे मेरी निंदा और जग-हँसाई हो, मेरी मान-प्रतिष्ठा धूल में मिल जाये, मैं किसी को मुँह दिखाने लायक़ न रहूँ ? मैं जानता हूँ, तुम ज़िद से ऐसा नहीं करतीं। मैं यहाँ तक कह सकता हूँ, तुम मेरे आदेशानुसार चलने का प्रयास भी करती हो। किन्तु फिर भी जो यह अपवाद हो जाता है, उसका क्या कारण है ? क्या यह बात तो नहीं कि पूर्व जन्म में हम और तुम एक दूसरे के शत्रु थे; या विधाता ने मेरी अभिलाषाओं और मंसूबों का सर्वनाश करने के लिए तुम्हें मेरे पल्ले बाँध दिया है ? मैं बहुधा इसी विचार में पड़ा रहता हूँ, पर कुछ रहस्य नहीं खुलता।

इंदु—मुझे गुप्त ज्ञान रखने का तो दावा नहीं। हाँ, अगर आपकी इच्छा हो, तो मैं जाकर

इंद्रदत्त को ताकीद कर दूँ कि मेरा नाम न ज़ाहिर होने पाये।

महेन्द्र—क्या बच्चों की-सी बातें करती हो ! तुम्हें यह सोचना चाहिए था कि यह चंदा किस नीयत से जमा किया जा रहा है। इसका उद्देश्य है मेरे न्याय का अपमान करना, मेरी ख्याति की जड़ खोदना। अगर मैं अपने सेवक की डाँट-फटकार करूँ, और तुम उसकी पीठ पर हाथ फेरो, तो मैं इसके सिवा और क्या समझ सकता हूँ कि तुम मुझे कलंकित करना चाहती हो? चंदा तो ख़ैर होगी ही, मुझे उसके रोकने का अधिकार नहीं है—जब तुम्हारे ऊपर कोई बस नहीं तो दूसरों का क्या कहना—लेकिन मैं जुलूस कदापि न निकलने दूँगा। मैं उसे अपने हुक्म से बंद कर दूँगा, और अगर लोगों को ज़्यादा तत्पर देखूँगा, तो सैनिक-सहायता लेने में भी संकोच न करूँगा।

इंदु—आप जो उचित समझें, करें। मुझसे ये सब बातें क्यों कहते हैं ?

महेन्द्र—तुमसे इसलिए कहता हूँ कि तुम भी उस अंधे के भक्तों में हो। कौन कह सकता है तुमने उससे दीक्षा लेने का निश्चय नहीं किया है ! आखिर रैदास भगत के चेले ऊँची जातों में भी तो हैं ?

इंदु—मैं दीक्षा को मुक्ति का साधन नहीं समझती, और शायद कभी दीक्षा न लूँगी। मगर हाँ, आप चाहे जितना बुरा समझें, दुर्भाग्यवश मुझे यह पूरा विश्वास हो गया है कि सूरदास निरपराध है। अगर यही उसकी भक्ति है, तो मैं अवश्य उसकी भक्त हूँ !

महेन्द्र—तुम कल जुलूस में तो न जाओगी ?

इंदु—जाना तो चाहती थी, पर अब आपकी ख़ातिर से न जाऊँगी। अपने सिर पर नंगी तलवार लटकते नहीं देख सकती।

महेन्द्र—अच्छी बात है, इसके लिए तुम्हें अनेक धन्यवाद।

इंदु अपने कमरे में आकर लेट गयी। उसका चित्त बहुत खिन्न हो रहा था। वह देर तक राजा साहब की बातों पर विचार करती रही, फिर आप-ही-आप बोली—भगवन्, यह जीवन असह्य हो गया है। या तो तुम इनके हृदय को उदार कर दो, या मुझे संसार से उठा लो। इंद्रदत्त इस वक़्त न जाने कहाँ होगा ? क्यों न उसके पास एक रुक़्क़ा भेज दूँ कि ख़बरदार, मेरा नाम ज़ाहिर न होने पाये। मैंने इनसे नाहक़ कह दिया कि चंदा दिया। क्या जानती थी कि यह गुल खिलेगा।

उसने तुरंत घंटी बजायी, नौकर अंदर खड़ा हो गया। इंदु ने रुक़्क़ा लिखा—प्रिय इंद्र, मेरे चंदे को किसी पर ज़ाहिर मत करना, नहीं तो मुझे बड़ा दुःख होगा। मुझे बहुत विवश होकर ये शब्द लिखने पड़े हैं।

फिर रुक़्क़े को नौकर को देकर बोली—इंद्रदत्त बाबू का मकान जानता है ?

नौकर—होई तो कहूँ सहर में न ? पूछ लेबे !

इंदु—शहर में तो शायद उम्र-भर उनके घर का पता न लगे।

नौकर—आप चिट्ठी तो दें, पता तो हम लगाउब, लगी न का कहीं ?

इंदु—ताँगा ले लेना, काम जल्दी का है।

नौकर—हमार गोड़ ताँगा से कम थोरे हैं। का हम कौनो ताँगा ससुर से कम चलित है !

इंदु—बाज़ार चौक से होते हुए मेरे घर तक जाना। बीस बिस्वे वह तुम्हें मेरे घर ही पर मिलेंगे।

इंद्रदत्त को देखा है ? पहचानता है न ?

नौकर—जेहका एक बेर देख लेई, ओहका जनम-भर न भूली। इंदर बाबू का तो सैकरन बेर देखा है।

इंदु—किसी को यह ख़त मत दिखाना।

नौकर—कोऊ देखी कसस, पहले ओकी आँखि न फोड़ डारब ?

इंदु ने रुक्क़ा दिया और नौकर चला गया। तब वह फिर लेट गयी, और वे ही बातें सोचने लगी—मेरा यह अपमान इन्हीं के कारण हो रहा है ! इंद्र अपने दिल में क्या सोचेगा ? यही न कि राजा साहब ने इसे डाँटा होगा। मानो मैं लौंडी हूँ, जब चाहते हैं डाँट बता देते हैं। मुझे कोई काम करने की स्वाधीनता नहीं है। उन्हें अख़्तियार है, जो चाहे, करें। मैं उनके इशारों पर चलने के लिए मजबूर हूँ। कितनी अधोगति है !

यह सोचते ही वह तेज़ी से उठी और घंटी बजायी। लौंडी आकर खड़ी हो गयी। इंदु बोली—देख, भीखा चला तो नहीं गया ? मैंने उसे एक रुक्क़ा दिया है। जाकर उससे वह रुक्क़ा माँग ला। अब न भेजूँगी। चला गया हो, तो किसी को साइकिल पर दौड़ा देना। चौक की तरफ़ मिल जायगा।

लौंडी चली गयी और ज़रा देर में भीखा को लिये हुए आ पहुँची। भीखा बोला—जो छिन-भर और न जात, तो हम घर माँ न मिलित।

इंदु—काम तो तुमने जुर्माने का किया है कि इतना ज़रूरी ख़त और अभी तक घर में पड़े रहे। लेकिन इस वक़्त यही अच्छा हुआ। यह रुक्क़ा अब न जायेगा, मुझे दो।

उसने रुक्क़ा लेकर फाड़ डाला। तब आज का समाचार-पत्र खोलकर देखने लगी। पहला ही शीर्षक था—शास्त्रीजी की महत्वपूर्ण वक्तृता। इंदु ने पत्र को नीचे डाल दिया—यह महाशय तो शैतान से ज़्यादा प्रसिद्ध हो गये। जहाँ देखो, वहीं शास्त्री। ऐसे मनुष्य की योग्यता की चाहे जितनी प्रशंसा की जाये, पर उसका सम्मान नहीं किया जा सकता। शास्त्री का नाम आते ही मुझे इनकी याद आ जाती है। जो आदमी ज़रा-ज़रा से मतभेद पर सिर हो जाये, दाल में ज़रा-सा नमक ज़्यादा हो जाने पर स्त्री को घर से निकाल दे, जिसे दूसरों के मनोभावों का ज़रा भी लिहाज़ न हो, जिसे ज़रा भी चिंता न हो कि मेरी बातों से किसी के दिल पर क्या असर होगा, वह भी कोई आदमी है ! हो सकता है कि कल को कहने लगें, अपने पिता से मिलने मत जाओ। मानो मैं इनके हाथों बिक गयी !

दूसरे दिन प्रातःकाल उसने गाड़ी तैयार करायी, और दुशाला ओढ़कर घर से निकली। महेन्द्रकुमार बाग़ में टहल रहे थे। यह उनका नित्य का नियम था। इंदु को जाते देखा, तो पूछा—इतने सबेरे कहाँ ?

इंदु ने दूसरी ओर ताकते हुए कहा—जाती हूँ आपकी आज्ञा का पालन करने। इंद्रदत्त से रुपये वापस लूँगी।

महेन्द्र—इंदु, सच कहता हूँ, तुम मुझे पागल बना दोगी।

इंदु—आप मुझे कठपुतलियों की तरह नचाना चाहते हैं। कभी इधर, कभी उधर ?

सहसा इंद्रदत्त सामने से आते हुए दिखायी दिये। इंदु उनकी ओर लपककर चली, मानो

अभिवादन करने जा रही है, और फाटक पर पहुँचकर बोली—इंद्रदत्त, सच कहना, तुमने किसी से मेरे चंदे की चर्चा तो नहीं की ?

इंद्रदत्त सिटपिटा-सा गया, जैसे कोई आदमी दूकानदार को पैसे की जगह रुपया दे आये। बोला—आपने मुझे मना तो नहीं किया था ?

इंदु—तुम झूठे हो, मैंने मना किया था।

इंद्रदत्त—इंदुरानी, मुझे खूब याद है कि आपने मना नहीं किया था। हाँ, मुझे स्वयं बुद्धि से काम लेना चाहिए था। इतनी भूल ज़रूर मेरी है।

इंदु—(धीरे से) तुम महेन्द्र से इतना कह सकते हो कि मैंने इनकी चर्चा किसी से नहीं की? मुझ पर तुम्हारी बड़ी कृपा होगी। बड़े नैतिक संकट में पड़ी हुई हूँ।

यह कहते-कहते इंदु की आँखें डबडबा आयीं। इंद्रदत्त वातावरण ताड़ गया ! बोला—हाँ, कह दूँगा—आपकी ख़ातिर से।

एक क्षण में इंद्रदत्त राजा साहब के पास जा पहुँचा। इंदु घर में चली गयी।

महेन्द्रकुमार ने पूछा—कहिए महाशय, इस वक़्त कैसे कष्ट किया ?

इंद्रदत्त—मुझे तो कष्ट नहीं हुआ, आपको कष्ट देने आया हूँ। क्षमा कीजिएगा। यद्यपि यह नियम-विरुद्ध है, पर मेरी आपसे प्रार्थना है कि सूरदास और सुभागी का जुर्माना आप इसी वक़्त मुझसे ले लें, और उन दोनों को रिहा करने का हुक्म दे दें। कचहरी अभी देर में खुलेगी। मैं इसे आपकी विशेष कृपा समझूँगा।

महेन्द्रकुमार—हाँ, नियम-विरुद्ध तो है, लेकिन तुम्हारा लिहाज़ करना पड़ता है। रुपये मुनीम को दे दो, मैं रिहाई का हुक्म लिखे देता हूँ। कितने रुपये जमा किये ?

इंद्रदत्त—बस, शाम को चुने हुए सज्जनों के पास गया था। कोई पाँच सौ रुपये हो गये।

महेन्द्रकुमार—तब तो तुम इस कला में निपुण हो। इंदुरानी का नाम देखकर न देने वालों ने भी दिये होंगे।

इंद्रदत्त— मैं इंदुरानी के नाम का इससे ज़्यादा आदर करता हूँ। अगर उनका नाम दिखाता, तो पाँच सौ रुपये न लाता, पाँच हज़ार लाता।

महेन्द्रकुमार—अगर यह सच है, तो तुमने मेरी आबरू रख ली।

इंद्रदत्त—मुझे आपसे एक याचना और करनी है। कुछ लोग सूरदास को इज़्ज़त के साथ उसके घर पहुँचाना चाहते हैं। संभव है, दो-चार सौ दर्शक जमा हो जायँ। मैं आपसे इसकी आज्ञा चाहता हूँ।

महेन्द्रकुमार—जुलूस निकालने की आज्ञा नहीं दे सकता। शांति-भंग हो जाने की शंका है।

इंद्रदत्त—मैं आपको विश्वास दिलाता हूँ कि पत्ता तक न हिलेगा।

महेन्द्रकुमार—यह असंभव है।

इंद्रदत्त—मैं इसकी ज़मानत दे सकता हूँ।

महेन्द्रकुमार—यह नहीं हो सकता।

इंद्रदत्त समझ गया कि राजा साहब से अब ज़्यादा आग्रह करना व्यर्थ है। जाकर मुनीम को रुपये दिये, और ताँगे की ओर चला। सहसा राजा साहब ने पूछा—जुलूस तो न निकलेगा न?

इंद्रदत्त—निकलेगा। मैं रोकना चाहूँ, तो भी नहीं रोक सकता।

इंद्रदत्त वहाँ से अपने मित्रों को सूचना देने के लिए चले। जुलूस का प्रबंध करने में घंटों की देर लग गयी। इधर उनके जाते ही राजा साहब ने जेल के दारोग़ा को टेलीफ़ोन कर दिया कि सूरदास और सुभागी छोड़ दिये जायँ, और उन्हें बंद गाड़ी में बैठाकर उनके घर पहुँचा दिया जाय। जब इंद्रदत्त सवारी, बाजे आदि लिये हुए जेल पहुँचे, तो मालूम हुआ, पिंजरा ख़ाली है, चिड़ियाँ उड़ गयीं। हाथ मलकर रह गये। उन्हीं पाँवों पाँड़ेपुर चले। देखा, तो सूरदास एक नीम के नीचे राख के ढेर के पास बैठा हुआ है। एक ओर सुभागी सिर झुकाये खड़ी है। इंद्रदत्त को देखते ही जगधर और अन्य कई आदमी इधर-उधर से आकर जमा हो गये।

इंद्रदत्त—सूरदास, तुमने तो बड़ी जल्दी की। वहाँ लोग तुम्हारा जुलूस निकालने की तैयारियाँ किये हुए थे। राजा साहब ने बाज़ी मार ली। अब बतलाओ, वे रुपये क्या हों, जो जुलूस के ख़र्च के लिए जमा किये गये थे ?

सूरदास—अच्छा ही हुआ कि मैं यहाँ चुपके से आ गया। नहीं तो सहर-भर में घूमना पड़ता। जुलूस बड़े-बड़े आदमियों का निकलता है कि अंधे भिखारियों का ? आप लोगों ने जरीबाना देकर छुड़ा दिया, यही कौन कम धरम किया ?

इंद्रदत्त—अच्छा बताओ, ये रुपये क्या किये जायँ ? तुम्हें दे दूँ ?

सूरदास—कितने रुपये होंगे ?

इंद्रदत्त—कोई तीन सौ होंगे।

सूरदास—बहुत हैं। इतने में भैरो की दूकान मजे में बन जायेगी।

जगधर को बुरा लगा, बोला—पहले अपनी झोपड़ी की तो फिकिर करो।

सूरदास—मैं इसी पेड़ के नीचे पड़ रहा करूँगा, या पंडाजी के दालान में।

जगधर—जिसकी दूकान जली है, वह बनवायेगा, तुम्हें क्या चिंता है ?

सूरदास—जली तो है मेरे ही कारन !

जगधर—तुम्हारा घर भी तो जला है !

सूरदास—यह भी बनेगा, लेकिन पीछे से। दूकान न बनी, तो भैरो को कितना घाटा होगा! मेरी भीख तो एक दिन भी बन्द न होगी।

जगधर—बहुत सराहने से भी आदमी का मन बिगड़ जाता है। तुम्हारी भलमनसी का लोग बखान करने लगे, तो अब तुम सोचते होगे कि ऐसा काम करूँ, जिसमें और बड़ाई हो। इस तरह दूसरों की ताली पर नाचना न चाहिए।

इंद्रदत्त—सूरदास, तुम इन लोगों को बकने दो, तुम ज्ञानी हो, ज्ञान-पथ को मत छोड़ो। ये रुपये तुम्हारे पास रखे जाता हूँ; जो इच्छा हो करना।

इंद्रदत्त चला गया, तो सुभागी ने सूरदास से कहा—उसकी दूकान बनवाने का नाम न लेना।

सूरदास—मेरे घर से पहले उसकी दूकान बनेगी। यह बदनामी सिर पर कौन ले कि सूरदास ने भैरो का घर जलवा दिया। मेरे मन में यह बात समा गयी है कि हमीं में से किसी ने उसकी दूकान जलायी।

सुभागी—उससे तुम कितना ही दबो, पर वह तुम्हारा दुसमन ही बना रहेगा। कुत्ते की पूँछ

कभी सीधी नहीं होती।

सूरदास—तुम दोनों फिर एक हो जाओगे, तब तुझसे पूछूँगा।

सुभागी—भगवान मार डालें, पर उसका मुँह न दिखावें।

सूरदास—मैं कहे देता हूँ, एक दिन तू भैरो के घर की देवी बनेगी।

सूरदास रुपये लिये हुए भैरो के घर की ओर चला। भैरो रपट करने को जाना तो चाहता था; पर शंका हो रही थी कि कहीं सूरदास की झोपड़ी की भी बात चली, तो क्या जवाब दूँगा। बार-बार इरादा करके रुक जाता था। इतने में सूरदास को सामने आते देखा, तो हक्का-बक्का रह गया। विस्मित होकर बोला—अरे, क्या जरीबाना दे आया क्या ?

बुढ़िया बोली—बेटा, इसे ज़रूर किसी देवता का इष्ट है, नहीं तो वहाँ से कैसे भाग आता!

सूरदास ने बढ़कर कहा—भैरो, मैं ईश्वर को बीच में डालकर कहता हूँ, मुझे कुछ नहीं मालूम कि तुम्हारी दूकान किसने जलायी। तुम मुझे चाहे जितना नीच समझो, पर मेरी जानकारी में यह बात कभी न होने पाती। हाँ, इतना कह सकता हूँ कि यह किसी मेरे हितू का काम है।

भैरो—पहले यह बताओ कि तुम छूट कैसे आये ? मुझे तो यही बड़ा अचरज है।

सूरदास—भगवान की इच्छा। सहर के कुछ धर्मात्मा आदमियों ने आपस में चंदा करके मेरा जरीबाना भी दे दिया, और कोई तीन सौ रुपये जो बच रहे हैं, मुझे दे गये हैं। मैं तुमसे यह कहने आया हूँ कि तुम ये रुपये लेकर अपनी दूकान बनवा लो, जिसमें तुम्हारा हरज न हो। मैं सब रुपये ले आया हूँ।

भैरो भौचक्का होकर उसकी ओर ताकने लगा, जैसे कोई आदमी आकाश से मोतियों की वर्षा होते देखे। उसे शंका हो रही थी कि इन्हें बटोरूँ या नहीं, इनमें कोई रहस्य तो नहीं है, इनमें कोई ज़हरीला कीड़ा तो नहीं छिपा है, कहीं इनको बटोरने से मुझ पर कोई आफ़त तो न आ जायेगी। उसके मन में प्रश्न उठा, यह अंधा सचमुच मुझे रुपये देने के लिए लाया है, या मुझे ताना दे रहा है। ज़रा इसका मन टटोलना चाहिए। बोला—तुम अपने रुपये रखो, यहाँ कोई रुपयों के भूखे नहीं हैं ! प्यासों मरते भी हों, तो दुसमन के हाथ से पानी न पियें।

सूरदास—भैरो, हमारी-तुम्हारी दुसमनी कैसी ? मैं तो किसी को अपना दुसमन नहीं देखता। चार दिन की जिन्दगानी के लिए क्या किसी से दुसमनी की जाये ! तुमने मेरे साथ कोई बुराई नहीं की। तुम्हारी जगह मैं होता, और समझता कि तुम मेरी घरवाली को बहकाये लिये जाते हो, तो मैं भी वही करता, जो तुमने किया। अपनी आबरू किसको प्यारी नहीं होती। जिसे अपनी आबरू प्यारी न हो, उसकी गिनती आदमियों में नहीं, पसुओं में है। मैं तुमसे सच कहता हूँ, तुम्हारे ही लिए मैंने ये रुपये लिये, नहीं तो मेरे लिए तो पेड़ की छाँह बहुत थी। मैं जानता हूँ, अभी तुम्हें मेरे ऊपर संदेह हो रहा है, लेकिन कभी-न-कभी तुम्हारा मन मेरी ओर से साफ हो जायेगा। ये रुपये लो, और भगवान का नाम लेकर दूकान बनवाने में हाथ लगा दो। कम पड़ेंगे तो जिस भगवान् ने इतनी मदद की है, वही भगवान और मदद भी करेंगे।

भैरो को इन वाक्यों में सहृदयता और सज्जनता की झलक दिखायी दी। सत्य विश्वासोत्पादक होता है। नरम होकर बोला—आओ, बैठो, चिलम पियो। कुछ बातें हों, तो समझ में आये। तुम्हारे मन का भेद ही नहीं खुलता। दुसमन के साथ तो कोई भलाई नहीं करता, तुम मेरे साथ क्यों

इतनी मेहरबानगी करते हो ?

सूरदास—तुमने मेरे साथ कौन-सी दुसमनी की ? तुमने वही किया, जो तुम्हारा धरम था। मैं रात-भर हिरासत में बैठा यही सोचता रहा कि तुम क्यों मेरे पीछे पड़े हुए हो, मैंने तो तुम्हारे साथ कोई बुराई नहीं की, तो मुझे मालूम हुआ कि तुम मेरे साथ कोई बुराई नहीं कर रहे हो। यही तुम्हारा धरम है। औरत के पीछे तो खून हो जाता है। तुमने नालस ही कर दी, तो कौन बुरा काम किया ! बस, अब तुमसे मेरी यही बिनती है कि जिस तरह कल भरी अदालत में पंचों ने मुझे निरपराध कह दिया, उसी तरह तुम भी मेरी ओर से अपना मन साफ कर लो। मेरी इससे भी बड़ी दुर्गत हो, अगर मैंने तुम्हारे साथ कोई घात किया हो। हाँ, मुझसे एक ही बात नहीं हो सकती। मैं सुभागी को अपने घर से निकाल नहीं सकता। डरता हूँ कि कोई आड़ न रहेगी, तो न जाने उसकी क्या दसा हो। मेरे यहाँ रहेगी, तो कौन जाने, कभी तुम्हीं उसे फिर रख लो।

भैरो का मलिन हृदय इस आंतरिक निर्मलता से प्रतिबिंबित हो गया। आज पहली बार उसे सूरदास की नेकनीयती पर विश्वास हुआ। सोचा—अगर इसका दिल साफ न होता, तो मुझसे ऐसी बातें क्यों करता ? मेरा कोई डर तो इसे है नहीं। मैं जो कुछ कर सकता था, कर चुका। इसके साथ तो सारा सहर है। सबों ने जरीबाना अदा कर दिया। ऊपर से कई सौ रुपये और दे गये। मुहल्ले में भी उसकी धाक फिर बैठ गयी। चाहे तो बात-की-बात में मुझे बिगाड़ सकता है। नीयत साफ न होती, तो अब सुभागी के साथ आराम से रहता। अंधा है, अपाहिज है, भीख माँगता है; पर उसकी कितनी मरजाद है, बड़े-बड़े आदमी आवभगत करते हैं। मैं कितना अधम, नीच आदमी हूँ, पैसे के लिए रात-दिन दगा-फरेब करता रहता हूँ। कौन-सा पाप है, जो मैंने नहीं किया ! इस बिचारे का घर जलाया, एक बार नहीं, दो बार; इसके रुपये उठा ले गया। यह मेरे साथ नेकी ही करता चला आता है। सुभागी के बारे में मुझे सक-ही-सक था। अगर कुछ नीयत बद होती, तो इसका हाथ किसने पकड़ा था, सुभागी को खुले खजाने रख लेता। अब तो अदालत कचहरी का भी डर नहीं रहा। यह सोचता हुआ वह सूरदास के पास आकर बोला—सूरे, अब तक मैंने तुम्हारे साथ जो बुराई-भलाई की, उसे माफ करो। आज से अगर तुम्हारे साथ कोई बुराई करूँ, तो भगवान मुझसे समझें। ये रुपये मुझे मत दो, मेरे पास रुपये हैं। ये भी तुम्हारे ही रुपये हैं। दूकान बनवा लूँगा। सुभागी पर भी मुझे अब कोई संदेह नहीं रहा। मैं भगवान को बीच में डालकर कहता हूँ, अब मैं कभी उसे कोई कड़ी बात तक न कहूँगा। मैं अब तक धोखे में पड़ा हुआ था। सुभागी को मेरे यहाँ आने पर राजी कर दो। वह तुम्हारी बात को नाही न करेगा।

सूरदास—राजी ही है, बस उसे यही डर है कि तुम फिर मारने-पीटने लगोगे।

भैरो—नहीं सूरे, अब मैं उसे भी पहचान गया। मैं उसके जोग नहीं था। उसका ब्याह तो किसी धर्मात्मा आदमी से होना चाहिए था। (धीरे से) आज तुमसे कहता हूँ, पहली बार भी मैंने ही तुम्हारे घर में आग लगायी थी, और तुम्हारे रुपये चुराये थे।

सूर—उन बातों को भूल जाओ भैरो ! मुझे सब मालूम है। संसार में कौन है, जो कहे कि मैं गंगाजल हूँ। जब बड़े-बड़े साधू-संन्यासी माया-मोह में फँसे हुए हैं, तो हमारी-तुम्हारी क्या

बात है ! हमारी बड़ी भूल यही है कि खेल को खेल की तरह नहीं खेलते। खेल में धाँधली करके कोई जीत ही जाये, तो क्या हाथ आयेगा ? खेलना तो इस तरह चाहिए कि निगाह जीत पर रहे; पर हार से घबराये नहीं, ईमान को न छोड़े। जीतकर इतना न इतराये कि अब कभी हार होगी ही नहीं। यह हार-जीत तो जिंदगानी के साथ है। हाँ, एक सलाह की बात कहता हूँ। तुम ताड़ी की दूकान छोड़कर कोई दूसरा रोजगार क्यों नहीं करते ?

भैरो—जो कहो, वह करूँ। यह रोजगार है खराब। रात-दिन जुआरी, चोर, बदमास आदमियों का ही साथ रहता है। उन्हीं की बातें सुनो, उन्हीं के ढंग सीखो। अब मुझे मालूम हो रहा है कि इसी रोजगार ने मुझे चौपट किया। बताओ, क्या करूँ।

सूर—लकड़ी का रोजगार क्यों नहीं कर लेते ? बुरा नहीं है। आजकल यहाँ परदेसी बहुत आयँगे, बिक्री भी अच्छी होगी। जहाँ ताड़ी की दूकान थी, वहीं एक बाड़ा बनवा दो और इन रुपयों से लकड़ी का काम करना सुरू कर दो।

भैरो—बहुत अच्छी बात है। मगर ये रुपये अपने ही पास रखो। मेरे मन का क्या ठिकाना। रुपये पाकर कोई और बुराई न कर बैठूँ। मेरे-जैसे आदमी को तो कभी आधे पेट के सिवा भोजन न मिलना चाहिए। पैसे हाथ में आये, और सनक सवार हुई।

सूर—मेरे घर न द्वार, रखूँगा कहाँ ?

भैरो—इससे तुम अपना घर बनवा लो।

सूरदास—तुम्हें लकड़ी की दूकान से नफा हो, तो बनवा देना।

भैरो—सुभागी को समझा दो।

सूरदास—समझा दूँगा।

सूरदास चला गया। भैरो घर में गया, तो बुढ़िया बोली—तुझसे मेल करने आया था न ?

भैरो—हाँ, क्यों न मेल करेगा, मैं बड़ा लाट हूँ न। बुढ़ापे में तुझे और कुछ भी नहीं सूझता। यह आदमी नहीं, साधू है !

तेंतीस

फ़ैक्टरी क़रीब-क़रीब तैयार हो गयी थी। अब मशीनें गड़ने लगीं। पहले तो मज़दूर-मिस्त्री आदि प्रायः मिल के बरामदों ही में रहते थे, वहीं पेड़ों के नीचे खाना पकाते और सोते, लेकिन जब उनकी संख्या बहुत बढ़ गयी, तो मोहल्ले में मकान ले-लेकर रहने लगे। पाँड़ेपुर छोटी-सी बस्ती तो थी ही, वहाँ इतने मकान कहाँ थे, नतीजा यह हुआ कि मुहल्ले वाले किराये के लालच से परदेसियों को अपने-अपने घरों में ठहराने लगे। कोई परदे की दीवार खिंचवा लेता था, कोई खुद झोपड़ा बनाकर उसमें रहने लगता, और मकान भड़ैतों को दे देता। भैरो ने लकड़ी की दूकान खोल ली थी। वह अपनी माँ के साथ वहीं रहने लगा, अपना घर किराये पर दे दिया। ठाकुरदीन ने अपनी दूकान के सामने एक टट्टी लगाकर गुज़र करना शुरू किया, उसके घर में एक ओवरसियर आ डटे। जगधर सबसे लोभी था, उसने सारा मकान उठा दिया, और आप

एक फूस के छप्पर में निर्वाह करने लगा। नायकराम के बरामदे में तो नित्य एक बरात ठहरती थी। यहाँ तक लोभ ने लोगों को घेरा कि बजरंगी ने भी मकान का एक हिस्सा उठा दिया। हाँ, सूरदास ने किसी को नहीं टिकाया। वह अपने नये मकान में, जो इंदुरानी के गुप्त दान से बना था, सुभागी के साथ रहता था। सुभागी अभी तक भैरो के साथ रहने पर राज़ी न हुई थी। हाँ, भैरो की आमदरफ़्त अब सूरदास के घर अधिक रहती थी।

कारख़ाने में अभी मशीनें न गड़ी थीं, पर उसका फैलाव दिन-दिन बढ़ता जाता था। सूरदास की बाक़ी पाँच बीघे ज़मीन भी उसी धारा के अनुसार मिल के अधिकार में आ गयी। सूरदास ने सुना, तो हाथ मलकर रह गया। पछताने लगा कि जॉन साहब ही से क्यों न सौदा कर लिया। पाँच हज़ार देते थे। अब बहुत मिलेंगे, दो-चार सौ रुपये मिल जायँगे। अब कोई आन्दोलन करना उसे व्यर्थ मालूम होता था। जब पहले ही कुछ न कर सका, तो अबकी क्या कर लूँगा। पहले ही यह शंका थी, वह पूरी हो गयी।

दोपहर का समय था। सूरदास एक पेड़ के नीचे बैठा झपकियाँ ले रहा था कि इतने में तहसील के एक चपरासी ने आकर उसे पुकारा और एक सरकारी परवाना दिया। सूरदास समझ गया कि हो-न-हो ज़मीन ही का कुछ झगड़ा है। परवाना लिये हुए मिल में आया कि किसी बाबू से पढ़वाये। मगर कचहरी की सुबोध लिपि बाबुओं से क्या चलती ! कोई कुछ बता न सका। हारकर लौटा आ रहा था कि प्रभु सेवक ने देख लिया। तुरंत अपने कमरे में बुला लिया, और परवाने को देखा। लिखा हुआ था—अपनी ज़मीन के मुआवज़े के 1000 रुपये तहसील में आकर ले जाओ।

सूरदास—कुल एक हजार है ?

प्रभु सेवक—हाँ, इतना ही तो लिखा है।

सूरदास—तो मैं रुपये लेने न जाऊँगा। साहब ने पाँच हजार देने कहे थे, उसके एक हजार रहे, घूस-घास में सौ-पचास और उड़ जायँगे। सरकार का खजाना खाली है, भर जायगा।

प्रभु सेवक—रुपये न लोगे, तो ज़ब्त हो जायँगे। यहाँ तो सरकार इसी ताक में रहती है कि किसी तरह प्रजा का धन उड़ा ले। कुछ टैक्स के बहाने से, कुछ रोज़गार के बहाने से, कुछ किसी बहाने से हज़म कर लेती है।

सूरदास—गरीबों की चीज लेती है, तो बाजार-भाव से दाम न देना चाहिए ? एक तो जबरजस्ती जमीन ले ली, उस पर मनमाना दाम दे दिया। यह तो कोई न्याय नहीं है।

प्रभु सेवक—सरकार यहाँ न्याय करने नहीं आयी है भाई, राज्य करने आयी है। न्याय करने से उसे कुछ मिलता है ? कोई समय वह था, जब न्याय को राज्य की बुनियाद समझा जाता था। अब वह ज़माना नहीं है। अब व्यापार का राज्य है, और जो इस राज्य को स्वीकार न करे, उसके लिए तारों का निशाना मारने वाली तोपें हैं। तुम क्या कर सकते हो ? दीवानी में मुक़दमा दायर करोगे, वहाँ भी सरकार ही के नौकर-चाकर न्याय-पद पर बैठे हुए हैं।

सूरदास—मैं कुछ न लूँगा। जब राजा ही अधर्म करने लगा, तो परजा कहाँ तक जान बचाती फिरेगी ?

प्रभु सेवक—इससे फ़ायदा क्या ? एक हज़ार मिलते हैं, ले लो; भागते भूत की लँगोटी

ही भली।

सहसा इंद्रदत्त आ पहुँचे, और बोले—प्रभु, आज डेरा कूच है, राजपूताना जा रहा है।

प्रभु सेवक—व्यर्थ जाते हो। एक तो ऐसी सख़्त गरमी, दूसरे वहाँ की दशा अब बड़ी भयानक हो रही है। नाहक़ कहीं फँस-फँसा जाओगे।

इंद्रदत्त—बस, एक बार विनयसिंह से मिलना चाहता हूँ। मैं देखना चाहता हूँ कि उनके स्वभाव, चरित्र, आचार-विचार में इतना परिवर्तन, नहीं रूपांतर, कैसे हो गया।

प्रभु सेवक—ज़रूर कोई-न-कोई रहस्य है। प्रलोभन में पड़ने वाला आदमी तो नहीं है। मैं तो उसका परम भक्त हूँ। अगर वह विचलित हुए, तो मैं समझ जाऊँगा कि धर्मनिष्ठा का संसार से लोप हो गया।

इंद्रदत्त—यह न कहो प्रभु, मानव-चरित्र बहुत ही दुर्बोध वस्तु है। मुझे तो विनय की कायापलट पर इतना क्रोध आता है कि पाऊँ, तो गोली मार दूँ। हाँ, संतोष इतना ही है कि उनके निकल जाने का इस संस्था पर कोई असर नहीं पड़ सकता। तुम्हें तो मालूम है, हम लोगों ने बंगाल में प्राणियों के उद्धार के लिए कितना भगीरथ प्रयत्न किया। कई-कई दिन तक तो हम लोगों को दाना तक न मयस्सर होता था।

सूरदास—भैया, कौन लोग इस भाँति गंरीबों का पालन करते हैं ?

इंद्रदत्त—अरे सूरदास ! तुम यहाँ कोने में खड़े हो ! मैंने तो तुम्हें देखा ही नहीं। कहो, सब कुशल है न ?

सूरदास—सब भगवान् की दया है। तुम अभी किन लोगों की बात कह रहे थे ?

इंद्रदत्त—अपने ही साथियों की। कुँअर भरतसिंह ने कुछ जवान आदमियों को संगठित करके एक संगत बना दी है, उसके ख़र्च के लिए थोड़ी-सी ज़मीन भी दान कर दी है। आजकल हम लोग कोई सौ आदमी हैं। देश की यथाशक्ति सेवा करना ही हमारा परम धर्म और व्रत है। इस वक़्त हममें से कुछ लोग तो राजपूताना गये हुए हैं, और कुछ लोग पंजाब गये हुए हैं, जहाँ सरकारी फ़ौज ने प्रजा पर गोलियाँ चला दी हैं।

सूरदास—भैया, यह तो बड़े पुन्न का काम है। ऐसे महात्मा लोगों के तो दरसन करने चाहिए। तो भैया, तुम लोग चंदे भी उगाहते होगे ?

इंद्रदत्त—हाँ, जिसकी इच्छा होती है, चंदा भी दे देता है; लेकिन हम लोग खुद नहीं माँगते फिरते।

सूरदास—मैं आप लोगों के साथ चलूँ, तो आप मुझे रखेंगे ? यहाँ पड़े-पड़े अपना पेट पालता हूँ, आपके साथ रहूँगा, तो आदमी हो जाऊँगा।

इंद्रदत्त ने प्रभु सेवक से अँगरेज़ी में कहा—कितना भोला आदमी है। सेवा और त्याग की सदेह मूर्ति होने पर भी ग़रूर छू तक नहीं गया, अपने सत्कार्य का कुछ मूल्य ही नहीं समझता। परोपकार इसके लिए कोई इच्छित कर्म नहीं रहा, उसके चरित्र में मिल गया है।

सूरदास ने फिर कहा—और कुछ तो न कर सकूँगा, अपढ़, गँवार ठहरा, हाँ जिसके सिरहाने बैठा दीजिएगा, पंखा झलता रहूँगा, पीठ पर जो कुछ लाद दीजिएगा, लिये फिरूँगा।

इन्द्रदत्त—तुम सामान्य रीति से जो कुछ करते हो, वह उससे कहीं बढ़कर है, जो हम लोग

कभी-कभी विशेष अवसरों पर करते हैं। दुश्मन के साथ नेकी करना रोगियों की सेवा से छोटा काम नहीं है।

सूरदास का मुख-मंडल खिल उठा, जैसे किसी कवि ने किसी रसिक से दाद पायी हो। बोला—भैया, हमारी क्या बात चलाते हो। जो आदमी पेट पालने के लिए भीख माँगेगा, वह पुन्न-धरम क्या करेगा ! बुरा न मानो, तो एक बात कहूँ। छोटा मुँह बड़ी बात है; लेकिन आपका हुकुम हो, तो मुझे मावजे के जो रुपये मिले हैं, उन्हें आपकी संगत की भेंट कर दूँ।

इंद्रदत्त—कैसे रुपये ?

प्रभु सेवक—इसकी कथा बड़ी लम्बी है। बस, इतना ही समझ लो कि पापा ने राजा महेन्द्रकुमार की सहायता से इसकी जो ज़मीन ले ली थी, उसका एक हज़ार रुपया मुआवज़ा इसे दिया गया है। यह मिल उसी लूट के माल पर बन रही है।

इंद्रदत्त—तुमने अपने पापा को मना नहीं किया ?

प्रभु सेवक—खुदा की क़सम, मैं और सोफ़ी, दोनों ही ने पापा को बहुत रोका; पर तुम उनकी आदत जानते ही हो, कोई धुन सवार हो जाती है, तो किसी की नहीं सुनते।

इंद्रदत्त—मैं तो अपने बाप से लड़ जाता, मिल बनती या भाड़ में जाती। ऐसी दशा में तुम्हारा कम-से-कम यह कर्त्तव्य था कि मिल से बिलकुल अलग रहते। बाप की आज्ञा मानना पुत्र का धर्म है, यह मानता हूँ; लेकिन जब बाप अन्याय करने लगे, तो लड़का उसका अनुगामी बनने के लिए बाध्य नहीं। तुम्हारी रचनाओं में तो एक-एक शब्द से नैतिक विकास टपकता है, ऐसी उड़ान भरते हो कि हरिशचन्द्र और हुसैन भी मात हो जायँ; मगर मालूम होता है, तुम्हारी समस्त शक्ति शब्दयोजना ही में उड़ जाती है, क्रियाशीलता के लिए कुछ बाक़ी नहीं बचता। यथार्थ तो यह है कि तुम अपनी रचनाओं की गर्द को भी नहीं पहुँचते। बस, ज़बान के शेर हो। सूरदास, हम लोग तुम-जैसे ग़रीबों से चंदे नहीं लेते। हमारे दाता धनी लोग हैं।

सूर—भैया, तुम न लोगे, तो कोई चोर ले जायगा। मेरे पास रुपयों का काम ही क्या है। तुम्हारी दया से पेट-भर अन्न मिल ही जाता है, रहने को झोपड़ी बन ही गयी है, और क्या चाहिए। किसी अच्छे काम में लग जाना इससे कहीं अच्छा है कि चोर उठा ले जायँ। मेरे ऊपर इतनी दया करो।

इन्द्रदत्त—अगर देना ही चाहते हो, तो कोई कुँआ खुदवा दो। बहुत दिनों तक तुम्हारा नाम रहेगा।

सूरदास—भैया, मुझे नाम की भूख नहीं है। बहाने मत करो, ये रुपये लेकर अपनी संगत में दे दो। मेरे सिर से बोझ टल जायगा।

प्रभु सेवक—(अँगरेज़ी में) मित्र, इसके रुपये ले लो, नहीं तो इसे चैन न आयगा। इस दयाशीलता को देवोपम कहना उसका अपमान करना है। मेरी तो कल्पना भी वहाँ तक नहीं पहुँचती। ऐसे-ऐसे मनुष्य भी संसार में पड़े हुए हैं ! एक हम हैं कि अपने भरे हुए थाल में से एक टुकड़ा उठाकर फेंक देते हैं, तो दूसरे दिन पत्रों में अपना नाम देखने को दौड़ते हैं। संपादक अगर उस समाचार को मोटे अक्षरों में प्रकाशित न करे, तो उसे गोली मार दें। पवित्र आत्मा है।

इंद्रदत्त—सूरदास, अगर तुम्हारी यही इच्छा है, तो मैं रुपये ले लूँगा; लेकिन इस शर्त पर कि

तुम्हें जब कोई ज़रूरत हो, हमें तुरन्त सूचना देना। मुझे तो ऐसा जान पड़ता है कि शीघ्र ही तुम्हारी कुटी भक्तों का तीर्थ बन जायगी और लोग तुम्हारे दर्शनों को आया करेंगे।

सूरदास—तो मैं आज रुपये लाऊँगा।

इंद्रदत्त--अकेले न जाना, नहीं तो कचहरी के कुत्ते तुम्हें बहुत दिक़ करेंगे। मैं तुम्हारे साथ चलूँगा।

सूरदास—अब एक अरज आपसे भी है साहब ! आप पुतलीघर के मजूरों के लिए घर क्यों नहीं बनवा देते ? वे सारी बस्ती में फैले हुए हैं, और रोज ऊधम मचाते रहते हैं। हमारे मुहल्ले में किसी ने औरतों को नहीं छेड़ा था, न कभी इतनी चोरियाँ हुईं, न कभी इतने धड़ल्ले से जुआ हुआ, न सराबियों का ऐसा हुल्लड़ रहा। जब तक मजूर लोग यहाँ काम पर नहीं आ जाते, औरतें घरों से पानी भरने नहीं निकलतीं। रात को इतना हुल्लड़ होता है कि नींद नहीं आती। किसी को समझाओ, तो लड़ने पर उतारू हो जाता है।

यह कहकर सूरदास चुप हो गया और सोचने लगा, मैंने बात बहुत बढ़ाकर तो नहीं कही। इंद्रदत्त ने प्रभु सेवक को तिरस्कारपूर्ण लोचनों से देखकर कहा—भई, यह तो अच्छी बात नहीं। अपने पापा से कहो, इसका जल्दी प्रबंध करें। न जाने तुम्हारे वे सब सिद्धांत क्या हो गये। बैठे-बैठे यह सारा माजरा देख रहे हो, और कुछ करते-धरते नहीं।

प्रभु सेवक—मुझे तो सिरे से इस काम से घृणा है, मैं न इसे पसंद करता हूँ और न इसके योग्य हूँ। मेरे जीवन का सुख-स्वर्ग तो यही है कि किसी पहाड़ी के दामन में, एक जलधारा के तट पर, छोटी-सी झोपड़ी बनाकर पड़ा रहूँ। न लोक की चिंता हो, न परलोक की। न अपने नाम को कोई रोने वाला हो, न हँसने वाला। यही मेरे जीवन का उच्चतम आदर्श है। पर उस आदर्श को प्राप्त करने के लिए जिस संयम और उद्योग की ज़रूरत है, उससे वंचित हूँ। ख़ैर, सच्ची बात तो यह है कि इस तरफ़ मेरा ध्यान ही नहीं हुआ। मेरा तो यहाँ आना न आना दोनों बराबर है। केवल पापा के लिहाज़ से चला आता हूँ। अधिकांश समय यही सोचने में काटता हूँ कि क्योंकर इस क़ैद से रिहाई पाऊँ। आज ही पापा से कहूँगा।

इंद्रदत्त—हाँ, आज ही कहना। तुमको संकोच हो, तो मैं कह दूँ ?

प्रभु सेवक—नहीं जी, इसमें क्या संकोच है। इससे तो मेरा रंग और जम जायगा। पापा को खयाल होगा, अब इसका मन लगने लगा, कुछ इसने कहा तो ! उन्हें तो मुझसे यही रोना है कि मैं किसी बात में बोलता ही नहीं।

इंद्रदत्त यहाँ से चले, तो सूरदास बहुत दूर तक उनके साथ सेवा-समिति की बातें पूछता हुआ चला आया। जब इंद्रदत्त ने बहुत आग्रह किया, तो लौटा। इंद्रदत्त वहीं सड़क पर खड़ा उस दुर्बल, दीन प्राणी को हवा के झोंकों से लड़खड़ाते वृक्षों की छाँह में विलीन होते देखता रहा। शायद यह निश्चय करना चाहता था कि वह कोई देवता है या मनुष्य !

चौंतीस

प्रभु सेवक ने घर आते ही मकानों का ज़िक्र छेड़ दिया। जॉन सेवक यह सुनकर बहुत प्रसन्न हुए कि अब इसने कारख़ाने की ओर ध्यान देना शुरू किया। बोले—हाँ, मकानों का बनना बहुत ज़रूरी है। इंजीनियर से कहो, एक नक़्शा बनायें। मैं प्रबन्धकारिणी समिति के सामने इस प्रस्ताव को रखूँगा। कुलियों के लिए अलग-अलग मकान बनवाने की ज़रूरत नहीं। लंबे-लंबे बैरक बनवा दिये जायँ, ताकि एक-एक कमरे में 10-12 मज़दूर रह सकें।

प्रभु सेवक—लेकिन बहुत-से कुली ऐसे भी तो होंगे, जो बाल-बच्चों के साथ रहना चाहेंगे ?

मिसेज़ सेवक—कुलियों के बाल-बच्चों को वहाँ जगह दी जायगी, तो एक शहर आबाद हो जायगा। तुम्हें उनसे काम लेना है कि उन्हें बसाना है। जैसे फ़ौज के सिपाही रहते हैं, उसी तरह कुली भी रहेंगे। हाँ, एक छोटा-सा चर्च ज़रूर होना चाहिए। पादरी के लिए एक मकान होना भी जरूरी है।

ईश्वर सेवक—खुदा तुझे सलामत रखे बेटी, तेरी यह राय मुझे बहुत पसन्द आयी। कुलियों के लिए धार्मिक भोजन शारीरिक भोजन से कम आवश्यक नहीं। प्रभु मसीह, मुझे अपने दामन में छिपा। कितना सुन्दर प्रस्ताव है ! चित्त प्रसन्न हो गया। वह दिन कब आयेगा, जब कुलियों के हृदय मसीह के उपदेशों से तृप्त हो जायँगे।

जॉन सेवक—लेकिन यह तो विचार कीजिए कि मैं यह साम्प्रदायिक प्रस्ताव समिति के सम्मुख कैसे रख सकूँगा ? मैं अकेला तो सब कुछ नहीं हूँ। अन्य मेम्बरों ने विरोध किया, तो उन्हें क्या जवाब दूँगा ? मेरे सिवा समिति में और कोई क्रिस्चियन नहीं है। नहीं, मैं इस प्रस्ताव को कदापि समिति के सामने न रखूँगा। आप स्वयं समझ सकते हैं कि इस प्रस्ताव में कितना धार्मिक पक्षपात भरा हुआ है !

मिसेज़ सेवक—जब कोई धार्मिक प्रश्न आता है, तो तुम उसमें ख़्वाहमख़्वाह मीन-मेख निकालने लगते हो। हिंदू-कुली तो तुरन्त किसी वृक्ष के नीचे दो-चार ईंट-पत्थर रखकर जल चढ़ाना शुरू कर देंगे, मुसलमान लोग भी खुले मैदान में नमाज़ पढ़ लेंगे, तो फिर चर्च से किसी को क्या आपत्ति हो सकती है।

ईश्वर सेवक—प्रभु मसीह, मुझ पर अपनी दया-दृष्टि कर। बाइबिल के उपदेश प्राणिमात्र के लिए शांतिप्रद हैं। उनके प्रचार में किसी को कोई एतराज़ नहीं हो सकता, और अगर एतराज़ हो भी, तो तुम इस दलील से उसे रद कर सकते हो कि राजा का धर्म भी राजा है। आख़िर सरकार ने धर्म-प्रचार का विभाग खोला है, तो कौन एतराज़ करता है, और करे भी, तो कौन उसे सुनता है ? मैं आज ही इस विषय को चर्च में पेश करूँगा, और अधिकारियों को मजबूर करूँगा कि वह कम्पनी पर अपना दबाव डालें। मगर यह तुम्हारा काम है, मेरा नहीं; तुम्हें खुद इन बातों का ख़याल होना चाहिए। न हुए मि. क्लार्क इस वक़्त !

मिसेज़ सेवक—वह होते, तो कोई दिक़्क़त ही न होती।

जॉन सेवक—मेरी समझ में नहीं आता कि मैं इस तजवीज़ को कैसे पेश करूँगा। अगर कम्पनी

कोई मंदिर या मस्जिद बनवाने का निश्चय करती, तो मैं भी चर्च बनवाने पर ज़ोर देता। लेकिन जब तक और लोग अग्रसर न हों, मैं कुछ नहीं कर सकता, और न करना उचित ही समझता हूँ।

ईश्वर सेवक—हम औरों के पीछे-पीछे क्यों चलें ? हमारे हाथों में दीपक है, कन्धे पर लाठी है, कमर में तलवार है, पैरों में शक्ति है, हम क्यों न आगे चलें ? क्यों दूसरों का मुँह देखें ?

मि. जॉन सेवक ने पिता से और ज़्यादा तर्क-वितर्क करना व्यर्थ समझा। भोजन के पश्चात वह आधी रात तक प्रभु सेवक के साथ बैठे हुए भिन्न-भिन्न रूप से नक़्शे बनाते-बिगाड़ते रहे। किधर की ज़मीन ली जाये, कितनी ज़मीन काफ़ी होगी, कितना व्यय होगा, कितने मकान बनेंगे। प्रभु सेवक हाँ-हाँ करता जाता था। इन बातों में मन न लगता था। कभी समाचार-पत्र देखने लगता, कभी कोई किताब उलटने-पलटने लगता, कभी उठकर बरामदे में चला जाता। लेकिन धुन सूक्ष्मदर्शी नहीं होती। व्याख्याता अपनी वाणी के प्रवाह में यह कब देखता है कि श्रोताओं में कितनों की आँखें खुली हुई हैं। प्रभु सेवक को इस समय एक नया शीर्षक सूझा था, और उस पर अपने रचना-कौशल की छटा दिखाने के लिए वह अधीर हो रहा था। नयी-नयी उपमाएँ, नयी-नयी सूक्तियाँ, किसी जलधारा में बहकर आने वाले फूलों के सदृश, उसके मस्तिष्क में दौड़ती चली आती थीं, और वह उनका संचय करने के लिए उकता रहा था; क्योंकि एक बार आकर, एक बार अपनी झलक दिखाकर, वे सदैव के लिए विलुप्त हो जाती है। बारह बजे तक वह इसी संकट में पड़ा रहा। न बैठते बनता था, न उठते। यहाँ तक कि उसे झपकियाँ आने लगीं। जॉन सेवक ने भी अब विश्राम करना उचित समझा। लेकिन जब प्रभु सेवक पलंग पर गया, तो निद्रादेवी रूठ चुकी थीं। कुछ देर तक तो उसने देवी को मनाने का प्रयत्न किया, फिर दीपक के सामने बैठकर उसी विषय पर पद्य-रचना करने लगा। एक क्षण में वह किसी दूसरे ही जगत में था। वह ग्रामीणों की भाँति सराफ़े में पहुँचकर उसकी चमक-दमक पर लट्टू न हो जाता था। यद्यपि उस जगत की प्रत्येक वस्तु रसमयी, सुरभित, नेत्र-मधुर, मनोहर मालूम होती थी, पर कितनी ही वस्तुओं को ध्यान से देखने पर ज्ञात होता था कि उन पर केवल सुनहरा आवरण चढ़ा हुआ है, वास्तव में वे या तो पुरानी हैं, अथवा कृत्रिम हैं ! हाँ, जब उसे वास्तव में कोई नया रत्न मिल जाता था, तो उसकी मुख-श्री प्रज्वलित हो जाती थी। रचयिता अपनी रचना का सबसे चतुर पारखी होता है। प्रभु सेवक की कल्पना कभी इतनी ऊँची न उड़ी थी। एक-एक पद्य लिखकर वह उसे स्वर से पढ़ता और झूमता। जब कविता समाप्त हो गयी, तो वह सोचने लगा—देखूँ, इसका कवि-समाज कितना आदर करता है। सम्पादकों की प्रशंसा का तो कोई मूल्य नहीं। उनमें बहुत कम ऐसे हैं, जो कविता के मर्मज्ञ हों। किसी नये, अपरिचित कवि की सुन्दर-से-सुन्दर कविता स्वीकार न करेंगे, पुराने कवियों की सड़ी-गली, ख़ोगीर की भरती, सब कुछ शिरोधार्य कर लेंगे। कवि मर्मज्ञ होते हुए भी कृपण होते हैं। छोटे-मोटे तुकबन्दी करने वालों की तारीफ़ भले ही कर दें; लेकिन जिसे अपना प्रतिद्वंद्वी समझते हैं, उसके नाम से कानों पर हाथ रख लेते हैं। कुँअर साहब तो ज़रूर फड़क जायेंगे। काश, विनय यहाँ होते, तो मेरी क़लम चूम लेते। कल कुँअर साहब से कहूँगा कि मेरा संग्रह प्रकाशित करा दीजिए। नवीन युग के कवियों में तो किसी को मुझसे टक्कर लेने का दावा हो नहीं सकता, और पुराने ढंग के कवियों से मेरा कोई मुकाबला नहीं। मेरे और उनके क्षेत्र अलग हैं। उनके यहाँ भाषा लालित्य

है, पिंगल की कोई भूल नहीं, खोजने पर भी कोई दोष न मिलेगा; लेकिन उपज का नाम नहीं, मौलिकता का निशान नहीं, वही चबाये हुए कौर चबाते हैं, विचारोत्कर्ष का पता नहीं होता। दस-बीस पद्य पढ़ जाओ, तो कहीं एक बात मिलती है, यहाँ तक कि उपमाएँ भी वही पुरानी-धुरानी जो प्राचीन कवियों ने बाँध रखी हैं। मेरी भाषा इतनी मँजी हुई न हो, लेकिन भरती के लिए मैंने एक पंक्ति भी नहीं लिखी। फ़ायदा ही क्या ?

प्रातःकाल वह मुँह-हाथ धो, कविता जेब में रख, बिना जलपान किये, घर से चला, तो जॉन सेवक ने पूछा—क्या जलपान न करोगे ? इतने सबेरे कहाँ जाते हो ?

प्रभु सेवक ने रुखाई से उत्तर दिया—ज़रा कुँअर साहब की तरफ़ जाता हूँ।

जॉन सेवक—तो उनसे कल के प्रस्ताव के सम्बन्ध में बातचीत करना। अगर वह सहमत हो जायँ, तो फिर किसी को विरोध करने का साहस न होगा।

मिसेज़ सेवक—वही चर्च के विषय में न ?

जॉन सेवक—अजी नहीं, तुम्हें तो अपने चर्च ही की पड़ी हुई है। मैंने निश्चय किया है कि पाँड़ेपुर की बस्ती ख़ाली करा ली जाये और वहीं कुलियों के मकान बनवाये जायँ। उससे अच्छी वहाँ कोई दूसरी जगह नहीं नज़र आती।

प्रभु सेवक—रात तो आपने उस बस्ती को लेने की चर्चा न की थी।

जॉन सेवक—नहीं, आओ ज़रा यह नक़्शा देखो। बस्ती के बाहर किसी तरफ़ काफ़ी ज़मीन नहीं है। एक तरफ़ सरकारी पागलख़ाना है, दूसरी तरफ़ रायसाहब का बाग़, तीसरी तरफ़ हमारी मिल। बस्ती के सिवा और जगह ही कहाँ है ? और बस्ती ही कौन-सी बड़ी ! मुश्किल से 15-20 या अधिक से अधिक 30 घर होंगे। उनका मुआवज़ा देकर ज़मीन लेने की क्यों न कोशिश की जाये ?

प्रभु सेवक—अगर बस्ती को उजाड़कर मज़दूरों के लिए मकान बनवाने हैं, तो रहने ही दीजिए; किसी-न-किसी तरह गुज़र तो हो ही रहा है।

जॉन सेवक—अगर ऐसी बस्तियों की रक्षा का विचार किया गया होता, तो आज यहाँ एक बँगला भी नज़र न आता। ये बँगले ऊसर में नहीं बने हैं।

प्रभु सेवक—मुझे ऐसे बँगले से झोपड़ा ही पसन्द है, जिसके लिए कई ग़रीबों के घर गिराने पड़ें। मैं कुँअर साहब से इस विषय में कुछ न कहूँगा। आप खुद कहिएगा।

जॉन सेवक—यह तुम्हारी अकर्मण्यता है। इसे संतोष और दया कहकर तुम्हें धोखे में न डालूँगा। तुम जीवन की सुख-सामग्रियाँ तो चाहते हो, लेकिन उन सामग्रियों के लिए जिन साधनों की ज़रूरत है, उनसे दूर भागते हो। हमने तुम्हें क्रियात्मक रूप से कभी धन और विभव से घृणा करते नहीं देखा। तुम अच्छे-से-अच्छा मकान, अच्छे-से-अच्छा भोजन, अच्छे-से-अच्छा वस्त्र चाहते हो, लेकिन बिना हाथ-पैर हिलाये ही चाहते हो कि कोई तुम्हारे मुँह में शहद और शर्बत टपका दे।

प्रभु सेवक—रस्म-रिवाज से विवश होकर मनुष्य को बहुधा अपनी आत्मा के विरुद्ध आचरण करना पड़ता है।

जॉन सेवक—जब सुख-भोग के लिए तुम रस्म-रिवाज से विवश हो जाते हो, तो सुख-भोग

के साधनों के लिए क्यों उन्हीं प्रथाओं से विवश नहीं होते ? तुम मन और वचन से वर्तमान सामाजिक प्रणाली की कितनी ही उपेक्षा क्यों न करो, मुझे ज़रा भी आपत्ति न होगी। तुम इस विषय पर व्याख्यान दो, कविताएँ लिखो, निबंध रचो, मैं खुश होकर उन्हें पढ़ूँगा और तुम्हारी प्रशंसा करूँगा; लेकिन कर्मक्षेत्र में आकर उन भावों को उसी भाँति भूल जाओ, जैसे अच्छे-से-अच्छा सूट पहनकर मोटर पर सैर करते समय तुम त्याग, संतोष और आत्मनिग्रह को भूल जाते हो।

प्रभु सेवक और कितने ही विलास-भोगियों की भाँति सिद्धांत-रूप से जनवाद के क़ायल थे। जिन परिस्थितियों में उनका लालन-पालन हुआ था, जिन संस्कारों से उनका मानसिक और आत्मिक विकास हुआ था, उनसे मुक्त हो जाने के लिए जिस नैतिक साहस की, उद्दंडता की ज़रूरत है, उससे वह रहित थे। वह विचार-क्षेत्र में त्याग के भावों को स्थान देकर प्रसन्न होते थे, और उन पर गर्व करते थे। उन्हें शायद कभी सूझा ही न था कि इन भावों को व्यवहार रूप में भी लाया जा सकता है। वह इतने संयमशील न थे कि अपनी विलासिता को उन भावों पर बलिदान कर देते। साम्यवाद उनके लिए मनोरंजन का एक विषय था, और बस। आज तक कभी किसी ने उनके आचरण की आलोचना न की थी, किसी ने उनको व्यंग्य का निशाना न बनाया था, और मित्रों पर अपने विचार-स्वातंत्र्य की धाक जमाने के लिए उनके विचार काफ़ी थे। कुँअर भरतसिंह के संयम और विराग का उन पर इसलिए असर न होता था कि वह उन्हें उच्चतर श्रेणी के मनुष्य समझते थे। अशर्फ़ियों की थैली मख़मल की हो या खद्दर की, अधिक अंतर नहीं। पिता के मुख से यह व्यंग्य सुनकर ऐसे तिलमिला उठे, मानो चाबुक पड़ गया हो। आग चाहे फूस को न जला सके, लोहे की कील मिट्टी में चाहे न समा सके, काँच चाहे पत्थर की चोट से न टूट सके, व्यंग्य विरले ही कभी हृदय को प्रज्वलित करने, उसमें चुभने, और उसे चोट पहुँचाने में असफल होता है, विशेष करके जब वह उस प्राणी के मुख से निकले, जो हमारे जीवन को बना या बिगाड़ सकता है। प्रभु सेवक को मानो काली नागिन ने डस लिया, जिसके काटे को लहर भी नहीं आती। उनकी सोयी हुई लज्जा जाग उठी। अपनी अधोगति का ज्ञान हुआ। कुँअर साहब के यहाँ जाने को तैयार थे, गाड़ी तैयार करायी थी; पर वहाँ नहीं गये। आकर अपने कमरे में बैठ गये। उनकी आँखें भर आयीं, इस वजह से नहीं कि मैं इतने दिनों तक भ्रम में पड़ा रहा, बल्कि इस ख़याल से कि पिताजी को मेरा पालन-पोषण अखरता है—यह लताड़ पाकर मेरे लिए डूब मरने की बात होगी, अगर मैं उनका आश्रित बना रहूँ। मुझे स्वयं अपनी जीविका का प्रश्न हल करना चाहिए। इन्हें क्या मालूम नहीं था कि मैं प्रथाओं से विवश होकर ही इस विलास-वासना में पड़ा हुआ हूँ ? ऐसी दशा में इनका मुझे ताना देना घोर अन्याय है। इतने दिनों तक कृत्रिम जीवन व्यतीत करके अब मेरे लिए अपना रूपांतर कर लेना असंभव है। यही क्या कम है कि मेरे मन में ये विचार पैदा हुए। इन विचारों के रहते हुए कम-से-कम मैं औरों की भाँति स्वार्थान्ध और धन-लोलुप तो नहीं हो सकता। लेकिन मैं व्यर्थ इतना खेद कर रहा हूँ। मुझे तो प्रसन्न होना चाहिए कि पापा ने वह काम कर दिया, जो सिद्धांत और विचार से न हुआ था। अब मुझे उनसे कुछ कहने-सुनने की ज़रूरत नहीं। उन्हें शायद मेरे जाने से दुख भी न होगा, उन्हें खूब मालूम हो गया है कि मेरी ज़ात से उनकी धन-तृष्णा तृप्त नहीं हो सकती। आज यहाँ से डेरा कूच है, यही निश्चय है। चलकर कुँअर साहब से कहता

हूँ, मुझे भी स्वयंसेवकों में ले लीजिए। कुछ दिनों उस जीवन का आनन्द भी उठाऊँ। देखूँ, मुझमें और कोई योग्यता है, या केवल पद्य-रचना ही कर सकता हूँ। अब गिरि-शृंगों की सैर करूँगा, देहातों में घूमूँगा, प्राकृतिक सौंदर्य की उपासना करूँगा, नित्य नया दाना, नया पानी, नयी सैर, नये दृश्य। इससे ज़्यादा आनन्दप्रद और कौन जीवन हो सकता है। कष्ट भी होंगे, धूप है, वर्षा है, सरदी है, भयंकर जंतु हैं। पर कष्टों से मैं कभी भयभीत नहीं हुआ। उलझन तो मुझे गृहस्थी के झंझटों से होती है। यहाँ कितने अपमान सहने पड़ते हैं। रोटियों के लिए दूसरों की गुलामी ! अपनी इच्छाओं को पराधीन बना देना, नौकर अपने स्वामी को देखकर कैसा दबक जाता है, उसके मुख-मंडल पर कितनी दीनता, कितना भय छा जाता है। न ! मैं अपनी स्वतंत्रता की अब से ज़्यादा इज़्ज़त करना सीखूँगा।

दोपहर को जब घर के सब प्राणी पंखों के नीचे आराम से सोये, तो प्रभु सेवक ने चुपके से निकलकर कुँअर साहब के भवन का रास्ता लिया। पहले तो जी में आया कि कपड़े उतार दूँ, और केवल एक कुरता पहनकर चला जाऊँ। पर इन फटेहालों घर से कभी न निकला था। वस्त्र-परिवर्तन के लिए कदाचित विचार-परिवर्तन से भी अधिक नैतिक बल की ज़रूरत होती है। उसने केवल अपनी कविताओं की कापी ले ली, और चल खड़ा हुआ। उसे ज़रा भी खेद न था, ज़रा भी ग्लानि न थी। ऐसा खुश था, मानो क़ैद से छूटा है—आप लोगों को अपनी दौलत मुबारक हो। पापा ने मुझे बिलकुल निर्लज्ज, आत्मसम्मानहीन, विलासलोलुप समझ रखा है, तभी तो ज़रा-सी बात पर उबल पड़े। अब उन्हें मालूम हो जायगा कि मैं बिलकुल मुरदा नहीं हूँ।

कुँअर साहब दोपहर को सोने के आदी नहीं थे। फ़र्श पर लेटे कुछ सोच रहे थे। प्रभु सेवक जाकर बैठ गये। कुँअर साहब ने कुछ न पूछा, कैसे आये, क्यों उदास हो ? आध घंटे तक बैठे रहने के बाद भी प्रभु सेवक को उनसे अपने विषय में कुछ कहने की हिम्मत न पड़ी, कोई भूमिका ही न सूझती थी—यह महाशय आज गुमसुम क्यों हैं ? क्या मेरी सूरत से ताड़ तो नहीं गये कि कुछ स्वार्थ लेकर आया है ? यों तो मुझे देखते ही खिल उठते थे, दौड़कर छाती से लगा लेते थे, आज मुख़ातिब ही नहीं होते। परमुखापेक्षी होने का यही दंड है। मैं भी घर से चला तो ठीक दोपहर को, जब चिड़ियाँ तक घोंसले से नहीं निकलतीं। आना ही था, तो शाम को आता। इस जलती हुई धूप में कोई ग़रज़ का बावला ही घर से निकल सकता है। ख़ैर, यह पहला अनुभव है। वह निराश होकर चलने के लिए उठे कि भरतसिंह बोले—क्यों-क्यों, जल्दी क्या है ? या इसलिए कि मैंने बातें नहीं कीं ? बातों की कमी नहीं है; इतनी बातें तुमसे करनी हैं कि समझ में नहीं आता, शुरू क्योंकर करूँ ! तुम्हारे विचार में विनय ने रियासत का पक्ष लेने में भूल की ?

प्रभु सेवक ने द्विविधा में पड़कर कहा—इस पर भिन्न-भिन्न पहलुओं से विचार किया जा सकता है।

कुँअर—इसका आशय यह है कि बुरा किया। उनकी माता का भी यही विचार है। वह तो इतनी चिढ़ी हुई हैं कि उसकी सूरत भी नहीं देखना चाहतीं। लेकिन मेरा विचार है कि उसने जिस नीति का अनुसरण किया है, उस पर उसे लज्जित होने का कोई कारण नहीं। कदाचित उन दशाओं में मैं भी यही करता। सोफ़ी से उसे प्रेम न होता, तो भी उस अवसर पर जनता

ने जो विद्रोह किया, वह उसके साम्यवाद के सिद्धान्तों को हिला देने को काफ़ी था। पर जब यह सिद्ध है कि सोफ़िया का अनुराग उसके रोम-रोम में समाया हुआ है, तो उसका आचरण क्षम्य ही नहीं, सर्वथा स्तुत्य है। वह धर्म केवल जत्थेबन्दी है, जहाँ अपनी बिरादरी से बाहर विवाह करना वर्जित हो, क्योंकि इससे उसकी क्षति होने का भय है। धर्म और ज्ञान, दोनों एक हैं, और इस दृष्टि से संसार में केवल एक धर्म है। हिन्दू, मुसलमान, ईसाई, यहूदी, बौद्ध ये धर्म नहीं हैं, भिन्न-भिन्न स्वार्थों के दल हैं, जिनसे हानि के सिवा आज तक किसी को लाभ नहीं हुआ। अगर विनय इतना भाग्यवान् हो कि सोफ़िया को विवाह-सूत्र में बाँध सके, तो कम-से-कम मुझे ज़रा भी आपत्ति न होगी।

प्रभु सेवक—मगर आप जानते हैं, इस विषय में रानीजी को जितना दुराग्रह है, उतना ही मामा को भी है।

कुँअर—इसका फल यह होगा कि दोनों का जीवन नष्ट हो जायगा। ये दोनों अमूल्य रत्न धर्म के हाथों मिट्टी में मिल जायँगे।

प्रभु सेवक—मैं तो खुद इन झगड़ों से इतना तंग आ गया हूँ कि मैंने दृढ़ संकल्प कर लिया है, घर से अलग हो जाऊँ। घर की साम्प्रदायिक जल-वायु और सामाजिक बंधनों से मेरी आत्मा दुर्बल हुई जा रही है। घर से निकल जाने के सिवा मुझे और कुछ नहीं सूझता। मुझे व्यवसाय से पहले ही बहुत प्रेम न था, और अब इतने दिनों के अनुभव के बाद तो मुझे उससे घृणा हो गयी है।

कुँअर—लेकिन व्यवसाय तो नयी सभ्यता का सबसे बड़ा अंग है, तुम्हें उससे क्यों इतनी अरुचि है ?

प्रभु सेवक—इसलिए कि यहाँ सफलता प्राप्त करने के लिए जितनी स्वार्थपरता और नर-हत्या की ज़रूरत है, वह मुझसे नहीं हो सकती। मुझमें इतना उत्साह ही नहीं है। मैं स्वभावतः एकांतप्रिय हूँ, और जीवन-संग्राम में उससे अधिक नहीं पड़ना चाहता, जितना मेरी कला के पूर्ण विकास और उसमें यथार्थता का समावेश करने के लिए काफ़ी हो। कवि प्रायः एकान्तसेवी हुआ किये हैं, पर इससे उनकी कवित्व-कला में कोई दूषण नहीं आने पाया। सम्भव था कि वे जीवन का विस्तृत और पर्याप्त ज्ञान प्राप्त करके अपनी कविता को और भी मार्मिक बना सकते, लेकिन साथ ही यह शंका भी थी कि जीवन-संग्राम में प्रवृत्त होने से उनकी कवि-कल्पना शिथिल हो जाती। होमर अंधा था, सूर भी अंधा था, मिलटन भी अंधा था, पर ये सभी साहित्य-गगन के उज्ज्वल नक्षत्र हैं; तुलसी, वाल्मीकि आदि महाकवि संसार से अलग, कुटियों में बसने वाले प्राणी थे, पर कौन कह सकता है कि उनकी एकान्तसेवा से उनकी कवित्व-कला दूषित हो गयी ! नहीं कह सकता कि भविष्य में मेरे विचार क्या होंगे, पर इस समय द्रव्योपासना से बेज़ार हो रहा हूँ।

कुँअर—तुम तो इतने विरक्त कभी न थे, आख़िर बात क्या है ?

प्रभु सेवक ने झेंपते हुए कहा—अब तक जीवन के कुटिल रहस्यों को न जानता था। पर अब देख रहा हूँ कि वास्तविक दशा उससे कहीं जटिल है, जितनी मैं समझता था। व्यवसाय कुछ नहीं है, अगर नर-हत्या नहीं है। आदि से अन्त तक मनुष्यों को पशु समझना और उनसे

पशुवत व्यवहार करना इसका मूल सिद्धान्त है। जो यह नहीं कर सकता, वह सफल व्यवसायी नहीं हो सकता। कारख़ाना अभी बनकर तैयार नहीं हुआ, और भूमि-विस्तार की समस्या उपस्थित हो गयी। मिस्त्रियों और कारीगरों के लिए बस्ती में रहने की जगह नहीं है। मज़दूरों की संख्या बढ़ेगी, तब वहाँ निर्वाह ही न हो सकेगा। इसलिए पापा की राय है कि उसी क़ानूनी दफ़ा के अनुसार पाँड़ेपुर पर भी अधिकार कर लिया जाये, और बाशिंदों को मुआवज़ा देकर अलग कर दिया जाये। राजा महेन्द्रकुमार की पापा से मित्रता है ही, और वर्तमान ज़िलाधीश मि. सेनापति रईसों से उतना ही मेल-जोल रखते हैं, जितना मि. क्लार्क उनसे दूर रहते थे। पापा का प्रस्ताव बिना किसी कठिनाई के स्वीकृत हो जायगा, और मोहल्ले वाले ज़बरदस्ती निकाल दिये जायँगे। मुझसे यह अत्याचार नहीं देखा जाता। मैं इसे रोक नहीं सकता, पर इतना तो कर सकता हूँ कि उससे अलग रहूँ।

कुँअर—तुम्हारे विचार में कम्पनी को नफ़ा होगा ?

प्रभु सेवक—मैं समझता हूँ, पहले ही साल 25 रु. सैकड़े नफ़ा होगा।

कुँअर—तो क्या तुमने कारख़ाने से अलग होने का निश्चय कर लिया ?

प्रभु सेवक—पक्का निश्चय कर लिया।

कुँअर—तुम्हारे पापा काम सँभाल सकेंगे ?

प्रभु सेवक—पापा ऐसे आधे दर्जन कारख़ाने को सँभाल सकते हैं। उनमें अद्‌भुत अध्यवसाय है। ज़मीन का प्रस्ताव बहुत जल्द कार्यकारिणी समिति के सामने आयगा। मेरी आपसे यह विनीत प्रार्थना है कि आप उसे स्वीकृत न होने दें।

कुँअर—(मुस्कराकर) बुड्ढा आदमी इतनी आसानी से नयी शिक्षा नहीं ग्रहण कर सकता। बूढ़ा तोता पढ़ना नहीं सीखता। मुझे तो इसमें कोई आपत्ति नहीं नज़र आती कि बस्ती वालों को मुआवज़ा देकर ज़मीन ले ली जाये। हाँ, मुआवज़ा उचित होना चाहिए। जब तुम कारख़ाने से अलग ही हो रहे हो, तो तुम्हें इन झगड़ों से क्या मतलब ? ये तो दुनिया के धंधे हैं; होते आये हैं और होते जायँगे।

प्रभु सेवक—तो आप इस प्रस्ताव का विरोध न करेंगे ?

कुँअर—मैं किसी ऐसे प्रस्ताव का विरोध न करूँगा, जिससे कारख़ाने को हानि हो। कारख़ाने से मेरा स्वार्थ-संबंध है, मैं उसकी उन्नति में बाधक नहीं हो सकता। हाँ, तुम्हारा वहाँ से निकल आना मेरी समिति के लिए शुभ लक्षण है। तुम्हें मालूम है, समिति के अध्यक्ष डॉक्टर गांगुली हैं; पर कुछ वृद्धावस्था और कुछ काउंसिल के कामों में व्यस्त रहने के कारण वह इस भार से मुक्त होना चाहते हैं। मेरी हार्दिक इच्छा है कि तुम इस भार को ग्रहण करो। समिति इस समय मँझधार में है, विनय के आचरण ने उसे एक भयंकर दशा में डाल दिया है। तुम्हें ईश्वर ने विद्या, बुद्धि, उत्साह, सब कुछ दिया है। तुम चाहो, तो समिति को उबार सकते हो, और मुझे विश्वास है कि तुम मुझे निराश न करोगे।

प्रभु सेवक की आँखें सजल हो गयीं। वह अपने को इस सम्मान के योग्य न समझते थे। बोले—मैं इतना बड़ा उत्तरदायित्व स्वीकार करने के योग्य नहीं हूँ। मुझे भय है कि मुझ जैसा अनुभवहीन, आलसी प्रकृति का मनुष्य समिति की उन्नति नहीं कर सकता। यह आपकी कृपा

है कि मुझे इस योग्य समझते हैं। मेरे लिए सफ़ ही काफ़ी है।

कुँअर साहब ने उत्साह बढ़ाते हुए कहा–तुम जैसे आदमियों को सफ़ में रखूँ, तो नायकों को कहाँ से लाऊँ ? मुझे विश्वास है कि कुछ दिनों डॉ. गांगुली के साथ रहकर तुम इस काम में निपुण हो जाओगे। सज्जन लोग सदैव अपनी क्षमता की उपेक्षा करते हैं, पर मैं तुम्हें पहचानता हूँ। तुममें अद्‌भुत विद्युत-शक्ति है; उससे कहीं अधिक, जितनी तुम समझते हो। अरबी घोड़ा हल में नहीं चल सकता, उसके लिए मैदान चाहिए। तुम्हारी स्वतन्त्र आत्मा कारख़ाने में संकुचित हो रही थी, संसार के विस्तीर्ण क्षेत्र में निकलकर उसके पर लग जायँगे। मैंने विनय को इस पद के लिए चुन रखा था, लेकिन उसकी वर्तमान दशा देखकर मुझे अब उस पर विश्वास नहीं रहा। मैं चाहता हूँ, इस संस्था को ऐसी सुव्यवस्थित दशा में छोड़ जाऊँ कि वह निर्विघ्न अपना काम करती रहे। ऐसा न हुआ तो मैं शांति से प्राण भी न त्याग सकूँगा। तुम्हारे ऊपर मुझे भरोसा है, क्योंकि तुम निःस्वार्थ हो। प्रभु, मैंने अपने जीवन का बहुत दुरुपयोग किया है। अब पीछे फिरकर उस पर नज़र डालता हूँ, तो उसका कोई भाग ऐसा नहीं दिखायी देता, जिस पर गर्व कर सकूँ। एक मरुस्थल है, जहाँ हरियाली का निशान नहीं। इस संस्था पर मेरे जीवन-पर्यन्त के दुष्कृत्यों का बोझ लदा हुआ है। यही मेरे प्रायश्चित्त का साधन और मेरे मोक्ष का मार्ग है। मेरी सबसे बड़ी अभिलाषा यही है कि मेरा सेवक-दल संसार में कुछ कर दिखाये, उसमें सेवा का अनुराग हो, बलिदान का प्रेम हो, जातीय गौरव का अभिमान हो। जब मैं ऐसे प्राणियों को देश के लिए प्राण-समर्पण करते देखता हूँ, जिनके पास प्राण के सिवा और कुछ नहीं है, तो मुझे अपने ऊपर रोना आता है कि मैंने सब कुछ रखते हुए भी कुछ न किया। मेरे लिए इससे घातक और कोई चोट नहीं है कि यह संस्था विफल-मनोरथ हो। मैं इसके लिए अपना सर्वस्व न्योछावर करने को तैयार हूँ। मैंने दस लाख रुपये इस खाते में जमा कर दिये हैं, और इच्छा है कि इस पर प्रतिवर्ष एक लाख और बढ़ाता जाऊँ। इतने विशाल देश के लिए 100 सेवक बहुत कम हैं। कम-से-कम 500 आदमी होने चाहिए। अगर दस साल भी और जीवित रहा तो शायद मेरी यह मनोकामना पूरी हो जाये। इंद्रदत्त में और सब गुण तो हैं, पर वह उद्दंड स्वभाव का आदमी है। इस कारण मेरा मन उस पर नहीं जमता। मैं तुमसे साग्रह....

डॉक्टर गांगुली आ पहुँचे, और प्रभु सेवक को देखकर बोले–अच्छा, तुम यहाँ कुँअर साहब को मंत्र दे रहा है, तुम्हारा पापा महेन्द्रकुमार को पट्टी पढ़ा रहा है। पर मैंने साफ-साफ कह दिया कि ऐसा बात नहीं हो सकता। तुम्हारा मील है, उसका हानि-लाभ तुमको और तुम्हारे हिस्सेदारों को होगा, गरीबों को क्यों उनके घर से निकालता है; पर मेरी कोई नहीं सुनता। हम कड़वा बात कहता है न, वह काहे को अच्छा लगेगा ? मैं काउंसिल में इस पर प्रश्न करूँगा। यह कोई बात नहीं है कि आप लोग अपने स्वार्थ के लिए दूसरों पर अन्याय करें। शहर का रईस लोग हमसे नाराज हो जायगा, हमको परवा नहीं है; हम तो वहाँ वही करेगा, जो हमारा आत्मा कहेगा। तुमको दूसरे किसिम का आदमी चाहिए, तो बाबा हमसे इस्तीफ़ा ले लो। पर हम पाँड़ेपुर को उजड़ने न देगा।

कुँअर–यह बिचारे तो खुद उस प्रस्ताव का विरोध करते हैं। आज इसी बात पर पिता और पुत्र में मनमुटाव भी हो गया है। यह घर से चले आये हैं, और कारख़ाने से कोई सम्पर्क नहीं

रखना चाहते।

गांगुली—अच्छा, ऐसा बात है। बहुत अच्छा हुआ। ऐसा विचारवान लोग मील का काम नहीं कर सकता। ऐसा लोग मील में जायगा, तो हम लोग कहाँ से आदमी लायगा ? प्रभु, हम बूढ़ा हो गया, कल मर जायगा। तुम हमारा काम क्यों नहीं सँभालता ? हमारा सेवक-दल तुम्हारा रेस्पेक्ट करता है। तुम हमें इस भार से मुक्त कर सकता है। बुड्ढा आदमी और सब कुछ कर सकता है, उत्साह तो उसके बस का बात नहीं ! हम तुमको अब न छोड़ेगा। काउंसिल में इतना काम है कि हमको इस काम के लिए अवकाश ही नहीं मिलता। हम काउंसिल में न गया होता, तो उदयपुर में यह सब कुछ नहीं होने पाता। हम जाकर सबको शांत कर देता। तुम इतना विद्या पढ़कर उसको धन कमाने में लगायगा, छिः छिः !

प्रभु सेवक—मैं तो सेवकों में भरती होने के लिए घर से आया ही हूँ, पर मैं उसका नायक होने के योग्य नहीं हूँ। वह पद आप ही को शोभा देता है। मुझे सिपाहियों ही में रहने दीजिए। मैं इसी को अपने लिए गौरव की बात समझूँगा।

गांगुली—(हँसकर) हः हः, काम तो अयोग्य ही लोग करता है। योग्य आदमी काम नहीं करता, वह बस बातें करता है। योग्य आदमी का आशय है बातूनी आदमी, खाली बात बात, जो जितना ही बात करता है, उतना ही योग्य होता है ! वह काम का ढंग बता देगा; कहाँ कौन भूल हो गया, यह बता देगा; पर काम नहीं कर सकता। हम ऐसा योग्य आदमी नहीं चाहता। हमारे यहाँ बातें करने का काम नहीं है। हम तो ऐसा आदमी चाहता है, जो मोटा खाये, मोटा पहने, गली-गली, नगर-नगर दौड़े, गरीबों का उपकार करे, कठिनाइयों में उनका मदद करे। तो कब से आयेगा ?

प्रभु सेवक—मैं तो अभी से हाज़िर हूँ।

गांगुली—(मुसकराकर) तो पहला लड़ाई तुमको अपने पापा से लड़ना पड़ेगा।

प्रभु सेवक—मैं समझता हूँ, पापा स्वयं इस प्रस्ताव को न उठायेंगे।

गांगुली—नहीं नहीं, वह कभी अपना बात नहीं छोड़ेगा। हमको उससे युद्ध करना पड़ेगा, तुमको उससे लड़ना पड़ेगा। हमारी संस्था न्याय को सर्वोपरि मानती है, न्याय हमको माता-पिता से, धन-दौलत से, नाम और जस से प्यारा है। हम और सब कुछ छोड़ देगा, न्याय को न छोड़ेगा, यही हमारा व्रत है। तुमको खूब सोच-विचारकर तब यहाँ आना होगा।

प्रभु सेवक—मैंने खूब सोच-विचार लिया है।

गांगुली—नहीं-नहीं, जल्दी नहीं है, खूब सोच-विचार लो, यह तो अच्छा नहीं होगा कि एक बार आकर तुम फिर भाग जाये।

प्रभु सेवक—अब मृत्यु ही मुझे इस संस्था से अलग कर सकती है।

गांगुली—मि. जॉन सेवक तुमसे कहेगा, हम न्याय-अन्याय के झगड़े में नहीं पड़ता, तुम हमारा बेटा है, हमारा आज्ञा पालन करना तुम्हारा धर्म है, तो तुम क्या जवाब देगा ?(हँसकर) मेरा बाप ऐसा कहता, तो मैं उससे कभी न कह सकता कि हम तुम्हारा बात न मानेगा। वह हमसे बोला, तुम बैरिस्टर हो जाय, हम इंगलैंड चला गया। वहाँ से बैरिस्टर होकर आ गया। कई साल तक कचहरी जाकर पेपर पढ़ा करता था। जब फ़ादर का डेथ हो गया, तो डाक्टरी पढ़ने

लगा। पिता के सामने हमको यह कहने का हिम्मत नहीं हुआ कि हम कानून नहीं पढ़ेगा।

प्रभु सेवक—पिता का सम्मान करना दूसरी बात है, सिद्धांत का पालन करना दूसरी बात। अगर आपके पिता कहते कि जाकर किसी के घर में आग लगा दो, तो आप आग लगा देते ?

गांगुली—नहीं-नहीं, कभी नहीं, हम कभी आग न लगाता, चाहे पिताजी हमीं को क्यों न जला देता। लेकिन पिता ऐसी आज्ञा दे भी तो नहीं सकता।

सहसा रानी जाह्नवी ने पदार्पण किया, शोक और क्रोध की मूर्ति, भवें झुकी हुईं, माथा सिकुड़ा हुआ, मानो स्नान करके पूजा करने जाते समय कुत्ते ने छू लिया हो। गांगुली को देखकर बोलीं—आपकी तबियत काउंसिल से नहीं थकती, मैं तो ज़िंदगी से थक गयी। जो कुछ चाहती हूँ, वह नहीं होता; जो नहीं चाहती, वही होता है। डॉक्टर साहब, सब कुछ सहा जाता है, बेटे का कुत्सित व्यवहार नहीं सहा जाता, विशेषतः ऐसे बेटे का, जिसके बनाने के लिए कोई बात उठा न रखी गयी हो। दुष्ट जसवंतनगर के विद्रोह में मर गया होता, तो मुझे इतना दुःख न होता।

कुँअर साहब और ज़्यादा न सुन सके। उठकर बाहर चले गये। रानी ने उसी धुन में कहा—यह मेरा दुःख क्या समझेंगे ! इनका सारा जीवन भोग-विलास में बीता है। आत्मसेवा के सामने इन्होंने आदर्शों की चिंता नहीं की। अन्य रईसों की भाँति सुख-भोग में लिप्त रहे। मैंने तो विनय के लिए कठिन तप किया है, उसे साथ लेकर महीनों पहाड़ों में पैदल चली हूँ, केवल इसलिए कि छुटपने ही से उसे कठिनाइयों का आदी बनाऊँ। उसके एक-एक शब्द, एक-एक काम को ध्यान से देखती रही हूँ कि उसमें बुरे संस्कार न आ जायें। अगर वह कभी नौकर पर बिगड़ा है, तो तुरत उसे समझाया है; कभी सत्य से मुँह मोड़ते देखा, तो तुरत तिरस्कार किया। यह मेरी व्यथा क्या जानेंगे ?

यह कहते-कहते रानी की निगाह प्रभु सेवक पर पड़ गयी, जो कोने में खड़ा किताबें उलट-पलट रहा था। उनकी ज़बान बंद हो गयी। आगे कुछ न कह सकीं। सोफ़िया के प्रति जो कठोर वचन मन में थे, वे मन ही में रह गये। केवल गांगुली से इतना बोलीं—'जाते समय मुझसे मिल लीजियेगा', और चली गयीं।

पैंतीस

विनयसिंह आबादी में दाखिल हुए, तो सबेरा हो गया था। थोड़ी दूर चले थे कि एक बुढ़िया लाठी टेकती सामने से आती हुई दिखायी दी। इन्हें देखकर बोली—बेटा, गरीब हूँ। बन पड़े, तो कुछ दे दो। धरम होगा।

नायकराम—सबेरे राम-नाम नहीं लेती, भीख माँगने चल खड़ी हुई। तुझे तो जैसे रात को नींद ही नहीं आयी। माँगने को तो दिन-भर है।

बुढ़िया—बेटा, दुखिया हूँ।

नायकराम—यहाँ कौन सुखिया है। रात-भर भूखों मरे। मासूक की घुड़कियाँ खायीं। पैर तो सीधे पड़ते नहीं, तुम्हें कहाँ से पैसा दें ?

बुढ़िया—बेटा, धूप में मुझसे चला नहीं जाता, सिर में चक्कर आ जाता है। नयीं-नयी बिपत है भैया, भगवान उस अधम पापी विनयसिंह का बुरा करे, उसी के कारण बुढ़ापे में यह दिन देखना पड़ा; नहीं तो बेटा दूकान करता था, हम घर में रानी बनी बैठी रहती थीं, नौकर-चाकर थे, कौन-सा सुख नहीं था। तुम परदेसी हो, न जानते होगे, यहाँ दंगा हो गया था, मेरा लड़का दूकान से हिला तक नहीं, पर उस निगोड़े विनयसिंह ने सहादत दे दी कि यह भी दंगे में मिला हुआ था। पुलिस हमारे ऊपर बहुत दिनों से दाँत लगाये थी, कोई दाँव न पाती थी। यह सहादत पाते ही दौड़ आ गयी, लड़का पकड़ लिया गया और तीन साल की सजा हो गयी। एक हजार जरीबाना हुआ। घर की बीस हजार की गृहस्थी तहस-नहस हो गयी। घर में बहू है, छोटे-छोटे बच्चे हैं, इसी तरह माँग-जाँचकर उनको पालती-पोसती हूँ। न जाने उस कलमुँहे ने कब का बैर निकाला !

विनय ने जेब से एक रुपया निकालकर बुढ़िया को दिया, और आकाश की ओर देखकर ठंडी साँस ली। ऐसी मानसिक वेदना उन्हें कभी न हुई थी।

बुढ़िया ने रुपया देखा, तो चौंक पड़ी। समझी, शायद भूल से दे दिया है। बोली—बेटा, यह तो रुपया है।

विनय ने अवरुद्ध कंठ से कहा—हाँ, ले जाओ, मैंने भूल से नहीं दिया है।

वृद्धा आशीर्वाद देती हुई चली गयी। दोनों आदमी और आगे बढ़े, तो राह में एक कुआँ मिला। उस पर पीपल का एक पेड़ था। एक छोटा-सा मंदिर भी बना हुआ था। नायकराम ने सोचा, यहीं हाथ-मुँह धो लें। दोनों आदमी कुएँ पर गये, तो देखा, एक विप्र महाराज पीपल के नीचे बैठे पाठ कर रहे हैं। जब वह पाठ कर चुके, तो विनय ने पूछा—आपको मालूम है, सरदार नीलकंठ आजकल कहाँ हैं ?

पंडित जी ने कर्कश कंठ से कहा—हम नहीं जानते।

विनय—पुलिस के मंत्री तो होंगे ?

पंडित—कह दिया, मैं नहीं जानता।

विनय—मि. क्लार्क तो दौरे पर होंगे ?

पंडित—मैं कुछ नहीं जानता।

नायकराम—पूजा-पाठ में देस-दुनिया की सुध ही नहीं।

पंडित—हाँ, जब तक मनोकामना न पूरी हो जाय, तब तक मुझे किसी से कुछ सरोकार नहीं। सबेरे-सबेरे तुमने म्लेच्छों का नाम सुना दिया, न जाने दिन कैसे कटेगा।

नायकराम—वह कौन-सी मनोकामना है ?

पंडित—अपने अपमान का बदला।

नायकराम—किससे ?

पंडित—उसका नाम न लूँगा। किसी बड़े रईस का लड़का है। काशी से दीनों की सहायता करने आया था। सैकड़ों घर उजाड़कर न जाने कहाँ चल दिया। उसी के निमित्त यह अनुष्ठान

कर रहा हूँ। यहाँ आधा नगर मेरा यजमान था, सेठ-साहूकार मेरा आदर करते थे। विद्यार्थियों को पढ़ाया करता था। बुराई यह थी कि नाजिम को सलाम करने न जाता था। अमलों की कोई बुराई देखता, तो मुँह पर खोलकर कह देता। इसी से सब कर्मचारी मुझसे जलते थे। पिछले दिनों जब यहाँ दंगा हुआ, तो सबों ने उसी बनारस के गुंडे से मुझ पर राजद्रोह का अपराध लगवा दिया। सजा हो गयी, बेंत पड़ गये, जरीबाना हो गया, मर्यादा मिट्टी में मिल गयी। अब नगर में कोई द्वार पर खड़ा नहीं होने देता। निराश होकर देवी की शरण आया हूँ। पुरश्चरण का पाठ कर रहा हूँ। जिस दिन सुनूँगा कि उस हत्यारे पर देवी ने कोप किया, उसी दिन मेरी तपस्या पूरी हो जायगी। द्विज हूँ, लड़ना-भिड़ना नहीं जानता, मेरे पास इसके सिवा और कौन-सा हथियार है ?

विनय किसी शराबख़ाने से निकलते हुए पकड़ जाते, तो भी इतने शर्मिंदा न होते। उन्हें अब इस ब्राह्मण की सूरत याद आयी, याद आया कि मैंने ही पुलिस की प्रेरणा से इसे पकड़ा दिया था। जेब से पाँच रुपये निकाले, और पंडितजी से बोले—यह लीजिए, मेरी ओर से भी उस नर-पिशाच के प्रति मारण-मंत्र का जाप कर दीजिएगा। उसने मेरा भी सर्वनाश किया है। मैं भी उसके खून का प्यासा हो रहा हूँ।

पंडित—महाराज, आपका भला होगा। शत्रु की देह में कीड़े न पड़ जायँ तो कहिएगा कि कोई कहता था। कुत्तों की मौत मरेगा। यहाँ सारा नगर उसका दुश्मन है। अब तक इसलिए उसकी जान बची कि पुलिस उसे घेरे रहती थी। मगर कब तक ? जिस दिन अकेला घर से निकला, उसी दिन देवी का उस पर कोप गिरा। है वह इसी राज्य में, कहीं बाहर नहीं गया है, और न अब बचकर जा ही सकता है। काल उसके सिर पर खेल रहा है। इतने दीनों की हाय क्या निष्फल हो जायगी ?

जब यहाँ से और आगे चले, तो विनय ने कहा—पंडाजी, जल्दी से एक मोटर ठीक कर लो। मुझे भय लग रहा है कि कोई मुझे पहचान न ले। अपने प्राणों का इतना भय मुझे कभी न हुआ था। अगर ऐसे ही दो-एक दृश्य और सामने आये, तो शायद मैं आत्मघात कर लूँ। आह ! मेरा कितना पतन हुआ है ! और अब तक मैं यही समझ रहा था कि मुझसे कोई अनौचित्य नहीं हुआ। मैंने सेवा का व्रत लिया था, घर से परोपकार करने चला था। खूब परोपकार किया ! शायद ये लोग मुझे जीवन-पर्यन्त न भूलेंगे।

नायकराम—भैया, भूल-चूक आदमी ही से तो होती है, अब उसका पछतावा न करो।

विनय—नायकराम, यह भूल-चूक नहीं है, ईश्वरीय विधान है; ऐसा ज्ञात होता है कि ईश्वर सद्व्रतधारियों की कठिन परीक्षा लिया करते हैं। सेवक का पद इन परीक्षाओं में सफल हुए बिना नहीं मिलता। मैं परीक्षा में गिर गया, बुरी तरह गिर गया।

नायकराम का विचार था कि ज़रा जेल के दारोग़ा साहब का कुशल-समाचार पूछते चलें; लेकिन मौक़ा न देखा, तो तुरंत मोटर-सर्विस के दफ़्तर में गये। वहाँ मालूम हुआ कि दरबार ने सब मोटरों को एक सप्ताह के लिए रोक लिया है।

मिस्टर क्लार्क के कई मित्र बाहर से शिकार खेलने आये हुए थे। अब क्या हो ? नायकराम को घोड़े पर चढ़ना न आता था, और विनय को यह उचित न मालूम होता था कि आप तो

सवार होकर चलें, और वह पाँव-पाँव।

नायकराम—भैया, तुम सवार हो जाओ, मेरी कौन, अभी अवसर पड़ जाय, तो दस कोस जा सकता हूँ।

विनय—तो मैं ही ऐसा कौन मरा जाता हूँ। अब रात की थकावट दूर हो गयी।

दोनों आदमियों ने कुछ जलपान किया, और उदयपुर चले। आज विनय ने जितनी बातें कीं, उतनी शायद और कभी न की थीं, और वह भी नायकराम-जैसे लट्ठ गँवार से। सोफ़ी की तीव्र आलोचना अब उन्हें सर्वथा न्याय-संगत जान पड़ती थी। बोले—पंडाजी, यह समझ लो कि अगर दरबार ने उन सब क़ैदियों को छोड़ न दिया, जो मेरी शहादत से फँसे हैं, तो मैं अपना मुँह किसी को न दिखाऊँगा। मेरे लिए यही एक आशा रह गयी है। तुम घर जाकर माताजी से कह देना कि वह कितना दुखी और अपनी भूल पर कितना लज्जित था !

नायकराम—भैया, तुम घर न जाओगे, तो मैं भी न जाऊँगा। अब तो जहाँ तुम हो, वहीं मैं भी हूँ। जो कुछ बीतेगी, दोनों ही के सिर बीतेगी।

विनय—बस, तुम्हारी यही बात बुरी मालूम होती है। तुम्हारा और मेरा कौन-सा साथ है। मैं पातकी हूँ। मुझे अपने पातकों का प्राश्यचित करना है। तुम्हारे माथे पर कोई कलंक नहीं है। तुम अपना जीवन क्यों नष्ट करोगे ? मैंने अब तक सोफ़िया को न पहचाना था। आज मालूम हुआ कि उसका ह्रदय कितना विशाल है। मुझे उससे कोई शिकायत नहीं है। हाँ, शिकायत केवल इस बात की है कि उसने मुझे अपना न समझा। वह अगर समझती कि यह मेरे हैं, तो मेरी एक-एक बात क्यों पकड़ती, ज़रा-ज़रा-सी बातों पर क्यों गुप्तचरों की भाँति तीव्र दृष्टि रखती ! वह यह जानती है कि मैं ठुकरा दूँगी, तो यह जान पर खेल जायँगे। यह जानकर भी उसने मेरे साथ इतनी निर्दयता क्यों की ? वह यह क्यों भूल गयी कि मनुष्य से भूलें होती ही हैं। संभव है, अपना समझकर ही उसने मुझे यह कठोर दंड दिया हो। दूसरों की बुराइयों की हमें परवा नहीं होती, अपनों ही को बुरी राह चलते देखकर दंड दिया जाता है। मगर अपनों को दंड देते समय इसका तो ध्यान रखना चाहिए कि आत्मीयता का सूत्र न टूटने पाये। यह सोचकर मुझे ऐसा मालूम होता है कि उसका दिल मुझसे सदैव के लिए फिर गया।

नायकराम—ईसाइन है न ! किसी अँगरेज को गाँठेगी !

विनय—तुम बिलकुल बेहूदे हो, बात करने की तमीज़ नहीं है। मैं कहता हूँ, वह अब उम्र-भर ब्रह्मचारिणी रहेगी। तुम उसे क्या जानो, बात समझो न बूझो, चट से कह उठे, किसी अँगरेज़ को गाँठेगी। मैं उसे कुछ-कुछ जानता हूँ। मेरे लिए उसने क्या-क्या नहीं किया, क्या-क्या नहीं सहा। जब उसका प्रेम याद आता है, तो कलेजे में ऐसी पीड़ा होती है कि कहीं पत्थरों से सिर टकराकर प्राण दे दूँ। अब वह अजेय है, उसने अपने प्रेम का द्वार बंद कर लिया। मैंने उस जन्म में न जाने कौन-सी तपस्या की थी, जिसका सुफल इतने दिनों भोगा। अब कोई देवता बनकर भी उसके सामने आये, तो वह उसकी ओर आँख उठाकर भी न देखगी। जनम से ईसाइन भले ही हो, पर संस्कारों से, कर्मों से, वह आर्य महिला है। मैंने उसे कहीं का न रखा। आप भी डूबा, उसे भी ले डूबा। अब तुम देखना कि रियासत को वह कैसा नाकों चने चबवाती है। उसकी वाणी में इतनी शक्ति है कि आन-की-आन में रियासत का निशान मिटा सकती है।

नायकराम—हाँ, है तो ऐसी ही आफत की परकाला।

विनय—फिर वही मूर्खता की बात ! मैं तुमसे कितनी बार कह चुका कि मेरे सामने उसका नाम इज़्ज़त से लिया करो। मैं उसके विषय में किसी के मुख से एक भी अनुचित शब्द नहीं सुन सकता। वह अगर मुझे भालों से छेदे, तो भी उसके प्रति मेरे मन में उपेक्षा का भाव न आयेगा। प्रेम में प्रतिकार नहीं होता। प्रेम अनंत क्षमा, अनंत उदारता, अनंत धैर्य से परिपूर्ण होता है।

यों बातें करते हुए दोनों ने दोपहर तक आधी मंज़िल काटी। दोपहर को आराम करने लगे, तो ऐसै सोये कि शाम हो गयी। रात को वहीं ठहरना पड़ा। सराय मौजूद थी, विशेष कष्ट न हुआ। हाँ, नायकराम को आज ज़िंदगी में पहली बार भंग न मिली, और वह बहुत दुखी रहे। एक तोले भंग के लिए एक से दस रुपये तक देने को तैयार थे, पर आज भाग्य में उपास ही लिखा था। चारों ओर से हारकर वह सिर थाम कुएँ की जगत पर आ बैठे, मानो किसी घर के आदमी की दाह-क्रिया करके आये हों।

विनय ने कहा—ऐसा व्यसन क्यों करते हो कि एक दिन भी उसके बिना न रहा जाये ? छोड़ो इसे, भले आदमी, व्यर्थ में प्राण दिये देते हो।

नायकराम—भैया, इस जन्म में तो छूटती नहीं, आगे की दैव जाने। यहाँ तो मरते समय भी एक गोला सिरहाने रख लेंगे, वसीयत कर जायँगे कि एक सेर भंग हमारी चिता में डाल देना। कोई पानी देने वाला तो है नहीं, लेकिन अगर कभी भगवान ने वह दिन दिखाया, तो लड़कों से कह जाऊँगा कि पिंडे के साथ भंग का पिंडा भी जरूर देना। इसका मजा वही जानता है, जो इसका सेवन करता है।

नायकराम को आज भोजन अच्छा न लगा, नींद न आयी, देह टूटती रही। गुस्से में सराय वाले को खूब गालियाँ दीं। मारने दौड़े। बनिये को डाँटा कि साफ़ शकर क्यों न दी। हलवाई से उलझ पड़े कि मिठाइयाँ क्यों ख़राब दीं। देख तो, तेरी क्या गत बनाता हूँ ! चलकर सीधे सरदार साहब से कहता हूँ। बचा ! दूकान न लुटवा दूँ, तो कहना। जानते हो, मेरा नाम नायकराम है। यहाँ तेल की गंध से घिन है। हलवाई पैरों पड़ने लगा, पर उन्होंने एक न सुनी। यहाँ तक कि धमकाकर उससे 25 रुपये वसूल किये। किंतु चलते समय विनय ने रुपये वापस कर दिये। हाँ, हलवाई को ताकीद कर दी कि ऐसी ख़राब मिठाइयाँ न बनाया करे, और तेल की चीज़ के घी के दाम न लिया करे।

दूसरे दिन दोनों आदमी दस बजते-बजते उदयपुर पहुँच गये। पहला आदमी जो उन्हें दिखायी दिया, वह स्वयं सरदार साहब थे। वह टमटम पर बैठे हुए दरबार से आ रहे थे। विनय को देखते ही घोड़ा रोक दिया, और पूछा आप कहाँ ?

विनय ने कहा—यहीं तो आ रहा था।

सरदार—कोई मोटर न मिला ? हाँ, न मिला होगा। तो टेलीफ़ोन क्यों न कर दिया ? यहाँ से सवारी भेज दी जाती। व्यर्थ इतना कष्ट उठाया।

विनय—मुझे पैदल चलने का अभ्यास है, विशेष कष्ट नहीं हुआ। मैं आज आपसे मिलना चाहता हूँ, और एकांत में। आप कब मिल सकेंगे ?

सरदार—आपके लिए समय निश्चित करने की ज़रूरत नहीं। जब जी चाहे, चले आइयेगा, बल्कि वहीं ठहरियेगा भी।

विनय—अच्छी बात है।

सरदार साहब ने घोड़े को चाबुक लगाया और चल दिये। यह न हो सका कि विनय को भी बिठा लेते, क्योंकि उनके साथ नायकराम को भी बैठाना पड़ता। विनयसिंह ने एक ताँगा लिया, और थोड़ी देर में सरदार साहब के मकान पर पहुँचे।

सरदार साहब ने पूछा—इधर कई दिनों से आपका कोई समाचार नहीं मिला। आपके साथ के और लोग कहाँ हैं ? कुछ मिसेज़ क्लार्क का पता चला ?

विनय—साथ के आदमी तो पीछे हैं; लेकिन मिसेज़ क्लार्क का कहीं पता न चला, सारा परिश्रम विफल हो गया। वीरपालसिंह की तो मैंने टोह लगा ली, उसका घर भी देख आया। पर मिसेज़ क्लार्क की खोज न मिली।

सरदार साहब ने विस्मित होकर कहा—यह आप क्या कह रहे हैं ? मुझे जो सूचना मिली है, वह तो यह कहती है कि आपसे मिसेज़ क्लार्क की मुलाक़ात हुई, और मुझे आपसे होशियार रहना चाहिए। देखिए, मैं वह ख़त आपको दिखाता हूँ।

यह कहकर सरदार साहब मेज़ के पास गये, एक बादामी मोटे काग़ज पर लिखा हुआ ख़त उठा लाये, और विनयसिंह के हाथ में रख दिया।

जीवन में यह पहला अवसर था कि विनय ने असत्य का आश्रय लिया था। चेहरे पर हवाइयाँ उड़ने लगीं। बात क्योंकर निबाहें, यह समझ में न आया। नायकराम भी फ़र्श पर बैठे थे। समझ गये कि यह असमंजस में पड़े हुए हैं। झूठ बोलने और बातें बनाने में अभ्यस्त थे। बोले—कुँअर साहब, जरा मुझे दीजिए, किसका खत है ?

विनय—इंद्रदत्त का।

नायकराम—ओहो ! उस पगले का खत है। वही लौंडा न, जो सेवासमिति में आकर गाया करता था ? उसके माँ-बाप ने घर से निकाल दिया था। सरकार, पगला है। ऐसी ही ऊटपटाँग बातें किया करता है।

सरदार—नहीं, किसी पगले लौंडे की लेखनशैली ऐसी नहीं हो सकती। बड़ा चतुर आदमी है। इसमें कोई संदेह नहीं। उसके पत्र इधर कई दिनों से बराबर मेरे पास आ रहे हैं। कभी मुझे धमकाता है, कभी नीति के उपदेश देता है। किन्तु जो कुछ कहता है, शिष्टाचार के साथ। एक भी अशिष्ट अथवा अनर्गल शब्द नहीं होता। अगर यह वही इंद्रदत्त है, जिसे आप जानते हैं, तो और भी आश्चर्य है। संभव है, उसके नाम से कोई दूसरा आदमी पत्र लिखता हो। यह कोई साधारण शिक्षा पाया हुआ आदमी नहीं मालूम होता।

विनयसिंह तो ऐसे सिटपिटा गये, जैसे कोई सेवक अपने स्वामी का सन्दूक़ खोलता हुआ पकड़ा जाये। मन में झुँझला रहे थे कि मैंने क्यों मिथ्या भाषण किया ? मुझे छिपाने की ज़रूरत ही क्या थी। लेकिन इंद्रदत्त का इस पत्र से क्या उद्देश्य है ? क्या मुझे बदनाम करना चाहता है ?

नायकराम—कोई दूसरा ही आदमी होगा। उसका मतलब यही है कि यहाँ के हाकिमों को

कुँअर साहब से भड़का दे। क्यों भैया, समिति में कोई विद्वान आदमी था ?

विनय—सभी विद्वान थे, उनमें मूर्ख कौन है ? इंद्रदत्त भी उच्च कोटि की शिक्षा पाये हुए हैं। पर मुझे न मालूम था कि वह मुझसे इतना द्वेष रखता है।

यह कहकर विनय ने सरदार साहब को लज्जित नेत्रों से देखा। असत्य का रूप प्रतिक्षण भयंकर तथा मिथ्यांधकार और भी सघन होता जाता था।

तब वह सकुचाते हुए बोले—सरदार साहब, क्षमा कीजिएगा, मैं आपसे झूठ बोल रहा था। इस पत्र में जो कुछ लिखा है, वह अक्षरशः सत्य है। निस्संदेह मेरी मुलाक़ात मिसेज़ क्लार्क से हुई। मैं इस घटना को आपसे गुप्त रखना चाहता था, क्योंकि मैंने उन्हें इसका वचन दे दिया था। वह वहाँ बहुत आराम से हैं, यहाँ तक कि मेरे बहुत आग्रह करने पर भी मेरे साथ न आयीं।

सरदार साहब ने बेपरवाही से कहा—राजनीति में वचन का बहुत महत्त्व नहीं है। अब मुझे आपसे चौकन्ना रहना पड़ेगा। अगर इस पत्र ने मुझे सारी बातों का परिचय न दे दिया होता, तो आपने तो मुझे मुग़ालता देने में कोई बात उठा न रखी थी। आप जानते हैं, हमें आजकल इस विषय में गवर्नमेंट से कितनी धमकियाँ मिल रही हैं। यों कहिए कि मिसेज़ क्लार्क के सकुशल लौट आने पर ही हमारी कारगुज़ारी निर्भर है। ख़ैर, यह क्या बात है ? मिसेज़ क्लार्क आयीं क्यों नहीं ? क्या बदमाशों ने उन्हें आने न दिया ?

विनय—वीरपालसिंह तो बड़ी खुशी से उन्हें भेजना चाहता था। यही एक साधन है, जिससे वह अपनी प्राणरक्षा कर सकता है। लेकिन वह खुद ही आने पर तैयार न हुईं।

सरदार—मिस्टर क्लार्क से नाराज़ तो नहीं हैं ?

विनय—हो सकता है। जिस दिन विद्रोह हुआ था, मिस्टर क्लार्क नशे में अचेत पड़े थे, शायद इसी कारण उनसे चिढ़ गयी हों। ठीक-ठीक कुछ नहीं कह सकता। हाँ, उनसे भेंट होने से यह बात स्पष्ट हो गयी कि हमने जसवंतनगर वालों का दमन करने में बहुत-सी बातें न्याय-विरुद्ध कीं। हमें शंका थी कि विद्रोहियों ने मिसेज़ क्लार्क को या तो क़ैद कर रखा है, या मार डाला है। इसी शंका पर हमने दमन-नीति का व्यवहार किया। सबको एक लाठी से हाँका। किंतु दो बातों में से एक भी सच न निकली। मिसेज़ क्लार्क जीवित हैं और प्रसन्न हैं। वह वहाँ से स्वयं नहीं आना चाहतीं। जसवंतनगर वाले अकारण ही हमारे कोप के भागी हुए, और मैं आपसे बड़े आग्रह से प्रार्थना करता हूँ कि उन ग़रीबों पर दया होनी चाहिए। सैकड़ों निरपराधियों की गरदन पर छुरी फिर रही है।

सरदार साहब जान-बूझकर किसी पर अन्याय न करना चाहते थे, पर अन्याय कर चुकने के बाद अपनी भूल स्वीकार करने का उन्हें साहस न होता था। न्याय करना उतना कठिन नहीं है, जितना अन्याय का शमन करना। सोफ़ी के गुम हो जाने से उन्हें केवल गवर्नमेंट की वक्र दृष्टि का भय था। पर सोफ़ी का पता मिल जाना, समस्त देश के सामने अपनी अयोग्यता और नृशंसता का डंका पीटना था। मिस्टर क्लार्क को खुश करके गवर्नमेंट को खुश किया जा सकता था, पर प्रजा की ज़बान इतनी आसानी से न बंद की जा सकती थी।

सरदार साहब ने कुछ सकुचाते हुए कहा—यह तो मैं मान सकता हूँ कि मिसेज़ क्लार्क जीवित हैं। लेकिन आप तो क्या, ब्रह्मा भी आकर कहें कि वह वहाँ प्रसन्न हैं, और आना नहीं चाहतीं,

तो भी मैं स्वीकार न करूँगा। यह बच्चों की-सी बात है। किसी को अपने घर से इतनी अरुचि नहीं होती कि वह शत्रुओं के साथ रहना पसंद करे। विद्रोहियों ने मिसेज़ क्लार्क को यह कहने के लिए मज़बूर किया होगा। वे मिसेज़ क्लार्क को उस वक़्त तक न छोड़ेंगे, जब तक हम सारे क़ैदियों को मुक्त न कर दें। यह विजेताओं की नीति है, और मैं इसे नहीं मान सकता। मिसेज़ क्लार्क को कड़ी-से-कड़ी यातनाएँ दी जा रही हैं, और उन्होंने उन यातनाओं से बचने के लिए आपसे यह सिफ़ारिश की है, और कोई बात नहीं है।

विनय—मैं इस विचार से सहमत नहीं हो सकता। मिसेज़ क्लार्क बहुत प्रसन्न दिखायी देती थीं। पीड़ित हृदय कभी इतना निश्शंक नहीं हो सकता।

सरदार—यह आपकी आँखों का दोष है। अगर मिसेज़ क्लार्क स्वयं आकर मुझसे कहें कि मैं बड़े आराम से हूँ, तो भी मुझे विश्वास न आयगा। आप नहीं जानते, कि ये लोग किन सिद्धियों से स्वाधीनता पर जान देने वाले प्राणियों पर भी आतंक जमा लेते हैं, यहाँ तक कि उनके पंजे से निकल आने पर भी क़ैदी उन्हीं की-सी कहता है, और उन्हीं की-सी करता है। मैं एक ज़माने में पुलिस का कर्मचारी था। आपसे सच कहता हूँ, मैंने कितने ही राजनीतिक अभियोगों में बड़े-बड़े व्रतधारियों से ऐसे अपराध स्वीकार करा दिये, जिनकी उन्होंने कल्पना तक न की थी। वीरपालसिंह इस विषय में हमसे कहीं चतुर है।

विनय—सरदार साहब, अगर थोड़ी देर के लिए मुझे यह विश्वास भी हो जाये कि मिसेज़ क्लार्क ने दबाव में आकर मुझसे ये बातें कही हैं, तो भी अब ठंडे हृदय से विचार करने पर मुझे ज्ञात हो रहा है कि हमें इतनी निर्दयता से दमन न करना चाहिए था। अब उन अभियुक्तों पर कुछ रिआयत होनी चाहिए।

सरदार—रिआयत राजनीति में पराजय का सूचक है। अगर मैं यह भी मान लूँ कि मिसेज़ क्लार्क वहाँ आराम से हैं, और स्वतंत्र हैं, और हमने जसवंतनगर वालों पर घोर अत्याचार किया, फिर भी मैं रिआयत करने को तैयार नहीं हूँ। रियाअत करना अपनी दुर्बलता और भ्रान्ति की घोषणा करना है। आप जानते हैं, रिआयत का परिणाम क्या होगा ? विद्रोहियों के हौसले बढ़ जायँगे, उनके दिल से रियासत का भय जाता रहेगा, और जब भय न रहा तो राज्य भी नहीं रह सकता। राज्य-व्यवस्था का आधार न्याय नहीं, भय है। भय को आप निकाल दीजिए, और राज्य विध्वंस हो जायगा, फिर अर्जुन की वीरता और युधिष्ठिर का न्याय भी उसकी रक्षा नहीं कर सकता। सौ-दो सौ निरपराधियों का जेल में रहना, राज्य न रहने से कहीं अच्छा है। मगर मैं उन विद्रोहियों को निरपराध क्योंकर मान लूँ ? कई हज़ार आदमियों का सशस्त्र एकत्र हो जाना यह सिद्ध करता है कि वहाँ लोग विद्रोह करने के विचार से ही गये थे।

विनय—किन्तु जो लोग उसमें सम्मिलित न थे, वे तो बेक़सूर हैं ?

सरदार—कदापि नहीं। उनका कर्त्तव्य था कि अधिकारियों को पहले ही से सचेत कर देते। एक चोर को किसी के घर में सेंध लगाते देखकर आप घर वालों को जगाने की चेष्टा न करें, तो आप स्वयं चोर की सहायता कर रहे हैं। उदासीनता बहुधा अपराध से भी भयंकर होती है।

विनय—कम-से-कम इतना तो कीजिए कि जो लोग मेरी शहादत पर पकड़े गये हैं, उन्हें

बरी कर दीजिए।

सरदार—असंभव है।

विनय—मैं शासन-नीति के नाते नहीं, दया और सौजन्य के नाते आपसे यह विनीत आग्रह करता हूँ।

सरदार—कह दिया भाईजान, कि यह असंभव है। आप इसका परिणाम नहीं सोच रहे हैं।

विनय—लेकिन मेरी प्रार्थना को स्वीकार न करने का परिणाम भी अच्छा न होगा। आप समस्या को और जटिल बना रहे हैं।

सरदार—मैं खुले हुए विद्रोह से नहीं डरता। डरता हूँ केवल सेवकों से, प्रजा के हितैषियों से, और उनसे यहाँ की प्रजा का जी भर गया है। बहुत दिन बीत जायँगे, इसके पहले कि प्रजा देश-सेवकों पर फिर विश्वास करे।

विनय—अगर इसी नीयत से आपने मेरे हाथों प्रजा का अनिष्ट कराया, तो आपने मेरे साथ घोर विश्वासघात किया। लेकिन मैं आपको सतर्क किये देता हूँ कि यदि आपने मेरा अनुरोध न माना, तो आप रियासत में ऐसा विप्लव मचा देंगे, जो रियासत की जड़ हिला देगा। मैं यहाँ से मिस्टर क्लार्क के पास जाता हूँ। उनसे भी यही अनुरोध करूँगा, और यदि वह भी न सुनेंगे, तो हिज़ हाइनेस की सेवा में यही प्रस्ताव उपस्थित करूँगा। अगर उन्होंने भी न सुना, तो फिर इस रियासत का मुझसे बड़ा और कोई शत्रु न होगा।

यह कहकर विनयसिंह उठ खड़े हुए, और नायकराम को साथ लिये मिस्टर क्लार्क के बँगले पर जा पहुँचे। वह आज ही अपने शिकारी मित्रों को बिदा करके लौटे थे, और इस समय विश्राम कर रहे थे। विनय ने अरदली से पूछा, तो मालूम हुआ कि साहब कुछ काम कर रहे हैं। विनय बाग़ में टहलने लगे। जब आध घंटे तक साहब ने न बुलाया तो उठे, और सीधे क्लार्क के कमरे में घुस गये। वह इन्हें देखते ही उठ बैठे, और बोले—आइए-आइए, आप ही की याद कर रहा था। कहिए, क्या समाचार है ? सोफ़िया का पता तो आप लगा ही आये होंगे ?

विनय—जी हाँ, लगा आया।

यह कहकर विनय ने क्लार्क से भी वही कथा कही, जो सरदार साहब से कही थी, और वही अनुरोध किया।

क्लार्क—मिस सोफ़ी आपके साथ क्यों नहीं आयीं ?

विनय—यह तो मैं नहीं कह सकता, लेकिन वहाँ उन्हें कोई कष्ट नहीं है।

क्लार्क—तो फिर आपने नयी खोज क्या की ? मैंने तो समझा था, शायद आपके आने से इस विषय पर कुछ प्रकाश पड़ेगा। यह देखिए, सोफ़िया का पत्र है। आज ही आया है। इसे आपको दिखा तो नहीं सकता, पर इतना कह सकता हूँ कि वह इस वक़्त मेरे सामने आ जाये, तो उस पर पिस्तौल चलाने में एक क्षण भी विलंब न करूँगा। अब मुझे मालूम हुआ कि धर्मपरायणता छल और कुटिलता का दूसरा नाम है। इसकी धर्म-निष्ठा ने मुझे बड़ा धोखा दिया। शायद कभी किसी ने इतना बड़ा धोखा न खाया होगा। मैंने समझा था, धार्मिकता से सहृदयता उत्पन्न होती है; पर यह मेरी भ्रान्ति थी। मैं इसकी धर्म-निष्ठा पर रीझ गया। मुझे इंगलैंड की रंगीली युवतियों से निराशा हो गयी थी। सोफ़िया का सरल स्वभाव और धार्मिक प्रवृत्ति देखकर मैंने समझा,

मुझे इच्छित वस्तु मिल गयी। अपने समाज की उपेक्षा करके मैं उसके पास आने-जाने लगा और अंत में प्रोपोज़ किया। सोफ़िया ने स्वीकार तो कर लिया, पर कुछ दिनों तक विवाह को स्थगित रखना चाहा। मैं क्या जानता था कि उसके दिल में क्या है ! राज़ी हो गया। उसी अवस्था में वह मेरे साथ यहाँ आयी, बल्कि यों कहिए कि वही मुझे यहाँ लायी। दुनिया समझती है, वह मेरी विवाहिता थी, कदापि नहीं। हमारी तो मँगनी भी न हुई थी। अब जाकर रहस्य खुला कि वह बोलशेविकों की एजेंट है। उसके एक-एक शब्द से उसकी बोलशेविक प्रवृत्ति टपक रही है। प्रेम का स्वाँग भरकर वह अँगरेज़ों के आंतरिक भावों का ज्ञान प्राप्त करना चाहती थी। उसका यह उद्देश्य पूरा हो गया। मुझसे जो काम निकल सकता था, वह निकालकर उसने मुझे दुत्कार दिया है। विनयसिंह, तुम नहीं अनुमान कर सकते कि मैं उससे कितना प्रेम करता था। इस अनुपम रूप-राशि के नीचे इतनी घोर कुटिलता ! मुझे धमकी दी है कि इतने दिनों में अँगरेज़ी समाज का मुझे जो कुछ अनुभव हुआ है, उसे मैं भारतवासियों के विनोदार्थ प्रकाशित कर दूँगी। वह जो कुछ कहना चाहती है, मैं स्वयं क्यों न बतला दूँ ? अँगरेज़-जाति भारत को अनंत काल तक अपने साम्राज्य का अंग बनाये रखना चाहती है। कंज़रवेटिव हो या लिबरल, रेडिकल हो या लेबर, नेशनलिस्ट हो या सोशलिस्ट, इस विषय में सभी एक ही आदर्श का पालन करते हैं। सोफ़ी के पहले मैं स्पष्ट कह देना चाहता हूँ कि रेडिकल और लेबर नेताओं के धोखे में न आओ। कंज़रवेटिव दल में और चाहे कितनी ही बुराइयाँ हों, वह निर्भीक है, तीक्ष्ण सत्य से नहीं डरता। रेडिकल और लेबर अपने पवित्र और उज्ज्वल सिद्धांतों का समर्थन करने के लिए ऐसी आशाप्रद बातें कह डालते हैं, जिनको व्यवहार में लाने का उन्हें साहस नहीं हो सकता। आधिपत्य त्याग करने की वस्तु नहीं है। संसार का इतिहास केवल इसी शब्द 'आधिपत्य-प्रेम' पर समाप्त हो जाता है। मानव स्वभाव अब भी वही है, जो सृष्टि के आदि में था। अँगरेज़-जाति कभी त्याग के लिए, उच्च सिद्धान्तों पर प्राण देने के लिए प्रसिद्ध नहीं रही। हम सब-के-सब, मैं लेबर हूँ, साम्राज्यवादी हैं। अंतर केवल उस नीति में है, जो भिन्न-भिन्न दल इस जाति पर आधिपत्य जमाये रखने के लिए ग्रहण करते हैं। कोई कठोर शासन का उपासक है, कोई सहानुभूति का, कोई चिकनी-चुपड़ी बातों से काम निकालने का। बस ! वास्तव में नीति कोई है ही नहीं, केवल उद्देश्य है, और वह यह कि क्योंकर हमारा आधिपत्य उत्तरोत्तर सुदृढ़ हो। यही वह गुप्त रहस्य है, जिसको प्रकट करने की मुझे धमकी दी गयी है। यह पत्र मुझे न मिला होता, तो मेरी आँखों पर परदा पड़ा रहता, और मैं सोफ़ी के लिए क्या कुछ न कर डालता। पर इस पत्र ने मेरी आँखें खोल दीं, और अब मैं आपकी सहायता नहीं कर सकता, बल्कि आपसे भी अनुरोध करता हूँ कि इस बोलशेविक आंदोलन को शांत करने में रियासत की सहायता कीजिए। सोफ़ी-जैसी चतुर, कार्यशील, धुन की पक्की युवती के हाथों में यह आन्दोलन कितना भयंकर हो सकता है, इसका अनुमान करना कठिन नहीं है।

विनय यहाँ से भी निराश होकर बाहर निकले, तो सोचने लगे, अब महाराजा साहब के पास जाना व्यर्थ है। वह साफ़ कह देंगे, जब मंत्री और एजेंट कुछ नहीं कर सकते, तो मैं क्या कर सकता हूँ। लेकिन जी न माना, ताँगे वाले को राज्यभवन की ओर चलने का हुक्म दिया।

नायकराम—क्या गिटपिट करता रहा ? आया राह पर ?

विनय—यही राह पर आ जाता, तो महाराजा साहब के पास क्यों चलते ?

नायकराम—हज़ार-दो-हज़ार माँगता हो, तो दे क्यों नहीं देते ? अफ़सर छोटे हों या बड़े सभी लोभी होते हैं।

विनय—क्या पागलों की-सी बात करते हो ! अँगरेज़ों में अगर ये बुराइयाँ होतीं, तो इस देश से ये लोग कब के सिधार गये होते। यों अँगरेज़ भी रिश्वत लेते हैं, देवता नहीं हैं, पहले-पहले अँगरेज़ यहाँ आये थे, वे तो पूरे डाकू थे, लेकिन अपने राज्य का अपकार करके ये लोग कभी अपना उपकार नहीं करते। रिश्वत भी लेंगे, तो उसी दशा में जब राज्य को उससे कोई हानि न पहुँचे।

नायकराम चुप हो रहे। ताँगा राज्यभवन की ओर जा रहा था। रास्ते में कई सड़कें, कई पाठशालाएँ, कई चिकित्सालय मिले। इन सबों के नाम अँगरेज़ी थे। यहाँ तक कि एक पार्क मिला, वह भी किसी अँगरेज़ एजेंट के नाम से संस्कृत था। ऐसा जान पड़ता था, कोई भारतीय नगर नहीं, अँगरेज़ों का शिविर है। ताँगा जब राज्यभवन के सामने पहुँचा, तो विनयसिंह उतर पड़े, और महाराजा साहब के प्राइवेट सेक्रेटरी के पास गये। यह एक अँगरेज़ था। विनय से हाथ मिलाते हुए बोला—महाराजा साहब तो अभी पूजा पर है। ग्यारह बजे बैठा था, चार बजे उठेगा। क्या आप लोग इतनी देर तक पूजा किया करता है ?

विनय—हमारे यहाँ ऐसे-ऐसे पूजा करने वाले हैं, जो कई-कई दिनों तक समाधि में मग्न रहते हैं। पूजा का वह भाग, जिसमें परमात्मा या अन्य देवतों से कल्याण की याचना की जाती है, शीघ्र ही समाप्त हो जाता है; लेकिन वह भाग, जिसमें योग-क्रियाओं द्वारा आत्मशुद्धि की जाती है, बहुत विशद होता है।

सेक्रेटरी—हम जिस राजा के साथ पहले था, वह सबेरे से दो बजे तक पूजा करता था, तब भोजन करता था, और चार बजे सोता था। फिर नौ बजे पूजा पर बैठ जाता था और दो बजे रात को उठता था। वह एक घंटे के लिए सूर्यास्त के समय बाहर निकलता था। पर इतनी लम्बी पूजा मेरे विचार में अस्वाभाविक है। मैं समझता हूँ कि यह न तो उपासना है, न आत्मशुद्धि की क्रिया, केवल एक प्रकार की अकर्मण्यता है।

विनय का चित्त इस समय इतना व्यग्र हो रहा था कि उन्होंने इस कटाक्ष का कुछ उत्तर न दिया। सोचने लगे—अगर राजा साहब ने भी साफ़ जवाब दिया, तो मेरे लिए क्या करना उचित होगा ? अभी इतने बेगुनाहों के खून से हाथ रँगे हुए हैं, कहीं सोफ़ी ने गुप्त हत्याओं का अभिनय आरंभ किया, तो उनका खून भी मेरी ही गरदन पर होगा। इस विचार से वह इतने व्याकुल हुए कि एक ठंडी साँस लेकर आराम-कुर्सी पर लेट गये, और आँखें बन्द कर लीं। यों वह नित्य संध्या करते थे, पर आज पहली बार ईश्वर से दया-प्रार्थना की। रात-भर के जागे, दिन-भर के थके थे ही, एक झपकी आ गयी। जब आँखें खुलीं, तो चार बज चुके थे। सेक्रेटरी से पूछा—अब तो हिज़ हाइनेस पूजा पर से उठ गये होंगे ?

सेक्रेटरी—आपने तो एक लंबी नींद ले ली।

यह कहकर उसने टेलीफ़ोन द्वारा कहा—कुँअर विनयसिंह हिज़ हाइनेस से मिलना चाहते हैं। एक क्षण में जवाब आया—आने दो।

विनयसिंह महाराज के दीवानेख़ास में पहुँचे। वहाँ कोई सजावट न थी, केवल दीवारों पर देवतों के चित्र लटके हुए थे। क़ालीन के फ़र्श पर सफ़ेद चादर बिछी हुई थी। महाराज साहब मसनद पर बैठे हुए थे। उनकी देह पर केवल एक रेशमी चादर थी, और गले में एक तुलसी की माला। मुख से साधुता झलक रही थी। विनय को देखते ही बोले—आओ जी, बहुत दिन लगा दिये। मिस्टर क्लार्क की मेम का कुछ पता चला ?

विनय—जी हाँ, वीरपालसिंह के घर है, और बड़े आराम से है। वास्तव में अभी मिस्टर क्लार्क से उसका विवाह नहीं हुआ है, केवल मँगनी हुई है। इनके पास आने पर राज़ी नहीं होती है। कहती है, मैं यहीं बड़े आराम से हूँ, और मुझे भी ऐसा ही ज्ञात होता है।

महाराजा—हरि-हरि ! यह तो तुमने विचित्र बात सुनायी ! इनके पास आती ही नहीं ! समझ गया, उन सबों ने वशीकरण कर दिया होगा। शिव-शिव ! इनके पास आती ही नहीं !

विनय—अब विचार कीजिए कि वह तो जीवित है, और सुखी है, और यहाँ हम लोगों ने कितने ही निरपराधियों को जेल में डाल दिया, कितने ही घरों को बरबाद कर दिया, और कितनों ही को शारीरिक दंड दिये।

महाराज़ा—शिव-शिव ! घोर अनर्थ हुआ !

विनय—भ्रम में हम लोगों ने ग़रीबों पर कैसे-कैसे अत्याचार किये कि उनकी याद ही से रोमांच हो आता है ! महाराज बहुत उचित कहते हैं, घोर अनर्थ हुआ। ज्यों ही यह बात लोगों को मालूम हो जायगी, जनता में हाहाकार मच जायगा। इसलिए अब यही उचित है कि हम अपनी भूल स्वीकार कर लें, और क़ैदियों को मुक्त कर दें।

महाराजा—हरि-हरि, यह क़ैसे होगा बेटा ? राजों से भी कहीं भूल होती है ! शिव-शिव ! राजा तो ईश्वर का अवतार है। हरि-हरि ! वह एक बार जो कर देता है, उसे फिर नहीं मिटा सकता। शिव-शिव ! राजा का शबद ब्रह्म-लेख है, वह नहीं मिट सकता, हरि-हरि !

विनय—अपनी भूल स्वीकार करने में जो गौरव है, वह अन्याय को चिरायु रखने में नहीं है। अधीश्वरों के लिए क्षमा ही शोभा देती है। क़ैदियों को मुक्त करने की आज्ञा दी जाये, जुरमाने के रुपये लौटा दिये जायँ, और जिन्हें शारीरिक दंड दिये गये हैं, उन्हें धन देकर संतुष्ट किया जाये। इससे आपकी कीर्ति अमर हो जायगी, लोग आपका यश गायेंगे, और मुक्त कंठ से आशीर्वाद देंगे।

महाराजा—शिव-शिव ! बेटा, तुम राजनीति की चालें नहीं जानते। यहाँ एक क़ैदी भी छोड़ा गया, और रियासत पर वज्र गिरा। सरकार कहेगी, मेम को न जाने किस नीयत से छिपाये हुए हैं, कदाचित उस पर मोहित है, तभी तो पहले दंड का स्वाँग भरकर अब विद्रोहियों को छोड़े देता है ! शिव-शिव ! रियासत धूल में मिल जायगी, रसातल को चली जायगी। कोई न पूछेगा कि यह सच है या झूठ। कहीं इस पर विचार न होगा। हरि-हरि ! हमारी दशा साधारण अपराधियों से भी गयी-बीती है। उन्हें तो सफ़ाई देने का अवसर दिया जाता है, न्यायालय में उन पर कोई धारा लगायी जाती है, और उसी धारा के अनुसार उन्हें दंड दिया जाता है। हमसे कौन सफ़ाई लेता है, हमारे लिए कौन-सा न्यायालय है ! हरि-हरि ! हमारे लिए न कोई क़ानून है, न कोई धारा। जो अपराध चाहा, लगा दिया; जो दंड चाहा, दे दिया। न कहीं अपील है, न फ़रियाद।

राजे विषय-प्रेमी कहलाते ही हैं, उन पर यह दोषारोपण होते कितनी देर लगती है ! कहा जायेगा, तुमने क्लार्क की अति रूपवती मेम को अपने रनिवास में छिपा लिया, और झूठमूठ उड़ा दिया कि वह गुम हो गयी ? हरि-हरि ! शिव-शिव ! सुनता हूँ, बड़ी रूपवती स्त्री है, चाँद का टुकड़ा है, अप्सरा है। बेटा, इस अवस्था में यह कलंक न लगाओ। वृद्धावस्था भी हमें ऐसे कुत्सित दोषों से नहीं बचा सकती। मशहूर है, राजा लोग रसादि का सेवन करते हैं, इसलिए जीवन-पर्यंत हृष्ट-पुष्ट बने रहते हैं। शिव-शिव ! यह राज्य नहीं है, अपने कर्मों का दंड है। नकटा जिया बुरे हवाल। शिव-शिव ! अब कुछ नहीं हो सकता। सौ-पचास निर्दोष मनुष्यों का जेल में पड़ा रहना कोई असाधारण बात नहीं। वहाँ भी तो भोजन-वस्त्र मिलता ही है। अब तो जेलख़ानों की दशा बहुत अच्छी है। नये-नये कुरते दिये जाते हैं, भोजन भी अच्छा दिया जाता है। हाँ, तुम्हारी ख़ातिर से इतना कर सकता हूँ कि जिन परिवारों का कोई रक्षक न रह गया हो, अथवा जो जुरमाने के कारण दरिद्र हो गये हों, उन्हें गुप्त रीति से कुछ सहायता दे दी जाये। हरि-हरि ! तुम अभी क्लार्क के पास तो नहीं गये थे ?

विनय—गया था, वहीं से तो आ रहा हूँ।

महाराजा—(घबराकर) उनसे यह तो नहीं कह दिया कि मेम साहब बड़े आराम से हैं, और आने पर राज़ी नहीं हैं ?

विनय—यह भी कह दिया, छिपाने की कोई बात न थी। किसी भाँति उन्हें धैर्य तो हो।

महाराजा—(जाँघ पर हाथ पटककर) सर्वनाश कर दिया ! हरि-हरि ! चौपट नाश कर दिया। शिव-शिव ! आग तो लगा दी, अब मेरे पास क्यों आये हो ? शिव-शिव ! क्लार्क कहेगा, क़ैदी क़ैद में आराम से है, तो इसमें कुछ-न-कुछ रहस्य है। अवश्य कहेगा ! ऐसा कहना स्वाभाविक भी है। मेरे अदिन आ गये, शिव-शिव ! मैं इस आक्षेप का क्या उत्तर दूँगा ! भगवन्, तुमने घोर संकट में डाल दिया—यही कहते हैं बचपन की बुद्धि ! वहाँ न जाने कौन-सा शुभ समाचार कहने दौड़े थे। पहले प्रजा को भड़काया, रियासत में आग लगायी, अब यह दूसरा आघात किया। मूर्ख ! तुझे क्लार्क से कहना चाहिए था, वहाँ मेम को नाना प्रकार के कष्ट दिये जा रहे हैं, अनेक यातनाएँ मिल रही हैं। ओह ! शिव-शिव !

सहसा प्राइवेट सेक्रेटरी ने फ़ोन में कहा—मिस्टर क्लार्क आ रहे हैं।

महाराजा ने खड़े होकर कहा—आ गया यमदूत, आ गया। कोई है ? कोट-पतलून लाओ। तुम जाओ विनय, चले जाओ, रियासत से चले जाओ। फिर मुझे मुँह मत दिखाना, जल्दी पगड़ी लाओ, यहाँ से उग़ालदान हटा दो।

विनय को आज राजा से घृणा हो गयी। सोचा, इतना नैतिक पतन, इतनी कायरता ! यों राज्य करने से डूब मरना अच्छा है ! वह बाहर निकले, तो नायकराम ने पूछा—कैसी छनी ?

विनय—इनकी तो मारे भय के आप ही जान निकली जाती है। ऐसा डरते हैं, मानो मिस्टर क्लार्क कोई शेर हैं, और इन्हें आते-ही-आते खा जायँगे। मुझसे तो इस दशा में एक दिन भी न रहा जाता।

नायकराम—भैया, मेरी तो अब सलाह है कि घर लौट चलो, इस जंजाल में कब तक जान खपाओगे ?

विनय ने सजल नयन होकर कहा—पंडाजी, कौन मुँह लेकर घर जाऊँ ? मैं अब घर जाने योग्य नहीं रहा। माताजी मेरा मुँह न देखेंगी। चला था जाति की सेवा करने, जाता हूँ सैकड़ों परिवारों का सर्वनाश करके। मेरे लिए तो अब डूब मरने के सिवा और कुछ नहीं रहा। न घर का रहा, न घाट का। मैं समझ गया नायकराम, मुझसे कुछ न होगा, मेरे हाथों किसी का उपकार न होगा, मैं विष बोने ही के लिए पैदा किया गया हूँ, मैं सर्प हूँ, जो काटने के सिवा और कुछ कर ही नहीं सकता। जिस पामर प्राणी को प्रांत-का-प्रांत गालियाँ दे रहा हो, जिसके अहित के लिए अनुष्ठान किये जा रहे हों, उसे संसार पर भार-स्वरूप रहने का क्या अधिकार है ? आज मुझ पर कितने बेकसों की आहें पड़ रही हैं; मेरे कारण जितना आँसू बहा है, उसमें मैं डूब सकता हूँ। मुझे जीवन से भय लग रहा है; जितना जिऊँगा, उतना ही अपने ऊपर पापों का भार बढ़ाऊँगा। इस वक़्त अगर अचानक मेरी मृत्यु हो जाय, तो समझूँ, ईश्वर ने मुझे उबार लिया।

इस तरह ग्लानि में डूबे हुए विनय उस मकान में पहुँचे, जो रियासत की ओर से उन्हें ठहरने को मिला था। विनय को देखते ही नौकर-चाकर दौड़े, कोई पानी खींचने लगा, कोई झाड़ू देने लगा, कोई बरतन धोने लगा। विनय ताँगे से उतरकर सीधे दीवानख़ाने में गये। अंदर क़दम रखा ही था कि मेज़ पर एक बन्द लिफ़ाफ़ा मिला। विनय का हृदय धक-धक करने लगा। यह रानी जाह्नवी का पत्र था। लिफ़ाफ़ा खोलने की हिम्मत न पड़ी। कोई माता परदेस में पड़े हुए बीमार बेटे का तार पाकर इतनी शंकातुर न होती होगी। लिफ़ाफ़ा हाथ में लिये हुए सोचने लगे—इसमें मेरी भर्त्सना के सिवा और क्या होगा ? इन्द्रदत्त ने जो कुछ ज़बानी कहा है, वही अधिक तीव्र शब्दों में यहाँ दुहराया गया होगा। लिफ़ाफ़ा ज्यों-का-त्यों रख दिया, और सोचने लगे—अब क्या करना चाहिए ? क्यों न यहाँ बाज़ार में खड़े होकर जनता को सूचित कर दूँ कि दरबार तुम्हारे साथ यह अन्याय कर रहा है ? लेकिन इस समय पीड़ित जनता को सहायता की ज़रूरत है, धन कहाँ से आये ? पिताजी को लिखूँ कि आप इस समय मेरे पास जितने रुपये भेज सकें, भेज दीजिए ? रुपये आ जायँ, तो यहाँ अनाथों में बाँट दूँ ? नहीं, सबसे पहले वाइसराय से मिलूँ, और यहाँ की यथार्थ स्थिति उनसे बयान करूँ। संभव है, वह दरबार पर दबाव डालकर क़ैदियों को मुक्त करा दें। यही ठीक है। अब मुझे सब काम छोड़कर वाइसराय से मिलना चाहिए।

वह यात्रा की तैयारियाँ करने लगे, लेकिन रानीजी के पत्र की याद, सिर पर लटकती हुई नंगी तलवार की भाँति, उन्हें उद्विग्न कर रही थी। आख़िर उनसे न रहा गया, पत्र खोलकर पढ़ने लगे :

विनय, आज से कई मास पहले मैं तुम्हारी माता होने पर गर्व करती थी, पर आज तुम्हें पुत्र कहते हुए लज्जा से गड़ी जाती हूँ। तुम क्या थे, क्या हो गये ! और, अगर यही दशा रही, तो अभी और न जाने क्या हो जाओगे। अगर मैं जानती कि तुम इसी भाँति मेरा सिर नीचा करोगे, तो आज तुम इस संसार में न होते। निर्दयी ! इसीलिए तूने मेरी कोख में जन्म लिया था ! इसीलिए मैंने तुझे अपना हृदय-रक्त पिला-पिलाकर पाला था ! चित्रकार जब कोई चित्र बनाते-बनाते देखता है कि इससे मेरे मन के भाव व्यक्त नहीं होते, तो वह तुरत उसे मिटा देता है। उसी भाँति मैं तुझे भी मिटा देना चाहती हूँ। मैंने ही तुम्हें रचा है। मैंने ही तुम्हें यह देह प्रदान की है। आत्मा कहीं से आयी है, देह मेरी है। मैं उसे तुमसे वापस माँगती हूँ। अगर

तुममें अब भी कुछ आत्मसम्मान है, तो मेरी अमानत मुझे लौटा दो। तुम्हें जीवित देखकर मुझे दुःख होता है। जिस काँटे से हृदय में वेदना हो रही है, उसे निकाल सकूँ, तो क्यों न निकाल दूँ ! क्या तुम मेरी यह अंतिम अभिलाषा पूरी करोगे ? या अन्य अभिलाषाओं की भाँति इसे भी धूल में मिला दोगे ? मैं अब भी तुम्हें इतना लज्जा-शून्य नहीं समझती, नहीं तो मैं स्वयं आती, और तुम्हारे मर्मस्थल से वह वस्तु निकाल लेती, जो तुम्हारी कुमति का मूल है। क्या तुम्हें मालूम नहीं कि संसार में कोई ऐसी वस्तु भी है, जो संतान से भी अधिक प्रिय होती है? वह आत्मगौरव है। अगर तुम्हारे-जैसे मेरे सौ पुत्र होते, तो मैं उन सबों को उसकी रक्षा के लिए बलिदान कर देती। तुम समझते होगे, मैं क्रोध से बावली हो गयी हूँ। यह क्रोध नहीं है, अपनी आत्मवेदना का रोदन है। जिस माता की लेखनी से ऐसे निर्दय शब्द निकलें, उसके शोक, नैराश्य और लज्जा का अनुमान तुम-जैसे दुर्बल प्राणी नहीं कर सकते। अब मैं और कुछ न लिखूँगी। तुम्हें समझाना व्यर्थ है। जब उम्र-भर की शिक्षा निष्फल हो गयी, तो एक पत्र की शिक्षा का क्या फल होगा ! अब केवल दो इच्छाएँ हैं—ईश्वर से तो यह कि तुम-जैसी संतान सातवें वैरी को भी न दे, और तुमसे यह कि अपने जीवन की इस क्रूर लीला को समाप्त करो।

विनय यह पत्र पढ़कर रोये नहीं, क्रुद्ध नहीं हुए, ग्लानि भी नहीं हुए। उनके नेत्र गर्वोत्तेजना से चमक उठे, मुख-मंडल पर आरक्त तेज की आभा दिखायी दी, जैसे किसी कवीश्वर के मुख से अपने पूर्वजों की वीरगाथा सुनकर मनचले राजपूत का मुख तमतमा उठे—माता, तुम्हें धन्य है। स्वर्ग में बैठी हुई वीर राजपूतानियों की वीर आत्माएँ तुम्हारी आदर्शवादिता पर गर्व करती होंगी ! मैंने अब तक तुम्हारी अलैकिक वीरता का परिचय न पाया था। तुमने भारत की विदुषियों का मस्तक उन्नत कर दिया। देवी ! मैं स्वयं अपने को तुम्हारा पुत्र कहते हुए लज्जित हूँ ! हाँ, मैं तुम्हारा पुत्र कहलाने के योग्य नहीं हूँ। तुम्हारे फ़ैसले के आगे सिर झुकाता हूँ। अगर मेरे पास सौ जानें होतीं, तो उन सबों को तुम्हारे आत्मगौरव की रक्षा के लिए बलिदान कर देता। अभी इतना निर्लज्ज नहीं हुआ हूँ। लेकिन यों नहीं। मैं तुम्हें इतना संतोष देना चाहता हूँ कि तुम्हारा पुत्र जीना नहीं जानता, पर मरना जानता है। अब विलम्ब क्यों ? जीवन में जो कुछ न करना था, वह सब कर चुका। उसके अंत का इससे उत्तम और कौन अवसर मिलेगा ? यह मस्तक केवल एक बार तुम्हारे चरणों पर तड़पेगा। सम्भव है, अंतिम समय तुम्हारा पवित्र आशीर्वाद पा जाऊँ, शायद तुम्हारे मुख से ये पावन शब्द निकल जायँ कि 'मुझे तुमसे ऐसी ही आशा थी, तूने जीना न जाना, लेकिन मरना जानता है।' यदि अंत समय भी तुम्हारे मुख से 'प्रिय पुत्र', ये दो शब्द सुन सका, तो मेरी आत्मा शांत हो जायगी, और नरक में भी सुख का अनुभव करेगी। काश ! ईश्वर ने पर दिये होते, तो उड़कर तुम्हारे पास पहुँच जाता।

विनय ने बाहर की तरफ़ देखा। सूर्यदेव किसी लज्जित प्राणी की भाँति अपना कांतिहीन मुख पर्वतों की आड़ में छिपा चुके थे। नायकराम पल्थी मारे भंग घोट रहे थे। यह काम वह सेवकों से नहीं लेते थे। कहते—यह भी एक विद्या है, कोई हल्दी मसाला तो है नहीं कि जो चाहे, पीस दे। इसमें बुद्धि खर्च करनी पड़ती है, तब जाकर बूटी बनती है। कल नागा भी हो गया था। तन्मय होकर भंग पीसते और रामायण की दो-चार चौपाइयाँ, जो याद थीं, लय से गाते जाते थे। इतने में विनय ने बुलाया।

नायकराम—क्या है भैया ? आज मजेदार बूटी बन रही है। तुमने कभी काहे को पी होगी। आज थोड़ी-सी ले लेना, सारी थकावट भाग जायगी।

विनय—अच्छा, इस वक़्त बूटी रहने दो। अम्माँजी का पत्र आया है, घर चलना है, एक ताँगा ठीक कर लो।

नायकराम—भैया, तुम्हारे तो सब काम उतावली के होते हैं। घर चलना है, तो कल आराम से चलेंगे। बूटी छानकर रसोई बनाता हूँ। तुमने बहुत काश्मीरी रसोइयों का बनाया हुआ खाना खाया है, आज जरा मेरे हाथ के भोजन का भी स्वाद लो।

विनय—अब घर पहुँचकर ही तुम्हारे हाथ के भोजन का स्वाद लूँगा।

नायकराम—माताजी ने बुलाया होगा ?

विनय—हाँ, बहुत जल्द।

नायकराम—अच्छा, बूटी तो तैयार हो जाये। गाड़ी तो नौ बजे रात को जाती है।

विनय—नौ बजने में देर नहीं है। सात तो बज ही गये होंगे।

नायकराम—जब तक असबाब बँधवाओ, मैं जल्दी से बनाये लेता हूँ। तकदीर में इतना सुख भी नहीं लिखा है कि निश्चिंत होकर बूटी तो बनाता।

विनय—असबाब कुछ नहीं जायगा। मैं घर से कोई असबाब लेकर नहीं आया था। यहाँ से चलते समय घर की कुंजी सरदार साहब को दे देनी होगी।

नायकराम—और यह सारा असबाब ?

विनय—कह दिया कि मैं कुछ न ले जाऊँगा।

नायकराम—भैया, तुम कुछ न लो; पर मैं तो यह दुसाला और यह संदूक जरूर लूँगा। जिधर से दुसाला ओढ़कर निकल जाऊँगा, देखने वाले लोट जायँगे।

विनय—ऐसी घातक वस्तु लेकर क्या करोगे, जिसे देखकर ही सुथराव हो जाय। यहाँ की कोई चीज़ मत छूना, जाओ।

नायकराम भाग्य को कोसते हुए घर से निकले, तो घंटे-भर तक गाड़ी का किराया ठीक करते रहे। आख़िर जब यह जटिल समस्या किसी विधि न हल हुई, तो एक को ज़बरदस्ती पकड़ लाये। ताँगे वाला भुनभुनाता हुआ आया—सब हाकिम-ही-हाकिम तो हैं, मुदा जानवर के पेट को भी तो कुछ मिलना चाहिए। कोई माई का लाल यह नहीं सोचता कि दिन-भर के बेगार में मरेगा, क्या आप खायेगा, क्या जानवर को खिलायेगा, क्या बाल-बच्चों को देगा। उस पर निरखनामा लिखकर गली-गली लटका दिया। बस, ताँगे वाले ही सबको लूटे खाते हैं, और तो जितने अमले-मुलाजिम हैं, सब दूध के धोये हुए हैं। बकचा ढो ले, भीख माँग खाये, मगर ताँगा कभी न चलाये।

ज्यों ही ताँगा द्वार पर आया, विनय आकर बैठ गये, लेकिन नायकराम अपनी अधघुटी बूटी क्योंकर छोड़ते। जल्दी-जल्दी रगड़ी, छानकर पी, तमाखू खायी, आईना के सामने खड़े होकर पगड़ी बाँधी, आदमियों को राम-राम कहा, और दुशाले को सचेष्ट नेत्रों से ताकते हुए बाहर निकले। ताँगा चला। सरदार साहब का घर रास्ते ही में था। वहाँ जाकर नायकराम ने कुंजी उनके द्वारपाल के हवाले की, और आठ बजते-बजते स्टेशन पर पहुँच गये। नायकराम ने सोचा,

राह में तो कुछ खाने को मिलेगा नहीं, और गाड़ी पर भोजन करेंगे कैसे, दौड़कर पूरियाँ लीं, पानी लाये, और खाने बैठ गये। विनय ने कहा, मुझे अभी इच्छा नहीं है। वह खड़े गाड़ियों की समय-सूची देख रहे थे कि यह गाड़ी अजमेर कब पहुँचेगी, दिल्ली में कौन-सी गाड़ी मिलेगी। सहसा क्या देखते हैं कि एक बुढ़िया आर्तनाद करते हुए चली आ रही है। दो-तीन आदमी उसे सँभाले हुए हैं। वह विनयसिंह के समीप ही आकर बैठ गयी। विनय ने पूछा, तो मालूम हुआ कि इसका पुत्र जसवंतनगर की जेल का दारोग़ा था, उसे दिन-दहाड़े किसी ने मार डाला। अभी समाचार आया है, और यह बेचारी शोकातुरा माता यहाँ से जसवंतनगर जा रही है। मोटर वाले किराया बहुत माँगते थे, इसलिए रेलगाड़ी से जाती है। रास्ते में उतरकर बैलगाड़ी कर लेगी। एक ही पुत्र था, बेचारी को बेटे का मुँह देखना भी न बदा था।

विनयसिंह को बड़ा दुःख हुआ—दारोग़ा बड़ा सीधा-सादा आदमी था। क़ैदियों पर बड़ी दया किया करता था। उससे किसी को क्या दुश्मनी हो सकती थी ? उन्हें तुरंत संदेह हुआ कि यह भी वीरपालसिंह के अनुयायियों की क्रूर लीला है। सोफ़ी ने कोरी धमकी न दी थी। मालूम होता है, उसने गुप्त हत्याओं के साधन एकत्र कर लिये हैं। भगवन् मेरे दुष्कृत्यों का क्षेत्र कितना विस्तृत है ! इन हत्याओं का अपराध मेरी गरदन पर है, सोफ़ी की गरदन पर नहीं। सोफ़िया जैसी करुणामयी, विवेकशीला, धर्मनिष्ठ रमणी मेरी ही दुर्बलता से प्रेरित होकर हत्या-मार्ग पर अग्रसर हुई है। ईश्वर ! क्या अभी मेरी यातनाओं की मात्रा पूरी नहीं हुई ? मैं फिर सोफ़िया के पास जाऊँगा, अवश्य जाऊँगा, और उसके चरणों पर सिर रखकर विनीत भाव से कहूँगा—देवी ! मैं अपने किये का दंड पा चुका, अब यह लीला समाप्त कर दो, अन्यथा यहीं तुम्हारे सामने प्राण त्याग दूँगा ! लेकिन सोफ़ी को पाऊँ कहाँ ? कौन मुझे उस दुर्गम दुर्ग तक ले जायेगा ?

जब गाड़ी आयी, तो विनय ने वृद्धा को अपनी ही गाड़ी में बैठाया। नायकराम दूसरी गाड़ी पर बैठे, क्योंकि विनय के सामने उन्हें मुसाफ़िरों से चुहल करने का मौक़ा न मिलता। गाड़ी चली। आज पुलिस के सिपाही प्रत्येक स्टेशन पर टहलते हुए नज़र आते थे। दरबार ने मुसाफ़िरों की रक्षा के लिए यह विशेष प्रबंध किया था। किसी स्टेशन पर मुसाफ़िर सवार होते न नज़र आते थे। विद्रोहियों ने कई जागीरदारों को लूट लिया था।

पाँचवें स्टेशन से थोड़ी दूर पर एकाएक गाड़ी रुक गयी। वहाँ कोई स्टेशन न था। लाइन के नीचे कई आदमियों की बातचीत सुनायी दी। फिर किसी ने विनय के कमरे का द्वार खोला। विनय ने पहले तो आगन्तुक को रोकना चाहा, गाड़ी में बैठते ही उनका साम्यवाद स्वार्थ का रूप धारण कर लेता था, यह भी संदेह हुआ कि डाकू न हों, लेकिन निकट से देखा, तो किसी स्त्री के हाथ थे, अलग हट गये, और एक क्षण में एक स्त्री गाड़ी पर चढ़ आयी। विनय देखते ही पहचान गये। वह मिस सोफ़िया थी। उसके बैठते ही गाड़ी फिर चलने लगी।

सोफ़िया ने गाड़ी में आते ही विनय को देखा, तो चेहरे का रंग उड़ गया। जी में आया, गाड़ी से उतर जाऊँ; पर वह चल चुकी थी। एक क्षण तक वह हतबुद्धि-सी खड़ी रही, विनय के सामने उसकी आँखें न उठती थीं, तब उसी वृद्धा के पास बैठ गयी, और खिड़की की ओर ताकने लगी। थोड़ी देर तक दोनों मौन बैठे रहे, किसी को बात करने की हिम्मत न पड़ती थी।

वृद्धा ने सोफ़ी से पूछा—कहाँ जाओगी बेटी ?

सोफ़िया—बड़ी दूर जाना है।

वृद्धा—यहाँ कहाँ से आ रही हो ?

सोफ़िया—यहाँ से थोड़ी दूर एक गाँव है, वही से आती हूँ।

वृद्धा—तुमने गाड़ी खड़ी करा दी थी क्या ?

सोफ़िया—स्टेशनों पर आजकल डाके पड़ रहे हैं। इसी से बीच में गाड़ी रुकवा ली।

वृद्धा—तुम्हारे साथ और कोई नहीं है क्या ? अकेले कैसे जाओगी ?

सोफ़िया—आदमी न हो, ईश्वर तो हैं।

वृद्धा—ईश्वर हैं कि नहीं, कौन जाने। मुझे तो ऐसा जान पड़ता है कि संसार का करता-धरता कोई नहीं है, जभी तो दिन-दहाड़े डाके पड़ते हैं, खून होते हैं। कल मेरे बेटे को डाकुओं ने मार डाला। (रोकर) गऊ था, गऊ। कभी मुझे जवाब नहीं दिया। जेल के क़ैदी उसको असीस दिया करते थे। कभी किसी भलेमानस को नहीं सताया। उस पर यह वज्र गिरा, तो कैसे कहूँ कि ईश्वर है ?

सोफ़िया—क्या जसवंतनगर के जेलर आपके बेटे थे ?

वृद्धा—हाँ बेटी, वही एक लड़का था, सो भगवान ने हर लिया।

यह कहकर वृद्धा सिसकने लगी। सोफ़िया का मुख किसी मरणासन्न रोगी के मुख की भाँति निष्प्रभ हो गया। ज़रा देर तक वह करुणा के आवेग को दबाये हुए खड़ी रही। तब खिड़की के बाहर सिर निकालकर फूट-फूटकर रोने लगी। उसका कुत्सित प्रतिकार, नग्न रूप में, उसके सामने खड़ा था।

सोफ़ी आधे घंटे तक मुँह छिपाये रोती रही, यहाँ तक कि वह स्टेशन आ गया, जहाँ वृद्धा उतरना चाहती थी। जब वह उतरने लगी, तो विनय ने उसका असबाब उतारा, और उसे सांत्वना देकर बिदा किया।

अभी विनय गाड़ी में बैठे भी न थे कि सोफ़ी नीचे आकर वृद्धा के सम्मुख खड़ी हो गयी, और बोली—माता, तुम्हारे पुत्र की हत्या करने वाली मैं हूँ। जो दंड चाहे दो। तुम्हारे सामने खड़ी हूँ।

वृद्धा ने विस्मित होकर कहा—क्या तू ही वह पिशाचिनी है, जिसने दरबार से लड़ने के लिए डाकुओं को जमा किया है ! नहीं, तू नहीं हो सकती। तू तो मुझे करुणा और दया की मूर्ति-सी दीखती है।

सोफ़ी—हाँ, माता मैं ही वह पिशाचिनी हूँ।

वृद्धा—जैसा तूने किया वैसा तेरे आगे आयेगा। मैं तुझे और क्या कहूँ। मेरी भाँति तेरे भी दिन रोते बीतें।

एंजिन ने सीटी दी। सोफ़ी संज्ञा-शून्य सी खड़ी रही। वहाँ से हिली तक नहीं। गाड़ी चल पड़ी। सोफ़ी अब भी वहीं खड़ी थी। सहसा विनय गाड़ी से कूद पड़े, सोफ़िया का हाथ पकड़कर गाड़ी में बैठा दिया, और बड़ी मुश्किल से आप भी गाड़ी में चढ़ गये। एक पल का भी विलम्ब होता, तो वहीं रह जाते।

सोफ़िया ने ग्लानि-भाव से कहा—विनय, तुम मेरा विश्वास करो या न करो; पर मैं सत्य

कहती हूँ कि मैंने वीरपाल को एक हत्या की भी अनुमति नहीं दी। मैं उसकी घातक प्रवृत्ति को रोकने का यथाशक्ति प्रयत्न करती रही; पर यह दल इस समय प्रत्याघात की धुन में उन्मत्त हो रहा है। किसी ने मेरी न सुनी। यही कारण है कि मैं अब यहाँ से जा रही हूँ। मैंने उस रात को आमर्ष की दशा में तुमसे न जाने क्या-क्या बातें कीं; लेकिन ईश्वर ही जानते हैं, इसका मुझे कितना खेद और दुःख है। शांत मन से विचार करने पर मुझे मालूम हो रहा है कि निरंतर दूसरों को मारने और दूसरों के हाथों मारे जाने के लिए आपत्काल में ही हम तत्पर हो सकते हैं। यह दशा स्थायी नहीं हो सकती। मनुष्य स्वभावतः शांतिप्रिय होता है। फिर जब सरकार की दमन-नीति ने निर्बल प्रजा को प्रत्याघात पर आमादा कर दिया, तो क्या सबल सरकार और भी कठोर नीति का अवलंबन न करेगी ! लेकिन मैं तुमसे ऐसी बातें कर रही हूँ, मानो तुम घर के आदमी हो। मैं भूल गयी थी कि तुम राजभक्तों के दल में हो। पर इतनी दया करना कि मुझे पुलिस के हवाले न कर देना। पुलिस से बचने के लिए ही मैंने रास्ते में गाड़ी को रोककर सवार होने की व्यवस्था की। मुझे संशय है कि इस समय भी तुम मेरी ही तलाश में हो।

विनयसिंह की आँखें सजल हो गयीं। खिन्न स्वर में बोले—सोफ़िया, तुम्हें अख़्तियार है, मुझे जितना नीच और पतित चाहो, समझो; मगर एक दिन आयेगा, जब तुम्हें इन वाक्यों पर पछताना पड़ेगा, और तुम समझोगी कि तुमने मेरे ऊपर कितना अन्याय किया है। लेकिन ज़रा शांत मन से विचार करो, क्या घर पर, यहाँ आने के पहले, मेरे पकड़े जाने की ख़बर पाकर तुमने भी वही नीति न धारण की थी ? अंतर केवल इतना था कि मैंने दूसरों को बरबाद किया, तुम अपने ही को बरबाद करने पर तैयार हो गयीं। मैंने तुम्हारी नीति को अक्षम्य समझा, वह आपद्धर्म था। तुमने मेरी नीति को अक्षम्य समझा, और कठोर-से-कठोर आघात जो तुम कर सकती थीं, वह कर बैठीं। किंतु बात एक ही है ! तुम्हें मुझको पुलिस की सहायता करते देखकर इतना शोकमय आश्चर्य न हुआ होगा, जितना मुझको तुम्हें मिस्टर क्लार्क के साथ देखकर हुआ। इस समय भी तुम उसी प्रतिहिंसक नीति का अवलंबन कर रही हो, या कम-से-कम मुझसे कह चुकी हो, इतने पर भी तुम्हें मुझ पर दया नहीं आती। तुम्हारी झिड़कियाँ सुनकर मुझे जितना मानसिक कष्ट हुआ, और हो रहा है, वही मेरे लिए असाध्य था। उस पर तुमने इस समय और भी नमक छिड़क दिया। कभी तुम इस निर्दयता पर खून के आँसू बहाओगी। ख़ैर।

यह कहते-कहते विनय का गला भर आया। फिर वह और कुछ न कह सके।

सोफ़िया ने आँखों में असीम अनुराग भरकर कहा—आओ, अब हमारी-तुम्हारी मैत्री हो जाये। मेरी उन बातों को क्षमा कर दो।

विनय ने कंठस्वर को सँभालकर कहा—मैं कुछ कहता हूँ ? अगर जी न भरा हो, तो और जो चाहो कह डालो। जब बुरे दिन आते हैं, तो कोई साथी नहीं होता। तुम्हारे यहाँ से आकर मैंने क़ैदियों को मुक्त करने के लिए अधिकारियों से, मिस्टर क्लार्क से, यहाँ तक कि महाराजा साहब से भी जितनी अनुनय-विनय की, वह मेरा दिल ही जानता है। पर किसी ने मेरी बातें तक न सुनीं। चारों तरफ़ से निराश होना पड़ा।

सोफ़ी—यह तो मैं जानती थी। इस वक़्त कहाँ जा रहे हो ?

विनय—जहन्नुम में।

सोफ़ी—मुझे भी लेते चलो।

विनय—तुम्हारे लिए स्वर्ग है।

एक क्षण बाद फिर बोले—घर जा रहा हूँ। अम्माँजी ने बुलाया है। मुझे देखने के लिए उत्सुक हैं।

सोफ़िया—इंद्रदत्त तो कहते थे, तुमसे बहुत नाराज़ हैं!

विनय ने जेब से रानी जी का पत्र निकालकर सोफ़ी को दे दिया और दूसरी ओर ताकने लगे। कदाचित वह सोच रहे थे कि यह तो मुझसे इतनी खिंच रही है, और मैं बरबस इसकी ओर दौड़ा जाता हूँ। सहसा सोफ़िया ने पत्र को फाड़कर खिड़की के बाहर फेंक दिया, और प्रेम-विह्वल होकर बोली—मैं तुम्हें न जाने दूँगी। ईश्वर जानता है, न जाने दूँगी। तुम्हारे बदले मैं स्वयं रानीजी के पास जाऊँगी, और उनसे कहूँगी, तुम्हारी अपराधिनी मैं हूँ.....यह कहते-कहते उसकी आवाज़ फँस गयी। उसने विनय के कंधे पर सिर रख दिया और फूट-फूटकर रोने लगी। आवाज़ हल्की हुई, तो फिर बोली—मुझसे वादा करो कि न जाऊँगा। तुम नहीं जा सकते। धर्म और न्याय के नियम से नहीं जा सकते। बोलो, वादा करते हो ?

उन सजल नेत्रों में कितनी करुणा, कितनी याचना, कितनी विनय, कितना आग्रह था।

विनय ने कहा—नहीं सोफ़ी, मुझे जाने दो। तुम माताजी को खूब जानती हो। मैं न जाऊँगा, तो वह अपने दिल में मुझे निर्लज्ज, बेहया, कायर समझने लगेंगी, और इस उद्विग्नता की दशा में न जाने क्या कर बैठें।

सोफ़िया—नहीं विनय, मुझ पर इतना जुल्म न करो। ईश्वर के लिए दया करो। मैं रानीजी के पास जाकर रोऊँगी, उनके पैरों पर गिरूँगी, और उनके मन में तुम्हारे प्रति जो गुबार भरा हुआ है, उसे अपने आँसुओं से धो डालूँगी। मुझे दावा है मैं कि उनके पुत्र-वात्सल्य को जाग्रत कर दूँगी। मैं उनके स्वभाव से परिचित हूँ। उनका हृदय दया का आगार है। जिस वक़्त मैं उनके चरणों पर गिरकर कहूँगी, अम्मा, तुम्हारा बेटा मेरा मालिक है, मेरे नाते उसे क्षमा कर दो, उस वक़्त वह मुझे पैरों से ठुकरायँगी नहीं। वहाँ से झल्लायी हुई उठकर चली जायँगी, लेकिन एक क्षण बाद मुझे बुलायँगी, और प्रेम से गले लगायँगी। मैं उनसे तुम्हारी प्राण-भिक्षा माँगूँगी, फिर तुम्हें माँग लूँगी। माँ का हृदय कभी इतना कठोर नहीं हो सकता। वह यह पत्र लिखकर शायद इस समय पछता रही होंगी, मना रही होंगी कि पत्र न पहुँचा हो। बोलो, वादा करो।

ऐसे प्रेम में सने, अनुराग में डूबे वाक्य विनय के कानों ने कभी न सुने थे। उन्हें अपना जीवन सार्थक मालूम होने लगा। आह ! सोफ़ी अब भी मुझे चाहती है, उसने मुझे क्षमा कर दिया ! वह जीवन, जो पहले मरुभूमि के समान निर्जन, निर्जल, निर्जीव था, अब पशु-पक्षियों, सलिल-धाराओं और पुष्प-लतादि से लहराने लगा। आनन्द के कपाट खुल गये थे, और उसके अंदर से मधुर गान की तानें, विद्युद्दीपकों की झलक, सुगंधित वायु की लपट बाहर आकर चित्त को अनुरक्त करने लगी। विनयसिंह को इस सुरम्य दृश्य ने मोहित कर लिया। जीवन के सुख जीवन के दुःख हैं। विराग और आत्मग्लानि ही जीवन के रत्न हैं। हमारी पवित्र कामनाएँ, हमारी निर्मल सेवाएँ, हमारी शुभ कल्पनाएँ विपत्ति ही की भूमि में अंकुरित और पल्लवित होती हैं।

विनय ने विचलित होकर कहा—सोफ़ी, अम्माँजी के पास एक बार मुझे जाने दो। मैं वादा

करता हूँ कि जब तक वह फिर स्पष्ट रूप से न कहेंगी....

सोफ़िया ने विनय की गरदन में बाँहें डालकर कहा—नहीं-नहीं, मुझे तुम्हारे ऊपर भरोसा नहीं है। तुम अकेले अपनी रक्षा नहीं कर सकते। तुममें साहस है, आत्माभिमान है, शील है, सब कुछ है, पर धैर्य नहीं है। पहले मैं अपने लिए तुम्हें आवश्यक समझती थी, अब तुम्हारे लिए अपने को आवश्यक समझती हूँ। विनय, ज़मीन की तरफ़ क्यों ताकते हो ? मेरी ओर देखो। मैंने तुम्हें जो कटु वाक्य कहे, उन पर लज्जित हूँ। ईश्वर साक्षी है, सच्चे दिल से पश्चात्ताप करती हूँ। उन बातों को भूल जाओ। प्रेम जितना ही आदर्शवादी होता है, उतना ही क्षमाशील भी। बोलो। वादा करो। अगर तुम मुझसे गला छुड़ाकर चले जाओगे, तो फिर....तुम्हें सोफ़ी फिर न मिलेगी।

विनय ने प्रेम-पुलकित होकर कहा—तुम्हारी इच्छा है, तो न जाऊँगा।

सोफ़िया—तो हम अगले स्टेशन पर उतर पड़ेंगे।

विनय—नहीं, पहले बनारस चलें। तुम अम्माँजी के पास जाना। अगर वह मुझे क्षमा कर देंगी....

सोफ़ी—विनय, अभी बनारस मत चलो, कुछ दिन चित्त को शांत होने दो, कुछ दिन मन को विश्राम लेने दो। फिर रानीजी का तुम पर क्या अधिकार है ! तुम मेरे हो, समस्त नीतियों के अनुसार, जो ईश्वर ने और मनुष्य ने रची हैं, तुम मेरे हो। मैं रिआयत नहीं, अपना स्वत्व चाहती हूँ। हम अगले स्टेशन पर उतर पड़ेंगे। इसके बाद सोचेंगे, हमें क्या करना है, कहाँ जाना है।

विनय ने सकुचाते हुए कहा—जीवन का निर्वाह कैसे होगा ? मेरे पास जो कुछ है, वह नायकराम के पास है। वह किसी दूसरे कमरे में है। अगर उसे ख़बर हो गयी, तो वह भी हमारे साथ चलेगा।

सोफ़ी—इसकी क्या चिन्ता। नायकराम को जाने दो। प्रेम जंगलों में भी सुखी रह सकता है।

अँधेरी रात में गाड़ी शैल और शिविर को चीरती चली जाती थी। बाहर दौड़ती हुई पर्वतमालाओं के सिवा और कुछ न दिखायी देता था। विनय तारों की दौड़ देख रहे थे, सोफ़िया देख रही थी कि आसपास कोई गाँव है या नहीं।

इतने में स्टेशन नज़र आया। सोफ़ी ने गाड़ी का द्वार खोल दिया, और दोनों चुपके से उतर पड़े, जैसे चिड़ियों का जोड़ा घोंसले से दाने की खोज में उड़ जाये। उन्हें इसकी चिंता नहीं कि आगे व्याध भी है, हिंसक पक्षी भी हैं, किसान की गुलेल भी है। इस समय तो दोनों अपने विचारों में मग्न हैं, दाने से लहराते हुए खेतों की बहार देख रहे हैं। पर वहाँ तक पहुँचना भी उनके भाग्य में है, यह कोई नहीं जानता।

छत्तीस

मिस्टर जॉन सेवक ने ताहिर अली की मेहनत और ईमानदारी से प्रसन्न होकर खालों पर कुछ

कमीशन नियत कर दिया था। इससे अब उनकी आय अच्छी हो गयी थी, जिससे मिल के मज़दूरों पर उनका रोब था, ओवरसियर और छोटे-छोटे क्लर्क उनका लिहाज़ करते थे। लेकिन आय-वृद्धि के साथ उनके व्यय में भी ख़ासी वृद्धि हो गयी थी। जब यहाँ अपने बराबर के लोग न थे, फटे जूतों पर ही बसर कर लिया करते, खुद बाज़ार से सौदा-सुलफ़ लाते, कभी-कभी पानी भी खींच लेते थे। कोई हँसने वाला न था। अब मिल के कर्मचारियों के सामने उन्हें ज़्यादा शान से रहना पड़ता था, और कोई मोटा काम अपने हाथ से करते हुए शर्म आती थी। इसलिए विवश होकर एक बुढ़िया मामा रख ली थी। पान-इलायची आदि का ख़र्च कई गुना बढ़ गया था। उस पर कभी-कभी मित्रों की दावत भी करनी पड़ती थी। अकेले रहने वाले से कोई दावत की इच्छा नहीं करता। जानता है, दावत फीकी होगी। लेकिन सकुटुम्ब रहने वालों के लिए भागने का कोई द्वार नहीं रहता। किसी ने कहा—खाँ साहब, आज ज़रा ज़रदे पकवाइए, बहुत दिन हुए रोटी-दाल खाते-खाते ज़बान मोटी पड़ गयी। ताहिर अली को इसके जवाब में कहना ही पड़ता—हाँ-हाँ, लीजिए, आज ही बनवाता हूँ। घर में एक ही स्त्री होती, तो उसकी बीमारी का बहाना करके टालते। लेकिन यहाँ तो एक छोड़ तीन-तीन महिलाएँ थीं। फिर ताहिर अली रोटी के चोर न थे। दोस्तों के आतिथ्य में उन्हें आनन्द आता था। सारांश यह कि शराफ़त के निबाह में उनकी बधिया बैठी जाती थी। बाज़ार में तो अब उनकी रत्ती-भर भी साख न रही थी, जमामार प्रसिद्ध हो गये थे; कोई धेले की चीज़ को भी न पतियाता, इसलिए मित्रों से हथफेर रुपये लेकर काम चलाया करते। बाज़ार वालों ने निराश होकर तक़ाज़ा करना ही छोड़ दिया, समझ गये कि इसके पास है ही नहीं, देगा कहाँ से ? लिपि-बद्ध ऋण अमर होता है, वचन-बद्ध ऋण निर्जीव और नश्वर। एक अरबी घोड़ा है, जो एड़ नहीं सह सकता; या तो सवार का अंत कर देगा या अपना। दूसरा लद्दू टट्टू है, जिसे उसके पैर नहीं, कोड़े चलाते हैं; कोड़ा टूटा या सवार का हाथ रुका, और टट्टू बैठा, फिर नहीं उठ सकता।

लेकिन मित्रों के आतिथ्य-सत्कार ही तक रहता, तो शायद ताहिर अली किसी तरह खींच-तानकर दोनों चूल बराबर कर लेते। मुसीबत यह थी कि उनके छोटे भाई माहिरअली इन दिनों मुरादाबाद के पुलिस-ट्रेनिंग-स्कूल में भरती हो गये थे। वेतन पाते ही उसका आधा आँखें बंद करके मुरादाबाद भेज देना पड़ता था। ताहिर अली ख़र्च से डरते थे, पर उनकी दोनों माताओं ने उन्हें ताने देकर घर में रहना मुश्किल कर दिया। दोनों ही की यह हार्दिक लालसा थी कि माहिरअली पुलिस में जाये, और दारोग़ा बने। बेचारे ताहिर अली महीनों तक हुक्काम के बँगलों की ख़ाक छानते रहे; यहाँ जा, वहाँ जा; इन्हें डाली, उन्हें नज़राना पेश कर; इनकी सिफ़ारिश करवा, उनकी चिट्ठी ला। बारे मिस्टर जॉन सेवक की सिफ़ारिश काम कर गयी। ये सब मोरचे तो पार हो गये। अंतिम मोरचा डाक्टरी परीक्षा थी। यहाँ सिफ़ारिश और खुशामद की गुज़र न थी। 32 रुपये सिविल सर्जन के लिए, 16 रुपये असिस्टेंट सर्जन के लिए और 8 रुपये क्लर्क तथा चपरासियों के लिए, कुल 56 रुपये का जोड़ था। ये रुपये कहाँ से आयें ? चारों ओर से निराश होकर ताहिर अली कुल्सूम के पास आये, और बोले—तुम्हारे पास कोई ज़ेवर हो, तो दे दो, मैं बहुत जल्द छुड़ा दूँगा। उसने तिनककर संदूक उनके सामने पटक दिया, और कहा—यहाँ गहनों की हवस नहीं है, सब आस पूरी हो चुकी। रोटी-दाल मिलती जाये,

यही ग़नीमत है। तुम्हारे गहने तुम्हारे सामने हैं, जो चाहे, करो। ताहिर अली कुछ देर तक तो शर्म से सिर न उठा सके। फिर संदूक़ की ओर देखा। ऐसी एक भी वस्तु न थी, जिससे इसकी चौथाई रक़म भी मिल सकती। हाँ, सब चीज़ों को कूड़ा कर देने पर काम चल सकता था। सकुचाते हुए सब चीज़ें निकालकर रुमाल में बाँधीं, और बाहर आकर इस सोच में बैठे ही थे कि इन्हें क्योंकर ले जाऊँ कि इतने में मामा आयी। ताहिर अली को सूझी, क्यों न इसकी मारफ़त रुपये मँगवाऊँ। मामाएँ इन कामों में निपुण होती हैं। धीरे से बुलाकर उससे यह समस्या कही। बुढ़िया ने कहा—मियाँ, यह कौन-सी बड़ी बात है, चीज़ तो रखनी है, कौन किसी से ख़ैरात माँगते हैं। मैं रुपये ला दूँगी, आप निस़ाखातिर रहें। गहनों की पोटली लेकर चली, तो ज़ैनब ने देखा। बुलाकर बोलीं—तू कहाँ लिये-लिये फिरेगी, मैं माहिरअली से रुपये मँगवाये देती हूँ, उनका एक दोस्त साहूकारी का काम करता है। मामा ने पोटली उसे दे दी। दो घंटे बाद अपने पास से 56 रुपये निकालकर दिये। इस भाँति यह कठिन समस्या हल हुई। माहिरअली मुरादाबाद सिधारे और तब से वहीं पढ़ रहे थे। वेतन का आधा भाग वहाँ निकल जाने के बाद शेष आधे में घर का ख़र्च बड़ी मुश्किल से पूरा पड़ता। कभी-कभी उपवास करना पड़ जाता। उधर माहिरअली आधे ही पर संतोष न करते। कभी लिखते, कपड़ों के लिए रुपये भेजिए; कभी टेनिस खेलने के लिए सूट की फ़रमाइश करते। ताहिर अली को कमीशन के रुपयों में से भी कुछ-न-कुछ वहाँ भेज देना पड़ता था।

एक दिन रात-भर उपवास करने के बाद प्रातःकाल ज़ैनब ने आकर कहा—आज रुपयों की कुछ फ़िक्र की, या आज भी रोज़ा रहेगा ?

ताहिर अली ने चिढ़कर कहा—मैं अब कहाँ से लाऊँ ? तुम्हारे सामने कमीशन के रुपये मुरादाबाद नहीं भेज दिये थे ? बार-बार लिखता हूँ कि किफ़ायत से ख़र्च करो, मैं बहुत तंग हूँ; लेकिन वह हज़रत फ़रमाते हैं, यहाँ एक-एक लड़का घर से सैकड़ों मँगवाता है, और बेदरेग़ ख़र्च करता है, इससे ज़्यादा किफ़ायत मेरे किये नहीं हो सकती। जब उधर का यह हाल है, इधर का यह हाल, तो रुपये कहाँ से लाऊँ ? दोस्तों में भी तो कोई ऐसा नहीं बचा, जिससे कुछ माँग सकूँ।

ज़ैनब—सुनती हो रक़िया, इनकी बातें ? लड़के को ख़र्च क्या दे रहे हैं, गोया मेरे ऊपर कोई एहसान कर रहे हैं। मुझे क्या, तुम उसे ख़र्च भेजो या बुलाओ। उसके वहाँ पढ़ने से यहाँ पेट थोड़े ही भर जायेगा। तुम्हारा भाई है, पढ़ाओ या न पढ़ाओ, मुझ पर क्या एहसान !

ताहिर—तो तुम्हीं बताओ, रुपये कहाँ से लाऊँ ?

ज़ैनब—मरदों के हज़ार हाथ होते हैं तुम्हारे अब्बाजान दस ही रुपये पाते थे कि ज्यादा ? 20 रुपये तो मरने के कुछ दिन पहले हो गये थे। आख़िर कुनबे को पालते थे कि नहीं। कभी फ़ाक़े की नौबत नहीं आयी। मोटा-महीन दिन में दो बार ज़रूर मयस्सर हो जाता था। तुम्हारी तालीम हुई, शादी हुई, कपड़े-लत्ते भी आते थे। खुदा के करम से बिसात के मुआफ़िक़ गहने भी बनते थे। वह तो मुझसे कभी न पूछते थे, कहाँ से रुपये लाऊँ ? आख़िर कहीं से लाते ही तो थे।

ताहिर—पुलिस के महकमे में हर तरह की गुंजाइश होती है। यहाँ क्या है ? गिनी बोटियाँ,

नपा शोरबा।

ज़ैनब—मैं तुम्हारी जगह होती, तो दिखा देती कि इसी नौकरी में कैसे कंचन बरसता है सैकड़ों चमार हैं, क्या कहो तो सब एक-एक गट्ठा लकड़ी न लायें ? सबों के यहाँ छान-छप्पर पर तरकारियाँ लगी होंगी, क्यों नहीं तुड़वा मँगाते ? खालों के दाम में भी कमी-बेशी करने का तुम्हें अख़्तियार है। कोई यहाँ बैठा देख नहीं रहा है। दस के पौने दस लिख दो, तो क्या हरज हो ? रुपये की रसीदों पर अगूँठे का निशान ही न बनवाते हो ? निशान पुकारने जाता है कि मैं दस हूँ या पौने दस ? फिर अब तुम्हारा एतबार जम गया। साहब को शुबहा भी नहीं हो सकता। आख़िर इस एतबार से कुछ अपना फ़ायदा भी तो हो कि सारी ज़िंदगी दूसरों ही का पेट भरते रहोगे ? इस वक़्त भी तुम्हारी रोकड़ में सैकड़ों रुपये होंगे। जितनी ज़रूरत समझो, इस वक़्त निकाल लो। जब हाथ में रुपये आयें, रख देना। रोज़ की आमदनी-ख़र्च का मीज़ान ही मिलना चाहिए न ? यह कौन-सी बड़ी बात है। आज खाल का दाम न दिया, कल दिया, इसमें क्या तरद्दुद है ? चमार कहीं फ़रियाद करने न जायेगा। सभी ऐसा करते हैं, और इसी तरह दुनिया का काम चलता है। ईमान दुरुस्त रखना हो, तो इंसान को चाहिए कि फ़क़ीर हो जाये।

रक़िया—बहन, ईमान है कहाँ, ज़माने का काम तो इसी तरह चलता है।

ताहिर—भाई, जो लोग करते हों, वे जानें, मेरी तो इन हथकंडों से रूह फ़ना होती है। अमानत में हाथ नहीं लगा सकता। आख़िर खुदा को भी तो मुँह दिखाना है। उसकी मरज़ी हो, ज़िंदा रखे या मार डाले।

ज़ैनब—वाह रे मरदुए, कुरबान जाऊँ तेरे ईमान पर ! तेरा ईमान सलामत रहे, चाहे घर के आदमी भूखों मर जायँ। तुम्हारी मंशा यही है कि ये सब मुँह में कालिख लगाकर कहीं निकल जायँ। बस, और कुछ नहीं। फ़िक्र तो आदमी को अपनी बीवी-बच्चों की होती है। उनके लिए बाज़ार मौजूद है। फ़ाक़ा तो हमारे लिए है। उनका फ़ाक़ा तो महज़ दिखावा है।

ताहिर अली ने इस मिथ्या आक्षेप पर क्षुब्ध होकर कहा—क्यों जलाती हो, अम्मीजान ! खुदा गवाह है, जो बच्चे के लिए धेले की भी कोई चीज़ ली हो। मेरी नीयत तो कभी ऐसी न थी, न है, न होगी; यों तुम्हारी तबीयत है, जो चाहो समझो।

रक़िया—दोनों बच्चे रात-भर तड़पते रहे, 'अम्मा, रोटी, अम्मा रोटी !' पूछो, अम्माँ क्या आप रोटी हो जाये ! तुम्हारे बच्चे और नहीं तो ओवरसियर के घर चले जाते हैं, वहाँ से कुछ-न-कुछ खा-पी आते हैं। यहाँ तो मेरी ही जान खाते हैं।

ज़ैनब—अपने बाल-बच्चों को खिलाने न खिलाने का तुम्हें अख्तियार है। कोई तुम्हारा हिसाबिया तो है नहीं, चाहे शीरमाल खिलाओ या भूखों रखो। हमारे बच्चों को तो घर की रूखी रोटियों के सिवा और कहीं ठिकाना नहीं। यहाँ कोई वली नहीं है, जो फ़ाक़ों से ज़िंदा रहे। जाकर कुछ इंतज़ाम करो।

ताहिर अली बाहर आकर बड़ी देर तक घोर चिंता में खड़े रहे। आज पहली बार उन्होंने अमानत के रुपये को हाथ लगाने का दुस्साहस किया। पहले इधर-उधर देखा, कोई खड़ा तो नहीं है, फिर बहुत धीरे से लोहे का संदूक़ खोला। यों दिन में सैकड़ों बार वही संदूक़ खोलते,

बंद करते थे; पर इस वक़्त उनके हाथ थरथर काँप रहे थे। आख़िर उन्होंने रुपये निकाल लिये, तब सेफ़ बंद किया। रुपये लाकर ज़ैनब के सामने फेंक दिये, और बिना कुछ कहे-सुने बाहर चले गये। दिल को यों समझाया—अगर खुदा को मंजूर होता कि मेरा ईमान सलामत रहे, तो क्यों इतने आदमियों का बोझ मेरे सिर डाल देता। यह बोझ सिर पर रखा था, तो उसके उठाने की ताकत भी तो देनी चाहिए थी। मैं खुद फ़ाक़े कर सकता हूँ, पर दूसरों को तो मजबूर नहीं कर सकता। अगर इस मजबूरी की हालत में खुदा मुझे सज़ा के क़ाबिल समझे, तो वह मुंसिफ़ नहीं है। इस दलील से उन्हें कुछ तस्कीन हुई। लेकिन मि. जॉन सेवक तो इस दलील से मानने वाले आदमी न थे। ताहिर अली सोचने लगे, कौन चमार सबसे मोटा है, जिसे आज रुपये न दूँ, तो चीं-चीपड़ न करे। नहीं, मोटे आदमी के रुपये रोकना मुनासिब नहीं, मोटे आदमी निडर होते हैं। कौन जाने, किसी से कह ही बैठें। जो सबसे ग़रीब सीधा हो, उसी के रुपये रोकना चाहिए। इसमें कोई डर नहीं। चुपके से बुलाकर अँगूठे के निशान बनवा लूँगा। उसकी हिम्मत ही न पड़ेगी कि किसी से कहे। उस दिन से उन्हें जब ज़रूरत पड़ती, रोकड़ से रुपये निकाल लेते, फिर रख देते। धीरे-धीरे रुपये पूरे कर देने की चिंता कम होने लगी। रोकड़ के रुपयों में कमी पड़ने लगी। दिल मज़बूत होता गया। यहाँ तक कि छठा महीना जाते-जाते वह रोकड़ के पूरे डेढ़ सौ रुपये ख़र्च कर चुके थे।

अब ताहिर अली को नित्य यही चिंता सवार रहती कि कहीं बात खुल न जाये। चमारों से लल्लो-चप्पो की बातें करते। कोई ऐसा उपाय सोच निकालना चाहते थे कि रोकड़ में इन रुपयों का पता न चले। लेकिन बही-खाते में हेर-फेर करने की हिम्मत न पड़ती थी। घर में भी किसी से यह बात न कहते। बस, खुदा से ही यही दुआ करते थे कि माहिरअली आ जायँ। उन्हें 100 रुपये महीने मिलेंगे। दो महीने में अदा कर दूँगा। इतने दिन साहब हिसाब की जाँच न करें तो बेड़ा पार है।

उन्होंने दिल में निश्चय किया, अब कुछ भी हो, और रुपये न निकालूँगा। लेकिन सातवें महीने में फिर 25 रुपये निकालने पड़ गये। अब माहिरअली का साल भी पूरा हो चला था। थोड़े ही दिनों की और कसर थी। सोचा, आख़िर मुझे उसी की बदौलत तो यह ज़ेरबारी हो रही है। ज्योंही आया, मैंने घर उसे सौंपा। कह दूँगा, भाई, इतने दिनों तक मैंने सँभाला। अपने से जो कुछ बन पड़ा, तुम्हारी तालीम में ख़र्च किया, तुम्हारा रोज़गार लगा दिया। अब कुछ दिनों के लिए मुझे इस फ़िक्र से नजात दो। उसके आने तक यह परदा ढका रह जाये, तो दुम झाड़कर निकल जाता। पहले यह ऐसी ही कोई ज़रूरत पड़ने पर साहब के पास जाते थे। अब दिन में एक बार ज़रूर मिलते। मुलाक़ातों से संदेह को शांत रखना चाहते थे। जिस चीज़ से टक्कर लगने का भय होता है, उससे हम और भी चिमट जाते हैं। कुल्सूम उनसे बार-बार पूछती कि आजकल तुम इतने रुपये कहाँ पा जाते हो ? समझाती—देखो, नीयत न ख़राब करना। तकलीफ़ और तंगी से बसर करना इतना बुरा नहीं है, जितना खुदा के सामने गुनहगार बनना। लेकिन ताहिर अली इधर-उधर की बातें करके उसे बहला दिया करते थे।

एक दिन सुबह को ताहिर अली नमाज़ अदा करके दफ़्तर में आये, तो देखा कि एक चमार खड़ा रो रहा है। पूछा, क्या बात है ? बोला—क्या बताऊँ खाँ साहब, रात घरवाली गुज़र गयी।

अब उसका किरिया-करम करना है, मेरा जो कुछ हिसाब हो दे दीजिए, दौड़ा हुआ आया हूँ, कफन के रुपये भी पास नहीं हैं। ताहिर अली की तहवील में रुपये कम थे। कल स्टेशन से माल भेजा था, महसूल देने में रुपये ख़र्च टो गये थे। आज साहब के सामने हिसाब पेश करके रुपये लाने वाले थे। इस चमार को कई खालों के दाम देने थे। कोई बहाना न कर सके। थोड़े से रुपये लाकर उसे दिये।

चमार ने कहा—हजूर, इतने में तो कफन भी पूरा न होगा। मरने वाली अब फिर तो आयगी नहीं, उसका किरिया-करम तो दिल खोलकर कर दूँ। मेरे जितने रुपये आते हैं, सब दे दीजिए। यहाँ तो जब तक दस बोतल दारू न होगी, लास दरवज्जे से न उठेगी।

ताहिर अली ने कहा—इस वक़्त रुपये नहीं हैं फिर ले जाना।

चमार—वाह खाँ साहब, वाह ! अँगूठे का निसान कराये तो महीनों हो गये; अब कहते हो, फिर ले जाना। इस बखत न दोगे, तो क्या आकबत में दोगे ? चाहिए तो यह था कि अपनी ओर से कुछ मदद करते, उलटे मेरे ही रुपये बाकी रखते हो।

ताहिर अली कुछ रुपये और लाये। चमार ने सब रुपये ज़मीन पर पटक दिये, और बोला—आप थूक से चुहिया जिलाते हैं ! मैं आपसे उधार नहीं माँगता, ख़ैरात नहीं माँगता, अपने रुपये माँगता हूँ, और आप यह कटूसी कर रहे हैं, जानो घर से दे रहे हों।

ताहिर अली ने कहा—इस वक़्त इससे ज़्यादा मुमकिन नहीं।

चमार था तो सीधा; पर उसे कुछ संदेह हो गया, गर्म पड़ गया।

सहसा मिस्टर जॉन सेवक आ पहुँचे। आज झल्लाये हुए थे। प्रभु सेवक की उद्दंडता ने उन्हें अव्यवस्थित-सा कर दिया था। यह झमेला देखा, तो कठोर स्वर से बोले—इसके रुपये क्यों नहीं दे देते ? मैंने आपसे ताकीद कर दी थी कि सब आदमियों का हिसाब रोज़ साफ़ कर दिया कीजिए। आप क्यों बाक़ी रखते हैं ? क्या आपकी तहवील में रुपये नहीं हैं ?

ताहिर अली रुपये लाने चले, तो कुछ ऐसे घबराये हुए थे कि साहब को तुरत संदेह हो गया। रजिस्टर उठा लिया, और हिसाब देखने लगे। हिसाब साफ़ था। इस चमार के रुपये अदा हो चुके थे। उसके अँगूठे का निशान मौजूद था। फिर यह बक़ाया कैसा ? इतने में और कई चमार आ गये। इस चमार को रुपये लिये जाते देखा, तो समझे, आज हिसाब चुकता किया जा रहा है। बोले—सरकार, हमारा भी मिल जाये।

साहब ने रजिस्टर ज़मीन पर पटक दिया, और डपटकर बोले—यह क्या गोलमाल है ? जब इनसे रसीद ली गयी, तो इनके रुपये क्यों नहीं दिये गये ?

ताहिरअली से और कुछ तो न बन पड़ा, साहब के पैरों पर गिर पड़े, और रोने लगे। सेंध में बैठकर घूरने के लिए बड़े घुटे हुए आदमी की ज़रूरत होती है।

चमारों ने परिस्थिति को ताड़कर कहा—सरकार, हमारा पिछला कुछ नहीं है, हम तो आज के रुपयों के लिए कहते थे। जरा देर हुई माल रख गये थे। खाँ साहब उस बखत नमाज पढ़ते थे।

साहब ने फिर रजिस्टर उठाकर देखा, तो उन्हें किसी-किसी नाम के सामने एक हलका-सा x का चिह्न दिखाई दिया। समझ गये, हज़रत ने यही रुपये उड़ाये हैं। एक चमार से, जो बाज़ार से सिगरेट पीता आ रहा था, पछा—तेरा नाम क्या है ?

चमार—चुनकू।

साहब—तेरे कितने रुपये बाक़ी हैं ?

कई चमारों ने उसे हाथ के इशारे से समझाया कि कह दे, कुछ नहीं। चुनकू इशारा न समझा। बोला—17 रुपये पहले के थे, 9 रुपये आज के।

साहब ने अपनी नोटबुक पर उसका नाम टाँक लिया। ताहिर अली को कुछ कहा न सुना, एक शब्द भी न बोले। जहाँ क़ानून से सज़ा मिल सकती थी, वहाँ डाँट-फटकार की ज़रूरत क्या ? सब रजिस्टर उठवाकर गाड़ी में रखे, दफ़्तर में ताला बंद किया, सेफ़ में दोहरे ताले लगाये, तालियाँ जेब में रखीं, और फ़िटन पर सवार हो गये। ताहिर अली को इतनी हिम्मत भी न पड़ी कि कुछ अनुनय-विनय करें। वाणी ही शिथिल हो गयी। स्तंभित-से खड़े रह गये। चमारों के चौधरी ने दिलासा दिया—आप क्यों डरते हो खाँ साहब, आपका बाल तो बाँका होने न पायेगा। हम कह देंगे, अपने रुपये भर पाये हैं। क्यों रे चुनकुआ, निरा गँवार ही है, इसारा भी नहीं समझता ?

चुनकू ने लज्जित होकर कहा—चौधरी, भगवान जानें, जो मैं जरा भी इसारा पा जाता, तो रुपये का नाम ही न लेता।

चौधरी—अपना बयान बदल देना; कह देना, मुझे जबानी हिसाब याद नहीं था।

चुनकू ने इसका कुछ जवाब न दिया। बयान बदलना साँप के मुँह में उँगली डालना था। ताहिर अली को इन बातों से ज़रा भी तस्कीन नहीं हुई। वह पछता रहे थे। इसलिए नहीं कि मैंने रुपये क्यों ख़र्च किये, बल्कि इसलिए कि नामों के सामने x के निशान क्यों लगाये। अलग किसी कागज़ पर टाँक लेता, तो आज क्यों यह नौबत आती ? अब खुदा ही ख़ैर करे। साहब मुआफ़ करने वाले आदमी नहीं हैं। कुछ सूझ ही न पड़ता था कि क्या करें। हाथ-पाँव फूल गये थे !

चौधरी बोला—खाँ साहब, अब हाथ पर हाथ धरकर बैठने से काम न चलेगा। यह साहब बड़ा जल्लाद आदमी है। जल्दी रुपये जुटाइये। आपको याद है, कुल कितने रुपये निकलते होंगे ?

ताहिर—रुपयों की कोई फ़िक्र नहीं है जी, यहाँ तो दाग़ लग जाने का अफ़सोस है। क्या जानता था कि आज यह आफ़त आने वाली है, नहीं तो पहले से तैयार न हो जाता। जानते हो, यहाँ कारख़ाने का एक-न-एक आदमी क़र्ज़ माँगने को सिर पर सवार रहता है। किस-किससे हीला करूँ ? और फिर मुरौवत में हीला करने से भी तो काम नहीं चलता। रुपये निकालकर दे देता हूँ। यह उसी शराफ़त की सज़ा है। 150 रुपये से कम न निकलेंगे, बल्कि चाहे 200 रुपये हो गये हों।

चौधरी—भला, सरकारी रकम इस तरह खरच की जाती है ! आपने खरच की या किसी को उधार दे दी, बात एक ही है। वे लोग रुपये दे देंगे ?

ताहिर—ऐसा खरा तो एक भी नहीं। कोई कहेगा, तनख़्वाह मिलने पर दूँगा। कोई कुछ बहाना करेगा। समझ में नहीं आता, क्या करूँ ?

चौधरी—घर में तो रुपये होंगे ?

ताहिर—होने को क्या दो-चार सौ रुपये न होंगे; लेकिन जानते हो, औरतों का रुपया जान के पीछे रहता है। खुदा को जो मंजूर है, वह होगा।

यह कहकर ताहिर अली अपने दो-चार दोस्तों की तरफ़ चले कि शायद यह हाल सुनकर लोग मेरी कुछ मदद करें, मगर कहीं न जाकर एक दरख़्त के नीचे नमाज़ पढ़ने लगे। किसी से मदद की उम्मीद न थी।

इधर चौधरी ने चमारों से कहा—भाइयो, हमारे मुंसीजी इस बखत तंग है। सब लोग थोड़ी-थोड़ी मदद करो, तो उनकी जान बच जाय। साहब अपने रुपये ही न लेंगे कि किसी की जान लेंगे! समझ लो, एक दिन नसा नहीं खाया।

चौधरी तो चमारों से रुपये बटोरने लगा। ताहिर अली के दोस्तों ने यह हाल सुना, तो चुपके से दबक गये कि कहीं ताहिर अली कुछ माँग न बैठें। हाँ, जब तीसरे पहर दारोग़ा ने आकर तहक़ीक़ात करनी शुरू की, और ताहिर अली को हिरासत में ले लिया, तो लोग तमाशा देखने आ पहुँचे। घर में हाय-हाय मच गयी। कुल्सूम ने जाकर ज़ैनब से कहा—लीजिए, अब तो आपका अरमान निकला।

ज़ैनब ने कहा—तुम मुझसे क्या बिगड़ती हो बेगम! अरमान निकले होंगे तो तुम्हारे, न निकले होंगे तो तुम्हारे। मैंने थोड़े ही कहा था कि जाकर किसी के घर में डाका मारो। गुलछर्रे तुमने उड़ाये होंगे, यहाँ तो रोटी-दाल के सिवा और किसी का कुछ नहीं जानते।

कुल्सूम के पास तो कफ़न को कौड़ी भी न थी, ज़ैनब के पास रुपये थे, पर उसने दिल जलाना ही काफ़ी समझा। कुल्सूम को इस समय ताहिरअली से सहानुभूति न थी। उसे उन पर क्रोध आ रहा था, जैसे किसी को अपने बच्चे को चाकू से उँगली काटते देखकर गुस्सा आये।

संध्या हो रही थी। ताहिर अली के लिए दारोग़ा ने एक इक्का मँगवाया। उस पर चार कांस्टेबिल उन्हें लेकर बैठे। दारोग़ा जानता था कि यह माहिरअली के भाई हैं, कुछ लिहाज़ करता था। चलते वक़्त बोला, अगर आपको घर में किसी से कुछ कहना हो, तो आप जा सकते हैं; औरतें घबरा रही होंगी, उन्हें ज़रा तस्कीन देते आइये। पर ताहिर अली ने कहा, मुझे किसी से कुछ नहीं कहना है। वह कुल्सूम को अपनी सूरत न दिखाना चाहते थे, जिसे उन्होंने जान-बूझकर ग़ारत किया था, और निराधार छोड़े जाते थे। कुल्सूम द्वार पर खड़ी थी। उसका क्रोध प्रतिक्षण शोक की सूरत पकड़ता जाता था, यहाँ तक कि जब इक्का चला, तो वह पछाड़ खाकर गिर पड़ी। बच्चे 'अब्बा, अब्बा' करते इक्के के पीछे दौड़े। दारोग़ा ने उन्हें एक-एक चवन्नी मिठाई खाने को देकर फुसला दिया। ताहिर अली तो उधर हिरासत में गये, इधर घड़ी रात जाते-जाते चमारों का चौधरी रुपये लेकर मिस्टर सेवक के पास पहुँचा। साहब बोले—ये रुपये तुम उनके घर वालों को दे दो, तो उनका गुज़र हो जाये। मुआमला अब पुलिस के हाथ में है, मैं कुछ नहीं कर सकता।

चौधरी—हजूर, आदमी से खता हो ही जाती है, इतने दिनों तक आपकी चाकरी की, हजूर को उन पर कुछ दया करनी चाहिए। बड़ा भारी परिवार है सरकार, बाल-बच्चे भूखों मर जायँगे।

जॉन सेवक—मैं यह सब जानता हूँ, बेशक उनका ख़र्च बहुत था। इसीलिए मैंने माल पर

कटौती दे दी थी। मैं जानता हूँ कि उन्होंने जो कुछ किया है, मजबूर होकर किया है; लेकिन विष किसी नीयत से खाया जाये, विष ही का काम करेगा, कभी अमृत नहीं हो सकता। विश्वासघात विष से कम घातक नहीं होता। तुम ये रुपये ले जाकर उनके घर वालों को दे दो। मुझे ख़ाँ साहब से कोई बिगाड़ नहीं है, लेकिन अपने धर्म को नहीं छोड़ सकता। पाप को क्षमा करना पाप करना है।

चौधरी यहाँ से निराश होकर चला गया। दूसरे दिन अभियोग चला। ताहिर अली दोषी पाये गये। वह अपनी सफ़ाई न पेश कर सके। छह महीने की सज़ा हो गयी।

जब ताहिर अली कांस्टेबिलों के साथ जेल की तरफ़ जा रहे थे, तो उन्हें माहिर अली ताँगे पर सवार आता हुआ दिखायी दिया। उनका हृदय गद्‌गद हो गया। आँखों से आँसू की झड़ी लग गयी। समझे, माहिर मुझसे मिलने दौड़ा चला आता है। शायद आज ही आया है, और आते-ही-आते यह ख़बर पाकर बेक़रार हो गया है। जब ताँगा समीप आ गया, तो वह चिल्लाकर रोने लगे। माहिरअली ने एक बार उन्हें देखा, लेकिन न सलाम-बंदगी की, न ताँगा रोका, न फिर इधर दृष्टिपात किया, मुँह फेर लिया, मानो देखा ही नहीं। ताँगा ताहिर अली की बग़ल से निकल गया। उनके मर्मस्थल से एक सर्द आह निकल गयी। एक बार फिर चिल्लाकर रोये। वह आनन्द की ध्वनि थी, यह शोक का विलाप; वे आँसू की बूँदें थीं, ये ख़ून की।

किन्तु एक ही क्षण में उनकी आत्मवेदना शान्त हो गयी—माहिर ने मुझे देखा ही न होगा। उसकी निगाह मेरी तरफ़ उठी ज़रूर थी, लेकिन शायद वह किसी ख़याल में डूबा हुआ था। ऐसा होता भी तो है कि जब हम किसी ख़याल में होते हैं, तो न सामने की चीज़ें दिखायी देती हैं, न क़रीब की बातें सुनायी देती हैं। यही सबब है। अच्छा ही हुआ कि उसने मुझे न देखा. नहीं तो इधर मुझे नदामत होती, उधर उसे रंज होता।

उधर माहिरअली मकान पर पहुँचे, तो छोटे भाई आकर लिपट गये। ताहिरअली के दोनों बच्चे भी दौड़े, और 'माहिर चचा आये' कहकर उछलने-कूदने लगे। कुल्सूम भी रोती हुई निकल आयी। सलाम-बंदगी के पश्चात माहिर अपनी माता के पास गये। उसने उन्हें छाती से लगा लिया।

माहिर—तुम्हारा ख़त न जाता, तो अभी मैं थोड़े ही आता। इम्तहान के बाद ही तो वहाँ मज़ा आता है, कभी मैच, कभी दावत, कभी सैर, कभी मुशायरे। भाई साहब को यह क्या हिमाक़त सूझी।

ज़ैनब—बेगम साहब की फ़रमाइशें कैसे पूरी होतीं। ज़ेवर चाहिए, ज़रदा चाहिए, ज़री चाहिए, कहाँ से आता ! उस पर कहती हैं, तुम्हीं लोगों ने उन्हें मटियामेट किया। पूछो, रोटी-दाल में ऐसा कौन-सा छप्पन टके का ख़र्च था ? महीनों सिर में तेल डालना नसीब न होता था। अपने पास से पैसे निकालो, तो पान खाओ। उस पर इतने ताने !

माहिर—मैंने तो स्टेशन से आते हुए उन्हें जेल जाते देखा। मैं तो शर्म के मारे उनसे कुछ न बोला, बंदगी तक न की। आख़िर लोग यही न कहते कि उनका भाई जेलख़ाने जा रहा है! मुँह फेरकर चला आया। भैया रो पड़े। मेरा दिल भी मसोस उठा, जी चाहता था, उनके गले लिपट जाऊँ; लेकिन शर्म आ गयी। थानेदार कोई मामूली आदमी नहीं होता। उसका शुमार

हुक्काम में होता है। इसका ख़याल न करूँगा, तो बदनाम हो जाऊँगा।

ज़ैनब—छह महीने की सज़ा हुई है।

माहिर—जुर्म तो बड़ा था, लेकिन शायद हाकिम ने रहम किया।

ज़ैनब—तुम्हारे अब्बा का लिहाज़ किया होगा; नहीं तो तीन साल से कम के लिए न जाते।

माहिर—ख़ानदान में दाग़ लगा दिया। बुजुर्गों की आबरू ख़ाक में मिला दी।

ज़ैनब—खुदा न करे कि कोई मर्द औरत का कलमा पढ़े।

इतने में मामा नाश्ते के लिए मिठाइयाँ लायी। माहिरअली ने एक मिठाई ज़ाहिर को दी, एक जाबिर को। इन दोनों ने जाकर साबिर और नसीमा को दिखायी। वे दोनों भी दौड़े। ज़ैनब ने कहा—जाओ, खेलते क्यों नही ! क्या सिर पर डट गये ! न जाने कहाँ के मरभुखे छोकरे हैं। इन सबों के मारे कोई चीज़ मुँह में डालनी मुश्किल है। बला की तरह सिर पर सवार हो जाते हैं। रात-दिन खाते ही रहते हैं, फिर भी जी नहीं भरता।

रक़िया—छिछोरी माँ के बच्चे और क्या होंगे।

माहिर ने एक-एक मिठाई उन दोनों को भी दी। तब बोले—अब गुज़र-बसर की क्या सूरत होगी ? भाभी के पास तो रुपये होंगे न ?

ज़ैनब—होंगे क्यों नहीं ! इन्हीं रुपयों के लिए तो ख़सम को जेल भेजा। देखती हूँ, क्या इंतज़ाम करती हैं। यहाँ किसी को क्या ग़रज़ पड़ी है कि पूछने जाय।

माहिर—मुझे अभी न जाने कितने दिनों में जगह मिले। महीना-भर लग जाये, दो महीने लग जायँ। तब तक मुझे दिक़ मत करना।

ज़ैनब—तुम इसका ग़म न करो बेटा। वह अपना सँभालें, हमारा भी खुदा हाफ़िज है। वह पुलाव खाकर सोयँगी, तो हमें भी रूखी रोटियाँ मयस्सर हो ही जायँगी।

जब शाम हो गयी, तो ज़ैनब ने मामा से कहा—जाकर बेगम साहब से पूछो, कुछ सौदा-सुलफ़ आयगा, या आज मातम मनाया जायगा ?

मामा ने लौट आकर कहा—वह तो बैठी रो रही है। कहती हैं, जिसे भूख हो, खाये मुझे नहीं खाना है।

ज़ैनब—देखा ! यह तो मैं पहले ही कहती थी कि साफ़ जवाब मिलेगा। जानती है कि लड़का परदेस से आया है, मगर पैसे न निकलेंगे। अपने और अपने बच्चों के लिए बाज़ार से खाना मँगवा लेगी, दूसरे खायें या मरें उसकी बला से। ख़ैर, उन्हें उनके मीठे टुकड़े मुबारक रहें, हमारा भी अल्लाह मालिक है।

कुल्सूम ने जब से सुना था कि ताहिरअली को छह महीने की सज़ा हो गयी, तभी से उसकी आँखों में अँधेरा-सा छाया हुआ था। मामा का संदेसा सुना, तो जल उठी। बोली—उनसे कह दो, पकायें-खायें, यहाँ भूख नहीं है। बच्चों पर रहम आये, तो दो नेवाले इन्हें भी दे दें। मामा ने इसी वाक्य का अन्वंय किया था, जिसने अर्थ का अनर्थ कर दिया।

रात के नौ बज गये। कुल्सूम देख रही थी कि चूल्हा गर्म है, मसाले की सुगन्ध नाक में आ रही थी, बघार की आवाज़ भी सुनायी दे रही थी; लेकिन बड़ी देर तक कोई उसके बच्चों को बुलाने न आया, तो वह बैन कर-करके रोने लगी। उसे मालूम हो गया कि घर वालों ने

साथ छोड़ दिया, और अब मैं अनाथ हूँ, संसार में कोई मेरा नहीं है। दोनों बच्चे रोते-रोते सो गये थे। उन्हीं के पैताने वह भी पड़ रही। भगवन्, ये दो-दो बच्चे, पास फूटी कौड़ी नहीं, घर के आदमियों का यह हाल, यह नाव कैसे पार लगेगी।

माहिरअली भोजन करने बैठे, तो मामा से पूछा—भाभी ने भी कुछ बाज़ार से मँगवाया है कि नहीं ?

ज़ैनब—मामा से मँगवायँगी, तो परदा न खुल जायगा ? खुदा के फ़ज़ल से साबिर सयाना हुआ। गुपचुप सौदे वही लाता है, और इतना घाघ है कि लाख फुसलाओ, पर मुँह नहीं खोलता।

माहिर—पूछ लेना। ऐसा न हो कि हम लोग खाकर सोयें, और यह बेचारी रोज़े से रह जायें।

ज़ैनब—ऐसी अनीली नहीं हैं, वह हम-जैसों को चरा लायें। हाँ, पूछना मेरा फ़र्ज़ है, पूछ लूँगी।

रक़िया—सालन और रोटी किस जलते खायँगी, उन्हें तो ज़रदा-शीरमाल चाहिए।

दूसरे दिन सबेरे दोनों बच्चे बावर्चीख़ाने में गये, तो ज़ैनब ने ऐसी कड़ी निगाहों से देखा कि दोनों रोते हुए लौट आये। अब कुल्सूम से न रहा गया। वह झल्लाकर उठी, और बावर्चीख़ाने में जाकर मामा से बोली—तूने बच्चों को खाना क्यों नहीं दिया रे ? क्या इतनी जल्द कायापलट हो गयी ? इसी घर के पीछे हम मिट्टी में मिल गये, और मेरे लड़के भूखों तड़पें, किसी को दर्द न आये ?

मामा ने कहा—तो आप मुझसे क्यों बिगड़ती हैं, मैं कौन होती हूँ, जैसा हुकुम पाती हूँ, वैसा करती हूँ।

ज़ैनब अपने कमरे से बोली—तुम मिट्टी में मिल गयीं, तो यहाँ किसने घर भर लिया ? कल तक कुछ नाता निभा जाता था, वह भी तुमने तोड़ दिया। बनिये के यहाँ से क़र्ज़ जिंस आयी, तो मुँह में दाना गया। सौ कोस से लड़का आया, तुमने बात तक न पूछी। तुम्हारी नेकी कोई कहाँ तक गाये !

आज से कुल्सूम को रोटियों के लाले पड़ गये। माहिरअली कभी दोनों भाइयों को लेकर नानबाई की दूकान से भोजन कर आते, कभी किसी इष्ट-मित्र के मेहमान हो जाते। ज़ैनब और रक़िया के लिए मामा चुपके-चुपके अपने घर से खाना बना लाती। घर में चूल्हा न जलता। नसीमा और साबिर प्रातः काल घर से निकल जाते। कोई कुछ दे देता, तो खा लेते। ज़ैनब और रक़िया की सूरत से ऐसे डरते थे, जैसे चूहा बिल्ली से। माहिर के पास भी न जाते। बच्चे शत्रु और मित्र को खूब पहचानते हैं। अब वे प्यार के भूखे नहीं, दया के भूखे थे। रही कुल्सूम, उसके लिए ग़म ही काफ़ी था। वह सीना-पिरोना जानती थी, चाहती तो सिलाई करके अपना निर्वाह कर लेती; पर जलन के मारे कुछ न करती थी। वह माहिर के मुँह में कालिख लगाना चाहती थी, चाहती थी कि दुनिया मेरी दशा देखे, और इन पर थूके। उसे अब ताहिरअली पर भी क्रोध आता था—तुम इसी लायक़ थे कि जेल में पड़े-पड़े चक्की पीसो। अब आँखें खुलेंगी। तुमको दुनिया के हँसने की फ़िक्र थी। अब दुनिया किसी पर नहीं हँसती ! लोग मज़े से मीठे लुक़मे उड़ाते और मीठी नींद सोते हैं। किसी को तो नहीं देखती कि झूठों भी इन मतलब के बंदों की फ़ज़ीहत करे। किसी को ग़रज़ ही क्या पड़ी है कि किसी पर हँसे। लोग समझते होंगे, ऐसे कमसमझों, लाज पर मरने वालों की यही सज़ा है।

इस भाँति एक महीना गुज़र गया। एक दिन सुभागी कुल्सूम के यहाँ साग-भाजी लेकर आयी। वह अब यही काम करती थी। कुल्सूम की सूरत देखी, तो बोली—बहूजी, तुम तो पहचानी ही नहीं जातीं। क्या कुढ़-कुढ़कर जान दे दोगी ? बिपत तो पड़ ही गयी है, कुढ़ने से क्या होगा। मसल है, आँधी आये, बैठ गँवाये। तुम न रहोगी, तो बच्चों को कौन पालेगा ? दुनिया कितनी जल्द अंधी हो जाती है। बिचारे खाँ साहब इन्हीं लोगों के लिए मरते थे। अब कोई बात भी नहीं पूछता। घर-घर यही चर्चा हो रही है कि इन लोगों को ऐसा न करना चाहिए था। भगवान को क्या मुँह दिखायँगे !

कुल्सूम—अब तो भाड़ लीपकर हाथ काला हो गया !

सुभागी—बहू, कोई मुँह पर न कहे, लेकिन सब थुड़ी-थुड़ी करते हैं। बेचारे नन्हें-नन्हें बालक मारे-मारे फिरते हैं, देखकर कलेजा फट जाता है। कल तो चौधरी ने माहिर मियाँ को खूब आड़े हाथों लिया था।

कुल्सूम को इन बातों से बड़ी तस्कीन हुई। दुनिया इन लोगों को थूकती तो है, इनकी निंदा तो करती है, इन बेहयाओं को लाज ही न हो, तो कोई क्या करे। बोली—किस बात पर ?

सुभागी कुछ जवाब न देने पायी थी कि बाहर से चौधरी ने पुकारा। सुभागी ने जाकर पूछा—क्या कहते हो ?

चौधरी—बहूजी से कुछ कहना है। ज़रा परदे की आड़ में खड़ी हो जायँ।

दोपहर का समय था। घर में सन्नाटा छाया हुआ था। ज़ैनब और रक़िया किसी औलिया के मज़ार पर शीरीनी चढ़ाने गयी हुई थीं। कुल्सूम परदे की आड़ में आकर खड़ी हो गयी।

चौधरी—बहूजी, कई दिन से आना चाहता था, पर मौक़ा ही न मिलता था। जब आता, तो माहिर मियाँ को बैठे देखकर लौट जाता था। कल माहिर मियाँ मुझसे कहने लगे, तुमने भैया की मदद के लिए जो रुपये जमा किये थे, वे मुझे दे दो, भाभी ने माँगे हैं। मैंने कहा, जब तक बहूजी से खुद न पूछ लूँगा, आपको न दूँगा। इस पर बहुत बिगड़े। कच्ची-पक्की मुँह से निकालने लगे—समझ लूँगा, बड़े घर भिजवा दूँगा। मैंने कहा, जाइए, समझ लीजिएगा। तो अब आपका क्या हुकुम है ? ये सब रुपये अभी तक मेरे पास रखे हुए हैं, आपको दे दूँ न ? मुझे तो आज मालूम हुआ कि वे लोग आपके साथ दग़ा कर गये !

कुल्सूम ने कहा—खुदा तुम्हें इस नेकी का सवाब देगा। मगर ये रुपये जिसके हों, उन्हें लौटा दो। मुझे इनकी ज़रूरत नहीं है।

चौधरी—कोई न लौटायेगा।

कुल्सूम—तो तुम्हीं अपने पास रखो।

चौधरी—आप लेतीं क्यों नहीं ? हम कोई औसान थोड़े ही जताते हैं। खाँ साहब की बदौलत बहुत कुछ कमाया है, दूसरा मुंसी होता, तो हजारों रुपये नजर ले लेता। यह उन्हीं की नजर समझी जाये।

चौधरी ने बहुत आग्रह किया, पर कुल्सूम ने रुपये न लिये। वह माहिरअली को दिखाना चाहती थी कि जिन रुपयों के लिए तुम कुत्तों की भाँति लपकते थे, उन्हीं रुपयों को मैंने पैर से ठुकरा दिया। मैं लाख गयी-गुजरी हूँ, फिर भी मुझमें कुछ ग़ैरत बाक़ी है, तुम मर्द होकर बेहयाई

पर कमर बाँधे हुए हो।

चौधरी यहाँ से चला, तो सुभागी से बोला—यही बड़े आदमियों की बातें हैं। चाहे टुकड़े-टुकड़े उड़ जायँ, मुदा किसी के सामने हाथ न पसारेंगी। ऐसा न होता, तो छोटे-बड़े में फरक ही क्या रहता ! धन से बड़ाई नहीं होती, धरम से होती है।

इन रुपयों को लौटाकर कुल्सूम का मस्तक गर्व से उन्नत हो गया। आज उसे पहली बार ताहिरअली पर अभिमान हुआ—यह इज़्ज़त है कि पीठ-पीछे दुनिया बड़ाई करती रहे। उस बेइज़्ज़ती से तो मर जाना ही अच्छा कि छोटे-छोटे आदमी मुँह पर लताड़ सुनायें। कोई लाख उनके एहसान को मिटाये, पर दुनिया तो इंसाफ़ करती है। रोज़ ही तो अमले सज़ा पाते रहते हैं। कोई तो उनके बाल-बच्चों की बात नहीं पूछता। बल्कि उलटे और लोग ताने देते हैं। आज उनकी नेकनामी ने मेरा सिर ऊँचा कर दिया।

सुभागी ने कहा—बहूजी, बहुत औरतें देखीं, लेकिन तुम-जैसी धीरज वाली बिरली ही कोई होगी। भगवान तुम्हारा संकट हरे।

वह चलने लगी, तो कई अमरूद बच्चों के लिए रख दिये। कुल्सूम ने कहा—मेरे पास पैसे नहीं हैं।

सुभागी मुसकराकर चली गयी।

सैंतीस

प्रभु सेवक बड़े उत्साही आदमी थे। उनके हाथ से सेवक-दल में एक नयी सजीवता का संचार हुआ। संख्या दिन-दिन बढ़ने लगी। जो लोग शिथिल और उदासीन हो रहे थे, फिर नये जोश से काम करने लगे। प्रभु सेवक की सज्जनता और सहृदयता सभी को मोहित कर लेती थी। इसके साथ ही अब उनके चरित्र में वह कर्तव्यनिष्ठा दिखायी देती थी, जिसकी उन्हें स्वयं आशा न थी। सेवक-दल में प्रायः सभी लोग शिक्षित थे, सभी विचारशील। वे कार्य को अग्रसर करने के लिए किसी नये विधान की आयोजना करना चाहते थे। वह अशिक्षित सिपाहियों की सेवा न थी, जो नायक की आज्ञा को देववाक्य मानती है। यह शिक्षित-सेना थी, जो नायक की आज्ञा को तौलती है, तर्क-वितर्क करती है, और जब तक क़ायल न हो जाय, उसको मानने को तैयार नहीं होती। प्रभु सेवक ने बड़ी बुद्धिमत्ता से इस दुस्तर कार्य को निभाना शुरू किया।

अब तक इस संस्था का कार्य-क्षेत्र सामाजिक था। मेलों-ठेलों में यात्रियों की सहायता, बाढ़-बूड़े में पीड़ितों का उद्धार, सूखे-झूरे में विपत्ति के मारे हुओं का कष्ट-निवारण, ये ही इनके मुख्य विषय थे। प्रभु सेवक ने इसका कार्य-क्षेत्र विस्तृत कर दिया, इसको राजनीतिक रूप दे दिया। यद्यपि उन्होंने कोई नया प्रस्ताव न किया, किसी परिवर्तन की चर्चा तक न की, पर धीरे-धीरे उनके असर से नये भावों का संचार होने लगा।

प्रभु सेवक बहुत सहृदय आदमी थे, पर किसी को ग़रीबों पर अत्याचार करते देखकर उनकी सहृदयता हिंसात्मक हो जाती थी। किसी सिपाही को घसियारों की घास छीनते देखकर वह

तुरंत घसियारों की ओर से लड़ने पर तैयार हो जात थे। दैविक अघातों से जनता की रक्षा करना उन्हें निरर्थक-सा जान पड़ता था। सबलों के अत्याचार पर ही उनकी ख़ास निगाह रहती थी। रिश्वतख़ोर कर्मचारियों पर, जालिम ज़मींदारों पर, स्वार्थी अधिकारियों पर वह सदैव ताक लगाये रहते थे। इसका फल यह हुआ कि थोड़े ही दिनों में इस संस्था की धाक बैठ गयी। उसका दफ़्तर निर्बलों और दुखित जनों का आश्रय बन गया। प्रभु सेवक निर्बलों को प्रतिकार के लिए उत्तेजित करते रहते थे। उनका कथन था कि जब तक जनता स्वयं अपनी रक्षा करना न सीखेगी, ईश्वर भी उसे अत्याचार से नहीं बचा सकता।

हमें सबसे पहले आत्मसम्मान की रक्षा करनी चाहिए। हम कायर और दब्बू हो गये हैं, अपमान और हानि चुपके से सह लेते हैं, ऐसे प्राणियों को तो स्वर्ग में भी सुख नहीं प्राप्त हो सकता। ज़रूरत है कि हम निर्भीक और साहसी बनें, संकटों का सामना करें, मरना सीखें। जब तक हमें मरना न आयेगा, जीना भी न आयेगा। प्रभु सेवक के लिए दीनों की रक्षा करते हुए गोली का निशाना बन जाना इससे कहीं आसान था कि वह किसी रोगी के सिरहाने बैठा पंखा झले, या अकाल-पीड़ितों को अन्न और द्रव्य बाँटता फिरे। उसके सहयोगियों को भी इस साहसिक सेवा में अधिक उत्साह था। कुछ लोग तो इससे भी आगे बढ़ जाना चाहते थे। उनका विचार था कि प्रजा में असंतोष उत्पन्न करना भी सेवकों का मुख्य कर्तव्य है। इंद्रदत्त इस संप्रदाय का अगुआ था, और उसे शांत रखने में प्रभु सेवक को बड़ी चतुराई से काम लेना पड़ता था।

लेकिन ज्यों-ज्यों सेवकों की कीर्ति फैलने लगी, उन पर अधिकारियों का संदेह भी बढ़ने लगा। अब कुँअर साहब डरे कि कहीं सरकार इस संस्था का दमन न कर दे। कुछ दिनों में यह अफ़वाह भी गर्म हुई कि अधिकारी वर्ग में कुँअर साहब की रियासत ज़ब्त करने का विचार किया जा रहा है। कुँअर साहब निर्भीक पुरुष थे, पर यह अफ़वाह सुनकर उनका आसन भी डोल गया। वह ऐश्वर्य का सुख नहीं भोगना चाहते थे, लेकिन ऐश्वर्य की ममता का त्याग न कर सकते थे। उनको परोपकार में उससे कहीं अधिक आनंद आता था, जितना भोग-विलास में। परोपकार में सम्मान था, गौरव था; वह सम्मान न रहा, तो जीने में मज़ा ही क्या रहेगा! वह प्रभु सेवक को बार-बार समझाते—भाई, ज़रा समझ-बूझकर काम करो। अधिकारियों से बचकर चलो। ऐसे काम करो ही क्यों, जिनसे अधिकारियों को तुम्हारे ऊपर संदेह हो। तुम्हारे लिए परोपकार का क्षेत्र क्या कम है कि राजनीति के झगड़े में पड़ो। लेकिन प्रभु सेवक उनके परामर्श की ज़रा भी परवा न करते, धमकी देते—इस्तीफ़ा दे दूँगा। हमें अधिकारियों की क्या परवा ! वे जो चाहते हैं, करते हैं, हमसे कुछ नहीं पूछते, फिर हम क्यों उनका रुख़ देखकर काम करें ? हम अपने निश्चित मार्ग से विचलित न होंगे। अधिकारियों की जो इच्छा हो, करें। आत्मसम्मान खोकर संस्था को जीवित ही रखा, तो क्या ! उनका रुख़ देखकर काम करने का आशय तो यही है कि हम खायें, मुक़दमे लड़ें, एक दूसरे का बुरा चेतें, और पड़े-पड़े सोयें। हमारे और शासकों के उद्देश्यों में परस्पर विरोध है। जहाँ हमारा हित है, वहीं उनको शंका है, और ऐसी दशा में उनका संशय स्वाभाविक है। अगर हम लोग इस भाँति डरते रहेंगे, तो हमारा होना-न-होना दोनों बराबर है।

एक दिन दोनों आदमियों में वाद-विवाद की नौबत आ गयी। बंदोबस्त के अफ़सरों ने किसी

प्रांत में भूमि-कर में मनमानी वृद्धि कर दी थी। काउंसिलों, समाचार-पत्रों और राजनीतिक सभाओं में इस वृद्धि का विरोध किया जा रहा था, पर कर-विभाग पर कुछ असर न होता था। प्रभु सेवक की राय थी, हमें जाकर असामियों से कहना चाहिए कि साल-भर तक ज़मीन परती पड़ी रहने दें। कुँअर साहब कहते थे कि यह तो खुल्लम-खुल्ला अधिकारियों से रार मोल लेना है।

प्रभु सेवक—अगर आप इतना डर रहे हैं, तो उचित है कि आप इस संस्था को उसके हाल पर छोड़ दें। आप दो नौकाओं पर बैठकर नदी पार करना चाहते हैं, यह असंभव है। मुझे रईसों पर पहले भी विश्वास न था, और अब तो निराशा-सी हो गयी है।

कुँअर—तुम मेरी गिनती रईसों में क्यों करते हो, जब तुम्हें खूब मालूम है कि मुझे रियासत की परवा नहीं। लेकिन कोई काम धन के बग़ैर तो नहीं चल सकता। मैं नहीं चाहता कि अन्य राष्ट्रीय संस्थाओं की भाँति इस संस्था को भी धनाभाव के कारण हम टूटते देखें।

प्रभु सेवक—मैं बड़ी-से-बड़ी जायदाद को भी सिद्धान्त के लिए बलिदान कर देने में दरेग़ न करूँगा।

कुँअर—मैं भी न करता, यदि जायदाद मेरी होती। लेकिन यह जायदाद मेरे वारिसों की है, और मुझे कोई अधिकार नहीं है कि उनकी इच्छा के बग़ैर उनकी जायदाद की उत्तर-क्रिया कर दूँ। मैं नहीं चाहता कि मेरे कर्मों का फल मेरी संतान को भोगना पड़े।

प्रभु सेवक—यह रईसों की पुरानी दलील है। वे अपनी वैभव-भक्ति को इसी परदे की आड़ में छिपाया करते हैं। अगर आपको भय है कि हमारे कामों से आपकी जायदाद को हानि पहुँचेगी, तो बेहतर है कि आप इस संस्था से अलग हो जायँ।

कुँअर साहब ने चिंतित स्वर में कहा—प्रभु, तुम्हें मालूम नहीं है कि इस संस्था की जड़ अभी कितनी कमज़ोर है! मुझे भय है कि यह अधिकारियों की तीव्र दृष्टि को एक क्षण भी सहन नहीं कर सकती। मेरा और तुम्हारा उद्देश्य एक ही है; मैं भी वही चाहता हूँ, जो तुम चाहते हो। लेकिन मैं बूढ़ा हूँ, मंद गति से चलना चाहता हूँ; तुम जवान हो, दौड़ना चाहते हो। मैं भी शासकों का कृपापात्र नहीं बनना चाहता। मैं बहुत पहले निश्चय कर चुका हूँ कि हमारा भाग्य हमारे हाथ में है, अपने कल्याण के लिए जो कुछ करेंगे, हमीं करेंगे, दूसरों से सहानुभूति या सहायता की आशा रखना व्यर्थ है। किंतु कम-से-कम हमारी संस्थाओं को जीवित तो रहना चाहिए। मैं इसे अधिकारियों के संदेह की भेंट करके उसका अंतिम संस्कार नहीं करना चाहता।

प्रभु सेवक ने कुछ उत्तर न दिया। बात बढ़ जाने का भय था। मन में निश्चय किया कि अगर कुँअर साहब ने ज़्यादा चीं-चपड़ की, तो उन्हें इस संस्था से अलग कर देंगे। धन का प्रश्न इतना जटिल नहीं है कि उसके लिए संस्था के मर्मस्थल पर आघात किया जाये। इंद्रदत्त ने भी यही सलाह दी—कुँअर साहब को पृथक कर देना चाहिए। हम औषधियाँ बाँटने और अकाल-पीड़ित प्रांतों में मवेशियों का चारा ढोने के लिए नहीं हैं। है वह भी हमारा काम, इससे हमें इनकार नहीं; लेकिन मैं उसे इतना गुरू नहीं समझता। यह विध्वंस का समय है, निर्माण का समय तो पीछे आयेगा प्लेग दुर्भिक्ष और बाढ़ से दुनिया कभी वीरान नहीं हुई, और न होगी।

क्रमशः यहाँ तक नौबत पहुँची कि अब कितने ही महत्त्व की बातों में ये दोनों आदमी कुँअर

साहब से परामर्श तक न लेते, बैठकर आपस ही में निश्चय कर लेते। चारों तरफ़ से अत्याचारों के वृत्तांत नित्य दफ़्तर में आते रहते थे। कहीं-कहीं तो लोग इस संस्था की सहायता प्राप्त करने के लिए बड़ी-बड़ी रक़में देने पर तैयार हो जाते थे। इससे यह विश्वास होता जाता था कि संस्था अपने पैरों पर खड़ी हो सकती है, उसे किसी स्थायी कोष की आवश्यकता नहीं है। यदि उत्साही कार्यकर्ता हों, तो कभी धनाभाव नहीं हो सकता। ज्यों-ज्यों यह बात सिद्ध होती जाती थी, कुँअर साहब का आधिपत्य लोगों को अप्रिय प्रतीत होता जाता था।

प्रभु सेवक की रचनाएँ इन दिनों क्रांतिकारी भावों से परिपूर्ण होती थीं। राष्ट्रीयता, द्वंद्व, संघर्ष के भाव प्रत्येक छंद से टपकते थे। उसने "नौका" नाम की एक ऐसी कविता लिखी, जिसे कवितासागर का अनुपम रत्न कहना अनुचित न होगा। लोग पढ़ते थे, और सिर धुनते थे। पहले ही पद्य में यात्री ने पूछा था—"क्यों माँझी, नौका डूबेगी या पार लगेगी ?" माँझी ने उत्तर दिया था—"यात्री, नौका डूबेगी; क्योंकि तुम्हारे मन में यह शंका इसी कारण हुई है।" कोई ऐसी सभा, सम्मेलन, परिषद न था, जहाँ यह कविता न पढ़ी गई हो। साहित्य-जगत में हलचल-सी मच, गयी।

सेवक-दल पर प्रभु सेवक का प्रभुत्व दिन-दिन बढ़ता जाता था। प्रायः सभी सदस्यों को अब उन पर श्रद्धा हो गयी थी, सभी प्राणपण से उनके आदेशों पर चलने को तैयार रहते थे। सब-के-सब एक रंग में रँगे हुए थे, राष्ट्रीयता के मद में चूर, न धन की चिंता, न घर-बार की फ़िक्र, रूखा-सूखा खाने वाले, मोटा पहनने वाले, ज़मीन पर सोकर रात काट देते थे, घर की ज़रूरत न थी, कभी किसी वृक्ष के नीचे पड़ रहते, कभी किसी झोपड़े में। हाँ, उनके हृदयों में उच्च और पवित्र देशोपासना हिलोरें ले रही थीं !

समस्त देश में इस संस्था की सुव्यवस्था की चर्चा हो रही थी। प्रभु सेवक देश के सर्व-सम्मानित, सर्वजन-प्रिय नेताओं में थे। इतनी अल्पावस्था में यह कीर्ति। लोगों को आश्चर्य होता था। जगह-जगह से राष्ट्रीय सभाओं ने उन्हें आमंत्रित करना शुरू किया। जहाँ जाते, लोग उनका भाषण सुनकर मुग्ध हो जाते थे।

पूना में राष्ट्रीय सभा का उत्सव था। प्रभु सेवक को निमंत्रण मिला। तुरत इंद्रदत्त को अपना कार्य-भार सौंपा, और दक्षिण के प्रदेशों में भ्रमण करने का इरादा करके चले। पूना में उनके स्वागत की खूब तैयारियाँ की गयी थीं। यह नगर सेवक-दल का एक केंद्र भी था, और यहाँ का नायक एक बड़े जीवट का आदमी था, जिसने बर्लिन में इंजीनियरी की उपाधि प्राप्त की थी, और तीन वर्ष के लिए इस दल में सम्मिलित हो गया था। उसका नगर में बड़ा प्रभाव था। वह अपने दल के सदस्यों के लिए स्टेशन पर खड़ा था। प्रभु सेवक का हृदय यह समारोह देखकर प्रफुल्लित हो गया। उनके मन ने कहा—"यह मेरे नेतृत्व का प्रभाव है। यह उत्साह, यह निर्भीकता, यह जागृति इनमें कहाँ थी ? मैंने ही इसका संचार किया। अब आशा होती है कि ज़िंदा रहा, तो कुछ-न-कुछ कर दिखाऊँगा।" हा अभिमान !

संध्या-समय विशाल पंडाल में जब वह मंच पर खड़े हुए, तो कई हज़ार श्रोताओं को अपनी ओर श्रद्धा-पूर्ण नेत्रों से ताकते देखकर उनका हृदय पुलकित हो उठा। गैलरी में योरपियन महिलाएँ भी उपस्थित थीं। प्रांत के गवर्नर महोदय भी आये हुए थे। जिसकी क़लम में यह जादू है, उसकी

वाणी में क्या कुछ चमत्कार न होगा ! सब यही देखना चाहते थे।

प्रभु सेवक का व्याख्यान शुरू हुआ। किसी को उनका परिचय कराने की ज़रूरत न थी। राजनीति की दार्शनिक मीमांसा करने लगे। राजनीति क्या है ? उसकी आवश्यकता क्यों है ? उसके पालन का क्या विधान है ? किन दशाओं में उसकी अवज्ञा करना प्रजा का धर्म हो जाता है ? उसके गुण-दोष क्या हैं ? उन्होंने बड़ी विद्वत्ता और अत्यंत निर्भीकता के साथ इन प्रश्नों की व्याख्या की। ऐसे जटिल और गहन विषय को अगर कोई सरल, बोधगम्य और मनोरंजक बना सकता था, तो वह प्रभु सेवक थे। लेकिन राजनीति भी संसार की उन महत्त्वपूर्ण वस्तुओं में है, जो विश्लेषण और विवेचन की आँच नहीं सह सकती। उसका विवेचन उसके लिए घातक है, उस पर अज्ञान का परदा पड़ा रहना ही अच्छा है। प्रभु सेवक ने परदा उठा दिया—सेनाओं के परे आँखों से अदृश्य हो गये, न्यायालय के विशाल भवन ज़मीन पर गिर पड़े, प्रभुत्व और ऐश्वर्य के चिह्न मिटने लगे, सामने मोटे और उज्ज्वल अक्षरों में लिखा हुआ था—'सर्वोत्तम राजनीति राजनीति का अंत है।' लेकिन ज्यों ही उनके मुख से ये शब्द निकले—हमारा देश राजनीति-शून्य है। परवशता और आज्ञाकारिता में सीमाओं का अंतर है। त्यों ही सामने से पिस्तौल छूटने की आवाज़ आयी, और गोली प्रभु सेवक के कान के पास से निकलकर पीछे की ओर दीवार में लगी। रात का समय था; कुछ पता न चला, किसने यह आघात किया। संदेह हुआ, किसी योरपियन की शरारत है। लोग गैलरियों की ओर दौड़े। सहसा प्रभु सेवक ने उच्च स्वर से कहा—मैं उस प्राणी को क्षमा करता हूँ, जिसने मुझ पर आघात किया है। उसका जी चाहे, तो वह फिर मुझ पर निशाना मार सकता है। मेरा पक्ष लेकर किसी को इसका प्रतिकार करने का अधिकार नहीं है। मैं अपने विचारों का प्रचार करने आया हूँ, आघातों का प्रत्याघात करने के लिए नहीं।

एक ओर से आवाज़ आयी—यह राजनीति की आवश्यकता का उज्ज्वल प्रमाण है।

सभा उठ गयी। योरपियन लोग पीछे के द्वार से निकल गये। बाहर सशस्त्र पुलिस आ पहुँची थी।

दूसरे दिन संध्या को प्रभु सेवक के नाम तार आया—सेवकदल की प्रबंधकारिणी समिति आपके व्याख्यान को नापसंद करती है, और अनुरोध करती है कि आप लौट आयें, वरना यह आपके व्याख्यानों की उत्तरदायी न होगी।

प्रभु सेवक ने तार के काग़ज़ को फाड़कर टुकड़े-टुकड़े कर डाला, और उसे पैरों से कुचलते हुए आप-ही-आप बोले—धूर्त, कायर, रँगा हुआ सियार, राष्ट्रीयता का दम भरता है, जाति की सेवा करेगा ! एक व्याख्यान ने कायापलट कर दी। उँगली में लहू लगाकर शहीदों में नाम लिखाना चाहता है ! जाति-सेवा को बच्चों का खेल समझ रखा है। यह बच्चों का ख़ेल नहीं है, साँप के मुँह में उँगली डालना है, शेर से पंजा लेना है। यदि अपने और ही अपनी सम्पत्ति इतनी प्यारी है, तो यह स्वाँग क्यों भरते हो ? जाओ, तुम-जैसे देशभक्तों के बग़ैर देश की कोई हानि नहीं।

उन्होंने उसी वक़्त तार का जवाब दिया—मैं प्रबंधकारिणी समिति के अधीन रहना अपने लिए अपमानजनक समझता हूँ। मेरा उससे कोई सम्बन्ध नहीं है।

आध घंटे के बाद दूसरा पत्र आया। इस पर सरकारी मुहर थी—

माई डियर सेवक,

मैं नहीं कह सकता कि कल आपका व्याख्यान सुनकर मुझे कितना लाभ और आनंद प्राप्त हुआ। मैं यह अत्युक्ति के भाव से नहीं कहता कि राजनीति की ऐसी विद्वत्तापूर्ण और तात्त्विक मीमांसा आज तक मैंने कहीं न सुनी थी। नियमों ने मेरी ज़बान बन्द कर रखी है, लेकिन मैं आपके भावों और विचारों का आदर करता हूँ, और ईश्वर से प्रार्थना करता हूँ कि वह दिन जल्द आये, जब हम राजनीति का मर्म समझें, और उसके सर्वोच्च सिद्धांतों का पालन कर सकें। केवल एक ही ऐसा व्यक्ति है, जिसे आपकी स्पष्ट बातें असह्य हुईं, और मुझे बड़े दुःख और लज्जा के साथ स्वीकार करना पड़ता है कि वह व्यक्ति योरपियन है। मैं योरपियन समाज की ओर से इस कायरतापूर्ण और अमानुषीय आघात पर शोक और घृणा प्रकट करता हूँ। मैं आपको विश्वास दिलाता हूँ कि समस्त योरपियन समाज को आपसे हार्दिक सहानुभूति है। यदि मैं उस नर-पिशाच का पता लगाने में सफल हुआ (उसका कल से पता नहीं है), तो आपको इसकी सूचना देने में मुझसे अधिक आनन्द और किसी को न होगा।

आपका

एफ. विल्सन।

प्रभु सेवक ने इस पत्र को दुबारा पढ़ा। उनके हृदय में गुदगुदी-सी होने लगी। बड़ी सावधानी से उसे अपने संदूक़ में रख दिया। कोई और वहाँ होता, तो ज़रूर पढ़कर सुनाते। वह गर्वोन्मत्त होकर कमरे में टहलने लगे। यह है जीवित जातियों की उदारता, विशाल-हृदयता, गुणग्राहकता! उन्होंने स्वाधीनता का आनंद उठाया है, स्वाधीनता के लिए बलिदान किये हैं, और इसका महत्त्व जानते हैं। जिसका समस्त जीवन खुशामद और मुखापेक्षा में गुज़रा हो, वह स्वाधीनता का महत्त्व क्या समझ सकता है! मरने के दिन सिर पर आ जाते हैं, तो हम कितने ईश्वर-भक्त बन जाते हैं। भरतसिंह भी उसी तरफ़ गये होते, अब तक राम-नाम का जप करते होते, वह तो विनय ने इधर फेर लिया। यह उन्हीं का प्रभाव था। विनय! इस अवसर पर तुम्हारी ज़रूरत है, बड़ी ज़रूरत है, तुम कहाँ हो? आकर देखो, तुम्हारी बोयी हुई खेती का क्या हाल है। उसके रक्षक उसके भक्षक बने जा रहे हैं।

अड़तीस

सोफ़िया और विनय रात-भर तो स्टेशन पर पड़े रहे। सबेरे समीप के गाँव में गये, जो भीलों की एक छोटी-सी बस्ती थी। सोफ़िया को यह स्थान बहुत पसंद आया। बस्ती के सिर पर पहाड़ का साया था, पैरों के नीचे एक पहाड़ी नाला मीठा राग गाता हुआ बहता था। भीलों के छोटे-छोटे झोपड़े, जिन पर बेलें फैली हुई थीं, अप्सराओं के खिलौनों की भाँति सुन्दर लगते थे। जब तक कुछ निश्चय न हो जाये कि क्या करना है, कहाँ जाना है, कहाँ रहना है, तब तक उन्होंने उसी

गाँव में निवास करने का इरादा किया। एक झोपड़े में जगह भी आसानी से मिल गयी। भीलों का आतिथ्य प्रसिद्ध है, और ये दोनों प्राणी भूख-प्यास, गरमी-सरदी सहने के अभ्यस्त थे। जो कुछ मोटा-झोटा मयस्सर हुआ, खा लिया, चाय और मक्खन, मुरब्बे और मेवों का चस्का न था। सरल और सात्विक जीवन उनका आदर्श था। यहाँ उन्हें कोई कष्ट न हुआ। इस झोपड़े में केवल एक भीलनी रहती थी। उसका लड़का कहीं फ़ौज में नौकर था। बुढ़िया इन लोगों की सेवा-टहल सहर्ष कर देती। यहाँ इन लोगों ने मशहूर किया कि हम दिल्ली के रहने वाले हैं, जलवायु बदलने आये हैं। गाँव के लोग उनका बड़ा अदब और लिहाज़ करते थे।

किंतु इतना एकांत और इतनी स्वाधीनता होने पर भी दोनों एक दूसरे से बहुत कम मिलते। दोनों ही न जाने क्यों सशंक रहते थे। उनमें मनोमालिन्य न था, दोनों प्रेम में डूबे हुए थे। दोनों उद्विग्न थे, दोनों विकल, दोनों अधीर, किंतु नैतिक बंधनों की दृढ़ता उन्हें मिलने न देती। तात्त्विक धर्म-निरूपण ने सोफ़िया को साम्प्रदायिक संकीर्णताओं से मुक्त कर दिया था। उसकी दृष्टि में भिन्न-भिन्न मत केवल एक ही सत्य के भिन्न-भिन्न नाम थे। उसे अब किसी से द्वेष न था, किसी से विरोध न था। जिस अशांति ने कई महीनों तक उसके धर्म-सिद्धान्तों को कुंठित कर रखा था, वह विलुप्त हो गयी थी। अब प्राणिमात्र उसके लिए अपना था। और, यद्यपि विनय के विचार इतने उदार न थे, संसार की प्रेम-ममता उनके लिए एक दार्शनिक वाद से अधिक मूल्य न रखती थी; किंतु सोफ़िया की उदारता के सामने उनकी परम्परागत समाज-व्यवस्थाएँ मुँह छिपाती फिरती थीं। वास्तव में दोनों का आत्मिक संयोग हो चुका था, और भौतिक संयोग में भी कोई वास्तविक बाधा न थी। किंतु यह सब होते हुए भी वे दोनों पृथक रहते, एकांत में साथ कभी न बैठते। उन्हें अब अपने ही से शंका होती थी। वचन का काल समाप्त हो चुका था, लेख का समय आ गया था। वचन से ज़बान नहीं कटती। लेख से हाथ कट जाता है।

लेकिन लेख से हाथ चाहे कट जायँ, इसके बिना कोई बात पक्की नहीं होती। थोड़ा-सा मतभेद, ज़रा-सा असंयम समझौते को रद्द कर सकता है। इसलिए दोनों ही अनिश्चित दशा का अंत कर देना चाहते थे। कैसे करें, यह समझ में नहीं आता था। कौन इस प्रसंग को छेड़े ? कदाचित बातों में कोई आपत्ति खड़ी हो जाये। सोफ़िया के लिए विनय का सामीप्य काफ़ी था। वह उन्हें नित्य आँखों से देखती थी, उनके हर्ष और अमर्ष में सम्मिलित होती थी, उन्हें अपना समझती थी। इससे अधिक वह कुछ न चाहती थी। विनय रोज़ आसपास के देहातों में विचरने चले जाते थे, कोई स्त्री उनसे अपने परदेसी पुत्र या पति के नाम पत्र लिखाती, कहीं रोगियों को दवा देते, कहीं पारस्परिक कलहों में मध्यस्थ बनना पड़ता। भोर के गये पहर रात को लौटते। यह उनकी नित्य की दिनचर्या थी। सोफ़िया चिराग़ जलाये उनकी बाट देखा करती। जब वह आ जाते, तो उनके हाथ-पैर धुलवाकर भोजन कराती, दिन-भर की कथा प्रेम से सुनती, और तब दोनों अपनी-अपनी कोठरियों में सोने चले जाते। वहाँ विनय को अपना घास का बिछौना बिछा हुआ मिलता। सिरहाने पानी की हाँडी रखी होती। सोफ़िया इतने ही में संतुष्ट थी। अगर उसे विश्वास हो जाता कि मेरा सम्पूर्ण जीवन इसी भाँति कट जायेगा, तो वह अपना अहोभाग्य समझती। यही उसके जीवन का मधुर स्वप्न था। लेकिन विनय इतने धैर्यशील, इतने विरागी

न थे। उनको केवल आध्यात्मिक संयोग से संतोष न होता था। सोफ़िया का अनुपम सौंदर्य, उसकी स्वर्गोपम वचन-माधुरी, उसका विलक्षण अंग-विन्यास उनकी शृंगारमयी कल्पना को विकल करता रहता था। उन्होंने कुचक्रों में पड़कर एक बार उसे खो दिया था। अब दुबारा उस परीक्षा में न पड़ना चाहते थे। जब तक इसकी संभावना उपस्थित थी, उनके चित्त को कभी शांति न हो सकती थी।

ये लोग रेलवे स्टेशन के पते से अपने नाम पत्र-पत्रिकाएँ, पुस्तकें आदि मँगा लिया करते थे। उनसे संसार की प्रगति का बोध हो जाता था। भीलों से उनको कुछ प्रेम-सा भी हो गया था। यहाँ से कहीं और चले जाने की उन्हें इच्छा ही न होती थी। दोनों को शंका थी कि इस सुरक्षित स्थान से निकलकर हमारी न जाने क्या दशा हो जाये, न जाने हम किस भँवर में जा पड़ें। इस शांति-कुटीर को दोनों ही ग़नीमत समझते थे। सोफ़िया को विनय पर विश्वास था। वह अपनी आकर्षण-शक्ति से परिचित थी। विनय को सोफ़िया पर विश्वास न था। वह अपनी आकर्षण-शक्ति से अनभिज्ञ थे।

इस तरह एक साल गुज़र गया। सोफ़िया विनय को जलपान कराकर अँगीठी के सामने बैठी एक किताब देख रही थी। कभी मार्मिक स्थलों पर पेंसिल से x निशान करती, कभी प्रश्न-चिह्न बनाती, कहीं लकीर खींचती। विनय को शंका हो रही थी कि कहीं यह तल्लीनता प्रेम-शैथिल्य का लक्षण तो नहीं है ? पढ़ने में ऐसी मग्न है कि ताकती तक नहीं। कपड़े पहने, बाहर जाना चाहते थे। ठंडी हवा चल रही थी। जाड़े के कपड़े थे ही नहीं। कम्बल काफ़ी न था। अलसाकर अँगीठी के पास आये, और माँची पर बैठ गये। सोफ़िया की आँखें किताब में गड़ी हुई थीं। विनय की लालसा-युक्त दृष्टि अवसर पाकर निर्विघ्न रूप से उसके रूप-लावण्य की छटा देखने लगी। सहसा सोफ़िया ने सिर उठाया, तो विनय को सचेष्ट नेत्रों से अपनी ओर ताकते पाया। लजाकर आँखें नीची कर लीं, और बोली—आज तो बड़ी सरदी है, कहाँ जाओगे ! बैठो, तुम्हें इस पुस्तक के कुछ भाग सुनाऊँ। बहुत ही सुपाठ्य पुस्तक है। यह कहकर उसने आँगन की ओर देखा, भीलनी ग़ायब थी। शायद लकड़ी बटोरने चली गयी थी। अब दस बजे के पहले न आयेगी। सोफ़िया कुछ चिंतित-सी हो गयी।

विनय ने उत्सुकता के साथ कहा—नहीं सोफ़ी, आज कहीं न जाऊँगा। तुमसे कुछ बातें करने को जी चाहता है। किताब बन्द करके रख दो। तुम्हारे साथ रहकर भी तुमसे बातें करने को तरसता रहता हूँ।

यह कहकर उन्होंने सोफ़िया के हाथों से किताब छीन लेने की चेष्टा की। सोफ़िया किताब को दृढ़ता से पकड़कर बोली—ठहरो-ठहरो, क्या करते हो ! अब यही शरारत मुझे अच्छी नहीं लगती। बैठो, इस फ्रेंच फ़िलॉसफ़र के विचार सुनाऊँ। देखो, उसने कितनी विशालहृदयता से धार्मिक निरूपण किया है।

विनय—नहीं, आज दस मिनट के लिए तुम इस फ़िलॉसफ़र से अवकाश माँग लो और मेरी ये बातें सुन लो, जो किसी पिंजर-बद्ध पक्षी की भाँति बाहर निकलने के लिए तड़फड़ा रही हैं। आख़िर मेरे इस वनवास की कोई अवधि है, या सदैव जीवन के सुख-स्वप्न ही देखता रहूँगा ?

सोफ़िया—इस लेखक के विचार उस जवाब से कहीं मनोरंजक हैं, जो मैं तुम्हें दे सकती हूँ। मुझे इन पर कई शंकाएँ हैं। संभव है, विचार-परिवर्तन से उनकी निवृत्ति हो जाये।

विनय—नहीं, यह किताब बन्द करके रख दो। आज मैं समर के लिए कमर कसकर आया हूँ। आज तुमसे वचन लिये बिना तुम्हारा दामन न छोडूँगा। क्या अब भी मेरी परीक्षा कर रही हो ?

सोफ़िया ने किताब बन्द करके रख दी, और प्रेम-गंभीर भाव से बोली—मैंने तो अपने को तुम्हारे चरणों पर डाल दिया, अब और मुझसे क्या चाहते हो ?

विनय—अगर मैं देवता होता, तो तुम्हारी प्रेमोपासना से संतुष्ट हो जाता; लेकिन मैं भी तो इच्छाओं का दास, क्षुद्र मनुष्य हूँ। मैंने जो कुछ पाया है, उससे संतुष्ट नहीं हूँ। मैं और चाहता हूँ, सब चाहता हूँ। क्या अब भी तुम मेरा आशय नहीं समझीं ? मैं पक्षी को अपनी मुँडेर पर बैठे देखकर संतुष्ट नहीं, उसे अपने पिंजड़े में जाते देखना चाहता हूँ। क्या और भी स्पष्ट रूप से कहूँ ? मैं सर्वभोगी हूँ, केवल सुगंध से मेरी तृप्ति नहीं होती।

सोफ़िया—विनय, मुझे अभी विवश न करो, मैं तुम्हारी हूँ। मैं इस वक़्त यह बात जितने शुद्ध भाव और निष्कपट हृदय से कह रही हूँ, उससे अधिक किसी मंदिर में, कलीसा में या हवन-कुंड के सामने नहीं कह सकती। जिस समय मैंने तुम्हारा तिरस्कार किया था, उस समय भी तुम्हारी थी। लेकिन क्षमा करना, मैं कभी कोई ऐसा कर्म न करूँगी, जिससे तुम्हारा अपमान, तुम्हारी अप्रतिष्ठा अथवा तुम्हारी निंदा हो। मेरा यह संयम अपने लिए नहीं, तुम्हारे लिए है। आत्मिक मिलाप के लिए कोई बाधा नहीं होती; पर सामाजिक संस्कारों के लिए अपने सम्बन्धियों और समाज के नियमों की स्वीकृति अनिवार्य है, अन्यथा वे लज्जास्पद हो जाते हैं। मेरी आत्मा मुझे कभी क्षमा न करेगी, अगर मेरे कारण तुम अपने माता-पिता, विशेषतः अपनी पूज्य माता के कोप-भाजन बनो, और वे मेरे साथ तुम्हें भी कुल-कलंक समझने लगें। मैं कल्पना भी नहीं कर सकती कि इस अवज्ञा के लिए रानीजी तुम्हें, और विशेषकर मुझे, क्या दंड देंगी। वह सती हैं, देवी हैं, उनका क्रोध न जाने क्या अनर्थ करे। मैं उनकी दृष्टि में कितनी पतित हूँ, इसका मुझे अनुभव हो चुका है, और तुम्हें भी उन्होंने कठोर-से-कठोर दण्ड दे दिया, जो उनके वश में था। ऐसी दशा में जब उन्हें ज्ञात होगा कि मैं और तुम केवल प्रेम के सूत्र में नहीं, संस्कारों के सूत्र में बँधे हुए हैं, तो आश्चर्य नहीं कि वह क्रोधावेश में आत्महत्या कर लें। संभव है, इस समय तुम उन समस्त विघ्न-बाधाओं को अंगीकार करने को तैयार हो जाओ; लेकिन मैं वाह्य संस्कारों को इतने महत्त्व की वस्तु नहीं समझती।

विनय ने उदास होकर कहा—सोफ़ी, इसका आशय इसके सिवा और क्या है कि मेरा जीवन सुख-स्वप्न देखने में ही कट जाये।

सोफ़ी—नहीं विनय, मैं इतनी हताश नहीं हूँ। मुझे अब भी आशा है कि कभी-न-कभी रानीजी से तुम्हारा और अपना अपराध क्षमा करा लूँगी, और तब उनके आशीर्वादों के साथ हम दाम्पत्यक्षेत्र में प्रवेश करेंगे। रानीजी की कृपा और अकृपा, दोनों ही सीमागत रहती हैं। एक सीमा का अनुभव हम कर चुके। ईश्वर ने चाहा, तो दूसरी सीमा का भी जल्द ही अनुभव होगा। मैं तुमसे सविनय अनुरोध करती हूँ कि अब इस प्रसंग को फिर मत उठाना, अन्यथा मुझे कोई दूसरा रक्षा-स्थान

खोजना पड़ेगा।

विनय ने धीरे से कहा—वह दिन तब आयेगा, जब या तो अम्माँ जी न होंगी या मैं न रहूँगा।

तब उन्होंने कम्बल ओढ़ा, हाथ में लकड़ी ली, और बाहर चले गये, जैसे कोई किसान महाजन की फटकार सुनकर उसके घर से बाहर निकले।

फिर पूर्ववत दिन कटने लगे। विनय बहुत मलिन और खिन्न रहते। यथासंभव घर से बाहर ही विचरा करते, आते भी तो भोजन करके चले जाते। कहीं जाना न होता, तो नदी के तट पर जा बैठते, और घंटों जलक्रीड़ा देखा करते। कभी काग़ज़ की नावें बनाकर उसमें तैराते और उनके पीछे-पीछे वहाँ तक जाते, जहाँ वे जलमग्न हो जातीं। उन्हें अब भ्रम होने लगा था कि सोफ़िया को अब भी मुझ पर विश्वास नहीं है। वह मुझसे प्रेम करती है, लेकिन मेरे नैतिक बल पर उसे संदेह है।

एक दिन वह नदी के किनारे बैठे हुए थे कि बुढ़िया भीलनी पानी भरने आयी। उन्हें वहाँ बैठे देखकर उसने घड़ा रख दिया, और बोली—क्यों मालिक, तुम यहाँ अकेले क्यों बैठे हो ? घर में मालकिन घबराती न होंगी ? मैं उन्हें बहुत रोते देखा करती हूँ। क्या तुमने उन्हें कुछ कहा है क्या ? क्या बात है कि कभी तुम दोनों को बैठकर हँसते-बोलते नहीं देखती ?

विनय ने कहा—क्या करूँ माता, उन्हें यही तो बीमारी है कि मुझसे रूठी रहती हैं। बरसों से उन्हें यही बीमारी हो गयी है।

भीलनी—तो बेटा, इसका उपाय मैं कर दूँगी। ऐसी जड़ी दे दूँ कि तुम्हारे बिना उन्हें छिन-भर भी चैन न आये।

विनय—क्या, क्या ऐसी जड़ी भी होती है ?

बुढ़िया ने सरल विज्ञता से कहा—बेटा, जड़ियाँ तो ऐसी-ऐसी होती हैं कि चाहे आग बाँध लो, पान बाँध लो, मुरदे को जिला दो, मुद्दई को घर बैठे मार डालो। हाँ, जानना चाहिए। तुम्हारा भील बड़ा गुनी था। राजा के दरबार में आया-जाया करता था। उसी ने मुझे दो-चार बूटियाँ बता दी थीं। बेटा, एक-एक बूटी एक-एक लाख को सस्ती है।

विनय—तो मेरे पास इतने रुपये कहाँ हैं ?

भीलनी—नहीं बेटा, तुमसे मैं क्या लूँगी ! तुम बिसुनाथपुरी के निवासी हो। तुम्हारे दरसन पा गयी, यही मेरे लिए बहुत है। वहाँ जाकर मेरे लिए थोड़ा-सा गंगाजल भेज देना। बुढ़िया तर जायेगी ! तुमने मुझसे पहले न कहा, नहीं तो मैंने वह जड़ी तुम्हें दे दी होती। तुम्हारी अनबन देखकर मुझे बड़ा दुख होता है।

संध्या समय, जब सोफ़िया बैठी भोजन बना रही थी, भीलनी ने एक जड़ी लाकर विनयसिंह को दी, और बोली—बेटा, बड़े जतन से रखना, लाख रुपये दोगे, तब भी न मिलेगी। अब तो यह विद्या ही उठ गयी। इसको अपने लहू में पंद्रह दिन तक रोज भिगोकर सुखाओ। तब इसमें से एक-एक रत्ती काटकर मालकिन को धूनी दो। पंद्रह दिन के बाद जो बच रहे, वह उनके जूड़े में बाँध दो। देखो, क्या होता है। भगवान चाहेंगे, तो तुम आप उनसे ऊबने लगोगे। वह परछाईं की भाँति तुम्हारे पीछे लगी रहेंगी। फिर उसने विनय के कान में एक मंत्र बताया, जो कई निरर्थक शब्दों का संग्रह था, और कहा कि जड़ी को लहू में डुबाते समय यह मंत्र पाँच

बार पढ़कर जड़ी पर फूँक देना।

विनयसिंह मिथ्यावादी न थे, मंत्र-तंत्र पर उनका अणु-मात्र भी विश्वास न था। लेकिन सुनी-सुनायी बातों से उन्हें यह मालूम था कि निम्न जातियों में ऐसी तांत्रिक क्रियाओं का बड़ा प्रचार है, और कभी-कभी इनका विस्मयजनक फल भी होता है। उनका अनुमान था कि क्रियाओं में स्वयं कोई शक्ति नहीं, अगर कुछ फल होता है, तो वह मूर्खों के दुर्बल मस्तिष्क के कारण। शिक्षित प्राणियों पर, जो प्रायः शंकावादी होते हैं, जो ईश्वर के अस्तित्व को भी स्वीकार नहीं करते, भला इनका क्या असर हो सकता है ! तो भी उन्होंने यह सिद्धि प्राप्त करने का निश्चय किया। उन्हें उससे किसी फल की आशा न थी, केवल उसकी परीक्षा लेना चाहते थे।

लेकिन कहीं सचमुच इस जड़ी में कुछ चमत्कार हो, तो फिर क्या पूछना ! इस कल्पना ही से उनका हृदय पुलकित हो उठा। सोफ़िया मेरी हो जायेगी ! तब उसके प्रेम में और ही बात होगी !

ज्यों ही मंगल का दिन आया, वह नदी पर गये, स्नान किया और चाकू से अपनी एक उँगली काटकर उसके रक्त में जड़ी को भिगोया, और तब उसे एक ऊँची चट्टान पर पत्थरों से ढककर रख आये। पंद्रह दिन तक लगातार यही क्रिया करते रहे। ठंड ऐसी पड़ती थी कि हाथ-पाँव गले जाते थे, बरतनों में पानी जम जाता था। लेकिन विनय नित्य स्नान करने जाते। सोफ़िया ने उन्हें इतना कर्मनिष्ठ न देखा था। कहती, इतने सबेरे न नहाओ, कहीं सरदी न लग जाये, जंगली आदमी भी दिन-भर अँगीठियाँ जलाये बैठे रहते हैं, बाहर मुँह नहीं निकाला जाता, ज़रा धूप निकल आने दिया करो। लेकिन विनय मुसकराकर कह देते, बीमार पड़ूँगा, तो कम-से-कम तुम मेरे पास बैठोगी तो ! उनकी कई उँगलियों में घाव हो गये, पर वह इन घावों को छिपाये रहते थे।

इन दिनों विनय की दृष्टि सोफ़िया की एक-एक बात, एक-एक गति पर लगी रहती थी। वह देखना चाहते थे कि मेरी क्रिया का कुछ असर हो रहा है या नहीं, किंतु कोई प्रत्यक्ष फल न दिखायी देता था। पन्द्रहवें दिन जाकर उन्हें सोफ़िया के व्यवहार में कुछ थोड़ा-सा अंतर दिखायी पड़ा। शायद किसी और समय उनका इस ओर ध्यान भी न जाता, किंतु आजकल तो उनकी दृष्टि बहुत सूक्ष्म हो गयी थी। जब घर से बाहर जाने लगे, तो सोफ़िया अज्ञात भाव से निकल आयी, और कई फ़र्लांग तक उनसे बातें करती हुई चली गयी। जब विनय ने बहुत आग्रह किया, तो लौटी। विनय ने समझा, यह उसी क्रिया का असर है।

आज से धूनी देने की क्रिया आरंभ होती थी। विनय बहुत चिंतित थे—यह क्रिया क्योंकर पूरी होगी ! अकेले सोफ़ी के कमरे में जाना सभ्यता, सज्जनता और शिष्टता के विरुद्ध है। कहीं सोफ़ी जाग जाये और मुझे देख ले, तो मुझे कितना नीच समझेगी ! कदाचित सदैव के लिए मुझसे घृणा करने लगे। न भी जागे, तो भी यह कौन-सी भलमंसी है कि कोई आदमी किसी युवती के कमरे में प्रवेश करे। न जाने वह किस दशा में लेटी होगी। संभव है, केश खुले हों, वस्त्र हट गया हो। उस समय मेरी मनोवृत्तियाँ कितनी कुचेष्ट हो जायँगी। मेरा कितना नैतिक पतन हो गया है।

सारे दिन वह इन्हीं अशांतिमय विचारों में पड़े रहे, लेकिन संध्या होते ही वह कुम्हार के

घर से एक कच्चा प्याला लाये, और उसे हिफ़ाज़त से रख दिया। मानव-चरित्र की एक विचित्रता यह है कि हम बहुधा ऐसे काम कर डालते हैं, जिन्हें करने की हमें इच्छा नहीं होती। कोई गुप्त प्रेरणा हमें इच्छा के विरुद्ध ले जाती है।

आधी रात हुई, तो विनय प्याली में आग और हाथ में वह रक्त-सिंचित जड़ी लिये हुए सोफ़ी की कोठरी के द्वार पर आये। कम्बल का परदा पड़ा हुआ था। झोपड़े में किवाड़ कहाँ ! कम्बल के पास खड़े होकर उन्होंने कान लगाकर सुना। सोफ़ी मीठी नींद सो रही थी। वह थरथर काँपते, पसीने से तर, अंदर घुसे। दीपक के मंद प्रकाश में सोफ़ी निद्रा में मग्न लेटी हुई ऐसी मालूम होती थी, मानो मस्तिष्क में मधुर कल्पना विश्राम कर रही हो। विनय के हृदय पर आतंक-सा छा गया। कई मिनट तक मंत्र-मुग्ध-सा खड़ा रहा, पर अपने को सँभाले हुए, मानो किसी देवी के मंदिर में है। उन्नत हृदयों में सौंदर्य उपासना-भाव को जाग्रत कर देता है, वासनाएँ विश्रांत हो जाती हैं। विनय कुछ देर तक सोफ़ी को भक्ति-भाव से देखता रहा। तब वह धीरे से बैठ गया, प्याले में जड़ी का एक टुकड़ा तोड़कर रख दिया, और उसे सोफ़िया के सिरहाने की ओर खिसका दिया। एक क्षण में जड़ी की सुगंध से सारा कमरा बस उठा। ऊद और अम्बर में यह सुगंध कहाँ ? धुएँ में कुछ ऐसी उद्दीपन-शक्ति थी कि विनय का चित्त चंचल हो उठा। ज्यों ही धुआँ बंद हुआ, विनय ने प्याले से जड़ी की राख निकाल ली, भीलनी के आदेशानुसार उसे सोफ़िया पर छिड़क दिया, और बाहर निकल आये। लेकिन अपनी कोठरी में आकर वह घंटों बैठे पश्चात्ताप करते रहे। बार-बार अपने नैतिक भावों को चोट पहुँचाने की चेष्टा की। इस कृत्य को विश्वासघात, सतीत्व-हत्या कहकर मन में घृणा का संचार करना चाहा। सोते वक़्त निश्चय किया कि बस, इस क्रिया का आज ही से अंत है। दूसरे दिन दिन-भर उनका हृदय खिन्न, मलिन, उद्विग्न रहा। ज्यों-ज्यों रात निकट आती थी, उन्हें शंका होती जाती थी कि कहीं मैं फिर यह क्रिया न करने लगूँ। दो-तीन भीलों को बुला लाये, और उन्हें पास सुलाया। भोजन करने में बड़ी देर की, जिससे चारपाई पर पड़ते-ही-पड़ते नींद आ जाय। जब भोजन करके उठे, तो सोफ़ी आकर उनके पास बैठ गयी। यह पहला ही अवसर था कि वह रात को उनके पास बैठी थी। वह बहुत देर तक उनके पास बैठी बातें करती रही। आज के समाचार-पत्रों में प्रभु सेवक की पूना में दी हुई वक्तृता प्रकाशित हुई थी। सोफ़ी ने उसे उच्च स्वर में पढ़ा। गर्व से उसका सिर ऊँचा हो गया, बोली—देखो, कितना विलासप्रिय आदमी था, जिसे सदैव अच्छे वस्त्रों और अन्य सुख-सामग्रियों की धुन सवार रहती थी। उसकी कितनी कायापलट हुई है। मैं समझती थी, इससे कभी कुछ न होगा, आत्मसेवन में ही इसका जीवन व्यतीत होगा। मानव-हृदय के रहस्य कितने दुर्बोध होते हैं। उसका यह त्याग और अनुराग देखकर आश्चर्य होता है !

विनय—जब प्रभु सेवक इस संस्था के कर्णधार हो गये, तो मुझे कोई चिंता नहीं है। डॉक्टर गांगुली उसे दवा बाँटने वालों की मंडली बनाकर छोड़ते। पिताजी पर मेरा विश्वास नहीं है, और इंद्रदत्त तो बिलकुल उजड्ड है। प्रभु सेवक से ज़्यादा योग्य पुरुष न मिल सकता था। वह यहाँ होते, तो बलायें लेता। यह दैवी सहायता है, और अब मुझे आशा होती है कि हमारी साधना निष्फल न होगी।

भीलों के ख़र्राटों की आवाज़ें आने लगीं। सोफ़ी चलने को उठी, तो उसने विनय को ऐसी

चितवनों से देखा, जिसमें प्रेम के सिवा और भी कुछ था—आर्द्र आकांक्षा झलक रही थी। एक आकर्षण था, जिसने विनय को सिर से पैर तक हिला दिया। जब वह चली गयी, तो उन्होंने एक पुस्तक उठा ली, और पढ़ने लगे। लेकिन ज्यों-ज्यों क्रिया का समय आता था, उनका दिल बैठा जाता था। ऐसा जान पड़ता था, कोई ज़बरदस्ती उन्हें ठेल रहा है। जब उन्हें यक़ीन हो गया कि सोफ़िया सो गयी होगी, तो वह धीरे से उठे, प्याले में आग ली और चले। आज वह कल से भी ज़्यादा भयभीत हो रहे थे। एक बार जी में आया कि प्याले को पटक दूँ। लेकिन इसके एक ही क्षण बाद उन्होंने सोफ़ी के कमरे में क़दम रखा। आज उन्होंने आँखें ऊपर उठायीं ही नहीं। सिर नीचा किये धूनी सुलगायी, और राख छिड़कर चले आये। चलती बार उन्होंने सोफ़िया का मुख-चंद्र देखा। ऐसा भासित हुआ कि वह मुसकरा रही है। कलेजा धक-से हो गया। सारे शरीर में सनसनी-सी दौड़ गयी। ईश्वर ! अब लाज तुम्हारे हाथ है, इसने देख न लिया हो ! विद्युतगति से अपनी कोठरी में आये, दीपक बुझा दिया, और चारपाई पर गिर पड़े। घंटों कलेजा धड़कता रहा।

इस भाँति पाँच दिनों तक विनय ने बड़ी कठिनाइयों से यह साधना की, और इतने ही दिनों में उन्हें सोफ़िया पर इसका असर साफ़ नज़र आने लगा। यहाँ तक कि पाँचवें दिन वह दोपहर तक उनके साथ भीलों की झोपड़ियों की सैर करती रही। उसके नेत्रों में गंभीर चिंता की जगह अब एक लालसापूर्ण चंचलता झलकती थी, और अधरों पर मधुर हास्य की आभा। आज रात को भोजन के उपरांत वह उनके पास बैठकर समाचार-पत्र पढ़ने लगी, और पढ़ते-पढ़ते उसने अपना सिर विनय की गोद में रख दिया, और उनके हाथों को अपने हाथों में लेकर बोली—सच बताओ विनय, एक बात तुमसे पूछूँ, बताओगे न ? सच बताना, तुम यह तो नहीं चाहते कि यह बला सिर से टल जाये ? मैं कहे देती हूँ, जीते जी न टलूँगी, न तुम्हें छोड़ूँगी, तुम भी मुझसे भागकर नहीं जा सकते। किसी तरह न जाने दूँगी, जहाँ जाओगे मैं भी चलूँगी, तुम्हारे गले का हार बनी रहूँगी।

यह कहते-कहते उसने विनय के हाथ छोड़ दिये, और उनके गले में बाँहें डाल दीं।

विनय को ऐसा मालूम हुआ कि मेरे पैर उखड़ गये हैं, और मैं लहरों में बहा जा रहा हूँ। एक विचित्र आशंका से उनका हृदय काँप उठा, मानो उन्होंने खेल में सिंहिनी को जगा दिया हो। उन्होंने अज्ञात भाव से सोफ़ी के कर-पाश से अपने को मुक्त कर लिया, और बोले—सोफ़ी !

सोफ़ी चौंक पड़ी, मानो निद्रा में हो। फिर उठकर बैठ गयी, और बोली—मुझे ऐसा ज्ञात होता है कि मैं पूर्व-जन्म में, उससे पहले भी, आदि से तुम्हारी हूँ, कुछ स्वप्न-सा याद आता है कि हम और तुम किसी नदी के किनारे एक झोपड़े में रहते थे। सच !

विनय ने सशंक होकर कहा—तुम्हारा जी कैसा है ?

सोफ़ी—मुझे कुछ हुआ थोड़े ही है, मैं तो अपने पूर्व जन्म की बात याद कर रही हूँ। मुझे ऐसा याद आता है कि तुम मुझे झोपड़े में अकेली छोड़कर अपनी नाव पर कहीं परदेस चले गये थे, और मैं नित्य नदी के तीर बैठी हुई तुम्हारी राह देखती रहती थी, पर तुम न आते थे।

विनय—सोफ़िया, मुझे भय हो रहा है कि तुम्हारा जी अच्छा नहीं है। रात बहुत हो गयी

है, अब सो जाओ।

सोफ़ी—मेरा तो आज यहाँ से जाने को जी ही नहीं चाहता। क्या तुम्हें नींद आ रही है ? तो सोओ, मैं बैठी हूँ, जब तुम सो जाओगे, मैं चली जाऊँगी।

एक क्षण के बाद फिर बोली—मुझे न जाने क्यों संशय हो रहा है कि तुम मुझे छोड़कर चले जाओगे। सच बताओ, क्या तुम मुझे छोड़ जाओगे ?

विनय—सोफ़ी, अब हम अनंत काल तक अलग न होंगे।

सोफ़ी—तुम इतने निर्दय नहीं हो, मैं जानती हूँ। मैं रानीजी से न डरूँगी, साफ़-साफ़ कह दूँगी, विनय मेरे हैं।

विनय की दशा उस भूखे आदमी की-सी थी, जिसके सामने परसी थाली रखी हुई हो, क्षुधा से चित्त व्याकुल हो रहा हो, आँतें सिकुड़ी जाती हों, आँखों में अँधेरा छा रहा हो; मगर थाली में हाथ न डाल सकता हो, इसलिए कि पहले किसी देवता का भोग लगना है। उन्हें अब इसमें कोई संदेह न रहा था कि सोफ़ी की व्याकुलता उसी क्रिया का फल है। उन्हें विस्मय होता था कि उस जड़ी में ऐसी कौन-सी शक्ति है। वह अपने कृत्य पर लज्जित थे, पीड़ित थे, और सबसे अधिक भयभीत थे, आत्मा से नहीं, परमात्मा से भी नहीं, सोफ़ी से। जब सोफ़ी को ज्ञात हो जायेगा—कभी-न-कभी तो यह नशा उतरेगा ही—तब वह मुझसे इसका कारण पूछेगी, और मैं छिपा न सकूँगा। उस समय वह मुझे क्या कहेगी !

आख़िर जब अँगीठी की आग ठंडी हो गयी, और सोफ़ी को सरदी मालूम होने लगी, तो सोफ़ी चली गयी। क्रिया का समय भी आ पहुँचा। लेकिन आज विनय को उसका साहस न हुआ। उन्हें उसकी परीक्षा ही करनी थी, परीक्षा हो गयी और तांत्रिक साधनों पर उन्हें हमेशा के लिए श्रद्धा हो गयी।

सोफ़िया को चारपाई पर लेटते ही ऐसा भ्रम हुआ कि रानी जाह्नवी सामने खड़ी ताक रही हैं। उसने कम्बल से सिर निकालकर देखा, और तब अपनी मानसिक दुर्बलता पर झुंझलाकर सोचने लगी—आजकल मुझे क्या हो गया है ? मुझे क्यों भाँति-भाँति के सशंय होते रहते हैं ? क्यों नित्य अनिष्ट-शंका हृदय पर छायी रहती है ? जैसे मैं विचारहीन-सी हो गयी हूँ। विनय आजकल क्यों मुझसे खिंचे हुए हैं ? कदाचित वह डर रहे हैं कि रानीजी कहीं उन्हें शाप न दें, अथवा आत्मघात न कर लें। इनकी बातों में पहले की उत्सुकता, प्रेमातुरता नहीं है। रानी मेरे जीवन का सर्वनाश किये देती हैं।

इन्हीं अशांतिमय विचारों में डूबी हुई वह सो गयी, तो देखती क्या है कि वास्तव में रानीजी मेरे सामने खड़ी क्रोधोन्मत्त नेत्रों से ताक रही हैं, और कह रही हैं—विनय मेरा है ! वह मेरा पुत्र है, उसे मैंने जन्म दिया है, उसे मैंने पाला है, तू क्यों उसे मेरे हाथों से छीने लेती है ? अगर तूने उसे मुझसे छीना, मेरे कुल को कलंकित किया, तो मैं तुम दोनों का इसी तलवार से वध कर दूँगी !

सोफ़ी तलवार की चमक देखकर घबरा गयी। चिल्ला उठी। नींद टूट गयी। उसकी सारी देह तृणवत काँप रही थी। वह दिल मज़बूत करके उठी, और विनयसिंह की कोठरी में आकर उसके सीने से चिमट गयी। विनय की आँखें लग ही रही थीं। चौंककर सिर उठाया।

सोफ़ी—विनय, विनय, जागो, मैं डर रही हूँ।

विनय तुरत चारपाई से उतरकर खड़े हो गये, और पूछा—क्या है सोफ़ी ?

सोफ़ी—रानीजी को अभी-अभी मैंने अपने कमरे में देखा। अभी वहीं खड़ी हैं।

विनय—सोफ़ी, शांत हो जाओ। तुमने कोई स्वप्न देखा है, डरने की कोई बात नहीं।

सोफ़ी—स्वप्न नहीं था विनय, मैंने रानी जी को प्रत्यक्ष देखा।

विनय—वह यहाँ कैसे आ जायँगी ? हवा तो नहीं हैं।

सोफ़ी—तुम इन बातों को नहीं जानते विनय ! प्रत्येक प्राणी के दो शरीर होते हैं—एक स्थूल, दूसरा सूक्ष्म। दोनों अनुरूप होते हैं, अंतर केवल इतना ही है कि सूक्ष्म शरीर स्थूल से कहीं सूक्ष्म होता है। वह साधारण दशाओं में अदृश्य रहता है, लेकिन समाधि या निद्रावस्था में स्थूल शरीर का स्थानापन्न बन जाता है। रानी जी का सूक्ष्म शरीर अवश्य यहाँ है।

दोनों ने बैठकर रात काटी।

सोफ़िया को अब विनय के बिना क्षण-भर भी चैन न आता। उसे केवल मानसिक अशांति न थी, ऐंद्रिक सुख-भोग के लिए भी उत्कंठित रहती। जिन विषयों की-कल्पना-मात्र से उसे अरुचि थी, जिन बातों को याद करके ही उसके मुख पर लालिमा छा जाती थी, वही कल्पनाएँ और वही भावनाएँ अब नित्य उसके चित्त पर आच्छादित रहतीं। उसे अपनी वासना-लिप्सा पर आश्चर्य होता था। किंतु जब वह विलास-कल्पना करते-करते उस क्षेत्र में प्रविष्ट होती, जो दाम्पत्य जीवन ही के लिए नियंत्रित हैं, तो रानीजी की वही क्रोध-तेज-पूर्ण मूर्ति उसके सम्मुख आकर खड़ी हो जाती, और वह चौंककर कमरे से निकल भागती। इस भाँति उसने दस-बारह दिन काटे। कृपाण के नीचे खड़े अभियोगी की दशा भी इतनी चिंताजनक न होगी !

एक दिन वह घबरायी हुई विनय के पास आयी, और बोली—विनय, मैं बनारस जाऊँगी। मैं बड़े संकट में हूँ। रानीजी मुझे यहाँ चैन न लेने देंगी। अगर यहाँ रही, तो शायद जीवन से हाथ धोना पड़े। मुझ पर अवश्य कोई-न-कोई अनुष्ठान किया गया है। मैं इतनी अव्यवस्थित-चित्त कभी न थी। मुझे स्वयं ऐसा मालूम होता है कि अब मैं वह हूँ ही नहीं, कोई और ही हूँ। मैं जाकर रानीजी के पैरों पर गिरूँगी, उनसे अपना अपराध क्षमा कराऊँगी, और उन्हीं की आज्ञा से तुम्हें प्राप्त करूँगी। उनकी इच्छा के बग़ैर मैं तुम्हें नहीं पा सकती, और ज़बरदस्ती ले लूँ, तो कुशल से न बीतेगी। विनय, मुझे स्वप्न में भी यह शंका न थी कि मैं तुम्हारे लिए इतनी अजीर्ण हो जाऊँगी। मेरा हृदय कभी इतना दुर्बल और इतना मोह-ग्रस्त न था।

विनय ने चिंतित होकर कहा—सोफ़ी, मुझे आशा है कि थोड़े दिनों में तुम्हारा चित्त शांत हो जायेगा।

सोफ़ी—नहीं विनय, कदापि नहीं। रानी जी ने तुम्हें एक महान् उद्देश्य के लिए बलि कर रखा है। बलि-जीवन का उपभोग अनिष्टकारक होता है। मैं उनसे भिक्षा माँगूँगी।

विनय—तो मैं भी तुम्हारे साथ चलूँगा।

सोफ़ी—नहीं-नहीं, ईश्वर के लिए ऐसा मत कहो। मैं तुम्हें रानीजी के सामने न ले जाऊँगी। मुझे अकेले जाने दो।

विनय—इस दशा में मैं तुम्हें अकेले कभी न जाने दूँगा। अगर ऐसा ही है, तो मैं तुम्हें वहाँ

छोड़कर वापस आ जाऊँगा।

सोफ़ी—वचन दो कि बिना मुझसे पूछे रानीजी के पास न जाओगे।

विनय—हाँ सोफ़ी, यह स्वीकार है। वचन देता हूँ।

सोफ़ी—फिर भी दिल नहीं मानता। डर लगता है, वहाँ तुम आवेश में आकर कहीं रानीजी के पास न चले जाओ। तुम यहीं क्यों नहीं रहते ? मैं तुम्हें नित्यप्रति पत्र लिखा करूँगी, और जल्द-से-जल्द लौट आऊँगी।

विनय ने उसे तस्कीन देने के लिए अकेले जाने की अनुमति दे दी, लेकिन उनका स्नेह-सिंचित हृदय यह कब मान सकता था कि सोफ़िया इस अव्यवस्थित दशा में इतनी लम्बी यात्रा करे। सोचा, उसकी निगाह बचाकर किसी दूसरी गाड़ी में बैठ जाऊँगा। उन्हें लौटकर आने की बहुत कम आशा थी। भीलों ने सुना, तो भाँति-भाँति के उपहार लेकर बिदा करने आये। मृगचर्मों, बघनखों और नाना प्रकार की जड़ी-बूटियों का ढेर लग गया। एक भील ने धनुष भेंट किया। सोफ़ी और विनय, दोनों ही को इस स्थान से प्रेम हो गया था। निवासियों का सरल, स्वाभाविक, निष्कपट जीवन उन्हें ऐसा भा गया था कि उन लोगों को छोड़कर जाते हुए हार्दिक वेदना होती थी। भीलगण खड़े रो रहे थे और कह रहे थे—जल्द आना, हमें भूल न जाना। बुढ़िया भीलनी तो उन्हें छोड़ती ही न थी। सब-के-सब स्टेशन तक उन्हें पहुँचाने आये। लेकिन जब गाड़ी आयी, और वह बैठी, विनय से विदा होने का समय आया, तो वह विनय के गले से लिपटकर रोने लगी। विनय चाहते थे कि निकल जायँ, और किसी दूसरी गाड़ी में जा बैठें, पर वह उन्हें छोड़ती ही न थी। मानो यह अंतिम वियोग है। जब गाड़ी ने सीटी दी, तो वह हृदय वेदना से विकल होकर बोली—विनय, मुझसे इतने दिनों कैसे रहा जायेगा ? रो-रोकर मर जाऊँगी। ईश्वर, मैं क्या करूँ ?

विनय—सोफ़ी, घबराओ नहीं, मैं तुम्हारे साथ चलूँगा।

सोफ़ी—नहीं-नहीं, ईश्वर के लिए। मैं अकेली ही जाऊँगी।

विनय गाड़ी में आकर बैठ गया। गाड़ी रवाना हो गयी। ज़रा देर के बाद सोफ़िया ने कहा—तुम न आते, तो मैं शायद घर तक न पहुँचती। मुझे ऐसा ज्ञात हो रहा था कि प्राण निकले जा रहे हैं। सच बताना विनय, तुमने मुझ पर मोहिनी तो नहीं डाल दी है ? मैं इतनी अधीर क्यों हो गयी हूँ ?

विनय ने लज्जित होकर कहा—क्या जाने सोफ़ी, मैंने एक क्रिया तो की है। नहीं कह सकता कि वह मोहिनी थी या कुछ और।

सोफ़ी—सच !

विनय—हाँ, बिलकुल सच। मैं तुम्हारी प्रेम-शिथिलता से डर गया था कि कहीं तुम मुझे फिर न परीक्षा में डालो।

सोफ़ी ने विनय की गरदन में हाथ डाल दिये और बोली—तुम बड़े छलिया हो। अपना जादू उतार लो, मुझे क्यों तड़पा रहे हो ?

विनय—क्या कहूँ, उतारना नहीं सीखा, यही तो भूल हुई।

सोफ़ी—तो मुझे भी वही मंत्र क्यों नहीं सिखा देते ? न मैं उतार सकूँगी, न तुम उतार सकोगे.

...(एक क्षण के बाद) लेकिन नहीं। मैं तुम्हें संज्ञाहीन न बनाऊँगी। दो में से एक को तो होश में रहना चाहिए। दोनों मदमत्त हो जायँगे, तो अनर्थ हो जायेगा। अच्छा बताओ, कौन-सी क्रिया की थी ?

विनय ने अपनी जेब से वह जड़ी निकालकर दिखाते हुए कहा—इसी की धूनी देता था।

सोफ़ी—जब मैं सो जाती थी, तब ?

विनय—(सकुचाते हुए) हाँ सोफ़ी, तभी।

सोफ़ी—तुम बड़े ढीठ हो। अच्छा अब यही जड़ी मुझे दे दो। तुम्हारा प्रेम शिथिल होते देखूँगी, तो मैं भी यही क्रिया करूँगी।

यह कहकर उसने जड़ी लेकर रख ली। थोड़ी देर के बाद उसने पूछा—यह तो बताओ, वहाँ तुम रहोगे कहाँ ? मैं रानीजी के पास तुम्हें न जाने दूँगी।

विनय—अब मेरा कोई मित्र नहीं रहा। सभी मुझसे असंतुष्ट हो रहे होंगे। नायकराम के घर चला जाऊँगा। तुम वहीं आकर मुझसे मिल लिया करना। वह तो घर पहुँच ही गया होगा।

सोफ़िया—कहीं जाकर कह न दे !

विनय—नहीं, मंदबुद्धि है, पर विश्वासघाती नहीं।

सोफ़िया—अच्छी बात है। देखें, रानीजी से मुराद मिलती है या मौत।

उनचालीस

तीसरे दिन यात्रा समाप्त हो गयी, तो संध्या हो चुकी थी। सोफ़िया और विनय, दोनों डरते हुए गाड़ी से उतरे कि कहीं किसी परिचित आदमी से भेंट न हो जाये। सोफ़िया ने सेवा-भवन (विनयसिंह का घर) चलने का विचार किया; लेकिन आज वह बहुत कातर हो रही थी, रानीजी न जाने कैसे पेश आयें। वह पछता रही थी कि नाहक़ यहाँ आयी; न जाने कैसी पड़े, कैसी न पड़े। अब उसे अपने ग्रामीण जीवन की याद आने लगी। कितनी शांति थी, कितना सरल जीवन था; न कोई विघ्न था, न बाधा; न किसी से द्वेष था, न मत्सर। विनयसिंह उसे तस्कीन देते हुए बोले—दिल मज़बूत रखना, ज़रा भी मत डरना, सच्ची घटनाएँ बयान करना, बिलकुल सच्ची, तनिक भी अतिशयोक्ति न हो, ज़रा भी खुशामद न हो। दया-प्रार्थना का एक शब्द भी मुख से मत निकालना। मैं बातों को घटा-बढ़ाकर अपनी प्राण-रक्षा नहीं करना चाहता। न्याय और शुद्ध न्याय चाहता हूँ। यदि वह तुमसे अशिष्टता का व्यवहार करें, कटु वचनों का प्रहार करने लगें, तो तुम क्षण-भर भी मत ठहरना। प्रातःकाल आकर मुझसे एक-एक बात कहना। या कहो, तो मैं भी तुम्हारे साथ चलूँ ?

सोफ़ी उन्हें साथ लेकर चलने पर राज़ी न हुई। विनय तो पाँड़ेपुर की तरफ़ चले, वह सेवा-भवन की ओर चली। ताँगे वाले ने कहा—मिस साहब, आप कहीं चली गयी थीं क्या ? बहुत दिनों के बाद दिखलायी दीं !

सोफ़ी का कलेजा धक-धक करने लगा। बोली—तुमने मुझे कब देखा ? मैं तो इस शहर

में पहली ही बार आयी हूँ।

ताँगे वाले ने कहा—आप ही जैसी एक मिस साहब यहाँ सेवक साहब की बेटी भी थीं। मैंने समझा आप ही होंगी।

सोफ़िया—मैं ईसाई नहीं हूँ।

जब वह सेवा-भवन के समीप पहुँची, तो ताँगे से उतर प्रड़ी। वह रानीजी से मिलने के पहले अपने आने की कानोंकान भी ख़बर न होने देना चाहती थी। हाथ में अपना बैग लिये हुए ड्योढ़ी पर गयी, और दरबान से बोली—जाकर रानीजी से कहो, मिस सोफ़िया आपसे मिलना चाहती हैं।

दरबान उसे पहचानता ही था। उठकर सलाम किया, और बोला—हजूर, भीतर चलें, इत्तिला क्या करनी है ! बहुत दिनों बाद आपके दरसन हुए।

सोफ़िया—मैं बहुत अच्छी तरह खड़ी हूँ। तुम जाकर इत्तला तो दो।

दरबान—सरकार, उनका मिजाज आप जानती ही हैं। बिगड़ जायँगी कि उन्हें साथ क्यों न लाया, इत्तला क्यों देने आया ?

सोफ़िया—मेरी ख़ातिर से दो-चार बातें सुन लेना।

दरबान अन्दर गया, तो सोफ़िया का दिल इस तरह धड़क रहा था, जैसे कोई पत्ता हिल रहा हो। मुख पर एक रंग आता था, एक रंग जाता था। धड़का लगा हुआ था—कहीं रानी साहब गुस्से में भरी वहीं से बिगड़ती हुई न आयें, या कहला दें, चली जा, नहीं मिलती ! बिना एक बार उनसे मिले तो मैं न जाऊँगी, चाहे वह हज़ार बार दुत्कारें।

एक मिनट भी न गुज़रने पाया था कि रानीजी, एक शाल ओढ़े हुए, द्वार पर आ गयीं, और उससे टूटकर गले मिलीं, जैसे कोई माता ससुराल से आने वाली बेटी को गले लगा ले। उनकी आँखों से आँसुओं की वर्षा होने लगी। अवरुद्ध कंठ से बोलीं—तुम यहीं क्यों खड़ी हो गयीं बेटी, अंदर क्यों न चली आयीं ? मैं तो नित्यप्रति तुम्हारी बाट जोहती रहती थी। तुमसे मिलने को जी तड़प-तड़पकर रह जाता था। मुझे आशा हो रही थी कि तुम आ रही हो, पर तुम आती न थीं। कई बार यों ही स्टेशन तक गयी कि शायद तुम्हें देख पाऊँ। ईश्वर से नित्य मनाती थी कि एक बार तुमसे मिला दे। चलो, भीतर चलो। मैंने तुम्हें जो दुर्वचन कहे थे, उन्हें भूल जाओ ! (दरबान से) यह बैग उठा ले। महरी से कह दे, मिस सोफ़िया का पुराना कमरा साफ़ कर दे। बेटी, तुम्हारे कमरे की ओर ताकने की हिम्मत नहीं पड़ती, दिल भर आता है।

यह कहते हुए सोफ़िया का हाथ पकड़े अपने कमरे में आयीं, और उसे अपनी बग़ल में मसनद पर बैठाकर बोलीं—आज मेरी मनोकामना पूरी हो गयी। तुमसे मिलने के लिए जी बहुत बेचैन था।

सोफ़िया का चिंता-पीड़ित हृदय इस निरपेक्षित स्नेह-बाहुल्य से विह्वल हो उठा। वह केवल इतना कह सकी—मुझे भी आपके दर्शनों की बड़ी अभिलाषा थी। आपसे दया-भिक्षा माँगने आयी हूँ।

रानी—बेटी, तुम देवी हो, मेरी बुद्धि पर परदा प़ड़ गया था। मैंने तुम्हें पहचाना न था। मुझे सब मालूम है बेटी, सब सुन चुकी हूँ। तुम्हारी आत्मा इतनी पवित्र है, यह मुझे मालूम न था।

आह ! अगर पहले से जानती।

यह कहते-कहते रानीजी फूट-फूटकर रोने लगीं। जब चित्त शांत हुआ, तो फिर बोलीं—अगर पहले से जान गयी होती, तो आज इस घर को देखकर कलेजा ठंडा होता। आह ! मैंने विनय के साथ घोर अन्याय किया। तुम्हें न मालूम होगा बेटी, जब तुमने...(सोचकर) वीरपालसिंह ही नाम था न ? हाँ, जब तुमने उसके घर पर रात के समय विनय का तिरस्कार किया, तो वह लज्जित होकर रियासत के अधिकारियों के पास कैदियों पर दया करने के लिए दौड़ता रहा। दिन-दिन-भर निराहार और निर्जल पड़ा रहता, रात-रात-भर पड़ा रोया करता, कभी दीवान के पास जाता, कभी एजेंट के पास, कभी पुलिस के प्रधान कर्मचारी के पास, कभी महाराजा के पास। सबसे अनुनय-विनय करके हार गया। किसी ने न सुनी। क़ैदियों की दशा पर किसी को दया न आयी। बेचारा विनय हताश होकर अपने डेरे पर आया। न जाने किस सोच में बैठा था कि मेरा पत्र उसे मिला। हाय ! (रोकर) सोफ़ी, वह पत्र नहीं था; विष का प्याला था, जिसे मैंने अपने हाथों से पिलाया; कटार थी, जिसे मैंने अपने हाथों उसकी गरदन पर फेरा। मैंने लिखा था, तुम इस योग्य नहीं हो कि मैं तुम्हें अपना पुत्र समझूँ, तुम मुझे अपनी सूरत न दिखाना। और भी न जाने कितनी कठोर बातें लिखी थीं। याद करती हूँ, तो छाती फटने लगती है। यह पत्र पाते ही वह बिना किसी से कुछ कहे-सुने नायकराम के साथ यहाँ आने के लिए तैयार हो गया। कई स्टेशनों तक नायकराम उसके साथ आये। पंडाजी को फिर नींद आ गयी। और जब आँखें खुलीं, तो विनय का कहीं गाड़ी में पता न था। उन्होंने सारी गाड़ी तलाश की। फिर उदयपुर तक गये। रास्ते में एक-एक स्टेशन पर उतरकर पूछताछ की, पर कुछ पता न चला। बेटी, यह इस अभागिनी की राम-कथा है। मैं हत्यारिन हूँ ! मुझसे बड़ी अभागिनी संसार में और कौन होगी ? न जाने विनय का क्या हाल हुआ ! कुछ पता नहीं। उसमें बड़ा आत्माभिमान था बेटी, बड़ा बात का धनी था। मेरी बातें उसके दिल पर चोट कर गयीं। मेरे प्यारे लाल ने कभी सुख न पाया। उसका सारा जीवन तपस्या ही में कटा।

यह कहकर रानी फिर रोने लगीं। सोफ़ी भी रो रही थी। पर दोनों के मनोभावों में कितना अंतर था ! रानी के आँसू दुःख, शोक और विषाद के थे, सोफ़ी के आँसू हर्ष और उल्लास के।

एक क्षण में रानीजी ने पूछा—क्यों बेटी, तुमने उसे जेल में देखा था, तो बहुत दुबला हो गया था ?

सोफ़ी—जी हाँ, पहचाने न जाते थे।

रानी—उसने समझा, विद्रोहियों ने तुम्हारे साथ न जाने क्या व्यवहार किया हो। बस, इसी बात पर उसे ज़िद पड़ गयी। आराम से बैठो बेटी, अब यही तुम्हारा घर है। अब मेरे लिए तुम्हीं विनय की प्रतिच्छाया हो। अब यह बताओ, तुम इतने दिनों कहाँ थीं ? इंद्रदत्त तो कहता था कि तुम विनय का तिरस्कार करने के तीन-ही-चार दिन बाद वहाँ से चली आयी थीं। इतने दिनों कहाँ रहीं ? साल-भर से ऊपर तो हो गया होगा।

सोफ़िया का हृदय आनंद से गद्गद हो रहा था। जी में तो आया कि इसी वक़्त सारा वृत्तांत कह सुनाऊँ, माता की शोकाग्नि शांत कर दूँ। पर भय हुआ कि कहीं इनका धर्माभिमान फिर

न जाग्रत हो जाये। विनय की ओर से तो अब वह निश्चिन्त हो गयी थी। केवल अपने ही विषय में शंका थी। देवता को न पाकर हम पाषाण-प्रतिष्ठा करते हैं। देवता मिल जाय, तो पत्थर को कौन पूजे ? बोली—क्या बताऊँ, कहाँ थी ? इधर-उधर भटकती फिरती थी। और, शरण ही कहाँ थी ! अपनी भूल पर पछताती और रोती थी। निराश होकर यहाँ चली आयी।

रानी—तुम व्यर्थ इतने दिनों कष्ट उठाती रहीं। क्या यह घर तुम्हारा न था ? बुरा न मानना बेटी, तुमने विनय के साथ बड़ा अन्याय किया। उतना ही, जितना मैंने। तुम्हारी बात उसे और भी ज़्यादा लगी; क्योंकि उसने जो कुछ किया था, तुम्हारे ही हित के लिए किया था। मैं तो अपने प्रियतम के साथ इतनी निर्दयता कभी न कर सकती ! अब तुम स्वयं अपनी भूल पर पछता रही होगी। हम दोनों ही अभागिनी हैं। आह ! बेचारे विनय को कहीं सुख न मिला। तुम्हारा हृदय अत्यन्त कठोर है। सोचो, अगर तुम्हें ख़बर मिलती कि विनय को डाकुओं ने पकड़कर मार डाला है, तो तुम्हारी क्या दशा हो जाती ? शायद तुम भी इतनी ही दयाशून्य हो जातीं। यह मानवी स्वभाव है। मगर अब पछताने से क्या होता है। मैं आप ही नित्य पछताया करती हूँ। अब तो वह काम सँभालना है, जो उसे अपने जीवन में सबसे प्यारा था। तुमने उसके लिए बड़े कष्ट उठाये; अपमान, लज्जा, दंड; सब कुछ झेला। अब उसका काम सँभालो। इसी को अपने जीवन का उद्देश्य समझो। तुम्हें क्या ख़बर होगी, कुछ दिनों तक प्रभु सेवक इस संस्था के व्यवस्थापक हो गये थे। काम करने वाला हो, तो ऐसा हो। थोड़े ही दिनों में उसने सारा मुल्क छान डाला, और पूरे पाँच सौ वालंटियर जमा कर लिये, बड़े-बड़े शहरों में शाखाएँ खोल दीं, बहुत-सा रुपया जमा कर लिया। मुझे इससे बड़ा आनंद मिलता था कि विनय ने जिस संस्था पर अपना जीवन बलिदान कर दिया, वह फल-फूल रही है। मगर ईश्वर को न जाने क्या मंजूर था। प्रभु सेवक और कुँअर साहब में अनबन हो गयी। प्रभु सेवक उसे ठीक उसी मार्ग पर ले जा रहा था, जिस पर विनय ले जाना चाहता था। कुँअर साहब और उनके परम मित्र डॉ. गांगुली उसे दूसरे ही रास्ते पर ले जाना चाहते थे। आख़िर प्रभु सेवक ने पद-त्याग कर दिया। तभी से संस्था डाँवाडोल हो रही है, जाने बचती है या जाती है। कुँअर साहब में एक विचित्र परिवर्तन हो गया है। वह अब अधिकारियों से सशंक रहने लगे हैं। अफ़वाह थी कि गवर्नमेंट उनकी कुल जायदाद ज़ब्त करने वाली है। अधिकारी-मंडल के इस संशय को शांत करने के लिए उन्होंने प्रभु सेवक के कार्यक्रम से अपना विरोध प्रकाशित करा दिया। यही अनबन का मुख्य कारण था। अभी दो महीने भी नहीं गुज़रे, लेकिन शीराज़ा बिखर गया। सैकड़ों सेवक निराश होकर अपने काम-धंधे में लग गये। मुश्किल से दो सौ आदमी और होंगे। चलो बेटी, तुम्हारा कमरा साफ़ हो गया होगा, तुम्हारे भोजन का प्रबंध करके तब इत्मीनान से बातें करूँ। (महराजिन से) इन्हें पहचानती है न ? तब यह मेरी मेहमान थीं, अब मेरी बहू हैं। जा, इनके लिए दो-चार नयी चीज़ें बना ला। आह ! आज विनय होता, तो मैं अपने हाथों से इसे उसके गले लगा देती, ब्याह रचाती। शास्त्रों में इसकी व्यवस्था है।

सोफ़िया को प्रबल इच्छा हुई कि रहस्य खोल दूँ। बात ओठों तक आयी, और रुक गयी।

सहसा शोर मचा—लाल साहब आ गये ! लाल साहब आ गये ! भैया विनयसिंह आ गये! नौकर-चाकर चारों ओर से दौड़े, लौंडियाँ-महरियाँ काम छोड़-छोड़कर भागीं। एक क्षण में विनय

ने कमरे में क़दम रखा। रानी ने उसे सिर से पाँव तक देखा, मानो निश्चय कर रही थीं कि मेरा ही विनय है या कोई और, अथवा देखना चाहती थीं कि उस पर कोई आघात के चिह्न तो नहीं हैं, तब उठीं और बोलीं—बहुत दिनों में आये बेटा ! आओ, छाती से लगा लूँ। लेकिन विनय ने तुरत उनके चरणों पर सिर रख दिया। रानीजी को अश्रु-प्रवाह में न कुछ सूझता था, और न प्रेमावेश में कोई बात मुँह से निकलती थी, झुकी हुई विनय का सिर पकड़कर उठाने की चेष्टा कर रही थीं। भक्ति और वात्सल्य का कितना स्वर्गीय संयोग था !

लेकिन विनय को रानी की बातें न भूली थीं। माता को देखकर उसके दिल में जोश उठा कि इनके चरणों पर आत्मसमर्पण कर दूँ। एक विवशकारी उद्‌गार था प्राण दे देने के लिए, वहीं माता के चरणों पर जीवन का अंत कर देने के लिए, दिखा देने के लिए कि यद्यपि मैंने अपराध किये हैं, पर सर्वथा लज्जाहीन नहीं हूँ; जीना नहीं जानता, लेकिन मरना जानता हूँ। उसने इधर-उधर निगाह दौड़ायी। सामने ही दीवार पर तलवार लटक रही थी। वह कौंधकर तलवार उतार लाया, और उसे सर से खींचकर बोला—अम्मा, इस योग्य तो नहीं हूँ कि आपका पुत्र कहलाऊँ, लेकिन आपकी अंतिम आज्ञा शिरोधार्य करके अपनी सारी अपकीर्ति का प्रायश्चित किये देता हूँ। मुझे आशीर्वाद दीजिए।

सोफ़िया चिल्लाकर विनय से लिपट गयी। जाह्नवी ने लपककर उसका हाथ पकड़ लिया, और बोली—विनय, ईश्वर साक्षी है, मैं तुम्हें कब का क्षमा कर चुकी। तलवार छोड़ दो। सोफ़ी, तू इनके हाथ से तलवार छीन ले, मेरी मदद कर।

विनयसिंह की मुखाकृति तेजमय हो रही थी, आँखें बीरबहूटी बनी हुई थीं। उसे अनुभव हो रहा था कि गरदन पर तलवार मार लेना कितना सरल है। सोफ़िया ने दोनों हाथों से उसकी कलाई पकड़ ली, और अश्रुपूरित लोचनों से ताकती हुई बोली—विनय, मुझ पर दया करो !

उसकी दृष्टि इतनी करुण, इतनी दीन थी कि विनय का हृदय पसीज गया। मुट्ठी ढीली पड़ गयी। सोफ़िया ने तलवार लेकर खूँटी पर लटका दी।

इतने में कुँअर भरतसिंह आकर खड़े हो गये, और विनय को हृदय से लगाते हुए बोले—तुम तो बिलकुल पहचाने नहीं जाते, मोछें कितनी बढ़ गयी हैं ! इतने दुबले क्यों हो ? बीमार थे क्या ?

विनय—जी नहीं, बीमार तो नहीं था। ऐसा दुबला भी नहीं हूँ। अब माताजी के हाथों के पकवान खाकर मोटा हो जाऊँगा।

कुँअर—तुम दूर क्यों खड़ी हो सोफ़िया ? आओ, तुम्हें भी प्यार कर लूँ। रोज़ ही तुम्हारी याद आती थी। विनय बड़ा भाग्यशाली था कि तुम-जैसी रमणी पायी। संसार में तो मिलती नहीं, स्वर्ग की मैं नहीं कहता। अच्छा संयोग है कि तुम दोनों एक ही दिन आये। बेटी, मैं तुमसे विनय की सिफ़ारिश करता हूँ। तुमने इन्हें जो फटकार बतायी थी, उसे सुनकर बेचारा नायकराम स्त्रियों से इतना डर गया है कि तय की-कराई सगाई से इनकार कर गया। उम्र-भर स्त्री के लिए तरसता रहा, पर अब नाम भी नहीं लेता। कहता है—यह बेवफ़ा ज़ात होती है। भैया विनयसिंह ने जिसके लिए बदनामी सही, जान पर खेले, वही उनसे आँखें फेर ले ! कान पकड़े, अब तो मर जाऊँगा, पर ब्याह न करूँगा। अपना हाथ बढ़ाओ विनय ! सोफ़ी, यह हाथ लो, तो मुझे

इत्मीनान हो जाये कि तुम्हारे दिल साफ़ हो गये। जाह्नवी, चलो हम लोग बाहर चलें, इन्हें एक दूसरे को मनाने दो। इन्हें कितनी ही शिकायतें करनी होंगी, बातें करने के लिए विकल हो रहे होंगे। आज बड़ा शुभ दिन है।

जब एकांत हुआ, तो सोफी ने पूछा—तुम इतनी जल्द कैसे आ गये ?

विनय ने सकुचाते हुए कहा—सोफ़ी, मुझे वहाँ मुँह छिपाकर बैठते हुए शर्म आती थी। प्राण-भय से दबक जाना कायरों का काम है। माताजी की जो इच्छा हो, वही सही। नायकराम कहता रहा, पहले मिस साहब को आ जाने दो; लेकिन मुझसे न रहा गया।

सोफ़िया—ख़ैर, अच्छा ही हुआ, खूब आ गये। माताजी तुम्हारी चर्चा करके आठ-आठ आँसू रोती थीं। उनका दिल तुम्हारी तरफ़ से साफ़ हो गया है।

विनय—तुम्हें तो कुछ नहीं कहा ?

सोफ़िया—मुझसे तो ऐसा टूटकर गले मिलीं कि मैं चकित हो गयी। यह उन्हीं कठोर वचनों का प्रभाव है, जो मैंने तुम्हें कहे थे। माता आप चाहे पुत्र को कितनी ही ताड़ना दे, यह गवारा नहीं करती कि कोई दूसरा उसे कड़ी निगाह से भी देखे। मेरे अन्याय ने उनकी न्याय-भावना को जाग्रत कर दिया।

विनय—हम लोग बड़े शुभ मुहूर्त में चले थे।

सोफ़िया—हाँ विनय, अभी तक तो कुशल से बीती। आगे की ईश्वर जाने।

विनय—हम अपना दुख का हिस्सा भोग चुके।

सोफ़िया ने आशंकित स्वर में कहा—ईश्वर करे, ऐसा ही हो।

किन्तु सोफ़िया के अंतस्तल में अनिष्ट-शंका का प्रतिबिम्ब दिखायी दे रहा था। वह उसे प्रकट न कर सकती थी, पर उसका चित्त उदास था। संभव है, जन्मगत धार्मिक संस्कारों से विमुख हो जाने का खेद इसका कारण हो। अथवा वह इसे वह अतिवृष्टि समझ रही हो, जो अनावृष्टि की सूचना देती है। कह नहीं सकते, पर जब सोफ़ी रात को भोजन करके सोयी, तो उसका चित्त किसी बोझ से दबा हुआ था।

चालीस

मिल के तैयार होने में अब बहुत थोड़ी कसर रह गयी थी। बाहर से तंबाकू की गाड़ियाँ लदी चली आती थीं। किसानों को तंबाकू बोने के लिए दादनी दी जा रही थी। गवर्नर से मिल को खोलने की रस्म अदा करने के लिए प्रार्थना की गयी थी, और उन्होंने स्वीकार भी कर लिया था। तिथि निश्चित हो चुकी थी। इसलिए निर्माण-कार्य को उस तिथि तक समाप्त करने के लिए बड़े उत्साह से काम किया जा रहा था। उस दिन तक कोई काम बाक़ी न रहना चाहिए। मज़ा तो जब आये कि दावत में इसी मिल का बना हुआ सिगार भी रखा जाये। मिस्टर जॉन सेवक सुबह से शाम तक इन्हीं तैयारियों में दत्तचित रहते थे। यहाँ तक कि रात को भी दुगनी मज़दूरी देकर काम कराया जा रहा था। मिल के आसपास पक्के मकान बन चुके थे। सड़क

के दोनों किनारों पर और निकट के खेतों में मज़दूरों ने झोपड़ियाँ डाल ली थीं। एक मील तक सड़क के दोनों ओर झोपड़ियों की श्रेणियाँ नज़र आती थीं। यहाँ बड़ी चहल-पहल रहती थी। दूकानदारों ने भी अपने-अपने छप्पर डाल लिये थे। पान, मिठाई, नाज, गुड़, घी, साग, भाजी और मादक वस्तुओं की दूकानें खुल गयी थीं। मालूम होता था, कोई पैठ है। मिल के परदेसी मज़दूर, जिन्हें न बिरादरी का भय था, न सम्बन्धियों का लिहाज़, दिन-भर तो मिल का काम करते, रात को ताड़ी-शराब पीते। जुआ नित्य होता था। ऐसे स्थानों पर कुलटाएँ भी आ पहुँचती हैं। यहाँ भी एक छोटा-मोटा चकला आबाद हो गया था। पाँड़ेपुर का पुराना बाज़ार सर्द होता जाता था। मिठुआ, घीसू, विद्याधर, तीनों अक्सर इधर सैर करने आते, और जुआ खेलते। घीसू तो दूध बेचने के बहाने आता, विद्याधर नौकरी खोजने के बहाने और मिठुआ केवल उन दोनों का साथ देने आया करता था। दस-ग्यारह बजे रात तक यहाँ बड़ी बहार रहती थी। कोई चाट खा रहा है, कोई तंबोली की दूकान के सामने खड़ा है, कोई वेश्याओं से विनोद कर रहा है। अश्लील हास-परिहास, लज्जास्पद नेत्र-कटाक्ष और कुवासनापूर्ण हाव-भाव का अविरल प्रवाह होता रहता था। पाँड़ेपुर में ये दिलचस्पियाँ कहाँ ? लड़कों की हिम्मत न पड़ती थी कि ताड़ी की दूकान के सामने खड़े हों, कहीं घर का कोई आदमी देख न ले। युवकों की मजाल न थी कि किसी स्त्री को छेड़ें, कहीं मेरे घर जाकर कह न दे। सभी एक दूसरे से सम्बन्ध रखते थे। यहाँ वे रुकावटें कहाँ ? प्रत्येक प्राणी स्वच्छंद था; उसे न किसी का भय था, न संकोच। कोई किसी पर हँसने वाला न था। तीनों ही युवकों को मना किया जाता था, वहाँ न जाया करो, जाओ भी तो अपना काम करके चले आया करो; किन्तु जवानी दिवानी होती है, कौन किसी की सुनता था। सबसे बुरी दशा बजरंगी की थी। घीसू नित्य रुपये-आठ आने उड़ा लिया करता। पूछने पर बिगड़कर कहता, क्या मैं चोर हूँ ?

एक दिन बजरंगी ने सूरदास से कहा—सूरे, लड़के बरबाद हुए जाते हैं। जब देखो, चकले ही में डटे रहते हैं। घिसुआ में चोरी की बान कभी न थी। अब ऐसा हथलपका हो गया है कि सौ जतन से पैसें रख दो, खोजकर निकाल लेता है।

जगधर सूरदास के पास बैठा हुआ था। ये बातें सुनकर बोला—मेरी भी वही दसा है भाई ! विद्याधर को कितना पढ़ाया-लिखाया, मिडिल तक खींच-खाँचकर ले गया, आप भूखा रहता था, घर के लोग कपड़ों को तरसते थे, मगर उसके लिए किसी बात की कमी न थी। आसा थी, चार पैसे कमायेगा, मेरा बुढ़ापा कट जायेगा, घर-बार सँभालेगा, बिरादरी में मरजाद बढ़ायेगा। सो अब रोज वहाँ जाकर जुआ खेलता है। मुझसे बहाना करता है कि वहाँ एक बाबू के पास काम सीखने जाता हूँ। सुनता हूँ, किसी औरत से उसकी आसनाई हो गयी है। अभी पुतलीघर के कई मजूर उसे खोजते हुए मेरे घर आये थे। उसे पा जायें, तो मारपीट करें। वे भी उसी औरत के आसना हैं। मैंने हाथ-पैर पड़कर उनको बिदा किया। यह कारखाना क्या खुला, हमारी तबाही आ गयी ! फायदा जरूर है, चार पैसे की आमदनी है, पहले एक ही खोंचा न बिकता था, अब तीन-तीन बिक जाते हैं; लेकिन ऐसा सोना किस काम का, जिससे कान फटें !

बजरंगी—अजी जुआ ही खेलता, तब तक गनीमत थी, हमारा घीसू तो आवारा हो गया है।

देखते नहीं हो, सूरत कैसी बिगड़ गयी है ! कैसी देह निकल आयी थी ! मुझे पूरी आसा थी कि अब दंगल मारेगा, अखाड़े का कोई पट्ठा उसके जोड़ का नहीं है, मगर जब से चकले की चाट पड़ गयी है, दिन-दिन घुलता जाता है। दादा को तुमने देखा था न ? दस-पाँच कोस के गिर्द में कोई उनसे हाथ न मिला सकता था, चुटकी से सुपारी तोड़ देते थे। मैंने भी जवानी में कितने ही दंगल मारे। तुमने तो देखा ही था, उस पंजाबी को कैसा मारा कि पाँच सौ रुपये इनाम पाये, और अखबारों में दूर-दूर तक नाम हो गया। कभी किसी माई के लाल ने मेरी पीठ में धूल नहीं लगायी। तो बात क्या थी ? लँगोट के सच्चे थे। मोछें निकल आयी थीं, तब तक किसी औरत का मुँह न देखा था। ब्याह भी हो गया, तब भी मेहनत-कसरत की धुन में औरत का ध्यान ही न करते थे। उसी के बल पर अब भी दावा है कि दस-पाँच का सामना हो जाये, तो छक्के छुड़ा दूँ; पर इस लौंडे ने डोंगा डुबा दिया, घूरे उस्ताद कहते थे कि इसमें दम ही नहीं है, जहाँ दो पकड़ हुए, बस भैंसे की तरह हाँफने लगता है।

सूरदास—मैं अंधा आदमी लौंडों के ये कौतुक क्या जानूँ, पर सुभागी कहती है कि मिठुआ के ढंग भी अच्छे नहीं हैं। जब से टेसन पर कुली हो गया है, रुपये-आठ आने रोज कमाता है, मुदा कसम ले लो, जो घर पर एक पैसा भी देता हो। भोजन मेरे सिर करता है; जो कुछ पाता है, नसे-पानी में उड़ा देता है।

जगधर—तुम भी तो झूठमूठ लाज ढो रहे हो। निकाल क्यों नहीं देते घर से ? अपने सिर पड़ेगी, तो आटे-दाल का भाव मालूम होगा। अपना लड़का हो, तो एक बात है, भाई-भतीजे किसके होते हैं।

सूरदास—पाला तो लड़के ही की तरह है, दिल नहीं मानता।

जगधर—अपना बनाने से थोड़े ही अपना हो जायेगा।

ठाकुरदीन भी आ गया था। जगधर की बात सुनकर बोला—भगवान ने क्या तुम्हारे करम में काँटे ही बोना लिखा है, किसी का भी भला नहीं देख सकते ?

सूरदास—उसके मन में जो आये करे, पर मेरे हाथों तो यह नहीं हो सकता कि मैं आप खाकर सोऊँ, और उसकी बात न पूछूँ।

ठाकुरदीन—कोई बात कहने के पहले सोच लेना चाहिए कि सुनने वाले को अच्छी लगेगी या बुरी। जिस लड़के को बालपन से पाला, और इस तरह पाला कि कोई अपने बेटे को भी न पालता होगा, उसे अब कैसे छोड़ दे ?

जमुनी—अब के कलजुगी लड़के जो कुछ न करें, थोड़ा है। अभी दूध के दाँत नहीं टूटे, सुभागी ने घीसू को गोद खेलाया है, सो आज वह उससे दिल्लगी करता है। छोटे-बड़े का लिहाज उठ गया। वह तो कहो सुभागी की काठी अच्छी है, नहीं बाल-बच्चे हुए होते तो घीसू से जेठे होते।

यहाँ तो ये बातें हो रही थीं, उधर तीनों लौंडे नायकराम के दालान में बैठे हुए मंसूबे बाँध रहे थे। घीसू ने कहा—सुभागी मारे डालती है। देखकर यही जी चाहता है कि गले लगा लें। सिर पर साग की टोकरी रखकर बल खाती हुई चलती है। सो जान ले लेती है। बड़ी काफर है !

विद्याधर—तुम तो हो घामड़, पढ़े-लिखे तो हो नहीं, बात क्या समझो। मासूक कभी अपने मुँह से थोड़े ही कहता है कि मैं राजी हूँ। उसकी आँखों से ताड़ जाना चाहिए। जितनी ही बिगड़े, उतनी ही दिल से राजी समझो। कुछ पढ़े होते, तो जानते, औरतें कैसे नखरे करती हैं।

मिठुआ—पहले सुभागी मुझसे भी इसी तरह बिगड़ती थी, किसी तरह हत्थे ही न चढ़े, बात तक न सुने; पर मैंने हिम्मत करके एक दिन कलाई पकड़ ली, और बोला—अब न छोड़ूँगा, चाहे मार ही डाल। मरना तो एक दिन है ही, तेरे ही हाथों मरूँगा। यों भी तो मर रहा हूँ, तेरे हाथ मरूँगा, तो सीधे सरग जाऊँगा। पहले तो बिगड़कर गालियाँ देने लगी, फिर कहने लगी—छोड़ दो, कहीं कोई देख ले, तो गजब हो जाये। मैं तेरी बुआ लगती हूँ। पर मैंने एक न सुनी। बस, फिर क्या था। उसी दिन से आ गयी चंगुल में।

मिठुआ अपनी प्रेम-विजय की कल्पित कथाएँ गढ़ने में निपुण था। निरक्षर होने पर भी गप्पें मारने में उसने विद्याधर को मात कर दिया था। अपनी कल्पनाओं में कुछ ऐसा रंग भरता था कि मित्रों को उन गपोड़ों पर विश्वास आ जाता था। घीसू बोला—क्या करूँ, मेरी तो हिम्मत ही नहीं पड़ती। डरता हूँ, कहीं शोर मचा दे, तो आफत आ जाये। तुम्हारी हिम्मत कैसे पड़ गयी थी ?

विद्याधर—तुम्हारा सिर, जाहिल-जपाट तो हो। मासूक अपने आसिक को आजमाता है कि इसमें कुछ जीवट भी है कि यों ही छैला बना फिरता है। औरत उसी को प्यार करती है, जो दिलावर हो, निडर हो, आग में कूद पड़े।

घीसू—तुम तैयार हो ?

विद्याधर—हाँ, आज ही।

मिठुआ—मगर देख लेना, दादा द्वार पर नीम के नीचे सोते हैं।

घीसू—इसका क्या डर ! एक धक्का दूँगा, दूर जाके गिरेगा।

तीनों मिस्कौट करते, इस षड्यंत्र के दाँव-पेंच सोचते हुए, कुली बाज़ार की तरफ़ चले गये। वहाँ तीनों ने शराब पी, दस-ग्यारह बजे रात तक बैठे गाना-बजाना सुनते रहे। मदिरालयों में स्वरहीन कानों के लिए संगीत की कभी कमी नहीं रहती। तीनों नशे में चूर होकर लौटे, तो घीसू बोला—सलाह पक्की है न ? आज वारा-न्यारा हो जाये। चित पड़े या पट।

आधी रात बीत चुकी थी। चौकीदार पहरा देकर जा चुका था। घीसू और विद्याधर सूरदास के द्वार पर आये।

घीसू—तुम आगे चलो, मैं यहीं खड़ा हूँ।

विद्याधर—नहीं, तुम जाओ। तुम गँवार आदमी हो। कोई देख लेगा, तो बात भी न बना सकोगे।

नशे ने घीसू को आपे से बाहर कर रखा था। कुछ यह दिखाना भी मंजूर था कि तुम लोग मुझे जितना बोदा समझते हो, उतना बोदा नहीं हूँ। झोपड़ी में घुस ही तो पड़ा, और जाकर सुभागी की बाँह पकड़ ली।

सुभागी चौंककर उठ बैठी, और ज़ोर से बोली—कौन है ? हट।

घीसू—चुप-चुप, मैं हूँ।

सुभागी—चोर-चोर ! चोर-चोर !

सूरदास जागा। उठकर मड़ैया में जाना चाहता था कि किसी ने उसे पकड़ लिया। उसने डाँट कर पूछा, कौन है ? जब कुछ उत्तर न मिला, तब उसने भी उस आदमी का हाथ पकड़ लिया, और चिल्लाया—चोर ! चोर ! मोहल्ले के लोग ये आवाज़ें सुनते ही लाठियाँ लेकर निकल पड़े। बजरंगी ने पूछा—कहाँ गया कहाँ ? सुभागी बोली—मैं पकड़े हुए हूँ। सूरदास ने कहा—एक को मैं पकड़े हुए हूँ। लोगों ने आकर देखा, तो भीतर सुभागी घीसू को पकड़े हुए है, बाहर सूरदास विद्याधर को। मिठुआ नायकराम के द्वार पर खड़ा था। यह हुल्लड़ सुनते ही भाग खड़ा हुआ। एक क्षण में सारा मोहल्ला टूट पड़ा। चोर को पकड़ने के लिए बिरले ही निकलते हैं, पकड़े गये चोर पर पँचलत्तियाँ जमाने के लिए सभी पहुँच जाते हैं। लेकिन यहाँ आकर देखते हैं, तो चोर, न चोर का भाई, बल्कि अपने ही मोहल्ले के लौंडे हैं।

एक स्त्री बोली—यह जमाने की खूबी है कि गाँव-घर का बिचार भी उठ गया, किसकी आबरू बचेगी !

ठाकुरदीन—ऐसे लौंडों का सिर काट लेना चाहिए।

नायकराम—चुप रहो ठाकुरदीन, यह गुस्सा करने की बात नहीं, रोने की बात है।

जगधर, बजरंगी, जमुनी सिर झुकाये चुप खड़े थे, मुँह से बात न निकलती थी, बजरंगी को तो ऐसा क्रोध आ रहा था कि घीसू का गला दबा दे। यह जमाव और हलचल देखकर कई कांस्टेबिल भी आ पहुँचे। अच्छा शिकार फँसा, मुट्ठियाँ गर्म होंगी। तुरत दोनों युवकों की कलाइयाँ पकड़ लीं। जमुनी ने रोकर कहा—ये लौंडे मुँह में कालिख लगाने वाले हैं। अच्छा होगा, छः-छः महीने की सजा काट आयँगे, तब इनकी आँखें खुलेंगी। समझाते-समझाते हार गयी कि बेटा, कुराह मत चलो, लेकिन कौन सुनता है ? अब जाके चक्की पीसो। इससे तो अच्छा था कि बाँझ ही रहती।

नायकराम—अच्छा, अब अपने-अपने घर जाते जाओ। जमादार, लौंडे हैं, छोड़ दो, आओ चलें।

जमादार—ऐसा न कहो पंडाजी, कोतवाल साहब को मालूम हो जायेगा, तो समझेंगे, इन सबों ने कुछ ले-देकर छोड़ दिया होगा।

नायकराम—क्या कहते हो सूरे, अब ये लोग जायँ न ?

ठाकुरदीन—हाँ और क्या। लड़कों से भूल-चूक हो ही जाती है। काम तो बुरा किया, पर अब जाने दो, जो हुआ सो हुआ।

सूर—मैं कौन होता हूँ कि जाने दूँ। जानें दें कोतवाल, डिपटी, हाकिम लोग।

बजरंगी—सूरे, भगवान जानता है, जान का डर न होता, तो इस दुष्ट को कच्चा ही चबा जाता।

सूर—अब तो हाकिम लोगों के हाथ में है, छोड़ें चाहे सजा दें।

बजरंगी—तुम कुछ न करोगे, तो कुछ न होगा। जमादारों को हम मना लेंगे।

सूर—तो भैया, साफ-साफ बात यह है कि मैं बिना सरकार में रपट किये न मानूँगा, चाहे सारा मुहल्ला मेरा दुसमन हो जाये।

बजरंगी—क्या यही होगा सूरदास ? गाँव-घर, टोले-मुहल्ले का कुछ लिहाज न करोगे ? लड़कों से भूल तो हो ही गयी, अब उनकी जिंदगानी खराब करने से क्या मिलेगा ?

जगधर—सुभागी ही कहाँ की देवी है ! जब से भैरो ने छोड़ दिया, सारा मुहल्ला उसका रंग-ढंग देख रहा है। बिना पहले की साँठ-गाँठ के कोई किसी के घर में नहीं घुसता !

सूर—तो यह सब मुझसे क्या कहते हो भाई, सुभागी देवी हो चाहे हरजाई हो, वह जाने उसका काम जाने। मैंने अपने घर में चोरों को पकड़ा है, इसकी थाने में जरूर इत्तला करूँगा, थाने वाले न सुनेंगे, तो हाकिम से कहूँगा। लड़के लड़कों की राह रहें, तो लड़के हैं; सोहदों की राह चलें, तो सोहदे हैं। बदमासों के और क्या सींग-पूँछ होती है ?

बजरंगी—सूरे, कहे देता हूँ, खून हो जायेगा।

सूर—तो क्या हो जायेगा। कौन कोई मेरे नाम को रोने वाला बैठा हुआ है ?

नायकराम ने वहाँ ठहरना व्यर्थ समझा। क्यों नींद ख़राब करें ? चलने लगे, तो जगधर ने कहा—पंडाजी, तुम भी जाते हो, यहाँ क्या होगा ?

नायकराम ने जवाब दिया—भाई, सूरदास मानेगा नहीं, चाहे लाख कहो। मैं भी तो कह चुका, कहो और हाथ-पैर पड़ूँ, पर होना-हवाना कुछ नहीं। घीसू और विद्या की तो बात ही क्या, मिठुआ भी होता, तो सूरे उसे भी न छोड़ता। जिद्दी आदमी है।

जगधर—ऐसा कहाँ का धन्नासेठ है कि अगने मन ही की करेगा। तुम चलो, जरा डाँटकर कहो तो।

नायकराम लौटकर सूरदास से बोले—सूरे, कभी-कभी गाँव-घर के साथ मुलाहजा भी करना पड़ता है। लड़कों की जिंदगानी खराब करके क्या पाओगे ?

सूर—पंडाजी, तुम भी औरों की-सी कहने लगे। दुनिया में कहीं नियाव है कि नहीं ! क्या औरत की आबरू कुछ होती ही नहीं ? सुभागी गरीब है, अबला है, मजूरी करके अपना पेट पालती है, इसलिए जो कोई चाहे उसकी आबरू बिगाड़ दे ? जो चाहे, उसे हरजाई समझ ले ?

सारा मोहल्ला एक हो गया, यहाँ तक कि दोनों चौकीदार भी मुहल्ले वालों की-सी कहने लगे। एक बोला—औरत खुद हरजाई है।

दूसरा—मुहल्ले के आदमी चाहें तो खून पचा लें, यह कौन-सा बड़ा जुर्म है।

पहला—सहादत ही न मिलेगी, तो जुर्म क्या साबित होगा ?

सूर—सहादत तो जब न मिलेगी, जब मैं मर जाऊँगा। वह हरजाई है ?

चौकीदार—हरजाई तो है ही। एक बार नहीं, सौ बार; उसे बजार में तरकारी बेचते और हँसते देखा है।

सूर—तो बजार में तरकारी बेचना और हँसना हरजाइयों का काम है ?

चौकीदार—अरे, तो जाओगे तो थाने ही तक न ! वहाँ भी तो हमीं से रपट करोगे ?

नायकराम—अच्छी बात है, इसे रपट करने दो। मैं देख लूँगा। दारोगाजी कोई बिराने आदमी नहीं हैं।

सूर—दारोगाजी के मन में जो आये करें, दोस-पाप उनके साथ है।

नायकराम—कहता हूँ, मुहल्ले में न रहने पाओगे।

सूर—जब तक जीता हूँ, तब तक तो रहूँगा, मरने के बाद देखी जायेगी।

कोई सूरदास को धमकाता था, कोई समझाता था। वहाँ वही लोग रह गये थे, जो इस मुआमले को दबा देना चाहते थे। जो लोग इसे आगे बढ़ाने के पक्ष में थे, वे बजरंगी और नायकराम के भय से कुछ कह न सकने के कारण अपने-अपने घर चले गये थे। इन दोनों आदमियों से बैर मोल लेने की किसी में हिम्मत न थी। पर सूरदास अपनी बात पर ऐसा अड़ा था कि किसी भाँति मानता ही न था। अन्त को यही निश्चय हुआ कि इसे थाने जाकर रपट कर आने दो। हम लोग थानेदार ही को राज़ी कर लेंगे। दस-बीस रुपये से ग़म खायँगे।

नायकराम—अरे, वही लाला थानेदार हैं न ? उन्हें मैं चुटकी बजाते-बजाते गाँठ लूँगा। मेरी पुरानी जान-पहचान है।

जगधर—पंडाजी, मेरे पास तो रुपये भी नहीं हैं, मेरी जान कैसे बचेगी ?

नायकराम—मैं भी तो परदेस से लौटा हूँ। हाथ खाली हैं। जाके कहीं रुपये की फिकिर करो।

जगधर—मैं सूरे को अपना हितू समझता था। जब कभी काम पड़ा है, उसकी मदद की है। इसी के पीछे भैरो से दुसमनी हुई। और, अब भी यह मेरा न हुआ।

नायकराम—यह किसी का नहीं है, और सबका है। जाकर देखो, जहाँ से हो सके, 25 रुपये तो ले ही आओ।

जगधर—भैया, रुपये किससे माँगने जाऊँ ? कौन पतियाएगा ?

नायकराम—अरे, विद्या की अम्मा से कोई गहना ही माँग लो। इस बखत तो प्रान बचें, फिर छुड़ा देना।

जगधर बहाने करने लगा—वह छल्ला तक न देगी; मैं मर भी जाऊँ, तो कफन के लिए रुपये न निकालेगी। यह कहते-कहते वह रोने लगा। नायकराम को उस पर दया आ गयी। रुपये देने का वचन दे दिया।

सूरदास प्रातः काल थाने की ओर चला, तो बजरंगी ने कहा—सूरे, तुम्हारे सिर पर मौत खेल रही है, जाओ।

जमुनी सूरे के पैरों से लिपट गयी, और रोती हुई बोली—सूरे, तुम हमारे बैरी हो जाओगे, यह कभी आसा न थी।

बजरंगी ने कहा—नीच है और क्या। हम इसको पालते ही चले आते हैं। भूखों कभी नहीं सोने दिया। बीमारी-आरामी में कभी साथ नहीं छोड़ा। जब कभी दूध माँगने आया, खाली हाथ नहीं जाने दिया। इस नेकी का यह बदला ! सच कहा है, अंधों में मुरौवत नहीं होती। एक पासिन के पीछे !

नायकराम पहले ही लपककर थाने जा पहुँचे, और थानेदार से सारा वृत्तांत सुनाकर कहा—पचास का डौल है, कम न ज्यादा। रपट ही न लिखिए।

दारोग़ा ने कहा—पंडाजी, जब तुम बीच में पड़े हुए हो, तो सौ-पचास की कोई बात नहीं; लेकिन अंधे को मालूम हो जायेगा कि रपट नहीं लिखी गयी, तो सीधा डिप्टी साहब के पास जा पहुँचेगा। फिर मेरी जान आफ़त में पड़ जायेगी। निहायत रूखा अफ़सर है, पुलिस का तो

जानी दुश्मन ही समझो। अंधा यों मानने वाला असामी नहीं है। जब इसने चतारी के राजा साहब को नाकों चने चबवा दिये, तो दूसरों की कौन गिनती है ! बस, यही हो सकता है कि जब मैं तफ़्तीश करने आऊँ, तो आप लोग किसी को शहादत न देने दें। अदमसबूत में मुआमला ख़ारिज हो जाएगा। मैं इतना ही कर सकता हूँ कि शहादत के लिए किसी को दबाऊँगा नहीं, गवाहों के बयान में भी कुछ काट-छाँट कर दूँगा।

दूसरे दिन संध्या-समय दारोग़ाजी तहक़ीक़ात करने आये। मोहल्ले के सब आदमी जमा हुए; मगर जिससे पूछो, यही कहता है—मुझे कुछ मालूम नहीं, मैं कुछ नहीं जानता, मैंने रात को किसी की 'चोर-चोर' की आवाज़ नहीं सुनी, मैंने किसी को सूरदास के द्वार पर नहीं देखा, मैं तो घर में द्वार बंद किये पड़ा सोता था। यहाँ तक कि ठाकुरदीन ने भी साफ़ कहा—साहब, मैं कुछ नहीं जानता। दारोग़ा ने सूरदास पर बिगड़कर कहा—झूठी रपट करता है बदमाश !

सूरदास—रपट झूठी नहीं है, सच्ची है।

दारोग़ा—तेरे कहने से सच्ची मान लूँ ? कोई गवाह भी है ?

सूरदास ने मोहल्ले वालों को संबोधित करके कहा—यारो, सच्ची बात कहने से मत डरो। मेल-मुरौवत इसे नहीं कहते कि किसी औरत की आबरू बिगाड़ दी जाये, और लोग उसे परदा डाल दें; किसी के घर में चोरी हो जाये, और लोग छिपा लें। अगर यही हाल रहा, तो समझ लो कि किसी की आबरू न बचेगी। भगवान ने सभी को बहू-बेटियाँ दी हैं, कुछ उनका खियाल करो। औरत की आबरू कोई हँसी-खेल नहीं है। इसके पीछे सिर कट जाते हैं, लहू की नदी बह जाती है। मैं और किसी से नहीं पूछता, ठाकुरदीन, तुम्हें भगवान का भय है, पहले तुम्हीं आये थे, तुमने यहाँ क्या देखा ? क्या मैं और सुभागी, दोनों घीसू और विद्याधर का हाथ नहीं पकड़े हुए थे ? देखो, मुँहदेखी नहीं, साथ कोई न जायेगा, जो कुछ देखा हो, सच कह दो।

ठाकुरदीन धर्म-भीरू प्राणी था। ये बातें सुनकर भयभीत हो गया, बोला—चोरी-डाके की बात तो मैं कुछ नहीं जानता, यही पहले भी कह चुका, बात बदलनी नहीं आती। हाँ, जब मैं आया, तो तुम और सुभागी दोनों लड़कों को पकड़े चिल्ला रहे थे।

सूरदास—मैं उन दोनों को उनके घर से तो नहीं पकड़ लाया था ?

ठाकुरदीन—यह दैव जाने। हाँ, 'चोर-चोर' की आवाज मेरे कान में आयी थी।

सूरदास—अच्छा, अब मैं तुमसे पूछता हूँ जमादार, तुम आये थे न ? बोलो, यहाँ जमाव था कि नहीं ?

चौकीदार ने ठाकुरदीन को फूटते देखा, तो डरा कि कहीं अंधा दो-चार आदमियों को और फोड़ लेगा, तो हम झूठे पड़ेंगे। बोला—हाँ, जमाव क्यों नहीं था !

सूरदास—घीसू को सुभागी पकड़े हुए थी कि नहीं ? विद्याधर को मैं पकड़े हुए था कि नहीं ?

चौकीदार—चोरी होते हमने नहीं देखी।

सूरदास—हम इन दोनों लड़कों को पकड़े हुए थे कि नहीं ?

चौकीदार—हाँ, पकड़े तो थे, पर चोरी होते नहीं देखी ?

सूरदास—दारोगाजी, अभी सहादत मिली कि और दूँ ? यहाँ नंगे-लुच्चे नहीं बसते, भलेमानसों

ही की बस्ती है। कहिए, बजरंगी से कहला दूँ; कहिए, खुद घीसू से कहला दूँ। कोई झूठी बात न कहेगा। मुरौवत मुरौवत की जगह है, मुहब्बत मुहब्बत की जगह है। मुरौवत और मुहब्बत के पीछे कोई अपना परलोक न बिगाड़ेगा।

बजरंगी ने देखा, अब लड़के की जान नहीं बचती, तो अपना ईमान क्यों बिगाड़ें, दारोग़ा के सामने आकर खड़ा हो गया, और बोला—दारोगाजी, सूरे जो बात कहते हैं, वह ठीक है। जिसने जैसी करनी की है, वैसी भोगे। हम क्यों अपनी आकबत बिगाड़ें ? लड़का ऐसा नालायक न होता, तो आज मुँह में कालिख क्यों लगती ? जब उसका चलन ही बिगड़ गया, तो मैं कहाँ तक बचाऊँगा ? सजा भोगेगा, तो आप आँखें खुलेंगी।

हवा बदल गयी। एक क्षण में साक्षियों का ताँता बँध गया। दोनों अभियुक्त हिरासत में ले लिये गये। मुक़दमा चला, तीन-तीन महीने की सज़ा हो गयी। बजरंगी और जगधर, दोनों सूरदास के भक्त थे। नायकराम का यह काम था कि सब किसी से सूरदास का गुन गाया करे। अब ये तीनों उसके दुश्मन हो गये। दो बार पहले भी वह अपने मोहल्ले का द्रोही बन चुका था, पर उन दोनों अवसरों पर किसी को उसकी ज़ात से इतना आघात न पहुँचा था, अबकी तो उसने घोर अपराध किया था। जमुनी जब सूरदास को देखती, तो सौ काम छोड़कर उसे कोसती। सुभागी को घर से निकलना मुश्किल हो गया। यहाँ तक कि मिठुआ ने भी साथ छोड़ दिया। अब वह रात को भी स्टेशन पर ही रह जाता। अपने साथियों की दशा ने उसकी आँखें खोल दीं। नायकराम तो इतने बिगड़े कि सूरदास के द्वार का रास्ता ही छोड़ दिया, चक्कर खाकर आते-जाते। बस, उसके संगियों में ले-देके एक भैरो रह गया। हाँ, कभी-कभी दूसरों की निगाह बचाकर ठाकुरदीन कुशल-समाचार पूछ जाता। और तो और, दयागिर भी उससे कन्नी काटने लगे कि कहीं लोग उसका मित्र समझकर मेरी दक्षिणा-भिक्षा न बन्द कर दें। सत्य के मित्र कम होते हैं, शत्रुओं से कहीं कम !

इकतालीस

प्रभु सेवक ने तीन वर्ष अमेरिका में रहकर और हज़ारों रुपये ख़र्च करके जो अनुभव और ज्ञान प्राप्त किया था, वह मि. जॉन सेवक ने उनकी संगति से उतने ही महीनों में प्राप्त कर लिया। इतना ही नहीं, प्रभु सेवक की भाँति वह केवल बतलाये हुए मार्ग पर आँखें बन्द करके चलने पर ही सन्तुष्ट न थे, उनकी निगाह आगे-पीछे, दायें-बायें भी रहती थी। विशेषज्ञों में एक संकीर्णता होती है, जो उनकी दृष्टि को सीमित रखती है। वह किसी विषय पर स्वाधीन होकर विस्तीर्ण दृष्टि नहीं डाल सकते; नियम, सिद्धान्त और परम्परागत व्यवहार उनकी दृष्टि को फैलने नहीं देते। वैद्य प्रत्येक रोग की औषधि ग्रन्थों में खोजता है; वह केवल निदान का दास है, लक्षणों का गुलाम; वह यह नहीं जानता कि कितने ही रोगों की औषधि लुक़मान के पास भी नहीं। सहज बुद्धि अगर सूक्ष्मदर्शी नहीं होती, तो संकुचित भी नहीं होती। वह हरएक विषय पर व्यापक रीति से विचार कर सकती है, ज़रा-ज़रा सी बातों में उलझकर नहीं रह जाती। यही कारण है

कि मन्त्री-भवन में बैठा हुआ सेना-मंत्री सेनापति पर शासन करता है। प्रभु सेवक के पृथक हो जाने से मि. जॉन सेवक लेश-मात्र भी चिन्तित नहीं हुए। वह दूने उत्साह से काम करने लगे। व्यवहार-कुशल मनुष्य थे। जितनी आसानी से कार्यालय में बैठकर बहीखाते लिख सकते थे, उतनी ही आसानी से अवसर पड़ने पर एंजिन के पहियों को भी चला सकते थे। पहले कभी-कभी सरसरी निगाह से मिल को देख लिया करते थे, अब नियमानुसार और यथासमय जाते। बहुधा दिन को भोजन वहीं करते और शाम को घर आते। कभी-कभी रात को नौ-दस बज जाते। वह प्रभु सेवक को दिखा देना चाहते थे कि मैंने तुम्हारे ही बल-बूते पर यह काम नहीं उठाया है; कौवे के न बोलने पर भी दिन निकल ही आता है। उनके धन-प्रेम का आधार संतान-प्रेम न था। वह उनके जीवन का मुख्य अंग, उनकी जीवन-धारा का मुख्य स्रोत था। संसार के और सभी धंधे इसके अंतर्गत थे।

मज़दूरों और कारीगरों के लिए मकान बनवाने की समस्या अभी तक हल न हुई थी। यद्यपि ज़िले के मैजिस्ट्रेट से उन्होंने मेल-जोल पैदा कर लिया था, पर चतारी के राजा साहब की ओर से उन्हें बड़ी शंका थी। राजा साहब एक बार लोकमत की उपेक्षा करके इतने बदनाम हो चुके थे कि उससे कहीं महत्त्वपूर्ण विजय की आशा भी अब उन्हें वे चोटें खाने के लिए उत्तेजित न कर सकती थी। मिल बड़ी धूम से चल रही थी, लेकिन उसकी उन्नति के मार्ग में मज़दूरों के मकानों का न होना सबसे बड़ी बाधा थी। जॉन सेवक इसी उधेड़-बुन में पड़े रहते थे।

संयोग से परिस्थितियों में कुछ ऐसा उलट-फेर हुआ कि यह विकट समस्या बिना विशेष उद्योग के हल हो गयी। प्रभु सेवक के असहयोग ने वह काम कर दिखाया, जो कदाचित उनके सहयोग से भी न हो सकता था।

जब से सोफ़िया और विनयसिंह आ गये थे, सेवक-दल बड़ी उन्नति कर रहा था। उनकी राजनीतिक गति दिन-दिन तीव्र और उग्र होती जाती थी। कुँअर साहब ने जितनी आसानी से पहली बार अधिकारियों की शंकाओं को शांत कर दिया था, उतनी आसानी से अबकी बार न कर सके। समस्या कहीं विषम हो गयी थी। प्रभु सेवक को इस्तीफ़ा देने के लिए मजबूर करना मुश्किल न था, विनय को घर से निकाल देना, उसे अधिकारियों की दया पर छोड़ देना कहीं मुश्किल था। इसमें संदेह नहीं कि कुँअर साहब निर्भीक पुरुष थे, जाति-प्रेम में पगे हुए स्वच्छंद, निस्पृह और विचारशील। उनका जीवन इतना सरल और सात्विक था कि उन्हें लोग त्यागमूर्ति कहा करते थे। उनको भोग-विलास के लिए किसी बड़ी जायदाद की बिलकुल ज़रूरत न थी। किंतु प्रत्यक्ष रूप से अधिकारियों के कोपभाजन बनने के लिए वह तैयार न थे। वह अपना सर्वस्व जाति-हित के लिए दे सकते थे; किन्तु इस तरह कि हित का साधन उनके हाथ में रहे। उनमें वह आत्मसमर्पण की क्षमता न थी, जो निष्काम और निस्स्वार्थ भाव से अपने को मिटा देती है। उन्हें विश्वास था कि हम आड़ में रहकर उससे कहीं अधिक उपयोगी बन सकते हैं, जितने सामने आकर। विनय का दूसरा ही मत था। वह कहता था, हम जायदाद के लिए अपनी आत्मिक स्वतंत्रता की हत्या क्यों करें ? हम जायदाद के स्वामी बनकर रहेंगे, उसके दास बनकर नहीं। अगर सम्पत्ति से निवृत्ति न प्राप्त कर सके, तो इस तपस्या का प्रयोजन ही क्या ? यह तो गुनाह बेलज़्ज़त है। निवृत्ति ही के लिए तो यह साधना की जा रही है। कुँवर

साहब इसका यह जवाब देते कि हम इस जायदाद के स्वामी नहीं, केवल रक्षक हैं। यह आने वाली संतानों की धरोहर-मात्र है। हमको क्या अधिकार है कि भावी संतान से वह सुख और सम्पत्ति छीन लें, जिसके वे वारिस होंगे। बहुत सम्भव है, वे इतने आदर्शवादी न हों, या उन्हें परिस्थिति के बदल जाने से आत्मत्याग की ज़रूरत ही न रहे। यह भी संभव है कि उनमें वे स्वाभाविक गुण न हों, जिनके सामने सम्पत्ति की कोई हस्ती नहीं। ऐसी ही युक्तियों से वह विनय का समाधान करने की विफल चेष्टा किया करते थे। वास्तव में बात यह थी कि जीवन-पर्यंत ऐश्वर्य का सुख और सम्मान भोगने के पश्चात वह निवृत्ति का यथार्थ आशय ही न ग्रहण कर सकते थे। वह संतान के लिए सम्पत्ति न चाहते थे, सम्पत्ति के लिए संतान चाहते थे। जायदाद के सामने संतान का स्थान गौण था। उन्हें अधिकारियों की खुशामद से घृणा थी, हुक्काम की हाँ में हाँ मिलाना हेय समझते थे; किंतु हुक्काम की नज़रों में गड़ना, उनके हृदय में खटकना, इस हद तक कि वे शत्रुता पर तत्पर हो जायें, उन्हें बेवकूफ़ी मालूम होती थी। कुँवर साहब के हाथों में विनय को सीधी राह पर लाने का एक ही उपाय था, और वह यह कि सोफ़िया से उसका विवाह हो जाये। इस बेड़ी में जकड़कर उसकी उद्दण्डता को वह शान्त करना चाहते थे; लेकिन अब जो कुछ विलम्ब था, वह सोफ़िया की ओर से। सोफ़िया को अब भी भय था कि यद्यपि रानी मुझ पर बड़ी कृपा-दृष्टि रखती हैं, पर दिल से उन्हें यह संबंध पसंद नहीं। उसका यह भय सर्वथा अकारण भी नहीं था। रानी भी सोफ़िया से प्रेम कर सकती थीं और करती थीं, उसका आदर कर सकती थीं और करती थीं; पर अपनी वधू में वह त्याग और विचार की अपेक्षा लज्जाशीलता, सरलता, संकोच और कुल-प्रतिष्ठा को अधिक मूल्यवान समझती थीं, संन्यासिनी वधू नहीं, भोग करने वाली वधू चाहती थीं। किन्तु वह अपने हृदयगत भावों को भूलकर भी मुँह से न निकालती थीं। न ही वह इस विचार को मन में आने ही देना चाहती थीं। इसे कृतघ्नता समझती थीं।

कुँवर साहब कई दिन तक इसी संकट में पड़े रहे। मि. जॉन सेवक से बातचीत किये बिना विवाह कैसे ठीक होता ? आख़िर एक दिन इच्छा न होने पर भी विवश होकर उनके पास गये। संध्या हो गयी थी। मि. जॉन सेवक अभी-अभी मिल से लौटे थे और मज़दूरों के मकानों की स्कीम सामने रखे हुए कुछ सोच रहे थे। कुँवर साहब को देखते ही उठे, और बड़े तपाक से हाथ मिलाया। कुँवर साहब कुर्सी पर बैठते हुए बोले—आप विनय और सोफ़िया के विवाह के विषय में क्या निश्चय करते हैं ? आप मेरे मित्र और सोफ़िया के पिता हैं, और दोनों ही नाते से मुझे आपसे यह कहने का अधिकार है कि अब इस काम में देर न कीजिए।

जॉन सेवक—मित्रता के नाते आप मुझसे चाहे जो सेवा ले सकते हैं, लेकिन (गंभीर भाव से) सोफ़िया के पिता के नाते मुझे कोई निश्चय करने का अधिकार नहीं। उसने मुझे इस अधिकार से वंचित कर दिया। नहीं तो उसे इतने दिन यहाँ आये हो गये, क्या एक बार भी यहाँ तक न आती ? उसने हमसे यह अधिकार छीन लिया।

इतने में मिसेज़ सेवक भी आ गयीं। पति की बातें सुनकर बोलीं—मैं तो मर जाऊँगी, लेकिन उसकी सूरत न देखूँगी। हमारा उससे अब कोई संबंध नहीं रहा।

कुँवर—आप लोग सोफ़िया पर अन्याय कर रहे हैं। जब से वह आयी है, एक दिन के लिए

भी घर से नहीं निकली। इसका कारण केवल संकोच है, और कुछ नहीं। शायद डरती है कि बाहर निकलूँ और किसी पुराने परिचित से साक्षात हो जाये, तो उससे क्या बातें करूँगी। थोड़ी देर के लिए कल्पना कर लीजिए कि हममें से कोई भी उसकी जगह होता, तो उसके मन में कैसे भाव आते। इस विषय में वह क्षम्य है। मैं तो इसे अपना दुर्भाग्य समझूँगा, अगर आप लोग उससे विरक्त हो जायँगे। अब विवाह में विलंब न होना चाहिए।

मिसेज़ सेवक—खुदा वह दिन न लाये ! मेरे लिए तो वह मर गयी, उसका फ़ातेहा पढ़ चुकी, उसके नाम को जितना रोना था, रो चुकी !

कुँवर—यह ज़्यादती आप लोग मेरी रियासत के साथ कर रहे हैं। विवाह एक ऐसा उपाय है जो विनय की उद्दंडता को शांत कर सकता है।

जॉन सेवक—मेरी तो सलाह है कि आप रियासत को कोर्ट ऑफ़ वार्ड्स के सिपुर्द कर दीजिए। गवर्नमेंट आपके प्रस्ताव को सहर्ष स्वीकार कर लेगी, और आपके प्रति उसका सारा संदेह शांत हो जायेगा। तब कुँवर विनयसिंह की राजनीतिक उद्दंडता का रियासत पर ज़रा भी असर न पड़ेगा, और यद्यपि इस समय आपकी यह व्यवस्था उन्हें बुरी मालूम होगी, लेकिन कुछ दिनों के बाद जब उनके विचारों में प्रौढ़ता आ जायेगी, तो वह आपके कृतज्ञ होंगे, और आपको अपना सच्चा हितैषी समझेंगे। हाँ, इतना निवेदन है कि इस काम में हाथ डालने के पहले आप अपने को खूब दृढ़ कर लें। उस वक़्त अगर आपकी ओर से ज़रा भी पसोपेश हुआ, तो आपका सारा प्रयत्न विफल हो जायेगा; आप गवर्नमेंट के सन्देह को शान्त करने की जगह और भी उकसा देंगे।

कुँअर—मैं जायदाद की रक्षा के लिए सब कुछ करने को तैयार हूँ। मेरी इच्छा केवल इतनी है कि विनय को आर्थिक कष्ट न होने पाये। बस, अपने लिए मैं और कुछ नहीं चाहता।

जॉन सेवक—आप प्रत्यक्ष रूप से तो कुँवर विनयसिंह के लिए कोई व्यवस्था नहीं कर सकते। हाँ, यह हो सकता है कि आप अपनी वृत्ति में से जितना उचित समझें, उन्हें दे दिया करें।

कुँवर—अच्छा मान लीजिए, विनय इसी मार्ग पर और भी अग्रसर होते गये, तो ?

जॉन सेवक—तो उन्हें रियासत पर कोई अधिकार न होगा।

कुँवर—लेकिन उसकी सन्तान को तो यह अधिकार रहेगा ?

जॉन सेवक—अवश्य।

कुँवर—गवर्नमेंट स्पष्ट रूप से यह शर्त मंजूर कर लेगी ?

जॉन सेवक—न मंजूर करने का तो कोई कारण नहीं मालूम पड़ता।

कुँवर—ऐसा तो न होगा कि विनय के कामों का फल उनकी सन्तान को भोगना पड़े ? सरकार रियासत को हमेशा के लिए ज़ब्त कर ले ? ऐसा दो-एक जगह हुआ है। बरार ही को देखिए।

जॉन सेवक—कोई ख़ास बात पैदा हो जाये, तो नहीं कह सकते; लेकिन सरकार की यह नीति कभी नहीं रही। बरार की बात जाने दीजिए। वह इतना बड़ा सूबा है कि किसी रियासत में उसका मिल जाना राजनीतिक कठिनाइयों का कारण हो सकता है।

कुँअर—तो मैं कल डॉक्टर गांगुली को शिमले से तार भेजकर बुलाये लेता हूँ ?

जॉन सेवक—आप चाहें, तो बुला लें। मैं तो समझता हूँ, यहीं से मसविदा बनाकर उनके पास भेज दिया जाये। या मैं स्वयं चला जाऊँ, और सारी बातें आपके इच्छानुसार तय कर आऊँ।

कुँवर साहब ने धन्यवाद दिया, और घर चले आये। रात-भर वह इसी हैस-बैस में पड़े रहे कि विनय और जाह्नवी से इस निश्चय का समाचार कहूँ या न कहूँ। उनका जवाब उन्हें मालूम था। उनकी उपेक्षा और दुराग्रह के सिवा सहानुभूति की ज़रा भी आशा नहीं। कहने से फ़ायदा ही क्या ? अभी तो विनय को कुछ भय भी है। यह हाल सुनेगा, तो और भी दिलेर हो जायेगा। अन्त को उन्होंने यही निश्चय किया कि अभी बतला देने से कोई फ़ायदा नहीं, और विघ्न पड़ने की संभावना है। जब काम पूरा हो जायेगा, तो कहने-सुनने को काफ़ी समय मिलेगा।

मिस्टर जॉन सेवक पैरों-तले घास न जमने देना चाहते थे। दूसरे ही दिन उन्होंने एक बैरिस्टर से प्रार्थना-पत्र लिखवाया, और कुँअर साहब को दिखाया। उसी दिन वह काग़ज डॉक्टर गांगुली के पास भेज दिया गया। डॉक्टर गांगुली ने इस प्रस्ताव को बहुत पसन्द किया, और खुद शिमले से आये। यहाँ कुँवर साहब से परामर्श किया, और दोनों आदमी प्रान्तीय गवर्नर के पास पहुँचे। गवर्नर को इसमें क्या आपत्ति हो सकती थी, विशेषतः ऐसी दशा में, जब रियासत पर एक कौड़ी भी क़र्ज़ न था ? कर्मचारियों ने रियासत के हिसाब-किताब की जाँच शुरू की, और एक महीने के अन्दर रियासत पर सरकारी अधिकार हो गया। कुँवर साहब लज्जा और ग्लानि के मारे इन दिनों विनय से बहुत कम बोलते, घर में बहुत कम आते, आँखें चुराते रहते थे कि कहीं यह प्रसंग न छिड़ जाये। जिस दिन सारी शर्तें तय हो गयीं, कुँअर साहब से न रहा गया, विनयसिंह से बोले—रियासत पर तो सरकारी अधिकार हो गया।

विनय ने चौंककर पूछा—क्या ज़ब्त हो गयी ?

कुँवर—नहीं, मैंने कोर्ट आफ़ वार्ड्स के सिपुर्द कर दिया।

यह कहकर उन्होंने शर्तों का उल्लेख किया, और विनीत भाव से बोले—क्षमा करना, मैंने तुमसे इस विषय में सलाह नहीं ली।

विनय—मुझे इसका बिलकुल दुख नहीं है, लेकिन आपने व्यर्थ ही अपने को गवर्नमेंट के हाथ में डाल दिया। अब आपकी हैसियत केवल एक वसीक़ेदार की है, जिसका वसीक़ा किसी वक़्त बन्द किया जा सकता है।

कुँवर—इसका इलज़ाम तुम्हारे सिर है।

विनय—आपने यह निश्चय करने के पहले ही मुझसे सलाह ली होती, तो यह नौबत न आने पाती। मैं आजीवन रियासत से पृथक रहने का प्रतिज्ञा-पत्र लिख देता, और आप उसको प्रकाशित करके हुक्काम को प्रसन्न रख सकते थे।

कुँवर—(सोचकर) उस दशा में भी यह संदेह हो सकता था कि मैं गुप्त रीति से तुम्हारी सहायता कर रहा हूँ। इस संदेह को मिटाने के लिए मेरे पास और कौन साधन था ?

विनय—तो मैं इस घर से निकल जाता, और आपसे मिलना-जुलना छोड़ देता। अब भी अगर आप इस इंतज़ाम को रद्द करा सकें, तो अच्छा हो। मैं अपने ख़याल से नहीं, आप ही के ख़याल से कह रहा हूँ। मैं अपने निर्वाह की कोई राह निकाल लूँगा।

कुँअर साहब सजल नयन होकर बोले—विनय, मुझसे ऐसी कठोर बातें न करो। मैं तुम्हारे

तिरस्कार का नहीं, तुम्हारी सहानुभूति और दया का पात्र होने के योग्य हूँ। मैं जानता हूँ कि केवल सामाजिक सेवा से हमारा उद्धार नहीं हो सकता। यह भी जानता हूँ कि हम स्वच्छन्द होकर सामाजिक सेवा भी नहीं कर सकते। कोई आयोजना, जिससे देश में अपनी दशा को अनुभव करने की जागृति उत्पन्न हो, जो भ्रातृत्व और जातीयता के भावों को जगाये, संदेह से मुक्त नहीं रह सकती। यह सब जानते हुए मैंने सेवा-क्षेत्र में क़दम रखे थे। पर यह न जानता था कि थोड़ी ही समय में यह संस्था यह रूप धारण करेगी, और इसका यह परिणाम होगा ! मैंने सोचा था, मैं परोक्ष में इसका संचालन करता रहूँगा; यह न जानता था कि इसके लिए मुझे अपना सर्वस्व—और अपना ही नहीं, भावी संतान का सर्वस्व भी—होम कर देना पड़ेगा। मैं स्वीकार करता हूँ कि मुझमें इतने महान त्याग की सामर्थ्य नहीं है।

विनय ने इसका कुछ जवाब न दिया। अपने या सोफ़ी के विषय में उन्हें कोई चिंता न थी, चिंता थी सेवा-दल के संचालन की। इसके लिए धन कहाँ से आयेगा ? उन्हें कभी भिक्षा माँगने की ज़रूरत न पड़ी थी। जनता से रुपये कैसे मिलते हैं, यह गुर न जानते थे। कम-से-कम पाँच हज़ार माहवार का ख़र्च था। इतना धन एकत्र करने के लिए एक संस्था की अलग ही ज़रूरत थी। अब उन्हें अनुभव हुआ कि धन-सम्पत्ति इतनी तुच्छ वस्तु नहीं है ! पाँच हज़ार रुपये माहवार, 60 हज़ार रुपये साल, के लिए 12 लाख का स्थायी कोष होना आवश्यक है। कुछ बुद्धि काम न करती थी। जाह्नवी के पास निज का कुछ धन था, पर वह उसे देना न चाहती थीं। और, अब तो उसकी रक्षा करने की और भी ज़रूरत थी, क्योंकि वह विनय को दरिद्र नहीं बनाना चाहती थीं।

तीसरे पहर का समय था। विनय और इंद्रदत्त, दोनों रुपयों की चिंता में मग्न बैठे हुए थे। सहसा सोफ़िया ने आकर कहा—मैं एक उपाय बताऊँ ?

इंद्रदत्त—भिक्षा माँगने चलें ?

सोफ़िया—क्यों न एक ड्रामा खेला जाये ! ऐक्टर हैं ही, कुछ परदे बनवा लिये जायँ, मैं भी परदे बनाने में मदद दूँगी।

विनय—सलाह तो अच्छी है, लेकिन नायिका तुम्हें बनना पड़ेगा।

सोफ़िया—नायिका का पार्ट इंदुरानी खेलेंगी, मैं परिचारिका का पार्ट लूँगी ।

इंद्रदत्त—अच्छा, कौन-सा नाटक खेला जाये ? भट्टजी का 'दुर्गावती' नाटक ?

विनय—मुझे तो 'प्रसाद' का 'अजातशत्रु' बहुत पसंद है।

सोफ़िया—मुझे 'कर्बला' बहुत पसन्द आया। वीर और करुणा दोनों ही रसों का अच्छा समावेश है।

इतने में एक डाकिया अंदर दाख़िल हुआ, और एक मोहरबंद रजिस्टर्ड लिफ़ाफ़ा विनय के हाथ में रखकर चला गया। लिफ़ाफ़े पर प्रभु सेवक की मोहर थी। लंदन से आया था।

विनय—अच्छा। बताओ, इसमें क्या होगा ?

सोफ़िया—रुपये तो होंगे नहीं, और चाहे जो हो। वह ग़रीब रुपये कहाँ पायेगा ? वहाँ होटल का ख़र्च ही मुश्किल से दे पाता होगा।

विनय—और मैं कहता हूँ कि रुपयों के सिवा और कुछ हो ही नहीं सकता।

इंद्रदत्त—कभी नहीं। कोई नयी रचना होगी।

विनय—तो रजिस्ट्री कराने की क्या ज़रूरत थी ?

इंद्रदत्त—रुपये होते, तो बीमा न कराया होता ?

विनय—मैं कहता हूँ, रुपये हैं, चाहे शर्त बद लो।

इंद्रदत्त—मेरे पास कुल पाँच रुपये हैं, पाँच-पाँच की बाज़ी है।

विनय—यह नहीं। अगर इसमें रुपये हों, तो मैं तुम्हारी गर्दन पर सवार होकर यहाँ से कमरे के उस सिरे तक जाऊँगा। न हुए, तो तुम मेरी गर्दन पर सवार होना। बोलो।

इंद्रदत्त—मंजूर है, खोलो लिफ़ाफ़ा।

लिफ़ाफ़ा खोला गया, तो चेक निकला। पूरे दस हज़ार का। लंदन बैंक के नाम। विनय उछल पड़े। बोले—मैं कहता न था ! यहाँ सामुद्रिक विद्या पढ़े हुए हैं। आइए, लाइए गर्दन।

इंद्रदत्त—ठहरो-ठहरो, गर्दन तोड़के रख दोगे क्या ! ज़रा ख़त तो पढ़ो, क्या लिखा है, कहाँ है, क्या कर रहे हैं ? लगे सवारी गाँठने।

विनय—जी नहीं, यह नहीं होने का। आपको सवारी देनी होगी। गर्दन टूटे या रहे, इसका मैं ज़िम्मेदार नहीं। कुछ दुबले-पतले तो हो नहीं, खासे देव तो बने हुए हो।

इंद्रदत्त—भई, आज मंगल के दिन नज़र न लगाओ। कुल दो मन पैंतीस सेर तो रह गया हूँ। राजपूताना जाने के पहले तीन मन से ज़्यादा था।

विनय—ख़ैर, देर न कीजिए, आइए, गर्दन झुकाकर खड़े हो जाइए।

इद्रदत्त—सोफ़िया, मेरी रक्षा करो; तुम्हीं ने पहले कहा था, इसमें रुपये न होंगे। वही सुनकर मैंने भी कह दिया था।

सोफ़िया—मैं तुम्हारे झगड़ों में नहीं पड़ती। तुम जानो, वह जानें।

यह कहकर उसने ख़त पढ़ना शुरू किया—

प्रिय बंधुवर, मैं नहीं जानता कि मैं यह पत्र किसे लिख रहा हूँ। कुछ ख़बर नहीं कि आजकल व्यवस्थापक कौन है। मगर सेवक-दल से मुझे अब भी वही प्रेम है, जो पहले था। उसकी सेवा करना अपना कर्तव्य समझता हूँ। आप मेरा कुशल-समाचार जानने के लिए उत्सुक होंगे। मैं पूना ही में था कि वहाँ के गवर्नर ने मुझे मुलाक़ात करने को बुलाया। उनसे देर तक साहित्य-चर्चा होती रही। एक ही मर्मज्ञ हैं। हमारे देश में ऐसे रसिक कम निकलेंगे। विनय (उसका कुछ हाल नहीं मालूम हुआ) के सिवा मैंने और किसी को इतना काव्य-रस-चतुर नहीं पाया। कितनी सजीव सहृदयता थी ! गवर्नर महोदय की प्रेरणा से मैं यहाँ आया, और जब से आया हूँ, आतिथ्य का अविरल प्रवाह हो रहा है। वास्तव में जीवित राष्ट्र ही गुणियों का आदर करना जानते हैं। बड़े ही सहृदय, उदार, स्नेहशील प्राणी हैं। मुझे इस जाति से अब श्रद्धा हो गयी है, और मुझे विश्वास हो गया है कि इस जाति के हाथों हमारा अहित कभी नहीं हो सकता। कल युनिवर्सिटी की ओर से मुझे एक अभिनंदन-पत्र दिया गया। साहित्य-सेवियों का ऐसा समारोह मैंने काहे को कभी देखा था। महिलाओं का स्नेह और सत्कार देखकर मैं मुग्ध हो गया। दो दिन पहले इंडिया-हाउस में भोज था। आज साहित्य-परिषद् ने निमंत्रित किया है। कल लिबरल-एसोसिएशन दावत देगा। परसों पारसी समाज का नम्बर है। उसी दिन यूनियन क्लब की ओर से पार्टी दी

जायगी। मुझे स्वप्न में भी आशा न थी कि मैं इतनी जल्द बड़ा आदमी हो जाऊँगा। मैं ख्याति और सम्मान के निंदकों में नहीं हूँ। इसके सिवा गुणियों को और क्या पुरस्कार मिल सकता है ? मुझे अब मालूम हुआ कि मैं क्या करने के लिए संसार में आया हूँ, मेरे जीवन का उद्देश्य क्या है ? अब तक भ्रम में पड़ा हुआ था। अब से मेरे जीवन का मिशन होगा प्राच्य और पाश्चात्य को प्रेम-सूत्र में बाँधना, पारस्परिक द्वंद्व को मिटाना और दोनों में समान भावों को जाग्रत करना। मैं यही व्रत धारण करूँगा। पूर्व ने किसी ज़माने में पश्चिम को धर्म का मार्ग दिखाया था; अब वह उसे प्रेम का शब्द सुनायेगा, प्रेम का पथ दिखायेगा। मेरी कविताओं का पहला संग्रह मैकमिलन कम्पनी द्वारा शीघ्र ही प्रकाशित होगा। गवर्नर महोदय मेरी उन कविताओं की भूमिका लिखेंगे। इस संग्रह के लिए प्रकाशकों ने मुझे चालीस हज़ार रुपये दिये हैं। इच्छा तो यही थी कि ये सब रुपये अपनी प्यारी संस्था की भेंट करता; पर विचार हो रहा है कि अमेरिका की सैर भी करूँ। इसलिए इस समय जो कुछ भेजता हूँ, उसे स्वीकार कीजिए। मैंने अपने कर्तव्य का पालन किया है। इसलिए धन्यवाद की आशा नहीं रखता। हाँ, इतना निवेदन करना आवश्यक समझता हूँ कि आपको सेवा के उच्चादर्शों का पालन करना चाहिए, और राजनीतिक परिस्थितियों से विरक्त होकर 'वसुधैव कुटुम्बकम्' के प्रचार को अपना लक्ष्य बनाना चाहिए। मेरे व्याख्यानों की रिपोर्ट आपको यहाँ के समाचार-पत्रों में मिलेगी। आप देखेंगे कि मेरे राजनीतिक विचारों में कितना अन्तर हो गया है। मैं अब स्वदेशीय नहीं, सर्वदेशीय हूँ, अखिल संसार मेरा स्वदेश है, प्राणिमात्र से मेरा बंधुत्व है, और भौगोलिक तथा जातीय सीमाओं को मिटाना मेरे जीवन का उद्देश्य है। ईश्वर से प्रार्थना कीजिए कि अमेरिका से सकुशल लौट आऊँ।

आपका सच्चा बन्धु
प्रभु सेवक

सोफ़िया ने पत्र मेज़ पर रख दिया, और गंभीर भाव से बोली—इसके दोनों ही अर्थ हो सकते हैं, आत्मिक उत्थान या पतन। मैं तो पतन ही समझती हूँ।

विनय—क्यों ? उत्थान क्यों नहीं ?

सोफ़िया—इसलिए कि प्रभु सेवक की आत्मा शृंगारप्रिय है। वह कभी स्थिरचित्त नहीं रहे। जो प्राणी सम्मान से इतना फूल उठता है, वह उपेक्षा से इतना ही हताश भी हो जायगा।

विनय—यह कोई बात नहीं। कदाचित मैं भी इसी तरह फूल उठता। यह तो बिलकुल स्वाभाविक है। यहाँ उनकी क्या क़द्र हुई ? मरते दम तक गुमनाम पड़े रहते।

इंद्रदत्त—जब हमारे काम के नहीं रहे, तो प्रसिद्ध हुआ करें। ऐसे विश्वप्रेमियों से कभी किसी का उपकार न हुआ है, न होगा। जिसमें अपना नहीं, उसमें पराया क्या होगा ?

सोफ़िया—सार्वदेशिकता हमारे कई कवियों को ले डूबी, इन्हें भी ले डूबेगी। इनका होना न होना हमारे लिए दोनों बराबर है, बल्कि मुझे तो अब इनसे हानि पहुँचने की शंका है। मैं जाकर अभी इस पत्र का जवाब लिखती हूँ।

यह कहते हुए सोफ़िया वह पत्र हाथ में लिये हुए अपने कमरे में चली गयी। विनय ने कहा—क्या करूँ, रुपये वापस कर दूँ ?

इंद्रदत्त—रुपये क्यों वापस करोगे ! उन्होंने कोई शर्त तो की नहीं है, मित्रोचित सलाह दी है, और बहुत अच्छी सलाह दी है। हमारा भी तो वही उद्देश्य है। अंतर केवल इतना है कि वह समता के बिना ही बंधुत्व का प्रचार करना चाहते हैं, हम बंधुत्व के लिए समता को आवश्यक समझते हैं।

विनय—यों क्यों नहीं कहते कि बंधुत्व समता ही पर स्थित है ?

इंद्रदत्त—सोफ़िया देवी खूब ख़बर लेंगी।

विनय—अच्छा अभी रुपये रखे लेता हूँ, पीछे देखा जायगा।

इंद्रदत्त—दो-चार ऐसे ही मित्र और मिल जायँ, तो हमारा काम चल निकले।

विनय—सोफ़िया की ड्रामा खेलने की सलाह कैसी है ?

इंद्रदत्त—क्या पूछना, उनका अभिनय देखकर लोग दंग रह जायँगे।

विनय—तुम मेरी जगह होते, तो उसे स्टेज पर लाना पसंद करते ?

इंद्रदत्त—पेशा समझकर तो नहीं, लेकिन परोपकार के लिए स्टेज पर लाने में शायद मुझे आपत्ति न होती।

विनय—तो तुम मुझसे कहीं ज़्यादा उदार हो। मैं तो इसे किसी हालत में पसंद न करूँगा। हाँ, यह तो बताओ, तुम्हें सोफ़िया आजकल कुछ उदास मालूम होती है ? कल इसने मुझसे जो बातें कीं, वे बहुत निराशाजनक थीं। उसको भय है कि उसी के कारण रियासत का यह हाल हुआ है। माताजी तो उस पर जान देती हैं, पर वह उनसे दूर भागती है। फिर वही आध्यात्मिक बातें करती है, जिनका आशय आज तक मेरी समझ में नहीं आया—मैं तुम्हारे पाँव की बेड़ी नहीं बनना चाहती, मेरे लिए केवल तुम्हारी स्नेह-दृष्टि काफ़ी है, और जाने क्या-क्या। और, मेरा यह हाल है कि घंटे-भर भी उसे न देखूँ, तो चित्त विकल हो जाता है।

इतने में मोटर की आवाज़ आयी, और एक क्षण में इंदु आ पहुँची।

इंद्रदत्त—आइए, इंदुरानी, आइए। आप ही का इंतज़ार था।

इंदु—झूठे हो, मेरी इस वक़्त ज़रा भी चर्चा न थी, रुपये की चिंता में पड़े हुए हो।

इंद्रदत्त—तो मालूम होता है, आप कुछ लायी हैं। लाइए, वास्तव में हम लोग बहुत चिंतित हो रहे थे।

इंदु—मुझसे माँगते हो ? मेरा हाल जानकर भी ! एक बार चंदा देकर हमेशा के लिए सीख गयी। (विनय से) सोफ़िया कहाँ हैं ? अम्माँजी तो अब राज़ी हैं न ?

विनय—किसी के दिल की बात कोई क्या जाने !

इंदु—मैं तो समझती हूँ, अम्माँजी राज़ी भी हो जायँ, तो भी तुम सोफ़ी को न पाओगे। तुम्हें इन बातों से दुख तो अवश्य होगा, लेकिन किसी आघात के लिए पहले से तैयार रहना इससे कहीं अच्छा है कि वह आकस्मिक रीति से सिर पर आ पड़े।

विनय ने आँसू पीते हुए कहा—मुझे भी कुछ ऐसा ही अनुमान होता है।

इंदु—सोफ़िया कल मुझसे मिलने गयी थी। उसकी बातों ने उसे भी रुलाया, और मुझे भी। बड़े धर्म-संकट में पड़ी हुई है। न तुम्हें निराश करना चाहती है, न माताजी को अप्रसन्न करना चाहती है। न जाने क्यों उसे अब भी संदेह है कि माताजी उसे अपनी वधू नहीं बनाना चाहतीं।

मैं समझती हूँ कि यह केवल उसका भ्रम है, वह स्वयं अपने मन के रहस्य को नहीं समझती। वह स्त्री नहीं है, केवल एक कल्पना है, भावों और आकांक्षाओं से भरी हुई। तुम उसका रसास्वादन कर सकते हो, पर उसे अनुभव नहीं कर सकते, उसे प्रत्यक्ष नहीं देख सकते। कवि अपने अंतरतम भावों को व्यक्त नहीं कर सकता। वाणी में इतना सामर्थ्य ही नहीं। सोफ़िया वही कवि की अंतरतम भावना है।

इंद्रदत्त–और आपकी ये सब बातें भी कोरी कवि-कल्पना हैं। सोफ़िया न कवि-कल्पना है, और न कोई गुप्त रहस्य; न देवी है, न देवता; न अप्सरा है, न परी। जैसी अन्य स्त्रियाँ होती हैं, वैसी ही एक स्त्री वह भी है, वही उसके भाव हैं, वही उसके विचार हैं। आप लोगों ने कभी विवाह की तैयारी की, कोई भी ऐसी बात की, जिससे मालूम हो कि आप लोग विवाह के लिए उत्सुक हैं ? तो जब आप लोग स्वयं उदासीन हो रहे हैं, तो उसे क्या ग़रज़ पड़ी हुई है कि इसकी चर्चा करती फिरे। मैं तो अक्खड़ आदमी हूँ। उसे लाख विनय से प्रेम हो, पर अपने मुँह से विवाह की बात न कहेगी। आप लोग वही चाहते हैं, जो किसी तरह नहीं हो सकता। इसलिए अपनी लाज की रक्षा करने को उसने यही युक्ति निकाल रखी है। आप लोग तैयारियाँ कीजिए, फिर उसकी ओर से आपत्ति हो, तो अलबत्ता उससे शिकायत हो सकती है। जब देखती है, आप लोग स्वयं धुकुर-पुकुर कर रहे हैं, तो वह भी इन युक्तियों से अपनी आबरू बचाती है।

इंदु–ऐसा कहीं भूलकर भी न करना, नहीं तो वह इस घर में भी न रहेगी।

इतने में सोफ़िया वह पत्र लिये हुए आती दिखायी दी, जो उसने प्रभु सेवक के नाम लिखा था। इंदु ने बात पलट दी, और बोली–तुम लोगों को तो अभी ख़बर न होगी, मि. सेवक को पाँड़ेपुर मिल गया।

सोफ़िया ने इंदु को गले मिलते हुए पूछा--पापा वह गाँव लेकर क्या करेंगे ?

इंदु–अभी तुम्हें मालूम ही नहीं ? वह मोहल्ला खुदवाकर फेंक दिया जायगा, और वहाँ मिल के मज़दूरों के लिए घर बनेंगे।

इंद्रदत्त–राजा साहब ने मंजूर कर लिया ? इतनी जल्द भूल गये ! अब की शहर में रहना मुश्किल हो जायगा।

इंदु–सरकार का आदेश था, कैसे न मंजूर करते।

इंद्रदत्त–साहब ने बड़ी दौड़ लगायी। सरकार पर भी मंत्र चला दिया।

इंदु–क्यों, इतनी बड़ी रियासत पर सरकार का अधिकार नहीं करा दिया ? एक राजद्रोही राजा को अपंग नहीं बना दिया ? एक क्रांतिकारी संस्था की जड़ नहीं खोद डाली ? सरकार पर इतने एहसान करके यों ही छोड़ देते ? चतुर व्यवसायी न हुए, कोई राजा-ठाकुर हुए ! सबसे बड़ी बात तो यह है कि कम्पनी ने पच्चीस सैकड़े नफ़ा देकर बोर्ड के अधिकांश सदस्यों को वशीभूत कर लिया।

विनय–राजा साहब को पदत्याग कर देना चाहिए था। इतनी बड़ी ज़िम्मेदारी सिर पर लेने से तो यह कहीं अच्छा होता।

इंदु–कुछ सोच-समझकर तो स्वीकार किया होगा। सुना, पाँड़ेपुर वाले अपने घर छोड़ने पर राज़ी नहीं होते।

इंद्रदत्त—न होना चाहिए।

सोफ़िया—ज़रा चलकर देखना चाहिए, वहाँ क्या हो रहा है ? लेकिन कहीं मुझे पापा नज़र आ गये तो ? नहीं, मैं न जाऊँगी, तुम्हीं लोग जाओ।

तीनों आदमी पाँड़ेपुर की तरफ़ चले।

बयालीस

अदालत ने अगर दोनों युवकों को कठिन दंड दिया, तो जनता ने भी सूरदास को उससे कम कठिन दंड न दिया। चारों ओर थुड़ी-थुड़ी होने लगी। मोहल्ले वालों का तो कहना ही क्या, आसपास के गाँव वाले भी दो-चार खोटी-खरी सुना जाते थे—माँगता तो है भीख, पर अपने को कितना लगाता है ! ज़रा चार भले आदमियों ने मुँह लगा लिया, तो धमंड के मारे पाँव धरती पर नहीं रखता। सूरदास को मारे शर्म के घर से बाहर निकलना मुश्किल हो गया। इसका एक अच्छा फल यह हुआ कि बजरंगी और जगधर का क्रोध शांत हो गया। बजरंगी ने सोचा, अब क्या मारूँ-पीटूँ, उसके मुँह में तो यों ही कालिख लग गयी; जगधर की अकेले इतनी हिम्मत कहाँ ! दूसरा फल यह हुआ कि सुभागी फिर भैरो के घर जाने को राज़ी हो गयी। उसे ज्ञात हो गया कि बिना किसी आड़ के मैं इन झोंकों से नहीं बच सकती। सूरदास की आड़ केवल टट्टी की आड़ थी।

एक दिन सूरदास बैठा हुआ दुनिया की हठधर्मी और अनीति का दुखड़ा रो रहा था कि सुभागी बोली—भैया, तुम्हारे ऊपर मेरे कारन चारों ओर से बौछार पड़ रही है, बजरंगी और जगधर दोनों मारने पर उतारू हैं, न हो तो मुझे भी अब मेरे घर पहुँचा दो। यही न होगा, मारे-पीटेगा, क्या करूँगी, सह लूँगी, इस बे-आबरूई से तो बचूँगी ?

भैरो तो पहले ही से मुँह फैलाये हुए था, बहुत खुश हुआ, आकर सुभागी को बड़े आदर से ले गया। सुभागी जाकर बुढ़िया के पैरों पर गिर पड़ी, और खूब रोयी। बुढ़िया ने उठाकर छाती से लगा लिया। बेचारी अब आँखों से माजूर हो गयी थी। भैरो जब कहीं चला जाता, तो दूकान पर कोई बैठने वाला न रहता, लोग अँधेरे में लकड़ी उठा ले जाते थे। खाना तो ख़ैर किसी तरह बना लेती थी, किन्तु इस नोच-खसोट का नुक़सान न सहा जाता था। सुभागी घर की देखभाल तो करेगी ! रहा भैरो, उसके हृदय में अब छल-कपट का लेश भी न रहा था। सूरदास पर उसे इतनी श्रद्धा हो गयी थी कि कदाचित किसी देवता पर भी न होगी। अब वह अपनी पिछली बातों पर पछताता और मुक्त कंठ से सूरदास के गुण गाता था।

इतने दिनों तक सूरदास घरबार की चिंताओं से मुक्त था, पकी-पकायी रोटियाँ मिल जाती थीं, बरतन धुल जाते थे, घर में झाड़ू लग जाती थी। अब फिर वही पुरानी विपत्ति सिर पर सवार हुई। मिठुआ अब स्टेशन ही पर रहता था। घीसू और विद्याधर के दंड से उसकी आँखें खुल गयी थीं। कान पकड़े, अब कभी जुआ और चरस के नगीच न जाऊँगा। बाज़ार से चबेना लेकर खाता और स्टेशन के बरामदे में पड़ा रहता था। कौन नित्य तीन-चार मील चले ! ज़रा

भी चिंता न थी कि सूरदास की कैसे निभती है, अब मेरे हाथ-पाँव हुए, कुछ मेरा धर्म भी उसके प्रति है या नहीं, आख़िर किस दिन के लिए उसने मुझे अपने लड़के की भाँति पाला था। सूरदास कई बार खुद स्टेशन पर गया, और उससे कहा कि साँझ को घर चला आया कर, क्या अब भी भीख माँगूँ, मगर उसकी बला सुनती थी। एक बार उसने साफ़ कह दिया, यहाँ मेरा गुजारा तो होता ही नहीं, तुम्हारे लिए कहाँ से लाऊँ, मेरे लिए तुमने कौन-सी बड़ी तपस्या की थी, एक टुकड़ा रोटी दे देते थे, कुत्ते को न दिया, मुझी को दे दिया। तुमसे मैं कहने गया था कि मुझे खिलाओ-पिलाओ, छोड़ क्यों न दिया, क्या जिन लड़कों के माँ-बाप नहीं होते, वे सब मर ही जाते हैं, जैसे तुम एक टुकड़ा दे देते थे, वैसे बहुत टुकड़े मिल जाते। इन बातों से सूरदास का दिल ऐसा टूटा कि फिर उससे घर आने को न कहा।

इधर सोफ़िया कई बार सूरदास से मिल चुकी थी। वह और तो कहीं न जाती, पर समय निकालकर सूरदास से अवश्य मिल जाती। ऐसे मौक़े से आती कि सेवकजी से सामना न होने पाये। जब आती, सूरदास के लिए कोई-न-कोई सौग़ात ज़रूर लाती। उसने इंद्रदत्त से उसका सारा वृत्तांत सुना था। उसका अदालत में जनता से अपील करना, चंदे के रुपये स्वयं न लेकर दूसरे को दे देना, ज़मीन के रुपये, जो सरकार से मिले थे, दान दे देना—तब से उसे उससे और भी भक्ति हो गयी थी। गँवारों की धर्मपिपासा ईंट-पत्थर पूजने से शांत हो जाती है, भद्रजनों की भक्ति सिद्ध पुरुषों की सेवा से। उन्हें प्रत्येक दीवाना पूर्वजन्म का कोई ऋषि मालूम होता है। उसकी गालियाँ सुनते हैं, उसके जूठे बरतन धोते हैं, यहाँ तक कि उसके धूल-धूसरित पैरों को धोकर चरणामृत लेते हैं। उन्हें उसकी काया में कोई देवात्मा बैठी हुई मालूम होती है। सोफ़िया को सूरदास से कुछ ऐसी ही भक्ति हो गयी थी। एक बार वह उसके लिए संतरे और सेब ले गयी। सूरदास घर लाया, पर आप न खाये, मिठुआ की याद आयी, उसकी कठोर बातें विस्मृत हो गयीं, सबेरे उन्हें लिये स्टेशन गया, और उसे दे आया। एक बार सोफ़ी के साथ इंदु भी आयी थी। सरदी के दिन थे। सूरदास खड़ा काँप रहा था। इंदु ने वह कम्बल, जो वह अपने पैरों पर डाले हुए थी, सूरदास को दे दिया। सूरदास को वह कम्बल ऐसा अच्छा मालूम हुआ कि खुद न ओढ़ सका। मैं बुड्ढा भिखारी, यह कम्बल ओढ़कर कहाँ जाऊँगा ? कौन भीख देगा ? रात को जमीन पर लेटूँ, दिन-भर सड़क के किनारे खड़ा रहूँ, मुझे यह कम्बल लेकर क्या करना है ? जाकर मिठुआ को दे आया। इधर तो अब भी इतना प्रेम था, उधर मिठुआ इतना स्वार्थी था कि खाने को भी न पूछता। सूरदास समझता कि लड़का है, यही इसके खाने-पहनने के दिन हैं। मेरी ख़बर नहीं लेता न सही, खुद तो आराम से खाता-पहनता है। अपना है, तो कब न काम आयेगा।

फागुन का महीना था, संध्या का समय। एक स्त्री घास बेचकर जा रही थी। मज़दूरों ने अभी-अभी काम से छुट्टी पायी थी। दिन भर चुपचाप चरख़ियों के सामने खड़े-खड़े उकता गये थे, विनोद के लिए उत्सुक हो रहे थे। घसियारिन को देखते ही उस पर अश्लील कबीरों की बौछार शुरू कर दी। सूरदास को यह बुरा मालूम हुआ, बोला—यारों, क्यों अपनी जुबान खराब करते हो ? वह बिचारी तो अपनी राह चली जाती है, और तुम लोग उसका पीछा नहीं छोड़ते। वह भी तो किसी की बहू-बेटी होगी।

एक मज़दूर बोला—भीख माँगो भीख, जो तुम्हारे करम में लिखा है। हम गाते हैं, तो तुम्हारी नानी क्यों मरती है ?

सूरदास—गाने को थोड़े ही कोई मने करता है।

मज़दूर—तो हम क्या लाठी चलाते हैं ?

सूरदास—उस औरत को छेड़ते क्यों हो ?

मज़दूर—तो तुम्हें क्यों बुरा लगता है ? तुम्हारी बहन है कि बेटी ?

सूरदास—बेटी भी है, बहन भी है। हमारी हुई तो, किसी दूसरे भाई की हुई तो।

उसके मुँह से वाक्य का अंतिम शब्द निकलने भी न पाया था कि मज़दूर ने चुपके से जाकर उसकी एक टाँग पकड़कर खींच ली। बेचारा बेख़बर खड़ा था। कंकर पर इतनी ज़ोर से मुँह के बल गिरा कि सामने के दो दाँत टूट गये, छाती में बड़ी चोट आयी, ओठ कट गये, मुर्च्छा-सी आ गयी। पंद्रह-बीस मिनट तक वहीं अचेत पड़ा रहा। कोई मज़दूर निकट भी न आया, सब अपनी राह चले गये। संयोग से नायकराम उसी समय शहर से आ रहे थे। सूरदास को सड़क पर पड़े देखा, तो चकराये कि माजरा क्या है, किसी ने मारा-पीटा तो नहीं ? बजरंगी के सिवा और किसमें इतना दम है। बुरा किया। कितना ही हो, अपने धर्म का सच्चा है। दया आ गयी। समीप आकर हिलाया, तो सूरदास को होश आया, उठकर नायकराम का एक हाथ पकड़ लिया, और दूसरे हाथ से लाठी टेकता हुआ चला।

नायकराम ने पूछा—किसी ने मारा है क्या सूरे, मुँह से लहू बह रहा है ?

सूरदास—नहीं भैया, ठोकर खाकर गिर पड़ा था।

नायकराम—छिपाओ मत, अगर बजरंगी या जगधर ने मारा हो, तो बता दो। दोनों को साल-साल भर के लिए भिजवा न दूँ, तो ब्राह्मण नहीं।

सूरदास—नहीं भैया, किसी ने नहीं मारा, झूठ किसे लगा दूँ ?

नायकराम—मिल वालों में से तो किसी ने नहीं मारा ? ये सब बहुत राह चलते आदमियों को छेड़ा करते हैं। कहता हूँ, लुटवा दूँगा, इन झोपड़ों में आग न लगा दूँ, तो कहना। बताओ, किसने यह काम किया ? तुम तो आज तक कभी ठोकर खाकर नहीं गिरे। सारी देह लहू में लत-पत हो गयी है।

सूरदास ने किसी का नाम न बतलाया। जानता था कि नायकराम क्रोध में आ जायगा, तो मरने-मारने को न डरेगा। घर पहुँचा, तो सारा मोहल्ला दौड़ा। हाय ! हाय ! किस मुद्दई ने बेचारे अंधे को मारा, देखो तो, मुँह कितना सूज आया है ! लोगों ने सूरदास को बिछावन पर लिटा दिया। भैरो दौड़ा, बजरंगी ने आग जलायी, अफ़ीम और तेल की मालिश होने लगी। सभी के दिल उसकी तरफ़ से नर्म पड़ गये। अकेला जगधर खुश था, जमुनी से बोला—भगवान ने हमारा बदला लिया है। हम सबर कर गये, पर भगवान तो न्याय करने वाले हैं।

जमुनी चिढ़कर बोली—चुप भी रहो, आये हो बड़े न्यायी की पूँछ बनके। बिपत में बैरी पर भी न हँसना चाहिए, वह हमारा बैरी नहीं है। सच बात के पीछे जान दे देगा, चाहे किसी को अच्छा लगे या बुरा। आज हममें से कोई बीमार पड़ जाय, तो देखो रात-की-रात बैठा रहता है कि नहीं। ऐसे आदमी से क्या बैर !

जगधर लज्जित हो गया।

पन्द्रह दिन तक सूरदास घर से निकलने के लायक़ न हुआ। कई दिन मुँह से खून आता रहा। सुभागी दिन-भर उसके पास बैठी रहती। भैरो रात को उसके पास सोता। जमुनी नूर के तड़के गरम दूध लेकर आती, और उसे अपने हाथों से पिला जाती। बजरंगी बाज़ार से दवाएँ लाता। अगर कोई उसे देखने न आया, तो वह मिठुआ था। उसके पास तीन बार आदमी गया, पर उसकी इतनी हिम्मत भी न हुई कि सेवा-शुश्रूषा के लिए नहीं, तो कुशल-समाचार पूछने ही के लिए चला आता। डरता था कि जाऊँगा, तो लोगों के कहने-सुनने से कुछ-न-कुछ देना ही पड़ेगा। उसे अब रुपये का चस्का लग गया था। सूरदास के मुँह से भी इतना निकल ही गया—दुनिया अपने मतलब की है। बाप नन्हाँ-सा छोड़कर मर गया। माँ-बेटे की परवस्ती की; माँ मर गयी, तो अपने लड़के की तरह पाला-पोसा; आप लड़कोरी बन गया, उसकी नींद सोता था, उसकी नींद जागता था; आज चार पैसे कमाने लगा, तो बात भी नहीं पूछता। ख़ैर, हमारे भी भगवान हैं। जहाँ रहे, सुखी रहे। उसकी नीयत उसके साथ, मेरी नीयत मेरे साथ। उसे मेरी कलक न हो, मुझे तो उसकी कलक है। मैं कैसे भूल जाऊँ कि मैंने लड़के की तरह उसको पाला है !

इधर तो सूरदास रुग्ण-शय्या पर पड़ा हुआ था, उधर पाँड़ेपुर का भाग्य-निर्णय हो रहा था। एक दिन प्रातः काल राजा महेन्द्रकुमार, मि. जॉन सेवक, जायदाद के तख़मीने का अफ़सर, पुलिस के कुछ सिपाही और एक दारोग़ा पाँड़ेपुर आ पहुँचे। राजा साहब ने निवासियों का जमा करके समझाया—सरकार को एक ख़ास सरकारी काम के लिए इस मुहल्ले की ज़रूरत है। उसने फ़ैसला किया है कि तुम लोगों को उचित दाम देकर यह ज़मीन ले ली जाय, लाट साहब का हुक्म आ गया है। तख़मीने के अफ़सर साहब इसी काम के लिए तैनात किये गये हैं। कल से उनका इजलास यहीं हुआ करेगा। आप सब मकानों की क़ीमत का तख़मीना करेंगे, और उसी के मुताबिक तुम्हें मुआवज़ा मिल जायगा। तुम्हें जो कुछ अर्ज़-मारूज़ करना हो, आप ही से करना। आज से तीन महीने के अंदर तुम्हें अपने-अपने मकान ख़ाली कर देने पड़ेंगे, मुआवज़ा पीछे मिलता रहेगा। जो आदमी इतने दिनों के अंदर मकान न ख़ाली करेगा, उसके मुआवज़े के रुपये ज़ब्त कर लिये जायँगे, और वह ज़बरदस्ती घर से निकाल दिया जायेगा। अगर कोई रोक-टोक करेगा, तो पुलिस उसका चालान करेगी, उसको सज़ा हो जायेगी। सरकार तुम लोगों को बेवजह तकलीफ़ नहीं दे रही है, उसको इस ज़मीन की सख़्त ज़रूरत है। मैं सिर्फ़ सरकारी हुक्म की तामील कर रहा हूँ।

गाँव वालों को पहले ही से इसकी टोह मिल चुकी थी, किन्तु इस खयाल से मन को बोध दे रहे थे कि कौन जाने, ख़बर ठीक है या नहीं। ज्यों-ज्यों विलंब होता था, उनकी आलस्य-प्रिय आत्माएँ निश्चिंत होती जाती थीं। किसी को आशा थी कि हाकिमों से कह-सुनकर अपना घर बचा लूँगा, कोई कुछ दे-दिलाकर अपनी रक्षा करने की फ़िक्र कर रहा था, कोई उज्रदारी करने का निश्चय किये हुए था, कोई यह सोचकर शांत बैठा हुआ था कि न जाने क्या होगा, पहले से क्यों अपनी जान हलकान करें, जब सिर पर पड़ेगी, तब देखी जायेगी। तिस पर भी आज जो लोगों ने सहसा यह हुक्म सुना, तो मानो वज्राघात हो गयी। सब-के-सब साथ हाथ बाँधकर

राजा साहब के सामने खड़े हो गये, और कहने लगे—सरकार, यहाँ रहते हमारी कितनी पीढ़ियाँ गुज़र गयीं, अब सरकार हमको निक़ाल देगी, तो कहाँ तो जायँगे ? दो-चार आदमी हों तो कहीं घुस पड़ें, मुहल्ले-का-मुहल्ला उजड़कर कहाँ जायेगा ? सरकार जैसे हमें निकालती है, वैसे कहीं ठिकाना भी बता दे।

राजा साहब बोले—मुझे स्वयं इस बात का बड़ा दुःख है, और मैंने तुम्हारी ओर से सरकार की सेवा में उज्र भी किया था; मगर सरकार कहती है, इस ज़मीन के बग़ैर हमारा काम नहीं चल सकता। मुझे तुम्हारे साथ सच्ची सहानुभूति है, पर मजबूर हूँ, कुछ नहीं कर सकता, सरकार का हुक्म है, मानना पड़ेगा।

इसका जवाब देने की किसी को हिम्मत न पड़ती थी। लोग एक दूसरे को कुहनियों से ठेलते थे कि आगे बढ़कर पूछो, मुआवज़ा किस हिसाब से मिलेगा; पर किसी के क़दम आगे न बढ़ते थे। नायकराम यों तो बहुत चलते हुए आदमी थे, पर इस अवसर पर वह भी मौन साधे हुए खड़े थे। वह राजा साहब से कुछ कहना-सुनना व्यर्थ समझकर तख़मीने के अफ़सर से तख़मीने की दर में कुछ बेशी करा लेने की युक्ति सोच रहे थे। कुछ दे-दिलाकर उनसे काम निकालना ज्यादा सरल जान पड़ता था। इस विपत्ति में सभी को सूरदास की याद आती थी। वह होता, तो ज़रूर हमारी ओर से अरज-बिनती करता, इतना गुरदा और किसी का नहीं हो सकता। कई आदमी लपके हुए सूरदास के पास गये, और उससे यह समाचार कहा।

सूरदास ने कहा—और सब लोग तो हैं ही, मैं चलकर क्या कर लूँगा। नायकराम क्यों सामने नहीं आते ? यों तो बहुत गरजते हैं, अब क्यों मुँह नहीं खुलता ? मुहल्ले ही में रोब दिखाने को हैं ?

ठाकुरदीन—सबकी देखी गयी। सबके मुँह में दही जमा हुआ है। हाकिमों से बोलने को हिम्मत चाहिए, अकिल चाहिए।

शिवसेवक बनिया ने कहा—मेरे तो उनके सामने खड़े होते पैर थरथर काँपते हैं। न जाने कोई कैसे हाकिमों से बातें करता है। मुझे तो वह ज़रा डाँट दें, तो दम ही निकल जाये।

झींगुर तेली बोला—हाकिमों का बड़ा रोब होता है। उनके सामने तो अकिल ही खप्त हो जाती है।

सूरदास—मुझसे तो उठा ही नहीं जाता; चलना भी चाहूँ, तो कैसे चलूँगा ?

सूरदास यों लाठी के सहारे घर में से बाहर आने-जाने लगा था, पर इस वक़्त अनायास उसे कुछ मान करने की इच्छा हुई। कहने से धोबी गधे पर नहीं चढ़ता।

ठाकुरदीन—यह कौन मुसकिल काम है ! हम लोग तुम्हें उठा ले चलेंगे।

सूरदास—भाई, करोगे सब जने अपने-अपने मन ही की, मुझे क्यों नक्कू बनाते हो ? जो सबकी गत होगी, वही मेरी भी गत होगी। भगवान की जो मरजी है, वही होगी।

ठाकुरदीन ने बहुत चिरौरी की, पर सूरदास चलने पर राज़ी न हुआ। तब ठाकुरदीन को क्रोध आ गया। बेलाग बात कहते थे। बोले—अच्छी बात है, मत जाओ। क्या तुम समझते हो, जहाँ मुरगा न होगा, वहाँ सबेरा ही न होगा ? चार आदमी सराहने लगे, तो अब मिजाज ही नहीं मिलते। सच कहा है, कौआ धोने से बगुला नहीं होता।

आठ बजते-बजते अधिकारी लोग बिदा हो गये। अब लोग नायकराम के घर जाकर पंचाइत करने लगे कि क्या किया जाये।

जमुनी—तुम लोग यों ही बकवास करते रहोगे, और किसी का किया कुछ न होगा। सूरदास के पास जाकर क्यों नहीं सलाह करते ? देखो, क्या कहता है ?

बजरंगी—तो जाती क्यों नहीं, मुझी को ऐसी कौन-सी गरज पड़ी हुई है ?

जमुनी—तो फिर चलकर अपने-अपने घर बैठो, गपड़चौथ करने से क्या होता है।

भैरो—बजरंगी, यह हेकड़ी दिखाने का मौका नहीं है। सूरदास के पास सब जने मिलकर चलो। वह कोई-न-कोई राह जरूर निकालेगा।

ठाकुरदीन—मैं तो अब कभी उसके द्वार पर न जाऊँगा। इतना कह-सुनकर हार गया; पर न उठा, न उठा। अपने को लगाने लगा है।

जगधर—सूरदास क्या कोई देवता है, हाकिम का हुकुम पलट देगा ?

ठाकुरदीन—मैं तो गोद में उठा लाने को तैयार था।

बजरंगी—घमंड है घमंड कि और लोग क्यों नहीं आये। गया क्यों नहीं हाकिमों के सामने? ऐसा मर थोड़े ही रहा है !

जमुनी—कैसे आता ? वह तो हाकिमों से बुरा बने; यहाँ तुम लोग अपने-अपने मन की करने लगो, तो उसकी भद्द हो।

भैरो—ठीक तो कहती हो, मुद्दई सुस्त तो गवाह कैसे चुस्त होगा। पहले चलकर पूछो, उसकी सलाह क्या है ? अगर मानने लायक हो, तो मानो; न मानने लायक हो, न मानो। हाँ, एक बात जो तय हो जाये, उस पर टिकना पड़ेगा। यह नहीं कि कहा तो कुछ, पीछे से निकल भागे, सरदार तो भरम में पड़ा रहे कि आदमी पीछे हैं, और आदमी अपने-अपने घर की राह लें।

बजरंगी—चलो पंडाजी, पूछ ही देखें।

नायकराम—वह कहेगा कि बड़े साहब के पास चलो, वहाँ सुनायी न हो, तो परागराज लाट साहब के पास चलो। है इतना बूता ?

जगधर—भैया की बात, महाराज, यहाँ तो किसी का मुँह नहीं खुला, लाट साहब के पास कौन जाता है !

जमुनी—एक बार चले क्यों नहीं जाते ? देखो तो क्या सलाह देता है ?

नायकराम—मैं तैयार हूँ, चलो।

ठाकुरदीन—मैं न जाऊँगा, और जिसे जाना हो जाये।

जगधर—तो क्या हमीं को बड़ी गरज पड़ी है ?

बजरंगी—जो सबकी गत होगी, वही हमारी भी होगी।

घंटे-भर तक पंचाइत हुई, पर सूरदास के पास कोई न गया। साझे की सुई ठेले पर लदती है। तू चल, मैं आता हूँ, यही हुआ किया। लोग अपने-अपने घर चले गये। संध्या-समय भैरो सूरदास के पास गया। सूरदास ने पूछा—आज क्या हुआ ?

भैरो—हुआ क्या, घंटे-भर तक बकवास हुई। फिर लोग अपने-अपने घर चले गये।

सूर—कुछ तय न हुआ कि क्या किया जाये ?

भैरो–निकाले जायँगे, इसके सिवा और क्या होगा। क्यों सूरे कोई न सुनेगा ?

सूर–सुनने वाला भी तो वही है, जो निकालने वाला है। तीसरा होता, तब न सुनता।

भैरो–मेरी मरन है। हजारों मन लकड़ी है, कहाँ ढोकर ले जाऊँगा ? कहाँ इतनी जमीन मिलेगी कि फिर टाल लगाऊँ ?

सूर–सभी की मरन है। बजरंगी ही को इतनी जमीन कहाँ मिली जाती है कि पंद्रह-बीस जानवर भी रहें, आप भी रहे। मिलेगी भी, तो इतना किराया देना पड़ेगा कि दिवाला निकल जायगा। देखो, मिठुआ आज भी नहीं आया। मुझे मालूम हो जाये कि वह बीमार है, तो छिन-भर न रुकूँ, कुत्ते की भाँति दौड़ूँ, चाहे वह मेरी बात भी न पूछे। जिनके लिए अपनी जिंदगानी खराब कर दो, वे भी गाढ़े समय पर मुँह फेर लेते हैं।

भैरो–अच्छा तुम बताओ, तुम क्या करोगे, तुमने भी कुछ सोचा है ?

सूर–मेरी क्या पूछते हो, जमीन थी, वह निकल ही गयी; झोपड़ी के बहुत मिलेंगे, तो दो-चार रुपये मिल जायँगे। मिले तो क्या, और न मिले तो क्या। जब तक कोई न बोलेगा, पड़ा रहूँगा। कोई हाथ पकड़कर निकाल देगा, बाहर जा बैठूँगा। वहाँ से उठा देगा, फिर आ बैठूँगा। जहाँ जनम लिया है, वहीं मरूँगा। अपना झोपड़ा जीते-जी न छोड़ा जायेगा। मरने पर जो चाहे, ले ले। बाप-दादों की जमीन खो दी, अब इतनी निसानी रह गयी है, इसे न छोड़ूँगा। इसके साथ ही आप भी मर जाऊँगा।

भैरो–सूरे, इतना दम तो यहाँ किसी में नहीं।

सूर–इसी से तो मैंने किसी से कुछ कहा ही नहीं। भला सोचो, कितना अंधेर है कि हम, जो सत्तर पीढ़ियों से यहाँ आबाद हैं, निकाल दिये जायँ, और दूसरे यहाँ आकर बस जायँ। यह हमारा घर है, किसी के कहने से नहीं छोड़ सकते। जबरदस्ती जो चाहे, निकाल दे, न्याय से नहीं निकाल सकता। तुम्हारे हाथ में बल है, तुम हमें मार सकते हो; हमारे हाथ में बल होता, तो हम तुम्हें मारते। यह तो कोई इंसाफ नहीं है। सरकार के हाथ में मारने का बल है, हमारे हाथ में और कोई बल नहीं है, तो मर जाने का बल तो है।

भैरो ने जाकर दूसरों से ये बातें कहीं। जगधर ने कहा–देखा, यह सलाह है ! घर तो जायगा ही, जान भी जायगी।

ठाकुरदीन–यह सूरदास का किया होगा। आगे नाथ न पीछे पगहा, मर ही जायगा तो क्या? यहाँ मर जायँ, तो बाल-बच्चों को किसके सिर छोड़ें ?

बजरंगी–मरने के लिए कलेजा चाहिए। जब हम ही मर गये, तो घर लेकर क्या होगा ?

नायकराम–ऐसे बहुत मरने वाले देखे हैं, घर में से तो निकला नहीं गया, मरने चले हैं।

भैरो–उसकी न चलाओ पंडाजी, मन में आने की बात है।

दूसरे दिन से तख़मीने के अफ़सर ने मिल के एक कमरे में इजलास करना शुरू किया। एक मुंशी मोहल्ले के निवासियों के नाम, मकानों की हैसियत, पक्के हैं या कच्चे, पुराने हैं या नये, लंबाई, चौड़ाई आदि की एक तालिका बनाने लगा। पटवारी और मुंशी घर-घर घूमने लगे। नायकराम मुखिया थे। उनका साथ रहना ज़रूरी था। इस वक़्त सभी प्राणियों का भाग्य-निर्णय इसी त्रिमूर्ति के हाथों में था। नायकराम की चढ़ बनी। दलाली करने लगे। लोगों से कहते,

निकलना तो पड़ेगा ही, अगर कुछ ग़म खाने से मुआवज़ा बढ़ जाय, तो हरज ही क्या है। बैठे-बिठाये, मुट्ठी गर्म होती थी, तो क्यों छोड़ते ! सारांश यह कि मकानों की हैसियत का आधार वह भेंट थी, जो इस त्रिमूर्ति को चढ़ायी जाती थी। नायकराम टट्टी की आड़ से शिकार खेलते थे। जस भी कमाते थे, धन भी। भैरो का बड़ा मकान और सामने का मैदान सिमट गये, उनका क्षेत्रफल घट गया, त्रिमूर्ति की वहाँ कुछ पूजा न हुई। जगधर का छोटा-सा मकान फैल गया, त्रिमूर्ति ने उसकी भेंट से प्रसन्न होकर रस्सियाँ ढीली कर दीं, क्षेत्रफल बढ़ गया। ठाकुरदीन ने इन देवताओं को प्रसन्न करने के बदले शिवजी को प्रसन्न करना ज़्यादा आसान समझा। वहाँ एक लोटे जल के सिवा विशेष ख़र्च न था। दोनों वक़्त पानी देने लगे। पर इस समय त्रिमूर्ति का दौरदौरा था, शिवजी की एक न चली, त्रिमूर्ति ने उनके छोटे, पर पक्के घर को कच्चा सिद्ध किया। बजरंगी देवतों को प्रसन्न करना क्या जाने, उन्हें नाराज़ ही कर चुका था, पर जमुनी ने अपनी सुबुद्धि से बिगड़ता हुआ काम बना लिया। मुंशीजी उसकी एक बछिया पर रीझ गये, उस पर दाँत लगाये। बजरंगी जानवरों को प्राण से भी प्रिय समझता था, तिनक गया। नायकराम ने कहा, बजरंगी पछताओगे। बजरंगी ने कहा, चाहे एक कौड़ी मावजा न मिले, पर बछिया न दूँगा। आख़िर जमुनी ने, जो सौदे पटाने में बहुत कुशल थी, उसको एकांत में ले जाकर समझाया कि इतने जानवरों के रहने का कहीं ठिकाना भी है ? कहाँ लिये-लिये फिरोगे ? एक बछिया के देने से सौ रुपये का काम निकलता है, तो क्यों नहीं निकालते ? ऐसी न जाने कितनी बछियाँ पैदा होंगी, देकर सिर से बला टालो। उसके समझाने से अंत में बजरंगी भी राज़ी हो गया।

पंद्रह दिन तक त्रिमूर्ति का राज्य रहा। तख़मीने के अफ़सर साहब बारह बजे घर से आते, अपने कमरे में दो-चार सिगार पीते, समाचार-पत्र पढ़ते, एक-दो बजे घर चल देते। जब तालिका तैयार हो गयी, तो अफ़सर साहब उसकी जाँच करने लगे। फिर निवासियों की बुलाहट हुई। अफ़सर ने सबके तख़मीने पढ़-पढ़कर सुनाये। एक सिरे से धाँधली थी। भैरो ने कहा—हजूर, चलकर हमारा घर देख लें, वह बड़ा है कि जगधर का ? इनको तो मिले 400 रुपया और मुझे मिले 300 रुपया। इस हिसाब से मुझे 600 रुपया मिलना चाहिए।

ठाकुरदीन बिगड़ेदिल थे ही, साफ़-साफ़ कह दिया—साहब, तख़मीना किसी हिसाब से थोड़े ही बनाया गया है। जिसने मुँह मीठा कर दिया, उसकी चाँदी हो गयी; जो भगवान के भरोसे बैठा रहा, उसकी बधिया बैठ गयी। अब भी आप मौके पर चलकर जाँच नहीं करते कि ठीक-ठीक तखमीना हो जाय, गरीबों के गले रेत रहे हैं।

अफ़सर ने बिगड़कर कहा—तुम्हारे गाँव के मुखिया तो तुम्हारी तरफ़ से रख लिया गया था। उसकी सलाह से तख़मीना किया गया है। अब कुछ नहीं हो सकता।

ठाकुरदीन—अपने कहलाने वाले तो और लूटते हैं।

अफ़सर—अब कुछ नहीं हो सकता।

सूरदास की झोपड़ी का मुआवज़ा 1 रुपया रक्खा गया था, नायकराम के घर के पूरे तीन हज़ार ! लोगों ने कहा—यह है गाँव-घर वालों का हाल ! ये हमारे सगे हैं, भाई का गला काटते हैं। उस पर घमंड यह कि हमें धन का लोभ नहीं। आखिर तो है पंडा ही न, जात्रियों को ठगने वाला ! जभी तो यह हाल है। जरा-सा अखतियार पाके आँखें फिर गयीं। कहीं थानेदार होते,

तो किसी को घर में न रहने देते। इसी से कहा है, गंजे के नह नहीं होते।

मिस्टर क्लार्क के बाद मि. सेनापति ज़िलाधीश हो गये थे। सरकार का धन ख़र्च करते काँपते थे। पैसे की जगह धेले से काम निकालते थे। डरते रहते थे कि कहीं बदनाम न हो जाऊँ, उनमें वह आत्मविश्वास न था, जो अँगरेज़ अफ़सरों को होता है। अँगरेज़ों पर पक्षपात का संदेह नहीं किया जा सकता, वे निर्भीक और स्वाधीन होते हैं। मि. सेनापति को संदेह हुआ कि मुआवज़े बड़ी नरमी से लिखे गये हैं। उन्होंने उसकी आधी रक़म काफ़ी समझी। अब यह मिसिल प्रांतीय सरकार के पास स्वीकृति के लिए भेजी गयी। वहाँ फिर उसकी जाँच होने लगी। इस तरह तीन महीने की अवधि गुज़र गयी, और मि. जॉन सेवक पुलिस के सुपरिंटेंडेंट, दारोग़ा माहिरअली और मज़दूरों के साथ मोहल्ले को ख़ाली कराने के लिए आ पहुँचे। लोगों ने कहा, अभी तो हमको रुपये ही नहीं मिले। जॉन सेवक ने जवाब दिया, हमें तुम्हारे रुपयों से कोई मतलब नहीं, रुपये जिससे मिलें उससे लो। हमें तो सरकार ने 1 मई को मुहल्ला ख़ाली करा देने का वचन दिया है, और अगर कोई कह दे कि आज 1 मई नहीं है, तो हम लौट जायँगे। अब लोगों में बड़ी खलबली पड़ी, सरकार की क्या नीयत है ? क्या मुआवज़ा दिये बिना ही हमें निकाल दिया जायेगा, घर-का-घर छोड़ें और मुआवज़ा भी न मिले ! यह तो बिना मौत मरे। रुपये मिल जाते, तो कहीं ज़मीन लेकर घर बनवाते। ख़ाली हाथ कहाँ जायँ ? क्या घर में ख़ज़ाना रखा हुआ है। एक तो रुपये के चार आने मिलने का हुक्म हुआ, उसका भी यह हाल ! न जाने सरकार की नीयत बदल गयी कि बीच वाले खाये जाते हैं ?

माहिरअली ने कहा—तुम लोगों को जो कुछ कहना-सुनना है, जाकर हाकिम ज़िला से कहो। मकान आज ख़ाली करा लिये जायँगे।

बजरंगी—मकान कैसे खाली होंगे, कोई राहजनी है ! जिस हाकिम का हुकुम है, उसी हाकिम का तो वह हुकुम भी है।

माहिर—कहता हूँ, सीधे से अपने बोरिये-बक़चे लादो, और चलते-फिरते नज़र आओ। नाहक़ गुस्सा क्यों दिलाते हो ? कहीं मि. हंटर को आ गया जोश, तो फिर तुम्हारी ख़ैरियत नहीं।

नायकराम—दारोग़ाजी, दो-चार दिन की मुहलत दे दीजिए। रुपये मिलेंगे ही, ये बिचारे क्या बुरा कहते हैं कि बिना रुपये-पैसे कहाँ भटकते फिरें।

मि. जॉन सेवक तो सुपरिंटेंडेंट को साथ लेकर मिल की सैर करने चले गये थे, वहाँ चाय-पानी का प्रबन्ध किया गया था, माहिरअली की हुकूमत थी। बोले—पंडाजी, ये झाँसे दूसरों को देना। यहाँ तुम्हें बहुत दिनों से देख रहे हैं, और तुम्हारी नस-नस पहचानते हैं। मकान आज और आज ही ख़ाली होंगे।

सहसा एक ओर से दो बच्चे खेलते हुए आ गये, दोनों नंगे पाँव थे, फटे हुए कपड़े पहने, पर प्रसन्नवदन। माहिरअली को देखते ही चचा-चचा कहते हुए उसकी तरफ़ दौड़े। ये दोनों साबिर और नसीमा थे। कुल्सूम ने इसी मोहल्ले में एक छोटा-सा मकान एक रुपया किराये पर ले लिया था। गोदाम का मकान जॉन सेवक ने खाली करा लिया था। बेचारी इसी छोटे-से घर में पड़ी अपनी मुसीबत के दिन काट रही थी। माहिर ने दोनों बच्चों को देखा, तो कुछ झेंपते हुए बोले—भाग जाओ, भाग जाओ, यहाँ क्या करने आये ? दिल में शरमाये कि सब लोग कहते

होंगे, ये इनके भतीजे हैं, और इतने फटे हाल, यह उनकी ख़बर भी नहीं लेते !

नायकराम ने दोनों बच्चों को दो-दो पैसे देकर कहा—जाओ मिठाई खाना, ये तुम्हारे चचा नहीं हैं।

नसीमा—हूँ ! चचा तो हैं, क्या मैं पहचानती नहीं ?

नायकराम—चचा होते, तो तुझे गोद में न उठा लेते, मिठाइयाँ न मँगा देते ? तू भूल रही है।

माहिरअली ने क्रुद्ध होकर कहा—पंडाजी, तुम्हें इन फुजूल बातों से क्या मतलब ? मेरे भतीजे हों या न हों, तुमसे सरोकार ? तुम किसी की निज की बातों में बोलने वाले कौन होते हो ? भागो साबिर, नसीमा भाग, नहीं तो सिपाही पकड़ लेगा।

दोनों बालकों ने अविश्वासपूर्ण नेत्रों से माहिरअली को देखा, और भागे। रास्ते में नसीमा ने कहा—चचा ही जैसे तो हैं, क्यों साबिर, चचा ही हैं न ?

साबिर—नहीं तो और कौन हैं ?

नसीमा—तो फिर हमें भगा क्यों दिया ?

साबिर—जब अब्बा थे, तब न हम लोगों को प्यार करते थे ! अब तो अब्बा नहीं हैं न, तब तो अब्बा ही सबको खिलाते थे।

नसीमा—अम्माँ को भी तो अब अब्बा नहीं खिलाते। वह तो हम लोगों को पहले से ज़्यादा प्यार करती है। पहले कभी पैसे न देती थीं, अब तो पैसे भी देती हैं।

साबिर—वह तो हमारी अम्माँ हैं न।

लड़के तो चले गये, इधर दारोग़ाजी ने सिपाहियों को हुक्म दिया—फेंक दो असबाब, और मकान फ़ौरन खाली करा लो। ये लोग लात के आदमी हैं, बातों से न मानेंगे।

दो कांस्टेबिल हुक्म पाते ही बजरंगी के घर में घुस गये, और बरतन निकाल-निकाल फेंकने लगे। बजरंगी बाहर लाल आँखें किये खड़ा ओठ चबा रहा था। जमुनी घर से इधर-उधर दौड़ती फिरती थी, कभी हाँड़ियाँ उठाकर बाहर लाती, कभी फेंके हुए बरतनों को समेटती। मुँह एक क्षण के लिए भी बंद न होता था—मुड़ीकाटे कारखाना बनाने चले हैं, दुनिया को उजाड़कर अपना घर भरेंगे। भगवान भी ऐसे पापियों का संहार नहीं करते, न जाने कहाँ जाके सो गये हैं ! हाय ! हाय ! घिसुआ की जोड़ी पटककर तोड़ डाली !

बजरंगी ने टूटी हुई जोड़ी उठा ली, और एक सिपाही के पास जाकर बोला—जमादार, यह जोड़ी तोड़ डालने से तुम्हें क्या मिला ? साबित उठा ले जाते, तो भला किसी काम तो आती ! कुसल है कि लाल पगड़ी बाँधे हुए हो, नहीं तो आज....

उसके मुँह से पूरी बात भी न निकली थी कि दोनों सिपाहीयों ने उस पर डंडे चलाने शुरू किये। बजरंगी से अब ज़ब्त न हो सका, लपककर एक सिपाही की गरदन एक हाथ से और दूसरे सिपाही की गरदन दूसरे हाथ से पकड़ ली, और इतनी ज़ोर से दबायी कि दोनों की आँखें निकल आयी। जमुनी ने देखा, अब अनर्थ हुआ चाहता है, तो रोती हुई बजरंगी के पास आकर बोली—तुम्हें भगवान की कसम है, जो किसी से लड़ाई करो। छोड़ो-छोड़ो ! क्यों अपनी जान से बैर कर रहे हो !

बजरंगी—तू जा बैठ। फाँसी पा जाऊँ, तो मैके चली जाना। मैं तो इन दोनों के प्राण ही

लेकर छोड़ूँगा।

जमुनी—तुम्हें घीसू की कसम, तुम मेरा ही मांस खाओ, जो इन दोनों को छोड़कर यहाँ से चले न जाओ।

बजरंगी ने दोनों सिपाहियों को छोड़ दिया, पर उसके हाथ छूटना था कि वे दौड़े हुए माहिरअली के पास पहुँचे, और कई और सिपाहियों को लिये हुए फिर आये। पर बजरंगी को जमुनी पहले ही से टाल ले गयी थी। सिपाहियों को शेर न मिला, तो शेर की माँद को पीटने लगे, घर की सारी चीज़ें तोड़-फोड़ डालीं। जो अपने काम की चीज़ नज़र आयी, उस पर हाथ भी साफ़ किया। यही लीला दूसरे घरों में भी हो रही थी। चारों तरफ़ लूट मची हुई थी। किसी ने अंदर से घर के द्वार बंद कर लिये, कोई अपने बाल-बच्चों को लेकर पिछवाड़े से निकल भागा। सिपाहियों को मकान खाली कराने का हुक्म क्या मिला, लूट मचाने का हुक्म मिल गया। किसी को अपने बरतन-भाँड़े समेटने की मोहलत भी न देते थे। नायकराम के घर पर भी धावा हुआ। माहिरअली स्वयं पाँच सिपाहियों को लेकर घुसे। देखा तो वहाँ चिड़िया का पूत भी न था, घर में झाड़ू फिरी हुई थी, एक टूटी हाँडी भी न मिली। सिपाहियों के हौसले मन ही में रह गये। सोचे थे, इस घर में खूब बढ़-बढ़कर हाथ मारेंगे, पर निराश और लज्जित होकर निकलना पड़ा। बात यह थी कि नायकराम ने पहले ही अपने घर की चीज़ें निकाल फेंकी थीं।

उधर सिपाहियों ने घरों के ताले तोड़ने शुरू किये। कहीं किसी पर मार पड़ती थी, कहीं कोई अपनी चीज़ें लिये भागा जाता था। चिल्ल-पों मची हुई थी। विचित्र दृश्य था, मानो दिन-दहाड़े डाका पड़ा रहा हो। सब लोग घरों से निकलकर या निकाले जाकर सड़क पर जमा होते जाते थे। ऐसे अवसरों पर प्रायः उपद्रवकारियों का जमाव हो ही जाता है। लूट का प्रलोभन था ही, किसी को निवासियों से बैर था, किसी को पुलिस से अदावत, प्रति क्षण शंका होती थी कि कहीं शांति न भंग हो जाये, कहीं कोई हंगामा न मच जाये। माहिरअली ने जन-समुदाय की त्योरियाँ देखीं, तो तुरंत एक सिपाही को पुलिस की छावनी की ओर दौड़ाया, और चार बजते-बजते सशस्त्र पुलिस की एक टोली और आ पहुँची। कुमुक के आते ही माहिरअली और भी दिलेर हो गये। हुक्म दिया—मार-मारकर सबों को भगा दो। लोग वहाँ क्यों खड़े हैं ? भगा दो। जिस आदमी को यहाँ खड़े देखो, मारो। अब तक लोग अपने माल और असबाब समेटने में लगे हुए थे। मार भी पड़ती थी, तो चुपके से सह लेते थे। घर में अकेले कई-कई सिपाहियों से कैसे भिड़ते ? अब सब-के-सब एक जगह खड़े हो गये थे। उन्हें कुछ तो अपनी सामूहिक शक्ति का अनुभव हो रहा था, उस पर नायकराम उकसाते जाते थे, यहाँ आयें तो बिना मारे न छोड़ना, दो-चार के हाथ-पैर जब तक न टूटेंगे, ये सब न मानेंगे। बारूद भड़कने वाली ही थी कि इतने में इंदु की मोटर पहुँची, और उसमें से विनय, इंद्रदत्त और इंदु उतर पड़े। देखा, तो कई हज़ार आदमियों का हुजूम था। कुछ मोहल्ले के निवासी थे, कुछ राह-चलते मुसाफ़िर, कुछ आसपास के गाँवों के रहने वाले, कुछ मिल के मज़दूर। कोई केवल तमाशा देखने आया था, कोई पड़ोसियों से सहानुभूति करने, और कोई इस उपद्रव का ईर्ष्यापूर्ण आनंद उठाने। माहिरअली और उनके सिपाही उस उत्साह के साथ, जो नीच प्रकृति के प्राणियों को दमन में होता है, लोगों को सड़क पर से हटाने की चेष्टा कर रहे थे; पर भीड़ पीछे हटने के बदले और आगे ही बढ़ती जाती थी।

विनय ने माहिरअली के पास जाकर कहा—दारोग़ाजी, क्या इन आदमियों को एक दिन की भी मोहलत नहीं मिल सकती ?

माहिर—मोहलत तो तीन महीने की थी, और अगर तीन साल की भी हो जाये, तो भी मकान ख़ाली करने के वक़्त यही हालत होगी। ये लोग सीधे से कभी न जायँगे।

विनय—आप इतनी कृपा कर सकते हैं कि थोड़ी देर के लिए सिपाहियों को रोक लें। जब तक मैं सुपरिंटेंडेट को यहाँ की हालत की ख़बर दे दूँ ?

माहिर—साहब तो यहीं हैं। मि. जॉन सेवक उन्हें मिल दिखाने ले गये थे। मालूम नहीं, वहाँ से कहाँ चले गये, अब तक नहीं लौटे।

वास्तव में साहब बहादुर कहीं गये न थे, जॉन सेवक के साथ दफ़्तर में बैठे आनंद से शराब पी रहे थे। दोनों ही आदमियों ने वास्तविक स्थिति को समझने में ग़लती की थी। उनका अनुमान था कि हमको देखकर लोग रोब में आ गये होंगे, और मारे डर के आप-ही-आप भाग जायँगे।

विनय साहब को ख़बर देने के लिए लपके हुए मिल की तरफ़ चले, तो राजा साहब को मोटर पर आते देखा। ठिठक गये। सोचा, जब यह आ गये हैं, तो साहब के पास जाने की क्या ज़रूरत, इन्हीं से चलकर कहूँ। लेकिन उनके सामने जाते हुए शर्म आती थी कि कहीं जनता ने इनका अपमान किया, तो मैं क्या करूँगा; कहीं यह न समझ बैठें कि मैंने ही इन लोगों को उकसाया है। वह इसी दुबिधा में पड़े हुए थे कि राजा साहब की निगाह इंदु की मोटर पर गयी, जल उठे; इंद्रदत्त और विनय को देखा, ज्वर-सा चढ़ आया—ये लोग यहाँ विराजमान हैं, फिर क्यों न दंगा हो ! जहाँ ये महापुरुष होंगे, वहाँ जो कुछ न हो जाय, थोड़ा है। उन्हें क्रोध बहुत कम आता था, पर इस समय उनसे ज़ब्त न हुआ, विनय से बोले—यह सब आप ही की करामात मालूम होती है !

विनय ने शांत भाव से कहा—मैं तो अभी आया हूँ। सुपरिंटेंडेंट के पास जा ही रहा था कि आप आते दिखायी दिये।

राजा—ख़ैर, अब तो आप इनके नेता हैं, इन्हें अपने किसी जादू-मंत्र से हटाइएगा कि मुझे कोई दूसरा उपाय करना पड़ेगा ?

विनय—इन लोगों को केवल इतनी शिकायत है कि अभी हमें मुआवज़ा नहीं मिला, हम कहाँ जायँ, कैसे ज़मीन ख़रीदें, कैसे नये मकान के सामान लें। आप अगर इन्हें कष्ट करके तसल्ली दे दें, तो सब आप-ही-आप हट जायँगे।

राजा—यह इन लोगों का बहाना है। वास्तव में ये लोग उपद्रव मचाना चाहते हैं।

विनय—अगर इन्हें मुआवज़ा दे दिया जाये, तो शायद कोई दूसरा उपाय न करना पड़े।

राजा—आप छह महीने वाला रास्ता बताते हैं, मैं एक महीने वाली राह चाहता हूँ।

विनय—उस राह में काँटे हैं।

राजा—इसकी कुछ चिंता नहीं। हमें काँटों वाली राह ही पसंद है।

विनय—इस समय इस समूह की दशा सूखे पुआल की-सी है।

राजा—अगर पुआल हमारा रास्ता रोकता है, तो हम उसे जला देंगे।

सभी लोग भयातुर हो रहे थे, न जाने किस क्षण क्या हो जाय, फिर भी मनुष्यों का समूह

किसी अज्ञात शक्ति के वशीभूत होकर राजा साहब की ओर बढ़ा चला आता था। पुलिस वाले भी इधर-उधर से आकर मोटर के पास खड़े होते जाते थे। देखते-देखते उनके चारों ओर मनुष्यों की एक अथाह, अपार नदी लहरें मारने लगी, मानो एक ही रेले में इन गिने-गिनाये आदमियों को निगल जाएगी, इस छोटे-से कगार को बहा ले जाएगी।

राजा महेन्द्रकुमार यहाँ आग में तेल डालने नहीं, उसे शांत करने आये थे। उनके पास दम-दम की ख़बरें पहुँच रही थीं। वह अपने उत्तरदायित्व का अनुभव करके बहुत चिंतित हो रहे थे। नैतिक रूप से तो उन पर कोई ज़िम्मेदारी न थी। जब प्रांतीय सरकार का दबाव पड़ा, तो वह कर ही क्या सकते थे ? अगर पद-त्याग कर देते, तो दूसरा आदमी आकर सरकारी आज्ञा का पालन करता। पाँड़ेपुर वालों के सिर से किसी दशा में भी यह विपत्ति न टल सकती थी, लेकिन वह आदि से निरन्तर यह प्रयत्न कर रहे थे कि मकान खाली कराने के पहले लोगों को मुआवज़ा दे दिया जाये। बार-बार याद दिलाते थे। ज्यों-ज्यों अंतिम तिथि आती जाती थी, उनकी शंकाएँ बढ़ती जाती थीं। वह तो यहाँ तक चाहते थे कि निवासियों को कुछ रुपये पेशगी दे दिये जायँ, जिसमें वे पहले ही से अपना-अपना ठिकाना कर लें। पर किसी अज्ञात कारण से रुपये की स्वीकृति में विलम्ब हो रहा था। वह मि. सेनापति से बार-बार कहते कि आप मंजूरी की आशा पर अपने हुक्म से रुपये दिला दें; पर ज़िलाधीश कानों पर हाथ रखते थे कि न जाने सरकार का क्या इरादा है, मैं बिना हुक्म पाये कुछ नहीं कर सकता। जब आज भी मंजूरी न आयी, तो राजा साहब ने तार द्वारा पूछा। दोपहर तक वह जवाब का इंतज़ार करते रहे। आख़िर जब इस जमाव की ख़बर मिली, तो घबराये। उसी वक़्त दौड़े हुए ज़िलाधीश के बँगले पर गये कि उनसे कुछ सलाह लें। उन्हें आशा थी कि वह स्वयं घटनास्थल पर जाने को तैयार होंगे, पर वहाँ जाकर देखा, तो साहब बीमार पड़े थे। बीमारी क्या थी, बीमारी का बहाना था। बदनामी से बचने का यही उपाय था। राजा साहब से बोले—मुझे खेद है, मैं नहीं जा सकता। आप जाकर उपद्रव को शांत करने के लिए जो उचित समझें, करें।

महेन्द्रकुमार अब बहुत घबराये, अपनी जान किसी भाँति बचती न नज़र आती थी—अगर कहीं रक्तपात हो गया, तो मैं कहीं का न रहूँगा ! सब कुछ मेरे ही सिर आयेगी। पहले ही से लोग बदनाम कर रहे हैं। आज मेरे सार्वजनिक जीवन का अन्त है ! निरपराध मारा जा रहा हूँ ! मुझ पर कुछ ऐसा सनीचर सवार हुआ है कि जो कुछ करना चाहता हूँ, उसके प्रतिकूल करता हूँ, जैसे मुझे अपने ऊपर कोई अधिकार ही न रहा हो। इस ज़मीन के झमेले में पड़ना ही मेरे लिए ज़हर हो गया। तब से कुछ ऐसी समस्याएँ उपस्थित होती चली जाती हैं, जो मेरी महत्त्वाकांक्षाओं का सर्वनाश किये देती हैं। यश, कीर्ति, नाम, सम्मान को कौन रोये, मुँह दिखाने के लाले पड़े हुए हैं !

यहाँ से निराश होकर वह फिर घर आये कि चलकर इंदु से राय लूँ, देखूँ, क्या कहती है। पर यहाँ इंदु न थी। पूछा, तो मालूम हुआ, सैर करने गयी हैं।

इस समय राजा साहब की दशा उस कृपण की-सी थी, जो अपनी आँखों से अपना धन लुटते देखता हो, और इस भय से कि लोगों पर मेरे धनी होने का भेद खुल जायेगा, कुछ बोल न सकता हो। अचानक उन्हें एक बात सूझी--क्यों न मुआवज़े के रुपये अपने ही पास से दे

दूँ ? रुपये कहीं जाते तो हैं नहीं, जब मंजूरी आ जायेगी, वापस ले लूँगा। दो-चार दिन का मुआमला है, मेरी बात रह जायेगी, और जनता पर इसका कितना अच्छा असर पड़ेगा ! कुल सत्तर हज़ार तो हैं ही। और इसकी क्या ज़रूरत है कि सब रुपये आज ही दे दिये जायँ ? कुछ आज दे दूँ, कुछ कल दे दूँ, तब तक मंजूरी आ ही जायेगी। जब लोगों को रुपये मिलने लगेंगे, तो तस्कीन हो जायेगी, यह भय न रहेगा कि कहीं सरकार रुपये ज़ब्त न कर ले। खेद है, मुझे पहले यह बात न सूझी, नहीं तो इतना झमेला ही क्यों होता। उन्होंने उसी वक़्त इंपीरियल बैंक के नाम बीस हज़ार का चेक लिखा। देर बहुत हो गयी थी, इसलिए बैंक के मनैजर के नाम एक पत्र भी लिख दिया कि रुपये देने में विलंब न कीजिएगा, नहीं तो शांति भंग हो जाने का भय है। बैंक से आदमी रुपये लेकर लौटा, तो पाँच बज चुके थे। तुरत मोटर पर सवार होकर पाँड़ेपुर आ पहुँचे। आये तो थे ऐसी शुभेच्छाओं से, पर वहाँ विनय और इंदु को देखकर तैश आ गया। जी में आया, लोगों से कह दूँ, जिनके बूते पर उछल रहे हो, उनसे रुपये लो, इधर सरकार को लिख दूँ कि लोग विद्रोह करने पर तैयार हैं, उनके रुपये ज़ब्त कर लिये जायँ। उसी क्रोध में उन्होंने विनय से वे बातें कीं, जो ऊपर लिखी जा चुकी हैं। मगर जब उन्होंने देखा कि जन-समूह का रेला बढ़ा चला आ रहा है, लोगों के मुख आवेश-विकृत हो रहे हैं, सशस्त्र पुलिस संगीनें चढ़ाये हुए है, और इधर-उधर से दो-चार पत्थर भी चल रहे हैं, तो उनकी वही दशा हुई, जो भय में नशे की होती है। तुरत मोटर पर खड़े हो गये, और ज़ोर से चिल्लाकर बोले—मित्रो, ज़रा शांत हो जाओ। यों दंगा करने से कुछ नहीं होगा। मैं रुपये लाया हूँ, अभी तुमको मुआवज़ा मिल जायगा। सरकार ने अभी मंजूरी नहीं भेजी है, लेकिन तुम्हारी इच्छा हो, तो तुम मुझसे अपने रुपये ले सकते हो। इतनी-सी बात के वास्ते तुम्हारा यह दुराग्रह सर्वथा अनुचित है। मैं जानता हूँ कि यह तुम्हारा दोष नहीं है, तुमने किसी के बहकाने से ही शरारत पर कमर बाँधी है। लेकिन मैं तुम्हें उस विद्रोह-ज्वाला में न कूदने दूँगा, जो तुम्हारे शुभचिंतकों ने तैयार कर रक्खी है। यह लो, तुम्हारे रुपये हैं। सब आदमी बारी-बारी से आकर अपने नाम लिखाओ, अँगूठे का निशान करो, रुपये लो, और चुपके-चुपके घर जाओ।

एक आदमी ने कहा—घर तो आपने छीन लिये।

राजा—रुपयों से घर मिलने में देर न लगेगी। हमसे तुम्हारी जो कुछ सहायता हो सकेगी, वह उठा न रक्खेंगे। इस भीड़ को तुरंत हट जाना चाहिए, नहीं तो रुपये मिलने में देर होगी।

जो जन-समूह उमड़े हुए बादलों की तरह भयंकर और गंभीर हो रहा था, वह घोषणा सुनते ही रूई के गालों की भाँति फट गया। न जाने लोग कहाँ समा गये। केवल वही लोग रह गये, जिन्हें रुपये पाने थे। सामयिक सुबुद्धि मँडलाती हुई विपत्ति का कितनी सुगमता से निवारण कर सकती है, इसका यह उज्ज्वल प्रमाण था। एक अनुचित शब्द, एक कठोर वाक्य अवस्था को असाध्य बना देता।

पटवारी ने नामावली पढ़नी शुरू की। राजा साहब अपने हाथों से रुपये बाँटने लगे। असामी रुपये लेता था, अँगूठे का निशान बनाता था, और तब दो सिपाही उसके साथ कर दिये जाते थे कि जाकर मकान ख़ाली करा लें।

रुपये पाकर लौटते हुए लोग यों बातें करते जाते थे—

एक मुसलमान—यह राजा बड़ा मूज़ी है; सरकार ने रुपये भेज दिये थे, पर दबाये बैठा था। हम लोग गरम न पड़ते, तो हज़म कर जाता।

दूसरा—सोचा होगा, मकान ख़ाली करा लूँ, और रुपये सरकार को वापस करके सुर्ख़रू बन जाऊँ।

एक ब्राह्मण ने इसका विरोध किया—क्या बकते हो, बिचारे ने रुपये अपने पास से दिये हैं।

तीसरा—तुम गौखे हो, ये चालें क्या जानो, जाके पोथी पढ़ो, और पैसे ठगो।

चौथा—सबों ने पहले ही सलाह कर ली होगी। आपस में रुपये बाँट लेते, हम लोग ठाठ ही पर रह जाते।

एक मुंशीजी बोले—इतना भी न करें, तो सरकार कैसे खुश हो। इन्हें चाहिए था कि रिआया की तरफ़ से सरकार से लड़ते, मगर आप खुद ही खुशामदी टट्टू बने हुए हैं। सरकार का दबाव तो हीला है।

पाँचवाँ—तो यह समझ लो, हम लोग न आ जाते, तो बिचारों को कौड़ी भी न मिलती। घर से निकल जाने पर कौन देता है, और कौन लेता है ! बिचारे माँगने जाते, तो चपरासियों से मारकर निकलवा देते।

जनता की दृष्टि में एक बार विश्वास खोकर फिर जमाना मुश्किल है। राजा साहब को जनता के दरबार से यह उपहार मिल रहा था।

संध्या हो गयी थी। चार ही पाँच असामियों को रुपये मिलने पाये थे कि अँधेरा हो गया। राजा साहब ने लैंप की रोशनी में 9 बजे रात तक रुपये बाँटे। तब नायकराम ने कहा—सरकार, अब तो बहुत देर हुई। न हो कल पर उठा रखिए। राजा साहब भी थक गये थे, जनता को भी अब रुपये मिलने में बाधा न दीखती थी, काम कल के लिए स्थगित कर दिया गया। मगर सशस्त्र पुलिस ने वहीं डेरा जमाया कि कहीं फिर न लोग जमा हो जायँ।

दूसरे दिन दस बजे फिर राजा साहब आये, विनय और इंद्रदत्त भी कई सेवकों के साथ आ पहुँचे। नामावली खोली गयी। सबसे पहले सूरदास की तलबी हुई। लाठी टेकता हुआ आकर राजा साहब के सामने खड़ा हो गया।

राजा साहब ने उसे सिर से पाँव तक देखा, और बोले—तुम्हारे मकान का मुआवज़ा केवल 1 रुपया है, यह लो और घर ख़ाली कर दो।

सूरदास—कैसा रुपया ?

राजा—अभी तुम्हें मालूम ही नहीं, तुम्हारा मकान सरकार ने ले लिया है। यह उसी का मुआवज़ा है।

सूर—मैंने तो अपना मकान बेचने को किसी से नहीं कहा।

राजा—और लोग भी तो खाली कर रहे हैं।

सूर—जो लोग छोड़ने पर राजी हों, उन्हें दीजिए। मेरी झोपड़ी रहने दीजिए। पड़ा रहूँगा, और हजूर का कल्यान मनाता रहूँगा।

राजा—यह तुम्हारी इच्छा की बात नहीं है, सरकारी हुक्म है। सरकार को इस ज़मीन की

ज़रूरत है। यह क्योंकर हो सकता है कि और मकान गिरा दिये जायँ, और तुम्हारा झोपड़ा बना रहे ?

सूर—सरकार के पास जमीन की क्या कमी है। सारा मुलुक पड़ा हुआ है। एक गरीब की झोपड़ी छोड़ देने से उसका काम थोड़े ही रुक जायगा।

राजा—व्यर्थ की हुज्जत करते हो, यह रुपया लो, अँगूठे का निशान बनाओ, और जाकर झोपड़ी में से अपना सामान निकाल लो।

सूर—सरकार जमीन लेकर क्या करेगी ? यहाँ कोई मंदिर बनेगा ? कोई तालाब खुदेगा ? कोई धरमसाला बनेगी ? बताइए।

राजा—यह मैं कुछ नहीं जानता।

सूर—जानते क्यों नहीं, दुनिया जानती है, बच्चा-बच्चा जानता है। पुतलीघर के मजूरों के लिए घर बनेंगे। बनेंगे तो उससे मेरा क्या फायदा होगा कि घर छोड़कर निकल जाऊँ ! जो कुछ फायदा होगा, साहब को होगा। परजा की तो बरबादी ही है। ऐसे काम के लिए मैं अपना झोपड़ा न छोड़ूँगा। हाँ, कोई धरम का काम होता, तो सबसे पहले मैं अपना झोपड़ा दे देता। इस तरह जबरजस्ती करने का आपको अखतियार है, सिपाहियों को हुकुम दे दें, फूस में आग लगते कितनी देर लगती है। पर यह न्याय नहीं है। पुराने जमाने में एक राजा अपना बगीचा बनवाने लगा, तो एक बुढ़िया की झोपड़ी बीच में पड़ गयी। राजा ने उसे बुलाकर कहा, तू यह झोपड़ी मुझे दे दे, जितने रुपये कह तुझे दे दूँ, जहाँ कह तेरे लिए मकान बनवा दूँ। बुढ़िया ने कहा, मेरा झोपड़ा रहने दीजिए। जब दुनिया देखेगी कि आपके बगीचे के एक कोने में बुढ़िया की झोपड़ी है, तो आपके धरम और न्याय की बड़ाई करेगी। बगीचे की दीवार दस-पाँच हाथ टेढ़ी हो जायगी, पर इससे आपका नाम सदा के लिए अमर हो जायगा। राजा ने बुढ़िया की झोपड़ी छोड़ दी। सरकार का धरम परजा को पालना है कि उसका घर उजाड़ना, उसको बरबाद करना ?

राजा साहब ने झुँझलाकर कहा—मैं तुमसे दलील करने नहीं आया हूँ। सरकारी हुक्म की तामील करने आया हूँ।

सूर—हजूर, मेरी मजाल है कि आपसे दलील कर सकूँ ! मगर मुझे उजाड़िए मत, बाप-दादों की निसानी यही झोपड़ी रह गयी है, इसे बनी रहने दीजिए।

राजा साहब को इतना अवकाश कहाँ था कि एक-एक असामी से घंटों वाद-विवाद करते। उन्होंने दूसरे आदमी को बुलाने का हुक्म दिया।

इंद्रदत्त ने देखा कि सूरदास अब भी वहीं खड़ा है, हटने का नाम नहीं लेता, तो डरे कि राजा साहब कहीं उसे सिपाहियों से धक्के देकर हटवा न दें। धीरे से उसका हाथ पकड़कर अलग ले गये, और बोले—सूरे, है तो अन्याय; मगर क्या करोगे, झोपड़ी तो छोड़नी ही पड़ेगी। जो कुछ मिलता है, ले लो। राजा साहब की बदनामी का डर है, नहीं तो मैं तुमसे लेने को न कहता।

इन आदमियों ने इन लोगों को घेर लिया। ऐसे अवसरों पर लोगों की उत्सुकता बढ़ी हुई होती है। क्या हुआ ? क्या कहा ? क्या जवाब दिया ? सभी इन प्रश्नों के जिज्ञासु होते हैं। सूरदास ने सजल नेत्रों से ताकते हुए आवेश-कम्पित कंठ से कहा—भैया, तुम भी कहते हो कि

रुपया ले लो ! मुझे तो इस पुतलीघर ने पीस डाला। बाप-दादों की निसानी 10 बीघे जमीन थी, वह पहले ही निकल गयी, अब यह झोपड़ी भी छीनी जा रही है। संसार इसी माया-मोह का नाम है। जब इससे मुक्त हो जाऊँगा, तो झोपड़ी में रहने न आऊँगा। लेकिन जब तक जीता हूँ, अपना घर मुझसे न छोड़ा जायगा। अपना घर है, नहीं देते। जबरजस्ती जो चाहे ले ले।

इंद्रदत्त—ज़बरदस्ती कोई नहीं कर रहा है। क़ानून के अनुसार ही ये मकान ख़ाली कराये जा रहे हैं। सरकार को अधिकार है कि वह किसी सरकारी काम के लिए जो मकान या ज़मीन चाहे ले ले।

सूर—होगा कानून, मैं तो एक धरम का कानून जानता हूँ, इस तरह जबरजस्ती करने के लिए जो कानून चाहे बना लो। यहाँ कोई सरकार का हाथ पकड़ने वाला तो है नहीं। उसके सलाहकार भी तो सेठ-महाजन ही हैं।

इंद्रदत्त ने राजा साहब के पास जाकर कहा—आप अंधे का मुआमला आज स्थगित कर दें, तो अच्छा हो। गँवार आदमी, बात नहीं समझता, बस अपनी ही गाये जाता है।

राजा ने सूरदास को कुपित नेत्रों से देखकर कहा—गँवार नहीं है, छटा हुआ बदमाश है। हमें और तुम्हें, दोनों ही को क़ानून पढ़ा सकता है। है भिखारी, मगर टर्रा। मैं इसका झोपड़ा गिरवाये देता हूँ।

इस वाक्य के अंतिम शब्द सूरदास के कानों में पड़ गये। बोला—झोपड़ा क्यों गिराइएगा? इससे तो यही अच्छा कि मुझी को गोली मरवा दीजिये।

यह कहकर सूरदास लाठी टेकता हुआ वहाँ से चला गया। राजा साहब को उसकी धृष्टता पर क्रोध आ गया। ऐश्वर्य अपने को बड़ी मुश्किल से भूलता है, विशेषतः जब दूसरों के सामने उसका अपमान किया जाय। माहिरअली को बुलाकर कहा—इसकी झोपड़ी अभी गिरा दो।

दारोग़ा माहिरअली चले, निश्शस्त्र पुलिस और मज़दूरों का एक दल उसके साथ चला, मानो किसी क़िले पर धावा करने जा रहे हैं। उनके पीछे-पीछे जनता का एक समूह भी चला। राजा ने इन आदमियों के तेवर देखे, तो होश उड़ गये। उपद्रव की आशंका हुई। झोपड़े को गिराना इतना सरल न प्रतीत हुआ, जितना उन्होंने समझा था। पछताये कि मैंने व्यर्थ माहिरअली को यह हुक्म दिया। जब मुहल्ला मैदान हो जाता, तो झोपड़ा आप-ही-आप उजड़ जाता, सूरदास कोई भूत तो है नहीं कि अकेला उसमें पड़ा रहता। मैंने चिंउटी को तलवार से मारने की चेष्टा की ! माहिरअली क्रोधी आदमी है, और इन आदमियों के रुख़ भी बदले हुए हैं। जनता क्रोध में अपने को भूल जाती है, मौत पर हँसती है। कहीं माहिरअली उतावली कर बैठा, तो निस्संदेह उपद्रव हो जायगा। इसका सारा इलज़ाम मेरे सिर जायगा। यह अंधा आप तो डूबा ही हुआ है, मुझे भी डुबाये देता है। बुरी तरह मेरे पीछे पड़ा हुआ है। लेकिन इस समय वह हाकिम की हैसियत में थे। हुक्म को वापस न ले सकते थे। सरकार की आबरू में बट्टा लगने से कहीं ज्यादा भय अपनी आबरू में बट्टा लगने का था। अब यही एक उपाय था कि जनता को झोपड़े की ओर न जाने दिया जाये। सुपरिंटेंडेंट अभी-अभी मिल से लौटा था, और घोड़े पर सवार सिगार पी रहा था कि राजा साहब ने जाकर उससे कहा—इन आदमियों को रोकना चाहिए।

उसने कहा—जाने दीजिए, कोई हरज नहीं, शिकार होगा।

—भीषण हत्या होगी।

—हम इसके लिये तैयार हैं।

विनय के चेहरे का रंग उड़ा हुआ था। न आगे जाते बनता था, न पीछे। घोर आत्मवेदना का अनुभव करते हुए बोले—इंद्र, मैं बड़े संकट में हूँ।

इंद्रदत्त ने कहा—इसमें क्या संदेह है।

—जनता को क़ाबू में रखना कठिन है।

—आप जाइए, मैं देख लूँगा। आपका यहाँ रहना उचित नहीं है।

—तुम अकेले हो जाओगे।

—कोई बात नहीं।

—तुम भी मेरे साथ क्यों नहीं चलते ? अब हम यहाँ रहकर क्या कर लेंगे, हम अपने कर्तव्य का पालन कर चुके।

—आप जाइए। आपको जो संकट है, वह मुझे नहीं है। मुझे अपने किसी आत्मीय के मानापमान का भय नहीं है।

विनय वहीं अशांत और निश्चल खड़े रहे, या यों कहो कि गड़े रहे, मानो कोई स्त्री घर से निकाल दी गयी हो। इंद्रदत्त उन्हें वहीं छोड़कर आगे बढ़े, तो जनसमूह उसी गली के मोड़ पर रुका हुआ था, जो सूरदास के झोपड़े की ओर जाती थी। गली के द्वार पर पाँच सिपाही संगीनें चढ़ाये खड़े थे। एक क़दम आगे बढ़ना संगीन की नोक को छाती पर लेना था। संगीनों की दीवार सामने खड़ी थी।

इंद्रदत्त ने एक कुएँ की जगत पर खड़े होकर उच्च स्वर से कहा—

भाइयो, सोच लो, तुम लोग क्या चाहते हो ? क्या इस झोपड़ी के लिए पुलिस से लड़ोगे ? अपना और अपने भाइयों का रक्त बहाओगे ? इन दामों यह झोपड़ी बहुत महँगी है। अगर उसे बचाना चाहते हो, तो इन आदमियों ही से विनय करो, जो इस वक़्त वरदी पहने, संगीनें चढ़ाये, यमदूत बने हुए तुम्हारे सामने खड़े हैं, और यद्यपि प्रकट रूप से वे तुम्हारे शत्रु हैं, पर उनमें एक भी ऐसा न होगा, जिसका हृदय तुम्हारे साथ न हो, जो एक असहाय, दुर्बल, अंधे की झोपड़ी गिराने में अपनी दिलावरी समझता हो। इनमें सभी भले आदमी हैं, जिनके बाल-बच्चे हैं, जो थोड़े वेतन पर तुम्हारे जान-माल की रक्षा करने के लिए घर से आये हैं।

एक आदमी—हमारे जान-माल की रक्षा करते हैं, या सरकार के रोब-दाब की ?

इंद्रदत्त—एक ही बात है। तुम्हारे जान-माल की रक्षा के लिए सरकार के रोब-दाब की रक्षा करनी परमावश्यक है। इन्हें जो वेतन मिलता है, वह एक मजूर से भी कम है.....

दूसरा प्रश्न—चोरियाँ नहीं कराते ? जुआ नहीं खेलाते ? घूस नहीं खाते ?

इंद्रदत्त—यह सब इसीलिए होता है कि वेतन जितना मिलना चाहिए, उतना नहीं मिलता। ये भी हमारी और तुम्हारी भाँति मनुष्य हैं, इनमें भी दया और विवेक है, ये भी दुर्बलों पर हाथ उठाना नीचता समझते हैं। जो कुछ करते हैं, मजबूर होकर। इन्हीं से कहो, अंधे पर तरस खायें, उसकी झोपड़ी को बचायें। (सिपाहियों से) क्यों मित्रो, तुमसे इस दया की आशा रक्खें ? इन

मनुष्यों पर दया करोगे ?

इंद्रदत्त ने एक ओर जनता के मन में सिपाहियों के प्रति सहानुभूति उत्पन्न करने की चेष्टा की, और दूसरी ओर सिपाहियों की मनोगत दया को जाग्रत करने की। हवलदार संगीनों के पीछे खड़ा था। बोला—हमारी रोज़ी बचाकर और जो चाहे कीजिए। इधर से न जाइए।

इंद्रदत्त—तो रोज़ी के लिए इतने प्राणियों का सर्वनाश कर दोगे ? ये बेचारे भी तो एक दीन की रक्षा करने आये हैं। जो ईश्वर यहाँ तुम्हारा पालन करता है, वह क्या किसी दूसरी जगह तुम्हें भूखों मारेगा ? अरे ! यह कौन पत्थर फेंकता है ? याद रक्खो, तुम लोग न्याय की रक्षा करने आये हो, बलवा करने नहीं। ऐसे नीच आघातों से अपने को कलंकित न करो। मत हाथ उठाओ, अगर तुम्हारे ऊपर गोलियों की बाढ़ भी चले.....

इंद्रदत्त को कुछ और कहने का अवसर न मिला। सुपरिंटेंडेंट ने गली के मोड़ पर आदमियों का जमाव देखा, तो घोड़ा दौड़ाता इधर चला। इंद्रदत्त की आवाज़ कानों में पड़ी, तो डाँटकर बोला—हटा दो इसको। इन सब आदमियों को अभी सामने से हटा दो। तुम सब आदमी अभी हट जाओ, नहीं हम गोली मार देगा।

समूह जौ-भर भी न हटा।

—अभी हट जाओ, नहीं हम फ़ायर कर देगा !

कोई आदमी अपनी जगह से न हिला।

सुपरिंटेंडेंट ने तीसरी बार आदमियों को हट जाने की आज्ञा दी।

समूह शांत, गंभीर, स्थिर रहा।

फ़ायर करने की आज्ञा हुई, सिपाहियों ने बंदूकें हाथ में लीं। इतने में राजा साहब बदहवास आकर बोले—For God's sake Mr. Brown, spare me ! लेकिन हुक्म हो चुका था। बाढ़ चली, बंदूक़ों के मुँह से धुआँ निकला, धायँ-धायँ की रोमांचकारी ध्वनि निकली, और कई आदमी चक्कर खाकर गिर पड़े। समूह की ओर से पत्थरों की बौछार होने लगी। दो-चार टहनियाँ गिर पड़ी थीं, किंतु वृक्ष अभी तक खड़ा था।

फिर बंदूक़ चलाने की आज्ञा हुई। राजा साहब ने अब की बहुत गिड़गिड़ाकर कहा—Mr. Brown, these shots are piercing my heart. किंतु आज्ञा मिल चुकी थी, दूसरी बाढ़ चली, फिर कई आदमी गिर पड़े। डालियाँ गिरीं, लेकिन वृक्ष स्थिर खड़ा था।

तीसरी बार फ़ायर करने की आज्ञा दी गयी। राजा साहब ने सजलनयन होकर व्यथित कंठ से कहा—Mr. Brown, now I am done for ! बाढ़ चली, कई आदमी गिरे, और उनके साथ इन्द्रदत्त भी गिरे। गोली वक्षस्थल को चीरती हुई पार हो गयी थी। वृक्ष का तना गिर गया !

समूह में भगदड़ पड़ गयी। लोग गिरते-पड़ते, एक दूसरे को कुचलते, भाग खड़े हुए। कोई किसी पेड़ की आड़ में छिपा, कोई किसी घर में घुस गया, कोई सड़क के किनारे की खाइयों में जा बैठा; पर अधिकांश लोग वहाँ से हटकर सड़क पर आ खड़े हुए।

नायकराम ने विनयसिंह से कहा—भैया, क्या खड़े हो, इंद्रदत्त को गोली लग गयी !

विनय अभी तक उदासीन भाव से खड़े थे। यह ख़बर पाते ही गोली-सी लग गयी। बेतहाशा दौड़े, और संगीनों के सामने, गली के द्वार पर, आकर खड़े हो गये। उन्हें देखते ही भागने वाले

सँभल गये, जो छिपे बैठे थे, निकल पड़े। जब ऐसे-ऐसे लोग मरने को तैयार हैं, जिनके लिए संसार में सुख-ही-सुख है, तो फिर हम किस गिनती में हैं। यह विचार लोगों के मन में उठा। गिरती हुई दीवार फिर खड़ी हो गयी। सुपरिंटेंडेंट ने दाँत पीसकर चौथी बार फ़ायर करने का हुक्म दिया। लेकिन यह क्या ? कोई सिपाही बन्दूक़ नहीं चलाता, हवलदार ने बंदूक़ें ज़मीन पर पटक दीं, सिपाहियों ने भी उसके साथ ही अपनी-अपनी बंदूक़ें रख दीं। हवलदार बोला—हज़ूर को अख़्तियार हैं, जो चाहें करें; लेकिन अब हम लोग गोली नहीं चला सकते। हम भी मनुष्य हैं, हत्यारे नहीं हैं।

ब्राउन—कोर्टमार्शल होगा।

हवलदार—हो जाय।

ब्राउन—नमकहराम लोग !

हवलदार—अपने भाइयों का गला काटने के लिए नहीं, उनकी रक्षा करने के लिए नौकरी की थी।

यह कहकर सब-के-सब पीछे की ओर फिर गये, और सूरदास के झोपड़े की तरफ़ चले। उनके साथ ही कई हज़ार आदमी जय-जयकार करते हुए चले। विनय उनके आगे-आगे थे। राजा साहब और ब्राउन, दोनों खोये हुए से खड़े थे। उनकी आँखों के सामने एक ऐसी घटना घटित हो रही थी, जो पुलिस के इतिहास में एक नूतन युग की सूचना दे रही थी, जो परम्परा के विरुद्ध, मानव प्रकृति के विरुद्ध, नीति के विरुद्ध थी। सरकार के वे पुराने सेवक, जिनमें से कितनों ही ने अपने जीवन का अधिकांश प्रजा का दमन करने ही में व्यतीत किया था, यों अकड़ते हुए चले जायँ ! अपना सर्वस्व, यहाँ तक कि प्राणों को भी, समर्पित करने को तैयार हो जायँ। राजा साहब अब तक उत्तरदायित्व के भार से काँप रहे थे, अब भय यह हुआ कि कहीं ये लोग मुझ पर टूट न पड़ें। ब्राउन तो घोड़े पर सवार, आदमियों को हंटर मार-मारकर भगाने की चेष्टा कर रहा था, और राजा साहब अपने लिए छिपने की कोई जगह तलाश कर रहे थे। लेकिन किसी ने उनकी तरफ़ ताका भी नहीं। सब-के-सब विजय घोष करते हुए, तरल वेग से, सूरदास की झोपड़ी की ओर दौड़े चले जाते थे। वहाँ पहुँचकर देखा तो झोपड़े के चारों तरफ़ सैकड़ों आदमी खड़े थे, माहिरअली अपने आदमियों के साथ नीम के वृक्ष के नीचे खड़े नयी सशस्त्र पुलिस की प्रतीक्षा कर रहे थे, हिम्मत न पड़ती थी कि इस व्यूह को चीरकर झोपड़े के पास जायँ। सबके आगे नायकराम कंधे पर लट्ठ रखे खड़े थे। इस व्यूह के मध्य में झोपड़े के द्वार पर सूरदास सिर झुकाये बैठा हुआ था, मानो धैर्य, आत्मबल और शांत तेज की सजीव मूर्ति हो।

विनय को देखते ही नायकराम आकर बोला—भैया, तुम अब कुछ चिंता मत करो। मैं यहाँ सँभाल लूँगा। इधर महीनों से सूरदास से मेरी अनबन थी, बोलचाल तक बंद थी, पर आज उसका जीवट-जिगर देखकर दंग हो गया। एक अंधे अपाहिज में यह हियाव ! हम लोग देखने ही को मिट्टी का एक बोझ लादे हुए हैं।

विनय—इंद्रदत्त का मरना ग़ज़ब हो गया।

नायकराम—भैया, दिल न छोटा करो, भगवान् की यही इच्छा होगी।

विनय—कितनी वीर मृत्यु पायी है !

नायकराम—मैं तो खड़ा देखता ही था, माथे पर सिकन तक नहीं आयी।

विनय—मुझे क्या मालूम था कि आज यह नौबत आयेगी, नहीं पहले खुद जाता। वह अकेले सेवा-दल का काम सँभाल सकते थे, मैं नहीं सँभाल सकता। कितना सहास मुख था ! कठिनाइयों को तो ध्यान में ही न लाते थे, आग में कूदने के लिए तैयार रहते थे। कुशल यही है कि अभी विवाह नहीं हुआ था।

नायकराम—घर वाले कितना जोर देते रहे, पर इन्होंने एक बार नहीं करके फिर हाँ न की।

विनय—एक युवती के प्राण बच गये।

नायकराम—कहाँ की बात भैया, ब्याह हो गया होता, तो वह इस तरह बेधड़क गोलियों के सामने जाते ही न। बिचारे माता-पिता का क्या हाल होगा !

विनय—रो-रोकर मर जायँगे और क्या।

नायकराम—इतना अच्छा है कि और कई भाई हैं, और घर के पोढ़े हैं।

विनय—देखो, इन सिपाहियों की क्या गति होती है। कल तक फ़ौज आ जायगी। इन ग़रीबों की भी कुछ फ़िक्र करनी चाहिए।

नायकराम—क्या फिकिर करोगे भैया ? उनका कोटमासल होगा। भागकर कहाँ जायँगे।

विनय—यही तो उनसे कहना है कि भागें नहीं, जो कुछ किया है, उसका यश लेने से न डरें। हवलदार को फाँसी हो जायगी।

यह कहते हुए दोनों आदमी झोपड़ी के पास आये, तो हवलदार बोला—कुँअर साहब, मेरा तो कोटमासल होगा ही, मेरे बाल-बच्चों की खबर लीजिएगा। यह कहते-कहते वह धाड़ें मार-मार रोने लगा।

बहुत-से आदमी जमा हो गये, और कहने लगे—कुँअर साहब चंदा खोल दीजिए। हवलदार, तुम सच्चे सूरमा हो, जो निर्बलों पर हाथ नहीं उठाते।

विनय—हवलदार, हमसे जो कुछ हो सकेगा, वह उठा न रक्खेंगे। आज तुमने हमारे मुख की लाली रख ली।

हवलदार—कुँअर साहब, मरने-जीने की चिंता नहीं है, मरना तो एक दिन होगा ही, अपने भाइयों की सेवा करते हुए मारे जाने से बढ़कर और कौन मौत होगी। धन्य है आपको, जो सुख-विलास त्यागे हुए अभागों की रक्षा कर रहे हैं।

विनय—तुम्हारी साथ के जो आदमी नौकरी करना चाहें, उन्हें हमारे यहाँ जगह मिल सकती है।

हवलदार—देखिए, कौन बचता है, और कौन मरता है।

राजा साहब ने अवसर पाया, तो मोटर पर बैठकर हवा हो गये। मि. ब्राउन सैनिक सहायता के विषय में ज़िलाधीश से परामर्श करने चले गये। माहिरअली और उनके सिपाही वहीं जमे रहे। अँधेरा हो गया था, जनता भी एक-एक करके जाने लगी। सहसा सूरदास आकर बोला—कुँअरजी कहाँ हैं ? धर्मावतार, हाथ-भर जमीन के लिए क्यों इतना झंझट करते हो ? मेरे कारन आज इतने आदमियों की जान गयी। मैं क्या जानता था कि राई का पर्वत हो जायगा,

नहीं तो अपने हाथों से इस झोपड़े में आग लगा देता, और मुँह में कालिख लगाकर कहीं निकल जाता। मुझे क्या करना था; जहीं माँगता, वहीं पड़ा रहता। भैया, मुझसे यह नहीं देखा जाता कि मेरी झोपड़ी के पीछे कितने ही घर उजड़ जायँ। जब मर जाऊँ, तो जो जी में आये करना।

विनय—तुम्हारी झोपड़ी नहीं, हमारा जातीय मंदिर है। हम इस पर फावड़े चलते देखकर शांत नहीं बैठे रह सकते।

सूर—पहले मेरी देह पर फावड़ा चल चुकेगा, तब घर पर फावड़ा चलेगा।

विनय—और अगर आग लगा दें ?

सूर—तब तो मेरी चिता बनी-बनायी है। भैया, मैं तुमसे और सब भाइयों से हाथ जोड़कर कहता हूँ कि अगर मेरे कारन किसी माँ की गोद सूनी हुई, या मेरी कोई बहन विधवा हुई, तो मैं इस झोपड़ी में आग लगाकर जल मरूँगा।

विनय ने नायकराम से कहा—अब !

नायकराम—बात का धनी है; जो कहेगा, जरूर करेगा।

विनय—तो फिर अभी इसी तरह चलने दो। देखो, उधर से कल क्या गुल खिलता है। उनका इरादा देखकर हम लोग सोचेंगे, हमें क्या करना चाहिए। अब चलो, अपने वीरों की सद्गति करें। ये हमारे क़ौमी शहीद हैं, इनका जनाज़ा धूम से निकलना चाहिए।

नौ बजते-बजते नौ अर्थियाँ निकलीं, और 3 जनाज़े। आगे-आगे इंद्रदत्त की अर्थी थी, पीछे-पीछे अन्य वीरों की। जनाज़े क़बरिस्तान की तरफ़ गये। अर्थियों के पीछे कोई 10 हज़ार आदमी, नंगे सिर, नंगे पाँव, सिर झुकाये, चले जाते थे। पग-पग पर समूह बढ़ता जाता था, चारों ओर से लोग दौड़े चले आते थे। लेकिन किसी के मुख पर शोक या वेदना का चिह्न न था, न किसी आँख में आँसू थे, न किसी कंठ से आर्त्तनाद की ध्वनि निकलती थी। इसके प्रतिकूल लोगों के हृदय गर्व से फूले हुए थे, आँखों में स्वदेशाभिमान का मद भरा हुआ था। यदि इस समय रास्ते में तोपें चढ़ा दी जातीं, तो भी जनता के क़दम पीछे न हटते। न कहीं शोक-ध्वनि थी, न विजयनाद था, अलौकिक निस्तब्धता थी, भावमयी, प्रवाहमयी, उल्लासमयी।

रास्ते में राजा महेन्द्रकुमार का भवन मिला। राजा साहब छत पर खड़े यह दृश्य देख रहे थ। द्वार पर सशस्त्र रक्षकों का एक दल संगीनें चढ़ाये खड़ा था। ज्यों ही अर्थियाँ उनके द्वार के सामने से निकलीं, एक रमणी अंदर से निकलकर जन-प्रवाह में मिल गयी। यह इंदु थीं। उस पर किसी की निगाह न पड़ी। उसके हाथों में गुलाब के फूलों की एक माला थी, जो उसने स्वयं गूँथी थी। वह यह हार लिये हुए आगे बढ़ी, और इंद्रदत्त की अर्थी के पास जाकर अश्रुबिंदुओं के साथ उस पर चढ़ा दिया। विनय ने देख लिया। बोले—इंदु ! इंदु ने उनकी ओर जल-पूरित लोचनों से देखा, और कुछ न बोली—कुछ बोल न सकी।

गंगे ! ऐसा प्रभावशाली दृश्य कदाचित् तुम्हारी आँखों ने भी न देखा होगा ! तुमने बड़े-बड़े वीरों को भस्म का ढेर होते देखा है, जो शेरों का मुँह फेर सकते थे; बड़े-बड़े प्रतापी भूपति तुम्हारी आँखों के सामने राख में मिल गये, जिनके सिंहनाद से दिक्पाल थर्राते थे; बड़े-बड़े प्रभुत्वशाली योद्धा यहाँ चिताग्नि में समा गये ! कोई यश और कीर्ति का उपासक था, कोई राज्य विस्तार का, कोई मत्सर-ममत्व का। कितने ज्ञानी, विरागी, योगी, पंडित तुम्हारी आँखों के सामने चितारूढ़

हो गये। सच कहना, कभी तुम्हारा हृदय इतना आनन्द-पुलकित हुआ था ? कभी तुम्हारी तरंगों ने इस भाँति सिर उठाया था ? अपने लिए सभी मरते हैं, कोई इहलोक के लिए, कोई परलोक के लिए। आज तुम्हारी गोद में वे लोग आ रहे हैं, जो निष्काम थे, जिन्होंने पवित्र, विशुद्ध न्याय की रक्षा के लिए अपने को बलिदान कर दिया।

और, ऐसा मंगलमय शोक-समाज भी तुमने कभी देखा, जिस का एक-एक अंग भ्रातृ-प्रेम, स्वजाति-प्रेम और वीर-भक्ति से परिपूर्ण हो ?

रात-भर ज्वाला उठती रही, मानो वीरात्माएँ अग्नि-विमान पर बैठी हुई स्वर्गलोक को जा रही हैं।

ऊषा-काल की स्वर्णमयी किरणें चिताओं से प्रेमालिंगन करने लगीं। यह सूर्यदेव का आशीर्वाद था।

लौटते समय तक केवल गिने-गिनाये लोग रह गये थे। महिलाएँ वीर गान करती हुई चली आती थीं। रानी जाह्नवी आगे-आगे थीं, सोफ़ी, इंदु और कई अन्य महिलाएँ पीछे। उनकी वीर-रस में डूबी हुई मधुर संगीत-ध्वनि प्रभात की आलोक-रश्मियों पर नृत्य कर रही थी, जैसे हृदय की तंत्रियों पर अनुराग नृत्य करता है।

तेंतालीस

सोफ़िया के धार्मिक विचार, उसका आहार-व्यवहार, रहन-सहन, उसकी शिक्षा-दीक्षा, ये सभी बातें ऐसी थीं, जिनसे एक हिंदू-महिला को घृणा हो सकती थी। पर इतने दिनों के अनुभव ने रानीजी की सभी शंकाओं का समाधान कर दिया। सोफ़िया अभी तक हिंदू-धर्म में विधिवत दीक्षित न हुई थी, पर उसका अचारण पूर्ण रीति से हिंदू-धर्म और हिंदू-समाज के अनुकूल था। इस विषय में अब जाह्नवी को लेश-मात्र भी संदेह न था। उन्हें अब अगर संदेह था, तो यह कि दाम्पत्य-प्रेम में फँसकर विनय कहीं अपने उद्देश्य को न भूल बैठे। इस आंदोलन में नेतृत्व का भार लेकर विनय ने इस शंका को भी निर्मूल सिद्ध कर दिया। रानी जी अब विवाह की तैयारियों में प्रवृत्त हुईं। कुँअर साहब तो पहले ही से राज़ी थे, सोफ़िया के माता-पिता की रज़ामंदी आवश्यक थी। इंदु को कोई आपत्ति हो ही न सकती थी। अन्य संबंधियों की इच्छा या अनिच्छा की उन्हें चिंता न थी। अतएव रानीजी एक दिन मिस्टर सेवक के मकान पर गयीं कि इस संबंध को निश्चित कर लें। मिस्टर सेवक तो प्रसन्न हुए, पर मिसेज़ सेवक का मुँह न सीधा हुआ। उनकी दृष्टि में एक योरपियन का जितना आदर था, उतना किसी हिंदुस्थानी का न हो सकता था, चाहे वह कितना ही प्रभुताशाली क्यों न हो। वह जानती थीं कि यहाँ साधारण-से-साधारण योरपियन की प्रतिष्ठा यहाँ के बड़े-से-बड़े राजा से अधिक है। प्रभु सेवक ने योरप की राह ली, अब घर पर पत्र तक न लिखते थे। सोफ़िया ने इधर यह रास्ता पकड़ा। जीवन की सारी अभिलाषाओं पर ओस पड़ गयी। जाह्नवी के आग्रह पर क्रुद्ध होकर बोलीं—खुशी सोफ़िया की चाहिए; जब वह खुश है, तो मैं अनुमति दूँ या न दूँ, एक ही बात है। माता हूँ, संतान के प्रति

मुँह से जब निकलेगी, शुभेच्छा ही निकलेगी, उसकी अनिष्ट-कामना नहीं कर सकती; लेकिन क्षमा कीजिएगा, मैं विवाह-संस्कार में सम्मिलित न हो सकूँगी। मैं अपने ऊपर बड़ा जब्र कर रही हूँ कि सोफ़िया को शाप नहीं देती, नहीं तो ऐसी कुलकलंकिनी लड़की का तो मर जाना ही अच्छा है, जो अपने धर्म से विमुख हो जाय।

रानीजी को और कुछ कहने का साहस न हुआ। घर आकर उन्होंने एक विद्वान् पंडित को बुलाकर सोफ़िया के धर्म और विवाह-संस्कार का मुहूर्त निश्चित कर डाला।

रानी जाह्नवी तो इन संस्कारों को धूमधाम से करने की तैयारियाँ कर रही थीं, उधर पाँड़ेपुर का आंदोलन दिन-दिन भीषण होता जाता था। मुआवज़े के रुपये तो अब किसी के बाक़ी न थे, यद्यपि अभी तक मंजूरी न आयी थी, और राजा महेन्द्रकुमार को अपने पास से सभी असामियों को रुपये देने पड़े थे, पर इन ख़ाली मकानों को गिराने के लिए मज़दूर न मिलते थे। दुगनी-तिगनी मज़दूरी देने पर भी कोई मज़दूर काम करने न आता था। अधिकारियों ने ज़िले के अन्य भागों से मज़दूर बुलाये; पर जब वे आये, और यहाँ की स्थिति देखी, रातों-रात भाग खड़े हुए। तब अधिकारियों ने सरकारी बर्क़ंदाज़ों और तहसील के चपरासियों को बड़े-बड़े प्रलोभन देकर काम करने के लिए तैयार किया, पर जब उनके सामने सैकड़ों युवक जिनमें कितने ही ऊँचे कुलों के थे, हाथ बाँधकर खड़े हो गये, और विनय की कि भाइयो, ईश्वर के लिए फावड़े न चलाओ, और अगर चलाया ही चाहते हो, तो पहले हमारी गरदनों पर चलाओ, तो उन सबों की भी कायापलट हो गयी। दूसरे दिन से वे लोग फिर काम पर न आये। विनय और उनके सहकारी सेवक आजकल इस सत्याग्रह को अग्रसर करने में व्यस्त रहते थे।

सूरदास सबेरे से संध्या तक झोपड़े के द्वार पर मूर्तिवत बैठा रहता। हवलदार और उसके सिपाहियों पर अदालत में अभियोग चल रहा था। घटना-स्थल की रक्षा के लिए दूसरे ज़िले से सशस्त्र पुलिस बुलायी गयी थी। वे सिपाही संगीनें चढ़ाये चौबीसों घंटे झोपड़ी के सामने वाले मैदान में टहलते रहते थे। शहर के हज़ार-दो-हज़ार आदमी आठों पहर मौजूद रहते। एक जाता, तो दूसरा आता। आने-जाने वालों का ताँता दिन-भर न टूटता था। सेवक-दल भी नायकराम के ख़ाली बरामदे में आसन जमाये रहता था कि न जाने कब क्या उपद्रव हो जाय। राजा महेन्द्रकुमार और सुपरिंटेंडेंट पुलिस दिन में दो-दो बार अवश्य आते थे, किंतु किसी कारण झोपड़ा गिराने का हुक्म न देते थे। जनता की ओर से उपद्रव का इतना भय न था, जितना पुलिस की अवज्ञा का। हवलदार के व्यवहार से समस्त अधिकारियों के दिल में हौल समा गया था। प्रांतीय सरकार को यहाँ की स्थिति की प्रति दिन सूचना दी जाती थी। सरकार ने भी आश्वासन दिया था कि शीघ्र ही गोरखों का एक रेजिमेंट भेजने का प्रबंध किया जायगा। अधिकारियों की आशा अब गोरखों ही पर अवलंबित थी, जिनकी राजभक्ति पर उन्हें पूरा विश्वास था। विनय प्रायः दिन-भर यहीं रहा करते थे। उनके और राजा साहब के बीच में अब नंगी तलवार का बीच था। वह विनय को देखते, तो घृणा से मुँह फेर लेते। उनकी दृष्टि में विनय सूत्रधार था, सूरदास केवल कठपुतली।

रानी जाह्नवी ज्यों-ज्यों विवाह की तैयारियाँ करती थीं, और संस्कारों की तिथि समीप आती जाती थी, सोफ़िया का हृदय एक अज्ञात भय, एक अव्यक्त शंका, एक अनिष्ट-चिंता से आच्छन्न

होता जाता था। भय यह था कि कदाचित विवाह के पश्चात् हमारा दाम्पत्य जीवन सुखमय न हो, हम दोनों को एक दूसरे के चरित्र-दोष ज्ञात हों, और हमारा जीवन दुखमय हो जाय। विनय की दृष्टि में सोफ़ी निर्विकार, निर्दोष, उज्ज्वल, दिव्य, सर्वगुण-सम्पन्ना देवी थी। सोफ़ी को विनय पर इतना विश्वास न था। उसके तात्त्विक विवेचन ने उसे मानव-चरित्र की विषमताओं से अवगत कर दिया था। उसने बड़े-बड़े महात्माओं, ऋषियों, मुनियों, विद्वानों, योगियों और ज्ञानियों को, जो अपनी घोर तपस्याओं और साधनाओं से वासनाओं का दमन कर चुके थे, संसार के चिकने, पर काई से ढके हुए, तल पर फिसलते देखा था। वह जानती थी कि यद्यपि संयमशील पुरुष बड़ी मुश्किल से फिसलते हैं, मगर जब एक बार फिसल गये, तो किसी तरह नहीं सँभल सकते, उनकी कुंठित वासनाएँ, उनकी पिंजर-बद्ध इच्छाएँ, उनकी संयत प्रवृत्तियाँ बड़े प्रबल वेग से प्रतिकूल दिशा की ओर चलती हैं। भूमि पर चलने वाला मनुष्य गिरकर फिर उठ सकता है, लेकिन आकाश पर भ्रमण करने वाला मनुष्य गिरे, तो उसे कौन रोकेगा, उसके लिए कोई आशा नहीं, कोई उपाय नहीं। सोफ़िया को भय होता था कि कहीं मुझे भी यही अप्रिय अनुभव न हो, कहीं वही स्थिति मेरे गले में न पड़ जाय। संभव है, मुझमें कोई ऐसा दोष निकल आये, जो मुझे विनय की दृष्टि में गिरा दे, वह मेरा अनादर करने लगें। यह शंका सबसे प्रबल, सबसे निराशामय थी। आह ! तब मेरी क्या दशा होगी ! संसार में ऐसे कितने दम्पति हैं कि अगर उन्हें दूसरी बार चुनाव का अधिकार मिल जाय, तो अपने पहले चुनाव पर संतुष्ट रहें !

सोफ़ी निरंतर इन्हीं आशंकाओं में डूबी रहती थी। विनय बार-बार उसके पास आते, उससे बातें करना चाहते, पाँड़ेपुर की स्थिति के विषय में उससे सलाह लेना चाहते, पर उसकी उदासीनता देखकर उन्हें कुछ कहने की इच्छा न होती।

चिंता रोग का मूल है। सोफ़ी इतनी चिंता-ग्रस्त रहती कि दिन-दिन-भर कमरे से न निकलती, भोजन भी बहुत सूक्ष्म करती, कभी-कभी निराहार ही रह जाती। हृदय में एक दीपक-सा जलता रहता था, पर किससे अपने मन की कहे ? विनय से इस विषय में एक शब्द भी न कह सकती थी, जानती थी कि इसका परिणाम भयंकर होगा, नैराश्य की दशा में विनय न जाने क्या कर बैठें। अंत को उसकी कोमल प्रकृति इस मर्मदाह को सहन न कर सकी। पहले सिर में दर्द रहने लगा, धीरे-धीरे ज्वर का प्रकोप हो गया।

लेकिन रोगशय्या पर गिरते ही सोफ़ी को विनय से एक क्षण अलग रहना भी दुस्सह प्रतीत होने लगा। निर्बल मनुष्य को अपनी लकड़ी से भी अगाध प्रेम हो जाता है। रुग्णावस्था में हमारा मन स्नेहापेक्षी हो जाता है। सोफ़िया, जो कई दिन पहले कमरे में विनय के आते ही बिल-सा खोजने लगती थी कि कहीं यह प्रेमालाप न करने लगें, उनके तृषित नेत्रों से, उनकी मधुर मुसकान से, उनके मृदु हास्य से थर-थर काँपती रहती थी, जैसे कोई रोगी उत्तम पदार्थों को सामने देखकर डरता हो कि मैं कुपथ्य न कर बैठूँ, अब द्वार की ओर अनिमेष नेत्रों से विनय की बाट जोहा करती थी। वह चाहती कि यह अब कहीं न जायँ, मेरे पास ही बैठे रहें। विनय भी बहुधा उसके पास ही रहते। पाँड़ेपुर का भार अपने सहकारियों पर छोड़कर सोफ़िया की सेवा-शुश्रूषा में तत्पर हो गये। उनके बैठने से सोफ़ी का चित्त बहुत शांत हो जाता था। वह अपने दुर्बल हाथों को

विनय की जाँघ पर रख देती, और बालोचित आकांक्षा से उनके मुख की ओर ताकती। विनय को कहीं जाते देखती, तो व्यग्र हो जाती, और आग्रह-पूर्ण नेत्रों से बैठने की याचना करती।

रानी जाह्नवी के व्यवहार में भी अब एक विशेष अंतर दिखायी देता था। स्पष्ट तो न कह सकतीं, पर संकेतों से विनय को पाँड़ेपुर के सत्याग्रह में सम्मिलित होने से रोकती थीं। इंद्रदत्त की हत्या ने उन्हें बहुत सशंक कर दिया था। उन्हें भय था कि उस हत्याकांड का अंतिम दृश्य उससे कहीं भंयकर होगा। और, सबसे बड़ी बात तो यह थी कि विवाह का निश्चय होते ही विनय का सदुत्साह भी क्षीण होने लगा था। सोफ़िया के पास बैठकर उससे सांत्वनाप्रद बातें करना और उसकी अनुराग-पूर्ण बातें सुनना उन्हें अब बहुत अच्छा लगता था। सोफ़िया की गुप्त याचना ने प्रेमोद्गारों को और भी प्रबल कर दिया। पहले मनुष्य हैं, पीछे देश-सेवक। देशानुराग के लिए हम अपने मानवी भावों की अवहेलना नहीं कर सकते। यह अस्वाभाविक है। निज पुत्र की मृत्यु का शोक जाति पर पड़ने वाली विपत्ति से कहीं अधिक होता है। निज शोक मर्मांतक होता है, जाति-शोक निराशाजनक; निज शोक पर हम रोते हैं, जाति-शोक पर चिंतित हो जाते हैं।

एक दिन प्रातःकाल विनय डॉक्टर के यहाँ से दवा लेकर लौटे थे (सद्वैद्यों के होते हुए भी उनका विश्वास पाश्चात्य चिकित्सा ही पर अधिक था) कि कुँअर साहब ने उन्हें बुला भेजा। विनय इधर महीनों से उनसे मिलने न गये थे। परस्पर मनोमालिन्य-सा हो गया था। विनय ने सोफ़ी को दवा पिलायी, और तब कुँअर साहब से मिलने गये। वह अपने कमरे में टहल रहे थे, इन्हें देखकर बोले—तुम तो अब कभी आते ही नहीं।

विनय ने उदासीन भाव से कहा—अवकाश नहीं मिलता। आपने कभी याद भी तो नहीं किया। मेरे आने से कदाचित आपका समय नष्ट होता है।

कुँअर साहब ने इस व्यंग्य की परवा न करके कहा—आज मुझे तुमसे एक महान् संकट में राय लेनी है। सावधान होकर बैठ जाओ, इतनी जल्द छुट्टी न होगी।

विनय—फ़रमाइए, मैं सुन रहा हूँ।

कुँवर साहब ने घोर असमंजस के भाव से कहा—गवर्नमेंट का आदेश है कि तुम्हारा नाम रियासत से....

यह कहते-कहते कुँअर साहब रो पड़े। ज़रा देर में करुणा का उद्वेग कम हुआ, तो बोले—मेरी तुमसे विनीत याचना है कि तुम स्पष्ट रूप से अपने को सेवक-दल से पृथक कर लो, और समाचार पत्रों में इसी आशय की एक विज्ञप्ति प्रकाशित कर दो। तुमसे यह याचना करते हुए मुझे कितनी लज्जा और कितना दुख हो रहा है, इसका अनुमान तुम्हारे सिवा और कोई नहीं कर सकता; पर परिस्थिति ने मुझे विवश कर दिया है। मैं तुमसे यह कदापि नहीं कहता कि किसी की खुशामद करो, किसी के सामने सिर झुकाओ; नहीं, मुझे स्वयं इससे घृणा थी और है। किंतु अपनी भूसम्पत्ति की रक्षा के लिए मेरे अनुरोध को स्वीकार करो। मैंने समझा था रियासत को सरकार के हाथ में दे देना काफ़ी होगा। किंतु अधिकारी लोग इसे काफ़ी नहीं समझते। ऐसी दशा में मेरे लिए दो ही उपाय हैं—या तो तुम स्वयं इन आंदोलनों से पृथक हो जाओ, या कम-से-कम उनमें प्रमुख भाग न लो, या मैं एक प्रतिज्ञा-पत्र द्वारा तुम्हें रियासत से वंचित कर दूँ। भावी संतान के लिए

इस सम्पत्ति का स्वरक्षित रहना परमावश्यक है। तुम्हारे लिए पहला उपाय जितना कठिन है, उतना ही कठिन मेरे लिए दूसरा उपाय है। तुम इस विषय में क्या निश्चय करते हो ?

विनय ने गर्वान्वित भाव से कहा—मैं सम्पत्ति को अपने पाँव की बेड़ी नहीं बनाना चाहता। अगर सम्पत्ति हमारी है, तो उसके लिए किसी शर्त की ज़रूरत नहीं; अगर दूसरे की है, और आपका अधिकार उसकी कृपा के अधीन है, तो मैं उसे सम्पत्ति नहीं समझता। सच्ची प्रतिष्ठा और सम्मान के लिए सम्पत्ति की ज़रूरत नहीं, उसके लिए त्याग और सेवा काफ़ी है।

भरतसिंह—बेटा, मैं इस समय तुम्हारे सामने सम्पत्ति की विवेचना नहीं कर रहा हूँ, उसे केवल क्रियात्मक दृष्टि से देखना चाहता हूँ। मैं इसे स्वीकार करता हूँ कि किसी अंश में सम्पत्ति हमारी वास्तविक स्वाधीनता में बाधक होती है, किंतु इसका उज्ज्वल पक्ष भी तो है—जीविका की चिंताओं से निवृत्ति और आदर तथा सम्मान का वह स्थान, जिस पर पहुँचने के लिए असाधारण त्याग और सेवा की ज़रूरत होती है, मगर जो यहाँ बिना किसी परिश्रम के आप-ही-आप मिल जाता है। मैं तुमसे केवल इतना चाहता हूँ कि तुम इस संस्था से प्रत्यक्ष रूप से कोई संबंध न रक्खो, यों अप्रत्यक्ष रूप से उसकी जितनी सहायता करना चाहो, कर सकते हो। बस अपने को क़ानून के पंजे से बचाये रहो।

विनय—अर्थात कोई समाचारपत्र भी पढ़ूँ तो छिपकर, किवाड़ बंद करके, कि किसी को कानों-कान ख़बर न हो। जिस काम के लिए परदे की ज़रूरत है, चाहे उसका उद्देश्य कितना ही पवित्र क्यों न हो, वह अपमानजनक है। अधिक स्पष्ट शब्दों में मैं उसे चोरी कहने में भी कोई आपत्ति नहीं देखता। यह संशय और शंका से पूर्ण जीवन मनुष्य के सर्वोत्कृष्ट गुणों का ह्रास कर देता है। मैं वचन और कर्म की इतनी स्वाधीनता अनिवार्य समझता हूँ, जो हमारे आत्मसम्मान की रक्षा करे। इस विषय में मैं अपने विचार इससे स्पष्ट शब्दों में नहीं व्यक्त कर सकता।

कुँअर साहब ने विनय को जल-पूर्ण नेत्रों से देखा। उनमें कितनी याचना, कितनी दीनता, कितनी उद्विग्नता भरी हुई थी ! तब बोले—मेरी ख़ातिर से इतना मान जाओ।

विनय—आपके चरणों पर अपने को न्यौछावर कर सकता हूँ, पर अपनी आत्मा की स्वाधीनता की हत्या नहीं कर सकता।

विनय यह कहकर जाना ही चाहते थे कि कुँअर साहब ने पूछा—तुम्हारे पास रुपये तो बिलकुल न होंगे ?

विनय—मुझे रुपयों की फ़िक्र नहीं।

कुँअर—मेरी ख़ातिर से—यह लेते जाओ।

उन्होंने नोटों का एक पुलिंदा विनय की तरफ़ बढ़ा दिया। विनय इंकार न कर सके। कुँअर साहब पर उन्हें दया आ रही थी। जब वह नोट लेकर कमरे से चले गये, तो कुँअर साहब क्षोभ और निराशा से व्यथित होकर कुर्सी पर गिर पड़े; संसार उनकी दृष्टि में अँधेरा हो गया।

विनय के आत्मसम्मान ने उन्हें रियासत का त्याग करने पर उद्यत तो कर दिया, पर उनके सम्मुख अब एक नयी समस्या उपस्थित हो गयी। वह जीविका की चिन्ता थी। संस्था के विषय में तो विशेष चिन्ता न थी, उसका भार देश पर था, और किसी जातीय कार्य के लिए भिक्षा

माँगना भी लज्जा की बात नहीं। उन्हें इसका विश्वास हो गया था कि प्रयत्न किया जाय, तो इस काम के लिए स्थायी कोष जमा किया जा सकता है। किन्तु जीविका के लिए क्या हो ? कठिनाई यह थी कि जीविका उनके लिए केवल दैनिक आवश्यकताओं की पूर्ति न थी, कुल-परम्परा की रक्षा भी उसमें शामिल थी। अब तक इस प्रश्न की गुरुता का उन्होंने अनुमान न किया था। मन में किसी इच्छा के उत्पन्न होने की देर रहती थी। अब जो आँखों के सामने यह प्रश्न अपना विशद रूप धारण करके आया, तो वह घबरा उठे। संभव था कि अब भी कुछ काल तक माता-पिता का वात्सल्य उन्हें इस चिन्ता से मुक्त रखता, किन्तु इस क्षीण आधार पर जीवन-भवन का निर्माण तो नहीं किया जा सकता। फिर उनका आत्मगौरव यह कब स्वीकार कर सकता था कि अपनी सिद्धांत-प्रियता और आदर्श-भक्ति का प्रायश्चित्त माता-पिता से कराये ? कुछ नहीं, यह निर्लज्जता है, निरी कायरता ! मुझे कोई अधिकार नहीं कि अपने जीवन का भार माता-पिता पर रखूँ। उन्होंने इस मुलाक़ात की चर्चा माता से भी न की, मन-ही-मन डूबने-उतराने लगे। और फिर अब अपनी ही चिन्ता न थी, सोफ़िया भी उनके जीवन का अंश बन चुकी थी। इसलिए यह चिन्ता और भी दाहक थी। माना कि सोफ़ी मेरे साथ जीवन की बड़ी-से-बड़ी कठिनाई को सहन कर लेगी, लेकिन क्या यह उचित है कि उसे प्रेम का यह कठोर दंड दिया जाय ? उसके प्रेम को इतनी कठिन परीक्षा में डाला जाय ? वह दिन-भर इन्हीं चिंताओं में मग्न रहे। यह विषय उन्हें असाध्य-सा प्रतीत होता था। उनकी शिक्षा में जीविका के प्रश्न पर लेश-मात्र भी ध्यान न दिया गया था। अभी थोड़े ही दिन पहले उनके लिए इस प्रश्न का अस्तित्व ही न था। वह स्वयं कठिनाइयों के अभ्यस्त थे। विचार किया था कि जीवन-पर्यन्त सेवा-व्रत का पालन करूँगा। किन्तु सोफ़िया के कारण उनके सोचे हुए जीवन-क्रम में कायापलट हो गयी थी। जिन वस्तुओं का पहले उनकी दृष्टि में कोई मूल्य न था, वे अब परमावश्यक जान पड़ती थीं। प्रेम को विलास-कल्पना ही से विशेष रुचि होती है, वह दुःख और दरिद्रता के स्वप्न नहीं देखता। विनय सोफ़िया को एक रानी की भाँति रखना चाहता था, उसे जीवन की उन समस्त सुख-सामग्रियों से परिपूरित कर देना चाहता था, जो विलास ने आविष्कृत की हैं; पर परिस्थितियाँ ऐसा रूप धारण करती जाती थीं, जिनसे वे उच्चाकांक्षाएँ मटियामेट हुई जाती थीं, चारों ओर विपत्ति और दरिद्रता का ही कंटकमय विस्तार दिखायी पड़ रहा था। इस मानसिक उद्वेग की दशा में वह कभी सोफ़ी के पास आते, कभी अपने कमरे में जाते, कुछ गुमसुम, उदास, मलिन-मुख, निष्प्रभ, उत्साहहीन, मानो कोई बड़ी मंज़िल मारकर लौटे हों। पाँड़ेपुर से बड़ी भयप्रद सूचनाएँ आ रही थीं, आज कमिश्नर आ गया, आज गोरखों का रेजिमेंट आ पहुँचा, आज गोरखों ने मकानों को गिराना शुरू किया, और लोगों के रोकने पर उन्हें पीटा, आज पुलिस ने सेवकों को गिरफ़्तार करना शुरू किया, दस सेवक पकड़ लिये गये, आज बीस पकड़े गये, आज हुक्म दिया गया है कि सड़क से सूरदास की झोपड़ी तक काँटेदार तार लगा दिया जाय, कोई वहाँ जा ही नहीं सकता। विनय ये ख़बरें सुनते थे, और किसी पंखहीन पक्षी की भाँति एक बार तड़पकर रह जाते थे।

इस भाँति एक सप्ताह बीत गया, और सोफ़ी का स्वास्थ्य सुधरने लगा। उसके पैरों में इतनी शक्ति आ गयी कि पाँव-पाँव बग़ीचे में टहलने चली जाती, भोजन में रुचि हो गयी, मुखमंडल

पर आरोग्य की कांति झलकने लगी। विनय की भक्ति-पूर्ण सेवा ने उस पर सम्पूर्ण विजय प्राप्त कर ली थी। वे शंकाएँ, जो उसके मन में पहले उठती रहती थीं, शांत हो गयी थीं। प्रेम के बंधन को सेवा ने और भी सुदृढ़ कर दिया था। इस कृतज्ञता को वह शब्दों से नहीं, आत्मसमर्पण से प्रकट करना चाहती थी। विनयसिंह को दुखी देखकर कहती, तुम मेरे लिए इतने चिंतित क्यों होते हो ! मैं तुम्हारे साथ सब कुछ झेल सकती हूँ। मैं तुम्हारे ऐश्वर्य और सम्पत्ति की भूखी नहीं हूँ, जो मुझे तुम्हारी सेवा करने का अवसर न देगी, जो तुम्हें भावहीन बना देगी। इससे मुझे तुम्हारा ग़रीब रहना कहीं ज़्यादा पसंद है। हाँ, ज्यों-ज्यों उसकी तबीयत सँभलने लगी, उसे यह ख़याल आने लगा कि कहीं लोग मुझे बदनाम न करते हों कि इसी के कारण विनय पाँड़ेपुर नहीं जाते, इस संग्राम में वह भाग नहीं लेते, जो उनका कर्तव्य है, आप आग लगाकर दूर खड़े तमाशा देख रहे हैं। लेकिन यह ख़याल आने पर भी उसकी इच्छा न होती थी कि विनय वहाँ जायें।

एक दिन इंदु उसे देखने आयी। बहुत खिन्न और विरक्त हो रही थी। उसे अब अपने पति से इतनी अश्रद्धा हो गयी थी कि इधर हफ़्तों से उसने उनसे बात तक न की थी, यहाँ तक कि अब वह खुले-खुले उनकी निंदा करने से भी न हिचकती थी। वह भी उससे न बोलते थे। बातों-बातों में विनय से बोली—उन्हें तो हाकिमों की खुशामद ने चौपट किया, पिताजी को सम्पत्ति-प्रेम ने चौपट किया, क्या तुम्हें भी मोह चौपट कर देगा ? क्यों सोफ़ी, तुम इन्हें एक क्षण के लिए भी क़ैद से मुक्त नहीं करतीं ? अगर अभी से इनका यह हाल है, तो विवाह हो जाने पर क्या होगा ! तब तो यह कदाचित दीन-दुनिया कहीं के भी न होंगे; भौंरे की भाँति तुम्हारा प्रेम-रस-पान करने में उन्मत्त रहेंगे।

सोफ़िया बहुत लज्जित हुई, कुछ जवाब न दे सकी। उसकी यह शंका सत्य निकली कि विनय की उदासीनता का कारण मैं ही समझी जा रही हूँ।

लेकिन कहीं ऐसा तो नहीं है कि विनय अपनी सम्पत्ति की रक्षा के विचार से, मेरी बीमारी का बहाना लेकर, इस संग्राम से पृथक रहना चाहते हों ? यह कुत्सित भाव बलात उसके मन में उत्पन्न हुआ। वह इसे हृदय से निकाल देना चाहती थी, जैसे हम किसी घृणित वस्तु की ओर से मुँह फेर लेते हैं। लेकिन इस आक्षेप को अपने सिर से दूर करना आवश्यक था। झेंपते हुए बोली—मैंने तो कभी मना नहीं किया।

इंदु—मना करने के कई ढंग हैं।

सोफ़िया—अच्छा, तो मैं आपके सामने कह रही हूँ कि मुझे इनके वहाँ जाने में कोई आपत्ति नहीं है, बल्कि इसे मैं अपने और इनके, दोनों ही के लिए गौरव की बात समझती हूँ। अब मैं ईश्वर की दया और इनकी कृपा से अच्छी हो गयी हूँ, और इन्हें विश्वास दिलाती हूँ कि इनके जाने से मुझे कोई कष्ट न होगा। मैं स्वयं दो-चार दिन में जाऊँगी।

इंदु ने विनय की ओर सहास नेत्रों से देखकर कहा—लो, अब तो तुम्हें कोई बाधा नहीं रही ? तुम्हारे वहाँ रहने से सब काम सुचारु रूप से होगा, और संभव है कि शीघ्र ही अधिकारियों को समझौता कर लेना पड़े। मैं नहीं चाहती कि उसका श्रेय किसी दूसरे आदमी के हाथ लगे।

लेकिन जब इस अंकुश का भी विनय पर कोई असर न हुआ, तो सोफ़िया को विश्वास

हो गया कि इस उदासीनता का कारण सम्पत्ति-लालसा चाहे न हो, लेकिन प्रेम नहीं है। जब इन्हें मालूम है कि इनके पृथक रहने से मेरी निन्दा हो रही है, तो यह जान-बूझकर क्यों मेरा उपहास करा रहे हैं ? यह तो ऊँघते को ठेलने का बहाना हो गया। रोने को थे ही, आँखों में किरकिरी पड़ गयी। मैं उनके पैर थोड़े ही पकड़े हुए हूँ। वह तो अब पाँड़ेपुर का नाम तक नहीं लेते, मानो वहाँ कुछ हो ही नहीं रहा है। उसने स्पष्ट तो नहीं, लेकिन सांकेतिक रीति से विनय को वहाँ जाने की प्रेरणा भी की, लेकिन वह फिर टाल गये। वास्तव में बात यह थी कि इतने दिनों तक उदासीन रहने के पश्चात विनय अब वहाँ जाते हुए झेंपते थे कि कहीं मुझ पर लोग तालियाँ न बजायें कि डर के मारे छिपे बैठे रहे। उन्हें अब स्वयं पश्चात्ताप होता था कि मैं क्यों इतने दिनों तक मुँह छिपाये रहा, क्यों अपनी व्यक्तिगत चिंताओं को अपने कर्तव्य-मार्ग का काँटा बनने दिया। सोफ़ी की अनुमति लेकर मैं जा सकता था, वह कभी मुझे मना न करती। सोफ़ी में एक बड़ा ऐब यह है कि मैं उसके हित के लिए भी जो काम करता हूँ, उसे भी वह निर्दय आलोचक की दृष्टि से ही देखती है। खुद चाहे प्रेम के वश कर्तव्य की तृण-बराबर भी परवाह न करे, पर मैं आदर्श से जौ-भर भी नहीं टल सकता। अब उन्हें ज्ञात हुआ कि यह मेरी दुर्बलता, मेरी भीरुता और मेरी अकर्मण्यता थी, जिसने सोफ़िया की बीमारी को मेरे मुँह छिपाने का बहाना बना दिया, वरना मेरा स्थान तो सिपाहियों की प्रथम श्रेणी में था। वह चाहते थे कि कोई ऐसी बात पैदा हो जाये कि मैं इस झेंप को मिटा सकूँ—इस कालिख को धो सकूँ। कहीं दूसरे प्रांत से किसी भीषण दुर्घटना का समाचार आ जाय, और मैं वहाँ अपनी लाज रखूँ।

सोफ़िया को अब उनका आठों पहर अपने समीप रहना अच्छा न लगता। हम बीमारी में जिस लकड़ी के सहारे डोलते हैं, नीरोग हो जाने पर उसे छूते तक नहीं। माँ भी तो चाहती है कि बच्चा कुछ देर जाकर खेल आये। सोफ़ी का हृदय अब भी विनय को आँखों से परे न जाने देना चाहता था, उन्हें देखते ही उसका चेहरा फूल के समान खिल उठता था, नेत्रों में प्रेम-मद छा जाता था, पर विवेक-बुद्धि उसे तुरत अपने कर्तव्य की याद दिला देती थी। वह सोचती थी कि जब विनय मेरे पास आये, तो मैं निष्ठुर बन जाऊँ, रुखाई से पेश आऊँ, बोलूँ ही नहीं, आप चले जायँ, लेकिन यह केवल उसकी पवित्र कामना थी। वह इतनी निर्दय, इतनी स्नेह-शून्य न हो सकती थी। भय होता था, कहीं बुरा न मान जायँ ! कहीं यह न समझने लगें कि इसका चित्त चंचल है, या यह स्वार्थपरायण है, बीमारी में तो स्नेह की मूर्ति बनी हुई थी, अब मुझसे बोलते भी ज़बान दुखती है। सोफ़ी ! तेरा मन प्रेम में बसा हुआ है, बुद्धि यश और कीर्ति में, और इन दोनों में निरन्तर संघर्ष हो रहा है।

संग्राम को छिड़े हुए दो महीने हो गये। समस्या प्रतिदिन भीषण होती जाती थी, स्वयंसेवकों की पकड़-धकड़ से संतुष्ट न होकर गोरखों ने अब उन्हें शारीरिक कष्ट देना शुरू कर दिया था, अपमान भी करते थे, और अपने अमानुषिक कृत्यों से उनको भयभीत कर देना चाहते थे। पर अंधे पर बंदूक़ चलाने की, या झोपड़े में आग लगाने की हिम्मत न पड़ती थी। क्रांति का भय न था, विद्रोह का भय न था, भीषण-से-भीषण विद्रोह भी उनको आशंकित न कर सकता था, भय था हत्याकांड का, न जाने कितने ग़रीब मर जायें, न जाने कितना हाहाकार मच जाये ! पाषणहृदय भी एक बार रक्तप्रवाह से काँप उठता है !

सारे नगर में, गली-गली, घर-घर में यही चर्चा होती रहती थी। सहस्रों नगरवासी रोज़ वहाँ पहुँच जाते थे, केवल तमाशा देखने नहीं, बल्कि एक बार उस पर्ण-कुटी और उसके चक्षुहीन निवासी का दर्शन करने के लिए और अवसर पड़ने पर अपने से जो कुछ हो सके, कर दिखाने के लिए। सेवकों की गिरफ्तारी से उनकी उत्सुकता और भी बढ़ गयी थी। आत्मसमर्पण की हवा-सी चल पड़ी थी।

तीसरा पहर था। एक आदमी डौंड़ी पीटता हुआ निकला। विनय ने नौकर को भेजा कि क्या बात है। उसने लौटकर कहा, सरकार का हुक्म हुआ है कि आज से शहर का कोई आदमी पाँड़ेपुर न जाये, सरकार उसकी प्राणरक्षा की ज़िम्मेदार न होगी।

विनय ने संचित भाव से कहा—आज कोई नया आघात होने वाला है।

सोफ़िया—मालूम तो ऐसा ही होता है।

विनय—शायद सरकार ने इस संग्राम का अंत करने का निश्चय कर लिया है।

सोफ़िया—ऐसा ही जान पड़ता है।

विनय—भीषण रक्त-पात होगा।

सोफ़िया—अवश्य होगा।

सहसा एक वालंटियर ने आकर विनय को नमस्कार किया, और बोला—आज तो उधर का रास्ता बंद कर दिया गया है। मि. क्लार्क राजपूताना से ज़िलाधीश की जगह आ गये हैं। मि. सेनापति मुअत्तल कर दिये गये हैं।

विनय—अच्छा ! मि. क्लार्क आ गये ! कब आये ?

सेवक—आज ही चार्ज लिया है। सुना जाता है, उन्हें सरकार ने इसी कार्य के लिए विशेष रीति से यहाँ नियुक्त किया है।

विनय—तुम्हारे कितने आदमी वहाँ होंगे ?

सेवक—कोई पचास होंगे।

विनय कुछ सोचने लगे। सेवक ने कई मिनट के बाद पूछा—आप कोई विशेष आज्ञा देना चाहते हैं ?

विनय ने ज़मीन की तरफ़ ताकते हुए कहा—बरबस आग में मत कूदना और यथासाध्य जनता को उस सड़क पर जाने से रोकना।

सेवक—आप भी आयँगे ?

विनय ने कुछ खिन्न होकर कहा—देखा जायगा।

सेवक के चले जाने के पश्चात विनय कुछ देर तक शोक-मग्न रहे। समस्या थी, जाऊँ या न जाऊँ ? दोनों पक्षों में तर्क-वितर्क होने लगा—मैं जाकर क्या कर लूँगा ? अधिकारियों की जो इच्छा होगी, वह तो अवश्य ही करेंगे। अब समझौते की कोई आशा नहीं। लेकिन यह कितना अपमानजनक है कि नगर के लोग तो वहाँ जाने के लिए उत्सुक हों, और मैं, जिसने यह संग्राम छेड़ा, मुँह छिपाकर बैठा रहूँ ! इस अवसर पर मेरा तटस्थ रहना मुझे जीवन-पर्यन्त के लिए कलंकित कर देगा, मेरी दशा महेन्द्रकुमार से भी गयी-बीती हो जायगी। लोग समझेंगे, कायर है। एक प्रकार से मेरे सार्वजनिक जीवन का अंत हो जायगा।

लेकिन बहुत संभव है, आज भी गोलियाँ चलें। अवश्य चलेंगी। कौन कह सकता है, क्या होगा ? सोफ़िया किसकी होकर रहेगी ? आह ! मैंने व्यर्थ जनता में यह भाव जगाया, अंधे का झोपड़ा गिर गया होता, और सारी कथा समाप्त हो जाती। मैंने ही सत्याग्रह का झंडा खड़ा किया, नाग को जगाया, सिंह के मुँह में उँगली डाली !

उन्होंने अपने मन का तिरस्कार करते हुए सोचा—आज मैं इतना कातर क्यों हो गया हूँ ? क्या मैं मौत से डरता हूँ ? मौत से क्या डर ? मरना तो एक दिन है ही। क्या मेरे मरने से देश सूना हो जायेगा ? क्या मैं ही कर्णधार हूँ ? क्या कोई दूसरी वीर-प्रसू माता देश में है ही नहीं ?

सोफ़िया कुछ देर तक टकटकी लगाये उनके मुँह की ओर ताकती रही। अकस्मात वह उठ खड़ी हुई, और बोली—मैं वहाँ जाती हूँ।

विनय ने भयातुर होकर कहा—आज वहाँ जाना दुस्साहस है। सुना नहीं, सारे नाके बंद कर दिये गये हैं ?

सोफ़िया—स्त्रियों को कोई न रोकेगा।

विनय ने सोफ़िया का हाथ पकड़ लिया, और अत्यन्त प्रेम-विनीत भाव से कहा—प्रिये, मेरा कहना मानो, आज मत जाओ। अच्छे रंग नहीं हैं। कोई अनिष्ट होने वाला है।

सोफ़िया—इसीलिए तो मैं जाना चाहती हूँ। औरों के लिए भय बाधक हो, तो मेरे लिए भी क्यों हो ?

विनय—क्लार्क का आना बुरा हुआ।

सोफ़िया—इसीलिए मैं और जाना चाहती हूँ। मुझे विश्वास है कि मेरे सामने वह कोई पैशाचिक आचरण न कर सकेगा। इतनी सज्जनता अभी उसमें है।

यह कहकर सोफ़िया अपने कमरे में गयी, और अपना पुराना पिस्तौल सलूके की जेब में रखा। गाड़ी तैयार करने को पहले ही कह दिया था। वह बाहर निकली, तो गाड़ी तैयार खड़ी थी। जाकर विनयसिंह के कमरे में झाँका, वह वहाँ न थे। तब वह द्वार पर कुछ देर तक खड़ी रही, एक अज्ञात शंका ने, किसी अमंगल के पूर्वाभास ने उसके हृदय को आंदोलित कर दिया। वह अपने कमरे में लौट जाना चाहती थी कि कुँअर साहब आते हुए दिखायी दिये। सोफ़ी डरी कि यह कुछ पूछ न बैठें, तुरत गाड़ी में आ बैठी, और कोचवान को तेज़ चलने का हुक्म दिया। लेकिन जब गाड़ी कुछ दूर निकल गयी, तो वह सोचने लगी कि विनय कहाँ चले गये ? कहीं ऐसा तो नहीं हुआ कि वह मुझे जाने पर तत्पर देखकर मुझसे पहले ही चल दिये हों ? उसे मनस्ताप होने लगा कि मैं नाहक़ यहाँ आने को तैयार हुई। विनय की आने की इच्छा न थी। वह मेरे ही आग्रह से आये हैं। ईश्वर ! तुम उनकी रक्षा करना। क्लार्क उनसे जला हुआ है ही, कहीं उपद्रव न हो जाये ! मैंने विनय को अकर्मण्य समझा। मेरी कितनी धृष्टता है ! यह दूसरा अवसर है कि मैंने उन पर मिथ्या दोषारोपण किया। मैं शायद अब तक उन्हें नहीं समझी। वह वीर आत्मा हैं। यह मेरी क्षुद्रता है कि उनके विषय में अक्सर मुझे भ्रम हो जाता है। अगर मैं उनके मार्ग का कंटक न बनी होती, तो उनका जीवन कितना निष्कलंक, कितना उज्ज्वल होता ? मैं ही उनकी दुर्बलता हूँ, मैं ही उनको कलंक लगाने वाली हूँ ! ईश्वर करे, वह इधर

न आये हों। इनका न आना ही अच्छा। यह कैसे मालूम हो कि यहाँ आये या नहीं ! चलकर देख लूँ।

उसने कोचवान को और तेज़ ले चलने का हुक्म दिया।

उधर विनयसिंह दफ़्तर में जाकर सेवक-संस्था के आय-व्यय का हिसाब लिख रहे थे। उनका चित्त बहुत उदास था। मुख पर नैराश्य छाया हुआ था। रह-रहकर अपने चारों ओर वेदनातुर दृष्टि से देखते और फिर हिसाब लिखने लगते थे। न जाने वहाँ से लौटकर आना हो या न हो, इसलिए हिसाब-किताब ठीक कर देना आवश्यक समझते थे। हिसाब पूरा करके उन्होंने प्रार्थना के भाव से ऊपर की ओर देखा, फिर बाहर निकले, बाइसिकिल उठायी, और तेज़ी से चले। इतने सतृष्ण नेत्रों से पीछे फिरकर भवन, उद्यान और विशाल वृक्षों को देखते जाते थे, मानो उन्हें फिर न देखेंगे, मानो यह उनका अंतिम दर्शन है। कुछ दूर आकर उन्होंने देखा, सोफ़िया चली जा रही है। अगर वह उससे मिल जाते, तो कदाचित सोफ़िया भी उनके साथ लौट पड़ती; पर उन्हें तो यह धुन सवार थी कि मैं सोफ़िया के पहले वहाँ जा पहुँचूँ। मोड़ आते ही उन्होंने अपनी पैरगाड़ी को फेर दिया, और दूसरा रास्ता पकड़ा। फल यह हुआ कि जब वह संग्राम-स्थल में पहुँचे, तो सोफ़िया अभी तक न आयी थी। विनय ने देखा, गिरे हुए मकानों की जगह सैकड़ों छोलदारियाँ खड़ी हैं, और उनके चारों ओर गोरखे खड़े चक्कर लगा रहे हैं। किसी की गति नहीं है कि अन्दर प्रवेश कर सके। हज़ारों आदमी आसपास खड़े हैं, मानो किसी विशाल अभिनय को देखने के लिए दर्शकगण वृत्ताकार खड़े हों। मध्य में सूरदास का झोपड़ा रंगमंच के समान स्थित था। सूरदास झोपड़े के सामने लाठी लिये खड़ा था, मानो सूत्रधार नाटक का आरंभ करने को खड़ा है। सब-के-सब सामने का दृश्य देखने में इतने तन्मय हो रहे थे कि विनय की ओर किसी का ध्यान आकृष्ट नहीं हुआ। सेवक-दल के युवक झोपड़े के सामने रातों-रात ही पहुँच गये थे। विनय ने निश्चय किया कि मैं भी वहीं जाकर खड़ा हो जाऊँ।

एकाएक किसी ने पीछे से उनका हाथ पकड़कर खींचा। उन्होंने चौंककर देखा, तो सोफ़िया थी। उसके चेहरे का रंग उड़ा हुआ था। घबरायी हुई आवाज़ से बोली—तुम क्यों आये ?

विनय—तुम्हें अकेले क्योंकर छोड़ देता ?

सोफ़िया—मुझे बड़ा भय लग रहा है। ये तोपें क्यों लगा दी गयी हैं ?

विनय ने तोपें न देखी थीं। वास्तव में तीन तोपें झोपड़े की ओर मुँह किये हुए खड़ी थीं, मानो रंगभूमि में दैत्यों ने प्रवेश किया हो।

विनय—शायद आज इस सत्याग्रह का अंत कर देने का निश्चय हुआ है।

सोफ़िया—मैं यहाँ नाहक़ आयी। मुझे घर पहुँचा दो।

आज सोफ़िया को पहली बार प्रेम के दुर्बल पक्ष का अनुभव हुआ। विनय की रक्षा की चिंता में वह कभी इतनी भय-विकल न हुई थी। जानती थी कि विनय का कर्तव्य, उनका गौरव, उनका श्रेय यहीं रहने में है। लेकिन यह जानते हुए भी उन्हें यहाँ से हटा ले जाना चाहती थी। अपने विषय में उसे कोई चिंता न थी। अपने को वह बिलकुल भूल गयी थी।

विनय—हाँ, तुम्हारा यहाँ रहना जोखिम की बात है। मैंने पहले ही मना किया था, तुमने न माना।

सोफ़िया विनय का हाथ पकड़कर गाड़ी पर बैठा देना चाहती थी कि सहसा इंदुरानी की मोटर आ गयी। मोटर से उतरकर वह सोफ़िया के पास आयी, और बोली—क्यों सोफ़ी, जाती हो क्या ?

सोफ़िया ने बात बनाकर कहा—नहीं, जाती नहीं हूँ, ज़रा पीछे हट जाना चाहती हूँ।

सोफ़िया को इंदु का आना कभी इतना नागवार न मालूम हुआ था। विनय को भी बुरा मालूम हुआ। बोले—तुम क्यों आयीं ?

इंदु—इसलिए कि तुम्हारे भाई साहब ने आज पत्र द्वारा मुझे मना कर दिया था।

विनय—आज की स्थिति बहुत नाजुक है। हम लोगों के धैर्य और साहस की आज कठिनतम परीक्षा होगी।

इंदु—तुम्हारे भाई साहब ने भी तो उस पत्र में यही बात लिखी थी।

विनय—क्लार्क को देखो, कितनी निर्दयता से लोगों को हंटर मार रहा है। किंतु कोई हटने का नाम भी नहीं लेता। जनता का संयम और धैर्य अब अंतिम बिंदु तक पहुँच गया है। कोई नहीं कह सकता कि कब क्या हो जाये।

साधारण जनता इतनी स्थिर-चित्त और दृढ़-व्रत हो सकती है, इसका आज विनय को अनुभव हुआ। प्रत्येक व्यक्ति प्राण हथेली पर लिये हुए मालूम होता था। इतने में नायकराम किसी ओर से आ गये, और विनय को देखकर विस्मय से पूछा—आज तुम इधर कैसे भूल पड़े भैया ?

इस प्रश्न में कितना व्यंग्य, कितना तिरस्कार, कितना उपहास था ! विनय ऐंठकर रह गये। बात टालकर बोले—क्लार्क बड़ा निर्दयी है !

नायकराम ने अँगोछा उठाकर विनय को अपनी पीठ दिखायी। गर्दन से कमर तक एक नीली, रक्तमय रेखा खिंची हुई थी, मानो किसी नोकदार कील से खुरच लिया गया हो। विनय ने पूछा—यह घाव कैसे लगा ?

नायकराम—अभी यही हंटर खाये चला आता हूँ। आज जीता बचा, तो समझूँगा। क्रोध तो ऐसा आया था कि टाँग पकड़कर नीचे घसीट लूँ, लेकिन डरा कि कहीं गोली न चल जायँ, तो नाहक सब आदमी भुन जायँ। तुमने तो इधर आना ही छोड़ दिया। औरत का माया-जाल बड़ा कठिन है।

सोफ़िया ने इस कथन का अंतिम वाक्य सुन लिया। बोली—ईश्वर को धन्यवाद दो कि तुम इस जाल में नहीं फँसे !

सोफ़िया की चुटकी ने नायकराम को गुदगुदा दिया। सारा क्रोध शांत हो गया। बोले—भैया, मिस साहब का जवाब दो। मुझे मालूम तो है, लेकिन कहते नहीं बनता। हाँ, कैसे ?

विनय—क्यों, तुम्हीं ने तो निश्चय किया था कि अब स्त्रियों के नगीच न जाऊँगा, ये बड़ी बेवफ़ा होती है। उसी दिन की बात है, जब मैं सोफ़ी की लताड़ सुनकर उदयपुर जा रहा था।

नायकराम—(लज्जित होकर) वाह भैया, तुमने तो मेरे ही सिर झोंक दिया !

विनय—और क्या कहूँ ! सच कहने में क्या संकोच ? खुश हों, तो मुसीबत; नाराज़ हों तो मुसीबत।

नायकराम—बस भैया, मेरे मन की बात कही। ठीक यही बात है। हर तरह मरदों ही पर

मार, राजी हों तो मुसीबत, नाराज हों तो उससे भी बड़ी मुसीबत !

सोफ़िया—जब औरत इतनी विपत्ति है, तो पुरुष क्यों उसे अपने सिर मढ़ते हैं ? जिसे देखो, वही उसके पीछे दौड़ता है ! क्या दुनिया के सभी पुरुष मूर्ख हैं, किसी को बुद्धि नहीं छू गयी ?

नायकराम—भैया, मिस साहब ने मेरे सामने पत्थर लुढका दिया। बात तो सच्ची है कि जब औरत इतनी बड़ी बिपत है, तो लोग क्यों उसके पीछे हैरान रहते हैं ? एक की दुर्दसा देखकर दूसरा क्यों नहीं सीखता ? बोलो भैया, है कुछ ज़वाब ?

विनय—जवाब क्यों नहीं है, एक तो तुम्हीं ने मेरी दुर्दशा से सीख लिया। तुम्हारी भाँति और भी कितने ही पड़े होंगे।

नायकराम—(हँसकर) भैया, तुमने फिर मेरे ही सिर डाल दिया। यह तो कुछ ठीक जवाब न बन पड़ा।

विनय—ठीक वही है, जो तुमने आते-ही-आते कहा था कि औरत का माया-जाल बड़ा कठिन है।

मनुष्य स्वभावतः विनोदशील है। ऐसी विडम्बना में भी उसे हँसी सूझती है, फाँसी पर चढ़ने वाले मनुष्य भी हँसते देखे गये हैं। यहाँ ये ही बातें हो रही थीं कि मि. क्लार्क घोड़ा उछालते, आदमियों को हटाते, कुचलते आ पहुँचे ! सोफ़ी पर निगाह पड़ी। तीर-सा लगा। टोपी ऊपर उठाकर बोले—यह वही नाटक है, या कोई दूसरा शुरू कर दिया ?

नश्तर से भी तीव्र, पत्थर से भी कठोर, निर्दय वाक्य था। मि. क्लार्क ने अपने मनोगत नैराश्य, दुःख, अविश्वास और क्रोध को, इन चार शब्दों में कूट-कूटकर भर दिया था।

सोफ़ी ने तत्क्षण उत्तर दिया—नहीं, बिलकुल नया। तब जो मित्र थे, वे ही अब शत्रु हैं।

क्लार्क व्यंग्य समझकर तिलमिला उठे। बोले—यह तुम्हारा अन्याय है। मैं अपनी नीति से जौ-भर भी नहीं हटा।

सोफ़ी—किसी को एक बार शरण देना और दूसरी बार उसी पर तलवार उठाना क्या एक ही बात है ? जिस अंधे के लिए कल तुमने यहाँ के रईसों का विरोध किया था, बदनाम हुए थे, दंड भोगा था, उसी अंधे की गरदन पर तलवार चलाने के लिए आज राजपूताने से दौड़ आये हो। क्या दोनों एक ही बात हैं ?

क्लार्क—हाँ मिस सेवक, दोनों एक ही बात हैं। हम यहाँ शासन करने के लिए आते हैं, अपने मनोभावों और व्यक्तिगत विचारों का पालन करने के लिए नहीं। जहाज़ से उतरते ही हम अपने व्यक्तित्व को मिटा देते हैं। हमारा न्याय, हमारी सहृदयता, हमारी सदिच्छा, सबका एक ही अभीष्ट है। हमारा प्रथम और अंतिम उद्देश्य शासन करना है।

मि. क्लार्क का लक्ष्य सोफ़ी की ओर इतना नहीं जितना विनय की ओर था। वह विनय को अलक्षित रूप से धमका रहे थे। खुले हुए शब्दों में उनका आशय यही था कि हम किसी के मित्र नहीं हैं, हम यहाँ राज्य करने आये हैं, और जो हमारे कार्य में बाधक होगा, उसे हम उखाड़ फेकेंगे।

सोफ़ी ने कहा—अन्याय-पूर्ण शासन नहीं, युद्ध है।

क्लार्क—तुमने फावड़े को फावड़ा कह दिया। हममें इतनी सज्जनता है। अच्छा, मैं तुमसे फिर मिलूँगा।

यह कहकर उन्होंने घोड़े को एड़ लगायी। सोफ़िया ने उच्च स्वर से कहा—नहीं, कदापि न आना; मैं तुमसे नहीं मिलना चाहती।

आकाश मेघ-मंडित हो रहा था। संध्या से पहले संध्या हो गयी थी। मि. क्लार्क अभी गये ही थे कि मि. जॉन सेवक की मोटर आ पहुँची। वह ज्यों ही मोटर से उतरे कि सैकड़ों आदमी उनकी तरफ़ लपके। जनता शासकों से दबती है, उनकी शक्ति का ज्ञान उस पर अंकुश जमाता रहता है। जहाँ उस शक्ति का भय नहीं होता, वहाँ वह आपे से बाहर हो जाती है। मि. सेवक शासकों के कृपापात्र होने पर भी शासक नहीं थे। जान लेकर गोरखों के कैम्प की तरफ़ भागे, सिर पर पाँव रखकर दौड़े; लेकिन ठोकर खायी और गिर पड़े। मि. क्लार्क ने घोड़े पर से उन्हें दौड़ते देखा था। उन्हें गिरते देखा, तो समझे, जनता ने उन पर आघात कर दिया। तुरत गोरखों का एक दल उनकी रक्षा के निमित्त भेजा। जनता ने भी उग्र रूप धारण किया—चूहे बिल्ली से लड़ने को तैयार हुए। सूरदास अभी तक चुपचाप खड़ा था। यह हलचल सुनी, तो भयभीत होकर भैरो से बोला, जो एक क्षण के लिए उसे न छोड़ता था—भैया, तुम मुझे जरा अपने कंधे पर बैठा लो, एक बार और लोगों को समझा देखूँ। क्यों लोग यहाँ से हट नहीं जाते ? सैकड़ों बार कह चुका, कोई सुनता ही नहीं। कहीं गोली चल गयी, तो आज उस दिन से भी अधिक खून-खच्चर हो जायगा।

भैरो ने सूरदास को कंधे पर बैठा लिया। इस जन-समूह में उसका सिर बालिश्त-भर ऊँचा हो गया। लोग इधर-उधर से उसकी बातें सुनने दौड़े। वीर-पूजा जनता का स्वाभाविक गुण है। ऐसा ज्ञात होता था कि कोई चक्षुहीन यूनानी देवता अपने उपासकों के बीच खड़ा है।

सूरदास ने अपनी तेजहीन आँखों से जन-समूह को देखकर कहा—भाइयो, आप लोग अपने-अपने घर जायें। आपसे हाथ जोड़कर कहता हूँ, घर चले जायँ। यहाँ जमा होकर, हाकिमों को चिढ़ाने से क्या फ़ायदा ? मेरी मौत आवेगी, तो आप लोग खड़े रहेंगे, और मैं मर जाऊँगा। मौत न आवेगी, तो मैं तोपों के मुँह से बचकर निकल आऊँगा। आप लोग वास्तव में मेरी सहायता करने नहीं आये, मुझसे दुसमनी करने आये हैं। हाकिमों के मन में, फौज के मन में, पुलिस के मन में जो दया और धरम का खयाल आता, उसे आप लोगों ने जमा होकर क्रोध बना दिया है। मैं हाकिमों को दिखा देता कि एक दीन अंधा आदमी एक फौज को कैसे पीछे हटा देता है, तोप का मुँह कैसे बंद कर देता है, तलवार की धार कैसे मोड़ देता है। मैं धर्म के बल से लड़ना चाहता था....

इसके आगे वह और कुछ न कह सका। मि. क्लार्क ने उसे खड़े होकर कुछ बोलते सुना, तो समझे, अंधा जनता को उपद्रव मचाने के लिए प्रेरित कर रहा है। उनकी धारणा थी कि जब तक यह आत्मा जीवित रहेगी, अंगों की गति कभी बंद न होगी। इसलिए आत्मा ही का नाश कर देना आवश्यक है। उद्गम को बंद कर दो, जल प्रवाह बंद हो जायगा। वह इसी ताक में लगे हुए थे कि इस विचार को कैसे कार्य-रूप में परिणत करें, किंतु सूरदास के चारों तरफ नित्य आदमियों का जमघट रहता था, क्लार्क को इच्छित अवसर न मिलता था। अब जो उसके

सिर को ऊपर उठा हुआ देखा, तो उन्हें वह अवसर मिल गया। वह स्वर्णावसर था, जिसके प्राप्त होने पर ही इस संग्राम का अंत हो सकता था। इसके पश्चात जो कुछ होगा, उसे वह जानते थे। जनता उत्तेजित होकर पत्थरों की वर्षा करेगी, घरों में आग लगावेगी, सरकारी दफ़्तरों को लूटेगी। इन उपद्रवों को शांत करने के लिए उनके पास पर्याप्त शक्ति थी। मूल मंत्र अंधे को समर-स्थल से हटा देना था—यही जीवन का केन्द्र है, यही गति-संचालक सूत्र है। उन्होंने जेब से पिस्तौल निकाला, और सूरदास पर चला दिया। निशाना अचूक पड़ा। बाण ने लक्ष्य को बेध दिया। गोली सूरदास के कंधे में लगी, सिर लटक गया, रक्त-प्रवाह होने लगा। भैरो उसे सँभाल न सका, वह भूमि पर गिर पड़ा। आत्मबल पशुबल का प्रतिकार न कर सका।

सोफ़िया ने मि. क्लार्क को जेब से पिस्तौल निकालते और सूरदास को लक्ष्य करते देखा था। उसको ज़मीन पर गिरते देखकर समझी, घातक ने अपना अभीष्ट पूरा कर लिया। फ़िटन पर खड़ी थी, नीचे कूद पड़ी और हत्याक्षेत्र की ओर चली, जैसे कोई माता अपने बालक को किसी आने वाली गाड़ी के चपेट में देखकर दौड़े। विनय उसके पीछे-पीछे उसे रोकने के लिए दौड़े, वह कहते जाते थे—सोफ़ी ! ईश्वर के लिए वहाँ न जाओ, मुझ पर इतनी दया करो। देखो, गोरखे बंदूक़ें सँभाल रहे हैं। हाय ! तुम नहीं मानतीं। यह कहकर उन्होंने सोफ़ी का हाथ पकड़ लिया, और अपनी ओर खींचा। लेकिन सोफ़ी ने एक झटका देकर अपना हाथ छुड़ा लिया, और फिर दौड़ी। उसे इस समय कुछ न सूझता था; न गोलियों का भय था, न संगीनों का। लोग उसे दौड़ते देखकर आप-ही-आप रास्ते से हटते जाते थे। गोरखों की दीवार सामने खड़ी थी, पर सोफ़ी को देखकर वे भी हट गये। मि. क्लार्क ने पहले ही कड़ी ताकीद कर दी थी कि कोई सैनिक रमणियों से छेड़छाड़ न करे। विनय इस दीवार को न चीर सके। तरल वस्तु छिद्र के रास्ते निकल गयी, ठोस वस्तु न निकल सकी।

सोफ़ी ने जाकर देखा, तो सूरदास के कंधे से रक्त प्रवाहित हो रहा था, अंग शिथिल पड़ गये थे, मुख विवर्ण हो रहा था, पर आँखें खुली हुई थीं, और उनमें से पूर्ण शांति, संतोष और धैर्य की ज्योति निकल रही थी, क्षमा थी, क्रोध या भय का नाम न था। सोफ़ी ने तुरंत रूमाल निकालकर रक्त-प्रवाह को बंद किया, और कम्पित स्वर में बोली—इन्हें अस्पताल भेजना चाहिए। अभी प्राण हैं; संभव है, बच जायँ। भैरो ने उसे गोद में उठा लिया। सोफ़िया उसे अपनी गाड़ी तक लायी, उस पर सूरदास को लिटा दिया, आप गाड़ी पर बैठ गयी, और कोचवान को शफ़ाख़ाने चलने का हुक्म दिया।

जनता नैराश्य और क्रोध से उन्मत्त हो गयी। हम भी यहीं मर मिटेंगे ! किसी को इतना होश न रहा कि यों मर मिटने से अपने सिवा किसी दूसरे की क्या हानि होगी। बालक मचलता है, तो जानता है कि माता मेरी रक्षा करेगी। यहाँ कौन माता थी, जो इन मचलने वालों की रक्षा करेगी ! लेकिन क्रोध में विचार-पट बंद हो जाता है। जन-समुदाय का वह अपार सागर उमड़ता हुआ गोरखों की ओर चला। सेवक-दल के युवक घबराये हुए इधर-उधर दौड़ते फिरते थे; लेकिन उनके समझाने का किसी पर असर न होता था। लोग दौड़-दौड़कर ईंट और कंकर-पत्थर जमा कर रहे थे। खँडहरों में मलबे की क्या कमी ! देखते-देखते जगह-जगह पत्थरों के ढेर लग गये।

विनय ने देखा, अब अनर्थ हुआ चाहता है। आन-की-मान में सैकड़ों जानों पर बन आयेगी, तुरत एक गिरी हुई दीवार पर चढ़कर बोले—मित्रो, यह क्रोध का अवसर नहीं है, प्रतिकार का अवसर नहीं है, सत्य की विजय पर आनंद और उत्सव मानने का अवसर है।

एक आदमी बोला—अरे ! यह तो कुँवर विनयसिंह है।

दूसरा—वास्तव में आनंद मनाने का अवसर है; उत्सव मनाइए, विवाह मुबारक।

तीसरा—जब मैदान साफ़ हो गया, तो आप मुरदों की लाश पर आँसू बहाने के लिए पधारे हैं। जाइए, शयनागार में रंग उड़ाइए। यह कष्ट क्यों उठाते है ?

विनय—हाँ, यह उत्सव मनाने का अवसर है कि अब भी हमारी पतित, दलित, पीड़ित जाति में इतना विलक्षण आत्मबल है कि एक निस्सहाय, अपंग, नेत्रहीन भिखारी शक्ति-सम्पन्न अधिकारियों का इतनी वीरता से सामना कर सकता है।

एक आदमी ने व्यंग्य-भाव से कहा—एक बेकस अंधा जो कुछ कर सकता है, वह राजे-रईस नहीं कर सकते।

दूसरा—राज्यभवन में जाकर शयन कीजिए। देर हो रही है। हम अभागों को मरने दीजिए।

तीसरा—सरकार से कितना पुरस्कार मिलने वाला है ?

चौथा—आप ही ने तो राजपूताने में दरबार का पक्ष लेकर प्रजा को आग में झोंक दिया था ?

विनय—भाइयो, मेरी निन्दा का समय फिर मिल जायगा। यद्यपि मैं कुछ विशेष कारणों से इधर आपका साथ न दे सका; लेकिन ईश्वर जानता है, मेरी सहानुभूति आप ही के साथ थी। मैं एक क्षण के लिए आपकी तरफ़ से ग़ाफ़िल न था।

एक आदमी—यारो, यहाँ खड़े-खड़े क्या बकवास कर रहे हो ! कुछ दम हो, तो चलो, कट मरें।

दूसरा—यह व्याख्यान झाड़ने का अवसर नहीं है। आज हमें यह दिखाना है कि हम न्याय के लिए कितनी वीरता से प्राण दे सकते हैं।

तीसरा—चलकर गोरखों के सामने खड़े हो जाओ। कोई क़दम पीछे न हटावे। वहीं अपनी लाशों का ढेर लगा दो। बाल-बच्चों को ईश्वर पर छोड़ो।

चौथा—यह तो नहीं होता कि आगे बढ़कर ललकारें कि कायरों का रक्त भी खौलने लगे। हमें समझाने चले हैं, मानो हम देखते नहीं कि सामने फ़ौज बंदूकें भरे खड़ी है, और एक बाढ़ में क़त्लेआम कर देगी।

पाँचवाँ—भाई, हम ग़रीबों की जान सस्ती होती है। रईसज़ादे होते, तो हम भी दूर-दूर से खड़े तमाशा देखते।

छठवाँ—इससे कहो, जाकर चुल्लू-भर पानी में डूब मरे। हमें इसके उपदेशों की ज़रूरत नहीं। उँगली में लहू लगाकर शहीद बनने चले हैं !

ये अपमानजनक, व्यंग्य-पूर्ण, कटु वाक्य विनय के उरस्थल में बाण के सदृश चुभ गये—हा हतभाग्य ! मेरे जीवन-पर्यन्त के सेवानुराग, त्याग, संयम का यही फल है ! अपना सर्वस्व देश-सेवा की वेदी पर आहुति देकर रोटियों को मोहताज होने का यही पुरस्कार है !

क्या रियासत का कलंक मेरे माथे से कभी न मिटेगा ? वह भूल गये—मैं यहाँ जनता की रक्षा करने आया हूँ, गोरखे सामने हैं। मैं यहाँ से हटा, और एक क्षण में पैशाचिक नर-हत्या होने लगेगी। मेरा मुख्य कर्तव्य अंत समय तक इन्हें रोकते रहना है। कोई मुज़ायक़ा नहीं, अगर इन्होंने ताने दिये, अपमान किया, कलंक लगाया, दुर्वचन कहे। मैं अपराधी हूँ, अगर नहीं हूँ, तो भी मुझे धैर्य से काम लेना चाहिए। ये सभी बातें वे भूल गये। नीति-चतुर प्राणी अवसर के अनुकूल काम करता है। जहाँ दबना चाहिए, वहाँ दब जाता है; जहाँ गरम होना चाहिए, वहाँ गरम होता है। उसे मानापमान का हर्ष या दुःख नहीं होता। उसकी दृष्टि निरन्तर अपने लक्ष्य पर रहती है। वह अविरल गति से, अदम्य उत्साह से, उसी ओर बढ़ता है। किन्तु सरल, लज्जाशील, निष्कपट आत्माएँ मेघों के समान होती हैं, जो अनुकूल वायु पाकर पृथ्वी को तृप्त कर देते हैं, और प्रतिकूल वायु के वेग से छिन्न-भिन्न हो जाते हैं। नीतिज्ञ के लिए अपना लक्ष्य ही सब कुछ है, आत्मा का उसके सामने कुछ मूल्य नहीं। गौरव-सम्पन्न प्राणियों के लिए अपना चरित्र-बल ही सर्वप्रधान है। वे अपने चरित्र पर किये गये आघातों को सह नहीं सकते ! वे अपनी निर्दोषिता सिद्ध करने को अपने लक्ष्य की प्राप्ति से कहीं अधिक महत्त्वपूर्ण समझते हैं। विनय की सौम्य आकृति तेजस्वी हो गयी, लोचन लाल हो गये। वह उन्मत्तों की भाँति जनता का रास्ता रोककर खड़े हो गये, और बोले—क्या आप देखना चाहते हैं कि रईसों के बेटे क्योंकर प्राण देते हैं ? देखिए।

यह कहकर उन्होंने जेब से भरा हुआ पिस्तौल निकाल लिया, छाती में उसकी नली लगायी, और जब तक लोग दौड़ें, भूमि पर गिर पड़े। लाश पड़पने लगी। हृदय की संचित अभिलाषाएँ रक्त की धार बनकर निकल गयीं। उसी समय जल-वृष्टि होने लगी। मानो स्वर्गवासिनी आत्माएँ पुष्प-वर्षा कर रही हों।

जीवन-सूत्र कितना कोमल है ! वह क्या पुष्प से कोमल नहीं, जो वायु के झोंके सहता है, और मुरझाता नहीं ? क्या वह लताओं से कोमल नहीं, जो कठोर वृक्षों के झोंके सहती, और लिपटी रहती है ? वह क्या पानी के बुलबलों से कोमल नहीं, जो जल की तरंगों पर तैरते हैं, और टूटते नहीं ? संसार में और कौन-सी वस्तु इतनी कोमल, इतनी अस्थिर, इतनी सार-हीन है, जिसे एक व्यंग्य, एक कठोर शब्द, एक अन्योक्ति भी दारुण, असह्य, घातक है ! और इस भित्ति पर कितने विशाल, कितने भव्य, कितने बृहदाकार भवनों का निर्माण किया जाता है।

जनता स्तम्भित हो गयी, जैसे आँखों में अँधेरा छा जाये ! उनका क्रोधावेश करुणा के रूप में बदल गया। चारों तरफ़ से दौड़-दौड़कर लोग आने लगे, विनय के दर्शनों से अपने नेत्रों को पवित्र करने के लिए, उनकी लाश पर चार बूँद आँसू बहाने के लिए। जो द्रोही था, स्वार्थी था, काम-लिप्सा रखने वाला था, वह एक क्षण में देव-तुल्य, त्याग-मूर्ति, देश का प्यारा, जनता की आँखों का तारा बना हुआ था। जो लोग गोरखों के समीप पहुँचे गये थे, वे भी लौट आये। हज़ारों शोक-विह्वल नेत्रों से अश्रु-वृष्टि हो रही थी, जो मेघ की बूँदों से मिलकर पृथ्वी को तृप्त करती थी। प्रत्येक हृदय शोक से विदीर्ण हो रहा था, प्रत्येक हृदय अपना तिरस्कार कर रहा था, पश्चात्ताप कर रहा था—आह, यह हमारे ही व्यंग्य-बाणों का, हमारे ही तीव्र वाक्य-शरों का पाप-कृत्य है। हमीं इसके घातक हैं, हमारे ही सिर यह हत्या है ! हाय ! कितनी वीर आत्मा,

कितना धैर्यशील, कितना गम्भीर, कितना उन्नत-हृदय, कितना लज्जाशील, कितना आत्माभिमानी, दीनों का कितना सच्चा सेवक और न्याय का कितना सच्चा उपासक था, जिसने इतनी बड़ी रियासत को तृणवत समझा, और हम पामरों ने उसकी हत्या कर डाली; उसे न पहचाना !

एक ने रोकर कहा—खुदा करे, मेरी ज़बान जल जाये ! मैंने ही शादी पर मुबारकबादी का ताना मारा था !

दूसरा बोला—दोस्तो, इस लाश पर फ़िदा हो जाओ, इस पर निसार हो जाओ, इसके क़दमों पर गिरकर मर जाओ !

यह कहकर उसने कमर से तलवार निकाली, गरदन पर चलायी, और वहीं तड़पने लगा।

तीसरा सिर पीटता हुआ बोला—कितना तेजस्वी मुख-मंडल है ! हा, मैं क्या जानता था कि मेरे व्यंग्य वज्र बन जायँगे !

चौथा—हमारे हृदयों पर यह घाव सदैव हरा रहेगा, हम इस देवमूर्ति को कभी विस्मृत न कर सकेंगे। कितनी शूरता से प्राण त्याग दिये, जैसे कोई एक पैसा निकालकर किसी भिक्षुक के सामने फेंक दे। राजपुत्रों में यही गुण होते हैं, वे अगर जीना जानते हैं, तो मरना भी जानते हैं। रईस की यही पहचान है कि बात पर मर मिटे।

अँधेरा छाया जाता था। पानी मूसलाधार बरस रहा था। कभी ज़रा देर के लिए बूँदें हलकी पड़ जातीं, फिर ज़ोरों से गिरने लगतीं, जैसे कोई रोने वाला थककर ज़रा दम ले ले, और फिर रोने लगे। पृथ्वी ने पानी में मुँह छिपा लिया था, माता मुँह पर अंचल डाले रो रही थी। रह-रहकर टूटी हुई दीवारों के गिरने का धमाका होता था, जैसे कोई धम-धम छाती पीट रहा हो। क्षण-क्षण पर बिजली कौंधती थी, मानो आकाश के जीव चीत्कार कर रहे हों ! दम-के-दम में चारों तरफ़ यह शोक-समाचार फैल गया। इंदु मि. जॉन सेवक के साथ थी। यह ख़बर पाते ही मूर्च्छित होकर गिर पड़ी।

विनय के शव पर एक चादर तान दी गयी थी। दीपकों के प्रकाश में उनका मुख अब भी पुष्प के समान विहँसित था। देखने वाले आते थे, रोते थे, और शोक-समाज में खड़े हो जाते थे। कोई-कोई फूलों की माला रख देता था। वीर पुरुष यों ही मरते हैं। अभिलाषाएँ उनके गले की ज़ंजीर नहीं होतीं। विषय-वासना उनके पैरों की बेड़ियाँ नहीं होती। उन्हें इसकी चिन्ता नहीं होती कि मेरे पीछे कौन हँसेगा, और कौन रोयेगा। उन्हें इसका भय नहीं होता कि मेरे बाद काम कौन सँभालेगा। यह सब संसार से चिमटने वालों के बहाने हैं। वीर पुरुष मुक्तात्मा होते हैं। जब तक जीते हैं, निर्द्वन्द्व जीते हैं। मरते हैं, तो निर्द्वन्द्व मरते हैं।

इस शोक-वृत्तांत को क्यों तूल दें ? जब बेगानों की आँखों से आँसू और हृदय से आह निकल पड़ती थी, तो अपनों का कहना ही क्या ! नायकराम सूरदास के साथ शफ़ाख़ाने गये थे। लौटे ही थे कि यह दृश्य देखा। एक लम्बी साँस खींचकर विनय के चरणों पर सिर रख दिया, और बिलख-बिलखकर रोने लगे। ज़रा चित्त शांत हुआ, तो सोफ़ी को ख़बर देने चले, जो अभी शफ़ाख़ाने ही में थी।

नायकराम रास्ते-भर दौड़ते हुए गये, पर सोफ़ी के सामने पहुँचे, तो गला इतना फँस गया

कि मुँह से एक भी शब्द न निकला। उसकी ओर ताकते हुए सिसक-सिसककर रोने लगे। सोफ़ी के हृदय में शूल-सा उठा। अभी नायकराम गये, और उलटे पाँव लौट आये। ज़रूर कोई अमंगल-सूचना है। पूछा—क्या है पंडाजी ? यह पूछते ही उसका कंठ भी रुँध गया।

नायकराम की सिसकियाँ आर्त्तनाद हो गयीं। सोफ़ी ने दौड़कर उनका हाथ पकड़ लिया और आवेश-कम्पित कंठ से पूछा—क्या विनय.....? यह कहते-कहते शोकातिरेक की दशा में शफ़ाख़ाने से निकल पड़ी, और पाँड़ेपुर की ओर चली। नायकराम आगे-आगे लालटेन दिखाते हुए चले। वर्षा ने जल-थल एक कर दिया था। सड़क के किनारे के वृक्ष, जो अब पानी में खड़े थे, सड़क का चिह्न बता रहे थे। सोफ़ी का शोक एक ही क्षण में आत्मग्लानि के रूप में बदल गया—हाय ! मैं ही हत्यारिन हूँ। क्यों आकाश से वज्र गिरकर मुझे भस्म नहीं कर देता ? क्यों कोई साँप ज़मीन से निकलकर मुझे डस नहीं लेता ? क्यों पृथ्वी फटकर मुझे निगल नहीं जाती ? हाय ! आज मैं वहाँ न गयी होती, तो वह कदापि न जाते। मैं क्या जानती थी कि विधाता मुझे सर्वनाश की ओर लिये जाता है ! मैं दिल में उन पर झुँझला रही थी, मुझे यह संदेह भी हो रहा था कि यह डरते हैं ! आह ! यह सब मेरे कारण हुआ, मैं ही अपने सर्वनाश का कारण हूँ ! मैं अपने हाथों लुट गयी ! हाय ! मैं उनके प्रेम के आदर्श को न पहुँच सकी।

फिर उसके मन में विचार आया—कहीं यह ख़बर झूठी न हो। उन्हें चोट लगी हो, और वह संज्ञाशून्य हो गये हों। आह ! काश मैं एक बार उनके वचनामृत से अपने हृदय को पवित्र कर लेती ! नहीं-नहीं, वह जीवित हैं, ईश्वर मुझ पर इतना अत्याचार नहीं कर सकता। मैंने कभी किसी प्राणी को दुख नहीं पहुँचाया, मैंने कभी उस पर अविश्वास नहीं किया, फिर वह मुझे इतना वज्रदंड क्यों देगा !

जब सोफ़िया संग्राम-स्थल के समीप पहुँची, तो उस पर भीषण भय छा गया। वह सड़क के किनारे एक मील के पत्थर पर बैठ गयी। वहाँ कैसे जाऊँ ? कैसे उन्हें देखूँगी, कैसे उन्हें स्पर्श करूँगी ? उनकी मरणावस्था का चित्र उसकी आँखों के सामने खिंच गया, उनकी मृत देह रक्त और धूल में लिपटी हुई भूमि पर पड़ी हुई थी। जिसे उसने जीते-जागते देखा था, उसे इस जीर्णावस्था में वह कैसे देखेगी ! उसे इस समय प्रबल आकांक्षा हुई कि वहाँ जाते ही मैं भी उनके चरणों पर गिर कर प्राण त्याग दूँ। अब संसार में मेरे लिए कौन-सा सुख है ! हाय ! यह कठिन वियोग कैसे सहूँगी ! मैंने अपने जीवन को नष्ट कर दिया, ऐसे नर-रत्न को धर्म की पैशाचिक क्रूरता पर बलिदान कर दिया।

यद्यपि वह जानती थी कि विनय का देहावसान हो गया, फिर भी उसे भ्रांत आशा हो रही थी कि कौन जाने, वह केवल मूर्च्छित हो गये हों ! सहसा उसे पीछे से एक मोटरकार पानी को चीरती हुई आती दिखायी दी। उसके उज्ज्वल प्रकाश में फटा हुआ पानी ऐसा जान पड़ता था, मानो दोनो ओर से जल-जंतु उस पर टूट रहे हों ! वह निकट आकर रुक गयी। रानी जाह्नवी थीं। सोफ़ी को देखकर बोलीं—बेटी ! तुम यहाँ क्यों बैठी हो ! आओ, मेरे साथ चलो। क्या गाड़ी न मिली !

सोफ़ी चिल्लाकर रानी के गले से लिपट गयी। किंतु रानी की आँखों में आँसू न थे, मुख पर शोक का चिह्न न था। उनकी आँखों में गर्व का मद छाया हुआ था, मुख पर विजय की

आभा झलक रही थी ! सोफ़ी को गले से लगाती हुई बोलीं—क्यों रोती हो बेटी ? विनय के लिए ? वीरों की मृत्यु पर आँसू नहीं बहाये जाते, उत्सव के राग गाये जाते हैं। मेरे पास हीरे और जवाहिर होते, तो उसकी लाश पर लुटा देती। मुझे उसके मरने का दुख नहीं है। दुख होता, अगर वह आज प्राण बचाकर भागता। यह तो मेरी चिर-संचित अभिलाषा थी, बहुत ही पुरानी, जब मैं युवती थी, और वीर राजपूतों तथा राजपूतनियों के आत्मसमर्पण की कथाएँ पढ़ा करती थी, उसी समय मेरे मन में यह कामना अंकुरित हुई थी कि ईश्वर मुझे भी कोई ऐसा ही पुत्र देता, जो उन्हीं वीरों की भाँति मृत्यु से खेलता, जो अपना जीवन देश और जाति के हित के लिए हवन कर देता, जो अपने कुल का मुख उज्ज्वल करता। मेरी वह कामना पूरी हो गयी। आज मैं एक वीर पुत्र की जननी हूँ। क्यों रोती हो ? इससे उसकी आत्मा को क्लेश होगा। तुमने तो धर्मग्रंथ पढ़े हैं। मनुष्य कभी मरता है ? जीव तो अमर है। उसे तो परमात्मा भी नहीं मार सकता। मृत्यु तो केवल पुनर्जीवन की सूचना है, एक उच्चतर जीवन का मार्ग। विनय फिर संसार में आयगा, उसकी कीर्ति और भी फैलेगी। जिस मृत्यु पर घर वाले रोयें, वह भी कोई मृत्यु है ! वह तो एड़ियाँ रगड़ना है। वीर मृत्यु वही है, जिस पर बेगाने रोयें, और घर वाले आनंद मनायें। दिव्य मृत्यु दिव्य जीवन से कहीं उत्तम है। दिव्य जीवन में कलुषित मृत्यु की शंका रहती है, दिव्य मृत्यु में यह संशय कहाँ ? कोई जीवन दिव्य नहीं है, जब तक उसका अंत भी दिव्य न हो। यह लो, पहुँच गये। कितनी प्रलयंकर वृष्टि है, कैसा गहन अंधकार ! फिर भी सहस्रों प्राणी उसके शव पर अश्रु-वर्षा कर रहे हैं, क्या यह रोने का अवसर है ?

मोटर रुकी। सोफ़िया और जाह्नवी को देखकर लोग इधर-उधर हट गये। इंदु दौड़कर माता से लिपट गयी। हज़ारों आँखों से टप-टप आँसू गिरने लगे। जाह्नवी ने विनय का नत मस्तक अपनी गोद में ले लिया, उसे छाती से लगाया, उसका चुम्बन किया, और शोक-सभा की ओर गर्व-युक्त नेत्रों से देखकर बोली—यह युवक, जिसने विनय पर अपने प्राण समर्पित कर दिये, विनय से बढ़कर है। क्या कहा ? मुसलमान है ! कर्तव्य के क्षेत्र में हिन्दू और मुसलमान का भेद नहीं, दोनों एक ही नाव पर बैठे हुए हैं, डूबेंगे तो दोनों डूबेंगे, बचेंगे तो दोनों बचेंगे। मैं इस वीर आत्मा का यहीं मज़ार बनवाऊँगी। शहीद के मज़ार को कौन खोदकर फेंक देगा, कौन इतना नीच और अधम होगा ! यह सच्चा शहीद था। तुम लोग क्यों रोते हो ? विनय के लिए ? तुम लोगों में कितने ही युवक हैं, कितने ही बाल-बच्चों वाले हैं। युवकों से मैं कहूँगी—जाओ और विनय की भाँति प्राण देना सीखो। दुनिया केवल पेट पालने की जगह नहीं है। देश की आँखें तुम्हारी ओर लगी हुई हैं, तुम्हीं इसका बेड़ा पार लगाओगे। मत फँसो गृहस्थी के जंजाल में, जब तक देश का कुछ हित न कर लो। देखो, विनय कैसा हँस रहा है ! जब बालक था, उस समय की याद आती है। इसी भाँति हँसता था। कभी उसे रोते नहीं देखा। कितनी विलक्षण हँसी है। क्या इसने धन के लिए प्राण दिये ? धन इसके घर में भरा हुआ था, उसकी ओर कभी आँख उठाकर नहीं देखा, बरसों हो गये पलंग पर नहीं सोया, जूते नहीं पहने, भरपेट भोजन नहीं किया, ज़रा देखो उसके पैरों में कैसे घट्ठे पड़ गये हैं, विरागी था, साधु था, तुम लोग भी ऐसे ही साधु बन जाओ। बाल-बच्चों वालों से मेरा निवेदन है, अपने प्यारे बच्चों को चक्की का बैल न बनाओ, गृहस्थी का गुलाम न बनाओ। ऐसी शिक्षा दो कि जियें, किन्तु जीवन के

दास बनकर नहीं, स्वामी बनकर। यही शिक्षा है, जो इस वीर आत्मा ने तुम्हें दी है। जानते हो, उसका विवाह होने वाला था। यही प्यारी बालिका उसकी वधू बनने वाली थी। किसी ने ऐसा कमनीय सौंदर्य, ऐसा अलौकिक रूपय-लावण्य देखा है ! रानियाँ इसके आगे पानी भरें ! विद्या में इसके सामने कोई पंडित मुँह नहीं ख़ोल सकता। जिह्वा पर सरस्वती हैं, घर का उजाला है। विनय को इससे कितना प्रेम था, यह इसी से पूछो। लेकिन क्या हुआ ? जब अवसर आया, उसने प्रेम के बंधन को कच्चे धागे की भाँति तोड़ दिया, उसे अपने मुख का कलंक नहीं बनाया, उस पर अपने आदर्श का बलिदान नहीं किया। प्यारो ! पेट पर अपने यौवन को, अपनी आत्मा को, अपनी महत्त्वाकांक्षाओं को मत कुर्बान करो। इंदु बेटी, क्यों रोती हो ? किसको ऐसा भाई मिला है ?

इंदु के अन्तस्तल में बड़ी देर से एक ज्वाला-सी दहक रही थी। वह इन सारी विडम्बनाओं का मूल कारण अपने पति को समझती थी। अब तक ज्वाला उर-स्थल में थी, अब बाहर निकल पड़ी। यह ध्यान न रहा कि मैं इतने आदमियों के सामने क्या कहती हूँ, औचित्य की ओर से आँखें बंद करके बोली—माताजी, इस हत्या का कलंक मेरे सिर है। मैं अब उस प्राणी का मुँह न देखूँगी, जिसने मेरे वीर भाई की जान लेकर छोड़ी, और वह केवल अपने स्वार्थ की सिद्धि के लिए।

रानी जाह्नवी ने तीव्र स्वर में कहा—क्या महेन्द्र को कहती है ? अगर फिर मेरे सामने मुँह से ऐसी बात निकाली, तो तेरा गला घोंट दूँगी। क्या तू उन्हें अपना गुलाम बनाकर रखेगी ? तू स्त्री होकर चाहती है कि कोई तेरा हाथ न पकड़े, वह पुरुष होकर क्यों न ऐसा चाहें ? वह संसार को क्यों तेरे ही नेत्रों से देखें, क्या भगवान ने उन्हें आँखें नहीं दीं ? अपने हानि-लाभ का हिसाबदार तुझे क्यों बनायें, क्या भगवान ने उन्हें बुद्धि नहीं दी ? तेरी समझ में, मेरी समझ में, यहाँ जितने प्राणी खड़े हैं उनकी समझ में, वह मार्ग अच्छा है, जिस पर हम चल रहे हैं; उनकी समझ में यह मार्ग भयंकर है, हिंसक जंतुओं से भरा हुआ है। इसका बुरा मानना क्या ? अगर तुझे उनकी बातें पसंद नहीं आतीं, तो कोशिश कर कि पसंद आयें। वह तेरे पतिदेव हैं, तेरे लिए उनकी सेवा सं उत्तम और कोई पथ नहीं है।

दस बज गये थे। लोग कुँअर भरतसिंह की प्रतीक्षा कर रहे थे। जब दस बजने की आवाज़ कानों में आयी, तो रानी जाह्नवी ने कहा—उनकी राह अब मत देखो, वह न आयँगे, और न आ सकते हैं। वह उन पिताओं में हैं, जो पुत्र के लिए जीते हैं, पुत्र के लिए मरते हैं, और पुत्र के पुत्रों के लिए मंसूबे बाँधते हैं। उनकी आँखों में अँधेरा छा गया होगा, सारा संसार सूना जान पड़ता होगा, अचेत पड़े होंगे। संभव है, उनके प्राणांत हो गये हों। उनका धर्म, उनका कर्म, उनका जीवन, उनका मरण, उनका दीन, उनकी दुनिया, सब कुछ इसी पुत्र-रत्न पर अवलम्बित था। अब वह निराधार हैं, उनके जीवन का कोई लक्ष्य, कोई अर्थ नहीं है। वह अब कदापि न आयँगे, आ ही नहीं सकते। चलो, विनय के साथ अपना अंतिम कर्तव्य पूरा कर लूँ; इन्हीं हाथों से उसे हिंडोले में झुलाया था, इन्हीं हाथों से उसे चिता में बैठा दूँ; इन्हीं हाथों से उसे भोजन कराती थी, इन्हीं हाथों से गंगाजल पिला दूँ।

चौवालीस

गंगा से लौटते-लौटते दिन के नौ बज गये। हज़ारों आदमियों का जमघट, गलियाँ तंग और कीचड़ से भरी हुई, पग-पग पर फूलों की वर्षा, सेवक-दल का राष्ट्रीय संगीत, गंगा तक पहुँचते-पहुँचते ही सबेरा हो गया था। लौटते हुए जाह्नवी ने कहा—चलो, ज़रा सूरदास को देखते चलें न जाने मरा या बचा—सुनती हूँ घाव गहरा था।

सोफ़िया और जाह्नवी, दोनों शफ़ाखाने गयीं, तो देखा, सूरदास बरामदे में चारपाई पर लेटा हुआ है, भैरो उसके पैताने खड़ा है, और सुभागी सिरहाने बैठी पंखा झल रही है। जाह्नवी ने डॉक्टर से पूछा—इसकी दशा कैसी है, बचने की कोई आशा है ?

डॉक्टर ने कहा—किसी दूसरे आदमी को यह ज़ख्म लगा होता, तो अब तक मर चुका होता। इसकी सहनशक्ति अद्भुत है। दूसरों को नश्तर लगाने के समय क्लोरोफ़ार्म देना पड़ता है, इसके कन्धे में दो इंच गहरा और दो इंच चौड़ा नश्तर दिया गया, पर इसने क्लोरोफ़ार्म न लिया। गोली निकल आयी है, लेकिन बच जाय, तो कहें।

सोफ़िया को एक रात की दारुण शोक-वेदना ने इतना घुला दिया था कि पहचानना कठिन था, मानो कोई फूल मुरझा गया हो। गति मंद, मुख उदास, नेत्र बुझे हुए, मानो भूत-जगत में नहीं, विचार-जगत में विचर रही है। आँखों को जितना रोना था, रो चुकी थीं; अब रोयाँ-रोयाँ रो रहा था। उसने सूरदास के समीप जाकर कहा—सूरदास कैसा जी है ? रानी जाह्नवी आयी हैं।

सूरदास—धन्य भाग। अच्छा हूँ।

जाह्नवी—पीड़ा बहुत हो रही है ?

सूरदास—कुछ कष्ट नहीं है। खेलते-खेलते गिर पड़ा हूँ, चोट आ गयी है, अच्छा हो जाऊँगा। उधर क्या हुआ, झोपड़ी बची कि गयी ?

सोफ़ी—अभी तो नहीं गयी है, लेकिन शायद अब न रहे। हम लोग तो विनय को गंगा की गोद में सौंपे चले आते हैं।

सूरदास ने क्षीण स्वर में कहा—भगवान की मरजी, वीरों का यही धरम है। जो गरीबों के लिए जान लड़ा दे, वही सच्चा वीर है।

जाह्नवी—तुम साधु हो। ईश्वर से कहो, विनय का फिर इसी देश में जन्म हो।

सूरदास—ऐसा ही होगा माताजी, ऐसा ही होगा। अब महान पुरुस लोग हमारे ही देस में जनम लेंगे। जहाँ अन्याय और अधरम होता है, वहीं देवता लोग जाते हैं। उनके संस्कार उन्हें खींच ले जाते हैं। मेरा मन कह रहा है कि कोई महात्मा थोड़े ही दिनों में इस देस में जनम लेने वाले हैं....

डॉक्टर ने आकर कहा—रानीजी, मैं बहुत खेद के साथ आपसे प्रार्थना करता हूँ कि सूरदास से बातें न करे, नहीं तो ज़ोर पड़ने से इनकी दशा बिगड़ जायगी। ऐसी हालतों में सबसे बड़ा विचार यह होना चाहिए कि रोगी निर्बल न होने पाये, उसकी शक्ति क्षीण न हो।

अस्पताल के रोगियों और कर्मचारियों को ज्यों ही मालूम हुआ कि विनयसिंह की माताजी आयी हुई हैं, तो सब उनके दर्शनों को जमा हो गये, कितनों ही ने उनकी पद-रज माथे पर

चढ़ायी। यह सम्मान देखकर जाह्नवी का हृदय गर्व से प्रफुल्लित हो गया। विहँसित मुख से सबों को आशीर्वाद देकर यहाँ से चलने लगीं, तो सोफ़िया ने कहा—माताजी, आपकी आज्ञा हो, तो मैं यहीं रह जाऊँ। सूरदास की दशा चिंताजनक जान पड़ती है। इसकी बातों में वह तत्त्वज्ञान है, जो मृत्यु की सूचना देता है। मैंने इसे होश में कभी आत्मज्ञान की ऐसी बातें करते नहीं सुना।

रानी ने सोफ़ी को गले लगाकर सहर्ष आज्ञा दे दी। वास्तव में सोफ़िया सेवा-भवन न जाना चाहती थी। वहाँ की एक-एक वस्तु, वहाँ के फूल-पत्ते, यहाँ तक कि वहाँ की वायु भी, विनय की याद दिलायेगी। जिस भवन में विनय के साथ रही, उसी में विनय के बिना रहने का ख़याल ही उसे तड़पाये देता था।

रानी चली गयीं, तो सोफ़िया एक मोढ़ा डालकर सूरदास की चारपाई के पास बैठ गयी। सूरदास की आँखें बंद थीं, पर मुख पर मनोहर शांति छायी हुई थी। सोफ़िया को आज विदित हुआ कि चित्त की शांति ही वास्तविक सौंदर्य है।

सोफ़ी को वहाँ बैठे-बैठे सारा दिन गुज़र गया। वह निर्जल, निराहार, मनमारे बैठी हुई सुखद स्मृतियों के स्वप्न देख रही थी, और जब आँखें भर आती थीं, तो आड़ में जाकर रूमाल से आँसू पोछ आती थी। उसे अब सबसे तीव्र वेदना यही थी कि मैंने विनय की कोई इच्छा न पूरी की, उनकी अभिलाषाओं को तृप्त न किया, उन्हें वंचित रखा। उनके प्रेमानुराग की स्मृति उसके हृदय को ऐसा मसोसती थी कि वह विकल होकर तड़पने लगती थी।

संध्या हो गयी थी। सोफ़िया लैम्प के समाने बैठी हुई सूरदास को प्रभु मसीह का जीवन-वृत्तांत सुना रही थी। सूरदास ऐसा तन्मय हो रहा था, मानो उसे कोई कष्ट नहीं है। सहसा राजा महेन्द्रकुमार आकर खड़े हो गये, और सोफ़ी की ओर हाथ बढ़ा दिया। सोफ़िया ज्यों-की-त्यों बैठी रही। राजा साहब से हाथ मिलाने की चेष्टा न की।

सूरदास ने पूछा—कौन है मिस साहब ?

सोफ़िया ने कहा—राजा महेन्द्रकुमार हैं।

सूरदास ने आदर-भाव से उठना चाहा, पर सोफ़िया ने लिटा दिया, और बोली—हिलो मत, नहीं तो घाव खुल जायगा। आराम से पड़े रहो।

सूर—राजा साहब आये हैं। उनका इतना आदर भी न करूँ ? मेरे ऐसे भाग्य तो हुए। कुछ बैठने को है ?

सोफिया—हाँ, कुर्सी पर बैठ गये।

राजा साहब ने पूछा—सूरदास कैसा जी है ?

सूर—भगवान की दया है।

राजा साहब जिन भावों को प्रकट करने यहाँ आये थे, वे सोफ़ी के सामने उनके मुख से निकलते हुए सकुचा रहे थे। कुछ देर तक वह मौन बैठे रहे, अंत को बोले—सूरदास, मैं तुमसे अपनी भूलों की क्षमा माँगने आया हूँ। अगर मेरे बस की बात होती, तो मैं आज अपने जीवन को तुम्हारे जीवन से बदल लेता।

सूर—सरकार, ऐसी बात न कहिए; आप राजा हैं, मैं रंक हूँ। आपने जो कुछ किया, दूसरों की भलाई के बिचार से किया। मैंने जो कुछ किया, अपना धरम समझकर किया। मेरे कारन

आपको अपजस हुआ, कितने घर नास हुए, यहाँ तक कि इंद्रदत्त और कुँअर विनयसिंह जैसे दो रतन जान से गये। पर अपना क्या बस है ! हम तो खेल खेलते हैं, जीत-हार भगवान के हाथ है। वह जैसा उचित जानते हैं, करते हैं, बस, नीयत ठीक होनी चाहिए।

राजा—सूरदास, नीयत को कौन देखता है। मैंने सदैव प्रजा-हित ही पर निगाह रखी, पर आज सारे नगर में एक भी ऐसा प्राणी नहीं है, जो मुझे खोटा, नीच, स्वार्थी, अधर्मी, पापिष्ठ न समझता हो। और तो क्या, मेरी सहधर्मिणी भी मुझसे घृणा कर रही है। ऐसी बातों से मन क्यों न विरक्त हो जाये ? क्यों न संसार से घृणा हो जाये ? मैं तो अब कहीं मुँह दिखाने योग्य नहीं रहा।

सूर—इसकी चिंता न कीजिए। हानि, लाभ, जीवन, मरन, जस, अपजस विधि के हाथ है; हम तो खाली हाथ मैदान में खेलने के लिए बनाए गये हैं। सभी खिलाड़ी मन लगाकर खेलते हैं, सभी चाहते हैं कि हमारी जीत हो; लेकिन जीत एक ही की होती है, तो क्या इससे हारने वाले हिम्मत हार जाते हैं ? वे फिर खेलते हैं; फिर हार जाते हैं, तो फिर खेलते हैं। कभी-न-कभी तो उनकी जीत होती ही है। जो आपको आज बुरा समझ रहे हैं, वे कल आपके सामने सिर झुकायेंगे। हाँ, नीयत ठीक रहनी चाहिए। मुझे क्या उनके घर वाले बुरा न कहते होंगे, जो मेरे कारन जान से गये ? इंद्रदत्त और कुँअर विनयसिंह जैसे दो लाल, जिनके हाथों संसार का कितना उपकार होता, संसार से उठ गये। जस-अपजस भगवान के हाथ है, हमारा यहाँ क्या बस है।

राजा—आह सूरदास, तुम्हें नहीं मालूम कि मैं कितनी विपत्ति में पड़ा हुआ हूँ। तुम्हें बुरा कहने वाले अगर दस-पाँच होंगे, तो तुम्हारा जस गाने वाले असंख्य हैं, यहाँ तक कि हुक्काम भी तुम्हारे दृढ़व्रत और धैर्य का बखान कर रहे हैं। मैं तो दोनों ओर से गया। प्रजा-द्रोही भी ठहरा, और राजद्रोही भी। हुक्काम इस सारी दुर्व्यवस्था का अपराध मेरे ही सिर पर थोप रहे हैं। उनकी समझ में भी मैं अयोग्य, अदूरदर्शी और स्वार्थी हूँ। अब तो यही इच्छा होती है कि मुँह में कालिख लगाकर कहीं चला जाऊँ।

सूर—नहीं नहीं, राजा साहब, निरास होना खिलाड़ियों के धरम के विरुद्ध है। अबकी हार हुई, तो फिर कभी जीत होगी।

राजा—मुझे तो विश्वास नहीं होता कि फिर कभी मेरा सन्मान होगा। मिस सेवक, आप मेरी दुर्बलता पर हँस रही होंगी, पर मैं बहुत दुखी हूँ।

सोफ़िया ने अविश्वास-भाव से कहा—जनता अत्यंत क्षमाशील होती है। अगर अब भी आप जनता को यह दिखा सकें कि इस दुर्घटना पर आपको दुख है, तो कदाचित प्रजा आपका फिर सन्मान करे।

राजा ने अभी कुछ उत्तर न दिया था कि सूरदास बोल उठा—सरकार, नेकनामी और बदनामी बहुत-से आदमियों के हल्ला मचाने से नहीं होती। सच्ची नेकनामी अपने मन में होती है। अगर अपना मन बोले कि मैंने जो कुछ किया, वही मुझे करना चाहिए था, इसके सिवा कोई दूसरी बात करना मेरे लिए उचित न था, तो वही नेकनामी है। अगर आपको इस मार-काट पर दुख है, तो आपका धरम है कि लाट साहब से इसकी लिखा-पढ़ी करें। वह न सुनें, तो जो उनसे बड़ा हाकिम हो, उससे कहें-सुनें, और जब तक सरकार परजा के साथ न्याय न करे, दम न लें। लेकिन अगर आप समझते हैं कि जो कुछ आपने किया, वही आपका धरम था, स्वार्थ के

लोभ से आपने कोई बात नहीं की, तो आपको तनिक भी दुख न करना चाहिए।

सोफ़ी ने पृथ्वी की ओर ताकते हुए कहा—राजपक्ष लेने वालों के लिए यह सिद्ध करना कठिन है कि वे स्वार्थ से मुक्त हैं।

राजा—मिस सेवक, मैं आपको सच्चे हृदय से विश्वास दिलाता हूँ कि मैंने अधिकारियों के हाथों सम्मान और प्रतिष्ठा पाने के लिए उनका पक्ष नहीं ग्रहण किया, और पद का लोभ तो मुझे कभी रहा ही नहीं। मैं स्वयं नहीं कह सकता कि वह कौन-सी बात थी, जिसने मुझे सरकार की ओर खींचा। संभव है, अनिष्ट का भय हो, या केवल ठकुरसुहाती; पर मेरा कोई स्वार्थ नहीं था। संभव है, मैं उस समाज की आलोचना, उसके कुटिल कटाक्ष और उसके व्यंग्य से डरा होऊँ। मैं स्वयं इसका निश्चय नहीं कर सकता। मेरी धारणा थी कि सरकार का कृपा-पात्र बनकर प्रजा का जितना हित कर सकता हूँ, उतना उसका द्वेषी बनकर नहीं कर सकता। पर आज मुझे मालूम हुआ कि वहाँ भलाई होने की जितनी आशा है, उससे कहीं अधिक बुराई होने का भय है। यश और कीर्ति का मार्ग वही है, जो सूरदास ने ग्रहण किया। सूरदास, आशीर्वाद दो कि ईश्वर मुझे सत्पथ पर चलने की शक्ति प्रदान करें।

आकाश पर बादल मँडरा रहे थे। सूरदास निद्रा में मग्न था। इतनी बातों से उसे थकावट आ गयी थी। सुभागी एक टाट का टुकड़ा लिये हुए आयी, और सूरदास के पैताने बिछाकर लेट रही। शफ़ाख़ाने के कर्मचारी चले गये। चारों ओर सन्नाटा छा गया।

सोफ़ी गाड़ी का इंतज़ार कर रही थी—दस बजते होंगे। रानीजी शायद गाड़ी भेजना भूल गयीं। उन्होंने शाम ही को गाड़ी भेजने का वादा किया था। कैसे जाऊँ ? क्या हरज है, यहीं बैठी रहूँ। वहाँ रोने के सिवा और क्या करूँगी। आह ! मैंने विनय का सर्वनाश कर दिया। मेरे ही कारण वह दो बार कर्तव्य-मार्ग से विचलित हुए, मेरे ही कारण उनकी जान पर बनी! अब वह मोहिनी मूर्ति देखने को तरस जाऊँगी। जानती हूँ कि हमारा फिर संयोग होगा, लेकिन नहीं जानती कब ! उसे वे दिन याद आये, जब भीलों के गाँव में इसी समय वह द्वार पर बैठी उनकी राह जोहा करती थी और वह कम्बल ओढ़े, नंगे सिर, नंगे पाँव, हाथ में एक लकड़ी लिये आते थे, और मुसकराकर पूछते थे, मुझे देर तो नहीं हो गयी ? वह दिन याद आया, जब राजपूताना जाते समय विनय ने उसकी ओर आतुर, किंतु निराश नेत्रों से देखा था। आह ! वह दिन याद आया, जब उसकी ओर ताकने के लिए रानीजी ने उन्हें तीव्र नेत्रों से देखा था, और वह सिर झुकाये बाहर चले गये थे। सोफ़ी शोक से विह्वल हो गयी। जैसे हवा के झोंके धरती पर बैठी हुई धूल को उठा देते हैं, उसी प्रकार इस नीरव निशा ने उसकी स्मृतियों को जाग्रत कर दिया, सारा हृदय-क्षेत्र स्मृतिमय हो गया। वह बेचैन हो गयी, कुर्सी से उठकर टहलने लगी। जी न जाने क्या चाहता था—कहीं उड़ जाऊँ, कहाँ तक मन को समझाऊँ, कहाँ तक सब्र करूँ ! अब न समझाऊँगी, रोऊँगी; तड़पूँगी, खूब जी भरकर ! वह, जो मुझ पर प्राण देता था, संसार से उठ जाये, और मैं अपने को समझाऊँ कि अब रोने से क्या होगा। मैं रोऊँगी, इतना रोऊँगी कि आँखें फूट जायँगी, हृदय-रक्त आँखों के रास्ते निकलने लगेगा, कंठ बैठ जायेगा। आँखों को अब करना ही क्या है ! वे क्या देखकर कृतार्थ होंगी ! हृदय-रक्त अब प्रवाहित होकर क्या करेगा !

इतने में किसी की आहट सुनायी दी। मिठुआ और भैरो बरामदे में आये। मिठुआ ने सोफ़ी को सलाम किया, और सूरदास की चारपाई के पास जाकर खड़ा हो गया। सूरदास ने चौंककर पूछा—कौन है, भैरो ?

मिठुआ—दादा, मैं हूँ।

सूरदास—बहुत अच्छे आये बेटा, तुमसे भेंट हो गयी। इतनी देर क्यों हुई ?

मिठुआ—क्या करूँ दादा, बड़े बाबू से साँझ से छुट्टी माँग रहा था, मगर एक-न-एक काम लगा देते थे। डाउन नंबर थ्री को निकाला, अप नंबर वन को निकाला, फिर पारसल गाड़ी आयी, उस पर माल लदवाया, डाउन नंबर ठट्टी को निकालकर तब आने पाया हूँ! इससे तो कुली था, तभी अच्छा था कि जब जी चाहता जाता था, जब जी चाहता था आता था, कोई रोकने वाला न था। अब तो नहाने-खाने की फुरसत नहीं मिलती, बाबू लोग इधर-उधर दौड़ाते रहते हैं। किसी को नौकर रखने की समाई तो है नहीं, सेंत-मेंत में काम निकालते हैं।

सूरदास—मैं न बुलाता, तो तुम अब भी न आते। इतना भी नहीं सोचते कि अंधा आदमी है, न जाने कैसे होगा, चलकर जरा हाल-चाल पूछता आऊँ। तुमको इसलिए बुलाया है कि मर जाऊँ तो मेरा किरिया-करम करना, अपने हाथों से पिंडदान देना, बिरादरी को भोज देना, और हो सके, तो गया कर आना। बोलो, इतना करोगे ?

भैरो—भैया, तुम इसकी चिंता मत करो, तुम्हारा किरिया-करम इतनी धूम-धाम से होगा कि बिरादरी में कभी किसी का न हुआ होगा।

सूरदास—धूम-धाम से नाम तो होगा, मगर मुझे पहुँचेगा तो वही, जो मिठुआ देगा।

मिठुआ—दादा, मेरी नंगाझोली ले लो, जो मेरे पास धेला भी हो। खाने-भर को तो होता ही नहीं, बचेगा क्या ?

सूरदास—अरे तो क्या तुम मेरा किरिया-करम भी न करोगे ?

मिठुआ—कैसे करूँगा दादा, कुछ पल्ले पास हो, तब न ?

सूरदास—तो तुमने यह आसरा भी तोड़ दिया। मेरे भाग में तुम्हारी कमाई न जीते-जी बदी थी, न मरने के पीछे।

मिठुआ—दादा, अब मुँह न खुलवाओ, परदा ढका रहने दो। मुझे चौपट करके मरे जाते हो, उस पर कहते हो, मेरा किरिया-करम कर देना, गया-पराग कर देना। हमारी दस बीघे मौरुसी जमीन थी कि नहीं, उसका मावजा दो पैसा, चार पैसा कुछ तुमको मिला कि नहीं, उसमें से मेरे हाथ क्या लगा ? घर में मेरा कुछ हिस्सा होता है या नहीं ? हाकिमों से बैर न ठानते, तो उस घर के सौ से कम न मिलते। पंडाजी ने कैसे पाँच हजार मार लिये ? है उनका घर पाँच हजार का ? दरवाजे पर मेरे हाथों के लगाये दो नीम के पेड़ थे। क्या वे पाँच-पाँच रुपये में भी महँगे थे ? मुझे तो तुमने मटियामेट कर दिया, कहीं का न रखा। दुनिया-भर के लिए अच्छे होगे, मेरी गरदन पर तो तुमने छुरी फेर दी, हलाल कर डाला। मुझे भी तो अभी ब्याह-सगाई करनी है, घर-द्वार बनवाना है। किरिया-करम करने बैठूँ तो इसके लिए कहाँ से रुपये लाऊँगा ? कमाई में तुम्हारा सक नहीं, मगर कुछ उड़ाया, कुछ जलाया, और अब मुझे बिना छाँह के छोड़े चले जाते हो, बैठने का ठिकाना भी नहीं। अब तक मैं चुप था, नाबालिक था। अब तो मेरे

भी हाथ-पाँव हुए। देखता हूँ, मेरी जमीन का मावजा कैसे नहीं मिलता ! साहब लखपती होंगे, अपने घर के होंगे, मेरा हिस्सा कैसे दबा लेंगे ? घर में भी मेरा हिस्सा होता है। (झाँककर) मिस साहब फाटक पर खड़ी हैं, घर क्यों नहीं जातीं ? और सुन ही लेंगी, तो मुझे क्या डर ? साहब ने सीधे से दिया, तो दिया; नहीं तो फिर मेरे मन में भी जो आयेगा, करूँगा। एक से दो जानें तो होंगी नहीं; मगर हाँ, उन्हें भी मालूम हो जायगा कि किसी का हक छीन लेना दिल्लगी नहीं है !

सूरदास भौचक्का-सा रह गया। उसे स्वप्न में भी न सूझा था कि मिठुआ के मुँह से मुझे कभी ऐसी कठोर बातें सुननी पड़ेंगी। उसे अत्यन्त दुःख हुआ, विशेष इसलिए कि ये बातें उस समय कही गयी थीं, जब वह शांति और सांत्वना का भूखा था, जब उसे यह आकांक्षा थी कि मेरे आत्मीय जन मेरे पास बैठे हुए कष्ट-निवारण का उपाय करते होते। यही समय होता है, जब मनुष्य को अपना कीर्ति-गान सुनने की इच्छा होती है, जब उसका जीर्ण हृदय बालकों की भाँति गोद में बैठने के लिए, प्यार के लिए, मान के लिए, शुश्रूषा के लिए ललचाता है। जिसे उसने बाल्यावस्था से बेटे की तरह पाला, जिसके लिए उसने न जाने क्या-क्या कष्ट सहे, वह अंत समय आकर उससे अपने हिस्से का दावा कर रहा था ! आँखों से आँसू निकल आये। बोला—बेटा, मेरी भूल थी कि तुमसे किरिया-करम करने को कहा। तुम कुछ मत करना। चाहे मैं पिंडदान और जल के बिना रह जाऊँ, पर यह उससे कहीं अच्छा है कि तुम साहब से अपना मावजा माँगो। मैं नहीं जानता था कि तुम इतना कानून पढ़ गये हो, नहीं तो पैसे-पैसे का हिसाब लिखाता जाता।

मिठुआ—मैं अपने मावजे का दावा जरूर करूँगा, चाहे साहब दें, चाहे सरकार दे, चाहे काला चोर दे, मुझे तो अपने रुपये से काम है।

सूर—हाँ, सरकार भले ही दे दे, साहब से कोई मतलब नहीं।

मिठुआ—मैं तो साहब से लूँगा, वह चाहे जिससे दिलायें। न दिलायँगे, तो जो कुछ मुझसे हो सकेगा, करूँगा। साहब कुछ लाट तो हैं नहीं। मेरी जायदाद उन्हें हजम न होने पायेगी। तुमको उसका क्या कलक था। सोचा होगा, कौन मेरे बेटा बैठा हुआ है, चुपके से बैठे रहे। मैं चुपका बैठने वाला नहीं हूँ।

सूर—मिट्ठू, क्यों मेरा दिल दुखाते हो ? उस जमीन के लिए मैंने कौन-सी बात उठा रखी। घर के लिए तो प्राण तक दे दिये। अब और मेरे किये क्या हो सकता था ? लेकिन भला बताओ तो, तुम साहब से कैसे रुपये ले लोगे ? अदालत में तो तुम उनसे ले नहीं सकते, रुपये वाले हैं, और अदालत रुपये वालों की है। हारेंगे भी तो तुम्हें बिगाड़ देंगे। फिर तुम्हारी जमीन सरकार ने जापते से ली है, तुम्हारा दावा साहब पर चलेगा कैसे ?

मिठुआ—यह सब पढ़े बैठा हूँ। लगा दूँगा आग, सारा गोदाम जलकर राख हो जायगा। (धीरे से) बम-गोले बनाना जानता हूँ। एक गोला रख दूँगा, तो पुतलीघर में आग लग जायगी। मेरा कोई क्या कर लेगा !

सूर—भैरो, सुनते हो इसकी बातें, जरा तुम्हीं समझाओ।

भैरो—मैं तो रास्ते-भर समझाता आ रहा हूँ; सुनता ही नहीं।

सूरदास—तो फिर मैं साहब से कह दूँगा कि इससे होसियार रहें।

मिठुआ—तुमको गऊ मारने की हत्या लगे, अगर तुम साहब या किसी और से इस बात की चरचा तक करो। अगर मैं पकड़ गया, तो तुम्हीं को उसका पाप लगेगा। ीते-जी मेरा बुरा चेता, मरने के बाद काँटे बोना चाहते हो ? तुम्हारा मुँह देखना पाप है।

यह कहकर मिठुआ क्रोध से भरा हुआ चला गया। भैरो रोकता ही रहा, पर उसने न माना। सूरदास आध घंटे तक मूर्च्छावस्था में पड़ा रहा। इस आघात का घाव गोली से भी घातक था। मिठुआ की कुटिलता, उसके परिणाम का भय, अपना उत्तरदायित्व, साहब को सचेत कर देने का कर्तव्य, यह पहाड़-सी कसम, निकलने का कहीं रास्ता नहीं, चारों ओर से बँधा हुआ था। अभी इसी असमंजस में पड़ा हुआ था कि मिस्टर जॉन सेवक आये। सोफ़िया भी उनके साथ फाटक पर से चली। सोफ़ी ने दूर ही से कहा—सूरदास, पापा तुमसे मिलने आये हैं। वास्तव में मिस्टर सेवक सूरदास से मिलने नहीं आये थे, सोफ़ी से समवेदना प्रकट करने का शिष्टाचार करना था। दिन-भर अवकाश न मिला। मिल से नौ बजे चले, तो याद आयी, सेवा-भवन गये, वहाँ मालूम हुआ कि सोफ़िया शफ़ाख़ाने में है, गाड़ी इधर फेर दी। सोफ़िया रानी जाह्नवी की गाड़ी की प्रतीक्षा कर रही थी। उसे ध्यान भी न था कि पापा आते होंगे। उन्हें देखकर रोने लगी। पापा को मुझसे प्रेम है, इसका उसे हमेशा विश्वास रहा, और यह बात यथार्थ थी। मिस्टर सेवक को सदैव सोफ़िया की याद आती रहती थी। व्यवसाय में व्यस्त रहने पर भी सोफ़िया की तरफ़ से वह निश्चिन्त न थे। अपनी पत्नी से मजबूर थे, जिसका उनके ऊपर पूरा आधिपत्य था। सोफ़ी को रोते देखकर दयार्द्र हो गये, गले से लगा लिया और तसकीन देने लगे। उन्हें बार-बार यह कारख़ाना खोलने पर अफ़सोस होता था, जो असाध्य रोग की भाँति उनके गले पड़ गया था। इसके कारण पारिवारिक शांति में विघ्न पड़ा, सारा कुनबा तीन-तेरह हो गया, शहर में बदनामी हुई, सारा सम्मान मिट्टी में मिल गया, घर के हज़ारों रुपये खर्च हो गये, और अभी तक नफ़े की कोई आशा नहीं। अब कारीगर और कुली भी काम छोड़-छोड़कर अपने घर भागे जा रहे थे। उधर शहर और प्रांत में इस कारख़ाने के विरुद्ध आन्दोलन किया जा रहा था। प्रभु सेवक का गृहत्याग दीपक की भाँति हृदय हो जलाता रहता था। न जाने खुदा को क्या मंजूर था।

मिस्टर सेवक कोई आध घंटे तक सोफ़िया से अपनी विपत्ति-कथा कहते रहे। अंत में बोले—सोफ़ी, तुम्हारी मामा को यह संबंध पसंद न था, पर मुझे कोई आपत्ति न थी। कुँवर विनयसिंह जैसा पुत्र या दामाद पाकर ऐसा कौन है, जो अपने को भाग्यवान न समझता। धर्म-विरुद्ध होने की मुझे ज़रा भी परवा न थी। धर्म हमारी रक्षा और कल्याण के लिए है। अगर वह हमारी आत्मा को शांति और देह को सुख नहीं प्रदान कर सकता, तो मैं उसे पुराने कोट की भाँति उतार फेंकना पसंद करूँगा। जो धर्म हमारी आत्मा का बंधन हो जाये, उससे जितनी जल्द हम अपना गला छुड़ा लें, उतना ही अच्छा। मुझे हमेशा इसका दुःख रहेगा कि परोक्ष या अपरोक्ष रीति से मैं तुम्हारा द्रोही हुआ। अगर मुझे ज़रा भी मालूम होता कि यह विवाद इतना भयंकर हो जायेगा, और इसका इतना भीषण परिणाम होगा, तो मैं उस गाँव पर क़ब्ज़ा करने का नाम भी न लेता। मैंने समझा था कि गाँव वाले कुछ विरोध करेंगे, लेकिन धमकाने से ठीक हो जायँगे।

यह न जानता था कि समर ठन जायेगा, और उसमें मेरी ही पराजय होगी। यह क्या बात है सोफ़ी, कि आज रानी जाह्नवी ने मुझसे बड़ी शिष्टता और विनय का व्यवहार किया ? मैं तो चाहता था कि बाहर ही से तुम्हें बुला लूँ, लेकिन दरबान ने रानीजी से कह दिया, और वह तुरत बाहर निकल आयीं। मैं लज्जा और ग्लानि से गड़ा जाता था, और वह हँस-हँसकर बातें कर रही थीं। बड़ा विशाल हृदय है। पहले का-सा ग़रूर नाम को न था। सोफ़ी, विनयसिंह की अकाल मृत्यु पर किसे दुःख न होगा; पर उनके आत्मसमर्पण ने सैकड़ों जानें बचा लीं, नहीं तो जनता आग में कूदने को तैयार थी। घोर अनर्थ हो जाता। मि. क्लार्क ने सूरदास पर गोली तो चला दी थी, पर जनता का रुख देखकर सहमे जाते थे कि न जाने क्या हो। वीरात्मा पुरुष था, बड़ा ही दिलेर !

इस प्रकार सोफ़िया को परितोष देने के बाद मि. सेवक ने उससे घर चलने के लिए आग्रह किया। सोफ़िया ने टालकर कहा—पापा, इस समय मुझे क्षमा कीजिए, सूरदास की हालत बहुत नाज़ुक है। मेरे रहने से डॉक्टर और अन्य कर्मचारी विशेष ध्यान देते हैं। मैं न हूँगी, तो कोई उसे पूछेगा भी नहीं। आइए, ज़रा देखिए। आपको आश्चर्य होगा कि इस हालत में भी वह कितना चैतन्य है, और कितनी अक़्लमंदी की बातें करता है ! मुझे तो वह मानव-देह में कोई फ़रिश्ता मालूम होता है।

सेवक—मेरे जाने से उसे रंज तो न होगा ?

सोफ़िया—कदापि नहीं, पापा, इसका विचार ही मन में न लाइए। उसके हृदय में द्वेष और मालिन्य की गंध तक नहीं है।

दोनों प्राणी सूरदास के पास गये, तो वह मनस्ताप से विकल हो रहा था। मि. सेवक बोले—सूरदास, कैसी तबीयत है ?

सूरदास—साहब, सलाम। बहुत अच्छा हूँ। मेरे धन्य भाग। मैं मरते-मरते बड़ा आदमी हो जाऊँगा।

सेवक—नहीं-नहीं सूरदास, ऐसी बातें न करो, तुम बहुत जल्द अच्छे हो जाओगे।

सूरदास—(हँसकर) अब जीकर क्या करूँगा ? इस समय मरूँगा, तो बैकुंठ पाऊँगा, फिर न जाने क्या हो। जैसे खेत कटने का एक समय है, उसी तरह मरने का भी एक समय होता है। पक जाने पर खेत न कटे, तो अनाज सड़ जायेगा। मेरी भी वही दसा होगी। मैं कई आदमियों को जानता हूँ, जो आज से दस बरस पहले मरते, तो लोग उनका जस गाते, आज उनकी निंदा हो रही है।

सेवक—मेरे हाथों तुम्हारा बड़ा अहित हुआ। इसके लिए मुझे क्षमा करना।

सूरदास—मेरा तो आपने कोई अहित नहीं किया, मुझसे और आपसे दुसमनी ही कौन-सी थी। हम और आप आमने-सामने की पालियों में खेले। आपने भरसक जोर लगाया, मैंने भी भरसक जोर लगाया। जिसको जीतना था जीता, जिसको हारना था हारा। खिलाड़ियों में बैर नहीं होता। खेल में रोते तो लड़कों को भी लाज आती है। खेल में चोट लग जाय, चाहे जान निकल जाय; पर बैर-भाव न आना चाहिए। मुझे आपसे कोई सिकायत नहीं है।

सेवक—सूरदास, अगर इस तत्व को, जीवन के इस रहस्य को, मैं भी तुम्हारी भाँति समझ

सकता, तो आज यह नौबत न आती। मुझे याद है, तुमने एक बार मेरे कारख़ाने को आग से बचाया था। मैं तुम्हारी जगह होता, तो शायद आग में और तेल डाल देता। तुम इस संग्राम में निपुण हो सूरदास, मैं तुम्हारे आगे निरा बालक हूँ। लोकमत के अनुसार मैं ज़ीता और तुम हारे, पर मैं जीतकर भी दुखी हूँ, तुम हारकर भी सुखी हो। तुम्हारे नाम की पूजा हो रही है, मेरी प्रतिमा बनाकर लोग जला रहे हैं। मैं धन, मान, प्रतिष्ठा रखते हुए भी तुमसे सम्मुख होकर न लड़ सका। सरकार की आड़ से लड़ा। मुझे जब अवसर मिला, मैंने तुम्हारे ऊपर कुटिल आघात किया। इसका मुझे खेद है।

मरणासन्न मनुष्य का वे लोग भी स्वच्छंद होकर कीर्ति-गान करते हैं, जिनका जीवन उससे वैर साधने में ही कटा हो; क्योंकि अब उससे किसी हानि की शंका नहीं होती।

सूरदास ने उदार भाव से कहा--नहीं साहब, आपने मेरे साथ कोई अन्याय नहीं किया। धूर्तता तो निबलों का हथियार है। बलवान कभी नीच नहीं होता।

सेवक--हाँ, सूरदास होना वही चाहिए, जो तुम कहते हो; पर ऐसा होता नहीं। मैंने नीति का कभी पालन नहीं किया। मैं संसार को क्रीड़ा-क्षेत्र नहीं, संग्राम-क्षेत्र समझता रहा, और युद्ध में छल, कपट, गुप्त आघात, सभी कुछ किया जाता है। धर्मयुद्ध के दिन अब नहीं रहे।

सूरदास ने इसका कुछ उत्तर न दिया। वह सोच रहा था कि मिठुआ की बात साहब से कह दूँ या नहीं। उसने कड़ी कसम रखायी है। पर कह देना ही उचित है। लौंडा हठी और कुचाली है, उस पर घीसू का साथ, कोई-न-कोई अनीति अवश्य करेगा। कसम रखा देने से तो मुझे हत्या लगती नहीं। कहीं कुछ नटखटी कर बैठा, तो साहब समझेंगे, अंधे ने मरने के बाद भी बैर निभाया। बोला--साहब आपसे एक बात कहना चाहता हूँ।

सेवक--कहो, शौक़ से कहो।

सूरदास ने संक्षिप्त रूप से मिठुआ की अनर्गल बातें मि. सेवक से कह सुनायीं, और अंत में बोला--मेरी आपसे इतनी ही बिनती है कि उस पर कड़ी निगाह रखिएगा। अगर अवसर पा गया, तो चूकने वाला नहीं है। तब आपको भी उस पर क्रोध आ ही जायगा, और आप उसे दंड देने का उपाय सोचेंगे। मैं इन दोनों बातों में से एक भी नहीं चाहता।

सेवक अन्य धनी पुरुषों की भाँति बदमाशों से बहुत डरते थे, सशंक होकर बोले--सूरदास, तुमने मुझे होशियार कर दिया। इसके लिए तुम्हारा कृतज्ञ हूँ। मुझमें और तुममें यही अंतर है। मैं तुम्हें कभी यों सचेत न करता। किसी दूसरे के हाथों तुम्हारी गरदन कटते देखकर भी कदाचित मेरे मन में दया न आती। क़साई भी सदय और निर्दय हो सकते हैं। हम लोग द्वेष में निर्दय क़साइयों से भी बढ़ जाते हैं। (सोफ़िया से अँगरेज़ी में) बड़ा सत्यप्रिय आदमी है। कदाचित संसार ऐसे आदमियों के रहने का स्थान नहीं है। मुझे एक छिपे हुए शत्रु से बचाना अपना कर्तव्य समझा है। यह तो भतीजा है; किंतु पुत्र की बात होती, तो भी मुझे अवश्य सतर्क कर देता।

सोफ़िया--मुझे तो अब विश्वास होता जाता है कि शिक्षा धूर्तों की स्रष्टा है, प्रकृति सत्पुरुषों की।

जॉन सेवक को यह बात कुछ रुचिकर न लगी। शिक्षा की इतनी निन्दा उन्हें असह्य थी। बोले--सूरदास, मेरे योग्य कोई और सेवा हो, तो बताओ।

सूरदास—कहने की हिम्मत नहीं पड़ती।

सेवक—नहीं-नहीं, जो कुछ कहना चाहते हो, निस्संकोच होकर कहो।

सूरदास—ताहिरअली को फिर नौकर रख लीजिएगा। उनके बाल-बच्चे बड़े कष्ट में हैं।

सेवक—सूरदास, मुझे अत्यंत खेद है कि मैं तुम्हारे आदेश का पालन न कर सकूँगा। किसी नीयत के बुरे आदमी को आश्रय देना मेरे नियम के विरुद्ध है। मुझे तुम्हारी बात न मानने का बहुत खेद है; पर यह मेरे जीवन का एक प्रधान सिद्धांत है, और उसे तोड़ नहीं सकता।

सूर—दया कभी नियम-विरुद्ध नहीं होती।

सेवक—मैं इतना कर सकता हूँ कि ताहिरअली के बाल-बच्चों का पालन-पोषण करता रहूँ। लेकिन उसे नौकर न रक्खूँगा।

सूर—जैसी आपकी इच्छा। किसी तरह उन गरीबों की परवस्ती होनी चाहिए।

अभी यह बातें हो रही थीं कि रानी जाह्नवी की मोटर आ पहुँची। रानी उतरकर सोफ़िया के पास आयीं, और बोलीं—बेटी, क्षमा करना, मुझे बड़ी देर हो गयी। तुम घबरायीं तो नहीं ? भिक्षुकों को भोजन कराकर यहाँ आने को घर से निकली, तो कुँअर साहब आ गये। बातों-बातों में उनसे झौंड़ हो गयी। बुढ़ापे में मनुष्य क्यों इतना मायांध हो जाता है, यह मेरी समझ में नहीं आता। क्यों मि. सेवक, आपका क्या अनुभव है ?

सेवक—मैंने दोनों ही प्रकार के चरित्र देखे हैं। अगर प्रभु धन को तृण समझता है, तो पिताजी को फीकी चाय, सादी चपातियाँ और धुँधली रोशनी ही पसंद है। इसके प्रतिकूल डॉ. गांगुली हैं कि जिनकी आमदनी ख़र्च के लिए काफ़ी नहीं होती, और राजा महेन्द्रकुमार सिंह, जिनके यहाँ धेले तक का हिसाब लिया जाता है।

यों बातें करते हुए लोग मोटरों की तरफ़ चले। मि. सेवक तो अपने बँगले पर गये। सोफ़िया रानी के साथ सेवा-भवन में गयीं।

पैंतालीस

पाँड़ेपुर के गोरखे अभी तक पड़ाव डाले हुए थे। उनके उपलों के जलने से चारों तरफ़ धुआँ छाया हुआ था। उस श्यामावरण में बस्ती के खँडहर भयानक मालूम होते थे। यहाँ अब भी दिन को दर्शकों की भीड़ रहती थी। नगर में शायद ही कोई ऐसा आदमी होगा, जो इन दो-तीन दिनों में यहाँ एक बार न आया हो। यह स्थान अब मुसलमानों का शहीदगाह और हिंदुओं की तपोभूमि के सदृश हो गया था। जहाँ विनयसिंह ने अपनी जीवन-लीला समाप्त की थी, वहाँ लोग आते, तो पैर से जूते उतार देते। कुछ भक्तों ने वहाँ पत्र-पुष्प भी चढ़ा रक्खे थे। यहाँ की मुख्य वस्तु सूरदास के झोपड़े के चिह्न थे। फूस के ढेर अभी तक पड़े हुए थे। लोग यहाँ आकर घंटों खड़े रहते, और सैनिकों को क्रोध तथा घृणा की दृष्टि से देखते। इन पिशाचों ने हमारा मान-मर्दन किया, और अभी तक डटे हुए हैं। अब न जाने क्या करना चाहते हैं। बजरंगी, ठाकुरदीन, नायकराम, जगधर आदि अब भी अपना अधिकांश समय यहीं विचरने में व्यतीत

करते थे। घर की याद भूलते-भूलते ही भूलती है। कोई अपनी भूली-भटकी चीज़ें खोजने आता, कोई पत्थर या लकड़ी ख़रीदने, और बच्चों को तो अपने घरों का चिह्न देखने ही में आनंद आता था। एक पूछता, अच्छा बताओ, हमारा घर कहाँ था ? दूसरा कहता, वह जहाँ कुत्ता लेटा हुआ है। तीसरा कहता, जी, कहीं हो न ? वहाँ तो बेचू का घर था। देखते नहीं, यह अमरूद का पेड़ उसी के आँगन में था। दूकानदार आदि भी यहीं शाम-सबेरे आते, और घंटों सिर झुकाये बैठे रहते, जैसे घर वाले मृत देह के चारों ओर जमा हो जाते हैं ! यह मेरा आँगन था, यह मेरा दालान था, यहीं बैठकर तो मैं बही लिखा करता था। अरे, मेरी घी की हाँडी पड़ी हुई है, कुत्तों ने मुँह डाल दिया होगा, नहीं तो लेते चलते। कई साल की हाँडी थी। अरे ! मेरा पुराना जूता पड़ा हुआ है। पानी से फूलकर कितना बड़ा हो गया है ! दो-चार सज्जन ऐसे भी थे, जो अपने बाप-दादों के गाड़े हुए रुपये खोजने आते थे। जल्दी में उन्हें घर खोदने का अवकाश न मिला था। दादा बंगाल की सारी कमाई अपने सिरहाने गाड़कर मर गये, कभी उसका पता न बताया। कैसी ही गरमी पड़े, कितने ही मच्छर काटें, वह अपनी कोठरी ही में सोते थे। पिताजी खोदते-खोदते रह गये। डरते थे कि कहीं शोर न मच जाय। जल्दी क्या है, घर में ही तो है, जब जी चाहेगा, निकाल लेंगे। मैं भी यही सोचता रहा। क्या जानता था कि यह आफ़त आने वाली है, नहीं तो पहले ही से खोद न लिया होता। अब कहाँ पता मिलता है, जिसके भाग्य का होगा, वह पायेगा।

संध्या हो गयी थी। नायकराम, बजरंगी और उनके अन्य मित्र आकर एक पेड़ के नीचे बैठ गये।

नायकराम—कहो बजरंगी, कहीं कोई घर मिला ?

बजरंगी—घर नहीं पत्थर मिला। सहर में रहूँ, तो इतना किराया कहाँ से लाऊँ, घास-चारा कहाँ मिले। इतनी जगह कहाँ मिली जाती है। हाँ, औरों की भाँति दूध में पानी मिलाने लगूँ, तो गुजर हो सकता है; लेकिन यह करम उमर भर नहीं किया, तो अब क्या करूँगा। दिहात में रहता हूँ, तो घर बनवाना पड़ता है; जमींदार को नजर-नजराना न दो, तो जमीन न मिले। एक-एक बिस्वे के दो-दो सौ माँगते हैं। घर बनावाने को अलग हजार रुपये चाहिए। इतने रुपये कहाँ से लाऊँ। जितना मावजा मिला है, उतने में तो एक कोठरी भी नहीं बन सकती। मैं तो सोचता हूँ, जानवरों को बेच डालूँ। और यहीं पुतलीघर में मजूरी करूँ। सब झगड़ा ही मिट जाय। तलब तो अच्छी मिलती है। और कहाँ-कहाँ ठिकाना ढूँढ़ते फिरें ?

जगधर—यही तो मैं भी सोच रहा हूँ, बना-बनाया मकान रहने को मिल जायगा, पड़े रहेंगे। कहीं घर बैठे खाने को तो मिलेगा नहीं। दिन-भर खोंचा लिये न फिरे, यहीं मजूरी की।

ठाकुरदीन—तुम लोगों से मजूरी हो सकती है, करो; मैं तो चाहे भूखों मर जाऊँ, पर मजूरी नहीं कर सकता। मजूरी सूद्रों का काम है, रोजगार करना बैसों का काम है। अपने हाथों अपना मरतबा क्यों खोयें, भगवान कहीं-न-कहीं ठिकाना लगायेंगे ही। यहाँ तो अब कोई मुझे सेंतमेत में रहने को कहे, तो न रहूँ। बस्ती उजड़ जाती है, तो भूतों का डेरा हो जाता है। देखते नहीं हो, कैसा सियापा छाया हुआ है, नहीं तो इस बेला यहाँ कितना गुलजार रहता था।

नायकराम—मुझे क्या सलाह देते हो बजरंगी, दिहात में रहूँ कि सहर में ?

बजरंगी—भैया, तुम्हारा दिहात में निबाह न होगा। कहीं पीछे हटना ही पड़ेगा। रोज सहर का आना-जाना ठहरा, कितनी जहमत होगी ! फिर तुम्हारे जात्री तुम्हारे साथ दिहात में थोड़े ही जायँगे। वहाँ से तो सहर इतना दूर नहीं था, इसलिए सब चले आते थे।

नायकराम—तुम्हारी क्या सलाह है, जगधर ?

जगधर—भैया, मैं तो सहर में रहने को न कहूँगा। खरच कितना बढ़ जायगा, मिट्टी भी मोल मिले, पानी के भी दाम दो। चालीस-पचास का तो एक छोटा-सा मकान मिलेगा। तुम्हारे साथ नित्त दस-बीस आदमी ठहरा चाहें। इसलिए बड़ा घर लेना पड़ेगा। उसका किराया सौ से नीचे न होगा। गायें-भैंसें कहाँ रक्खोगे, जात्रियों को कहाँ ठहराओगे ? तुम्हें जितना मावजा मिला है, उतने में तो इतनी जमीन भी न मिलेगी, घर बनावाने को कौन कहे !

नायकराम—बोलो बजरंगी, साल के 1200 रुपये किराये के कहाँ से आयेंगे ? क्या सारी कमाई किराये ही में खरच कर दूँगा ?

बजरंगी—जमीन तो दिहात में भी मोल लेनी पड़ेगी, सेंत तो मिलेगी नहीं। फिर कौन जाने, किस गाँव में जगह मिले। बहुत-से आसपास के गाँव तो ऐसे भरे हुए हैं कि वहाँ अब एक झोपड़ी भी नहीं बन सकती। किसी के द्वार पर आँगन तक नहीं है। फिर जगह मिल गयी, तो मकान बनवाने के लिए सारा समान सहर से ले आना पड़ेगा। उसमें कितना खरच पड़ेगा। नौ की लकड़ी नब्बे खरच। कच्चा मकान बनवाओगे, तो कितनी तकलीफ ! टपके, कीचड़ हो, रोज मनों कूड़ा निकले, सातवें दिन लीपने को चाहिए, तुम्हारे घर में कौन लीपने वाला बैठा हुआ है। तुम्हारा रहा कच्चे मकान में न रहा जायगा। सहर में आने-जाने के लिए सवारी रखनी पड़ेगी। उसका खरच भी 50 रुपये से नीचे न होगा। तुम कच्चे मकान में तो कभी रहे नहीं। क्या जानो दीमक, कीड़े-मकोड़े, सील, पूरी छीछालेदर होती है। तुम सैरबीन आदमी ठहरे। पान-पत्ता, साग-भाजी दिहात में कहाँ। मैं तो यही कहूँगा कि दिहात के एक की जगह सहर में दो खरच पड़ें, तब भी तुम सहर ही में रहो। वहाँ हम लोगों से भी भेंट-मुलाकात हो जाया करेगी। आखिर दूध-दही लेकर सहर तो रोज जाना ही पड़ेगा।

नायकराम—वाह बहादुर वाह, मान गया। तुम्हारा जोड़ तो भैरो था, दूसरा कौन तुम्हारे सामने ठहर सकता है। तुम्हारी बात मेरे मन में बैठ गयी। बोलो जगधर, इसका कुछ जवाब देते हो तो दो, नहीं तो बजरंगी की डिग्री होती है। सौ रुपये किराया देना मंजूर, यह झंझट कौन सिर पर लेगा !

जगधर—भैया, तुम्हारी मरजी है, तो सहर ही में चले जाओ, मैं बजरंगी से लड़ाई थोड़े ही करता हूँ। पर दिहात दिहात ही है, सहर सहर ही है ! सहर में पानी तक तो अच्छा नहीं मिलता। वही बंबे का पानी पियो, धरम जाय, और कुछ सवाद भी न मिले।

ठाकुरदीन—अंधा आगमजानी था। जानता था कि एक दिन यह पुतलीघर हम लोगों को बनबास देगा, जान तक गँवाई, पर अपनी जमीन न दी। हम लोग इस किरंटे के चकमों में आकर उसका साथ न छोड़ते, तो साहब लाख सिर पटककर मर जाते, एक न चलती।

नायकराम—अब उसके बचने की कोई आसा नहीं मालूम होती। आज मैं गया था। बुरा हाल था। कहते हैं, रात को होस में था। जॉन सेवक और राजा साहब से देर तक बातें कीं,

मिठुआ से भी बातें कीं। सब लोग सोच रहे थे, अब बच जायगा। सिविलसारजंट ने मुझसे खुद कहा, अंधे की जान का कोई खटका नहीं है। पर सूरदास यही कहता रहा कि आपको मेरी जो साँसत करना हो, कर लीजिए, मैं बचूँगा नहीं। आज बोलचाल बंद है। मिठुआ बड़ा कपूत निकल गया। उसी की कपूती ने अंधे की जान ली। दिल टूट गया, नहीं तो अभी कुछ दिन और चलता। ऐसे बीर बिरले ही कहीं होते हैं। आदमी नहीं था, देवता था।

बजरंगी—सच कहते हो भैया, आदमी नहीं था, देवता था। ऐसा सेर आदमी कहीं नहीं देखा। सच्चाई के सामने किसी की परवा नहीं की, चाहे कोई अपने घर का लाट ही क्यों न हो। घीसू के पीछे मैं उससे बिगड़ गया था, पर अब जो सोचता हूँ, तो मालूम होता है कि सूरदास ने कोई अन्याय नहीं किया। कोई बदमास हमारी ही बहू-बेटी को बुरी निगाह से देखे, तो बुरा लगेगा कि नहीं। उसके खून के प्यासे हो जायेंगे, घात पायेंगे तो सिर उतार लेंगे। अगर सूरे ने हमारे साथ वही बरताव किया, तो क्या बुराई की। घीसू का चलन बिगड़ गया था। सजा न पा जाता, तो न जाने क्या अंधेर करता।

ठाकुरदीन—अब तक या तो उसी की जान पर बन गयी होती, या दूसरों की।

जगधर—चौधरी, घर-गाँव में इतनी सच्चाई नहीं बरती जाती। अगर सच्चाई से किसी का नुकसान होता हो, तो उस पर परदा डाल दिया जाता है। सूरे में और सब बातें अच्छी थीं, बस इतनी ही बात बुरी थी।

ठाकुरदीन—देखो जगधर, सूरदास यहाँ नहीं है, किसी के पीठ-पीछे निंदा नहीं करनी चाहिए। निंदा करने वाले की तो बात ही क्या, सुनने वालों को भी पाप लगता है। न जाने पूरब जनम में कौन-सा पाप किया था, सारी जमाजथा चोर मूस ले गये, यह पाप अब न करूँगा।

बजरंगी—हाँ जगधर, यह बात अच्छी नहीं। मेरे ऊपर भी तो वही पड़ी है, जो तुम्हारे ऊपर पड़ी; लेकिन सूरदास की बदगोई नहीं सुन सकता।

ठाकुरदीन—इनकी बहू-बेटी को कोई घूरता, तो ऐसी बातें न करते।

जगधर—बहू-बेटी की बात और है, हरजाइयों की बात और।

ठाकुरदीन—बस, अब चुप ही रहना जगधर ! तुम्हीं एक बार सुभागी की सफाई करते फिरते थे, आज हरजाई कहते हो। लाज भी नहीं आती ?

नायकराम—यह आदत बहुत खराब है।

बजरंगी—चांद पर थूकने से थूक अपने ही मुँह पर पड़ता है।

जगधर—अरे तो मैं सूरे की निंदा थोड़े ही कर रहा हूँ। दिल दुखता है, तो बात मुँह से निकल ही आती है। तुम्हीं सोचो, विद्याधर अब किस काम का रहा ? पढ़ाना-लिखाना सब मिट्टी में मिला कि नहीं ? अब न सरकार में नौकरी मिलेगी, न कोई दूसरा रक्खेगा। उसकी तो जिंदगानी खराब हो गयी। बस, यही दुख है, नहीं तो सूरदास का-सा आदमी कोई क्या होगा।

नायकराम—हाँ, इतना मैं भी मानता हूँ कि उसकी जिंदगानी खराब हो गयी। जिस सच्चाई से किसी का अनभल होता हो, उसका मुँह से न निकलना ही अच्छा। लेकिन सूरदास को सब कुछ माफ है।

ठाकुरदीन—सूरदास ने इलम तो नहीं छीन लिया।

जगधर—यह इलम किस बात का, जब नौकरी-चाकरी न कर सके। धरम की बात होती, तो यों भी काम देती। यह विद्या हमारे किस काम आवेगी ?

नायकराम—अच्छा यह बताओ कि सूरदास मर गये, तो गंगा नहाने चलोगे कि नहीं ?

जगधर—गंगा नहाने क्यों न चलूँगा। सबके पहले चलूँगा। कंधा तो आदमी बैरी को भी दे देता है, सूरदास हमारे बैरी नहीं थे। जब उन्होंने मिठुआ को नहीं छोड़ा, जिसे बेटा की तरह पाला, तो दूसरों की बात ही क्या। मिठुआ क्या, वह अपने खास बेटे को न छोड़ते।

नायकराम—चलो, देख आयें।

चारों आदमी सूरदास को देखने चले।

छियालीस

चारों आदमी शफ़ाख़ाने पहुँचे, तो 9 बज चुके थे। आकाश निद्रा में मग्न, आँखें बंद किये, पड़ा हुआ था, पर पृथ्वी जाग रही थी। भैरो खड़ा सूरदास के पंखा झल रहा था। इन लोगों को देखते ही उसकी आँखों से आँसू गिरने लगे। सिरहाने की ओर कुर्सी पर बैठी हुई सोफ़िया चिंताकुल नेत्रों से सूरदास को देख रही थी। सुभागी अँगीठी में आग बना रही थी कि थोड़ा-सा दूध गर्म करके सूरदास को पिलाये। तीनों ही के मुख पर नैराश्य का चित्र खिंचा हुआ था, चारों ओर वह निस्तब्धता छायी हुई थी, जो मृत्यु का पूर्वाभास है।

सोफ़ी ने कातर स्वर से कहा—पंडाजी, आज शोक की रात है। इनकी नाड़ी का कई-कई मिनटों तक पता नहीं चलता। शायद आज की रात मुश्किल से कटे। चेष्टा बदल गयी।

भैरो—दोपहर से यही हाल है; न कुछ बोलते हैं, न किसी को पहचानते हैं।

सोफ़ी—डॉक्टर गांगुली आते होंगे। उनका तार आया था कि मैं आ रहा हूँ। यों तो मौत की दवा किसी के पास नहीं; लेकिन संभव है, डॉक्टर गांगुली के हाथों कुछ यश लिखा हो।

सुभागी—मैंने साँझ को पुकारा था, तो आँखें खोली थीं; पर बोले कुछ नहीं।

ठाकुरदीन—बड़ा प्रतापी जीव था।

यही बातें हो रही थीं कि एक मोटर आयी, और कुँअर भरतसिंह, डॉक्टर गांगुली और रानी जाह्नवी उतर पड़े। गांगुली ने सूरदास के मुख की ओर देखा, और निराशा की मुसकराहट के साथ बोले—हमको दस मिनट का भी देर होता, तो इनका दर्सन भी न पाते। बिमान आ चुका है। क्यों दूध गरम करता है भाई, दूध कौन पियेगा ? यमराज तो दूध पीने का मुहलत नहीं देता।

सोफ़िया ने सरल भाव से कहा—क्या अब कुछ नहीं हो सकता डॉक्टर साहब ?

गांगुली—बहुत कुछ हो सकता है मिस सोफ़िया ! हम यमराज को परास्त कर देगा। ऐसे प्राणियों का यथार्थ जीवन तो मृत्यु के पीछे ही होता है, जब वह पंचभूतों के संस्कार से रहित हो जाता है। सूरदास अभी नहीं मरेगा, बहुत दिनों तक नहीं मरेगा। हम सब मर जायगा, कोई कल, कोई परसों; पर सूरदास तो अमर हो गया, उसने तो काल को जीत लिया। अभी तक

उसका जीवन पंचभूतों के संस्कार से सीमित था। अब वह प्रसारित होगा, समस्त प्रांत को, समस्त देश को जागृति प्रदान करेगा, हमें कर्मण्यता का, वीरता का आदर्श बतायेगा। यह सूरदास का मृत्यु नहीं है सोफ़ी, यह उसके जीवन-ज्योति का विकास है। हम तो ऐसा ही समझता है।

यह कहकर डॉक्टर गांगुली ने जेब से एक शीशी निकाली, और उसमें से कई बूँदें सूरदास का मुँह खोलकर पिला दीं। तत्काल उसका असर दिखायी दिया। सूरदास के विवर्ण मुख-मंडल पर हलकी-हलकी सुरख़ी दौड़ गयी। उसने आँखें खोल दीं, इधर-उधर अनिमेष दृष्टि से देखकर हँसा, और ग्रामोफ़ोन की-सी कृत्रिम, बैठी हुई, नीरस आवाज़ से बोला—बस-बस, अब मुझे क्यों मारते हो, तुम जीते, मैं हारा। यह बाजी तुम्हारे हाथ रही, मुझसे खेलते नहीं बना। तुम मँजे हुए खिलाड़ी हो, हम नहीं उखड़ता, खिलाड़ियों को मिलाकर खेलते हो, और तुम्हारा उत्साह भी खूब है। हमारा दम उखड़ जाता है, हाँफने लगते हैं, और खिलाड़ियों को मिलाकर नहीं खेलते, आपस में झगड़ते हैं, गाली-गलौज, मार-पीट करते हैं, कोई किसी की नहीं मानता। तुम खेलने में निपुण हो, हम अनाड़ी हैं। बस, इतना ही फरक है। तालियाँ क्यों बजाते हो, यह तो जीतने वालों का धरम नहीं ? तुम्हारा धरम तो है हमारी पीठ ठोकना। हम हारे तो क्या, मैदान से भागे तो नहीं, रोये तो नहीं, धाँधली तो नहीं की। फिर खेलेंगे, जरा दम ले लेने दो, हार-हारकर तुम्हीं से खेलना सीखेंगे, और एक-न-एक दिन हमारी जीत होगी, जरूर होगी।

डॉक्टर गांगुली अनर्गल कथन को आँखें बंद किये इस भाव से तन्मय होकर सुनते रहे, मानो ब्रह्म-वाक्य सुन रहे हों। तब भक्ति पूर्णभाव से बोले—बड़ी विशाल आत्मा है। हमारे सारे पारस्परिक, सामाजिक, राजनीतिक जीवन की अत्यंत सुंदर विवेचना कर दी, और थोड़े-से शब्दों में।

सोफ़ी ने सूरदास से कहा—सूरदास, कुँअर साहब और रानीजी आयी हुई हैं। कुछ कहना चाहते हो ?

सूरदास ने उन्माद-पूर्ण उत्सुकता से कहा—हाँ-हाँ-हाँ, बहुत कुछ कहना है, कहाँ हैं ? उनके चरनों की धूल मेरे माथे पर लगा दो, तर जाऊँ, नहीं नहीं मुझे उठाकर बैठा दो, खोल दो यह पट्टी, मैं खेल चुका, अब मुझे मरहम पट्टी नहीं चाहिए। रानी कौन, विनयसिंह की माता न ? कुँअर साहब उनके पिता न ? मुझे बैठा दो, उनके पैरों पर आँखें मलूँगा। मेरी आँखें खुल जायँगी। मेरे सिर पर हाथ रख कर असीस दो, माता, हाँ अब मेरी जीत होगी। ओहो ! वह सामने विनयसिंह और इंद्रदत्त सिंहासन पर बैठे हुए मुझे बुला रहे हैं। उनके मुख पर कितना तेज है ! मैं भी आता हूँ। यहाँ तुम्हारी कुछ सेवा न कर सका, अब वहीं करूँगा। माता-पिता, भाई-बंद, सबको सूरदास का राम-राम, अब जाता हूँ। जो कुछ बना-बिगड़ा हो, छमा करना।

रानी जाह्नवी ने आगे बढ़कर, भक्ति-विह्वल दशा में, सूरदास के पैरों पर सिर रख दिया, और फूट-फूटकर रोने लगीं। सूरदास के पैर अश्रुजल से भीग गये। कुँअर साहब ने आँखों पर रूमाल डाल लिया, और खड़े-खड़े रोने लगे।

सूरदास की मुखश्री फिर मलिन हो गयी। औषधि का असर मिट गया। ओठ नीले पड़ गये। हाथ-पाँव ठंडे हो गये।

नायकराम गंगाजल लाने दौड़े। जगधर ने सूरदास के समीप जाकर ज़ोर से कहा—सूरदास, मैं हूँ जगधर, मेरा अपराध छमा करो। यह कहते-कहते आवेग से उसका कंठ रुक गया।

सूरदास मुँह से कुछ न बोला, दोनों हाथ जोड़े, आँसू की दो बूँदें गालों पर बह आयीं, और खिलाड़ी मैदान से चला गया।

क्षण-मात्र में चारों तरफ़ ख़बर फैल गयी। छोटे-बड़े, अमीर-गरीब, स्त्री-पुरुष, बूढ़े-जवान हज़ारों की संख्या में निकल पड़े। सब नंगे सिर, नंगे पैर, गले में अँगोछियाँ डाले शफ़ाख़ाने के मैदान में एकत्र हुए। स्त्रियाँ मुँह ढाँपे खड़ी विलाप कर रही थीं, मानो अपने घर को कोई प्राणी मर गया हो। जिसका कोई नहीं होता, उसके सब होते हैं। सारा शहर उमड़ा चला आता था। सब-के-सब इस खिलाड़ी को एक आँख देखना चाहते थे, जिसकी हार में भी जीत का गौरव था। कोई कहता था सिद्ध था, कोई कहता था वली था, कोई देवता कहता था; पर वह यथार्थ में खिलाड़ी था—वह खिलाड़ी, जिसके माथे पर कभी मैल नहीं आया, जिसने कभी हिम्मत नहीं हारी, जिसने कभी क़दम पीछे नहीं हटाये, जीता तो प्रसन्नचित्त रहा, हारा तो प्रसन्नचित्त रहा, हारा तो जीतने वाले से कीना नहीं रक्खा, जीता तो हारने वाले पर तालियाँ नहीं बजायीं, जिसने खेल में सदैव नीति का पालन किया, कभी धाँधली नहीं की, कभी द्वंद्वी पर छिपकर चोट नहीं की। भिखारी था, अपंग था, अंधा था, दीन था, कभी भरपेट दाना नहीं नसीब हुआ, कभी तन पर वस्त्र पहनने को नहीं मिला; पर हृदय धैर्य और क्षमा, सत्य और साहस का अगाध भंडार था। देह पर मांस न था, पर हृदय में विनय, शील और सहानुभूति भरी हुई थी।

हाँ, वह साधु न था, महात्मा न था, देवता न था, फ़रिश्ता न था; एक क्षुद्र, शक्तिहीन प्राणी था, चिंताओं और बाधाओं से घिरा हुआ, जिसमें अवगुण भी थे, और गुण भी। गुण कम थे, अवगुण बहुत। क्रोध, लोभ, मोह, अंहकार, ये सभी दुर्गुण उसके चरित्र में भरे हुए थे, गुण केवल एक था। किंतु ये सभी दुर्गुण उस एक गुण के सम्पर्क से, नमक की खान में जाकर नमक हो जाने वाली वस्तुओं की भाँति, देवगुणों का रूप धारण कर लेते थे—क्रोध सत्क्रोध हो जाता था, लोभ सदनुराग, मोह सदुत्साह के रूप में प्रकट होता था, और अहंकार आत्माभिमान के वेश में। और वह गुण क्या था ? न्याय-प्रेम, सत्य-भक्ति, परोपकार, दर्द, या उसका जो नाम चाहे रख लीजिए। अन्याय देखकर उससे न रहा जाता था, अनीति उसके लिए असह्य थी।

मृत देह कितनी धूम-धाम से निकली, इसकी चर्चा करना व्यर्थ है। बाजे-गाजे न थे, हाथी-घोड़े न थे, पर आँसू बहाने वाली आँखों और कीर्ति-गान करने वाले मुखों की कमी न थी। बड़ा समारोह था। सूरदास की सबसे बड़ी जीत यह थी कि शत्रुओं को भी उससे शत्रुता न थी। अगर शोक-समाज में सोफ़िया, गांगुली, जाह्नवी, भरतसिंह, नायकराम, भैरो आदि थे, तो महेन्द्रकुमारसिंह, जॉन सेवक, जगधर, यहाँ तक कि मि. क्लार्क भी थे। चंदन की चिता बनायी गयी थी, उस पर विजय-पताका लहरा रही थी। दाह-क्रिया कौन करता ? मिठुआ ठीक उसी अवसर पर रोता हुआ आ पहुँचा। सूरदास ने जीते-जी जो न कर पाया था, मरकर किया।

इसी स्थान पर कई दिन पहले यही शोक-दृश्य दिखायी दिया था। अंतर केवल इतना था कि उस दिन लोगों के हृदय शोक से व्यथित थे, आज विजय-गर्व से परिपूर्ण। वह एक वीरात्मा की वीर मृत्यु थी, यह एक खिलाड़ी की अंतिम लीला। एक बार फिर सूर्य की किरणें चिता

पर पड़ीं, उनमें गर्व की आभा थी, मानो आकाश से विजय-गान के स्वर आ रहे हैं।

लौटते समय मि. क्लार्क ने राजा महेन्द्रकुमार से कहा—मुझे इसका अफ़सोस है कि मेरे हाथों ऐसे अच्छे आदमी की हत्या हुई।

राजा साहब ने कुतूहल से कहा—सौभाग्य कहिए, दुर्भाग्य क्यों ?

क्लार्क—नहीं राजा साहब, दुर्भाग्य ही है। हमें आप जैसे मनुष्यों से भय नहीं, भय ऐसे ही मनुष्यों से है, जो जनता के हृदय पर शासन कर सकते हैं। यह राज्य करने का प्रायश्चित है कि इस देश में हम ऐसे आदमियों का वध करते हैं, जिन्हें इंगलैंड में हम देव-तुल्य समझते।

सोफ़िया इसी समय उनके पास से होकर निकली। यह वाक्य उसके कानों में पड़ा। बोली—काश ये शब्द आपके अंतःकरण से निकले होते !

यह कहकर वह आगे बढ़ गयी। मि. क्लार्क यह व्यंग्य सुनकर बौखला गये, ज़ब्त न कर सके। घोड़ा बढ़ाकर बोले—यह तुम्हारे उस अन्याय का फल है, जो तुमने मेरे साथ किया है।

सोफ़ी आगे बढ़ गयी थी। ये शब्द उसके कान में न पड़े।

गंगन-मंडल के पथिक, जो मेघ के आवरण से बाहर निकल आये थे, एक-एक करके विदा हो रहे थे ! शव के साथ जाने वाले भी एक-एक करके चले गये। पर सोफ़िया कहाँ जाती ? इसी दुविधा में खड़ी थी कि इंदु मिल गयी। सोफ़िया ने कहा—इंदु, ज़रा ठहरो, मैं भी तुम्हारे साथ चलूँगी।

सैंतालीस

संध्या हो गयी थी। मिल के मज़दूर छुट्टी पा गये थे। आजकल दूनी मज़दूरी देने पर भी बहुत थोड़े मज़दूर काम करने आते थे। पाँड़ेपुर में सन्नाटा छाया हुआ था। वहाँ अब मकानों के भग्नावशेष के सिवा कुछ नज़र न आता था। हाँ, वृक्ष अभी तक ज्यों-के-त्यों खड़े थे। वह छोटा-सा नीम का वृक्ष अब सूरदास की झोपड़ी का निशान बतलाता था, फूस लोग बटोर ले गये थे। भूमि समथल की जा रही थी, और कहीं-कहीं नये मक़ानों की दाग़-बेल पड़ चुकी थी। केवल बस्ती के अंतिम भाग में एक छोटा-सा खपरैल का मकान अब तक आबाद था, जैसे किसी परिवार के सब प्राणी मर गये हों, केवल एक जीर्ण-शीर्ण, रोग-पीड़ित, बूढ़ा नामलेवा रह गया हो। यही कुल्सूम का घर है, जिसे अपने वचनानुसार, सूरदास की ख़ातिर से, मि. जॉन सेवक ने गिराने नहीं दिया है। द्वार पर नसीमा और साबिर खेल रहे हैं, और ताहिरअली एक टूटी हुई खाट पर सिर झुकाये बैठे हुए हैं। ऐसा मालूम होता है कि महीनों से उनके बाल नहीं बने। शरीर दुर्बल है, चेहरा मुरझाया हुआ, आँखें बाहर को निकल आयी हैं। सिर के बाल भी खिचड़ी हो गये हैं। कारावास के कष्टों और घर की चिंताओं ने कमर तोड़ दी है। कालगति ने उन पर बरसों का काम महीनों में कर डाला है। उनके अपने कपड़े, जो जेल से छूटते समय वापस मिले हैं, उतारे के मालूम होते हैं। आज प्रातःकाल वह नैनी-जेल से आये हैं, और अपने घर की दुर्दशा ने उन्हें इतना क्षुब्ध कर रक्खा है कि बाल बनवाने तक की इच्छा नहीं होती। उनके

आँसू नहीं थमते, बहुत मन को समझाने पर भी नहीं थमते। इस समय भी उनकी आँखों में आँसू भरे हुए हैं। उन्हें रह-रहकर माहिरअली पर क्रोध आता है, और वह एक लम्बी साँस खींचकर रह जाते हैं। वे कष्ट याद आ रहे हैं, जो उन्होंने ख़ानदान के लिए सहर्ष झेले थे—ये सारी तकलीफ़ें, सारी कुरबानियाँ, सारी तपस्या बेकार हो गयीं। क्या इसी दिन के लिए मैंने इतनी मुसीबतें झेली थीं ? इसी दिन के लिए अपने खून से ख़ानदान के पेड़ को सींचा था ? यही कडुए फल खाने के लिए ? आख़िर मैं जेल ही क्यों गया था ? मेरी आमदनी मेरे बाल-बच्चों की परवरिश के लिए काफी थी। मैंने जान दी ख़ानदान के लिए। अब्बा ने मेरे सिर जो बोझ रख दिया था, वही मेरी तबाही का सबब हुआ। ग़ज़ब खुदा का ! मुझ पर यह सितम ! मुझ पर यह क़हर! मैंने कभी नये जूते नहीं पहने, बरसों कपड़ों में थिगलियाँ लगा-लगाकर दिन काटे, बच्चे मिठाइयों को तरस-तरसकर रह जाते थे, बीवी को सिर के लिए तेल भी मयस्सर न होता था, चूड़ियाँ पहनना नसीब न था, हमने फ़ाक़े किये, ज़ेवर और कपड़ों की कौन कहे, ईद के दिन भी बच्चों को नये कपड़े न मिलते थे, कभी इतना हौसला न हुआ कि बीवी के लिए एक लोहे का छल्ला बनवाता ! उल्टे उसके सारे गहने बेच-बेचकर खिला दिये। इस सारी तपस्या का यह नतीजा! और वह भी मेरी ग़ैरहाज़िरी में ! मेरे बच्चे इस तरह घर से निकाल दिये गये, गोया किसी ग़ैर के बच्चे हैं, मेरी बीवी को रो-रोकर दिन काटने पड़े, कोई आँसू पोछने वाला भी नहीं हुआ, और मैंने इसी लौंडे के लिए ग़बन किया था ! इसी के लिए अमानत की रक़म उड़ायी थी! क्या मैं मर गया था ? अगर वे लोग मेरे बाल-बच्चों को अच्छी तरह इज़्ज़त-आबरू के साथ रखते, तो क्या मैं ऐसा गया-गुज़रा था कि उनके एहसान का बोझ उतारने की कोशिश न करता! न दूध-घी खिलाते, न तंज़ेब-अद्धी पहनाते, रूखी रोटियाँ ही देते, गज़ी-गाढ़ा ही पहनाते; पर घर में तो रखते। वे रुपयों के पान खा जाते होंगे, और यहाँ मेरी बीवी को सिलाई करके अपना गुज़र-बसर करना पड़ा ! उन सबों से तो जॉन सेवक ही अच्छे, जिन्होंने रहने का मकान तो न गिराया, मदद करने के लिए आये तो।

कुल्सूम ने ये विपत्ति के दिन सिलाई करके काटे थे। देहात की स्त्रियाँ उसके यहाँ अपने लिए कुरतियाँ, बच्चों के लिए टोप और कुरते सिलातीं। कोई पैसे दे जाती, कोई नाज। उसे भोजन-वस्त्र का कष्ट न था। ताहिरअली अपनी समृद्धि के दिनों में भी इससे ज़्यादा सुख न दे सके थे। अंतर केवल यह था कि तब सिर पर अपना पति था, अब सिर पर कोई न था। इस आश्रयहीनता ने विपत्ति को और भी असह्य बना दिया था। अंधकार में निर्जनता और भी भयप्रद हो जाती है।

ताहिरअली सिर झुकाये शोक-मग्न बैठे थे कि कुल्सूम ने द्वार पर आकर कहा—शाम हो गयी, और अभी तक कुछ नहीं खाया। चलो, खाना ठंडा हुआ जाता है।

ताहिरअली ने सामने के खँडहरों की ओर ताकते हुए कहा—माहिर थाने में ही रहते हैं, या कहीं और मकान लिया है ?

कुल्सूम—मुझे क्या ख़बर, यहाँ तब से झूठों भी तो नहीं आये। जब ये मकान ख़ाली करवाये जा रहे थे, तब एक दिन सिपाहियों को लेकर आये थे। नसीमा और साबिर चचा-चचा करके दौड़े, पर दोनों को दुत्कार दिया।

ताहिर—हाँ, क्यों न दुत्कारते, उनके कौन होते थे।

कुल्सूम—चलो, दो लुक़मे खा लो।

ताहिर—माहिर मियाँ से मिले बग़ैर मुझे दाना-पानी हराम है।

कुल्सूम—मिल लेना, कहीं भागे जाते हैं।

ताहिर—जब तक जी-भर उनसे बातें न कर लूँगा, दिल को तस्कीन न होगी।

कुल्सूम—खुदा उन्हें खुश रक्खे, हमारी भी तो किसी तरह कट ही गयी, खुदा ने किसी-न-किसी हीले से रोज़ी पहुँचा तो दी। तुम सलामत रहोगे, तो हमारी फिर आराम से गुज़रेगी, और पहले से ज़्यादा अच्छी तरह। दो को खिलाकर खायेंगे। उन लोगों ने जो कुछ किया, उसका सवाब और अज़ाब उनको खुदा से मिलेगा।

ताहिर—खुदा ही इंसाफ़ करता, तो हमारी यह हालत क्यों होती। उसने इंसाफ़ करना छोड़ दिया।

इतने में एक बुढ़िया सिर पर टोकरी रक्खे आकर खड़ी हो गयी, और बोली—बहू, लड़कों के लिए भुट्टे लाई हूँ, क्या तुम्हारे मियाँ आ गये क्या ?

कुल्सूम बुढ़िया के साथ कोठरी में चली गयी। उसके कुछ कपड़े सिये थे। दोनों में इधर-उधर की बातें होने लगीं।

अँधेरी रात नदी की लहरों की भाँति पूर्व दिशा से दौड़ी चली आती थी। वे खण्डहर ऐसे भयानक मालूम होने लगे, मानो कोई कब्रिस्तान है। नसीमा और साबिर, दोनों आकर ताहिरअली की गोद में बैठ गये।

नसीमा ने पूछा—अब्बा, अब तो हमें छोड़कर न जाओगे ?

साबिर—अब जायँगे, तो मैं इन्हें पकड़ लूँगा। देखें, कैसे चले जाते हैं।

ताहिर—मैं तो तुम्हारे लिए मिठाइयाँ भी नहीं लाया।

नसीमा—तुम तो हमारे अब्बाजान हो। तुम नहीं थे, तो चचा ने हमें अपने पास से भगा दिया था।

साबिर—पंडाजी ने हमें पैसे दिये थे, याद है न नसीमा ?

नसीमा—और सूरदास की झोपड़ी में हम-तुम जाके बैठे, तो उसने हमें गुड़ खाने को दिया था। मुझे गोद्र में उठाकर प्यार करता था।

साबिर—उस बिचारे को एक साहब ने गोली मार दी अब्बा ! मर गया।

नसीमा—यहाँ पलटन आयी थी अब्बा, हम लोग मारे डर के घर से न निकलते थे, क्यों साबिर ?

साबिर—निकलते तो पलटन वाले पकड़ न ले जाते !

बच्चे तो बाप की गोद में बैठकर चहक रहे थे, किंतु पिता का ध्यान उनकी ओर न था। वह माहिरअली से मिलने के लिए विकल थे, अब अवसर पाया तो बच्चों से मिठाई लाने का बहाना करके चल खड़े हुए। थाने पर पहुँचकर पूछा, तो मालूम हुआ कि दारोग़ाजी अपने मित्रों के साथ बँगले पर विराजमान हैं। ताहिरअली बँगले की तरफ़ चले। वह फूस का अठकोन झोपड़ा था, लताओं और बेलों से सजा हुआ। माहिरअली ने बरसात में सोने और मित्रों के साथ विहार

करने के लिए इसे बनवाया था। चारों तरफ़ से हवा जाती थी। ताहिरअली ने समीप जाकर देखा, तो कई भद्र पुरुष मसनद लगाये बैठे हुए थे। बीच में पीकदान रक्खा हुआ था। खमीरा तंबाकू धुआँधार उड़ रहा था। एक तश्तरी में पान इलायची रक्खे हुए थे। दो चौकीदार खड़े पंखा झल रहे थे। इस वक़्त ताश की बाज़ी हो रही थी। बीच-बीच में चुहल भी हो जाती थी। ताहिरअली की छाती पर साँप लोटने लगा। यहाँ ये जलसे हो रहे हैं, यह ऐश का बाज़ार गर्म है, और एक मैं हूँ कि कहीं बैठने का ठिकाना नहीं, रोटियों के लाले पड़े हुए हैं। यहाँ जितना पान-तंबाकू में उड़ जाता होगा, उतने में मेरे बाल-बच्चों की परवरिश हो जाती। मारे क्रोध के ओठ चबाने लगे। खून खौलने लगा। बेधड़क मित्र-समाज में घुस गये, और क्रोध तथा ग्लानि से उन्मत्त होकर बोले—माहिर ! मुझे पहचानते हो, कौन हूँ ? ग़ौर से देख लो। बढ़े हुए बालों और फटे हुए कपड़ों ने मेरी सूरत इतनी नहीं बदल डाली है कि पहचाना न जा सकूँ। बदहाली सूरत को नहीं बदल सकती। दोस्तो, आप लोग शायद न जानते होंगे, मैं इस बेवफ़ा, दग़ाबाज़, कमीने आदमी का भाई हूँ। इसके लिए मैंने क्या-क्या तकलीफ़ें उठायीं, यह मेरा खुदा जानता है। मैंने अपने बच्चों को, अपने कुनबे को, अपनी ज़ात को इसके लिए मिटा दिया, इसकी माँ और इसके भाइयों के लिए मैंने वह सब कुछ सहा, जो कोई इंसान सह सकता है, इसी की ज़रूरतें पूरी करने के लिए, इसके शौक़ और तालीम का ख़र्च पूरा करने के लिए, मैंने क़र्ज़ लिये, अपने आक़ा की अमानत में ख़ियानत की, और जेल की सज़ा काटी। इन तमाम नेकियों का यह इनाम है कि इस भले आदमी ने मेरे बाल-बच्चों की बात भी न पूछी ! यह उसी दिन मुरादाबाद से आया, जिस दिन मुझे सज़ा हुई थी। मैंने इसे ताँगे पर आते देखा, मेरी आँखों में आँसू छलक आये, मेरा दिल बल्लियों उछलने लगा कि मेरा भाई अभी आकर मुझे दिलासा देगा, और ख़ानदान को सँभालेगा। पर यह एहसानफ़रामोश आदमी सीधा चला गया, मेरी तरफ़ ताका तक नहीं, मुँह फेर लिया। उसके दो-चार दिन बाद यह अपने भाइयों के साथ यहाँ चला आया, मेरे बच्चों को वहीं वीराने में छोड़ दिया। यहाँ मजलिस सजी हुई है, ऐश हो रहा है, और वहाँ मेरे अँधेरे घर में चिराग़-बत्ती का भी ठिकाना नहीं। खुदा अगर मुंसिफ़ होता, तो इसके सिर पर उसका क़हर बिजली बनकर गिरता। लेकिन उसने इंसाफ़ करना छोड़ दिया। आप लोग इस ज़ालिम से पूछिए कि क्या मैं इसी सलूक और बेदरदी के लायक़ था, क्या इसी दिन के लिए मैंने फ़क़ीरों की-सी ज़िंदगी बसर की थी ? इसको शरमिंदा कीजिए, इसके मुँह में कालिख लगाइए, इसके मुँह पर थूकिए। नहीं, आप लोग इसके दोस्त हैं, मुरौवत के सबब इंसाफ़ न कर सकेंगे। अब मुझी को इंसाफ़ करना पड़ेगा। खुदा गवाह है, और खुद इसका दिल गवाह है कि आज तक मैंने इसे कभी तेज़ निगाह से भी नहीं देखा, इसे खिलाकर खुद भूखों रहा, इसे पहनाकर खुद नंगा रहा। मुझे याद ही नहीं आता कि मैंने कब नये जूते पहने थे, कब नये कपड़े बनवाये थे, इसके उतारों ही पर मेरी बसर होती थी। ऐसे ज़ालिम पर अगर खुदा का अज़ाब नहीं गिरता, तो इसका सबब यही है कि खुदा ने इंसाफ़ करना छोड़ दिया।

ताहिरअली ने जल-प्रवाह के वेग से अपने मनोद्गार प्रकट किये, और इसके पहले कि माहिरअली कुछ जवाब दें, या सोच सकें कि क्या जवाब दूँ, या ताहिरअली को रोकने की चेष्टा [illegible], ताहिरअली ने झपटकर क़लमदान उठा लिया, उसकी स्याही निकाल ली, और माहिरअली

की गरदन पर ज़ोर से पकड़कर स्याही मुँह पर पोत दी, तब तीन बार उन्हें झुक-झुक कर सलाम किया, और अंत में यह कहकर वहीं बैठ गये—मेरे अरमान निकल गये, मैंने आज से समझ लिया कि तुम मर गये, और तुमने तो मुझे पहले ही से मरा हुआ समझ लिया है। बस, हमारे और तुम्हारे दरमियान इतना ही नाता था। आज यह भी टूट गया। मैं अपनी सारी तकलीफ़ों का सिला और इनाम पा गया। अब तुम्हें अख़्तियार है, मुझे गिरफ़्तार करो, मारो, पीटो, ज़लील करो। मैं यहाँ मरने ही आया हूँ, ज़िंदगी से जी भर गया, दुनिया रहने की जगह नहीं, यहाँ इतनी दग़ा है, इतनी बेवफ़ाई है, इतना हसद है, इतना कीना है कि यहाँ ज़िंदा रहकर कभी खुशी नहीं मयस्सर हो सकती।

माहिरअली स्तम्भित से बैठे रहे। पर उनके एक मित्र ने कहा—मान लीजिए, इन्होंने बेवफ़ाई की.....

ताहिरअली बोले—मान क्या लूँ साहब, भुगत रहा हूँ, रो रहा हूँ, मानने की बात नहीं है।

मित्र ने कहा—मुझसे ग़लती हुई, इन्होंने ज़रूर बेवफ़ाई की; लेकिन आप बुज़ुर्ग हैं, यह हरकत शराफ़त से बईद है कि किसी को सरे मजलिस बुरा-भला कहा जाय, और उसके मुँह में कालिख लगा दी जाय।

दूसरे मित्र बोले—शराफ़त से बईद ही नहीं है, पागलपन है, ऐसे आदमी को पागलख़ाने में बंद कर देना चाहिए।

ताहिर—जानता हूँ, इतना जानता हूँ, शराफ़त से बईद है; लेकिन मैं शरीफ़ नहीं हूँ, पागल हूँ, दीवाना हूँ, शराफ़त आँसू बनकर आँखों से बह गयी। जिसके बच्चे गलियों में, दूकानों पर भीख माँगते फिरते हों, जिसकी बीवी पड़ोसियों का आटा पीसकर अपना गुज़र करे, जिसकी कोई ख़बर लेने वाला न हो, जिसके रहने को घर न हो, जिसके पहनने के कपड़े न हों, वह शरीफ़ नहीं हो सकता, और न वही आदमी शरीफ़ हो सकता है, जिसकी बेरहमी के हाथों मेरी यह दुर्गत हुई। अपने जेल से लौटने वाले भाई को देखकर मुँह फेर लेना अगर शराफ़त है, तो यह भी शराफ़त है। क्यों मियाँ माहिर, बोलते क्यों नहीं ? याद है, तुम नयी अचकन पहनते थे, और ज़ब तुम उतारकर फेंक दिया करते थे, तो मैं पहन लेता था ! याद है, तुम्हारे फटे जूते गठवाकर मैं पहना करता था ! याद है, मेरा मुशाहरा कुल 25 रुपया महावार था, और वह सब-का-सब मैं तुम्हें मुरादाबाद भेज दिया करता था ! याद है, देखो, ज़रा मेरी तरफ़ देखो। तुम्हारे तंबाकू का ख़र्च मेरे बाल-बच्चों के लिए काफ़ी हो सकता था। नहीं तुम सब कुछ भूल गये। अच्छी बात है, भूल जाओ, मैं तुम्हारा भाई हूँ न तुम मेरे भाई हो। मेरी सारी तकलीफ़ों का मुआवज़ा वही सियाही है, जो तुम्हारे मुँह पर लगी हुई है। लो रुख़सत, अब तुम फिर यह सूरत न देखोगे, अब हिसाब के दिन तुम्हारा दामन न पकड़ूँगा। तुम्हारे ऊपर मेरा कोई हक़ नहीं है।

यह कहकर ताहिरअली उठ खड़े हुए, और उसी अँधेरे में जिधर से आये थे, उधर चले गये, जैसे हवा का एक झोंका आये, और निकल जाये। माहिरअली ने बड़ी देर के बाद सिर उठाया, और फ़ौरन साबुन से मुँह धोकर तौलिये से साफ़ किया। तब आईने में मुँह देखकर बोले—आप लोग गवाह रहें, मैं इनको इस हरकत का मज़ा चखाऊँगा।

एक मित्र–अजी जाने भी दीजिए, मुझे तो दीवाने-से मालूम होते हैं।

दूसरे मित्र–दीवाने नहीं तो और क्या हैं, यह भी कोई समझदारों का काम है भला।

माहिरअली–हमेशा से बीवी के गुलाम रहे; जिस तरफ़ चाहती है, नाक पकड़कर घुमा देती है। आप लोगों से ख़ानगी दुखड़े क्या रोऊँ। मेरे भाइयों की, और माँ की मेरी भावज के हाथों जो दुर्गत हुई है, वह किसी दुश्मन की भी न हो। कभी बिला रोये दाना न नसीब होता था। मेरी अलबत्ता यह ज़रा ख़ातिर करते थे। आप समझते रहे होंगे कि इसके साथ ज़रा ज़ाहिरदारी कर दो, बस ज़िंदगी-भर के लिए मेरा गुलाम हो जायगा। ऐसी औरत के साथ निबाह क्योंकर होता। यह हज़रत तो जेल में थे, वहाँ उसने हम लोगों को फ़ाक़े कराने शुरू किये। मैं ख़ाली हाथ, बड़ी मुसीबत में पड़ा। वह तो कहिए दवा-दविश करने से यह जगह मिल गयी, नहीं तो खुदा ही जानता है, हम लोगों की क्या हालत होती ! हम नेहारमुँह दिन-के-दिन बैठे रहते थे, वहाँ मिठाइयाँ मँगा-मँगाकर खायी जाती थीं। मैं हमेशा से इनका अदब करता रहा, यह उसी का इनाम है, जो आपने दिया है। आप लोगों ने देखा, मैंने इतनी ज़िल्लत गवारा की; पर सिर तक नहीं उठाया, ज़बान नहीं खोली, नहीं एक धक्का देता, तो बीसों लुढ़कनियाँ खाते। अब भी दावा कर दूँ, तो हज़रत बँधे-बँधे फिरें; लेकिन तब दुनिया यही कहेगी कि बड़े भाई को ज़लील किया।

एक मित्र–जाने भी दो म्याँ, घरों में ऐसे झगड़े होते ही रहते हैं। बेहयाओं की बला दूर, मरदों के लिए शर्म नहीं है। लाओ, ताश उठाओ, अब तक तो एक बाज़ी हो गयी होती।

माहिरअली–क़सम कलामेशरीफ़ की, अम्माजान ने अपने पास के दो हज़ार रुपये इन लोगों को खिला दिये, नहीं तो 25 रुपये में यह बेचारे क्या खाकर सारे कुनबे का ख़र्च सँभालते।

एक कांस्टेबल–हजूर, घर-गृहस्थी में ऐसा हुआ ही करता है। जाने दीजिये, जो हुआ सो हुआ। वह बड़े हैं, आप छोटे हैं; दुनिया उन्हीं को थूकेंगी, आपकी बड़ाई होगी।

एक मित्र–मेरा शेर कैसा लपका हुआ आया, और क़लमदान से स्याही निकालकर मल ही तो दी। मानता हूँ।

माहिरअली–हज़रत, इस वक़्त दिल न जलाइये, क़सम खुदा की, बड़ा मलाल है।

ताहिरअली यहाँ से चले, तो उनकी गति में वह व्यग्रता न थी। दिल में पछता रहे थे कि नाहक अपनी शराफ़त में बट्टा लगाया। घर आये, तो कुल्सूम ने पूछा–यह कहाँ ग़ायब हो गये? राह देखते-देखते आँखें थक गयीं। बच्चे रोकर सो गये कि अब्बा फिर चले गये।

ताहिरअली–ज़रा माहिरअली से मिलने गया था।

कुल्सूम–इसकी ऐसी क्या जल्दी थी। कल मिल लेते। तुम्हें यों फटे हाल देखकर शरमाये तो न होंगे।

ताहिरअली–मैंने उसे वह लताड़ सुनायी कि उम्र-भर न भूलेंगे। ज़बान तक न खुली। उसी गुस्से में मैंने उसके मुँह में कालिख भी लगा दी।

कुल्सूम का मुख मलिन हो गया। बोली–तुमने बड़ी नादानी का काम किया। कोई इतना जामे से बाहर हो जाता है ! यह कालिख तुमने उनके मुँह में नहीं लगायी, अपने मुँह में लगायी है। तुम्हारी ज़िंदगी-भर के किये-धरे पर सियाही फिर गयी। तुमने अपनी सारी नेकियों को मटियामेट

कर दिया। आख़िर यह तुम्हें सूझी क्या ? तुम तो इतने गुस्सेवर कभी न थे। इतना सब्र न हो सका कि अपने भाई ही थे, उनकी परवरिश की, तो कौन-सी हातिम की क़ब्र पर लात मारी। छी-छी ! इंसान किसी ग़ैर के साथ भी नेकी करता है, तो दरिया में डाल देता है, यह नहीं कि क़र्ज़ वसूल करता फिरे। तुमने जो कुछ किया, खुदा की राह में किया, अपना फ़र्ज़ समझकर किया; क़र्ज़ नहीं दिया था कि सूद के साथ वापस ले लो। कहीं मुँह दिखाने लायक़ न रहे, न रक्खा। अभी दुनिया उनको हँसती थी, देहातिनियाँ भी उनको कोसने दे जाती थीं। अब लोग तुम्हें हँसेंगे। दुनिया हँसे या न हँसे, इसकी परवा नहीं। अब तक खुदा और रसूल की नज़रों में वह ख़तावार थे, अब तुम ख़तावार हो।

ताहिरअली ने लज्जित होकर कहा—हिमाक़त तो हो गयी, मगर मैं तो बिलकुल पागल हो गया था।

कुल्सूम—भरी मजलिस में उन्होंने सिर तक न उठाया, फिर भी तुम्हें ग़ैरत न आयी। मैं तो कहूँगी, तुमसे कहीं शरीफ़ वही हैं, नहीं तुम्हारी आबरू उतार लेना उनके लिए क्या मुश्किल था !

ताहिरअली—अब यही ख़ौफ़ है कि कहीं मुझ पर दावा न कर दे।

कुल्सूम—उनमें तुमसे ज़्यादा इंसानियत है।

कुल्सूम ने इतना लज्जित किया कि ताहिरअली रो पड़े, और देर तक रोते रहे। फिर बहुत मनाने पर खाने उठे, और खा-पीकर सोये।

तीन दिन तक तो वह इसी कोठरी में पड़े रहे। कुछ बुद्धि काम न करती थी कि कहाँ जायँ, क्या करें, क्योंकर जीवन का निर्वाह हो। चौथे दिन घर से नौकरी की तलाश करने निकले, मगर कहीं कोई सूरत न निकली। सहसा उन्हें सूझी कि क्यों न जिल्दबंदी का काम करूँ। जेलख़ाने में वह यह काम सीख गये थे। इरादा पक्का हो गया। कुल्सूम ने भी पसंद किया। बला से थोड़ा मिलेगा, किसी के गुलाम तो न रहोगे। सनद की ज़रूरत नौकरी के लिए ही है, वहीं जेल भुगतने वालों का गुज़र नहीं। व्यवसाय करने वालों के लिए किसी सनद की ज़रूरत नहीं, उनका काम ही उनकी सनद है। चौथे दिन ताहिरअली ने यह मकान छोड़ दिया, और शहर के दूसरे मोहल्ले में एक छोटा-सा मकान लेकर जिल्दबंदी का काम करने लगे।

उनकी बनायी हुई जिल्दें बहुत सुंदर और सुदृढ़ होती हैं। काम की कमी नहीं है, सिर उठाने की फुरसत नहीं मिलती। उन्होंने अब दो-तीन जिल्दबंद नौकर रख लिये हैं, और शाम तक दो-तीन रुपये की मज़दूरी कर लेते हैं। इतने समृद्ध वह कभी न थे।

अड़तालीस

काशी के म्युनिसिपल बोर्ड में भिन्न-भिन्न राजनीतिक सम्प्रदायों के लोग मौजूद थे। एकवाद से लेकर जनसत्तावाद तक सभी विचारों के कुछ-न-कुछ आदमी थे। अभी तक धन का प्राधान्य था, महाजनों और रईसों का राज्य था। जनसत्ता के अनुयायी शक्तिहीन थे। उन्हें सिर उठाने का साहस न होता था। राजा महेन्द्रकुमार की ऐसी धाक बँधी हुई थी कि कोई उनका विरोध

न कर सकता था। पर पाँड़ेपुर के सत्याग्रह ने जनसत्तावादियों में एक नयी संगठन-शक्ति पैदा कर दी। उस दुर्घटना का सारा इलज़ाम राजा साहब के सिर मढ़ा जाने लगा। यह आंदोलन शुरू हुआ कि उन पर अविश्वास का प्रस्ताव उपस्थित किया जाय। दिन-दिन आंदोलन ज़ोर पकड़ने लगा। लोकमतवादियों ने निश्चय कर लिया कि वर्तमान व्यवस्था का अंत कर देना चाहिए, जिसके द्वारा जनता को इतनी विपत्ति सहनी पड़ी। राजा साहब के लिए यह कठिन परीक्षा का अवसर था। एक ओर तो अधिकारी लोग उनसे असंतुष्ट थे, दूसरी ओर यह विरोधी दल उठ खड़ा हुआ। बड़ी मुश्किल में पड़े। उन्होंने लोकवादियों की सहायता से अधिकारियों का प्रतिकार करने की ठानी थी। उनके राजनीतिक विचारों में भी कुछ परिवर्तन हो गया था। वह अब जनता को साथ लेकर म्युनिसिपैलिटी का शासन करना चाहते थे। पर अब क्या हो? इस प्रस्ताव को रोकने के लिए उद्योग करने लगे। लोकमतवाद के प्रमुख नेताओं से मिले, उन्हें बहुत कुछ आश्वासन दिया कि भविष्य में उनकी इच्छा के विरुद्ध कोई काम न करेंगे, इधर अपने दल को भी संगठित करने लगे। जनतावादियों को वह सदैव नीची निगाह से देखा करते थे। पर अब मजबूर होकर उन्हीं की खुशामद करनी पड़ी। वह जानते थे कि बोर्ड में यह प्रस्ताव आ गया, तो उसका स्वीकृत हो जाना निश्चित है। खुद दौड़ते थे, अपने मित्रों को दौड़ाते थे कि किसी उपाय से यह बला सिर से टल जाय, किंतु पाँड़ेपुर के निर्वासितों का शहर में रोते फिरना उनके सारे यत्नों को विफल कर देता था। लोग पूछते थे, हमें क्योंकर विश्वास हो कि ऐसी ही परिस्थिति में आप फिर ऐसी ही निरंकुशता का व्यवहार न करेंगे। सूरदास हमारे नगर का रत्न था, कुँअर विनयसिंह और इंद्रदत्त मानव-समाज के रत्न थे। उनका खून किसके सिर पर है ?

अंत में वह प्रस्ताव नियमित रूप से बोर्ड में आ ही गया। उस दिन प्रातःकाल से म्युनिसिपल बोर्ड के मैदान में लोगों का जमाव होने लगा। यहाँ तक कि दोपहर होते-होते 10-12 हज़ार आदमी एकत्र हो गये। एक बजे प्रस्ताव पेश हुआ। राजा साहब ने खड़े होकर बड़े करुणोत्पादक शब्दों में अपनी सफ़ाई दी; सिद्ध किया कि मैं विवश था, इस दशा में मेरी जगह पर कोई दूसरा आदमी होता, तो वह भी वही करता, जो मैंने किया, इसके सिवा अन्य कोई मार्ग न था। उनके अंतिम शब्द ये थे—मैं पदलोलुप नहीं हूँ, सम्मानलोलुप नहीं हूँ, केवल आपकी सेवा का लोलुप हूँ, अब और भी ज़्यादा, इसलिए कि मुझे प्रयश्चित्त करना है, जो इस पद से अलग होकर मैं न कर सकूँगा, वह साधन ही मेरे हाथ से निकल जायगा। सूरदास का मैं उतना ही भक्त हूँ, जितना और कोई व्यक्ति हो सकता है। आप लोगों को शायद मालूम नहीं है कि मैंने शफ़ाख़ाने में जाकर उनसे क्षमा-प्रार्थना की थी, और सच्चे हृदय से खेद प्रकट किया था। सूरदास का ही आदेश था कि मैं अपने पद पर स्थिर रहूँ, नहीं तो मैंने पहले ही पद-त्याग करने का निश्चय कर लिया था। कुँअर विनयसिंह की अकाल मृत्यु का जितना दुख मुझे है, उतना उनके माता-पिता को छोड़कर किसी को नहीं हो सकता। वह मेरे भाई थे। उनकी मृत्यु ने मेरे हृदय पर वह घाव कर दिया है, जो जीवन-पर्यंत न भरेगा। इंद्रदत्त से भी मेरी घनिष्ठ मैत्री थी। क्या मैं इतना अधम, इतना कुटिल, इतना नीच, इतना पामर हूँ कि अपने हाथों अपने भाई और अपने मित्र की गरदन पर छुरी चलाता ? यह आक्षेप सर्वथा अन्यायपूर्ण है, यह मेरे जले पर नमक छिड़कना

है। मैं अपनी आत्मा के सामने, परमात्मा के सामने, निर्दोष हूँ। मैं आपको अपनी सेवाओं की याद नहीं दिलाना चाहता, यह स्वयंसिद्ध है, आप लोग जानते हैं, मैंने आपकी सेवा में अपना कितना समय लगाया है, कितना परिश्रम, कितना अनवरत उद्योग किया है ! मैं रिआयत नहीं चाहता, केवल न्याय चाहता हूँ।

वक्तृता बड़ी प्रभावकारी थी, पर जनवादियों को अपने निश्चय से न डिगा सकी। पंद्रह मिनट में बहुमत से प्रस्ताव स्वीकृत हो गया, और राजा साहब ने भी तत्क्षण पद-त्याग की सूचना दे दी।

जब वह सभा-भवन से बाहर निकले, तो जनता ने, जिन्हें उनका व्याख्यान सुनने का अवसर न मिला था, उन पर इतनी फब्तियाँ उड़ायीं, इतनी तालियाँ बजायीं, कि बेचारे बड़ी मुश्किल से अपनी मोटर तक पहुँच सके। पुलिस ने चौकसी न की होती, तो अवश्य दंगा हो जाता। राजा साहब ने एक बार पीछे फिरकर सभा-भवन को सजल नेत्रों से देखा, और चले गये। कीर्ति-लाभ उनके जीवन का मुख्य उद्देश्य था, और उसका यह निराशापूर्ण परिणाम हुआ ! सारी उम्र की कमाई पर पानी फिर गया; सारा यश, सारा गौरव, सारी कीर्ति जनता के क्रोध-प्रवाह में बह गयी !

राजा साहब वहाँ से जले हुए घर आये, तो देखा कि इंदु और सोफ़िया, दोनों बैठी बातें कर रही हैं। उन्हें देखते ही इंदु बोली—मिस सोफ़िया सूरदास की प्रतिमा के लिए चंदा जमा कर रही है, आप भी तो उसकी वीरता पर मुग्ध हो गये थे, कितना दीजिएगा ?

सोफ़ी—इंदुरानी ने 1000 रुपया प्रदान किया है, और इसके दुगने से कम देना आपको शोभा न देगा।

महेन्द्रकुमार ने त्योरियाँ चढ़ाकर कहा—मैं इसका जवाब सोच कर दूँगा।

सोफ़ी—मैं फिर कब आऊँ ?

महेन्द्रकुमार ने ऊपरी मन से कहा—आपको आने की ज़रूरत नहीं है, मैं स्वयं भेज दूँगा।

सोफ़िया ने उनके मुख की ओर देखा, तो त्योरियाँ चढ़ी हुई थीं। उठकर चली गयी। तब राजा साहब इंदु से बोले—तुम मुझसे बिना पूछे क्यों ऐसे काम करती हो, जिनसे मेरा सरासर अपमान होता है ? मैं तुम्हें कितनी बार समझाकर हार गया ! आज उसी अंधे की बदौलत मुझे मुँह की खानी पड़ी, बोर्ड ने मुझ पर अविश्वास का प्रस्ताव पास कर दिया, और उसी की प्रतिमा के लिए तुमने चंदा दिया, और मुझे भी देने को कह रही हो !

इंदु—मुझे क्या ख़बर थी कि बोर्ड में क्या हो रहा है। आपने भी तो कहा था कि उस प्रस्ताव के पास होने की संभावना नहीं है।

राजा—कुछ नहीं, तुम मेरा अपमान करना चाहती हो।

इंदु—आप उस दिन सूरदास का गुण-गान कर रहे थे। मैंने समझा, चंदा देने में कोई हरज नहीं है। मैं किसी के मन के रहस्य थोड़े ही जानती हूँ। आख़िर वह प्रस्ताव पास क्योंकर हो गया ?

राजा—अब मैं यह क्या जानूँ, क्योंकर पास हो गया। इतना जानता हूँ कि पास हो गया। सदैव सभी काम अपनी इच्छा या आशा के अनुकूल ही तो नहीं हुआ करते। जिन लोगों पर मेरा पूरा विश्वास था, उन्हीं ने इस अवसर पर दग़ा दी, बोर्ड में आये ही नहीं। मैं इतना सहिष्णु

नहीं हूँ कि जिसके कारण मेरा अपमान हो, उसी की पूजा करूँ। मैं यथाशक्य इस प्रतिमा-आंदोलन को सफल न होने दूँगा। बदनामी तो हो ही रही है, और हो, इसकी परवा नहीं। मैं सरकार को ऐसा भर दूँगा कि मूर्ति खड़ी न होने पायेगी। देश का हित करने की शक्ति अब चाहे न हो, पर अहित करने की शक्ति है, और दिन-दिन बढ़ती जायगी। तुम भी अपना चंदा वापस कर लो।

इंदु—(विस्मित होकर) दिये हुए रुपये वापस कर लूँ ?

राजा—हाँ, इसमें कोई हरज नहीं।

इंदु—आपको कोई हरज न मालूम होता हो, मेरी तो इसमें सरासर हेठी है।

राजा—जिस तरह तुम्हें मेरे अपमान की परवा नहीं, उसी तरह यदि मैं भी तुम्हारी हेठी की परवा न करूँ, तो कोई अन्याय न होगा।

इंदु—मैं आपसे रुपये तो नहीं माँगती।

बात पर बात निकलने लगी, विवाद की नौबत पहुँची, फिर व्यंग्य की बारी आयी, और एक क्षण में दुर्वचनों का प्रहार होने लगा। अपने-अपने विचार में दोनों ही सत्य पर थे, इसलिए कोई न दबता था।

राजा साहब ने कहा—न जाने वह कौन दिन होगा कि तुमसे मेरा गला छूटेगा। मौत के सिवा शायद अब कहीं ठिकाना नहीं है !

इंदु—आपको अपनी कीर्ति और सम्मान मुबारक रहे। मेरा भी ईश्वर मालिक है। मैं भी ज़िंदगी से तंग आ गयी। कहाँ तक लौंडी बनूँ, अब हद हो गयी !

राजा—तुम मेरी लौंडी बनोगी ! वे दूसरी सती स्त्रियाँ होती हैं, जो अपने पुरुषों पर प्राण दे देती हैं। तुम्हारा बस चले, तो मुझे विष दे दो, और दे ही रही हो, इससे बढ़कर और क्या होगा !

इंदु—यह विष क्यों उगलते हो। साफ़-साफ़ क्यों नहीं कहते कि मेरे घर से निकल जा। मैं जानती हूँ, आपको मेरा रहना अखरता है। आज से नहीं, बहुत दिनों से जानती हूँ। उसी दिन जान गयी थी, जब मैंने एक महरी को अपनी नयी साड़ी दे दी थी, और आपने महाभारत मचाया था। उसी दिन समझ गयी थी कि यह बेल मुँढ़े चढ़ने की नहीं। जितने दिन यहाँ रही, कभी आपने यह न समझने दिया कि यह मेरा घर है। पैसे-पैसे का हिसाब देकर भी पिंड नहीं छूटा। शायद आप समझते होंगे कि यह मेरे ही रुपये को अपना कहकर मनमाना ख़र्च करती है, और यहाँ आपका एक धेला छूने की क़सम खाती हूँ। आपके साथ विवाह हुआ है, कुछ आत्मा नहीं बेची है।

महेन्द्र ने ओठ चबाकर कहा—भगवान् सब दुख दे, बुरे का संग न दे। मौत भले ही दे दे। तुम-जैसी स्त्री का गला घोंट देना भी धर्म-विरुद्ध नहीं। इस राज्य का कुशल मनाओ कि चैन कर रही हो, अपना राज्य होता, तो यह कैंची की तरह चलने वाली ज़बान तालू से खींच ली जाती !

इंदु—अच्छा अब चुप रहिए, बहुत हो गया, मैं आपकी गालियाँ सुनने नहीं आयी हूँ, यह लीजिए अपना घर, खूब टाँगें फैलाकर सोइए।

राजा—जाओ, किसी तरह अपना पौरा तो ले जाओ। बिल्ली बख्शे, चूहा अकेला ही भला।

इंदु ने दबी ज़बान से कहा—यहाँ कौन तुम्हारे लिए दीवाना हो रहा है।

राजा ने क्रोधोन्मत्त होकर कहा—गालियाँ दे रही है ! ज़बान खींच लूँगा !

इंदु जाने के लिए द्वार तक आयी थी। यह धमकी सुनकर फिर पड़ी, और सिंहनी की भाँति बिफरकर बोली—इस भरोसे न रहिएगा। भाई मर गया है तो क्या, गुड़ का बाप कोल्हू तैयार है। सिर के बाल न बचेंगे। ऐसे ही भले होते, तो दुनिया में इतना अपयश कैसे कमाते !

यह कहकर इंदु अपने कमरे में आयी। उन चीज़ों को समेटा, जो उसे मैके में मिली थीं। वे सब चीज़ें अलग कर दीं, जो यहाँ की थीं। शोक न था, दुख न था, एक ज्वाला थी, जो उसके कोमल शरीर में विष की भाँति व्याप्त हो रही थी। मुँह लाल था, आँखें लाल थीं, नाक लाल थी, रोम-रोम से चिंगारियाँ-सी निकल रही थीं। अपमान आग्नेय वस्तु है।

अपनी सब चीज़ें सँभालकर इंदु ने अपनी निजी गाड़ी तैयार करने की आज्ञा दी। जब तक गाड़ी तैयार होती रही, वह बरामदे में टहलती रही। ज्यों ही फाटक पर घोड़ों की टाप सुनायी दी, वह आकर गाड़ी में बैठ गयी, पीछे फिरकर भी न देखा। जिस घर की वह रानी थी, जिसको वह अपना समझती थी, जिसमें ज़रा-सा कूड़ा पड़ा रहने पर नौकरों के सिर हो जाती थी, उसी घर से इस तरह निकल गयी, जैसे देह से प्राण निकल जाता है, उसी देह से, जिसकी वह सदैव रक्षा करता था, जिसके ज़रा-ज़रा-से कष्ट से स्वयं विकल हो जाता था। किसी से कुछ न कहा, न किसी की हिम्मत पड़ी कि उससे कुछ पूछे। उसके चले जाने के बाद महराजिन ने जाकर महेन्द्र से कहा—सरकार, रानी बहू जाने कहाँ चली जा रही हैं।

महेन्द्र ने उसकी ओर तीव्र नेत्रों से देखकर कहा—जाने दो।

महराजिन—सरकार, संदूक और संदूकचे लिये जाती हैं।

महेन्द्र—कह दिया, जाने दो।

महराजिन—सरकार, रूठी हुई मालूम होती हैं, अभी दूर न गयी होंगी, आप मना लें।

महेन्द्र—मेरा सिर मत खा।

इंदु लदी-फँदी सेवा-भवन पहुँची, तो जाह्नवी ने कहा—तुम लड़कर आ रही हो, क्यों ?

इंदु—कोई अपने घर में नहीं रहने देता, तो क्या ज़बरदस्ती है।

जाह्नवी—सोफ़िया ने आते-ही-आते मुझसे कहा था, आज कुशल नहीं है।

इंदु—मैं लौंडी बनकर नहीं रह सकती।

जाह्नवी—तुमने उनसे बिना पूछे चंदा क्यों लिखा ?

इंदु—मैंने किसी के हाथों अपनी आत्मा नहीं बेची है।

जाह्नवी—जो स्त्री अपने पुरुष का अपमान करती है, उसे लोक-परलोक कहीं शांति नहीं मिल सकती।

इंदु—क्या चाहती हैं कि यहाँ से भी चली जाऊँ ? मेरे घाव पर नमक न छिड़कें।

जाह्नवी—पछताओगी और क्या। समझाते-समझाते हार गयी, पर तुमने अपना हठ न छोड़ा।

इंदु यहाँ से उठकर सोफ़िया के कमरे में चली गयी। माता की बातें उसे ज़हर-सी लगीं। यह विवाद दाम्पत्य क्षेत्र से निकलकर राजनीतिक क्षेत्र में अवतरित हुआ। महेन्द्रकुमार उधर

एड़ी-चोटी का ज़ोर लगाकर इस आंदोलन का विरोध कर रहे थे, लोगों को चंदा देने से रोकते थे, प्रांतीय सरकार को उत्तेजित करते थे, इधर इंदु सोफ़िया के साथ चंदे वसूल करने में तत्पर थी। मि. क्लार्क अभी तक दिल में राजा साहब से द्वेष रखते थे, अपना अपमान भूले न थे, उन्होंने जनता के इस आंदोलन में हस्तक्षेप करने की कोई ज़रूरत न समझी, जिसका फल यह हुआ कि राजा साहब की एक न चली। धड़ाधड़ चंदे वसूल होने लगे। एक महीने में एक लाख से अधिक वसूल हो गया। किसी पर किसी तरह का दबाव न था, किसी से कोई सिफ़ारिश न करता था। यह दोनों रमणियों के सदुद्योग ही का चमत्कार था, नहीं, शहीदों की वीरता की विभूति थी, जिनकी याद में अब भी लोग रोया करते थे। लोग स्वयं आकर देते थे, और अपनी हैसियत से ज़्यादा। मि. जॉन सेवक ने भी स्वेच्छा से एक हज़ार रुपये दिये, इंदु ने अपना चंदा एक हज़ार तो दिया ही, अपने कई बहुमूल्य आभूषण भी दे डाले, जो 20 हज़ार पर बिके। राजा साहब की छाती पर साँप लोटता रहता था। पहले अलक्षित रूप से विरोध करते थे, फिर प्रत्यक्ष रूप से दुराग्रह करने लगे। गवर्नर के पास स्वयं गये, रईसों को भड़काया। सब कुछ किया; पर जो होना था, वह होकर रहा।

6 महीने गुज़र गये। सूरदास की प्रतिमा बनकर आ गयी। पूना के एक प्रसिद्ध मूर्तिकार ने सेवा-भाव से इसे रचा था। पाँड़ेपुर में उसे स्थापित करने का प्रस्ताव था। जॉन सेवक ने सहर्ष आज्ञा दे दी। जहाँ सूरदास का झोपड़ा था, वहीं मूर्ति का स्थापन हुआ। कीर्तिमानों की कीर्ति को अमर करने के लिए मनुष्य के पास और कौन-सा साधन है ? अशोक की स्मृति भी तो उसके शिलालेखों ही से अमर है। वाल्मीकि और व्यास, होमर और फ़िर्दौसी, सबको तो नहीं मिलते।

पाँड़ेपुर में बड़ा समारोह था। नगरनिवासी अपने-अपने काम छोड़कर इस उत्सव में सम्मिलित हुए थे। रानी जाह्नवी ने करुण कंठ और सजल नेत्रों से मूर्ति को प्रतिष्ठित किया। इसके बाद देर तक संकीर्तन होता रहा। फिर नेताओं के प्रभावशाली व्याख्यान हुए, पहलवानों ने अपने-अपने करतब दिखाये। संध्या-समय प्रीति-भोज हुआ, छूत और अछूत साथ बैठकर एक ही पंक्ति में खा रहे थे। यह सूरदास की सबसे बड़ी विजय थी। रात को एक नाटक-मंडली ने 'सूरदास' नाम का नाटक खेला, जिसमें सूरदास ही के चरित्र का चित्रण किया गया था। प्रभु सेवक ने इंगलैंड से यह नाटक रचकर इसी अवसर के लिए भेजा था। 12 बजते-बजते उत्सव समाप्त हुआ। लोग अपने-अपने घर सिधारे। वहाँ सन्नाटा छा गया।

चाँदनी छिटकी हुई थी, और शुभ्र ज्योत्स्ना में सूरदास की मूर्ति एक हाथ से लाठी टेकती हुई और दूसरा हाथ किसी अदृश्य दाता के सामने फैलाये खड़ी थी—वही दुर्बल शरीर था, हँसलियाँ निकली हुई, कमर टेढ़ी, मुख पर दीनता और सरलता छायी हुयी; साक्षात् सूरदास मालूम होता था। अंतर केवल इतना था कि वह चल था, यह अचल थी; वह सबोल था, यह अबोल थी; और मूर्तिकार ने यहाँ वह वात्सल्य अंकित कर दिया था, जिसका मूल में पता न था। बस ऐसा मालूम होता था, मानो कोई स्वर्गलोक का भिक्षुक देवतों से संसार के कल्याण का वरदान माँग रहा है।

आधी रात बीत चुकी थी। एक आदमी साइकिल पर सवार मूर्ति के समीप आया। उसके

हाथ में कोई यंत्र था। उसने क्षण-भर तक मूर्ति को सर से पाँव तक देखा, और तब उसी यंत्र से मूर्ति पर आघात किया। तड़ाक की आवाज़ सुनायी दी, और मूर्ति धमाके के साथ भूमि पर आ गिरी, और उसी मनुष्य पर, जिसने उसे तोड़ा था। वह कदाचित दूसरा आघात करने वाला था, इतने में मूर्ति गिर पड़ी। भाग न सका, मूर्ति के नीचे दब गया। प्रातःकाल लोगों ने देखा, तो राजा महेन्द्रकुमारसिंह थे। सारे नगर में ख़बर फैल गयी कि राजा साहब ने सूरदास की मूर्ति तोड़ डाली, और खुद उसी के नीचे दब गये। जब तक जिये, सूरदास के साथ वैर-भाव रक्खा, मरने के बाद भी द्वेष करना न छोड़ा। ऐसे ईर्ष्यालु मनुष्य भी होते हैं। ईश्वर ने उसका फल भी तत्काल ही दे दिया। जब तक जिये, सूरदास से नीचा देखा; मरे भी तो उसी के नीचे दबकर। जाति का द्रोही, दुश्मन, दम्भी, दग़ाबाज़ और इनसे भी कठोर शब्दों में उनकी चर्चा हुई।

कारीगरों ने फिर मसालों से मूर्ति के पैर जोड़े, और उसे खड़ा किया। लेकिन उस आघात के चिह्न अभी तक पैरों पर बने हुए हैं, और मुख भी विकृत हो गया है।

उनचास

इधर सूरदास के स्मारक के लिए चंदा जमा किया जा रहा था, उधर कुलियों के टोले के शिलान्यास की तैयारियाँ हो रही थीं। नगर के गण्य-मान्य पुरुष निमंत्रित हुए थे। प्रांत के गवर्नर से शिला-स्थापन की प्रार्थना की गयी थी। एक गार्डन-पार्टी होने वाली थी। गवर्नर महोदय को अभिनंदनपत्र दिया जाने वाला था। मिसेज़ सेवक दिलोजान से तैयारियाँ कर रही थीं। बँगले की सफ़ाई और सजावट हो रही थी। तोरण आदि बनाये जा रहे थे। अँगरेज़ी बैंड बुलाया गया था। मि. क्लार्क ने सरकारी कर्मचारियों को मिसेज़ सेवक की सहायता करने का हुक्म दे दिया था, और स्वयं चारों तरफ़ दौड़ते फिरते थे।

मिसेज़ सेवक के हृदय में अब एक नयी आशा अंकुरित हुई थी। कदाचित विनयसिंह की मृत्यु सोफ़िया को मि. क्लार्क की ओर आकर्षित कर दे। इसलिए वह मि. क्लार्क की और भी ख़ातिर कर रही थीं। सोफ़िया को स्वयं जाकर साथ लाने का निश्चय कर चुकी थीं। जैसे बनेगा वैसे लाऊँगी, खुशी से न आयेगी ज़बरदस्ती लाऊँगी, रोऊँगी, पैरों पड़ूँगी, और बिना साथ लाये उसका गला न छोड़ूँगी।

मि. जॉन सेवक कम्पनी का वार्षिक विवरण तैयार करने में दत्तचित्त थे। गत साल के नफ़े की सूचना देने के लिए उन्होंने यही अवसर पसंद किया था। यद्यपि यथार्थ लाभ बहुत कम हुआ था, किंतु आय-व्यय में इच्छापूर्वक उलटफेर करके वह आशातीत लाभ दिखाना चाहते थे, जिसमें कम्पनी के हिस्सों की दर चढ़ जाय, और लोग हिस्सों पर टूट पड़ें। इधर के घाटे को वह इस चाल से पूरा करना चाहते थे। लेखकों को रात-रात-भर काम करना पड़ता था, और स्वयं मि. सेवक हिसाबों की तैयारी में उससे कहीं ज़्यादा परिश्रम करते थे, जितना उत्सव की तैयारियों में।

किंतु मि. ईश्वर सेवक को ये तैयारियाँ, जिन्हें वह अपव्यय कहते थे, एक आँख न भाती

थीं। वह बार-बार झुँझलाते थे, बेचारे वृद्ध आदमी को सुबह से शाम तक सिरमग़ज़न करते गुज़रता था। कभी बेटे पर झल्लाते, कभी बहू पर, कभी कर्मचारियों पर, कभी सेवकों पर—यह पाँच मन बर्फ़ की क्या ज़रूरत है, क्या लोग इसमें नहायेंगे ? मन-भर काफ़ी थी। काम तो आधे मन में ही चल सकता था। इतनी शराब की क्या ज़रूरत ? कोई परनाला बहाना है, या मेहमानों को पिलाकर उनके प्राण लेने हैं, इससे क्या फ़ायदा कि लोग पी-पीकर बदमस्त हो जायँ, और आपस में जूतीपैज़ार होने लगे ? लगा दो घर में आग, या मुझी को ज़हर दे दो; न ज़िंदा रहूँगा, न जलन होगी ! प्रभु मसीह ! मुझे अपने दामन में ले। इस अनर्थ का कोई ठिकाना है, फौजी बैंड की क्या ज़रूरत ? क्या गवर्नर कोई बच्चा है, जो बाजा सुनकर ख़ुश होगा ? या शहर के रईस बाजे के भूखे हैं ? ये आतिशबाज़ियाँ क्या होंगी ? ग़ज़ब खुदा का, क्या एक सिरे से सब भंग खा गये हैं ? यह गवर्नर का स्वागत है, या बच्चों का खेल ? पटाख़े और छछूँदरें किसको खुश करेंगी ? माना पटाख़े और छछूँदरें न होंगी, अँगरेज़ी आतशबाज़ियाँ होंगी, मगर क्या गवर्नर ने आतशबाज़ी नहीं देखी है ? ऊटपटाँग काम करने से क्या मतलब ? किसी ग़रीब का घर जल जाय, कोई और दुर्घटना हो जाय, तो लेने के देने पड़ें। हिंदुस्थानी रईसों के लिए ये फल-मेवे और मुरब्बे-मिठाइयाँ मँगाने की ज़रूरत ? वे ऐसे भुक्खड़ नहीं होते। उनके लिए एक-एक सिगरेट काफ़ी थी। हाँ, पान-इलायची का प्रबंध और कर दिया जाता। वे यहाँ कोई दावत खाने तो आयेंगे नहीं, कम्पनी का वार्षिक विवरण सुनने आयेंगे। अरे ओ ख़ानसामा, सुअर ! ऐसा न हो कि मैं तेरा सिर तोड़कर रख दूँ। जो-जो वह पगली (मिसेज़ सेवक) कहती है, वही करता है। तुझे भी कुछ बुद्धि है या नहीं ? जानता है, आजकल 4 रुपये सेर अंगूर मिलते हैं। इनकी बिलकुल ज़रूरत नहीं। खबरदार जो यहाँ अंगूर आये ! सारांश यह कि कई दिनों तक निरंतर बक-बक, झक-झक से उनका चित्त कुछ अव्यवस्थित-सा हो रहा था। कोई उनकी सुनता न था, सब अपने-अपने मन की करते थे। जब वह बकते-बकते थक जाते, तो उठकर बाग़ में चले जाते; लेकिन थोड़ी ही देर में फिर घबराकर आ पहुँचते, और पूर्ववत लोगों पर वाक्य-प्रहार करने लगते। यहाँ तक कि उत्सव़ के एक सप्ताह पहले जब मि. जॉन सेवक ने प्रस्ताव किया कि घर के सब नौकरों और कारख़ाने के चपरासियों को एल्गिन मिल की बनी हुई वरदियाँ दी जायँ, तो मि. ईश्वर सेवक ने मारे क्रोध के वह इंजील, जिसे वह हाथ में लिये प्रकट रूप से ऐनक की सहायता से, पर वस्तुतः स्मरण से, पढ़ रहे थे, अपने सिर पर पटक ली, और बोले, या खुदा मुझे इस जंजाल से निकाल ! सिर दीवार के समीप था, यह धक्का लगा, तो दीवार से टकरा गया। 90 वर्ष की अवस्था, जर्जर शरीर, वह तो कहो पुरानी हड्डियाँ थीं कि काम देती जाती थीं, अचेत हो गये। मस्तिष्क इस आघात को सहन न कर सका, आँखें निकल आयीं, ओठ खुल गये, और जब तक लोग डॉक्टरों को बुलायें, उनके प्राण-पखेरू उड़ गये। ईश्वर ने उनकी अंतिम विनय स्वीकार कर ली, इस जंजाल से निकाल दिया। निश्चय रूप से नहीं कहा जा सकता कि उनकी मृत्यु का क्या मुख्य कारण था, यह आघात या गृहदाह ?

सोफ़िया ने यह शोक-समाचार सुना, तो मान जाता रहा। अपने घर में अब अगर किसी को उससे प्रेम था, तो वह ईश्वर सेवक ही थे। उनके प्रति उसे भी श्रद्धा थी। तुरंत मातमी वस्त्र धारण किये, और अपने घर गयी। मिसेज़ सेवक दौड़कर उससे गले मिलीं, और माँ-बेटियाँ

मृत देह के पास खूब रोयीं।

रात को जब मातमी दावत समाप्त हुई, और लोग अपने-अपने घर गये, तो मिसेज़ सेवक ने सोफ़िया से कहा—बेटी, तुम अपना घर रहते हुए दूसरी जगह रहती हो, क्या यह हमारे लिए लज्जा और दुख की बात नहीं ? यहाँ अब तुम्हारे सिवा और कौन वली-वारिस है ! प्रभु का अब क्या ठिकाना, घर आये या न आये, अब तो जो कुछ हो तुम्हीं हो। हमने अगर कभी कड़ी बात कही होगी, तो तुम्हारे ही भले को कही होगी। कुछ तुम्हारी दुश्मन तो हूँ नहीं। अब अपने घर में रहो। यों आने-जाने के लिए कोई रोक नहीं है, रानी साहब से भी मिल आया करो; पर रहना यहीं चाहिए। खुदा ने और तो सब अरमान पूरे कर दिये, तुम्हारा विवाह भी हो जाता, तो निश्चिंत हो जाती। प्रभु जब आता, देखी जाती। इतने दिनों का मातम थोड़ा नहीं होता, अब दिन गँवाना अच्छा नहीं। मेरी अभिलाषा है कि अब की तुम्हारा विवाह हो जाय, और गरमियों में हम सब दो-तीन महीने के लिए मंसूरी चलें।

सोफ़ी ने कहा—जैसी आपकी इच्छा, कर लूँगी।

माँ—और क्या बेटी, ज़माना सदा एक-सा नहीं रहता, हमारी ज़िंदगी का क्या भरोसा। तुम्हारे बड़े पापा यह अभिलाषा लिये ही सिधार गये। तो मैं तैयारी करूँ ?

सोफ़िया—कह तो रही हूँ।

माँ—तुम्हारे पापा सुनकर फूले न समायेंगे। कुँअर विनयसिंह की मैं निंदा नहीं करती, बड़ा जवाँमर्द आदमी था; पर बेटी, अपने धर्म वालों में करने की बात ही और है।

सोफ़िया—हाँ और क्या।

माँ—तो अब रानी जाह्नवी के यहाँ न जाओगी न ?

सोफ़िया—जी नहीं, न जाऊँगी।

माँ—आदमियों से कह दूँ, तुम्हारी चीज़ें उठा लायें ?

सोफ़िया—कल रानीजी आप ही भेज देंगी।

मिसेज़ सेवक खुश-खुश दावत का कमरा साफ़ कराने गयीं।

मि. क्लार्क अभी वहीं थे। उन्हें यह शुभ सूचना दी। सुनकर फड़क उठे। बाछें खिल गयीं। दौड़े हुए सोफ़िया के पास आ गये, और बोले—सोफ़ी, तुमने मुझे ज़िंदा कर दिया। आह ! मैं कितना भाग्यवान हूँ। मगर तुम एक बार अपने मुँह से मेरे सामने कह दो। तुम अपना वादा पूरा करोगी ?

सोफ़िया—करूँगी !

और भी बहुत-से आदमी मौजूद थे, इसलिए मि. क्लार्क सोफ़िया का आलिंगन न कर सके। मोछों पर ताव देते, हवाई क़िले बनाते, मनमोदक खाते घर गये।

प्रातःकाल सोफ़िया का अपने कमरे में पता न था ! पूछताछ होने लगी। माली ने कहा, मैंने उन्हें जाते तो नहीं देखा, पर जब यहाँ सब लोग सो गये थे, तो एक बार फाटक के खुलने की आवाज़ आयी थी। लोगों ने समझा, कुँअर भरतसिंह के यहाँ गयी होगी, तुरंत आदमी दौड़ाया गया। लेकिन वहाँ भी पता न चला। बड़ी खलबली मची, कहाँ गयी।

जॉन सेवक—तुमने रात को कुछ कहा-सुना तो नहीं था ?

मिसेज़ सेवक—रात को तो विवाह की बातचीत होती रही। मुझसे तैयारियाँ करने के लिए भी कहा। खुश-खुश सोयी।

जॉन सेवक—तुम्हारी समझ का फ़र्क़ था। उसने तो अपने मन का भाव प्रकट कर दिया। तुमको जता दिया कि कल मैं न हूँगी। जानती हो, विवाह से उसका आशय क्या था? आत्मसमर्पण। अब विनय से उसका विवाह होगा; यहाँ जो न हो सका, वह स्वर्ग में होगा। मैंने तुमसे पहले ही कह दिया था, वह किसी से विवाह न करेगी। तुमने रात को विवाह की बातचीत छेड़कर उसे भयभीत कर दिया। जो बात कुछ दिनों में होती, वह आज ही हो गयी। अब जितना रोना हो, रो लो; मैं तो पहले ही रो चुका हूँ।

इतने में रानी जाह्नवी आयीं, आँखें रोते-रोते बीरबहूटी हो रही थीं। उन्होंने एक पत्र मि. सेवक के हाथ में रख दिया, और एक कुर्सी पर बैठकर मुँह ढाँप रोने लगीं।

यह सोफ़िया का पत्र था, अभी डाकिया दे गया था। लिखा था—

पूज्य माताजी! आपकी सोफ़िया आज संसार से विदा होती है। जब विनय न रहे, तो यहाँ मैं किसके लिए रहूँ। इतने दिनों तक मन को धैर्य देने की चेष्टा करती रही। समझती थी, पुस्तकों में अपनी शोक-स्मृतियों को डुबा दूँगी, और अपना जीवन सेवा-धर्म का पालन करने में सार्थक करूँगी। किंतु मेरा प्यारा विनय मुझे बुला रहा है। मेरे बिना उसे वहाँ एक क्षण चैन नहीं है। उनसे मिलने जाती हूँ। यह भौतिक आवरण मेरे मार्ग में बाधक है, इसलिए इसे यहीं छोड़े जाती हूँ। गंगा की गोद में इसे सौंपे देती हूँ। मेरा हृदय पुलकित हो रहा है, पैर उड़े जा रहे हैं, आनंद से रोम-रोम प्रमुदित है, अब शीघ्र ही मुझे विनय के दर्शन होंगे। आप मेरे लिए दुख न कीजिएगा, मेरी खोज का व्यर्थ प्रयत्न न कीजिएगा। कारण, जब तक यह पत्र आपके हाथों में पहुँचेगा, सोफ़िया का सिर विनय के चरणों पर होगा। मुझे कोई प्रबल शक्ति खींचे लिये जा रही है, और बेड़ियाँ आप-ही-आप टूटी जा रही हैं।

मामा और पापा से कह दीजिएगा, सोफ़ी का विवाह हो गया, अब उसकी चिंता न करें।

पत्र समाप्त होते ही मिसेज़ सेवक उन्मादिनी की भाँति कर्कश स्वर से बोलीं—तुम्हीं विनाश की गाँठ हो, मेरे जीवन का सर्वनाश करने वाली, मेरी जड़ों में कुल्हाड़ी मारने वाली, मेरी अभिलाषाओं को पैरों से कुचलने वाली, मेरा मान-मर्दन करने वाली, काली नागिनी तुम्हीं हो! तुम्हीं ने अपनी मधुर वाणी से, अपने छल-प्रपंच से, अपने कूट मंत्रों से मेरी सरला सोफ़ी को मोहित कर लिया, और अंत को उसका सर्वनाश कर दिया। यह तुम्हीं लोगों के प्रलोभन और उत्तेजना देने का फल है कि मेरा लड़का आज न जाने कहाँ किस दशा में है, और मेरी लड़की का यह हाल हुआ। तुमने मेरे सारे मंसूबे ख़ाक में मिला दिये।

वह उसी क्रोध-प्रवाह में न जाने और क्या-क्या कहतीं कि मि. जॉन सेवक उनका हाथ पकड़कर वहाँ से खींच ले गये। रानी जाह्नवी ने इन अपमानसूचक, कटु शब्दों का कुछ भी उत्तर न दिया, मिसेज़ सेवक को समवेदना-पूर्ण नेत्रों से देखती रहीं, और तब बिना कुछ कहे-सुने वहाँ से उठकर चली गयीं।

मिसेज़ सेवक की महत्त्वाकांक्षाओं पर तुषार पड़ गया। उस दिन से फिर उन्हें किसी ने गिरजाघर जाते नहीं देखा, वह फिर कभी गाउन और हैट पहने हुए न दिखायी दीं, फिर योरपियन क्लब

में नहीं गयीं, और फिर अँगरेज़ी दावतों में सम्मिलित नहीं हुईं। दूसरे दिन प्रातःकाल पादरी पिम और मि. क्लार्क मातमपुरसी करने आये। मिसेज़ सेवक ने दोनों को वह फटकार सुनायी कि अपना-सा मुँह लेकर चले गये। सारांश यह कि उसी दिन उनकी बुद्धि भ्रष्ट हो गयी, मस्तिष्क इतने कठोरघात को सहन न कर सका। वह अभी तक जीवित हैं, पर दशा अत्यंत करुण है। आदमियों की सूरत से घृणा हो गयी है, कभी हँसती हैं, कभी रोती हैं, कभी नाचती हैं, कभी गाती हैं। कोई समीप जाता है, तो दाँत काटने दौड़ती हैं।

रहे मिस्टर जॉन सेवक। वह निराशामय धैर्य के साथ प्रातःकाल से संध्या तक अपने व्यावसायिक धंधों में रत रहते हैं। उन्हें अब संसार में कोई अभिलाषा नहीं है, कोई इच्छा नहीं है, धन से उन्हें निःस्वार्थ प्रेम है, कुछ वही अनुराग, जो भक्तों को अपने उपास्य से होता है। धन उनके लिए किसी लक्ष्य का साधन नहीं है, स्वयं लक्ष्य है। न दिन को दिन समझते हैं, न रात को रात। कारबार दिन-दिन बढ़ता जाता है। लाभ भी दिन-दिन बढ़ता जाता है या नहीं, इसमें संदेह है। देश में गली-गली, दूकान-दूकान इस कारख़ाने के सिगार और सिगरेटों की रेल-पेल है। वह अब पटने में एक तंबाकू की मिल खोलने की आयोजना कर रहे हैं क्योंकि बिहार-प्रांत में तंबाकू कसरत से पैदा होता है। उनकी धन-कामना विद्या-व्यसन की भाँति तृप्त नहीं होती।

पचास

कुँअर विनयसिंह की वीर मृत्यु के पश्चात रानी जाह्नवी का सदुत्साह दुगुना हो गया। वह पहले से कहीं ज्यादा क्रियाशील हो गईं। उनके रोम-रोम में असाधारण स्फूर्ति का विकास हुआ। वृद्धावस्था की आलस्यप्रियता यौवन-काल की कर्मण्यता में परिणत हो गई। कमर बाँधी और सेवक-दल का संचालन अपने हाथ में ले लिया। रनिवास छोड़ दिया, कर्म-क्षेत्र में उतर आयीं और इतने जोश से काम करने लगीं कि सेवक-दल को जो उन्नति कभी न प्राप्त हुई थी, वह अब हुई। धन का इतना बाहुल्य कभी न था, और न सेवकों की संख्या ही कभी इतनी अधिक थी। उनकी सेवा का क्षेत्र भी कभी इतना विस्तीर्ण न था। उनके पास निज का जितना धन था, वह सेवक-दल को अर्पित कर दिया, यहाँ तक कि अपने लिए एक आभूषण भी न रखा। तपस्विनी का वेश धारण करके दिखा दिया कि अवसर पड़ने पर स्त्रियाँ कितनी कर्मशील हो सकती हैं।

डॉक्टर गांगुली का आशावाद भी अन्त में अपने नग्न रूप में दिखायी दिया। उन्हें विदित हुआ कि वर्तमान अवस्था में आशावाद आत्मवंचना के सिवा और कुछ नहीं है। उन्होंने कौंसिल में मि. क्लार्क के विरुद्ध बड़ा शोर मचाया, पर यह अरण्य-रोदन सिद्ध हुआ। महीनों का वादविवाद, प्रश्नों का निरंतर प्रवाह सब व्यर्थ हुआ। वह गवर्नमेंट को मि. क्लार्क का तिरस्कार करने पर मजबूर न कर सके। इसके प्रतिकूल मि. क्लार्क की पद-वृद्धि हो गई। इस पर डॉक्टर साहब इतने झल्लाये कि आपे में न रह सके। वहीं भरी सभा में गवर्नर को खूब खरी-खोटी सुनायी, यहाँ तक कि सभा के प्रधान ने उनसे बैठ जाने को कहा। इस पर वह और गर्म हुए और प्रधान

की भी खबर ली। उन पर पक्षपात का दोषारोपण किया। प्रधान ने तब उनको सभा-भवन से चले जाने का हुक्म दिया और पुलिस को बुलाने की धमकी दी। मगर डॉक्टर साहब का क्रोध इस पर भी शांत न हुआ। वह उत्तेजित होकर बोले—आप पशु-बल से मुझे चुप कराना चाहते हैं, इसलिए कि आपमें धर्म और न्याय का बल नहीं है। आज मेरे दिल से यह विश्वास उठ गया, जो गत चालीस वर्षों से जमा हुआ था कि गवर्नमेंट हमारे ऊपर न्याय बल से शासन करना चाहती है। आज उस न्याय-बल की कलई खुल गई, हमारी आँखों से पर्दा उठ गया और हम गवर्नमेंट को उसके नग्न, आवरणहीन रूप में देख रहे हैं। अब हमें स्पष्ट दिखायी दे रहा है कि केवल हमको पीसकर तेल निकालने के लिए, हमारे अस्तित्व मिटाने के लिए, हमारी सभ्यता और हमारे मनुष्यत्व की हत्या करने के लिए, हमको अनंत काल तक चक्की का बैल बनाये रखने के लिए हमारे ऊपर राज्य किया जा रहा है। अब तक जो कोई मुझसे ऐसी बातें कहता था, मैं उससे लड़ने पर तत्पर हो जाता था, मैं रिपन, ह्यूम और बेसेंट आदि की कीर्ति का उल्लेख करके उसे निरुत्तर करने की चेष्टा करता था। पर अब विदित हो गया कि उद्देश्य सबका एक ही है, केवल साधनों में अन्तर है।

वह और न बोलने पाए। पुलिस का एक सार्जेण्ट उन्हें सभा-भवन से निकाल ले गया। अन्य सभासद भी उठकर सभा-भवन से चले गये। पहले तो लोगों को भय था कि गवर्नमेंट डॉक्टर गांगुली पर अभियोग चलाएगी, पर कदाचित् व्यवस्थाकारों को उनकी वृद्धावस्था पर दया आ गई, विशेष इसलिए कि डॉक्टर महोदय ने उसी दिन घर आते ही अपना त्याग-पत्र भेज दिया।

वह उसी दिन वहाँ से रवाना हो गये और तीसरे दिन कुँअर भरतसिंह से आ मिले। कुँवर साहब ने कहा—तुम तो इतने गुस्सेवर न थे, यह तुम्हें क्या गया?

गांगुली—हो क्या गया! वही हो गया, जो आज से चालीस वर्ष पहले होना चाहिए था। अब हम भी आपका साथी हो गया। अब हम दोनों सेवक-दल का काम खूब उत्साह से करेगा।

कुँअर—नहीं डॉक्टर साहब, मुझे खेद है कि मैं आपका साथ न दे सकूँगा। मुझमें वह उत्साह नहीं रहा। विनय के साथ सब चला गया। जाह्नवी अलबत्ता आपकी सहायता करेंगी। अगर अब तक कुछ संदेह था, तो आपके निर्वासन ने उसे दूर कर दिया कि अधिकारी-वर्ग सेवक-दल से सशंक हैं, और यदि मैं उससे अलग न रहा, तो मुझे अपनी जायदाद से हाथ धोना पड़ेगा। अब यह निश्चय है कि हमारे भाग्य में दासता ही लिखी हुई है...

गांगुली—यह आपको कैसे निश्चय हुआ?

कुँअर—परिस्थितियों को देखकर, और क्या! जब यह निश्चय है कि हम सदैव गुलाम ही रहेंगे, तो मैं अपनी जायदाद क्यों हाथ से खोऊँ? जायदाद बची रहेगी, तो हम इस दीनावस्था में भी अपने दुखी भाइयों के कुछ काम आ सकेंगे। अगर वह भी निकल गई, तो हमारे दोनों हाथ कट जायँगे। हम रोन वालों के आँसू भी न पोंछ सकेंगे।

गांगुली—आहा! तो कुँअर विनयसिंह का मृत्यु भी आपके इस बेड़ी को नहीं तोड़ सका। हम समझा था, आप निर्द्वन्द्व हो गया होगा। पर देखता है, तो वह बेड़ी ज्यों-का त्यों आपके पैरों में पड़ा हुआ है। अब आपको विदित हुआ होगा कि हम क्यों संपत्तिशाली पुरुषों पर भरोसा नहीं करता। वे तो अपनी संपत्ति का गुलाम हैं। वे कभी सत्य के समर में नहीं आ सकते।

जो सिपाही सोने की ईंट गर्दन में बाँधकर लड़ने चले, वह कभी नहीं लड़ सकते। उसको तो अपने ईंट का चिन्ता लगा रहेगा। जब तक हम लोग ममता का पत्याग नहीं करेगा, हमारा उद्देश्य कभी पूरा नहीं होगा। अभी हमको कुछ भ्रम था, पर वह भी मिट गया कि संपत्तिशाली मनुष्य हमारा मदद करने के बदले उलटा हमको नुकसान पहुँचाएगा। पहले आप निराशावादी था, अब आप संपत्तिवादी हो गया।

यह कहकर डॉक्टर गांगुली विमन हो यहाँ से उठे और जाह्नवी के पास आये, तो देखा कि वह कहीं जाने को तैयार बैठी हैं। इन्हें देखते ही विहँसित मुख से इनका अभिवादन करती हुई बोलीं—अब तो आप भी मेरे सहकारी हो गए। मैं जानती थी कि एक-न-एक दिन हम लोग आपको अवश्य खींच लेंगे। जिनमें आत्मसम्मान का भाव जीवित है, उनके लिए वहाँ स्थान नहीं है। वहाँ उन्हीं के लिए स्थान है, जो या तो स्वार्थभक्त हैं अथवा अपने को धोखा देने में निपुण। अभी यहाँ दो-एक दिन विश्राम कीजिएगा न? मैं तो आज की गाड़ी से पंजाब जा रही हूँ।

गांगुली— विश्राम करने का समय तो अब निकट आ गया है, उसका क्या जल्दी है। अब अनंत विश्राम करेगा। हम भी आपके साथ चलेगा।

जाह्नवी—क्या कहें, बेचारी सोफिया न हुई, नहीं तो उससे बड़ी सहायता मिलती।

गांगुली—हमको तो उसका समाचार वहीं मिला था। उसका जीवन अब कष्टमय होता। उसका अन्त हो गया, बहुत अच्छा हुआ। प्रणय-वंचित होकर वह कभी सुखी नहीं रह सकता था। कुछ भी हो, वह सती था; और सती नारियों का यही धर्म है। रानी इंदु तो आराम से है न?

जाह्नवी—वह तो महेन्द्रकुमार से पहले ही रूठकर चली आयी थी। अब यहीं रहती है। वह भी तो मेरे साथ चल रही है। उसने अपनी रिसायत के सुप्रबंध के लिए एक ट्रस्ट बनाना निश्चय किया है, जिसके प्रधान आप होंगे। उसे रियासत से कोई संपर्क न रहेगा।

इतने में इंदु आ गयी और डॉक्टर गांगुली को देखते ही उन्हें प्रणाम कर बोली—आप स्वयं आ गए, मेरा तो विचार था कि पंजाब होते हुए आपकी सेवा में भी जाऊँ।

डॉक्टर गांगुली ने कुछ भोजन किया और संध्या समय तीनों आदमी यहाँ से रवाना हो गए। तीनों के हृदय में एक ही ज्वाला थी, एक ही लगन। तीनों का ईश्वर पर पूर्ण विश्वास था।

कुँअर भरतसिंह अब फिर विलासमय जीवन व्यतीत कर रहे हैं, फिर वही सैर और शिकार है, वही अमीरों के चोंचले, वही रईसों के आडम्बर, वही ठाट-बाट। उनके धार्मिक विश्वास की जड़ें उखड़ गई हैं। इस जीवन से परे अब उनके लिए अनन्त शून्य और अनन्त आकाश के अतिरिक्त और कुछ नहीं है। लोक असार है, परलोक भी असार है, जब तक जिन्दगी है, हँस-खेलकर काट दो। मरने के पीछे क्या होगा, कौन जानता है। संसार सदा इसी भाँति रहा है और इसी भाँति रहेगा। उसकी सुद्व्यवस्था न किसी से हुई है और न होगी। बड़े-बड़े ज्ञानी, बड़े-बड़े तत्त्ववेत्ता ऋषि-मुनि मर गए, और कोई इस रहस्य का पार न पा सका। हम जीवन मात्र हैं और हमारा काम केवल जीना है। देश-भक्ति, विश्व-भक्ति, सेवा, परोपकार, यह सब ढकोसला है। अब उनके नैराश्य-व्यथित हृदय को इन्हीं विचारों से शांति मिलती है।

●●●